大清织造 下

冯精志 著

二十一世纪出版社
21st Century Publishing House
全国百佳出版社

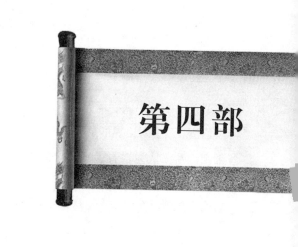

第四部

五十五、怡亲王府－西北郊－白家疃

怡亲王允祥病了。《清史稿》提到这件事说，雍正七年十一月"王有疾"。他通身发冷，像偶感风寒，家人觉得没大事。胤禛听说十三弟病了，令太医前去诊治。君主对臣属的最大恩惠莫过于此。轮流来了几拨太医，多是白胡子老头，细细诊断，认为累着了，开了温补汤剂，嘱怡亲王静养。但是谁也没想到，允祥竟一病不起，至雍正八年春病情急转直下，五月初四病故。时年仅四十五岁。按照《清史稿》所说，胤禛甚至没赶上见最后一面。等他赶到时，"王已薨"。

允祥极勤勉，作为皇上处理朝政事务的主要助手，无人可以取代。他铺的摊子很大，主项是搂银子充盈国库，其次从朝廷到地方各级主官任免，事无巨细，事事过问。除了两个大头，他还"总理京畿水利"。那会儿的北京不是干旱之地，永定诸河总闹水灾。年年防洪防汛是动真格的，允祥将京郊水系治理工程分为四个"局"，逐一治理，引到天津大沽口入海，这是个繁琐的大工程。他匆匆忙忙一走，给中央六部甩下一大堆没有来得及处理的事情。

允祥之死，对胤禛感情上的打击怎么估计也不过分。胤禛不是性情中人，除了对亲爹亲娘，对哪个兄弟也难动真情。尽管他总把骨肉亲情挂在嘴头上，但包括同胞弟弟允禵在内，他跟年龄相当的兄弟几乎全都闹翻了，唯独允祥是个例外，是独一个。而走的偏偏是独一个。

胤禛下令辍朝三日，称自己素服一个月，文武大臣虽着常服，但禁止饮宴。那些日子，胤禛称"饮食无味，卧寝不安，王事朕八年如一日，自古无此公忠体国之贤王"。赐谥贤，谥号上加"忠敬诚直勤慎廉明"八个字。这种无以复加的悲恸中很难说没有一点做戏成分。换句话来说，胤禛在这时候再不表现出巨大悲伤的话，那么在天下人眼里，在先皇留下来的几十个儿子中，他就没有一个能掏心窝子话的兄弟了。

《宸垣识略》中关于允祥府邸位置记载有两处：一处见于卷五："贤良寺在东安门外帅府胡同，雍正十二年建，本怡贤亲王故邸，舍地为寺，赐名贤良。"一处见于卷六："怡亲王府在北小街。"帅府园和北小街这两个地名仍存，都在北京东城区，相隔四五里地。那么，允祥的府邸到底在哪儿呢？其实两处并不冲突。帅府胡同那处是允祥当皇子所居，因此称"故邸"。他在康熙朝不曾封爵，此处连贝子府都不如。到他被封为怡亲王后，享受亲王府邸待遇，迁居朝阳门内北小街。允祥去世后，雍正皇帝敕将帅府胡同允祥故邸改为贤良寺。贤良寺今不存，而怡亲王府旧址保存至今，在朝阳门内大街北侧。

怡亲王府的顶梁柱在一夜间倒塌了。王府的正殿银安殿布置成灵堂，由内务府派员装点，大门处白绫子迎风飞舞，里面肃穆庄严。

清季有为逝者画像的风气，画像与木主同时供奉。案子上码着一溜铜香炉，香炉里插着一把把粗大的香，殿内香烟缭绕，怡亲王允祥的画像供奉于中央，是内务府造办处画师画的，画师不知怎么想的，画像中的人不是那么神采飞扬，而是神色有些忧郁，显得忧心忡忡的。

怡亲王属下的披甲人，身着白衣戴白帽，排成两列，从殿内延伸出去，直到二门、大门之外。内务府派出一个太监组成的"响器班"，吱哩哇啦地吹奏。着常服的文武官员和穿孝服戴孝帽的眷属川流不息，哭嚎成一片。

允祥有一个嫡福晋、两个侧福晋，三个妻子没有生育女儿，所生尽是小子。弘昌是长子，嫡福晋所出，弟弟弘皎为侧福晋所出。别看俩小子分别出自两个娘，但平日里并无芥蒂，颇为亲近，情如同胞。侧福晋还怀着一个。民间有话，酸儿辣女。这个侧福晋成天就想吃酸的，估计又是个小子。允祥临终之前留下话来，如果是男孩，就叫弘晓。

遭受突如其来的打击，贝子弘昌简直傻了，弘皎更不知道该怎么办。哥儿俩搀扶着各自的娘，迎送着一拨拨前来吊唁的人。

允祥治丧期间，胤禛亲祭数次，而且每次亲祭之后，都要为允祥后人办些实事。允祥有个儿子弘晈，胤禛指配富察氏为其嫡福晋，但在筹办婚事时，弘暾突发急病死了。已经指配还没有过门的富察氏如何发落？允祥生前很伤脑筋。胤禛亲祭后，追赠弘暾为贝勒，命允祥遗孀收富察氏为儿媳妇，准之为允祥服孝，另准弘暾亲侄一人袭贝勒。

胤禛最后一次亲祭后不走了。今天来祭奠的是两部分人：一是诸阿哥中与阿其那朋党沾边者，毕竟是亲骨肉，不让他们送一送于情理上说不过去；二是拿不到台面上的落职官员及眷属，允祥在生前与他们有些交往。胤禛准许他们在最后一天吊唁，也想看看他们祭奠时的表现。他特意叫上张廷玉，坐在灵堂的一角，在帐幔的遮掩下观察着来人。

一拨一拨的人之后，允禵带着家眷进来了。他被监禁在万岁山下寿皇殿，责令每天面对先皇康熙大帝遗像反省，今天是特许前来祭奠的。

允禵仍然穿螳螂肚靴子，一身西宁大营里的行头。他跨过银安殿的门槛，倒头便拜，连拜带爬，一直到案前哭诉道："十三哥，请你听好了，十四弟送你来了。在众兄弟中，咱俩的出生紧挨着，备不住回阎王老子那儿也紧挨着。十三哥，你在那个地儿好好等着，过些日子，十四弟去找你共诉兄弟情肠。"

他磕了几个响头，磕得很实，起身后，抹着鼻头，来到允祥遗孀跟前，红着眼睛说："哎！带罪之身，也不便多说什么，十四弟先告辞了，后会有期吧。"说完回身一招手，带着家眷匆匆离去。

胤禛缩在帐幔的阴影中看完这一幕。默默地想着，允禵倒是条汉子，蛮仗义的，怨不得在朝野中那么有人缘儿。

他偏了一下头，张廷玉马上把头凑过来。

他说："过些日子，让大学士马尔赛到寿皇殿宣旨，就说十三阿哥一走，朕心中凄凉，对骨肉愈发感念。只要十四阿哥真心悔过，朕有意解除监禁，释放回家。"

张廷玉说："微臣懂了。"

张廷玉把头缩了回去。

胤禛眼前一亮。好一个动人的少妇，在一个中年男子和一个少年的搀扶下跨过门槛，郑重地跪下，中规中矩地磕头。少妇每次起身，神情专注，嘴里念念有辞，那双怨艾的眼睛缠绕着泪光，别有一番风韵。

胤禛向后偏头。张廷玉把嘴凑到他的耳畔，小声说："男的是前江宁织造曹頫，两年多前被革职；女的叫馨玉，是曹寅的儿媳、李煦的养女、前江宁织造曹颙的遗孀；那孩子是曹颙和她的儿子。"

他嘀咕："戴铎说过，他对李煦从养婴堂抱的养女有所怀疑，这个女子好像跟二阿哥有什么关联。"

张廷玉冒胆阻止道："废太子人都不在了，生前事说不清楚了。"

他悻悻地说："就这样吧。这一家子怎么来了？是谁请的？"

张廷玉用指头点了点："听听曹頫说些什么，他兴许会告诉圣上。"

曹頫平整面庞说："根据谕旨，圣上将奴才一家子托付于怡亲王照顾，承蒙怡亲王钟爱，奴才一家子的大小事情，由怡亲王转奏，不周之处由王子指正。奴才一家子至死不忘怡亲王的垂怜。"

曹頫说完，重重地磕了几个头，声音之大，连守灵的兵丁都不落忍。

胤禛偏过头，"嗯，这么说还算识抬举。曹頫革职前是什么官职？"

张廷玉答："内务府广储司五品员外郎，外放江宁任织造。"

他若有所思，"朕记得，他是因亏空及骚扰驿站被革职的。"

张廷玉泛出苦笑，"亏空是实，而那'骚扰驿站'，不过是在山东泰安驿借了些银子，很快就归还了，但还是被枷号。着实有些委屈。"

他伸手一挡，"别说了，当时整治他是情势所需。"

张廷玉提示性地加重了语气："曹頫眼下无官无职，自然没有官俸，却要赡养两代江宁织造的遗孀，着实不大容易。"

胤禛拍了拍额头，"这样吧，曹頫官复原职，放在内务府行走。"

"微臣知道了。"张廷玉的头缩了回去。

不久，进来一个五十多岁的胖乎乎的王爷。他大摇大摆地跨过门槛，来到案前，看看允祥的遗像，边跪下边嘟囔，"十三弟，你三哥老胳膊老腿儿的，给您下跪不大利落。您呐，就担待点儿吧。"

让死人担待活人，这叫什么话？胤禛听着就窝火，恨不得从帏幢间冲出去，揪着他大吵大闹，但是身子刚动，让张廷玉按住了。

此人是三阿哥允祉，母为荣妃马佳氏，王爵诚亲王，对《易经》和天文历法有研究，康熙皇帝的几十个儿子中，他的学问是最扎实的。玄烨喜欢几何、代数，业余爱好是钻研律历、天文，与允祉投合，以至于在康熙年间，一度传出允祉要承袭大统的消息。当然，三阿哥的威望、能力、人缘等远在八阿哥、十四阿哥之下。他知道自己不是当皇上的料，但也不服四阿哥，雍正初年有党附八阿哥的苗头，只是老于世故，见风使舵，穷治允禩朋党时没被抓住把柄，滑脱了。而这次祭奠允祥，他进门就显出幸灾乐祸之相。

允祉跪下后，随意磕了俩头，抬起脸来，看看允祥的遗像说："若是论年龄，三哥年长十三弟十来岁，你却先我一步走了。三哥颇费琢磨，为啥呢？你是圣上的头号铁杆儿，权倾一时，堪称一人之上万人之下，你要报答圣上，就得掏死力气干活儿，可惜了的，是活活给累倒下的。不该呀，不该呀！圣上给你的好儿，生不带来死不带去的，你操劳一世，连点清福都没有享过，何必呢？"

胤禛听着，火气上来了，受不了了。

这些天来，戴铎等不断地向他奏报舆情，他从骨子里体察到，诚亲王允祉这种情绪有代表性。其实，允祥并没有卷入穷治朋党，对八阿哥允禩、九阿哥允禟也没多大仇恨，对他们的死更不承担责任。但是在朝野看来，允祥是皇上的头号铁杆，因此无论他多勤勉，对他的死，幸灾乐祸者大有人在。尤其是那些为允禩、允禟打抱不平者，私下放风说，皇上身边本来就没有几个心腹，允祥一走，皇上折了左膀右臂，成了秃尾巴鹰，活他娘的该！

不行，得收拾一下这种混帐王八蛋。

胤禛猛地站起来，一把撩开帐幔，大步走出来，叫道："允祉。"

刚刚站起来的允祉急忙下跪，"哟？圣上。"

胤禛讥讽地看着他下跪，高声说："你下跪还是蛮利落的嘛，胳膊不老腿也不老。朕想不明白，你在十三弟灵前怎么跪不下来呢？怡亲王生前管你叫三哥，管朕叫四哥，朕与你都叫他十三弟。你、朕、他都是先皇的血脉，骨血儿关着，你对朕恼怒可以，犯不上这么恨他。"

允祉大为恐慌，"我何尝恼怒皇上了，又何尝恨十三弟了？"

胤禛说："朕看见你是怎样吊唁十三弟的了，你说的话朕听得清清楚楚。不错，你不恨十三弟，你对十三弟蛮亲的，比对阿其那、塞思黑还要亲！"

允祉辩解说："我不过是惋惜十三弟因操劳过度而死。"

胤禛仰脸喊道："传旨，诚亲王允祉在怡亲王丧中说了些半阴不阳的话，有庆幸之意，实为大不敬，革退王爵，交宗人府拘禁，其所属人等另外处置。还有，连他儿子弘晟也拘禁起来。"

守灵的兵一拥而上，把吓傻了的允祉扭起来，押下去。

允祉一路走一路扭头高喊："皇上！皇上！我说什么啦？我冤枉呀！"

远处传来声嘶力竭的呼喊："三哥我再不是东西，我儿子弘晟与怡亲王家的弘昌、弘晈情同手足，皇上开恩，万万不能让他也连坐呀！"

胤禛背着手，不动声色地听着。直到喊声渐远，逐渐消失，一丝笑意才爬上他的面颊。他呼出一口长气，像是把多日所憋的恶气一并排出。

怡亲王允祥丧期刚结束，雍正八年六月，京城处于酷暑之中，弘昌、弘晈兄弟骑马出城。同行的有个年轻人，名弘普，是庄亲王允禄的儿子。

弘普这年才十七岁，与弘晈同岁。

弘昌于雍正元年封贝子，以后没有再晋封。按说怡亲王允祥如此得宠，只要到皇上跟前唠叨几句，皇上顺手就能给弘昌晋封为贝勒。但事实却恰恰相反，弘昌对四伯整治骨肉兄弟大为不满，背地里常常发牢骚，比京城士人的话还要恶，吓得允祥够呛，只得把他圈禁在家，哪敢活动皇上对他的晋封。直到阿玛去世，弘昌才重新获得自由。

弘晈对四伯也憋着一肚子气，对冤死的八伯和九伯寄予同情，尤其仰慕被圈禁寿皇殿高墙里的十四叔，认为是众多伯伯叔叔中最有本事的。但他平日里说话比较留心，不到处放炮，以至允祥对他的倾向不大察觉。允祥去世后，皇上在治丧期间封弘晈为宁郡王。他算捡了个便宜。

弘昌、弘晈带着弘普，到西北郊看"祭田"。三人出德胜门，一路往西北上。过了海淀，就是一眼望不到头的大片农田，一直与西山相接。

小麦刚刚收过，三匹马在玉米地里走，风吹着玉米叶子刷刷拉拉响。

路边有几头牛，不紧不慢地啃着青草。没有人看牛，看牛的是条狗，它看着几匹马从身边经过，没有吠叫，温驯地摇着尾巴。

空气中蒸腾着一股牛粪的味道，还有草味。荆条花长得很茂盛，散发出它那浓郁的气味。

弘普在马背上想着，祠堂是祭祀用的，"祭田"是怎么回事？他拍马撵上去，问弘昌、弘晈，他俩含含糊糊地说，到那儿一看就知道了。

允祥丧期中，雍正皇帝下令在京城建一座怡贤亲王祠，其地在正阳门内东城根南，玉河桥西。地方官吏总是不顾当地实际情况，一味曲意迎合皇上意志。京城一旦开了头，各地也一窝蜂地请建怡贤亲王祠。这种情绪很对雍正皇帝的胃口，准畿辅、奉天、浙江三处建祠。

祠堂是中国的传统建筑，古已有之。因此建怡贤亲王祠不是新鲜事，在允祥丧期中，新鲜事只一件，那就是在白家疃设置了一块"祭田"。

京城的主要水源来自元代郭守敬设计修建的白浮堰，是打西北昌平方向过来的；京城的风势也主要从西北的燕山山脉吹向东南。因此京城的西北为上风上水，空气新鲜而且水质好。康熙皇帝喜欢西北郊，在此建畅春园。这一偏好传给了雍正皇帝，他也喜欢京城西北郊。

明清两代，皇上经常将近畿园林赐予近支王公大臣，称为赐园。雍正朝的赐园主要集中在西北郊。胤禛最钟爱十三弟允祥，其赐园就在圆明园旁边，据考证，它早先叫交辉园，在乾隆年间改赐大学士傅恒，叫绮春园，后并入圆明园。除交辉园之外，允祥在西北郊还有一处别业，这处别业离城稍远，在白家疃。此地距离市区约莫有四五十里地，过西湖（即乾隆年间的昆明湖）、安河桥、红山口、望儿山（相传是佘太君守望杨延昭之处，现称百望山）、温泉，就到了。

怡亲王允祥不仅办事勤勉，而且为人本分厚道，他在白家疃赐园居住时，与附近的农民相处尚可，曾经到田间地头走动，与老农拉呱拉呱收成。甭管他是真的体察庄稼人疾苦还是装装样子，反正在庄稼人眼里，这位王爷与清初那些跑马圈地的满洲军汉是两种成色。

允祥去世次月，雍正皇帝对大学士发布了这样一个上谕："从前怡亲王常在朕前奏称白家疃一带居民忠厚善良，深知感激朝廷教养之恩。今王薨逝，而彼地居民人等感念王之恩德，愿自备资本，建立祠宇，岁时致祭。舆情恳切，足征王之遗爱在人，而民风淳厚，亦即此可见。朕欲将白家疃数村地丁钱粮永远蠲免，以为将来香火之资，并使良民永沾恩泽。尔等确议具奏。"这是白家疃祭田的由来。

这道上谕提出的主张太特殊了，至今仍耐人寻味。而在当初，想必令大学士们头痛，他们觉得皇上上老百姓的当了。从上谕的措辞反推，"岁时祭祀"怡亲王的主张是白家疃村民提出来的。至于白家疃村民为什么主动掏银子祭祀怡亲王，明白事理的朝臣心里都有数，究其内里，与允祥"遗爱人间"关系不大，与"感念王之恩德"更不贴谱，这些都是托词，而白家疃村民的主要目的在于逃避赋税。

康、雍时期，八旗人口不断地膨胀，成为国家沉重负担。为了养活越来越多的八旗人丁，只能加重田赋。京城是八旗主要聚集地，畿辅农民对日益沉重的田赋有直接感受。在全国性的"怡贤亲王祠热"中，作为怡亲王赐园所在地的白家疃，不知哪位冒出个点子，每年家家户户掏银子祭祀怡亲王，换取国家免征田赋。这是笔对村民划算的买卖，"香火之资"花不了几个钱，所需费用远远少于田赋。

胤禛处理朝政事务比较缜密，看他治理亏空那两下子，就知道没有银两能从他的指缝间溜走。而这一次，自认为洞悉人间种种猫腻的他居然看走了眼，大笔一挥，同意"将白家疃数村地丁钱粮永远蠲免，以为将来香火之资"。恐怕他过于悲痛，太想宽慰十三弟在天之灵，也太想向天下人表现他与十三弟的骨肉亲情了，以至出现这种低级失误。

好在有大学士把关。尽管"白家疃数村地丁钱粮"的数额不多，他们也不能在田赋上开个坏头，让田赋流失。既然皇上让"确议具奏"，他们就到白家疃摸底，提出"岁时致祭"怡亲王的共三百多户，其中大部分是无田户。无田户没有饭碗，却要掏银子祭祀怡亲王，无非是希图通过"岁时致祭"怡亲王混碗饭吃。面对这种情况，大学士将上谕所说加以变通，提出白家疃附近有三十余顷无人耕种的官田，可分配给无田户耕种，免其田赋，所余用来祭祀怡亲王。这个变通方案一举数得，既满足了皇上祭祀怡亲王的热忱，又没有免除白家疃数村的田赋，同时安排了一部分无业流民。对这个方案，胤禛"从之"，这才有了白家疃"祭田"。

附带说说，雍正年间没有使用"祭田"一词。《清史稿》中提到这件事，采用"祭田"之说。而且此前没有因祭祀而免田赋的事情，之后也没有。有清一代，白家疃"祭田"是独一份的。

得到消息后，怡亲王的儿子们没耽搁，处理阿玛丧事后，空闲下来就出发了。他们到达白家疃已是中午。当地村绅早就有所准备，他们下得马来，立即上饭桌，一通好吃好喝。村绅请来一位姑娘作陪。这姑娘一头浓密的黑发，挺壮实，颧骨高高的，脸蛋两侧是红通通的两疙瘩，俩大奶子也鼓囊囊的。尽管村绅口口声声称她为"村姑"，话里话外鼓动王子们"尝尝村野的鲜儿"，但弘昌还是犯疑，觉得她就是村绅家的胖丫环，临时拿来凑数的。弘晈也犯嘀咕，觉得这位尽管长相土头土脑的，但跟大田里的农家女是两回事。

弘昌、弘皎哥儿俩心里有数，不大搭理"村姑"，而弘普倒是跟她没话找话瞎搭茬儿，还借着三分酒意掐掐她的大腿，见她没有躲闪，又掐掐她的屁股蛋儿，她还是不吱声，静得像只刚偷吃了小鱼的肥猫。

饭罢酒阑，当然要到"祭田"转转。按照大学士的变通方案，岁时祭祀怡亲王已不是"白家疃数村"的自发行为，而是由耕种官田的村民承担，属于政府行为。内务府考虑把他们组织起来，搞成类似官庄的架构，连接待诸王子的也是内务府派驻白家疃的一个小官吏。

一切都还没有就绪，白家疃的官庄连所房子都没来得及建。但小王爷们哪在意这个。久居京城，走街串巷的，腻味了，想看看村野景象；京城是文彩风流典章人物荟萃之地，恣情尽性于种种声色耳目之娱，而荒郊僻野则别有一番恬静自适的情调。两种情调相互调剂一下，也好。

弘昌与弘皎转悠去了。他们穿越枳篱绿径、村舍茅肆，出了村，踏上田埂。放眼望去，片片田园间，处处芳草，翠绿匝地，其间巨树蓊郁，浓荫翳日，一湾清溪，蜿蜒迂徐，汇成幽潭一泓，林木倒映其中，随风荡漾。间或，有蹿逸的野兔与扑簌而起的野鸡。远处，有只公鸡大白天的啼鸣起来。近处的小牛犊和它呼应起来，不慌不忙地发出哞哞的叫声。

弘昌、弘皎哥儿俩看着舒心，站在田埂上聊起来，越扯越远。

弘昌望着田亩说："有了这块'祭田'，我心里就踏实多了。"

弘皎问："这话怎么讲？"

弘昌叉起了腰，"有的话搁城里不敢说，地头田埂上没人偷听，敞开了骂骂大街。瞧皇上那邪性，今儿干这个，明儿整那个，今儿这个死，明儿那个完。隆科多、年羹尧对他好不好？好。照样得玩儿完！借着办咱阿玛的丧事，他又把三叔和弘晟扔到大牢里了。他能饶了谁，又能放过谁，满天下他信得过的，就咱阿玛一个。阿玛在，他对咱家不错；这会儿阿玛不在了，他以后还不定会对咱家怎么着呢。"

弘皎叹了口气，摇摇头，"也是，嗨。我也正琢磨这事儿呢，哥哥这番话说到我心眼儿里了。"

弘昌来了情绪。"世途艰险，命运叵测，这块'祭田'来的正是时候。我琢磨了，这块地好，好在不入官。官府不罚没，这是顶了天儿的好。皇上金口玉言，年年岁岁祭祀咱阿玛，嚷得满天下都知道，总不能咽回去吧，只要还算数，以后咱家要败了，就搬到这儿来住。'岁时祭祀'咱阿玛可不是说说的，那些耕种'祭田'的村民，除了留够吃的喝的穿的，其余银子都得拿出来祭祀。咱哥儿几个拉家带口的跟这儿过，吃呀喝呀穿呀，全指着这份祭祀银子，下半辈子就扔到这儿了。"

弘皎到底小儿岁，容易被哥哥煽乎起来。"还有，咱家子孙也跟着沾光。在这儿办个私塾，用不着掏银子，儿孙学习骑射、读书写字，大大小小的费用，银子都从祭祀咱阿玛的银子里面出。"

弘昌兴奋地大叫了一声："连泡村姑的银子都从这儿支！"

弘皎突然间想起了什么，"哎，弘普呢？"

哥儿俩对视了一眼，共同想到了一点："这小子泡胖丫头去了！"

他们顺着田埂往回跑，边跑边念叨着："他在饭桌上就不对劲儿，看胖丫头的眼神儿，邪火都要蹿出来了。""那会儿就又掐又摸的，这会儿怕是已经勾搭上了。""没错，这会儿肯定在那个土老财家。"

他们踹开村绅的家门，几大步进到二层院子里，见到村绅和那个内务府的小官吏正挤眉弄眼地扒着窗户往屋里看。

弘昌把他俩一把拨拉开，往里面看了一眼，就回过身来，对着弘皎，向后挑挑大拇哥，说："弘普够有能耐的，白家疃成他的村野后宫了。"

他俩扒着窗户往屋里看，看见了惊艳的一幕：弘普裸着身子，压着那个胖丫头呼哧带喘地干事。胖丫头下身被扒光，高抬着双腿，吱哇乱叫，乐不可支，忙里偷闲，抱着弘晓的头，狠狠地嗑上一口。

看了几眼"妖精打架"，他俩忽地离开窗户，面色潮红，都有点心惊肉跳，不敢看对方。扭脸一看，那个村绅和那个内务府的小官吏正趴在地上紧着磕头，战战兢兢的，好像是做了件天大的错事。

他们什么话也不说，不动声色，绷着脸从他们身边走过，快步来到门外，相互看看，扑哧笑出了声，继而大笑起来。

弘昌仰面看看蓝色的天空，感慨地说："'祭田'，真他娘的好。"

弘皎呼应："在'祭田'，咱哥儿俩就是皇上。"

五十六、咸安宫－白云观－马车上

雍正八年六月，曹頫第一次把曹霑带到西华门。

紫禁城的侧门并不像所想象的那样戒备森严，只有几个护军来回走动着。尽管如此，对着高大巍峨的宫门，曹霑仍然惶惶然的。

警戒紫禁城的是内务府上三旗包衣官兵。内务府上三旗包衣官兵分为护军营和骁骑营两部分，分工是骁骑营负责紫禁城的宿卫，护军营负责紫禁城的门禁，每当皇帝出巡，护军营要扈从保卫。

内务府官署就在西华门内，拐弯就到。内务府官员进进出出，与门禁护军都混成了半熟脸。曹頫没怎么费事就被放了进去。不大会儿，他拿着一张纸出来，纸上有一个方方正正的大红印记，对着护军晃了晃，就一把牵住曹霑的手，进入长长的门洞。后来曹霑才知道，这是从内务府官署开具的关防，那个大红印记是庄亲王允禄令手下人盖的。

这是曹霑第一次进紫禁城。其实，他刚进入西华门就向北拐，等于是贴着城根走，仅仅擦了紫禁城的一个边，远远没有深入皇宫内部。即便如此，在这种地方他多少有些心慌，腿肚子有点发软。

曹頫常常出入，倒是坦然。西华门左近是内务府的地盘，内务府的几个重要库房在这一带。为了让曹霑放松些，他边走边指指点点的，那座殿是器皿库，存放宫里用的磁器，那边那座殿是尚衣监，江南三织造府督造的上用绸缎，就在尚衣监裁剪缝制成皇上和后妃的衣服。

曹頫一指，"到地方了。"

曹霑抬头一看，好大的一座宫门，阴森森的，好像有一股冷风从里面吹出来，透着股子凉意。要不然怎么叫冷宫呢。

走进大门，是一座面阔九间的高大宫殿。从西华门一路进来，放眼望出去，到处是红墙碧瓦，金碧辉煌的，而这座殿却显得陈旧不堪，殿顶长着草，柱子上的油漆斑驳脱落，门窗也长期没有鬃漆了，到处是褐色的斑痕，已是年久失修。这就是宫里人最不待见的咸安宫。

咸安宫，康熙年间曾经羁押废太子之所，从来是个凄清冷漠的所在。而在这时却有了些人气儿。

大殿里有响动，大门敞着。曹霑跑过去，站在门槛上往里看，殿里满是和他年龄差不多的半大小子，穿着一样的蓝布褂，腰间扎着一样的黑布带，留着一样长的大辫子，前半拉脑门都刮得发青。他们一排排地席地而坐，在大殿的中央，一个教习在教授刀法。

他不由自主地走进去。那教习闪转腾挪，刀影在他眼前嗖嗖地闪过，呼呼有风。他纹丝不动，瞪着眼看得入神。

教习耍刀间虚光一扫，见到门口有人，立即停止下来，将刀哐啷一声扔在地上，大步走过来，目光炯炯地打量着来人。

这位教习高大魁梧，阔鼻大眼，面膛紫黑，像庙里的金刚般倒竖双眉，威严了得。曹霑被看得有点怕，不由向后退了半步。

教习乐了，"别怕别怕。瞧着我像尊庙里的金刚，是吧？"

他点了点头。

教习微笑着，"本教习的名字一如长相，姓吉名金刚，来自河南偃师，与唐朝高僧、西天取经的玄奘是老乡。"

那帮半大小子七嘴八舌地喊道："吉教习是武状元出身！""他是咱们咸安宫官学的武术总教习。"

曹霑愈发诚惶诚恐。"武状元……总教习。"

教习伸出粗大的指头一点，"你是曹霑？"

他点了点头。

吉金刚说："教长说了，你今天入学。"

他依旧点了点头。

吉金刚说:"你面子不小,听说是庄亲王安排你入学的。"

他点了点头,说:"嗯。"

吉金刚说:"以后不要说'嗯',在这个地方得说'是',明白吗?"

他慌里慌张地点点头,"嗯。"

吉金刚微笑着摇摇头,接着退后一步,打量起他来,那眼神很专业,就像在农村大集上挑牲口,掐掐他的肩胛骨,拍拍前胸,拍拍后背,又蹲下拍拍大腿、小腿肚。拨拉着他的脑袋,往里一推,说:"给我坐那儿,跟大伙一块学刀法。"

他回头看看,曹頫对他点点头。

他怯生生地走到众学生的后头坐下,挺直腰板。

在这一刻,他正式成为咸安宫官学的一名官学生。

大清王朝重视满洲后裔教育,早在入关前就设有宗学与官学,前者面向皇族子弟,后者面向八旗官员子弟。顺治年间设两翼宗学,培养努尔哈赤本支后裔,仅限于十岁以上的亲王、郡王和世子。康熙二十四年,在神武门以北的景山设立满汉官学,规模很小,仅在康北上门两侧建了三十间官房,招收学生不过几十名。

统观康、雍时期的教育事业,两位皇帝对比明显。胸襟宽阔的康熙皇帝注重抓大的方面,诏举博学鸿儒,推动了涉及千千万万读书人的科举教育的发展,对满洲贵胄教育这块反倒不大认真,宗学和官学没有发展。相较而言,进入雍正朝,小肚鸡肠的雍正皇帝抓小的方面,科举教育没有太大的长进,宗学和官学的规模却有所扩大。

雍正皇帝在大兴"阿、塞、年、隆四大狱案"时,深切体会到,必须对宗室、觉罗等贵族子弟以及八旗官员子弟加强教育和管理,否则本支骨肉视若仇敌,相互倾轧;王贝勒之子孙妄自尊大,任意奢侈;将军及闲散宗室不知自重,狎比小人。因此,他在重建两翼宗学的同时,为教育其他与皇室关系密切的八旗子弟,又创立了两种新的官学:一个是八旗觉罗学,与宗学不同之处是招收努尔哈赤叔伯兄弟之后裔;另一个就是内务府下属的咸安宫官学,只招收内务府上三旗佐领子弟。

雍正六年,雍正皇帝颁布上谕提出,废太子早就释放,咸安宫空闲下来,可在此地再设一所与景山官学类似的学校。七年,咸安宫内建了三所读书房,每所容纳三十名学生,共录取学生九十名,学生饭食、笔墨纸张,全部由内务府承担。派翰林二人总理稽查教习功课。教习共十八人,满教习简选八旗之善于书射者补充，教授满语和骑射，汉教习于进士和举人中挑选，教授汉语和武术搏击。据《钦定总管内务府现行则例·咸安宫官学卷》，教习待遇不低，夏季各给硬纱袍褂、绒缨帽，秋季各给官用缎袍褂。三年一次，各给官用缎、羊皮袍褂、骚鼠帽。

曹霑在江宁就读于十四楼，在官塾学四书五经，回到家后，娘和帐房师爷何明龄等向他灌输其他，从老庄到唐诗宋词元曲，尽在腹中。来到京城后，曹頫和馨玉对他的学业分外着急，一门心思地要给他找一所好学堂，补养育兵都是说着玩儿的，养育兵只是没法子时的退路。他们相中了咸安宫官学，千方百计要把他送进去就读。

咸安宫官学不容易进，招收官学生范围很窄。曹頫尽管恢复内务府五品员外郎，在广储司行走，但身非参佐领，按说子弟没资格来这儿读书。好在曹家世代在内务府任职，有门路。曹霑十六岁生日之后，曹頫直接托到了内务府官学的顶头上司庄亲王，请他帮个忙。庄亲王允禄尽管有些滑头，但重情重义，他既然顾恤表舅李煦，也自然顾恤表舅的外孙。咸安宫官学是他的正管，他发了话，曹霑得以入学。

自从在咸安宫官学的正殿里一屁股坐下，曹霑就像秀才闯入猎户营盘，瞧着什么都糙了巴儿的。久居江南，他长期承受的是柔情万种的东南文化，生活中绝少彪悍色彩。江南不兴骑马，也没有像样的山岭去呼啸射猎，那儿的人好像也不希图这些，似乎那种打打杀杀的事该着是北方爷们儿所为。至于短瘦精干、脑瓜活络的江南人士，玩儿的就是秀雅二字。例如江南名士，满脑子是如何显现儒雅之风；例如江南商贾，一门心思捣腾些绸缎衣料买卖；例如有些江南小相公，一肚子花花肠子，满足于搞些花前月下的小勾当。这就行了。

曹霑生于江南，长于江南，但与通常江南后生不同，毕竟是在旗的，沾染了一点武事。江宁织造府曾经为他和其他子弟聘请武术教习，但充其量也就是学了点花拳绣腿。而花拳绣腿与战争需要是两码事，与兵民一体的体制不相应，与清室要保持"关外遗制"的努力更不着边。在咸安宫官学，需要认真补的就是骑射课。

骑射要求具备娴熟的骑术，能张开硬弓的臂力，能命中靶心的弩技，以及打仗最用得着的搏击技法，而被民间看好的少林棍法、武当剑法之类，却无心细究。如久旱逢雨，他入学三个月，骑射这一块有了大长进，骑马弯弓多少拿得起来了，尤其是摔跤，在官学生中处于中上水平。

清室所说的保持"关外遗制"，绝不仅仅是骑射技巧，重要的是傲视中原的蛮霸劲头。在这所官学就读的，多是内务府上三旗的佐领子弟。内务府上三旗是由汉人组成的，但不属汉军旗，而是正经八本的满洲旗。这些佐领子弟的先世都是汉人，只不过先世"从龙入关"，后裔长期生活在京城，对满洲更加认同。满洲八旗子弟与生俱来有一种统治者的霸气，内务府上三旗佐领子弟也多少沾染上了一些。

曹霑，一个遗腹子，一个江宁温柔乡里长大的嫩小子，过去何尝知晓霸气为何物，而在这个官学环境中，他通过学习骑射，不仅逐渐融入京城的满洲群体，而且在不知不觉间，连个人气质都有点变化，柔弱成分少了点，刚强的成分多了点，说话嗓门粗了，做事动作蛮了。

他这时毕竟才十几岁，还意识不到官学的内里是个什么瓢子，更不可能悟出，即便混迹于满洲八旗子弟的行列中，学得几分张狂，学出些横眉立目的嘴脸，而根子上也仍然是奴才。这份感悟，李煦是拿一条老命换来的，而曹頫是在历经磨难后才悟出的。

九月，是京城最惬意的时令。整个天空一片蔚蓝色，万里无云，只有静静的几缕云丝，似乎是在聚拢，也似乎是在消散。

初秋的阳光下，咸安宫官学九十名学生在宫前空地上练拳，一招一式整齐划一，且伴有震天的叫喊。与殿内不同，他们每人穿着兵卒的坎肩儿，称之为"号坎儿"。之所以如是称，是因为兵营里穿着它，都带有编号，而这些官学生号坎儿的背后，则统一有一个大大的"咸"字。

吉金刚挺胸背手，穿行于拳阵，在众学生呐喊的间歇，他亮开了洪亮的嗓门："诸位学生，尔等习拳之地，乃明朝遗留下来的宫室。明朝为什么完了？圣上总括为四句话：'年久繁衍，失于训教，末流猥鄙，至不可言。'圣上还为大清王朝保全之道总括了四句话：立学设教，鼓舞振兴，循循善诱，改过迁善。尔等听明白没有？"

吉金刚是个地道的武林中人，肚子里盛的墨汁不多。他的这番话出自雍正皇帝对宗学正教长、辅国将军善福的口谕，已经成为宗学与官学的校训，是诸教习挂在嘴边的。

九十名学生齐声呐喊："不负圣训！"

曹霑呐喊时分外下劲，用尽力气喊，喊破嗓门也不在乎。

而后继续操练，他的动作规范，出拳有力，额头上已开始冒汗了。

咸安宫官学设于紫禁城内，学生必须走读，遇到雨雪天气方可破例留宿。

操练结束，天已向晚，学生们满身大汗，说说笑笑，准备回家。

曹霑正要离开，不经意间注意到，殿前的空地上有几匹马，边打着响鼻边嚼着草料。马进冷宫，可是从来没有过的事情。

他正在诧异，听到有人唤他的名字。回头一看，原来是总教习吉金刚。

他鞠了一个躬：“总教习，找我可有事？”

吉金刚看看左右，低声说：“已经通知你的家人了，你今晚不回去，明天一早你和几个人随我出发。”

他感到热血涌顶，问：“去哪儿？”

吉金刚说：“内务府派我们去白云观。”

他问：“执行什么公干？”

吉金刚眉毛一挑，低声吼道：“不得多问！”

第二天一大早，吉金刚带着曹霑等五个官学生，牵着七匹马出了西华门。

早就有一个精瘦的汉子在那儿等候着，远看，其人就像书上画的鬼，走到近处看，他四十多岁，长得尖头猴脑的，还是像书上画的鬼。

吉金刚向官学生介绍说：“这位官员姓戴名铎。”

戴铎说：“诸位官学生就叫我老戴好了。”

吉金刚双手抱拳，“叫老戴不妥。本教习到现在也不知道您的官衔，我和我的学生们该怎么称呼您？”

戴铎说：“内务府郎中，就叫我戴郎中好了。”

吉金刚绷下脸，“听着，戴郎中带着我们走，到白云观后说什么话，做什么事，一举一动都得听戴郎中的，不得擅自动作。明白不？”

官学生们齐声答：“明白。”

吉金刚说：“上马！”

吉金刚一拍马鞍子，一蹿就上去了。

白云观在京城西郊，西便门外一里多地。一路上谁都不说话，但听马蹄咯哒咯哒响，划破了清晨的寂静。

远远有一片规模宏丽壮观的道观，那就是白云观。它是京城著名的全真派道观，创建于唐朝开元年间，原名天长观，到清雍正年间已有千年。金朝，天长观改名为太极宫。元太祖成吉思汗安置长春真人邱处机于此，改名长春宫。明朝洪武年间改今名。

有三两人在白云观山门徘徊，想必是细作。见到戴郎中下马，一名细作上前咬了阵耳朵。戴郎中偏了偏头，一行人就随他进去了。

白云观由几进四合院组成，主要殿堂分布在中轴线上，依次为牌楼、山门、灵官殿、玉皇殿、七真殿、邱祖殿、四御殿、戒台和云集山房等。四御殿有二层，上层名三清阁，内藏明朝正统年间刊刻的一部《道藏》。

一行人进得山门，刚走到灵官殿，一路上沉默寡言的戴郎中活跃起来，就像官学的文教习在给官学生讲课。一行人高谈阔论，惊动了观内的道士，有的道士围上来，看来是想与香客谈经论道。

殿内有一尊泥塑像，赭面黑髯，蒲头团花袍，玉带衮补。

戴铎久久地看着这尊泥塑像，回头问："你们知道他是谁？"

官学生哪知道这个，都摇摇头。

吉金刚猜测说："可是邱真人？"

戴铎微笑着，"不对，邱真人不长胡子，他的像在后面供奉着呢。明朝人供奉了这么久，居然不知道拜的是谁。"

一位中年道士问："您知道是谁吗？"

戴铎露出自得之色，"鄙人倒是考据过。此人八成是南宋的翰林学士张本，曾经奉朝廷之命出使漠北，见过元太祖成吉思汗。要说见元太祖，他还在邱处机之前。但是，张本后来没有向朝廷复命，就隐居在这座道观了。元朝人知道这件事，这尊像也是元人塑的，明朝人不大知道这件事，所以也不知道元朝留下的这尊塑像是何许人。"

那位中年道士问："您修行道家多少年了？"

戴铎不以为然地说："没有几年不敢考据这个。"

曹霑插了进来，"戴郎中，带我们去看看邱真人吧。"

戴铎立即响应："好！到了白云观，哪能不看看邱处机的塑像。"

他说着，拉住那个中年道士就往外走，"走，请您带这几个官学生到邱祖殿去，他们有什么看不明白的，请您多多指教。"

那位推托了几下，推托不过，也就随着过去了。

白云观的主要殿堂为邱祖殿，内有邱处机的泥塑像，白皙无须眉，下面埋着其遗骨。像前有一整块木头雕刻的钵子，上广下窄，可容米五斗。

戴铎在像前默立良久，回身说："处机字通密，号长春子，在昆仑山、终南山隐居修道，是王重阳七大弟子之一，创道家全真派龙门派。那时，金朝与宋朝对峙，蒙古在北边虎视眈眈。宋廷请他出山，不动，金廷也请，还是不动，元太祖成吉思汗西征到奈曼国，手诏致聘，总算把他搬动了。他带十八弟子跋涉，在雪山之阳见到太祖，劝太祖不要杀人。太祖问为治之道，对以敬民爱天；问长生之道，对以清心寡欲。太祖赐号'神仙'，爵大宗师，令掌管天下道教。"

那位中年道士说："是这么回事。看来，您像是我们道家中人。"

戴铎拉住他的袖子，"有您这句话，弟子就没白来。走，那边有个七真殿，弟子还有事要问。"

他们一块进了七真殿。戴铎拉着中年道士的袖子，始终没有撒手。

吉金刚带着官学生一直跟着，寸步不敢离开。

七真殿内有七真像，旁有壁画，绘有一二十个人物，个个栩栩如生。

吉金刚看了看，满头雾水，回身问："戴郎中，这上面画的是什么人？"

戴铎说："这是邱真人的十八弟子，就是这十八弟子陪邱真人在雪山之阳见的元太祖成吉思汗。"

一个官学生问："十八弟子都是谁呀？"

戴铎指着中年道士："别问我，有高人在场，这得问他。"

那个中年道士谦和地说："这位官人，您先对您的学生说说吧。哪儿一时想不起来了，贫道再和您探讨一下。"

戴铎说："那学生就当众献丑啦。"

戴铎并起剑指，说："能一口气叫上十八弟子名字的不多，听我给你们念叨念叨，他们是：赵道坚、宋道安、尹志平、孙志坚、夏志诚、何志清、张志素、李志常……下面的就说不上来了，请师傅指教。"

那个中年道士接着说："还有基志清、潘得冲、孟志稳、郑志修、鞠志圆、于可志、王志明、宋得芳、张志远、杨志静，皆称为宗师。"

戴铎不由分说，拉住他就往外走，"好，好，好！我正要找道家师傅呢，今天遇到了高人，算我的这帮学生走运。道家的学问非常高深，这地方三言两语说不明白，走，到我们那儿授课去。"

那位中年道士还在礼让，"贫道不敢当，不敢当。"

戴铎说："我看您就正合适。"

戴铎说着，迅速地扫了吉金刚一眼。

吉金刚立即会意，一甩头，官学生一拥而上，大呼小叫的："师傅，您就跟我们走吧。""我们正缺您这么一个道家师傅呢。""到我们那儿授课去，大伙三跪九叩拜您为师。"

那位觉得不对劲儿了，"你这是干什么？"但身不由己被拥着走。

他有点慌了，左右看看，"再不撒手我可要喊啦。"戴铎一步抢上前，俯在中年道士耳畔说："我怕你是喊不出来了。"

戴铎接着疾迅地递过去一个眼色。

吉金刚脸色陡变，大巴掌往那位的腰间一卡，那位就只剩下捣气的工夫，再也说不出话了。点穴，是这位武状元的绝活儿。

中年道士大喘气，说不出话来，整个表情却像是在谦让。

官学生们拥住他，嘴不停地说着请他授课的事，若无其事地出了山门。

白云观的道士们不知是怎么回事，有的还笑嘻嘻地把他们送了出来。

山门外停着一辆马车，吉金刚一捅曹霑，两人一道跳上车，把那位忽地拽进车篷里。戴铎也像条泥鳅般钻进车篷，马车疾驰而去。

吉金刚和曹霑按着那位中年道士。他渐渐地缓了过来，能够吐出声音了："你们是谁？凭什么抓贫道？贫道不认识你们。"

戴铎阴阴地笑了笑，"你不认识我们，我们可认识你。贾士芳！"

贾士芳并非等闲之辈。综合有关史料，他来自河南，最初是白云观道士。雍正七年，允祥将他推荐给胤禛治病，胤禛召见后认为他没有真本事，把他赶出了京城。闽浙总督李卫又重新推荐。胤禛看到允祥与李卫先后保举同一个道士，看来是有些真东西的，便令田文镜将他妥善送至京城。他入宫后，内侍曾经盘问他医道方面的事，他说得支离破碎，漏洞百出，不像是通医术的，却自认为有些办法。胤禛半信半疑地试试他，他既不用药也不用针，只会念着咒语推拿按摩。他的咒语也非常简单，大体上是"天地听我主持，鬼神听我驱使"之类。就这样边念着咒语边按摩，两个月后胤禛的病居然好了。

史料为证，胤禛曾经对贾士芳的医术给予充分肯定。雍正八年九月六日，胤禛给贾士芳的推荐者李卫的朱谕称："朕安，已痊愈矣。朕躬之安，皆得卿所推荐贾文儒之力所至。朕嘉卿之忠爱关怀，笔难批谕，特谕卿喜焉。"

胤禛将贾士芳称为"贾文儒"，这个称呼该有多亲。贾士芳治好了胤禛的病，就出宫回到了白云观。

贾士芳素来与世无争，万万不会想到，他在白云观认真行医，没有任何闪失，却会被一群不明身份的人绑上马车。

贾士芳问："你怎么知道贫道的名字？"

戴铎掏出一卷纸在他眼前摇了摇，"我当然知道你的名字。我手里攥着你开的药方子，后面落着你的款！"

贾士芳惊慌地说："贫道不过是略通医道的游方道士，在白云观暂时栖身。贫道所长并非切脉问疹，而是推拿按摩。但是，凡来白云观找贫道求医问药的，贫道也大都给他们开个药方子。"

戴铎扬扬手中的纸卷，"这几年你在京城混出名气来了，到处是找你要药方子的，我们也是冲着你的名气来的。"

贾士芳盯着那个纸卷，"修道修的就是济世救人。贫道平素开的药方子多了，你手里那个药方子是贫道什么时候开的？是治什么病的？"戴铎凑过身子去，盯着他的脸，提示道："回春的方子，是壮实小老弟的。想想看，俩月前的一个晚上，一个干巴瘦的人让你开的。"

贾士芳努力回忆着，"干巴瘦的人？好像是有这么回事。"

戴铎说："甭他娘的'好像'了，那人就是我。"

贾士芳说："贫道见过干巴瘦的人很多。"戴铎说："有给过你一百两银子的干巴瘦人吗？一个回春的药方子，给了你一百两银子，这辈子你碰到过出手这么阔绰的人吗？"

贾士芳脱口而出："贫道想起来了。"

戴铎说："我估摸着你也不会忘。"

贾士芳表情渐渐地坦然了，从车板上坐起来，说："你是不是还要请贫道开药方子呀？你们呀，既然要贫道的药方子，说话就好了，贫道不会多要你们的酬劳，何必这么干呢？"

戴铎拉下脸来，"进了屋子想上炕，你还蹬鼻子上脸了。我们还请你？你开的是什么方子，配的是什么鬼药？"

贾士芳略显惊异，"这副药方不灵吗？"

戴铎说："这副方子出自您的手，怎么会不灵呢，灵，太他娘灵光了！"

戴铎猛地抽过去一耳光，"灵光的差点儿把万岁爷给吃死！"

话音刚落，他意识到说多了，赶忙捂住嘴，四下看看。

吉金刚和曹霑慌忙对视一眼，俩人脸都吓白了。

吉金刚还算沉着，很快调整了慌乱情绪，随意问："戴郎中，您说的万士捷是谁？这个道士配的什么药，差点儿把万士捷给吃死。"

戴铎满腹狐疑地看着吉金刚，"你刚才听着是谁？是万士捷？"

吉金刚说："是啊，我琢磨着万士捷得是个有钱人。"

他用胳膊肘捅了捅曹霑。

曹霑会意，边活动着身子边说："那是当然，万士捷恐怕是个南方来的大盐商，要不然能用一百两银子买个偏方。"

戴铎放心了。一旦放松下来，他编瞎话的本事比谁都大，随口胡诌："我本来不打算说，但刚才说走了嘴，那就交底吧。万士捷是护军营参将，年纪不算小了，讨了个年轻媳妇，上床后折腾不动，拜托我讨个回春的偏方。说到壮阳，这个贾士芳在京城有一号，我找到他，白花花的银子花了，这家伙把他的方子吹得天花乱坠，万参将按着方子抓药，差点给吃死过去。是护军营的几位弟兄让我惩治这家伙的。你们可千万别给我说出去。"

吉金刚说："戴郎中，您就放心吧。总教习带着官学生偷偷摸摸抓道士，不是值得炫耀的事情，一旦说出去，咱咸安宫官学的面子就栽了。"

吉金刚说完，又和曹霑对视了一眼，他俩偷偷地松了一口气。

戴铎做戏的本事满大，为了强化所说的"万士捷"，他往贾士芳脸上啐了一口，骂道："你小子敢坑万参将！瞧老子怎么收拾你。"

待戴铎转过身去，曹霑向总教习悄悄竖起了大拇哥。

五十七、积水潭－傅恒府

德胜门在京城城墙西北角，内有一大片水域，称为积水潭。

早在金元时期，积水潭就是都人踏春之地。元人留下一首即事诗：白水青山引兴多，红裙翠袖奈愁何！只从暮醉兼朝醉，聊复长歌更短歌。轻燕受风迎落絮，游鱼吹浪动新荷。余杭溪上扁舟好，何日归修理钓蓑。

雍正八年初秋的一天，一彪人马从斜刺里冲出来，疾驰在积水潭畔。

也许是景色宜人，也许是心情不错，马背上的人撒疯了。他们似乎忘记了这是京城市区，而就像在一望无际的大草原上，蹬着脚蹬子，从马鞍子上站立起来，大呼小叫："哟嗬嗬——哟嗬嗬——"

他们那疯疯癫癫的样子，惹得路人或驻足观看，或犹恐避之不及。

这是一群官学生，既不挎刀也不背弩，而是身上捆着锣鼓家伙。马撒欢儿的跑，有一位骑术娴熟的，一时兴起在马背上撒开了野，当当当当的敲起来小锣，居然敲得还蛮赶点儿。

一个大宅门张灯结彩的，附近的街道上停着几十辆马车，还有马车不断地赶来。一个十几个人组成的的"响器班"，在吱哩哇啦地吹着唢呐，一看就知道里面正在办喜事。

这彪人快马赶到。到底是训练有素的官学生，一个个利索地跳下马，早有小火一类在候着，拉过缰绳牵走马匹，在拴马桩上拴好。

曹霑是这伙人中打头的，刚要进门，又想起了什么。他退后几步，看看宅门，既没有石狮子，也没有高台阶，看来不是王爷府，连个贝子府都不是，这种规格，充其量也就是个统领的住宅。

头些日子，平郡王福彭跟他打招呼，说有个叫傅恒的朋友成婚，让他带些同窗唱子弟书助兴。平郡王说得很认真，却不说傅恒是什么名头，只说是某贵人的小舅子。满洲宗室亲套亲的很多，他本以为傅恒不是王爷也得是贝勒贝子呢，没想到，住在这么个普通院落里，看米不是大官儿。既然如此，平郡王为什么这么认真呢？他不由有些纳闷儿。

他们二话不说，拿着随身带的锣鼓家伙，推开门进去。刚进门，身上扎着红绸带的福彭笑容满面地迎上来。

曹霑指指身后，"表哥，你要的人，我都给带来了，都是咸安宫官学的，子弟书唱得棒着呐。"

福彭大喜，双手抱拳转了半周："欢迎诸位来捧场，今儿是小舅子大喜的日子，诸位好好唱，有多大本事都给我使出来。"

曹霑的这帮同窗家里都是有头有脸的，老子不是统领就是参领或佐领的，见过些场面，平日里横着走道，让他们打心眼里服气的主，还很难遇到。

他们窃窃私语起来："小舅子？谁的小舅子？小舅子是谁？""闹了半天，曹霑，你把我们哥儿几个诓来，是给个小舅子唱来了。"

曹霑没有理会他们，介绍说："这是我的表哥，平郡王福彭。"

那帮人一听是位郡王，登时收起了张狂的劲头，但一路放马疾驰激起了振奋，那股子嬉皮笑脸的劲头没有收敛。

一位作三跪九叩之状，"敢情您是位王爷。官学生这厢有礼了。"

另一位假装诺诺地说："王爷，我吃我娘的奶那会儿，使了多大的劲儿，我娘没有告诉过我。但在下等会儿使的劲儿，肯定比那会儿大。"

福彭笑着往里让，"这群小油勺子。滚到里面去，运运嗓子。"

曹霑一行正往里走，有长相差不多的俩人，横着膀子迎面走来，定睛一看，原来是弘昌、弘晈。

由于怡亲王允祥的关系，曹霑打心眼里尊重二位王子。上次见到二位王子还是在怡亲王的葬仪上，一晃，几个月过去了。

他快步上前，单膝点地，"二位王子，官学生曹霑请安了。"

弘昌说："原来是你，冷不丁冒出来，吓了我一跳。"

弘昌看看他的身后，"听平郡王说了，你带着同窗来唱子弟书。"

曹霑向同窗介绍道："这是怡亲王家的，贝子弘昌、宁郡王弘晈。"

又冒出一个郡王外加一个贝子，而且是怡亲王的后人，诸同窗听着又有些犯傻。他们一块抱拳："官学生给王子请安了。"

弘晈却拉下脸来，"用不着瞎客套，说点正经的。身为宁郡王，我向诸位官学生交代个事情，名头恐怕还是够的。今天的新郎官不是别人，而是傅恒。没听清的话就再说一遍，是小舅子傅恒！这可不是闹着玩儿的，你们得给我好好唱，把小舅子哄高兴了，听明白没有？"

官学生齐声答："明白！"

随后他们就面面相觑。其实，他们一点也不明白傅恒是何许人。这家伙是干什么的，是什么来头，是谁人的小舅子，怎么这么些王爷一提到他就那么尊崇，就是提到他爹他娘也不过如此了。

远远地，一个人快步走过来，边走边忙忙叨叨地向过往的人张罗。

咸安宫官学属内务府管辖，顶到天的上司就是庄亲王允禄。允禄时不时到官学巡视，官学生都认识他。

有人悄悄说了一声："这是庄亲王允禄！"

这帮官学生马上闪出道路，单膝点地跪在路旁。

允禄说："你们是来唱子弟书的官学生吧？快点进去。傅恒在里面快要拜堂了，人多了热闹些。"

允禄匆匆说完，又掉头匆匆回去了。

一位同窗惊恐地四下看看，"连庄亲王都来了！乖乖，傅恒是个什么角儿？怎么他办喜事，来的尽是些如雷贯耳的人物。"

另一位附和道："看样子，今儿个咱哥儿几个还真不能含糊。"

他们快步向里赶。正堂在第三进院子里，一进院子，他们看着有些发傻。怎么来了这么些人，正堂里站不下，就挤到院子里，满那儿都是官服青马褂，而且顶戴和补子都不低。

顺治年间定百官冠制，一品、二品、三品冠上衔红宝石，四品上衔蓝宝石，五、六品上衔水晶，七品嵌小蓝宝石，八品起金花顶，九品起金花顶。这是朝冠。雍正五年议，凉帽、暖帽皆照朝冠顶用。亲王、郡王、贝勒、贝子、入八分公，用红宝石顶，未入八分公、固伦公主额驸、和硕公主额驸、民公、侯、伯、镇国将军、一品官用珊瑚顶，辅国将军、奉国将军、多罗额驸、二品、三品官用花珊瑚顶。

曹霑这帮同窗，别的可能认不大全，要说什么官儿戴什么顶子绣什么补子，说得溜着呐。这几个人站在台阶上展眼一望，看补子看顶戴，被一大片红宝石、蓝宝石、珊瑚耀花了眼。来的尽是些达官贵人。

这时，新郎和新娘还没出来，来人三五成群，或聊天，或看堂会。

汉人婚仪常有些助兴的堂会演出，明清之际，南方有海盐腔、昆腔、弋阳腔以及吹腔等等，北方则流行梆子腔。梆子腔起源于陕西、甘肃一带高亢激越的民歌，首先形成的剧种是秦腔，随后向东发展，同各地语言、民间曲调相结合，陆续形成山西梆子、河南梆子、河北梆子、山东梆子。京城特殊，无论是南方的"腔"和北方的梆子，在这里都不大流行，京城兴的是"京腔"。它是由江西的弋阳腔与京城的语言结合而形成的。形成年代大约在明末清初，又称为"北弋"。

这次婚仪就请来个京腔班子，在当院唱堂会。京腔的曲调，既没有梆子那么高亢激越，也不是南腔那么软兮兮的，而是介乎二者之间。堂会班子唱得挺起劲，但没有多少人认真听。

正堂里坐着个老太爷般的人物，捋着胡子听着。

身边有几个女眷和棒小伙，众星捧月般簇拥着他。看那表情，他未必知道唱的是哪一出，只是硬撑这个谱。

一个官学生问福彭，"平郡王，那老头是个什么官儿？"

福彭瞪了他一眼，"不准叫'老头儿'！那是察哈尔总管李荣保。"

曹霑自语："察哈尔总管，官儿不大呀。傅恒是这位总管的儿子，他家办喜事怎么来了这么多王爷？还要庄亲王主事。"

李荣保是朝中宿望马齐的亲弟弟，原任武职，仕途随着哥哥的官运颠簸。畅春园会议后，康熙皇帝下令逮捕马齐，刑部将马齐判处死刑。后来玄烨念其"任用年久"，免其死罪，送往允裸府邸监禁，其家人中凡有为官者一律革职，李荣保和马齐的另一个弟弟马武也被革职。在康熙朝的最后几年，马齐复用，为武英殿大学士，李荣保也官复原职。雍正初年，马齐为辅政的总理王大臣，加太子太保衔，李荣保跟着沾光。

至此，马齐这个畅春园会议上拥戴八阿哥允禩的头面人物，成为胤禛的主要宠臣了。在这一轮，李荣保不仅仅是沾光了，而是有了更大的名堂，轮到了当辅政大臣的哥哥沾他的光。

福彭看到众人对京腔不大感兴趣，等到唱堂会的刚有个段落停歇，立即走过去，招呼道："行了行了，你们先歇会儿，让唱子弟书的上。"

众人听说有子弟书，立刻来了情绪，有人高声喝彩起来。

曹霑一甩头，带着几位同窗进了场。子弟书的行头简单，他们很快就支好了家伙，排成一溜，准备开练了。

满洲八旗入关至此已八十多年，而膻腥之气并未脱尽，加上连年征战，兵河铁马每每入梦，杀伐之气仍直冲冠顶。这种情结影响着他们的欣赏要求，从骨子里喜欢热血翻涌、连喊带叫的演唱。宗学与官学是宗室子弟与八旗上层子弟的聚集地，从中逐渐滋生出一种演唱形式，以鼓、板、三弦等伴奏，连说带唱，与鼓词不同的是，不是一人唱数人伴奏，而是多人演奏的同时一起喊一起唱一起吼，曲调绝无优雅可言，而是汪洋恣肆，酣畅淋漓。一句话，子弟书是八旗子弟尚武精神的外化。

曹霑走出行列，面对众人咳嗽了两声，清清喉咙，气定神闲地念了四句，算是子弟书开场白："花有娇香玉有情，淡描轻染自盈盈。世间多物皆堪画，唯有风流画不成。"

子弟书曲目多取材自明朝小说，唱词基本为七字句，曲本有的仅数十句，也有长篇分回的。子弟书在乾隆年间渐臻成熟，分为东城调和西城调，在雍正年间尚在草创，没有流派也没有调，八旗子弟到坊间找本明朝小说，编巴几句，凑在一起，热热闹闹地喊唱着玩儿。

曹霑的开场白之后，回到行列中，和那几位一道拨弄着三弦打着板敲着锣鼓家伙，扯着嗓子吼上了：

"东京有个黄表三，也会吃来也会穿，一生好放官例债，不消半年连本翻。巢窝里放债现过手，他管接客俺使钱。线上放债没赊帐，他管杀人俺管担。攒的黄金柱北斗，临了没个大黄边。莲花落呀莲花落。"

雍正年间的子弟书就是这样的大杂烩，带着宋朝的莲花落、元朝的"驭说"以至明朝鼓词的种种痕迹，不过是连说带唱，连喊带叫，以锣鼓家伙击节击拍，宣泄情绪，而显得颇有新意，很对八旗子弟的胃口。

满院子回荡着他们的喊唱："看看爹娘不是亲，有钱且去敬别人。自幼养大有何用，娶了媳妇就要分。好酒好肉老婆吃，不怕爹娘饿断筋。生前不曾见真情，死后何人来上坟。莲花落呀莲花落。"

端坐在正堂中央的李荣保高声喝彩，"唱的好！"

他对左右说："记住，谁也不能娶了媳妇忘记了爹娘。给赏钱！"

一把碎银子加铜镚子儿撒到场子中间。

曹霑走出行列，双手抱拳："谢察哈尔总管李大人。接着唱！"

哥儿几个重新扯着嗓子吼上了："见了朋友不是亲，吃酒吃肉乱纷纷。口里说话甜如蜜，骗了银子不上门。嫌贫爱富窦家女，半路辞了朱买臣。孙庞斗智刖了足，哪有桃园结义人？莲花落呀莲花落。"

福彭跑进场子，"等等等等，先别唱了。新郎新娘要出来了。"

官学生眼明脚快，扔下家伙，撒丫子就往正堂跑。

在他们之后，人群开始向正堂蠕动，挤不进去的只好在外面干着急。

人们的眼睛盯着正堂的东套间，等会儿新郎新娘就从那扇门里出来。

不大会儿，新郎胸前扎着大红花，拽着一条红缎子走出来，新娘头上蒙着盖巾，拽着红缎子的另一端随后出来。红缎子的中间，绾了一个象征夫妻恩爱的同心结。这是拜堂仪式的一部分，名为"牵巾"。

他们牵巾走到正堂的中央大案之前，分开站立。引人注目的是，新郎新娘一人身边站着一位，当然，一位是傧相，一位是伴娘。

庄亲王亮开嗓门："新郎傅恒，乃察哈尔总管李荣保之子；新娘娜木钟乃出自科尔沁名门。今日二位喜结百年之好，此乃天赐良缘！"

"噢——"众人发出短暂的欢呼。

曹霑目不转睛地看着新郎官，估摸傅恒比自己大不了几岁，个头也差不多。但暗自比较，他自愧不如。傅恒面庞端正，鼻梁笔直，双目炯炯有神，有英武之貌。而且面对这么多人，含蓄大方，一点也不打怵。

新郎官身旁站着男傧相。这位男傧相长相倒是一般，年纪也就是二十岁出头。身材不算高大，属于中上等个儿，算不上眉清目秀，却是天庭饱满，地角方圆，神采奕奕。他穿着随意，是满洲的长袍短褂，不过质地是第一流的。即便他眉眼带笑，眉宇中也仍然透着一股威严，显得气宇轩昂，整个气质摆在那儿，往那儿一戳，比新郎官扎眼多了。

红缎子的那一头站着两个女子，是新娘和她的伴娘。新娘头上蒙着盖巾，看不到长相，只见她穿着氅衣。这是满族妇女喜穿的便礼服，略像旗袍，但袖子宽长，圆领，腰身较肥，襟袖花边很宽。

那位伴娘也穿氅衣，却也十分扎眼。她二十岁左右，体态丰腴，身材高挑，通身显出高贵典雅的气质。引人注意的是她的面庞，端庄秀丽，开朗舒展，眉宇中带有隐忍之色，而目光透着无尽的慈爱。看着她，不由令人想起庙宇中纤尘无染的菩萨造像。

"哎？这位伴娘怎么和新郎官长得那么像，莫不是姐弟？"

曹霑身后的同窗悄声议论着。议论引起了他的注意，仔细看看，果不其然，那个新郎的嘴巴、眼睛和伴娘长得一模一样的，备不住还真的是姐弟。

庄亲王走到中央，高声喊道："男家女眷为新娘揭盖头。"

按照宋朝以来的规矩，要由男方双全女眷用秤杆或者织布的梭子挑盖头。满堂人屏息以待，只见一位女眷走过来，坦坦荡荡地用秤杆挑起新娘头上的盖巾，花容一露，随即满堂响起惊叹之声。

好一个花容月貌！京城俗语形容美人胎子为"柳叶眉杏核眼儿，樱桃小嘴儿一点点儿"。几大样都让这位新娘占全了。

在众人的惊叹声中，一抹红晕飞上粉白的脸蛋，她含羞地瞟了新郎一眼，羞涩地低下了头。

有人嚷了一声："傅恒，哪儿挑了这么个漂亮媳妇？"

有人呼应了一声："傅恒老弟，艳福不浅呐！"

曹霑拿眼一扫，是弘昌、弘晈兄弟在起哄。不奇怪，这哥儿俩是怡亲王允祥的亲儿子，平素就胆儿忒大，走到那儿也敢嚷两嗓子。

傅恒家不是宗室，婚姻大事用不着皇帝指配，完全由父母作主。其父李荣保是察哈尔地面上的土皇帝，天高皇帝远，在自家地盘上，李总管比内地的总督、将军们神气得多。神气这玩艺儿不是虚的，它赋予神气者更大的活动空间，李总管得以驰骋在察哈尔地面上挑儿媳妇，并筛选出当地有名的美人儿，送到京城与儿子成婚。

见到这位美人儿，许多人都纳闷儿，这种美人怎么没有被选入宫呢？娜木钟的祖辈来自蒙古科尔沁草原。清朝皇族多与科尔沁贵族通婚，但娜木钟家并不是贵族，门槛一点都不高，她的上世当过小官吏，到她父亲这茬儿无官无职，自己开了个买卖，从科尔沁草原往内地贩马，继而脱出旗籍。既然不在旗，她就用不着参加选秀女了。或者说，正因为这朵鲜花没有成为备选秀女，才得以被傅恒摘走。

婚礼本来是件热闹事，起哄驾秧子的越多越热闹，而京城的人又爱起哄。弘昌、弘皎兄弟嚷那两嗓子，本意是要煽乎一下，带动其他混小子嚷嚷，让场面更热闹些。奇怪的是，在这两声之后，却没有人响应，众人只是笑笑，连笑出声的都没有。这个婚仪上，好像有个什么东西压制着欢乐气氛，使得想闹腾的也闹腾不起来。

庄亲王喊道："新郎新娘行合卺礼。"

"合卺"又称"交杯酒"，始于上古。原是以一个瓠瓜剖成两个瓢，新郎新娘各执一个，饮酒漱口。宋朝时改了，据《东京梦华录·娶妇》："用两盏以彩连接之，互饮一盏，谓之交杯酒。"并将杯掷地，验其仰俯，以卜婚后和谐与否。

新郎新娘各饮一杯酒，但没有将杯掷地。这不是一般的婚仪，他们没有勇气通过摔酒杯预卜未来，连玩儿一把的胆量也没有。

庄亲王继续喊道："新郎新娘行交拜礼！"

行交拜礼即是民间所说的拜堂。要拜的对象很多，拜天地，拜父母，拜亲友，还要新郎新娘互拜。通常是由司仪边念着喜词，边引导新人拜来拜去的，拜够一大圈才算完。但这次，庄亲王没有喜词，只是喊着号令，让新人转着圈儿拜。末了，还增加了两项前所未有的内容。

庄亲王扯足了嗓门喊："新郎新娘拜傧相。"

新郎新娘向傧相深深地鞠了一个躬。

庄亲王再次扯足了嗓门喊："新郎新娘拜伴娘。"

新郎新娘向伴娘深深地鞠了一个躬。

曹霑身后，几个同窗又在悄悄地议论："真有新鲜的，还有新郎新娘拜傧相伴娘的，长这么大可是头一回听说。""拜堂中哪有拜傧相伴娘这一出，庄亲王也不知道玩儿的是什么花活。"

曹霑听到后颇有同感。他隐隐感到，傧相伴娘尽管一言不发，但是打他们亮相后，就成了这个婚仪的核心，尤其是那个傧相，往那儿一戳，就有一种莫名的威慑力。

按说，在婚仪上，老爷们儿总要冲着新郎新娘说些子荤话，解解馋，荤话越多，场面越红火。但今儿不行。看看那些达官贵人投向傧相的眼神，既尊崇又惧怕，哪有起哄驾秧子的心气。正是由于这位担任傧相，整个婚仪才会显得如此沉闷。

庄亲王的嗓门小多了："新郎新娘入洞房。"

人群立即闪出一条路。曹霑不眨眼地看着这对新人在傧相和伴娘的陪伴下，走出正堂，进入东厢房。

新人入了洞房，没有人在洞房门口起哄，相反，都冲着傧相和伴娘去了，围着这俩热热乎乎地说东道西。甚至傅恒的阿玛、察哈尔总管李荣保，这次婚仪的老太爷也没有什么人理会，被晾在一边。

曹霑揣着一大堆闷葫芦来到当院。

福彭过来了。"表弟，谢谢你和同窗忙活了一场。过几天我请你们吃饭，现在你们可以回去了。"

曹霑扭脸看看那几个同窗，他们在那儿摩拳擦掌地说着什么，一个个眉飞色舞的，看样子余兴未尽，很想折腾一把。

曹霑问："这就回去？"

福彭说："婚仪结束，人家进洞房了，你们当然得回去了。"

曹霑有点着急，"那哥儿几个还等着晚上闹洞房呢。"

福彭的脸变了，"闹洞房？这不是平头百姓小门小户成婚，也不看看今儿结婚的是谁，是傅恒，是小舅子！哪能让你们官学生闹洞房。"

曹霑连忙接上话："表哥，这会儿你得告诉我了，傅恒到底是什么人，怎么弄得你们都神神叨叨的？"

福彭想了想，说："要说嘛，傅恒只是个一般人，无官无职的。"

曹霑说："无官无职，老头子不过是个察哈尔总管，结婚怎么惊动了这么些王爷？你是郡王都排不上号，还得庄亲王主婚，是怎么回事？"

福彭说："别看傅恒什么都不是，人家根儿硬。"

曹霑问："傅恒有什么根儿？"

福彭左右看了看，神秘地说："其实，说出来也没什么不可以的。看到今天的傧相和伴娘没有，这俩可不是一般人。"

曹霑说："我正憋着想问呢，傧相和伴娘是什么人？"

福彭又左右看了看，"傧相和伴娘是两口子，伴娘叫富察氏，是傅恒的姐姐，傧相是傅恒的姐夫。傅恒是傧相的小舅子。"

曹霑说："闹了半天，你们叫傅恒小舅子，就是这么来的。"

福彭说："没错，就是这么回事。"

曹霑拉着福彭的手，就像早年间的小表弟一样。"你刚才说傅恒根儿硬，是有不一般的姐夫。他的姐夫是谁？是干什么的？"

福彭挠了挠头皮，"非说不可吗？"

曹霑说："表哥总不能让表弟帮了场忙，连里面是怎么回事都不说吧。"

福彭小声说："说出来别吓着你。傅恒的姐夫是皇四子弘历。"

曹霑慢慢地捋着关系，"傅恒的姐夫是皇子。这么说，傅恒的姐姐富察氏是皇上的儿媳妇。"

福彭干咽了一口唾液，"你没有听懂我的意思。傅恒的姐夫不是普通皇子，而是雍正皇帝的第四个儿子弘历。"

曹霑问："皇四子弘历与其他皇子有什么不一样吗？"

福彭的表情倏地肃穆起来，"官学生呀官学生，我以为你成天出入紫禁城，耳朵上多少挂了点事情呢，没想到你什么都没有听说。宫里人都认定了，皇上指定的皇太子，就是皇四子弘历。"

曹霑恍然大悟，"皇四子弘历？今天来的这位傧相、傅恒的姐夫原来是皇太子。那么，皇上万年之后，皇太子就是皇上。"

福彭说："如果不出意外，就是这么回事。富察氏是皇太子弘历的嫡福晋，皇上百年之后，自然就是皇后。"

曹霑脑袋发木，傻呆呆地想着什么。

福彭一推他的胸膛，"都给你说透了，你这个当官学生的该琢磨出来了，一句话：傅恒是皇太子的小舅子，甭看他这会儿是个无官无职的白丁，但前途不可限量。这么个主儿，不是你们这帮混小子能闹洞房的。"

曹霑掉头就走，边走边大声招呼，"嘿！哥儿几个，快收拾家伙，跟我一道回去。"

那几个不依不饶的，"怎么这就走？我们还想闹洞房呢。""来的时候不是一路说好了吗，咱们闹腾它个一宿。"

曹霑边走边说："别胡说八道的。滚你个娘的闹洞房，谁也不准闹。马上出门上马，全都给我滚回去！"

五十八、长春仙馆－养心殿－长春仙馆

　　圆明园这个名是康熙皇帝定的。作为赐园，胤禛潜邸时仅有"镂月云开"和"天然图画"两个景区，很难称为"园"。胤禛即位后，立即着手扩建。据清代内务府档案记载：雍正二年准为圆明园扩建采办木植，奉旨由内务府派员前往围场一带采伐林木，开围场伐林之先河。从此之后，凡大内、西苑、三山五园营建所用木植，大部取自围场，康熙老爷子的天然大猎场遭到破坏。同年，一位从陕西来的风水先生为圆明园扩建查看风水。中国古代苑囿根据风水确定布局。这条记载表明，这年已开始制定圆明园扩建的总体规划。

　　圆明园的山是堆的，河池是挖出来的，到处是人工雕琢，雍正皇帝却要求建筑物"取天然之道"。由此，这里的建筑物多数依山傍水，因高就深，相度地宜，朴实本分，有些是青砖灰瓦，甚至不乏竹篱茅肆，与山水相得益彰。当然，所谓"取天然之道"只是个幌子，它的清秀玲珑的人工成分遗落在园子的每条褶折里，山水错落有致反倒显得没有什么道理，不可能出现老天爷那种狂放不羁的大手笔。

　　按照胤禛的设想，以后将在圆明园理朝政，因此扩建中最先上马的是大宫门及附近的朝房殿宇，以备来日朝臣们上朝。即便皇上临朝听政的正大光明殿，也是"不雕不绘，得松轩茅殿意"。

　　大约在雍正三年夏季，大宫门附近的朝房殿宇建成，胤禛首次驻跸圆明园。自此圆明园正式成为离宫，胤禛既在这里游息，也在这里处理朝政。每逢皇上驻跸圆明园，朝臣奏事得从城里赶来。当年圣祖日日御门听政。胤禛不仅仿效圣祖在乾清门听政，而且照葫芦画瓢，一度把御门听政搬到圆明园。朝臣半夜就得起身，天不亮就在大宫门外等候，到胤禛听政时一个个哈欠连天的。实在搞不下去，只得作罢。

雍正八年九月下旬，西风飒飒。长春仙馆的小径上，铺满梧桐树的落叶，黄灿灿的。弘历与嫡福晋富察氏手挽着手，沿着小径款款走来。

富察氏足蹬旗装妇女的厚底鞋，这种鞋的鞋底中腰有一上细而圆下大而方的部分，略似花盆倒扣向地的形状，京城俗称为"花盆儿底子"。

厚底鞋咯噔咯噔地走来，两个太监挥着大扫帚，低头扫花径。一不留神，把落叶扫到"花盆儿底子"上。太监吓得赶忙跪下。

弘历夫妇停下，相视一笑。好一对恩爱夫妇，脸上洋溢着幸福、甜美的笑意。诸事如意，在柔情蜜意间，他们可以宽恕任何不周之处。男的搂住女的后腰，女的把头依偎在他的肩膀上，继续行走。

弘历心里憋着难以抑制的振奋。与富察氏这番恩恩爱爱的行走，远远不足以释放出他的振奋之情。

他甩开富察氏的手，在小径上撒着欢儿跑起来。跑到空旷的草地上，他高扬起双臂，对着蓝天大喊："嫡福晋为我生儿子啦！永琏过'百日'啦！"

弘历之所以乐成这个样子，是有缘由的。胤禛潜邸时，嫡福晋与侧福晋为他生了五个儿子，到他即位之日，皇后乌拉那剌氏所出的皇长子弘晖已死，皇二子也死了，剩下的三个，皇三子弘时二十岁，皇四子弘历十三岁，皇五子弘昼仅比弘历小几个月，都已不算太年幼。这哥儿仨迟早得立一个为皇太子。立谁？什么时候立？

经历了康熙晚年的乱乱纷纷，朝野都大眼瞪小眼地盯着新君怎样解决立储问题。雍正元年八月十七日，雍正皇帝将总理事务王大臣、满汉文武大臣及九卿召集到乾清宫西暖阁，宣布立储，却并不宣布立哪个皇子为储君，而是采取了独特的方法，亲笔写就即位诏书，上有太子姓名，置于锦盒中。锦盒密封，放在了乾清宫"正大光明"匾额后头。

这种立储又不宣布的方法，好处明摆着：一来可以避免诸皇子争夺、觊觎储位，反正谜底在密封的锦盒里，写的是谁就是谁，争夺或觊觎都没用；二来是可以避免公开立储群臣依附、动摇皇权的危机。群臣不知道密封的锦盒里写的是谁的名字，想依附都不知道该依附谁。拍马屁找不到马屁股在哪儿，也就不去拍了。这种秘密建储方法，在中国史无前例，堪称胤禛的一大发明。据后人考证，在世界范围内，除了波斯在历史上采用过类似的方法外，其他国家的君主在确立接班人问题上，还没有出过这么高的招。

秘密建储所带来的种种好处是一厢情愿。尽管胤禛没有宣布皇储，而宫里人或多或少都有猜谜的本事。或许是巧合，康熙年间胤禛是皇四子，在雍正年间，弘历也是皇四子。宫里人早就猜测，日后承袭大统者非弘历莫属。

群臣这回没看走眼。因为没有多久，胤禛就把弘历安置在圆明园长春仙馆读书。在圈里人看来，皇上的这一举动，形同把太子"猫"起来，并暗自揣测，皇上把弘历放在如此幽深之处，似有避难之意。可不是，那几年，皇上炮制八阿哥、九阿哥、十阿哥以至隆科多、年羹尧，即便谈不上险情，也怕朋党铤而走险，干出些不要命的事，伤着钟爱的皇子。

雍正皇帝为皇四子弘历指配的嫡福晋，是貌美贤淑的富察氏。她是察哈尔总管李荣保的女儿，生于康熙年五十一年，比弘历小一岁，雍正五年七月十八日成婚，时年十六岁，正是"二八佳人"。

胤禛潜邸时只有嫡福晋、侧福晋二人，是诸阿哥中最本分的。他即位后，后妃人数始终没有超过八人，有点花花草草也是悄悄拈的。"不色天子"严于律己，对皇子约束更加严格，是出名的严父。他的子息不旺，前后共生十子四女，只有四子一女成年，其他皆过早夭折。对仅存的几个，他延聘最好的老师，规定学习以四书五经为内容的儒家经典，扎实掌握满汉文字和骑射本领，不有半点孟浪，而对内定的皇太子要求更加严格，栽培也更加仔细。弘历与富察氏成婚二十天后，胤禛将皇三子弘时削籍，缘由是语焉不详的"行为不谨"。皇长子、皇二子均早殇，皇三子比弘历年长七岁，他被削籍，弘历成为皇子中年纪最大的。有朝臣猜测，这是给弘历即位扫除障碍。

弘历与富察氏小两口赐居于西六宫后的西二所，随即胤禛又赐弘历一个侧福晋，姓氏也是富察氏。雍正六年，两个富察氏先后生育，嫡福晋富察氏生长女，因为这孩子两岁时不幸夭折，史籍中对出生月份无载；同年六月，侧福晋富察氏生子，名永璜。弘历喜得长子固然高兴，但也有不尽意之处，永璜毕竟是侧福晋富察氏所出，按照封建礼法算庶出。不行，怎么也得让嫡福晋富察氏生个儿子，那才是爱新觉罗家族的正根正苗。

雍正八年，弘历已在长春仙馆断断续续居住近六年。在京城内外纷纷扰扰之际，他没有受到干扰，安心读书，兼习骑射。这年他二十一岁，聪颖健康，而且常有宗室来长春仙馆找他，他结交了一帮朋友，其中与平郡王福彭为至交，与弘昌、弘晈也过从甚密。

五月怡亲王病逝，胤禛的悲痛无以复加，恰在次月，弘历的嫡福晋富察氏生了个大胖小子，比永璜小两岁零一个月。在给怡亲王治丧的同时喜得嫡孙，胤禛悲喜交加，给嫡孙赐名永琏。

婴儿出生百日时行礼仪，古已有之。一晃三个多月过去了，永琏的百日到了。内务府早有快马传告，皇上将到长春仙馆看望。于是，这天一大早，太监就洒扫庭院，弘历夫妇等着皇上来。

弘历与富察氏沉浸在永琏百日的喜悦中。花径散步，只是在等皇阿玛。溜弯儿溜得差不多了，大宫门那里还没有御驾将至的动静，他们只有先回房间里呆会儿。

弘历刚跨过门槛就大呼小叫："儿子儿子，把儿子给我。"

嬷嬷小心地抱出一个几个月大的孩子，尚在襁褓之中。孩子长得白白嫩嫩的，双眼皮大眼睛，有点像富察氏，见了人就伸出小手来，咿咿呀呀地抓挠着。弘历喜上眉梢，接过来放在双臂间摇了摇，又俯下头来，轻轻地亲了亲。再抬起头来，哈！满面的灿烂！

这时一个太监悄悄进来，对他咬了阵耳朵。他脸色变了，把永琏一把塞给嬷嬷，六神无主地四下看了看，匆匆说："皇阿玛病重，召我马上回宫。"

怡亲王允祥病故前后，雍正皇帝也病了一场。用他的话说，八年三月以来，"间日时发寒热，往来饮食不似平时，夜间不能熟寝，如此者两月有余矣。及五月初四怡亲王仙逝，朕亲临其丧，发抒哀痛之情。次日留心试察，觉体中不适之状一一解退"。这道上谕称，允祥病故后，他在悲痛中病情非但没加重，反倒在强烈刺激下有所好转。

其实，病来如山倒，病去如抽丝，尽管有太医细心调补，张廷玉自定年谱亦表明，胤禛这次病得不轻，卧床不起，朝政大事几乎撒手。八年"自春至秋，圣躬违和，命廷玉与马尔赛、蒋廷锡办理一切事务，并与御医商订方药，间有御旨，则命廷玉独留"。

胤禛患的是寒热病，按说不致命，为了防止万一，他不愿在匆忙间托付大统。圣祖驾崩前，仅把隆科多一人召到病榻前，引致严重后果，朝野纷传隆科多与胤禛联手"矫诏"，以致于在舆论上被动数年。

他不能这么干，对太医院打了招呼，一旦认为他的病情加重，马上就要告诉他，他就要召集爱卿托付后事。

永琏百日这天，一大早他还想强挣着身体去看孙子，但早饭后就昏迷了，一个时辰后才醒来。太医院也沉不住气，立即暗示皇上，该说的话得快点说了。他遂在病榻上令召集庄亲王、和亲王、果亲王、大学士、内大臣数人入见，并且特意要召弘历到病榻前。

弘历顾不上乘轿子，带着侍卫飞马从圆明园赶赴紫禁城。到了神武门，早有太监在那里迎候。他跟随太监一路跑进去，一直到养心殿。

养心殿院里，皇后乌拉那剌氏率众妃正在惴惴不安地等待消息，皇后是能控制场面的，太医和太监进进出出，个个表情沉重，众妃既不敢问，也不知道皇上的病有多重，谁也不敢哭出声音来，只是暗暗地抽泣。

这时就靠皇后稳定场面，只要她不乱，大面上就能弹压住。

见到弘历气喘吁吁地跑进院子，熹贵妃钮祜禄氏立即迎过来，拉着他的手就不放了，一个劲儿地哭。

乌拉那剌氏对钮祜禄氏喝道："别哭！二拉八档的，皇上还没有蹬腿呢，哭个什么劲儿。"她旋即对弘历说："快进去。给我记住，那些吃一锅拉一炕的太医，我从来信不过，别管说什么，你就甭理他们。你的皇阿玛还不知怎么着呢，没准儿还有个缓儿，见着他之后不准哭。听清楚了，不准哭！"

弘历顾不上请安，来了个"单腿安"，就匆匆进入养心殿。

他对这里很熟，进前殿正间，入穿堂，直入后殿。

西梢间里静悄悄的，庄亲王、和亲王、果亲王、大学士、内大臣数人在龙床前跪着，由于人多，几乎掉不开身子。看到弘历赶来，庄亲王允禄示意众人挪挪地方，让弘历过去。

庄亲王有一手好枪法，既是弘历的长辈，也是弘历的火器师傅。弘历玩儿鸟铳，就是允禄手把手教出来的。他们俩非常熟。由允禄牵引着，弘历来到龙床前，一看，几乎掉眼泪。

半个月没见皇阿玛，皇阿玛瘦了一圈，面色蜡黄蜡黄的，胡须也很久没有整理了，东一根西一根的。他正闭着眼躺着，呼吸急促。

允禄俯在胤禛耳畔说："万岁，皇四子来了。"

胤禛慢慢地睁开眼睛，眼珠子浑浊而暗淡。"来啦，在哪儿呢？"

弘历把脸凑过去，"儿子在这儿呐。"

胤禛说："看见了。跪在那儿。"说完又闭上了眼睛。

众爱卿挤了挤，挪出块地方让弘历跪下。

胤禛依旧阖着眼，说："既然皇四子来了，有的话，朕就可以说了。"

他伸出手，吃力地向外指着，"那边有个乾清宫，众爱卿还记得吗？"

庄亲王急忙答："臣等都知道乾清宫。"

胤禛喘息了一阵，方接着说："乾清宫有一块'正大光明'匾额，匾额后头有个密封的锦盒。尔等还记得此事吗？"

庄亲王等参差不齐地答："微臣俱记得，雍正元年八月十七日，万岁将吾等召集到乾清宫西暖阁，亲笔写就即位诏书，上有皇储姓名，置入锦盒。又将锦盒置于'光明正大'匾额之后。"

胤禛的手耷拉下来，"知道就好。不到朕升天之日，那个锦盒是不得打开的。朕升天之后那个锦盒才能打开。朕怕是快要升天了，在升天之前，朕要亲口告诉尔等，那个锦盒里的即位诏书写的是什么。上面所写的是，朕将要传位的是，皇四子弘历。"

大统的归属，就在这一刻敲定了。

庄亲王等诚惶诚恐地将头紧紧俯在地上。

死一般的静默中，突然响起一声抽泣，接着是克制不住的哭声。

胤禛有气无力地说："是谁在那儿哭？弘历，是你吗？"。

弘历带着哭腔答："皇阿玛，是我。"

胤禛睁开眼睛，直视着顶棚，"弘历，哭个什么？去吧，回圆明园长春仙馆，把永琏给养育好了，培养出息了。他是你的嫡长子，也是朕的嫡长孙。备不住有那么一天，你也会把永琏的名字装在锦盒里，放在'正大光明'匾额的后头。"

弘历走出养心殿后殿西梢间，却没有离开养心殿后殿，而是和皇后乌拉那剌氏、生母钮祜禄氏等一起等待消息。

等了数日，奇迹出现了，皇上非但没有宾天，反倒一天天见好。终于，一个御医通知在体顺堂和东围房等候的人：皇上缓过来了。

还没等众人欢呼，皇后乌拉那剌氏发话了："我早就说过，那帮太医院都是吃一锅拉一炕的。他们一惊一乍的，把我们也吓唬得够戗。瞧我回头怎么收拾这些个卵蛋御医。这段日子把诸皇子、诸嫔妃和众爱卿熬苦了，现在谁也不准探望皇上，统统回自己宫里去。"

此后半个多月里，不断传来皇上病情好转的消息。胤禛毕竟才五十三岁，身体底子不错，终于渡过险关。这场持续半年多的寒热病，几乎要了他的命。到他从死亡线上回头之际，立即论功行赏。

十月十九日，胤禛特颁上谕，原文为："今年夏秋之间，朕躬偶尔违和，马尔赛、张廷玉、蒋廷锡赞襄机务，公正无私，慎重周详……数月之中，朕躬得以静养调摄者，实赖伊等翊赞之力也。今朕躬已经痊愈，宜加恩赐，以褒良佐，以励臣功。马尔赛、张廷玉、蒋廷锡著各给一等阿达哈哈番，永远承袭，仍各加二级。"

颁布上谕次日，胤禛清晨一觉醒来，精神头不错，便吩咐太监备出行仪仗，但是没说去哪儿。穿戴既毕，他走出养心殿，仍然带着病容，但一股活力渐渐充盈体内。养心殿的院门称为养心门，门外停着御用版舆。宫女把他搀扶上去，他坐定后微喘，闭目养神。

太监小声问："万岁爷，去哪儿？"

胤禛停顿了一会儿，才说："到圆明园。朕看孙子去。"

清人喜搞繁文缛节，内务府对皇帝出行规格定得很细，如出行行列有多少前导，有多少扈从，有多少后卫，打什么旗子举什么幡，旗子是什么样的幡是什么样的，规定得明明白白；行列中几个太监端着痰盂，几个太监端着香筒，痰盂是什么样的，香筒是什么样的，也有一丝不苟的规定。但只有郊祀、大阅、太庙祭祖等，皇上才郑重其事地按照全套出行规格来，一般场合则随意多了。胤禛这次出行只带着随身侍卫和太监，一乘八抬大轿，几十匹马，凑成个小型骑驾，直奔圆明园。

雍正八年自春至秋，堪称胤禛在位历程的一道分水岭。此前，他几乎不宽恕任何站在对面的人，心胸之狭促，手腕之狠毒，为历代帝王中所罕见。而在政敌全部被涤荡后，他对周围的人和事不那么充满敌意了；尤其在怡亲王允祥去世后，他感到骨肉亲情的可贵了；而在他随之大病一场后，在病榻上听到了上苍的召唤，他的心态逐渐平和了。大病之后，他想到的头一件事，就是到圆明园看孙子，不是永璜，而是看弘历的嫡长子永琏。此前，他还没有见过永琏。

骑驾进入圆明园大宫门后，转过照壁，直奔长春仙馆。转过寿山口，胤禛下轿子。太监上来搀扶他，此时此地，他耸耸鼻子，仿佛远远嗅到嫡长孙身上泛着的奶味了，于是一巴掌把太监的手打开，自己下了轿子。

在长春仙馆小径上，有一男一女跪迎，这是弘历及其嫡福晋富察氏。

在他们身后，一个女子带着一个两岁的小男孩跪迎，这是弘历的侧福晋富察氏和弘历的长子永璜。

胤禛笑容满面地招呼着，伸出双手不停地向上抬，"平身，平身，平身。"见众人站起来，他乐呵呵地弯下腰，抱着长孙永璜亲了一口。

他快走几步进了屋，熹贵妃钮祜禄氏已在那里，抱着个小不点儿。他喜上眉梢，接过来，放在双臂间摇了摇，又俯下头，轻轻地亲了亲。而后，他并没有将孩子还给钮祜禄氏，而是抱着出了门。

秋风和煦地吹来，胤禛左手牵着永璜，右手抱着永琏，乐滋滋地徜徉在花径上。钮祜禄氏、弘历和他的两个富察氏不远不近地跟在后面。

有的京城士人对雍正皇帝不满，称之为"恶左子"。可惜的是，他们没有见过大病刚愈，与儿子、儿媳妇和孙子见面时的胤禛。这会儿，他绝对不是"恶左子"。这是祖孙三代，中国传统观念中完整的一家子。胤禛从骨子里缺乏感情色彩，即便是这时也没有品出天伦之乐，只是觉得心情舒畅。

他叫弘历过来，一起聊点什么，但弘历却没有多少话，显得心事重重，并排走了几步，又回到钮祜禄氏身边。他有点纳闷儿，弘历今天是怎么啦？依旧牵着永璜，依旧抱着永琏，他回转身，盯住了弘历，认真打量了几眼，心里逐渐清楚是怎么回事了。

皇上在病重时宣布了皇储的名字，秘密建储已不复存在。朝野间都知道，"正大光明"匾额后头的锦盒里，装着皇四子弘历的名字。就弘历而言，野鹤闲云般的日子算是过到头了。今后数年间，他将不再是在长春仙馆深处读书的皇四子，而是将以皇太子的身份，生活在熙熙攘攘的朝野之间。

五十九、钓鱼台－郑家庄－摩诃庵－慈寿寺

从白云观回来后，吉金刚和曹霑共同揣着一个天大的秘密，俩人有时见了面，相互露出心照不宣的微笑，相处随意多了。

这天下学后，曹霑正和三两知己向外走，吉金刚唤了他一嗓子。

曹霑急忙跑过来，问："总教习，找我有事吗？"

问这话时，他心里乐得怦怦跳，以为又要执行不得外传的公干。

吉金刚乐呵呵地说："你小子好大面子，有俩亲王在为你办事。"

曹霑不解地问："怎么啦？"

吉金刚说："庄亲王保举你入学，理亲王刚才派人来给你请假。本教习准假，你明天不用来了。"

曹霑鞠了一个躬，"知道了。谢谢教习。"

出宫的路上，他琢磨着，理亲王是谁？他给我请假干什么？哎，想起来了，头些日子听娘说，弘晳郡王晋封为理亲王。原来理亲王就是弘晳舅舅。他派人来给我请假……八成是见那个人儿？

早在三月下旬，曹霑过十六岁生日那天，弘晳和王妃吴青卿上门提亲，他满门心思想早点见到所说的那位，娘比他更急。但刚过一个多月怡亲王薨逝，诚亲王允祉因有庆幸之意而被扔进大牢，此事如阴风掠过，诸王爷战战兢兢，再没人敢说喜事。怡亲王丧期过去后，他入咸安宫官学，日程安排很紧，抽不出身，事情拖了下来，一直到这会儿。而这会儿已是深秋，从春到秋，算下来大半年过去了。

次日一大早，馨玉就把曹霑叫起来，让他穿利落些，一起去郑家庄。至于干什么去，娘守口如瓶，就是不说。他也不多问，早饭后，娘乘轿子他骑马，直奔郑家庄。至于穿着，他偏不听娘的话，套着一件咸安宫官学的"号坎儿"。馨玉说这身穿着像是当兵的，显得穷酸。他心说娘犯傻，"号坎儿"透着是官学生，那才有派头呢。

他骑马跟着娘的轿子，顺着骡马市大街向西，出了广宁门向北拐，远远看见天宁寺塔。天宁寺塔为隋文帝时所建，高十三寻，为十三级，四周缀铎万计，风定风作，音无断时。在叮叮当当的铎铃声中，轿子和马过了天宁寺，不远是一大片琳宫梵宇，那就是三里河。

三里河西北有个村，名府西花园村，村里有泉水涌出，从春到冬不绝，金章宗尝游幸，赐名为钓鱼台。钓鱼台原先就是个小小泉池，后来浚治为湖，湖水主要来自西山。在雍正年间，它的水源就是府西花园村的那眼泉，水量不大，加上附近泉水汇集，汇成个小湖泊，名为玉渊潭。

和今日缺水的北京城相比，清代的北京地下水充沛，尤其是西郊一带，到处泉眼喷涌，所谓"流泉满道，或注荒地，或伏草径，或散漫尘沙间"。玉渊潭柳堤环抱，景气萧爽，沙禽水鸟翔集其间。

轿子过玉渊潭，馨玉掀起轿帘，但见澄波飞野鸭。她从轿子中探出头来，对儿子说："想起了明朝人说这地儿的一首诗：'玉渊潭上草萋萋，百尺泉声散远溪。垂柳满堤山气暗，桃花流水夕阳低。'"

曹霑随着马晃动着身子，"这种诗一撮一簸箕。"

馨玉笑着把头缩回轿窗，"但是，跟玉渊潭的实景很贴切。"

曹霑看得出来，娘今儿个神采飞扬的，特别高兴。没错，就是让舅舅说的那个姑娘闹的。这会儿，娘在轿子里，一准是在琢磨那个小美人的模样呢，是高是矮是胖是瘦，圆下巴还是尖下巴，丹凤眼还是杏核眼，嘴长得什么样，鼻子长得什么样，身条长得什么样。好些好些。

远远看见一片粉墙青瓦，他一指，喊道："娘，那里就是了。"

馨玉早就掀开轿帘看见了，"娘知道。"

郑家庄的理亲王府仍然保持着原先的村野风格，让人看着特别舒服。尤其是打江宁来的娘俩，有点回到江南的感觉。

弘晳和吴青卿迎出门外，见了馨玉母子不说话，两口子像是约定好了，相视一笑，就回过头来，看着曹霑，眼睛里含着狡黠的笑意。

曹霑臊了个大红脸，耷拉着脑袋，搀扶着娘，随着他们进了门，刚刚进入第二层院子，走在前面的弘晳夫妇像演戏一样，往左右一分，闪出一个大空档，他抬头一看，愣怔了一下。

院子当间儿，站着一个姑娘，就是弘晳舅舅所说的那位了。

如果在过去，他会马上掉过脸去，扯些别的，再偷偷看看她。可现在不一样了，咸安宫官学在向他灌输霸气的同时，也在向他灌输直面人生的勇气，他起码敢于睁大眼睛看自己想看的东西。

他平整面庞，装得满不在乎，一副无所谓的样子，挂着微笑看着她。

那位既不躲闪，也不羞涩，像一本翻开的书，坦坦然然让他看，同时也在看着他。两三丈开外，他们对峙着，对视着。

她一袭绿衣绿裙，穿得素素的，面上并无粉黛，并不为这次相亲而刻意化妆，活得很实在，很敞亮。看着她那副模样，曹霑怦然心动。弘晳舅舅说她是个小美人，真有些冤枉她了。小美人通常是指俏丽的小家碧玉，可这位全然是大家闺秀。她的身条窈窕，脸盘却不全是俏丽，而是透着睿智。鼻梁端正，贝齿粲然，明亮的眸子闪了闪，眉宇间活脱脱洋溢着一股子书卷气。

他抿着嘴角，朝她笑了笑，她回之以淡淡的笑意。

而后，他默默地回过身来，走到当院那棵老槐树前，一只手扶着树干，就那么站着。

吴青卿不安地小声问："外甥不大喜欢她？"

馨玉有意提高声音，"我了解这孩子，八成是看上了。半大小子都会琢磨将来的媳妇儿是啥样的，这副模样或那副模样的女子会轮流闯入他们的梦境。看来这姑娘和他梦境中的女子一样。他想要的就是这样的，却又不大相信老天爷会给他这么大的恩典。是吗？孩子。"

曹霑回过身来，重重地点了点头。

吴青卿小声说："呀！外甥看上了。姐姐呢，你看上了吗？"

笑意从馨玉脸上倏地消失了，"才多大会儿呀，这可是件大事，不是看看脸蛋子就能定夺的。"

她俯在吴青卿耳畔悄声说："要说这姑娘的模样和身材，真没得说的。但是，咱俩都是女人，心里清楚女人跟女人大不一样，有些长相不差的，内里的成色可差得远啦。她究竟怎么样，我还得往长里看看，得细细品味，当娘的得为孩子把着点儿。"

吴青卿附和："当娘的嘛，就得这样，您是得细细品味。"

馨玉说："有的事我得问问。她姓什么？"

吴青卿答："姓陈。"

馨玉满心喜悦地看看她，又掉脸看看吴青卿，"我怎么瞧着陈姑娘和王妃长得有那么点相像呢。你们俩莫不是……"

吴青卿连忙说："别别别，姐姐别闹岔了。她姓陈我姓吴。我俩可不是一家子的，连亲戚都不是，谁也不挨着谁。再说啦，我家是太仓县开米铺的，寒门小户的，也攀不上那么高的门槛。"

馨玉端详着那姑娘，"门槛儿？她是谁家的孩子？"

吴青卿没有正面回答，闪闪烁烁地一指，"这个嘛，得问你弟弟。"

馨玉转向弘晳，"陈姑娘是谁家的孩子？"

弘晳诡秘地笑了笑，"今后慢慢说。"

馨玉觉得这里有点名堂，把弘晳拉到一边，问："你们两口子对我藏的什么猫猫。今天就得说清楚，这姑娘是什么来历？"

弘晳装模作样地仰首望望天，"来历嘛，陈姑娘和你算是半个老乡，也是苏州生江宁长，但她的祖籍在湖广，是湘潭人。"

馨玉想了想，"这么说跟你也不沾亲带故。"

弘晳说："她是汉人，跟爱新觉罗氏没有关系。"

馨玉追问："那么你与她的父辈相识？"

弘晳淡淡地挥了挥手，"没有见过，没有来往，也谈不上相识。"

馨玉惑然，"那我就不明白了，陈姑娘既然跟你们夫妇都不是亲戚，也不大沾边儿，她怎么会住到你的府上呢？"

吴青卿搂住了她，"馨玉姐姐，这个话问得好。"

弘晳沉吟有顷，"陈姑娘之所以住到我的府上，说来话长。"

馨玉急不可待，"那就长话短说。"

弘晳说：“长话短说，也得从远处向近处说。笼而统之，咱的阿玛，与这姑娘的祖父打过交道，不是一般的打交道。她的祖父是朝廷的一位命官，阿玛当年两度要杀这位命官，两度都没有杀成，都让圣祖保了下来。”

说到这儿，他停顿下来，呼吸加重了，胸脯一起一伏的。

馨玉催促说：“接着说呀。”

弘晳背着手踱开，仰首望天，像是在对苍天自语：“后来，阿玛落难了，被打入咸安宫，成了废太子。人在得势时不知天高地厚，为所欲为，到了落难时才会琢磨人生，懂得忏悔。阿玛到那时才知道，他两度杀的那位官员是个好官。真的是个好官。”

曹霑嘟囔着这个似曾相识的词：“好官。”从大槐树前转过身来。

弘晳声音有些沙哑：“阿玛临终前，深感对不住那位官员，在病榻上嘱托我尽力照顾其眷属，且算代他赎罪。阿玛撒手人寰之后，我得知那位官员已于雍正元年病故，部分眷属留在江宁，遂派人到江宁，找到其眷属。那位官员在任时两袖清风，没有留下家产，他的长子和次子混得不错，三子是个老实巴交的人，江宁地面儿上的一个小官儿，混得不济，家境困顿，我就让人把他的女儿、也就是那位官员的孙女带到了京师。”

馨玉说：“就是这位陈姑娘？”

弘晳说：“对。她叫陈雨林，听他娘说，是在下雨时出生的。”

馨玉似乎并没有被这番叙述打动，“雨林，名字倒是蛮有诗意的。姑娘固然不错，但我怎么听着这么不舒服。敢情，你是为了给阿玛赎罪，才把那个命官的孙女捅给我和我儿子的。别忘了，曹家可不是凭脸蛋子相媳妇的，曹霑是你的外甥，你多少得为他想得长远些。”

吴青卿插话道：“不是这么回事，这事儿跟外甥不外甥的无关。弘晳在家一再说，陈姑娘如果要嫁人，就非曹霑莫属。”

馨玉略感惊讶，“为什么这么说呢？”

弘晳走过去，拉着陈姑娘的手走回来，“既然你刨根问底，那就托底吧。刚才说了，咱阿玛两度要杀她的祖父。就先说头一回吧，康熙四十四年，阿玛要杀她的祖父，曹霑的祖父曹寅和外祖父李煦曾经倾力营救，两位老人在江宁织造府议事厅磕头，把额头都磕出血了！这事过去二十多年了，但你应当记得。

当时连生、来旺和你都在场。"

馨玉有些晕眩,身子晃了晃,"这么说……"

弘晳眼里含着泪花,"听我说完!不仅曹霑的祖父搭救过她的祖父,而且曹霑的生父也搭救过她的祖父。阿玛头一回没有杀成她的祖父,整整十年之后,她的祖父又被诬陷了。这次连圣祖都动了杀机。曹家为了搭救,所付出的代价就不是额头被血了,而是搭上了一条命。康熙五十四年正月,连生为了营救她的祖父而死在京城。"

馨玉呜咽起来:"知道啦,知道啦。她的祖父是陈鹏年。"

弘晳说:"不错,这就是陈鹏年的孙女。我派人把她从江宁领回来了,现在交给你,愿意拿就拿去吧。"

弘晳把陈姑娘向前一推,高声说:"曹家是不是凭脸蛋子相媳妇,本王管不着,但本王要捅给曹家的,就是这个姑娘,你们自己瞧着办!"

馨玉伸出双手,把陈姑娘拉过来,细细地辨识着她的眉眼,一阵抑制不住的悲恸卷来,眼泪像水一样流淌。

吴青卿掏出手帕给她揩泪水,"馨玉姐姐别哭了。女人和女人是大不一样,内里成色差得很远。对这位,你还需要细细品味吗?"

馨玉哭着甩甩头,叫道:"不了不了不了。曹霑,你过来。"

曹霑趿拉着步子走过来,默默地站到娘的跟前。

馨玉一手牵着曹霑,一手牵着陈雨林,柔肠寸断地说:"儿子,不是娘马马虎虎,不是娘拿你的婚事过于随意,更不是娘给你包办。听娘一句话,往后,她就是你的媳妇啦。成吗?"

曹霑咬着嘴唇,深深地点了点头。

她又转向陈姑娘,"姑娘,往后,你就是我家的人啦,成吗?"

陈姑娘深情地叫了一声:"娘。"

这一声把馨玉的心叫醉了,叫碎了。"三辈子结下的情缘呐!"

她喊出了这句话,忽地把曹霑和陈雨林紧紧搂在胸前,娘儿仨搂在一起哭了起来。

弘晳急转身,踱到大槐树下,仰面看看茂密的树冠,但听得头顶上秋风吹过,树叶沙沙作响,抚摸着干枯的树皮,喃喃自语:"阿玛,儿子办了件事:把陈鹏年的孙女许配给您的外孙，成为您女儿馨玉的儿媳妇。儿子不知道，这算不算替您赎罪了。"

午饭很丰盛，但在饭桌上，曹霑和陈雨林都悠着劲，没有说话。

午饭后，弘晳提出，别总闷在家里，不妨到附近走走。馨玉猜测，这是要给曹霑和陈姑娘创造一个接触的场合，当然乐得出去走走。

从郑家庄往北不远，约莫一两里地，有好几个可以游览的去处，比较有名的，一个慈寿寺，一个摩诃庵。俩名胜离得很近，几乎挨着。

弘晳点起轿子，先到摩诃庵。摩诃庵的院落不大，创建于明嘉靖年间，早先四隅各有高楼，登楼远眺，川原如绣，西山苍翠。后来在明朝天启年间，这些楼被混帐太监魏忠贤所毁，剩下的只有金刚经石刻了。

弘晳带着曹霑和三个女眷进入后殿东院，见到壁上有明朝人重新集刻的三十二体金刚经刻石，每经一章为一体，每体标以分书，附以译文。

陈雨林有书法家传，当年陈鹏年就是个好书家。她对金刚经石刻有兴趣。在理亲王府，她像是锯了嘴的葫芦，不吭一声，出了门才有一点儿话，而遇到感兴趣的事了，则对馨玉和吴青卿说个不停，所说的都是书法的事。这二位对书法不大入门，但听个姑娘家兴致勃勃地说个什么，就瞧她那小嘴儿一张一阖地紧忙活，也是一乐。

看到那三个女眷有说有笑，弘晳也就不大搭理她们了。他把曹霑拽到墙角处，问："官学生，最近听到些什么没有？"

曹霑说："不知舅舅问的是什么。"

弘晳皱着眉头说："头些日子我到白云观，听那儿的老道说：一个叫贾士芳的游方道士，是按摩推拿的高手，曾经入宫给皇上治病，出宫之后，依靠给香客开药方子，挣些钱度日。最近，一群咸安宫的官学生假装到白云观求道，把他给带走了。你在咸安宫官学就读，这事儿是不是你们干的？"

曹霑心里一惊。总教习有专门交代，白云观的事情严禁外传。他只得闪烁其辞："是我们干的怎么样，不是我们干的又怎么样，不就是带走个游方道士吗，鸡骨头猫肉的，舅舅何必为这么个事操心呢。"

弘晳摇摇头，"这可不是小事，里面有名堂。"

曹霑不以为然地说："又能有什么名堂。白云观的一个道士，可怜不待见儿的，从他身上能榨出什么油水来。"

弘晢直视着他，好大一会儿才说："你说，从贾士芳身上榨不出油水来。你是怎么知道的？你好像知道他犯的是什么事。"

曹霑自觉说走了嘴，遮掩道："我怎么会知道他的事，不过是瞎说。"

弘晢正色道："那舅舅就告你，贾士芳犯的是什么事。昨日皇上发布上谕，称白云观道士贾士芳妖言惑众。"

曹霑心里一震，极力轻描淡写地说："嚯，这个游方道士好大的脸面，居然惊动皇上了。皇上说他什么？妖言惑众？"

弘晢吸溜了一口气，"怪就怪在这儿了。如果这个贾士芳真的散布妖言，蛊惑朝野，动用捕役抓就是了。头几年，捕役抓朋党，旗号就是朋党'妖言惑众'。以这个罪名抓人是明面儿上的，人人皆知，无遮无盖。既然这样，抓一个散布'妖言'的道士，何必动用官学生呢？"

曹霑问："动用官学生怎么啦？"

弘晢托着下巴思索着，"抓人是有讲究的，得可着汤下面。捕役抓人吆三喝四的，惊动邻里；衙门也没有靠勺的，什么事都能抖搂出来。这么说吧，凡是动用衙门抓人，那人犯的事是可以公之于众的。相反，凡是动用官学生抓人，都是悄悄干的，那人犯的是什么事，是不能外传的。一言以蔽之，凡那些啃着发麻叼着发辣的事，才会动用官学生，为的是捂住真相。外甥，舅舅说的对吗？"

曹霑说："是这么回事。"

弘晢依旧托着下巴，说："我早就听说，本朝喜欢动用官学生抓人，凡涉及宫室的埋汰事，不宜动用捕役时，就启用官学生。既然动用官学生去白云观悄悄抓人，那么贾士芳犯的事就绝不是妖言惑众，而是涉及宫中的乱七八糟。狼藏狈掖的不便说，抬出个托词来。'妖言惑众'？假招子！"

曹霑暗自佩服弘晢判断事情的老辣，但既然说到这步了，又急于把话题岔开，"舅舅，总提那个游方道士干什么，咱说点别的。"

弘晢苦笑着说："不能不提到这个游方道士。你们成天在咸安宫官学浑吃闷睡，外面的事一点都不知道。昨天，贾士芳和他的十六岁以上亲属男子全部在菜市口问斩，十五岁以下及妻女给功臣家为奴。"

曹霑大吃一惊，"贾士芳被砍头，十六岁以上亲属男子全杀，这跟满门抄斩差不多了。对他的处置怎么会这么重？"

弘晳没有说话，久久地看着他。

曹霑被看得心里发毛，"舅舅怎么用这种眼神儿看我，我说错什么啦？"

弘晳老气横秋地说："外甥，你还是太嫩啦。听到贾士芳全家被杀，你就激溜蹦跳的。知道吗，你这是露馅啦。"

曹霑并不知道自己哪里露馅了，干咧着嘴发傻。

弘晳白过去一眼，"你知道贾士芳犯的是什么事，并且暗自认为他犯的事顶多是监禁或流徙什么的，即便要杀也就杀他一个。正由于你是这么想的，所以，听说贾士芳被满门抄斩才会这么吃惊，才会说'对他的处置怎么会这么重'。不对吗？"

弘晳舅舅的推论是无懈可击的，他一拧脖子，不吱声了。

弘晳直截了当地问："抓贾士芳的时候，你是不是去了？"

曹霑犹豫了一下，"去了。"

弘晳问："听到些什么？"

曹霑说："不让对外说。"

弘晳说："那就先别说，但我早晚得给挤出来。"

弘晳看看女眷，朝外一挥手，喊道："走！咱们到慈寿寺转转去。"

慈寿寺距摩诃庵很近，它创建于明朝万历年间，为明神宗为慈圣太后所建。它最有名的建筑是永安寿塔，为八角形十三层密檐砖塔。

弘晳一行溜溜达达就走到了。永安寿塔没有什么可看的，他们进入了九莲阁。阁内供奉着九莲菩萨像，跨一凤而九首。

由于这地方距离郑家庄很近，吴青卿来过，一进门就对馨玉和陈雨林说上这儿的掌故了。

"你们知道这座九莲阁是怎么来的吗？是明神宗的皇后建的。这位皇后为什么建九莲阁呢？还有段掌故呢。据这位皇后说，九莲菩萨向她托梦来着，梦中传授给她一部经书。朝野哪能信这个呀，她为表明是真的，当着朝臣的面，把这部经书一字不拉地背了下来。这下大伙服气了。朝廷不仅把这部九莲菩萨托梦的经书刻入大藏，还修了这座九莲阁。这儿的和尚说得可神啦，他们说，九莲菩萨是这位皇后的前身。"

看到女眷叽叽呱呱聊得热闹，弘晳一拽曹霑的袖子，两人出了门，三五步来到永安寿塔下，看看这里没人，就站定了。

弘晳开门见山："甭跟我这儿遮遮盖盖的。说说吧，抓贾士芳的时候你听到了什么，贾士芳到底是因为什么事被抓的？"

曹霑反问："杀贾士芳的时候有什么说辞？"

弘晳回忆着："皇上说了一大套呢。皇上说，贾士芳讲清静无为、含醇守寂之道，这是古人常说的。朕感到不大舒服，他就传朕密咒之法，朕试着念咒语，果然觉得心神舒畅，肢体安和。朕感激他，以隆重的礼节对待他。但是他看到朕的病情大为好转，认为可以用咒语控制朕，居然说我让你好你就能好，让你不好你就好不了。朕发现此人心怀异志，企图通过治病达到控制朕的目的。于是朕降旨责备他，让他放聪明些，若怀奸谋必无好结果。初次降旨他还知道害怕，不敢再对朕施其奸术，但没过多久就又来那一套。朕是能够让一个道士控制的人吗？因此只有将妖道贾士芳处死示儆。"

曹霑听罢，说："那大概就是这意思了。我倒是以为，皇上说了一大套，都是心里话，贾士芳既然能够用咒语给他治病，也就能用咒语让他发病，所以此人非除不可。"

弘晳不满地摇摇头，"贾士芳除非是发疯了，皇上用隆重的礼仪对待贾士芳，一个游方道士混到最好的地步也就是这样了，他捧皇上的臭脚还来不及呢，为什么要用咒语令皇上发病？京城的话叫做'方'。这里面还有别的名堂。皇上好像有真东西没有说出来。你别跟我打岔，你到底听到什么了？"

曹霑万般为难，"舅舅，真的不能说，说出来是要掉脑袋的。"

弘晳大为光火，"脑袋都掉了好多个了！别说阿、塞、隆、年了，也别说十阿哥、十四阿哥和那些所谓'朋党'了。你的废太子姥爷、你的李煦姥爷，都死在他手里。你舅舅纳尔素，你叔叔曹頫，哪个是朋党？一样栽在他的手上。这样一个无情无义的皇上，你还为他护个什么短！"

曹霑情急无奈，一跺脚："舅舅，我要说了，您可千万别传出去。"

弘晳说："说吧，天大的事烂在我的肚子里。"

曹霑说："带我们去抓贾士芳的，是内务府的戴郎中。"

弘晳问："戴郎中？他是不是叫戴铎，长得人不人鬼不鬼的？"

曹霑说："就是他。"

弘晳说："我猜就是这个老麻猴儿。接着说！"

曹霑说："戴郎中一不留神说走了嘴，露出了贾士芳别的事。"

弘晳问："贾士芳的什么事？"

曹霑说："戴铎曾经找过他，给了他一百两银子，让他开了个回春药的方子。结果，不知是药性不对还是怎么着，差点把用药的人给吃死。"

弘晳说："怎么到了肯綮上你就含糊了。用药的人是谁？"

曹霑说："……戴铎说是……万岁爷。"

一丝笑纹爬上弘晳的嘴角，"道士给万岁爷配回春药，原来是这么档子事。我没有猜错，果真是宫室里的埋汰事。这种事，捆着发麻吊着发木，皇上认为贾士芳这个方子就是在'方'他。没辙了，戴铎那痨病腔子搬官学生去了，拉丝搜舵的，来了这么一出。"

曹霑几乎哭出来，"舅舅，您可千万千万千千万万别露。我都告诉您了，小命儿就攥在您手心里了，您要是说出去，我可就全完了。"

弘晓安抚地拍拍他的肩膀，"放心吧，不会说出去的。为什么呢？道理可以告诉你：一旦说出去，舅舅一家子也就玩儿完了。"

六十、咸安宫－宏善寺－郑家庄

雍正九年年初，京城内外异常寒冷。

北风呼呼地叫着，咸安宫的四壁和沉重的殿顶发出阵阵声响，好像在簌簌地抖动。殿内生着个大火盆，里面的木炭烧得通红，但根本不管用，该怎么冷还是怎么冷。官学生们一人一个马扎，挺胸抬头坐着，双手放在膝盖上，一只只手冻得像姜芽一样。他们在听讲。

今天讲学的是庄亲王允禄本人。作为内务府总管，咸安宫官学是其麾下部门，这是亲王大人第一次来讲学，所宣讲的是一年多以前颁布的《大义觉迷录》。该文的颁布起之于吕留良、曾静、张熙案。该案被后世称为"清朝文字狱第一大案"，可见当时影响有多大。

吕留良字用晦，号晚村，浙江石门人。顺治间应试为诸生，补廪后，弃功名不出仕，崇奉程朱理学，为一时名儒。官府曾以"山林隐逸"之名举荐他出山，拒之；又以博学鸿儒举荐，乃剃发为僧。鼓吹反清复明，攘夷狄思绪激烈，尝有诗句"清风虽细难吹我，明月何尝不照人"，有华夷之别论，称"攘夷狄救中国为被发左衽也"。康熙二十二年病死，徒弟严鸿逵推尊诵法，备述遗言。但在那时，官府不大警觉，他的儿子吕葆中还参加了科举考试，蒙受皇恩殿试，走上仕途。但在吕留良死后四十多年，他的信徒把事情做大发了。曾静是湖南郴州人，生员出身，笃信吕氏"别夷夏之防"说，著有《新知录》。雍正七年遣弟子张熙游说川陕总督岳钟琪，称岳家与女真人有世仇，鼓动岳钟琪起兵反清，并举胤禛罪恶九款：一曰谋父，二曰逼母，三曰弑兄（谓之死），四曰屠弟，五曰贪财，六曰好杀，七曰耽酒，八曰淫色，九曰诛忠用奸。岳钟琪先世河南汤阴，名将岳升龙之子，南宋抗金大帅岳飞二十一世孙。魁伟奇雄，寡言笑，从游击起步，官至副将。在抚远大将军允禵麾下，随延信收复西藏有功，擢四川提督，雍正年间取代年羹尧任川陕总督。岳钟琪是汉人，位高权重，常有满大臣在进谗言，称岳钟琪是岳飞后人，欲报宋金之仇，起兵反清。胤禛驳斥原话是："钟琪懋著功勋，朕故任以西陲要地，付以川陕重兵，而奸邪之徒造作蜚语，谗毁大臣，其罪可胜诛乎？"为了消除谗言，胤禛杀了卢宗等挑唆者。岳钟琪对清廷忠心耿耿，哪是曾静、张熙师徒二人能左右的，遂拘捕，押解到京。胤禛亲自审讯，曾静既冒失又没骨气，不仅悔过认罪，且作文批驳吕说。胤禛旋命搜查吕留良、严鸿逵、沈在宽家书籍、笔记，为向天下展示襟怀，释放曾静，而对吕留良、严鸿逵、吕葆中剖棺戮尸，焚其全部著作，斩吕毅中、沈再度，然后以曾静、张熙等人口供以及历次谕旨集为《大义觉迷录》，颁示天下。

允禄大致将《大义觉迷录》讲了讲，又重重地咳嗽一声，九十余名官学生从马扎上刷地站立起来。

允禄随即发布命令："吕留良案株连者众，案子办了一年多，时下逮捕了大批人，从吕留良的亲属到他的弟子，以及诸多人等的家眷，陆续押解到京师。吕留良的门徒已放出风来，要劫狱。朝廷现有看守兵丁不够，命令尔等官学生参加值勤。明白否？"

官学生响亮地齐声回答："明白。"

咸安宫的官学生被临时借调到宏善寺，主要是值外勤，内勤官兵皆为八旗护军。吉金刚带着曹霑等人，全部着民服，三五个一伙，整日在宏善寺附近转悠，看看是否有人试图接近。

该案牵扯的人太多，京城内外人心惶惶，各种流言也不胫而走。时有甘凤池、吕四娘、曹仁父、路民瞻、周浔、吕元、白泰官以及僧了因等南北大侠，神出鬼没，形迹无踪，民间风传他们要搭救吕留良案的涉案人员。更有传说吕留良的孙女、吕葆中的女儿吕某，剑术之精，尤冠侪辈，誓为祖父报仇血耻。还有人说，吕留良的孙女就是吕四娘。

即便从今天的眼光看，这些说法也不完全是传闻。《清史稿》中甘凤池有传，称甘凤池为江宁人，手能破坚，握铅锡化为水，又善导引术，而且江湖气息不浓，是个平易近人的长者。雍正中期，浙江总督李卫治江宁顾云如邪术狱，牵连百数十人，甘凤池亦被逮。后来胤禛对此狱从宽，他得以侥幸生还。另外，和尚了因无行，甘凤池等七大侠联手共歼之，也不是空穴来风。至于那个精通剑术的吕留良孙女，倒像是传说人物。

在浙江负责办理吕留良案件的是浙江总督李卫。李卫以善于缉捕盗贼而著称。他曾经敬重吕家，还给吕家题写过匾额。吕案发生后，皇上没有因此责怪他，他感激不尽，掏死力气查办涉案人员，并从江浙方向上严堵企图北上营救的大侠。

在京城这边，无论是对护军营还是官学生，对甘凤池、吕四娘等都是如雷贯耳，不管京城的传言是否是真的，也得当成真的对待，整天把弦绷得紧紧的，兵器从不离身，唯恐诸位大侠打上门劫狱。

宏善寺附近有个胡记小酒馆，干干净净，七八张桌子，平时客人就很少，宏善寺成为临时牢狱之后，人们都不敢到这儿找麻烦，更是门可罗雀。如有欲劫狱之人，这个小酒馆倒是个合适的观察地点。

胡记小酒馆里面架着行灶，京城又称为"火陀螺儿"，是用砖头与泥巴砌成的阔口大灶，外面有铁木架子，便于移动，多用于厨行到大户备办酒席。大冬天的，火苗子乱蹿，屋子里烤得热烘烘的。官学生们有时转悠到此，有的打二两酒喝，说是喝酒，其实是在那儿取暖，同时留心来往人等，看看有没有可疑之人。

这天上午，曹霑带着两个同窗，猫在胡记小酒馆值勤，所谓值勤就是看看是否有形迹可疑之人。进来两个人，引起他的注意。

两个人都在四五十岁左右。一个是儒弱书生，穿着蓝布棉袍，邋邋遢遢的，长相平平；另一个年龄稍长，穿着整洁的黑布棉袍，长相体面，前额宽阔得可以走马，细长的凤眼，隆正的鼻梁，嘴唇扁平，两端有深窝，既有几分威严，又透出几分和蔼。他通身上下像个道士，满头长发，上梳成髻，用白玉簪插上，很有些仙风道骨。

他们随便点了俩菜，打了壶酒，不由分说就对酌起来。他们旁若无人，说话高喉咙大嗓门，也不怕别人听到，像是两个阅尽沧桑，历经坎坷，以至对什么都不大在乎的老混球。

那个儒弱书生称呼对方为"张老兄"，年龄稍长的称对方为"谢老弟"。酒至半酣，"谢老弟"用剑指点着窗户外面说："那边就是宏善寺，前些日子我就被关在那儿。因文字犯事的大都羁押此地。由此想起前人咏宏善寺的一首诗：'一株李子数亩雪，六丈苹婆万朵霞。好借山僧瓮中酒，来看宫监寺前花。'可惜呀，古李和苹婆如今都没有了，只有一堆冤魂飘荡其间。"

听了这话，曹霑眉头一蹙，和坐在对面的同窗递了个眼色。这是明明白白地为宏善寺中的押犯叫冤，这两个人不是随意遛到这里的。

被称为"张老兄"的也不含糊，说："到了宏善寺左近的小酒馆，看到它的圮毁景象，恰似一幅破败江山图。贫道也想起前人的诗句，不是两句，而是一首。这首诗名为《题如此江山图》，听我给你读来。"

那位说："谢老弟洗耳恭听。"

"张老兄"说着端着酒杯站起来，推开窗户，一阵寒风呼呼地吹进来。他迎着风，对着远处的宏善寺酝酿了一阵情绪，诵读道：

> "其为宋之南渡耶？如此江山真可耻。
> 其为崖山之后耶？如此江山不忍视。
> 吾今始悟作画意，痛哭流涕有若是。
> 以今视昔昔若今，吞声不用枚衔嘴。
> 画将皋羽西台泪，研入丹青提笔兹。
> 所以有画无诗文，诗文尽在四字里。
> 尝谓生逢洪武初，如瞽忽瞳跛可履。
> 山川开霁故璧完，何处登临不狂喜。
> 胡为犁眉覆踣诗，亡国之痛不绝齿，
> 此曹岂云不读书，真是未明大义耳。
> 兴亡节义不可磨，只此一番不与亡国比，
> 不特元亡不足悲，宋亡之恨一雪矣。"

对这首诗，曹霑的同窗听着一片茫然，全然不知来历。而曹霑天生了一个

背诗的脑袋，他听着耳熟，像是在哪儿听到过。

他一拍脑门，猛然想起来了，这是吕留良最有名的反诗，该诗名为《题如此江山图》，借着哀悼宋亡哀悼明亡。在这首诗中，吕留良流露的情绪很执着，明朝初年，江山从蒙古人手中回到汉家天子手上，犹如瞎子复明、瘸子恢复健步如飞。而今汉家江山又沦入异族之手。这个悲怆的大轮回，即是吕留良全部悲伤的来由。

那个被称为"张老兄"的读诗者，怎么看怎么像是个道士，而道士都是有些手脚功夫的，放倒三五个官学生不在话下。他是不是甘凤池派来的探子？曹霑吃不准，更怕自己不是他们的对手，决定立刻去搬吉教习。吉金刚平时就在这一带巡逻。

曹霑刚抬屁股要走，吉金刚就带着俩官学生进来了。他们在外面冻得够戗，进门就哇呀哇呀地叫唤，一边揉耳朵一边跺脚。

吉金刚大叫道："哇呀呀，这个鬼天气可真够凉快的。"

他们的动静太大，引起那两个人的主意。被称为"张老兄"的看了看，突然间发出一声喊："哎呀，这不是金刚嘛！"

吉金刚顺着声音寻觅过去，定睛一看，"哎哟，是师傅呀！"

吉金刚随即大步上前，跪下磕了一个头，站起来搂着"张老兄"拍打着，念叨着："巧遇巧遇。真没想到会在这个地方遇见师傅。"

"张老兄"把"谢老弟"介绍给吉金刚："来，认识一下，这是我的平生知己谢济世。过去是个默默无闻的文人，现在成为'闻人'了。"

听到谢济世这名字，吉金刚像是被烙铁烫了一下，看着对方愣了愣，一时间无所措手足，随即反应过来，双手抱拳，高声说："在下吉金刚是张先生的徒弟，现为咸安宫官学武术教习。"

寒暄既毕，吉金刚转身喊道："嘿！我说店小二，在这张桌子上加几个菜，把你们拿得出手的全端上来。"

此情此景，曹霑自然不会凑上去了。他只是有点怕。万万没有想到咸安宫官学武术总教习的师傅，居然是敢于在公众场合朗读反诗的主儿。不仅如此，吉金刚的师傅还与谢济世是平生知己。那个弱不禁风的谢济世真的是个"闻人"，他的案子名噪一时，曹霑对此人早就有所耳闻。

　　说到谢济世，须提到雍正皇帝的宠臣田文镜。田文镜原隶正蓝旗汉军，康熙间任内阁侍读学士，外放后从基层干起，历任知县、知州、员外郎、御史、署山西布政使等，以富于统治经验为皇上赏识，将旗籍转为满洲正黄旗。雍正二年调署河南巡抚，任内推行"摊丁入亩"，这手干得漂亮，旋升总督，管理河南、山东两省事务，加兵部尚书衔。田文镜确有些手段，手下都唯唯诺诺，作为田文镜的幕僚，谢济世却上疏奏其贪赃受贿。皇上说田文镜治豫年丰岁稔，缙绅畏法，实为巡抚第一。谢济世假借直言敢谏而肆意栽赃，遂发配到军营效力。吕留良案发时，谢济世案再发。岳钟琪将曾静、张熙押解京师，胤禛称赞岳钟祺"忠诚报国，公正无私，实在是自古以来大臣中所罕见"。顺承郡王王锡保是投机分子，对岳钟琪的际遇称羡不已，也想捂住个逆子讨皇上欢心，遂参奏在军营效力的谢济世，说他注释《大学》诽谤程朱理学。王锡保拍马屁没有拍到点上。胤禛调阅谢济世的注释，其中有句话是："拒绝纳谏文过饰非，必至拂人之性，骄泰甚矣。"马上联想到，谢济世曾经谏田文镜而遭斥，发配军前效力。因此"拒绝纳谏文过饰非"这句话是在怨谤皇上，"恣意谤讪，甚为可恶"，命议罪。

　　这些事，曹霑都是听弘晳舅舅和曹頫叔叔说的。现在既然谢济世能在这个小酒馆吃饭，看样子是刚释放出来。而他的心中不服，又约上平生知己来到宏善寺附近，对着这地儿发牢骚。

　　曹霑正在想事呢，一只大手按在他的肩膀上，他一回头，是吉金刚。

　　吉金刚对他说："过两天，我带张天师去郑家庄。你舅舅早就想结识这位高人，你也一起去凑凑热闹。"

　　曹霑眨巴眨巴眼睛，惑然，"张天师？"

　　金刚指着他的师傅说："噢，他叫张太虚。"

　　在天空和大地之间，斜飘着雪花。

　　窗纸映照着暗淡的微光，雪有如白色的细粉飘扬下来，把窗纸蒙上了一层薄霜。弘晳坐在窗户前，对着窗户凝视了好久。

　　弘晳的穿着向来随便，今天倒是周吴郑王的：丝绒碗帽，正中缀一方白玉，曲襟背心，花缎袍子，底下缀带扎脚管，双梁厚底鞋子。这种鞋子的鞋面当中有两道黑皮的凸起条纹，京城称为"双脸儿鞋"。

他之所以穿戴齐整，是在等一个人，即是云游道士张太虚。关于此人的身世，吉金刚早就对他作过介绍。

张太虚出生于鄂豫交界处的信阳。春秋战国时，中原南部是楚国的经济文化中心，亦是荆楚鬼神文化的发祥地，巫风颇盛。道教是在原始多神教的基础上产生的，荆楚巫风是其重要来源之一，自春秋战国至清，历史推演了两千多年，道教已成长为成熟的人文宗教，然而楚地巫祝风俗不改，从官家到民间，大都信鬼好祠，祈福禳灾。他自幼生长在敬事鬼神的环境中，青年时迷恋上了道教，最初在信阳鸡公山的奇峰幽谷中寻师觅道，后来云游四方，几座道教名山都留下了他的足迹。功夫不负有心人，中年时在湖广一带建立了名声，而尤其通晓炼丹术。所到之处，富绅和地方官员向他讨教的，多是这方面的事。

武功与道教须臾不可分家，好武师都有道教倡导的导引功底。吉金刚在偃师家乡习武时，道士张太虚云游到此，当地人称为"张天师"，纷纷传说天师功力如何了得，特别长于炼丹，化腐朽为神奇。吉金刚对炼丹毫无兴趣，急需在气功上得到点拨，于是拜张天师为师，在研习导引过程中，亲眼看到张天师给了几个乡绅丹丸，这几位乡绅服用后都说神奇，乐此不彼。他考中武状元后，在咸安宫官学担任教习，每次刘天师来京，都到他家里小住几天。

吉金刚有一次与弘晳闲聊时，随便提到张天师，没想到弘晳顿时来了情绪，非要吉金刚牵线搭桥。吉金刚私下猜测，亲王妃吴青卿堪称绝色，弘晳大概对她夜夜尽欢，多年下来有些招架不住，需要道士调理。其实，吉金刚是猜错了，弘晳有更深一层的考虑。

云游道士行踪不定，谁也不知道张太虚什么时候来京城，只好干等。

昨天吉金刚派了个兵丁上门通报，张天师来了，弘晳马上约见，约定今天上午到。门外有响动，弘晳赶忙起身迎过去，吉金刚就带着一个人进来了。后面跟着的是曹霑。

吉金刚双手捧拳，"王爷，您要见的人我给领来了，这位就是云游道士张太虚，在湖广一带名声遐迩，京城知道他的人不多。"

双方坐下，寒暄既毕，吉金刚以为亲王马上会讨教房中的事情，没想到弘晳急不可待地扯到了另一个话题。

弘晳说："我听吉金刚教习说过，张先生与谢济世很熟，是这样吗？"

吉金刚一听，不自在起来。这个弘晳亲王，哪壶不开提哪壶。吕留良死了，曾静放了，谢济世却正在风口上，朝野躲之犹恐不及，谁都不提这茬儿，弘晳却直不楞腾地把他摆在桌面上了。到底是废太子的儿子，就像他爹当年一样，口无遮拦，想起哪出是哪出。他不满地一拍大腿，这位王爷怎么和官学生一样，像是总也长不大的少爷羔子。

对弘晳直言不讳的发问，张太虚安之若素，说："田文镜曾经延聘我为幕僚，那时济世也在田文镜手底下充为幕僚，我两经常在一起谈经论道。平生遇一知己难矣，我与他相晤甚欢。说起学问，我在许多方面得拜他为师，尤其是经学，但是，若是说起辈份来，济世老弟算是我的晚生。"

弘晳接着问："张先生对谢济世的人品怎么看？"

张太虚痛快地说："直性子！至于他的那个案子，贫道的看法就一个字：冤！其实，济世老弟注释《大学》，所言都是老生常谈，皇上却把注释文章与个人境遇混淆起来，致使他再遭冤狱。"

弘晳不是凭白无故问谢济世的。这一阵子他对田文镜有所留意，原因是听说他领受了谕旨，为皇上寻访道法高深之人。皇上非常赞赏他，曾经宣谕官员说，天下督抚如果都像田文镜一样，"则天下大治矣"。

这道谕旨流布甚广，而谢济世却敢于劾皇上的宠臣，可谓弥天大勇，张太虚公然为谢济世打抱不平，也得有相当勇气，弘晳不由叹道："僧道一般是不入世的，不管天下如何，该念经还念经，该作法还作法。真没想到，张先生倒入世甚深，而且是个直性子，有啥说啥。"

张太虚笑了笑，"王爷问得很直率，我也就答的很直率。"

弘晳探过身子，"在座的一个是王爷，一个是官学教习，你胡说乱道的，公然评论皇上如何如何，就不怕我们逮住你？"

张太虚仰面大笑起来，"一介湖海散人，平日相伴的只有个小板凳，外加一张小饭桌、一张小木床，一人吃饱了全家不饿，逮住贫道又能如何？再说，我前几天才到京城，刚落脚就被吉教习带来，王爷与我结识的初衷，想必也不是为了逮住个云游道士吧。"

弘晳听罢也大笑起来。"好好好！就先谈到这儿。本来请张先生来，是要谈经论道的，可是今日一点都没扯到这上来。好在来日方长，本王爷给二位备下了酒席，今天在我这儿吃饭。"

他们出门往饭厅去了，而曹霑坐着没动弹。他的脑子里头乱纷纷的。

在官学的环境中，与官学生们长期相处，他的所思所念与"官腔"从来都是一致的，朝廷恨谁他们跟着恨谁，朝廷喜欢谁他们跟着喜欢谁。他一直以为，弘晳舅舅和吉金刚教习也是这么回事。而现在看来，不是这么回事。在他的身边有另外一个对朝政不满的圈子。起码舅舅他们认为他也是这个圈子中的人。想到这儿，他打了个冷战。

六十一、高粱河畔－郑家庄－广渠门蒜市口小院

京城有句流传甚广的俗语：高粱无上源，清泉无下尾。

在京城，高粱河声名遐迩，是踏青胜地。京城居民所重的，仅仅是西直门外这段河道，长度也就是两三里地。西直门外有一条大石板铺成的路，称"石道"。出了城门洞没多远，从石道往北稍拐，就是高粱桥。高粱桥是个普通石拱桥，宽不过两丈，长不过数丈。从明朝起，都人玩儿高粱河，玩儿的就是高粱桥左近这一块，入清朝之后依旧。

关于高粱桥的盛况，有记载称："水从玉泉来，三十里至桥下。夹岸高柳，丝垂到水，绿树绀宇，酒旗亭台，广亩小池，荫爽交匝。岁清明日，都人踏青游者以万计；浴佛日、重午日，游亦如之。"

雍正九年清明日，曹霑带着陈雨林到高粱桥踏青。这是他俩头一次出游。能一块出来走走，也是挺不容易的。

二人是去年深秋认识的，紧接着就入冬了。京城取暖条件很差，许多人是"猫冬"的。大冬天的，大狗熊猫在树洞里冬眠，人呢？稍微活泛些，该干活的还得干活，那是挣命呢，不得不如此。而在天寒地冻的京城，但凡有点条件的都猫在屋里烤火取暖，没什么人动窝。大自然面前人人平等。老百姓怎么过冬，王爷府里也差不多，不过是穿的盖的厚实些，炉子里生的火旺一些，房间里暖和一些。仅此而已。

这是陈雨林来京城后过的第一个冬天，大雪纷飞令她喜悦，户外的严寒令她惊叹。天气冷得难以置信，她不知不觉地学会了"猫冬"，天天猫在房间里

读书习字，几乎足不出户，当然谈不上到名胜之地走动走动。曹霑想见面，行，那就从城里过来，反正她是不会出远门的。

在官学读书，每日早出晚归，平日抽不开身，只是空闲时骑马去了几次郑家庄。整整一个冬天，他和陈雨林见面也就是六七次，每次能呆个多半天。由于见面不易，他每次去之前都要盘算一番，见面后说些什么，反正不能白跑。理亲王府也是这么安排的，可着劲儿给他俩创造独处的地场。头一两次见面，舅母还陪他俩说说话，以后人家连面都不照了，躲了，撇下个小空屋，就看他俩愿意在里面干什么了。

其实，他俩没干出格的事。不是不想出格，想，只是还没到那份儿上，如果到了那份儿上，亲嘴儿、搂搂抱抱以至更火爆的，就不算出格了。两人一点都不出格，在一起时都做些什么呢？谈诗论画呗。

一般说来，女孩子若长得好，学业就差些。原因是对自己的模样太在意了，心就有点野，心一野，梳妆打扮就多了，整天对着镜子，学业就顾不上了。如若浪荡子儿追花逐蜜，往后的事情就难说了。陈雨林却不是这样，打记事起，家传、家教、家学就向她拥塞过来，先是祖父手把手教，接着是父亲手把手教。早先连她自己都不明白，一个女孩子家不考秀才举人进士，不用追逐功名，学那么多干什么？后来她懂了，陈家不需要绣花枕头，甭管是男是女，既然来世界走这一遭，就别随波逐流，要活得充实些。

曹霑与她独处时，与其说喜欢与她谈诗论画，不如说喜欢听她说话的语音，看她说话的样子，看她的小嘴儿张张阖阖的，看她的小手儿比比划划的。她说到兴头上，小手情不自禁就动弹起来，就在他的眼前比划。他的目光随着小手游移，有时真想把这只手一把抓过来，放在掌心里摩挲一番，只是勇气始终没有攒够，临要出手又收回了念头。

一个冬天就在交谈中过去了，直至开春，直至他俩第一次出游。

高粱河两岸，游人如织。有阖家老少出来的，有官员带着妻妾出游的，有军汉带着士卒出来闲逛的，有相公带着娇妻踏青的，有青楼女子带着情郎的。也有个把大官儿乘坐轿子，由仆役敲锣开道，游人纷纷避让，这种人哪会有玩儿心，不过是招摇过市抖威风来了。

春风暖融融地吹着，拂过曹霑的面庞，也拂过陈雨林的面庞。

他们并肩走过高梁桥，漫步在柳堤上。小风悠悠荡荡的，河堤上的柳枝在风中摇动着。柳丝拂面，拂过他的额头，也拂过她的粉腮。

和一个女子出游，在他是第一次；和一个男子出游，在她也是第一次。他们有说有笑，离得很近，她的手就在他的手边，有时两人走得过于近了，手背还会蹭上。在一磨一蹭间，他的冬天的愿望觉醒了。

他们的手背又蹭了一下。他没有动作，仍然在积攒勇气。或许憋了一个冬天，憋够了，而在春季，热血开始喧沸，不想再憋了。

"娘的！我真是个大草包，还有什么抹不开的！"他暗暗骂着自己，一股子勇气突如其来地直冲脑顶。接着，他一把抓住了她的手，抓得紧紧的，怕把她给吓跑了。但是，她没有把手抽回，就那么让他攥着。渐渐地，他的手放松了些，这时才感到，她的手很软，掌心是湿润的，攥着很舒服。不大会儿，她不再让他攥着，而是抽出手来，转而挽起了他的手，依旧肩并肩地随着他走。好像这很自然，本来就应该发生。

天色向晚，他送她回郑家庄。他骑马带着她。她坐在他的后面，头柔柔地搭在他的肩膀上，双手搂着他的腰。他抽了几鞭子，马撒开四蹄跑起来。随着马身的起伏，她隆起的前胸在他的背上一碰一碰的，令他全身麻酥酥的。而她并不规避，好像这是很自然的，本来就应该发生。

郑家庄到了。他下了马，再把她抱下马。当她落下地时，也就势扎到了他的怀里。他抱着她，她一动不动地让他抱着，接着温顺地把头俯在他的胸膛上。依旧是那样，好像这是很自然的，本来就应该发生。

铺垫自然而然地做足了，往下的事好办了。他抬起她的脸，俯下脸来，准备和她亲嘴儿。没有人教过他吻，也没有人教过她。事后他们会说，他们都是在一个瞬间学会了亲嘴儿，并领悟到其中包含着什么。

他张开了嘴，她的双唇开启。在他们的嘴唇相触的刹那间，就不是在亲，而是在吮。她的动作出乎意料地猛烈，舌头深深地插入他的口中，一边剧烈翻搅，一边大口地吸吮着。她那么用力，呼吸急促起来。他感受到体内的精气被她的吸吮带了出来，也感受到自己的吸吮达到了她的身体深部，这就是恋人间的交融。

他有点晕，感到这不完全是情之所至，而是还有些别的。他的猜测很快被证实了。她哭了，不是啜泣，而是在紧紧地抱着他的头，大口吸吮的同时，骤然间泪如泉涌，大滴大滴的眼泪，从她的面颊流到他的面颊上。突然，她的头一扬，猛地推开他，背过身去恸哭起来。

怎么会这样？他站在她的身后，多少有些不解。待他拍拍额头，却又模模糊糊猜到点个中缘由。还是娘说的对，这是三辈子的情缘。前辈的生死交往会给后人带来些什么，傻小子恐怕感悟不深，而谁也不知道，这种由老人经年累月反复叙述的故事，会在一个聪颖姑娘的心中烙下多深的印记。由于有上头两代人打下的扎实底子，在她那里，与他用不着卿卿我我，在见面的那一刻，她的真情就交给他了，余下的一切温温存存的事情，就让它自然而然地按照顺序发生。

一个冬季的数次长谈，一同出游，手拉手，同骑一匹马，相拥相抱，凡此等等，她都显得很平静，而拿咸安宫官学同窗平日的糙话说，这都属于"死扛着"。用文雅一些的话说，她的安之若素的承受，是抑制着自己做出来的样子。而当他吻她的那一刻，她受不了了，也抑制不住了，多年积累的感情终于冲垮了堤坝，流淌出来。

他抬头望望天际，明月当空。月华之下，周围的一切都显得情意绵绵的。好一个春夜，春深似海，情深似海。

他把她的身子转过来，拥在怀中。她的脸贴在他的胸上，眼泪还是不断地流淌，仍然不停地抽泣着，一言不发。

他低下头，俯在她的耳畔轻声呼唤道："雨林，嫁给我吧。"

她不吱声，用额头磕磕他的下巴，算是赞同。

他笑了，"那么，咱就定个日子吧。"

如水的月光洒下来，铺在她苍白的脸上。

"秋天。"她说。

曹霑问："初秋还是深秋？"

陈雨林说："都不是，是金秋。九月。"

曹霑问："为什么单挑九月？"

陈雨林说："九月是我的生日，那时我就十七岁了。"

说完，她回身走了。

看着姑娘敲门，看着姑娘进了门，他转身跳上马，用马刺狠狠地夹夹马腹，马疼得嘶鸣了一声，旋即飞奔起来。

他边甩动马鞭子，边高喊了一声，喊声像一把利剑直刺寂寞的夜空："娘，儿子九月成婚！"

自古，从议婚到完婚的过程被概括为"六礼"。满洲八旗入关后随汉人婚仪，也行"六礼"。根据《仪礼》所载，其顺序是：男家请媒人至女家提亲，谓之"纳采"；男家请媒人问女家八字以占卜吉凶，谓之"问名"；男家卜得吉兆后，备礼告女家，决定缔结婚姻，谓之"纳吉"；男家给女家送聘礼，谓之"纳徵"；男家择定婚期，备礼告女家，求其同意谓之"请期"，新郎至女家迎娶谓之"亲迎"。这套复杂议程只有贵族豪门才一招一式地来，在民间因陋就简，就曹家而言，既不是豪门，也不是个小门小户，不一招一式照搬，也得中规中矩地来。

曹霑与陈雨林的联姻，是从祖上的情谊延伸下来的，因此"六礼"前五个步骤可以免除，纳采、问名、纳吉、纳徵、请期，都用不着，要认真操办的只是"六礼"的第六个步骤：亲迎。

亲迎是"六礼"的高潮所在，而"亲迎"又分为迎轿、下轿、祭拜天地、行合卺礼、入洞房等多道程序，且每道程序又有几种以至十几种做法，大多是表示祝吉驱邪的仪式。

馨玉哪懂这些，最让她发愁的是亲迎路途远，从郑家庄到崇文门外蒜市口足有几十里地，抬花轿得走上半天，不说付轿夫多少银子，半天下来，还不得把新娘子折腾苦了。

吉金刚生性豪爽，听说这事后，一口应承下来。他喜欢有灵气的弟子，曹霑会点花拳绣腿，武术功底浅，但有股子灵气儿，在咸安宫官学，在他的指教下，长进很大，两人也成了忘年之交。

他拍着胸脯说："嫂子，这事就交给我了。用不着请轿夫，几十里地，加上拦门、障车的，手稍微攥不紧，银子花的海了去啦。咱能省几个钱算几个钱。到时候我的弟子们上，那些轿夫还能有官学生腿脚利落，他们一准把新娘子既快又稳地从郑家庄抬来。"

馨玉喜出望外，"那敢情好，那敢情好。"

就这么忙忙叨叨的，一晃，进了九月。再一晃，迎亲的日子到了。

当日，曹家小院张灯结彩，院里院外张罗的，都是咸安宫官学的人，在总教习吉金刚的统一调度下，一拨去郑家庄抬新娘子，一拨在曹家小院应酬，连门口放鞭炮的，吹响器的，都是官学生。

平素，曹家的日子过得紧巴巴的，但在大喜的日子里舍得破费，曹頫专门请来满福楼掌勺的，到家里炒菜，正经摆了好几桌席。院子里来宾不少，除了内务府官员及眷属，就是四邻八舍的。跑堂边吆喝着边托着大小盘子捣腾着小碎步穿插其间，场面也是红红火火的。

老平郡王夫妇、小平郡王夫妇说好了是要来的，但是昨晚突然间通知说不能来了，原因没有说，只是说宫里面有点事。

弘昌、弘晈哥儿俩来了，坐在正堂里与曹頫说个不停，所说都是他们陪怡亲王允祥下江南的旧事。

馨玉在陪着几个女眷说话，这几个女眷都是李煦的家人，也就是馨玉的娘家人。所谈无非是抚今追昔，带出无限伤感，一边说一边抹眼泪。

曹霑穿着崭新的青绸褂，上身交叉裹着两条红绸缎，戴着个黑绒面的瓜皮帽，尽管一身新郎官打扮，喜气洋洋的，但干的事情不像是个新郎官，整个感觉不到位。他和那帮唱子弟书的同窗聚在一起，忙忙活活地准备锣鼓家伙，像是在为别人的婚仪助兴。

曹霑对同窗说："你们得给我下点力气。我们寒门陋舍的请不起堂会，今儿就靠哥儿几个唱子弟书撑场面了。"

同窗们吵七八火："放心吧您呐。上回那个察哈尔总管的公子，叫什么傅恒的小子成婚，咱又不认识丫挺的，都那么卖力气。今儿个是谁结婚呐？是咱大伙的瓷器——曹哥们儿！咱还不得嗌死了卖力。"

有一位假装诺诺地说："曹哥们儿，打我出生后，吃我娘奶那会儿，究竟使了多大的劲儿，我娘至今也没有告诉过我。"

曹霑揽过话头，"下面的话我替你说了。但是，在下等会儿唱子弟书时使的劲儿，肯定比那会儿的大。"

同窗们发出一阵哄笑。

曹霑拨拉了一下那位同窗的脑袋，"你小子耍贫嘴怎么也不换个新鲜花样，说来说去就这两句。"

正在说笑间，吉金刚满身大汗，高扬着双手，大步进了院子。

"武状元回来了。"有人喊了一声，院子里顿时安静下来。

吉金刚用衣襟揩了揩脑门上的汗珠，拇指向后一挑，"接来了。"

曹霑小声嘟囔："怎么这么快。"

大伙发一声喊，忽地冲出院子。那些上了岁数的、腿脚不麻溜的，也紧着捣腾着腿脚，出了院子。

四合院门口出现了罕见的一幕：花轿摆在胡同当间，没有人管。

抬轿子的官学生累稀了，累垮了，通身大汗，把着花轿的四个角，坐在地上，耷拉着脑袋，呼哧呼哧地大喘气。

众人开怀大笑。几个女眷绕过这帮官学生，来到花轿前，掀开轿帘，把新娘搀扶下来。尽管新娘头上盖着红布，但遮掩不了狼狈之相。她捂着腰，一边轻声呻吟着，一边被人牵着往里走。不难想像，这些官学生一路跑得太快了，致使新娘饱受颠簸之苦，弄成了这个样子。

宅门口摆着一个马鞍子，新娘将要行"跨马鞍"。这是北魏时鲜卑人的遗俗。唐朝接过来加以改造，新妇进门前需在马鞍上坐一坐；宋朝搞得复杂化了，前面要有人捧镜倒行，导引新妇跨过马鞍；明朝简略了程序，新妇从马鞍子上跨过去即可。鞍者安也，取平安之意。

要搁平时，陈雨林跨过个马鞍子不过举足之劳。但这次遇到了麻烦。路上，她被疯小子们折腾得差点散架子，以至在马鞍子面前困顿住了，几次抬腿都抬不起来，红盖头下发出怯弱的、无助的娇吟。

馨玉为难地说："实在跨不过去就甭跨了，不就是图一乐嘛。"

曹頫连忙纠正："马鞍马鞍，保的就是平安，怎么能不跨呢。"

吉金刚看不下去了，一捅曹霑后腰，"新郎，还不帮新娘一把？"

曹霑捋胳膊挽袖口，大步上前，双手忽地把新娘托起来。新娘也不带含糊的，大大方方地伸出两臂搂住了他的脖子。

众人发出震耳的欢呼，有几个官学生高兴地拍着屁股跳。

在曹霑跨过马鞍时，卷来一阵风，把新娘的红盖头撩起来。两个人的四只手都占着，谁也不能按住红盖头，眼看着风把它吹掉了。

"噢——"官学生们紧着起哄驾秧子。

但是，仅仅片刻，叫声停了。

曹霑把陈雨林放下来，她羞羞答答地站着，佳人容貌把他们看傻了。

曹霑调皮地向众人眨了眨眼，"也好，省了揭盖头那道活儿。"

而后，他拉住陈雨林的手，一道进了院子。

官学生们像阵风一般卷回院子，抄起了锣鼓家伙，在一阵紧锣密鼓的过门之后，扯着脖子吼起了子弟书："门前绿树无啼鸟，庭下苍苔有落花。聊与东风论个事，十分春色属谁家。"

子弟书一般是醒世喻人的，而在这时，官学生们现编了一段："少年女子少年郎，哪得相看不断肠，看来看去哪有够，不如这就入洞房。陈家女子曹家郎，白头偕老不着忙，图的就是现世乐，入了洞房就上床。"

众人大笑起来。笑声中，唱子弟书的嚷嚷道："曹霑，上回那个傅恒成婚，哥儿几个瞎忙和了一场，也没闹成洞房，今儿得找补回来，给你闹个够！""闹的你们小两口干不成事，看你着急不着急。"

女眷们听着都脸红了，"这帮混小子，越说越不着家了。"

陈雨林羞得无地自容，曹霑却显得满不在乎，"闹吧闹吧，我可不怕闹洞房的。你们就是闹出大天儿去，俺俩该干啥还干啥。"

众人的笑声中，有人高喊："你就等着，这个洞房我们闹定了，非闹它个一宿，闹得你该干啥干不成啥。"

正在这时，众人的身后爆出了一嗓子："是谁要闹洞房呀！"

大家一看，几个捕役不知什么时候进来了。他们扎着膀子走道，晃荡到院子中央，横眉立目地问："说呀，到底是谁要闹洞房呀！"

众人大为诧异，不由交头接耳起来。

官学生们向来不把衙役夹在眼里。

一个官学生故意东张西望地说："是啊，是谁要闹洞房呀？闹洞房本是天经地义的事情，是那个狗衙役在那儿犯牛脖子不准闹洞房呀？"

另外几个帮腔说："甭跟'六扇门儿'废话，明着告诉他们，是咸安宫的官学生要闹洞房。又没闹他爹他娘的洞房，他们管得着吗。"

一个捕役说："要不是这院在办喜事，弟兄们还不进来呢。官学生怎么啦？告你们官学生，不仅不得闹洞房，这个婚仪也得马上停止。"

曹頫不安地上前说："诸位捕役，你们没有看见吗，喜事正办到二巴坎儿上。据本官所知，大清律里可没有办喜事不准闹洞房这条。"

吉金刚分开众人走上前来，"管天管地管不了拉屎放屁。你们管得够宽的，管到洞房里了，管到新郎新娘的床头上了。是不是嘴馋啦？想来吆喝两嗓子，蹭顿喜筵吃吃。行！我答应啦。"

他扭脸喊道："给他们一人切一斤肉打半斤酒，打发他们滚蛋。"

一个捕役说着就要抽刀，"你是干什么的？"

还没等吉金刚回答，几个官学生就嚷嚷起来："行不更名坐不改姓。这位是咸安宫官学武术总教习吉金刚！""你们还要抽刀，怎么？想玩儿真的，那就陪着你们玩儿一把。""我们的教习是武状元，动俩指头就能撂倒你们一大片。想跟武状元动粗，你们是在噁死呢！"

捕役们面面相觑，抓耳挠腮的，不知往下的话该怎么说。

弘晈逼上一步，"一斤肉半斤酒是不是嫌少？""只要你们马上从这儿滚出去，再多给点，每人给两斤肉一斤酒。中不中？"

一个上了点岁数的捕役慌忙拦住，"别别别，不是这么回事。酒啊肉的你们留着，自己个儿吃去，请我们都不敢吃，打今儿个往后一百天内，不是吃喝玩乐的日子。这个婚仪不能搞啦，'少年女子少年郎'也就别惹麻烦了，还闹什么洞房呀，快点收摊儿吧。"

曹霑突然间想到，老平郡王夫妇、小平郡王夫妇由于入宫而没有来，叔祖曹宜也得到命令，不得离开营房，也没能来。是不是出事了？

弘昌走上前来，仰仰下巴，"说清楚了，到底出什么事了？"

那个上岁数的捕役说："皇后乌拉那剌氏今天早上仙逝啦。"

曹霑一惊，"怎么？皇后没了？"

弘昌六神无主地四下看看，"皇后怎么说走就走了？头些日子我们进宫，看见皇后的身体还挺硬朗的呢。"

弘晈不由黯然神伤地摇摇头，"皇上最宠的就是俩人，一个阿玛怡亲王，一个是皇后。没承想，阿玛刚走没多久，皇后又走了。"

那个捕役紧着说："皇后是早上走的，皇上上午颁布谕旨，刚传下来，子民一体须知。我们来您院里就是捎话来。一百天内，甭管是皇亲国戚还是蝼蚁草民，都得老实呆着。就别说您这儿吹拉弹唱办喜事了，男的不能剃头，女的不能穿红着绿，就是小丫头扎根红头绳，都得悠着点。一句话，不得见红。不仅如此，戏院子和青楼都得关张，街头卖艺的卷起铺盖卷儿，自己找个地儿歇着，刚才听您这院里有唱子弟书的，我劝诸位官学生也识点相，除非您觉得脑袋瓜长得多余，一百天内您就接茬儿唱，否则，您也就歇歇嗓子甭唱了。还有，您要闹洞房，那就接茬儿闹去，我们下三烂狗衙役六扇门儿不会管您，但有人会管您。哪儿管呀？您就自己个儿琢磨去吧。"

弘昌看看大家，摊开双手，"咱这事儿赶得实在不巧。皇后今儿早上仙逝，谁也拗不过这件大事，这出婚仪只有收摊儿了。"

馨玉搂住陈雨林的肩膀，说："新娘子都接来了，怎么办？"

弘昌说："没法子，只有把新娘子送回去了。"

馨玉说："不能让她在我家住两天吗？"

曹頫规劝说："新娘子要是不走，这些捕役可就抓住把柄了。白天的婚仪撤了，晚上新郎新娘照样在洞房里睡。何必授人以口实呢？"

馨玉分辩说："他俩不入洞房，陈姑娘和我睡。"

曹頫指指捕役，"这事儿你和他们掰扯得清楚吗？"

馨玉想了想，叹道："唉，也是。只有把陈姑娘送回去了。"

吉金刚说："嫂子，听我一句，来日方长，不在乎一时半会儿的，一百天眨巴眨巴眼就过去了。"

吉金刚回身招呼道："弟子们，出门，起花轿。"

那几个累稀了的还没缓过来，一个个面露难色，直嘬牙花子。

吉金刚朝他们吼道："哎，你们还别他娘的叫唤累。怎么接来的就怎么送回去。还有，一百天之后，怎么送回去的再怎么接回来。"

六十二、郑家庄－理亲王府大门

　　弘晳自幼受到严格训练，养成闻鸡起舞的习惯。一年四季，他每天清晨向来是睁眼就从床上蹦起来，穿利落后，用冷水冲冲头，不吃早饭，在院里空腹打拳，练拳练出一身汗，不等汗消下去，再唱些段子吊嗓子。

　　但是，自皇后乌拉那剌氏仙逝，不准干这不准干那更不准唱，即便起床后也无所事事。因此，他一改往日习惯，睁眼后磨蹭一阵才起床。

　　这天，他起床后，走到窗前一看，天上飘着薄薄的雪花。哟，这就入冬了。对于京城的人，一场小雪是入冬的最明显标志。他拍拍脑门想了想，皇后辞世已经俩月多了，这时是雍正九年十一月下旬。

　　他洗漱既毕再喝碗奶茶垫巴垫巴，溜溜达达地来到正堂，那里已有个来访者等了很久。按说亲王府有规矩，除非皇亲国戚或朝廷要员，否则在亲王没起床时，来访者一概得在宅门外等候。来访的这位只是个内务府的郎中，绝非要员，但身份却很特殊，他是戴铎。

　　据清制，郡王、亲王府邸准用太监，从三五名到十几名不等。弘晳当郡王时，府邸没有使用太监，晋封为亲王后，内务府调拨过来七名太监。有的太监在宫里见过戴铎，虽然不知道他的真实身份，但见他频繁出入养心殿，猜到这个猴头巴脑的家伙绝非等闲之辈，是给皇上办事的，因此看到是他造访，不敢怠慢，破例放了进来。

　　此前，弘晳与戴铎有过三五面之交，搭桥的是道家。弘晳喜欢道家，喜欢看道家的书，结交了三位道家朋友，有时到白云观转转。仅此而已，功法一点也谈不上。近来，他对道教兴致大增，称自己与白云观几位老道成了莫逆之交，通过老道牵线搭桥，得以认识几位道教中的高人。戴铎痴迷道家是出了名的，在内务府官员中无人可以企及。弘晳在道友家见过戴铎几面。他暗自判断，戴铎上门绝非以道会友，而是另有所图。他暗自兴奋，不管这家伙是奔着什么来的，这条鱼总算往郑家庄游过来了，上钩只是早晚的事。

弘晳笑容满面地走入正堂，大声招呼："戴郎中久等了。"

这些年来，戴铎仗着直接与皇上打交道，十分骄狂，一般不把王公贵戚当回事。而这位亲王又是废太子的儿子，圈里的都知道，皇上给他个亲王名号，不过是垂怜一下而已，因此更不把他放在眼里。

戴铎双手抱拳，腰稍微向前一哈，"亲王大人今儿起得够早的。"

弘晳故作困倦状，长长地伸了个懒腰，打了个哈欠，才说："真不想起床啊！如果不是你来，我还想在床上泡俩时辰。"

戴铎是猥琐之徒，立即猜出对方的暗示。

他下流地吐吐舌尖，嘿嘿一笑，"亲王和王妃可是大战了一个通宵，闹得早上起不来了。"

弘晳不屑地撇撇嘴，"太小瞧本王爷了，何止一个通宵。都是道家中人，我也不瞒你。这些日子，白天夜晚连轴转，几乎天天如此。"

戴铎思忖着说："奴才听说了，您那口子是个江南美女。但你俩成婚也有十来年了，加上您这把岁数，怎么会有这么大的劲头？"

弘晳含笑问："真想知道？"

戴铎立即焦躁地坐不住了，"太想知道啦。让奴才也学两招，不说干些招蜂引蝶的风流事体，起码对付自家的小玩艺儿不至于嗝瘪子。"

弘晳蹙起眉头，"哪个'小玩艺儿'？你讨了个小？"

戴铎羞眉臊眼地说："年初讨了个直隶保定府的小冤家，比我的小女还小个三两岁。别看年岁不大，但是大财主的女儿，见过些世面，没有她不知道的，床上的勾当也门儿清，奴才还真有些对付不了她。"

弘晳笑了。"保定府的大财主能把女儿许给你？要论长相，照实里说，你长得是够丑的，说丑八怪一点也不冤枉你。"

戴铎干笑了几声，"嗨，奴才的容貌的确不咋样，但丑人有个丑福气，桃花运找上了门。是这么回事，保定府有内务府的一处皇庄，谱忒大，以为还是早先跑马占荒呢，一扭犁铧占了隔壁张财主几垄地。张财主嗜好道家，认识京城几个道士，通过他们七拐八绕找到我头上。我活动一番会计司钱粮衙门，把那条地退给他，捎带手赚了他的二女儿。"

弘晳点点头，"张财主的二女儿，就这么个小冤家。"

戴铎哭丧着脸，"大人哟，我都是四十几岁的人了，自打这个张氏小妖精进了门儿，每天夜里没完没了，我早就不顶个儿了。这两天正琢磨呢，退给张财主吧？舍不得。留着受用吧？非得让她掏空不可。"

弘晳眉目含笑，"瞧你猴头巴脑的，还怪可怜的。行，那就告诉你个法子。其实，你我都是道家中人，个中奥秘一点就破。"

戴铎急火火地问："王爷有何等奥秘？"

弘晳白过去一眼，"连这都不知道？服丹呀。"

戴铎说："服丹？"

弘晳说："那可不是。服道法高深之人炼就的药丹，自然会有神力。"

弘晳悲戚起来："皇后乌拉那剌氏是一国母后，也是我四婶，自从她仙逝，本当按照上谕，在一百天内悉心哀悼，夫妻行乐不说全然杜绝，也当尽量少些。但说来惭愧，由于此前不慎服了张太虚炼就的药丹，结果夜夜欲罢不能，就是白日里，有时也按捺不住。"

戴铎忙说："奴才早就听说亲王结识了一些道家高人，果然是如此。请问，您刚才说的张太虚是何许人？"

弘晳说："一个来自湖广的云游道士。"

戴铎说："能让奴才结识吗？"

弘晳说："那有何难，不过他现在云游去了，过一段才能回来。"

戴铎的右拳猛地砸向左掌，"一旦张太虚回来，请王爷马上告诉奴才一声。奴才一定备下厚礼登门造访。"

弘晳不在意地挥了挥手。

戴铎站起来，"那奴才就告辞啦"。

弘晳说："道友，怎么才说几句话就要走？"

戴铎说："听说有个张太虚，足矣！"

吴青卿撩起门帘进来，"王爷，给你烧了只小羊羔，现在吃吗？"

梳妆既毕，是女人一天中最靓丽的时刻，戴铎的步子挪不动了，咧嘴看着，情不自禁地赞叹道："耳闻不如目睹，亲王妃果真是名不虚传！"

弘晳宽容地打着哈哈，"看傻了不是？别说是你头一回见到，我是她的男人，整天低头不见抬头见，每次见到她还有点兜不住。"

吴青卿经受这种场面太多了，见到男人眼中的邪光也太多了，对这些都麻木了，而这个干巴猴男人投过来的淫邪目光，直让她犯恶心。

她像没事似地说："午饭做得了，王爷是不是带客人吃午饭去？"

戴铎知趣地摆摆手，"不敢不敢，奴才哪敢在亲王府邸用饭。"

弘晳说："你要执意不在这儿吃饭，本王爷也不留你了。再说，见到娇娘子也没心思吃饭了。来人！送内务府郎中戴铎。"

弘晳拥着吴青卿向外走，"秀色可餐，秀色可餐。我的娇娘子，见到你如此妖娆，哪还有心思吃饭。先吃了你这个小羊羔，再去吃那个烧小羊羔。"

一个太监进来，将戴铎向外请。

他边走边想，亲王又和他的娘们儿热乎去了。掰着指头算算，他们成婚也有十来年了，怎么还会白天夜里连轴转？所说的药丹真是神了。

戴铎出了正堂，薄薄的雪花落到身上，打了个冷战，感到肠胃里面空空的，饿得够呛。心里却说，这趟总算没有白跑，来得值！

戴铎的办事方式从来鬼鬼祟祟。他这次贸然造访弘晳，是听说弘晳结识道家高人，而来辗转求见的。又是谁令他暗中寻访道士的呢？皇上。

史籍表明，怡亲王允祥辞世对胤禛刺激很大。他接着也大病了一场，一度与死神近在咫尺，几乎擦肩而过，切实品尝到了死亡的恐惧；而皇后乌拉那剌氏的辞世，又是一个重大刺激。一年多的时间，接二连三发生的事情，使得雍正皇帝对太医院的御医失去信心，转而把道行高深之人视为救星，遂秘密交代各地总督暗中寻访道士。

无疑，受到皇上托付的诸总督中，哪位若是寻访到道家高人，哪位就会平步青云。戴铎也受领了同样的谕旨，只不过是口头的。他比诸总督的长处是，本来就是道家中人，结识道友较多。但是，摸了时间的底，真正的高人却茫然无绪，压根不知道到哪儿去找。听说弘晳亲王结识了道家高人，他特意造访亲王府，本来是撞一把，没承想摸到点线索。

在王府门口，戴铎刚要进轿子，眼前骤然为之一亮。他看见一个女子立在门边，像是在等什么人。刚才见到的亲王妃算得上绝色，令他吃惊。这又是何许人也？这是他今天第二次为美色吃惊。如此美色，十年也难得见到一个，而今天却见到了俩！

他不由退后一步，看看亲王府邸的大门，万万没有想到，郑家庄这个不起眼的地方，居然是个凤凰巢。

片刻，一匹马赶到，一个后生没等马停稳就跳下了马，那个女子喜滋滋地迎上前。这个后生像是在哪儿见过。哪儿来着？后生白过来一眼，急忙掉头，拥着那个女子，俩人亲亲热热地进了大门。

戴铎对送他出来的太监说："小两口倒挺般配的。"

太监笑咪咪地说："过些日子才是小两口呢，现在还不是。他俩呀，成亲的日子口赶得太寸，喜事办了一半，新娘子都接到家了，得知皇后辞世，一百天内不得这不得那，婚仪只得半道停下来。他们打算，一旦解禁，补完婚仪就进洞房。那时才算得上小两口。"

解禁还得多少天？戴铎暗自盘算了一下，还得个把月。

他转而像打哈哈般随意问："如此美色总得有个好听的名字吧？"

太监答："她的名字倒是挺有书卷气的，叫陈雨林。"

戴铎说："看这陈姑娘身条细细溜溜的，不大像是北方人。"

太监翘起拇指，"戴郎中好眼力，她祖籍湖广，算是江南妹子。"

戴铎心中一阵窃喜。这是他今天第二次窃喜。今天的头一次窃喜是无意中听说了张太虚，第二次窃喜是无意中看见了陈雨林。

皇后乌拉那剌氏辞世后，紫禁城里愁云惨淡。

乌拉那剌氏在胤禛的藩邸中生活了三十年，与胤禛共同亲历了康熙晚年皇储之争的多事之秋，两口子感情很深。另外，皇后走时，适逢皇上大病初愈，身体还很虚弱。朝臣都有点担心，怕皇后前脚走，皇上后脚撵上去。

在这种气氛下，紫禁城内外警戒抓得很紧，连咸安宫的官学生也担负起周边的夜间巡逻。

白天的学业不能耽误,晚上还要出更,曹霑哪得空闲出门。两个多月过去了,整个气氛才逐渐松弛下来了,曹霑得以去郑家庄。这是办喜事突然中断后,他第一次来郑家庄。

在亲王府邸门口,他看见了带他们去白云观的那个戴郎中。好在戴郎中没有认出他。他低下头,拥着陈雨林就进了门。

按照老规矩,如果为了见陈雨林而来亲王府邸,他一般就不去见舅舅和舅母了,而是一头扎进陈雨林温馨的小屋。这次又是如此。

两个多月来,他总憋着一句话。但是,那样的话不仅难以说出口,而且没有恰当的语汇表达。他左思右念,只找到一个话折。这个比喻透着官学生没边没沿的"糙",但基本接近于原意。

进了屋,俩人就亲嘴儿。这回亲嘴儿没有那么激烈,但柔情蜜意的。

亲完了,曹霑的脸蛋涨得像块红布一样,直挠后脑勺,末了才蹦出几句:"咱俩还差着一道呢,眼下还算不得夫妻,要真的成为夫妻,就得像我那几个官学生哥们儿唱的子弟书唱词:'入得洞房就上床。'咱俩还没有上过床呢。"

陈雨林捂住了脸蛋,"你们这帮混小子。"

最难以启齿的话说出来后,他轻松了许多,脸蛋不再发烫了。他碰了她一下,"哎,我说……你想要吗?"

她是善解人意的,看着他坐立不安的样子,软了。"再等个把月就解禁了……你要是真的等不了,那就遂你的意吧。"

她麻利地摘下簪子,除去头饰,头轻轻一晃,乌黑的头发像瀑布一样流泻到了肩头。

像一把火在心里燎了一下,他心里骤然热乎啦的。他脱去了外衣,扳住她的肩膀,把她轻轻地放倒在床上。

看他那意思,恨不能现在就把心爱的女子搂在怀中,就像明朝人冯梦龙小说中写的那样,情哥哥蜜姐姐地"云雨"一通。

她顺从地躺着,目不转睛地直视着他,眼光那么睿智,那么达观,好像是要看透他的三魂六窍。

他不由自主地躲开她的目光,而在躲闪间突然住手了。哎,怎么回事?总憋着和她动真家伙,而当真要动真格的时候,他才发现,自己真正的想法与冯梦龙小说中所说的是两码事，敢情，原来下不去手！

他爱这姑娘，可究其底里，她像是他心目中的一尊圣洁的女神。男人对女人发情没的说，可是男人对女神绝少情欲。在她的面前，他端着雄纠纠气昂昂的架势，但那不过是个发面馒头，官学的蛮霸风气就像"面起子"，愣是给他"发"起来了，成天抖官学生的谱。而这个"谱"，与真实的憧憬竟然是背道而驰的。

她是个可人儿，进进出出像阵风一样从他眼前拂过，胸前的那对小山包鼓鼓囊囊的，常常馋得他吞咽下一口唾液。但是，宋朝的大家苏轼有诗云："文王教化处，游女俨公卿。过者不敢慢，伫立整衣缨。"他觉得苏夫子的这首诗是为陈雨林写的。这会儿，到了真要施展英雄本色的时候，他觉得，以后不管会怎么样，眼下任何情欲要求都是对梦境的亵渎。

他咕咚一声坐到了床上，尴尬极了。

也不知过了多久，他的身后响起她的声音，"转过身来。"

他迟缓地转过身，顿时呆住了。不知在什么时候，她解开了贴身的小衣，露出一对高耸的乳房。他第一次见识到了那对渴望已久的小山包。

外面在下雪，天色暗淡，透过窗户的光线也很昏暗。乳房在暗光下反射着神秘的白光。在乳峰的最高处，像葡萄般镶嵌着两个红色的乳头。

好一对乳头啊！它们的里面仿佛兜满了琼浆玉液。他的手哆哆嗦嗦地抚摸上去。敢情，它们不是扁圆的，不是软软的，而是像西域的马奶子葡萄一样，长长的、圆圆的、硬硬的，骄傲地耸立着。

他是个货真价实的大童男，没有人教过他如何戏弄女人，此刻他也没有回忆冯梦龙小说中对戏弄的描述。仿佛是从娘胎里带出来的本能，他俯下身去，轻轻地含住一个乳头，先是用舌尖舔那个尖峰，接着喝那个尖峰，既而吸吮那个尖峰。她沉浸在一阵快意中，不由高声"噢"了一声。

如果这个过程能够继续下去，凭着童男子那种憨头巴脑的傻德行，他将会粗暴地撕扯她下身的小衣；如果他撕扯光了她的小衣，就会愣头愣脑地顶入；如果他将十七八岁的全部激情投注于此，现在就将开始他们的洞房花烛之夜，那将会繁衍出一个他们终生难忘的良宵。

然而，临近最后时刻，他正在大口吸吮她的乳房，她正在舒适地呻吟，他没有忘记再征询一下。"我可这就上了，你愿意吗？"

她的呻吟骤然停顿，"想听实话吗？"她居然那么清醒。

他说："当然想听实话。"

她吐出俩字："愿意。"接着又吐出五个字："但不是现在。"

他问："那是什么时候？"

红晕袭上了她的面庞，她扭转脸去，带着遐想的意味说："是这么个时候：喜宴终于散去，咱俩拜了天地，入得洞房，外面有人在闹房，里面有喜庆的红烛。花烛之夜，两口子同床共枕、相拥而眠。"

身体本来像张拉满了弓，弦绷得紧紧的，现在，弓弦或多或少地松弛了下来。他有些沮丧地直起了身子，嘟囔着："能那样固然是好，不过，花烛之夜还得等个把月呢。"

她拉起衣襟，遮住乳房坐起来，抚摸着他的头说："还是那句话，你愿意怎么样就怎么样，都在你。但你既然问到了我，我还是喜欢一板一眼地按规矩办事。不就是再等个把月吗，你我都再等等，好吗？"

男人就是这样，激情来得快，去得也快。他感到沸腾的热血开始平息，并且迅速地归复平静，不大会儿就平复了。

他瓮声瓮气地说："那就按照你的意愿来。"

笑纹爬到了她的唇边，"别着急，我早晚是你的人。"

他三五下穿好衣服，蹬上靴子就要走。在拉门的时候，他回转身，说："我算过日子，腊月二十五，一百天到期。咱俩悠着点儿，不赶那个日子口，腊月二十六，我带着花轿来接你。"

六十三、西郊－广渠门蒜市口小院－石大人胡同

每年，自打腊月初一起，过年的空气就一天比一天浓重起来。

雍正九年腊月的上旬和中旬，大清王朝的子民还不敢过于张罗过年的事情，这是由于皇后乌拉那剌氏辞世后还不足百日。但"年"这东西却不管人间有什么禁忌，依旧悄悄走来，一刻也不曾耽搁。

子民懂得个中道理，都在安安静静地准备，与往年不同的仅是不那么张扬。谁的脸上也没有露出欢笑，只是该讨债的讨债，该躲债的躲债，该买东西的买东西，该卖东西的卖东西。但是，年画不敢卖，鞭炮不敢放，戏班子不敢唱戏，青楼不敢接客，打年糕的不敢加红点，妇女不敢戴花，孩子们不敢穿新衣服，老人们不敢穿新鞋。一切都在憋着，在攒着，等着朝廷下解禁令。而快要解禁了，就这几天的事。

腊月二十三日祭灶。灶君每年上天七日，腊月二十三日夜里上天，大年夜回来。灶君据说是老天爷派到凡间监视各户人家的，大约就像朝廷委派的佐领一样，直接管到家家户户的柴米油盐、吃喝拉撒。这一天，家家户户都要把灶君的神像请来，供在灶台上，旁边有一副对联，上联为"上天演好事"，下联为"下界保平安"。

黄昏时分，曹家小四合院里也在祭灶。曹家在江南生活既久，祭灶还是取的江南习俗，烧赤豆糯米饭，先盛一大碗供在灶君前面，然后全家把赤豆糯米饭吃得一点不剩，以求灶君留下个俭省的好印象。

饭后，曹頫穿得里外三新，率先在灶前顶礼膜拜，馨玉、曹霑跟着跪拜。

跪拜之后，曹霑就像小时候一样，嚼了块关东糖，拿糖稀糊在神像上的灶君嘴上，让灶君上天也粘嘴粘舌的，说不清楚。

尽管还没有解禁，但曹家四合院里却暖融融地洋溢着"年"的气氛。

当然，这么说不尽妥贴，曹家藏着猫着的喜悦，其实与过年关系不甚大，主要是过两天就要解禁了，而一旦解禁，新娘子就要上门了。新年里面讨新媳妇儿，喜上加喜，能不乐吗？

腊月二十五日到了，举国上下为皇后服丧的日子到头了。

次日一大早，曹霑带着帮官学生抬着花轿直奔郑家庄。上次差点把新娘子颠散了架子，这回他亲自出马，非得把新娘子稳稳当当地抬回来。

严冬腊月，京郊的原野上白雪皑皑。

庄稼地被蒙上一层洁白的布，小路上结着一层薄冰。几只寒鸦站在路旁的枯树上，偶尔难听地叫两声。喜鹊倒是挺安静的，在空旷的雪原上起起落落，在雪地里寻找秋天残留的可入口的东西。

在蓝灰的天幕笼罩下，一乘花轿从苍茫的雪原上行来，由远及近，越来越近。花轿伴有一个响器班子，叽哩哇啦的唢呐声也越来越近。

各地都有"喜轿房"。抬轿子，这是一行学问，有行规，不是有把子力气长着俩肩膀就能干得了的。用行家的眼光来看，雪原上的这乘花轿，显然不是轿夫所抬，七摇八晃的，连个稳当劲儿都没有。

抬花轿的依然是官学生，与上次不同的是，新郎官曹霑居然也在抬轿子。他们一路小跑，呼哧呼哧的，除了有一把蛮力气，毫无节奏可言。

在唢呐的伴奏下，他们扯着喉咙唱了起来：

> 裙拖六幅湘江水，髻挽巫山一段云。
>
> 沉鱼只应天上有，落雁哪有世间闻。
>
> 胸前瑞雪灯斜照，眼底桃花酒半醺。
>
> 绿绮隔帘挑不得，轿中人似卓文君。

词儿是有点意思，但他们扯着嗓子汪洋恣肆地吼，唱了个七颠八倒，七荤八素。他们抬着花轿说着唱着闹着，途经西郊，通过广安门进城。

看样子，一百天把京城子民憋得够戗，成婚的都攒在一块了，今儿的花轿特别多。骡马市大街上，花轿和骆驼队来来往往。本来，他们可以继续唱点什么，给大街增添点喜庆，但他们累了，也唱不动了。

到了广渠门蒜市口小四合院门口，和上次一样，一个个放下轿子，就坐在地上大喘气。与上次不同的是，院门口很安静。

曹霑喘息稍定，就感到不大对头了。他从地上一撑站了起来，不安地向四周张望着。这是怎么啦？没有人出来接花轿，没有人出来掀轿帘，没有人出来接新娘，没有人放鞭炮，不仅没有成婚的那个热闹劲儿，而且门口没有摆马鞍子。

天气太冷而没人出来？不对，再冷也不能耽误了接新娘。曹霑年岁不大而经历太多，几度抄家，一度迁徙，家里这个流徙那个枷号，整个人被折磨得非常敏感。一种不祥的预感袭上心头，八成又是出什么事了。

他掀开轿帘，喊道："雨林，跟我进去。"说完，拉着她的手，下了轿子，三步并两步往院子里走。

那些官学生们顾不上疲劳，也从地上爬起来，跟着一块进去。

一进院子，他们傻了，院子里一个人也没有，空荡荡的。

正房的棉门帘被撩起来，吉金刚骂骂叽叽地走出来。走到院子中央，回首指着正房，喊道："狗屁内务府，跑到这儿犯浑来了。狗屁户部，专挑人家大喜的日子犯劲。我看你们是诚心来捣乱的！"

曹霑急忙问："总教习，怎么啦？"

吉金刚扭脸看到了曹霑，刹那间有些慌乱，神情极不自然，转而六神无主地搭讪着："噢，你们回来啦？"

曹霑问："屋里出什么事啦？"

吉金刚张了张嘴，不知该说什么好，只是无奈地向着正房指了指，接着狠狠地一顿脚，抱头蹲到了地上。

曹霑跑向正房，撩起棉门帘一看，曹頫在和两个陌生的官员说着什么，态度很激烈，而娘在一旁擦眼抹泪的。

曹霑匆忙问："娘，这是怎么啦？出什么事啦？"

娘却不说话，把他一把搂入怀中，呜呜嗬嗬地哭出了声。

随后进来的陈雨林提出同样的问题："怎么啦？出什么事啦？"

馨玉依然不说话，丢开曹霑，把她搂入怀中，呜呜嗍嗍地哭得更响了。

"哎？这是怎么啦？出什么事？"陆续进来的官学生也发出了同样的问话，"大喜的日子怎么哭成这样了？"

没有人做声。曹頫和那两个官员就像仨石头碾子。

曹霑高声喊起来："你们倒是说话呀！"

曹頫指了指那两个官员，指尖发抖，嘴唇发抖，就是吐不出音来。

曹霑哀告："叔叔，侄子求您啦，说呀！"

曹頫的嘴唇吃力地动了动："他们……不让你们成亲。"

曹霑一惊，迅疾地转向那两个官员，"为什么？"

那两个官员年纪都不大，一看就是跑腿儿的小官儿。他们互相推搡着。一个说："仁兄，是怎么回事，你告诉他吧。"另一个说："老弟，还是你告他。""哎呀，你是户部的，这事儿归户部管，没我们内务府什么事。""你可真会打卦，户部只管汇总名单，具体执行还是内务府嘛。""别罗嗦啦，你告他。""不行不行，这种事不能出自我的嘴，大过年的，我可不愿意找骂。""少废话，我是正九品你是从九品，官儿大一级压死人，官儿大半级我也得压你一回。"

这俩人在那儿胡扯什么呢？曹霑和陈雨林都听糊涂了。

最后，还是个从九品的拗不过，他站起来，背着手挺着胸，迈着四方步，踱到曹霑面前，开了腔："你，是新郎官吗？"

曹霑说："是。"

从九品扭过身，"你，想必就是新娘子陈雨林啦。"

陈雨林点了点头。

从九品运了运气，说："由于你们一定要问，本官就只有据实告之了，一句话，曹霑和陈雨林今日不得成亲，近期也不得成亲。这不是本官的意思，而是户部与内务府的共同议决。"

曹霑几乎不相信自己的耳朵，"为什么？"

从九品像是刚刚找到点为官者的感觉，抑扬顿挫地说："据查，陈雨林的祖父陈鹏年隶汉军镶黄旗，久在江南为官。陈雨林的父亲陈如海也隶汉军镶黄旗旗籍，现仍在江南为同知。据此，陈雨林作为汉军旗官员的后人，必须参加选秀女，待选期间不得成亲。"

屋子里出现了死一般的寂静。

陈雨林颤抖的声音打破了沉寂："什么时候选秀女？"

从九品回答："三年一次。你在雍正十年参选，也就是明年秋季。"

陈雨林骤然抬高嗓门说："我今年十七岁了，按照本朝的规定，可以算得上逾岁。明年秋季我就满十八岁了，就是逾岁了。早在顺治朝就有规定，十七岁为秀女最高年限，逾岁者不再参加选秀女。"

曹霑和娘惊讶地对视了一眼。看来，陈雨林对选秀女一事早就有所防范，甚至还研究过朝廷有关规定的细则。

从九品一听这话，有点无从对答。他看了看正九品，示意他解答。

正九品从容说："逾岁不逾岁，是户部考虑的，不是你们备选秀女所能考虑的。备选秀女的岁数只是个尺度，而尺度是活的，逾岁女子既可以拿下来，也可以推上去。为什么？因为逾岁不逾岁是小事，漏过当挑上的秀女则是大事。现在是，户部已然知道你的年纪，也一样把你列入备选秀女名册。而只要你在册，就得参选。"

陈雨林顿时面色惨白，无所措手足。

她四下里看了看，馨玉向她张开双臂，她一头扎到馨玉怀中，低声抽泣起来。

当从九品不再发怵时，油腔滑调就冒出来了："按说选秀女归户部管，内务府的芝麻官儿管不了这份闲事。但是，本芝麻官劝你两句：如果你赶巧撞上大运，被选为嫔妃，你就跟皇上絮叨去，说你逾岁了。我估摸着，皇上不会因此怪罪户部办事不合则例；皇上如果将你指配某皇子了，你就告诉那位皇子，奴家都芳龄十八啦。我估摸着，皇子不会觉得你老得没有味道了。当然，如果那位皇子嫌十八岁女子不够嫩，把你赶出皇宫，得嘞，你就合适了，可以和曹霑名正言顺地成亲了。"

正九品指着众人："该说的话都说到了，你们可别找不自在，如果愣是要成亲，再来找你们的可就不是俩芝麻官，那就是挎刀的了。走！"

从九品的感觉越来越好了，似乎不抖抖为官者的威风不过瘾，他指着曹霑的脑门儿，"先别急着走嘛，本芝麻还有话要交代。花轿不是抬来了吗，怎么抬来的再怎么抬回去。曹霑，本官知道你的脑瓜里正转悠什么鬼点子呢。噢，这边听说新娘子备选秀女，那边就把新娘子弄进洞房上了床。你给我记住，甭干这悬得溜儿的事儿。拿破了身子的女人去备选秀女，那可不是玩儿别人，而是在玩儿皇上呢。拿皇上开涮，小心你的脑袋！"

正九品也来了情绪，"说到这儿，本官也补充一句。曹霑，你没拿皇上开涮之前，不妨先拿我俩开涮一把。让你把新娘子抬回去，你可以阳奉阴违呀，愣是不送回去。你就试试看，我们有人在郑家庄等着。如果下午花轿还没回去，你就得找个凉快地儿呆着去啦。走！"

两个芝麻粒儿摇晃着肩膀，神气活现地走了。

他们刚离开，陈雨林哇地一声哭了。

清室可以分为两大块，一块是皇室，一块是宗室，前者是努尔哈赤的直系后裔，后者是努尔哈赤叔伯兄弟的后裔。入关后，清室在文化上认同以汉族为主的中土文明，而在血缘上担心皇室和近支宗室汉化，为防止汉族血缘羼入，即所谓"串秧儿"，而执行选秀女制度，皇上的后妃和宗室的嫡福晋、侧福晋都从八旗秀女中遴选。

清朝的御用文人宣称，前朝皇室从全国范围挑选后妃，劳民伤财的，惊动很大，相比之下，清室只是小小不言地从八旗秀女中选择配偶。让他们一鼓噪，产生于荒蛮中的选秀女制度，反倒成了历史的一大进步。

清朝入关以后，每三年在八旗内部选一次秀女，《养吉斋丛录》将其目的概括为："或备内廷主位，或为皇子、皇孙拴婚，或为亲、郡王及亲、郡王之子指婚。"也就是说，不仅皇帝的后妃要从旗籍女子中挑选，被选中的秀女，有的还要由皇帝指配给皇子、皇孙或近支宗室。

选秀女制度非常严格，在旗女子几乎无一幸免。《养吉斋丛录》称："凡八旗官员、兵丁、闲散之女子，皆备挑。"这种说法把在旗女子一网打尽，过于泛泛，其实，秀女的主要来源是八旗官员家庭。顺治朝规定，凡满、蒙、汉八旗官员的女儿，年至十三岁时，都要参加每三年一届的挑选秀女。备选秀女得入紫禁城，供"阅看"。京城八旗官员的女儿还好办，外任旗员之女也一律送京阅看，路途遥远，不免往返跋涉之劳。至乾隆年间规定，嗣后外任文官同知以下、武官游击以下之女，停其选送。这条规定使得下级官员的女儿不再参加挑选秀女，而中层以上官员的女儿，还是得参加挑选秀女。嘉庆年间又有所修订，"命汉军自笔帖式、骁骑校以上女子备选。"嘉庆皇帝把秀女范围又略微扩大了。

按照规定，陈雨林身为八旗官员的女儿，是应当参加挑选秀女的。但在雍正七年，她被接到京城，江宁地方造册中没有此人，侥幸躲了过去。而在京城，她住在弘晳家里，户籍上没有她这一号。因此，只要没有人知道她是陈鹏年的孙女，就不会将她造入备选秀女名册。

但是，京城有些无耻之徒，专事为皇室寻访佳人。他们得到线索后，一般干些蝇营狗苟的撮合勾当，而如果那位在旗且年纪适当，就好办多了，可以将其姓名等直接捅到户部，造入秀女名册之内。社会上将这种人称为"花探"。弘晳听说陈雨林被户部纳入秀女名册后，闪过的第一个念头是，这不是一般人干的。一般花探不可能捣出陈雨林是陈鹏年的孙女，能够打听出这层关系的绝非等闲之辈。顺着这条线索，他立即判断出，是谁把陈雨林的底细捅到户部的。

雍正十年正月下旬的一个傍晚。一辆马车在石大人胡同东口停下来。

从车上下来两双"踢死牛"。"踢死牛"为一种坚硬的皮靴，牛皮制造，多由习武的人穿。天冷，这两个人穿得很严实，帽檐压得很低。乍一看还认不出来，看仔细了，是弘晳和吉金刚。

他俩显然在马车上谈了很久，吉金刚下车后，接着谈下去。

他不解地问："亲王，您怎么知道是戴铎坏的事？"

弘晳紧张地看看左右，反问："你和戴铎打过交道，他是个什么卵东西，你不知道吗？"

吉金刚挠挠腮帮子，"我怎么能不知道，为皇上配搞女人的药，为皇亲国戚拉皮条，他专门干些下流勾当。"

弘晳懊丧地说："我太疏忽了。雨林来京后，我就怕让戴铎这样的花探见到，不让她出门，她哪儿也没去过，见过她的只有内务府几个老人和咸安宫官学生。内务府那几个是老实疙瘩，官学生就甭提了。但一不留神，戴铎那天到我府上见到了她，而且从太监嘴里打听到了姓名。别的花探，就是见到她并打听出姓名，也搞不清她的来龙去脉。而只有戴铎这样的，耳目众多，与两江总督衙门串着，能够通过蛛丝马迹摸到江南，摸到陈鹏年的后人那里去。接着，他把陈雨林的名字捅到户部，闹了咱个大窝脖儿。"

吉金刚火了。"哇呀呀！好个狗颠屁股三儿。瞧老子怎么收拾他。"

弘晳摇了摇头："发昏当不了死，打他一通又有何用？顶多是出口恶气，而雨林还是难躲一劫，该选秀女还得选秀女。"

吉金刚火暴暴地说："要的就是出口恶气，这口气出不来，我就得被憋炸了。王爷您甭拦，瞧我把他打成个溺尿窝子。"

弘晳想了想，"看样子，我是拦不住你了。知道这是哪儿吗？"

吉金刚看着那条幽深的胡同，摇了摇头。

弘晳指点道："这条胡同叫石大人胡同，里面有明朝大将石亨旧宅。石亨是反复无常的主儿，在蒙古也先攻打北京时，他用于谦计在德胜门外设伏，多有杀获。于谦立团营，给了他个提督。迎英宗复辟，这小子为首功，得势就翻脸，以私仇杀于谦。最后，这位石将军也没有好果子吃，因事落狱，死于狱中。"

吉金刚不解，"怎么提起这条胡同的掌故啦？"

弘晳用巴掌护着嘴说："前不久，我听到戴铎与几个道友闲聊，他说他的宅邸在石亨旧宅的隔壁，一墙之隔。我到这儿转悠过，戴铎就住在胡同西边，晚上从东口进胡同。石亨旧宅东边那个门就是。"

吉金刚立即会意，"我今儿个就在西口蹲他。"

弘晳拍拍他的肩膀，"你真要揍戴铎的话，也得揍得聪明些，过得去针还得过得去线，别让他顺藤摸瓜，摸到咱们头上。有这么个事，你掂量着来，看看话该怎么说。戴铎上次到我的府上说，他不久前讨了个偏房，姓张。我让人打听了，这是真的。"

他们说着上了马车，马车疾驰而去。

当天夜晚，戴铎回家时，轿子到了胡同口，一个蒙面大汉猛地冲出来，先是三拳五脚，把随行的两个贴身保镖放倒，而后从轿子里把哆嗦成一团的戴铎揪出来，按到地上一通暴打。而且一边打一边骂骂叽叽的。

打到兴起，他干脆骑在戴铎身上，噼哩啪啦，抡圆了来回抽耳光子。

那人打够了骂足了，往戴铎脸上狠狠地啐了几口，而后疾转身，嗖地飞身上墙，但见他在屋脊上跳来跳去，一会儿就没影了。

轿夫早就吓得无影无踪了，两个保镖把打得半死的戴铎搀扶起来，他哎哟

哎哟地叫唤个不停，被一个保镖背起来，

戴铎的瘦干巴脸给打肿了，成了张猪脸，俩眼眯成一条缝，但那股嚣张气焰不减。他的气还没有喘匀呢，就对着那个保镖的耳边说："我知道打我闷棍的是什么人，这个驴鸡巴，他跑不了。"

保镖吃力地拖着双腿："是什么人打您的闷棍？"

戴铎疼得呲牙咧嘴的，居然还得意起来，"打闷棍这家伙倒是有身蛮力气，但没长脑子，傻得够可以的。他不知道，戴郎中是有一手绝活的，您要问我有什么绝活儿，这就是即便挨揍时，脑筋也从来不带乱的，他打的时候，骂骂叽叽的那些话，我都听到了，而且记住了。"

另一个保镖问："他说的是什么？"

戴铎无力地俯在保镖的背后，嘴头子倒挺有劲。"那家伙边打边说'我让你霸占张财主的二女儿'。这话说了好几遍。你们听听，连我的偏房是谁人女儿、在家里排行老二都知道。你们说，他是不是露馅了？"

保镖无精打采地回答："这怎么露馅了？我们听不出来。"

戴铎挺头竖脑的，"他还说了这么句话：'我和张二小姐的事生生让你个猴儿子给拆了'，你们听听，'张二小姐'，叫得多亲呐，非得是她家乡的人，一个村里的才会这么称呼。你们说，他是不是露馅了？"

保镖问："这怎么露馅了？我们听不出来。"

戴铎说："这家伙除了骂我，也骂我岳父了。他是这么骂的：'你他妈的张财主，为了要回块地，就把个女儿给卖到京城了。'你们听听，连我的偏房来京城的起因都知道。你们说，这家伙傻不傻？他是不是露馅了？"

保镖问："这怎么露馅了？我们听不出来。"

说话间走到了宅门口。大门紧闭，黑灯瞎火的，里面更是一点动静也没有。按说，主子在胡同口挨揍，哎哟叫唤，响动很大，院子里的人应该能够有所察觉，但看来他们是躲了。

戴铎火了，从保镖背上下来，指着他们的鼻子喊道："话都说得这么白了，你们还是听不出来。你们！一问三不知的俩废物，告你们，这个家伙露的馅不少，是猪肉韭菜还是猪肉大葱，全给弄明白了。咱就条分缕析：其一，他是从直隶保定府张各庄来的；其二，他对张财主的农田地亩很熟；其三，他曾经与张氏有一腿儿。一句话，此人不会是别人，只能是我的偏房张氏原先的姘头，八成就是绰号'驴钱儿'的那位。张氏落到了我手里，他妒火中烧，寻报复来了！"

保镖边说边偷偷乐："戴郎中实在是神机妙算！在家门口挨了通揍，还没等迈进家门呢，案子居然就给侦破了。"

戴铎说："活了四十几岁了，没这点'道'还行。"

他挥动拳头砸门，还照着门板踹了几脚，直着脖子喊道："开门！开门！"大门刚打开一条缝，他就横着膀子挤进去了，进门就大呼小叫的："张二小姐！张二小姐！嘿！我说张二小姐，您就别躲啦，把您的野男人交出来吧。别以为我不知道，不就是'驴钱儿'嘛。"

对面的房脊上蹲着个黑影。他是吉金刚。

月光下，他笑了笑，露出一口白牙。

六十四、郑家庄－安定门－神武门－延晖阁

　　雍正十年，从春到夏，从夏到秋，陈雨林也不知道自己是怎么熬过来的。她终日恹恹的，吃不下饭睡不着觉。病了？却没有头疼脑热的。郎中来瞧过，说她没病，就是身子虚点，多吃点饭，夜晚早点睡就没事了。

　　还是有病，啥病？心病。她也不知道自己流了多少泪。没有人时悄悄地垂泪；见到亲王夫妇哭出了声；见到馨玉则号啕大哭。泪水如果攒起来，恐怕得盛满一个水缸了。相反，在曹霑面前，她很少有眼泪。不是不想哭，想哭，但有一件事情没有办之前，她在他面前哭不出来。

　　曹霑来过郑家庄几次，每次见到陈雨林，俩人就默默无语地面对面坐着。没有话，也不知道该说些什么。接着谈诗论画？别胡扯了，这会儿哪有那心思。谈情说爱？玩儿去，这场情已经把他们折腾得疲惫之极。那么就来些海誓山盟？更是瞎扯淡，劳燕分飞之日好像就在眼前。

　　九月，入秋了，选秀女的日子也临近了。

　　这天是陈雨林的十八岁生日，曹霑专程到郑家庄来，一进那间小屋就感到不对劲。天气挺凉，她却穿得很单薄，上衣胸口开的很低，里面也没有戴肚兜，两座雪白的小山包若隐若现的。这在她可是头一回。

　　他企图把眼睛掉开，她却伸出双手，把他的脸硬给扳过来，用命令的口气说："好好看着我。"

　　他看着她，发现她的眼神儿不对，她今天特别媚，眼睛弯弯的，飘荡着狐媚那种清波。《聊斋》里说的狐狸精是什么样的，没见过，狐仙之所以能把那些

夜读的小书生弄得迷三倒四的，大概就是这种眼神儿。

她指指自己胸口，仍然用命令的口气说："往这儿看。"

他则执意把脖子扭过去，就是不往那里看，心里凄楚之极。她平素不是这样的，文静而典雅，这身打扮，这种话，这种动作，压根就不属于她。她能破格把事情做到这个份儿上，心里不知盛着多大的酸楚。

她说："今天是我的生日，我十八岁了。"

他冷淡地回答："知道。我就是冲着这个来的。"

她说："我都十八了，拿京城的话来说，我还是红子儿红瓤的，还是个雏儿呢。"她说着，向他递了个媚眼，粘粘糊糊地往他的身上贴去。

他躲闪开，像看个生人般看着她。别管是不是出自书香门第，女人好像都有点放荡本能，只不过由于教养不同，遮掩方式和表现方式不同。一旦被情势逼急了，有的大家闺秀能比小家碧玉风骚出一大圈。

既然已经走出这么远，往下她就不掩饰了。她面色潮红，呼吸越来越急促，猛地扎到他的怀中，亲他的脖子，啃他的脸蛋，抓住他的手往自己的乳房、大腿瞎摸。他热血冲顶，却在尽力克制着，按住了她的手。

她挣开他的手，念叨着："我的好哥哥，不是你要不要，是妹妹要给你。等不到洞房花烛之夜了，妹妹等不及了。青楼里那句话是怎么说来着？对了，开苞。哥哥，把你的本事使出来，快给我开了！"

他极力克制着自己，掉转过身子，认真想了想，回转身，捧起她的脸蛋，对她正色道："不行。我不能这么做。"

她低沉地问："为什么不要我？"。

他说："不敢，没长出那个胆。"

她发怒了。"为什么不要我？！"

他的嗓门比她的还大，"不敢，没长出那个胆！"

她发出一声冷笑，嘴唇边现出讥讽的纹路，"我真的闹不明白，你怎么会不敢呢？不就是个上床嘛，不就是演那人间男女之事嘛。但凡长了副卵子的爷们儿就干得了，你还要长出多大个胆儿？"

他紧着哄她："我知道，你要给我是真情实意的。但你不想想，我能要吗？我要了你，痛快了，舒心了，你呢？户部那个小屁拉子官儿说了，破了身子的去备选秀女，那是在玩儿皇上呢。话糙理不糙，人家这话没说错。一旦让人发现，你不是红子儿红瓤的，不是个雏儿，那可就完了。"

陈雨林当真准备豁出去了，"完了就完了，不就是取我一条命嘛，又没有要你的命，你怕个什么？"

他推开她站起来，"可不是你的一条命。我们曹家在皇上那里挂了号，郑家庄亲王府也一样，两家都是惊弓之鸟，最怕惹祸上门。户部和内务府一块来家打过招呼，我要是不管不顾，破了你的身体，我的小命也得搭进去。这还不说，我娘、叔叔和舅舅、舅母也得一块搭进去。"

话都说到家了。她像是被烫了一下，动作骤停，"呀"地一声松开了手，无所措手足地呆了一会儿，接着咬着指头思索起来。

他抚摸着她的头说："好妹妹，别着急，咱真的不用着急。各地送来那么多秀女，漂亮姑娘有的是，能选上的有几个呀，没有几个。你去应选，到皇宫里转一圈开开眼，等你被刷下来，我再带着花轿来接你。那会儿，就像你上回说的，咱俩正经八本地入洞房，正经八本地的共度良宵。好吗？"

她呆痴痴地点了点头，"嗯。但愿如此。"

他往门边挪动步子，"那我就走啦。"。

她叫了一声："等等。"

他停住了步子，"还有事吗？"

她忽地抬起脸来，站起来走过去，把脸送到他的眼皮底下，"哥哥，再瞧瞧妹妹的脸，是不是不咋样，看着不入眼？"

他假装端详了一番，摸着下巴说："瞧着嘛，也就是一般人儿吧，小模样不能说丑，马马虎虎说得过去，仅此而已。你这样的脸盘多了，满大街一撮一簸箕。选秀女是千里挑一，怎么就会选上你呢？"

她又呆痴痴地坐了下来，"那就好，那就好。"

他疾转身，拉开门就走。几乎是一路小跑，来到院子外面，翻身上马，夹夹马腹，立即打马飞奔。

九月金秋，天儿真高，真蓝，真棒！而曹霑的心真苦，真涩，真酸！

马撒开四蹄疾驰在京郊的原野上。他不断地甩动马鞭，胳膊甩得越来越急，好像是要把一腔愁绪通过马鞭散发出去。

他熟悉这条路。太熟悉了。在这条田间小径上，他的新娘子花轿来回抬了四趟，八次经过同一条路！他和他的哥们儿曾经在这条路上抬着新娘子笑语欢歌，也曾经沮丧之极地抬着新娘子回去。抬首望望浩瀚的苍穹，满天下何尝有过这么娶媳妇儿的？头一次送回去，走在这条路上，心里还有个盼头，过了一百天再来一回就是了。而打那次送回去，走在这条路上，他已经心灰意冷了，感到没有下一次了，没有盼头了。

而在此刻，飞马扬鞭疾驰在这条路上，他透着心地感到，刚才见到陈雨林，怕是这辈子最后一次见她了。想到这儿，泪水开始涌出来。人在马背上，风呼呼地迎面吹来，飒飒秋风不曾吹干泪水。他用袖口横着胡噜了一把面庞，一时揩干净了，而刹那间又是泪如泉涌。

二十几天之后，陈雨林也上了这条田间小径，她乘坐的不是花轿，而是一乘蓝布两人抬小轿，一个亲王府邸的太监骑马随行。

这届秀女应选日期定在十月中旬，她是到城里参加选秀女的。

田间小径弯弯曲曲的，她撩开轿帘，轿夫宽阔的肩膀在眼前晃荡着。看看下面，小路上布满了痕迹。有蹄子印，是牛蹄、马蹄、骡蹄还是驴蹄，分不清，反正是牲畜的；还有脚印，是兵丁、秀才、商贩的还是农夫的，分不清，反正肯定有轿夫的，当然也包括那些官学生的。

官学生抬着花轿在这条路上走了八次，其中四次她坐在花轿里，包括两次抬去，两次抬回。两次抬去，在花轿中满怀着初为人妇的憧憬，而两次被官府禁止，却是坐在花轿里被逐回！

她轻叹了一声，放下了轿帘，向后仰去之际，不由想起了苏东坡的两句诗："俯仰东西阅数州，老于歧路岂怜优？"她默默地想着，苏夫子在路上品出的薄凉意味，岂能比得上奴家现在的苍凉与仓皇。

傍晚时分，蓝布小轿来到京城东北的安定门，城门里面就是镶黄旗汉军秀女的集中地点。蓝布小轿走了，那个骑马的太监把她送到地方也走了，临行前，把她交到一个小官员手中。

那个小官员是个催领。催领把她带到一个饭馆里吃晚饭。里面已经有几十个十几岁的姑娘，跟她一样，也是备选的镶黄旗汉军秀女。大家来自五湖四海，点点头就算认识了，然后坐在一张桌子上吃饭。

天黑了，饭馆里点着好几盏油灯，还算亮堂。她一边吃一边默默地看看其他备选秀女，她们情绪都还不错，个个都穿得很素雅。户部规定，备选秀女不得涂脂抹粉，原先是个什么样就是个什么样，稍微装扮就得受到训斥，脸上如果有所涂抹，得立即统统擦拭干净。户部还有条规定，备选秀女严禁"时俗服饰"。所谓"时俗服饰"就是满、汉两族长期居住在一起，由于民族融合的缘故，许多满族女子学习和穿戴汉族女子的装束。由于这种装束被官府禁止，秀女们都穿着宽松的满洲衣服，哪位都不"时俗"。

饭菜还算丰盛，猪肉炖粉条、熬白菜、土豆炖牛肉，好几个大盆。或许是隔锅香，一个个清秀的小姑娘吃得有滋有味。

陈雨林就像在家里一样，吃了一碗饭就放下碗筷。而那个催领过来了，二话不说，加了一碗饭，杵到她的眼前，"吃下去，要不然夜里饿得受不了。吃晚饭后趴在桌子上眯瞪一会儿，今天夜里不能睡觉。"

她一一照办了。饭馆这天被内务府包了，没有别的客人，饭后，诸位小姑娘都趴在桌子上，不少人还真睡着了，直到半夜被唤醒。

好在清人留下的典籍较为齐全，使得后人得以较真切地反映选秀女的过程。选秀女分为四天完成，每天阅看两个旗的秀女。八旗作战的排序是正黄旗、镶黄旗、正白旗、镶白旗、正红旗、镶红旗、正蓝旗、镶蓝旗，每个旗在什么位置有严格规定。选秀女并不按照这个顺序来，而是"以人数多寡匀配不序旗分也"，即是把八旗顺序打乱，按照各旗选送的秀女人数两两搭配，使得阅看者不致这天阅看的人很多，那天阅看的人很少，匀着来，每天阅看的人数都差不多。

选送的秀女都备有骡车，每车乘秀女一人，尚有押车兵丁一人，车夫一人。骡车都是从京城郊区临时雇来的，由宫中出钱，给押车的兵丁和秀女各一两银子，用来雇车。雇每辆骡车用钱，应该是固定的数。由于选送的八旗秀女较多，这笔银子为数不少，在哪里下帐？康熙间不明确，雍正间也不甚明确，直至乾隆间才明确下来。据《清会典事例》，乾隆六年规定："此项银两，如系八旗，著动用户部库银，如西内务府，著动用广储司库银。"

挑选前一天，两个旗的参领、催领得做一步重要工作，被称为"排车"。什么叫"排车"？每天阅看两个旗，每个旗各分为满洲、蒙古、汉军三部分，也就是共有六部分秀女，集中的地点也分为六处。在每一处，骡车的排定顺序是：后妃的亲姊妹，后妃的亲兄弟、亲姊妹之女，复选的女子，以下秀女按照年岁排定先后顺序，年岁小的在先，年岁大的在后。按照这个排序，哪个秀女上哪辆车，规定得明明白白，到时不致乱套。进入紫禁城阅看时，依旧照"排车"的顺序来。

选秀女是件辛苦事。秀女在备选前夜不能睡觉，骡车在午夜之后出发。由于天黑，每辆车前面树两根杆子，杆子上有防风的油灯。六处的骡车从不同的地点集中到神武门前，也是浩浩荡荡的一大片。六处的骡车队集中后，也就是凌晨，谁也不准下车，其冻饿交加，不难想像。

天大亮了，神武门开启，备选秀女们可以下车了，在神武门前小广场排队，而骡车队即刻离开，到市里转一圈，让子民开开眼。

骡车队巡行有固定路线。据《养吉斋丛录》："其车既由神武门夹道出东华门，由崇文门大街直至北街市，还绕入后门而至神武门。计时已在次日巳午之间。"清代京城生活非常沉闷，浩浩荡荡的骡车队也是一景。骡车队绕完这一大圈后，就在神武门等着把选毕的秀女接回去了。

在清晨那一刻，神武门开启后，秀女们纷纷下车，排队。这时她们得以互相观看，交头接耳地说上几句话。镶黄旗和正红旗各自分为满洲、蒙古、汉军三部分，两个旗六部分秀女加到一起，有二百多口子。

这时她们谁看谁都不顺眼。为什么呢？折腾了一半夜，滴水未进，一个个儿小脸儿都疲惫不堪，失去了女孩子青春靓丽的光泽。有的人看着别人那么狼狈，估计自己也差不多，急得只哭。

几个太监跑过来，拍着巴掌喊道："按照排车顺序，排好喽，排好喽。正红旗的在东边，镶黄旗的在西边。听话，快点，快点！"

神武门前排队，陈雨林排在最后一个。本来嘛，今天要阅看两个旗，正红旗人多，排在前面，镶黄旗人少，排在后面。在镶黄旗队列中，满洲秀女在前，蒙古秀女居中，汉军秀女殿后。而在汉军秀女中，按照排车顺序，陈雨林既不是后妃的亲姊妹及后妃亲兄弟、亲姊妹之女，也不是复选女子，按照普通秀女排序，年岁小的在先，年岁大的在后。

陈雨林都逾岁了，是这拨人里面唯一一个十八岁的，自然排在最后。

　　排在最后，她聊以自慰。内务府老人告她，选秀女每天只阅看一上午。一个上午看二百多人，还不是走马观花，浮光掠影。秀女大都是官宦人家的娇小姐，争妍斗艳的。那些太妃和后妃阅看到最后，眼花缭乱的，早就分不出好赖人儿了，最后那几拨，通常都是稀里马哈就过去了。

　　一个太监喊道："排好喽，一个接一个，不得错位，不得掉队，跟着我进去。"说完他在头里走，秀女队跟着他进了神武门。

　　进入神武门，秀女队停下，在顺贞门前等候。这时，户部官员从太监手里接过秀女们，往下就是户部的事情了。

　　陈雨林站在队列末尾。这是她第一次进紫禁城，看什么都新鲜。顺贞门边上立着一个大铁牌，久经风吹日晒，锈蚀的很厉害，但是上面的字迹还隐约可见："缠足女子入宫者斩。"

　　这是顺治初年孝庄皇后手书的。孝庄就是民间传闻下嫁摄政王多尔衮的那位。满族女子不裹脚，她尤其憎恶汉族女子裹脚陋习，也不准清室中挑选裹小脚的汉军旗秀女，才写了这么几个字，令铸成铁牌立于宫内。但据说还没有认真执行过。

　　不大会儿，开始往里放人。一拨五个秀女，由户部司官点名，当值太监领进去。头一拨五个秀女被领出来，下一拨五个秀女又进去。由于人多，出来进去的轮转很快。陈雨林根据她们进出的时间判断，阅看地点估计离这里很近，否则不会轮换得这么快。

　　等待时没有事，她留意阅看之后出来的秀女。绝大多数秀女被阅看后，平静地走出来，本来就长相平平，本来就没有大靠山，也没打算选为后妃或当近支宗室的福晋，落选就落选呗，只当来京城玩儿了一趟，到紫禁城开了一回眼。但也有的出来很沮丧，一路擦眼抹泪儿的。这些女子对选秀女抱过大奢望，一旦落选，觉得一辈子攀不上高枝儿了。

　　有两个秀女大说大笑地走出来，振奋异常。这是满洲正红旗的两个漂亮女子，据说还是哪位妃子兄弟的女儿。为了馋馋其他秀女，其中一个对队列中的说："你们猜怎么着？我俩留牌子啦！"

　　第一轮相中的称为"留牌子"，牌子上面写着某官某人之女，某旗满洲（或某旗蒙古、或某旗汉军），年岁若干。"留牌子"并不等于入选了，还要定期复看。如果复看过程中被淘汰了，谓之"撂牌子"。对秀女来说，"留牌子"等于拿青春赌一把。"留牌子"后五年内不得出嫁，数轮复看之后终于入选，算赌赢了；如果中途被淘汰出局，那就赌输了，空欢喜一场。有的秀女到第五年被淘汰出局，等于空等了五年，婚嫁大事全给耽误了。相较而言，刚开始就没有被看上，反倒合适了。

队列越来越短，陈雨林也越来越紧张。她和曹霑能不能成婚，就取决于等会儿一时片刻的阅看。她太害怕"留牌子"了，如果"留牌子"，那就惨到家了，得等着五年之内的一次次复看，而如果复看也过了，那么和曹霑的事情就彻底地吹灯拔蜡了。她紧张得腿肚子直发抖。

户部司官终于点到她的名字："汉军镶黄旗陈如海之女陈雨林。"

她吓了一哆嗦，恍如梦醒。

最后的几个凑不成五个一拨了。在当值太监的引领下，陈雨林和另外三个秀女进入顺贞门，来到一个奇石罗布、佳木郁葱的花园中。后来她才知道，这里就是御花园，是皇上和后妃游乐嬉戏之处。

走了没有多远，有一座假山，拾级而上，有一座不大的殿宇。这里叫做延晖阁。乃明朝所建。明朝的用途不详，大约是在这里登高远眺禁城宫阙，应凤楼历历在目。而在顺治初年，这里出了一只狐狸，遍体纯黑，毛有光泽，额头有一点白。此阁从此供狐仙。

这拨接近延晖阁时，听到里面传出女人颇为不耐烦的声音："今儿怎么安排这么多人，还有个完没有？"另一个声音："吃饭时辰都到了，姐儿几个都饿了，你们还在穷磨蹭什么呢？"当值太监殷勤地解释说："诸位太妃、贵妃、嫡福晋莫着急，这是最后一拨了。"

几个宫女挑起门帘，最后一拨四个秀女进去了。

数个宫眷坐了一圈，中间是个雍容华贵的妇人，即熹贵妃钮祜禄氏。皇后乌拉那剌氏辞世后，她虽然没有晋封皇后，但所处地位相当于中宫娘娘。坐在旁边的是几位太妃和几个近支宗室的嫡福晋。如果拿科举考试相比，她们就是"考官"。

按照规定，秀女立而不跪。四个一排刚站定，延晖阁内一下子安静下来。真安静呀，如果有根针掉到地上，都能听到响。

陈雨林站在最边上。她觉察到了，所有阅看者的目光集中到她身上。一会儿，响起一个声音："天底下竟有这么标致的人儿，我今儿个算是见识到了。"她心里一沉，知道这是在说她。

一个声音问："多大啦？"

一排四个人，提问的不道姓名，但显然问的是她。

当值太监给她递了个眼色，"问的是你，多大啦？"

这是她争取落选的最后一个机会了。她清清朗朗地回答说："上个月满十八岁。奴家已然逾岁了。"

坐着的一圈人好像没听见，也没有丝毫反应。

她重复说："奴家满十八岁了，已然逾岁。"

坐着的一圈人依旧没有反应，只是相互笑了笑。

钮祜禄氏站起来，长长伸了个懒腰，说："行啦。今儿就这么着吧。看了一上午，眼都看花了，总算没白忙活，头前儿尽是些玉米穗子高粱花子，我都觉得今儿个是没戏了。没承想，棒茬子地里面居然掘出金子了。太妃和姐儿几个先别走，今儿我高兴，请你们吃饭，从我的份例里出。炖鹿肉是不赶趟了，让御膳房给弄点别的。"

那几位响应道："那敢情好。""熹贵妃一向抠门儿，难得你请客。不吃白不吃。""御膳轻易吃不着，今儿个非吃个锅底朝天。"

她们有说有笑地向外走。当值太监急忙追问："熹贵妃，最后这拨有看上的没有？奴才等着你们留话呢。"

钮祜禄氏回过头，不耐烦的说："养你们这些人是干什么吃的，怎么一点眼力架也没有。还用我交代吗，就是说自己逾岁的那个，那种美人胚子到哪儿找去，想碰都没地方碰去。她凑巧撞到眼皮子底下了，还有什么可含糊的。"

当值太监问："那就留牌子了？"

钮祜禄氏说："当然啦，留牌子！"

她用指头点点众人，"哎，我说诸位嫡福晋，这个十八岁的我可是要定了，你们谁也别打她的主意。"

陈雨林听罢，眼前发黑，身体晃了晃。

六十五、河边－隆福寺－东四十条－广渠门蒜市口小院

太阳像是从天上滚落下来的球，落在西山山顶上，然后缓慢地向山脊沉落，沉得越深，山峦的轮廓就显得越清晰，好像移得更近了。

在平原、河流与群山之间，天色不知不觉地暗淡下来，升起梦幻般的暮霭。后来，太阳完全隐藏到山脊后面，顿时从那里放射出鲜艳的金光，投在淡蓝的天幕上，像一把扇子。为时不久，金光悄悄消失了。继之而来的是，在西山的山脊上边，泛起了火红的霞光。

曹霑托着腮，坐在河边。他第一次留意到从太阳下山到霞光泛起的全过程。霞光火红火红的。他出神地凝望着，默默地想着，晚霞中肯定掺和了鲜血，早霞中倒是未必。他的座骑显然无意于大自然这壮观的一幕，只是耷拉着硕大的脑袋，不紧不慢地寻觅着残草。

他所在的地点距离郑家庄很近，约莫半里地。顺着河走不了几步就是小木桥，过小木桥就是亲王府。陈雨林"留牌子"后，立即到广渠门曹家小院，对馨玉哭诉一番，而后哭着走了。他从咸安宫官学回来后，听娘说陈雨林被"留牌子"，立即借了匹马，火急火燎地赶往郑家庄。

他走到这里停步了。细想想，还是不去为好，去了后说什么？说什么都晚了，不如干脆别见面。他就坐在河边，一直坐到现在。

他就这样静坐着，谛听着水波拍打河岸的声音。河面上弥漫起夜雾，不远的小树林里，一只不知名的鸟怯生生地叫唤了几声，河对岸的鸟立刻大声响应起来。不大会儿鸟鸣停止了，又是悄然无声。

他对自己说："走吧。"而后站起来，牵过马缰，翻身上马。

第二天，曹霑没有去咸安宫官学，躺在床上不吃不喝，馨玉和曹頫怎么劝也没用，不知道该咋整，只得派人去搬小平郡王福彭。曹霑要是倔起来，谁的话也听不进去，有时候还就是听表哥的。

不大会儿，福彭赶来了，见到曹霑二话不说，把他从床上薅起来，拽出屋子，来到院子外头，拴马桩上系着两匹马，福彭骑来一匹拉来一匹，俩人翻身上马，也不知道该去哪儿，只是信马由缰瞎转悠，不知不觉间来到一座大庙跟前，庙前面都是买卖门脸儿，拉了一条街。

他俩从前都来过这儿，这里是隆福寺。

隆福寺是座喇嘛庙，位于朝阳门内的东四牌楼大街之西，马市以北。

它始建于明朝景泰年间，施工时动静很大，"役夫万人"把明英宗小南城部分建筑拆除，挪到这里，寺内汉白玉栏杆即取自小南城凤翔寺。雍正九年重建，每月九日、十日为庙会，热闹程度"为诸市冠"，连正阳门外也赶不上此地。有隆福寺诗曰："白玉扶栏此尚存，秋风南内黯销魂。若教暂缓金仙祀，香火何如好弟昆？古玩珍奇白物饶，黄金满台尽堪销。阿谁携得三钱剌，尽日吟哦自解嘲。"最后两句说的是个掌故，康熙年间，有人在这里用三个铜钱买到魏忠贤"菜户"客氏的一件遗物，据此赋《客氏行》，言隆福寺古玩市的各种珍玩之多。

这日并不是庙会日，人也不少，熙熙攘攘的。隆福寺大街最多的是古玩铺，一字摆开。信步遛到这里，曹霑听到一阵熟悉的乐曲声。这曲西洋乐他叫不上名，可是熟得不能再熟了。自幼，娘哄他睡觉时，就常放这首曲子。那些钢片发出的清脆悦耳的乐声，曾经把他催入梦境，也陪伴着他度过了一个个无聊的夏日。

他一扭脸，看见一块大大的匾额，上书"沈记珍玩铺"，有七八个人围在柜台前面瞧稀罕。他们在那里议论："洋人还真能鼓捣，盒子里面一个吹拉弹唱的人都没有，就能奏出曲儿来。"

曹霑和福彭拨拉开众人，一看是个八音盒，西洋乐曲就是从这里发出的。

他凑近些，歪着脖子看那个八音盒，越看越眼熟，怎么看怎么像是原来江宁家里那个，不由搭讪道："嘿，我说，谁是这儿掌柜的？"

一个精干的中年男子上前答道："在下叫沈四，在廊房胡同开了家古董铺，隆福寺这儿也支了一摊儿，本人是这儿的掌柜。”

曹霑不会掩饰。而在这时，他觉得事情不小，不得不装开了糊涂，问："沈老板，这个东西是不是叫八音盒？"

沈四答："正是正是。这东西在京城里罕见，能够叫上名的主还真不多。您能够叫得上名，算是见多识广有眼力架儿，"

曹霑继续装糊涂，"这个八音盒多少钱？"

沈四反问他："您看它该值多少钱？"

曹霑说："给你五两银子卖不卖？"

沈四夸张地瞪圆了眼睛，"多少？"

曹霑无甚把握地说："五两银子……要不然十两。"

沈四好笑地摇着头，"您打算用十两银子买走这个八音盒，是这意思吧？您这是在照顾我呢，是在抬举我呢。您出的价儿不低，太高了，高得都离谱了。谢谢您啦。但有一条，这个价儿我不卖。"

曹霑问："给多少钱你才卖？"

沈四一扬脖子，"少了二百两银子就甭在这儿废话！"

四周响起一片惊叹。有人嚷嚷起来："二百两银子！""不当吃也不当穿，能奏出个小洋曲儿，咋就能这么贵？"

沈四的巴掌按在八音盒上，"咋就不能这么贵？诸位瞧仔细喽，这个盒里横是藏不下个人吧，这声儿横不是人弹奏的吧。那么曲儿是怎么出来的呢？里面有发条。听说过吗？发条！发条的机关大发去了，物以稀为贵。宫里有没有这玩艺儿说不来，但我敢说，内务府造办处的工匠绝对对付不出来。您要问它是哪儿产的，上头有曲里拐弯的洋字码，洋字码我不认识，请懂行的看过说了，上面镌刻的产地是'弗朗西'。听清楚没有？弗朗西！弗朗西国比唐僧取经的天竺国还要远得多，它能运到咱这儿容易吗。唐僧是用马把经书驮回来的，这个八音盒是怎么运来的？船。洋船。大洋船！"

曹霑心里有数了。他听娘说过，家里的八音盒是弗朗西产的，是姥爷的阿玛在粤海关当官时，从弗朗西商人手中买的。

他边想边说："我在京城还是头一次见到这玩艺儿。"

沈四吆喝上了："那就对了，京城哪儿有这个，甭说隆福寺，您到四九城的古董铺里打听打听去，哪儿也见不着，我这儿是独一份儿。"

曹霑问："独一份儿的东西怎么会到你这里？"

沈四说："一个打南面回来的官员放在这儿寄卖的。"

曹霑问："那个官员叫什么名？"

沈四说："客官有所不知，商家有商家的规矩，寄卖东西那主儿不让我们说出姓名，我们是不能说出来的。这是行规，没这点行规，买卖就别做了。"

隔着柜台，曹霑出手推了一把沈四的胸口，"你不说我也知道是谁，那个官员是不是叫绥赫德？"

沈四意识到来者不善，有点发软，不吭气。

曹霑说："我在问你呢，是不是绥赫德放在这儿的？"

沈四边打量着他边蹦出来一句："你是怎么知道的？"

曹霑说："我还知道他是从江宁织造任上回京的。"

沈四溜溜地四下看了看，低声说："不错，是他。"

曹霑问："他还让你寄卖什么了？"

沈四尴尬地咧咧嘴，不说话。

陈雨林被"留牌子"一事，撩得曹霑怒火中烧，正没有地方撒气呢，沈四无意中成了他的撒气筒。

他冲着沈四嚷嚷起："除了八音盒，绥赫德还让你寄卖什么了，你老老实实地给我说出来。实话告你，绥赫德让你卖的每样东西都是我家的。"

沈四行商多年，走南闯北，什么事没遇到过，哪能吃这套。他嬉皮笑脸地说："您呐，用不着实话告诉我什么。这些东西是你家的还是绥赫德家的，那是你们两家的事，做买卖的不管这茬儿。您要是个识文断字的主儿，不妨抬头看看本店门楣上头的匾额，上面写的是'沈记珍玩铺'。半个猪头一只眼。珍玩铺不是衙门，只管卖东西，不管打官司。"

曹霑最怵耍贫嘴的。沈四的油腔滑调弄得他没主意，也不知道对老买卖油子该说些什么，只得求助地看看表哥。

福彭想了想，对沈四说："沈老板，看来我再不亮出牌子来，就得在这儿没完没了地听你的油嘴滑舌。知道我是干什么的吗？谅你也不知道。明着告诉你，我是宗人府右宗正、平郡王福彭。"

据史籍，福彭原任镶蓝旗满洲都统。且不说他的王爵，即便是他的官职也相当于尚书，品级为从一品。

沈四顿时规矩了，生意人的油滑也随之收敛了。"闹了半天您是位王爷。您倒是早点说呀。在下刚才无礼了，请王爷海量多多包涵。"

福彭抬高嗓门："你给我支棱起耳朵听着，这回是本王爷亲自问你，绥赫德那老东西还让你寄卖什么了？"

沈四打开一个本子翻着，答："好几样呢，计有宝月瓶一件，洋漆小书架一对，玉寿星一个，铜鼎一个，玉如意一支。"

福彭厉声说："你刚才嫌我报家门晚了不是，现在我就给你早点说。你给我听清楚了，凡是绥赫德让你寄卖的东西，哪一样也不准出售，全部送到石驸马大街平郡王府上。听明白没有？"

沈四好不惊喜，"这么说您是要包圆儿，好啊，我给您个好价儿。"

曹霑上前，"包圆儿是要包圆儿，但一个子儿不给。"

沈四惑然，"您这是怎么说话的？"

曹霑一呲拧鼻子，"怎么说话的？说点讲理的话，是把被偷走的东西再给要回来；说点不讲理的话，平郡王看上这个会奏乐的盒子啦，愣是想要，愣是要拿，愣是不打算给钱。这就叫犯横儿，懂吗？"

沈四连声答："懂啦懂啦。"

福彭说："光听懂了还不行，你马上告诉绥赫德去，他在你这儿寄卖的物件我们全收了，他要不服气就上门来要。"

绥赫德住在东四牌楼东北十条胡同，距离隆福寺不远。

胡同里挺热闹，有正白旗觉罗宗学、正白旗护军统领署和五岳庵。绥赫德的家就在五岳庵旁边的小院里，浅浅两进，收拾得挺干净。

绥赫德是雍正九年从江宁织造任上解职回京的。通常以为他是年届七旬，告老还乡的，其实不完全是，根据现存史料，他在江宁织造府干得一塌糊涂，某种意义上是被革退的。

雍正皇帝考核官员，有时不大注重政绩，似乎更看重人品。当时有个很坏的风气，地方官员为奉谀皇上，胡乱奏报当地的天文地理，什么河清、庆云见、瑞芝生，不一而足。雍正八年，绥赫德奏报六月一日日食之期，天色晴朗，万物共见，咸以为瑞，特行奏贺。胤禛见到不客气地批了几行字，奚落了他一通，大意是：观察天象根本不是你的职责范围内的事，凭你这么个见识庸俗的卑鄙小人，也敢"轻言天象"，"尤属诞妄"。

雍正皇帝如此厌恶绥赫德，他倒也不大在乎。管凉的不管酸，只要不再为官，皇上宠不宠都意思不大，反正他在江宁全部接收了曹家的财产，大大地捞了一票，够本了，回到京城颐养天年就是了。

回京之前，他把皇上赏的江南房产、地产全卖了，回京后紧着处理浮财，包括古董珍玩等。这些房产地产和浮财，原先都是曹家的。他很实惠，在他看来，房子、土地以及古董珍玩没用，变成银子才靠得住。

没想到，他把部分古董珍玩刚送到隆福寺的沈四那里，赶巧儿就让曹家人看到了。沈四把宝月瓶、洋漆小书架、玉寿星、铜鼎、玉如意等如数送到平郡王府之后，马上来到他的家里通报。

在正房里，沈四沮丧地说："不是我不珍惜您的东西。那是平郡王福彭本人发话了，我一个捣腾玩艺儿的小门脸儿哪能扛住。得，没法子，就把您托我寄卖的物件全送到平郡王府上了，一样没留。"

绥赫德处理家政事务，总有四个高参在一边瞎喳喳，一个比一个嗓门大。这就是他的大小四房老婆。新鲜的是，但凡是娶了几房老婆的，妻呀妾的都掉进醋坛子，平日少不了掐架绊嘴的，而绥赫德的这四位却很抱团儿，说什么事都是一条嗓子。

沈四话音刚落地，还没等绥赫德发话，他的大小四房老婆横眉立目地不干了，刹那间鸡吵鹅斗地响起地道的"京片子"：

"那个小平郡王福彭，留'马子盖儿'的瞎了眼，还没出道呢，竟敢欺负到前任江宁织造绥赫德绥大人头上。真有他的，还反了不成。"

"你沈四也不是个东西，瞧你个狗熊样儿，整个狗尿苔一个！福彭那小子一糊弄局儿，你就把绥赫德绥织造大人的宝物献出去了。"

"我倒是想问，是亲王横呀还是郡王横？没的说，当然是亲王横啦。平郡王怎么啦，谁怕谁呀。咱们当家的虽然不是王爷，可认识的王爷多了去啦，赶明儿个，随便儿从哪个大宅门里拽出俩亲王仨世子的，镇镇不知好歹的郡王，让他瞧瞧咱们绥赫德织造大人的厉害。"

"甭喊！亲王不给劲。比亲王还横的是谁呀？皇上呀。绥赫德织造大人抽空入宫，到皇上那儿参福彭一本，非得让丫嗝儿屁着凉大海棠！"

"真的嘿，老绥，这事儿可不能黑不提白不提的，是得拿到皇上跟前掰扯清楚。您到宫里还不是拔脚就走，抬腿就进去了。就凭您这么大的谱，紫禁城还不是平趟。咱哪天入宫呀？"

像很多官太太一样，绥赫德的女人们有很大的错觉，以为自家老头子在皇上跟前挺有面子。这是绥赫德本人造成的。其实，他拢共就见过皇上几次，大多数情况下是远远地瞄两眼，距离最近的一次是，他伏身磕头，皇上的靴子从他的头顶前面经过，他充其量嗅到一丝丝龙爪子味儿。但是，他在家里向来报喜不报忧，一天到晚瞎吹乱道他和皇上多近乎，皇上对他说什么了，皇上赏他什么了，在宫里怎么样了，在"海子"里怎么样了，包括皇上哪天对他眨巴眼儿了。而皇上对他的厌恶则点水不漏，以至于大小四房老婆一直以为他可以拨拉动皇上呢。

对于福彭、曹霑在隆福寺的举动，绥赫德心里有本帐，知道平郡王福彭根本不是他惹得起的，更没胆量上门去找后帐，于是对女人们搞起了缓兵之计。他向后晃着大拇指，故作轻松地打开了哈哈：

"福彭那小子，不就是个下三烂郡王嘛，小玩闹一个。京城胡同里不趁别的，就趁王爷，一窝子一窝子的尽是亲王、世子的，老绥不敢说全都认识，也认识个差不离儿。你们犯不上着急上火，咱搁着这个茬儿，先不跟小老儿计较，给丫个糖豆叼着，赶明儿再慢慢拾掇丫挺的。"

胖老婆立马不干了，叉着腰，瞪着眼珠子，"赶明儿可不行。那些东西都是咱家的，你现在就点着轿子到平郡王府上取回来。"

绥赫德假装不在意地挥挥手，"嗨！不就是个八音盒、宝月瓶、洋漆小书架、玉寿星、铜鼎、玉如意嘛，福彭非想要，权当咱赏赐他了。"

女眷们顿时不答应了，齐声嚷嚷起来："干嘛干嘛干嘛呀。""不干不干就不干。""不行不行就不行。""你个死老绥充什么大方，银子多得淹到脖子啦？你赏赐他我们还不赏赐他呢。"

瘦老婆说："那些都是咱家的宝贝儿，放在沈四那儿能卖出俩钱儿，我们姐儿几个还能置换行头呢，您干嘛要赏赐给平郡王呀。"

四个女人群起而攻之，绥赫德没辙了，皇上怎么跟他瓷器那些假话暂且撂下，只得掏出点实在话。他一拍桌子站起来，高声说："那年两江总督范时铎说你们像母狗，再闹就闹成母狼了。这话一点也不冤枉你们。谁说那些东西是咱家的，老实说，老老实实说，八音盒宝月瓶小书架玉寿星铜鼎玉如意，没一样是咱家的，都是江宁曹家的。那年皇上把曹家的房产地产赏赐给我，并没有提到浮财也一块赏赐，还不是你们搂草打兔子捎带划拉回来的。噢，'顺'来的东西就成自己的啦，大老婆二老婆三老婆四老婆，赶明儿我再'顺'个第五房老婆来，说是咱家的，和你们搭帮过日子，你们干吗？"

唉哟嚙，他个死老绥居然假装上正经了，张嘴吐出人话了。一句人话赛过一万句屁话，众老婆顿时哑口无言了。

绥赫德的语气稍缓，"你们以为福彭把那些物件弄到他府上，是他稀罕那些针头线脑的，放你娘个灯笼屁！福彭的亲娘是谁？想必你们不知道，是原任江宁织造曹寅的女儿。这些物件全是曹寅在世时置办的，福彭不过是把它们要回来，拐个弯儿再送回曹家。这叫物归原主。吃够了不饿，睡够了不卧，喝够了不渴，操够了傻乐。除了这些，你们这些娘们儿还知道个啥。一个二个三个四个的，全他妈给我滚出去。"

众老婆灰头土脸地走了，绥赫德接着与沈四交谈。

绥赫德问："你在平郡王府上都见到谁了？"

沈四回答："没有见到老平郡王，只见到了老平郡王的嫡福晋曹佳氏。曹佳氏还让我给您捎个话。"

绥赫德问："什么话？"

沈四说："平郡王府上钱紧，想跟您借点钱。答应给您二分利息。"

绥赫德说："利息不利息的就别说了。他们打算借多少？"

沈四说："让您瞧着办。反正是不能太少。曹佳氏先让我捎个话，一半天儿平郡王府派个太监过来，郑重其事跟您提借银子这事儿。"

严冬中的广渠门蒜市口小院。

京城里家家户户在筹备过春节，而在这个小院里，却没有一点准备过节的样子。陈雨林被"留牌子"，年届七旬的曹寅遗孀听说后病倒了，再没起来，前不久去世了。一个慈祥的老人走了，一个准备上门的媳妇又不能来，曹頫、馨玉、曹霑哪有心思过年三十儿，整日里除了唉声叹气还是唉声叹气。

这天上午，寒风凛冽，北风呼呼地叫唤。

风声中，大门擂得山响。

曹霑赶紧跑去开门，却是曹佳氏和福彭。

他回头喊："娘！姑姑和表哥来了。"

馨玉风风火火地从屋里赶出来，刚把他俩迎进门，后面跟着的平郡王府的几个家人也进了门。他们拎着大包小箱的。

大包小箱的堆在正房的砖地上。曹佳氏拍打着衣服，驱赶着寒气，笑呵呵地说："给你们送点子年货。福彭，打开。"

福彭和家人打开箱子和包袱，把宝月瓶、洋漆小书架、玉寿星、铜鼎、玉如意一样一样往外拿。

馨玉对这些东西似曾相识，看着眼熟。这不都是江宁那个家里的东西吗？

正在恍惚时，一阵熟悉的西洋乐曲响起来，福彭把一个八音盒递到她的眼前。高声叫道："物归原主！婶婶，但请收下。"

馨玉茫然问："怎么回事？"

曹佳氏脆快地说："福彭从绥赫德那里讨回来了！"

曹頫恍然大悟，说："原来是这么个年货。"

馨玉不敢接过八音盒，反而不安地说："那年，皇上把这些都赏给绥赫德了，你们怎么给拿回来了？"

福彭说："皇上赏给绥赫德的曹家家产中，本来就不包括浮财。"

曹佳氏招呼："把那个最大宗的年货打开。"

家人打开两个大箱子，里面居然满登登的全是银子。

曹佳氏对惊讶不已的曹家人说："拢共三千八百两，全是绥赫德卖曹家房产地产所得，这也是物归原主。"

曹頫有点慌神，"这银子我们不能收。且不说浮财，皇上把曹家的房产地产都赏给了绥赫德。范总督在场，当时是他督办的。绥赫德卖原属曹家的房产地产所得，也只能算是他的，不算我们曹家的。"

福彭大声招呼着："收下收下，你们就放心吧。有我在这儿扛着就不会有事。

曹家倒霉了一圈，现在家产都回来了，多少也算翻身了。"

　　这句话提纲携挈领。曹頫和馨玉都听进去了，心里挺熨贴的。但是这么多的银子他们不敢收，没那个胆儿。在他们看来，这些银子是绥赫德卖曹家的江宁房产、地产所得，而皇上把曹家的江宁房产、地产都赏赐给了绥赫德，因此这些银子实打实是人家绥赫德的。平郡王福彭拿了回来，他有本事他就扛着去，他既然是王爷，就有王爷的办法，就有王爷的胆略，反正曹家是一两银子也不能留下来。加上平郡王家平日里耗费大，早早晚晚，这些银子他们还得送回到平郡王府上。

　　曹霑悄悄走出房门，站在当院，站在凛冽的寒风中。他想哭。

　　天空依旧泛出广漠无边的蓝，四季全都一样，而严冬的大地是繁华尽落、尘嚣尽扫，曾经有过的纷繁的细节，都被严寒删除，四周显得很安静，像是被一只隐形的大手捂住了嘴巴。

　　他隐约感到，姑姑和表哥单挑这个日子来送"年货"，藏了层意思，是让他好受些，从陈雨林"留牌子"那件事中摆脱出来。但这是办不到的。"留牌子"这一刀扎得他心里流血，绥赫德怎么倒霉，曹家怎么走出厄运，对他都不是太大的安慰，这个刀口不是轻易能愈合的。

六十六、郑家庄－入宫路上－慈宁宫

雍正十一年初春，下了一场雪。初春的雪就是这样，要不然就下得铺天盖地的，比严冬的雪还要厚实，要不然就仅仅飘落几片雪花，意思到了就行。这场雪属于后者。

郑家庄被薄雪覆盖着。雪有如白色的细粉飘扬下来，布满雪粒的小路上来了一乘轿子，戴铎忐忑不安地坐在轿子里。轿夫跑得出了汗，他还是嫌慢，一个劲地催促着："快点，快点。"

他向来穿着随意，看不出是个官员，今日却穿着四品官服，着朝靴。他之所以穿戴得如此齐整，是要到郑家庄会云游道士张太虚。

上次造访郑家庄时，弘晳就将张太虚一事对他打过招呼，他可谓聪明一世糊涂一时，被弘晳的现场发挥完全蒙蔽，真的以为弘晳是服了张太虚炼的丹，得以与吴青卿夜夜尽欢。

他对张太虚只闻其名、未见其人，但皇上那边催促各地总督查访道法高深者，而各地总督送到京城的道士都不大懂得炼丹术。形势所迫，他越来越在张天师身上押宝，隔些日子就打发人来问此人是否来京了。弘晳算对得起他，前些日子派人告之，张天师已然到京，现暂时安顿在郑家庄亲王府。戴铎听说就专程赶来拜访。

张太虚身着道袍，头戴道冠，在亲王府正房中等着。

戴铎进门，看见一位气宇不凡的道士，口中喊道："师傅师傅，徒儿戴铎叩见。"接着倒地就拜，张太虚将他搀起。

交谈开始后，戴铎迫不及待，没扯上三五句话，就往炼丹术上面引。"听亲王大人说，张天师太虚先生通晓炼丹术，这可是真的？"

张太虚不大回避，淡淡地说："谈不上通晓，算是略知一二吧。"

戴铎问："张天师太虚先生可曾炼过丹？"

张太虚说："怎么能没有炼过，贫道以此为生计。"

戴铎兴奋地直搓巴掌，"炼丹有多种方法，仙丹也有不同用途，请问张天师太虚先生长于炼那种丹？"

张太虚的回答依旧简捷："飞升成仙的仙丹不会炼，长生不老的仙丹也不会炼，贫道炼的丹不过是养生而已。"

戴铎说："养生的丹也有多种，有用于强身健体的，有用于除却疾病的，有用于返老还童的，有用于耳聪目明的，还有……还有，用于干那活儿的，图的是玩儿得更地道。"

戴铎是在闪烁其辞地往房事方面引导，张太虚听明白了，却故意装糊涂。"贫道系出家人，世俗的话有时听不大明白，戴郎中说的是干哪个活儿？不说透了，不知戴郎中要贫道的哪种丹。"

戴铎干笑了两声，"嘿嘿，就是用于房事的呗，就像张天师太虚先生给亲王的那种，干女人时金枪不倒，欲罢不能。"

张太虚抚着下巴点点头，"贫道明白啦。"

戴铎问："张天师太虚先生会炼这种丹吗？"

张太虚说："贫道只能告诉你，过去炼过。"

戴铎问："管不管用？"

张太虚说："贫道实话告之，身体太亏的不管用，一般的还凑合。"

戴铎说："张天师太虚先生是不是太客气了？"

张太虚一拂袖子，"出家人以实为本，既不会昏头昏脑地瞎吹，也不会无缘无故地客气。我把我的丹药说得那么好，一用不是那么回事，是坑了香客；我把我的丹药说得那么差，明明可以为香客行善，人家也不敢用，也是坑了香客。"

戴铎说："先生人品高洁，佩服佩服。请问先生，您说的一般还凑合，能够凑合到何种地步？能不能金枪不倒？"

张太虚说："你说的那个字眼，贫道羞以出口，总还是做得到的。"

戴铎大喜。鉴于诸总督一直没有找到道法高深的道士，他认为自己可以在皇上跟前抢个头功了。

一番谈经论道，天师果真道行很深，戴铎佩服得五体投地，当下就要拜师，张太虚没收这个徒弟，又把他搀扶起来。

戴铎提出："徒儿是内务府的郎中，在京郊多少有些神通，可以找个地方，备下炉鼎，请张天师太虚先生炼丹。"

张太虚略微犹豫了一会儿，说："炼丹随时可以，但是服丹是迫不得已之计，一旦服上了就离不开了。不知戴郎中要为何人求丹，如果是贵人，先不忙着走这步，可以找通医道的先行调理，或是找些老道授以导引之术。如果这些法子都用绝了，仍然无起色，再服丹亦不迟。"

戴铎听着，所说的确有道理，不由说："徒儿愿意按照先生所说的办，就怕先生一旦离开京城，摸不到了。"

张太虚爽快地说："戴郎中放心，一年半载的贫道不会离开京城。"

戴铎高兴地说："要的就是先生这句话。"

户部的官员来到郑家庄，送来了户部行文：备选秀女陈雨林次日上午入宫复看。

接送复看秀女系由皇宫中派车。这日，两个骑马的太监带着一辆马车，来到郑家庄亲王府。马车并不华贵，一匹马外加一个车夫，棉车篷，外面蒙着一层青色的绸缎，显得素净而大方。

吴青卿送陈雨林上了车，交代了几句话就回去了。

马车咯哒咯哒地走了。路上的雪已经化得差不多了，大片大片的土地裸露着，路边有一片片幽暗的树林，树林中潜伏着一条条小径。马车路过一个个几近干涸的方塘，方塘的底部残留着冰，冰面上冻着去年的残荷。

陈雨林撩开车篷后面的挡布，纵目远眺，郑家庄亲王府越来越远了，粉墙青瓦，挂满寒霜，炊烟从烟囱里缭绕升起，风把烟霭吹送到附近的小树林里去。不知怎么啦，她鼻子发酸，就是想哭。

自从被"留牌子"之后，她一直没有见到曹霑。她不认为曹霑淡忘了她，相反，她知道曹霑的心思是让她尽快淡忘他。不管怎么说，她在京城没有亲人，曹霑见不到了，对弘皙亲王和亲王妃就越来越亲，现在乍一分手，真有点舍不得，尽管晚上就能回来，心里还是空空落落的。她终于哭了，头搁在膝盖上，嘤嘤哭出了声。

马车从阜成门进入内城，一路向东，过白塔寺，从西安门进入皇城。

这时太监拍打着车篷，叫道："这位秀女，你哭了一路，甭哭了，擦擦眼泪儿。回头俩眼哭得像大桃子似的，复看就得被刷下来了。"

她紧着擦了擦眼泪，心里却想，刷下来才好呢。

马车来到一座大门前停下。她下了马车，抬头看看，好大呀，城门楼子比刚经过的阜成门还要高大，而且威武壮观得多。后来她才知道，这是西华门。在西华门前，有一乘轿子等着她，抬轿子的是四个上三旗亲军兵丁。她上了轿子，进入长长的门洞。

西华门里面属于外朝区。所谓外朝是与内廷相对应的叫法。兵丁抬着轿子从一座高大的宫殿经过，它即是西华门内的武英殿。过武英殿向南拐，过一座汉白玉单拱石桥，一直向南扎，南边即是内廷区。

这时的陈雨林，对外朝、内廷以及什么宫什么殿的一概不知，只是作为一个外埠姑娘，对紫禁城充满天然的好奇心。她撩开轿帘，留心地向外看着。后来她才知道，所经过的那条河叫内金水河，所过的汉白玉单拱石桥，是五座内金水桥中最西边的一座。

过桥之后向南走，走了大约有数百步，轿子停了。抬轿子的四个兵丁走了，另外来了四个轿夫，都是半大小子，重新抬起轿子。姑娘的距离感都不强，她也不例外。但在郑家庄时，经常看到弘皙亲王射箭。她估计，从那座汉白玉单拱石桥到这里大约有一箭之地。

轿子经过一座牌坊式的大门，拐进一条巷子，在巷子的那头还有一座牌坊式的大门，一座称为永康左门，一座称为永康右门。

她从轿窗看出去，不知什么时候，一同来的那两个太监不见了，跟着轿子走的有六七个女人，她们都不算年轻了。后来她才知道，这些女人是乳母一类的，宫里称为"嬷嬷妈妈里"。

在两门所夹的巷子里，有一座宫门，正中南向，为慈宁门，前列两个鎏金狮子。陈雨林在这里下得轿子，随着轿子走的嬷嬷悄悄对她说："这是慈宁宫，是皇太后正宫。皇考皇贵妃在里面等着你呢。"

这就是慈宁宫？陈雨林可不是对宫廷事一无所知的外埠姑娘，她对这座殿宇早就有所闻。嬷嬷搀扶着她，她的手搭在嬷嬷的臂上，带着莫大的崇敬缓缓走入，就像走进了一个梦。

嬷嬷搀着陈雨林进入慈宁宫。院子里有些宫女，见了她们，喊道："来了来了。"一边撩起门帘，请她们进去，一边赶紧到后面通报。

陈雨林进殿坐定，首先进入眼帘的是到处挂着的鸟笼子，每个里面一两只鸟，红的绿的还有花的，煞是好看，叽叽喳喳地蹦来蹦去。看来老太妃们的生活实在无聊，只得玩儿鸟打发时光。

她正注意殿内陈设时，听见一个宫女对随同来的嬷嬷说："刚才老太太还叨咕呢，说都这会儿了，你们怎么还不来，老太太急着要看看新的孙媳妇是什么样的，都等得着急了。"

她心里咯噔一声，心说要坏事。听宫女那口气，还没等复看呢，老太妃就已经内定她是"孙媳妇"了。看来上次在御花园初看后，后宫里就议论上她了。所谓复看，不过是走个过场。

不大会儿，在宫女簇拥着几个雍容华贵的妇人走进来。她们也不看来人，兀自坐下。复看秀女是后宫的一件大事，直接关系到清室的子孙延绵，她们都戴朝冠，着朝褂，如同文武百官上朝，以示重视。

来的太妃共有三人，以皇考皇贵妃佟佳氏打头，一律戴着染貂朝冠，穿着朝褂，为石青色，片金缘，绣文前后立龙各二，下通襞积，四层相间，上为正龙各四，下为万福万寿文。陈雨林哪里认识这些，在她的眼里，只是明晃晃的一大片，看着直眼晕。

初看与复看，秀女都不用跪，只需立在殿宇当间儿，像是个花瓶般供人阅看。太妃们坐下，不说话，只是细细地打量着复看的秀女，很快一个个都展颜微笑，相互点点头，显然很满意。

陈雨林也在打量着她们。坐在中间的那个太妃就是所说的皇考皇贵妃了。尽管风华已逝，看得出来，她过去曾经是美貌动人的。她的眉宇间有一种拂之不去的忧郁，陈雨林以后才知道，她是国舅兼国丈佟国维的女儿，佟国维至死也没有得到康熙皇帝谅解；她还是隆科多的亲妹妹，隆科多的下场就不用说了。阿玛和哥哥遭到如此不幸，佟佳氏心里压着山一般的愁苦，怎么可能展露笑颜。

佟佳氏挥了挥手，对宫女吩咐说："她叫什么来着？对了，陈雨林，陈鹏年的孙女，还不错，够样儿。在我们几个老太婆这儿，她就算是过去了。去，叫熹贵妃进来吧，这是她们家的事；熹贵妃的大媳妇儿富察氏也一块儿来，今后是她们搭伴儿。让她们再过一过。"

听话听音。陈雨林记住了几个字眼："熹贵妃"、"熹贵妃的大媳妇儿"、"富察氏"，"搭伴儿"，串起来想想，意思比较清楚，她被内定为熹贵妃的儿媳妇。既然熹贵妃已经有大媳妇儿富察氏，那么按照排序，富察氏为嫡福晋，她为侧福晋。

佟佳氏有些不耐烦了，"怎么还不来呀？"她的话音还没落地，门外响起一阵笑声，宫女撩起门帘，但见两个女人一弯腰进来了。

进来的两个女人是婆媳俩，陈雨林见过其中的婆婆，就是上次在御花园阅看的那个熹贵妃。她听说了，自从皇后乌拉那剌氏辞世之后，皇上没有再册立新的皇后，熹贵妃眼下相当于中宫娘娘。

熹贵妃钮祜禄氏挨着佟佳氏坐下，富察氏站在她的身后，婆媳俩盯着陈雨林看了一阵。熹贵妃站起来，走到陈雨林跟前，仔细看她的眉眼，拍拍她的脸蛋，抬抬她的下巴，看看脖子，拉起手，掀开袖子，看看手臂，像是在选购一匹名贵的绸缎，看看有没有瑕疵。

佟佳氏问她："熹贵妃，你看行不行啊？"

钮祜禄氏回到座位上，翘起腿，悠悠然地说："在御花园延晖阁那次，我就相中她了。看来这姑娘心里有人，在延晖阁一个劲儿说自己'逾岁'了。丫头蛋子不明白，逾岁不逾岁的，心里是不是有别人，我们都不管，只要我们看上了，就是我们的人了。那次初看，看得浮皮潦草的，这次总算看真楚了。行了，我还是那句话，这种美人胎子没地方找去。就是她了。"

佟佳氏转向富察氏，"你看呢？今后可是你们俩搭伴儿。"

富察氏站在熹贵妃身后，轻轻地抚摸着她的头发，说："母后看上就行了。"说完，向这边递过来一个温存的微笑。

　　陈雨林的心尖被一个毛茸茸的、暖融融的东西触动了一下，在这个瞬间，骤然间喜欢上了富察氏。她是那种极为少见的大家闺秀，疲倦的大眼睛里有温暖的光彩，长长的睫毛掀动着真切的关怀，浅浅的酒窝深藏着淳厚的情怀，那张清纯疏朗的面庞，令人想起漫山遍野的萋萋芳草，既单纯又丰富，既质朴又久远。疲惫的旅人愿意在上面坐一坐，放牧的孩子愿意在上面躺一躺，受到惊吓的女人愿意俯在上面，把头埋在露水淋漓的草丛中，平息不宁的心境，濡湿干枯的心灵。

　　至此，陈雨林已是身不由己了。既然大局就是这样了，既然她无法左右自己命运，既然她是让宫室随意拨拉的，那些太妃和贵妃随后的话她不大愿意听了。她们叽叽呱呱地聊得挺热闹，只是临出门时，熹贵妃的一番话清晰地飘到她的耳朵里：

　　"成婚着什么急呀！皇四子知道自己将来的担子有多重，对学业抓得挺紧，他这会儿的媳妇儿不算少啦。俩富察氏加上高佳氏、乌拉那剌氏的，无论是下崽儿还是床上那事儿都够使唤的了。他要是现在得到这么个俊媳妇儿，哪还有心思读书哇，还不得尽夜撒欢儿，学业非得荒废不可。不着急，秀女陈雨林当侧福晋这事儿，过个一二年再说。"

　　陈雨林走出慈宁宫时，大轮廓清楚了：她将被指配为皇四子的侧福晋。

六十七、旅途－乌里雅苏台大营－军机处－旅途

雍正十一年夏季。一支百十人组成的马队从京城出发。

刚出德胜门时,马队还是循规蹈矩的,行进速度不快,前卫的步子压得很稳。一旦进入开阔地,马亮开四蹄,行进速度骤然加快,而且队形保持得很好。马队按照行军序列摆开,有前哨、前卫、扈从、后卫,拱卫着一辆马车,最后是两辆辎重马车。

马车中的人是平郡王福彭。他一改往日装束,身着大将军服,脚蹬朝靴,佩剑竖着立在车厢地板上,双手按着剑柄的顶端,气定神闲地随着车体晃动着。他刚被皇上封为定边大将军,前往遥远的乌里雅苏台大营赴任。这支马队就是护送他的,官兵全部来自上三旗亲军。

前哨有十几乘,带队者是曹霑。他一反近来的沉闷,显得神采奕奕,率部前出到马队几里地之外,任务是探明道路,逢水找船,逢林开路,并搜索各种意外迹象,如遇到袭扰者,能够就地解决的就解决,不能就地解决的,立即向后面的马队发出预警信号。

咸安宫官学学制不定,属内务府管辖,学成后一般补放到内务府各衙门当个小官,或者到上三旗亲军营或骁骑营当护军校、笔帖式之类。从宫禁到京畿行宫、苑囿均有上三旗包衣营,是皇帝的亲军。曹霑这一茬学得差不多了,吉金刚给他私下递过话,准备把他放到圆明园护军营担任笔帖式。适逢新任定边大将军福彭走马上任,要求他临时充作护卫,遂把圆明园护军营暂时放下,随表哥出发。

曹霑明白表哥用心良苦。几个月前，他得知陈雨林复看通过的消息，尽管早有精神准备，还是一家伙掉进了冰窟窿，闹了个透心凉。几个月下来，他不像当初那样全身冰冷了，却是心如枯井，情绪跌落到了极点。

福彭让他担任护卫一同出征，一来是需要个放心的人在身边，二来是让他走出去，走得远远的，借以释怀。果不其然，带着一哨人马来到郊野，任马由缰，来回驰骋巡睃，久郁心头的愁苦似乎被冲淡了一些。

马队在盛夏季节通过内蒙古大草原。文人喜好欣赏"风景"，可见"风"与"景"相连。没有原野的"风"迎面吹来，又何有"景"？无边无际的草原像一片织锦的花毯，野花盛开，有猩红的小百合、浅蓝的野风信子、金黄的毛莨和紫色的喇叭花，还有樱草、飞燕草以及细高的罗菲草，带着无限清香，一直铺向天边。这是白天。夜晚，大草原上没有驿站，遇不到蒙古包，王爷也得睡在露天。有不少夜晚，曹霑与表哥福彭一同睡在马车边上。青草有一种辛香，裹着马粪、马汗、马具散发的又酸又涩的气味，阵阵扑鼻；夏夜的草原中处处是蟋蟀的叫声，它们如痴如狂地振动着羽翼，一刻也不曾消停；睁开眼睛，是草原之夜才能够看到的星空，群星闪烁，忽明忽暗，银河像是一条白色的雾流，人好像是在天地之间翱游。

一路征程，尤其是进入大草原的日日夜夜，激情在淘洗着伤悲，曹霑的心境渐渐地舒展了，一种新的活力充盈全身。他渴望追随表哥出入沙场，渴望厮杀，当一轮红日又圆又大地从草丛中升起时，当草原的风迎面而来时，他仿佛嗅到了风中夹带的血腥气味。

福彭约莫在夏末赶到乌里雅苏台大营。他面临的形势并不明朗，不能像前任王锡保那样以屯守为事，要对噶尔丹策零保持攻势，但保持攻势就要投入大笔军费。作战态势掌握在什么火候上，连朝廷也若明若暗。作为福彭的贴身护卫，曹霑走了一路，热望被激发起来。军旅生涯似乎是治疗情感创伤的良药，他离京城越远，离前线越近，陈雨林的影子越淡漠，取而代之的是军营中那种浑厚的男人间的友情。

转眼间，喀尔喀蒙古草原上的秋季来临了。每天夜里都是狂风怒号，猛烈摇撼着大营中的一座座营帐，扑打着瓦灰色月光下的草木，战马不安地打着响鼻，众多的四轮大车在狂风中发出吱吱呀呀的声音。

营帐中间拢着一堆炭火，周围挤满了烤火取暖的将士，有时定边大将军福彭和护卫曹霑等也挤在人堆里。火光映红了一张张胡子拉碴的脸。这时候没大没小，既没有军职的大小，也没有年龄的大小，每个人的血管中都澎湃着祖祖辈辈遗传的血液，都仿佛听到了沙场的呼唤。每逢这时候，曹霑总是带头唱起《卓克浑之歌》。

在光显寺大战中，喀尔喀王公策陵雇了个老向导，名为卓克浑。卓克浑亲眼目睹了光显寺大战的全程，因此作了一首歌。这首歌迅速在乌里雅苏台大营流传开来，成为西征大军的军歌：

> 朔风高，天马号，追兵夜至天骄逃。
>
> 雪山旁，黑河道，狭途杀贼如杀草。
>
> 安得北斗为长弓？射陨掺枪入酒钟。

热血衷肠的汉子们一遍一遍地唱着《卓克浑之歌》，悲壮欲绝，回肠荡气，歌声飘荡在乌里雅苏台大营的一座座营帐中，飘荡在狂风怒号的喀尔喀草原上，飘荡在无边无垠的苍穹之中。

乾清门内有一排极不起眼的矮房子。这排矮房子分为三个机构，一个是内务府大臣办事处，一个是侍卫值宿房，最后一个是军机处。军机处只占三间，里面简陋之极，甚至比土老财家里都寒碜。迎面是大炕，炕上支着小炕桌。除此而外，就没别的了。而整个大清王朝的神经中枢，一度就在这间屋子的小炕桌上。

过去，清廷内部直接对皇帝负责的机关是议政处和内阁。议政处又称为议政王大臣会议，规定满洲八旗每旗派三人担任议政大臣，参议国政大事。胤禛即位后，讨厌这种组织形式，它使得王公贵族手中权力过大，分散了皇权，一直想找个东西取代它。

在与噶尔丹策零交战时，胤禛终于找到了机会。当时军报频繁，负责汇集整理军报的内阁在太和门外，皇帝不便随时召见，而且远离内廷，容易泄密。为杜绝隐患，胤禛于八年设立军机处。军机处虽然不及内阁地位崇高，但职责重大，如参与处理官员奏折，撰拟谕旨，商讨国家军政要事，处理重大刑名案件等等，逐渐取代了内阁，内阁反倒成了办理例行公事的机构。军机处设军机大臣、军机章京等职，均为钦定。他们每天参见皇上，听取"纶音"，承旨拟谕，这种特殊地位是任何议政王大臣也达不到的，议政处逐渐形同虚设。

胤禛每次到军机处来，都有一种放松的感觉。无论在乾清宫还是在养心殿，君臣召对都得照规矩来，一坐一跪都是板板正正的，而在军机处，没那么多规矩，军机大臣都是心腹，君臣之间有什么事，盘腿坐在炕上，在小炕桌两边说说就完了。

雍正十一年十一月初，秋天的阳光照射进军机处的小屋，里面亮亮堂堂的，但也安安静静的，笼罩着一种沉闷的气氛。

胤禛和军机大臣张廷玉坐在小炕桌两边，俩人都皱着眉头，谁也不说话。地上站着几个军机章京，更是没话说。

胤禛刚收到乌里雅苏台大营的奏报：噶尔丹策零放出风来，打算求和。这给胤禛出了道难题：西征大军很疲惫，每滞留一天，财力物力消耗都很大，与噶尔丹策零媾和，固然可以令西征大军班师，卸下沉重的西征包袱，但是，大军班师回朝之后，噶尔丹策零故伎重演怎么办？如果不与噶尔丹策零媾和，乌里雅苏台大营距离准噶尔汗的老巢伊犁路途遥远，是不是有能力直捣伊犁？是不是有必要直捣伊犁？况且定边大将军福彭赴任两个月了，朝廷必须对他的下一步作出明确指示。前线形势微妙，处于两难境地，究竟该怎么办？

胤禛正在思考时，进来一个人。他是庄亲王允禄。

胤禛心绪紊乱，白了他一眼，"你来干什么？"

允禄脸上堆着笑，"内务府捏了个折子，想请皇上过目。"

张廷玉说："庄亲王，这里是军机处。皇上正在筹谋乌里雅苏台大营下一步的事情呢，你们内务府那些吃喝拉撒的事情稍微放放，不要在这种时候添乱，搅了皇上的思绪。"

这时的张廷玉已经是雍正皇帝须臾不可离开之人了。他于雍正四年拜文渊阁大学士，五年晋文华殿大学士，六年晋保和殿大学士兼户部尚书。西北军兴，创设军机处，章程皆所手定，倚任甚专，赏赉优渥。

胤禛心烦意乱地说："研斋说得对，跟西征无关的事情可以缓一缓，朕正在与军机大臣研究事情，你先回去吧。"

允禄的脸上依旧堆着笑，"这个折子不仅跟西征多少有关，而且与定边大将军福彭本人有关。要不然我也不会这么着急。"

胤禛伸出手，"拿来我看看。"

允禄恭敬地把奏折递上。

这份奏折至今保存在故宫博物院，名称是《庄亲王允禄奏绥赫德钻营老平郡王折》。落款日期是雍正十一年十一月初七日。

后人无从了解这份奏折的起因，反正不外乎两种可能：或是平郡王府告绥赫德钻营，或是绥赫德告平郡王府勒索。内务府通过审讯绥赫德及其儿子、家人，老平郡王纳尔素的儿子及家人，以及古董商沈四等，摸清了事情的整个轮廓。最初是绥赫德将宝月瓶一件，洋漆小书架一对，玉寿星一个，铜鼎一个，玉如意一支交与古董商沈四变卖。它们都被平郡王家人拿走，没给钱。不仅如此，老平郡王纳尔素通过太监向绥赫德提出借些银子。据绥赫德供称，皇上赏赐的原属曹家的房产地产总共卖了五千余两银子。他让第四子富璋及家人分两次给平郡王府送去银子三千八百两。第一次送去五百两，第二次送了三千三百两。均为纳尔素第六子福静收下。福静口头说"借"，按照二分付利息，但富璋没敢认真，也没有让平郡王府打借条。不久，福彭打发两个护卫到绥赫德家里恫吓了一番，大意是：绥赫德借给老王爷银子，让小王爷知道了，很不高兴。以后你们家人再往老王爷那里跑，或是借给老王爷银子，如果再让小王爷发现，断不轻完，必定参奏到皇上那儿去。

奏折比较长，胤禛却看进去了，看得很仔细，看着看着下了炕，在屋子里边踱边看。看完之后，背手站立，久久没有出声。

允禄不安地问："圣上以为如何？"

胤禛捻着胡须笑了，而后一绷脸："当年朕把江宁曹家的房产地产赏赐给了绥赫德，纳尔素是曹家的女婿，心里不服，可是不敢说，过了几年，认为时过境迁了，又用'借'的名义，把曹家家产从绥赫德手里夺了回来。十六弟，朕这么说没有冤枉老平郡王吧？"

允禄心里直打鼓，忙说："大概就是这么回事。"

胤禛继续捻着胡须，"老平郡王纳尔素是个老滑头，小平郡王福彭则是个小滑头。福彭怕绥赫德来找后帐，派护卫上门恫吓了一番。护卫连蒙带唬的，绥赫德今后哪敢再提那三千八百两银子的事，只能认头了。十六弟，朕这么说没有冤枉福彭吧？"

允禄还是那句话："大概就是这么回事。"

胤禛拉下脸来，"你的折子里可不是这么写的，整个事情写反了。'查绥赫德系微末之人，累受皇恩，至深至重。前于织造任内，种种负恩，仍邀蒙宽典，仅革退织造。绥赫德理宜在家安静，以待余年，乃并不守分，竟敢钻营原平郡王纳尔素，往来行走，送给银两，其中不无情弊。'这叫什么话？明明是平郡王为索回曹家财物而向绥赫德'借'银子。但是，按你的折子中所说的，反倒是绥赫德为了钻营而'送给'平郡王银两。十六弟，这算不算是颠倒黑白呀？"

允禄不慌不忙地说："且算是颠倒黑白吧。情势所需，也就只好颠倒它一把了。老平郡王、小平郡王爷儿俩刚惹出这起乱子，圣上就册封福彭为定边大将军。定边大将军福彭抛家舍业，远赴西北，在荒蛮之地与噶尔丹策零斗法，我们这些在京城享清福的，还不得千方百计照顾好他的家事，免除他的后顾之忧，让他死心塌地为朝廷效命。"

胤禛笑了，"朕深知十六弟的念想。你急急火火闯到军机处，到朕这里讨话，就是要给福彭一粒定心丸。是不是呀？"

允禄挠挠头，"臣弟就是这意思。"

胤禛说："那就按照你的折子里说的，定绥赫德'钻营'。其实即便没有这事，朕也深知绥赫德是钻营之徒。他钻营老平郡王不足为奇，当年江宁织造一职就是钻营来的。钻营的是朕！谋到江南肥差，卷了曹家家产回京，哪能这么便宜他。研墨！朕批了后，将谕旨用驿马递到乌里雅苏台大营，让福彭高兴高兴，不用再为家事分心，他的家事朝廷都安排好了，令他全力对付噶尔丹策零。"

今人犯不上为绥赫德翻案，但其中的猫腻是明摆着的。当天胤禛按照"钻营"口径批了："绥赫德著发往北路军台效力赎罪，若尽心效力，著该总管奏闻；如不肯实心效力，即行请旨，于该处正法。钦此。"

这道谕旨在绥赫德家中会引起什么反响，不好说。绥赫德的大小四房老婆

617

可能会横眉立目、鸡吵鹅斗地闹腾一场，打算找俩王爷给老绥伸张正义。也可能大为惊讶，到这会儿才知道她们家的绥大人和皇上并不"瓷器"，更没有"铁瓷铁瓷"的交情。没法子，绥赫德还是得与她们生离死别，发往归化城一带。以他七十余岁的身体，很可能走不到目的地，而是在风雪交加的路途上一命呜呼。

　　雍正十一年冬至十二年春，定边大将军福彭与西路大将军查郎阿联合作战，两度击败噶尔丹策零统辖的叛军，尤其是布隆吉一战，缴获了叛军大量粮草。这两仗把噶尔丹策零打服贴了，正式提出媾和。

　　为此，雍正皇帝把策陵和查郎阿召到京城，商量对策。据史载，军机处内出现了两种意见：一种意见以庄亲王允禄为首，策陵与查郎阿附和，为主战派，力主进讨，直捣噶尔丹策零的巢穴伊犁；另一种意见以张廷玉为首，几个军机章京附和，为主和派，主张先安抚，安抚不行再打。

　　两派意见争执不下之时，胤禛拿出了康熙皇帝留下的一份密谕，原文是："准地辽远，我往则我师徒劳，彼来则彼师受困，唯当诱致邀击，是为万全之策。"这份密谕凝聚了康熙皇帝三次亲征的切身体会，客观而且平实，提出的见解十分老辣，却难以实施，因为噶尔丹策零已无力出击，清军不可能再获得"诱致邀击"的机会。但是这份密谕使得两派迅速统一了认识：直捣伊犁不可行。

　　议地界旷日持久（实际上到乾隆初年才达成最后和议），当策陵与噶尔丹策零斡旋时，曹霑等踏上了回京城的路途。这是雍正十二年的夏天，算下来，他们离开京城整整一年。

　　去时前方有战事，一个劲地赶路，回来时用不着赶路了。西征归来的大军缓慢地行进在草原中，队列中参杂着运送辎重的大车。

　　曹霑躺在一辆装满饲料干草的大车上。拉车的马轻声打着潮温的响鼻，干草的辛香和马汗的气味一阵阵地冲进鼻子，挺好闻的。大车在他的身下懒洋洋地摇晃着，晃晃悠悠地催人入睡，却是睡不着，一种古怪的念头总是在心里翻腾，又不知翻腾的是个啥。

　　大车通过一条无名的小河，重重地颠了几下，他差点从车上滚下来。当他重新坐稳之际，突然明白了心里翻腾的是什么。嗨，总是以为进入草原，进入戈壁，进入疆场就会淡忘许多事情，经过战阵就会成为对什么都不大在乎的男人。

不是这样，真的不是这样。经过一番血泪交加的战事，什么都没有淡忘，情感更没有发生太大变化。

离开乌里雅苏台大营越来越远，则与他心仪中的她越来越近了。在草原中，在戈壁中，他曾经苦苦地思念家人，而当战事逐渐远去，他在往京城走的时候，却又有些害怕回到朝思暮念的京城。回到京城，他仍然要面对一个经过复看的秀女，仍然要承受一场煎熬。与一年前不同的是，大漠的风，草原的风把他吹硬了一点。也就是一点。这点子硬心肠能够把他支撑到哪一步，他心里一点数也没有。

六十八、天然图画－晏公祠

夏夜的"天然图画"，满那儿都好，唯一不好的是青蛙太多。胤禛平日也不觉得蛙鸣有多讨厌，而这天不一样，有个可人儿刚刚抵达天然图画，他要静下心来把玩儿，容不得四周"呱——呱——"的。天刚黑，他就下令，护军和太监统统抓青蛙，抓一夜，直到天亮。

二更，他一小觉醒来，出得五福楼，但见一个个灯笼在池塘边游走，那是太监们与护军们在抓青蛙，甭管抓住多少，反正青蛙们是不大吭气了。没有那讨厌的噪音，他觉得清爽了许多，几步进了吴青卿的屋子。

在胤禛与女人的交欢过程中，吴青卿是让他最难忘的。女人的容颜保持不了多久，七八年过去了，她或许见老了，但他对她念念不忘。不管什么时候想起来，总像是一阵温暖的小风吹拂下，一场小雨撒落江天。

数年前的一夜复一夜，都像是从一个模子里面扣出来的。

二更天，他进去了。她惊醒了，揉揉眼睛，什么也不说，张开双臂，把他迎进怀中，而后任他摆弄。尽管破身多年，但是她对床上的道道仍然不大入门儿，除了小声哼唧几声，几乎没有别的响动。整个过程，几乎全是他一个人穷忙活，直至大汗淋漓地歪在一边。每次他都不大尽兴，他需要女人狂暴，需要女人舒服透顶的叫喊；他要用女人的疯疯癫癫证明自己的强壮。但这位不会，暗示过，调教过，瞎耽误功夫，怎么调教也是白搭，不知道领会，可能就是另外一个"种"。

对于这个"种"，他当时不大满意，而在事后，则越咂巴越有滋味，越咂巴越有嚼头，她的被动比之那些疯狂女人更让他回味，也更让他眷恋。回想起来，好像这个"种"能够给他带来更大的愉悦。

再度到郑家庄去接吴青卿,是桩尴尬勾当。这回依旧是庄亲王允禄出面,与弘晳接洽,没想到弘晳出奇地痛快。几乎没有废话,只是说亲王妃早就是皇上的人了,皇上给了废太子后人这么大的恩典,废太子后人永志不忘,吴青卿毕竟是一个未经指配的女子,皇上喜欢就拿去使唤好了。这样,允禄没费什么事就把吴青卿接到了"天然图画"。对此,胤禛与允禄交换过意见,看法一样:这么些年来,弘晳对吴青卿腻味了,不把她当回事了,所以才对皇上网开一面。

姑娘的体嗅都差不多,而几乎每个少妇身上都有独特的气味。胤禛走进吴青卿的屋子,空气中淡淡飘拂着她所特有的那种体香。与过去不一样,她没有醒。他本来想上床,却挪不动步了。忘了是哪个酸秀才说过的,半明半暗中的女人最美。让这个酸秀才说着了,到底是读过几本书,攒了几两银子在青楼里泡过,观察女人的事儿挺仔细。

吴青卿醒了,看到了他,下意识地偏过脸去,顺手拉过被单,搭在身上。他注视着这个动作,不依不饶地看着她。她无奈地瞟瞟他,他的眼睛就是不挪窝。她娇羞地呻吟了一声,舒展开身子,翻身向里,双腿旋即蜷曲起来,用被单遮住了脸。

在这个瞬间,以前经历过的女人飞快地闪过脑际。她们比她都浪荡,而她比她们诱人。长相还不是主要的。主要的是,怎么说呢?已为人妇,而那个抹不开的劲儿,又宛若处子。

他上了床,从头到脚摩挲着她,几年没有见了,她几乎没有发生变化,肌肤的弹性,皮肤的光滑与细腻,让他心里发酥发颤。女人让他摩挲得很舒服,睡着了,发出轻微的、均匀的鼻息声。他盘腿坐在她身边,支起拳头顶着下巴,借着烛光欣赏着她。

天下男人都钦羡皇上有三宫六院,以为天下美女都簇拥在皇上身边。其实不是那样的。历代帝王挑选后妃,一网撒出去,网眼很松很大,漏网美女多了去了。清代更是如此,只挑旗人官员家的女儿充为后妃,这就把占人口绝大多数的汉人女子剔除在外了,后妃中出色女人绝少。皇上知道汉人中有的是漂亮女孩儿,也想尝鲜儿,但满朝文武和后妃的八百六十双眼睛盯着,哪敢在全国范围内遴选,如果想干点什么的话,也只敢悄悄来。既然是悄悄来,就只限于京畿一带。而京畿一带又能有多大油水儿，还不是几个太监走街串巷瞄女子，拿住个差不多的就应付了，有时候甚至拿青楼女子凑数。

胤禛再度摩挲她，暗自对自己说，遇到这般国色天香，也不枉当一场帝王。他为自己的艳福侥幸，心满意足地躺下，双手枕在脑后，悠悠荡荡地想着，如此美色却没有怎么食过人间烟火，真是太稀罕了。

床上的女人像猫咪般哼唧了一声，翻了个身，甜甜地睡着。他怜爱地拍拍她，搂住她，轻轻咬加不轻不重地掐，不大会儿把她扳平，翻身俯到了她的身上。鼓捣了一阵，他却沮丧地从她身上下来。

酝酿了那么久的情绪，却全然发动不起来。一段时间以来，他的无能症状在嫔妃身上屡屡出现。他总以为是她们姿色不够，挑逗不起来他的欲望；或者说西征战事紧迫，他的心不在那儿。现在如何？西征大盘子定了，乌里雅苏台大营那边的事情不用操心了，而天姿国色就在眼前摆着，就在身下压着，他却仍然如此疲软，看来是身体出毛病了。毕竟，年龄不饶人。

他不服。他这时五十七岁，按说不至于这么泄气。有的王爷六七十岁了，还在乐此不疲地纳妾，有个蒙古王公年过七旬还生了个儿子。几年前，他就让太医院想办法，甚至让戴铎到贾士芳那儿讨过方子，人参鹿茸鹿鞭的不知吃了多少，甚至动不动就喝鲜鹿血。那些可以解一时之需，癫狂一阵，但是火太大，药力太猛，吃一点就生口疮烂嘴角，舒坦一次得难受好几天，不值当的。至于照贾士芳的那个方子抓药，煎熬出来的汤剂，火力太猛，造成心悸差点要了他的命。他下令太医院拿出些温补的药，长期服用，但这类药的药性太温和，对他不大管用。至此，太医院已使出浑身解数，往下就没辙了。

一夜就这么过去？他不甘心，又试，挑逗手段无所不用其极，吴青卿充分兴奋起来，面红气喘，身子上下左右地扭动着、起伏着，乳头硬硬地竖立起来，腿根处湿漉漉地一大片，急欲他快点成事。她从来没有如此急切过，而他却还是不中用。

外面的窗户下面，响起一阵咳嗽声。这是听房太监示意他该离开了。

抬头一看，不知什么时候，一缕晨曦透进来，看看外面的天色，到离开的时候了。按照宫室传统规定，皇上不得与嫔妃以下者过夜，这既是出于安全方面的考虑，也是出于龙体安康方面的考虑，皇上撒下龙种，就得即刻走人。否则，听房的太监会进来催促。这是祖制，违抗不得。

他下了床，甚至没敢看吴青卿一眼，就匆匆出了门。

清晨的空气真好，他深呼吸了几口，狠狠地伸了伸懒腰。池塘边上，那些抓青蛙的太监回来了，每人提着一大串青蛙，一个个累得东倒西歪的。他不由气恼地想到，他们忙碌了一夜，他这里却一事无成，两下都白忙活一场。调理身体非一日之功，看样子，今天就得把吴青卿送回去。

真有些舍不得。一个念头滚滚而来：让戴铎他们尽快找到道法高深之人！即便不能长治久安，也得有些"急就章"。

在京城左近，从夏季到秋季的季节变化，有时是令人惊愕的。明明还是个大热天，一阵滂沱大雨，转眼天就凉了，接着就出现了文人爱说的"秋意"。"秋意"通常会延绵很长时间，花儿渐渐地凋谢，蚊蝇渐渐地减少，要到十月，树木才开始染上秋色。

雍正十二年十月，京郊的西山好一片醉人的秋色。"秋色"是什么色？是千姿百态的混合色。有的花依然妖娆艳丽，有的树木依然一片翠绿，仿佛不愿遵循时序；有的花木则安于命运的安排，开始发黄，走上枯萎的最后旅途；有的花木在生命的最后时刻，骄傲地保持着自己的风韵，花瓣和树叶上染上了迷人的暖色。这就是西山的秋色，在绿色的背景下，从黄色、浅黄色到浅红色、黄色以至褐色，一应俱全。

秋高气爽，弘晳与张太虚结伴去晏公祠，戴铎屁屁颠儿颠儿地在后面跟着。别看他跟随，这次出行却是他提议的，而且他还是向导。

当戴铎领着弘晳、张太虚等人到此时，晏公祠已严重圮毁，只剩下三五道士和一个空壳。弘晳与戴铎对这个烂摊子并不大在乎，他们本来就不是来游玩的，而是送张太虚到此地炼丹的。

观内堆了一大堆煤，几堆原料，还有一个不大不小的铜鼎。这些都是戴铎花钱准备的。三个道士身着道袍，在一旁待命。

对《抱朴子》所云的"九鼎丹"，不管别人信不信，戴铎笃信，同时认为，灵验的丹恐怕只有晋朝葛洪、梁朝陶弘景那种高人可以炼出来，自晋朝以降，好东西都失传了。这时，他对张太虚要求不高，"服之百日仙"、"服之十日仙"、"服之即日仙"暂且不表，但求对女人"金枪不倒，百战不殆"，还别闹亏了身子，他好在皇上面前有个交代。让皇上玩儿高兴了就是目的。

丹字的本意指的是烧炼的基本原料朱砂，从汉晋以降，炼丹逐渐跳出葛洪描绘的神仙境界，与医药的发展紧密结合在一起，形成道家特有的丹药。在明清时，丹字的本意不再是朱砂，而是精炼的成药。

张太虚在摆弄丹药方面有些不为人知的独到心得，且不说疗效如何，起码在他手下没有出过大问题。戴铎已把炼丹要求给张太虚摆明了，戴铎不了解丹药配方，他仍然按照自己的烧炼路数来。至于事后怎么应付戴铎提出的下流要求，他自有办法。

炼丹的程序很复杂，不是架起鼎炉就能烧炼的，道士先要经过戒斋、香汤沐浴等，这些被称为"炼己"，意思是炼丹先得把自己沉浸到一种境界中，自己"炼"得差不离儿了，七八天以至十来天后才可以炼丹。

张太虚平日里为俗人装束，到了晏公祠，打开随身携带的包袱，换了全身的道士行头。他戴着方型道士帽，身穿玄色与蓝色搭配的圆领、宽袖道袍，腰中系丝绦，足蹬云头黑色布、厚底的道士履。当他走出山洞，拿着一把拂尘出现在众人面前，煞是个老道模样。

他吩咐晏公祠的小道士到卧佛寺后面的"水尽头"取清泉水，准备烧水洗澡，吩咐道士将法堂后面的石洞打扫干净，准备沐浴后入洞戒斋打座，同时吩咐道士在今后数日内还要备哪些料。

交代之后，他对弘晳、戴铎等人说，炼丹要月许，他一直要留在晏公祠，请他们先回去，在此期间不断送些菜蔬米面上山即可。弘晳等人知道滞留此地没有用，也就走了。

过了十来天，戴铎估计张天师沐浴戒斋已毕，便每天差人上山，到晏公祠看看，来人回去后秉报的内容都差不多：晏公祠的道士终日围着鼎炉烧火；张天师或者在鼎炉前念念有辞，或者哼唱着什么，围着鼎炉走"罡步"，或者指导道士们添加各种配料。总之，一刻不曾消停。戴铎听着满意，不再催促，只是在山下静候仙丹出炉。

六十九、圆明园护军营－万方安和－镂月云开

曹霑去乌里雅苏台大营之前，本来打算补放内务府管辖的上三旗旗营的。从西北返回京城之后，补放圆明园护军营包衣营。由于立下军功，经定边大将军福彭推荐，他没有担任笔帖式，而是直接担任护军校。

这是个新环境，熟人却不少。咸安宫官学教习四年一换，吉金刚任期已满两个四年，恩赏内务府镶黄旗包衣籍，调到圆明园护军营任包衣营营总。另外，同窗中也有几个补放到这里担任笔帖式。这个职务相当于军队书记官，负责起草军中的各种文书及统计、登记造册等。

雍正十二年深秋的一天，滴落着小雨。曹霑在圆明园中巡逻，身后跟着几个包衣兵丁。雨天适于冥想，抬头望山，低头看水，天地一片灰蒙，不知是雨生烟云，还是山生烟云，抑或是从水上来，挥不去掸不掉，缠着绕着，包裹着整个园子。

曹霑的巡逻路线在福海南岸。这时，他到包衣营赴任不过一个多月，无论是西征还是眼下都没能转换心境。陈雨林的身影仍在心里晃悠，终日神情郁悒，动辄感时忧伤。有时静下心来想一想，就像常说的，胳膊拧不过大腿。这种煎熬对他与她都是一场无望的挣扎。反正是无可挽回了，得了，规劝她嫁了算了。可是，这种念头一旦闪过，心里就像被搅了一刀。

算了算了，不想她了，他挥了挥手，像是要赶走不快的心绪。这时一个太监打着雨伞，从他身边匆匆经过，进入别有洞天正殿。

不大会儿，只见一个精瘦的道士从房间里小跑出来。他约莫三十多岁，没

有打伞，也没有戴道冠，兀自跑到木桥旁边，冒着小雨跪在桥头。

太监随后赶来，在他的头上遮了把雨伞，被他粗暴地一把推开，他就是要冒雨跪着，似乎要表露某种虔诚。

这个道士叫娄近垣，是两江总督府从江西找到的。包衣营营总有专门交代，这个被封为"真人"的宝贝，得重点守护。

娄近垣最初在西苑大光明殿，后被召入圆明园，在园内各处设醮祷祈，驱除鬼祟。鬼祟看不见，无以验证是否真的被驱走了，他又露了一手。园内放养了不少用来点景的鹤，烘托仙境气氛。当着皇上的面，他在园内设幡招鹤，不知用了何等手段，念经作法，果然上百只鹤受到召感，从园内四处来到别有洞天。胤禛大喜，当场封他为"妙应真人"。

道教中，门派之见很深，这位真人有些本事，却对炼丹导引术不以为然。《啸亭杂录》提到娄近垣时说："真人虽嗣道教，颇不喜言炼气修真之法。"因此，尽管有了娄近垣，炼丹还得另外找人。

雨不算小，娄近垣很快就被淋透了。深秋的雨很冷，他浑身瑟抖起来。曹霑有些看不过去，把身上的雨布解下来，搭在他身上，他被冻得牙齿直打战，这回不再粗暴地拒绝了。但也就片刻功夫，他仿佛看到了什么，把雨布忽地扔开，磕起了头。

顺着娄近垣磕头的方向看去，雨幕中什么也没有，再细看，远远过来一乘轿子。他不由佩服道士的好眼力。轿子走近了些，前面有太监在"打咻"。"咻——咻——"的口哨声传来，是皇上将至的信号，所有在场的人都得跪下磕头，担任警戒的例外。

曹霑挥手示意，手下兵丁立即散开，注视四处。片刻，他看见皇上在桥头下了轿子，让娄近垣平身，太监们打起伞盖，皇上拉着浑身精湿的娄近垣一起进入纳翠楼。

曹霑有些好笑，娄近垣非得被淋透以示对皇上的诚意，看来，"真人"有时也会假眉三道地做戏。

雍正十二年初冬，天气越来越冷了。胤禛从紫禁城移驻圆明园，直接驻进万方安和。它位于圆明园西路，建在一个长方形池塘中，在建筑平面上是中国建筑中仅见的特例，用宽大的条石架构为万字形的房基，殿宇建于其上，西北角与东北角有小桥与岸上衔接。池塘至今已然成为稻田，而万字形房基遗址仍存。

乾隆皇帝后来用两句诗对这个景区名称作了注解："万方归覆冒，一意愿安和"。"覆冒"指的是包容天下之道。他解释皇考喜欢住在这里的原因是，"是地冬燠夏凉，四序皆宜"。

与雍正皇帝一同驻进的是熹贵妃钮祜禄氏。雍正的后宫过去是三足鼎立，皇后乌雅那剌氏、熹贵妃钮祜禄氏、贵妃年氏互为犄角之势。年氏与乌雅那剌氏先后去世后，钮祜禄氏尽管没有被册封为皇后，但也成为事实上的中宫娘娘，加上她是内定太子弘历的生母，实际上比当年的皇后说话还要管用。

胤禛的寝宫在南面，靠近池塘主水面；钮祜禄氏住在北面的屋子里，靠近小桥。整座建筑为万字形，内部都有走廊连接。这天夜里，皇上召熹贵妃过去。熹贵妃已经很久没有与皇上同房了，老夫老妻的，也不大想那事，但仍然刻意修饰了一番，来到皇上处。她不知道皇上想干什么。她知道的是皇上近年来不大管用了，别说对她，就是年轻的嫔妃也很少召幸。

头些日子太监悄悄告她，皇上最迷恋的吴姓女子又被召到圆明园，但只呆了一夜，第二天就送了回去。没有谁比她更了解皇上了，皇上要是馋上谁了，且得没完没了地使唤呢。这事是个信号，皇上看来真的不管用了。但皇上最近一直在服药，听说还弄了些个道士来，谁知道最近是不是有起色了。

胤禛躺在床上，招了招手，钮祜禄氏上床，钻进被窝，自然地卧在胤禛的怀中。她害羞地叽咕了一句："咱们都是抱孙子的人了。"

胤禛轻轻地拍拍她的脸，"想到哪儿去了，我没那心思。不过是天气寒凉，两个人睡比一个人睡暖和些。"

她略微有些失望，而在失望之余又有些窃喜，既然皇上要女人陪着睡觉仅仅图个暖和，那就表明他服的那些药不大管用。这样，憋了很久的一件事现在可以对皇上说了。

自从第一眼见到陈雨林，钮祜禄氏就打心眼儿里喜欢上了。按她的小九九，这个罕见的宝贝是给弘历备下的。她同时有个天大的担心。弘历与其他宗室子弟一样，娶妻要由皇上指配。指配某位秀女为某宗室子弟之妻，皇上可以不见人，批个"钦此"就算完事。但要为内定的太子指配侧福晋，皇上则不能一批了事，无论如何也要见人，亲自把关。这种事情避不开。钮祜禄氏担心的是皇上一眼看上陈雨林，将她纳入后宫。

她的担心并非无根无据。清朝入关的头三代皇帝中，胤禛的后妃人数最少。顺治皇帝册封了四位皇后，后妃制度在康熙朝逐渐确定，规定皇后以下设皇贵妃一人，贵妃二人，妃子四人，嫔六人，五级共十四人。以下还有贵人、常在和答应三级，这三级没有固定数额，玄烨也没有照章行事，而是大大"超标"，除没有固定数额的贵人、常在和答应之外，仅从皇后到嫔的五级中，就有三十三人之多，六十岁之后还不断地添进新人，到他去世时，后宫共有五十五人。胤禛是第三代皇帝，除了皇后乌雅纳刺氏和熹贵妃钮祜禄氏，只有妃、嫔、贵人七人，其中生育子女的六人，远远没有"达标"。

与顺治皇帝比，胤禛只有一位皇后；与康熙皇帝比，胤禛的嫔妃人数少得太多，而且皇后去世后就再没有迎娶新人。选秀女主要是给皇上选嫔妃，皇上挑剩下的才会指配给皇子以至宗室子弟。备选秀女晋谒皇上，是复看的最后一道手续。胤禛如真的看上了陈雨林，谁也不会劝阻，相反，都会拥护皇上迎娶。这不仅是为了取悦皇上，而是因为胤禛的嫔妃的确太少了。

后妃都希望皇上活的年头长一些，钮祜禄氏也不例外。她了解皇上的身体状况，不愿意皇上再迎娶新人，怕他的身体吃不消。同时，更不愿意皇上迎娶她为儿子相中的姑娘。因此，在复看之后，她一直没有对皇上提陈雨林的事。现在比较明朗了，皇上尽管才五十多岁，但好像丧失了行房事的能力，这个样子谈不上迎娶新人。陈雨林的事可以提了。

她猫在胤禛怀里说："我跟你说个事儿。"

胤禛说："说吧。"

她尽量轻描淡写地说："这么些年来，弘历虽然有几个福晋，但子息不旺。他既然已被册封为宝亲王了，人家那些亲王、郡王的，哪个没有一大堆，我打算让弘历再娶个侧福晋，咱们也好多抱几个孙子。"

胤禛说："听你这意思，你是看中谁啦。"

她说："正是。两年前那次选秀女，妾就为弘历看中一个姑娘。这二年复看了几次，皇考皇贵妃她们也看了，都觉得还行。"

胤禛的眉头微微一蹙，"事情都过去两年了，怎么现在才说？"

她挤出个笑脸，"皇上日理万机，管的都是朝政大事。那些家长里短的事儿，不愿意您操那么大的心呗。"

胤禛不乐意了。"别的宗室家的事用不着操心，朕都不用见人，批个字就算朕指配了。对家事则不能不操心，讨儿媳妇怎么能掉以轻心。特别是皇太子的婚事，比朝政大事的份量都重。"

她说："现在不是对你说了嘛。"

胤禛一把推开她，把身子背过去，"说的太晚了。按说弘历跟前的侧福晋不多不少，再娶个侧福晋也可以，说出来就是了。你披着藏着两年多，肯定有难以启齿之处。她叫什么名字？"

她说："陈雨林。"

胤禛说："听这名字是个汉人，汉军旗人家的？"

她说："嗯。汉军镶黄旗的。"

胤禛问："家里是干什么的？"

她说："她阿玛是江南的一个小官儿。"

胤禛问："她的祖上呢？"

她有些犹豫，话堵在嘴边，不知道该不该说。

胤禛腾地转回身来，"我在问你呢，说说她的祖上。"

她说："……她的祖父是陈鹏年。"

胤禛一愣，"陈鹏年的孙女？"

她有些着急，"陈鹏年死于皇上即位的元年，跟'年隆阿塞'都不沾边，再说陈鹏年死后您曾大力褒奖，还赏给遗属不少银子。"

胤禛平躺下来，双手枕在脑后，拖着腔调说："这些不用你说。给弘历找个什么人，关系到皇上与什么人家结亲家，不得不知道的多一些。你还有什么披着藏着的，统统都给倒出来。"

她说："别的就没啥啦。"

胤禛说："别跟我面前装糊涂，老夫老妻的，我还能不知道你。你还有话没说出来，那个叫陈雨林的是怎么挑上的？"

她说："选秀女一轮一轮拔上来的。"

胤禛坐了起来，"如果真的这么简单，我就不再多问了。但是，如果在迎娶之后发现还有别的事情，那么你这个皇额娘就等着瞧吧。朕能立太子，也能废太子。"

她被吓着了，"还有还有，有的话我憋了很久了，一直不知道该怎么说。陈雨林原来在江南，是被弘皙亲王接到京城的，住在郑家庄。户部造册也是把她安在弘皙府上的。就这么多了。"

看得出来，胤禛想发火，额上的青筋在突突地跳。

她恐惧地看着他，等待着他的火发出来。没想到，他笑了。

胤禛说："废太子当年要杀陈鹏年，让皇考保了下来，这事儿闹得满城风雨的。现如今废太子的儿子收养了陈鹏年的孙女，谁也不知道这个大翻饼里面藏着什么交易。"

他重新平躺下来，双手枕在脑后，说："我是在想，陈雨林是何等尤物？陈鹏年、弘皙、郑家庄，这个陈雨林姑娘浑身带着刺儿，别人躲还躲不及，你却非得把她塞给弘历。她非得是天姿国色，才能把你迷瞪成这样。"

她轻轻叹了口气，吐出了真心话："且不说她是不是天姿国色，我真的是看上她了，长相、身条和谈吐非常体面。掐指算来，我都参加选秀女儿几次了，还从来没有遇到过这么没挑儿的。"

胤禛说："既然你说得这么好，我要见见她。"

她说："皇上，您……"

胤禛冷冷地说："又要说皇上日理万机，是吧？这是'万机'中的'一机'。被窝已经捂暖和啦，回你屋子去吧。这事儿就交给你啦，后天下午召陈雨林到'镂月云开'。不得推托！"

圆明园后湖东岸，紧临"天然图画"，有一处景区，旧名"牡丹台"，因种植了数百株牡丹而得名，后来改名"镂月云开"，是圆明园最早的建筑组群之一。它的正殿以楠木为柱，覆黄色与绿色两种琉璃瓦，环绕以古松，名记恩堂。康熙皇帝晚年来过这里，与胤禛、弘历祖孙三人一道观赏牡丹。观赏之后当场降旨，准弘历扈从左右，就是给这个十二岁的孩子封为侍卫了。就胤禛、弘历父子而言，这个地方都值得"记恩"。

这天，包衣营营总吉金刚被叫到圆明园护军营营部，总统大臣对他下达指令，从花窖中抬些花盆到"镂月云开",有宫眷在那儿晋谒皇上。吉金刚回来之后,令曹霑带人办这件事。

由于天气太凉,怕鲜花拿出花窖太早了冻着,曹霑等人直到下午才去花窖,用手推车运盆花来。他第一次来这里,但见初冬时节的"镂月云开"光秃秃的,牡丹等名葩一概裹着稻草,只有古松还挂着苍绿。

过来一个太监,拍着巴掌喊道:"傻当兵的,谁是这儿的头哇?"

曹霑答:"我是护军校曹霑,这些人是我带来的。"

太监说:"皇上有旨,把盆花摆放在养素书屋里,从里到外码整齐了。"

记恩堂东配殿的位置上是栖云楼,养素书屋相当于记恩堂的西配殿,与圆明园中的绝大部分建筑一样,是用来点景的,名称叫"书屋",其实里面没有几本书,皇上平时也不在这里看书。

盆花从入门处一直向里摆放。太监不断地催促,曹霑带着兵丁累出了一身汗,大冷天的脱光了膀子干,刚收拾出个样子来,皇上就来了。

胤禛上下左右看了看,对满室鲜花还满意。他这时的情绪特别亢奋,像一匹不曾驯服的马刚给关进圈里,在焦躁地来回打转,步子带有弹性,浑身洋溢着一股子莫名其妙的冲动。

他掐下来一朵花,放在鼻子上使劲嗅了嗅,嗅时虚光瞥到屋子里跪着一片摆花的兵丁,随即微笑着向外一挥手。

曹霑等人站起来,来不及穿衣服就匆匆向外走,刚走到门口,一乘轿子在门口停下,一个太监急步上前掀开轿帘。

按照宫里的规定,护军入宫一概不得偷窥宫眷,偷窥者要遭到重责。

曹霑以为来的这位不是后妃之类就得是个公主之类,于是急匆匆地一挥手,他和他的部下齐刷刷地跪下,谁也不敢抬头。

一个女子仪态万方地走下轿子,首先映入眼帘的是满目的鲜花。在这个季节,外面根本不可能见到这种景象,不由轻轻地"呀"了一声。

只是一声,曹霑的身子却一颤。好熟悉的声音呀!

那女子是陈雨林。她在看到鲜花的同时,也看到了跪倒的一片人。

他们光着臂膀,脊背上全是汗珠子。这个极其聪慧的姑娘立即明白是怎么回事了,心里马上涌起一万个不落忍。

她问那个太监："这些鲜花是为我准备的？"

太监献媚地堆出个笑脸，"美人如花，美人喜花，美人就是花。是皇上下令为您现备的，为的是把美人置于花海之中嘛。"

她心疼地摇摇头，"何必呢？看把他们给累的。"

说完这句话，在她两眼的余光里，一个头悄悄地抬了起来。

曹霑听出来了，这是她的声音。他小心翼翼地抬起头来，看到了她的裙子，看到了她的腰身，看到了她的脸庞，接着看到了她的眼睛。

这是一对骤然间惊愕的眼睛，瞳仁一下子间放大了。

她真切地看到了他，看到了他汗津津的脊背，看到凉风迅速吹干汗珠，随着汗的蒸发，他被冻得瑟抖起来。

她看到了他的被蹭上泥土的疲惫的脸庞，接着是屈辱的眼睛。仅仅片刻，他的眼皮垂了下来。

太监讨好地说："娘娘您是不是心疼他们啦。您也是多余。这些傻当兵的，在这儿就是把门儿巡夜的，再就是干乱七八糟杂巴事儿，值不当您心疼他们。快点进去吧，皇上在里面等着您呐。"

一阵深秋的风吹过来，她看到了，那个"傻当兵"的头重新伏下去，而他的身子却在风中抖动着，肌肉一跳一跳的。她知道，这不完全是冻的，而是心在抖动。心尖要是颤动起来，会把整个身子震酥。

她一阵眩晕，身子不由晃了晃，扶着轿杆才勉强稳住。

太监有点着急了，"娘娘还在心疼他们？犯不上呀！您是打外省来的，横是不知道这些都是包衣兵丁，老祖上都是清军俘获的明军残兵败将，打根儿上就是皇上的家奴，天生就是贱种。您的心眼儿这么软可不行。当娘娘的，以后这种事见得多啦。行啦，进去吧。"

她像是被钉在了地上，无论如何也挪不动步子了。

这时从地面上传出一个悲怆的声音，是曹霑的声音："听这位公公的话，娘娘还是快点进去吧，皇上在里面等着您呐。大冷天儿的，您不走，我们就不能抬头，更不能起身穿衣服。"

那个太监来劲了。"这小子是个护军校，听到他的话啦？宫里有硬梆梆的规矩，护军不得与宫眷照面儿。他们要是偷窥了您的漂亮脸蛋儿，不是遭军棍就是削旗籍。您再不挪窝，他们还得在这儿低头跪着。"

曹霑说："娘娘，就是这么回事，奴才下人不得与娘娘照面。包衣营护军校曹霑不能让我的这帮傻弟兄冻出毛病来，但求您轻移莲步，快点离开。"

曹霑说这话时，额头一下复一下着地，痛苦地磕打着地面。

既然护军校都发话了，包衣兵丁就一块嘟囔起来："娘娘，您快点进去吧。""娘娘的菩萨心肠，穷当兵的都领了，您还是快点进去吧，话是怎么说的，对了，轻移莲步。皇上在里面等着您呐。""娘娘如果再不进去，我们挨冻不说，回头皇上还得怪罪我们。"

她弯下腰，对着一片脊背中的一个深情地说："我不是娘娘，压根就不是娘娘。我过去是什么心思，今后还是什么心思。"

她猛地直起腰，横着一抹眼泪，对那个太监吆喝道："走，咱进去！"

曹霑一直腰站起来，看到她和那个太监的身影消失在养素书屋的深深的门洞里，就像是被吞噬了。他的膝盖发软，又万念俱灰地扑通跪倒。

圆明园"镂月云开"养素书屋内。

陈雨林刚进来，胤禛搭眼一瞅就有数了。熹贵妃钮祜禄氏说了，参加了多次选秀女，还没有见过这么没挑儿的。这话没错。

对陈雨林来说，把这次晋谒皇上视为又一次复看，依旧是站而不跪。

经过初看和几次复看，她什么场面都见过了，站有个站的样子，端庄而肃穆，并不因为对面是皇上而吓得哆嗦。

胤禛直视着她，暗暗地把她与吴青卿作了番比较。论模样，她不在吴青卿以下，而那种气质是吴青卿不可望其项背的；吴青卿美得令人动邪念，而她显得纤尘无染，凛然不可犯；吴青卿如果是备选秀女，会欣然服从命运的抛掷，而她不一样，不像是能够随意拨拉的。重要的是，吴青卿是被家里卖出来的，没有经历过爱就成婚了，而她没有成婚却好像经历过爱。

随便问了几个问题，姓啥名甚，何方人氏，父母如何，弘晢两口子近来身体如何。等等。随后就切入了正题。

胤禛说："告诉朕，你今年多大啦？"

陈雨林说："奴家过了二十岁生日，作为备选秀女早就逾岁了。"

胤禛说："你都二十岁了。备选之前有相好的男人吗？"

她直筒筒地吐出一个字："有。"

胤禛问："他是干什么的？"

她的泪花翻上来："傻当兵的。穷当兵的。包衣奴才。护军校。"

胤禛说："这么一大串。现在还想那个包衣奴才护军校吗？"

她说："圣上想听奴家的实话吗？"

胤禛说："朕要听的就是实话。"

她说："想得要发疯，提起他就想哭。包括现在。"

胤禛说："你还是挺重情的嘛。朕要是把你指配给皇子呢？"

她说："圣上想听奴家的实话吗？"

胤禛说："朕要听的就是实话。"

她说："奴家不稀罕阿哥，只想嫁给那个包衣奴才护军校。"

胤禛说："朕要是册封你进入后宫呢？"

她说："真要到了那步，奴家死的心都有。"

封了妃子还想死！胤禛感到皇上的尊严受到了糟贱，就像御座上面被撒了泡尿。他强压着火说："满天下的女子谁不想入后宫，怎么一个护军校能让你迷成这样。他叫什么名字，是哪家的？"

她说："女人心里都有点掖藏，奴家能藏点心事吗？"

胤禛一肚子火又泄了。"嗨，朕也不能强人所难。"

她说："圣上既然不强求，奴家就不露他的名字，把他一辈子藏在心里。"

胤禛说："你就是说出他的名字也无妨，朕不会找他的麻烦。"

她说："圣上想听实话吗？"

胤禛火了，"怎么总是这么问，朕要听的就是实话！"

她柔声细语的："实话可不大好听。实话是，奴家信不着圣上所说，奴家以为，圣上日后肯定会找他的麻烦。"

胤禛说："好大的胆子，居然信不着皇上。说说你是怎么想的。"

她说："奴家就是嫁到宫里，也会天天惦着他，圣上是不会答应的。圣上不答应，就会捣根，一捣就捣到他的身上。他的麻烦就惹上身了。"

胤禛的中指按着额头想了想，说："不错，哪个男人也受不了老婆总惦着别的男人，是得找上门去。你倒尽是大实话。"

她呜咽着说："初看复看这么多回了，回回轮不着说话也就是圣上给了奴家说话的机会，现在不说大实话就没日子说了。"

胤禛一挥手，太监过来了。他一指陈雨林，"送她回郑家庄。"

陈雨林走了，走时稍显舒心，久郁心头的话毕竟释放出来了。

胤禛却滞留在养素书屋，心中泛起一阵奇奇怪怪的感觉。从来没有女人敢这么跟他说话，在十多年前的潜邸中，女人们对他也是敬重的，更别说即位后了。而这个罕见的尤物，尽管畏缩得像只小耗子，尽管是任人摆弄的，尽管命运操纵在别人手里，在困境中却被爱意灼得发烫。而真正受到轻慢，体验到冷落滋味的却是他。用后世语言来说，这叫"弱势控制"。有时，弱者的自尊给强者造成的反应是可怕的。

七十、南薰殿－青龙桥

雍正十二年严冬。

雍正皇帝耷拉着脸兀自走出养心殿，走出养心殿宫门，遛遛达达地向南走，几个太监和侍卫企图跟上他，他心烦意乱得一拂袖子，那几位只得不远不近地跟着。稍微跟得近了一点，他回过头再一拂袖子，太监只得跟他拉开距离。看样子，皇上就是想自己走走。

没有人知道皇上去哪儿。太监和侍卫远远地跟着，猜测着。他不点轿子，要去的地方肯定不太远。他不像散步，散步一般去御花园或者西花园；不像是召对大臣，召对大臣往东走，去乾清宫；不像上朝，往南走是前朝区，而今天不是常朝日；南面有个慈宁宫，莫非是要看望太妃，也不是，路过慈宁宫他根本没有停步。

皇上路过武英殿也没有停步，一直过内金水桥，来到一座九楹大殿前停住了，而后上得石阶，推开殿门进去。

太监们与侍卫们面面相觑。皇上进南薰殿干什么？这里既不住人也没有其他用途，闲了几年了，里面除了几个破鼎炉外就没有别的，而且长年没有打扫，积着厚厚的一层尘土。

南薰殿里很脏，地上到处是煤渣，殿中间放着两个铜烧古八卦束腰仙炉，别无它物。俩"仙炉"已被烧黑，样子很寒碜，他气恼地把一个"仙炉"踢翻，一脚踢开殿门，走出去。叉着腰站在门口，向四处望着。

胤禛的右手食指不紧不慢地揉着太阳穴，回顾着在圆明园养素书屋与陈雨林见面的情景。说到底，那个姑娘并不是羁傲不驯的女子，也并不想在殿堂上为所爱搏一把，她所表现出来的，只是执著地忠于所爱。

想到这儿，胤禛发出一声长叹，守着东西十二宫，却见识不到这般真情实感，人间真情是他无缘享用的。他突然发现了万乘之尊背后的虚弱与苍白，与此同时，也就发现了陈雨林和那个"包衣奴才护军校"在痛苦的煎熬中享受着的丰满爱意。这种人间的真爱令他嫉妒得牙根子发痒，也激发了强烈的反弹：不管今后怎么着，时下得拿下她！

令胤禛沮丧的是，他的身体不行了，应付不了这个挑战。而要把身体恢复过来，他对太医院不抱幻想，却影影绰绰地寄希望于南薰殿。好像这个地方才能把丢失的东西追回来。

严冬的天空幽深而高远。苍穹覆盖着紫禁城。

南薰殿在西华门内，武英殿以南，是一个僻静的所在。明朝皇宫制作了一批历代帝后图像，自太昊伏羲氏以下，为轴者六十有八，为册者七，为卷者三，先圣先贤图册五，贮藏于内库，每年夏天拿出来晾晒。清朝时，这批作品移藏于南薰殿，详定位置，次第甲乙。但这是乾隆间的事，在康雍时期，南薰殿用途不详，有迹象表明，雍正十年之后，南薰殿是个炼丹场所。

今人无从了解南薰殿炼丹延续到什么时候。看来没支持多久。这里的"开发"，充其量是试图烧炼比秋石作用更显著的春药。没有明朝那种高手，烧炼不出好东西，也就放下了。但是，事情并没有结束，只要找到真正懂行的好道士，炼丹术随时还会捡起来。

胤禛回身再进南薰殿，把被他踢翻的"仙炉"扶起来。这时，他抱定了一个念头：不行，炼丹要恢复起来。怎么恢复？"妙应真人"娄近垣会招鹤，会驱邪，对炼丹这套玩儿不转。戴铎前两天倒是说过，他找到一个叫张太虚的道士，据说有些炼丹的能耐，究竟怎么样，还得细细考察一番。

雍正十三年初春，戴铎破例拜访了吉金刚的家。

"拜个晚年，拜个晚年！"他双手捧拳，高声叫唤着跨过门槛。

吉金刚自提升为圆明园护军营包衣营营总后，总打算把家搬到圆明园附近。

春节前，他举家从京城里头搬出来，迁到圆明园西边的青龙桥。

小小的一个院子，一排三间住房，类似佐领的制式住房。

吉金刚刚起床，揉着眼睛不知所措地迎出来。"哎哟，是戴郎中呀。难得难得，内务府的四品大郎中到寒门小户来。有失远迎，有失远迎。"

戴铎说："什么四品大郎中，狗屁鸭子，还不是给皇上捵鞋拔子的碎催。老吉从武术教习荣升圆明园护军营包衣营营总，才是值得大大恭喜的。"

吉金刚不屑地一摆手，"什么包衣营营总，看家狗一条罢了。"

他扭脸叫道："嘿，屋里的，给客人上茶。"

吉金刚家里简陋，但收拾得很干净。他的妻子用围裙揩着手，从里面快步走出来，对着戴铎浅浅地道了个万福，接着就进厨房烧水。

戴铎毫不掩饰地看着这个女人，她薄有几分姿色，干事很麻溜。

吉金刚是个痛快人，说："我的女人不值当你瞪着眼看。"

戴铎说："不是别的意思，看了你的女人，后面有话要说。"

吉金刚说："无事不登三宝殿。甭说拜晚年的废话，到我家有什么事？"

戴铎想了想，说："吉营总快人快语，那我也就痛快一回。"

吉金刚说："有话快说，有屁快放。"

戴铎直盯着他，缓缓说："咱俩，一个是皇上的碎催，一个是皇上的看家狗，还一起到白云观捉拿过游方道士贾士芳，按常理说，应该投契。但是，我两年前在家门口被人打了，躺了足俩月，腰腿到现在还没好利索。是谁干的？我的填房张氏从前有个妍头，绰号'驴钱儿'，过去怀疑是'驴钱儿'干的，派人查了一年多，不是他干的。我的保镖也是有两下子的。他们说了，能那么麻利地收拾他们的人，非得有武状元的身手。这些日子，我越来越怀疑，这件事是你干的。先别瞪眼，听我说完。各条线索都查遍了，不是没那身手，就是时辰对不上，就是你可丁可卯的。"

吉金刚甩出巴掌，"拿出凭据来。"

戴铎双手一摊，"实话说，拿不出个凭据。但是，弘晳请来的游方道士张太虚，听说是你给引见的，可见你与弘晳私交甚深。这就够了。弘晳的养女陈雨林成为备选秀女，弘晳必然会怀疑到是我给捅到户部的，他要找人对我下黑手，最合适的就是找你。"

吉金刚问："陈雨林是不是你给捅到户部的？"

戴铎说："这件事是够损的，是我干的。"

吉金刚一拍桌子，"那你挨揍是活该！既然你认帐了，我也认帐。我后悔的是那天夜里没有把你给打残废了。"

戴铎的双掌迅速往两边一拉，"两下认帐，咱俩算扯平了。弘晳的养女被我送进宫了，我也落下一身伤，谁也不欠谁的了。"

吉金刚说："暂且算是这样吧，你还有什么屁要放？"

戴铎清清嗓子，"咱们接着往下扯另一件事。这事儿简单，听说张太虚过去是你的师傅。是不是？"

吉金刚说："不错，我的气功导引术是跟张天师学来的。"

戴铎掏出个纸包，往桌子上啪地一拍，"这是张太虚在晏公祠炼的丹。前些日子弘晳亲王派人送来的。我本来想服，看看玩艺儿好不好使。但是想到弘晳与你是如此恨我，以至打我的闷棍，而张太虚又是你师傅，不知道你们师徒有什么合谋，所以对这些丹不大放心，一直没敢让它进嗓子眼儿。"

吉金刚看看纸包，"张天师是出家人，从不理会人间七七八八的俗事，他压根不知道弘晳亲王、我与你之间的宿怨，他炼的丹你放心服了就是。张天师的人品我知道，他鼓捣的东西只会有益而不会有害。"

戴铎把纸包推过去，"既然你对张太虚的人品这么放心，又是他的弟子，那么，这些丹你先服如何？我看看会出什么结果。"

吉金刚问："你来找我就这事儿？"

戴铎点了点头。

吉金刚一扬脖子，"屋里的，茶好了没有？"

他的妻子端上来两杯茶。

吉金刚迅速打开纸包，抓了把黑乎乎的东西，看都没有看就往嘴里塞，接着端起杯子，一扬脖子送下去，而后用袖口抹抹嘴，"娘的，真够苦的。"

戴铎目瞪口呆，"好个吉营总，你是说服就服呀。"

吉金刚说："既然你怀疑到我师傅头上了，我怎么也得给师傅挣个面子。"

他说着薅起戴铎的后脖领子，"你先给我滚，以后你每天这个时辰来，我每天当着面给你服一把，让你看看这个丹灵不灵。"

戴铎扳开他的手，俯在他的耳边说："不过走之前得提醒你，弟妹的长相挺俊俏的，但请吉营总留意，服丹后与弟妹演那床上好事时有何异样。"

吉金刚笑着搡了他一把，"去你娘的。"

此后一段日子，戴铎几乎每天下午到吉金刚家去一趟，将张太虚炼的丹带去，黑乎乎的面子每日一把，亲眼看到吉金刚服下去。

戴铎发现，每次去吉金刚夫妇都有些变化。强壮如牛的吉营总总是哈欠连天的，面露倦色，而吉金刚的妻子则面色越来越红润，神采奕奕，走路显得轻快了，还时常哼个小曲儿。

一次，戴铎刚进门，吉金刚七八岁的儿子就把他堵在门口，接着是一通埋怨："你给我爹吃的是什么破丹，弄得我爹整夜整夜的不睡觉，不知道瞎忙活些什么，害得我娘夜里总叫唤。"

戴铎试探这傻小子，说："你娘夜里是在说梦话吧？"

傻小子比他爹还要憨，"根本不是在说梦话。说梦话还总有个句子，我娘夜里叫唤可没个句子，要不然就是大声哼哼，要不然就是啊、啊、啊的大声喊叫，好像我爹要杀了她一样。"

吉金刚的妻子赶过来，脸就像红布一样，"去！不准你胡说。"

傻小子争辩，"就不是胡说，就不是胡说。昨天夜里你还又喊又叫又哼哼呢，我都听见了。"儿子说完就出门玩儿去了。

吉金刚的女人转过身对戴铎悄悄说："戴郎中，你也是娶妻生子的人，说出来不怕笑话，你可别再送那个丹了。老吉服了后不对劲，只要服了，夜里就没完没了地闹腾，有时候白日见到我，俩眼儿也发邪，当着孩子面就动手动脚的。有几次大白天的，放着包衣营几百口子不管，打着马跑回家来，闹着要干那事，一刻也等不得，非得上床折腾一番，才又跑回包衣营。"

戴铎说："他没完没了不是正合你意吗？"

女人被滋润的发光的脸泛出笑意，"去去去，人家跟你说正经的呢。什么事都有个度，要适度，不能太过份了。没黑天没白夜的，他大小是个营总，要是误了营里的大事不得了。"

戴铎越听越高兴。从吉金刚一家所搜集到的反应，与弘晳服丹之后的表现一样。他在郑家庄那天见到的弘晳，就像吉金刚这会儿一样，整天像是闹猫一样。

看来，张天师所炼的丹，的确有神效。

这年开春之后，戴铎也试着服了一把。他是晚饭之后服的，一个时辰后就成了大英雄。自从娶张氏之后，还从来就没有这么威风过，真的是"金枪不倒，百战不殆"。

自从嫁给戴铎之后，张氏也从来没有这么舒坦过。所谓舒坦是指前半夜，到了后半夜，就不是舒坦了，而是害怕，她累坏了，里面干燥之极，全然没有兴致了，而戴铎龙虎精神仍然分外旺盛，纠缠不休的，别看老戴这把岁数了，那般劲头远在当年的"驴钱儿"之上。

只到天色发白，戴铎才又困又倦地入睡。一觉醒来，睁眼正对着张氏的小尖脸，她正托腮看着他，咧着个嘴傻乐，看来这个浪货终于认识到老戴的能耐了。这时，他的脑瓜子里只转悠着一件头等大事：得认张天师为亲爹。

七十一、晏公祠－廓然大公

京城春天的气候容易体验，乍寒乍暖，乍晴乍雨，反正是一路向暖，远离冰雪。相比之下，京城春天的景致是含糊的。早春与冬天没什么两样，满哪儿都还是光秃秃的，遍地枯草，满目憔悴。皇历上说春天到了，难以感受到。仲春好些，迎春花开，杨树和柳树朦朦胧胧地罩上个淡绿色的轮廓，生机和生气仿佛才刚刚回来。古人有云："杜宇一声春去，树头无数青山。"正如古人所说，到了这步已是暮春，当满目青山出现时，春天已渐渐离去，初夏蹒跚地来临了。

雍正十三年五月，时节说不上晚春还是初夏，或者说是春夏之交，反正跟两季都靠着。这天的早晨，一支马队带着一乘八人抬的大轿子，从圆明园出发，进入青翠的西山。

马队打头的是圆明园护军营包衣营营总吉金刚，跟随的有护军参领和副护军参领，再下一等是护军校曹霑等，包衣营副护军校以上官员几乎出动了一半；兵丁足有七八十人，占了包衣营的四分之一。动静之所以如此大，是奉旨到西山晏公祠接游方道士张太虚下山。

晏公祠的炼丹结束了，大煤堆已然成为小煤堆，一堆堆的原料也耗尽了，鼎炉下面是一堆灰烬，飘出一缕一缕的烟。

张太虚和晏公祠的道士们坐在鼎炉附近晒太阳，个个都很疲惫，甚至吉金刚带着属下走近后，他们也懒得动弹。

吉金刚高喉咙大嗓门："师傅！俺们来接你下山。"

张太虚淡淡地瞥过去一眼，"接贫道下山怎么来了这么多人？"

路边的树上，各种鸟在蹦着唱着，好不欢快，像是在给他们送行。

马队和八人抬的大轿子下山向回走。张太虚成宝了，几十乘坐骑把轿子团团围定，营总带着护军参领和副护军参领随着轿子走，像是贴身保镖。前哨、前卫、扈从、后卫，成行军序列。

大轿子里面极其宽敞，四壁和座垫都是用明黄色绸缎包的，张太虚看看这些，再看看自己脏兮兮的道袍，心里怪不自在的。

西山距离圆明园不远，不消一个时辰就到了圆明园大宫门。园内与宫内一样，非经特许，不得骑马；坐轿也要经过特许。马队停下，轿子进去。吉金刚与曹霭等十几人下马，随着轿子散走。

轿子一直往北走，张太虚撩开轿帘，好奇地向外张望。这一看不要紧，他的眼睛再也挪不开了，浑浊的双目在刹那间有了神采。

轿子快到北墙时，进入一个被山体围绕的院落。院子东边为人工堆砌的假山，三四丈高；西边的山体尽管也是人工堆砌的，但山头比较高，足有六七丈，有点真山的样子。

轿子停下，吉金刚亲自把师傅搀扶下轿。张太虚毕竟刚离开深山中圮毁的道观，一下面对这个精心雕琢的胜景有些发呆。

过来一个太监，带着张太虚去西北角的房子，那里叫环秀山房。而后告之，在原地等待，皇上等会儿就来。吉金刚和曹霭等人也一同在原地等待。尽管皇上走到哪儿都有侍卫相随，包衣营却不敢丝毫懈怠，在圆明园范围内，皇上要去哪里，包衣护军须事前踩点，四周布警。

吕留良、曾静案结案后，有关甘凤池、吕四娘的流言不是少了，而是越来越多。有的传得很邪乎，称江南大侠甘凤池本事之高，可在万军丛中取上将首级，而且已潜入京师，准备刺杀雍正皇帝。吕四娘被传得更邪乎，更不可等闲视之。在流言中，她不仅是个美貌佳人，而且有孙悟空的本事，吹口气就能把宝剑变得米粒那么大，塞到耳朵眼里，终日装扮成旗装妇女或者衣衫褴褛拾破烂儿的，在圆明园左近行走，窥测时机翻进园内，行刺胤禛。有一阵子，圆明园护军营见到旗装妇女在附近遛湾儿，不是赶走就是抓起来；见到拾破烂儿的女人，则不分青红皂白地严审一通。

朝廷一再安抚人心，说浙江总督李卫已将甘凤池拘捕入狱。这是真的。老百姓可不管真的还是假的，就是喜欢传播这些事儿。平时一肚子怨气没地方撒去，就渲染出几个"大侠"给自己撑腰，传得好玩儿，传得解气，传得朝廷一惊一炸的，大伙儿就高兴呗。

雍正皇帝远远过来。胤禛对传得纷纷扬扬的流言心里有数，并没有被"大侠"或吕四娘之类吓住，连轿子也不乘，而是一路走来。宿值侍卫并不显眼，不远不近地在周围散走。

张太虚已被太监从环秀山房引出来，跪伏在廓然大公正殿门前。

胤禛过来，随口说了一声"平身"。张太虚刚抬头欲起身，胤禛就向他伸出手，一把将他拽起来，而后牵着这只手，一起进殿。

皇上如此礼遇一个道士，曹霑感到吃惊，看看附近太监的表情，也十分惊讶，看样子他们也是第一次见到这种事。

尽管来人是吉金刚的师傅，但毕竟是个外来道士，如果这时候图谋行刺，唾手可得。按照规矩，皇上与生人见面，左右必须严密扈从。吉金刚与曹霑等人随之进殿，与几个侍卫一同站在皇上身后。

胤禛与张太虚刚坐定，就有一溜太监各提着雕漆食盒子过来，迅速地码在桌子上。这时正是午饭时间。皇上请道士用午膳，实在罕见，许多王公大臣一辈子也赶不上一回。

对皇上的礼遇，张太虚直到这会儿也没有缓过来，仍然惶惶不安的，丰盛的菜肴堆在眼前，拿着筷子就是下不去。

在清朝的皇帝中，胤禛的酒量是挂得上号的。当年曾静列举他的九大"罪状"也搞过一点调查，其中之一居然是酗酒误事。这时，胤禛也不劝菜，只是双手抱在胸前，小口抿着酒，微笑着看他吃。

张太虚在晏公祠吃斋数月，早就想下山解馋了。毕竟饭桌上的都是轻易见不到的好东西，加上着实饿了，随着心慢慢安静下来，很快就抡起筷子大吃起来。他对素菜不予理会，紧盯着肉吃。

看他吃得差不多了，胤禛发话了。"张先生，朕有事要问问。"

张太虚吃得意犹未尽，边咀嚼边说，手里的筷子不闲着，"圣上尽管问，贫道倾其所有，知道多少说多少。"

胤禛说："朕深知，古代道家所说的飞升成仙是虚妄之词，包括晋朝的葛洪在内，还没有哪位真的飞升了。既然如此，至今仍有道士苦修，想着飞升成仙，是不是真的有个仙境呢？"

张太虚把筷子往桌面上一拍，"有哇，当然有仙境。"

胤禛的身子动了动。"仙境在何处呢？"

张太虚咕咚灌下一杯酒，抹着嘴角说："刚才贫道一路来，见到这园内气象万千，亭台楼榭点缀山水之间，飞鸟翔集，仙鹤翩翩起舞，间或见到驯鹿出入林间。不妨想象，圣上由众多后宫娇娃簇拥着游耍其间，这不是仙境又是什么？当然就是仙境啦。道家典籍中描绘的仙境也莫过如此了。试想，如果晋朝葛洪先生拥有这处'廓然大公'，贫道敢说，他断然不会再到罗浮山苦修炼丹了。"

这番话为胤禛闻所未闻，听着像胡抢，想想确有道理。不由接着说："朕崇信道家养生之术，张先生可否对此赐教一二。"

张太虚想了想，指着桌上的菜肴说："这道菜可是南粤的烤乳猪？它香气扑鼻，馋得人流口水。以贫道之见，隔不多久吃只烤乳猪，或是隔三岔五将鳖甲、鸽子之属吃进肚子里，即是养生之精髓。"

这番话仍为胤禛闻所未闻，不解地问："古代圣贤历来主张用药材、丹药、导引养生，张先生身为道家中人，却主张吃烤乳猪养生，是怎么回事？"

张太虚摇头晃脑地说："药材是什么？不过是草根；丹药是什么？不过是石头。草根、石头怎能与烤乳猪相比。那些在深山里苦修道家的，你给他一只烤乳猪和一堆草根石头，你看他吃哪样，肯定是吃烤乳猪嘛。贫道就不信，放着好东西不吃是养生之道。如果掏得起银子，就多吃些好东西，多走动走动，稍安勿躁，节制淫欲，即可延年益寿。如果放着烤乳猪不吃，去服食草根石头，那就弄颠倒了。"

胤禛接着问："那么古代圣贤为什么主张用药材、丹药养生呢？"

张太虚用道袍袖子抹着油汪汪的嘴唇，"古代圣贤主张用药材、丹药养生，说到底是为穷人着想的。天底下穷人比富人多得多，养生之道并非仅仅是富人的学问，更要关照占多数的穷人。穷人衣食无继，生了病没钱医治，古代圣贤只得从最便宜处为他们想办法。什么东西最便宜？满山遍野的草根石头最便宜，不用花钱，用这些养生其实是应付穷人的穷办法。贫道即是穷光蛋，对此体会最深。"

胤禛频频点头，"有道理有道理。"

张太虚说："不过是借着酒兴瞎说罢了。"

张太虚果然有些超凡脱俗的想法，胤禛听着还算满意，准备扯正题了。

他站起来，围着饭桌边踱着边说："朕之所以请你来，自然是有缘由的。多年来，朕一直在寻找精通医道的好道士。这种人可遇而不可求，各地总督陆续送来些道士，大都强差人意，用不了几天就退回去了。不久前，听内务府郎中戴铎说，你在烧炼上有绝活，炼出的丹药有些神效。不仅是他，你炼的丹药，内务府与包衣营也有人试服过，都夸你的丹药好使。朕请你来，是要请你给朕烧炼丹药，就是戴铎他们所服食的那种丹。"

张太虚吸溜了一口气，显得有些为难。

胤禛看着他，"怎么？张先生有为难之处？"

张太虚垂首想了好大一会儿，方抬起头说："确有难处。炼丹并不难，但贫道给戴郎中他们炼的那些丹，于圣上未必适用。"

胤禛的脸顿时拉长了，"他们能用朕为什么不能用？"

张太虚咧咧嘴。"那些丹说是延年益寿，实则是用于行房事的，只要服了就欲罢不能。戴郎中他们都是些不安分的浪荡子儿，图一时快乐，夸贫道的丹好，也就算了。咱大清王朝的真龙天子则当自重，不能像他们那样图一时快乐。以贫道陋见，圣上不当服食这类丹药。"

胤禛说："人嘛，都有个七情六欲的，在这上头真龙天子与肉体凡胎没什么不同。皇上的老婆比别人的多些，要把东西十二宫都伺候到了，行房事当更加勤勉才是。"说到这儿，胤禛仰面大笑起来。

张太虚附和着干笑了两声。"嫔妃充盈并不见得是件好事，在圣上这个年纪上，对女人不当勤勉，尤其要节制才是。"

胤禛意满自得地说："这点用不着先生操心。说到节制房事，历朝历代，后宫像朕这样空空荡荡的能有几个，朕堪称历朝皇上之楷模。"

张太虚惑然不解。"圣上继续当历朝皇上之楷模岂不是更好，贫道的丹药可不是为楷模准备的，它只能令人放纵。"

胤禛说："朕以养生为本，按照道家之规行事，从来不是放纵之人。但是也有例外的时候。"说到这儿，胤禛像是陷入了回忆，眯缝着眼浮想联翩。

他继续说："一旦遇到值得放纵的女子，真正令朕动心了，也不妨放纵一把。时下，朕就遇到这么一位。"

张太虚的头脑活络，听出了弦外之音。"听这意思，圣上近来相中了某位非同寻常的秀女，为之心动，准备纳入后宫，在迎娶之前，对自己的身体信不着，因此让贫道用丹药调养一番。"

胤禛板起面孔，"朕费了一番口舌，你总算是听明白了。这里是廓然大公，在园子北端，平日无人相扰。你从即日起住在环秀山房，就在这里悉心炼丹。一应器具朕令人给你准备。所需各种原料，给这儿的太监写个条子，注明品种与数量，朕令内务府外出采买。"

雍正皇帝说完，站起来转身就走，众侍卫急急跟了出去。

看着他们走远，吉金刚看看四下无人，撞了曹霑一肩膀头，悄声问："哎，我说，你听出点名堂没有？"

曹霑面色煞白煞白的，"怎么会听不出来？听出来了。皇上那次在'镂月云开'见到了陈雨林，看上她了。皇上这把子岁数了，打算让张天师调理好身体，就将她纳为妃子。"

吉金刚的大拳头攥得咯咯啦啦响，"就是他妈这么回事。"

曹霑急转身，额头痛苦地磕打着墙壁。"闹了半天，咱们到晏公祠用八人抬大轿子接来的，竟是给皇上干这事的，是这么个'宝'！"

曹霑痛苦成这个样子，吉金刚看不下去了，转身去找他的师傅。皇上走了，太监们暂时不在场，时下是个说话的机会。

好一个张天师，面对满桌佳肴，仍然在美滋滋地吃着。他不能说没吃饱，只是还没有解馋。他干脆撇下筷子，直接上手，俩指头夹起这块肉尝尝，再夹起这块肉尝尝，不断地吧嗒吧嗒嘴表示赞赏。

吉金刚过来，拍拍他的肩膀，叫道："师傅。"

张太虚忙不迭地拿起一片烤乳猪肉扔进嘴里，"什么事？"

吉金刚问："你真给皇上炼那种鸟丹？"

张太虚又拿起一片烤乳猪肉扔进嘴里，咀嚼着："那可不。"

吉金刚说："那种鸟丹我服食过，那玩艺儿……"

张太虚哑巴了一口酒，"那玩艺儿确有神效吧？"

吉金刚火暴暴地说："哎呀，我们奴才下人品尝一把'神效'，玩儿玩儿就算了。这种鸟丹认真不得，您不能接茬儿干缺德事。"

张太虚揪下个鸡翅膀，歪着脖子撕扯着，斜着眼说："怎么？那个鸟丹你也服食了，师傅让你痛快了一场，你乐呵完了不但不感谢，反倒说师傅'缺德'，你小子是够没良心的。"

吉金刚急得一跺脚，"跟你三言五语的说不清楚。一句话，弟子不准你给皇上烧炼鸟丹。"

张太虚斜眼看看他，"还跟师傅发火跺脚上了。"

他扔了鸡骨头，又揪下个鸡翅膀，照旧歪着脖子啃着嚼着，"你给皇上看家护院的，就不准你师傅给皇上炼丹？普天下怕是没有比你更不讲理的了。"

吉金刚真急了，"师傅，到这步了，你怎么还嘻嘻哈哈的？"

张太虚的脸骤然沉下来，"到哪步了？到哪步也得让人吃饭。没家没业，没根没基，五湖四海云游漂泊，游方道士是怎么过日子的，你这当营总的知道吗？靠给达官贵人炼丹设醮办道场，事后人家赏俩钱儿，多少年了，师傅就是这么混过来的。人家求着你了拿你当根葱，用完了一脚蹬了。现在好了，八人大轿抬进宫里，高攀到皇上饭桌上了，这种好事可不是人人都能赶上的。师傅五十多岁了，快要干不动了，这次把皇上要的丹炼好了，皇上娶新媳妇儿身体不亏，下次还得接着用我，我后半辈子就交到皇上手上了，就不用再漂泊了。金刚，缺德不缺德的你别管，这可是师傅一辈子撞上的头一个大运，也是最后一个大运，你这当徒弟的就别拦了！"

吉金刚说："师傅，谢谢您对弟子的实诚，您的话算是说到家了。弟子全都明白了，刚才是错怪您了。"

吉金刚一个深鞠躬，掉头而去。

曹霑远远地看着这一幕。他明白，吉营总和他的师傅算是掰了。

廓然大公正殿南面的建筑名为双鹤斋，双鹤斋南面是一片空地。

张太虚选中这块空地设炉烧炼。从这时起，这里成为禁地。除了包衣营护军和几个太监，闲杂人等一概不得接近。

雍正皇帝下令，当年在南薰殿的鼎炉和法器全都搬到了这里，鼎炉是两个铜烧古八卦束腰仙炉。道冠有好几顶，分别是象牙道冠、珊瑚九龙道冠和龙油珀道冠。这些东西都给张太虚装备上了。

六月中旬，张天师开始烧炼。

他的助手叫王定乾，来自武当山，也是吃炼丹这碗饭的。当年的南薰殿烧炼就是他主事。南薰殿位置太显眼，在西华门内，朝臣来来往往的，怕他们说东说西，就把烧炼地点转移到西苑。他在西苑炼丹两年多，没搞出名堂。皇上对他彻底失望。这次，他被调到廓然大公，给张太虚打下手。

张天师不大待见他，拿他当个烧火丫头使唤，每天就是生着火、看着火，大活都是张太虚干。所谓大活就是围着仙炉念经作法事，目的是把经书中的内容和炼丹者的诚意"加入"烧炼物之中。当然，大活的根本就是丹药的配方。张太虚对配方点水不露，几味药尽管是内务府买来的，但是他关在门里，不让别人看见，亲自炮制。

天气渐渐地热了起来。张天师不辞辛劳，每天嘴里念念有辞，围着仙炉走"罡步"。所谓"罡步"，是道家根据北斗星的运行轨迹总结出来的一种步子，哪一步踩到什么点，都有严格讲究。

从张天师在双鹤斋虔诚地打坐戒斋到他开炉，包衣营官兵经常光顾。一来张天师是重点保护对象，他的驻地附近得经常巡逻；二来，这里紧临北墙，人迹罕至，怕为吕留良报仇血耻的大侠从这个地段潜入。

曹霑巡逻到这里，常站下来看。只见张天师满头大汗地念着走着，沉浸到烧炼的意境中。王定乾和几个太监则根据张天师的安排加煤添料，一丝不苟。他有时会惊恐地想到，一旦烧炼出吉营总所说的"鸟丹"，即是皇上迎娶陈雨林的前奏；皇上服食一段日子，调理好身体就该迎娶新人了。

他是富于想象的，一幅图画总是会浮现出来，奔六十岁去的皇上在服食"鸟丹"之后，一摇一晃地走向新妃……想到这儿，他就心痛。当时不痛，而是事后痛，悲痛中带着强烈的惊悸。

每逢走到这儿，他就恨不得冲过去把那个仙炉推倒砸烂。但是，他根本没那个胆，曹家的小命儿都在皇上手上攥着呐，他能干什么？什么也干不成。他唯一能够做到的，就是对着炉火沉重地喘气。

七十二、广渠门蒜市口小院－郑家庄

这段日子以来，馨玉为儿子操心都要操碎了，一天到晚时不时地念叨："曹霑要这个样子下去，可怎么是个得了哟！成天愁眉苦脸的，再这么下去就愁出毛病了。""我也疼陈雨林，也知道这姑娘好得没挑儿，但她选秀女被选中了，指不上了，咱们有啥法子。再找别的姑娘就是啦。曹霑这孩子就是个死心眼子，陈雨林、陈雨林，非她不可了，非得在一棵树上吊死。"

这些话念叨得都有些神经了。

很久以前，馨玉就盼着当婆婆。从见到陈雨林起，这一指盼的边缘不再模糊了，而是一天天地变得清晰起来。她有时独自坐在屋里，托着腮漫无边际地勾勒着今后的日子，与称心如意的儿媳妇朝夕相处，一块做女红，一块下厨房，一起唠家常话，甚至闹些勺把碰锅沿的小磨擦，婆媳间拌两句嘴，而后又和好如初。老百姓居家过日子的那些针头线脑的事都得经历经历。当然，在这番想象中，最耀眼的光环是，陈雨林生下个大胖小子，她好好尝尝当奶奶的滋味。到了这步，想象的车轮接着向前转动，胖孙子夜里尿了，胖孙子吧嗒小嘴要乳汁，胖孙子会走道了，胖孙子牙牙学语，胖孙子……还有好些好些。

这天，曹霑轮休，从圆明园骑马回到广渠门小院，进门后瓮声瓮气地给娘请安，还搂着娘亲一亲，然后一头钻进自己的小屋，把门咣当一声关上，闩上门，拉过被子往炕上一倒，蒙头大睡，任是娘怎么叫门也不开。馨玉叫不开门，只得回到自己屋里悄悄垂泪。

一个在屋子里用被子蒙着头，一个在屋子里悄无声息地哭。剩下个曹頫在院子里着急得团团转。

对陈雨林这事儿，曹頫也难受。他的难受与馨玉、曹霑不一样，其中有很大负疚成份，是双重负疚。一来，他身为内务府四品官员，根本没有办法阻止曹霑所爱的人离去，一丁点法子也没有；二来，那母子俩沉浸在各自的悲伤中，他不知道该怎么安抚他们。家里愁云惨淡，一个老爷们儿也吃不上劲。他着急、自责，可是想来想去又实在不知道自己能做些什么。

他在母子俩各自的屋子门口转来转去，又转到院子里。他是没有进屋，即便进了屋，凭着他笨嘴拙舌的，也找不出几句合适的话。

他叫了叫曹霑的门，里面不吭气，他想了想，进入了馨玉的房间。

馨玉正坐在炕沿上，垂着头，吧嗒吧嗒地掉眼泪。在微暗的室内光线中，她的身影显得佝偻，由于哭泣而一耸一耸的。

看到这个身影，他的心尖骤然间缩紧了。嫂子是老实人，日子过得有多不容易，没有谁比他更清楚了。守寡十多年了，她对自己的事一点都不想，茹苦含辛地拉扯着一个遗腹子，苏州李家被抄完，又是江宁曹家被抄，李家的家眷被变卖折抵亏空，曹家的人被枷示，一次次担惊受怕，风里雨里都滚过来了，全部念想就是孩子的成家立业。好不容易有点指盼了，曹霑的婚事却屡遭挫折，一个坎儿一个坎儿的都迈过来了，眼下又碰到一个不可能迈过去的大坎儿。

该怎么安慰她？又能怎么安慰她？自从那次在江宁玄武湖畔，她明确拒绝了他，多年来叔嫂间横亘着一堵看不见的高墙。同舟相济，患难与共，而高墙依旧是高墙，一块砖头都不曾少。但他认为还有缓，这么多年来没有结婚，就是在影影绰绰地等待着峰回路转。

他走过去，挨着她在炕边坐下来。

她低着头哭，嘤嘤有声。

他低着头骂自己是窝囊废，怎么就想不出些合适的话来连补破碎的心。

他闷声闷气地说："馨玉，别哭了。"

馨玉的哭声更响了。

他倒出句老生常谈："别哭了，哭久了伤身体"。

说完他就后悔了，真笨！除了这些废话怎么就找不到别的话了。

馨玉响应了一句："你让我哭一哭，心里好受些。"

他又憋出几句:"那么多的事咱们都闯过来了,这回咱们好好劝劝曹霑,挺起腰杆来,也能闯过来。"

一股子豪气突如其来地顺着脊梁往上蹿,他喊了起来:"这算个蛋,咱能扛住,往后的日子长啦!"

万万没想到,这几句普通之极的话产生了作用。馨玉忽地转过身来,倒在他的怀中恸哭起来。

他愣住了。馨玉就在他的怀中,面颊贴在他的胸脯上,头发就在他的鼻子底下,右手搭在他的肩膀上;他嗅到了她的发香,几根飞起的发丝就在他的眼前飘拂。盼望了多少年的一刻突然降临了,而他竟然准备不足,陶陶然间还在晕晕乎乎地问,这是怎么啦?

馨玉的乳房压迫着他的胸,他感觉到了自己的心跳,心脏的跳动与馨玉恸哭中的抽搐混杂在一起,节律有些混乱,他的头脑也有些混乱,混乱只是暂时的,他突然间理清楚了,馨玉的心太凄苦了,在这种时候太需要有人撑住她了。她是在向他求救!

他抬起头看看窗外,天光大亮,老杨树的叶子在夏风中刷刷地抖动。

他仿佛看见连生哥的面孔随着风滑过树叶子,在窗前飘来拂去,在树叶的间隙中忽隐忽现。那张面孔上浮现出宽慰的笑意,他对着窗户俏皮地眨了眨眼,挤了挤鼻子,与小时候跟连生哥扮的鬼脸一模一样的。

他心里轻轻地喊着:"连生哥,弟弟来了。连生哥,弟弟来了。"

他的心里一遍一遍地叫喊,每一声喊叫都在加温,直至心头变得滚烫滚烫。他仿佛看见连生哥对他扮了个鬼脸,还冲他仰仰下巴颏。仰下巴颏是鼓励他做应当做的事。连生哥真的在那儿吗?权当连生哥在注视着他与她吧。

泪水一下子涌了上来,就在这个瞬间,他的双手庄重地托起了馨玉的脸,就像虔诚地捧住了一朵莲花,久久地看着她。

泪眼对着泪眼,泪眼从泪眼中搜索,他们几乎同岁,都还不到四十岁,往后的日子还很长,两个人合在一起,更能应对横打逆吹的八面来风。他们都从对方的眼睛中看到了许多许多,看到了期待,也看到了期望。那是多年的期待,当下的期盼,往后的期望。

他俯下头去吻了她,她接受了他的吻。他还从来没有吻过女人,但由于厚积薄发而很从容，就像大鸟给小鸟喂食一样，一下接一下地啄着她的嘴唇。他们的吻不热烈，是成年人给成年人的，他边吻边观察着她，看到她的眼角出现了浅浅的鱼尾纹，在吻的间歇，他甚至企图去抚平她的眼角。她承受着吻，也在观察他，不知何时他有白发了，她摸摸索索地找到了一根，在吻的间歇，一发力把它给薅掉了。

他们几乎同时站立起来。他搂着她的肩膀，她的头伏在他的肩膀上，双手搂着他的胸，就这么搂抱着站着。他们都感到宽慰。这场爱不知酝酿了多少年，在该来的时候就来了。孩子大了，家里碰到难事了，难事就像个火引子，把两颗驻足探索的心点着了。它来得不温不火，但细密而扎实，就像文火炖的一锅浓浓的老汤。

他们一侧脸，吓得慌忙放开对方，后退一步，不知所措。

曹霑倚着一边的门框子站着，一只手把着另一侧的门框子，脸上挂着狡黠的笑意。看样子他不是刚来，而是已经看了很久。

馨玉慌神儿了，来到曹霑跟前，"孩子！"她想解释又不知该说什么，嘴唇张了又开，开了又张，就是吐不出声音来。

曹頫有些畏缩地上前，"曹霑，叔叔没来得及跟你商量。"。

曹霑不是个孩子了，都是个护军校了。包衣营曹护军校对这事怎么看？是否认可？他心里可是一点底也没有。

亲娘和叔叔就像俩做了错事的孩子，可怜巴巴地看着他。他背着手，围着他们慢慢地踱了一圈，停下后轻声嘟囔了一句。

馨玉凑上来，"孩子，你说什么？娘没听清。"

曹頫说："叔叔也没听清，你是不是再说一遍？"

曹霑扬起脖子，高声说："我是说，你们早就该这样了！"

曹霑"恩准"了！馨玉和曹頫欣慰地对视了一眼，长长地舒了一口气，来到孩子跟前。三个人相互深情地看着。

不是三五天了，也不是三五个月，甚至不是三五年，足足有十多年了，曹家弥漫着一种多少有些尴尬，多少有些晦涩的气氛，一对孤身男女，一对叔嫂共同支撑着摇摇欲坠的家，他们可以生死与共，却又小心翼翼地保持着距离。这种情绪特别敏感，也特别脆弱，如同清晨两根草上各挂着一颗露珠，欲滴欲落的。当它们一旦滴落下来，就不再是露珠了，而是化为酽酽荡漾的河水、江水，与岸相接，与天相接。

曹霑动了感情："我是遗腹子，自打出生就是娘和曹頫叔叔共同照顾我，娘、曹頫叔叔、我，相依为命这些年了，跟一家子没啥两样，你们早就该成亲了。就在咱家院子里，你们给我张罗了两次婚事，都没办成。过些日子，我给你俩张罗婚事。"

说完，他把双手搭在他们的肩上，无可抑制地把娘和叔叔搂到一起。

三个人的头就这么挨着靠着，带着各自的生活积累享用着这千金难买的一刻。这是大水溃堤的一刻。此时此刻，曹霑感到奔涌的大水卷起一阵清风，清风吹拂心田，愁绪竟然被吹走了许多。

七月初，京城又是"枣核天"，早晚凉，中午极热。

马蹄在土道上咯嗒咯嗒地小跑，轿夫的脚在土道上疾走。脚丫子和马蹄子撩得暴土狼烟的。土道一直向郑家庄延伸，终点是那片粉墙青瓦的房子。骑马的、马车和轿子过了小桥，在弘晳的宅门口停下。

像过去一样，当院有个凉棚，凉棚下支了把竹椅，弘晳在上面躺着，有一搭没一搭地摇着把蒲扇。多少年来他都是这么熬夏的。他在等人。

内务府头天派太监传旨，明日不得外出，不得会见其他客人，洒扫庭院，在府上静候，有一位亲王要来造访。

哪位亲王？来干什么？他默默地想着，心里大体上有个数。

家人来报告："庄亲王来了。"

他一挺身子，从竹椅上起来。

允禄摇着扇子大步走进来，他的扇子摇得很猛，嘴里嘟囔着："这天气真热，真热，真他妈的热。"

弘晳双手抱拳迎上前，多少有些插科打诨："庄亲王，我的十六叔哇，侄儿已静候多时，里面请请请请请。"

允禄随意向后一指，"咱叔侄俩先别忙着瞎客套，你先让家人去腾间房子出来。后面还有好些东西呢。"

不大会儿，进来两溜太监，两人两人的抬着大红箱子，足有七八个箱子。

领头的太监问："庄亲王，这些箱子码在哪儿？"

允禄朝着弘晳仰仰下巴，"这得问他。"

太监陪着笑脸问："理亲王，这些东西放在哪儿？"

弘晳多少明白是怎么回事，却不得不装糊涂，"这些箱子里装的是什么东西？搬到我这儿干什么？"

允禄挥指着，"是什么东西回头再说。你可看清楚了。搬东西的都是太监，这些箱子可都是从宫里送来的。"

弘晳接茬儿装糊涂，"宫里给我送东西干什么？"

允禄端着叔叔加亲王的架子，"回头再说。那不是王妃吴青卿吗，过来过来，你们两口子先对着这些箱子磕头谢恩。"

吴青卿早就出来了，站在廊下呆呆地看着。听见庄亲王招呼她，赶忙过来，和弘晳并肩站在大红箱子跟前。

允禄说："按我说的做。这是规矩，望阙叩头，恭谢天恩。你们对着这些箱子磕仨头，每磕一个头说一句'谢皇上大恩大德天高地厚洪慈，叩头恭祝皇上万寿无疆'。明白啦？"

弘晳问："那一大串话怎么说的，什么'天高地厚'？"

允禄说："'大恩大德天高地厚洪慈'，记住啦？"

弘晳拉着吴青卿跪下，两口子按照庄亲王允禄所说的做了一遍，而后弘晳吩咐家人把七八口大红箱子抬到后面库房里，这才把允禄带入正房。

在正房里刚坐定，弘晳就急不可耐地问："你给我送来的是什么东西？"

允禄端着盖碗，吹去茶水表面的茶梗子，简短地回答："彩礼。"

弘晳显得吃惊。"彩礼？老丈人嫁女儿，夫婿家送彩礼。我既没有闺女更没有嫁闺女，谁会给我送彩礼？"

允禄继续吹拂茶水，"陈雨林不是你的养女吗。"

弘晳问："皇上把她指配给谁啦？"

允禄说："谁也没指配。皇上打算留下。"

弘晳品味着这件事，"皇上都这把子岁数了……"

允禄抿了一口茶，"对你家而言，本王是属夜猫子的，上门就没好事。亲王妃是我给接走的，过些日子还得接走你的养女。"

弘晳指着大南边，"所以就把彩礼送到我的府上了。要送彩礼也轮不着送我这儿呀，得送到江宁陈家。"

允禄说："陈雨林的父亲陈如海在江宁。本来彩礼应该送到他那儿，但在户部造的秀女名册上，这姑娘落在你的府上，所以送到这儿来了，你要是愿意转交那是你的事。"

说到这里，允禄把一张纸递过去，"你回头点点数，有黄金、白银、珠宝头饰、朝珠、皮衣、皮裤、绸缎衣料，还有些什物，各项各有多少，数字都在这上头。"

清宫婚俗，入关后主要继承了明朝宫廷的习俗，而明朝婚俗又是自秦汉以来的《仪礼》、《礼记》中所载的婚礼步骤发展而来。清朝的后妃制度是在康熙朝确立的。根据这一制度，皇上迎娶皇后必须经过纳彩、大征、册迎、合卺、朝见迎亲、册立等步骤。无非是繁缛的礼节，惊人的耗费，而且这些礼节，也只用于皇后，其余嫔妃是没有份的。

迎娶嫔妃比迎娶皇后相去很远，一个天上一个地下。嫔妃的婚仪极简单，皇上通过选秀女相中某位了，选个日子上门送彩礼，而后再选个日子宣旨入宫，入宫后指定住在哪里，由几名宫女服伺，就算是完事了。至于皇上什么时候"幸"，是与婚仪无关的另一回事。

弘晳把那张纸随意放在书案上，"清点不清点都那样。皇上什么时候宣旨陈雨林进内呀？"

允禄摇摇头，凑近些小声说："不好说。前些日子，我把你媳妇儿接到圆明园陪皇上，她只陪了一夜就给送回来了，可见皇上近来身体不行。奔六十去的人了，身体怕是亏了。听说戴铎最近给皇上找了个会炼丹的道士。反正身体得调养利落了，才会宣旨陈雨林进内。"

弘晳不以为然地说："身体怎么才叫调养利落？宣旨陈雨林入宫是一月俩月还是三年五年，总得有个大概的日子吧。"

允禄说："那得看道士炼的丹药怎么样啦。如果那个丹药灵验，恐怕入秋之前就办完了。"

弘晳诡秘地笑了笑，"是得这么办事。凡是当爷们儿的，都得设身处地替娘们儿想想，把个小美人儿召到宫里了，自己不盯个儿，给人家扔到深宫里多少天，不理人家，他的面子就算栽到家了。”

允禄站起来，“别说这些大不敬的话。陈雨林在哪儿，我得见见她，交代一些必须交代的话。”

郑家庄亲王府前面的小河水不扬波，清亮清亮的。

河边植柳是京城的一大风气。柳树喜水，情不自禁地把身子向河面弯过去，把枝条向河面伸过去，有些长长下垂的柳枝几乎贴到水面。

陈雨林双手抱膝，百无聊赖地坐在柳荫下，河风徐来，柳枝轻轻地拂过她的面庞。她浑然不觉，只是看着这条不知名的小河。

小河里头有的是生命，河岸左近洋溢着生机。农妇在青石板上濯洗衣服，渔翁在不远处垂钓；水面下是游鱼，靠近岸边的地方，可以看到游鱼在觅食，大的足有尺把长，小的也有三五寸；雍容自在的鸭妈妈领着群小鸭子，缓缓地通过，像是一只大运河上首尾相接的货船队；青蛙鼓囊囊地瞪着眼睛，旁若无人地蹦来蹦去，然后有力地一跳，跃入水中。

河面上空掠过一群叫不上名的水鸟，它们在水面一起一落间发出哀伤的嘤鸣，那有变化的音节和浑浊的尾声令人伤心。

弘晳的家人带着庄亲王允禄和一干太监走出王府，向河边走来。

家人一指：“那里坐着的就是秀女陈雨林。”

允禄远远看去，一个女子抱膝坐在柳荫下。他不知道她想干什么，但是一个心绪紊乱的姑娘长久地坐在河边，总是令人不安。

允禄大步走过去，问：“你就是陈雨林？”

她甚至都没有看他一眼，点了点头。

一个太监提醒她，“这位是内务府总管大臣庄亲王。亲王大人来了,问你话呢，姑娘是不是得起身迎候一下呀。”

她不但没有起身，而且没有侧过脸，“亲王大人与我有何干？”

那个太监火了。“你是怎么说话的？亲王大人来郑家庄与你无关？你就胡吣吧你。亲王大人此行与你切切相关！不妨告诉你，亲王大人是来送彩礼的，你的养父弘晳已经把彩礼一样不少地收下了。这步进行完了，下一步就是你听候宣旨，准备入宫了。”

她小声重复着这个字眼，"入宫。"脸上抽搐了一下。

她不能再无动于衷了，却仍然倔强地盯着河面。

允禄从侧面看着她，说："既然快要入宫了，就得拿出点入宫的样子，现在这副德行可不行。一天到晚坐在河边瞎琢磨什么呢，是不是还在思念那个护军校呀？是不是觉得入宫了对不住他呀？"

她说："这事跟王爷无关，是本姑娘自己的事。"

允禄被激怒了，"大胆！放肆！你是准备入宫之人，一举一动、一言一行都与本王爷有关。不识抬举的东西，成天哭眼抹泪的坐在河边发呆发傻，你想干什么？想拿条小命吓唬谁？你想死啊，死给我看，本王倒是愿意看着你投河自尽。大清王朝威仪远播，直抵万里之遥的乌里雅苏台，不是个丫头蛋子能吓唬住的！"

她说："我谁也没有吓唬。命是我自己的，要死要活是我自己的事！"

允禄绕到她的正面，右手架在后腰上。"既然你这么说，本王还得费些口舌告诉你，你的小命儿不是你的！你想死还真的不大容易。"

她抬起头来看着他。

允禄说："秀女备选，皇上纳妃，天经地义，真有新鲜的，噢，让你入宫服伺皇上，你倒扮演上贞节烈妇了。玩儿去！弘晳亲王、王妃和你父亲陈如海，都是给你垫背的，你要寻了短见，后面有一大串人要跟着你吃瓜络。包括那个护军校。本王是不愿意查那小子是谁，不值当的。只要愿意查，不用走远，两步路回到院子里，问问弘晳和亲王妃就全都明细了。"

恐惧掠过她的脸庞，她惊恐地回头看看亲王府邸的大门。

允禄好笑地观察着她，就像在看牢笼中的金丝雀。

这姑娘的神经快要支持不住了，正是趁热打铁的时候。允禄说："陈姑娘，不用害怕，内务府不干棒打鸳鸯的事。查到该护军校，由于他是陈姑娘的相好就加以惩治？不会的。他没有'掌儿'，凭什么惩治？不会拿他怎么样。但有一条，他不是护军校吗，调到乌鲁木齐军营效力。十年八年的扔在大漠里头，与准噶尔部拼命。你还想他，你越想他就越坑他！"

几句话把她牢牢地吓唬住了。活不成死不成的，她无助地四下看着，仿佛身上发冷，双手搂着双肩，缩起了身子。

一个太监颐指气使地说："你行，天不怕地不怕，见了王爷不趴下。现在怎么样，总算有让你怕的东西了。你的亲人，你所信赖的人，命根子都在朝廷手里捏着呢。为他们着想，你也得老老实实地听着。"

她深深地喘息了一阵，点点头承认说："算你们本事大，捏住我了。本姑娘命不足惜，就怕你们对那些爱我的人下手。"

允禄一指她，"你知道就好。"

他吩咐那些太监："这段日子你们不用回宫了，就留驻郑家庄看着她，她走到哪儿跟到哪儿，半步不得离开，不准她再到河边坐着，她的房间里的剪子、锥子的一律没收，等到皇上宣旨那天，陪着她一起回宫。明白了吗？"

几个太监单膝点地，同时答："喳。"

七十三、二河闸关帝庙－廓然大公

史载，前抚远大将军允禵最初被圈禁于景山寿皇殿，雍正晚年仍然圈禁于"大内"高墙之中。寿皇殿是用来供奉皇室祖先影像的，不时要举行祭祖仪式，不能总是用来关押要犯。

《永宪录》称，胤禛晚年赐允禵居住于圆明园旁边的关帝庙。这种说法比较扎实可信，在一定情况下，苑囿是皇宫在郊区的延伸，也可以算得上是"大内"。不妨找找允禵被圈禁在圆明园附近的哪个关帝庙。

《宸垣识略》载："长春园大东门外大石桥有关帝庙，西北里许，地名二河闸，亦有关帝庙。"长春园即圆明三园之一。二河闸是圆明园水局组成部分，是个出水口。所说的"长春园大东门外"为现清华附中这个位置，从这里再往"西北里许"，又返回圆明园了。据地图丈量，清华附中西北一里地为长春园著名景区狮子林，附近是被英法联军焚烧的"西洋楼"遗址。狮子林是在乾隆朝上马的，雍正年间不存在，其时那里是二河闸关帝庙。这座关帝庙肯定是圆明园护军营修建的，可以列入"大内"范围。如果《永宪录》中的说法属实，在雍正晚年，允禵的圈禁地点，应该是二河闸关帝庙。

雍正十三年七月十八日清晨，曹霑领着二十几个兵丁，来到二河闸关帝庙。一条大汉摇晃着大身板迎面过来，他是曹霑的叔祖曹宜。几年下来，他没怎么显老，仍然是那么健壮，像座铁塔。

曹宜问："你怎么来了？"他和曹霑平时各忙各的，来往不多。

曹霑小声说："叔祖，等会儿皇上要来，我来打前站，布置警戒。"

曹宜说："那得赶紧告诉允禵去，让他提前作些准备。"

他俩说着就往里走。这是曹霑第一次来这里，过去都是从外面过来过去看一眼，现在才见识到里面是什么样的。

关云长老家在山西解州，解州关帝庙是武庙之祖，占地将近三十亩。各地武庙得照着来，就像各地文庙模仿山东曲阜文庙格局一样。但各地对文圣的重视程度远远超过对武圣的重视，武庙建设都是因地制宜。二河闸关帝庙与解州关帝庙在规格上相去甚远，但基本格局差不多，也是两层院子，前院为正庙，后院以春秋楼为中心，刀楼印楼为两翼。

太监们住在前面的正庙，允禵和他的福晋们住在第二层院子中。允禵住在春秋楼，福晋们和丫环们分别住在刀楼和印楼。

曹宜、曹霑进去时，允禵刚起床，正在院里舞刀。这是曹霑第一次见到他。他这年四十八岁，看上去比实际年龄年轻些。

他打着赤膊，粗粗实实的大辫子盘在头上，身体不曾发虚发胖，腿脚也还算灵便，在院子里辗转腾挪，一柄刀舞得呼呼有声。

曹霑童年时，允禵这个名字就如雷贯耳。前抚远大将军倒霉后，在咸安宫官学中，教习与同窗之间，要提到他，仍然暗中竖大拇哥。至于日常遇到允禵旧部，赞誉之辞更是不绝于耳。各方面对允禵的赞扬都差不多，懂得打仗，而比打仗更重要的是会做人，他发脾气时砍杀过部属，却又深爱部属，见到阵亡将士真的扯足了嗓门哭嚎。总之，活得大气磊落，豪爽，有一是一有二是二，没一点狗肚鸡肠。

曹霑叫道："大将军。"在没人的地方，他愿意这么称呼。

允禵一个标准的丁字步收刀，问："什么事？"

曹霑说："我是包衣营的。特意来告诉您，等会儿皇上要来。"

允禵的脸立即罩上了乌云，"四阿哥来干什么？嘿，我说打前站的，代我转告一声，四阿哥要是来拜关公，由便儿，他到前院拜就是了；如果是来后院会我的，带罪之人既没脸面也没功夫见他。"

允禵说完就一步跳开，接着呼呼地舞刀。

前抚远大将军口无遮拦，也直爽得太出格了。

曹宜与曹霑无奈地对视了一眼，不约而同地撇撇嘴。

八天前，这座关帝庙发生了一件不大不小的事：七月十日夜里二更天，一个黑影从里面翻墙头出来，刚刚落地，就被途经此地的更夫拿获。据史籍，翻墙头的这位是太监，叫李凤琛。拿获他的也是太监，为廖德永等人。廖德永等立即把李凤琛带回关帝庙羁押起来，等待天亮后护军参领处理。次日一早，护军参领曹宜赶来了。

曹宜立即审讯太监李凤琛，据李凤琛供称，他之所以逃跑，是受不了允禵的虐待。他体弱多病，允禵使用甚严，不分白天黑夜地役使，而且脾气特别大，稍不如意就打。

二河闸关帝庙的围墙很高，一个病歪歪的太监怎么能跳出来？曹宜让李凤琛带着他勘察逃跑路线。原来高墙下面有个煤渣堆，李凤琛借助它翻上山墙，再越过高墙跳出。

曹宜立即将这件事奏报，同时令人将煤渣堆清除。几天后，雍正皇帝下旨，严厉斥责说："现在是太监越墙而出，倘若是允禵，尔等又当如何？著庄亲王、内务府总管自行查议具奏。"

雍正皇帝之所以来二河闸关帝庙，与太监逃跑事件有关。太监被打得翻墙逃跑，固然是允禵一贯的火暴脾气使然，但同时也表明，允禵在关帝庙里过得很不舒心，憋着一肚子气。不管怎么样，胤禛也是允禵的同胞哥哥，到了这步不能不来看看。

允禵舞刀结束，浑身大汗淋漓。太监提来一大桶水，他也不等汗消下去，就在当院哗哗地洗上了。院子里面不是福晋就是太监的，没有外人，他洗得很放肆，边擦拭身体边扯着破嗓子唱歌。

曹霑听出来了，他唱的是《卓克浑之歌》。这是乌里雅苏台大营人人会唱的。前抚远大将军五音不全，走调走得乱七八糟，但情绪激越，好像整个人仍然在前方军营。

曹霑问："大将军也会唱《卓克浑之歌》？"

允禵把桶里剩下的水从头上浇下来，甩着湿淋淋的头说："远征乌里雅苏台我没能赶上，此乃终生憾事。是那些打仗的回来教我的。小子，你也知道《卓克浑之歌》，可曾去过乌里雅苏台大营？"

曹宜说："他是我的孙侄，包衣营的护军校，倒是跟着定边大将军福彭参加了远征，是福彭的随身护卫。”

允禵惊异地投过来一眼。“满洲爷们儿就得为国打仗。好！这是一个好。你年纪轻轻地就出了趟远门，好，好！这是俩好。福彭我认识，纳尔素的儿子嘛。你是福彭的随身护卫，好，好，好！这是仁好。”

曹霑实在有些受宠若惊，“大将军过奖了，太抬举小的了。”

允禵说得高兴，又扯着嗓子，汪洋恣肆地吼起来。

就在这时，胤禛悄不言声地进来了。他不愿意搞一出“皇上驾到”的大节目刺激允禵，而是靠着墙，双手抱在胸前，静静地看着一个几乎光腚的老爷们儿在那儿大洗大刷加大喊大唱。

允禵一回身，看到曹宜和曹霑都在朝着一个方向单膝下跪，顺着他们的方向看过去，“哟？四阿哥来了。”

他看看自己，周身水淋淋的，只有裆部兜着一条窄窄的白布。

胤禛显得宽宏大量，“允禵，大热天的，用不着穿那么周整。”

他走向树下的石桌石凳，坐下来，招呼道：“咱们兄弟就在这儿坐坐。”

允禵临时找了件短褂，急匆匆地周巴上，依旧穿了条大裤衩，走过来坐下，张嘴就说：“自打被高墙圈禁以来，咱哥儿俩拢共也没见上几面。四哥来我这儿有事吗？”

不知是出于习惯还是故意的，他就是闭口不提“皇上”俩字，即便是脸对脸，他还是一口一个“四哥”的。

胤禛说：“没有什么大不了的事情，不过是慕名而来。听说你的厨子是从广西来的，会做米粉。朕一大早到现在了还没吃早饭，到你这里吃碗米粉。”他显然是在有意冲淡此行的目的。

允禵伸出指头点点胤禛，“好不容易来一趟，就是要吃碗米粉？权当是这么回事吧。我也正好要吃早饭了。哎？四哥怎么知道我今天早饭是米粉？行啦行啦，不用说了不用说了。你有的是眼线。没准儿我什么时候干我的福晋，你都一清二楚。来人，上米粉！”

不大会儿，米粉端上来了。是允禵的厨子做的正宗广西米粉。

唱戏的腔，厨子的汤。广西米粉的卤水熬制最为讲究，加入了茴香、八角、桂皮等十几种香料和猪牛肉、骨头、下水，用先文后武的火候精心伺候。米粉的卤菜以烧锅为帅，黄喉白肝，连田牛肉巴、百叶肚为将，油炸黄豆、葱花、蒜末、辣椒为卒，共同"操演"。一碗米粉，红的黄的白的绿的作料铺在粉上，煞是好看。米粉送入口中，烧锅香脆，黄喉鲜甜，白肝绵软，连田滑嫩，牛肉耐嚼，黄豆爽口，油椒微辣，各种口感浑然天成，主与从，华与实，鲜与陈，荤与素，浓与淡俱在舌尖。

呼噜呼噜两大碗下肚，允禵将筷子往石桌上一拍，抹着嘴角说："行啦，吃饱了。四哥，你肯定不是奔着米粉来的。弟弟这厢有礼啦，四哥就说说要说的事情吧。"

胤禛说："十四弟多咱也是个急性子，那就说啦。"

胤禛看来吃得满意，吧嗒吧嗒嘴，沉吟了好大一会儿，说："阿其那、塞思黑死了多年，你关押的年头也不算短了。这些日子朕总在想，你我都是一个娘胎里出来的，何必那么较真儿呢。你在抚远大将军任上干的不错，有目共睹，这会儿也不过才四十大几岁，身体又结实。朕有意放你一马，给个亲王王爵，再给个差使干干，朝廷里的位置任你挑。你看如何？"

允禵也沉吟了好大一会儿。猛地抬头问："就这？"

胤禛说："就这。"

允禵说："怕是没这么简单。"

胤禛说："你还想要什么？"

允禵说："高墙圈禁这么些年怎么说？这笔帐怎么算？"

胤禛说："哪有帐？没有帐可算。当年关你是应该，现在放你是便宜。"

允禵说："弟弟不稀罕这种便宜。"

胤禛说："你打算怎么着？"

允禵说："总不能白关吧，得有个说辞吧。"

胤禛说："你是要朕给你认个错，是不是啊？"

允禵说："那就在四哥啦，您能认个错、陪个不是敢情好啦。"

胤禛问："朕错在何处？"

允禵忽地站起来，喊道："还用我说吗？四哥你没有错，那八阿哥是怎么死的，是活活给气死的；九阿哥又是怎么死的，大胖子一个，在保定大牢里活活给闷死的。高墙圈禁我和十阿哥，小十年了有谁问过。我们哥儿四个犯什么事啦？

你们钻窟窿打洞的，找到硬砍实凿的'掌儿'了吗？归了包堆就是个栽赃的'密码书信'，没那么八宗事儿！从一个赶骡子的身上搜出封信，明明是九阿哥的儿子写给九阿哥的，借这茬儿就大开杀戒。死的死了关的关了，子孙遭殃、家眷担惊受怕就别提啦。稀里糊涂的什么都不说明白，猫儿盖屎的，给个亲王外加个官职就算抹过去啦，十来年的血泪就算冲刷干净啦，哪有这么便宜的事！"

说到这里，他已热泪纵横，忽地又坐下去，大巴掌捂着脸，说不下去了。

曹宜和曹霑恭立两旁，他们对视一眼，有暗暗称道之意。

在整个雍正朝，连廉亲王允禩都没有胆量和雍正皇帝发生正面冲突。在一定场合下，敢于和雍正皇帝当面顶撞的臣属只有一个前抚远大将军允禵。不完全是由于同胞兄弟，还有性格方面的原因。允禵此人敢说敢为，是个天不怕地不怕的主儿。

胤禛黯然，半晌没有说话。唉！人非草木，孰能无情。从此刻算起，直到四十多年之后，胤禛的儿子乾隆皇帝才在一道上谕中说了实话，雍正皇帝在晚年时，对当年整治允禩朋党十分懊悔，所谓"愀然不乐，意颇悔之"。那时，他可以对弘历垂泪哭诉自己的懊恼之情，但是他过于自尊，死要面子，在有生之年绝不打算向朝廷，向天下人认错。

胤禛勉勉强强地坚持着底线，"你的委屈，朕清楚，但别的阿哥并不委屈。"

允禵说："八阿哥、九阿哥比我还要冤，冤屈得多。"

胤禛突然间一拍石桌，"你还敢提阿其那、塞思黑，他俩罪恶昭彰，死有余辜！你还敢为他们辩解，还敢为他们张目！"

气氛骤然紧张起来。旁边的曹宜和曹霑着实有些害怕。

允禵嘴头一点不软。"我为他们张目怎么啦？我十四阿哥不过是条落水狗，为他们张目不够份量，你这当皇上的才应该为他们张目。四哥，你还别瞪眼，听我把话说完。八阿哥、九阿哥、十阿哥与我十四阿哥是同案，谁也不想没罪找柳扛。四哥既然要我出山，就当对其他三位有个说辞，这才有个公道可言。要不然天下人会怎么看，四个人同案，十四阿哥因为与皇上是一个额娘肚子里钻出来的就没事了，其他那三个，是一个阿玛不是一个额娘的，继续在十八层地狱里面煎熬。这么干行吗？于四阿哥的面子不好看呐。"

别看允禵是个武人，他的这番话层层递进，无懈可击。胤禛着实被噎住了，吭哧了几下，居然没有回答上来。

允禵则不依不饶，"把我关了这么久，四哥不搭理，为什么偏在这时要我出山，弟弟知道四哥的心思。人老了都会回首平生。那些屈死在大牢里的不是外人，不是外人呐！都是太祖努尔哈赤的血脉，是圣祖的儿子，是你我的骨肉啊！四哥到了这把岁数，对过去下的重手后悔了，想到他们的下场，觉得不落忍，为了晚境求个心里踏实，于是到关帝庙找后补来的。弟弟奉劝四哥一句，真想寻个踏实，就把八阿哥、九阿哥、十阿哥的案子一水儿抹平，否则，十四阿哥一人出山，夜里睡不踏实，对不起那哥儿仨。"

胤禛毫不迟疑地说："朕这次来，只吃了你的厨子做的米粉，只想说你一个人的事情。他们三个人的事情，朕还没有想过。"

允禵一虎脸。"那好，弟弟只得推辞四哥的美意了。弟弟身体有疾，亲王不稀罕，官职拿不起来。一句话，不想出山。"

胤禛腾地站起来，二话不说就往外走。

曹霑紧紧跟上，他听到允禵在后面紧着吆喝："四哥什么时候想吃米粉了，弟弟随时伺候。正宗桂林厨子做的牛肉米粉呐！"

八月初，张太虚的丹药炼成。

戴铎闻讯，立即赶往圆明园廓然大公验收，在入门处遇到了迎候的王定乾。王定乾入宫比较早，与戴铎混得也比较熟。相比之张太虚，他俩在一起时倒是往往能够掏些心里话。

戴铎边走边说："王先生也是炼丹的行家了，这批丹药炼得好赖非同小可。你和张太虚一起炼丹，觉得他炼丹的路数怎么样？"

王定乾想了想，"张天师是戴郎中请来的高人，而且配伍那些活不让我见到，都是他自己关着门干出来的。"

戴铎说："这个你还别抱怨，好道士的绝活都是不能让外人看的，外人看去了就砸了他的饭碗。"

王定乾停下来。"这个我也知道。正由于此，我去的角儿只是个烧火丫头的角儿，不便多说，说深了说浅了都不好。"

戴铎把他拉到一边，"没事的没事的。且算是同道间切磋，事关重大，万万含糊不得，你有什么看法都说出来。"

王定乾说："那我就谈谈贫道的陋见了。听说过去戴郎中和内务府的一些官员服过张天师的丹药，夜里欲罢不能，有神效。但我看院子里堆着的那些料，不像是能够烧炼出好东西的。"

戴铎问："那些料像是烧炼什么的？"

王定乾犹犹豫豫地说："那些料包括丹砂、雄黄、白矾、曾青、慈石等等，贫道觉得是在烧炼'五石散'。这都是六朝那会儿的东西，自宋元以降，用的人就不多了。"

戴铎问："你是说张天师在烧炼'五石散'？"

王定乾说："像。"

事情是在不断进步的，包括炼丹。早在六朝时，人们对《抱朴子》所称的"九鼎丹"就产生怀疑了，六朝的道士越来越实际，凡那些不作飞升白日梦的，都侧重于"烧炼石"，即将丹砂、雄黄、白矾、曾青、慈石共五种石头按照一定比例搭配烧炼，烧成品被称之为"五石散"，是炼丹烧汞术中最低档的货色，是作为各种"仙丹"的药引子服用的。但也就是它好像还管点用，弄好了能够治疗某些疾病，《世说新语》中还说它有明目作用。"五石散"一度大行其道，但是它烧心烧腹得很厉害，服了要急走，以求药力发散，道家谓之"行散"，弄得不好就完了，因为服食"五石散"而丧命的不知有多少。

王定乾说张太虚像是在烧炼"五石散"，戴铎听了后，颇不以为然。一来他服食过张太虚的丹药，那种效果压根不是"五石散"所能产生的；二来自古以来道家门派很多，门派之间更是相互诋毁，王定乾说张太虚的那些话，不外于此。更何况王定乾本来在南薰殿和西苑烧炼时均是大拿，而在张天师面前成了烧火丫头，心里不舒服，有些阴阳怪气的话也是在所难免。

说话间来到了双鹤斋，张太虚已经在那里恭候。

只见桌子上面平放着三张纸，上面各堆着一小堆黑乎乎的面子，与戴铎过去所见到的丹药大体一样。张太虚将它们分别包好，在每个纸包上面分别写上字，一个纸包上面写着"壹"，另一个纸包上写着"贰"，第三个纸包上写着"叁"，都写得工工整整的。

戴铎问："这些丹药怎么个服用法？"

667

张太虚递给他一个小纸包，说："这是给你试用的，如果效果如前，就可以把这三包丹药给圣上了。记住，分别按照纸包上标明的顺序服食，服食'壹'之后，过七日服食'贰'，再过七日服食'叁'。三包全都服食之后，如果见效，就可以迎娶新人了。"

戴铎看看王定乾，说："我也研究了多年道家，好好赖赖多少懂些炼丹，没吃过猪肉还见过猪走。就你备料中的几样东西，怎么跟六朝时的'五石散'差不多，不会服食出毛病吧？"

张太虚说："贫道的丹药你试用过了，还不放心？"

戴铎说："那是我试用。这回是皇上试用，得万无一失才行。"

张太虚说："这么说吧，'五石散'的配方就是五种石头，我的丹药里面有十几种东西，二者不可相提并论。特别是这次在圆明园中烧炼，更是晏公祠中的烧炼不可同日而语的。"

戴铎好奇地问："在哪里烧炼还会影响到药效？"

张太虚把戴铎和王定乾引到室外，"你们看看，这里有山有水，山环水绕，是烧炼壮阳丹药的最佳地点。"

王定乾来了情绪，"为道多年还是头一次听说。张天师，可否与弟子说说，为什么山环水绕之地最适于烧炼这种丹药？"

张太虚挥指道："道家将男人比喻为山，将女人比喻为水。你们看这片山环水绕的胜境。山倒影着水有千般妩媚，水缠绕着山有万种风情，山之壮与水之媚，山之刚与水之柔，山之静与水之动，山之仰与水之俯，山之野与水之文，山水之交融，岂不正符合阴阳交合之道。道家最讲究的是气。在这种气的围裹之下，怎能不炼出上佳的仙丹。"

戴铎鼓掌击节，"说得好，说得好。"

张太虚颇不以为然，"说得好不如用得好。"

他将那三包丹药推过去，"戴郎中，那一小包丹药你可以请人先试服，如果确有神效，就可以将这三包丹药交与皇上服食了。"

七十四、正大光明殿－广渠门蒜市口小院－万方安和

雍正十三年八月八日，胤禛的銮驾从紫禁城开往圆明园。

上午，胤禛在正大光明殿召对张廷玉、鄂尔泰等心腹大臣，中午到旁边的洞明堂用膳。用膳刚完毕，庄亲王允禄带着戴铎来了。

戴铎显得特别兴奋，而他一兴奋起来，就会抓耳挠腮的，带出猴头巴脑的劲头。他把三个纸包毕恭毕敬地递到皇上手中，纸包上分别写着大大的"壹"字、"贰"字、"叁"字。

戴铎的脸笑得稀烂，"这是张天师前几天炼就的丹药。"

胤禛亲自打开一个纸包，看看黑乎乎的细面子，满腹狐疑地皱起来眉头，问："你们试服过啦？"

允禄和戴铎几乎同时回答："试服过了。"

胤禛知道，戴铎过去就试服过，并且大加褒奖，吹得天花乱坠，大有丑表功的成分。他没想到，这次连允禄也试服了一把。当然，庄亲王亲自试服是为了做到万无一失，其心可嘉。

胤禛问："庄亲王，你以为这个丹药如何？"

允禄看了看戴铎，说："戴郎中素来吹牛上瘾，干了点屁事就要请功论赏，臣对他的话从来有所戒备，信一半就不错。这次倒是例外。先前，戴郎中说这种丹药好，臣还以为他在瞎吹乱道丑表功，但是，臣在前日与昨日晚饭后各试服三钱，夜里确实有些作用。"

允禄素来厌烦戴铎，从长相到言谈都厌烦，尤其讨厌戴铎猥琐的气质，逮

着个机会就要挖苦一通，而且从来不讲情面。

胤禛追问："有何等作用？到什么地步？"

允禄的脸有点红，不好意思地指着戴铎说："臣可不是戴铎这类不知廉耻、不知羞臊、说房中事从不避讳的人。这种丹药倒也谈不上神效，只是前半夜完事了，后半夜还想再来一次。"

戴铎被允禄损得浑身刺痒，很不自在，这下抓住了机会，大为不平地说："这还不算神效，什么才算神效？奴才也试服了两个晚上。奴才与填房张氏俱快乐无比。不仅如此，奴才经过比较，张天师这次所炼的丹药，比在晏公祠所炼还要灵验。"

胤禛挺感兴趣，"一样的配方怎么会炼出两种成色？"

戴铎是进士出身，并非学舌的鹦鹉，这次却忍不住拾张天师之牙慧，摇头晃脑地说："用同一个配方，之所以会炼出两种成色的丹药，这在咱们道家是有讲头的。原因在于炼丹地点有所不同。上次的丹是在晏公祠炼的，那里是一片荒山。这次的丹药是在山环水绕的圆明园所炼。咱们道家将男人比喻为山，将女人比喻为水。圆明园山环水绕，山倒影着水有千般妩媚，水缠绕着山有万种风情，山水之交融，正符合阴阳交合之道，这种地方怎能不炼出上佳之丹焉？"

胤禛听得有兴趣，还是忍不住要挖苦几句。"你张嘴闭嘴的'咱们道家'，你除了认识几个炮制春药的道士，算哪门子道家？以后在朕面前说话不准摇头晃脑的。但你说的山水之交融符合阴阳交合之道，也不大虚妄，好像还是有点道理。这三副丹药朕收下了，你们下去吧。"

戴铎临走前提示皇上，一副三钱，晚饭后服用，一副可管数个时辰，遵循渐进，七日之后再服用第二副，再过七日服第三副。

当晚，胤禛在万方安和下榻，寝宫在南面，靠近池塘主水面。一同进驻的仍是熹贵妃钮祜禄氏，她依旧住在北面，靠近小桥。

晚饭之后，胤禛令太监等回避，打开纸包看了看，由于有多人多次试服，他心里比较踏实，将那些黑乎乎的细面子倒入口中，而后用温水送下去。丹药很苦，比既济丹苦得多了，苦得他龇牙咧嘴的。

服食后，他随便找了本书翻起来。不知不觉间一个时辰过去了，外面天早就黑透了。他悉心揣摩身体，还是没有反应。

过去，他除了服既济丹等半儒半道的药丹，也服过太医院配的春药及王定乾炼的丹，后者基本不管用。他不大在乎，管用更好，不管用也罢！主要是期望值不高。这次，对张太虚炼的丹，他的期望值很高，陈雨林的影子总在眼前晃动。这个诱惑很厉害，他太希望张天师炼的丹药管用了，但是仍然不敢抱太大奢望。戴铎一干人试用后大加赞许，他们毕竟年轻一截子；同样的丹药，对一个奔着六十岁去的人则难说。

二更，外面下雨了，带来些凉意。他听着淅淅沥沥的雨声，心说凉凉爽爽的干事多惬意。可是他的身子还是老样子。

他颇为失望地吹灭了蜡烛，平躺了下来。就在这时，他感到大腿根部有一阵轻微的骚动。哎？管事了！他一阵惊喜，平躺着不动，悉心体会，骚动在渐渐加强。像是有一股热风在经络里面穿行，一种能量往丹田那里汇集，腹部开始发热，一种久违的意念被唤醒了。

胤禛喊了一声："传熹贵妃！"

不大会儿，走廊里传出急促的脚步声，熹贵妃钮祜禄氏顺着走廊来了。她是从睡梦中被叫醒的，以为皇上夜里犯病了，不曾修饰，举着烛台就慌里慌张地推门进来。

钮祜禄氏关切地问："皇上，您怎么啦？"

胤禛躺在床上，招了招手，钮祜禄氏莫名其妙地上了床。

她知道，皇上近年来不大管用了，而最近几个月来，别说她，就是年轻的嫔妃也不召幸了，因此根本不往那个方面想。

她摸摸皇上的额头，看看他的神情，不像是有毛病的样子，于是放心地舒出一口气。"吓了我一跳，我以为皇上哪儿不自在呢。"

胤禛说："朕是不大自在。"

她又紧张起来，"皇上哪儿不自在？"

胤禛说："服食了那个道士炼的丹，满哪儿都不自在。"

她问："皇上服丹啦？"

胤禛说："服丹之后不自在，所以传你来，为的就是找自在。"

她问："找自在？"

胤禛难得地笑了，"咱俩一块自在，"他将她一把搂过来。

她自然地卧在他的怀中，任他揉一把掐一把，摸摸索索的。

钮祜禄氏生于康熙三十年，十三岁入雍邸，已服伺胤禛三十多年，现年四十五岁。她害羞地叨咕了一句："咱们都这把子年岁了。"

胤禛说："这把子年岁了怎么啦，看看朕是不是宝刀不老。"

道家有戒条：刮风下雨下雪下冰雹以及打雷闪电均不得行房事。在这个雨夜，虔信道家的胤禛忘记了这一戒条。

拂晓之前，雨停了。雨后初霁，空气格外清新。

一大早，胤禛拉着钮祜禄氏的手来到窗前，相依相偎地向外望着。

他们算得上是老夫老妻了，这一夜却都有些新鲜感觉。钮祜禄氏惊喜交集，胤禛则百感交集。这时，他首先想到的还不是郑家庄的陈雨林，而是觉得自己又是个爷们儿了。

水面上升起乳白色的雾霭，弥漫在山林之中，远处被轻纱一般亮晃晃的雾覆盖着，旭日虽然还是朦朦胧胧的，却已经朝气蓬勃地在雾中放着光。

晚夏的凉意扑面而来，胤禛陶然欲醉；湿润的晨风轻轻地拂弄着女人散乱的发丝，钮祜禄氏几乎彻夜未眠，却容光焕发。

不大会儿，薄雾散尽，初阳透过雾霭，堤岸阒无一人，眼前的一切无不沐浴在霞光中，光莹四射，消融在亮晃晃的晨岚之中。

盥漱过后，帝王两口子匆匆穿上衣服，走出万方安和，尽情畅游。

远远地，有一个人散步途经此地，偶尔看到了这对天下至尊的夫妻手拉着手漫步，不由抚摸着下巴笑了。他是张太虚。

七日之后是中秋节。

那个晚上的月亮又大又圆。按文学的拟人手法，月亮身兼男女老幼多种角色。首先，它像个还不懂得害羞的光屁股小男孩，向满人间袒露着造物主留在它身上的胎记，那是一片一片的阴影；其次，它又像羞羞答答的小女孩，时不时躲在缓缓经过的云彩后面，向人间怯生生地张望几眼；再次，它还像个满仗义的男子汉，太阳休息后，由它接班贡献光明，月光虽然没有阳光那么亮堂，但人间也凑合着用了；最后，它像个成熟的、充满母性意识的女人，广被人间，将一缕缕清光温柔地铺洒在千家万户，不仅铺洒在院落里，还透过窗户铺洒在床头。

中秋节的月亮兼顾着上述种种角色。至于是哪一种，实在仰仗于观望它的人们的各自感受。

在又大又圆的月亮下面，广渠门蒜市口小院比往日热闹。来了不少人，大都是亲戚。有老平郡王纳尔素和曹佳氏夫妇，有小平郡王福彭夫妇，有护军参领曹宜夫妇。曹家在京城的亲戚难得凑得这么齐整。还有一家子也不知道算不算亲戚，要说不是亲戚，是馨玉的亲哥哥；要说是亲戚，对外人又无从张嘴。这就是弘晳夫妇。

大伙都是来参加婚庆贺喜的。其实无"庆"可言。曹頫与馨玉不过是趁着中秋节把亲戚们都请来坐坐，吃顿晚饭说说话，就算成亲了。大家都清楚，他俩共同抚养曹霑多年，除了没有住在一起，别的与夫妇没什么两样。请亲戚聚一聚，说一说，还是必要的。这是个征得方方面面认可的手续。由于心气比较平和，由于诸位亲戚早就接受了既成事实，曹頫和馨玉，男的不像个新郎，女的不像个新娘，俩人都没有穿新衣服，馨玉甚至连朵绒花都没有戴。

月亮给面子，小院里挺亮，不用点灯，大家就坐在院子里闲聊。两对仆人端茶倒水送水果点心，曹霑自然是那个活跃气氛、穿针引线的角儿，对诸位亲戚逐一问候，而首当其冲的是福彭。

定边大将军福彭上个月刚从西北回来，还没有具体职务，放在内廷行走，参与军机，算是朝廷中的决策人物之一啦。据史实，在前方大营，福彭的才干得到广泛认可，不足之处是与他的副手、战功卓著的策陵关系搞得很僵。策陵不是容易驯服的，光显寺的老本够吃一阵的，加上在与准噶尔部的边界谈判中担任主角。这样一个外蒙古王爷加清廷额驸，压根不把福彭放在眼里，更不安于在京城来的小王爷手下当副手。在他的眼里，他与沙俄签订《布连斯奇条约》时，福彭还穿开裆裤呢。福彭再有能耐，民族政策的把握也欠着火候，个人的涵养功夫再嫩点，也不买策陵的帐。这么一来，正副大将军各自向朝廷奏报对方的不是，各告各的状，闹得不亦乐乎。

曹霑与福彭躲在一边说完事，又向老平郡王纳尔素和曹佳氏夫妇问安，而后是护军参领曹宜夫妇。不知怎么啦，弘晳夫妇一再向他递过笑脸，他就是不想理会他们。他对他们有气。

福彭小声说："我看你谁都招呼，怎么不理会你舅舅、舅母？"

曹霑冷笑了一下，说："表弟对表哥无话不说。什么舅舅、舅母，陈雨林成为备选秀女，并且通过初看复看，固然没有弘皙夫妇的责任，但那个混蛋张太虚道士是弘皙舅舅找来的，转眼通过戴铎举荐给了皇上，而皇上要张道士炼丹，目的是要迎娶陈雨林。"

福彭说："噢，还有这事儿？"

曹霑气不打一处来，"还有，最近有人告诉我，庄亲王允禄把彩礼送到郑家庄，弘皙居然美滋滋地收下了。转一圈下来，合是弘皙拿着陈雨林在我眼皮底下晃了晃，最后还是捅到了皇上那儿。我越想越有气。到底是废太子的儿子，怕皇上提溜废太子的旧茬儿，转着圈儿给皇上拍马屁。"

福彭说："这里面恐怕有误会，你闹清楚再说。"

曹霑说："还用闹清楚吗，我说的都是事实。"

弘皙招呼他，"曹霑，怎么不理舅舅啦？"

吴青卿笑嘻嘻地招呼他："曹霑，怎么不理舅母啦？"

明亮的月光下，曹霑的脸色惨白。他走过去挤出个笑脸。"外甥不敢理会舅舅、舅母，小屁拉子护军校哪敢高攀皇亲国戚。"

知子莫如母。馨玉感到事情不对了。自打从乌里雅苏台大营回来后，曹霑这小子被大漠的风尘给吹野了，有股子野性，动不动就犯混。

她喊道："曹霑，闭上你的嘴！"

曹霑笑了笑，"娘，您这算干嘛，大月亮底下我想跟舅舅聊聊天。"

弘皙说："你今天气不大顺，打算跟我聊什么呀？"

曹霑说："就聊皇亲国戚这档事。陈姑娘是舅舅您的养女，她一旦上了龙床，舅舅立马身份变了，成为当今皇上的半拉子老丈人了。您本来就是'今上'的亲侄子，属于皇亲之列，半拉子老丈人又属于国戚之列，这下齐了，皇亲加国戚，您都占全了。咱们京城里，既有皇亲，也有国戚，而既是皇亲又是国戚的，您备不住拔了个头筹。外甥祝贺您啦。"

馨玉怒喝一声："曹霑！"

好脾气的曹頫也急了，"曹霑，听听你都胡说了些什么！"

曹霑毫不退让："谁胡说啦？掰开揉碎了就是这么回事！"

馨玉举着拳头撵过来，"给你舅舅陪不是！"众人急忙拦住。

曹霑直着脖子喊："陪不是？更难听的话我还没说出来呢。"

曹頫气得直哆嗦，"曹霑，你长这么大我从来没和你红过脸，今天你撒泼撒野把话说到这步了，我就泼下身子陪着你闹一出。有什么更难听的话你全倒出来，免得憋在肚子里难受。"

曹霑豁出去了，"倒就倒，你以为我不敢倒。康熙朝出过一个国舅兼国丈，佟国维既是皇上的平辈也是皇上的长辈。这就够意思的啦。嘿，雍正朝有更新鲜的，本来是皇上的亲侄子，可好，掉脸儿成了皇上的半拉子老丈人，晚辈一下子蹦到了长辈。曾几何时，咱大清出息出过这种角儿！"

曹佳氏喊道："曹霑，你别瞎搅和！你娘把你拉扯大了不容易，想闹事另外抽个日子闹去，不准你在你娘的好日子里裹乱。"

老平郡王纳尔素拿着块月饼啃着，顺着嘴角直掉渣子，也插了进来，"老婆子，不让曹霑裹乱，你就别瞎掺乎啦。我怎么听着曹霑没说错话呀，本来就是这么回事嘛。"

曹佳氏叉着腰冲着纳尔素喊道："老头子，你是找抽呢！曹霑满嘴喷的是'米田共'，你还给他帮腔，你越裹越乱了。"

福彭插进来："曹霑一家子吵得就够欢势了，你俩还瞎吵个屁！两个奶不大的老傻瓜，老两口一块往里瞎搀和，越裹越乱！"

曹佳氏冲着儿子急了，"福彭，有你这么跟爹娘说话的吗？你当了几天定边大将军，就忘了王二哥贵姓了。瞧给你能的。"

纳尔素一直脖子，使劲咽下去月饼，用剑指点着："福彭，你小子那个定边大将军有什么了不起的。谁不知道，准噶尔部叛军是让我们这茬儿老傻瓜收拾老实的，到你们这茬儿上阵时，准噶尔部已成强弩之末了。你们是打了几个硬仗，谁不知道那几仗怎么打胜的，八旗兵玩儿不转，还不是靠科尔沁蒙古兵冲锋陷阵，头功得记到人家蒙古王公策陵身上。听说你和策陵闹得别别扭扭的。谁不知道，策陵当年和我共过事，我拨拉他时，他挺听话的。你说我是老傻瓜，你怎么就压不住个台面呢？"

他忍不住越扯越远，"想当年，我和抚远大将军允禵在西宁大营……"

曹佳氏喝住了他，"想什么当年废什么话，你又扯到哪一出去啦？谁让你在这儿想当年啦？这院子里都开锅了，你还在翻腾你那点陈芝麻烂谷子。扯扯正题儿！哎？咱为啥事儿吵来着？"

曹宜嚷嚷着："别吵啦！别吵啦！别吵啦！"

曹宜一步上了板凳，站在板凳上大喊道："都是一家子的，亲戚里道的，吵什么吵。甭看这堆亲戚里有亲王、郡王、大将军的，我曹宜只是个区区护军参领兼佐领，但是若论辈份，这里面就我辈份最大，听我说句公道话。"

铁塔上了板凳，在月光下确有几分威严，院子里骤然安静下来。

曹宜清了清嗓子，放声说："皇宫选秀女，摊上哪家算哪家，一旦选中了，任是谁也扛不住。这道理人人懂。陈雨林被选中了，弘皙亲王成了皇上的半拉子老丈人，亲王妃吴青卿成了皇上的半拉子丈母娘，也是没法子，并不是他们自找的。大伙儿多多包涵一些就是了。"

曹宜万万没有想到，他的"公道话"惹急了吴青卿。

吴青卿忽地站起来，哆哆嗦嗦走过去，指着曹宜："'区区护军参领兼佐领'，你给我从板凳上下来。你一口一个'公道话'，还要'包涵'我。你给我说清楚，我什么时候成皇上的半拉子丈母娘啦？"

曹宜不知所措地从板凳上下来，辩解道："好不当儿的你发什么脾气？我是好意，没多说什么呀。"

吴青卿的眼里噙着泪光，"曹宜，你说的不算少啦。曹霑胡呲什么我都能忍，他和陈姑娘爱得要死要活，那是三辈子结下的爱呀，曹霑丢了心里难受，拿弘皙和我撒气，我乐得当他的气篓子。你可不一样。你是孩子的叔祖，还是什么'区区护军参领兼佐领'的，也跟着瞎说乱道，我就不能饶了你！这个院子里就你辈份大，辈份大就可以胡呲？"

她尖声叫起来："你不是辈份大吗，皇上怎么使唤我的你知道吗？皇上是把我当半拉子丈母娘使唤的吗？"

月亮在云间缓缓地行走。院子静得就像一片浮云。

"使唤？使唤！"老平郡王纳尔素和曹佳氏不约而同地抓住了这个字眼，会意地相互递了个眼色。

曹宜和他那口子意味深长地对视了一眼。

福彭和他的嫡福晋不约而同地变了脸。

吴青卿转身扑到馨玉怀里，放声恸哭起来。

馨玉愣了愣，猛地悟到了什么，骤然把她搂得紧紧的，惊恐地念叨着："不！

不！不是这么回事，不是这么回事。你说，没这回事。你说！没这回事！"

吴青卿泣不成声连连说："有这回事，有这回事，就是这么回事。多少年了，怕亲戚们耻笑，就是掖着藏着过来的。就像你的亲娘、当年的马姑娘一模一样的。早年他捏着废太子，我不得不从。废太子不在了，弘晳的根基仍然在他手里攥着，没法子，没法子，没法子呀！"

对娘和舅母搂抱着哭诉的这些话，曹霑似懂非懂，他这时有点后怕了，不由愧疚地向弘晳舅舅看去。

院子里闹翻了天，弘晳却始终没有说话。他只是仰望着夜空，像是对着那轮明月诉说着什么。

又大又圆的月亮兼顾着人间的种种角色，老爷们儿加小爷们儿，老娘们儿加小娘们儿，各式人等都可以将自己的苦楚和辛酸向明月告解。

弘晳舅舅又在向月亮告解并诉说着什么呢？

同一片月光下。圆明园万方安和。

广渠门曹家小院里闹翻天时，雍正皇帝正在服食"贰"字纸包里的丹药。他毫不迟疑地把黑乎乎的面子倒进嘴里，用一杯水送下去。这种丹药很苦，他有所警觉，服食后仍然呲牙咧嘴的。

胤禛极有个性，也极其任性。为了达到目的，几乎没有清规戒律能约束他，条条框框对他都不大管用。唯一能够束缚他的就是道家的有关条规。他对信得过的道士，大体上是言听计从的，尤其是养生方面的嘱托，几乎不敢越雷池一步。

是不是信得过的道士，得由实践检验。如果服食了张太虚"壹"字纸包里的丹药不管用，他会立即将张太虚扫地出门；正由于服食了张太虚"壹"字纸包里的丹药很管用，他得把张天师的话顶在脑门上。张天师说七日之后服食"贰"字纸包里的丹药，他就得老老实实地等待七日。

算下来，他得八月十五日服食。那天正好是中秋节。

关于服食之后到动情的时间，他问过戴铎，几个试服的都是服食后半个时辰到一个时辰左右出现反应，相比之下，他等待的时间恐怕要长一些，得一个时辰以上，这是年龄偏大所至。

他在等待着，信心并不是很足。尽管第一次服用效果不错，但仅仅一次不能说明问题。过去太医院给他配的药，有的头一次服食后尚可，第二次就不是它了，有的服食几次之后效果递减。对张天师烧炼的丹药，他有类似担心，唯恐第二次服用就不管用了。

他百无聊赖地拿起本书，随便翻着，翻到了司马相如的《美人赋》。司马相如和卓文君"举案齐眉"的故事，脍炙人口，而且写的诗也不错。他无所事事地读了起来："独处室兮廓无依，思佳人兮情伤悲，有美人兮来何迟，日既暮兮华色衰，敢托身兮长自私。"

书从他的手中落到了地上，他感到大腿根部有一阵轻微的骚动。又来了！他平躺下来，体会着一股热风在经络里面穿行，腹部的骚动在渐渐加强，不大会儿，他认为差不多了，向外说："传进。"

一个高大的太监扛着一个白布卷着的东西进来了。白布卷被放置在床上，展开后是一个裸体的年轻女子。

这是清宫召幸年轻嫔妃的标准程式。有一种说法是，被召幸的嫔妃不是被扛到皇上的寝宫，而是卷在被子里面背进去的。背着与扛着没有一定之规，估计都差不多。另外一种说法是，被召幸的嫔妃盖着被子躺着，由四个太监揪着被子的四个角走入皇上寝宫，安置在龙床上。不管采用哪种方式，被召幸的嫔妃都是全裸的。

这时的胤禛，多少恢复了当年的癫狂，又掐又咬的在床上演出快乐之事，没有经过阵仗的答应不仅被折腾得够呛，而且吓得够呛。看到她的恐慌，他对自己恢复了信心。他认为自己还不算老，身体底子也还算说得过去，只要碰到精通医道的好道士，且能欢快一段时光呢。

月光披着一件烟雾似的长袍，透过窗户凝视着床上的那个答应。答应像被一层薄薄的蚕丝围裹住了。除了皇后、皇贵妃、贵妃之外，其他女子是不能在皇上那里过夜的。胤禛对这个答应毫不恋眷，完事后就让太监用被单把她卷起来，扛回去了。

屋子里重新安静下来，他迟迟没有入睡，在念叨一个时间。今天是八月十五中秋节，过七日服食"叁"字纸包里的丹药，那天是八月二十二日。想到这个日子，看看身边空着的位置，他笑了。

按照他的安排，那天夜里与他同眠共枕的人，应该是陈雨林。

七十五、郑家庄－广渠门蒜市口小院－天然图画－碧桐书院

雍正十三年八月二十二日。初秋的薄阴天气，白云在天空中流动，一只苍鹰展着羽翼浮在天宇之中，苍穹显得空空荡荡的。

一个仪仗行列从圆明园出发。这是一支由十几名太监、宫女外加包衣营的十几人组成的迎亲队伍，带着一顶四人抬花轿，目的地是郑家庄。

这支迎亲队伍抵达郑家庄弘晳亲王府邸，搞了个小仪式。亲王府请来的风水先生拿着面铜镜往轿子里面照了照，名曰"照轿"，以祛邪。

吉金刚和几个兵丁站在花轿旁边，表情阴郁。他与其说是酸楚，不如说有震惊之感，为命运的戏弄而震惊。他曾经两次带着官学生抬着花轿到郑家庄接新娘，结果又是两次送回。四次来回共跑了八趟。这次是接同一个新娘，却是为皇上接的。

一个太监从大门里出来，拍拍巴掌，说："来了来了。"

弘晳、吴青卿把陈雨林搀扶出大门。就像民间娶媳妇一样，陈雨林穿凤衣，戴凤冠，上面搭着个红盖头。

吉金刚想起了那次曹霑抱着陈姑娘"跨马鞍"，一阵风吹掉了红盖头，大伙那个乐呀。现如今却是这样！他发出一声长叹。

这声长叹被听去了，不仅弘晳和吴青卿看了看他，而且红盖头也略略掀开，看过来一眼。吉金刚留意了一下红盖头下面的脸，略微有些吃惊，陈姑娘气色平和，而一汪平静的池水下面有深不可测的漩涡。

领头的太监高喊："起轿——"

在轿子启动的这个瞬间，眼巴巴看着花轿的吴青卿刹那间泪如泉涌。

她没有孩子，却觉得这与自己的闺女出嫁差不多，但又不一样，子民嫁女儿，还常常回娘家看看，陈雨林是到一个不得见人的去处，今后能不能见面都难说了。弘晳一拽她，俩人转身进去了。

迎亲队伍向回走。打头的是太监。

吉金刚骑着马，走在花轿的旁边，不时地侧过脸看一眼花轿。

陈雨林一进花轿就掀掉了红盖头，打开了花轿旁边的小窗户，向外看着，向远处观望景致，向近处留意路面，她的憧憬和失落都凝聚在这段田间的土路上面了，她在追寻她的梦幻。她的梦幻破灭了，一切悠闲的情怀也一并消失了。她觉得自己像一头孤独走过千里戈壁的骆驼，除了漫漫黄沙，看不到别的，连寻求绿洲都是无望的。这种感觉越来越强烈，甚至感到了嘴唇的焦灼和喉咙的干渴。

迎亲队伍进入大宫门，陈雨林撇开苦苦缠绕的念头，注意起了外面。

她与吴青卿不同，吴青卿来过圆明园数次，对路径从来不曾走过脑子，稀里糊涂的。弘晳问她"天然图画"在哪儿，她压根回答不上来。而陈雨林的书卷气在各个方面都有所反映，反映在路途上，即是不管走到哪儿，都要把周围情况搞清楚。

花轿进入贤良门，从东边绕过了正大光明殿，沿着一个小湖走。

上次来，她就知道了这是前湖，湖的东北角上就是她上次来过的"镂月云开"。而这次，花轿过了"镂月云开"并没有停，继续向北走，沿途是另一个湖的湖岸。这个湖在前湖的正北，即是后湖。

花轿沿着后湖湖岸行不多远，在后湖东北角拐进一个院子。花轿停下，宫女搀扶她下了轿子，她打量着四周，好一片茂林修竹之地。这是个不小的院子，院子中间全部是竹子，竹林遮蔽得密密实实的，隐约可见高大的梧桐树和几座清雅的楼堂点缀在竹林左近。

她问："这是什么地方？"

太监恭敬地答："天然图画。"

宫女过来说："娘娘，请随奴才来竹过楼。"

她随着宫女上了竹过楼。踩着楼梯时，她心里涌出一句："独上高楼。"上楼一看，一个空旷的大厅，没有壁饰，少有陈设，寂静，还有些昏暗，她心里又涌出一句："独处高楼。"

站在楼上，在孤寂中无可如何的惆怅蓦然袭来。她独倚在窗畔向外望去，两株梧桐树就在窗前，一片绿色直逼眼前。

怎么把我给放到这儿啦？陈雨林离开窗畔，低头看看凤衣上绣着的图案，又摘下凤冠看了看，悟出点道道：她刚到圆明园，皇上就让她面对两株梧桐树，或许是有所用心的。皇帝自为龙，与他配的女人即是凤。这处天然图画原来是一处引凤之地。她不无讥讽地想，如果让她给竹过楼起个名字，可以叫"有凤来仪"。

她正坐在椅子上闭目养神，一个宫女上楼说："娘娘，午饭时间到了。请随奴才来，奴才带您吃饭去。"

她随着那个宫女下楼，经过竹林，进入北面的一个幽雅的小院。这个小院名为"竹深荷静"。但见院子里也是竹林，一股清澈的泉水在竹林间盘旋，流到院子外面。

午饭很简单，一荤一素俩菜加一碗汤一碗饭。

她心里犯堵，吃不下东西，更无意品尝菜的味道。没有人劝食，几个宫女肃立在一旁，一言不发，屋子里面安静得像没有人。她边吃边想，百姓家里吃饭通常是有说有笑的，宫里的规矩忒大了。

她拨拉了几筷子就顶住了，刚放下碗，宫女随即递过来一杯温乎乎的茶水，说："娘娘，宫里有规矩，吃完饭后得用茶水漱口。"她端起茶杯漱了漱口，宫女端起一个痰盂跪下，放到她面前，她漱口之后才站起，端着痰盂出去。她不由将这里的规矩与亲王府做了点比较，给个痰盂还要下跪，宫里太罗嗦，太繁琐了。

当天下午，下雨了。初秋的雨。

比起别的树叶，梧桐叶大而宽阔，当这种大叶片泛黄时，最能显现出深秋的肃杀，而当梧桐树叶从树上摇摆着飘落下来，黄灿灿地铺满庭院时，悲秋的意境则被渲染得浓浓的。

曹霑恍然若失地站在梧桐树下避雨，脚下是些枯黄的梧桐树叶，时而在秋风中翻滚着。四周很安静，雨滴落在树叶上扑扑有声，他不由想起孟浩然的诗句：
"微云淡河汉，疏雨滴梧桐。"在孟浩然之后的苏轼也品出了差不多的意境，有
诗句为"卧闻疏响梧桐雨"。好诗就是好诗，名家就是名家，从唐到宋，意境竟
然一气贯通。

这里也有几株梧桐树，却不是"天然图画"，而是"碧桐书院"，因"修梧
数本"而得名。它位于后湖东北角，环以带水，平桥相接，由几个院落组合而成，
主殿的门楣处挂匾额，上书"神威佑庇"，是一个清幽的所在。

曹霑所以来到这里，是由于皇上带着张廷玉等几个臣僚刚进去。他带着兵
丁在附近警戒。

最近，关于江南大侠的传说越来越邪乎。倒没有人提甘凤池了，流言集中
在吕四娘身上。吕四娘被说得越来越具体了，按照新说法，她不是吕葆中的女儿，
而是吕毅中的女儿；她没有孙悟空那两下子，不会将宝剑变得米粒那么大，而是
持短剑；她已经与江南一个大财主的儿子定婚，发誓不刺死雍正皇帝不入洞房。
等等。

总统大臣只得下令严防，八旗护军营在园外增加防卫密度，包衣营在园内
紧紧盯着皇上的动向，走到哪儿跟到哪儿。

雨还在淅淅沥沥地下着，曹霑听到下响动，警觉地一回身，见到太监打着伞，
皇上和几个臣僚出来了。

由于在圆明园长期值勤，对那几个臣僚，曹霑都能对得上号，有张廷玉、
鄂尔泰、徐元梦、方苞等人。后两位是大文人。徐元梦官至户部尚书，曾充《明史》
监修总裁，时下正主持纂辑《八旗满洲氏族通谱》；方苞与张廷玉是安徽桐城老乡，
曾因戴名世《南山集》受牵连，被逮下狱，现在充任《一统志》总裁、《三礼义疏》
副总裁。

曹霑站在梧桐树下，看看没有情况，便留意皇上的左近。皇上一行从他的
身边经过。在他的记忆中，皇上难得情绪这么好，与臣僚有说有笑的。几句话
随着秋风吹进了他的耳朵里。

鄂尔泰说："现在京城内外，那个吕四娘被传得有鼻子有眼的，皇上不可全
信也不可不信，该防备的时候也得防备。"

胤禛说："朕今日心境甚好，爱卿偏偏提起这事。吕四娘之类，大半儿是居

心叵测的汉人胡说的。如果吕留良真有个剑术精良的孙女，朕倒是愿意与她结识，共同切磋剑术。"

张廷玉说："不要人云亦云，自己吓唬自己。据查，吕留良的两个儿子吕葆中、吕毅中，家中都没有习武的，更没有叫吕四娘的女儿，他们的家人无一漏网，都发配到了关外。"

徐元梦说："吕留良即便没有叫做吕四娘的孙女，也未见得没有吕四娘其人，据臣所知，江浙地方确实有个叫吕四娘的女侠，武艺高强，胆大心细。圆明园总是不大安全，圣上何时回紫禁城？"

胤禛停下来说："咱们满洲是从白山黑水来的，从老祖宗那儿就怕热。朕在圆明园是为了避暑，这场秋风秋雨之后，天气就会越来越冷了。今天朕要在这里过夜。一两天内，朕就回銮。"

他们渐渐走远，曹霑的身后响起一个声音："皇上刚才说了，他今夜住在碧桐书院，你知道缘由吗？"

曹霑回头一看，吉金刚从树后转出来。

曹霑问："吉营总，你刚才说什么？"

吉金刚说："皇上刚才说，他今晚住在'碧桐书院'。这句话的背后是什么，作为你的教习加营总，我必须要告诉你，你得给我挺住。"

吉金刚看了看他，冷不丁冒出一句："我今天早晨到郑家庄去了。"

曹霑问："到郑家庄做什么？"

吉金刚说："内务府的迎亲队伍去接她，包衣营出丁护送。"

曹霑问："把她给接到哪儿啦？"

吉金刚说："就在圆明园里面。暂时安置在'天然图画'。"

曹霑问："暂时？然后呢？"

吉金刚说："今天夜里皇上来这里，随后把她送到这里来。"

曹霑说："这么说，今天是她成亲的日子。"

吉金刚说："洞房就在这里，'碧桐书院'。"

久久地，他们沉默着。

曹霑的面容渐渐地发狠，眼睛越来越红，呼吸越来越急促。他刷地抽出刀来，喉咙深部发出可怕的声音："啊——啊——啊——"。他边喊着边对着梧桐树一阵狠砍。树身上留下几处深深的刀痕。

直至砍累了，他把刀咣当扔在地上，坐在树下大口喘息。

吉金刚不动声色，看了看树上的刀痕，说："本教习在咸安宫官学教你的刀术，你还没有还给教习。刀口很深，可见发力挺好。"

曹霑说："那是您教的得法。"他的呼吸不那么急促了。

吉金刚问："火气发出来啦？"

曹霑说："火气发出来了。"

他拾起刀，徐徐地插入鞘中，自嘲地撇了撇嘴，"其实细想想，也值不当发那么大火。'天然图画'那儿有两株梧桐树，是招凤凰的；'碧桐书院'这儿有几株梧桐树，也是招凤凰的。皇上是真龙天子，从郑家庄招来凤凰，龙配凤正合适。凤凰从那株梧桐飞到这株梧桐，本来就不会落到小不拉子护军校头上。我也真是的，癞蛤蟆想吃天鹅肉，成天价想入非非，今后死心算了。"

吉金刚拾起片落叶撕扯着，"这不是你的心里话，但你这么想也好。既然火发出来了，就可以对你说下一件事了。"

曹霑说："营总，你就说吧。"

吉金刚说："皇上娶媳妇儿，咱们得守卫。圆明园护军营总统大臣下令，今天夜里，包衣营副护军校以上的全部出动，一个不少地值勤，在'天然图画'到'碧桐书院'，一线守更。"

曹霑问："我不参加行吗？"

吉金刚说："不行。"

曹霑说："劳驾营总，帮我糊弄过去。"

吉金刚说："糊弄不过去。总统大臣夜里到现场点名。"

曹霑说："这么说，不参加还不行？"

吉金刚说："你必须到场。"

曹霑再次抽出刀，挥起臂膀，狠狠地一刀砍向梧桐树，"如此说来，皇上他老人家'幸'我媳妇儿，我还得给他老人家守更。"

吉金刚说："听着是惨了点儿。谁让咱是吃当兵这碗饭的。"

曹霑把刀从树干上拔下来，"行啊，咱听从。"

在圆明园中,雍正年间建设的景观比较分散,东一个西一个的,而'碧桐书院'和'天然图画'两个建筑组群是邻居,都把着后湖的东北角,前者偏北,后者偏东,两地相互可以看到。

包衣营上半夜值勤的,下午提前开晚饭,饭后全部分散在这两地值勤。在后湖的东北角上,三个一群、五个一伙地分散配置。

竹过楼与朗吟阁组成"天然图画"的西缘,紧临后湖。

曹霑带着几个兵丁在"天然图画"以西的后湖沿岸巡逻,来回经过竹过楼的西墙。这里是通往"碧桐书院"的必经之地。

初秋黑得早。暮霭中,一伙人簇拥着一乘轿子从南面过来,"咻——咻——"的声音也随之传过来。不用说,这是皇上来了,簇拥着轿子的是皇上的侍卫,太监在前面"打咻"。

曹霑等马上转过身,面朝湖面,垂手肃立。等到轿子从身后过去,逐渐走远,才转回身,一直看着轿子进入"碧桐书院"。

夜幕降临了,小风在林中穿行发出阵阵声响,湖水轻轻地拍打着堤岸。

他无意中抬头看看,竹过楼里烛光亮了。窗户那里有一个身影在晃动。刚开始他不大在意,以为是个宫女,可是定睛一看,他的心骤然缩紧了。

他太熟悉这个温馨的身影了,眼睛再也离不开了。

有人撞了他一肩膀,问:"这是她?"

他扭脸一看,是吉营总。

为了平缓曹霑的情绪波动,吉金刚故意轻描淡写地说:"你呀你,心里本来稍稍安定了一点,一见到她的影子又受不了了,是吧?"

曹霑额头上冒出一层细汗,他直愣愣地看着,大口喘息着。

吉金刚关切地问:"想什么呢?"

曹霑脱口而出:"想吕四娘。"

吉金刚一把捂住他的嘴,"怎么想起吕四娘了?"

曹霑压低声音,眉飞色舞地比划着说:"那吕四娘练得飞檐走壁的本领,在屋脊上三蹿两跳,如履平地,来到碧桐书院,用舌尖将窗户纸舔开小洞,但见红烛之下,床上躺着一杏脸桃腮、如花似玉的女子,当今圣上正要对女子非礼。吕四娘想起国恨家仇,胸中怒火万丈,手持短剑悄然无声潜入,圣上见一女子倏然出现，大惊失色，没待他呼唤侍卫，吕四娘一剑封喉。欲知后事如何，且听下回分解。"

吉金刚笑了，"真有你的。媳妇儿要跟别人了，你还说得挺热闹。"

曹霑说："还不是苦中取乐。再不这么着，我就得跳后湖了。"

吉金刚四下看看，悄声说："别胡思乱想了，没有吕四娘其人。太监宫女报告的那点烂事都查清楚了。树村有个贼窝，几个毛贼夜里翻墙进来偷东西，在房顶上弄出些响动。昨天镶白旗营把那个贼窝掳住了，一个也没跑掉，人赃俱获。贼窝的头是个女的，那只女靴就是她进园子偷东西时失落的。"

曹霑仍然抬头看着那个身影，"嗨，我也知道吕四娘什么的八成是说书的编出来解气的。我说说吕四娘也是给自己出出气。"

竹过楼的窗户里，出现了好几个身影，好像是在忙活什么。

曹霑问："屋子里怎么进去那么些人？"

吉金刚的大手啪地搭在他的肩上，"你给我挺住！这道关她躲不过去。进去的那些人是太监，他们在给她脱贴身衣服。"

他吃力地问："那些太监想干什么？"

吉金刚的双目炯炯放光，"小子，你给我长点出息，我就都告诉你。我在咸安宫官学混了几年，宫里事多少知道些。这道活儿有固定程式：皇上要招幸哪位嫔妃了，晚饭时'翻牌子'，把写着那位姓名的木牌翻过来，由敬事房通知那位。那位妃子在晚饭后即沐浴，只穿小衣在被窝里等着。到时候太监进去解小衣，再用被单卷起来，扛出门，一直送到皇上的龙床上。"

曹霑痛苦地蹲了下来，巴掌不断地拍着额头，"妈的，我怎么听着这么恶心。我了解陈雨林，表面上亲切、谦和、忍让，骨子里自尊自负，孤芳自赏。像她这样的，脱光了一丝不挂地卷起来，就像个春卷一样，被个骗人扛着到处走，她怎么受得了这个。"

吉金刚说："受不了也得受。后宫里就是这鬼规矩。"

吉金刚冷峻地看着"天然图画"的南门，冷冷一笑，"这不，来了。"

曹霑猛抬头，看见一盏红灯笼飘荡过来，包衣营的兵丁在一个护军校带领下在前面开路，随后又是一盏红灯笼飘荡过来，一个太监在前面走，后面跟着一个高大的太监，肩膀上面扛着一个绸缎被褥卷。

绸缎被褥卷从曹霑的眼前经过，在月光下反射着微光。

他呆呆地看着，头脑里一片空白，无论如何也不能相信，里面卷着的就是她。他目送着那个太监走远，只是觉得翻搅得难受，肠胃里一股酸水忽地冒上来，他急转身对着后湖大口呕吐起来。

吉金刚拍着他的背，他吐尽酸水，刚刚起身，猛然间听见碧桐书院那边有些异常。一个太监的尖嗓子在那边喊着："去去去，回去回去，快点回去！什么新媳妇儿，你们都发疯啦？这会儿哪儿还顾得上新媳妇儿。哪儿来的统统回哪儿去。除了急召的亲王、内大臣，未经允许，谁也不准过来。"

不大会儿，那个太监神色慌乱地跑回来，依旧扛着绸缎被褥卷，一直跑进天然图画南门。这就是说，"新媳妇儿"还没进"碧桐书院"就被退了回来，又回到原地了。

曹霑大惑不解，"怎么回事？"

吉金刚眉头拧成个大疙瘩，紧紧地盯着北面，自语道："有情况。怕是'碧桐书院'里面出事了。"

话音刚落，圆明园护军营总统大臣飞跑过来，一边跑一边喊："包衣营的听着，你们吉营总在哪儿？"

吉金刚急忙迎上去，"总统大臣，我在这里。"

总统大臣停下来，大口喘着，指点着吉金刚的胸口，上气不接下气地说："吉营总，带好你的人，留在原地，谁也不准动。马上派出八个人，打马飞报各个旗营，今天夜间就寝不准脱衣服，随时待命。"

吉金刚连忙问："出什么事啦？"

总统大臣俯在吉金刚的耳边说了俩字儿："皇上。"

吉金刚二话不说，转身就走。

不大会儿，只见一盏盏的灯笼引导着一拨一拨的人，从这条路上经过。

在月光下，曹霑能够辨识出来的有大学士张廷玉、庄亲王允禄、宝亲王弘历、果亲王允礼、大学士鄂尔泰。从大宫门到这里不算远，园内不得骑马乘轿，他们无一不是神色匆匆，一路磕磕绊绊地小跑。

一种不祥的气氛渐渐地冒了出来，渐渐地聚拢过来，并且一点点地升腾起来，飘荡开来。附近像是有一个巨大的幽灵在孤独地徘徊，在愤怒地张望，在发出愤懑的独语，在晦涩地窥视着每个人的心灵。

曹霑惊惶地站在后湖边上，他的兵丁惶恐地向他聚过来。谁也不知道出什么事情了。有个十五六岁的委前锋吓得哭了。

半夜刚刚过，碧桐书院那边隐隐约约地传出哭声。静夜中，哭声传出很远，其中夹杂着吓人的干嚎。这是送死人的那种哭法。

从碧桐书院那边，一个兵丁接一个兵丁地传话，每个兵丁听到传过来的话，二话不说，立即跪下。

一个兵丁过来对曹霑咬耳朵："皇上驾崩了。"

曹霑脑瓜子忽地一下乱了，吕四娘之类搅成一锅粥。莫不是刚才的祈祷灵验了？他腿肚子一软，扑通一声跪下。

第五部

七十六、碧桐书院－管辖番役署－路上－郑家庄

雍正皇帝的死因，是清朝几大谜案之一。

胤禛系暴死。据《清世宗实录》：八月十八日胤禛仍正常召对，与办理苗疆事务王大臣议事，八月二十日谕军机大臣关于北路军营驼马事务，引见宁古塔将军杜赍咨送补授协领、佐领人员。八月二十一日未尝休息，照常办公。八月二十二日夜晚突然间就不行了。八月二十三日子时死于圆明园碧桐书院。

后世推求胤禛死因，除参考《清世宗实录》公布的官方说法，还参考张廷玉的《澄怀园主人自订年谱》里提供胤禛去世前两三天的第一手见闻："十三年八月二十日，圣躬偶尔违和，犹听政如常，廷玉每日进见，未尝有间。"胤禛去世的前两天有点不舒服，但没有影响主持朝政。二十二日白天，胤禛还与张廷玉召对，当天夜晚情况急转直下。"二十二日漏将二鼓，方就寝，忽闻宣诏甚急，疾起整衣，趋至圆明园，始知上疾大渐，惊骇欲绝。庄亲王、果亲王、大学士鄂尔泰、公丰盛额、讷亲、内大臣海望先后至，同至御榻前请安，出，候于阶下。太医进药罔效。至二十三日子时，龙驭上宾矣。"

张廷玉是朝廷重臣，是见过大场面的，发生什么事才会让他"惊骇欲绝"呢？无非两个方面：一是胤禛受到严重摧残，样子变得十分可怕，吓了他一大跳；二是他万万想不到皇上的身体会一下垮掉。

胤禛大渐时，允禄紧随张廷玉之后第二个赶到碧桐书院，见到御榻上的皇上，吓了一跳，皇上的面孔整个被憋紫了。旁边的轮值太医束手无策，摸摸腹部，硬得像石头疙瘩，却不敢往深里说。

允禄恸哭时，轮值的太医悄悄递给他一张纸，上面写着个"叁"字。

这张纸他早就见过，这次是在御榻旁边找到的，表明皇上服食了纸里包着的丹药。一个老太医告诉他，民间误服丹砂者就是这种症状。

随后，宝亲王弘历、果亲王允礼，鄂尔泰，内大臣丰成额、海望、讷亲陆续赶到御榻前，在雍正皇帝生命的最后时刻，没有人会推求死因，当务之急是领受遗诏。

由于胤禛死得突然，全然没有料理后事的准备，二十三日子时之后，圆明园里出现了短暂的混乱。弘历承袭大统后作出的头一个决定是将皇考的遗体运回皇宫入殓，但是，用什么运？怎么运？圆明园的人怎么回皇宫？一系列事情乱哄哄的。胤禛的遗体是装在软轿上抬回去的，那种狼狈可想而知。圆明园仅有的几匹马被亲王骑走了，张廷玉只得从官厩中临时找了一匹劣马，马不大听话，加上是后半夜，往皇宫赶的路上，差点从马背上滚落下来。鄂尔泰则连匹马都没有找到，他是骑着运煤的骡子回城的，路上把肛门颠裂了，鲜血直流。

八月二十四日，弘历宣布辅政大臣名单。据弘历说，这个名单是在几年前就确定了的，他在雍正八年奉乃父谕旨，谓"大学士张廷玉器量纯全，抒诚供职，其纂修《圣祖仁皇帝实录》宣力独多，每年遵旨缮写上谕，悉能详达朕意，训示臣民，其功甚丰。大学士鄂尔泰志秉忠贞，才优经济，安民察吏，绥靖边疆，洵为不世出之名臣。此二人者朕可保其始终不渝，将来二臣著配享太庙，以诏恩礼。"同时写入遗诏内的还有乃父对允禄、胤礼的评价："庄亲王心地醇良，和平谨慎，但遇事少有担当，然必不至于错误。果亲王至性忠直，才识俱优，实国家有用之才。"这个辅政的总理事务王大臣班子总共四人，包括二位皇叔，一位满大臣，一位汉大臣，以保证大行皇帝继嗣统治的稳定。

此后，为了后事如礼进行，内务府和总理事务王王大臣忙得脚后跟踢后脑勺，特别是鄂尔泰、张廷玉二位满汉近臣，正是在新君前表现的时候，不仅滴水未沾，而且未曾阖眼。

在这种时候，作为内务府总头目，庄亲王允禄有一大堆事情要处理，其中一件是下令将圆明园的道士迅速押到管辖番役署。这个衙门在西华门外北长街路东，职掌就是缉捕各案及逃跑太监。

城门失火，殃及池鱼，不仅炼丹的张太虚、王定乾被关押起来，而会驱邪会招鹤的娄近垣也被关在一个号子里。张太虚倒是气定神闲，那两个愁眉不展，长吁短叹，唏嘘不已。

八月二十五日清晨，允禄带着两个护卫怒气冲冲地出了西华门，赶到管辖番役署。他进门就嚷嚷："带张太虚！"

张太虚被五花大绑，五六个番役簇拥着他，带进大堂，按在地上跪着。番役并不离开，牢牢地盯着他。都说道士有些手段，谁知道这个曾经入宫的道士会使出些什么招数。

允禄喊道："张太虚！你给大行皇帝服食的是什么东西？"

张太虚成竹在胸，答："贫道给大行皇帝服食的是什么，王爷应该清楚，王爷和戴郎中及几个内务府官员都服食过。大行皇帝服食的丹药与你们服食的丹药是一样的，都是在'廓然大公'烧炼的。"

允禄的胸脯急剧地起伏着。"本王就知道，你会用这套话应付搪塞。不错，本王、戴铎和几个内务府官员的确服食过你的丹药，而且当时见效。但大行皇帝服食的丹药是和我们试服的是一样的吗？"

张太虚说："当然是一样的。"

允禄斜睨着他，"狗揽八泡屎，你是什么都敢招呼。怎么我们服食之后没事，大行皇帝服食之后就有事啦？"

张太虚早有应对之词。"贫道不是给大行皇帝献上一副丹药，而是献上三副丹药。三副丹药是一样的。既然大行皇帝服食第一副和第二副没事，那么服食第三副丹药之后也应当没有事。"

允禄拍惊堂木，"到了这步了你还在疙瘩啰唆地狡辩。"

他出示写着"叁"字的那张纸，"大行皇帝驾崩后，这是在御榻旁边找到的。它足以表明，大行皇帝是服食了你的'叁'字丹药之后驾崩的。"

张太虚并没有被允禄的物证唬住，"找到这张纸，只能证明大行皇帝服食了这张纸里面包着的丹药，证明不了其他，更不能证明大行皇帝是服食了这张纸包着的丹药驾崩的。"

允禄拿着惊堂木重拍几下，"本王当时在场，轮值太医也在场，全都看得清楚，皇考服食你的丹药后，全身出现丹药中毒状。干插瓦儿，没别的。你口口声声说大行皇帝服食头两副没事，这种鬼谷麻糖的把戏说骗不了人。头两副丹药没出事并不见得第三副丹药也不出事。头两副丹药可能是干净的,是你虚晃的两枪,你在第三副丹药中下毒了!"

张太虚几乎要笑,"王爷,您要冤枉好人也得会冤枉。炼丹期间贫道一步不曾离开'廓然大公'。大行皇帝派王定乾道友盯着,贫道的一言一行都在太监眼皮底下,每样原料都是内务府出去采购的,贫道哪能搞到有毒性的东西。既然搞不到毒药又从何下毒?"

允禄被噎住了。

张太虚说着唏嘘起来,"大行皇帝驾崩,根子不在贫道的丹药上,王爷不妨从别的地方找找辙。那天大行皇帝把贫道召到'廓然大公',赐以御膳,席间要求烧炼丹药,太监和侍卫都在场,可以作证,贫道当时就奉劝不要服食丹药。大行皇帝不听劝阻,执意要贫道烧炼。烧炼地点,法器和仙炉都是大行皇帝下令备下的,连王定乾道友都是大行皇帝从西苑指派过来的。现在这些都不讲了,把出事的缘由一股脑都栽在贫道头上,贫道断断不服。"

允禄伸出剑指点着:"过节过板儿的,礼数还不少。你还冤啦?不栽在你头上还能栽在谁头上?"

张太虚停止唏嘘,侃侃说:"这么大的事不是一个人能顶的。贫道是出家人,早就参透生死之事。如果这盆屎一定要扣到贫道头上,要杀要剐由便。但在临刑前,贫道就要摆摆往事了。贫道曾经劝阻大行皇帝不要服丹,是谁鼓动大行皇帝服丹的?好像不止是一个戴铎。鼓动者是不是当与烧炼者同罪?贫道以为当一视同仁。"

这番话软中透硬,实际上是把允禄也给绕进去了,因为允禄也曾在皇上面前夸这种丹药管用。他自然担心,如果惩处张太虚,张太虚乱咬起来,戴铎自然首当其冲,戴铎为了活命,会把他也咬一口。

允禄马上折返大内,他与刚即位的乾隆皇帝是怎么谈的,不得而知,只是事情随后发生了戏剧性变化。

乾隆皇帝即位之初就表现出巨大活力。在雍正皇帝死后三天内,他雷厉风行地颁布谕旨,处理了三十八件要事,其中三分之二以上与葬礼有直接关系,如怎样颁发遗诏、如何确定丧礼仪注,王公大臣、宗室觉罗如何前来瞻仰梓宫等。与丧事无关的仅十二件,大部分是两朝交替之际必须要处理的政务,如尊封皇太后、皇后，对内外大臣及各衙门提出新要求等。在这十二件与丧事无关的事情中，有一道奇怪的上谕，所说根本不是要紧急处理的国政大事，而是为雍正皇帝服丹一事辩解，并将张太虚、王定乾赶出皇宫：

"皇考万几暇余，闻外间炉火修炼之说，圣心深知其非，聊欲试观其术，以为游戏消闲之具。因将张太虚、王定乾等数人置于西苑空闲之地，圣心视之于俳优人等耳，未曾听其一言，未曾用其一药，且深知甚为市井无赖之徒，最好造言生事。皇考向朕与亲王面谕者屡矣，今朕将伊等驱出，各回本籍……若伊等因在内廷行走数年，捏称在大行皇帝御前一言一字，以及在外招摇惑众，断无不败露之礼，一经访闻，定严行拿究，立即正法，绝不宽贷。"

有道是，拉屎不瞧，写字不描。事情都是越描越黑的。弘历在谕旨中强调皇考将道士视如戏子，当个玩具玩儿，确实是欲盖弥彰了。宫中豢养僧道并非雍正一朝，几乎朝朝有之。胤禛暴死，弘历要处理的事情堆积如山，何以迫不及待地将张太虚、王定乾驱逐出宫？明摆着，驱逐他们是为了遮掩胤禛死因。如果杀了他俩，等于承认胤禛服丹而死；放了他俩，则用事实表明胤禛之死与炉火无关。

雍正皇帝驾崩了，甘凤池、吕四娘以及江南七大侠之类的流言灰飞烟灭，百姓们尽管去传播、去渲染吕四娘刺杀雍正帝的大智大勇，而包衣营紧绷的弦算是松弛了下来。每天闷着头照章巡逻。

雍正十三年九月初三日，即雍正皇帝驾崩的第十天，弘历举行了登极典礼。此后大行皇帝的丧事一切如礼进行。

几天之后的一个上午，吉金刚把曹霑叫到了营部。

吉金刚冷冰冰地说："曹霑，出一趟官差。"

适逢大行皇帝丧期，包衣营没有人敢于说笑。

曹霑问："去哪里？"

吉金刚绷着脸："'天然图画'住着一个中选秀女，是大行皇帝生前相中的。这碟儿菜，大行皇帝没来得及挟一筷子，事到如今也没人能动了。庄亲王有令，内务府著太监将该秀女送回郑家庄，包衣营派员护送。我想了想，护送这事就交给你啦，立即出发，带人上路吧。"

一阵狂喜卷来，曹霑简直控制不住自己了，腮帮子的肌肉一个劲地抖。他说：

"吉营总，在下这就上路，上路前有句话要说。"

吉金刚说："你就说吧。"

曹霑说："弟子永远忘不了您的恩典！"

吉金刚依旧不动声色："那我也不妨多说两句。你用不着谢我。该秀女系理亲王弘晳的养女，前几天理亲王直接找到了庄亲王，这是两位亲王间交涉的结果。好在那个秀女没有被册封，如果大行皇帝生前册封了她，给个某某妃子某某贵人的号，就算过门了。只要过了门，去向就得由太后定了，庄亲王想放也不敢放，即便一天也没同房，她现在也得算是太妃一类，那就一辈子窝在宫里了。"

曹霑脱口而出，"好悬呐，万幸，万幸。"

吉金刚终于忍俊不住，扑哧笑了，"混小子，还磨蹭什么，快点去吧！"

曹霑急转身，跑出房间。老天爷！九月原来是这么美的！

他张开臂膀在园子里面跑着，跑进九月的草地与花丛，花丛中有刺儿，不敢扑上去，那就在草地里打俩滚儿。打滚儿时，蓝天在他的视界中也旋转了两圈。蓝天在旋转中显得更为高远。

园内禁止骑马。曹霑领着十几个骑马的兵丁，在大宫门等着。

不大会儿，七八个太监领着一顶四人抬的蓝布轿子出了大宫门。由于在大行皇帝丧期，轿子越素净越好。

轿子停下来，和扈从的包衣营兵丁会合，正准备出发。从斜刺里出来四个轿夫打扮的人，对原来的轿夫说："你们回去吧，轿子交给我们。吉营总有令，我们替你们抬轿子。"

曹霑看得清楚，这几个是他在咸安宫官学的同窗，后来一水儿补放到包衣营担任笔帖式。当年两次接新娘送新娘的都是他们所为。

曹霑感激吉营总为他安排得如此周到，他看看那四个笔帖式抬起了轿子，心里一热，喊道："出发！"

轿子在土道上走着。曹霑骑马走在轿子前头，他回头看看这支队伍，太监们蔫头巴脑、没精打采的，扈从的兵丁却透着欢势，抬轿子的笔帖式分外有劲，轿中人却悄无声息。这支队伍不知道算什么，既不是迎亲也不是回娘家，既不是串门也不是走亲戚。轿中人阴差阳错进了一趟圆明园"天然图画"，老龙没了，凤凰就还巢了。

从圆明园大宫门到郑家庄不过十几里地。走了一多半,八里庄的慈寿寺塔遥遥在望。

一个抬轿子的笔帖式说话了:"嘿,轿子里的,知道我们是谁吗?"

轿子里头应声了:"知道。"

笔帖式问:"是谁?"

轿子里头:"当年的官学生。"

笔帖式问:"你怎么知道的?"

轿子里头:"你们一点没长劲,还是不会抬轿子,颠得厉害。"

笔帖式问:"过去的事还记得呐?"

轿子里头:"一辈子也忘不了。"

笔帖式问:"当新娘子当伤了吗?"

轿子里头:"坐轿子坐伤了。"

笔帖式说:"那两次送你会郑家庄,你都在轿子里面哭。记得吗?"

轿子里头:"记得。"

笔帖式问:"现在又是回郑家庄,你还哭吗?"

轿子里头:"正在哭。"

笔帖式问:"这回为什么哭呢?"

轿子里头:"回家。高兴。"

当年的官学生动情了。"真想唱啊。"

轿子里头:"现在不是时候,正在给大行皇帝办丧事,小心护军抓你们。"

笔帖式说:"谁怕谁?我们就是护军。"

轿子里头:"护军就更不能唱了。"

笔帖式说:"心里憋着畅快又不让唱,您说,该咋办?"

轿子里头:"那你们就跑吧。"

笔帖式问:"不怕颠?"

轿子里头:"怕不颠。"

几句对话,曹霑听得清清楚楚。他振臂高喊一声:"跑吧!"

抬轿子的跑起来了。笔帖式的靴子在土道上跑得欢势,暴土扬尘的。

京城的西郊，大片大片绿油油的庄稼间，蓝布轿子像条小船般在里面巡行。西郊树木繁茂，有摇曳生姿的杨柳，有屈枝交柯的松柏，蓝布轿子像条鱼般在树丛里嬉戏。笔帖式们跑得呼哧带喘，轿子里的人被颠得受不了了，发出阵阵娇喘。他们不打算停，她也不打算让他们停，大地仿佛正在气喘吁吁地盼望着这久久的爱抚。

郑家庄理亲王府邸到了，抬轿子的笔帖式们给累坏了，放下轿子就坐在地上，一个个呼哧大喘。一切都像当年一样。

太监们早就被甩得没影了，曹霑下了马，看着那顶蓝布轿子。

轿帘没有掀开，轿窗没有打开，安静得像个午夜的鸟巢。

他上前掀开轿帘，她被颠得够呛，坐在里面一时不想动弹。

轿子内外，他们凝视着。

她缩在轿子里，脸上渐渐现出狡黠的笑意，嘴唇嗡动着吐出几个词："傻当兵的。穷当兵的。包衣奴才。护军校。"

接着，她就像被从轿子里面弹了出来，扑到了他的怀中。

此时此刻的大悲大喜大辛大酸和大恸，此时此刻喷涌的眼泪和绽开的笑靥，就让天上的流云去诉说好了。

笔帖式们从地上爬起来，相互击节，叽叽嘎嘎起哄驾秧子。哥儿几个累得贼死甘撒一身臭汗，要的就是这一刻。

前来迎接的理亲王夫妇欣慰地相互看看，款款地退回大门内。

她的泪水蹭到他的面颊上，她的鼻息喷在他的面颊上，他不知所措地四下张望着。老天爷呀！九月原来是如此的灿烂！

会面后最初的狂喜过去了。

午饭后，太监、笔帖式、兵丁都离开了。

理亲王、亲王妃和曹霑、陈雨林平静地坐在正房中。

曹霑很尴尬。他挠着后脑勺，脸蛋红扑扑的，说："舅舅，中秋节那个晚上，外甥冒犯了，错怪了舅舅。那些皇上半拉子老丈人的话都是昏话、混话、胡话、王八蛋话。外甥知错了，请舅舅原谅。"

弘晳大笑起来，"原谅？舅舅还要谢谢你呢。"

曹霑傻了，"谢我？"

弘晳正下脸来。"舅舅不是在逗你，真的是要谢你。"

曹霑真的惊讶了，"我有什么可谢的？"

弘晳低头想了想，向外一挥手，吴青卿会意，带着陈雨林出去了。

弘晳抬起头来说："为什么要谢你？这个话难以启齿，但还是要说，那就从头说吧。中秋节的夜晚，你舅母等于对你娘托底了，这么些年来，大行皇帝都对她干了些什么。你也在场，应该听出名堂了。"

曹霑沉重地喘息着，"听出来了，大行皇帝是个老淫棍，亲王妃是他的侄媳妇，他连点纲常理法都不顾了。"

弘晳接着说："这还不算。我阿玛、所说的废太子，也就是你姥爷，他的死也与大行皇帝有关连。阿玛被废黜皇太子后，与八阿哥、九阿哥都有来往，在病猎鹰一事上还帮八阿哥洗清了沉冤。这件事肯定让大行皇帝瞧着脸酸。雍正二年秋，阿玛病了，病不重，但服了赐药后，立刻就不行了。我怀疑这里面有手脚，阿玛是让他给'狼'了。"

曹霑急忙问："那舅舅打算怎么办？"

弘晳说："弑父之仇，夺妻之恨，这两口恶气无以下咽，流脓打水儿的，伤是好不了了，一时间满盘子满碗地想着报仇，但在刚开始，连一点招都没有。"弘晳沉浸在当时的情绪中，痛苦地摇着头。

曹霑问："后来怎么着啦？"

弘晳的眼睛骤然一亮，"后来你告诉我一件事，点拨了我。"

曹霑诧异，"我？"

弘晳的眼睛眯缝起来。"戴铎带着吉金刚和你，到白云观去捉拿游方道士贾士芳，戴铎无意中露出，贾士芳曾经为皇上配制春药。你把这件事告诉了我，这就是我要谢你之处。"

曹霑问："这有什么可谢的？"

弘晳说："以后我就顺着这条线摸，果然，大行皇帝给田文镜、李卫、鄂尔泰、查朗阿、罗石麟和赵国麟等六七个总督下旨，令他们查访精通医道的道士。想干什么？当然是为了养生，为了荒淫有个好身子嘛。这些总督找到几个道士，有的会驱邪，有的会炼丹，但都不太管用。我也在暗中找道士。有一次，你带着教习吉金刚到我这儿来，他聊天时无意中告诉我，他的师傅是精通炼丹的好道士。"

曹霑问："可是吉营总说的张太虚？"

弘晳说："正是。通过吉金刚，我结识了张太虚，试了试他的手段，果然厉害，所配制的春药，令戴铎之类赞不绝口，并引荐给了皇上。听说后来庄亲王和内务府一些官员也试服了他的丹药，都说有神效。"

曹霑说："后面的事情我知道，当时我在场。大行皇帝在圆明园廓然大公请他用膳，令他在廓然大公炼丹。"

弘晳接着说："今年夏季，他就在那里为大行皇帝炼了三副丹药。"

曹霑突然间意识到了什么，"舅舅，圆明园里面有传闻，说张天师炼的这三副丹药，大行皇帝吃了头两副还挺管用，第三副是毒药，把大行皇帝给毒死了。那些太监和轮值太医们都是这么说的。"

里面传出一个声音："言之差矣，冤枉贫道啦。"

随着话音，张太虚从暗处踱了出来。

曹霑惊讶，"张天师，您也在这儿？"

张太虚说："贫道被新君驱逐出宫，明天又得云游四方去啦，临行之前到理亲王府邸告辞一声。"

曹霑犹豫了一下，说："张天师，您刚才说圆明园中的传闻是冤枉了您，那么实情是什么？能告诉我吗？"

张太虚说："既然理亲王对你说了不少，贫道就索性给你托底吧。大行皇帝确是服食了我的药而'大行'了，但那丹药不是毒药。"

曹霑问："这是怎么回事？"

张太虚指了指弘晳，"与理亲王见第一面，我就知道他要什么，简而言之，要春药，投大行皇帝之所好，拿春药当诱饵。历朝历代，皇上多因为荒淫而伤元气。对此，太医院拿不出管用的办法。清宫太医院，就知道用些人参茸鹿鞭鹿血，固然可解一时之需，但药力太猛，吃一点就会上火。而温补，太医院又没有好方子，已知的药方配伍过于温和，对上了岁数的男子不大管用。太医院就没辙了。"

这回是弘晳感兴趣了，"你的丹药怎么那么好使？"

张太虚说："我那个可不是丹药，是用儒医路数配制的春药。民间有些偏方很好使，明清太医院搞不到，游方道士云游四方却可以发现。康熙年间，我在浙江沿海发现，当地渔民用海马配出来的春药很管事。渔民质朴，不打算开药铺，好东西也不闷得儿密，只要有心问，就会将配伍一点点抠出来。"

弘晳问："张天师就是根据这个炼制的春药？"

张太虚挥挥手，"哪有这么简单。明朝嘉靖皇帝曾从南洋进口龙涎香。胤禛也知道此事，但没敢张扬地进口。王定乾在南薰殿烧炼，是因为没有龙涎香而失败。贫道云游到云南蒙艮府小孟贡江发现，那里产的一种肥鱼与龙涎香同等，当地土司食之一夜可御数女。蒙艮府土司方子和浙江渔民的方子太糙，土腥味十足，贫道加以改造，研磨多年弄出个上好配方。在京城大药铺，除小孟贡江肥鱼没货，其他几味药都可以抓到。贫道将小孟贡江肥鱼腌制成干，随身携带了一批，只要需要，随时可以炮制出最灵验的春药。"

弘晳问："张天师给戴铎他们服食的是这种春药？"

张太虚说："不错。给戴铎的是我精心炮制的春药，所以服食之后有神效。"

曹霑问："那么，您给大行皇帝服食的是什么？"

张太虚的脸上浮现出一丝不易察觉的笑意。"给大行皇帝的三副药中，头两副就是这种春药，他服食之后大加赞许，甚至表示要封贫道为'阳春真人'。第三副就不是春药了，但也不是毒药。"

曹霑愈发不解，"那大行皇帝是怎么猝亡的呢？"

张太虚微笑，"这里面的道道就先不对你说了。金刚和你都是圆明园护军营的，天天巡逻防范甘凤池、吕四娘行刺。甘凤池我在江宁时见过，六十多岁了，当年的本事早就使唤不动了，吕四娘纯系子虚乌有。且不说江南七大侠如何，贫道得告诉你，好道士不用刀剑说话，甚至不用毒药说话，所采用的手段既不是护军营所能防范的，也不是戴铎之流所能想到的。"

曹霑问："您为什么要这样做呢？"

张太虚说："你真的想知道？"

曹霑说："太想知道了。您能告诉我吗？"

张太虚一点曹霑的胸口，"事情是从你们身上开始的。"

曹霑惊讶，"我们？"

张太虚激越起来，"你们官学生！戴铎带着你们官学生从白云观秘密抓走了贾士芳，而贾士芳是贫道的挚友，我俩曾结伴云游多年。此人曾经入宫，通过按摩与符咒治好了皇上的病，却因会通符咒而遭到皇上猜疑，出宫之后依靠开方子挣钱度日，却落得几乎满门抄斩。这口气，道家中人无以下咽。再者，吕留良案中的严鸿逵也是我的挚友。严家颠里颠顶的，却蒙受如此冤狱，这口气同样无以下咽。即便理亲王没有搭桥，贫道也会用其他方式接近胤禛。"

弘晳与曹霑正在琢磨这番话时，张太虚站了起来，拂袖而去。

像刮过去一股仙风，游方道士转眼间出门不见了。

七十七、太和殿－苏州胡同郡王府

雍正十三年十月十五日，乾隆皇帝御常朝。天明以后，他到乾清宫雍正皇帝几筵前行礼，然后到皇太后宫行礼。由于已过二十七日服丧期，他身着清朝帝王冠服。

这日常朝，中和韶乐度用林钟为宫，乾隆皇帝缓缓地走上御座，缓缓地坐下，而后在丹陛大乐的乐曲声中，意满自得地接受王公百官行礼。

他的御座后面站着两个领侍卫内大臣，各带领十名侍卫。两溜侍卫，十个持枪，十个持刀。由于他们都用豹子皮为饰物，被称为"豹尾班"。

乾隆皇帝升座之后，与王公百官脸对脸。王公百官惊讶地发现，皇上的脸蛋子与过去不大一样。弘历曾在长春仙馆读书，自号长春居士。他当居士那会儿，见过他的人都不认为他长相出众，阿谀者也仅说有几分清秀。对皇子来说，清秀不是好词儿，威严才透出铁腕。这次常朝上，文武百官看到一张踌躇满志的面庞。这张脸生动而张扬，清秀一扫而空，眉宇中透着股威严。弘历气宇轩昂，嘴角稍稍上翘，眉眼中闪烁着神秘的笑意，鼻子不时地耸动几下，像是揣着个闷葫芦。

脸蛋这东西，生来什么样就什么样，除了随着年龄的增长逐渐见老，不会因大富大贵大蓝大紫而嫩起来。而弘历却并不是这样。他即位的当月，刚好满二十五周岁。爱新觉罗这个姓氏很少出英俊男子，他的长相未脱爱新觉罗氏传统的小鼻子小眼的窠臼，却是天庭饱满，有几分虎实，从传世画像来看，似乎比圣祖和世宗略强一些，个头也差不多，属中上等个儿。但是，自打登基大典那天起，他面容的上半部清虚疏朗了，多了些深藏不露的城府；下半部则棱角鲜明起来，平添了几分刚毅果敢的样子。都是当皇帝闹的。一个青年在一夜之间成为天下之尊，鸿运高照之下，感觉到了那步，脸上不能不有点变化，有了几分神韵。

从胤禛驾崩到这时已将近两个月。时间不长，弘历处理的事情很多，除大行皇帝葬礼以及两朝更替时必须安排的事情外，还搞了些拨乱反正的事情。在历史上，新君执政后通常都要搞些怀柔手段，安抚从前受到冤枉的臣僚，同时纠正从前处置过轻的案子。

雍正皇帝对吕留良一案的处理随意。吕留良、严鸿逵、吕葆中等已故去的人被开棺戮尸，家属、门人斩决，同时为了表露"胸襟"而把游说岳钟琪起兵反清的曾静、张熙等释放了。这种处置引起很大反感，对清室忠心耿耿的官员认为皇上简直是信马由缰地胡来。十月十八日，弘历命湖广督抚将曾静、张熙锁拿解京。对此，满汉大臣都服帖，满大臣认为早该如此，汉大臣对这两个来回摇摆的人也没有好气，杀了就杀了。

弘历即位的头一个多月，最得人心的事是安抚从前受到打击的宗室，说开了还是给大行皇帝擦屁股。胤禛对政敌过分严酷，处置隆科多与年羹尧，手段够毒辣的，但几乎没有留下后遗症，年、隆都是位高权重的汉大臣，满大臣对他俩本来就窝着一肚子火，他们活该倒霉。但胤禛对亲骨肉实在下手过重，遗留下不利于"睦族"的因素。

尽管弘历即位之初强调要"时时以皇考之心为心，即以皇考之政为政"，但在实际操作上，还是要放允裸、允褚、允䄉、允禵一马，不管怎么说，这四位都是他的亲叔叔。这次常朝之前，弘历下旨重提阿其那、塞思黑之事，命确议他们的子孙续入宗牒的问题，这等于是重新承认允裸和允褚的后人享受宗室待遇；他还下令释放了允禵和允䄉。由于谕旨刚下达，这时只控制在一个很小的范围内，还没有传开。

文武百官排班站定，乾隆皇帝俯视着他们说："朕自九月三日登基以来，到现在已经有四十多天了。皇考走得急，很多事情未及交代，加之两朝交替，大小事体极为繁杂。面对纷繁，朕难免有不周详之处，尔等以为如何？"

常朝不进表不颁诏的，如果没有急茬儿，主要内容是谢恩。人人都爱听表扬的话，皇帝也不例外。常朝是皇帝听好话的主要场合，也是文武百官歌功颂德的主要园地。这番开场白表明新君急需受到颂扬，需要群臣对他执政以来的作为给予充分肯定。

辅政大臣鄂尔泰出班，启奏道："圣上自九月三日御极，到此刻不过四十二天。时间虽然仅仅一个多月，两朝即已顺利交接，四海出现升平之象。继圣祖、世宗之后，大清又出如此英君，乃国之幸事，民之幸事，八旗之幸事，苍天之造化也。"

鄂尔泰之所以受到大行皇帝垂青，是因为在西南少数民族聚居地区施行"改土归流"，废土司，设流官，加强了中央政府的统一管理。这手不能说干得不出色。而在新君面前，他此番所说的只是一般的奉承话，拍马屁水平并不高明，殿内几乎没有反应。

辅政大臣、果亲王允礼出班启奏道："圣上下谕旨，令臣等确议阿其那、塞思黑子孙续入宗牒之事。阿其那、塞思黑存心悖乱，不孝不忠，心怀怨望，思乱社稷，大行皇帝特降谕旨，削籍离宗。阿其那、塞思黑孽由自作，万无可矜，然其子孙诚圣祖之支派也，若俱屏除于宗牒之外，则将来子孙与庶民无异。臣等深感圣上慈悲为怀，以及考虑之长远，议决将阿其那、塞思黑子孙续入宗牒。"

太和殿内泛起一片骚动。新君的这一决定着实令人吃惊。王公百官俱知，先皇对八阿哥允禩与九阿哥允禟恨之入骨，甚至赐以阿其那、塞思黑等侮辱性名称。而弘历即位没几天就将阿其那、塞思黑的子孙续入宗牒，可见弘历比起其父确实有些肚量。而肚量这东西并不是虚的，它所带来的是高屋建瓴的处置手段。

听着殿内嗡嗡议论，弘历脸上露出一丝喜色，他"嗯"了一声，殿内刹那间鸦雀无声。

弘历启动金口，再吐玉言："阿其那、塞思黑都早已不在人世，允许他们的子孙续入宗牒，只是给一个面子，翻不起什么大浪。而允䄉和允禵都还活着，他们的一举一动、一言一行尚被朝野所关注。不妨告诉群臣，朕已下旨释放允䄉和允禵，群臣以为如何？"

殿内，人心为之一振，泛起更大骚动。

新君这一决定深得人心，博得交口一致的称赞。十阿哥允禵与十四阿哥允禩没有说得出口的不轨行为。允裪送喀尔喀蒙古大喇嘛灵龛回籍，怕离开京师太远遭暗算，没有抵达目的地就住了下来，因此被高墙圈禁十余年，确令人寒心。前抚远大将军允禵的遭遇就更别说了，什么举兵"靖难"，都是瞎猜忌，自己吓唬自己。这可是个为大清江山拼洒过热血的功臣啊。当年圈禁他就不得人心，听说他已被释放，群臣哪能不为之雀跃。

朝着御座，果亲王允礼深深地一拜，说："启奏圣上，臣前日奉旨到关帝庙释放允禵，随后到护国寺大街释放允禩。允禵和允禩无法入宫，他们及其眷属委托臣在常朝时谢恩。"

弘历问："他们都说了些什么？"

允礼回答说："允禩、允禵两家人都一样，感激涕零，呜咽中无以确表，哭着说的那些话，臣当时没有听清。"

弘历不以为然地说："他们怎么感激也是应该的。"

这时，文武百官仿佛刚认识新君，也刚看清他的脸。他宽容了世宗往死里整的人，同时将要杀世宗明赦的曾静和张熙。这一反一正，足以让天下人看清，新君与大行皇帝的确大不相同。

东四牌楼一带是热闹去处，小店小铺一个挨着一个。

从马兰峪软禁到大内高墙圈禁，允禵被关押了十三年！十三年没上过街了，这天一大早，他着青衣戴小帽，提着个柳条编的菜篮子，如市井间的普通中年汉子一般，在东四牌楼一带转悠。

人群比肩接踵，他在人流中荡来荡去，双目茫然，但满心的喜欢。他的嫡福晋跟着。女人怎么看他手里的菜篮子怎么别扭，几次想从他手里拿过来，他硬是不答应，非得自己提着。

他要买一样下酒的东西，要亲自买，别人买的不能算数。转来转去，东张西望，终于让他在一个卖活鱼的铺子里面发现了昌黎运来的海螃蟹。

今儿个该着活鱼铺掌柜的赚了，来的这个老爷们儿也不还价，上来就要包圆儿，其实吃螃蟹最好的季节过了，膏不那么肥了，可是这位也不问个公母，铺子里面所上的二十来斤，全部让他要了。

京城士人有的学江南相公，兴吃河螃蟹，昌黎那边捕捞的大海蟹一般不大对他们的胃口。而在允禵看来，河螃蟹与海螃蟹味道几乎没有区别，而且后者个头大，吃得过瘾。

螃蟹捞出木盆时，都举着两个大夹子作最后的示威，没一个轻易就范。

允禵一招手，"好嘛，个儿个儿是活的，我看你们等会儿还欢势。提着，随我走！"他转身就走，掌柜的提着螃蟹在后面跟随。

允禵是几天前被释放出来的，回到他在苏州胡同的郡王府。他的府邸旁边就是有名的"苦井"。相传，明朝弘治年间某年正月朔日晨，来了位术士汲水，向苦井念了通咒语，从此苦井成为甜水井。

回到府上，他把螃蟹交给厨子，下令当天中午吃，随后他抄起一副扁担，亲自到苦井挑了两桶水回来。他挑水不是把式，但架不住天天练功习武，有一把子蛮力气，挑水还不至于前仰后翘的。

他把两桶水往缸里倒的时候，嫡福晋、侧福晋及家人聚在一旁，都有些惊讶，不知他今天是怎么啦。说好了今天请允裪全家和废太子的儿子弘晳来家吃螃蟹，也不至于亲自买亲自挑水再亲自下厨呀。

亲王、世子、郡王、贝勒、贝子的府邸都是大伙房，供应百八十口子吃饭，伙房里都是大灶台、大铁锅、大笼屉。螃蟹进了蒸笼，他坐在灶边，拿着把破扇子扇火。锅里的水渐渐热了，螃蟹热得受不了，在蒸笼里面爬，蒸笼里传出螃蟹爬行和四处抓挠的声音。

他急促地扇了几下，阴沉着脸对着蒸笼说："四爷呀四爷，你不是横行吗，说话就让你完蛋。"

家人进厨房告诉他："大将军，十阿哥允裪来了。"

他说："叫他进来，跟我一块蒸螃蟹。"

允裪是康熙二十二年生人，现年五十四岁。脸盘出自爱新觉罗的模子，五官都不大。性格没允禵豁达，高墙圈禁十来年，显得苍老。

他进门就问："十四弟，蒸笼里面蒸的是什么东西？"

允禵答："螃蟹。"

允裪双手藏在身后，"十四弟，你猜我带什么来了？"

允禵甚至没有抬头，张嘴就来："螃蟹。"

允裪把两挂活螃蟹高高提起，"哈！让你说着了。"

允禵说："洗洗就一块蒸了。"

家人进厨房报告："大将军，理亲王来了。"

允禵问："弘皙侄子是不是也带螃蟹啦？"

弘皙提着两挂活螃蟹进来，"哟，十四叔，您是怎么知道的？"

允禵爽朗地笑了，一撑站起来，说："我是怎么知道的？今天是什么日子？是大行皇帝走了后，咱们这些雍正朝的倒霉蛋第一次聚会，在这个日子里，不吃螃蟹吃什么？"

弘皙笑道："咱想到一块去了。侄子带来的这些螃蟹不是街上买的，郑家庄有一条河，这两天，我每天夜里带着家人，挑着灯笼捉螃蟹，那些小不拉子都给放生了，挑了些大个的带来。"

允禵忽地坐下，拿着那把破扇子使劲扇，大声嘟囔着："让你横行，让你横行，回头就蘸着姜末蒜泥对着醋吃了你！"

中午时分，允禵在家大摆螃蟹宴，允禵、允裪加上弘皙夫妇，足有二十来口子，男男女女坐了两大桌子。

热气腾腾的螃蟹码在桌子当中，堆的像是两个小山包。

而在开吃之前，没有人动弹。面对这些螃蟹，在座的有莫名的巨大感慨。

允禵端着一杯酒站起来，屋子里顿时安静下来。他清了清喉咙，想说些什么祝酒的话，却一下子堕入往事之中。

"都知道，我坐镇西宁大营时，没有浪得抚远大将军的虚名。那年，西宁大营突然接到驿马飞传，说是老主子驾崩了，我还没来得及哭出声，即披星戴月往京城奔丧，结果下马没几天就被派到马兰峪，名义上是看守皇陵，实际上是拘禁起来了。为啥？是怕本抚远大将军举兵争皇位。从那时起，直到和我一胎所生的那位四爷驾崩，才给放出来。掐头去尾，好嘛，圈禁了十三年，整个雍正朝是在高墙里混过来的。"

在突如其来的喜悦之后，对着这些螃蟹，一种悲痛的气氛渐渐地升腾起来，女眷们的眼圈开始发红了。

允禵的嗓子有些暗哑。"十三年中，倒霉的不止我一个。十阿哥在这儿，他没有统辖一兵一卒，不会举兵争皇位，却因灵柩没送到地方，瞎找个茬儿圈禁了十来年。八阿哥和九阿哥不用说了。还有我的爱将延信，那打仗是玩儿命的呀，统兵御将一气儿从青海直捣西藏拉萨。如此功臣说干掉就干掉了。跟他们比，我算走运，好好赖赖拣了条命。且将这杯酒祭奠八阿哥允禩、九阿哥允禟，还有我的爱将延信老哥哥呀。"

他后退两步，恭敬地弯下腰，将酒徐徐倒在地上。

在座的无不动容，有的女眷悄悄哭泣起来。

允禵朝她们吼道："娘的，好日子盼来了，哭个什么劲。看看桌子上的这位爷，成天举着两个大夹子，八条腿横着走道，现在终于完蛋了。吃的就是这个横行霸道的东西。开吃！"

按照医家的说法，蟹性咸寒，恣食会积冷于腹内，须用辛温发散的生姜、紫苏等来解它。它的腥味实在馋人。当众人的手伸向熟螃蟹那一刻，女眷们破涕为笑，气氛开始活跃起来。

杯觥交错，众人连喝带吃，有说有笑。十月的螃蟹，膏已经不多了，偶尔有个膏满的，就博得一片赞誉。

弘晳吃得高兴，四下看看，又有些不大知足。

他叫了一声板，"哒！我的二位皇叔呀！"

允祧问："侄子可有话说？"

弘晳咂巴咂巴嘴，环顾着周围，说："难得有这么个日子，劫后余生者大聚会，当写些诗啊词呀的，以志纪念。可是我的二位皇叔不是舞文弄墨的材料，我这当侄子的也没读过几本书，对着这螃蟹宴，百感交集，就是一句诗也编不出来。你们说这糟心不糟心。"

允禵笑了。"有什么可糟心的，诗啊词呀谁不会写，你十四叔虽然是个粗人，也是张嘴就来，听着，五言绝句《螃蟹咏》：远看是螃蟹，近看是螃蟹，拿到嘴边看，是个熟螃蟹。"

哄堂大笑中，允祧沉吟有顷。

众人笑完了，他说话了："说到螃蟹，不知诸位吃的时候注意到没有，这东西没肠子，《蟹谱》中称之为'无肠公子'。我记得金朝的诗人元好问有一句写螃蟹的诗为'横行公子本无肠'。在座的几位皇子皇孙的，都被那个没有心肠的家伙害了一场。这么着，我借着元好问的诗，硬憋出两句诗来，即是'饕餮皇孙应有酒，横行公子却无肠’。”

允禵大喜，叫道：“好好好！皇子皇孙就吃这个没有心肠的东西。十哥有两把刷子，接着来，接着来！”

允䄉笑着摇摇头，“你十哥就这么大的起子这么多的水儿，好不容易憋出两句，往下就没词儿了，接不下去了！”

门口响起一声：“我给十哥接下去。”。

众人连忙看过去，却是庄亲王允禄。

允禵的脸一下子耷拉下来，允䄉也有些局促不安。

这么说吧，两张桌子边上围了二十来口子，就没一个人拿好脸瞧他。

允禄却仿佛没有看见，微笑着走过来，说：“一首律诗中应该有两个对仗，十哥刚刚说出来一个：‘饕餮皇孙应有酒，横行公子却无肠’，我再献丑补上一个：‘螯封嫩玉双双满，壳凸红脂块块香’。螯就是螃蟹的那俩大钳子，脂就是那最好吃的膏啦。十哥、十四哥，你们看十六弟这两句续得如何？”

允禵是直肠子，直不楞腾地说：“这两句是不错，可惜用的不是地方。今天在座的都是雍正朝的牛头马面，您这位，啊，雍正朝的大红人，‘今上’的辅政王大臣，到这儿来凑热闹，就不怕犯忌讳？”

弘皙劝解说：“十四叔多心啦。侄子知道，我的这位十六叔在雍正朝是耗子进风箱两头受气。他那个角儿不好当，但凡跟着八叔、九叔跑的那些人，只要不是大人物，大行皇帝都让十六叔处置，十六叔办也不是不办也不是，两头为难，常跟侄子发个牢骚。”

允禵直视着弘皙，“别穷逗了。谁不知道庄亲王这个爵位是怎么来的。我怎么看不出来这位亲王大人怎么个‘两头受气’法儿。他跟着那位四爷吃香喝辣的还会发什么牢骚。”

弘皙说：“这您就冤枉十六叔了。弘历登基才一个多月就准八叔、九叔的后世子孙续入谱牒，还释放了您和十叔。这么干，等于在跟他的皇考叫板呢，举足轻重，在朝野惊动很大，并不那么容易。据侄子所知，在这件事上，四位辅政大臣中，张廷玉和鄂尔泰没怎么吭气，果亲王允礼和庄亲王允禄可没少费口舌。”

允禵直视允禄：“当真？”

允裪在一旁说："这事儿我也听说了。朝野间还有传说,连你来我往的话都有。说庄亲王用撂挑子压弘历,如果不尽快释放允䄉、允裪,他这辅政大臣就不干了。庄亲王,这可是真的?"

允禄没有正面回答,而是把手按在允䄉的肩膀上,"十四哥,别忘了,咱们当皇子那会儿,你跟着八阿哥屁股后面,我跟着你屁股后面。皇阿玛说你是八阿哥的跟屁虫,我是你的跟屁虫。咱们在西花园追啊跑呀,还一块上树掏鸟蛋。唉!这些事都恍如昨日。"

允裪望着窗外,陷入了回忆。"这些事我也记得,十六弟那会儿整个儿是你的跟屁虫,大冬天儿的,流着鼻涕,成天就跟着你瞎跑。"

允䄉的大手按在允禄的手上,"这些事哥哥都没有忘。今儿个是雍正朝的牛鬼蛇神大聚会,你在雍正朝和本朝大红大紫的,哥哥是怕你跟着我们受连累。你要是不嫌膈应,就坐下吧。"

允禄怆然一笑,"牛鬼蛇神大聚会,我还带来俩人呢。听说你们要聚,这哥儿俩哭着喊着要跟我来,要见十叔和十四叔。"

允䄉和允裪异口同声问:"谁家的哥儿俩呀?"

允禄卖了个关子。"说我在雍正朝大红大紫,人家在雍正朝比我可要红要紫。来的这哥儿俩是雍正朝头号大红人家里的。"

允䄉叨咕:"雍正朝的头号大红人?是谁呀?是不是怡亲王?统览雍正朝,大红人当属张廷玉。但张廷玉是个命官,跟王爷没法比,要说大红大紫,他比起怡亲王允祥差一大截呢。"

允禄说:"让您说着了。弟弟带来的是怡亲王的俩儿子。"

允䄉喊道:"让他们进来!"

弘昌和弘晈大步进来。他们还是五大三粗的,虎背熊腰。引人注意的是,他们每人手里提着一挂螃蟹。

允䄉站起来,身体摇晃着迎过去,"侄子,十四叔放出来之后,成天骂咧子,今儿骂这个明儿骂那个,但多咱也不骂十三弟。十四叔知道,你们的阿玛活着的时候不容易。"

弘昌和弘晈带着哭腔同声喊道:"十四叔,请受侄子一拜!"

哥儿俩说完,扑通一声跪下,郑重地俯下头去。

七十八、广渠门蒜市口小院－晏公祠－西峰秀色

曹頫和馨玉之所以种牵牛花，并不是为了赏花，而是一种寄托。

瓦盆排列在墙脚下，从墙头垂下来十多条细麻线，每两条距离尺把远，让牵牛的藤蔓爬上去。藤蔓缠绕着麻绳卷上去，很容易就爬到了墙头，并且在墙头互相纠缠在一起。它的每一个叶柄处生一个花蕾，却又转眼黄萎去，但是一朵刚刚谢掉，另一朵又在含苞待放。一天连着一天，一个花蕾谢了再开放一个花蕾，就像永远开不败一样。

牵牛花的花期恐怕是最长的。秋天，在那淡淡的云影天光里，锦葵早已过了花季，百合枯了，石榴花落了，而墙头仍然挂着牵牛花的残朵，和藤蔓相缠相绕，花期就要过了，但在末梢的嫩条仍然像蛇头一般扬起，一根根小须子在墙头上悄悄地蜿蜒，像是被秋季遗漏的一笔。

往年，秋风瑟瑟之际，心头就有一种压抑感。而在今年的瑟瑟秋风中，一种轻松的气氛弥漫在广渠门蒜市口小院里。

曹頫的情绪不错，在院子里背着手散步，边遛边哼着小曲。馨玉倚着门口看着他。她知道他的情绪为什么这么好。盖缘之于两朝交替，曹家落到一点实惠，逃过了一笔被追赔的银子。

弘历在登基那天，按照惯例颁发了"恩诏"，其中提到："八旗及总管内务府三旗包衣佐领人等内，凡应追取之侵贪挪移款项，倘本人确实家产已尽，著查明宽免。再，轮赔、代赔、著赔者亦著一概宽免。"

政策到了这步，已经够意思的了，但还不算完。曹頫等一大批欠着朝廷银

子的，按月从钱粮俸银中扣除。十月十二日，弘历针对坐扣这种情况再度降旨："著将一切追取款项，暂停追取；亦查明辨别后，再行定夺。现在八旗官兵人等内，若有因欠款由其本人钱粮俸银及其子孙钱粮俸银坐扣者，著一律暂停坐扣，查明后再行降旨。"

根据"恩诏"和随后颁布的谕旨，内务府列出一份应被宽免的名单。在故宫博物院保存的内务府档案史料中，曹頫的名字赫然在目："一件，雍正六年六月内，江宁织造员外郎曹頫等骚扰驿站案内，原任员外郎曹頫名下分赔银四百四十三两二钱，交过银一百四十一两，尚未完银三百二两二钱。"所列举的"尚未完银三百二两二钱"即是被宽免的。

这不是一笔小数目，清朝是个低薪社会，由于保留着关外的大锅饭遗制，国家包了政府官员和正规部队的住房和口粮，军队和政府官员的俸禄都相当低。在康雍乾时期，一个护军前锋全年的饷银不足二十两，一个朝廷命官一年的俸银也就是一二百两银子，三百两银子相当于曹頫两年的全部俸银。想想看，从雍正六年到雍正十三年，七年间曹頫才退赔银一百四十一两，平均每年二十两，可见他真是挤着牙缝向外吐的。余下的一大块全部被宽免，他的精神当然会松快许多。

在这个清晨，曹頫和馨玉转到墙边，仔细看那牵牛花的藤蔓，比起昨天，又长出两三寸的新条，缀一两张长满细白绒毛的小叶子。萧瑟秋风中，生命就是这么倔强。他们相视一眼，笑了。

秋日的西山显得开阔、空旷。

萧瑟秋风中，几乘轿子行走在西山的盘山道上，有几十名护卫跟随。到了轿子难以行进的小路上，人下了轿子。

他们是庄亲王允禄、理亲王弘皙和戴铎。山风很猛，吹得人直打晃，他们在护卫的搀扶下，走向西山深处的晏公祠。

去晏公祠是戴铎提议的。戴铎仅是内务府四品郎中，没有资格约亲王级人物出游。可是他放胆邀约，不仅约庄亲王，而且约理亲王。他耍泼皮，摆出一副架势，到了晏公祠，将有关于大行皇帝死因的重大实情相告，二位亲王是去也得去，不去也得去。

很明显，他已经做了周密准备，二位亲王索性陪着他走一趟。

前往晏公祠的崎岖山道上，戴铎翻来覆去向允禄灌输，他亏大发了。按他的说法，早在胤禛潜邸时，他就在胤禛身上押宝，胤禛即位，他随之得到皇上信赖，由于与皇上走得太近，朝野尽人皆知，皇上为了避嫌而一直没有擢升他。他在所不计，仍然鞍前马后地尽忠，那些难与外人道的埋汰事都堆到了他的头上。眼看就要修成正果——皇上私下答应擢升他为内务府总管大臣——皇上却奔了西天正路。

在山的拐角处，山风不是那么冷，多少有些和煦。

鸟儿在树上欢乐地啼鸣，野花在路边使劲地绽放，戴铎却在泪汪汪地倾诉自己的不幸："整整二十年呐！倾注了多大心血，内务府总管大臣的位置眼看到手了，皇上却蹬腿儿了。一场辛苦全泡了汤。不仅如此，由于我极力推荐道士为大行皇帝炼丹，乾隆皇帝对我憋着一肚子气，指不定什么时候让我告老还乡，搞不好还会治我的罪。"末了，他用一句提纲挈领的话结束了这番诉苦："我倒这么大的霉，都是弘晳闹的。"

弘晳好笑地说："怎么栽到本王爷头上了？京城有句俗话，拉不出屎来赖茅坑。你倒霉跟本王爷有什么关系？"

戴铎说："到了晏公祠，你就会认帐了。"

允禄劝解地说："先不要争执了，到了晏公祠再说，戴铎要是能够拿出些干货，再作处置；如若没有干货，就是血口喷人。"

晏公祠到了。过涧石桥，过道统门。进门为石殿三楹，观内一切都与张太虚离开时一样，空地上堆了些煤渣，几堆剩下的原料，一个不大不小的铜鼎歪在一边。这是张太虚炼丹的遗址。

晏公祠的三个道士身着道袍，站在一旁，每人手里提着个包袱。

戴铎向庄亲王介绍说："张太虚到圆明园廓然大公炼丹之前，就是在这里炼丹的。这个鼎炉还是我在大兴订制的。"

弘晳正在左顾右盼，戴铎转向他，"理亲王，张太虚是你介绍给我的，这点没有说错吧，不是在血口喷人吧。"

弘晳笑着说："没说错。戴郎中不是血口喷人。"

戴铎指着歪倒的铜鼎，加重了语气，"张太虚是在这里炼丹吧？"

弘晳笑着，"这地方，这些料、鼎炉都是你给备下的，你怎么还会问我？"

戴铎突然发火了，指着弘晳的鼻子喊："你少跟我嬉皮笑脸的！我今天跟你打开天窗说亮话。我从来就不惧你。你算个老几？废太子的儿子，不管是康熙朝、雍正朝还是当今乾隆朝，都是舅舅不疼姥姥不爱的。由于你顶着个亲王的头衔，我过去让你三分，今天不让你啦。你给我老实听着，这地方，这些料，这个鼎炉都是我给备下的，但我是让张太虚炼治病丹药的，不是炼杀人药石的！"

弘晳看看左右，仍然笑着说："戴郎中说炼杀人药石为何意？张太虚不是在这儿炼丹吗，这里的道士都看见他炼丹了。"

戴铎指着那三个道士，"你还敢提这里的道士，如若不是这里的道士抖搂，我还真让张太虚给唬住了。你们说说是怎么回事。"

三个道士打开各自提着的包袱，里面是黑面子。

一个年龄稍长的道士说："庄亲王、理亲王，二位亲王在此，贫道不敢瞎说，句句是实。张太虚曾经在这里炼丹，每日炼丹十分虔诚。但不知何故，他所炼的丹药都悄悄扔到院子角落里了。这是我们从院子角落拣回来的。"

允禄大吃一惊，"噢，还有这事？"

戴铎直逼弘晳，"此乃咄咄怪事。张太虚炼的丹药都扔到院子角落里了，按说他的丹药没有了。可我又试服了他的丹药，药效还蛮好。这怎么解释？只有一个解释。我和吉金刚以及内务府官员试服的，包括庄亲王您试服的，根本不是张太虚在晏公祠炼的丹，他在这里炼的'五石散'全扔了。我们试服的是他另外炮制的春药。"

弘晳问："张太虚何必要这么干呢？"

戴铎说："你就别再装糊涂啦。"

戴铎扭头喊道："出来吧。"

王定乾从山洞里走出来。他的穿着十分狼狈，精神状态整个垮了。

戴铎对他说："王定乾，你把张太虚干的事抖搂出来。"

王定乾跪下，拿起包袱皮里的黑面说："二位亲王，贫道品尝了被张太虚扔了的丹药，统统是'五石散'。张太虚到圆明园廓然大公炼丹时，贫道给他烧火，发现他炼的也是'五石散'，贫道曾经对戴郎中说过这事，由于戴郎中试服了张太虚另外炮制的春药，对药效满意，对贫道的话不予置信。结果没过多久，先皇因为服食张太虚炼的丹驾崩了。据圆明园轮值太医所说他死时症状，显然是服了'五石散'所至。张太虚在廊然大公炼制的'五石散'和他炮制的春药，捣碎了都是黑面子，外观上几乎没有区别。"

允禄的眉头聚成一个大疙瘩。他厉声问弘晢："这事你知道吗？"

弘晢有些吃惊，"我也是第一次听说，'五石散'怎么能杀人呢？"

王定乾说："'五石散'是六朝传下来的，的确不是坏东西，是那时候最好的丹药，能够治些病，还有些恢复元气作用。但服了后要立即'行散'，要跑要跳，要出一身大汗，让药力尽快发散出来，否则就得腹胀如铁、面色青紫，很快就会见阎王。"

戴铎总结道："事情很明白了，张太虚拿着春药当诱饵，先糊弄住试服者，再给雍正皇帝服用。头两副是春药，第三副换成了'五石散'。这东西是没有毒性，但大行皇帝并不知道'行散'一说，张太虚给我三副药时，也从来没有交代写着'叁'字的纸包里面是'五石散'。大行皇帝一无所知就服了，结果一个时辰后药力发作给烧死了。"

弘晢有些软了。"我不明白，张太虚何须要药杀皇上？"

王定乾说："贫道打听出来了。道家圈子不大，常在京畿走动的，谁和谁结仇、谁和谁交好，道友间一串就全知道了。贫道最近打听到，张太虚和被朝廷满门抄斩的贾士芳是挚友。他显然是为朋友报仇才这么干的。"

戴铎说："张太虚是执意为贾士芳报仇的，而废太子之子弘晢就把这样一个妖道领到了大行皇帝跟前！"

"张太虚居然和贾士芳是挚友，我是头一次听说。这么说张太虚与我接近是有所企图的。"弘晣的辩白是软弱无力的。

"你又是头一次听说，你在蒙谁呢？"戴铎刻毒地微笑着。

"你说这话是想干什么？"弘晣企图跟戴铎玩儿横的，"怎么？"你是说本爷和张太虚勾结。别忘了，大行皇帝是我的亲叔叔！"

戴铎不屑地摆了一下手，"别提什么亲叔叔啦。我打听到一些不大好玩儿的事，知道你们叔侄之间是怎么回事。"

弘晢紧张起来，"你打听到什么了？"

戴铎凑上前，猥亵地笑了笑，"雍正皇帝在世时，圆明园的太监们口风很紧，园子里的龌龊事点水不漏。雍正皇帝'大行'去了，那些太监没有太大顾忌了，也吐出点干货。想听听吗？"

弘晳看着他下流的笑脸，猜到了他要说什么，喊起来："今天你是满嘴喷粪，你说什么本王爷都不想听！"

戴铎说："今天我还是非说不可！这事儿跟庄亲王大人也有关联，咱们今天就全给摞在地上晒晒太阳。亲王妃吴青卿我见过，堪称绝色。怎么着，绝色女人就许你睡，别人就不能沾啦？这位亲王妃是大行皇帝枕边之物。雍正皇帝心里一瘙痒，就让庄亲王出动，从郑家庄拎出来，小轿子抬到'天然图画'，弄上龙床上过几夜。庄亲王，这事儿是您经手的，本郎中没有说错吧？"

允禄的脸有些挂不住，承认说："你没有说错，有这回事。"

戴铎愈发得意起来，点着弘晳的脸说："还有，当年废太子死得蹊跷，朝野都知道，废太子平时身体尚好，死时年龄刚过五十岁。你曾私下放风说，废太子是服了赐药之后猝死的。这就行啦，天下什么仇恨最大？杀父之仇、夺妻之恨。这两样，占着一样就足以令人铤而走险。大行皇帝对你弘晳，可是杀父夺妻两样都占全了，你要是个爷们儿，就咽不下这口气。所以你和张太虚沆瀣一气，谋杀皇上，就不足为怪了。"

戴铎毕竟是进士出身，当年很有文采，加之做了精心准备，话虽然不多，但逻辑严密，层层推进，弘晳被剥得体无完肤。

允禄也是第一次被点拨。他在审讯张太虚时，张太虚辩解自己没有任何途径能够搞到毒药，也就不可能下毒。推理简单明确，无可推翻，他信了，加上他曾经试服张太虚的丹药，由于药效明显而鼓励皇上服用，怕受连累，就没有深究。但戴铎、王定乾与晏公祠的道士把情况一摆，事实无可辩驳，张太虚的手腕比他所预想的要高明得多，道士杀人用不着毒药。他在惊出了一身汗的同时，也对弘晳产生了真切的怀疑。

二位亲王，一个被击垮了，一个心动了。

戴铎察颜观色，看得一清二楚，逼上前一步。"事情都摆在这里了，庄亲王看该怎么办吧。"

允禄紧张地想了想，"戴郎中，你对皇考诚心可嘉。如果在大行皇帝死因一事上，再有人对你说三说四的，本王爷一定会为你洗清沉冤。而且在适当时机，本王爷会在圣上面前保举你。"

戴铎要的就是这番话，他的脸登时笑烂了。他的笑容又倏地收敛了，指着弘晳，"那么，对这个图谋大行皇帝的疑犯怎么办？"

允禄刹时瞪圆了眼睛，"放肆！如何处置亲王，不是内务府郎中能考虑的。当今圣上明察秋毫，将张太虚、王定乾驱逐出宫，王定乾就在这里，他参与炼丹都没事，别人更无从触动。你算哪路，居然不顾圣命，企图推倒重来，还想把理亲王给绕进去。在这件事上，你再敢多嘴多舌，第一个严办的就是你！下山！"

弘晳长长地吐出一口气。

允禄向外走时，回过头狠狠地瞪了他一眼，然后甩开膀子出道统门。

十二月中旬下雪了，一场数年不遇的大雪。

李白有云："燕山雪花大如席"。大诗人才高八斗，过于夸张了。燕山的雪花大如鹅毛，却是一点也不假的。

大雪下不长，鹅毛雪花飘落几个时辰就停了。大雪一停，京城的士人即刻会续上一个节目：观雪景。这是一件玩儿雅兴的事情。而只要跟雅兴沾边的事，皇族就有积极性。包括皇帝本人。

京城中哪儿的雪景最好看？苑囿呗。苑囿的雪景又以西苑、圆明园为最佳。西苑的雪景以山水浑然一体制胜，那海子与万岁山平日各是各的，这会儿全都是银妆素裹。而圆明园的雪景别有另一番情致。圆明园多山丘多水面多树木，山丘上、池塘上、河汊上、松柏枝上都压着厚厚的雪，千姿百态被整肃成一片皆白，更能玩味出雪境。松鼠在树上奔跑，不时有野鸡扑扑啦啦地飞出树丛，野兔一纵一纵地在山上跑下跑上。穿行其间，仿佛能找到一点白山黑水的意境。

雪刚停，圆明园护军营按照惯例要在主要道路上扫雪，但接到总统大臣命令：不准扫雪。行啦，这是有人要来观赏雪景啦，而且是意趣中人，要观赏的是雪后原本的模样。什么人能到苑囿观赏雪景呢？只有皇上和宫眷。

自雍正皇帝驾崩后，弘历没有来过圆明园。大行皇帝丧期内不准子民享乐，弘历就要带个好头。毕竟，驾崩的是弘历的亲爹，而不是别人的亲爹。弘历挺注意影响，一直没有来圆明园。现在一百天过去了，大行皇帝的丧葬事宜也办得差不多了，可以稍微松动了。

曹霑得到吉营总的通知，皇上将到圆明园观雪景，但不知道游幸哪一带。他带着人往圆明园北面走，这是一条固定的巡逻路线。

这些日子，他在巡逻时总有些恍惚，与陈雨林的若即若离已经成为隐痛，不能想，不管什么时候想起来，就一阵黯然。不知不觉间来到西峰秀色。经常巡逻到此，他对这儿很熟。

西峰秀色是一片冰雪世界。敞厅、平台及斋轩之属皆被厚雪覆盖，花港观鱼结着厚厚的冰。曹霑看没有异常情况，准备离去，听到一阵说笑声。

南面过来两男一女，三个披着貂皮大氅的人边挥指着雪景边走过来。几个他认识的太监跟在后面，一片斑斓的"豹子皮"在左右散走。护军兵丁立即意识到来的是谁了。

曹霑一挥手，"皇上来了！"他和兵丁立即跪在雪地中。

弘历走过来。他穿着一件缎子裁剪的青色龙袍，蓝色镶边，脖颈挂着一串珊瑚朝珠，一直垂到腹部，貂冠，红绒结顶，肩膀后面披着数层孔雀翎，足蹬元色绒靴，再没有其他金宝饰物。

看到护军跪在雪地里，他动了恻隐之心。"平身。"

曹霑等从地上起来，浑身都是雪，但没有人敢拍打。

弘历漫不经心地问："包衣营的？"

曹霑诚惶诚恐地回答："回皇上，奴才等是包衣营的。"

他在傅恒的婚礼见过弘历，那是第一次，这是第二次。几年来，他没有太大变化，只是眉宇间闪烁着傲视一切的神情。

弘历身边的是傅恒和他的妻子娜木钟。在傅恒的婚礼上，曹霑对"小舅子"印象很深，对新娘子也有印象，好一个花容月貌。这次见到，她通身洋溢着美艳少妇的韵味，比当年的新娘子更为动人。

弘历说："雪天要安于职守。"看得出来，他今天的情绪特别好。

曹霑说："回皇上，奴才明白。"

弘历环顾着四周，白茫茫的一片对他有所触动，遂高声说："哈！想起了宋太祖赵匡胤一首咏雪的诗，一个禁军教头出身的老粗居然也有诗兴大发的时候，也会作诗。想听听吗？"

傅恒说："早就知道皇上背诗是奇才，过目不忘。"

娜木钟倒是不大恭敬，"姐夫，背给我们听听。"

弘历运了运嗓子，背诵道："黄狗身上白，白狗身上肿。出门一啊喝，江山大一统。"他随即大笑起来。

娜木钟说："什么破诗呀。"

弘历笑着说："可不是破诗。乍一听糙，实则有味道，很有些味道。一代枭雄赵匡胤在风云际会踌躇满志时，吟诵出来的东西，不可等闲视之。粗犷中带着巧思，彪悍中透着豪情，是那些酸秀才绞尽脑汁，直至江郎才尽也琢磨不出来的。"

弘历和傅恒夫妇有说有笑，越走越远，直至进入含韵斋。

随即，二十来个侍卫跑步到含韵斋附近警戒。他们的护肩都是豹子皮，这就是鼎鼎大名的"豹尾班"。

由于皇上进了西峰秀色，曹霑等不敢离开，在附近转悠着。

雪后的天气越来越冷，冰天雪地里，他和他的兵丁冻得一个劲地跺脚，弟兄们的手指头都冻得像胡萝卜一样。他正急剧地搓着手在雪地里跳，见到含韵斋里面有人出来。他不再跳了。

皇上和傅恒夫妇三个人进去，只出来一个。傅恒脚步匆匆，两个太监跟上，紧着对他说些什么，他耷拉个脑袋也不理睬。

他们从曹霑身边经过。曹霑清楚地听到几句对话。

一个太监说："傅爷，圆明园的雪景堪称天下一绝。您的妻子好不容易来一趟，赶上这么好的景致，一时舍不得离开，想多看几眼，您值不当发火。明儿个后儿个的我们就把她送回您的府上。"

另一个太监说："傅爷，等会儿我们就把您妻子送到'天然图画'去住。皇上不会和她呆多久，皇上日理万机，宫里一大堆事情等着呢，陪她看看雪景，等会儿就回紫禁城了。"

傅恒站住了，看样子想对两个太监大声嚷嚷，但话到嘴边又收住了。

他的指头点了点那两个太监的脑门，狠狠地一跺脚，转身走了。

曹霑站在小山包上，翘首望着傅恒越走越远，直到一个小黑点消失在压满雪片的山林之中。

他骂了一声"圆明园真是个王八池，专养活王八。"他打心眼里同情这位忍气吞声的"小舅子"。因为傅恒的遭遇与弘晳舅舅的差不多，像是一个模子里面扣出来的。

中秋节那个晚上，雍正皇帝当年对吴青卿的所作所为，在曹家亲属圈子里抖搂出来了。前些日子，弘晳舅舅将事情的过程原原本本地告诉了曹霑。事情是从先皇召他们进圆明园开始的，舅母当天就被留宿在天然图画，以后又像羊拉屎一样，里里拉拉延续数年。时下，新君的所作所为几乎与先皇一样。地点同样是在圆明园，所不同的是，先皇是对侄媳妇下手，而他是对内弟媳妇下手。究竟哪个更混，好像都差不多，反正当皇上的都认为"天下即朕"，不顾个伦理纲常。

皇上和娜木钟走出含韵斋，两人在低声说笑，皇上搂着她的肩膀拥进自得轩。先皇经常在自得轩过夜，整个西峰秀色，只有自得轩有一张宽大的龙床。看来，弘历是借着观雪景的名目邀请小舅子夫妇来圆明园，扯上几句闲话就把小舅子打发走，而后就与小舅子的妻子行那云雨之事。

自得轩的门合拢，曹霑的心骤然间缩紧了。

又是个好色天子，一旦见到陈雨林又会如何？曹霑紧着摇了摇头，好像要把可怕的念头甩出脑瓜。他的身上一阵发冷，抬头看，不知什么时候，纷纷扬扬的雪花飘落下来。又一阵雪虐风饕，白色的片絮兀自纷乱地坠着。

七十九、西峰秀色－紫禁城长春宫

冰冻三尺非一日之寒。弘历打娜木钟的主意由来已久。但是，究竟是从什么时候开始的？往早里说，最初动心是在傅恒的婚礼上。那次是弘历第一次见到傅恒的新娘子。当新娘子掀下红盖头，他为她的美艳倒吸了一口气。在这个瞬间，傅恒顶多是忘乎所以，而作为傧相的弘历心动了。后来，弘历与娜木钟时有接触。弘历的嫡福晋富察氏是傅恒的姐姐，傅恒夫妇间或来看姐姐、姐夫，或者弘历夫妇到内弟家里串门。只有在这种场合，弘历才得以见到娜木钟。每逢这时，他就动邪念，但富察氏、傅恒姐弟都在场，他只能瞟瞟人家，极含蓄地用眼神儿表达些爱慕之意。

大凡漂亮女人都敏感而不聪明，大凡漂亮女人都把仅有的聪明才智用到敏感的事上。娜木钟见到弘历的眼神儿，知道姐夫在动何等念头，只是一笑置之。毕竟，她爱她的夫君；毕竟，她敬重夫君的姐姐；毕竟，她还知道要恪守妇德，不能做一点伤害夫君的事情。

过去，弘历对娜木钟不温不火。一次次见面，眼神儿一次次传递过去，她没有呼应，顶破天儿了是个四目流盼。眉来眼去之后，她就要找补，甩过来几句话，话里话外都是刺儿。好在他的心也并不在那儿，分手之后想想她，也就是个精美的瓷人在心里撞击了一下，过不多久就忘了。仅此而已。

登基大典之后，弘历从宝亲王摇身一变成为皇帝，埋头读书的长春居士在一个上午成为天下至尊。那天晚上，傅恒夫妇来到养心殿。过去，这叫内弟带着媳妇儿看望姐夫，现在不同了，同样的事叫晋谒皇上。这是根本的变化，娜木钟却似乎没有意识到，或者假装没有意识到。

弘历的感觉要多尊荣有多尊荣，以为娜木钟得跪下战战兢兢地舔他的脚后跟。殊不知，娜木钟和他说话时眉眼含笑，言语依旧带着调侃，并没有表现出太大尊崇。他被娜木钟的不敬激怒了，认为她是故意这么干的，是用不驯顺来挑逗他，表示他们之间的关系仍然停留在过去的水准上。正是在这一刻，他对娜木钟的情绪开始发生变化。他突然明白了，九五之尊占有谁都行，把谁拽上龙床都是一句话。他要占有娜木钟。

念头一经产生，就变得难以自制。适逢大行皇帝的丧期，他不能做出格的事，但可以想出格的事。弘历每当想到娜木钟，就会情不自禁地咽下口唾液。一个马贩子的女儿，谈吐毫无优雅可言，通身上下找不出一点上佳气质。用后世的语言说，她的软件近乎为零，而硬件极佳，那就是惊人的艳丽。艳丽的女人令男人首先想到的是淫荡的身体。这还不算，娜木钟有一双带点野性的眼睛，尤其笑时，双眼像狸猫般现出股杀伐之气，像是要咬谁一口。无论是察哈尔还是京城，都培植不出这种野性，那是科尔沁草原遥远的遗传，是与狼为伍的游牧生活的遗风。而令弘历心颤的，就是它！

一场大雪把机会送上了门，同时送上门的是决断，是帝王犯混时所独有的那种决断。雪花漫天飞舞，弘历心潮澎湃。柳宗元有诗云"独钓寒江雪"，纯属寒酸文人龟缩于一隅的无奈吟唱。"战退玉龙三百万，败鳞残甲满天飞"，那是何等气势！叫她来赏雪。然后留宿。皇上不做背人的事。偷别人老婆也偷在明面上。傅恒也一块来。就让他知道。事后再想办法安抚。安抚小舅子有的是办法。扩建府邸。官职。重任。女人。权势。男人要的就是这些。有了这些，当活王八也认帐。

然后就是风花雪夜。酸秀才吟诵的那些"风花雪夜"带有想象成份，是多情的笔杆子挥洒出来的，是面对篷壁咬着手指头杜撰出来的。而弘历创造了一个男人和一个女人的货真价实的风花雪夜。

弘历有品味。就宫室品味而言，北宋皇帝宋徽宗当属冠军。他玩儿出了花，也玩儿过了头，把自己玩儿到大漠里去了。此后，雅这东西在元朝、明朝宫室绝迹了数百年。元朝帝王过于粗砺，糙老爷们儿就知道骑马干仗，在大漠南北呼啸驰骋，尽管建立了地跨欧亚的金帐汗帝国，但后世说成吉思汗"只识弯弓射大雕"，倒也不冤枉。明朝帝王自诩将江山夺回到汉家手中，而汉家天子不大研习汉家文化，太祖一味喜欢铿锵，成祖也喜欢硬梆梆的铿锵，往后的一代比一代没戏，末代的崇祯皇帝有重振之志，已是无可奈何花落去。直至入清，康熙皇帝的风格是大刀阔斧加精雕细琢，从举鸿词博科到听昆腔，以及钻研几何、代数，他在极力熏染、熏陶自己，沉浸到博大精深的文化氛围中。随后的雍正皇帝过于实际，作风精严，治国有些办法，品味谈不上。到了弘历这茬儿，古树开新花，他干什么都追求情趣，追求意境。包括胡搞。胡搞也要搞得有滋有味。

自得轩外，雪虐风饕，他和娜木钟厮守在熊熊炉火旁。他通过闲谈得知，他过去递的每一个眼神儿都不是瞎耽误功夫，她都心领神会；过去的四目流盼也都不是白搭，而是预约；至于她对他的轻慢，他对她的恼火，都是积累，在积累中达成了今日的默契。

太监送来了晚饭，就两样，半生不熟的肉和劣质酒。之所以说是劣质酒，是弘历点名要的护军营中的烧酒。盘腿坐在地上干这两样，烧酒辣嗓子眼儿，辣出点冰河雪原、金戈铁马的味道，肉由于夹生而有了旷野风味。酒后微醺，用烧酒洗洗手，他把她一拽，两个人滚上了龙床。没过多久，龙床被晾在一旁，他们搂抱着从床上滚到了地上。地上铺着两层狼皮褥子，他们盖着熊皮，在狼皮上面调情，他一件一件地脱下她的衣服，直至剥光；与男人相比，女人缺乏耐心，三五下扯下他的衣服，粗手粗脚地褪下他的裤衩。狼皮与熊皮都令人燥热，外面冰天雪地的，他们却热得冒汗，呼吸发散出浓重的酒味。

在弘历的性经历中，除了嫡福晋与侧福晋外，宗室子弟还为他找过几个女人，弘历对她们都是逢场作戏，连她们姓啥名甚都不知道。而对娜木钟，他比较认真。所谓认真，就是琢磨她的所思所念。他发现，她比他过去经历过的女人都棒，棒就棒在无所求，全身心地投入。

弘历当然不知道，他拿娜木钟尝鲜儿，娜木钟也是拿他找乐儿。容貌和教养经常是两码事。除了《百家姓》、《三字经》、《千字文》，娜木钟几乎没有读过其他书，也没有完整的价值观。蒙昧有时是好事，傻头傻脑有时是幸事。简单思维在这时帮了大忙，使得她考虑问题直截了当，直奔主题。她不觉得他在玩儿她，而是觉得他在为她提供欢乐。她从骨子里不把他当作太和殿御座上的那个皇上，而是作为一个天下最会享用女人的皇上。天下至尊能够提供何等欢乐？

她要拿皇上满足她的这一登峰造极的好奇心。至于皇权这个大名堂，在这出游戏里意思不大，起的是保障作用。也就是说，如果她和别人来这么一出，傅恒可能会要了她的命，而由于这位是皇上，傅恒拿她没脾气。

当然，除了保障作用，皇上这个大名堂还起安抚作用。无论过去还是现在，姣好面容加魔鬼身材都是一笔资源，漂亮女人容易产生非分之想，逮个机会或许想放纵一把，但放纵要有放纵的心理托辞。通奸的女人不见得不爱郎君，胡来的女人不见得不爱家庭。娜木钟不是能够为一场情事铤而走险的人。她爱傅恒，从来没打算离开傅恒。在这出游戏里，至高无上的皇权既是固守忠贞的底线，也是放弃操守的慰藉，她之所以对郎君不忠，是在奉命行事，或多或少算得上"忠君"。

抱着这种心态，她很松弛，既不打算从皇上那里怀上个龙子，也不打算争什么宠爱，更没有挤进后宫之念，一门心思就是要找快活。

白居易有云："可怜今夜鹅毛雪，引得高情鹤氅人。"雪夜是如此煽情助兴。俩人都没有顾忌，都挺放松，这就对上茬儿了。炉火。兽皮。酒。还有狂风大作。弘历的胡搞的确出了"品味"。

爱新觉罗这个姓氏，世代都是猎人，每年爱新觉罗子孙在围场以射虎擒狼为人间大乐。调情调够了，弘历披着熊皮，把娜木钟按在狼皮上，马贩子的女儿充分发动起来，急迫地需要被擒获，被捆绑，以至被鞭笞。他如同猛地擒住了一条母狼。母狼在他的身下连撕带咬地挣扎，柔韧的身体在扭曲间大幅度起伏着，她的力度令他吃惊。炉火扑扑啦啦地燃烧，在火光的映照下，那双带点野性的眼睛闪着寒光。他注视着她的眼睛，它是欢娱的，兴奋得有些吓人，像是要吞噬他。他的抽动越来越快，她爆发出难以想象的力量，弓起的身子把他整个顶了起来，并梗直了脖子，大张着嘴巴，从喉咙的深部发出嘶哑粗嘎的喊叫，就像月夜中发情的母狼在呼唤公狼，发出一阵阵令人胆寒的长嗥。这阵嗥叫令弘历极为快活，陶醉至极。哑巴一下此前经历过的中规中矩的小妇人，何以能发出这般兽性的呼唤！

天快亮时，她偎在他的怀里睡着了。他睡不着，听着窗外狂风怒号，迷迷糊糊间想起了《庄子·逍遥游》中的"夫列子御风而行"。只觉得自己腋下生出双翼，像大鹏鸟一般在长风中翱翔。

十二月是京城最冷的日子。窗户都糊严了，随褥铜炉瓶、铜用端炉、铜火盆都用起来了，宫里还是冷飕飕的。

富察氏体态丰腴，身材高挑，面庞端庄秀丽，眉宇中带有隐忍之色。这时她靠着书案默默地垂泪。垂泪的原因是，弘历的侧福晋富察氏刚得急病死了。两个富察氏毕竟结伴儿多年，尽管关系不算好。

弘历的侧福晋富察氏，出身门槛不高，是佐领翁国图的女儿。她嫁给弘历比嫡福晋富察氏晚几天，但生育早，雍正六年五月即生下永璜，是为弘历长子。两年之后，嫡福晋富察氏生下永琏，是为弘历次子。但弘历喜爱次子永琏的程度远远超过长子永璜。原因很简单，也很粗暴，长子永璜是庶出，次子永琏是嫡出，是嫡长子。弘历必不可免地重嫡轻庶，连大行皇帝在世时也是如此。在封建家庭，这是正常现像。但多少妻妾之争都由此而来，侧福晋富察氏对嫡福晋富察氏憋着一股子火。直至这次发寒疾逝去之前，仍然对嫡福晋富察氏耿耿于怀。

嫡福晋富察氏生性宽厚仁爱，对侧福晋富察氏的忌恨不大在乎，对她的不幸则由衷地难过。唉！再过几天就是新年了，这个新年即是乾隆元年的开头，侧福晋富察氏不仅没能赶上乾隆年，而且没能赶上册立皇妃，留下个刚满六岁的永璜，真令人心酸。

她正在垂泪，宫女俯在她的耳边轻声说："娘娘，太后来了。"她一抬头，钮祜禄氏进来了。

钮祜禄氏还是按过去的习惯称呼富察氏，"亲王妃，"而后就急急火火地问，"你的男人呢？当今万岁爷到哪儿去啦？"

富察氏说："回母后，皇上头几天去了圆明园，现在还没有回来。"

钮祜禄氏问："大雪天儿的，皇上泡在圆明园干什么？"

富察氏失神地盯着一个点，"说是去赏雪。"

钮祜禄氏怒气未消，"他媳妇儿死了他都不管，还在赏个鬼雪。是和什么人一起赏雪，能这么勾他的魂儿！"

富察氏苦笑着提示说："母后以为会是什么人呢？时下皇上的侧福晋一个不

少地都在宫里头。"

这话提醒了钮祜禄氏，她和富察氏相视着，有些慌乱起来。"什么人能这么勾他的魂儿？"她低声重复了一遍，脱口而出，"女人！"

一个太监慌里慌张地进来："启奏皇后，您的弟弟傅爷来了。"

富察氏的眉头蹙起来，"傅恒来干什么？后宫是不准家里人进来的。叫他回去，有事情从神武门打条子进来。"

那个太监说："他说有急茬儿，非得对您当面说，门禁拦都拦不住。他还说如果长春宫不让进，他就到慈宁宫找皇太后说去。"

钮祜禄氏吩咐说："傅恒是个老实孩子，不给逼急了不会闯后宫。咱就破一回例，让他进来吧。"

太监出去了，钮祜禄氏站起来，"我先到暖阁里躲躲，免得你们姐弟俩说话不方便。"说完她进了暖阁。

不大会儿，傅恒丧魂落魄地进来，带进来几个泥雪脚印也不管不顾的。他素来是个循规蹈矩的齐整人，从来没有这么狼狈过。

富察氏不安地问："傅恒，你这是怎么啦？"

傅恒想了想，不知该说什么，俯在书案上哭泣起来。

富察氏紧锁眉头想了一阵，"你说有急事，闯进了后宫。进来后又什么都不说。这到底是怎么回事？"

傅恒在哭泣中嚷了一嗓子："让我怎么说？都没法张嘴！"

富察氏说："弄得嘴都张不开了，是不是娜木钟出事了？"

傅恒沉重地垂下头，等于是默认了。

富察氏心疼地抚摸着他的头。"其实，你不说我也得到信儿了。头两天你和娜木钟一块到圆明园去了，是不是皇上请你们去赏雪？"

傅恒揩着眼泪点了点头。"你是怎么得到信儿的？"

富察氏苦笑着说："姐姐的人缘儿好着呐，太监什么事儿都不瞒我，都悄悄告诉我。接着说，你们到圆明园之后又怎么着啦？"

傅恒犹豫了一阵，说："说出来都丢人。皇上随便找个借口把我打发走了，把娜木钟留在西峰秀色了。"

富察氏的眉睫颤抖着。她极力压制着不安的情绪，尽力平和地说："你的意思是，皇上和娜木钟在西峰秀色过夜了。"

傅恒说："那还用说嘛，两天了，娜木钟还没回来。真丢人呐！他俩眉来眼去的，我早有察觉，没想到真出事了。"

富察氏恼火地转了两圈，"你来告诉我这事，是想让我做什么？"

傅恒的眼泡子通红，"皇上是你的男人，出了这种事，你该做什么就做什么。还不就是两条，一条是告诉皇上，别在我家里插杠子，把娜木钟还给我；另一条是，我一旦休了娜木钟，皇上别跟我找别扭。"

富察氏无奈地说："休是不能休。这几年你的风头可不小，满世界都知道你娶了个漂亮媳妇儿，宗室那帮人成天把'小舅子'挂在嘴头上。皇上刚即位几天，皇上的小舅子就休妻，朝野一猜就明白是怎么回事了。你要是这么干，乾隆皇帝在乾隆元年就臭街了。"

傅恒说："他怕臭街就别干缺德事呀。"

富察氏万般无奈。"但他是皇上，天下之尊，还不是想怎么着就怎么着。这回是干得出格了，走得太远了，对内弟媳妇儿下手了。"

傅恒说："那就请姐姐转告太后，请太后出面拦一把。"

富察氏说："姐姐是要告诉太后，这种事情也只有太后出面了。"

钮祜禄氏说着从暖阁里出来，说："我会出面的。"

傅恒诚惶诚恐地跪下。

钮祜禄氏看看他，气得浑身哆嗦，"起来起来，你是弘历的小舅子，甭给我来这些纲常礼路的。万万想不到，万万想不到，当今万岁爷和大行皇帝，爷儿俩一个臭德行。唉！这种事情一个巴掌拍不响，傅恒，你回家管好你那个骚狐狸娜木钟，皇上这边交给我了。"

傅恒着实有些紧张。"太后，只要娜木钟回来，我会好好地管教她的。但是，我有个担心。我怕……我怕……"

钮祜禄氏说："你怕到我这儿告了皇上的状，皇上忌恨上你。是吧？"

钮祜禄氏说："放心，不会的。我有招儿，让他放了娜木钟。"

富察氏问："母后有什么招儿？"

钮祜禄氏舒缓地坐进宝座，"那还不简单。男人嘛，个儿顶个儿都是属猫的，你给他条鲜鱼儿，他就不吃耗子了。给皇上找个更水灵的，他也就顾不上你们家的娜木钟了。老实说，就我给皇上备下的这位，都瞄了几年了，要说人样儿，娜木钟给她当使唤丫头都不配。"

富察氏问："母后说的这个人是谁？"

钮祜禄氏向门外一指，"你见过的，住在理亲王家的陈雨林。要不是大行皇帝相中了她，她早就是弘历的侧妃了。"

富察氏回想了片刻，"我想起她了，的确是个人尖子。"

宝座中的钮祜禄氏像是在发号施令："弘历即位，本来就得尽快配齐三宫六院的。三宫六院还没配齐，他的侧妃富察氏又死了。得了，我给弘历作主了，尽快把陈雨林召入宫，顶个缺儿。"

八十、慈宁宫花园－高粱河－郑家庄

乾隆元年。刚开春。陈雨林心烦意乱地在门前的小河边散步。

小河的岸边结着残冰。阳光在河岸上洒下一抹朦朦胧胧的嫩绿。鸭群嘎嘎嘎地叫唤着，摇摇晃晃地走过来，迫不急待地要下水。放鸭子的挥舞着竹竿，大鸭子从容地淌进水里，徐徐划行，有的把长颈倒插在水中，黄色的蹼趾伸在尾后，不停地扑击着水面以保持身体的平衡，不知是要寻找小鱼，还是贪恋深水的寒冷。几只鹅黄色的雏鸭发出啁啾的叫声，在岸边迟疑着，不知道该不该下水。鸭妈妈嘎嘎嘎地招呼它们，它们来回徘徊，一会儿东一会儿西的，还是聚攒不起足够的胆量。

几只鸭子游够了上岸，像乡绅一般四平八闻地在岸边散步，舒息划行的疲劳，然后参差不齐地站着，有的将长颈弯曲到背上，长长的黄嘴隐没在翅膀中间，阖上眼睛，仿佛准备入睡。又有几只上岸了，一只鸭子大胆地走到陈雨林身边，用长长的黄嘴梳理遍体白色的羽毛，又忽然展开双翅，猛烈地摇动身子，溅落藏在羽毛间的水珠。

幽凉的水珠溅到陈雨林的脸上，惊醒了她憔悴的梦。

理亲王府刚接到内务府的行文，备选秀女陈雨林即日入宫复看。

轿子来了。这顶轿子和来接她的太监，都是她所熟悉的，他们之间用不着搭话，也没有废话，上了轿子就走人。

郑家庄的土路也是她所熟悉的。以往她走过这条路还要感伤一阵，现在连感伤都皮实了。她看着这条忧伤的土路，甚至无动于衷。

太监不说话，她也隐隐约约知道今天是谁要复看，大概是乾隆皇帝。

她觉得自己怪可怜的，大行皇帝见了，又要见大行皇帝的儿子，整个儿让人家随便拨拉着玩儿，算什么事呀？

她不知道的是，这时候复看是一件宫室挺为难的事。

有些帝王即位之初面临两难处境：一方面要配齐后宫，所谓"三宫六院七十二嫔妃"并不大夸张，对清宫来说，这个嫔妃数字太大，受用不起，但东宫、西宫和中宫皇后总是要配齐的。另一方面，帝王即位之日也是为大行皇帝丧服守孝之日，传统礼法又不允许大操大办地迎娶后宫新人。这段时间通常为一两年，直至大行皇帝下葬之后的一段时间内，皇上不能办喜事。双悖的二者间，难有融通余地。

乾隆元年新年过后，在内务府配合之下，皇太后忙活上了进新人事宜。人选是现成的，几次选秀女复看通过的，都还留在京城，经钮祜禄氏撺掇，乾隆皇帝同意陈雨林晋谒。

轿子依然从西华门进入紫禁城。陈雨林也不知道自己来过几次紫禁城了。过去她还撩开轿帘看看皇宫的景象，现在连看都懒得看了。反正，大不了就是去慈宁宫或者御花园。

但是，今天没有去这俩地儿，轿子一直向北走，向西拐。依旧是换轿子，一群嬷嬷跟过来。到了慈宁门前停了下来，慈宁门里面就是慈宁宫，太监却没有把她引入慈宁门，而是引入慈宁门对面的一座大门。这座大门称为长信门，里面是一个花园，叫慈宁宫花园。

她被带到一座宫殿里，里面被隔扇隔了几间，她所在的这一间空无一人，空气中弥漫着浓重的沉香气味。除了一张桌子、三把椅子，别无他物，后来她才知道，这里是延寿堂，是皇太后用膳之处。过去复看，她就是像花瓶一样站着。这次与过去复看不同，太监破例告之，她可以坐下。她刚坐下，进来一个宫女，递给她一个盖碗，里面是菊花茶。

她端着盖碗，抿了一口茶，留意起了隔扇的花纹，一色的木雕流云，很是雅致。正在观看时，隔扇那边传来说话声。是一男一女，女人的声音她听得出来，是熹贵妃。对了，她现在是皇太后了。

皇太后的声音："我倒了八辈子邪霉，一个夫君一个儿子，没一个好东西。

过去先皇把理亲王妃弄到'天然图画'，老天爷，那可是他的侄媳妇儿，他就硬掐鹅脖跟她干那见不得人的事。可好，没想到，你比你的皇阿玛能耐大。掰着手指头算算，你即位这才几天呀，就色胆包天，居然把皇后的弟媳妇儿弄到了西峰秀色。你们爷儿俩这算干嘛？是在赛花心呢！"

旋即响起一个男人的声音："皇额娘，儿臣与娜木钟的事情，由儿臣与皇后、傅恒硬打软熟和、妥善处置，您也犯不着七个不依八个不饶的。齐不齐一把泥，儿臣跟她少来往不就行了吗。有一事说一事。选妃就是选妃，别跟娜木钟勾扯在一起，这俩事儿挨不到一块。"

皇太后的声音："怎么挨不到一块？不让你看看真佛，你就不会认识罗汉。不让你见识正经大美人儿，你总也忘不掉骚狐狸。"

那个男人笑了，"儿臣倒是要见见正经大美人儿。她在哪儿呢？"

钮祜禄氏把隔扇一推，风风火火地出来。"额娘看书不多，也知道司马迁的一句话，戴盆何以望天？你总是凿四方窟窿，死心眼子一根筋，娜木钟不能说不漂亮，但是骚狐狸精，除了会写自己名字，肚子里白木格张的没东西。天下的美女多了去啦，瞧瞧你娘给你相中的这个。这不，她在这儿呢。"

陈雨林连忙站起来，匆忙间忘记了放下盖碗，就那么端着盖碗站着。

一个青年男子随即出来，长得还有三分清秀，想必这就是皇上了。

弘历板起面孔倒背着手，一边上上下下地打量着，一边围着她走了一遭，"就是这个呀。这就是你说的'真佛'？"他尽量地不动声色。而她清楚地听到"咕噜"一声。这是他大口吞咽唾液的声音。

钮祜禄氏满心喜欢地说："看到没有？这是什么成色！你额娘是什么眼力。这姑娘我都瞄了好几年了，一直在给你留着呐。"

母子俩的确不把陈雨林当个活人，而是当做花瓶加以评论。

捣到根子上，钮祜禄氏缺乏当皇太后的心理准备，也没有养成已故皇后乌雅纳剌氏那种说一不二的严厉作风，有些唠唠叨叨的婆婆嘴；弘历则没有胤禛那种不苟言笑的沉稳作风，有些文人气，整体气质还欠着火候，作为帝王，他的分量略微轻薄了一些。特别是朝臣不在跟前，这对帝王母子单独凑在一起的时候，相互影响，而且是关着门说家里的话，十分随意，京城的方言俚语都带了出来，很难显出王者之威。

弘历轻浮地拍拍陈雨林粉嫩的脸蛋，翻翻她手里盖碗的盖子，瞟了一眼，"成色嘛，怎么说呢，小脸蛋长得还算顺眼。她叫什么名字？噢，陈雨林。陈雨林的样子嘛，也就是马马虎虎说得过去。"

钮祜禄氏不干了，"你怎么总跟你娘戗辙。"

她掰过陈雨林的脸盘，"你给我看清楚了，这张脸，这眉眼儿，这嘴巴鼻子的，能说是马马虎虎？就是个'说得过去'？就是个'还算顺眼'？头几天我就对皇后说过，娜木钟给她当使唤丫头都不配。现在瞧得更真了，这陈姑娘知书达理的，一肚子墨水儿，娜木钟给她提鞋都不配！"

弘历对皇额娘的这番激烈言辞未加可否，只是在思索间淡淡地来了一句："好一个'东邻之子'。"

钮祜禄氏匆忙问："你说什么？"

弘历一指陈雨林，对钮祜禄氏说："皇额娘，这个陈雨林姑娘既然知书达理，既然装了一肚子墨水儿，就让她告诉你，朕说的这句话是什么意思，'东邻之子'的典故是从哪儿来的。"

钮祜禄氏亲切地转向陈雨林，"姑娘，这就是我儿子，当今圣上，你给我说说'东邻之子'是怎么回事。"

陈雨林不慌不忙地说："皇上说的'东邻之子'，典出于战国宋玉的《登徒子好色赋》。楚国大夫登徒子向楚王告状，说宋玉好色。宋玉对楚王说，他家东邻的姑娘'增之一分则太长，减之一分则太短，著粉则太白，施朱则太赤'。如此美女在墙头看了他三年，他未尝动心。"

弘历点点头。"嗯。善待问者如撞钟。"

钮祜禄氏又糊涂了，"你说什么？撞什么钟？谁在撞钟？"

弘历说："你这是扯到哪儿啦？谁也没有撞钟。"

弘历一指陈雨林："你不是知书达理吗，还是你告诉皇太后，'撞钟'出自什么典故。"

陈雨林知道，这是皇上在考她。她回答说："太后，圣上认为奴才刚才的回答有分寸。如《礼记》中所说的：'善待问者如撞钟。叩之以小者则小鸣，叩之以大者则大鸣。待其从容，然后尽其声'。"

弘历再次点点头，头一回认真地看了看她，说："脂粉，则嫫姆进御家；不洁，则西施弃野。"

钮祜禄氏问："你又在说什么，怎么连西施姑娘都带出来了。"

弘历一指："给皇太后说清是什么意思，你就可以回去了。"

钮祜禄氏问："姑娘，皇上说的是什么？"

陈雨林答："回太后，皇上所说的是宋朝《太平御览》中的一句话。嫫姆是传说中长相最丑陋的女人，西施是春秋时的越国美女。这句话通常是用以劝学的。意思是，只要有学问，即便丑得像嫫姆一样也可以重用；没学问的，即便美得像西施一样也要弃之于荒野。"

钮祜禄氏顿时喜上眉梢，说："皇上引用这句话，话里话外是看上你啦。'进御家'是不是入宫的意思？丑女嫫姆有学问都可以入宫，要是人样像西施那样，再有学问，就全乎啦。我看陈姑娘就是个全乎人，嫫姆的才识加西施的容貌，你得'进御家'啦！"

陈雨林一点都不兴奋，反而暗自埋怨自己过于争强好胜，在学识上不让人，把自己绕进去了。一阵抑郁猛地袭来，黑压压地蒙上心头。

她道了个万福，问："奴才可以走了吗？"

弘历今天第一次拿出皇帝的作派："回去静候听旨。"

几天之后，一个信封从郑家庄理亲王府递到圆明园护军营的包衣营，由营总吉金刚转交给曹霑。

曹霑打开信封，里面是一张条子。条子上是几行娟秀的小楷，是陈雨林写的，内容是约他到高梁河踏青。

看到这张条子，曹霑有些惊诧：一个姑娘约一个小子出门，够新鲜的，况且是在这种时候，陈雨林这是怎么啦？

曹霑把陈雨林从圆明园接回郑家庄时，她曾经忘情地扑到他的怀中。但在最初的狂喜之后，进入房间，他试图搂抱她，与她共涉爱河，而她却从他怀抱里挣脱出来，跟他说话时手也紧紧地按在衣襟上，一点也不让他犯粗，闹得他好不诧异。从那往后，他们之间再也没有任何亲昵动作，好像一张无形的屏障把他们隔离开了。

曹霑最初不大在乎，以为经过'天然图画'那一出，她受到了刺激，有些抹不开。后来的情况表明，事情没这么简单，还不仅是受刺激，陈雨林固然回来了，而他们之间的关系发生了某种变化，跟过去不大一样了。她好像有话难以启齿，憋在心里，神情抑郁。

小半年了，她不说，他也不问，俩人就这么闷着。总闷着不是个事儿，总得有个解决的办法。他正在想办法时，她的条子来了。次日一大早，他向吉营总请了一天假，骑马到郑家庄，接她去高粱河。

初春的高粱河与盛春时节的高粱河区别不大，窄窄一条，水不扬波，柔柔顺顺的。尽管擦着城垣边，担负着处理城市污水的作用，居民不断往里面倾倒生活污水，但在那个没有任何工业污染的时代，水还是很清亮的。

回想起来，在雍正九年的清明日，曹霑曾经带着陈雨林到高粱桥踏青。那是他俩头一次出游。时隔四年多，这是第二次。之所以旧地重游，就曹霑而言，是为了找补回来一些失落的东西。

别看春寒料峭，高粱河两岸依旧游人如织。大行皇帝的一百天丧期内，本来是不准干这干那的，但没说不准散步遛弯，不少子民被憋坏了，在大冬天儿就到高粱河转转。更别说现在早就解禁了。有阖家老少出来的，有官员带着妻妾出游的，有军汉带着士卒闲逛，有相公带着娇妻踏青，有青楼女子带着情郎的。跟那次踏青时所见差不多。

初春的风掠过曹霑的面庞，也拂过陈雨林的面庞。他们并肩走过高粱桥，漫步在柳堤上。小风悠悠荡荡的，河堤上刚泛绿的的柳枝在风中摇动着。柳丝拂面，拂过他的额头，也拂过她的粉腮。但是找不到那次踏青时的温馨感觉了。春风挺寒的，不时打个冷战。

事情好像得从头来一遍。亲昵的举动要一点一点地铺垫，在高粱河畔，他打算重打锣鼓另开张，就从攥住她的手开始。

他们几乎没话说，但在行走间离得很近，她的手就在他的手边，有时两人走得过于近了，手背还会蹭上。在一磨一蹭间，他的勇气积攒起来，一把抓住了她的手。她没有把手抽回，就那么让他攥着。不大会儿，她抽出手，转而挽起他的手，肩并肩地随着他走。

天色向晚，他送她回郑家庄。他骑马带着她。她坐在他的后面，头柔柔地搭在他的肩膀上，双手搂着他的腰。他抽了几鞭子，马撒开四蹄跑起来。随着马身的起伏，她隆起的前胸在他的背上一碰一碰的，令他全身麻酥酥的。他又找到了四年多前的感觉。

郑家庄到了。他下了马，把她抱下马。她落下地时也就扎到了他的怀里。他抱着她，她一动不动地让他抱着，接着温顺地把头俯在他的胸膛上。既然铺垫已经作足了，他俯下脸来，准备吻她，他张开了嘴，她的双唇开启。在他们的嘴唇即将相触的刹那间，她把脸别开了。

他终于忍不住了，问："你这是怎么啦？"

她说："没什么？"她显然在掩饰。

他有些着急，"不对。你从回来后就躲着我。你得告诉我，到底是怎么回事。今天必须说清楚。"

她抬头望望天际，明月当空。月华之下，周围的一切都显得情意绵绵的。她冷不丁冒出一句："你还是忘了我吧。"

曹霑有点发懵，"你说什么？让我忘了你？"

她不再说什么，而是抱着他的头亲吻起来。他再次坠回到四年多前，她不是在亲，而是在吮。她的舌头深深地插入他的口中剧烈翻搅，大口地吸吮着。他有点晕，感到这不完全是情之所至，而是还有些别的。

他的猜测很快证实了。她哭了，不是啜泣，而是在吸吮的同时，骤然泪如泉涌，大滴大滴的眼泪从她的面颊流到他的面颊上。突然，她的头一扬，猛地推开他，背过身去恸哭起来。

怎么会这样？他站在她的身后，愣愣怔怔的。

她的哭声骤顿，清清楚楚地说："那件事情并没有完。"

曹霑懵了，"什么事情没有完？"

她说："选秀女的事情。"

曹霑捋着思路，"在复看的最后一轮，皇上亲阅时，你被大行皇帝相中了，但他没来得及受用就蹬腿了，由于没有封号，经理亲王出面交涉，内务府总管大臣庄亲王同意把你从宫中送回母家。这件事完结了，怎么还没完？"

她说："我说没完就是没完。"

他把她的身子转过来，拥在怀中。她的脸贴在他的胸上，眼泪还是不断地流淌，仍然不停地抽泣着。

他俯在她的耳畔轻声呼唤道："雨林，我看你是给吓着了。选秀女的事情过去了，你别总是压在心里了，可以放心嫁给我了。"

她在他的怀中冷冷地说："轮不到你。老子完了还有儿子呢。"

曹霑问："怎么说的？儿子？谁的儿子？"

如水的月光洒下来，铺在她苍白的脸上。她冷静地说："我赶上的那次选秀女，是当时的熹贵妃钮祜禄氏主持的。几次复看，我听出来了，从根子上，她就是把我备给她儿子的。"

曹霑说："钮祜禄氏只生了一个儿子，就是刚即位的皇上。"

她的呼吸急促起来，"那就是他啦。"

曹霑说："可是那天要召幸你的是大行皇帝。"

她想着往事，一派茫然，"这里的弯子是怎么绕的，钮祜禄氏和大行皇帝是怎么捏咕的，我也不清楚。钮祜禄氏那时是贵妃，现在是太后，她从骨子里把我当成她儿子的人，大行皇帝既没给我封号也没动过我，一点也不耽误将我纳入她儿子的后宫。前一段宫里忙丧事顾不上，现在忙过去了，太后肯定要重提此事，任是什么也扛不住了。"

经历太多，人早就给磨出来了。曹霑变得世故起来，"慢着慢着。雨林，你说话从来留有余地，今天却说得这么肯定。他们是不是已经召你入宫了？乾隆皇帝是不是已经召见你了？"

她犹豫了一下，仅仅一下，就肯定地点了点头。

痛苦太深，人早就练皮实了。曹霑倒是没有蹦也没有跳，而是平缓地问："宫里是不是已经给你封号了？"

她再次犹豫了一下，仅仅一下。"就是昨天上午，太监到郑家庄宣旨。封号'黛贵人'。下午，我就给你写了那张条子。"

他低沉地重复着这个封号："黛贵人。"

他大口喘息着，半晌才说："那我走了。"

她惊叫起来："你不能走！"

他说："你都是'黛贵人'了，我不走怎么办？"他拉过马缰。

她一把拽住他，"两条。一条是现在跟我进屋，就是今夜，红子儿红瓤的全给你。今后出了麻烦我自己扛着。"

他甩开她的手，"不行。怎么能让你扛着。"

她说："那就是第二条了，你彻底忘了我。"

他说："别胡说了，不管你是不是'黛贵人'，我都不会忘了你。"

她的眼睛倏地闪出媚媚的秋波，"忘不掉我，是吧？"

他观察着她，月光下的姑娘有一种白天不曾有的独特魅力，而她又摆出了那个样子。他心里泛起一阵恐慌。

她拉住他的手，身子前后左右地晃着、扭着，声音有些发嗲。"既然忘不掉妹妹，就进屋共度良宵吧。妹妹的模样能把先皇和当今皇上都迷成那个样子，还糊弄不住个小小的护军校。"

他再次甩开她的手，心慌意乱地说："不行不行。户部那个小屁拉子官儿说过的话，几年了，我记得真真儿的，这么干是在玩儿皇上呢。从前我没有玩儿大行皇帝，现在更不能玩儿新君。"

她的语调愈发放肆起来，"玩儿一把新君又能怎么样？"

她粘粘糊糊地贴着他，乳房在他的胸脯上蹭来蹭去的，"我听人家说，这位新君没他爹那么混，也没有那么老辣，破了身子的就是看出来又能怎么样，不就是休了吗，休了对咱俩正合适。走吧，进屋去，咱不管什么宝亲王宝皇上的，上了床'黛贵人'就是护军校的人了。啊？"

他像看陌生人般看着她，她的这种作派是令他陌生；可她此时的形像又是他曾经见过的。往事清晰地浮现出来，几年前她就非要给他，那次他拒绝了。他心中暗暗叫苦，到高粱河，本来是为了把他与她过去的一幕一幕重新来一遍，唤醒从前的感觉。没想到，一幕一幕的会重演得这么彻底，连他最揪心的一幕也重现了。

他俯在她的耳畔，轻声说："护军校过去不敢要陈姑娘。真的不敢，没长出那副胆。现在更不敢要'黛贵人'。知道为什么吗？理亲王家和我们曹家在朝廷手心里攥着，我们不敢得罪朝廷。"

她听着压根不往心里去，用舌头舔着他的面颊，忙里偷闲地说："就别弹那老调啦。刚到京城的时候，我什么都不懂，你怎么说我就怎么听，现在不同了，我也明白这里的事了，你糊弄不住我。大行皇帝恨废太子，也恨那些跟廉亲王有过从的人。现在时过境迁了，新君又没有这份儿仇恨，还把廉亲王的子孙续入谱牒。你们还怕什么？"

他说："现在比过去还要怕。"

她的嘴唇向下移动，热烘烘的舌头舔了舔他的脖子，"有意思，真是个属兔子的。'黛贵人'都不怕，你怕个卵蛋？"

他双手捧住了她的脸蛋，郑重地说："雨林，我不能对你说深，只提个话头，剩下的你自己琢磨。圆明园里风传，大行皇帝暴死是服了张天师炼的丹药。当今圣上当然知道张天师是理亲王请来的，他之所以没提这档子事，是没找到下嘴的地方。头些日子内务府的一个郎中还把理亲王叫到晏公祠纠缠这件事。理亲王现在特别本分，不能让当今圣上找到一点毛病。但是，如果理亲王府出去的'黛贵人'不是原封的，人家可就找到下嘴的地方了，新帐老帐就会一块算。"

月光下，她的脸色骤然变得惨白惨白的。

她沉静了片刻，突然间神经质地笑了，"什么张天师李地师的，什么大力丸耗子药的，理亲王夫妇软着呐，人品厚道极了，还会干那事。"

大门吱嘎一声响，弘晢走出来，说："曹霑说的都是真的，人给逼急眼了，理亲王也就不厚道了，什么事都干得出来。"

他的后面跟着哭泣着的亲王妃。他们显然已在大门里面听了许久。

吴青卿走过来，月光下可以隐约看到，她的眼圈哭得通红。她把陈雨林一把搂过来，轻声对她说："曹霑说的句句是实情，他不能跟你进屋。没法子，实在没法子，你得原封不动地当你的'黛贵人'去。"

陈雨林傻了。她离开亲王妃的怀抱，走向曹霑，狠狠地抽泣了一下。

她说："我总算听懂了，事关重大，你是不可能要我了。那好，你就别再折磨自己了，彻底忘了我。"说完，她回身走了。

看着理亲王夫妇拥着陈雨林进了门，曹霑转身跳上马，用马刺狠狠地夹夹马腹，马疼得嘶鸣了一声，旋即飞奔起来。

他边甩动马鞭子，边高喊了一声，喊声像一把利剑直刺寂寞的夜空："娘，儿子的婚事黄啦！"

八十一、广渠门蒜市口小院－东岳庙－朝阳门内南小街

　　曹霑在春夜发出那一声喊之后，一刻也不曾耽搁，打马奔驰，一路回到圆明园北大门东侧的包衣营营部。

　　到了营部已是半夜了，他连衣服都没脱，拉过被子倒头就睡。按说经过这个大折腾，得知陈雨林已被封为"黛贵人"，肯定是与他无缘了，他应该是辗转不宁，彻夜难眠的，但他的头一挨到枕头就睡着了。而且睡得挺香。他的身心太疲惫了。

　　次日一大早，包衣营按照惯例起床出操，他没有起床出操。

　　待他起床后，吉营总对他下达了一道命令：回家。他不知何意，吉营总也说不清，只是说，有个前任两江总督要见他。

　　前任两江总督，谁呀？曹霑回家的一路上，怎么也想不起来这人是谁。加上陈雨林被封"黛贵人"的事情一总在脑子里转悠，他干脆不去想了，昏昏沉沉地回到了广渠门蒜市口小院。

　　进到院子里，听到一片喧笑声，其中娘的笑声特别脆。他心说，来的是谁呀？能让沉闷的小院子里充满了欢笑。

　　进到屋子里一看，一个眉清目秀的中年男子在和娘、曹頫叔叔亲切地交谈。曹霑一眼就认出来了，这是范时铎。

　　范时铎于雍正八年三月解两江总督职。雍正皇帝对他的任内评价非常糟糕，说他"在江南任内居心诈伪，办事瞻徇，吏治官方，毫无整饬，盐枭巨盗，纵令远扬，甚至奸宄不法之徒，私相往来，曲为袒护"。这个评价还主要是从领导

能力和工作方法上讲的，"官兵抓强盗"，历来是总督的重要职掌之一，胤禛主要是批评范时铎在这方面拾不起个儿来，干得一塌糊涂。

但是，除此而外，还有些话外的东西。范时铎被撤职的当年十一月，胤禛谕内阁：汉军功臣后裔之不肖者，举范文程的孙子和尚可喜的孙子为例。范时铎的先世从江西谪沈阳，他的祖父范文程知兵机、善谋略，历经清初四帝，为巩固封建统治竭尽心力，备受信任，几乎成为三国时诸葛亮那种角色。此一时彼一时，范文程的孙子范时铎却成为有二心的反面典型，看来是和胤禛尿不到一壶。他离开两江总督府之后，曾经启用为河总，负责大运河南段警戒，随后再次因为不尽职而撤回京师。胤禛考虑到他是"勋臣之后"，给了个尚书的虚衔，不久又称他"下愚不移，非寻常疏忽可比"，总之是不可救药了，遂将他一撸到底，"以为负恩溺职者戒"。

几年过去，待入得乾隆朝，范时铎闲散惯了，东游西逛得挺舒心，没有东山再起之意，乾隆皇帝也没有启用他的意思，就一直混到现在。

曹霑相当尊重范时铎。当年在江宁织造府，新任织造绥赫德的几个婆娘搜刮浮财时，范总督对她们嚷嚷那几嗓子，给他留下了深刻的印象。那时他还小，就觉得范总督是真男子汉。

但是今天，曹霑热乎不起来，着双手抱拳，正经八本地作揖，麻木地叫了一声："在下曹霑叩见范总督。"

范时铎亲切地把他拉到身边坐下，想拉呱些什么，他生生地咧出个笑脸，有一搭没一搭地瞎胡应酬着。在寒暄了几句之后，他再也无心说话了。

"黛贵人"三个字像火星子，在他头脑中四处飞溅；"黛贵人"三个字像秤砣子，沉甸甸地压在他的心头。他什么也不愿意想，什么也听不进去，家里人和范时铎高声谈笑的那些，他哼啊哈地瞎应付。

馨玉侧过身子来，温情地看着儿子，问："曹霑，你知道范总督到咱家干什么来了吗？"

曹霑心不在焉地说："不知道。吉营总通知我回家，说前任两江总督来家看我，我就回来啦，也不知道我有什么值得看的。"

馨玉长叹一声，"陈雨林被封为'黛贵人'的事情，我们都知道啦。我们都为你难过，为你着急，都要给你想招儿。想出招儿没有？早就想出来了。范总督就是为你的事来的。”

对于陈雨林被封为“黛贵人”，馨玉心里固然难过，但多少也是解脱。她早知道，陈雨林既然经过多次复看，挣不脱套了，入宫只是早晚的事。曹霑与她继续往来，只是无望的挣扎；至于曹霑的愤懑，则有些荒唐可笑，甚至都不知道该对什么事情发火。选秀女是延续多年的规矩，从皇室到满洲八旗、蒙古八旗、汉军八旗中最不起眼的小官儿，凡有女儿的都得过这关，陈雨林不过是被相中了，你能有什么脾气，还能跟大清的规矩犯牛脖子？过去，曹霑一直存有非分之想，抱着一丝幻想一等多少年，婚姻大事被一拖再拖，他们这茬官学生都成婚了，就是他还在打光棍。现在她有封号了，入宫是板上定钉了。曹霑不能再沉溺于此了，必须从这个圈子里面跳出来，另开新局。

曹霑有点奇怪，“为我的事来的？”

馨玉说：“我不是不喜欢陈雨林，但是她被封号啦，说话就要入宫啦，是乾隆老主子的人啦，咱惦不着她啦。”

馨玉诡秘地和曹頫递了个眼色，脱口而出：“这不，范总督听说后就特意赶来了，又给你领来个模样俊俏的。”

曹霑的心头被戳了一下。他扫了一眼屋子里的人，深知他们都疼爱他，都企图为他分忧解忧，但他却想一跃而起，摔盘子砸碗，摔椅子砸桌子，喊哩咯喳地发一阵火。

他低着头，看着地面，沉重地喘息着，压制着随时要迸发出来的火气，说：“谢谢范总督啦，但我眼下心里烦，顾不过来想这事儿。”

馨玉有些着急，“孩子，你今年都二十二岁了，还要等到什么时候呀？范总督把人都领来了，你是不是见一见呀。”

曹霑没好气地瞧着娘，说：“陈雨林刚被封号，您是不是让我缓两天，怎么一刻也等不得，拽着脖子就要往案板上按。”

馨玉立即变得泪汪汪的。“这是怎么说话的，大伙儿都在疼你爱你，给你说新媳妇儿。怎么着，好心换得驴肝肺。你倒好，以为我们当长辈的要剁了你。往案板上按，你说话怎么这么难听。”

曹霑站起来，“再说一遍，我心里烦。想笑笑不出来，想哭立马能哭出两嗓子。人在这种时候说话是不好听，也好听不了。你们说的那位模样俊俏的还别见我，见了面我也会给她来两句。"

馨玉叫道:"我看你敢!"

曹霑说:"我不敢。不敢顶她,躲她总行吧。我走了。"

曹霑转身向范时铎双手抱拳,"谢谢范总督,小的营务在身,恕不奉陪。"

馨玉喊起来:"你给我呆着!"

曹霑回过身来,尽量温和地说:"娘,包衣营里一大堆事,我昨天就没在班上,今天又回家,说不过去了。范总督我也见了,范总督领来的那个模样俊俏的,抽空再说,今儿就不见面了。"

屋子里的人愣着,他拉开门就要走,却差点和一个人撞上。

一个女子端着一盘子刚刚洗干净的杏。她进门后,一点也不回避地看着他,绕过他的身子,和他擦肩而过,走过去了还回头看他几眼。

馨玉笑逐颜开地招呼说,"湘韵,这就是曹霑。"

范时铎说:"曹霑,这是我的小女儿,范湘韵。"

范湘韵放下盘子,用围裙匆匆忙忙揩了揩手,大大方方地双手抱拳,大声说:"啊哈,想必你就是曹霑哥喽,久闻大名,久闻大名啦!今日才得以一见。弟弟范湘韵这厢有礼了。"

馨玉扑哧一下笑了,"这假小子。"

范时铎又好气又好笑地说:"可不,街坊邻居都叫她假小子。这孩子到哪儿都愣头巴脑的。"

曹頫宽厚地说:"范湘韵第一次来咱家,进门就下厨房,所以你回家后没有立即见到她。"

曹霑漫不经心地打量了她几眼。这姑娘约莫十八九岁,长相和陈雨林相去甚远,完全是两个模子的人。她的头发浓密,梳得齐齐整整的泛着光,浓眉大眼高鼻梁,嘴唇略微显厚,颧骨那里红扑扑的。个头儿挺高,身体挺壮实,胸脯挺得高高的,像是快把上衣绷破了。由于下厨房干活,两个袖口挽起来,露出粗粗白白的两截小臂,双手受了凉水,红通通的。总之,模样挺漂亮,但说不上俊俏。什么叫俊俏?拿鸟比喻,俊俏者如黄鹂,而这位如五彩斑斓的鹦鹉;拿兽比喻,俊俏者如在林中轻盈奔跑的小母鹿,而这位如一头神气活现站在庄稼地里的大母牛;拿花比喻,俊俏者如芬芳的玉兰,而这位像朵盛开的大牡丹。

娘心目中的儿媳妇儿是什么标准，他心里有杆秤。娘固然也喜欢陈雨林，但陈雨林不算随和，尤其是脸上那种无处不在的书卷气，谈吐中流露出的清高自负，那副拒人于千里之外的样子，有点让人难以接受。娘也读了不少书，文采在女流中算上乘的，骨子里也有点劲儿劲儿的，日后过日子，未必会买陈雨林的帐。而这位范湘韵不一样，京城里的老话，她满脸喜兴，看着就招人疼惹人爱。娘肯定是一眼就相中她了。

择偶最重要的是大模子，青年男子的梦中情人，摆在首位的是某种类型的女子。说到底，与曹霑对路的是陈雨林那种类型的，而绝不是范湘韵这种模子。他满心满腹装的是文文静静的病美人儿，乍地闯进来一个风风火火的假小子，他根本不可能接受。

他向屋子里的人说："行啦行啦。范湘韵姑娘我算见到啦，不错不错，是够俊俏的。多谢诸位长辈的美意。我也该回营了。"

馨玉连忙拦他，"怎么，这就要走？吃完饭再走？"

曹頫也站起来拦住他，"你营务在身，难得回来一次，和范姑娘好不容易见了一面，是不是聊聊再走。"

范湘韵爽朗地笑了，连忙拦道："不用不用，曹霑哥哥那点心事我早就听说了。大伙儿瞧瞧他那魂不守舍的样子。他这会儿正满门心思想着那位林妹妹呢，哪有心气儿跟俺韵弟弟说话。"

范湘韵的爽快令曹霑吃惊，他不由多看了她一眼。

这一瞧，范湘韵的二杆子劲又蹿出来了。她双手抱拳，亮开大嗓门说："曹霑哥哥，韵弟弟五大三粗的，不是那弱不禁风的病秧子，八成不对您的胃口。瞧不上韵弟弟不打紧，咱以后就当哥们儿处处。"

曹霑愣了愣，随即向着范湘韵双手抱拳，高声说："湘韵妹妹，曹霑哥哥这厢有礼了。"说完就拉门出去了。

离开广渠门蒜市口小院，曹霑没有回包衣营，而是信马由缰地瞎遛达。中午时分，他来到一座高大的城门楼子前，定睛一看，是朝阳门。

他忘不掉这里，这是伤心之地，当年娘领着他，就是在朝阳门外把姥爷李煦送上了充军的道路。没过多久，姥爷就撂倒在发配之所了。

他情不自禁地拽拽缰绳，夹夹马腹，向朝阳门外走。没走多远，来到一个空场，有一帮男孩子一边抽陀螺，一边唱着：

"杨柳儿活，抽陀螺。杨柳儿青，放空钟。杨柳儿死，踢毽子。杨柳发芽儿，打拔儿。"

这群天真活泼的孩子一点也没减他的愁肠。抬头一看，空场的北面是座道观，原来他不知不觉地来到了东岳庙。既然到了这里，就进去看看。他下了马，拴好，随之进了山门。

这天，"七十二司"前的女香客为数不少。曹霑信步走过去看了看，这些泥塑固然做工精细，但他的心不在这儿，不大会儿就打算离开。这时，有一番感慨的话飘进了他的耳朵。

一个女人深有感触地说："命运缥缈，前程虚幻，谁知道将来会怎么着。别看是泥巴烧出来的，也真是个'太虚幻境'呀。"

她操的是曹霑所熟悉的江南口音。他不由多看了她一眼。这一看不要紧，这个女人他好像见过。不，肯定见过。

她的身材不算高，体态匀称，整个人显得娇小玲珑的，年纪约莫有三十几岁，眉眼俏丽，皮肤白净，风韵犹存，头发乌黑，留的是京城不多见的"苏州髻"，横着插了一根银簪子。簪子挺大，明晃晃的挺显眼，颇有些不拘一格的挑衅意味。

她一偏头，也觉得他眼熟。四只眼睛在彼此的脸上寻找着可以辨认的痕迹，倒是她先认出了他，问："你可是曹霑？"

曹霑说："是啊，你怎么认识我？"

她说："有些年我常到广渠门你家小院去串门。你那时候还是个半大小子。这会儿是大小伙子了。但大模样没变，我一看就是你。"

曹霑问："你是……"

她说："你家不是从江宁来的吗，我是你们家的江南老乡。"

她边说边向外走，"我姓钱，本名钱三妹。卖到京城后被称为娇妹。"

曹霑随着她向外走，骤然间想起来了。她是廉亲王允禩的侍妾，廉亲王被圈禁之后，她经常到家里找娘哭诉。

娇妹问："想起来了吗？"

曹霑说："想起来了。"

姥爷生前曾经说起过钱三妹。廉亲王当皇子那会儿，派太监到苏州找姥爷，令姥爷在江南为之买女子，那次一共为允禩买了五个，钱三妹是其中之一。到了雍正朝，皇上追查阿琪那允禩之事，姥爷就是因此而被流徙的。买她们那年是康熙五十二年，那年她十三四岁，二十三年过去，现在该有三十七八岁了。可真不大像，她就像三十岁出头。

他们来到东岳庙的山门。他牵着马，边走边问："你最近怎么不到我家去了？我娘还念叨过你呢。"

娇妹苦笑了一下，"阿其那的侍妾，到哪家串门给哪家惹一身骚。前些年，我不管走到哪儿都有六扇门儿的人盯梢，弄得我哪儿都不敢去了。那几年你家的日子也不好过，更不敢给你家找麻烦了。"

曹霑笨嘴笨舌地企图安慰她："现在没有这些麻烦了。廉亲王的后世子孙都可以续入谱牒了，您的日子应该好过了。"

娇妹说："廉亲王府是缓过一点来，家境也好了一点。但是，廉亲王的后世子孙续入谱牒这些事，跟我没有任何关系了。"

她伤感地向后理头发，"我早就被廉亲王的嫡福晋、侧福晋撵出家门了。"

曹霑问："那你怎么过日子呢？"

娇妹说："廉亲王的十六弟挺够意思的，也就是庄亲王允禄。他照顾我，让我随了内务府正黄旗包衣籍，跟着吃饷银俸米呗。那点银子和糙米，饿不死也过不好，就这我已经很感谢庄亲王了。他是个好人。"

她看看他，眼睛亮晶晶的，用命令的口气："我走累了，扶我上马。"

他托着她的身子，她踩着脚蹬子，第一下没有上去，仰倒在他的怀中。她一动不动地靠在他的怀里，喘息了几口，苏州髻在他的脖子上有意无意地蹭了蹭，接着耸了耸鼻子，轻声说："你一身壮小伙儿的壮味，还有好大的一股汗臭。"她回过头笑了，露出一口洁白的牙。

他的心跳骤然间加快了，一努劲把她托上马鞍。

他牵着马，她像小媳妇儿回娘家一般侧着身子坐在马鞍上。

他只要回头，她就会眉眼带笑地看着他。

不知怎么啦，他牵着马，觉察到一对媚媚的眼睛注视着他的背后，泛起一种怪怪的感觉。

春风似乎变得和熙了，刚才还凉飕飕的，现在吹到身上暖和起来。

她就住在朝阳门内南小街，不大会儿就到了。她下了马，他准备走。

她唤住了他："你还没有吃午饭吧？"他这才想起来，已是午后了，他还滴水未进，已是饥肠辘辘了。

她牵住他的手，"进来，让阿香给你下碗面。"

他随她进入一个雅洁的小院，院子小得刚能转个身，总共三间房，一间做饭、吃饭，一间是她的寝室，一间是女仆阿香的。阿香是从苏州来的，干活是把快手，很快就给他下了碗肉丝面。

一个大海碗，娇妹几乎端不动。面端到他的跟前，热气腾腾的，上面浮着葱花、麻油，说是面条，其实小半碗全是肉丝。

他呼噜呼噜地大口吃着，她的两只手叠在桌面上，尖尖的小下巴顶在手背上，目不转睛地看着他吃饭。他斜眼看看她，心里有些发毛。往正常里说，王爷的侍妾在老爷子跟前撒娇任性惯了，甭管年岁怎么增长，都像永远长不大的孩子。往不大正常里说，她像在酝酿着什么，眼神儿里还有些别的，目光有些迷茫，时不时地闪烁出个把火星。

一个大海碗的面下肚了，撑得够呛。他站起来揉揉肚子，用袖口抹抹嘴，说："谢谢你招待我，我该回营了。"

她一把薅住他的衣襟说："先别忙着走。你刚才托我上马时，我闻到你满身是汗味儿，浑身都脏成泥猴了，我已经让阿香给你烧水了，擦擦身子、休息休息再走。"

要在平时，这番话对他是不可理喻的。可今天不知是怎么啦，他抬起胳膊，嗅嗅腋下，可不，两天没有脱过衣服了，骑着马到处瞎跑，浑身都馊了。于是不再说什么，随她进了她的房间。

房间里飘着一股幽香，书案上面摆着一个精美的玉雕。

他俯身看了看，这件玉雕的器形居然是"欢喜佛"，一个他叫不上名字的、密宗供奉的站立佛，一个裸体女子盘在身上，二者成交媾状。看到这件玉雕，他吓了一跳。圆明园舍卫城里有这种东西，不过是铜铸件的。那是不能让外人看到的，而这位却公然摆在床头。

娇妹拿过"欢喜佛"玉雕，随意摆弄着，"我挺喜欢它。男女交欢，人家密宗就一点也不忌讳这些事。这是一个王爷送给我的。但不是廉亲王，我从廉亲王府出来的时候什么也没带，几乎是光着身子撵出来的，连廉亲王给的首饰也被扣下了。"

他听出来了，她在暗示她这几年的生活状态。凭着正黄旗包衣籍的那点饷银俸米，她过不了这种安逸的生活，居然还用着苏州女仆。凭她那色相，肯定是有些风流勾当，或许达官贵人时不时在这里留宿，然后再接济她银钱。其中大概就有庄亲王允禄。

阿香把一大盆热水端进来，出去带上了门。娇妹蹲下来，边投热手巾边说："躺在床上，我给你擦擦身体。"

京城子民习惯睡炕，她入乡而没有随俗，房间里面是一张南方的髹床。他脱掉脏兮兮的护军校号坎和外裤，甩掉靴子，顺从地躺了下来。

他躺下才发现，她的枕头和褥子都很暄乎，软软和和的，一阵困倦急袭而来。在他阖眼的当口，听到小院外面的胡同里，一群男孩子边抽陀螺边唱着童谣，跟东岳庙山门前的男孩子唱的一样：

"杨柳儿活，抽陀螺。杨柳儿青，放空钟。杨柳儿死，踢毽子。杨柳发芽儿，打拔儿。"

他迷迷糊糊地睡过去，半眠半醒中察觉到，两只温暖而潮湿的手解开了他的汗衫，一点点地把汗衫褪下来，一条热乎乎的手巾一块一块地擦拭着他的上身，从两腋到胸脯。她吃力地把他翻过来，擦拭他的背后，再翻回来擦拭他的腹部。好惬意呀，他的倦意更足了。

不大会儿，他惊愕地睁开眼，从枕头上稍稍抬起头，她正在褪他的衬裤，然后又褪他的裤衩。她从容地向他笑了笑，他只有片刻不知所措，又觉得这些来得挺自然，便阖上眼。热乎乎的手巾从腹部擦来擦去，越来越向下来，终于抵达大腿的根部，并在那里擦拭过来擦拭过去，他有些难以自抑了，她的小手轻轻地一扇那儿，"你给我老实呆会儿。"

热乎乎的手巾并不总停留在那里，紧接着向下走，擦拭他的大腿、小腿，直至双脚。接着，两只小手在他的脚底板上有力地揉着穴位。按摩脚底是门手艺，看来她学过，他舒服极了，又睡过去了。

他猛地睁开眼，首先映入眼帘的是两个工致的小乳房，两个乳头犹如两颗清晨挂在草丛中的露珠。她叉开腿骑坐在他的身上，不知何时，她的苏州髻散开了，黑发披在肩上，两只笑眼弯弯的，带着挑衅的意味看着他。她的身体轻巧地一动，他在恍惚中突然体会到一阵从未有过的快意，痛快地大叫了一声。她忘情地动起来，瓷器般莹白的身体一前一后地摆动着，头微微向后仰去，发出阵阵舒适的呻吟。随着她晃动的节奏，瀑布般的黑发在胸前悠过来荡过去。

她短促地发出口令："摇晃我。"

尽管是初学乍练，他也立即领会了，扳着她的胯骨前后摇晃，她弓起腰来，垂下的黑发在他眼前拂来拂去，她的节奏越来越快，头发几乎要飘飞起来。"快！"她高叫一声。他的动作频率越来越快，她的头向后仰去，快乐地叫唤起来。他猛烈地摇动了一阵，腹部骤然涌起一阵巨大的快意，像溃堤的洪水一般迅速弥漫到全身，并直冲脑门，接着一阵强烈的喷射。

他瘫软下来。她仍然坐在他的身上，闭着眼享受着交欢的余波，好大一会儿才直直地倒下来，就那么趴在他的身上。

她压着他，他一动不动地瞪着眼躺着，直愣愣的望着顶棚发呆。他有些纳闷儿。这么多年元阳未泄，为一个不属于她的女子空守着，却说话间就交给了一个比他年长十几岁的女人，而她更不属于他。

她并不消停，而是有话要说。一股热气流喷在他的耳畔，他听到一句简短的问话："童男子？"

他说："你说呢？"

她说："我看像。"

他说："那就是吧。"

她说："我是你的第一个。"

他吐出一个字："是。"

她说："太好了。"

他迷迷瞪瞪地问："你怎么知道会得到我？"

她从他的身上滚落下来，迅速拉过被子遮掩身体，"春光十足的大白天儿里，一个护军校不好好在营里值勤，浑身脏乎乎的，瘸狼趵狈、丧魂落魄地钻到东岳庙里，挤在女香客堆里看'七十二司'。甭问，你肚子里装着的愁苦大发了，再不出来瞎转就要憋疯了。"

他简单地说："让你猜着了。"

她说："你肚子里有个多大的故事我不想听。"

她动动身子，猫在他的怀里，"只是经历一番对你没有坏处，带着你到'太虚幻境'里走了一遭，以后遇到'七十二司'里面的事，能够想开一些。"

他说："这么说，我还得谢谢你啦。"

她说："我也得谢你。我也想要。那些王爷都老啦。想要棒小伙子。哎呀呀呀，听听我都对你说了些什么。"

他说："你说的都是大实话。"

她腾地翻身向里，说："快点穿上衣服，滚吧。"

八十二、海淀－白家疃怡贤亲王祠堂

乾隆元年五月中旬。一群骑马挎刀的护卫前呼后拥，几挂大马车出了西直门，往西过白石桥，再一路向北，往海淀方向去。

这是怡亲王允祥的后人前往白家疃祭祀。

头一辆大马车上面是怡亲王允祥的仨儿子，分别是弘昌、弘皎、弘晓。虽然是去祭祀老头子，哥儿仨也没个正经，在车上闹成一团。

弘昌刚加封为贝勒，就他那个满嘴冒泡的狗脾气，能混成个贝勒爷也属不易。弘皎仍然是宁郡王，心气儿高，让赶车的把式靠边，亲自赶大车。他赶车纯属二把刀，但架势拉得很足，站在车帮上，鞭子甩得哗啪乱响。

至于最小的弘晓，是允祥的遗腹子，怡亲王辞世俩月时出生，这会儿刚六岁。看到弘皎赶马车，他高兴得咯儿咯儿的笑。弘皎一个闪失，差点掉下车，这个傻屁孩子乐得在车板上直打滚。

后面一辆大车上，坐着允䄉、允䄓，老哥儿俩挤到车帮旁边，随意说笑着，并不时地遥望广阔无垠的苍穹。当年允祥辞世时，这老哥儿俩都在被圈禁。打离开圈禁地点后，这是他们作为允祥的亲兄弟第一次去祭奠他。

至于后面的马车上，就全都是眷属了。

赶上今儿是个大好天儿。天空湛蓝、透亮，就像用玉泉山的泉水洗过的蓝宝石一样清爽，说话的音波能够碰到蓝天，伸出手来能够触摸到蓝天。西山的山顶上飘浮着白云，在白云的映衬下，湛蓝的天空越发显得深邃；小河流淌着碧水，在碧水的对照下，湛蓝的天空越发显得鲜活。那是一种无拘无束的色彩，蓝得可以发出清脆的声音，蓝得可以冻结住视线，把目光长久地凝固在天幕的某个地方。

怡亲王允祥于雍正八年五月去世。次月先皇与大学士捏咕出一片白家疃"祭田"，由一个内务府的官庄管理。每年五月中旬，怡亲王府的人照例要到白家疃祭祀。由于先皇给的特殊政策，白家疃官庄不用交田赋，每年所得，种地的留够口粮，其余的完全用于祭祀，而祭祀活动花不了几个钱，这处官庄富得流油，置办了几挂骡马大车。

每年到了祭祀的日子，几挂大车一齐出动到京城接人。当然，每逢这时大车就要装扮一番，加个蓝布顶棚，车围也要适当遮挡一下。这次去的人比往年多一些，大车走得慢，中午才到海淀。

打尖之后出发，过海淀庄，就是一眼望不到头的大片农田，一直与西山相接。白家疃距离市区约莫有四五十里地，弘昌、弘晈经常走这条路，平时是骑马，这时带着小不点儿弘晓，一道坐在大车里，悠哉悠哉地经过西湖、安河桥、红山口、望儿山、温泉，下午就到了白家疃。

允祥辞世六年来，白家疃祭田已发展出一定规模。田亩齐整，用房自成一个院落，成为怡亲王后人的一处别业。除了岁时祭祀，怡亲王的后人久居京城腻味了，想看看村野景象，或者想品味荒郊僻野的恬静自适的情调，就到这儿住上几天。真是个好地方，一派读书人向往的田园景象，处处芳草，翠绿匝地，巨树翁郁，浓荫翳日。

怡贤亲王祠规模不大，门式并非"广亮大门"，而是京城所说的那种"清水脊门楼儿"，门脸小，顶端起脊盖瓦。

他们抵达时，已经有一伙人先期到达，这就是庄亲王允禄带着儿子弘普等。弘普刚被封为贝子，也是个壮壮实实、浓眉大眼的主儿。

与他一道来的是个闲散宗室，单眼皮、小眼睛的瘦高个儿，长相有三分斯文，叫宁和，是惠郡王的孙子，允禄认他为干儿子。

一道来的还有弘升，个子不高，敦敦实实的，脸上有股子霸气。这个人可一点不闲散。他是康熙皇帝第五子允祺的儿子。允祺曾经随圣祖亲征噶尔丹，率领正黄旗大营，以功臣晋封贝勒，康熙四十八年封为恒亲王，于雍正十年病故。弘升降一级袭封，封为世子，官职火器营都统。火器营头领为总统大臣，下设鸟枪护军营和子母炮营，弘升担任子母炮营都统，掌管着大清王朝武装力量中火力最强的部队。

除了弘晓是个小不点儿之外，弘普、宁和、弘升与弘昌、弘皎，般大般小，彼此之间岁数差别不大，自小就认识，长大后各有家室，也各有一摊事，难得扎堆儿，好不容易凑在一起，相见甚欢，架肩膀搂背，高喉咙大嗓门地聊着见闻。弘昌和弘皎不忘旧事，一个劲儿地撺掇着弘普，去找当年那个胖丫头叙叙旧情。

众人在怡贤亲王祠门前正说得热闹，礼部派出的祭祀大员带着若干随员赶到了。那个礼部为首的官员是朝廷的代表，约莫五十岁出头，长相实在一般化，寡眉寡眼寡脸盘，见面十次八次也未必能记住，是往人堆里一扎就没影儿的那种人。

他眉眼带笑地自我介绍说："诸位小王爷，在下是礼部左侍郎塞楞额。这次祭祀事宜由在下一并安排，有什么事尽管招呼。"

礼部是六部中的第三部，总职掌是管理国家祀典、庆典、军礼、丧礼、接待外宾以及学校、科举诸多事宜。其高层职官名额为满、汉尚书各一人，左右侍郎满、汉各一人。左侍郎塞楞额的官职仅次于满汉二位尚书，相当于礼部的第三把手或第四把手。

诸位小王爷只是听着塞楞额这个名字有点耳熟，还没等他们反应过来，他们的十四叔微驼着背，虎着脸，拨拉开众人走了过来。

允禵看着那个礼部官员，叉起腰问："我刚才在一边听到你自报家门了。怎么？你叫塞楞额。"

塞楞额陪着笑脸，"抚远大将军，在下就是塞楞额。"

允禵上前一步，"听到塞楞额这个名字，我想起一档子事。八阿哥倒霉时，有个叫郭允起的天津人，把一封信投到一位叫塞楞额的官员轿子里，这封信是给八阿哥鸣冤叫屈的。那个塞楞额大人够可以的，转眼把这封信递给皇上了。你就是那个塞楞额？不会是同名吧。"

塞楞额说："不是同名，在下正是那个塞楞额。"

允禵挂着笑脸，"过去我总以为这位塞楞额长得青面獠牙呢，闹了半天就长这么个尿样，像个臭要饭的。"

塞楞额摸摸面颊，"在下长得确实不富贵，一副穷酸相貌。"

允禵的脸上依旧挂着笑。"大行皇帝给了你那么多的好，官都当到礼部左侍郎了，你这穷酸相也够富贵的了。"

塞楞额说："抚远大将军夸奖了。"

允禵一推他的胸脯，"知道不知道，有一阵子，塞楞额的名声大噪，臭名传得很远，顶风臭出八里，能把个把官员吓得尿裤子。夜里孩子哭闹，为娘的要是说'狼来了'，孩子还是哭还是闹，要是说'塞楞额来了'，得，孩子立马老实了。怎么啦？吓的。"

塞楞额说："在下是末流小官，何以有这么大的名气？"

允禵说："你的名气大得很呐，我早就想会会你。"

塞楞额说："能见到抚远大将军，实乃三生有幸。"

允禵说："难得难得，难得见到你这么不识相的人，到现在你还不知道自己是个什么鸡巴东西。"

允禵的笑容倏地消失了，大手啪地搭在对方的肩膀上，"碰到我了你还他妈三生有幸，我跟你是冤家路窄！"

尽管有所提防，塞楞额还是给吓傻了。

允禵的脸庞刹那间扭曲成暴怒的天神。他迅即出手，一把薅住塞楞额的领子，高声叫道："塞楞额！好你个横巴狼子，为了给皇上表个忠心，为了向上爬，为了你的狗屁品级能够往高里蹦两下，你递的信屈死了多少人！礼部左侍郎，您是正三品还是从二品呀？算算帐吧，有多少宗室子孙的鲜血染红了你的顶子！"

众人见状，急忙上来劝阻。允禄一把推开塞楞额，俯在允禵耳畔小声说："十四哥息怒，十四哥息怒。不管怎么说，塞楞额现在还是朝廷命官，是来主持祭祀怡亲王的。"

允禵朝他喊道："你们少拦我！我还不知道他是朝廷命官，礼部左侍郎，要不是因为这个，我杀了他的心都有。他一口一个'抚远大将军'的叫我。嗨！我现在是闲散宗室一个，无官无职无将无卒，我要真的还是抚远大将军，马上把他塞楞额推出辕门斩首！"

允祹上前劝阻说："十四弟，跟这种人值当发这么大的火嘛。"

允禵长叹一声，展开臂膀，搂住允祹与允禄的肩膀，"老哥与老弟呀，我不能不发这么大的火。你们应该知道，我与八阿哥同命呀，同病相怜！当初天津人郭允起投书为八阿哥鸣冤叫屈,还有个遵化人蔡怀玺摸到马兰峪来了,想见我,那时正在风头上,我没敢见他。蔡怀玺就投书为我鸣冤,那话是怎么说的,我至今记得两句是'二七变为主,贵人守宗山',结果他让马兰峪总兵范时铎抓住了,他的信也递到了四阿哥手上。郭允起和蔡怀玺两桩投书案,让四阿哥抓住把柄,借机发难,害得多少人头落地。一个山东巡抚塞楞额,一个马兰峪总兵范时铎,俩白眼狼,抽筋拔骨出横子,我记恨他们一辈子!"

弘昌小声提示说:"十四叔,听说范时铎后来也被四阿哥整得七死八活的,被一撸到底,回到京城大喘气儿。"

允禵狠巴巴地说:"那是活该!"

礼部的一个小官员过来招呼说:"人都到得差不多了,各位爷进入怡贤亲王祠吧,祭祀怡亲王这就要开始了。"

允禵瞪圆了眼睛,"丑话撂在前头,今天祭祀我十三哥,不准礼部这个鸡巴左侍郎主持。塞楞额靠告密起家,是踩着宗室弟兄的肩膀爬上来的。这么个人主持祭祀,不要说我们这些活着的亲弟兄不答应,就是十三哥在天之灵有知,也不会答应。"

允禄说:"他是朝廷派来的,把他甩开好吗?"

允禵豪气冲天,"甩了就甩了!你是堂堂正正的庄亲王、当今圣上的辅政大臣,你怎么就不能主持,你要是抹不开,我来!"

弘昌、弘皎哥儿俩吵吵起来:"那就请大将军主持!""阿玛在世时一总说十四叔嫉恶如仇,私下里最服气的就是十四叔。""十四叔主持祭祀,阿玛在天之灵如若有知,他也会高兴的。"

弘升也跟着起哄:"抚远大将军统领十万大军西征,多大的场面都能坐镇,一个祭祀仪式还不是小菜一碟。"

允禵不吃捧,被众人哄得多少有些飘飘然起来。他撸撸袖口:"我来就我来。走!一块进去,咱这就开始。"

怡贤亲王祠门楼不大,里面还比较宽敞。祠堂被白家疃村民打扫得十分洁净,墙壁刷得雪白,地砖擦得铮亮,正面悬挂怡亲王允祥画像。满洲祭祀与汉族祭祀的一个不同之处是,供画像而不是木主。供案上摆放着丰盛的供品,猪牛羊三牲的巨大头颅摆在正中间。

祭祀有固定程式，事前需初献、读祝文、亚献、三献，由于供品都已摆放齐整，就免了这套，直接从行礼开始。

允禵和弘昌、弘晈、弘晓换上素服。允禵领着这哥儿仨缓缓走向供案，其余人在后面跟随。白家疃官庄的村民则在祠堂外面行礼。

允禵跪，众人皆跪；允禵起，众人皆起。允禵先行三跪九叩礼，众人随之行三跪九叩礼。允禵三奠酒。每奠一次酒，率众人行一拜礼，然后举哀。所谓举哀就是放开喉咙哭几声。如此三次，允禵将三杯酒徐徐洒在允祥的画像之前，行三次拜礼，举哀三次。众人皆如。

礼毕，允禵已是泪流满面，众人皆哭，女眷哭得尤其厉害。其实，允祥大红大紫时，不少人正在倒霉。来参加祭奠的，有的人不是在哭允祥，而是被这个场面勾起了往事，在哭自家的事情。

随着哭声渐渐平息，众人准备散去。

这时，允禵发话了："请白家疃的村民离开，大门关上。既然众人都在，再追怀几位当年跟着我们一起倒霉的人。"说完，他招招手。

墙角那里摆着一张供案，上面蒙着一块白布，谁也不曾注意。弘昌、弘晈兄弟早有准备，撩开白布，里面立着几个木主。他们将中央供案上的允祥画像与木主拿走，将这几个木主放在中央供案上。

整个祭祀活动过程中，塞楞额和他所带来的礼部官员插不上手，缩在一旁随众人行礼。看到允禵又拿出新花样，他急忙上前看，木主上面分别写着允䄉、允禟、苏努、七十、揆叙、阿灵阿、鄂伦岱、阿尔阿松等人的名字。还有两个木主上面的名字居然是郭允起和蔡怀玺。

塞楞额的脸绿了，有些着慌，急忙找到允禄，说："庄亲王，这些木主上面的名字，都是曾经被大行皇帝重重处置的人，大行皇帝尸骨未寒就祭奠他们，恐怕有不妥之处。"

允禄冷淡地对他说："塞楞额，你该干什么就干什么去。本王爷、前抚远大将军允禵和前敦郡王允䄉都在这里呢，允䄉、允禟是我们哥儿仨的亲兄弟，我们祭奠亲兄弟有何不妥？苏努是太祖努尔哈赤长子褚英曾孙，因随圣祖亲征有功，署理奉天将军，我们祭奠宗室兄弟有何不妥？木主上的功臣之后，在康熙朝都是高官，我们祭奠这些冤魂有何不妥？至于郭允起和蔡怀玺，是两条敢说真话的汉子，我们祭奠赤诚的大清国民有何不妥？"

塞楞额有些害怕，嗫嚅道："亲王大人说的这些，本官也略知一二，但不要说大行皇帝不曾宽恕木主中的这些人，就是当今圣上在谕旨中也仍然将允禩称为'阿其那'，将允禟称为'塞思黑'。"

允禵撸着袖口走过来，"你说什么？你这孽种，要是再敢说'阿其那'、'塞思黑'，我就当众扭断你的脖子！"

塞楞额吓得面如土色，躲在允禄身后，高声叫道："庄亲王大人救命！请您万万拦住大将军，大将军是说得出就干得出的。"

允禄冷冷地看看他，"塞楞额，你给我听着，本王爷也是说的出就干的出的。你这个孽种要是再敢说一句'阿其那'、'塞思黑'，即便大将军不当众扭断你的脖子，我也会当众扭断你的脖子！"

塞楞额四下看看，点点额头上的汗，再没别的话，对左右使了个眼色，带着礼部的官员匆匆向外走。

弘昌与弘晈兄弟相互递个眼色，各抄起一根棍子上前拦住。

弘昌说："礼部的其他人可以走，你塞楞额不能走。"

塞楞额不知所措，回身说："这俩小王爷拦着我，你们谁过来帮我说说，既然祭奠怡亲王结束了，这儿的事情，我们礼部的人就不管了，你们愿意祭奠谁就祭奠谁。我不参加就是了，离开还不行吗？"

允禵阴沉地走过来，说："不行。你个黑心肠的塞楞额必须参加祭奠。由于你递的那封信，四阿哥才下的手，虽然不是直截了当的，你对木主上的人也都负有血债。沙场上用敌方将领首级祭奠本方阵亡将士，按说应当把你的脑袋砍下来，把你的狗头和这些猪头、羊头、牛头的摆在一起才对。让你能喘着气祭奠他们，你还不知足吗。"

塞楞额这样的人是不吃眼前亏的，善于见风使舵。他看看四周，献媚地挤出个笑脸，说："行行行，我在这儿呆着，陪着你们祭奠。"

弘昌、弘晈兄弟扔下棍子，揪住他的脖子，往地上一按。

允禵低沉地说："咱们开始吧。"

他的话音刚落，祠堂中立即肃穆起来。与刚才祭奠怡亲王不同，这是另外一种气氛，还没等祭奠开始，就有人低声啜泣起来。

允禵发话："先说桩四十六年前的事。康熙二十九年，圣祖亲征噶尔丹，乌兰布通之役是双方决战。决战开始，国舅佟国纲跃马扬鞭，身先士卒，血洒疆场。他的灵柩运回京师，满朝文武出迎，圣祖撰写碑文：'尔以肺腑之亲，心膂之寄，乃义存激奋，甘蹈艰危，人尽如斯，寇奚足惧，唯忠生勇，尔实兼之。'佟国纲的长子叫鄂伦岱，圣祖令鄂伦岱袭爵，擢为领侍卫内大臣。而在雍正朝，这位英烈之后，却因为与廉亲王允禩相善而被充军。最惨的是，鄂伦岱与阿尔阿松本已发配充军。但在雍正四年五月，京城的一伙旗兵赶到山东左卫，将他俩诛于戍所，而后焚尸扬灰。这是国之英魂的长子啊！"

允祴补充说："不仅是鄂伦岱与阿尔阿松，苏努和七十也遭至'党援允禩'之罪，死于发配地，也被焚尸扬灰，子孙五十四人，除了被砍头的，其余发到白都纳等处当苦差。揆叙与阿灵阿曾经在畅春园会议上力主允禩当皇太子，结果在雍正四年夏季，揆叙的坟墓被砸了，墓碑改成糟蹋人的字。阿灵阿的坟也被砸了，墓碑被涂抹得乌七八糟。"

允禵接过话："至于我们哥儿四个，八阿哥被押在宗人府高墙中，九阿哥被押送到保定的高墙中监禁，十阿哥被囚在什刹海，我被从马兰峪皇陵押解回京，与儿子一道关押在景山脚下的寿皇殿。血雨腥风，一下子处置了这么多的人，为什么？就是我们这些人曾经拥戴廉亲王允禩。廉亲王允禩被诬为觊觎皇位，找到掌儿了吗？没有。清清白白的被整死在大牢之中。我们今天祭奠的就是这些冤魂。"

允禵跪，众人皆跪；允禵起，众人皆起。

允禵先行三跪九叩礼，众人随之行三跪九叩礼。

允禵三奠酒。每奠一次酒，率众人行一拜礼，然后举哀。这次举哀，他们当真放开喉咙痛哭流涕。如此三次，允禵将三杯酒徐徐洒在一排木主之前，行三次拜礼，举哀三次。众人皆如。

八十三、泰陵－直隶省涞水县－九州清晏

乾隆二年三月，乾隆皇帝了却一桩心头大事，将皇考葬于泰陵。

雍正十三年九月十一日，大行皇帝的梓宫安放在雍和宫，十一月十二日，弘历为大行皇帝上谥号为"敬天昌运建中表正文武英明宽仁信毅大孝职称宪皇帝"，庙号世宗。在易州泰宁山太平峪建的泰陵地宫已基本就绪。对弘历来说，皇考在世时就通过了泰陵地点的论证，他用不着费力气向朝野解释，只等着择吉日安葬了。

乾隆二年三月，乾隆皇帝终于将皇考葬于泰陵。皇考的元妃、孝敬宪皇后乌刺那拉氏合葬。

皇太后与皇帝都不打算在泰陵久留。阳春三月，他们即刻返回京城。

銮驾出发了，皇太后和皇帝同行，人马很多，刚举行过葬仪，由于丧葬是一桩很压抑的事情，庞大的銮驾仍然很沉闷，除了嗒嗒的马蹄声和扑扑的脚步声，别无其它响动，但闻空山鸟语。

自从上版舆那一刻，乾隆皇帝就松弛下来。心里这根弦一松，想做些快乐事调剂压抑的心情。这是人之常情。从易州往京城走的路上，十六人抬的版舆很宽大，轿杆微微颤悠，绸缎垫子很松软，弘历坐在其中，昏昏欲睡，似醒非醒间，一个倩影闯入他的脑海，把这些日子的郁闷撵了出去。嗯，他呼出一口长气，这个倩影不是别人，而是陈雨林。

迄今为止，弘历仅在慈宁宫花园见过一次陈雨林。但是在那时，他正和娜

木钟在热乎头上，如胶似漆的，满腔满腹被这个已为人妻的妖冶女人填满了，没有填塞别人的空隙。太后要拿一个中选秀女把娜木钟从他心里撵出去，他觉察到了，复看陈雨林时怀着抗拒心理，情知该女子十分难得，但也十分冷淡。事后，迫于皇太后的不断敦促，他才给了陈雨林一个黛贵人的封号。仅此而已。

皇太后一天到晚盯着弘历的行踪，唠唠叨叨的，加上富察氏总是忧郁寡欢的，弘历的良心受到折磨，并且开始令人打听傅恒的动静。

而据奏报，傅恒为了娜木钟移情苦恼过一阵，但很快缓了过来，到处蹅摸新人，号称要在府邸立"十二金钗"（据史料，他后来实现了这一计划）。这是怄气，诚心要和紫禁城里的十二宫唱对台戏。皇上的小舅子，万人仰慕，既没有朝野的八百六十双眼睛盯着，又没有人跟着屁股后面唠叨，还没有宗室那根绳索勒着。傅恒不是努尔哈赤及其兄弟的血脉，可以满世界寻花问柳，可以不考虑"串秧儿"，蹅摸新人比皇上都方便。只要有了更好的，他可以放弃娜木钟。这点与娜木钟所说的一样。据她说，自从她与皇上在圆明园赏雪之后，傅恒再也没有碰过她的身子。傅恒的这种情绪激起了弘历情感的反弹，娜木钟的郎君都不碰的人，他又何必缠着不放。

其实，还没等弘历对娜木钟厌倦，娜木钟已经冷了。说到底，她对傅恒有感情，背叛傅恒不过是换个胃口，尝尝皇上是怎么回事，绝对不打算走太远。在弘历对她还痴迷时，傅恒要凑"十二金钗"的消息传到她的耳朵里，她立即蹦起来，想着尽快结束和皇上的无聊勾当，重新回到傅恒身边，泼下身子摧毁傅恒痴心妄想筹建的"十二金钗"队伍。

弘历觉察到娜木钟的情绪变化，有生以来第一次在女人问题上沮丧。

居然会发生这种事，当今圣上成为马贩子女儿情感历程中的匆匆过客。与沮丧同时发生的是对娜木钟的乏味。毕竟，娜木钟肚子里实在没有东西，交欢是把好手，挑逗与调情大胆而花哨，圆明园的明山秀水成为她的欲海，荡漾着无边无垠的春波，而除了这些就没有话好说了。凡此种种，都让他想起只见过一面的陈雨林，那个矜持的纤弱女子，那种才学和坦荡气度，和娜木钟适成鲜明对照。随着他对娜木钟逐渐降温，内心对陈雨林逐渐热了起来。办理大行皇帝安葬事宜时，他顾不上更多考虑这件事，在归程的版舆上，他开始考虑，并想尽快与母后商量。

759

　　不谋而合。在回銮的一路上，钮祜禄氏也在想这件事。按说她并不着急将陈雨林尽快召进宫里。四五年都等了，几个月还等不了。可以等，等到皇上释服之后再说。但是，眼下让娜木钟给掺乎乱了。弘历还没有为大行皇帝释服，就搞上女人了，而且是内弟媳妇儿。幸亏还没有传出去，一旦传出去不得了，弘历不忠不孝的说法就全都冒出来了。这会儿能把弘历的魂儿勾回来的，就是陈雨林。

　　从易州返京得走两三天。这日晚上抵达涞水县。怡亲王允祥墓在涞水县东面，县城里面有一座行宫，是为怡贤亲王墓配套的，以备皇上祭奠怡亲王驻跸。皇太后与皇上在路上奔波了一天，在行宫驻下，次日上午到涞水县东营房村怡亲王墓地看了看。

　　母子俩只是简单拜了拜，还是看着大行皇帝的面子。胤禛在世时对怡亲王允祥最亲最近，那是在雍正朝。进入乾隆朝，钮祜禄氏、弘历母子对胤禛当年的举动不以为然。母子俩通过不同的渠道都听说了，怡亲王的后人并不买帐，和允䄉、允禵串通起来，在白家疃借着祭奠怡亲王而骂骂咧咧、哭哭啼啼的，倒腾的都是雍正朝的旧事。

　　走出怡贤亲王墓，母子俩撇开群臣和太监，在山间小径散步。只有几个侍卫不远不近地跟着。一派春光中，初春的一切都显得活泛，看着泛绿的山峦，心情逐渐朗润起来，不知不觉地谈到了家事。

　　钮祜禄氏问得直截了当："皇上，你和傅恒的媳妇儿、那个骚狐狸娜木钟还有勾扯没有？"

　　弘历说："断也不是说断就能断的，您得让我慢慢来。"

　　钮祜禄氏的脸上刹那间阴云密布。"这种事情不能慢，日子拖久了，一旦传到宫外，富察氏见天儿跟你哭鼻子，朝臣戳你的脊梁骨，皇上也就当得没劲了。就听我的，快刀斩乱麻，喊哩咔嚓就完了。"

　　弘历说："朕再琢磨琢磨，一定让母后放心就是了。"

　　钮祜禄氏一戳他的额头，"跟你娘还'朕'个什么！甭管你在群臣面前怎么端着架子摆圣上的谱，在你娘前面你就是个傻小子。你娘就这么定了，回到京城，挑个好日子就让陈雨林入宫。"

　　弘历咽了口唾液，为难地说："这几天，儿臣也琢磨出来了，陈雨林真真难得，也想让她尽早入宫，但皇考刚入土，儿臣还没有释服，这就把她宣召入宫，怕是有所不妥。"

这里的确有个技术层面的问题。汉族古礼要求守孝三年，清朝皇室守孝即便没有这么长时间，怎么也得一两年不能办红喜事。清朝皇室所说的释服很严格，并不是脱掉白色的丧服就算释服了，释服之际得到皇考陵寝处履行一套手续。这不，大行皇帝才入土，乾隆皇帝并没有行释服礼。而且由于守孝，皇后没有行册立之礼，嫔妃没有行册封之礼。在这种情况下就传旨一个贵人入宫，的确不大妥当。消息要是传出去，朝野间会怎么想呢，能说是对大行皇帝尽孝吗。

钮祜禄氏急着让陈雨林早点入宫，把这事看得相当简单。"那有什么呀，陈雨林又不是刚相中的。早在雍正十年秋季那次选秀女时，我们老姐儿几个就看上她了，宫里的人早就知道我复看多遍了。掰着手指头算算，这都几年啦，小五年的了，她早就该入宫了。这都是你的皇阿玛驾崩之前发生的事情，更别说连你的皇阿玛也复看过。最近就宣旨入宫。这跟给大行皇帝守孝根本就挨不上。"

弘历还是有点顾虑，问："虽然是这么回事，但那些想说三道四的人可不管这些，人家就说你在没有释服之前就传新人入宫，尽享床第之欢。为了堵他们的嘴，这道谕旨怎么写呢？"

钮祜禄氏的眼珠子一转，"那还不简单，就说是皇考生前赐予的呗。本来打算在雍正十三年夏季传入潜邸，没有想到皇考驾崩。这件事只得放下，现在皇考驾崩已在一年半以上，为了不负皇考遗命，特宣诏入宫侍奉。"

弘历在朝政事务上不会听从皇太后的，而在宣诏陈雨林入宫一事上，皇太后所说在理，用皇考所赐的提法，把一个很难绕的弯子轻易地绕过去了，而且让朝野中的挑剔者说不出话来。

在回銮的路上，还没回到京城，弘历就让随行的钦天监官员挑了个吉祥日子：五月二十七日。也就是两个多月后。

到了京城，入紫禁城，回到养心殿，弘历就让批本处如此行文，并于当日送到了郑家庄理亲王府。

乾隆二年五月二十七日。

清晨，圆明园后湖笼罩着薄雾，一派迷蒙。第一缕阳光刚闪现，薄雾即渐渐散去，雾气在明媚的阳光下东躲西藏的，或是猫在山丘的石缝里，或是躲进茂密的树林里，或是藏在湖面上一片片荷叶的下面。随着薄雾散尽，后湖南岸的一片壮丽宫阙显现出来。庄重、典雅而不失简朴，安静、安详而不失肃穆，俨然天子之家。

这天，包衣营营总吉金刚接到圆明园护军营总统大臣的一纸命令：全营出动抓九州清晏附近的青蛙。

圆明园到处是水面，有水的地方就有青蛙。由于没有天敌，圆明园的青蛙繁衍很快，每年从入夏到秋季都吵闹得很凶。在雍正年间，每年夏季皇上都来避暑，屡屡分派包衣营和太监抓青蛙，但不是每天夜里都抓，太监们都掌握规律了，如果皇上带着后妃驻园，用不着抓青蛙。后妃属老帮子，皇上和她们过夜没兴趣，青蛙吵闹对情绪影响不大。每逢下令抓青蛙，肯定是皇上带着后妃之外或新近入宫的女子驻园，皇上兴致高，要求有静谧温馨的环境，青蛙大吵大闹的，呱呱呱的叫唤个通宵，和新人演那床上好事也烦躁。

包衣营没有太监精明，也渐渐摸清门道了。圆明园到处是水面，到处有青蛙，不能全抓，让抓哪片的，皇上就是要住在哪里。既然下令抓九州清晏附近的青蛙，就是皇上在这儿下榻。据值勤的兵丁说，下午有一乘轿子把一个刚宣诏入宫的女子抬进"天地一家春"。没错，这次抓青蛙就是为了皇上和那个刚宣诏入宫的女子睡个安生觉。

五月下旬已入夏，天黑较晚。晚饭之后，除了值勤的，包衣营全体出动，和太监裹在一起，在前湖与后湖抓青蛙。抓青蛙是一乐，抓到可以剥了皮红烧，是道好菜。包衣营官兵有抓青蛙的积极性。由于在九州清晏附近，得保持绝对肃静，不得喧闹，他们在岸边水中搜索。青蛙这东西傻，人走得很近了，还在傻乎乎地唱，人到了跟前它不吭气了，也不知道躲，和人对视着，手脚利落的兵丁一捂就是一个。

曹霑和咸安宫官学的几个笔帖式哥们儿在后湖抓青蛙，不大会儿就抓了一大串。他们抓得性起，干脆下水，岸上水中一齐配合。

晚霞渐渐消失，天色暗淡下来，光线中失去了热与力。薄暮时分的后湖景色宜人，在空旷静寂中别有一番绰约风姿。

太阳沉得更低了，已敛尽了光芒，红通通的，像一轮又大又圆的月亮。它被深色的暮云烘托着，庄严而祥和地步向沉静的世界。

曹霑他们点亮随身携带的灯笼，在岸边搜索着。这时，远远看见两个人从九州清晏东北角的泉石自娱那里走出来，遛达过小木桥。显然是晚饭之后到后湖岸边散步的。

一个笔帖式小声提醒说："皇上来了。"

曹霑抬头看了一眼。这一看不要紧，他的心一下提到了嗓子眼。尽管天色昏暗，他看身影还是能够判断出来，皇上边上的那个人是陈雨林，皇上挽着她的手，她顺顺溜溜的，就像他在高粱河挽她的手一样。

他赶紧背过身去，假装弯着腰在水中搜寻青蛙，一边动作一边埋怨自己糊涂，怎么就会没有想到呢？陈雨林既然被封号了，入宫就是早晚的事情，大行皇帝下葬没有多久，新贵人入紫禁城内廷不大方便，怪碍眼的，入宫即是到圆明园来。

皇上和陈雨林走到他们附近停留下来。看着湖光天色，湖边上的点点灯火如同萤火虫一般游移，不知会引发出何等幽情。

弘历说："知道朕为什么封你为'黛贵人'吗？"

陈雨林忧郁地回答："不知道。"

弘历就着初升的月亮，看看她的脸，"你的这张脸无可挑剔，眼睛、鼻子、嘴巴，哪一样都长得好看。朕以为，你的脸上最美之处当属眉毛，细细弯弯的，就像是用'黛石'画出来的一般。"

陈雨林有一搭无一搭地问："什么叫'黛石'？"

弘历指着西边朦胧的山影，"西山有一座画眉山，山上出一种石头叫'黛石'，早在金朝时，就有人用它来画眉毛。"

有文献说："画眉山，由金山口度岭至冷泉村太州务后，产石，黑色浮质而腻理，入金宫为眉石，故名。黑龙潭在画眉山，有龙神庙，祈祷雨泽，甚为灵验。"这些地名延续至今，只不过泰州务现称太舟坞，除读音没变，三个字全变了。据《中国名胜辞典》北京市卷海淀区黑龙潭条："黑龙潭在北京海淀区温泉以北山腰。传说山上产黑石，质细腻，金代曾采石为宫女画眉，称为黛石。山亦因此叫画眉山。"

补充几句关于黛石的话，是由于西山代有父老相传，曹雪芹将《红楼梦》女主角的名字定为林黛玉，取的就是黛石的"黛"字，以表明小说写于西山。且不说这种说法是否扎实，在香山脚下写书的那个疯疯癫癫的曹公，曾引起当地密切关注。时光像河水一样流淌，一代又一代的父老忠实地向后人讲述曹公当年那些写书故事，大部分朴实无华，少有渲染成分。但是到了如今信息时代，护军营和健锐营的后代已闯荡出西北郊，跟大千世界融合在一起，闯入他们"眼球"的新鲜事太多，曹公那些往事很难引起他们兴趣，也不怎么让他们怀念，香山脚下的新一茬父老们再不会以口碑形式传递遥远的信息了。口碑中的陈年旧事统统于史无征，充其量有点信史价值，年轻人压根不往心里去，专家们也不拿它太当回事，父老们也就不费那口舌了。有鉴于口碑承传就此中断，多写这几句话，且算将最后的"父老相传"记录于此。

陈雨林不愿意听画眉毛的无聊话，尤其是不愿意听男人说这些。

她向四外张望着，看到黑黑的人影在捕捉什么，但不像是在捕鱼。

她问："这些人在干什么呢？"这姑娘长了副好心眼儿，最怕因为她的到来惹得太监和兵丁瞎忙活。

弘历有些自得，说："今夜是黛贵人入宫的第一夜，也是朕与黛贵人的初夜。朕为了四周安静，令包衣营和驻园太监将寝宫附近的青蛙抓尽，不准这些呱呱叫的东西搅了朕与黛贵人的春梦。"

听着这番对话，曹霑心疼得在水中蹲了下来，水淹到他的脖子，他沉重地喘息着，差点呛进去几口水。

几个笔帖式哥们儿莫名其妙。那个女的不是郑家庄的陈雨林吗？他们不久前还给她抬回郑家庄，怎么转眼她又成为乾隆皇帝的黛贵人了？

这时的弘历与那次赏雪时判若二人。对着饱学的陈雨林而不是有点野性的娜木钟，他变得文静起来，全然不是当日挥指着"黄狗身上白，白狗身上肿"的那个"赵匡胤"了。他的言行举止温文尔雅的，恢复了本来就有的书生气，重新成为长春居士。

弘历柔情万种地说："九州清晏刚完工，你是第一个入驻的后宫佳人。今夜朕与你在'会心处'共度良宵。"

对弘历这番话有必要补充几句。清朝宫廷建筑对匾额这块相当重视。根据雍正朝内务府造办处活计档，雍正年间，九州清晏最早悬挂的匾额是"会心处"，悬挂日期为雍正三年十一月二十二日，长度三尺二寸，高度一尺三寸，质地为"石青地画金云夔龙洋金字"。在内务府造办处的活计中，这是规格很高的匾额。后来脂研斋在批注《石头记》时，特意提到"会心处"，而且很可能指的就是九州清晏的"会心处"。

听到皇上的话，陈雨林略微有些不解，淡撇撇地说："在哪里安寝不是一样，不知圣上特意说在'会心处'就寝是何意。"

弘历说："朕与你第一次相见时，出的几道题都没有难住你。朕今天还要考考你，你能说出'会心处'的掌故吗？"

陈雨林眯缝起眼睛，对着湖面说："'会心处'典出于《世说新语》中的言语篇：简文入华林园，顾谓左右曰：'会心处不必在远，翳然林水，便自有濠濮闲想也。'意思大概是，好的园林要有格调，华林园想必就是个高洁之处，进入这样的园林，一进门就能够感受到，有高人在里面居住。"

清朝帝王都缺乏幽默感。在这方面，乾隆比顺治、康熙、雍正皇帝稍微强那么一丁点儿。他借势打起了哈哈，"如此说来，朕把黛贵人安置到'会心处'，也是把黛贵人视为高人啦。"

陈雨林淡淡一笑，"我哪是高人，不过胡乱背了几本书在肚子里。"

弘历自负地说："朕再接着考考黛贵人。你刚才既然提到了'濠濮闲想'，这个'濠濮闲想'又是怎么回事？"

陈雨林想了想，说："圣上的这道题真的是难住奴家了。奴家坦言不知道。说起来惭愧，胡乱背的几本书还背不大全。"

弘历摇头晃脑地说："知之为知之，不知为不知，是知也。"

陈雨林反问："圣上知道'濠濮闲想'是怎么回事吗？"

弘历呵呵笑了，"朕也坦言不知道，所以才会问黛贵人。没有南书房的词臣在此答疑解难，朕与你再不知'濠濮闲想'为何意，偌大个圆明园就没有人能够知道了。"

陈雨林微微摇头，"圣上也过于自信了，圣上与奴家不知道的事情，不见得圆明园里就没有人知道。"

弘历挥指着点点灯火，"看看，圆明园的人不算少，都是兵丁太监一类粗人，谁能回答出朕之所问，没有嘛。"

陈雨林听着不大乐意了。"圣上，恕奴家说一句，学问这东西没有高下之分，没有身份的人不见得没有学问。"

弘历这时的兴致极高，指着在附近抓青蛙的包衣营兵丁，"听着，朕问你们，知道'濠濮闲想'是怎么来的吗？"

一个人从水中一下站起来，带起忽啦一阵水声。他是曹霑。蹲在水中他感到屈辱，事情到了这步，躲个什么劲儿，不如干脆亮相。他高声说："圣上，奴才倒是略知一二。"

陈雨林吓了一大跳。细细辨识，她的脸登时变了色。好在天差不多黑透了，旁边的皇上看不出来她的惊慌。

弘历早就注意到有兵丁在附近抓青蛙，有人从水中猛地站起来也无所谓，他看看曹霑，"嗯？一个包衣营兵丁愿意回答朕之所问，朕准你免跪。你就说说吧，'濠濮闲想'为何意。"

曹霑说："尽管是黑天，包衣兵丁也不得见到宫眷，请娘娘转过身去。"

看到黛贵人顺从地转过身，曹霑打着赤膊，提着一条青蛙的腿，湿淋淋地上岸，说："自古相传，庄子与惠施游于濠梁之上。他们就在此地辩论鱼之知乐与否。这个地点为'濠上'。还有'濮上'，指的是河南封丘的濮水。庄子不想当官，为了躲避楚王之聘，曾经在濮水那里垂钓。因此，'濠上'与'濮上'泛指高人寄身闲居之所。'濠濮闲想'就是这么来的。"

弘历轻轻地拍了几下巴掌。"答得清楚。你还不简单嘛，难倒饱学黛爱卿的问题，一个提着青蛙的兵丁居然答上来了。"

黑暗中，陈雨林背对着他，眸子闪着光，说："这个护军校比我强，奴家的学问本来就不如他。"

弘历笑了，"黛贵人怎么知道他是护军校？"

陈雨林自觉语失，却没有慌乱，说："当兵丁的没这两下子。他是学过的，功底扎实，奴家以为他的官职当为护军校。"

弘历的心情特别好，笑道："那你就拜这个护军校为师吧。"

陈雨林依旧背对着曹霑，眼睛中倏地闪出泪光，轻声说："护军校，你愿意收我这个徒弟吗？"

曹霑说："拜师就不必了，护军校哪敢收新贵人当徒弟。"

她像是有些晕眩，身体前后晃了晃，"为了让我睡一个安生觉，你们泡在水里抓青蛙。这笔债我迟早是要还的。"

　　弘历双手抱在胸前，饶有兴味地看着这一幕。"他们抓青蛙可没有受罪，趁着抓青蛙在御湖中嬉戏，抓了青蛙还是要就酒吃的。朕不妨下个口谕：包衣营抓青蛙为性情中事，黛贵人无须还债。"

　　陈雨林像是没有听到皇上的"口谕"，对着月色中的湖面自顾自地说："他受着多大的罪，奴家最清楚；奴家该不该还债，该还的是哪笔债，奴家心里有数。"她突然打了个寒战，"只是奴家别无它物，干什么都无能为力，唉，来日方长，就用眼泪还债吧。"

　　弘历偏头想了想，摇着头笑了笑，"眼泪还债。不管你背了几本书在肚子里，这种新鲜说法朕还是闻所未闻。"

　　她说："我有点冷，回去吧。"她说着向回走。

　　曹霑垂下头默默地念叨着这句话："眼泪还债……"

　　待他再抬起头来，弘历拥着陈雨林走远了。

　　朦胧的月光下，他的笔帖式哥们儿慢慢地聚过来。这帮哥们儿为了她抬着轿子走了八趟，在广渠门曹家小院和郑家庄之间往返四次。也是这帮哥们儿把她从"天然图画"抬回郑家庄。所有这些都白搭了。

　　他们不知该说些什么，恐怕也没有任何语言能够安慰曹霑，只是靠着他发抖的身体，每个人的手中提着一串青蛙，牢牢地盯着一个方向，那是皇上和新贵人离开的方向。他腿肚子发软，展开双臂，把同样打着赤膊的弟兄们搂在一起，像是要从他们身上吸取支持下去的能量。

　　月到天心处，风从水面来。迷茫的月光投到曹霑迷茫的脸上。他举目四望，周围的山水和殿宇如剪影般在眼前徐徐流动，微微透着天的蓝光，它们那么旷世，仿佛天上宫阙；它们又那么尘世，伴着人的血脉不息运行。在众哥们儿的簇拥下，他紧紧地咬着嘴唇，企图控制感情的爆发，却无济于事，眼泪仍然像水一样流淌下来。

　　他一直看到皇上和黛贵人越走越远，直至进入"天地一家春"。在那里面，有一个地方叫做"会心处"。在"会心处"，她将和皇上在一个没有青蛙吵闹的环境中共度良宵，皇上将恣意享用她的初夜，将占有她本来准备给予他的贞操。当意识到这一点时，他的初恋死亡了。而给恋情殉葬的，是他的青春。就像大妃乌剌那拉氏阿巴亥当年给太祖努尔哈赤殉葬一样，他的生命中最灿烂的年华，是给活活勒死的。

八十四、海淀澄怀园－养心殿－西山正白旗护军营

据《澄怀园主人自订年谱》,雍正皇帝大渐时,张廷玉是第一个赶到御榻前的。这就有个疑窦:他并不住在圆明园中,凭什么先于几位亲王第一个赶到现场?

张廷玉自称"澄怀园主人"。澄怀园在哪儿? 海淀。有一首咏澄怀园的诗:"名园水木互萦洄,地近离宫绝点矣。虞褚并官亲禁掖,邹枚分宅住楼台。荷风入座香离散,鸥侣依人梦不猜。行到苑墙遥指点,此间号称小蓬莱。"从中可以看到,澄怀园围墙和圆明园围墙挨着,它的山水像圆明园山水的一部分,相互呼应,相得益彰。这可以解释何以在雍正皇帝大渐时张廷玉第一个赶到御榻前。他距离圆明园太近了,抬脚就入园了。胤禛驾崩后,弘历令将遗体运回紫禁城,由于不是骑马来的,张廷玉临时抓了匹劣马往城里赶,路上差点从马背上摔下来。

乾隆元年深秋,戴铎到澄怀园拜会张廷玉。张廷玉是先皇重臣,戴铎鞍前马后地为先皇办事,先皇突然故去,两人多少有些惺惺相惜。

澄怀园的正堂一如主人的风格,庄重典雅,朴实大方,绝无张狂陈设。一副中堂,几张深色的檀木桌椅,别无它物。

寒暄之后,戴铎就往主题上面绕,说:"哎呀,在下第一次来澄怀园。大人的这个园子离圆明园的确是太近了。"

张廷玉捋着胡须,笑呵呵地说:"跟别人我或许还要费一番口舌解释,对你老戴就用不着啦。你是知道的,先皇经常有事召对,就在脚下赐一块地皮,图个面圣近些,少跑些腿罢了。"

戴铎直奔主题:"既然离圆明园这么近,听说先皇在圆明园碧桐书院大渐时,

大人您是第一个赶到御榻前的。"

张廷玉深深地叹了一口气，"我到了一会儿，宝亲王和庄亲王他们才到。他们都是从城里赶来的。"

戴铎问："您既然第一个赶到御榻前，那么您看到什么了？"

张廷玉说："还用问嘛，先皇病重躺在御榻上……"

张廷玉觉得说多了，随即警觉地问："戴郎中，你怎么想起问这个啦？"

戴铎不管不顾接着问："先皇病重躺在御榻上是什么脸色？"

张廷玉噤言，随即正色道："这不是你应该问的，更不是你应该知道的。你是内务府郎中，先皇过去令你做事情你都做了，对得起良心就行了。不要胡乱打听。打听多了对你没有好处。"

戴铎斜睨着他，"戴铎可以不打听，也可以不过问，而您作为承受遗命的大学士则不能不闻不问。据戴铎所知，先皇驾崩前，白日还与你召对，当夜就成那样了，你就没个想法？就装糊涂闷在肚子里啦？戴铎找当天圆明园的轮值太医打听了，先皇临终之前是药石中毒的脸色，你第一个赶到御榻前就一点没有察觉？"

作为官场上的老油子，张廷玉实在无心搭理这些血呼啦的事情，躲之犹恐不及。他不耐烦地摆摆手，"药石那些话就不要提啦，在先皇驾崩后的第三天，当今圣上就将炼丹的张太虚、王定乾驱逐出宫了，你身为内务府的郎中怎么还要纠缠这些事。"

戴铎冷冷一笑，"圣上真的把先皇暴亡之事放下啦？圣上仓促即位，慌里慌张接过大宝，当紧的是稳住大盘子，不愿在药石之事上让朝野耻笑，所以才驱逐宫里道士。但大局稳住之后，圣上还会旧事重提，还得缉拿真凶。就像早先先皇放了曾静、张熙，圣上又抓回来杀了。"

张廷玉似乎受到提示，捋着胡须思索起来。

戴铎观察到对方的心动了，抛出了干货："戴铎握有张太虚用药石毒杀先皇的确凿凭证。而且牵扯到当今的若干王爷。"

张廷玉问："当真？"

戴铎说："戴铎愿用小命担保，无一字虚言。大人愿意听吗？"

张廷玉连忙出手阻止，"先不要对本官说。你是内务府的人，理应先秉报于内务府总管大臣庄亲王。本官不能僭越。"

戴铎苦笑着："在下在官场混了这么多年，还不知道各衙门各管各的。早就向庄亲王提起过，但几个月过去了，他闭口不提这茬儿。在下只得改换门庭来找您。这次来，就是打算向您合盘托出的。"

戴铎说的是实在话，他这次来澄怀园是迫不得已。他在晏公祠与理亲王弘皙对质，明明是人赃俱获，可是事情过去好几个月了，庄亲王那边一直没动静，只得绕过内务府，直接来找张廷玉。

张廷玉小心谨慎惯了，"慢着慢着。你合盘托出也好，不合盘托出也好。我要是没有考虑周全，未必听得进去。"

戴铎大为不满，"戴铎的这些凭证迟早是要递上去的。如果大人您这么磨磨叽叽的，在下只得递给鄂尔泰大人了。反正鄂大人在那天夜里也赶到了御榻前，而且与大人您一样是辅政大臣。"

张廷玉仰面想着，"容我再想想，容我再想想。"

戴铎提到要找鄂尔泰，正戳到张廷玉的软肋上。

雍乾时期，张廷玉与鄂尔泰的门户之争是朝中公开的秘密。二人都是凭本事上来的，一个是朝中头号笔杆，一个在西南干出大名堂，本来就互不服气，在皇上面前争宠，明争暗斗，加上一个是汉大臣，一个是满大臣，民族摩擦搅进来，事情愈发复杂。张鄂门户之争的一个重要方面是人事安排，都要安插自己人，而张廷玉略胜一筹。任人唯亲是安徽桐城张家的传统，早先大学士张英把儿子张廷玉扶植起来，张廷玉步老子后尘，把持着吏部，安插亲属比张英时更方便。他的胆子蛮大，将兄弟张廷瓒、张廷璐、儿子张若霭、张若澄一股脑搞进朝中。张英、张廷玉、张若澄都曾入值南书房。一门之内的祖孙三代相继入值南书房者，清朝仅此一例。这并不光彩，但在一定范围内还被传为美谈。张廷玉得势时，加上家族其他人，朝廷内外到处是安徽桐城老乡。这么一来，鄂尔泰不干了，处处节制张廷玉。进入乾隆朝，由于先皇遗命将张廷玉、鄂尔泰"配享太庙"，去世之后得以位列皇室宗庙，这可是天大的荣耀，张鄂在乾隆皇帝面前争宠随之上了一个新台阶。

过了好大一阵子，戴铎问："大人想得怎么样啦？"

张廷玉说："那就这样吧，对于张太虚谋逆先皇，你有什么真凭实证就统统告诉我，包括你认为和张太虚串通的王爷。如果我听着是这么回事，将会很快奏报圣上。"

张廷玉的处世和处事，总要把自己放在一个可进可退的稳定位置上。如果皇上无心追查先皇死因，他把戴铎提供的线索闷在自家肚子里就是了。而乾隆皇帝如果有心追查先皇死因的话，奏报这方面线索就是一大功劳。他不能把这份功劳让鄂尔泰抢了去。

养心殿内。弘历坐在宝座上，显得心事重重。

丹陛下面跪着两个人，他却无心理会他们，仍然在想事。不是为别的，而是为了黛贵人。

在九州清晏的日日夜夜，他彻底领教了一个尤物身体的美妙，她却全然没有反应，无论是床上还是床下，一副逆来顺受的样子。他打算好好受用，而黛贵人入宫后郁郁寡欢，终日以泪洗面，像怀着莫大的心事。

他想逗引她乐起来，但千金难买一笑。历史上有"烽火戏诸侯"的典故，周幽王的宠妃褒姒见到被烽燧戏弄的诸侯总还纵情笑了一番。而让这位黛贵人笑，恐怕比"烽火戏诸侯"还难。

平时几乎没有话说。他想跟她谈些什么，不断地提出各种问题让她解答，她基本上可以答个十之八九，但除了这些就没有其他话说了，尤其是没有情话。他想把这个罕见的既有学识又美貌动人的女子拥在怀中，说些唐明皇与杨贵妃想都想不起来的话，但她对他的那些甜丝丝的措辞毫无回应，连只言片语都没有。

他顺手一拂，像是要把窝心添堵的事拂开，低头看看跪在丹陛下面的两个人，嘴唇一动："说吧。"

毡毯上，张廷玉直起身子说："据内务府广储司郎中戴铎称，他有确凿凭证表明，先皇驾崩是由于服食了道士张太虚所炼的药石'五石散'。微臣认为事关重大，经启奏圣上，特意将戴铎带来面圣，由他向圣上当面陈述。"

跪在左侧的戴铎急忙挺了挺胸。

弘历无精打彩地看看他，说："朕自幼就见过你，但不知道你的名字。皇考在潜邸时，你经常出入雍亲王府。皇考即位之后，朕也见到你经常出入养心殿。看样子这么多年来，你与皇考走得很近。"

戴铎大为感动。"圣上还记得往事，奴才不胜惶恐。"

弘历有惊人的记忆力。"刚才研斋称你为内务府广储司郎中。朕记得，你出入雍亲王府时就是个郎中。怎么，干了这么多年，雍正朝十三年都过来了，还是个郎中，皇考就没有擢升你？"

戴铎苦笑，"恐怕就是与先皇太近了，先皇的习惯是越近者越不擢升，令心怀叵测钻营者无隙可乘。赤胆忠心的奴才也只好跟着受连累了。好在奴才以大清国为重，对仕途并不在意。"

弘历随意撩了撩手，"这话真假掺半呐。说说事情吧。怎么回事？朕驱逐了张太虚、王定乾，即是否定了天下人猜测的皇考崩于药石之说，你怎么又要把这件事重新捡起来。"

不完全是装样子做戏，戴铎眼中迸出了泪花。"先皇走得仓促，圣上仓促即位，当时人心惶惶，驱逐道士是为了稳定天下。但是，这并不等于要放过谋害先皇者。退一万步说，谋害先皇者如果是道士，也无关疼痒。但奴才确已查明，道士张太虚的背后有个亲王作精捣怪。"

弘历问："亲王？哪位亲王？"

戴铎说："理亲王弘晳，也就是废太子的嫡长子。"

弘历说："说与朕听听。"

戴铎可不是来给皇上讲故事的，他要给皇上撮火，而且号准了皇上的脉，知道说什么话最能拱火。"弘晳，亲王爵填不满他的胃口，他有当皇上之心。奴才是康熙朝过来人，康熙年间二阿哥的太子封号两度立废，凡过来人都记忆犹新。当时情势清楚，如果即位，其嫡长子弘晳自然会被立为太子。弘晳，一直在做嗣皇帝梦，没想到康熙五十一年再度被废太子封号，就再也没有翻过身来。至圣祖驾崩，先皇即位，弘晳对圣祖选中的承袭大统者耿耿于怀，想方设法加以谋害。至于弘晳在谋害先皇得手之后，对当今圣上是何等心境，在宗室之中，圣上与弘晳是平辈，对他的心境应有更深洞察。"

弘历不是没有听到过类似的话，但从来不上心。皇考垂怜二阿哥，给了弘晳个理亲王的爵儿，衣食无忧就是了，至于朝政，弘晳不过是行尸走肉。人无远虑必有近忧。至于废太子之子既不是远虑，也构不成近忧，此人充其量对其阿玛当年的际遇不大服气。

看到皇上不吭气，戴铎判断出皇上在想什么，接着说："凭着弘晳自己翻不起花，但近年来大不一样了。皇上洪恩慈怀，释放了雍正朝被圈禁的前抚远大将军允禵、前敦郡王允䄉，恩准将阿其那、塞思黑的子孙续入谱牒。但是，这伙人对先皇有深仇大恨，并不知恩图报。庄亲王允禄过去就与允禵、允禩交好，现在则利用辅政大臣身份上蹿下跳，煽风点火，唯恐天下不乱。弘晳见有机可乘，与他们频频往来，沆瀣一气，抱成团形成势，已揉成一团面，弘晳就是发面的'起子'。"

弘历的食指轻轻地捻着太阳穴。"何以为证？"

张廷玉插话说："戴郎中所说并不虚妄。据礼部左侍郎塞楞额报称，允禄、允禵、允禩和允祥后人联手，在白家疃怡贤亲王祠堂，借着祭奠怡亲王允祥，公然祭奠允禩、允禵、苏努、七十、揆叙、阿灵阿、鄂伦岱、阿尔阿松，甚至包括当年投书案的案犯。这些人都是允禩朋党，先皇曾经予以严惩。祭奠他们是要翻先皇定的案，将引起民心浮动。"

弘历淡淡一笑。

无论是张廷玉还是戴铎，都揣摩不出乾隆皇帝此时此刻的心情。他俩不可能知道，关于对允禩、允禵的处置，胤禛在晚年时是大大地后悔了，曾经不止一次对弘历托底，但弘历在即位之初不便立即抛出来。

弘历的食指继续捻着太阳穴。"二位皇叔在白家疃怡贤亲王祠堂祭奠什么人，就不要再提啦。说到底，二位皇叔与阿其那、塞思黑是亲兄弟，祭奠也无可无不可。朕不打算干预这事。朕关心的只是'昔日东宫嫡长子'想干什么？按你们的说法，理亲王弘晳对先皇有杀父之仇、夺妻之恨，对皇考与朕恨不得生啖之。但朕看不出他有多大的怨懑。最近，他的养女被朕封为黛贵人，已宣诏入宫了。"

一丝狡黠的笑纹爬上戴铎的唇边。"圣上所说的弘晳的养女，是不是姓陈名雨林，是康熙朝名臣陈鹏年的孙女。"

弘历有些好奇地看着他，"戴铎，你倒是对得起你这副贼眉鼠眼的尊容，鬼鬼祟祟的，居然连朕的家事都知道。"

戴铎的眼珠子转了转，说："不过是赶巧了，奴才曾经数度拜访郑家庄理亲王府，在那里见过她，她的确是才貌出众……奴才冒昧地猜一下，黛贵人入宫后是不是终日闷闷不乐？"

弘历的身子向前探了探，"你是怎么知道的？"

戴铎诡秘地笑了笑，"民女能入得帝王家，是前世八辈子烧高香也拜不来的美事。黛贵人入宫后终日闷闷不乐，显然是对皇考和当今圣上有根深蒂固的看法。想想看，在郑家庄理亲王府，弘晳和亲王妃吴青卿会给他们的养女灌输些什么，还不是对皇考和圣上的谤词。该养女装着满脑子对皇室的怨怼，入宫之后怎么能高兴得起来。"

弘历深深地喘息了几口，一拍御座扶手，"传旨，驻守香山行宫的护军营立即进山，查封晏公祠，驻观道士一个不得走脱；滞留在此的游方道士王定乾严加看管；当年张太虚炼丹遗址维持原状，不得破坏；驻观道士所保留的物证妥为保管。"

丈把宽的小河，弯弯曲曲地流经寿安山脚下，向东注入瓮山脚下的西湖。香山上三旗白旗包衣护军营分成三个营区，布防在河边。深秋是枯水期，小河里面的水少而浅，潺潺流动着。

河南岸悄无一人，河北岸的营区内则一片欢势，常山架子鼓震耳欲聋。在常山架子鼓的隆隆鼓声中，百十号旗兵正在练习掼跤。但见一对对掼跤者你来我往，斗成一气，直闹得场子里一团团暴土狼烟。

曹宜最爱掼跤，但是他今天没有到场，而是在家里接待客人。

曹宜和曹霑、吉金刚盘腿坐在炕上，把着小炕桌三侧。小炕桌上摆着些酒菜，曹霑醉醺醺的，东倒西歪，那两个酒量大，仍然在有滋有味地慢慢悠悠地对酌。

曹宜挟了一筷子菜扔进嘴里，"陈雨林入宫就入宫吧，皇上看上了，咱能有啥法子，就一条，认命。金刚，你过去是曹霑的教习，现在是曹霑的营总，你就给他下一道死命令：打今儿个往后，不准再念叨那个陈雨林。"

吉金刚推了一把曹霑，"师傅不会给你下令，但要劝你一句。前几天，你娘把我叫到广渠门小院去了，范时铎的那个姑娘师傅也见到了。叫什么来着？对了，范湘韵。范湘韵漂漂亮亮、粗粗实实的。可以啦，就是她吧。"

曹宜猛灌一杯酒，揩着嘴角，"就是嘛。讨老婆又不是买花瓶，不是摆着看的，身体结实，能生孩子，下奶，奶水又稠又多又好，孩子养得肥肥壮壮的，不就齐了吗。我就不信她黛贵人能生孩子、奶孩子。"

吉金刚仰脖灌下去一杯酒。"嗨，黛贵人即便挣巴挣巴地也下了个崽，用鲫鱼、老鳖什么的催下奶了，后面的事情还多啦，白天得洗尿芥子，夜里孩子一哭就得起来把屎把尿的，她黛贵人行吗？"

吉金刚说："说的就是呀。曹霑要生哇，就得来他一窝，两个不行，仨也不够，怎么着也得三四个。黛贵人是小姐材料，生一个行，生四五个行吗。要是范湘韵姑娘就办得到。您瞧她那红脸蛋、宽肩膀、高胸脯、圆屁股、大胯骨，嚯，那是天生的下崽的料，别说四五个，六七个也是她。"

曹霑晕晕乎乎地歪倒在炕桌边上，抬起头迷迷糊糊地看看，"二位干嘛呢？你们乱七八糟地说什么呀，你们是给我配牲口呐。"

二位相视，扑哧乐了。曹宜大大咧咧地说："配牲口就配牲口，曹家子孙本来就稀，我侄子曹颙就你这么个独苗，不多生几个怎么行。"

门被咣当一声撞开，一个护军校一类的小官员闯进来，喘吁吁地说："上头有令，令曹参领带几十个弟兄立即进山查封晏公祠。命令上说，驻观道士一个不得走脱；还有，滞留在此的一个游方道士叫什么王定乾，对此人要严加看管；还有，当年一个叫做张太虚的道士在晏公祠炼过丹，他的炼丹遗址维持原状，不得有一点破坏；还有，驻观道士所保留的物证妥为保管。对了还有一条，说那些物证是什么'散'来着，我也说不清楚。"

曹宜照着吉金刚胸口擂了一拳，"行啦，今天的酒就喝到这儿，我得带着弟兄们进山干活去啦。"他说完就出门了。

曹霑梗梗脖子，翻出来两个酒嗝。他使劲揉了揉面庞，深深地呼吸了几口。在这个瞬间，他的酒醒了，说："皇上要对晏公祠下手啦？"

八十五、太和殿－西山山路－晏公祠

在乾隆后宫史料中，影影绰绰地晃动着一个神秘宫妃的影子。

嘉庆六年有这样一道谕旨："婉太妃母妃，从前皇考在藩邸时，蒙皇祖所赐，侍奉皇考多年，嗣经晋封为妃，现在寿康宫位次居首，年跻八十有六，康健颐和，宜崇位号，以申敬礼，应尊封为婉贵太妃。"嘉庆皇帝谕旨中所提到的这位婉贵太妃，背后好像有些故事。

据《清史稿》："婉贵太妃陈氏，事高宗潜邸，乾隆间自贵人累进婉妃。嘉庆间尊为婉贵太妃，寿康宫位居首。薨年九十二。"嘉庆皇帝说陈氏是雍正皇帝赐予弘历的，也就是弘历在潜邸时，皇阿玛赐给他一个侧福晋之类的女人。但是，这种说法有问题，与实际情况对不上号，因为在弘历的头几批册封的嫔妃名单中，没有这位陈氏的丝毫踪迹。

蹊跷处就在这里。根据陈氏的年龄推断，她进弘历潜邸的时间，除了比富察氏稍晚外，在乌剌那拉氏、高佳氏、苏佳氏与金佳氏之前，资格比她们都老，第一批册封嫔妃时，她已侍奉弘历七年以上，况且又是雍正皇帝赐予弘历的，无论如何也应当册封为嫔妃。陈氏没有被册封，反倒有问题了。

可以肯定，陈氏身上有名堂。《清史稿》中说她在"乾隆间自贵人累进婉妃"，弘历的儿子又说这个女人是他爷爷赐予他爸爸的，但是乾隆年间数次册封嫔妃都找不到她的踪迹，从而大有微妙之处。

陈氏入宫后处境尴尬，被遗忘在后宫的角落里，年龄高的不像话了才晋封。后来她凑巧创造了一个生命纪录，成为太妃中的老寿星，才引起嘉庆皇帝的注意，特意为她下了一谕旨。否则，她是不能见诸天日的。

在这部小说中，陈雨林是康熙五十五年生人，与历史人物婉贵太妃陈氏同岁。并不是拿陈雨林硬套婉太妃的年纪，而是婉太妃身上有不解之谜，激发了小说创作过程中的想像。反推回去，如果陈氏真的如嘉庆六年谕旨中所说的那样，是雍正六年由雍正皇帝赐予弘历的话，那么肯定早就被册封为嫔妃了。这个人之所以长期被排斥在乾隆后宫嫔妃名单之外，只能有一个合理的假设，那就是她压根就不是雍正皇帝赐予弘历的，也不是雍正六年事弘历的，而是有其他原因，阴差阳错地挤到了乾隆后宫的角落里。

话说到这步，只能打住了。强调一下，罗七八嗦的说了这么多，并不是打算为小说人物陈雨林寻找原型，现有清宫史料中的蛛丝马迹，也远远支持不了这步工作。作者真正想说的话是，小说人物陈雨林与乾隆朝的汉军旗人陈姓婉妃有结合处，设计陈雨林入宫从贵人起步，并不是凭空来的。越剧《红楼梦》唱腔中有一句"天上掉下个林妹妹"，而这部小说中的林妹妹，绝对不是从天上掉下来的。

十二月下旬，京城最冷的日子，京城里面的子民正在准备过大年三十，曹霑骑着马，范湘韵坐在他的后面。尽管穿得很厚实，他还是能够感受到范湘韵软绵绵的前胸，对这个傻丫头，他不知道该说什么才好。

山是寂寞的象征。在这个季节，春山的秀丽、夏山的灿烂、秋山的壮丽都没影了，寒冬的西山光秃秃的，寸草不生，一片片的灌木丛也只留下枝干。从高空呼啸而下的寒风，钻到山里左盘右旋地大显神威，再穿过山峦与山峦的间隙，迅疾地排空而去。山风掠过，一片片松林发出阵阵低沉的松涛声，山显得更寂寥，简直像人迹罕至的荒山野岭。

他们在这时候上西山，就像两个傻瓜。到了马上不去的地方，他们下了马，拉着缰绳行走在崎岖的山路上。凛冽的山风扑面而来，他们被吹得东倒西歪的，赶上风口，每走一步都挺吃力。他们之间不说话，能够听到的只是耳畔呼呼的风声和身后马蹬相互碰撞发出的单调的叮当声，再就是马掌铁踏到鹅卵石上发出的咔咔哒哒的声音。

好在晏公祠不在大山的深处，没走多久，当山风把脸给吹成紫色时，晏公祠到了。山中无甲子。只有到了深山中的残破道观时,才会深深地体味到这句话。在大多数日子里,明月松间,清泉石上的日子飘来飘去,除了阳光的轻抚和衡风的细语,连花飞花落、猿啼鸟鸣也懒得管了。但是这个季节不行。山中的甲子时辰很明确,这是一个相当难熬的冬天。

曹霑此前来过晏公祠一次,雍正十三年就是包衣营从这里把张太虚接到圆明园去的。这次来晏公祠,唯一的变化是,院子里面多了几顶厚毡子的帐篷,显然是看守晏公祠的护军临时搭的。

他刚把马拴好,即有一名护军前锋校从道统门后闪出来,警觉地问:"你们是从哪儿来的,来干什么?"

他举起手里提的东西,答:"快要过大年了,来看看我的叔祖。他是你们的参领,叫曹宜。"

前锋校说:"原来是曹参领的亲戚,小的怠慢了。"

前锋校殷勤地指指一顶帐篷,"曹参领在那里面呢。"

他拉着范湘韵的手,撩开厚厚的帘子,猫着腰钻进那顶厚毡子帐篷。

曹宜正和几个弟兄围着烤火,王定乾那几个道士也在其中。

曹宜抬头一看,有些发傻,"曹霑,是你呀。大冬天的,你是不要命啦,怎么跑到这儿来了?"

他站立起来,头几乎碰到帐篷顶,"怎么还来了个姑娘,这是谁呀?"

曹霑放下手里提的东西,答:"京城的曹家就您的辈份大,快要过年了,您还在深山里冻着,我娘怪不落忍的,让我来看看叔祖,捎点子酒和肉。再者说了,您头些日子提出要见见范湘韵姑娘,侄孙哪敢怠慢。这不,我把她带来了,请您过过目。"

范湘韵双手抱拳,大大方方地说:"叔祖,晚生这厢有礼了。您不是要见我吗,就这副脸蛋,就这副身板,您就审视吧。您要是瞧着不行,就直截了当地说,本姑娘绝不会怪罪于您。但是,要是您看着还马马虎虎过得去眼,承蒙您夸两句,也给本姑娘戳戳份儿。"

曹霑向后甩着大拇哥,"您瞧她那二杆子劲儿。"

火堆旁边的人善意地笑了。

曹宜紧着看了看范湘韵,伸出大拇指:"好好好!长相不错身体棒,人也透着咱们关外人的豪爽。听说啦，你是前两江总督范时铎的小女儿，我们曹家和你们范家的上世没准儿还认识呢。范时铎的祖父是范文程，范文程和我们曹家的上世是一块归顺大清的。范家是盛京的，我们曹家的老根距离盛京不远，在辽阳也就是古襄平一带。”

曹霑拦了一道，“叔祖，您就别和她扯那些陈年老辈子的事了。范家上世在关外的那些事情，她哪儿知道呀。”

曹宜小声问：“就是她啦？”

曹霑朝他挤挤眼，“不是你们说的吗，红脸蛋宽肩膀高胸脯圆屁股大胯骨的会下崽，别说生四五个，生六七个也是她了。”

范湘韵问：“你们悄悄嘀咕什么呐？”

曹宜挤挤眼，“快快快，快坐这儿暖和暖和。”

带着一股子寒气，曹霑和范湘韵挤到人堆里，热热乎乎地烤着火。

曹宜看看他们带来的东西，“这这这，我们这儿不愁吃不愁喝的，你们大老远的带这些来干什么？”

曹霑搬过酒坛子，“都是穷当兵的，谁不知道谁。你们有好酒吗？就有点辣嗓子的烧酒，这是江南的黄酒。你们有好肉吗？就有点子肥肉片。这是江宁的腊肉，蒸着吃那个香，馋死你们。”

曹宜咽下口唾沫，“这些好东西是哪儿来的？”

范湘韵先张嘴了，“您刚才不是说了吗，我爹是前两江总督，虽然回京这么多年了，在江宁地面上还有点人缘，逢年过节的，江宁那边总要捎些酒啊肉的。我家人少也吃不了，就送人呗。”

曹宜一拍大腿，“好！今儿晚咱们就开干，先在山里过个年。”

曹霑说：“我上次来晏公祠，看到这儿还有几个道士。出家人怪清苦的，把他们也叫来，一块热闹一下。”

曹宜对挤在火堆旁边的王定乾说：“王道士，告诉你的人，晚上别吃窝头就熬白菜了，一块过来解解馋。”

这个晚上，朔风怒号，飞砂走石的。冷寂了上百年的晏公祠却骤然热闹起来。正殿早就破烂得没个样子了，八面透风，但里面的煤火烧得很旺，大块大块的煤扔进炉灶，人们围着炉灶，多少有些暖意。

游方道士王定乾和那三个驻观道士同护军凑在一起喝酒吃肉，闹了个一醉方休。腊肉是越吃越有嚼头，不吃够了收不住；黄酒不像烧酒那么辣嗓子，但后劲很足，上头很厉害，几杯下肚人就得晕乎。到了半夜，护军们和道士们都支持不住，回帐篷的回帐篷，回屋的回屋。

曹宜把范湘韵安排到山洞里。这是他们刚才喝酒吃肉时商量妥的。整个晏公祠，都是男的，一个姑娘的住宿本来就不大方便，也就是这个山洞里还隐蔽一些，同时也就是这里还避避风。

曹宜、曹霑送范湘韵来到山洞口，曹霑关照她说："一个人住在山洞里面，害怕不害怕，要不然我陪着你。"

恰巧王定乾一摇三晃地走过，呜呜噜噜地说："有什么害怕的。晏公祠又不是客栈，就这个样子，找多余的地方还没有呢。去吧。"他醉得不成个样子了，走回那间烂配殿时，差点趴在地上。

曹霑拉着范湘韵的手刚要离开，曹宜叫住了范湘韵，叮嘱说："你留点神，山洞里面有几个白包袱皮，里面包着些东西，是日后用得着的，千万不要动。听明白啦？"

范湘韵提着灯笼，哈欠连天地进了山洞。

次日早晨，当护军们和道士们伸着懒腰走出帐篷和破烂的房屋时，看到曹霑和范湘韵牵着马下了山。

八十六、碧云寺－樱桃沟－晏公祠

乾隆三年盛春时节，乾隆皇帝巡幸碧云寺。

碧云寺在香山东麓，最初的开发者是元朝勋旧耶律楚材后人，原称碧云庵。明朝正德年间，太监于经扩建，始称碧云寺。明朝天启年间，魏忠贤重修。寺座西朝东，依山势从山门至寺顶共六层院落，层层殿堂，依山叠起，松柏参天，浓荫蔽日，最后一层为金刚宝座塔院，塔通高在十丈以上，有两座喇嘛塔和五座十三层密檐式方塔。据时人评价，它位居西山诸寺之冠，规模不让香山寺。

在庄亲王允禄和大学士张廷玉陪伴下，乾隆皇帝只是浮皮潦草地转了转，就从金刚宝座塔院向回走，来到碧云寺北跨院。它被称为水泉院。

清泉从山石中流出，淙淙有声，积聚池中，池上有桥，池旁有亭，周围山石叠嶂，苍松翠柏。弘历爱游览名胜，通常玩儿得很专注，今天却心不在焉。他在水泉院中随意转悠着，信口说："朕就转到这儿了，依朕之意，这个水泉院是北跨院，南边还可以搞个跨院来，里面建个南方那种罗汉堂。"

允禄陪着小心说："内务府这就着手安排。"

弘历斜眼看看他，"庄亲王，下一个仪程是什么？"

允禄现出笑意，说："自从黛贵人入宫后，皇上就说要见见她的养父、养母。本来说好的，皇上离开碧云寺之后巡幸樱桃沟，理亲王夫妇在那里晋谒皇上。据臣所知，理亲王夫妇一大早从郑家庄赶赴卧佛寺、樱桃沟，现正在那里恭候皇上。"

弘历看看张廷玉，对允禄说："原先是这么说的。但是朕另外有些事情要办，谕理亲王待命，换个地方晋谒。"

允禄说："如果皇上有事，那就改天再让他们晋谒吧。"

正说到这儿，戴铎跑来了，上气不接下气地说："皇上，晏公祠那边都准备停当了，皇上随时可以去。"

弘历当机立断，说："庄亲王，立即告理亲王夫妇，朕现在去晏公祠。让他们赶赴晏公祠，在那里晋谒。"

允禄问："皇上要去晏公祠？"

张廷玉板起面孔说："这么点事情还要皇上说第二遍吗。"

允禄怒视张廷玉一眼，他觉得奇怪，张廷玉是汉大臣，对亲王说话从来毕恭毕敬，今儿却像吃了枪药。显然，皇上与张廷玉捏咕了什么。突然改变晋谒地点，是他俩捏咕的结果。

这是一个幽静的山谷，怪石嶙峋，山花烂漫，名为樱桃沟，可是见不到一棵樱桃树。一条小溪缓缓地从山谷的深处流出来，小溪里面流淌的是上游来的泉水，顺着山势向外流淌。

小溪令吴青卿着迷，她边看着边向谷底走去。泉水漾着调皮的笑窝，潺潺从脚下流过。她款款移动脚步，溯流而上，舒心极了。

泉水汇成的小溪是快乐和活泼的，闪烁着明澈晶莹的波纹，在行走间不断地和附近的花草嬉闹着。一片叫不上名字的树叶落到水中，成为不期而至的客人。泉水是何等的开心啊，将这片不慎迷路的树叶推推挤挤的，让它滑进一个小旋涡里面，滴滴溜溜地打转。它进不得退不得哭不得笑不得，泉水把树叶玩耍够了，一撒手，它一溜烟儿地跑了。

京城和京城四郊，到处是名胜之地。而自从来到京城，吴青卿几乎没有到名胜之地玩儿过。她在京城两眼一抹黑，如果弘晳不带她出来走动，她就寸步难行。但是弘晳除了带着她串过有数的几家亲戚，基本上不带她出门。其中的原因她很清楚，她名不正言不顺。

弘晳是宗室子弟，宗室子弟的婚配须经皇太后或皇帝指配，而她什么手续也没有履行，这么多年既不是嫡福晋，也不是侧福晋，曹家和亲戚们给弘晳面子，称呼她为亲王妃，可也就是这么一说，亲王妃须得到宗人府认可，而没有一个衙门认可她是亲王妃。正由于此，弘晢不带她出门，跟人家介绍都不知道怎么张嘴。

可是今天，弘晢破例把她带出门，看了卧佛寺，又到卧佛寺后面的樱桃沟，让她玩儿个够。这些地方弘晢都玩儿腻味了，早就撇下她，到前面退翁亭那里休息去了。

她紧走几步，终于看到泉水的源头。这个地方叫"水尽头"。一块老大老大的大石头，上面凿着一个大龙头，清泉就从龙嘴里咕嘟咕嘟地冒出来，日夜不竭。附近有个石亭，亭内有联曰："行至水穷处，坐看云起时。"

她走出石亭，旁边有一块巨大的石头，叫"白鹿岩"。相传辽朝有仙人骑白鹿来此定居。石头下面有个洞，就是"鹿岩精舍"了。

她探头探脑地进洞看了一眼，里面很小，刚能掉转身子，潮乎乎的，除了一个土炕别无它物。她有点害怕，立刻出来了。

在洞口，一个护卫在等着她。"亲王妃，王爷请您去退翁亭。请随我来。"护卫说完在前面带路。

退翁亭距离"水尽头"很近，在隆教寺偏西高处，是清初学者孙承泽所建。孙承泽字退谷，著有《春明余梦录》、《太平广记》等书。朱彝尊尝留下一首《退谷》诗："退翁爱退谷，未老先抽簪。行药乱峰路，筑亭双林间。闲中春酒醺，静里山泉音。满目视朝贵，何人期此心？"在士大夫眼里，不求朝贵，潜心于幽谷之中也很不容易了。

进至退翁亭，弘晢在那里等着。"怎么样？玩儿够了没有？"

她扭过脸四下张望了一阵，有些忸怩，但还是张嘴了。"我嫁到你的府上也有十多年了。这是你第一次带我到山水名胜之地。今天是不是有别的安排，要见什么人。"

弘晢笑了。"你还挺鬼的，让你给猜出来了。既然你问到这儿，我就给你托底。今天来樱桃沟是要晋谒皇上。陈雨林以黛贵人名号入宫，我与你是她的养父、养母，皇上算得上咱们的半拉子女婿。女婿总得见咱们一面，没有请咱们进宫，就约着在这樱桃沟晋谒。内务府是两天前传旨的，事关皇上的行踪，严禁外传，我连你也没有告诉。"

她问："皇上什么时候来？"

弘晳向沟那边张望，"应该是快了。你来的一路没有注意到吗，樱桃沟一个游人都没有，皇上要巡幸，早就封沟了。"

正说着，一个侍卫装束的人急匆匆过来了，单膝点地，说："叩见亲王大人。皇上有口谕，请亲王大人和亲王妃立即赶到晏公祠去，皇上已经往那儿走了，在那儿等您。"

弘晳的身子一抖，"晏公祠！"

弘晳携吴青卿抵达晏公祠已是午后。

他们进入道统门，绕过一顶顶帐篷，迎面看见胤禄和张廷玉正在那里站着。院子中间的石桌石凳上坐着一位气宇非凡的年轻人，正笑微微地看着他们，想必就是皇上了。

他们连忙下跪。弘晳中规中矩地引首着地，大声说："微臣携妻吴青卿拜见皇上。恭祝皇上万岁万万岁。"

弘历离座，亲自将弘晳搀扶起来，和善地说："理亲王与朕都是圣祖的孙子，既然是一家人，就用不着三跪九叩地行礼啦。"

弘晳的理亲王爵位不过是挂个虚名，在府邸规制和俸禄方面享受亲王待遇而已，平时无缘进宫，连每年一度的元正朝贺都没有他的份儿。这是他第一次见到乾隆皇帝。他本来就有些惶惑，皇上又亲自把他搀扶起来，更有些承受不起了，感动得不知说什么才好。

弘历看出来了，理亲王夫妇过于紧张，尤其是亲王妃，吓得浑身哆嗦，于是尽量说些轻松的话让他们松弛下来。

他笑笑说："理亲王，你是二阿哥的儿子，朕是四阿哥的儿子，要在宗室里面排行，你长朕几岁，正经是朕的叔伯哥哥。"

弘晳木木讷讷地说："臣是废太子的儿子，差不多也是个带罪之身，哪敢当圣上的叔伯哥哥。"

弘历笑起来，"细细想一想，理亲王即便是朕的叔伯哥哥，朕也不能这么称呼。朕的黛贵人是你们两口子的养女，用民间的话说，她是我弘历的偏房，你们两口子作为她的养父、养母，朕怎么能管你们叫哥哥、嫂子呢，得叫丈人、丈母娘才对。"

弘晳吓得胡乱摆手，"哟哟哟，哟哟哟，不敢当，不敢当。"

吴青卿也嚷嚷起来："皇上可别这么说，我们担待不起。"

弘历爽朗地笑起来，"看给你们难为的。大清王朝是最讲究礼路纲常的。你敢当也好，不敢当也好，担待得起也好，担待不起也好，都是这么回事。只要你们还认黛贵人为养女，就是朕的丈杆子。"

接着，弘历的笑容慢慢地收敛了，弘晳知道，皇上该扯到正题上了。他大体能够猜测到正题是什么，只是不吭气，耐心等待着。

弘历指着晏公祠院子里的帐篷说："你是来过晏公祠的，你过去来的时候，有这些帐篷吗？"

弘晳的心里打起鼓来，说："没有。"

弘历问："那么，为什么这座废弃的道观里面要支帐篷呢？"

弘晳说："不知道。"

弘历挥指着左右，"那朕就告诉你。这里面住的都是护军。"

弘晳干巴巴地重复："敢情这儿驻上护军啦。"

弘历接着问："一座废弃道观为什么要用护军看管起来呢？"

弘晳说："臣不知道。"

弘历的脸绷了起来，"朕还可以告你。有一个叫张太虚的妖道在这里炼过丹。据密奏，皇考驾崩与这个阴险恶毒的道士有关。"

弘晳颇不以为然地说："这些说法臣也在其他场合也有所风闻，那些都是捕风捉影的，根本不能认真。"

弘历直视着他，缓缓道来："朕本来也不愿意相信这些说法。在皇考驾崩的第三天，朕就将张太虚、王定乾驱逐出宫，等于放了他们一条生路。但是朕长了一双眼睛，皇考临终时的症状，朕都看在眼里了；朕还长着一副耳朵，太医对皇考死因是怎么说的，朕也是听得到的；除了眼睛和耳朵，朕也长了一个脑子，什么事情应该认真，什么事情不应该认真，什么是捕风捉影，什么不是捕风捉影，朕心里有本帐。"

弘晳的处境很难受。他不能多说多问，说多了问多了都容易落嫌疑，明智的办法是尽量不说话，看看皇上往下说什么。

弘历依旧直视着他，"起码有两件事不是捕风捉影。其一，皇上突然驾崩是服食了张太虚炼的丹药，这不是捕风捉影；其二，张太虚是通过你引见给皇考的，这也不是捕风捉影。这两件确凿无疑的事实联系起来，能够让朕想到哪儿，就不用朕说了。"

弘历把话说到这一步，弘晳反倒不大害怕了，索性豁出去了。"皇上还是说说好，让臣听得明白些。"

弘历傲视着他，"说说也没什么不行。一言以蔽之，如果张太虚真的用丹药谋害了先皇，那么你难脱干系。"

弘晳的脸陡然变色，深喘了几口气，又不屑地摇摇头，"臣不知圣上这番话从何说起，先皇是有恩于臣家的。臣的阿玛废太子是带罪之身，是先皇将他释放出咸安宫的，将他与臣安排在郑家庄。臣对大清寸功未建，先皇先后封臣为郡王、亲王。废太子辞世之后，先皇前往亲奠。先皇对臣一家浩荡洪恩，臣为何要串通道士谋害先皇。"

弘历挥手一挡，"就不要再提废太子啦。你不止对一个人说过，废太子是服食了先皇赐药而猝亡的。这对你是什么？是弑父之仇。朕今天见到了亲王妃，以她眼下的模样，不难想象出她当年的姿色。话说开了吧，先皇当年曾经与亲王妃同床共寝。这对你是什么？是夺妻之恨。你刚才问，你为何要串通道士谋害先皇？朕倒是要问，弑父夺妻，你为何不串通道士谋害先皇？！"

吴青卿吓得浑身战抖，她惊恐地看着弘晳，像是在看一个未曾谋面的陌生人。她压根没有想到，她在圆明园遭到的屈辱会点燃弘晳那么强烈的怒火，他为了报仇会走出那么远。

弘历说："你们的养女被封为黛贵人，去年初夏入宫，朕是要对你们有所表示的。朕今日算是表示了，先与丈人、丈母娘叙欢，而后再追究丈人、丈母娘的罪责，可谓赏罚分明。"

他回头看看张廷玉，朗朗说："研斋，朕之所为算不算是先礼后兵哪？"

张廷玉答："除了先礼后兵，还算得上大义灭亲。"

气头上的弘历一摔脸，高喊："来人！"

埋伏在帐篷中的护军，在曹宜带领下冲出来，将弘晳一把扭住，他全然动弹不得了。曹宜对他悄声说："尽管亲戚里道的，担待了吧，没法子的事。"

弘历轻轻一指，"亲王妃也拿下，她备不住是共犯。"

　　两个侍卫上前将她的胳膊向后一拧，她惨叫了一声。侍卫将她往地上一掼，她哪受过这种罪，又惨叫了一声。

　　弘历嘲讽地看看弘晳，"看到亲王妃如此凄惨，朕不能不动怜香惜玉之心。弘晳，你要还是个顶天立地的男人，何尝不招供点干货，自己把罪过都给挑起来，也好让朕放了亲王妃。"

　　弘晳尽力装得满不在乎："圣上，臣都不知道该招供些什么。圣上刚才所说的，都是些推断，凭着推断何以定人之罪？而且，这些推断臣听着很是耳熟，都是戴铎上次在晏公祠的诬陷之辞。"

　　弘历站起来。"戴郎中如果没有真凭实据，也不会凭空咬你一口。再说，如果仅仅是一个戴铎所说，也不足为信。在你来之前，朕在这里盘问过道士，他们所说的与戴铎所说的丝丝相扣，令朕不得不信。戴铎和驻观道士们，下面就由你们说说张太虚的把戏吧。"

　　仿佛是一场戏，弘历是这场戏的串场人，演员都在帐篷里等着。在皇上报幕之后，有关角色依次从后台来到前台。

　　三个驻观道士排成一列，从帐篷中鱼贯走出来，每个人提着一个脏乎乎的白布包袱，放在地上展开，里面是黑乎乎的面子。

　　三人中最年长的道士指着那堆煤渣和歪倒的鼎炉，说："张太虚曾经在那里炼丹，但事后将所炼丹都扔到院子角落里。贫道捡回来，都在这里了。据王定乾道士来到后品尝，这些都是'五石散'。张太虚费尽精神炼出丹药，然后再给扔掉，其中的奥妙贫道实在不解。"

　　弘历说："是啊，张太虚炼出'五石散'，又扔掉'五石散'，这是为什么呢？"弘历适时地抛出的这一问，真的有些像串场词。

　　帐篷里传出一个声音："答案嘛，十分简单，十分简单，却也十分不简单。"

　　戴铎像这出戏的主角，背着手，持深沉状，迈四方步，从帐篷里缓缓踱出来，而后环顾众人娓娓道来："妖道张太虚是理亲王搬来为先皇炼丹的。而他只会烧制'五石散'，这等货色收不到补肾壮阳之效，张太虚遂在晏公祠做戏，一边烧炼'五石散'，一边暗地炮制春药，这种春药经他多年研磨，确有些神效。炼出的'五石散'被他扔掉，然后用春药冒充丹药让我等试服。我等被药效蒙蔽，遂鼓动先皇，允许他进入圆明园廓然大公炼丹。至于他后来的把戏，由王道士定乾先生予以戳穿。"

帐篷里又传出一个声音:"王道士定乾先生以为,张太虚的把戏十分毒辣,十分毒辣,却也十分不高明。"

王定乾效仿戴铎的样子,人未到声音先到。他背着手,持深沉状,迈四方步,从帐篷里缓缓踱出来,而后环顾着众人,娓娓道来:"在廓然大公,张太虚还是按照晏公祠的路数做戏:表面上支起鼎炉炼丹,回屋则避开我等,秘密炮制春药。与在晏公祠不同的是,这批'五石散'并没有扔掉,而是和春药一起献给先皇。先皇服食他的春药后甚为满意,遂放心地服食下面的丹药,结果服食了'五石散',而不知道需要急走行散,以至猝亡。"

在晏公祠,差不多的过程曾经当着庄亲王允禄和理亲王弘晳的面上演过一次,这次在皇上面前上演,戴铎导演得更有条理。

弘历听完,长叹一声,扶着石桌久久不说话。

院子里出现了可怕的沉寂。

弘历沉默了半晌,他迅疾地转过身来,暴怒地喊道:"弘晳!"

弘晳浑身剧烈地一抖。"臣在。"

弘历指着那些白布包袱皮上的黑面子,愤怒地喊道:"张太虚谋害先皇证据确凿,天理难容!张太虚出自你的引荐,你罪责难逃!"

弘晳勉强支撑着,面色灰白,说:"圣上冤枉微臣了。"

弘历走过来,凑在弘晳耳畔,咬牙切齿地说:"还嘴硬。有件事情,朕与你是一样的,你要报弑父之仇,朕也要报弑父之仇。但是,朕与你不同,朕不会用'五石散'毒杀你,那太便宜你了,你记住,朕将用各种阴法折磨你,无所不用其极,让你最痛苦地完蛋。朕将要采用的法子,连阎王殿的小鬼听了也会吓得尿裤子。"

弘晳大惊失色,随即两眼一翻,咕嘟倒在地上。

弘历大发雷霆,"用马尿把他灌醒!"

灌马尿是满洲八旗常用的抢救方法。一个侍卫把一个装马尿的皮囊捅到弘晳的口中,强行灌了几口,弘晳仍然不省人事。

曹宜用一条麻袋往他头上一扣,把他拽到了帐篷里。

弘历含怒地围着允禄转了几圈,疾转身,对允禄说:"弘晳完蛋了,下一个轮到你了。几个月前你就来过晏公祠,那时你就明细了弘晳的歹毒。可是你有意包庇他，欺下瞒上，押着不办。该当何罪！"

允禄像是没有听见。他拨拉开侍卫，走过去，蹲下来，仔细打量那几个包袱皮上的黑面子，还抓起一把放在眼前看。

张廷玉凑近他的耳朵说："庄亲王，圣上在问你话呢。"

这时，一直没有说话的允禄说话了。"王定乾，本王爷问你，你们所说的'五石散'能不能当柴禾使唤，用来烧火做饭？"

王定乾跳了起来："哟哟哟，'五石散'在晋朝时是最好的丹药，是用几种石头烧炼出来的，原料是丹砂、雄黄、白矾、曾青、慈石等等，这些东西根本点不着，怎么能用来烧火呢。"

允禄说："你说它们点不着，不能用来烧火，是吧？"

允禄蹲在一个脏乎乎的白布包袱皮面前，说："拿火来。"

一个侍卫掏出火石和火绒，打击了几下，引着一个火引子。允禄接过来往黑面子上一扔，黑面子忽地燃烧起来。

在众人惊讶的目光中，这堆黑面子很快就成了一堆渣子，那张脏乎乎的白布包袱皮也随之烧成灰烬。

允禄掸掸手，淡淡地说："谁说这是'五石散'，统统胡说。这几堆东西不是别的，是煤末子。"

在场的人登时傻了，"煤末子？"

允禄招呼道："诸位在家都用过煤吧，烧火做饭和冬日取暖都是用煤。过来看看，这是不是煤末子。煤块碾碎了就是这样的。"

张廷玉蹲下来，抓起一把仔细看看，越看越像煤末子。

戴铎喊起来："不对！你在胡说！你在包庇弘晳！这不是煤末子，是张太虚扔掉的'五石散'！"

几个道士疑惑地相互看看，议论说："'五石散'是烧不着的，还真是煤末子，一会儿就烧光了。""不对呀，我们明明看着张太虚悄悄扔的。""我们从院子里拣回来的，怎么会是煤末子呢？"

张廷玉把一小捧黑面子举到弘历面前，悄声说："圣上，臣以为这些还真的是煤末子，不是张太虚扔掉的'五石散'。"

弘历顿时找不到北了，"这是怎么回事？"

允禄这才对弘历说："回皇上，皇上刚才斥责臣欺下瞒上，实在是冤枉臣了。几个月前戴铎邀请臣来过晏公祠，那时就见过这些所谓从院子角落里拣回来的'五石散'。但是，臣在那时就对戴铎和这些道士的指控有所怀疑，所以压着不予理会。现在全都清楚了，所谓'五石散'不过是些煤末子。事实俱在，戴铎勾结道士，公然用煤末子冒充物证，诬陷亲王，蒙骗圣上。"

戴铎跳了起来，"庄亲王，你、你、你血口喷人，信口雌黄！奴才查过，你自幼与阿其那、塞思黑相善，与废太子也有来往。先皇即位后不计前嫌，将老庄亲王爵位赐予你，而你骨子里还是尊崇阿其那。当紧的是，你的生母王氏，在雍正朝娘家有人落难，前苏州织造李煦是你的表舅，由于曾经为允禩买江南女子而被发配充军，死在流放地。你对先皇有仇，所以才包庇谋害先皇的凶手。"

允禄像拎小鸡一样把戴铎揪过来，"血口喷人的是你。戴郎中，对你那点小肚肠，本王爷看得透彻。抱着孩子进当铺，你还想当人。你对本王爷说过，先皇曾许愿擢升你为内务府总管大臣。先皇驾崩，一夜间你从云端上掉到了粪坑里，不仅当大臣的梦烟消云散，而且由于你曾经怂恿先皇服丹，难逃干系。于是你设了这么个局，把屎盆子统统都扣到理亲王和张太虚头上，把自己摘出来，企图通过最便捷的途径，在先皇驾崩之后巴结上新君，继续作内务府总管大臣的黄粱梦。你是一石二鸟，一箭双雕哇。"

弘历有些疑惑，征询地看看张廷玉，张廷玉点点头表示赞同。

允禄并起剑指，点点王定乾："戴铎是要捞官，你是要捞生计。道家那套玩艺儿，你本来是二五眼，当年却撞上狗屎运，居然得以入宫，享受五品太医待遇。虽然你在南薰殿炼丹是瞎闹一场，先皇却仍然厚待你。先皇驾崩，你享清福的日子到头了，被驱逐出宫成为丧家之犬。你太不甘心了，千方百计想二进宫，戴铎投下个饵，你这条小鱼儿以为跟着他能重新游回宫里，马上就吞了，从此他让你胡说你就乱嚼舌头。"

弘历又一次征询地看看张廷玉，张廷玉再次赞许地点点头。

戴铎和王定乾灰头土脸，那三个驻观道士慌了神，一个劲儿向后躲。

允禄逼过去，鄙夷地说："至于你们几个，守着残破不堪的晏公祠，一年到头连个香客都见不到，早早就混不下去了。二更梆子打两下，混成这样就要钻窟窿打洞找饭辙，一来二去的就掉到戴铎的掌心里了。有奶就是娘，也不知这家伙给你们许了什么愿，你们拿几个破包袱皮包了些破煤末子，就胡蒙乱骗上了，居然骗到皇上头上。想想都怪可怜你们的，到底是吃剩饭长大的，骗人的法子都透着股子馊味儿。妈的，你们哪怕用点子熬过的药渣子蒙事，也比用这些煤末子强！"

弘历又一次征询地看看张廷玉，这次张廷玉不再点头了，而是一挥手，厉声说："圣上，得把他们带回京城好好审讯。"

弘历叫道："把他们押下去！还有，把这些包袱皮、煤末子也带走，这是日后给他们定罪的凭证。"

戴铎还没反应过来，就被曹宜一把拧住，曹宜凑近他耳边轻声说："戴哥们儿，当年你仗着雍亲王没少干缺德事，刚才做戏跟真的似的，踱着四方步出场，老子让你爬着退场。"说完忽地扣上个麻袋，把他拽进了帐篷。

王定乾和那三个道士同样被护军扣上麻袋。可怜，他们在表演中是依次做深沉之状走出帐篷的，这下被罩着麻袋一股脑扔回帐篷里。

张廷玉及时地提示说："圣上，微臣以为他们的羁押地点至关重要。如果押解到刑部大牢，有的事情将泄露出去。"

弘历想了想，说："研斋提醒得好。那就羁押在宗人府吧，朕指定宗室中人审理，你虽然不是宗室，皇考对你有'配享太庙'的遗命，与宗室差不多了。朕令你先放下别的事，审理这桩案子。"

张廷玉说："臣遵命。"

弘历对允禄说："从即日起，护军营的人下山回营区。"

允禄说："臣遵命。"

弘历点点额头上的汗，有些后怕地说："这样也好。想想看，如果真的如戴铎所说，那些事被抖搂出来，皇考是被丹药毒杀的，中间还夹着亲王作祟，皇室的脸面就丢尽了。不堪设想，不堪设想呀。"

发生的这一切，吴青卿都看在眼里了，她一转眼，弘晢被扣着麻袋，从帐篷里面扔出来，她急忙上前解开麻袋。

弘晢钻出麻袋，迷迷糊糊地看看四周，突然搂住吴青卿说："这大概是最后一面了。多年来我这个亲王爵儿是虚架子，磕头打脸招人不待见，你跟着我没享用到荣华富贵，连个名号都没有，我对不住你，但临了我还要说，你给我记住，你不是罪人之妻，不管到了哪儿也别抬不起头来。"

她抱着他的头失声痛哭，"弘晳，没事啦，没事啦！"

弘晳懵懂了，"没事啦？怎么回事？"

吴青卿抚摸着他的面庞，"庄亲王把戴铎的骗局戳穿啦。都是煤末子，都是煤末子，没事啦。煤末子、煤末子，没事啦。"

他张皇地四下看着，"什么煤末子？皇上刚才气昏了，说严惩我的法子，连阎王殿的小鬼听了也会尿裤子。怎么转眼间就变了？"

张廷玉趋步上前，"理亲王，让你受惊了。刚才是搞措了，皇上明察秋毫，已经下令将行骗诬陷者捉拿归案了。"

几件不相关的事在头脑里轰轰隆隆的大折个儿，弘晳愣怔了好大一会儿。

弘历颇为勉强地打着哈哈。"半拉子丈人、半拉子丈母娘，闹两岔了，虚惊了一场，女婿这厢开恩、开恩，陪不是了。"

令弘历惊讶的是，他的开恩并没有赢得这对夫妇的感激之情。

弘晳与吴青卿在一场突如其来的噩梦中看清了对方。没有媒妁之言，没有指配之文，他们是磕磕碰碰撞到一起的，过了这么多年，甚至连算不算夫妻都闹不明白。这是他们之间第一次看清对方，原来他们可以为对方付出那么大的代价。他们深情地互相看着，泪花渐渐涌上来，四只泪眼中晃动着两个模糊不清的面庞。唉！此刻皇上的陪不是，对他们来说是那么微不足道。

八十七、宗人府空房－高梁河

皇城南端有两座高大的城门楼，最南头的那个叫正阳门，在正阳门以北的称为大清门，是皇城正门。宗人府就在大清门里。"宗人府署在阙东，沿大清门红墙迤北，西向。有世宗御书堂额曰敦崇孝弟。署后有明碑二。有玉牒库、黄档库、银库。"

宗人府署沿袭明朝制度，设于顺治间，掌皇族属籍，纂修"玉牒"即皇族谱系，发放宗室养赡银、觉罗的赏恤银，掌宗室子弟教育事宜及处理犯事宗室等。宗人府有个部门称为空房，掌囚禁犯罪宗室事务，设司官二人、笔帖式四人。空房并非刑部那种监牢，只不过是几间房子，用来羁押犯事的宗室，里面不那么阴森可怕，也没有令人肝儿颤的刑具，甚至看守的兵丁都有几分面善。

戴铎等人关押空房。事关先皇死因，为防止串供，不仅戴铎单独关押在一间号子里，就是王定乾和晏公祠的三个道士也分别关押。空房有十来个号子，最近又没有关押犯事的宗室中人，号子还有富裕。

张廷玉是康熙、雍正、乾隆三朝元老，以办事稳健著称，为政多年没有出过大闪失，而这次却在晏公祠栽了个不大不小的跟头。戴铎到澄怀园找他之后，他确信戴铎所说是实话，为了与鄂尔泰争功，他很快向皇上奏报，结果把皇上的胃口吊起来，在晏公祠亲自办案，却弄出几张破包袱皮和几堆煤末子，搞了个大窝脖。对此，张廷玉心里要多窝囊有多窝囊。这次，他下决心查清楚，将功补过，对皇上有个交代。

查清发生在晏公祠的事情是不是骗局，最可行的途径是抠细节。凡有办案经验的官员都知道，在共谋的骗局中，案犯早就统一了口径，但只能在大的方面保持一致说法，再狡猾的案犯也不可能将所有细节考虑周全，这个人所说的细节往往与那个人的距离很大。张廷玉主持审理晏公祠案，方针就是不带任何偏见，从细节入手。

乾隆三年春夏之交，张廷玉组织宗人府司官连轴转，轮番审讯王定乾和驻观道士，重点查"五石散"的来由。张太虚在晏公祠怎么炼丹，怎样将炼成的丹悄悄扔掉，道士怎么发现，怎样将扔掉的"五石散"拣回来，每个动作是怎么做的；扔掉的"五石散"带着土怎么办，怎么清除浮土；用什么扫帚、什么铲子搜集的，扫帚是怎么来的，有什么特征，现在放在哪儿，铲子是怎么来的，有什么特征，现在放在哪儿；某一把铲子缺了一个角，是怎么造成的；那些包袱皮是哪儿的，怎么想起来用包袱皮包"五石散"的，主意是谁出的，是在什么情况下提出的。等等。每个细节都抠得细而又细。

铺天盖地的细微末节向三个驻观道士砸过去。半个月下来，晏公祠道士的脸熬绿了，司官的小脸熬得瘦了一圈，却得出一个扎扎实实的结论：晏公祠的三个道士都是老实人，也是虔诚的穷道士，所招供的严丝合缝，可以判定为实话，他们当初用包袱皮所包的就是"五石散"。至于后来"五石散"成为煤末子，肯定是有人掉包了。

在护军严密看守的情况下，什么人能够掉包？是谁掉包的？

带着这个疑虑，张廷玉亲自出马审讯王定乾。他判定，看守晏公祠的护军不会掉包，掉包的只能是这段时间来过晏公祠的人。

王定乾的回答肯定："护军营查封晏公祠后，大冬天儿没有来过香客，只是快要过年时来过一男一女，这一男一女不是香客，他们提着酒肉来看望曹参领。男的管曹参领叫叔祖，二十岁出头，看着眼熟，好像是圆明园护军营的，贫道在廓然大公烧火时，好像见过他来回巡逻。女的嘛，浓眉大眼挺壮实，小二十岁的，贫道听护军说，这姑娘是前任两江总督的女儿。"

张廷玉一惊，"前任两江总督？这位前任两江总督姓什么？"

王定乾说："贫道哪顾得上记这个呀。"

张廷玉对历任两江总督如数家珍。他缓慢地说："王定乾，你记不住不要紧，本官给你慢慢提示，你听着，听仔细了：打康熙朝以来，两江总督有阿山、噶礼、张伯行、查弼纳、范时铎。"

王定乾说："好像是最后这个，姓范的。"

张廷玉说："那就是范时铎啦。"

王定乾努力地回忆着，"具体名字不知道，反正是汉人。"

张廷玉说："汉人就是张伯行和范时铎。张伯行没有这么小的女儿。"

王定乾眼睛一亮。"是姓范。当时贫道肚子挺饿，看到他们带来的酒肉，想到了晚饭，范与饭谐音，他们说到饭什么就钩我的馋虫。还有，曹参领提到，他们曹家的上世和前任两江总督的上世差不多是一块归顺大清的，那姑娘的上世在清初也是个大官。"

那就是范文程了。张廷玉暗自判断着。他吸了一口凉气，曹参领是受命查封晏公祠的，按说来看望曹参领的人不至于掉包。

张廷玉问："这一男一女在晏公祠呆了多长时间？"

王定乾咬着手指头回忆着，"快要过年了，他们带来些酒啊肉的，当天晚上曹参领叫上我们道士，和护军会餐，吃喝到半夜，贫道还喝醉了。"

张廷玉问："吃喝到半夜，那一男一女在晏公祠过夜啦？"

王定乾说："是啊，那姑娘没有地方住，在山洞里面凑合了一夜。"

张廷玉被提了个醒，警觉地问："山洞里？那些包'五石散'的包袱不是就放在山洞里面吗？"

王定乾说："是啊。就那个山洞还暖和些。"

张廷玉问："你们平时做饭取暖的煤堆在哪里？"

王定乾说："离山洞洞口不远。"

张廷玉问："本官再问一遍，是不是查封晏公祠期间只来过这一男一女？"

王定乾说："贫道以性命担保，就贫道所见，再没有别人来过。"

张廷玉说："把道士王定乾押回号子。"

王定乾被带回号子了，张廷玉却心绪不宁。他一遍又一遍地念叨着范时铎的名字。他比所有人都清楚，先皇与范时铎之间是怎样深刻地腻味对方，厌恶对方，反感对方。可以说，先皇对范时铎有多么蔑视，范时铎对先皇就有多么鄙视。这是两个自尊心极强的人在充分合作、充分了解对方之后所产生的刻骨铭心的蔑视、鄙视与仇视。

事情到了这步，大轮廓呈现出来了，到提审戴铎的时候了。

所谓提审，张廷玉不过是要听听戴铎的看法。这家伙才是根老油条。

戴铎被带入堂内，张廷玉叫其他人退出，摆出一副要推心置腹的样子，叫戴铎坐下来，还给他端上来一杯茶。

关押一个多月了，戴铎非但没有瘦下来，反而因每日无所事事，伙食也马马虎虎，气色反倒见好。他坐了下来，茶杯一端，仔细看了看浮在表面的茶叶，嚯，上面飘的是龙井茶的茶叶，不是拿京师特产茉莉花茶瞎对付。他心里顿时就有谱了。一贯抠门儿的张大人舍得拿出好茶叶，说明这桩案子已经到了根节上，要听听他的看法了。

戴铎大大乎乎地说："张大人，怎么样啦？案子办得差不离儿了吧。虽然戴某被单独关押，没有人向戴某人透点滴风声，对你办案也了如指掌。肯定地说，你们点灯熬油审了一大圈，还是得回到戴某那句话上来，晏公祠的道士当初用包袱皮所包的，就是'五石散'。"

张廷玉诚心要拱他的火，装着不以为然地说："你们这些人一口一个'五石散'，而本官在晏公祠亲眼所见却是煤末子。"

戴铎斜过去一眼，"那还不明白，肯定是有人掉包了呗。"

张廷玉问："你怎么会想到这上的？"

戴铎说："审理到这步了，张大人恐怕也是这么想的吧。"

张廷玉翻翻眼皮看看对方，没有吭气。

戴铎的鞋底子有节奏地拍击着地面，瞟过去一眼，卖弄了一个关子，"这么说吧，戴某大概能判断出掉包的是什么人。"

张廷玉问："你以为是什么人？"

戴铎又翘起尾巴了。"吃我这碗饭的，最大的本事是见人过目不忘。在晏公祠，我见到了查封晏公祠的护军参领。当初我不大在意。后来下令抓我，那大黑塔朝着我冲过来，倏忽之际，我看着他面熟。在这儿押着，整天呆着没事儿，我见天儿琢磨，这大黑塔在哪儿见过来着？戴某的本事就是挨揍被抓时也记得对方说什么。大黑塔在扣麻袋之前，凑在我耳边上说我当年仗着雍亲王没少干缺德事。哎。你别说，终于让我想起来了，他是曹宜嘛。康熙年间我在雍亲王府，到香山正白旗护军营找一个姓叶的昆腔教习，那次见过他。他不让我带走叶国桢，我亮出雍亲王的招牌，才把人带走的。"

张廷玉问："叶国桢是谁？"

戴铎说："张大人，这你就别问了，那是另外一个牵扯到废太子的故事，说来话就长了。戴某人今天跟你说的就是曹宜。"

张廷玉问："你是说，是曹宜掉的包。"

戴铎晃了晃干巴瘦的小拳头，"别看俺戴某被囚在这儿不食人间烟火，但可以肯定，掉包之事是曹宜或他那个圈子里的人干的。"

张廷玉暗自佩服戴铎长了个极灵光的好脑瓜，但还是要逗引他的话，于是轻描淡写地说："你总共就见过曹宜两次，康熙年间见过一次，这次在晏公祠刚打了个照面，他就把你捂在麻袋里了，你怎么能这么肯定掉包是曹宜或他的圈子里的人。"

戴铎又张牙舞爪起来，"没长虎牙也不敢咬一个老护军参领。那次我到香山正白旗护军营找叶教习，见到曹宜和一个人在一起，此人是阿其那养的一条老狗，前苏州织造李煦。曹宜和李煦关系非同一般，还是前任江宁织造曹頫的亲叔。李煦和曹頫都是被先皇抄家的，可想曹宜是什么角儿。这是一窝子的，都对先皇憋着一肚子火。晏公祠案关系到先皇死因，曹宜不能不护着作案的，不能不在里面添乱。"

张廷玉说："不妨告诉你，最近对曹宜明查暗访过。曹宜生性敦厚，头脑不大活络，在康熙朝、雍正朝和本朝均无任何不良记录，与阿其那、塞思黑朋党没有丝毫往来，始终如一是带兵的规矩人。"

戴铎说："就算是这样，曹宜的圈子里尽是些怀有异志的混蛋。"

戴铎像是猛然间想起来一件大事，"冒昧问一句，曹宜领兵查封晏公祠期间，有人上山看过他没有。这事如果过去没有查，现在得查一查。"

张廷玉说："查过了，的确曾经有人到晏公祠看望过曹宜。"

戴铎立马嚣张起来，"你看看你看看，怎么样怎么样，果然不出俺戴某之所料。那就没错啦，掉包的就是来看望曹宜的人，曹宜即便不是内应，也是让人稀里糊涂地玩儿了一把。"

张廷玉说："不妨再告诉你，来人还在晏公祠过夜了。"

戴铎说："嗬！更错不了了，肯定是在夜深人静时掉包的。"

张廷玉说:"不妨再告诉你,来人曾在放'五石散'的山洞过夜。"

戴铎说:"喊喊!更更错不了了,夜深人静之际在山洞里掉包的。"

张廷玉说:"不妨再告诉你,煤堆就在山洞附近,里面到处是煤末子。"

戴铎一愣,旋即一拍大腿,"喊喊喊!更更更错不了了,夜深人静之际,来人溜出山洞,把'五石散'倒进煤堆,再用包袱皮包些煤末子。反正都是黑面子,不仔细看区分不出来。"

张廷玉说:"不妨再告诉你,在山洞过夜的是范时铎的女儿。"

戴铎拍了拍脑门,"范时铎?你等我想想……我想起来了,就是那个前任两江总督。有一阵子先皇总骂他,对他窝火窝大啦。"

张廷玉说:"就是他的女儿。"

戴铎腾地站起来,"咱在这儿干嘛呢,瞎耽误功夫。范时铎的女儿都钻到放物证的山洞过夜了,不是孙悟空钻进铁扇公主肚子里,是铁扇公主钻到孙悟空的肚子里了,还不是由着她折腾,在山洞里掉包,对她不过是举手之劳。张大人您就甭在这儿废话了,皇上让你主持这个案子,大权统统交给你了,你马上下令抓人。范时铎的女儿抓回来,这个案子就算结清了。"

张廷玉说:"不妨再告诉你,和范时铎女儿一起的是个男子,据王定乾说,他看着眼熟,好像是圆明园护军营的人。"

戴铎不耐烦地挥了挥手,"别罗嗦了,别罗嗦了,再说什么都没意思了。请张大人马上把我押回号子去,烦劳张大人快点下令,点起九门步军去抓人。那两个抓回来,我们这五个受冤屈的就该放了。"

高梁河是踏青之地,夏季几乎没有游人,只有行人。

曹霑带着范湘韵来到高梁河。之所以来此地,在他的潜意识中,此地是他与陈雨林的定情之地,陈雨林已入宫,与他无染了,他要在同一地点重新燃起对范湘韵的痴情。

高梁河的两岸仍然洋溢着一派温馨气息,河风仍然是和煦的,柳枝仍然拂面,曹霑却找不到当年的感觉了。一丝一毫都没有。

他斜眼看看身边的范湘韵,她今日一反常态,穿着不是男不男女不女的,而是一身正经女儿着装,头发上还簪着一朵小花;风风火火的假小子作派一扫而空，温温顺顺地随着他走，连句话也没有。

如果依曹霑的过去，连约范湘韵出来走走的心思都没有。陈雨林虽已入宫，但在他的心里铸下了一种模式，不管怎么说，日后的老婆得是女儿气十足、知书达礼的女子，不能是范湘韵这种二巴愣子，大马金刀的主儿。红脸蛋、宽肩膀、高胸脯、圆屁股、大胯骨的会下崽儿，四五个是她，六七个也是她，但是当老婆实在不够意思，有点拿不出手。

他无意于她，而她感动了他；他有点膈应她的二杆子劲儿，而她的二杆子劲儿大大地帮了他。何以说是感动？何以说大大地帮了他？最初提出去晏公祠掉包的是她，后来主要实施的也是她。

那段日子，弘晳舅舅愁白了头发。万万没有想到，张太虚丢弃在晏公祠院里的"五石散"让驻观道士收了；四处流落的王定乾被戴铎搞回晏公祠，随时准备着抖搂出大行皇帝死因真相。凡此，组成悬在弘晳脖子上的鬼头刀，不定什么时候就会砍下来。尽管庄亲王允禄仗义，硬压着不办，但凭着戴铎的能耐，有可能绕过庄亲王，通过别的渠道捅到皇上那儿。只要这事到了皇上那里，对弘晳一家满门抄斩就是早晚的事情了。

弘晳最恐惧时，特意来到广渠门蒜市口小院，隐隐约约向馨玉吹了吹风，大意是一旦他倒了血霉，曹家人不要奇怪，而后又来到曹霑房间里，把晏公祠事发的全过程合盘托出。

曹霑听毕也没主意，但接受了弘晳的看法，戴铎唯一拿得出手的物证，就是张太虚丢弃的那几包"五石散"。除此而外，全都是推论。而就案子而言，推论从来不能作为定刑的依据。

他原本以为戴铎要活动门路要津得费一番周折，没想到老小子动作那么快。在香山正白旗护军营，他亲眼看到叔祖曹宜往晏公祠开拔，当时就判断出，戴铎的活动见效了，皇上亲自过问这事了。没法子，这边得快点动作了。但是，做什么动作，他一点谱也没有。

有道是病急乱投医。他没辙了，抓瞎了，正巧范湘韵来串门，他居然和这傻姑娘商量起了对策。

殊不知，假小子就是假小子，范湘韵的二杆子劲头冲天而起，把这事看得非常简单。那有什么呀，这不快要过年了吗，叔祖还在山上，我和你上山，到晏公祠看望叔祖，给他拜个早年，乘人不备，把那些"五石散"一把火给烧了。一听这话，他急了，要那么干的话，叔祖和我们俩就全都完蛋了。不仅如此，等于承认"五石散"是个物证了，要不然会去烧？

范湘韵的俩眼珠子骨碌一转，又生出个新点子，那咱俩就上山，摸到晏公祠去，乘人不备把那些"五石散"换成别的东西呗。他一拍脑门儿，哎，这点子倒是不错，但是换成什么东西呢？范湘韵急忙问，那些"五石散"是什么样的？他有一搭没一搭地回答说，就是些黑面子，跟煤末子差不多。范湘韵瞪圆双眼，嗯？你说跟什么差不多？他们的四目对视，愣了片刻，哎！两个人同声高喊：就换成煤末子！

范湘韵把江宁送来的年货带上，他们一起上山。在晏公祠的事就不消说了。要补充的是，当夜曹霑钻进山洞，曹宜以为他绷不住劲了，一笑置之，倒头呼呼大睡。他和范湘韵在山洞里掉包也有点悬乎，范湘韵在凌晨时出洞搓煤末子，让值更的护军发现。好在那个护军前锋晚上喝酒喝高了，本来就一步三摇晃。她推说出洞撒尿，护军兵丁听说大姑娘要撒尿，立刻躲得远远的。她这才成事，把"五石散"倒进煤堆里，再用包袱皮包着煤末子回来。

在高粱河畔，他们并肩走在温暖的阳光下，柳枝拂过面孔，拨拉开柳枝，遥望阳光普照的四野，多么美好，多么安详，而心中却翻腾着那个朔风怒号的夜晚，那个阴沉四布的凌晨。他们不约而同地心惊肉跳。

不堪回首，想起来还是胆战心惊的。但是，如果当初没迈出这一步，不泼下身子搏一把，这会儿不知已有多少人头落地了。

恐惧之心与欣慰之情，后怕与侥幸一并在五腹六脏翻搅，他们相互看看，额头上渗出冷汗，身体上却泛出热汗，呼出一口冷气，吸进一口热气，也就在这个瞬间，他们的手突然拉到了一起。

他攥着她的手，仿佛要从她的身体里吸收慰藉；她让他攥着手，仿佛要从他的身上吸收勇气。他们的手紧紧地拉着，他们在这一刻才意识到，把他们连接在一起的，并不完全是男女之情。

曹霑说："我们曹家得谢谢你。"

她低着头说："谢个什么，我爹奉旨抄了你们曹家，但后来我们范家和你们曹家不是一回事了吗。咱们两家是共命运的。"

几句话说得他心里热乎乎啦的。他无可抑制，把她一下子搂到了怀中。

她的头贴着他的胸膛，战战兢兢的，昔日假小子的那点冲天胆量，晏公祠之夜的大智大勇，全都烟消云散，了无踪迹，她重新成为一个胆小如鼠的小姑娘，一个柔情婉转的女人。

她的耳朵贴在他的胸膛上，听着他有力的心跳，说："你知道吗，打小我就想，以后我得是曹霑哥哥的。"

曹霑对这话愣了愣。

她突如其来地哽咽起来，"你知道吗，我爹从绥赫德家高价买来一个自鸣钟，那是绥赫德从你们曹家拿走的。我爹说了，如果日后我能嫁给曹霑哥哥的话，这个自鸣钟就是我的嫁妆。我整个人归了你，自鸣钟也物归原主，抄家的和被抄家的，弄来弄去的，咱是一条线上的蚂蚱。"

她抽泣着，面颊在他的胸膛上蹭来蹭去。他想吻她，又立刻打消了念头。此刻的情感如此圣洁，毫无瑕疵，亲嘴儿什么的好像是亵渎。那就一块坐坐。他拉着她的手，来到堤岸上，坐了下来。

夕阳挂在柳梢上，向四外荡漾开，幻化成一片绚丽的色彩，华丽的金色、鲜明的橙色、酡醉的红色、神秘的紫色，每一种颜色都带着黄蒙蒙的底子。

这种黄像秋叶一般的冷艳，也像秋叶一般渲染着浓郁的落寞。天空被笼罩在这奇丽的光网之中。薄暮袭来，带来点沁人的凉意。空旷静寂的高粱河畔渐渐地被暮色浸透了。岸柳、小径、芳草、河水，一切都蒙上凄迷的调子，带有些薄凉的意味。

曹霑侧过脸看看她，有些惊讶。她像是一朵夜来香，只有在沉沉的夕阳影里，才蓊蓊郁郁地绽开。她向天边凝望着，春云初展般的面容拢起一缕闲愁，轻锁在眉峰上，眼睛忧郁地闪动着光芒，嘴唇倔强而高傲地紧闭着。绛色的夕阳映照着她红润的面庞，夸耀着一个蓬勃的生命。晚风轻拂，飘动着她的头发也飘动着她的衣裳。

坐在夕阳中，在朦胧的光影中，他的心像一湖清波般慢慢沉静下来，感到昼和夜的羽翼同时覆盖着他与她，感到昼的光明也感到夜的阴暗，感到时间的短促也感到生命的无限。恍惚之间，他与她和那些岸柳、小径、芳草、河水，那流动的云和吹拂的风融合在一起。他们成为它们之中的一个部分。

背后突然响起一阵油滑的京腔："嘿嘿嘿，嘿嘿嘿，看什么看得那么起劲呀。听到没有，是耳朵背呀还是耳朵聋啊，我们叫你呐。"

曹霑从冥想的世界中被唤醒了，猛地回头，看到几个捕役打扮的家伙斜歪掉胯地站在他们身后，还晃荡着身子。

曹霑有些茫然，"你们叫我？"

捕役说："叫的就是你。你，是不是叫曹霑？"

曹霑点了点头。

捕役说："你，是不是圆明园护军营包衣营的护军校？"

曹霑说："我就是这个官职。"

那几个捕役相互示意，"对了，那就是他了。"

曹霑问："你们有事吗？"

一个捕役上来就薅住曹霑的领子，"没事不会找你。在高粱河畔还呆得挺滋润。跟我们走！"

曹霑一把拿住捕役的腕子，"什么来由都不说，本护军凭什么跟你们皂隶走。"他不动声色地一发力，捕役顿时疼得蹲了下来。

范湘韵把曹霑拉到自己身后，"你们想干什么？"

一个捕役流里流气地打量着她，"嘿，还没等问你话，你倒是自己钻出来了。你，问的就是你，你是不是叫范湘韵？"

她说："本姑娘姓啥名甚你们管不着。"

捕役说："哟嗬，臭丫头蛋子还挺横。再问一遍，你是不是叫范湘韵？"

她捋捋袖口，把簪花一把揪掉，顺手甩出去，"本姑娘的名字是你们狗衙役、狗皂隶能打听的吗？"

捕役说："哟嗬，你还越来越嚣张了，还敢骂人。"

她说："骂人？你还挺知道抬举自己，本姑娘没有骂人，是在训狗呢。"

捕役说："你说谁是狗？"

她说："你！骂你声狗子都是给你脸面。"

捕役说："行行行，好男不跟女斗。你爹是不是前任两江总督范时铎？"

她颇为好笑地叉着腰，偏着头对他们说："真是狗胆包天了。撒泡尿照照自己的模样，就你们这些六扇门儿里的獐头鼠目们，个儿顶个儿的都是大清的渣滓，人模狗样的也配问我爹的名字。"

几个捕役相互使个眼色。"甭跟这疯丫头计较，她等于认帐了。她就是前任两江总督范时铎的女儿。"

她说："是又怎么样，你们想干什么。"

捕役说："不想干什么，就想抓你们。明查暗访多少天了，护军参领曹宜的侄孙、圆明园护军营的护军校，总算对上号了。跟了你们一下午，俩人扎堆，让我们捂住了一对。哥儿几个少跑了一点儿腿。"

这个捕役说完，打了个长长的唿哨，"上！"

捕役们忽啦冲上来扭住了他们。

曹霑挣扎着，叫喊着："你们这些狗皂隶，胆敢在高粱河畔抓护军！"

捕役们一拥而上，连踢带打，连喊带叫："抓是便宜你，六扇门儿里的人还要打呢！人模狗样的你瞧不上眼，打你的就是狗子！打你的就是狗衙役！打你的就是狗皂隶！打你的就是大清的渣滓！"

捕役没有受过八旗护军那种严格训练，只是粗粗拉拉地学得一点擒拿术，吓唬本分小民满富裕，碰到刁民刚够应付，但是碰到硬军汉就瞎了。

曹霑是武状元吉金刚的弟子，得到些真传，功夫在身，左遮右挡之际，已是忍无可忍，索性大吼一声，挣开身子跳出来，三拳两脚放倒几个。

曹霑打得性起，一侧目，原来范湘韵也有些拳脚功夫，闪转腾挪，打得几个捕役喊爹叫娘。真不愧是个假小子。

堤岸上有人喊："住手！"

他们停下手，只见堤岸上停着车马和轿子。

有官员和护军打着火把走过来。

一个官员举着火把，照在曹霑和范湘韵的脸上，问："王定乾，你过来看看，是他俩吗？"

王定乾从那个官员身后闪出来。他带着枷铐，上前辨认，立刻嚷嚷起来。"就是他俩。头过年前，就是他俩带着酒肉到晏公祠探望曹参领的。他俩在晏公祠住了一夜，第二天早晨才走的。"

那个官员一偏头，"没什么说的啦。把曹霑带走。"

捕役问："这个女的呢？"

　　那个官员对范湘韵说："范湘韵小姐，你的事情并不小，本来要连你一起抓。你不过是占了你祖上的便宜，刚才张大人有令，鉴于你是范文程的曾孙女，抓你会惊动降清勋旧的后人，所以暂且不抓你。你回家后哪儿都不准去，随时听候传讯。"

　　曹霑大大地松了一口气。

八十八、庄亲王府－宗人府空房

西四牌楼北毛家湾的庄亲王府前，官轿盈门，一条胡同都给塞住了。

天气挺热，日头挺足，一个小伙子推着辆手推车，上面摆着几盆花，来到庄亲王府邸的大门外，靠着石狮子站住。他那身装束是卖时令鲜花的，但是既不叫卖也不吭气儿，戴着一顶破草帽，就在大太阳底下站着，留神着一拨一拨的人。

怡亲王府的弘昌、弘晈、弘晓没有乘官轿，而是带着几个护卫骑马来的。他们拴好马后，看到有人在石狮子旁边卖花。

弘昌打量了几眼，便走了过去，弘晈随后跟上。

弘昌随意问："嘿，卖花的，就你这'串儿红'怎么卖呀？"

卖花者随口说："没价儿，您看着给吧。"

弘昌挠着脸上的一个小疙瘩，翻眼看看他，指着一盆玫瑰说："小火儿，你这'串儿红'养得不错嘛。是你自己养的？"

卖花者说："那可不，摆弄这玩艺儿得起早贪黑的，这'串儿红'得天天浇水施肥，你以为容易呀。"他说着吟上了，"有道是：倾国姿容别，多开富贵家，临轩一赏后，轻薄万千花。"

弘晓小声叨咕："半傻不蔫的，还读上诗了。"

弘晈小声叨咕："我瞧这小子不大对劲。"

弘昌向左右喝道："把他抓起来！"

两个护卫如狼似虎地扑上去，把那个卖花的按倒在地。

卖花者侧过脸喊："我在这儿好好卖花，没招谁没惹谁的，凭什么抓我！"

弘昌蹲下去，对他说："你在这儿好好卖花？你他妈在蒙谁呢，爷爷是吃你蒙的吗。"

卖花者说："我就是卖花的，蒙你干嘛。"

弘昌说："你是卖花的？我怎么看着不大像呀。我指着玫瑰说'串儿红'，连说两遍你都看不出来，你根本不认识花！'串儿红'得天天浇水施肥，你他娘骗谁呢，半年上点肥，十天半个月浇一次水足矣，天天浇水还不把根沤烂了，天天施肥还不把花给烧死了。还有，你读的那首诗明明是吟颂牡丹的，你安到哪儿去啦。你这一车里没一盆牡丹，牡丹早就过季了。你一张嘴就是大漏勺，我得抓你审审，看看是谁派你来的，来打听什么。"

弘皎对护卫说："把他押到门房里审，审出结果告诉我。"

哥儿仨说着话来到大门口，门房的认识，也不用递名帖就进去了。

早在康熙朝，朝廷各衙门就相互串消息，朝廷里出了什么事都兜不住，很快就会扩散出去。在雍正朝，胤禛对此大伤脑筋，下大力气整治过，但收效不大。各个衙门都是由有嘴巴的人组成的，嘴巴都会说话，会说话就会传递消息，互通消息对各衙门都有好处，这也算是"资源共享"，于是无密可保。胤禛成立军机处后，军国大事倒是封锁得比较严，一般不会外泄，但军机处以外的衙门还是相互通气。入得乾隆朝，社会气氛稍微宽松，朝廷的各个衙门串通消息就更随意了。

在这个大环境下，大事小事都会到处乱蹿。包衣营护军校曹霑被从高粱河畔抓走的消息立即透了出来。一个护军校固然无足轻重，但此人与雍正朝的朋党势力有千丝万缕的联系，乾隆初年，前朝的"朋党"都没事了，但是一肚子火没撒出去，成天骂骂唧唧的，有重新集结的苗头。

圆明园护军营护军校曹霑被抓，很容易被敏感人士认为是皇上施放的反击信号，于是有关人等要扎堆，串串消息。

这伙人大体上就是在白家疃祭奠廉亲王那些人，领头的还是前抚远大将军允禵、前敦郡王允䄉。院子里吵吵最欢的是允禄的儿子弘普、侄子宁和，弘昌、弘皎外加世子弘升随声附和。

自白家疃祭祀之后,这是他们哥儿几个第一次凑在一起。弘晓还是个毛孩子,在一边瞎听着玩儿。宁和最近拣了个便宜。乾隆二年十二月,乾隆皇帝赐予庄亲王允禄的儿子弘宁镇国公爵。允禄回奏皇上,称自己的儿子弘宁"人甚卑鄙乖张,难膺此职",请求"移赏"给宁和。皇上同意了。

这伙人难得扎堆儿,既然在庄亲王府聚齐,少不了要吃喝一顿。

饭桌上,比白家疃祭祀活动多出来的一个人是弘晳。他紧紧绷着脸,心事重重,哪有心思吃饭,只是闷着头喝酒。

饭饱酒足,几个小王爷高喉咙大嗓门地聊着见闻,连大清的带海外的都有。允禵则借着几分醉意骂起了咧子。

他高声大嗓地来了一句:"依我看呐,雍正朝和乾隆朝都差不离儿,雍正爷和乾隆爷这爷儿俩,都迈不过三年这道坎。"

这段日子,在许多场合,康熙朝、雍正朝的旧人都如众星捧月般围着当年的抚远大将军十四阿哥,更别说在宗室之中了。在这个场合,他一张嘴,算是抛出个引子,众人顿时鸦雀无声,等着他续下文。

允禵拿着牙签,慢慢悠悠地剔着牙,说:"为什么这么说呢?雍正三年开始抓人。这不,到了乾隆三年又开始抓人了。弘历跟他的皇考一样,不抓人手痒痒,三年是个坎儿,到日子就得抓人玩儿。"

弘昌说:"雍正三年抓的是年羹尧、隆科多,还有个讲儿,飞鸟尽良弓藏,狡兔死走狗烹,古已有之,从汉高祖刘邦到明太祖朱元璋,哪个不这么干。乾隆三年抓的是个啥?圆明园护军营的护军校。曹霑打小我就认识,规矩本分,他正和前两江总督范时铎的闺女在高梁河畔热乎呢,嘿,愣是让抓走了。大馒头堵嘴,要多窝心有多窝心。"

弘普说:"和曹霑在一起的是不是范湘韵呀,我认识她,大马金刀的,武功不错,是出了名的假小子。"

允禵接着说:"那年我被软禁马兰峪,遵化人蔡怀玺摸到马兰峪我的住所,投书为我鸣冤叫屈,结果让马兰峪总兵范时铎给抓了。蔡怀玺后来在菜市口被砍头。要是依照过去,范时铎家里人卷进案子,我且得看笑话呢。但现在不一样了,范时铎的屁股挪过来了。"

允祯担忧地说:"我估摸着,也就是估摸,抓个无足挂齿的护军校,怕是像当年西直门抓那个赶骡子的一样，是个信号，大头还在后头呢。弘晳侄子，你说说到底是怎么回事。”

弘晳醉得差不多了，用袖口抹着嘴唇，含混不清地说："头年快要过年了，护军参领曹宜在西山晏公祠守备，下不了山，曹霑和范湘韵上山给他们送了些年货，第二天早上就下山了，后来就被抓了。"

众人皆愕然。

小王爷们七嘴八舌地问着："就因为这点子事给抓了？""晏公祠是个什么地方？""曹霑到晏公祠干什么？""护军怎么驻扎到晏公祠了？""曹宜怎么快过年了还不能回家，晏公祠发生什么事啦？"

弘晳像是哑巴了，对这些问题闭口不答。

允䄉皱着眉头说："我听着不对，不会这么简单，要是按照你说的，就跟绑票差不多了。宗人府再混也混不到这步。"

允裪说："弘晳侄子，有些话你没有托底，含含混混地说两句等于没有说。如果信得过我们，就一五一十地告诉我们，大伙也好出个主意；如果这个场合说话不方便，你就什么也别说。"

允禄插了进来，伸出两个巴掌稳着弘昌他们，"甭问了甭问了，诸位，弘晳只能点到这步了，更多的话他一句也不能说，说深了说浅了都不行，你们听深了听浅了也不行，而且在座的没有人帮得上忙，就是都告诉你们，你们也是干着急。因此，你们最好什么都不知道，免得受连累。曹霑的事情，由我和弘晳慢慢想办法。"

允䄉和允裪相互看看，允䄉说："好，那就就此打住。"

弘晳真得喝高了，仰脖又灌下去一杯，酒顺着嘴角向下流，他用手背揩揩嘴角，提高了嗓门："曹霑被抓的事情不说了，也没法子说。那是小事一桩，咱要说就说点大事。"

众人看到，他显然是醉了管不住舌头了。但又好奇地等着，看看他会抛出何等"大事"。

弘晳像许多喝醉了的人一样，喜欢自问自答。"这事儿有多大呀？天有多大这事儿就有多大。为什么这么说呢？弘历，你不是当皇上坐天下吗，你也不想想，这天下该着你弘历坐吗？"

弘晳一下扯出这么远去，在座的有些坐不住了。

允禄凑到弘晳耳边规劝说："理亲王，你喝多了，管着点自己的舌头。"

弘晳打着酒嗝，指着自己心口，"我不会扯偏题儿，一句瞎话也不会说。都是心里话，要向叔叔们、弟弟们倒一倒。"

允裪说："那你就说吧，我们都听着。"

弘晳站起来，摇摇晃晃走到允裪跟前，"对了，叔叔们、弟弟们不用听，跟他们说他们也听不明白，十叔你一个人听着就够了。"

允裪哄他，"你说吧说吧，十叔一个人听着。"

弘晳指着允裪："十叔，那个日子你在场，你说，你是不是在畅春园来着？"

允裪有些二糊，"弘晳侄子，你说的是哪个日子？"

弘晳大声说："康熙六十一年十一月十三日圣祖驾崩那个日子，在座的十四叔正在西宁大营，去不了畅春园；在座的十六叔年纪尚小，不够身量去畅春园。那天召到畅春园圣祖处的皇子共有八个，有三阿哥允祉、四阿哥胤禛、七阿哥允佑、八阿哥允禩、九阿哥允禟、十阿哥允䄉、十二阿哥允祹、十三阿哥允祥。现在还剩下谁了？已是所剩无几喽，听我给你数落数落：雍正四年，八阿哥允禩、九阿哥胤禟奔了黄泉路。雍正八年，七阿哥允佑和十三阿哥允祥前后脚走了。雍正十年，三阿哥允祉受尽冤屈蹬腿了。最末一个，四阿哥胤禛死于雍正十三年。在雍正朝十三年中，八个阿哥走了六个。当时去畅春园承领圣祖遗诏的，现在就剩下十阿哥和十二阿哥了。"

允裪有些不解："弘晳侄子，你怎么说到这一出啦？"

弘晳愤愤不平地说："请耐心听侄子说完。圣祖驾崩，四阿哥即位。当时在畅春园承受嗣统遗命的，谁见过圣祖留下的即位遗诏？圣祖驾崩三天后，胤禛公布了一份'康熙遗诏'，但只宣读满文本。当时御史汤保等人就参奏公布遗诏的鸿胪寺官，指责没有宣读汉文文本。胤禛解释，支支吾吾地说不清道不白，而就是这份公布的满文遗诏也不是圣祖手迹。满文遗诏不是圣祖的，圣祖御笔的汉文本遗诏谁也没有见过，您说这位胤禛是凭什么即位的？就凭隆科多从御榻前出门后的一句话！胤禛他即位没有信物哇。"

饭桌旁出现了难堪的沉默。

小王爷们都还没有什么，允䄉、允裪和允禄有些坐不住了。

康熙皇帝既然传位皇四子胤禛，须有一份御笔遗诏。通俗地说，老皇帝得给朝廷一份亲笔信，证明他同意胤禛嗣统。但是，历史上没有这份必不可少的文件。康熙皇帝驾崩三天之后，胤禛公布"康熙遗诏"，但是只宣读了满文本。这份文件现存于中国历史第一档案馆，原件书写草率，有四处涂抹，一个错字，说明系仓促写成。仓促并不重要，重要的是所谓"康熙遗诏"并非玄烨亲笔，也不是他在世时完成的，不能成为玄烨指定胤禛嗣统的可靠材料。所谓"康熙遗诏"是胤禛自己搞出来的，他给自己开了一封当皇帝的"证明"。历史的本来面目就是这么令人扫兴。

弘晳继续打着酒嗝，"所以我说，天有多大这事儿就有多大。当年胤禛是靠手腕嗣统的。既然他胤禛嗣统来路不正，那么这天下该着他传位吗，他儿子弘历嗣统同样名不正言不顺。"

在座的人脸都吓白了。这类话他们不是没有听到过，但都是关在家里一两个人悄悄嘀咕的，没想到弘晳这小子大声嚷嚷了出来。他们不能驳他的面子，但也不能表示支持。

大伙正没辙呢，怡亲王府的护卫进来了，对弘昌、弘晈说："王爷，卖花的那小子招供了，他是礼部祠祭清吏司的笔帖式，是塞楞额派他来的，来看看到庄亲王府的都有谁。"

允禄问："怎么回事？"

弘昌说："刚才我在府邸门口看着一个卖花的小子面熟，好像是那天随塞楞额去白家疃的礼部小官。我装着要买花，三五句话一套他就漏馅了。才让护卫审他，果不其然，他是塞楞额派来的，打探咱们的动静的。"

允禵淡淡地说："塞楞额是狗改不了吃屎。"

允裪说："庄亲王，看来哥哥以后得少到你这儿来聚了，我们这伙子骂大街的已经让人给盯上了。塞楞额这样的狗，迟早会拿这事儿到皇上那里去邀功。我是个闲散宗室，该丢的都丢光了，无官一身轻。你可是当朝辅政王大臣，别耽误了你的前程。"

允禄大度地笑了，"管他娘的呢。二位哥哥放心，凭着我这个辅政王大臣手上的那点权柄，塞楞额之流，我要不了他的命，也得折腾他个半死不活。不信咱们就走着瞧。"

允䄄摇摇头，"事情并不在这儿，塞楞额小耗子能翻出多大的浪花来，收拾他都是多余。事情在哪儿呢？曹霑被抓，看来与弘晳侄子有不为外人所知的关系，弘晳侄子被逼急了，有点混不吝了，什么话都敢嚷嚷，他刚才说的那些话固然是实情，而我听着起鸡皮疙瘩，不仅翻胤禛矫诏那些旧帐，而且连当今圣上也给饶进去了，传出去不得了。以后咱这伙人要聚呀，得悠着点儿，别让人揪着小辫儿。"

古今的监牢都差不多，负责押犯的一日三餐，但是不管押犯的衣服和被褥，这些需要家属送来。为了防止家属借着送衣服和被褥打进条子通风报信，送进来的东西都要经过检查。宗人府空房与普通监狱不同的是，管理比较松，有的条子能够蒙混过来。

曹霑单独押在一间号子里，娘送过几次衣服被褥，每次送来的东西他都在边边角角摸上一阵，看看是不是有夹带。

只有一次，他从褥子角里摸出一张叠得方方正正的纸条，打开一看，上面写了几个字："稍安勿躁，待兄相机行事。"这几个字可以理解为一般的安抚，但是他认出来了，这是表哥福彭的字迹，福彭此人言必行信必果，要打算"相机行事"，就是认真瞅时机，准备"捞"他。

这张条子他看了又看，不舍得撕掉，到最后才撕成碎片，而后咕咚一声倒在铺板上，双手枕在脑后，呆呆地看着顶棚。

来了的时间不算短了，他这才注意到，房子看来不久前修缮过，满那儿都还挺干净的，顶棚上的白纸是新缮上去的，一个蜘蛛网都没有。

他已过堂几次，并不慌张，对掉包的事反正不认帐就是了。那个审讯的司官不管怎么吹胡子瞪眼，他就是装傻充愣。空闲下来，他就是想家，想娘，想的夜里只掉眼泪。娘这些日子不一定怎么发愁呢，会愁白了头发？想到这儿，他就心如刀绞。

至于案子，对他形成压力的倒是关押在旁边号子里的道士们。有那么一阵，他们见天儿的冲着他的号子嚷嚷："嘿，隔壁的，您就招了吧。事情都明摆着，您和那姑娘上山入洞，把我们搜集的'五石散'掉包了，害的我们在这儿蹲大狱。您干这事缺德不缺德。您就发发善心招了吧，我们就出去了。"

开始曹霑听着不吭气，随便他们怎么嚷嚷，就是装聋作哑，后来忍不住了，也朝他们嚷嚷："你们急着出去干什么，这儿好歹还有人管饭，回到晏公祠你们还不是喝西北风。"

隔壁的听听有道理，嚷嚷的也就越来越少了，后来就不嚷嚷了。

戴铎也扒着铁窗冲他嚷嚷过："列子有云：'人而无义，唯食而已，是鸡狗也。'听说过吗？听说你是个护军校。既然是当兵的，就得讲点义气，你一个人死扛着，害得我们五个人陪着你遭罪，你是太不够意思啦。那些道士回到晏公祠喝西北风，俺戴某人可不是喝西北风的，拉家带口的一大家子人呢。你就别再当鸡当狗了，招了算了。"

对戴铎的话，曹霑懒得搭理。他知道这家伙很鬼，如果搭理他，不一定哪句话会让他抓住。戴铎嚷嚷得烦了，他才回一句："我不认识你，你少跟我废话。"话就说到这步，多一句都没有。

实际上，宗人府司官对这种查无实据的事情是没有办法的。空房是用来关押宗室的，没有刑具，连吊打的鞭子都没有，对曹霑也不能动刑，事情就一直拖了下来，直至入秋。

不管哪个朝代，办案有一条基本法则，这就是同案犯不能见面，主要是怕串供。曹霑和那些道士以及戴铎，隔着铁窗说过话，可是从来没有打过照面。由于空房是用来关押犯事宗室成员的，待遇比大狱好得多，规定半个月洗一次澡，他们也跟着沾光。但是每次洗澡都是轮流进水房，出来一个进去一个，彼此连个照面都不打。放风也是轮流，这个进号子之后，那个才能出来，一样不打照面。

案子就怕拖，拖久了办案的和犯案的就都没有脾气了，管理随之也松懈下来。这天，看守的兵丁一马虎，居然将他们一起放风。

院子里的老杨树高高地耸立着。初秋的微风吹来，宽大的树叶唰唰啦啦地响着。曹霑走出号子，在初秋的阳光下站了站，看见那几个道士分别走出号子，这是他们在宗人府中第一次见面。

蹲号子，除了吃就是睡，包括王定乾在内，几个道士养白了，还胖了点。他们见到曹霑，恨不得跟他打一架。

其中一个说："住在隔邻隔壁的，也是俩大子儿的馄饨，难得见面。"

王定乾疲疲沓沓地走过来，说："好小子，喝了你带来的半斤黄酒，吃了块江宁腊肉,这酒肉的价码也太高了,高得离谱了。《史记》中有云:'一饭之德必偿,睚眦之怨必报。'你倒是反着来,为了这顿饭局,你让我们几个出家人蹲了几个月班房,你可不知道我们遭了多大的罪。"

曹霑没有过多理会他,背过身子说:"我看不出你有遭罪的样子。"

那边门咣当一响,戴铎出来了。

久经沧海难为水。他什么都想得开,向王定乾等道士作揖,说:"两个来月没照面了,诸位别来无恙乎?哈哈,洛阳亲友如相问,一片冰心在玉壶。患难之交,患难之交!戴某能结交诸位道友,也是一福哇。蹲牢房的滋味固然不好受,一箪食一瓢饮,戴某尚知自得其乐,你们也学着点,放宽心。"

曹霑不想见他,连忙把脸扭过去走开。

戴铎主动向他走过来,高声说:"昔日周公礼贤下士,所谓'一沐三握发,一饭三吐哺'。这位会掉包的护军校小兄弟,也是戴某的患难之交,咱们是不打不相识,认识认识吧。"

曹霑被迫转过身来。

戴铎见到他顿时一愣,嘴巴张开就阖不拢了,呆了好大一会儿,才吐出两个字:"是你。"

曹霑安静地说:"是我。咱们好像见过。"

戴铎说:"乖乖,居然会是你。"

他说着走开,仰面看着老杨树的树冠,紧张地思索着。

曹霑其实有些紧张,应该说是相当紧张。他故作镇静地说:"是我又怎样,你能占什么便宜。"

戴铎突然仰面笑起来,招呼几个道士:"所谓'十步之内必有芳草',此话一点也不假,一点不假。尔等过来过来,快点过来,戴某向诸位通报一个好消息:咱们快要出去啦!"

王定乾等难以置信。

戴铎得意之极,指天划地地说:"那天我还对张大人说,吃我们这碗饭的,最大的本事是见人过目不忘。这记性救了我啦。咱是半夜杀猪分下水,我对这小子一直挂着心肠呢。"

王定乾急不可待地说:"戴郎中您快点说说,这是怎么回事。"

戴铎指着曹霑的鼻子，说："我见过你，在郑家庄理亲王府门口，你骑马来找陈雨林，你俩那时很热乎。嘿，案子本来挺难整。你和范时铎的女儿去晏公祠明明掉包了，你死活不认帐，查无实据，僵死了。这里少个'扣儿'，即你为什么要掉包？找不到你掉包的起因，正没辙呢，可好，你曾经是弘晳养女的相好，死局给盘活了，全理顺了。你为什么要掉包？因为先皇曾把弘晳的养女召入圆明园，夺你所爱。你能够和弘晳的养女相爱，势必与弘晳关系很深。有了这些前因，后果一推就出来了：弘晳和道士串通谋逆先皇，正是你之所望。在他们事成之后，你去晏公祠掉包，为的是解救弘晳。"

戴铎的推论清晰明确，难以辩驳。曹霑无言以对。

戴铎大大松了口气，"行了，张大人不用发愁了，不需要掉包实据了。你和弘晳的关系，你和陈雨林的旧情，陈雨林被先皇接到圆明园，这些事实串起来，你在晏公祠掉包一事，即便不认帐也一样能给你定罪。"

王定乾等道士即便没有全听明白，也一阵雀跃。

曹霑看着高高的白杨树，宽大的树叶在秋风中一片一片地落下来，在空中摇摇摆摆地，落到他的脚下，又随风翻几个跟头，直至安静下来。

他蓦然想起来宋朝女词人李清照的《醉花阴》词："薄雾浓云愁永昼，瑞脑消金兽。佳节又重阳，玉枕纱橱，夜半凉初透。东篱把酒黄昏后，有暗香盈袖。莫道不销魂，帘卷西风，人比黄花瘦。"

这是一首有名的悲秋之作。环顾四周，他突然间感到凄冷肃杀。黄花在风刀霜剑中纵然可以傲然挺立，而人在秋肃之中则感秋寒难耐。无疑，戴铎的话是令人信服的。从入得宗人府到现在，他第一次体会到恐惧，一种巨大的恐惧。戴铎所叙述的过程基本属实，司官只要把每个环节都调查清楚，也会信服。到那个时候，他就完了。

八十九、海淀澄怀园－乾清宫－储秀宫－宗人府空房

乾隆三年十月，秋风渐冷，天气渐凉，树叶渐黄，自然界呈现肃杀之相。而在大学士张廷玉的澄怀园中，满庭院的菊花盛开，红色的、白色的、绿色的、紫色的，但是没有蝴蝶在花蕊上嬉闹戏弄，没有蜜蜂在花蕊上面采蜜，连唧唧的虫声也几乎听不到了。

脚步匆匆，一条气宇轩昂的汉子走过一盆盆菊花，直奔正堂。

在正堂门口，张廷玉连忙出迎，客客气气地把来人迎进去。

张廷玉没想到，多罗平郡王福彭这时会造访澄怀园。他与福彭一起在军机处行走，但除了商议军国大事，平时没有来往，也没有交情。两个人在年龄上差着三十六岁，阅历完全不同，坐下来没有话说。有鉴于此，他当然知道，福彭既然造访就肯定有事。而且，他基本能判断出福彭要说什么。

福彭正如日中天。他在卸掉定边大将军职务后，从乌里雅苏台大营回到京城，在军机处行走。乾隆元年三月任命为正白旗满洲都统，兵部奏他"实心任事"，而在同年同月在郡王爵上纪录三次。什么意思呢？大致可以理解为通令嘉奖三次，或相当于往档案袋里装了三份立功记录。

乾隆二年赏给福彭二等奉国将军世职，福彭已是郡王，这个二等奉国将军有些多余，他奏请皇上把"淤"出来的爵位转让给他的同胞弟弟福静。弘历旋即同意了。

这是福彭第一次来张廷玉的家。他刚满三十一岁，却已在几个重要岗位上练过手，积累了一定经验。根据传世的福彭真迹，他有笔清秀好字，功底扎实。

透过史籍揣摩其性格，他虔信佛教，为人却有悖于佛家教导，既不谦和也不平和，而是见棱见角的，每每锋芒毕露，以势压人。

寒暄既毕，张廷玉约福彭到园子里随便转转。他毕竟是汉大臣，赐园不可能有满洲权贵赐园那种气势，更没有说得过去的规模，但收拾得仔细工致，精巧玲珑，一如他的严谨作风。

二人来到池塘边上。池塘很安静，绿绿的荷叶仍然漂浮着，盖满了半个池面，大颗的水珠在荷叶上面滚来滚去。但是一朵荷花也见不到了，荷花早就开败了，莲蓬早就摘采了，水面泛着不安的涟漪，水波疲惫地拍打着池岸，像是在心绪不宁地等待着严冬的冰封。

福彭风风火火的，走路快，即便游园也是健步如飞。

张廷玉已六十七岁，哪里跟得上趟，在后面紧赶慢赶，说："定边大将军，走慢点，走慢点，老汉跟不上了。"

男人喜欢被称呼武职，尽管福彭的定边大将军一职早就卸任了，但在朝廷里，文武百官仍然这么称呼他。

福彭停下脚步，绷着脸，看着他赶上来，说："大学士，我军务在身，到你的澄怀园可不是游园的。"

张廷玉身为汉大臣，对宗室素来相当客气，"老夫知道，老夫知道，定边大将军无事不登三宝殿。有什么事您就说吧。"

福彭伸出指头一指他，"我的事情很简单，在大学士是举手之劳。"

张廷玉说："尽管说，尽管说。"

福彭说："你不是在宗人府办案子吗，我的表弟被你们抓了。"

张廷玉调阅过曹霑的全部材料，对他的家世和枝蔓的亲戚烂熟在心，"定边大将军的表弟，就是圆明园护军营的曹霑啦。"

福彭加重语气，"曹霑不仅是我的表弟，而且曾经随着我远征乌里雅苏台，是为大清江山拼过命的，是有军功的。"

张廷玉说："要让我把他放出来，是吧？"

福彭说："既然大学士说出来了，我就是这意思。"

张廷玉为难地摇摇头，"远征乌里雅苏台为大清江山效命，与案子是两码事，因为有点军功就放人，恐怕很难。"

福彭问："难在哪儿？"

张廷玉毫不避讳地看着对方，"老夫办的是大案子，要不然不会放到宗人府。曹霑在案中举足轻重，涉嫌重大。"

福彭拉下脸来，"大学士不要忘记，我曾经担任宗人府右宗正，协同你办案的空房司官是我的旧部，案子办到哪步了，他们都原原本本地告诉我。曹霑涉嫌有多大，我知道的并不比你少。"

张廷玉说："既然定边大将军了解案情，就不要让老夫为难了。"

福彭有些冒火，"我了解的案情是内务府的一个郎中和几个晏公祠的道士用煤末子蒙骗皇上，骗局被戳穿了，接茬儿胡搅蛮缠，拿曹霑垫背，诬陷曹霑掉包。而你们审理曹霑掉包，至今查无实据！"

张廷玉一时间手足无措，"定边大将军莫急莫急，莫躁莫躁，听老夫慢慢说，前一阵子的确是查无实据，但是最近弄出些新东西来。"

福彭不屑地说："我知道你说的新东西是什么，说出来都丢人。不就是那个内务府的戴郎中称，曹霑与弘晳的养女曾经是相好吗，还有弘晳的养女曾经被先皇宣召进过圆明园。"

张廷玉恳切地说："这就够分量了。你是曹霑的表哥，老夫也不瞒你。曹霑用煤末子掉包是明摆着的，就是差个缘由，即他为什么要掉包。现在全清楚了，他的家被先皇抄没，在雍正朝与弘晳的养女相爱，而这个养女又被先皇宣召入宫，他对先皇的愤恨不言自明。弘晳串通道士张太虚谋害先皇,他必然会遮掩。缘由、时间、作为，严丝合缝地都对上茬口了，不管你是否给他说情，这几天就要给他定案了。"

福彭一时不说话了，而是盯着张廷玉，酝酿着情绪。

在军机处，张廷玉是老资格，他是小字辈，处处得让几分。但在平日，他是王爷，而张廷玉不过是官员，王爷比官员横得多。

情绪酝酿得差不多了，他瞪着眼喊："张廷玉！你到底想干什么？！"

张廷玉有些莫名其妙，"想干什么？老夫不过是要把圣上交办的事给办好，把先皇的死因查清楚。"

福彭粗大的的手指直指张廷玉干枯的面孔，"你的酸腐就在这里。你是钻牛角尖了，恐怕从来没有想过，圣上从骨子里不想把先皇死因查清。先皇驾崩，嗣统皇帝随即就驱逐道士，明着就是不想查，这种事查得越明白就越糟心。圣上在晏公祠所说的，庄亲王都告我了，如果张太虚所为属实，先皇是被丹药毒毙，中间夹着亲王作祟，皇室的脸面就丢尽了。你这个大学士当时在场，应该理喻，为什么还非要查清楚？家丑不可外扬，遑论皇家的丑事。打通壁子说亮敞话，你是汉大臣，是不是要看满洲皇室笑话呀。"

这番话正戳到张廷玉的痛处，他连忙辩解，"皇天后土，天地良心，我张廷玉绝无此意，绝无此意。"

福彭火冒三丈。"但你干的事是在给大清揭短。曹霑曾经与弘晳的养女相好，追查这段旧情，势必把几件丑事摆在桌面上：其一，陈雨林曾被先皇宣召进圆明园，同一个女子却成为当今圣上的黛贵人；其二，先皇与理亲王妃有一腿，同一个女人却成了圣上的丈母娘；其三，理亲王串通道士用丹药毒杀先皇，同一个男子却是圣上的丈杆子。是不是这样的？"

张廷玉说："这些东西都很不好听，却都是不可回避的事实。"

福彭说："在晏公祠，皇上天生聪慧，接连说了两遍'不堪设想'，就是指这些事暴露的后果不堪设想。你在场都是听到的，可是又要一路追下去，追吧，追得越远，圣上家里乱七八糟的事就抖搂得越干净，你办案是办舒服了，可圣上的脸面往哪儿搁！"

张廷玉有些紧张，木讷地说："老夫就想按皇上的口谕办事，只有这么一个心眼。恕老夫愚钝，从来没有想过那么多。"

福彭说："大学士，现在就多长一个心眼，多想想案子之外的事吧。"

张廷玉苦苦地思考着。

福彭冷冷地看着他，"不妨告你一点宫里的事，眼下圣上的心境禁不起折腾，圣上的家里够乱的了，很快就要出一件大事。你要是真的珍惜龙体安康，在该装糊涂的时候就得装糊涂。"

张廷玉听出来了，福彭话中有话，于是小心翼翼地问："定边大将军，圣上家里将要出什么事？"

福彭长叹了一口气，沉痛地说："今天早晨圣上召我入宫了，带我到储秀宫看了看，皇太子永琏快要不行了。"

张廷玉大惊失色，"头几天我在乾清宫上书房还见过永琏太子，那时他还欢蹦乱跳的，圣上让我给他讲了段《道德经》。"

福彭说："永琏突发急症，是出痘，太医悄悄告我了，就是这几天了。圣上家里出了这么大的事，你要不识相，就使劲榨曹霑的油，直至榨干，打曹霑一个怀恨先皇而到晏公祠掉包。好嘛，永琏薨逝之后，再给圣上家里添一起乱子。你要是还识相，不想给圣上家里增添新麻烦，这个案子就草草结案，惊动越小越好。京城士人的嘴有多厉害，大学士是应该有所领教的。"

张廷玉拍拍额头，"让老夫想想，让老夫想想。"

福彭在耐心等着。

张廷玉想了一会儿，征询道："定边大将军，如若将该案迅速了结的话，依你之见，话该怎么说，有关人等当如何处置，是不是给老夫拿个主意。"

福彭像看一个下属参将般看看他，说："大学士，你是聪明一世，糊涂一时呀。明白人该怎么办案呀，不是一根筋地查个水落石出，而是要号准皇上的脉。皇上本来让你们查的是晏公祠煤末子骗案，没让你查别的。谁让你们查掉包的事啦？查这档子事纯属节外生枝，把这个枝杈砍掉，按照郎中和道士勾结行骗结案，是皇上最愿意看到的。这可不是我福彭强加给你的，是皇上在晏公祠钦定的。"

张廷玉拍了拍额头，像是有所顿悟。

福彭转身就走，边走边说："我的话就撂在这儿，余下的事情你自己看着办。据空房司官秉报，抓曹霑你并没有启奏皇上，对一个小小护军校用不着。同样，放他也无须经过皇上。"

福彭和张廷玉在澄怀园交谈两天后，皇太子永琏因患急症抢救无效，死于紫禁城内廷。享年九岁零四个月。

永琏得的是天花。在清朝，这是不治之症，说来就来，一发而不可收拾。天花面前人人平等，它的侵袭对象没有高低贵贱之分，不仅夺去大量平民儿女稚嫩的生命，也直入宫廷，皇子皇女因此早殇者大有人在。当年玄烨躲过出痘之劫，他的子女因患天花而早殇的却绝不在少数。胤禛有十四个儿女，只有五个成年，过早夭折的九个多死于天花。弘历潜邸时就有子女死于天花，他即位后，天花仍然没有放过他的子女，连内定的皇太子也难逃一劫。

永琏是弘历与嫡福晋富察氏的长子，生于雍正八年六月，名字是祖父起的。

琎字的本意是古代盛黍稷的器皿，而黍稷是以农立国的中国之根本。胤禛起这个名字有深意，对永琏寄予厚望。乾隆元年七月初二日，弘历亲书密旨，将永琏定为太子，当着辅政王大臣的面将密旨置于乾清宫"正大光明"匾额的后面，全套仪注一如当年。

眼下，随着永琏的离去，密旨没用了。在永琏离去当天，"正大光明"匾下面架着长梯子，太监准备爬上去拿当年放置的锦盒。

太监刚要上梯子，弘历穿着一身素服过来。他红着眼圈，将太监推开，亲自爬上梯子，每蹬一格，步履都很沉重。终于，他到达"正大光明"匾额旁边，伸过手去，取出一个绸子包袱。他站在梯子上，把包袱重新系了系，背到背后，而后顺着梯子下来。

包袱上落满了尘土。弘历小心打开包袱，里面是一个锦盒，锦盒里面盛放着永琏为皇太子的密旨。弘历垂着泪，想打开锦盒，又无奈地摇了摇头，将锦盒交给太监，说："拿去烧了吧。"

随即乾隆皇帝在乾清宫颁布上谕："永琏乃皇后所生，朕之嫡子，为人聪明贵重，气宇不凡。皇考命名，隐示承宗器之意。朕御极后，恪守成式，亲书密旨，召诸大臣藏于光明正大匾后。是虽未册立，已命为皇太子矣。现今薨逝，一切典礼用皇太子仪注行。"

永琏谥端慧皇太子，治丧规格很高，皇帝素服七日，亲历皇太子金棺处，释缨纬；在京四十天，外省二十天，禁止嫁娶作乐。

安排了永琏后事，弘历离开乾清宫，前往储秀宫。两个宫殿地相隔不远，他也不愿意走路。过去。他在两地间遛遛达达，而今日脚步太沉重，几乎迈不开。他点起轿子，轿子在宫阙中穿行，他的巴掌捂着额头，昏昏沉沉的。他知道，对一个九岁孩子的丧葬事宜，他已做到了极致，但远远不可能弥补富察氏破碎的心。

天空飘撒着忽疏忽密的雨雪，宫禁之地愈发灰暗、惨淡。自从册立皇后，皇后富察氏的寝宫从长春宫迁至储秀宫，此宫为西六宫之首。轿子还没有进入储秀宫院门，弘历就听到了哭声。

永琏生母富察氏哭断了肠子，哭天嗣地的嚎声传出去老远老远。

弘历进入储秀宫正间，女眷的哭声像座山一般向他压过来。

在嫔妃簇拥下，皇太后和皇后搂抱着哭成一团。他的长子永璜跪在皇后脚下，也在恸哭。皇后得人望，当年侧福晋富察氏死后，她把永璜当自己的儿子抚养，永璜与弟弟永琏如同一胞所出，小哥儿俩形影不离，好的像一个人，弟弟突然走了，哥哥形孤影单。

看到此情此景，弘历无法抑制，咕咚一声坐在炕上，抚面啜泣起来。

有人在他的耳边轻声呼唤："皇上。"

他扭脸一看，是母后钮祜禄氏。他控制不住了，倒在母后怀中恸哭失声。

钮祜禄氏拍拍他的背，不知该怎么安慰他，好不容易从心里滚出几句话来："既然走了，再哭也回不来了。不打紧，不打紧的，你还年轻，皇后也还年轻，还可以生，再生个儿子，权当是小永琏了。"

在极度痛苦中，这几句话像在冰冷的心田中吹过一股热风，他猛地抬头，正对着皇后的泪眼。看来所说也像一股热乎乎的风飘荡在她的心田中，她高声啜泣了几声，咬着嘴唇，朝着他重重地点了点头。

弘历离开母后，来到富察氏跟前，紧紧盯着她哭得红肿的眼睛。不错，富察氏还不足三十岁，还可以生。他扬起脖子，向四下高喊："你们都出去，朕有话对皇后单独说。"

钮祜禄氏立即示意左右，带着永璜、嫔妃和宫女迅速离开，储秀宫正间里只留下了皇上和皇后。

弘历将富察氏拥到怀中，像是在对苍天祈祷："老天爷，再赐予朕一个'永琏'吧。让朕再把这位嫡子立为太子。"

富察氏的啜泣停止了，猫在他的怀中，安静地说："圣上，妻一生别无所念了，但求再生一个小永琏。"

宗人府是管理皇族与宗室事务的，皇家打个喷嚏，这里马上会患重感冒。

永琏治丧期间，不管别的地方怎么偷偷喧闹，宗人府里却异常安静，官员和各式人等恪守皇太子的治丧规定。连被关押在空房里的人也能感到这几天的气氛不大对头。好几天了，就没有一个官员来过，连看守兵丁说话都是小声小气的。

曹霑睁着眼，如槁木死灰般躺在铺板上。即便是第一次被关押，即便对办案过程一无所知，即便是单独关押而没有其他"老号"的提示，他也大体上能够猜到，这个案子并不复杂，办到这个份儿上已经差不离儿了，再搞也搞不出新东西了。这段安静的时光不过是办案官员在合计怎么判，而一旦宣判，他的路就算走到头了。

门咣当一响，看守兵丁探进头，说："曹霑，带着你的东西，全都带着，别拉下物件，出来。"

曹霑一边紧着收拾东西一边猜测着，既然让收拾东西，就是要离开这里了，下一步会去哪儿呢？闹好了转到刑部大牢里，那样能够多活几天，闹不好这就直接押赴到菜市口了。想到这儿，他感到鬼头刀就在身后比划着，后脖子上凉飕飕的，吓得赶紧闭上了眼睛。

号子里的人耳朵特别尖，曹霑这间号子里的响动即刻引起隔壁的反应。东隔壁响起一个尖细的叫声："曹小哥们儿，戴郎中就不远送啦，菜市口走好！"接着，西隔壁响起王定乾的声音："护军校，到了阎王爷跟前儿，在那生死簿上您就别给我们掉包了。"

曹霑已是万念俱灰，抱着被褥，拖着步子，随着兵丁绕了几个弯，进入前面那个院子里，审讯的大堂就在那儿。

他刚迈过门槛。就看见一个花白胡须的官员端坐在大案子后面，旁边坐着司官。自进空房以来，几次过堂，审讯他的都是司官，自从被抓以来，他还是第一次见到张廷玉。大学士来了，看样子这就是要下判了。

他的两个腿肚子直发软，放下被褥，跪下低头，浑身不由自主地瑟抖起来。要砍头要凌迟，就听张大人下面的几句话了。

前面的案子垂下一块遮挡的布，上面的图案是所谓"暗八仙儿"，即是八仙的八种法宝，包括吕洞宾的宝剑，汉钟离的蒲扇，曹国舅的檀板，张果老的鱼鼓，蓝采和的花篮，韩湘子的笛子，李铁拐的葫芦，何仙姑的莲花。他昏头昏脑的，就看着这八样东西在眼前旋转。

司官一拍惊堂木，叫道："你是叫曹霑吗？"

曹霑略微奇怪，抬起头来，说："大人，过堂几次了，您怎么还不知道我的名字。在下当然是叫曹霑啦。"

司官高声说："放肆！全然不懂规矩，本官是在验明身份呢。这是一道程式，问你什么你就说什么，别的不准废话。"

曹霑说："小的明白啦。"

司官再拍惊堂木，叫道："旗籍是什么？"

曹霑学乖了，简单地回答："内务府正白旗包衣籍。"

司官问："过去在哪里效力？"

曹霑答："圆明园护军营。"

司官问："过去的官职是什么？"

曹霑答："包衣营护军校。"

司官向张廷玉说："张大人，验明正身，就是此人。"

听到"验明正身"四个字，曹霑吓得几乎晕死过去，押赴菜市口刑场的犯人才要验明正身呢，莫非这就要把他扔上刑车拉走？

司官问："曹霑，最后问你一遍，你知罪吗？"

他坚持着几次过堂的口径："大人，小的无罪，不知罪。"

司官怒气冲冲地喊道："好你个曹霑，你是要扛到底呀。也不看看今天是什么阵势。知道眼前这位大人是谁吗？"

曹霑的声音轻得像蚊子哼哼："是大学士张廷玉。"

司官重重地一拍惊堂木，叫道："你是吃了熊心豹子胆了。知道大学士在此，你居然还敢抵赖！"

曹霑说："怎么是抵赖？大学士来了，这是小的最后一次喊冤的机会了。"

张廷玉说话了，"曹霑，你从来没有见过我，是怎么认识我的？"

曹霑说："小的在圆明园值勤时，数度见过张大人。"

张廷玉被提了个醒，想起这个茬，不由惋惜地叹了口气，"你在圆明园值勤？你可也是皇上跟前的护军军汉呢。听说你还去过乌里雅苏台大营，也是出入过沙场之人呐。"

他老老实实地回答："小的在乌里雅苏台跟随定边大将军，当他的贴身护卫。由于一直在大营中帐，没有出入过沙场。"

张廷玉说："看来你也是说实话的。司官在你的身上搭的功夫不少，事已至此，对你就不判了。给你八个字：事出有因，查无实据。听明白了吗？"

曹霑颇为费解，"'事出有因，查无实据'？"

办案就是这样。往往在准备放人之前还要最后敲一次。如果敲出来则一了百了，如果再敲不出来，绷紧的弦就一下子松动了。司官和张廷玉刚上演的是一个典型过程，而曹霑哪里知情。

张廷玉说："就这样吧。"

他说完就站起来，出了大堂。

曹霑一时没绕过弯来，依旧愣愣地跪着。

司官颇为好笑地说："曹霑，你是聋了还是哑啦，既然验明正身了，验明你是曹霑，而不是戴铎、王定乾或者其他别人。既然张大人都告诉你了，你的事事出有因，查无实据，还愣着干什么，还不快点滚。"

曹霑傻了巴几地问："往哪儿滚？"

司官说："实话说吧，你是白拣了一条命，乘我们还没变主意，爱往哪儿滚就往哪儿滚。"司官一拍惊堂木，"回家吧！"

曹霑说："回家？"他简直不敢相信自己的耳朵。

一个声音在他的身后响起："曹霑，你被放啦。"

他回头一看，表哥福彭跨过门槛进来了。

他大叫一声："表哥！"一下子站了起来。

福彭双手把住他的双肩，打量了一番，"行，亏得你身体底子好，顶住了，还没给吓趴下。"

曹霑说："我以为我完了，说话就快要趴下了。"

福彭说："现在没事了。咱这就回家。"

曹霑小声问："是你捞的我？"

福彭凑近他的耳朵说："我的条子你看到没有？跟你说要相机行事，可一直没有合适时机，钦犯太难捞了。最近趁着皇上家里办丧事，才敢出面捞你一把。行了，这些事到家后慢慢说吧。"

表哥的话他听得二糊，司官没有离开，他想问又不敢问。

在曹頫的搀扶下，馨玉颤颤微微地进来了。

曹霑心头一酸，"娘！"他扑到娘的脚下，咚咚咚地磕头。

馨玉几乎哭成了泪人，"起来起来，让娘看看你。"

他站起来，挺直了腰板让娘打量他。

娘的柔和的目光在他身上、手上、脚上扫过，朦胧的泪眼最后停滞在脸上，没完没了地端详。他也紧紧盯着娘，看个没够。

在迈进大堂前，他都准备去菜市口法场了，而进入大堂听到的却是宣布释放他。这个弯子转得太陡，他在刹那间产生了绝境重生之感。娘看他的神情特别亲，他看着娘也特别亲，但是，从阴间重新回到阳间，他对娘又有隔世感。隔世造成生疏的感觉，他的眼神儿就像是襁褓中的婴儿，像看一个陌生人一般打量着亲娘。

他的心骤然发紧，第一次，他看到娘生出了白发。娘过去有一头多么浓密齐整的黑发呀。他凑近娘的头，娘这时就像个老实孩子，垂下头来让他看个够。他仔仔细细地看着，娘的白发不多也不少，看得出来，娘在早上梳头时下过功夫，尽量想把白发掖藏在黑发当中，但是办不到，它们一绺一绺地暴露在外面，任是什么也遮挡不住。秋风钻进厅堂，几丝白发在风中飘荡着。他心疼地搂着娘的头，哭了起来。

九十、广渠门蒜市口小院－三希堂－甘家口

广渠门蒜市口小院里铺着一层落叶，在秋风中不时地掀动着，风只要大一些，落叶就随着风走，在院子的角落里面打着旋。别看院子里有些深秋的凄惶景象，屋子里却传出一阵阵压抑着的笑语。皇太子永琏治丧期间，军民不得宴乐，有点好事只能偷偷乐。

曹霑回家的第二天，叔祖曹宜一家就上门看望。

中午时分，馨玉和曹頫留下他们吃饭。吃至半饱，曹宜喝多了一点，说："曹霑，你恐怕不知道，你进了宗人府空房，我也被牵连，空房给我发了几次传票，我过了几次堂，那个司官来来回回就问一件事。"

曹霑问："问您什么事儿？"

曹宜说："问你在晏公祠那天夜里睡在哪儿，进没进山洞。"

毕竟刚回家一天，曹霑还没有适应过来，依旧带着空房中的那种恐惧感觉，不仅心有余悸，而且整个身心仍然滞留在空房的号子当中。

听叔祖这么一说，他的头皮一阵发麻，连忙问："您是怎么回答的？"

曹宜说："我两眼一抹黑，只得据实回答。说你在帐篷里面躺了不多会儿，就起来了，悄悄溜出帐篷进了山洞。年轻嘛，都是馋猫，到山洞里面啃那个姑娘去了呗。叔祖这么回答是不是说错了？"

听叔祖这么说，他惊出一身冷汗。他在空房时，料定司官会传讯叔祖，而最担心的是叔祖把他当夜进过山洞的事说出来。叔祖在空房司官面前果真交了实底。看样子，司官说他白拣了条命并没说错。人家什么都掌握了，即便他不

承认掉包，人家也完全可以定他的罪，砍头他都没脾气。在这种情况下，张廷玉之所以放了他，显然有别的原因。

他想不到的是，端慧太子薨逝，成了表哥搭救他的一座桥。从先皇到当今圣上，忠臣都要维护皇家的脸面，在永琏薨逝先后，张廷玉真的心疼皇上，极力避免再出现令圣上不悦的事情。福彭把握住了时机，迫使张廷玉做出了释放曹霑的决定。对这些情感与政情交织的交易，凭着曹霑的生活阅历，既不可能知道，也很难参透。

此后几天，老平郡王纳尔素一家，小平郡王福彭一家，理亲王夫妇陆陆续来到广渠门小院看他。人家都不像叔祖那样脑瓜里面少根弦，除了一般压惊的话，关于案子的事什么都不说。

亲戚都来过了，曹霑心里纳闷儿，怎么湘韵没来？在空房的日子里，他养成习惯，没事就在床上躺着。他正在炕上躺着瞎琢磨呢，院子里传出响动。他听到娘在院子里招呼客人的声音："哟，范总督来了。"

他跳下炕，拉开门冲了出去，一眼就看到，娘和范时铎边说话边往正房走。而在范时铎的身后，是范湘韵。

范时铎感慨地说："哎呀呀呀，虚惊一场，真是虚惊一场。带着丫头来看看你，给你压压惊。"

曹霑说："范总督，小的不敢麻烦您上门看望。"

他心不在焉地应酬着，盯着范时铎身后的范湘韵。

范湘韵一个标准的丁字步，双手抱拳，郑重其事地说："曹霑哥在宗人府中受苦了，湘韵弟弟特地随老爹前来拜会。"

范时铎无可奈何地点点她，对馨玉说："瞧这傻孩子，只要看到她的曹霑哥，二杆子劲头就冒出来了。"

范湘韵颇为不满，大大乎乎地说："什么叫二杆子呀，懂不懂，咱这叫做风流倜傥。那次是我和曹霑哥一起去的晏公祠，二人联手，在那月黑风高之夜从容演出好戏。在高粱河畔，狗衙役又差点连我和曹霑哥一块抓走，我和曹霑哥差不多是同案。是吧？曹霑哥。"

曹霑首肯："是这么回事。"

范湘韵大大咧咧地拍拍他的肩，"走！到你的屋里去，给湘韵弟弟聊聊空房见闻，让湘韵弟弟也长点见识。"

曹霑有些犹豫，唯恐范总督来了自己礼节不周，征询地看看娘。

馨玉朝他点点头，说："你们俩也有日子没见了，进屋去聊吧，范总督由我接待了。"说完带着范时铎进了正房。

范湘韵站在当院说："哈，不瞒你说，你进去了，我也被传到空房两回，你猜，那俩狗屁司官问的是什么事？"

曹霑又习惯性地紧张起来，"问你什么事？"

范湘云说："来来回回的只问一件事：撒尿！"

他说："院子里猴冷的，咱们进屋慢慢说去。"

范湘韵显得特别兴奋，边指手划脚地说着边往屋子走。"在晏公祠那天夜里，我出山洞撒了泡尿，那俩司官问得那个细致呀，大冷天儿为什么不在山洞里撒尿，为什么偏要出来撒尿，出了山洞在哪儿蹲下的，撒尿那地儿离煤堆有多远。我跟这俩急了，大姑娘撒尿，你们问那么多干什么。嘿，这俩说他们是在办案子呢。"

他随口问："他们还问什么啦？"

范湘韵却没有回答。刚进屋的一刻，她就没有任何心思扯淡了，顺手带上门，重重地靠着门板上，在这个瞬间好像换成了另外一个人，神采飞扬的表情一下子消失殆尽，假小子的形象立马滚得无影无踪，而是紧咬着嘴唇，抑制着随时要爆发的感情。

他刚进门时并没有意识到，依旧在问："空房司官怎么说的……"接下来的话，在嘴唇边冻结住了。

她的脸涨红了，呼吸越来越急促，接着一头扎到他的怀里，默默无语地悄悄流泪。自从曹霑进入宗人府空房后，她的心没碎也差不多了。

假小子打小就不知道什么叫做痛苦，这下全都品尝到了。假小子打小就不爱哭，而在这段日子，她每天夜里钻在被窝里哭，泪水多得都要把枕头泡湿了。那时她是偷偷哭，现在要当着他的面哭，要用泪水传达一个信息：她好想好想他，都快要想疯了！

他傻了片刻，很快就大彻大悟，闹了半天，在院子里的"风流倜傥"全是装的，此刻的她才是庐山真面目。他搂抱着这个他本来看不入眼的壮丫头，摸着她厚厚实实的脊背，突然体味到一种全新的感觉，她就是伴侣，是可以托付今生的伴侣。

不知是从何时开始的，对陈雨林的思念，从他的心臆中丝丝缕缕地向外抽，很慢很慢，但的确在向外抽。在空房中，当他躺在铺板上发呆时，更多想到的不是陈雨林，而是豁出半条命跟着他铤而走险的壮丫头。陈雨林的离去，留下的是一个清灵轻盈的空间，溢满兰花雅洁的芬芳。与此同时，一份很真实、很质朴并且有些粗糙的感情正在填补黛贵人离去后的空白。占领这个空间的是一块敦实的大石头，没有几多香气，但令人放心，可视为忠实的、坚实的、踏实的伴侣。

当千林啼诀，旅人迢迢远路而步履蹒跚，茕子彷徨，命运的视野昏茫，是什么使得人不至于荒野悲歌？那是有个伴侣在耳边絮语。当千村寂寥，凛冽的寒风掠过皑白的雪原，是什么使得人不至于身体僵仆，那是有个伴侣在全力搀扶。伴侣难觅，而一旦觅得，就如苦海慈航绝岸的援手，就如黈夜中的火树，如日暮时的孤星。这些，他体验到了。

他抚摸着她的圆滚滚的肩膀，俯在她的耳边，轻声问："哎，我说'风流倜傥'，你什么时候嫁给我？"

她的身子一颤，"咱俩才认识几天呀。"

他回忆着朔风怒号中的那个山洞，"时间虽然不长，却精彩。在晏公祠，咱们正经八本入过'洞房'了。别看咱俩在'洞房'里没有演男女成双成对的好事，但一出联手掉包，远远胜过别人的洞房花烛。"

她随即咯儿咯儿笑了。"这就到谈婚论嫁的份儿上了？"

他一点也笑不起来，"你不是说了吗，咱俩是同案，差点共同押赴菜市口死在一起，还要到什么份儿上。"

她的脸肃穆起来，"曹霑哥，你说的话当真？"

他说："谈婚论嫁没有说着玩儿的。"

她的头安静地贴在他的胸膛上。"我听你的。"

他说着伸出了右手的食指，"那就这么定啦"。

她抬起头，含羞地看着他，也伸出了右手的食指。

两个食指勾在一起，他们同声念着一首京城古老的童谣："拉勾上吊，一百年不许要，要就上吊。"

乾隆三年十二月底，紫禁城总算从哀悼永琏的气氛中缓过来了。

弘历在养心殿西端的三希堂里随意走动着。这些日子，凡是心里苦闷了，他就到这里散心。

顺治、康熙、雍正、乾隆四朝，对养心殿的重视程度逐朝递增，或者说是对乾清宫的重视程度逐朝递减。弘历即位后，更是将养心殿作为主要活动场所。与皇考那时不同，他对这里进行了改造。

养心殿西暖阁门上，悬各省总督以下知府以上，将军以下总兵以上姓名单。在西暖阁的西端，用隔扇隔成南北两个小间，面积不大，装修考究。隔扇是以楠木雕花窗格中间夹透地纱做成，北间以蓝白两色几何图案的瓷砖铺地，迎面西墙悬挂通天连地的通景画，为在清宫供职的意大利画家郎世宁所绘，画面的景物与室内的实景相接，画成为室内景物的延伸，真是绝妙之作。南间即是三希堂，收藏有晋朝大书法家王羲之的《快雪时晴帖》、王献之的《中秋帖》和王珣的《伯远帖》。弘历将它们视为稀世珍宝。这时，三希堂刚改造出来。他特别想念永琏时，曾经在三希堂里面临摹王羲之的《兰亭序》。

一个太监悄悄走入，跪奏："老主子，康亲王巴尔图和大学士张廷玉奉旨来了，现在养心殿前殿等候。"

弘历仍然有些恍惚，说："让他们到三希堂来。"

不大会儿，太监引导着巴尔图和张廷玉来了，进了三希堂就跪了。

巴尔图是科尔沁蒙古人，五十多岁，生得矮壮粗实，明显的罗圈腿，留着浓密的络腮胡子，是分管宗人府的亲王。

弘历指指堂内，"平身。二位爱卿，看看朕的三希堂吧。"

张廷玉是个行家，上前看了看，惊叹道："哎呀呀，这是不是书圣王羲之的真迹呀。难得一见，难得一见。"

巴尔图对书啊画呀的毫无兴趣，只是出于给皇上面子，草率地撩了两眼，就说："启奏圣上，宗人府办理的晏公祠案业已结案，臣与张廷玉大学士面呈圣上，另有要事需当面奏报。"

弘历回忆着："晏公祠案……"由于永琏的夭折，弘历的身心在经过一个重大打击之后，对许多与朝政无关的事情有些淡漠了。

张廷玉提示说:"晏公祠案牵扯到理亲王弘晳,是圣上交办的。"

弘历露出厌恶的神情,颇为不快地说:"朕想起来了。内务府广储司的郎中戴铎和几个道士,包了些煤末子,称理亲王弘晳有谋害皇考之嫌。研斋,这件事查得怎么样了?"

张廷玉观察着皇上的表情,小心翼翼地说:"先皇服食丹药而驾崩之说,查无实据;理亲王弘晳串通道士谋害先皇,亦查无实据。"

与福彭当初的判断一样,弘历听到两个"查无实据",露出宽慰的神情,像是在自言自语:"查无实据就好。如果查出实据,不仅有辱皇考英名,恐怕朕的黛贵人也只能打入冷宫了。"

张廷玉听到皇上这么说,胆子大了些,说:"晏公祠案是因缘际会凑成的,不仅理亲王弘晳的罪责查无实据,就是其他涉案人等也找不到更大罪责。"

看样子弘历内心希望这个案子越干净越好,涉案人都没有事就更好。

巴尔图说:"据查,内务府的戴铎郎中也并非有意蒙骗圣上,不过是对先皇爱之过深,对欲图谋害先皇者恨之过切,同时对自命'昔日东宫嫡子'者戒惧过深,而无意中卷入这出骗案。"

弘历抚摸着下巴,"既然是这样,戴铎就另当别论了。"

张廷玉问:"圣上以为戴铎当如何处置?"

弘历脸上挂着嘲讽的笑意。"这个戴铎嘛,朕自幼就知道他精明过人,这次也是聪明反被聪明误。朕意,既然戴铎是皇考面前的旧人,朕不忍心打他的屁股,暂且饶了他,降三级依旧放在内务府。"

张廷玉微微松了一口气,说:"至于王定乾等四位道士,也是安心修道的,定行骗依据也不十分足,里面牵扯到道家门户之争。依微臣之见,雍正朝杀道士贾士芳震动京城,如今如若一次杀四个道士,更会惊动乡里,引起四方士人猜测。不如不杀,发配西北了事。"

弘历说:"就依你所说。"

由于两个"查无实据",使得皇室的面子得以保全,弘历的心情比较轻松,对事情的决断也显得宽松。

巴尔图紧接着说:"晏公祠案就是这样了。虽然理亲王弘晳串通道士谋害先皇还没有最后查实,但是他的狼子野心不得不防。戴铎等对他有所怀疑并非空穴来风。宗人府的职掌之一是监督宗室活动。据宗人府细作报，近年来经常有心蓄不满的宗室子弟造访郑家庄理亲王府，弘晳那里成了宗室发牢骚骂咧子的一个黑窝。庄亲王允禄也卷入其中。"

弘历的眉头一蹙，"巴尔图，你告弘晳的状也就算了，'昔日东宫嫡子'还有的说，怎么连允禄也告了，连朕的辅政王大臣也不放过。"

张廷玉说："启奏圣上，微臣以为，康亲王言之有据。礼部、刑部、吏部都有类似说法，不当忽视。"

弘历不高兴地说："二位爱卿忠心可嘉。但是，允禄他们没出大格，不就是在白家疃怡贤亲王祠祭奠前朝旧人嘛，说开了就是祭奠阿其那、塞思黑，你们不必大惊小怪的。旧伤并未平复，还在敞着口子淌着血呢，就不要再往上面撒盐粒子了。"

巴尔图说："他们扎堆不光是祭奠前朝旧人。据宗人府细作从庄亲王府的太监处访得，在前不久的宗室聚会中，理亲王弘晳公然说，先皇即位没有信物，圣祖的满文遗诏不是圣祖的手书，圣祖的汉文遗诏谁也没有见过。这是向在座的宗室暗示，先皇系矫诏得以即位的。"

弘历的脸色刹那间阴沉下来，"还有这事？"

巴尔图火上浇油，"还有更恶毒的话。弘晳还说，既然先皇即位就没有信物，那么先皇将天下传位于太子，也是名不正言不顺的。"

弘历火了，"这是骂到朕的头上了。"

他背着手在三希堂里转了一圈，"信口雌黄！天下不属于朕，难道属于你'昔日东宫嫡子'不成？属于你弘晳就名正言顺啦？弘晳这番话是在哪里说的？在座的都有谁？"

巴尔图说："回圣上，他们集会地点在毛家湾庄亲王府。在座的除了弘晳之外，尚有前抚远大将军允禵、前敦郡王允䄉。允禄和他的儿子弘普，怡亲王允祥的三个儿子弘昌、弘晈、弘晓，外加恒亲王的儿子、火器营总管弘升，还有一个允禄的侄子宁和。"

张廷玉说："微臣虽然不知道当天他们聚会时说了些什么，但康亲王所说的人头属实。当天，礼部左侍郎塞楞额派出一个官员，前往庄亲王府门口，装作卖花的清点人头，被弘昌、弘晈识破，将该官员捉到门房审讯，诈出口供，才叫礼部派员将人领走。"

弘历老大的不悦，"装什么卖花的，这么大的事用不着出动细作，要搬动衙门认真查实。"他正下脸喝道："张廷玉、巴尔图！"

二人同时跪下，同声回道："臣听旨。"

弘历发布口谕："朕令宗人府严查此事，内阁必要时予以配合。"

二人同声说："臣领旨。"

曹霑每次从圆明园护军营回广渠门小院，都途经甘家口。路过广福禅林素菜馆时，往往进去喝两盅。他把这个地儿推荐给包衣营的弟兄们，大伙儿也挺认广福禅林的酒。

曹霑从宗人府空房释放后，吉金刚和包衣营的笔帖式哥们儿给他压惊，一起撮一顿，选中的馆子就是广福禅林的素菜馆。这个地点适中，基本上在圆明园与广渠门的当间儿。

馆子不大，客人不少。十来张桌子坐得满满登登的，大多数客人都是冲着这儿的酒来的。既然喝酒就少不了闹腾，吆三喝四，吆五喝六的划拳行令。

平素，闹腾得最欢势的是当兵的，或是九门步军，或是绿营兵，或是护军营的。当兵的穷兮兮的，一个个穷横穷横的，喝酒喝急了眼，几句话不对付而拔刀子打架的，大有人在。

吉金刚等人在这儿喝酒时也闹过几次事，曾经和九门步军的人打过架，还把当地的小无赖打破了头。喝酒闹事的大多数不是真闹，图的是掀翻桌子犯混找乐儿，打过架之后双方往往立即握手言欢。

但是今天与往昔大不相同，曹霑他们这张桌子上特别安静，八九个人都是军汉，每人只是闷着头喝酒，连话都不多。为啥？心里压抑。

曹霑看出来了，吉营总的情绪不大对头。要搁平时，有这么香的酒，有这么多的弟子在场，连喝带聊的，吉营总聊着喝着，甫多了，有个三二两下肚，能亮开破锣嗓子唱几段河南梆子。但是，吉营总今儿也不知道是怎么啦，几乎一言不发。

曹霑不问。他太了解吉营总了，老吉搁不住隔夜的屁，如果心里有事，刚开始还想憋一憋，过不了多大会儿就憋不住了，谁也甭问，自己个儿就得叽哩轱辘地全都倒出来。

曹霑酒量不大，喝着聊着就差不多了。该言归正传了，他开了腔："吉营总，诸位弟兄，从空房回来也有些日子了，在家歇够了，也给憋坏了，怪想弟兄们的，过两天我就回营里值勤。"

没想到，饭桌上一下子出现了难堪的沉默。

曹霑惑然不解，"这是怎么啦？"

没有人吭气，从吉营总到众哥们儿都成了哑巴。

曹霑愈发感到不对头了，"嗨嗨嗨！你们这是干嘛呢，倒是说话呀。"

好不容易有人憋出个屁来，"没法儿说。"

曹霑一把抓住了问题的症结，"怎么回事？我刚说到我要回营里值勤，你们就全不言声了。这到底是怎么回事？"

有人小声说："让吉营总告诉你吧。"

他转向了吉金刚。"吉营总，什么也别瞒我，出什么事啦？"

吉金刚高声叹了一口气，"这话迟早也得告你，不能总闷着。这些天总是闷在肚子里，都快把我憋炸了。索性打开天窗说亮话吧，一句话：圆明园护军营你是回不去了。"

他开始大倒气了，"为什么？"

吉金刚苦恼地说："我也没辙，只能把护军营总统大臣的话原封不动地跟你学一遍。你是从空房回来了，但是扛着八个字：事出有因，查无实据。查无实据固然不惩治你，但事出有因就不能信任你。总统大臣说，圆明园护军营属于皇上的亲军，亲军就是皇上贴身的小夹袄，既然是皇上的贴身小夹袄，就不能有一个虱子跳蚤。剩下的话我就没必要多说了。"

他表面上平静，"懂啦。曹家几辈子为大清效命，到我这茬儿成虱子跳蚤了。哎，其实我他妈也是多余，打张廷玉给我这八个字起，后果就应该想到了。得，这酒本来是哥儿几个给我的压惊酒，现在成告别酒了。"

饭桌上顿时弥漫着沮丧的气氛，没人喝得下去了。

有人嚷嚷起来："吉营总，您不能跟总统大臣说说吗，求个情让曹霑回来。""要不然，咱包衣营全体一块跟总统大臣求情去。"

吉金刚苦笑，"你们就别找骂了。我去找你们一块去找都没用。这是总统大臣能定的吗，是打上头来的。曹霑卷入的这个案子牵扯到先皇，好像与圣上还有点勾勾扯扯的，退一万步说，总统大臣把曹霑留下了，消息要是传出去，他的总统大臣也就干到头了。"

有人小声嘀咕："来头这么大。"

吉金刚依旧苦笑着，"别说曹霑，那个张太虚是我的师傅，内务府是没查到这段，一旦查出来，我也得从包衣营滚蛋了。"

曹霑从坐位上站起来，向四下抱拳说："吉营总、诸位弟兄，今天的酒就喝到这儿了，在下先告辞了。"

吉金刚拽住他的衣襟，喝道："急个什么，接着喝！"

有人嚷嚷起来："借酒浇愁，咱们也得浇一浇，来它个一醉方休。"

曹霑诚恳地说："改天咱们再慢慢喝，今天不行，刚刚得知我不能回圆明园护军营了，我一个二十几岁的人，总得找个饭辙吧。"

吉金刚说："找饭辙你不用发愁，不妨给你胡参谋一下。实打实说，圆明园护军营开了的，京城各旗营都不敢收了。即便没有那八个字，各旗营都有佐领下人，连自己人都安置不了，更不可能安置外人。闹不好，你得离开京城了。你家有几门硬亲戚，以你在圆明园护军营包衣营护军校的记录，到京城之外的近畿之地，闹个芝麻官混碗饭吃，不难办到。要不就投奔你表哥福彭，在正白旗都统衙门混事。"

曹霑挠了挠头，再次向四下抱拳，说："跑跑看吧，一旦跑出点眉目，兄弟会马上告诉吉营总和诸位弟兄。看样子，虱子跳蚤的在京师护军营是呆不住了，走到哪步算哪步吧。"说完他离开饭桌，抽身而去。

九十一、郑家庄－正白旗满洲都统署－宗人府空房

乾隆四年八月初，京城的天气凉爽下来。

郑家庄理亲王府里，有一间木匠作坊，平日里修理桌椅板凳以及打个家具什么的。和大多数作坊一样，里面光线很暗，而且乱糟糟的，到处堆的是板子、待修的旧家具以及工具。

理亲王夫妇从来没有进过这个作坊，里面整天传出吱啦吱啦的锯木头的声，唰啦唰啦的刨木头声，叮东叮东的凿钉子声，还不够烦人的呢。

今天破例，理亲王夫妇不仅进来了，而且呆着不走了，坐下来，监督木匠给一件活儿最后完工。

这是一乘黄花梨木的肩舆，也就是两人抬、不带顶棚的轻便轿子。差不太多的东西在南方称为"滑杆"。肩舆快要做得了，活儿很地道，样子也很大气，髹的是黄漆。漆工的活儿也很细致，前后上了几十道，漆面并不是那种闪闪发光的，而是很柔和，透着传世钧瓷那种无光的润泽。

木匠正在给座位垫软布绷面，面子采用的是鹅黄色的绸子，上面隐隐约约有些流云暗花，格调端庄典雅。

木匠在绷面子时，弘晳凑过去，唯恐哪儿的活儿做得不到家，蹲下来看着木匠干活儿，甚至还时不时的搭把手。

这乘黄花梨木肩舆是弘晳夫妇准备进献给皇上的。起因是上次在晏公祠，弘晳夫妇将皇上送走时，看到了皇上乘坐的肩舆，看样子是雍正朝旧物，轿杆上的漆斑驳脱落，面子也显得旧了。他们有些不落忍，为此商量完全按照皇家

的规格做顶肩舆，在圣诞日进献给皇上。

皇上的生日是八月十三日，届时皇上满二十九岁。

再有几天圣诞日就到了。为了早点送到宫里，两个木匠在加班。

两天之后，鹅黄色黄花梨木肩舆完工。它被摆在理亲王府的正殿里，弘晳夫妇验收。这东西是从城里请来的好木匠精心制作的，搭了功夫下了本钱，怎么看怎么拿得出手。两口子验收合格，赏了木匠银子，又亲自将一块大红布蒙在上面，四周捆绑结实。

次日，由理亲王府的护卫押送，将这乘红布扎裹的鹅黄肩舆送进了紫禁城西华门，交给庄亲王，由允禄转交皇上。

八月十三日圣诞日，由于不是整生日，宫里没张罗，只请庄亲王、康亲王等有数的几个亲王入宫，在乾清宫陪弘历坐了坐，就算是过了生日，

晚上演戏，主要是哄皇太后的，钮祜禄氏爱热闹，怕清闲。

弘晳夫妇没有参加宫里的圣诞日活动，宫里的各种庆典一般都不邀请废太子家人参加。当天下午，养心殿太监送来一张纸条，上面有皇上亲笔写的几个字："鹅黄色肩舆收到。甚好。"

就这，理亲王夫妇已然十分知足，高兴得一晚上没睡好觉。

乾隆皇帝二十九岁圣诞日的数天后，曹霑在一个清晨整饰一新，从家里骑马奔北，到正白旗满洲都统署正式报到。

都统署大门三间，蹲着俩石头狮子。

曹霑报到来到此地，进入大门，好奇地东张西望，发现衙门里面竟然是一个花草世界，起码第一层院子里满是花啊草的，有盆栽的，有地里种植的，八旗就有这本事，祖上生活在天寒地冻的白山黑水，骑着马呼啸入关尚不足百年，到眼下这茬儿，成了过精致生活的顶级高手。

引人注目的是几株向日葵，花盘结满了籽，沉重地耷拉着硕大的头。

院子当间儿摆着几缸莲花，漂浮在水面上的莲花不但有并蒂的，还有三蒂的，不但有白色的，而且有红色的。荷叶上是流转无力的水珠，有的白莲花已经谢了，花瓣如白色小船般飘散在水面上。梗上只留下小小的莲蓬，和几根淡黄色的花须。

靠近院墙摆着一溜花盆，自由自在地开着又瘦又小的花。枯树枝上挂满了

豆菱，豆菱上还带着好多好多豆花和好多好多垂豆荚。

花草世界从一个侧面表明这里的散淡和清淡。

都统署名义上是领导本旗骁骑营的，但是骁骑营分散各地驻防，更多接受各地驻防将军衙门节制，因此都统署军事管理职能渐弱，逐渐成为处理旗人事务的机关了。由于兵民一体的架构，它兼管本旗官兵眷属，承担一部分地方政府的职能，主要是生活供给和户籍统计。这点从它的框架上也能看出来，它不设作战指挥机构，主要的两个部门是俸饷房和马册房。前者是向本旗官兵发放饷银俸米的，后者掌本旗马匹及畜牧之事。

钻进这个衙门不容易。清朝政府人头编制严格，例如满洲八旗只有六百八十一个基层单位，那就是六百八十一个佐领，每个参领管十几个佐领，参领就四十个。连最不起眼的笔帖式都是如此。满洲八旗各都统署编制上配备八个笔帖式，多余一个都不行。

曹霑离开圆明园护军营后，表哥福彭尽管同意收留他，但得有个"坑儿"才能安置他，恰好都统署有个老笔帖式外放，他便顶了这个缺。

笔帖式大体相当于后世的秘书。秘书是个统称，里面档次拉得很大，"小秘"与大秘书不可同日而语。笔帖式也差不多。都统署的笔帖式比护军营以至各佐领之下的笔帖式要横些，拿京城的话说，差着行市呢。

正白旗满洲都统署是一个多进四合院，共有五进。曹霑在俸饷房当笔帖式。这是个门面上的机构，涉及饷银俸米及至柴米油盐，时不时就有人找来问。马册房也在这层院子里，也时不时就有人找来问。两个对外机构挤在一个院子里，终日乱哄哄的。

俸饷房占据院子里的东西厢房。曹霑被安排在东厢房的角落里，给了他一张小桌子。由于是新手，印务参领、印务章京和缮写人每天穷忙活，接待四方人等，而他甚至不知道该做些什么。

管理俸饷房的是一个姓王的老印务参领，看曹霑实在是生手，让他从学习珠算入手，因为俸饷房大量的活儿是要用算盘的。对着算盘珠子，他直嘬牙花子，在江宁的十四楼和咸安宫官学都学过珠算，他从来没有上心，那些口诀早就忘了，就记得个"三下五去二"了。

这天，他正在东厢房里面背珠算口诀，印务参领老王通知他，到后院福彭都统处。他放下珠算书，抬腿就走。

都统办事机构在第四层院子里，宽阔而整齐，成十字形的甬道扫得干干净净，除了甬道，只有开始枯黄的草，别无它物，连棵树都没有，整个院落透着主人的风格，整洁而规范。

正房五间，福彭平日在东暖阁处理事情，西暖阁设炕，是临时休息处，中间的厅是会客的。正房门口有两个护卫，他们认识曹霑，知道他是都统的表弟。曹霑对他们点点头，就推门进去了。迎面看见福彭正端坐在太师椅上，像是在等他。

福彭神情压抑，愁眉不展的。对此曹霑见怪不怪，几个月前皇上发谕旨令宗人府察议福彭，他至今仍然十天半个月的去宗人府接受盘查。福彭与策棱互相向皇上告对方的状，在朝廷上尽人皆知。这两人都够横的，一个是皇上的哥们儿，一个是圣祖的女婿、蒙古大员，皇上谁也不愿意得罪，过去装糊涂，不闻不问。但这次突然间发话了，谕旨的原文是："平郡王、策棱互为参奏，如果从公事起见，自于旗务有益，但因伊等素日有隙而有此举，且策棱于平郡王参奏之后，复有奏辩，词句乖张，更属不合。策棱著交该部严加议处，平郡王著交宗人府察议。"

从字面上看，皇上似乎对策棱熊得更狠一些，对福彭有所偏袒。但福彭心里有本帐，策棱居功自傲，一向不把兵部放在眼里，对朝廷派出的节制大员也是指手划脚的，这是二人纠葛的起因。皇上要是真公道的话，不应该各打五十大板，把他交宗人府察议。

福彭绷着脸，指着对面的椅子，"坐下。"

曹霑边坐下边惴惴不安地问："表哥，有事吗？"

福彭差点笑，"听说你在学珠算？"

曹霑阴郁地回答："吃笔帖式这碗饭，又是俸饷房的笔帖式，每天面对着一大罗帐目，掰不开锒子，不学珠算怎么办。"

福彭问："学得怎么样呀？"

曹霑看看自己的手指头，"粗手笨指头的，瞎学吧。"

福彭说："把算盘先撂下。明天跟我去趟宗人府。"

曹霑问："干什么去？"宗人府这三个字眼儿对他有习惯性刺激。自从离开那里后，他只要一听到这个衙门就有些害怕，至今没有缓过来。

福彭说："审讯一个人，这个人你我都很熟悉。"

曹霑问："谁呀？"

福彭说："理亲王弘晳。"

曹霑心里哆嗦了一下，"弘晳犯什么事啦？"

福彭伸出指头一点他，"不要问这些，为什么审讯弘晳我也不大清楚，到审讯之前宗人府才会向我托底。你只管随我去就是了。"

曹霑问："为什么要叫我去？"

福彭说："问得好。你刚从宗人府出来，在那里挂着号。张廷玉大人刚办完你的案子，知道你和弘晳走得很近，所以这次是张廷玉大人点名叫你去做记录的。懂了吗？"

曹霑说："懂啦。大清办案子的规矩，我是和弘晳沾上甩不开了，为弘晳掉包嘛。但是，他们为什么叫你审讯弘晳呢？"

福彭说："一个道理。我是你的表哥，还到张廷玉的澄怀园找他谈过，捞过你一把。表弟和弘晳那么近，差点成为弘晳的半个女婿，张廷玉和宗人府会怎么琢磨表哥，当然认为我和弘晳也很近。"

清朝的司法制度相当粗糙，而且有一条不成文的规矩，与现代司法中的回避制度正好相反，这就是把嫌疑犯交给与嫌犯亲近的官员审讯，甚至在"无罪推定"期间，将嫌犯关押在该官员的家中。康熙朝马齐因力荐廉亲王允禩被抓，即关押在廉亲王府。这种做法表面上给了嫌犯串供的机会，实际上立意狡诈，收以毒攻毒之效。与嫌犯亲近者审讯嫌犯，旁边当然有人盯着，审讯者稍微同情表示就有包庇之嫌，审不出名堂更是包庇。这对审讯和被审讯双方都是一种精神折磨，有时嫌犯为了解脱对方的痛苦，反倒容易招供。

福彭和曹霑知道这里面的道儿，也不用多说了。

临出门前，曹霑多问了一句："这次办弘晳的案子又有张廷玉？"

福彭扳着手指头数着，"审讯亲王得搭个班子。挑头的是我，还有鄂尔泰、张廷玉、徐本、讷亲、来保。这么说吧，乾隆爷身边的亲信几乎全在名单上了，可见对这个案子的重视。"

次日一早，福彭与曹霑分别从家里来到大清门，站在那里等着。大清门里是宗人府和六部所在地，得有人领着才能进去。

不大会儿，有人出来接他们，居然是过去审讯过曹霑的司官。

司官是福彭的旧部，客客气气地说："小的来晚了，让大将军久等了。"

福彭说："这是我的表弟曹霑，认识一下吧。"

司官笑了，"曹霑的案子是我们办的。老相识了。"

走着说着，进到宗人府空房大堂。福彭在案子后面坐下，

曹霑坐在旁边研墨，并且铺开纸。才离开没有多久，故地重游，仍然保持着昨天恐怖的印象，上下左右看看，还是有点心惊肉跳的。

司官递给福彭一张纸，说："康亲王交代，您就照着这张纸上的问题问，主要攻的是一乘鹅黄色肩舆的事，砸死了算。"

不大会儿，大堂门外传来一阵喧哗。

曹霑仔细一听，是舅舅的大嗓门，夹杂着宗人府官员规劝他的声音。

弘晳气哼哼地跨过门槛进来，在大堂中间嚷嚷着："鬼魔子魔道的，到我府上找我时，说是到宗人府左右司谈续谱牒的事，到宗人府又变了，根本不是去左右司，给弄到这儿来了，说要问我点事情。你们还有个准儿没有？"

司官哄他："理亲王，您消消气儿，问几句话就妥了，一点耽误不了您的功夫。问完了怎么接来的再怎么送回去。"

弘晳直着脖子问："这是哪儿啊？"

司官答："是空房的大堂。"

弘晳皱着眉头想了想，骤然急了，"空房不是审讯宗室罪犯的地儿吗，你们这些王八蛋怎么把我搞到这儿来了？"

司官紧着陪笑脸，"理亲王哟理亲王，您哪儿是宗室罪犯呀。您是大好人，一点儿罪过也没有。但宗人府就屁股大点儿地方，不在这儿问您，还真找不到更合适的地儿了。"

弘晳坐了下来，"行行行，问吧问吧。"

福彭在宗人府和都统署都办过案子，知道该问什么。

他咳嗽了一声，清了清嗓子，问："姓名？"

弘晳随口答："爱新觉罗·弘晳。"

　　他一抬头，看到坐在对面的居然是福彭，不由一愣，再看到福彭旁边做记录的是曹霑，更加吃惊。但也就是片刻，一看这阵势，心里全都明白了。

　　弘晳说："懂啦。"这声像是自言自语，其实也是说给对方听的。

　　福彭不动声色地问："旗籍。"

　　弘晳一指，"跟你一样，太祖的血脉，满洲正黄旗。"

　　福彭接着问："谁的佐领下？"

　　在满洲八旗，这是一句见面的口头语。就像英国人见面问天气，京城百姓见面问吃了没有一样，八旗中人见面，没几句话就得问对方在谁的佐领下。因为八旗中人的饷银俸米都是从佐领那里领的，所以这个问题包含的信息量很大，甚至把住址、随旗年代都包括其中了。

　　弘晳答："忘了。对了，还不是忘了，是从来没打听过。"

　　这也难怪。谁的佐领下对于普通旗人是至关重要的，而王爷从来不到佐领处关饷银俸米，所以对本佐领从来不往心里去。

　　福彭正色道："佐领是大清的父母官，你不应当忘记你的佐领是谁。既然你忘记了，本都统可以提示你，你是正黄旗第五参领第七佐领下人。当下的佐领是赵图额。你记住没有？"

　　弘晳说："记住了。"

　　福彭接着问："谁的佐领下。"

　　弘晳答："忘了。你刚才提醒了我，掉脸我就忘了。"

　　福彭无奈地笑了笑，"本都统下面跟你谈谈今天的正题。"

　　弘晳满不在乎。"正题儿早就该拿出来了。说吧。"

　　福彭看了看那张纸，一拍惊堂木，问："今年八月十二日，圣上二十九岁诞辰前一天，你让人从郑家庄将一件东西送到紫禁城，直接交到内务府衙署庄亲王处。这是一件什么东西？说！"

　　弘晳说："嚷嚷什么，嚷嚷什么，你使唤那么大嗓门干嘛，不就是一乘鹅黄肩舆嘛。"

　　福彭说："你既然承认是鹅黄肩舆，回答它是从哪里来的。"

　　弘晳挑衅地说："既不是偷的，也不是抢的，更没地方买去，我从京城里请最好的木匠到家里做的。"

福彭看着那张纸，微微摇了摇头，"且算是你请木匠到家里做的。弘晳！本都统问你，为什么制作成鹅黄色的？"

弘晳有点懵，"为什么制作成鹅黄色的？这也算个事儿。我是要作为圣诞日礼物进献给皇上的，当然要做成鹅黄色。"

福彭问："进献给皇上为什么做成鹅黄色的？"

正记录的曹霑不由抬头看了看福彭，他知道福彭是按照宗人府拟定的目录发问的，但是觉得这个问题问得太多余了。

弘晳像得了理，音量放高了，"平郡王，你问的纯属多余。既然是进献给皇上的，皇上的用品都是鹅黄色的，我只能让人做成鹅黄色的，做成别的颜色的不得烟儿抽。"

福彭看了看提示他的那张纸，"这就对了，既然你清楚这乘肩舆是按照皇上的规制做的。本都统问你，你进献的时候想过没有，如果皇上不收这乘鹅黄肩舆怎么办？"

弘晳愣了愣，颇为好笑地说："没想过这事儿。当真没想过。我的养女陈雨林被皇上封为黛贵人入宫了。有这层关系，本王爷进献给皇上一件肩舆，皇上怎么会不收呢。"

福彭重重地一拍惊堂木，喝道："本都统再问你一遍，如果皇上不收这乘鹅黄肩舆怎么办？"

弘晳好奇地盯着福彭手中的惊堂木。

盯着盯着，他急眼了。"平郡王，你要干什么？想拿我怎么样？你拿个破木头噼哩啪啦胡拍什么。我不是犯了罪被你们抓来的，说好的问我点事情就送我回郑家庄。闹了半天不是这么回事。你这架势是在审讯犯人呐！"

福彭哑巴了。他知道自己刚才的表现实在过分了，有些窘迫。

曹霑则更加窘迫，恨不得立刻钻到桌子底下去。

看到出现这种情况，两个司官急忙上来哄："哎呀呀呀，理亲王您是皇上的半拉丈杆子，皇上是您的半拉子姑爷，谁敢对您不尊呀，敬还敬不过来呢。""哎呀呀，理亲王您发什么脾气嘛，平郡王他横出毛病来了，又是定边大将军又是军机处行走又是都统的，呵斥底下人呵斥惯了，一不留神也用到您身上了，您别往心上去。"

弘皙满腹狐疑地看看两个司官，"行行行，你们两个小甜嘴儿，就别在这儿罗嗦了，滚一边去！"

接着，他并起剑指，点着福彭，"平郡王，你给我听着，在这个地儿，你不是判官，我也不是小鬼；你平素横惯了，我平素也横惯了；你他妈是王爷，我他妈也是王爷；你在军机处行走，我也在郑家庄当小霸王。你要问什么就板板正正地问。你要是再敢跟我撒野，我就对你耍蛮。咱们看谁横过谁了！"

福彭有些尴尬，看了看摆在眼前的纸，口气和缓了一些："本都统还是问同一件事，如果皇上不收这乘鹅黄肩舆怎么办？"

弘皙又要急，指着福彭面前的那张纸，说："平郡王，你这是什么意思？到底是什么意思嘛。你总是问我皇上不收怎么办。我没法子回答。你最好把底牌撂出来，由你说，皇上要是不收这乘鹅黄肩舆我应该怎么办。你要是说不上来，就照着你眼前的那张纸念。"

话说到这步，福彭只得摊牌了，干巴巴地说："如果皇上不收你的这乘鹅黄肩舆，你是不是得留下来自己用呀？"

弘皙紧着眨巴眼，"我自己用？"

他恍然大悟。"噢，闹了半天，你们的意思是，我照着皇家规制做了一乘鹅黄肩舆，其实是准备留给自己的。你们对这个事纠缠不休，猜仨赚俩的兜圈子，是不是这意思？"

福彭没有吭气，鼻腔中长长地喷出两管气。

两个司官面面相觑，也不敢吭气。

曹霑不再记录了，无可奈何地摇了摇头。

弘皙愈发愤怒了，"你们倒是说话呀。我弘皙打算拿个鹅黄肩舆在皇上面前虚晃一枪，然后留着自己使唤。挑明了，是要诬陷我，说我是废太子后人，作梦想当皇上，皇上当不成，就用皇家专用的东西过干瘾。你们绕来绕去的，不就是逼着我认这个帐吗。"

福彭身后的暖阁传出一个声音："弘皙，如果皇上没有收鹅黄色肩舆，可不就是这个结果吗，你自己留下来用。"

话说完，康亲王巴尔图走了出来。

弘皙看着巴尔图，说："我总觉得平郡王福彭是个魁儡，后头有个提线的。

原来在后头提线的是你这老小子。"

他从心底蔑视巴尔图，口气也透着鄙视。

巴尔图加重了语气，"如果皇上没有收这乘鹅黄色肩舆，你完全可以留下来，乘坐皇上才准用的鹅黄肩舆转来转去的。别人要是参你一本，你有话说呀，这是我弘晳进献给皇上的，皇上不要，我就用啦。"

弘晳歪着脖子笑了起来，"巴尔图，你说了一筐篓的废话，就你这样的货色，想整我，还嫩了点，你他妈差得太远啦。"

巴尔图等着他的下文。

弘晳学着对方的腔调说："'如果皇上没有收鹅黄色肩舆'，巴尔图，我明明白白地告诉你，皇上不是没有收，而是收了，收下鹅黄色肩舆的当日还给我写了几个字：'鹅黄肩舆收到。甚好。'怎么样，想不想到我府上看看去。明明是皇上收了的东西，你们还在那儿'如果皇上没有收鹅黄色肩舆'，你这老傻瓜不是在找骂吗，你还'如果'个鬼呀！"

巴尔图被噎住了，咽了几口唾沫，无言以对。

弘晳得理不饶人，对巴尔图喊道："再把话挑明一层，我阿玛是废太子，做过当皇上的梦。作为废太子的后人，我弘晳在这种事情上从来夹着尾巴的，不敢沾任何皇家的东西，不敢僭越也不担沉儿！就怕别人说我也做皇上梦。退一步说，如果皇上没有收这乘鹅黄肩舆，我也不会上你们的套，我一把火烧了它，也不会留着自己用！"

巴尔图有气无力地说："但愿如此吧。"

弘晳轻蔑地看看他，"巴尔图，我只能说你是草包一个。你给我记住，今儿个你是搬砖砸脚现眼了，以后长个教训，要是再给人下套的话，那个圈儿再编得圆点，没准儿还有个把傻瓜会往里钻。"

巴尔图往外走，"弘晳，你别嘴硬，你的事儿还不在这儿，咱们走着瞧。"

他走到门口停下来，吩咐说："安排轿子，送他回郑家庄。"

两个司官得令，随着巴尔图出门安排轿子了。

曹霑起身，到暖阁里面看看，没有旁人，说："舅舅……"

弘晳出手一搪，"甭价！别说了，什么都别说了。我明白你们的处境。半情半票，搁谁谁也难办。"

福彭看看左右，扬了扬手中的纸，说："这事儿恐怕不简单，你大概是让什么人参了一本。巴尔图说得没错，这乘鹅黄肩舆不过是找茬儿说事，大头还在后头呢。"

弘晳拍拍他的肩，"既然弄到我的头上了，恐怕你也得留点神了。"

司官跑进来，"理亲王，轿子到了，您请。"

弘晳大步走了出去。

九十二、养心殿－庄亲王府等－蟠桃宫－宗人府空房

乾隆四年十月的一个下午。

巴尔图跪在养心殿丹陛之前，神情激动，面色潮红，从怀里掏出一份奏折，高举过头。

太监过来，接过奏折，上得丹陛，恭敬地交到乾隆皇帝手上。

弘历懒散地倒在宝座中，把奏折随意翻了翻，眼皮耷拉着，慢慢悠悠地问："康亲王，你们宗人府又要告谁的状呀？"

巴尔图忽地直起上身，朗声道："宗人府经过数月明查暗访，掌握了确凿证据，证实本朝有一伙宗室企图谋逆，其为首者为庄亲王允禄、理亲王弘晳与都统弘升。宗人府议奏庄亲王允禄与弘晳、弘升、弘昌、弘晈、弘普、宁和等七人结党营私，往来诡秘。宗人府拟将允禄、弘晳、弘升革去王爵，永远圈禁。其余四人革去王、贝勒、贝子、公爵。请老主子明断。"

弘历大致翻了翻奏折，道："这七个宗室的事，宗人府唠叨的日子不算短了，也有不少朝臣对朕念叨过了。据朕所知，近年来胡说八道最多的，还不是这七个人，而是前抚远大将军允禵和前敦郡王允祯。"

巴尔图掏出手巾，擦擦脸上的汗珠，嗫嚅道："微臣丝毫不敢瞒圣上，近年来二位皇叔没少胡说八道，而且那七个宗室是跟着他俩跑的。但是，一来他们都是皇叔，岁数不小了；二来他们在先皇时已关押了十多年，刚释放三四年。有鉴于此，宗人府就不予追究了。"

弘历斜睨着他，丢过去两句："什么一来二来的，都没有说到点子上。二

位皇叔无职无权无兵无卒，蹦不了多高，这才是紧要。允䄉和胤䄉受了些委屈，骂咧子亦未尝不可，但如若骂出了圈儿，即便有那一来二来的，别管是不是皇叔，也别管过去关押过多久，一样要处置。"

巴尔图连忙磕头，"正是正是。圣上高明。"

宗人府之所以对允䄉和允䄉不予理睬，无非是两位皇叔清过来浑过去的，骂骂咧咧的都是前朝旧事，无涉当朝疼痒。宗人府精明，不愿意拿两个无权无势的老帮子让皇上为难，注重的是当前尚有政治能量，且握有权柄之人。

在宗人府看来，庄亲王允禄尽管也是皇叔，但身为辅政王大臣，在满汉大臣中炙手可热，因此被认为是这个有异志的宗室帮的头目。弘晳尽管言谈之恶毒远在允禄之上，但没有一官半职的，空顶个亲王虚名，因此在七人名单上被列为老二。至于弘升，在七人之中本来没有太大的份量，由于直接掌管火器营，有幸被列为第三把手。

深夜，在养心殿西暖阁中，阵阵秋风从门窗的缝隙中钻进来，烛光在微微跳动。弘历披着一件袍子，边思索着边奋笔疾书。

对于庄亲王允禄，他有些想不明白。允禄于雍正元年破例承袭庄亲王爵，乾隆元年命总理事务，为辅政王大臣之一，并兼掌二部，食亲王双俸，乾隆二年加封额外世袭镇国公。如此厚遇，怎么还不知足？对其余几位，他也有差不太多的想法，觉得这一干人都承受了各种恩典，又都是忘恩负义之徒。

针对宗人府所提的七人名单，弘历对每位加以评价，作出处置决定，整个处置水准基本比宗人府的建议降了一格。

弘历尽管笔耕不辍，颇具才华，但多是诗啊文的，在处理政务方面远没有皇考勤奋。胤禛的谕旨绝大部分是亲笔，弘历的许多谕旨则是由别人捉刀的。但是，针对允禄等七人的朱谕，系出自他的手笔。胤禛为人狭隘，借用京城的话，有些"促忌"。弘历为人略宽厚一些，因此至今读他的这些谕旨，仍然可以感到一种高屋建瓴的大气，洋溢其中的那种宽容气度，是其父胤禛所远远不具备的。

弘历书写朱谕完毕，外面的天色已蒙蒙亮了。

他伸伸懒腰，打了个长长的哈欠。待起身之际，想到一个细节，这七件朱谕在什么场合拿出来？在御门听政时颁布，恐怕不妥，处置的都是宗室中人，当着汉大臣的面说这些会让他们耻笑。让太监到各家传旨，范围是控制住了，但是威慑力度不够。那就由宗人府执行吧。

两天之后，康亲王巴尔图黎明即起，带人闯到毛家湾庄亲王府邸传旨。

允禄带着全家跪在院子里接旨。事先，他们一点风声也没得到，除了允禄略微有些惴惴不安，眷属们甚至以为皇上又有恩赏呢。

巴尔图背着手，悠哉悠哉地踱过来踱过去，留意着满院子跪着的人，不时有人偷偷抬头看他一眼，他却不动声色。人要是到了这步，或多或少都有些猫的心理。猫抓住耗子后且不吃呢，总要放在爪子下面玩儿上一阵，那是另外一种享受，或许比破膛吃耗子肉还带劲。

看看差不多了，这个小个子挂着洋洋自得的神情，从后腰麻利地抽出卷轴，又用一个纯熟的动作刷地展开，摇头晃脑地朗朗读道："庄亲王允禄，受皇考教育恩深，朕即位以来，复加恩优待，特令总理事务推心置腹，又赏亲王双俸，兼支额外世袭公爵，且畀以种种重大职任，俱在常格之外，此内外所共知者。乃王全无一毫实心为国效忠之处，惟务取悦于人，遇事模棱两可，不肯承担，惟恐于己稍有干涉，此亦内外所共知者。至其与弘晳、弘升、弘昌、弘晈等私相交结，往来诡秘，朕上年即已闻之，翼其悔悟渐次解散，不意至今仍然团结。朕思王乃一庸碌之辈，若诏其胸有他念，此时可当料其必无，且伊并无才具，岂能有所作为？即或有之，岂能出朕范围？此则不足介意者。但无知小人，如弘晳、弘升、弘昌、弘晈辈，见朕于王加恩优渥，群相趋奉，恐将来日甚一日，渐有尾大不掉之势，彼时则不得不大加惩创，在王固难保全，在朕亦无以对皇祖在天之灵矣。庄亲王从宽免革亲王，仍管内务府事，其亲王双俸及议政大臣、理藩院尚书俱著革退。"

允禄听罢，目瞪口呆。他万万想不到，和弘晳等人的来往会引起皇上这么大的警惕，一夜之间，他从辅政王大臣成为宗室小集团的头子。

他吃力地撑住膝盖，慢慢地站起来，仰面往往澄澈的苍穹，心渐渐地静了下来。转念想想，皇上警觉宗室抱团渐成"尾大不掉"之势，也有几分道理，况且对他还算手下留情，没有怎么大动，亲王爵和内务府两个大头都留下了，只免掉些无关紧要的职位。他心疼的是亲王双俸丢了，一年少了上万两银子。

他拧着脖子一咬牙，认了。

他的眷属却不知怎么回事，如遭遇到飞来横祸，刹那间乱了营。女人们胆子小，况且都带着雍正朝大面积抄家的可怕记忆，以为乾隆皇帝也要走先皇的路，掀起一波抄家浪潮，哭哭啼啼地东躲西藏，有的开始盘算如何披藏细软。但是再一看，康亲王一兵一卒没带，只带着宗人府的几个官员，宣旨之后，人家又晃晃荡荡地出门走了。

巴尔图等离开庄亲王府之后，到朝阳门内怡亲王府，弘昌与弘晈已接到通知，在家中静候接旨。巴尔图撇拉着罗圈儿腿，摇晃着身子进来后，这哥儿俩撇撇嘴，露出不屑之色。

京城百姓将矮个子男人称为矬巴子、矬地炮、地出溜儿什么的。巴尔图的的个子本来就矮，加之为人有些猥琐，整个人品更显渺小。弘昌、弘晈、弘晓拿他从来不当回事，称之为"地出溜儿亲王"或"矬地炮王爷"。这个称呼传到巴尔图耳朵里，气得他鼓鼓的。

对怡亲王允祥的后人，弘历有一股子发自心底的蔑视，在朱谕中言语刻薄，处理反倒较轻。这就让巴尔图找到了下嘴机会，他在庄亲王府不敢太端架子，到了这儿架子端得足足的，连圣旨都不愿认真宣读，而是边数落着边读，其中不乏插科打诨。他向跪着的哥儿俩说：

"弘昌，就你这窝囊废，却受益非浅，在雍正元年封贝子，乾隆初加封贝勒，可你还不知足，居然跑到白家疃怡贤亲王祠去出拱子，哭完了阿其那又哭塞思黑，专戳皇上的肺管子。你小子翻错了眼皮！你阿玛允祥是雍正朝的王爷表率，本王爷纳了闷儿，允祥怎么生出你这么个大差离格儿的儿子，傻头傻脑，蠢到家了。弘昌！你还别瞪眼，说你又傻又蠢又笨，不是我的话，是皇上的话。好好听听皇上怎么说的，弘昌'秉性愚蠢，向来不知率教，罪情甚属可恶。革去贝勒。'听到没有，打今儿个往后，你的贝勒没啦，就是个闲散宗室。还不快点谢恩！"

弘昌咬牙切齿地磕了个头："罪人弘昌谢恩啦。"

他的嘴凑在地上小声说："操你个矬巴子祖宗八代！"

巴尔图一指，"还有你，弘晈。雍正八年封你为宁郡王，你和你哥一个臭德行，大拉忽一个，装了一肚子糠，成天价琢磨怎么讨庄亲王欢心，混在一起打连恋，臭吃臭喝，虫虫蚁蚁的。你别不乐意听，这不是我的话，是皇上的话。好好听听皇上是怎么说你的：'弘晈乃毫无知识之人，其所行为甚属鄙陋，伊之依附庄亲王诸人者，不过饮食燕乐，以图嬉戏而已。''弘晈本应革退王爵，但此王爵系皇考特旨，令其永远承袭者，著从宽，仍留王号，伊之终身永远住俸，以观后效。'"

弘晈听懂了。雍正八年允祥辞世后，雍正皇帝在悲痛中表示，怡亲王爵永远由允祥后人承袭，同时表示弘晈的宁郡王爵永世罔替。由于先皇留下了这个话，他才得以保留宁郡王王爵。但这个王爵今后将是虚的，各级王爵每年都有数千两至上万两银子的王俸，而他落了个"终身永远住俸"，一辈子没有王俸，和普通旗兵一样靠饷银俸米为生。

弘晈眼里冒着火星子，磕了个头，"罪人弘晈谢恩啦。"

头往地上一撞，他想起一个茬儿来：今后如若不从白家疃祭田那里弄些接济，全家老小就得他娘的喝西北风了。

巴尔图随后到位于东直门左近的弘普府邸。

弘普自从被封为贝子后，就搬出了庄亲王府，自立门户。他的官职是銮仪卫使，掌管皇帝、皇后出行的卤簿、仪驾，类似于国家仪仗队的副总指挥。

到了弘普贝子府，巴尔图没有过于嚣张。他从朱谕中多少掂出了份量，皇上向来看不上怡亲王允祥留下的哥儿仨，对弘昌、弘晈的措辞刻薄，视为两个昏吃闷睡的大傻子，相较之下对庄亲王的儿子弘普较有分寸。为此，巴尔图到了弘普处，也有几分收敛，只是平和地宣读了圣旨。

皇上称弘普"不能卓然自立"，革去贝子和管理銮仪卫事。

巴尔图随后到宁和家。宁和本来就是个胆小怕事的懦窝子，巴尔图来到后，看到他那怵怵怹怹的样子，也没有往高里蹦。皇上称宁和的镇国公是通过谄媚庄亲王拣来的，仅仅要求革去镇国公。但是，宁和的公爵究竟怎么拿掉，弘历耍了个滑头，在朱谕中责成庄亲王决定。而允禄后来对这事不吭不哈，所以等于没有给宁和处罚。

一天跑了四处，巴尔图累得够戗，吩咐众人打道回府。

第二天一大早，他带着宗人府掌控的捕役直扑弘升的住处。

弘升是恒亲王允祺的儿子。允祺是康熙皇帝第五子，即当年的五阿哥。恒亲王府在朝阳门内烧酒胡同。巴尔图到了恒亲王府也不要贫嘴了，招集弘升全家跪下，绷着面孔，厉声宣读圣旨：

"前火器营总管弘升，且聆听谕旨：'弘升乃无籍生事之徒，在皇考时，先经获罪，圈禁后赦宥，予以自效之路。朕复加恩用之都统，管理火器营事务，乃伊不知感恩悔过，但思暗中结党，巧为钻营，可谓怙恶不悛者矣。照宗人府议，永远圈禁。'"

在这个被指为谋逆的"宗室俱乐部"中，乾隆皇帝对弘升采取了最重的措施。弘升听罢，脑瓜子一阵发懵，还没等明白过来，就被捕役架着膀子拖走，从此算是圈禁了。

宗人府所说的"永远圈禁"，并没有说是在高墙圈禁还是在家圈禁。但不管是前者还是后者，弘升一辈子的命运定夺了，就两条：或是永远在家里呆着不能出门，或者是在某处的高墙圈禁。高墙圈禁有些像法国的巴士底狱，巴士底狱是人间最黑暗的角落，这儿的典狱长对犯人没有刑期的概念，以法兰西国王的名义，想把犯人关多久就关多久，如果国王忘记了某人，某人就得永远关押下去，直至从地牢走进地狱。

最后，巴尔图带着宗人府官员和捕役，浩浩荡荡杀向郑家庄理亲王府。

下午到达时，弘晳全家都在等候。

这一次，巴尔图抬手举足都横着膀子，小人得志的那副嘴脸暴露无遗。

弘晳全家跪在那里，他翘着二郎腿坐着，品了品茶，呸呸喷出茶叶梗子，又高扬着脸，喝喽喝喽地用茶水嗽了嗽喉咙，用白手巾点点嘴角，这才慢条斯里地拿出圣旨，喊道："弘晳！"

弘晳抬起头，应道："在。"

巴尔图颐指气使地说："上次在宗人府空房审讯你时，问你鹅黄肩舆的事情，你不知好歹地跟我嘴硬。这下，你听听皇上是怎么说的。嘿，皇上还真成全你了。接旨！"

弘晳和家人的头一下子全都俯在地上。

巴尔图运足了气宣读："弘晳乃理密亲王之子，皇祖时，父子获罪，将伊圈禁在家，我皇考御极，敕封郡王，晋封亲王，朕复加恩厚待之。乃伊行止不端，浮躁乖张于朕前毫无敬谨之意，惟以诌媚庄亲王为事。胸中自以为旧日东宫之嫡子，居心甚不可闻。即如本年遇朕诞辰，伊欲进献，何所不可，乃制鹅黄肩舆一乘以进。朕若不受，伊将留以自用矣。今事迹败露，在宗人府听审仍复不知畏惧，抗不实供，此尤负恩之甚者。弘晳著革去亲王，不必在高墙圈禁，仍准其郑家庄居住，不许出城。其王爵如何承袭之处，著宗人府照例请旨办理。"

从乾隆皇帝的谕旨来看，他对弘晳保持着极大警觉，缘由在于弘晳是"旧日东宫之嫡子"，有翻变天帐的潜在苗头。但是，宗人府在审讯弘晳之后，并没有抓住弘晳"自以为旧日东宫之嫡子"的任何把柄，弘历颠过来倒过去的，仍然是拿个鹅黄肩舆说事。正如后世的《清代宫廷史》中指出的：在进鹅黄肩舆一事上，弘历未免有些血口喷人了。

巴尔图宣读完了，很是遗憾，很有些意犹未尽。弘晳没有被扔进高墙，仍然居住在郑家庄，而且没有住俸，太便宜这家伙啦。

弘晳问："圣旨读完了吗？"

巴尔图颇不情愿地说："完了。"

弘晳说："谢恩啦。"

他说完就站了起来，头也不回地走了。

随即，吴青卿和家人也拍打拍打身子站起来，而后各走各的，各忙各的，好像什么事情也不曾发生。

巴尔图满心指望的哭天嚎地的景象并没有发生，令他好不扫兴。

他不明白，真的不明白，废太子的后人挨整都皮实了，全家人时刻等待着皇上对他们翻脸。当皇上翻脸这一刻来到后，不说这一家子心理承受能力特强，但他们要拿着那股劲。要哭要喊要嚎，等巴尔图走了再说，起码在"地出溜儿亲王"面前不能露怯。

乾隆皇帝对允禄为首的七人的惩治，在今人有关著作中，称为"对宗室中有可能危及皇权之人的处置"。乾隆朝比起雍正朝平静得多，比起雍正朝的"年、隆、阿、塞狱"，眼下这桩"治庄亲王允禄与弘晳等谋逆案"简直是小菜一碟。但是乾隆朝六十余年，以一定规模打击宗室事件仅此一桩，清室内部形成气候的"反对派"也仅此一个。应该说，在弘历执政的早期，这是一件很大的事情。尽管朝廷尽量掖着藏着，不愿意引起外间议论，而一旦消息传开，便引起了最大轰动效应。

十月中旬，皇上照例到避暑山庄附近的围场行猎。按照行程，在对允禄等宣读圣旨后，弘历准备动身之前，特意了解各家反应：弘升被圈禁无须多说，服气也罢不服气也罢，就是混吃等死了；庄亲王允禄表面上痛心疾首，像要将功补过，也就是面子上的事；宁和像只受到惊吓的兔子，缩回洞里，力求人们遗忘他，保住他的公爵；弘昌、弘晈装得满不在乎，暗地里在找饭辙，不是填饱肚子的饭辙，而是继续吃喝玩乐的本钱；反应最激烈的是弘普。这位前国家仪仗队副总指挥耿耿于怀，想干些什么出气。据《永宪录》，就在弘历上路前夕，有告密者告发弘普"有密谋"，为了防止万一，弘历连夜下令逮捕弘普，"锢高墙"，次日銮驾照常出发，以安定人心。

皇上行猎去了。而在郑家庄，昔日欢欢势势的理亲王府蔫巴了，连个鸡鸣狗叫都听不到，整个大院子像是死过去了。

宗人府在昔日的理亲王府附近布置了细作。这是例行公事。皇上既然对弘晳有"不许出城"的明示，那就得有人盯着。整整一个来月，除了一个相公模样的人，基本上没有外人敢来昔日的理亲王府。

据宗人府细作跟踪密访，那个相公是吴青卿在江南太仓的亲戚，姓吴名令邦，是来京城参加科举会试的，对京城政情一无所知，住在南城，钱不够花了，来找表姑借钱。

京城风云莫测，却有不少吴令邦这样的人，也不知道是读书读傻了，还是把自己太当回事了，不管人家家里出了多大的乱子，该上门还是上门，该张嘴还是张嘴，该伸手还是伸手。

十一月底，天气越来越冷了，这天上午，吴令邦又来了，还带来一个六十多岁的老汉。老汉的长相倒不像是从江南来的，长化脸儿，稀稀拉拉的几根花白胡子，有几分仙风道骨。这两个人是骑驴来的，是在京郊和城里那种拉趟活儿的脚驴。下午，这两个人骑驴离开了郑家庄，细作一直尾随，跟到外城太平宫，原来老汉住在太平宫里。

太平宫俗名蟠桃宫，在东便门内大街南每月初一、初二、初三为庙会，庙会上少不了算卦的。细作一打听，这个老汉是太平宫里一个小有名气的算命先生，名为安泰。

宗人府的官员都是雍正朝甚至康熙朝的过来人，一听是算命先生，马上想到了康熙晚年的"康节先生传人"张明德，立即上报康亲王巴尔图。巴尔图毫不犹豫，一个字：抓。这样，安泰夜里在太平宫睡觉时，稀里糊涂地被抓走了，扔到宗人府空房号子里。

司官本来是拉足了架势要夹讯的，但问了几句话就全都清楚了。原来吴令邦去郑家庄找表姑借钱时，表姑说表姑父眼下大难临头，命运叵测，想找个算命先生来家里推卦。殊不知，那些来京城科举考试的相公们对能否中第没有把握，都曾经找算命先生推卦，其中以太平宫的安泰推算得最准，安泰的最大业绩是曾经推算出两个探花，从此在南城颇有名气。吴令邦认识太平宫的安泰，把他带到了郑家庄。安泰跟弘晳没谈多久，弘晳留他吃了顿午饭，他就骑驴回去了。就这。

凡过来人都记得，康熙年间在菜市口砍相面人张明德的头，在朝野引起轩然大波，当日万人空巷，菜市口被围观者挤得水泄不通。打那之后，算命先生倒了邪霉，成为要案中的一根敏感神经。不管权贵或宗室中出了什么事，只要有算命先生掺乎进来，各方面就会立刻绷紧弦。

安泰被抓的一个直接后果是，正白旗满洲都统福彭和都统署俸饷房笔帖式曹霑又来到宗人府空房的大堂，准备审讯弘晳。

与上次不同的是，这次加强了力量，乾隆皇帝把心腹之一讷亲派来了。讷亲是满洲镶黄旗人，钮祜禄氏，康熙大臣遏必隆的孙子。雍正朝的军机大臣，历任镶白旗、镶黄旗满洲都统。弘历即位，庄亲王允禄、果亲王允礼、张廷玉、鄂尔泰等为辅政王大臣。乾隆元年，允礼因事罢双俸，三年卒，讷亲顶缺，也成为辅政王大臣。时任吏部尚书、军机大臣。

讷亲是一个重量级人物，按说资历比福彭深得多，但在史籍中，就这次审讯弘晳，福彭的排名在讷亲之前。

这时是十一月底，大堂里面很冷。尽管生了几盆炭火，里面的人仍然冻得够呛。曹霑研墨时，水里面都有些冰渣子。

棉布门帘撩开，弘晳被宗人府的捕役带了进来。

仅仅两个多月没见，他的变化很大，脸色灰白灰白的，胡子拉茬，而且有点白胡碴子，两只眼睛本来就不大，缺乏神采，这时更像是死鱼眼了。他平日爱穿绫罗绸缎，这会儿穿着极素，京城的话叫粗布蓝布大白布。

弘晳的生卒年份在史籍中无考，身为废太子嫡长子，生年应该是在康熙三十五年或者之后一两年，这时不过四十二三岁。他的面相本来并不嫌老，但是昔日那股子拔扈张扬的劲头没有了，人一发蔫儿，老态就随之带出来了，看上去像是奔五十岁的人。

福彭与讷亲共同坐在书案后面。两个人的分工是，福彭在左，为主问，讷亲在右，补充发问。记录也从一个变为两个，曹霑和宗人府的一个笔帖式使用另外的书案做记录。

姓啥名甚、旗籍佐领的问完了，很快就切入了正题。

福彭问："弘晳，知道为什么叫你来吗？"

弘晳回答干脆，"不知道。圈禁在郑家庄，每日读书反省，大门不出二门不迈，比老娘们儿还守规矩，不知道叫我来干什么。"

福彭问："你不出门，有人上门来找过你吗？"

弘晳有气无力地回答："找过。内人的表侄从江南省太仓来京参加会试，来看望内人，顺便借几个钱。"

福彭问："除了这个吴令邦，还有什么人？"

弘晳稍微愣了愣，"吴令邦？实话说，内人表侄的姓名连我都叫不上来，你们倒是这么清楚，想必是在我的府邸周围安插了细作。"

福彭说："我们什么都清楚，至于是不是细作打听的不是你考虑的。我只问你，除了这个吴令邦，你还见过什么人？"

弘晳说："吴令邦第二次来，带来个算命先生，是太平宫的名嘴安泰。"

福彭说："是个算命先生？"

弘晳说："是的。"

福彭问："你让安泰算什么事情？"

弘晳说："总共扯了半个时辰，问了四件事。"

福彭说："一件一件地交代。"

弘晳回忆着说："头一件事，我问安泰，准噶尔部会不会打到京城。安泰说我是杞人忧天，噶尔丹策零现在对大清友好，不会轻举妄动，但求与大清谋和时多捞些草场就很知足了。"

福彭与讷亲都在军机处行走，安泰所说与军机处掌握的情况差不多。实际上，自从雍正末年清廷与准噶尔部罢兵之后，双方一直在就边界纷议，而且最近和议始就，在草场划分上达成了协议。

弘晳看讷亲与福彭没有说话，便接着说："我问安泰的第二件事是，天下可否太平。其实问的也是多余。准噶尔部不会来找麻烦，天下当然就太平啦，所以安泰也没多说什么。"

福彭与讷亲这时不便多说，不约而同地向弘晳点头，示意接着说。

弘晳接着说："第三件事，我问安泰皇上的寿命有多长。安泰说具体的寿命不好说，反正皇上是高寿。"

一直没有说话的讷亲突然发问："为什么要问这事？"

弘晳却很从容，"我的养女嫁给皇上，封黛贵人，我当然要关心圣体安康。况且，大清入关后，顺治帝才活了二十几岁，康熙帝六十几岁，雍正帝不过五十几岁，这三代皇上没有一个是高寿的。我即便是带罪之身，也盼着当今圣上高寿。仅此而已。"

福彭和讷亲对视一眼，认为勉勉强强说得通。

弘晳接着说："最后一件事，我问安泰，我是否还能解脱。我之所以问这个，是因为刚被革去王爵，圈禁在家，心里惶惑不安，本意是问皇上会不会看在黛贵人的份上放我一马。"

福彭问："安泰是怎么说的？"

弘晳沮丧地说："安泰排了我的八字，说能不能解脱不好说，但是会从郑家庄搬到紫禁城左近居住，或者干脆就住在大内。"

讷亲好笑地说："皇上、皇子和太监才住在大内呢，你也住在大内，是不是想当皇上呀？"

弘晳自嘲地笑了笑，"我只是把安泰所说告诉你们。带罪之身，但求皇上给罪人留一条狗命，在郑家庄终老。除此而外，别无它念。"

福彭与讷亲紧着翻了翻审讯安泰的口供，与弘晳供述的基本上一致。

再问多了也不会有新东西了。这天的审讯到此结束。

乾隆皇帝从避暑山庄回来，在养心殿安顿下来。十二月初六，宗人府根据福彭与讷亲对弘晳的审讯，将一份奏折送进养心殿。

在暖阁，弘历盘腿坐在炕上，阅读宗人府奏折："弘皙听信安泰邪术，曾经问过安泰，准噶尔能否到京？天下太平与否？及皇上寿算如何？将来我还升腾与否？口供确凿，殊属大逆不道，应照例革其宗室，拟绞立决，其家产妻子如何办理之处，交宗人府另议奏。安泰造作妖言，谈论国事，拟以立绞。"

宗人府的这道奏折是巴尔图亲自草拟的，其中动了一个关键性字眼，将弘皙供状中的"解脱"改为"升腾"，从而与"旧日东宫之嫡子"挂上钩，意思是弘皙被圈禁在郑家庄仍然在做皇帝梦。因此宗人府杀气腾腾的，要求立即处死弘皙和安泰。

弘历仍然掌握着分寸。他据此下谕旨称："弘皙听信邪说，其所询问妖人之语，俱非臣下所宜出诸口，所忍萌诸心者，拟以大逆重典以彰国法，洵属允当。但朕总念伊系皇祖圣祖仁皇帝之孙，若革宗室，置之重典，于心实有不忍，且伊亦不过昏庸无知之人耳。着从宽者免其死罪，但不便仍留在郑家庄，着拿交内务府总管，在景山东果园永远圈禁。"

至于弘皙的妻子，弘历在同一谕旨中也明确下来，交给弘皙的一个儿子管束。这个儿子在乾隆元年被封为辅国公。

谕旨下达次日，九门步军奔赴郑家庄。这次动作很大，宗人府将昔日的理亲王府封闭，家人遣散，弘皙和吴青卿带回城里，弘皙被押往景山东果园圈禁，吴青卿被送往弘皙儿子家中管束。

或许落井下石会带来一种快感，而且这种机会并不多，清朝官员有痛打落水狗的陋习。弘皙被高墙圈禁次日，即十二月初九，康亲王巴尔图乘着余兴又一次奏报，称"弘皙大逆不道，乞正法"，同时要求严惩弘皙的妻子。当夜，弘历又一次秉烛亲书回复对弘皙的处理意见。

这一次，弘历莫名其妙地提出弘皙关着门"仿照国制"、设会计司、掌仪司等问题，这都是过去从未涉及的。而且除了扣帽子之外，笔下言之无物。尽管如此，他仍然坚持从宽免死，其原因是"于东果园永远圈禁，是亦与身死无异"。但在另一个大问题上，弘历倒退了一大步，这就是同意将弘皙及其子孙革除宗室。

二百多年过去了，后人回顾这个案子，总感到是一出戏。在这出戏里，康亲王巴尔图唱红脸，弘历唱白脸。正如后世清史专家指出的：此案以庄亲王允禄与弘皙等结党营私，往来诡秘开始，当初仅仅是说这伙子人扎堆"饮食燕乐"，并无具体内容，更没有涉及政治内容，结案时允禄等都无大过，只是弘晳被永远圈禁了。"这一案件的明显目的是为了除掉弘晳，弘历手段之毒辣，亦不亚于其父，但由于政治斗争形势不同，处理方式也有所不同。"

乾隆四年即将过去，时值隆冬，狂风怒号，弘晳被押解到景山，扔到"东果园"的高墙之中，在里面冻得缩成一团。安泰说弘晳将从郑家庄搬到紫禁城左近居住，或者干脆就住在大内，果然没有说错，只不过是在大内高墙圈禁。这真是个天大的笑话。

离开郑家庄的温柔乡，离开沸腾的人间生活，弘晳是何等心境，后人无从想象。但是，当他抱着膝盖缩在墙角旮旯时，身心并没有垮掉。他是清雍乾时期最特殊的人物，在他的身上凝结了一段有滋有味的宫廷史：雍正皇帝对废太子的若即若离；乾隆皇帝对理亲王弘晳的揪揪扯扯；胤禛、弘历父子对废太子父子，延绵数十年的警惕与戒惧。这里面的纠纠葛葛、恩恩怨怨，堪成一部书。是好书或赖书难说，但绝对不是索然无味的书。面对高墙，弘晳并没有闲着，而是在想事。这是他四十多年来第一次回首平生。

九十三、褡裢儿居－顺天府署－广渠门蒜市口小院

乾隆五年二月初，春寒料峭。

南城有一种低级饭馆，供应小吃或百姓家常菜肴，使用大盘子大碗，通常称为"大碗居"。清人没有连锁店的观念，"大碗居"只是代表个层次，况且开"大碗居"的人远远没有人家美国麦当劳老板的眼力和财力，这个层次的饭馆都是各自为战，各有各的名号，而且名号一般都土得掉渣儿，突出人人吃得起的平民性，以招揽平头百姓入内就餐。

右安门左近有一家"大碗居"，名"褡裢儿居"。它的门脸简陋之极，连个像样的招牌都没有，里面有六七张破桌子，二三十把破凳子，别看样子寒碜，客官经常挤得满满登登的，几乎掉不开身子，而且多是回头客。

褡裢儿火烧是京城的一道有名小吃，略似"锅贴儿"或炸饺子。薄面作皮，包成长条形，连排地放在铛上，加油加水烹炸而成。

这天中午，福彭、曹霑和一个瘦瘦的中年男子缩在"褡裢儿居"的旮旯里，边吃边聊着，毫不引人注意。

按说福彭这种军政大员是不会到这种窄窄巴巴的地方吃饭的。福彭之所以来，是那个瘦瘦的男子提出来的，他叫奎成，福彭提出请他吃饭，他点着名要吃褡裢儿火烧，说想的就是这口，于是钻到这儿来了。

"褡裢儿居"招揽顾客的法宝是主随客便。三位客人提出要喝温温乎乎的酒，掌柜的就在他们的桌子旁边支了个小铁炉，用佘子热酒。佘子是一种有柄的细长小铁筒，一般是用来烧水的，可以深深地插入炉火中，能将水很快煮沸，如

果用来热酒，效果也同样理想。

褡裢儿火烧端上来，吱儿吱儿的冒着油，热腾腾的酒从佘子里倒进大碗，两样轮流下肚子，他们边吃着喝着边聊天，聊的都是乌里雅苏台大营旧事。

那时，奎成是定边大将军福彭手底下的参将，也与曹霑打过交道。尽管聊的都是旧事，但旧事中掺着热血衷肠，都还保持着新鲜印象，越聊身心越投入，有的事情竟然恍如隔日。

门外传来小贩凄凄惶惶的叫卖声。"豆汁儿——粥，豆汁儿——粥。"

豆汁儿是独具京城特色的饮用小吃，用绿豆磨细制作粉丝，添加淀粉等所剩余的残渣，加水煮成粥状，色灰绿，味道酸，可用辣咸菜佐食。卖豆汁儿粥的，多盛于大木桶内，用独轮小车推运，附带卖咸菜、烧饼、油果子。

京城吃家在豆汁儿面前分成泾渭分明的两大派，爱喝的就爱得不得了，不爱喝的见着就反胃，恨不得要呕吐。

赶上这几位都对豆汁儿有一种特殊情愫，不是爱喝，而是在最苦的日子里念叨过它，对它凝聚着比口味更为绵长的追忆。

福彭隔着窗子，听着一遍遍的"豆汁儿——粥"，像是被唤醒了什么，说："奎成、曹霑，咱们仨一人来一碗。"

曹霑二话不说站起来，撩开棉门帘就出门了。

片刻功夫，他和那个小贩端着三大碗豆汁儿进来了。

走街串巷卖豆汁儿的分为生、熟两种，三大碗熟豆汁儿摆在三个人跟前，热腾腾地冒着气。三个人看着这稠糊的东西，并没有食欲，神情却渐渐地肃穆起来，身心似乎被拽到了遥远的天边。

福彭眯缝着眼睛追忆着："在乌里雅苏台大营，咱们想京城，想家人，想什么都是白搭，都在万里之外，那时是怎么说来着？"

奎成说："那时咱们聚在毡篷里，说见不到京城，哪怕来碗天子脚下的热乎豆汁儿呢。还有的舍命疆场的兵丁，临终之前说，回不了京城，见不到京城的家人，哪怕奔赴黄泉路之前喝碗热豆汁儿呢。"他说着就要掉眼泪。看得出来，这是个性情中人。

福彭端起碗，"热豆汁儿这不来了。咱们干了它！"

三个人仰起脖子，三碗热豆汁儿咕嘟咕嘟地下了肚子。

奎成放下空碗，用袖口蹭蹭嘴角，狠狠拍拍曹霑肩膀，"曹霑，我奎成大小是个知府，凭着定边大将军的面子，凭着咱们在乌里雅苏台的交情，你的事包在我身上啦！"

这顿"褡裢儿居"不是白吃的，而是有要事相商。

前些日子，戴铎从宗人府空房回来，放在内务府降三级继续使用，曹霑得到这个消息，就有些心慌意乱。毕竟，戴铎抓住他一点真东西，他怕戴铎接茬儿折腾他，那时他就想挪个地儿，到京城之外混个事。而自从弘皙被押到景山东果园高墙圈禁，他更觉得自己在朝廷眼里成了虱子跳蚤，在京城里是干不下去了，挪地儿的心思就更强烈了。

福彭这段日子也不好过。据有关史料，恰在处置弘皙那段日子，福彭手底下的两个披甲人跑到外地闹事。当年裁汰披甲人在廉亲王府闹事而引发的连锁反应，给京官留下的印象太深了。福彭争取主动，向内阁自请议处，甚至主动提出将其革职。内阁对他公事公办，提出交宗人府议处。弘历放了他一马，朱谕："知道了。平郡王不必交该衙门议处。"事情虽然躲过去了，从中可见福彭恐慌到了什么程度。

曹霑看出来了，表哥惶惶不可终日，自己暂时离开都统署也可以给表哥避避嫌。他把这层心思跟表哥说了，表哥深知京城险恶，也主张他到外地暂避一时。问题是去哪儿？离开京城也不要太远，多少对家里还有个关照，那就是到近畿之地，说白了就是到直隶省。

以曹霑的条件，适合外放当个小武职，本来应该走兵部任免这条路。但是满洲旗营都保留着兵民一体的关外遗制，这种体制造就了几乎清一色的父子兵，此一大家子与彼一大家子世世代代吃老旗营，咬上就不会松口。在武职官配备中，除将军、都统、副都统、总统大臣、参赞大臣、办事大臣由兵部报皇帝任免外，总管、总兵及以下的参领、副参领、佐领、亲军校、护军校、骁骑校等官都是老旗营自生自长、父老相携逐级提拔上来的，等于是世袭武职，外人根本无从染指。

曹家世代以内务府正白旗包衣佐领下人的身份谋出路。曹霑在上三旗包衣护军营范围内还能踢打一阵，而一旦被上三旗包衣护军营除名，脱离了内务府护军营系统，别的部队是不可能接收他这个外来户的。所以他只有在文职上寻觅出路。

清朝的中央人事管理机关是吏部。吏部班列六部之首，职掌是管理全国文职官员的任免政令，制定京城内外各文职官名额，或由吏部铨选，或由地方官报部任用。并按规制铨叙品秩，稽考功过，以定升降赏罚。

尽管有这套制度，但在封建制度统治下，用人行政均操之于皇帝，大官的任免吏部充其量只有建议权，最后定夺是皇帝一句话。地方中下级职官的任免，则操之于总督、巡抚等大员，吏部只是办理任免手续备案而已。这样，曹霑如果到近畿之地谋个文职小官，关键人物是总督或者巡抚一类，只要他们收，放到他们的底下，由吏部办理任免手续备案就行了。在这个系统，曹家第一得力亲戚福彭有办法。

福彭担任定边大将军时，有不少旧部，有几个从乌里雅苏台大营回来后放在直隶省任用。头几天福彭带着曹霑见了过去的参将、现在的顺天府尹奎成。奎成过去在乌里雅苏台大营就与曹霑相识，这次见面，看到曹霑愈发精明干练，一口答应向直隶总督推荐，放在顺天府担任文员。而后，就是这顿"褡裢儿居"。事情就在嚼着褡裢儿火烧，喝着烧酒和豆汁儿时定了下来。起码奎成是拍了胸脯的。

奎成在顺天府担任府尹，相当于知府，由于在天子脚下，官职名称有点区别，称为府尹。尽管在府尹之上还有个朝廷的兼管大臣，但多半是挂个虚名，顺天府的实权在奎成手上。顺天府与省里其他府不同的是，它接受中央政府和直隶总督的双重领导，府尹与总督之间没有隔着巡抚这一层，可以直接对话。在用人这一块上比较方便。

奎成言之不谬，回到顺天府之后，将曹霑的任用报直隶总督，由于上报的官职太不起眼了，总督衙门无须考核就报吏部，公文走了一个多月，吏部下文到直隶总督衙门，曹霑在顺天府的通州担任州同。但在吏部公文中，曹霑的名字改为曹天佑。

曹天佑这个名不是凭空来的。曹颙辞世时，馨玉怀着七个月的身孕。谁也不知道胎儿是男是女，曹家因此忐忑不安，后来馨玉生下个小子。不仅馨玉，也不仅曹家，整个江宁织造府都认为，老天保佑曹颙留下个独苗。在遗腹子正式命名之前,馨玉和江宁织造府的人就称呼他为"天佑"。这次曹霑活动挪地儿,福彭认为曹霑一名已在弘晳案挂号,为宗人府熟知,唯恐以曹霑之名报到吏部出现麻烦,干脆让奎成以曹天佑的名字上报。

曹霑要调动了。馨玉提出来,曹霑赴任之前和范湘韵完婚。这个意见得到众亲戚首肯,曹霑也同意。但是,他过去办婚仪被狠狠地伤过,想到大操大办的就一阵阵紧张,尤其是想到花轿就心惊肉跳的,于是决定小操小办,一切罗嗦事能免就免,连花轿都给免了。

范家住在左安门附近,距离曹家比较近。曹頫和范时铎忙了一天,纳采、纳吉、纳征、合八字全部完事,傍晚,他俩又到白云观请道士推算了一个最近的好日子,巧了,就在两天之后。他俩当下就把日子定了。

那天下午,范时铎老两口来了,曹宜老两口来了,吉金刚带着包衣营的几个弟兄来了。没有响器班,没有花轿,没有炮仗,没有人唱子弟书,范湘韵甚至没有戴红盖头,婚仪就算开始了。

馨玉和曹頫一通张罗,参加婚庆的聚在一起吃了顿饭。饭桌上喝了点小酒,没有人志庆,没有人说吉祥话,更没有人说五荤八素的段子,沉闷得很。沉闷的原因很清楚,曹霑在京城混不下去令人寒心,婚仪完了就要走人,大伙儿心里都堵得慌。

饭后,婚仪就算散了。送走了客人,馨玉、曹頫回了自己屋子,曹霑带着范湘韵回到东厢房,就算入了洞房。

洞房里好好赖赖算收拾了一下。打扫得很干净,点了两根红烛,窗户纸上贴了个大大的红双喜字,炕上铺着里外三新的龙凤被褥。大红大绿的缎子被面在烛光下闪闪发光。

曹霑不愿意看这副行头,掉开脸去。它们原本是为了他和陈雨林的婚仪置办的,两次铺出来又两次收回,重新打包放到炕柜里面。这是第三次拿出来了。包括那对红蜡烛都是如此。

窗台上摆着个弗朗西出产的自鸣钟。范家把自鸣钟当女儿嫁妆,是睿智举动,透着对曹家发自心底的关爱。

一个烧瓷的小天使俯在自鸣钟的顶部,满面笑容地看着按照时光运行的人间。这个洋玩艺儿有多少年了，没有人说得上来，还是李煦当年在宁波从一个弗朗西商人手里买的。馨玉带着它嫁到了曹家，曹霑自打出生后就在它的均匀的嘀哒嘀哒声中入睡。后来它被绥赫德的媳妇儿掠走了。而范湘韵嫁到曹家又把它带了回来。它老了，时针和分针走不动了，嘀哒嘀哒的声音也消失了。可是仍然那么珍贵，它凝结着曹霑的生命时光，那个烧瓷的小天使依旧满面笑容地看着他。

此刻，范家女儿默默地坐在炕沿上，低着头，有些局促地捻着衣角。

曹霑看看范湘云，本来以为她进了洞房会喜不自胜，没想到，这会儿她却是闷闷不乐、魂不守舍的。他突然意识到自己犯了个大错儿：他忽视了她。

在婚仪上，曹家的亲朋好友乐不起来，那是曹家的事情。可在范家没有那么多烦心事，人家嫁闺女是当个大事来办的，人家的闺女是满怀喜悦地来成亲的，可是没有花轿，没有亮轿，没有抢喜钱的，没有傧相，没有红盖头，没有起哄闹洞房的，没有惊动一条胡同，甚至隔邻隔壁都不知道这家在办喜事，总之没个婚礼的样子，人家是个啥心情！

曹霑懊悔得直搔脑壳子。自己心情差，怎么没想到人家是大姑娘上轿头一回呢。得了，别说花轿了，该大姑娘连个花轿的边儿都没有沾着。真是的，哪怕装也应该装出个喜庆的样子来。唉！现在说什么都晚了，事已至此是无法挽回了，还不一定怎么落埋怨呢。

就着烛光，他看看她，注意到她穿了条鱼鳞百褶裙。这种裙子上面打满洞裥，将其展开，每条细裥中间，都用丝线交叉串连，形似鲤鱼鳞甲，故名。

诗曰："凤尾如何久不闻，皮棉单夹弗纷纭。而今无论何时节，都著鱼鳞百褶裙。"诗表明这种衣式当时的流行程度。范湘韵穿衣服从来不随大溜，有时甚至着男装。让她赶这么一趟时髦不容易，可见她对婚仪的重视。

曹霑还发现，她的脸蛋也与过去不大一样，至于哪点不大一样，说不上来，只是觉得她的脸比原来光洁了。

范湘韵像是看到了他疑惑的神情，轻声说："我开脸了。"

开脸，是汉族女子出嫁前夕必须要做的一件事。至时，请儿女双全之妇女，口中念吉利之语，以两条线互相绞合，为待嫁女子拔除脸上的汗毛。讲究一些的请两个小男孩持红绿线对揖并揖。

当初，陈雨林嫁过来时，好像没开脸，她不懂，她的养母吴青卿也未必懂得。相比之下，范湘韵对出嫁好像更认真，做了周密准备，可是偏偏受到如此冷落。想到这儿，他不轻不重地扇了自己两个小嘴巴。

范湘云说："你出去一下，我洗洗睡了。"

他听话，拉开门出去了，来到当院瞎转悠。四下很安静，他听到屋子里投手巾的声音，哗啦哗啦撩水的声音。不大会儿，隔着窗户传来她的声音："可以进来了。"他又听话地回到屋子里。

她睡下了，被子把身体遮得严严实实的，虽然闭着眼睛，但看得出来有些紧张，随即一翻身子转向里面。

他简单地擦拭了几把，端着木盆出门，把水泼到院子里，回到屋子里上了炕，钻进被子之前，噗地吹灭了蜡烛。

他的性教育是娇妹开蒙的。自从那次之后，他又到过娇妹那里两三次，充分领教了一个妖娆妇人残存的魅力。正是在与娇妹的交往中，激发了他对范湘韵的欲望，是对她年轻的、硕壮的身体的渴望。

他的手不由自主地伸向她的两个丰乳。往日，她那对高高隆起像是要绷破上衣的乳房馋得他够戗。但是他的手刚刚触摸到，就被她的手啪地打开了。他以为她害羞，又伸过去，又被她的手啪地打开了。

她不高兴了。他一边猜测着，一边支起身子，用手背小心翼翼地碰碰她的面颊，果不其然，是湿的，是泪水。她在悄悄流泪。

他躺下来，明知故问："哭什么？"

她不回答，但喘息越来越重。

他问："生我的气啦？"

她说："没有生你的气，我生我爹娘的气，他们怎么给了我这么副五大三粗的胚子，压根儿就不中你的意，比那个黛贵人差远啦。"

他说："黛贵人都入宫了，别提她了。"

她说："就得提！我虽然没见过陈雨林，也听人说起过，该大的大该小的小，该鼓的鼓该圆的圆，要不怎能镇翻俩皇上呢。我有什么呀？大骡子大马，不招人疼不招人爱的。我这边挺当回事，开脸一根一根汗毛往下绞，你们这边根本不往心里去，随便聚聚撮一顿就算婚仪了。就是讨个偏房也没有这么浮皮潦草的。"她像个孩子般哭出了声。

晚上的喜宴喝了些酒，他本来就唇干舌燥的，忙于解释，更是嗓子眼冒火。"说句掏心窝的话，如果要找小妖精，我不会娶你，还不是咱们曾经在晏公祠生死与共。这比什么都当紧。"

她说："生死与共，说得好听，就拿这么个破婚仪打发我。"

他坐起来，双手搂着膝盖，"婚仪是不怎么样。但你也不想想，我有多难。雍正五年，先皇下令抄曹家，是你爹带着圣旨抄的，他最清楚，曹家是光着屁股滚回京城的。这些年，好不容易缓过来了，到了这乾隆五年，我们曹家眼瞅着又要玩儿完。不是因为这个，我不会离开圆明园护军营，不会离开都统署。我都惨到这步了，哪有心思操办像样的婚仪。"

她的哭声顿时收住了。月光如水一般包裹着她，她翻过身平躺着，眼睛闪着光，在想她从来没有想过的问题。

他自顾自地接着说："今儿个婚仪，弘晳舅舅没有来，他被圈禁在东果园；青卿舅母没有来，被软禁在弘晳的儿子家；老平郡王和曹佳氏没有来，我们曹家怕他家沾包，都没敢告诉他们；小平郡王福彭是我的表哥，对我的婚姻大事最上心，可是我诚心瞒着他，怕他跟我来往受连累，表弟结婚对表哥躲躲闪闪的，大伙儿心里别扭，谁还顾得上花轿那些事，谁还顾得上请响器班那些事。新娘子，您担待了。"

她睁圆了眼睛在想，眼睛里亮晶晶的。

他感到窝囊极了，说话时直想哭，"新娘子，我对不住你了。"

她撩开被子，像只猫一样出溜过来，悄无声息地趴到他的身上，半晌才小声说："哥，我错怪你了。"

他仍然坐着，抚摸着她的脊背，侧过脸望着窗外如钩的残月，"你没有错怪我。我一个在京城混不下去的人，你还愿意嫁给我，把你的今后拴在我这条破船上，我感激还感激不过来呢。"

她搂住他，"我早就说过，咱们是一条线儿上的蚂蚱。打今儿个往后，我再也不会错怪你了，可你也用不着感激我。"

他默默地念叨着这句话："一条线儿上的蚂蚱。"

他的巴掌摩挲着她的身体，久久地望着窗外，一缕浮云在残月旁游移着，对上苍的莫大敬意从心底油然而生。他说："我不感激你，我应该感激的是老天爷，在我这么难的时候，老天爷给我送来一个好老婆。"

她不干了，"谁是你老婆，这么难听。"

他问："你不是我老婆是什么。"

她娇嗔地说："是娇妻"。

他笑了，"大骡子大马的，还想当娇妻，瞧给你美的。"

她说："那怎么啦，我再粗再壮，你也是金屋藏娇。"

他越想越好笑，"曹家的破院子里藏了这么个'娇'。"

他愈发感到壮丫头憨得可爱，忽地弯下身子按住了她。

她极力挣扎着，"你要干什么，不行，不行。"

他呼哧带喘地把她压在身下。从这时起，他才开始充分认识她。别看她一天到晚像个假小子，双手抱拳称兄道弟的，好像是个浑不吝的主儿，其实一旦跟她动真的，她爆发出天大的羞涩，甚至伴随着莫大的恐惧。让她跨进女人的门槛，成为货真价实的老婆，真难呐。而一旦把她领进门，她就整个变了，变成长啸生风的母虎，变成奋鬃扬蹄的牝驹。

当天蒙蒙亮时，她睡着了。他翻身坐起来，披着衣服把窗户推开一条缝隙，浸浴着晓风带来的那股沁心的微凉，呢喃出一个字："家。"

几天之后，曹天佑背起行囊到通州赴任，担任州同。

红学研究这么些年了，可以确认曹霑是曹寅的孙子。据史料，仅知曹寅有一个孙子，即曹颙的遗腹子曹天佑。关于曹天佑，仅知他在乾隆初年担任过州同。《八旗满洲氏族通谱》载："曹天佑，现任州同。"

《五庆堂重修曹氏宗谱》载："天佑：颙子，官州同。"由于曹天佑的线索仅此一条，不妨用点笔墨谈谈州同是个什么官儿。

清朝，将知府的两个主要副职称为"佐贰官"，一个叫同知，一个叫通判，分管督粮、清军、捕盗、水利等事。知州也有"佐贰官"，称为州同、州判，前者为从六品，后者为从七品，各视事务繁简设置，无定员，分掌粮务、水利、防务等事。拿直隶省来说，直隶州和散州共有州同五十余人，州判六七十人。有的州连一个州同、州判也没有，重要州则有数个州同，数个州判。

通州是直隶州。在汉朝属渔阳郡，金朝天德三年置，是京杭大运河的北方终点，起这个地名，取漕运通济之意。通州最初辖潞县和三河县地。潞县以潞水命名，潞水即是今日所说的潮白河，是北运河的上游。元朝浚修通惠河，自元大都至通州城南为运粮要道。明朝，通州的范围有所扩大，连武清、宝坻亦包容在内。

清朝武职品级比文职高。护军校为正七品或从七品，京营护军校外放，品级微上调。曹天佑担任州同，品级当为从六品，比通常说的七品芝麻官略高，比小县的县太爷还强点。按照分工，州同的职掌是本州防务事宜，曹天佑是武职出身，应该说对口。但这一块是多重交叉，将军衙门下属的八旗、驻防各地的绿营都有防务职责，而总督衙门和巡抚衙门也自有直属军营，因此知府衙门的州同与知州衙门的州同，承担的只是本地区特殊的保卫工作，在沿海，州同的注意力是海防，在通州，州同的职掌就是漕运保卫工作。

清朝官员少，一个萝卜一个坑。州同本来是个蹲衙门的角色，而曹霑不习惯坐衙门，每天带着兵丁在通惠河到京航大运河码头巡逻，他愿意在河岸上走走，抒发思古之幽情。

微风吹过阳光照耀的河面，反射出点点余光，像谁在河中撒下了一把碎金。他在河边坐下来，凝望着河水，河床有些淤，一团一团的水草在水流中飘荡着，那蓝莹莹的天空，那羽毛一样轻柔舒展的浮云，全都浸泡在这粼粼的河水之中。

通州治所在京城正东，距离天安门不过三十里地。从广渠门蒜市口小院骑快马，半个时辰就能赶到。在通州担任州同的日子里，曹霑是平静的，反正事情不多，离家也不远，三五天就可以回去一次。如果没有其他事情发生的话，他这时就剩下一门心思了：生个儿子。

九十四、朝阳门内南小街－翊坤宫－通州潞河码头

乾隆七年春季。朝阳门内南小街。

幽静的小院儿里传出动听的古筝曲《阳关三叠》。

一个男人的手指在十三根弦子上娴熟地拨弄着，乐声飞上树梢，正在降临的黄昏变得慈爱起来；乐声飞出院落，空旷的胡同愈发显得通晓人情；乐声飞遍清堂瓦舍，连成片的屋脊纯净得像月光下的水面；乐声折返回来，把这所院子沉浸在高山流水的意境之中。

弹奏者是庄亲王允禄。在康熙皇帝的几十个儿子中，他以数学见长，玄烨鼓励他研习代数，还为他请了西方传教士教授开平方、开立方以及解多元多次方程。他对术数也有研究。中国古代数学与音乐密不可分，他由于精数学而通乐律，由于通乐律而学了好几种乐器，而最拿手的就是古筝。雍正朝，他总管内务府，大权在握，炙手可热，古筝这东西从他的生活中几乎被剔除。乾隆朝，他多少有些落难加落魄，古筝又回到他的身边，他重新把玩起来，用乐曲安慰心灵，排遣苦闷。

前几年，乾隆皇帝突然发起"治庄亲王允禄与弘晳等谋逆案"，把他整得够呛，虽然这两三年来内务府还让他总管，但是他被停俸五年，弄得很没面子，那些见风使舵的官员看到他失宠了，也不大听招呼了。

最让他难过的是儿子弘普难以回京了。乾隆四年十月弘历赴承德避暑山庄上路前夕，有人告发弘普"有密谋"，为了防止万一，弘历连夜下令逮捕弘普"锢高墙"。这件事查无实据，而弘历仍然不能饶恕弘普，从避暑山庄行猎回来，就

下旨将弘普降为骁骑校发配到乌鲁木齐军前效力，并且明示，不经降旨不得返京。最近弘普托人将嫡福晋、侧福晋接到乌鲁木齐，看样子只能在那儿扎根了。

一个月前，皇上令庄亲王允禄掌管乐部，谕旨称允禄是这方面行家，其实是把他绕在里面，从大的方面慢慢削权。对皇上的路子他看得很透，但是不大在乎。反正在内务府干得不顺，身心疲惫，让掌管乐部，每天领导吹拉弹唱，也正好休息一下。

乾隆皇帝要求一个懂音乐的王大臣为"管理大臣"。这一要求好像是专门冲着允禄来的，是为了把他支到无足轻重的衙门当头。允禄因此成为乐部第一任管理大臣。附带说一句，在允禄之后，再也没有王大臣兼任乐部管理大臣，改由懂音乐的侍郎兼理。

史料表明，允禄在乐部干得颇有成效，提出了改革礼乐的几条建议。例如，提出藉田礼毕所奏《雨炀时若》、《五谷丰登》、《家给人足》三章于礼不符，不应施于燕乐，当别撰；再如，提出《中和韶乐》应增笙为八，箫笛为四；另如，提出仿照《周礼》磬氏遗法，应制特磬十二，磬与钟俱为特悬。这些建议均被采纳。这是余话。

房间里飘着一股幽香，书案上摆着几个精美的玉雕，最引人注意的还是那个欢喜佛。在欢喜佛旁边的是娇妹。数年过去，她变化不大，风韵犹存，头发乌黑，依旧留着京城不多见的苏州髻。

娇妹仍然是老习惯，两只手叠在桌面上，尖尖的小下巴顶在手背上，目不转睛，目光有些迷茫，时不时地闪烁出火星。从根子上，她喜欢嗲声嗲气的江南小酸曲儿，《阳关三叠》这类千锤百炼的古曲对她反倒意思不大。她不是在听，就是为了看他。

雍正初年，允禄与娇妹是在廉亲王府结识。允禄自幼跟着八阿哥，这个习惯一直带到成年，由之尊重八阿哥的侍妾，没有把她当成哥哥枕头边上的小玩物。廉亲王倒了血霉，死于高墙之中。亲王的福晋们联起手把小妖精扫地出门。不完全是出于同情，由于娇妹等是李煦从江南买来的，且算是为表舅李煦找补，允禄让她随了内务府正黄旗包衣籍，靠饷银俸米度日。内务府里里外外，他说了算，收容她不费吹灰之力。这时的娇妹孤立无助，如同落水者抓住块板子就再不撒手。她有几分姿色，娇小玲珑，眉眼俏丽，没过多久就把他搞上了床。

就娇妹而言，征服他也不费吹灰之力。

本来是段露水姻缘，偷鸡摸狗的事情一般长不了，但从雍正朝步入乾隆朝，露水还没蒸发，到这时已维持十多年。这年允禄已四十八岁，娇妹也四十三四岁了，都已不再年轻，但娇妹是王爷侍妾的底子，在老爷子跟前撒娇任性惯了，甭管年岁怎么长，都像长不大的孩子，对允禄总保持着新鲜感。比新鲜感更重要的是，她是他的倾诉对象，一干烦闷统统说给她听，这时她就会露出精明江南妇人的潜质，细心冷静地给他条分缕析，甚至还有几分老辣，每每令他拨开乌云见太阳。

《阳关三叠》演奏完了，允禄由于太投入，累出了一身汗。

他站起来，离开古筝架子，疲惫地倒在床上。依照他的本意，休息休息就要走。在他这个年纪上，对那事的兴趣已经不大。

他无意中在枕头边上发现一件号坎，即是八旗下级军官的马甲。各部队的号坎不一样。他拿起看了看，看出这是圆明园护军营包衣营的号坎，为护军校、笔帖式等服。选定这种样式，还是他拍板的。

没等允禄张口发问，娇妹倒是先说话了，而且语调中带着挑衅意味："圆明园护军营的一个护军校拉在这里的。"

允禄说："护军校？年岁不会太大嘛。"

娇妹说："反正比你这老帮子年轻多了，火气旺着呐。"

允禄的问话并不带火气，"你跟他上床啦？"

她不满地撇撇嘴，"上床算个啥。你是亲王老爷，妻妾成群、儿女满堂的，我在你那里什么都不是，不能总为你守着，为你守着也没有道理。平日太寂寞了，也来过个把人。"

允禄说："那就好，那就好。"他是说的心里话。他们维系了十多年，他实在有些累了。如果有人来陪她，对他也是解脱。

她眉眼带笑，"想知道这个护军校是谁吗？说不定你还认识。"

允禄说："说不说在你，我倒是无心问。"

她倒在床上，钻到他的怀中。"我们这几个是李煦买来的，当然是廉亲王压着李煦买的。来我这儿的护军校，就是李煦的外孙。"

允禄情不自禁地笑了，"别胡扯了，想蒙我就换个别人。说别人我兴许不知道，轮亲戚礼道的，李煦是我的表舅，我对他的后代多少知道一些，他哪里有在圆明园护军营混事的外孙。"

娇妹着急了，"我怎么会蒙你呢。李煦有个女儿叫馨玉，馨玉的儿子曹霑不是李煦的外孙是什么？"

允禄一惊，从床上坐起来，"你说谁？曹霑？"

她问："你认识曹霑？"

允禄思索着，"知道，但是没有见过。这几年，曹霑这个名字总是往我耳朵眼儿里灌。到晏公祠掉包的就是这小子。这事干得大发了，救了理亲王全家的命。唉！我是真想会会他。听说他已离开包衣营了，我这个身份不便打听他的去向，他如果再来，你帮我约一约。"

娇妹带着遐想的意味说："我也盼着他来。认识他好多年了，他拢共也没来过三四回，恐怕是不会再来了。"

乾隆七年深秋时节。

紫禁城西六宫之一翊坤宫，它的前殿有一块弘历御笔匾额，为"懿恭婉顺"，后殿也有一块弘历的御笔匾额，为"懋端壸教"。它在这时的主人是贵妃高佳氏，同时居住有其他低级妃子。清制，嫔、贵人、常在、答应都没有自己的寝宫，都住在某位贵妃或妃下处。

黛贵人陈雨林住在这里的偏殿。

高佳氏和陈雨林在入宫之前就有过来往，陈雨林长期生活在江宁，高佳氏的父亲高斌在雍正朝兼理过苏州织造和江宁织造。在江宁地面上，够一定品级的汉族官员不多，逢年过节带着家眷团拜或串门。就在那种场合，陈雨林和高佳氏见过面，俩人年纪差不多，还聊过几句。当时她们谁也不可能想到，俩人会分别成为皇上的贵妃和贵人，以至住在一个庭院里。

东西十二宫中，翊坤宫最早安设了一样其他宫所没有的东西，那就是秋千。后来宫中定清明节为秋千节，坤宁宫与后宫的其他宫皆比照翊坤宫安秋千一架，宫人相邀嬉戏，至立夏前一日为止。

这里曾经飘荡着宫人荡秋千的欢声笑语。但在深秋时节，风沙照例蒙暗了天空，庭院中除了风声，没有其他声音。甬道两侧的花草已经凋谢得差不多了，毫无遒劲之韵，更不消说在西风中偃俯的样子。旋风在平地上卷起尘沙，黄地红斑的落叶在庭院的拐角处急速地打几个旋，又嘶嘶啦啦地随风擦着地皮走。京城的风沙是有名的。即便是在无风的时候，空气中悬浮着被风刮起来的尘土，庭院显得灰秃秃的，连雕梁画栋也了无生气，在一派黄褐色中，直感到四壁皆秋。

难熬的是秋夜。秋宵月光下烟云般飘散着大自然的低吟，也是陈雨林默默独坐的时候。西风扑了一个满窗。窗外，且夕将死的秋虫的鸣声，愈发微弱可哀。衣衫上罩着一襟秋凉，听万籁间的秋声。在昏朦的烛光下，她满面哀颓，总是忍不住要研墨赋诗。

自从她入宫后，乾隆皇帝对她痴迷过一段，有个把月几乎夜夜召幸。

她夜夜勉强承受，几乎没有欢乐可言。时间一长，弘历就索然无味了，在一年多里就没有召幸过她，以为她会随着对后宫生活的逐渐适应而心回意转。殊不知再召幸她，她依然如此，显得心事重重。两三个反复之后，弘历几乎把她忘却了。甚至在惩治她的养父弘晳之后，都没有触动到她。这不能不说是对他最大的淡漠。

对皇上宠爱与否，她并不在乎，在乎的是光阴在寂寞中慢慢地流逝。本来可以与曹霑共享的时光，在深宫的花开花落间一点点地消失了。她提起笔来，默默地想了想，那只蟋蟀就在窗外的墙根下叫着，她侧耳倾听它的叫声，似乎是在揣摩它即将临头的厄运，于是拟唐诗《春江花月夜》，笔下流淌出一首悲秋的诗作：

> 秋花惨淡秋草黄，耿耿秋灯秋夜长。
>
> 已觉秋窗秋不尽，哪堪风雨助秋凉。
>
> 助秋风雨来何速？惊破秋窗秋梦续；
>
> 抱得秋情不忍眠，自向秋屏挑泪烛。
>
> 泪烛摇摇热短檠，牵愁照恨动离情；
>
> 谁家秋院无风入？何处秋窗无雨声？
>
> 罗衾不奈秋风力，残漏声催秋雨急；
>
> 连宵脉脉复飕飕，灯前似伴离人泣。
>
> 烟寒小院转萧条，疏竹虚窗时滴沥；

不知风雨几时休，已教泪洒窗纱湿。

诗罢，她整理好诗稿，恹恹地睡去了。

次日，她醒来，梳妆完毕，来到正间，却有一个人在那里等着她。

她连忙下跪："皇后，是您。"

富察氏把她搀扶起来。

坐定后，她看到皇后的眉宇间闪烁着不安，像是有什么话难以启齿。

她有些紧张，"皇后，有什么事情吗？"

富察氏轻轻地叹息了一声，说："两江总督府奏报，你父亲陈如海近来身体不适，让你回去看看。"

她骤然一阵晕眩。既然是两江总督府奏报了，父亲就绝对不是身体不适了。她了解父亲，父亲是个胆小怕事的文职小官儿，一生谨慎，怕是在江宁听到了弘晳的事情，唯恐伤及女儿，连吓带病快要不行了。

她离开座位，向皇后跪下，哀声请求："万请皇后代我在皇上面前求情，准我回去与父亲诀别。"

富察氏忧伤地看着她，"按则例，入得内廷是很难再出去的，况且你的养父弘晳高墙圈禁，皇上按说是不会开恩准你出宫，就更别说去江宁了。但你是皇太后挑选入宫的，皇太后对你特别垂怜，今天早晨，她代你向皇上求情，皇上准你去江宁一个月，到了日子必须回来。"

她说："谢皇太后、皇后！"往下的话她说不下去了。

富察氏慈爱地抚摸着她的头，"准备准备就上路吧。庄亲王允禄正好要去江南各地巡视，你就随他的船走吧。"

她咬着嘴唇点了点头。

富察氏说："我令贵妃高佳氏送你到通州码头。"

富察氏说着用手挡住她的嘴："你不用拦。被封为贵人，命却这么苦涩。养父高墙圈禁，生父生命垂危，皇上对你又淡漠，皇后能做的一点事，就是让人送你一程了。"

低矮的云层，不打雷，不打闪，却抖落下淅淅沥沥的雨。

细密的雨在天地间织起一张灰蒙蒙的帐幔。

雨雾中的通州码头如此寂寥。一艘艘的漕船空无一人，在微风中挤撞着，随着河水起伏着，发出劈劈啪啪的响声。其中有一艘两层的官船，在漕船中分外醒目。由于船的个头大，在河水中巍然不动。

曹霑和州府的兵丁戴着斗笠，身披漆布，挎刀持枪站在官船跳板旁边。他们刚得到顺天府署的命令，庄亲王允禄要乘这艘官船南下，布置警戒，闲杂人等一概不得接近。

不大会儿，远处疾驰过来一干旗幡招摇的车马，两辆马车，前后左右簇拥着骑马侍卫。路面尽管很糟糕，但一点不影响此一行的速度，地上湿漉漉的，到处是水洼子，车驾仪仗经过之处水花溅起老高，在雨雾中越来越近，透着一种威严的气势。

皇室人员出行，銮仪有不同的称呼，皇帝出行的车驾仪仗叫做"卤簿"，皇后的叫"仪驾"，贵妃的叫"仪仗"，嫔妃的叫"彩仗"。久在圆明园值勤，曹霑尽管不大熟悉卤簿和仪驾的具体规格，但是一看那几匹辕马的个头和优雅的步态，就是内务府御马厩里的马。他不由猜测，这是贵妃仪仗马车，来的不仅仅是个庄亲王。

马车停下来，庄亲王允禄从头一辆马车上下来，随之搀扶着一个人下来，由于着雨具，看不清面孔，看身躯像是女的，而且在低着头哭，他们走到第二辆马车前，向里面的人行礼。看到这阵势，曹霑心里有数了，那辆马车里的是贵妃级的人物，是来码头送行的。

允禄向官船走来。在他的后面，两个人搀扶着哭泣者。

搀扶者像是宫女，穿着制式的雨披。曹霑在圆明园见过这种雨披。

内务府是伺候皇室的，而伺候是具体的。久在内务府，允禄干惯了具体事，这时他习惯性地大步赶过来，检查跳板。官船高大，跳板很长，不宽，而且有个坡度，上面湿滑湿滑的。

允禄走过跳板，体会到女人走跳板有一定难度，便吩咐下面说："你们是通州衙门的吗？来个人，放下兵器，小心搀扶着贵人过跳板。不许摔着！如若不慎，拿你们的小命是问。"

那个宫眷在两个宫女的搀扶下走过来。

既然庄亲王发话了，曹霑顾不上不得与宫眷照面的规矩，解下刀鞘，甩掉斗笠，从宫女手中接过宫眷，搀扶着小心翼翼地走上跳板。刚走两步，他就一惊。他从他的手感和她的抽泣声中觉察到了，这位贵人是黛贵人。

他心里一乱，差点在跳板上打个趔趄，急忙停住脚步，稳了稳。

跳板一颤悠，她吓得够呛，站在上面不敢动了。

他用极低的声音对她说："别害怕，是我。"

她急速地扭脸，仅惊惶了片刻，就悄声问："你怎么到这儿来了？"

他说："不是三五句话能说清的。"

她说："扶着我上去。"

再大的木船，跳板也不宽，人一踩上也是颤颤悠悠的，更别说在风雨中上去。两个人沿着窄窄的跳板向上挪动，由于其中一个是后宫贵人，下面的人看着，心都吊到了嗓子眼儿。

跳板上的两个人相互扶掖着，一步一步向上挪动，他搀扶着她，她依偎着他，秋风裹着秋雨飘洒在面庞上，心中翻搅着复杂的思绪，他们既想尽快通过这个湿滑湿滑的跳板，又希望这个跳板长长的，越长越好，就这样搀扶着、依偎着走下去，永远没有尽头。

他们终于上了甲板。她刷地摘掉了雨帽，看着他。凄苦的心太需要慰藉，她像是旷野中迷途的旅人看到了一盏孤灯。

他知道庄亲王就在不远处注视着他们。他还可以想像出来，官船下面的那辆马车上，有一位贵妃的目光正停留在他们身上。

他却仍然问："怎么回事？顺大运河南下，是要回家吗？"

她说："是回家。"她毫不掩饰地看着他，像是在寻找岁月的印痕。

他问："皇上怎么恩准你省亲了？你怎么哭成这样？"

她大声抽泣起来，"不是省亲。我爹……"

他说："别说了。明白啦。节哀吧。"他说完回身就要走。

她几乎叫起来："慢走。"

他停下来，小声说："那辆马车里面的是贵妃吧？她在看着呐。"

她说："我还是那句话，眼泪还债。"说完她捂着脸跑进船舱。

对着她的背影，他小声说："雨林，你不欠我的债，也不用眼泪还债，我曹

877

霑已经成亲了，而且……还'金屋藏娇'。"

他准备走下跳板，身后传来一个声音："站住。"

他回头一看，单膝下跪，说："庄亲王大人，奴才在。"

允禄不知道这话该怎么开头，吭哧了一会儿，围着他转悠了一圈，才说："站起来。怎么，你过去就认识黛贵人？"

他站起来，迟疑了一下，"也就是认识。"

允禄说："恐怕不仅是认识。黛贵人说的'眼泪还债'是怎么回事？"

他说："奴才该死，恕奴才不回答。"他痛苦地垂下了头。

允禄不在意地撩撩手，"你不回答本王也清楚。陈雨林入宫的事是我操办的。她入宫之前要多别扭有多别扭，怎么也不能忘记情郎，甚至想跳河！就是郑家庄那条河。她对先皇提起过，这辈子就想嫁一个护军校，对本王也说过。这么看来，那个护军校就是你啦。"

他说："奴才原来在圆明园护军营包衣营担任护军校。"

允禄一惊，"噢，你过去是圆明园护军营的，叫什么名字？"

他说："奴才名为曹霑。"

允禄吃惊地咧着嘴，说："什么？你就是曹霑。"

允禄上上下下打量着他，"远在天边，近在眼前。原来就是你。你入咸安宫官学还是本王办的。曹霑，江宁织造曹玺的曾孙，江宁织造曹寅的孙子，江宁织造曹颙的遗腹子，江宁织造曹頫的侄子，平郡王福彭的表弟。"

他的鼻子刹那间有点酸，"还是在苏州织造李煦的外孙。"

允禄长叹一声，"唉！李煦。"随之黯然。

他说："李煦被发配打牲乌拉，您到朝阳门外送他，我也在场。"

允禄的手拍到他的肩膀上，"那时你应当还是个孩子。七拐八绕的，七竿子头上八竿子梢上，本王还与你沾着点亲呢。"

他胆怯地说："奴才实在是高攀不上。"

允禄颇为感慨地说："什么高攀不高攀，不要说妄自菲薄的话，你干的事情让本王敬你几分。过去就是没有对上号。今天总算对上号了。你一个小小护军校，身上连着多少个线头。黛贵人朝思暮念的是你，到娇妹那儿的是你，到晏公祠掉包的还是你。"

他的脸一下通红，"奴才是与黛贵人有一段旧情，也到娇妹那儿去过。这是真的。奴才去过晏公祠，但没有掉包。"

允禄忧虑地看着那辆马车，"你可以用这话扛宗人府，对我就用不着啦。发生在晏公祠的事，你心里有多豁亮，我心里就有多敞亮。你和范时铎的女儿掉包，不仅救了弘皙一家，也帮了我。但是今天你又捅了漏子，和陈雨林不期而遇，众目睽睽之下悲悲切切的，贵妃高佳氏都看见了。我还得费一番口舌去给你打圆场。"

曹霑这才有些后怕了，恳求道："庄亲王大人，千千万万给奴才圆过去。奴才从京城出来，躲到通州，好不容易才猫起来。"

正说着，一个太监晃晃悠悠地过来，指着曹霑，说："贵妃有话要问，你叫什么名字？在哪儿干事？"

他紧张得要命，"小的叫曹天佑，在通州担任州同。"

太监拖长了声音说："贵妃说，今日发生在官船跳板上的事，她都看见了，由于黛贵人家里出了事,回家情如奔丧,暂时不予理会。有关人等今后好自为之。"太监说完回身就走。

允禄想了想，一顿脚，也下了跳板，向马车走去。

曹霑膝盖发软，以至打弯，扑通跪在甲板上，浑身哆嗦起来。

他不敢看马车跟前发生了什么。

到他抬起头来，看见那辆马车走了，在如林的旗幡和骑马的侍卫的簇拥下，越来越远，直到消失在蒙蒙雨雾中。

庄亲王则留在原地，无可奈何地对着贵妃仪仗离去的方向。

看来亲王大人曾经为他说情打圆场，而贵妃不予理睬。

九十五、阜成门大街－御花园－永通桥

戴铎，老没见了。

乾隆八年初春，他出现在阜成门大街上。他的那副尊容实在不怎么样，本来就尖嘴猴腮的，加上蓬头垢面、胡子拉茬，多少天没有洗过脸，就更狼狈了。他裹着一身破棉袄，蹲在路边发呆。也不总发呆，时不时把手伸进破棉袄里，捅到胳肢窝那儿抓挠一阵，每次都能带出个肥虱子来，放在明媚的阳光下看看，然后俩指头一捻，随即脸上出现一丝可憎的微笑，随着微笑渐渐消失，他又开始发呆了。

棉袄上有几个小洞，发黑的棉絮露在外面，在春风中抖动着，在春风中一同抖动的是几根花白的头发。与抖动的棉絮、头发适成鲜明对照的是稳定的下蹲身姿。他蹲得住，在不抓虱子时巍然不动。行人从他眼前经过，他灰蒙蒙的眼睛熟视无睹；马车从他前面经过，带起一片烟尘，他都不带咳嗽的；途经的挑子蹭了一下，他安之若素。就这么着，他像一只受伤的猴子，带着几分诗意般的忧伤，失神地遥望着天边，恰似一尊失意落魄者的雕像。

自古以来，有的朝臣被整了个稀哩哗啦，架子却不倒，戴铎可没有这般骨气，他这种人本来就不具备坚韧、艰忍的气度。钻营者不可能有像样的心理素质，这是规律；整人者的心理素质往往不如被整者，也是规律。不能说放之四海而皆准，差不多就是这样。

在内务府圈子里，他长期被认为是深不可测的人物，有人私下嘀咕，他是给皇上跑腿儿的，凡是不能让别人干的事非他莫属。他乐意被人猜测，人们对他越嘀咕，他越沾沾自喜。但是，突然间命运陡转，先是兵败晏公祠，随即收审宗人府空房，而后灰头土脸地滚回内务府。

　　他的仕途完了。降三级录用，四品郎中转眼成为七品芝麻官，跟小县令、守备、骁骑校一样，甚至在同知、州同之下；郎中自然干不成了，在上驷院充任缮写文员。对一个康熙间的老进士来说，混到这般局面是够糟心的。但是，如果仅仅是降级，也就是丢盔卸甲，还不至于摧毁他的精神。他的精神支架是被来自四面八方的流言摧垮的，精明过人的形象被扭曲成让道士耍着玩儿的二傻子，无论何时，他一想到这个就心如刀绞。其实，即便走到这步，他在石大人胡同的家还是挺像回事的，老底子还在，大老婆和偏房张氏共同操持着，按部就班，井井有条，但是他不愿意在那儿呆着，家是没有败，人败了，他更受不了，宁可像头孤狼一样在大街上瞎跑乱转，像个老叫化子般蹲在路边。糟蹋自己，作践自己，成为他抒发愤懑的最后方式。由于是最后方式，他在大街上的表演甚至显得有点悲怆。尽管这种悲怆色彩于鸡零狗碎的他很不协调，像是老天爷偶尔不慎配错了颜料。

　　有个人在他旁边蹲下，离他有二尺来远，穿着件黑棉袄，戴着顶破毡帽，样子也够寒碜的。那位故意咳嗽了一声，以期引起他的注意，丧魂落魄的他仅仅万念俱灰地斜过去一眼，又依然故我。那位发话了："哎，跟你打听个人。"

　　他挪了挪身子，稍微偏过去一点，给了对方半个脊背。用后世的话说，这叫"肢体语言"，表示没有心思搭理对方。

　　那位斜眼看着他，兀自笑了笑，不管不顾地开了腔："头些年，雍正朝那会儿，你是干什么的我门儿清。顶着个内务府郎中的衔，实则专门摸内情，京城里的事少有你不知道的。"

　　他没有吭气，像是没有听见，但整个表情是在听。

　　那位蹲着有些发麻，动动身子，"向你打听一个人。我要打听的这位叫曹天佑，在通州担任州同。"

　　尽管那位口气专横，语调很冲，像在大街上雇工一样，他还是挪挪身子，大体完全偏了过去，给了对方多半个脊背。这种"肢体语言"传达的信息是，你再废话我就走人了。

　　那位好像没有看见他的"肢体语言"。"据顺天府署的人说，曹天佑是前定边大将军福彭的表弟，是福彭通过旧部塞到通州的。"

他向回挪了挪身子，用虚光扫扫身边的人。

那位接着说："福彭的这位旧部叫做奎成，当下担任顺天府尹。我们至今还没有惊动奎成。据顺天府署的经办人说，曹天佑到通州担任州同之前，曾经在圆明园护军营包衣营担任过护军校。"

他第一次开腔："曹天佑长得什么样？"

那位说："一个太监在通州码头跟他说过话。据该太监说，个头偏高，比较壮实，脸盘白净，像个少爷胎子。"

他思忖着说："你说的这些，让我想起圆明园包衣营一个姓曹的护军校，是平郡王福彭的表弟。但是他不叫曹天佑，名字对不上。"

那位说："而且，这个曹天佑与乾隆爷的黛贵人认识，好像是旧日相好。"

他来情绪了，"什么？黛贵人入宫前的相好？"

那位说："是啊，曹天佑与黛贵人在通州码头说话来着。"

他站起来，解开腰间捆扎破棉袄的草绳，又重新系上，蹲下来，"平郡王福彭的表弟、包衣营的护军校、黛贵人的昔日相好，脸盘像个少爷胎子，具备这几条的只有一个人。这个人我认识，不知道他什么时候从包衣营出来到了通州，也不知道他什么时候改名叫曹天佑了。他的本名是曹霑。"

那位说："曹霑？这个名字我听着也有点耳熟。"

他说："曹霑身上的故事大发了。"

那个人忽地站起来，"起来，看看我是谁。"

他站起来，辨认了一下，失声叫道："哟，康亲王。"

巴尔图端详着他的脸，露出一脸子坏笑，"混得可真够惨的。戴铎，你小子要想翻把儿，就跟着我走，把你知道的那点事全抖搂出来。"

失意者最在乎的是还有人承认他的价值。就像当年在先皇跟前，戴铎的两条袖子习惯性地来回拍了拍，前后梗梗脖子，左右活动活动脑袋，丢失了的精气神儿刹那间又部分地回来了。

巴尔图从来不深沉，让他玩儿深沉都不会。而在这时却冒出来一点深沉之状。他的双手有力地合住戴铎的两臂，抬头看着他说："老戴，你过去说的晏公祠的事，本王曾经认为是胡嘈，把你视为到处下蛆的苍蝇。现在看来，你大概是对的，宗人府冤枉你了。唉！你也想开些，自古就是这样，忠臣反倒容易被误伤。"

唯利是图者的心向来是冰凉的。戴铎听了这几句话，像是终于觅到了知音，心里一反常态地热乎拉的，差点挤出几滴老泪。

贴心的话儿不在多。就这样，在阜成门大街的路边，"地出溜儿亲王"和贼眉鼠眼的戴郎中心潮澎湃地冰释了前嫌。

临走前，戴铎注意到路边有一株毛桃树，枝杈上满是花蕾。桃花快要绽放了。他来到这株毛桃树前，嗅了嗅花蕾，陶醉地闭上眼睛，满腹心思地认为，他的春天回来了，他要重新绽放了。

十几天之后，京城桃花盛开。

御花园里桃树不多，不可能有太大气势，只是讨了点巧，种植比较集中，多在御花园琼苑东门和琼苑西门附近，来人一进门就会被一大片桃花堵个正着。这是一种造园手法。

闲来无事，乾隆皇帝到御花园散心，进门就听见花丛中传来嘻笑声，循声望去，原来是皇太后正与皇后、几个嫔妃在桃花丛中散步。大概老祖宗又讲什么民间小笑话了，逗得大伙儿直乐，乌刺那拉氏甚至笑弯了腰。早上已经给皇太后请安过了，弘历不想凑热闹，拐个弯向绛雪轩那边走去。

在皇太后身边的一个妃子，眼睛挺尖，看见了皇上，于是悄不言声地离开皇太后。她快走几步，在一条甬道上等着。

这位妃子中等个儿，不胖不瘦，却也无身材可言，面颊上涂着过重的胭脂，显得粉白粉白的，鼻梁笔直，嘴唇轮廓分明。她是贵妃高佳氏。

乾隆十年前，贵妃高佳氏排位仅次于富察氏，后来那个因剪发而出名的乌刺那拉氏还是娴妃，位在高佳氏之下，排位第三。直到皇后富察氏与贵妃高佳氏相继去世，乌刺那拉氏的地位才有所提高，以至成为皇后和废后。

弘历溜达着，在一条斜甬道上，被高佳氏堵了个正着。

高佳氏道了个万福，"妾给皇上问安了。"

弘历的脑子好使，很快就绕出来了，他与贵妃不是巧遇，贵妃是特意在这儿拦他的，于是问："高佳氏，你有事情吗？"

高佳氏说："其实妾也没有什么大事，只是想让皇上看一首诗。"

高佳氏将他引到绛雪轩后的静处，掏出张绢纸，递过去。

弘历对诗作有天然的兴趣，喜滋滋地拿过来一看，是娟秀的蝇头小楷抄就的，但是看了看，眉头就蹙起来，不由读出声音来："'一年三百六十日，风刀霜剑严相逼。明媚鲜妍能几时，一朝飘泊难寻觅。花开易见落难寻，阶前闷杀葬花人。独把花锄偷洒泪，洒上空枝见血痕。'嗯，这么压抑，都快要活不成了，是谁写的？"

高佳氏没有直接回答，而是把绢纸拿回来，指着上面说："皇上，请听最后这四句：'试看春残花渐落，便是红颜老死时。一朝春尽红颜老，花落人亡两不知。'写诗的这位都快要愁闷死了。"

弘历仰面看看天，说："遣词造句尚可，朕熟读古诗，没有见过这首诗。它不是古人写的。抑塞着如此不平之气，是谁写的？"

高佳氏仍不正面回答，而是说："昨日有个妹妹进了这御花园，看到有些桃花落了，感时忧伤，回到宫里，当晚就写了这首《葬花吟》。"

弘历说："你说是宫里人写的，是能够出入御花园之人？"

高佳氏说："而且是昨天晚上写的。"

弘历问："它怎么落到你手里了？"

高佳氏说："妾与这位都住在翊坤宫，妾顺手就从她桌子上拿来了。"

弘历说："和你一起住在翊坤宫的……那就是黛贵人啦。"

高佳氏说："别人也没有这么大的文采呀。"

弘历拉下脸来，"文采？这般'文采'可要不得。诗名为《葬花吟》，却不是说的花。花期也就个把月，桃花开放的日子更短，没有哪种花会'一年三百六十，风刀霜剑严相逼'。是在说自己的身世呢！朕不明白，从皇太后到朕，都没有亏待过黛贵人，几年了，也不知道她窝着口什么气。"

高佳氏说："皇上想知道缘由吗？妾倒是了解一些。"

弘历捻着下巴，"黛贵人自从入宫以来，始终郁郁寡欢，心绪不宁，朕每次召幸她，她都是勉强承欢，从来没有过笑脸。朕亦不知是何故。她和你都在江宁生活过，而且同住翊坤宫，她是不是对你说过些什么？"

高佳氏淡漠地说："黛贵人对周围所有人都加以防范，心里想些什么是不会对我说的。妾之所以洞悉她，是用眼睛看到的。"

弘历问："你看到什么了？"

高佳氏掠掠头发，"黛贵人去年秋回江宁奔丧，妾送她到通州码头，她在码头上与过去的情郎不期而遇，二人好不悲切。妾以为，她入宫后之所以如此郁闷，就是满腹满腔怀念着昔日情郎，从而感到光阴虚度。这首《葬花吟》堪称她这种心境的真实流露，要不她怎会感慨红颜渐老呢。"

弘历眼中冒出了火星子，"去年你看见的事，怎么到现在才说？"

高佳氏莞尔一笑，"妾在码头上看到之后，当时就派太监问清了黛贵人情郎的姓名以及任职。但仅仅这些还不够，黛贵人也算是妾的姐妹，妾对她不能听风就是雨，得打听到底里才敢告诉圣上。"

弘历烦躁地挥挥手，"用不着打听情郎。姓啥名甚不当紧，他与黛贵人相识在黛贵人入宫之前，朕不能怪罪他。皇后和你们都是十五六岁入侍朕的，而黛贵人入宫时已经二十二岁了，此前她有个情郎不足为怪。令朕懊恼的是黛贵人，入宫后不忘旧情，感时忧伤，悲悲切切。大清立国以来，哪个中选秀女入宫后敢这样。"

高佳氏按照自己的思路说："情郎名为曹天佑，本名为曹霑，在通州衙署担任州同。近几个月来，妾委托康亲王巴尔图打听曹霑此人，据巴尔图打进来的条子，这个曹州同还真是有些来历的。"

高佳氏的父亲高斌在担任苏州织造时，住的是李煦的老宅，高佳氏也在李煦老宅中生活过。高斌到江宁织造府时，家安在曹家老宅中。高佳氏也在曹家老宅中生活过，当在此前后入弘历潜邸。由于有这段生活经历，高佳氏对江宁曹家及苏州李家，不说耳熟能详，起码有所风闻，并且被牢固地植入一种观念，这就是对江南三织造府的厌恶，伴随的是对织造府旧人的警觉。在她眼里，织造窝子里没有好东西，包衣下人下三烂在康熙朝吃里扒外，极尽阿谀诸阿哥之能事，自家富得流油，对朝廷这块却年年积欠亏空，雍正皇帝狠狠地惩治了他们，他们心蓄不满，伺机报复。

高佳氏微笑着说："对曹霑，圣上万万不可等闲视之。妾凑巧在江宁、苏州住过几年，耳朵上面挂了些织造府旧事。圣上如若得空，不用找别人，召高斌到养心殿，妾的阿玛或许就能抖搂出一些底里，再找巴尔图问问，没准儿会惊出圣上一身汗来。"

弘历不大相信地看看她，"有这么邪乎？"

高佳氏挂着微笑，"圣上如若不信，就将高斌和巴尔图召来问问好了。是个挺好听也挺好玩儿的故事呢，而且勾扯着晏公祠。"

弘历顿时皱起了眉头。

桃花不仅映红了紫禁城御花园，也映红了通州的永通桥左近。

永通桥左近有大片的桃树，桃花盛时开成汹涌的花海，成为通州盛景，自然是游人如织。该地在京城与通州县城之间，东面有雍正十一年御制石道碑一座，详载自京城至通州修筑道路情况。由于在京师至通州路边，来此地赏花的，多有从京师来的。

此地距广渠门曹家小院不过二十多里地，是曹家观赏桃花最近去处。曹霑在通州担任州同，愿意家里人到通州转转。他动用手中小权，从通州衙署弄了辆马车把全家接来。

大上午的，曹霑带着馨玉、曹頫、范湘韵在花间漫步，喜气洋洋的。全家出来赏花，对于他们是久违了。

曹家是惊弓之鸟。自打雍正朝遭遇那场飞来横祸，有点风吹草动就吓得屁滚尿流。头些日子，曹霑担心他与黛贵人在通州码头说话让贵妃看见了，以为要大祸临头了。但是，几个月过去没动静，官府也没有问过这件事。回想一下，有啥呀，搀扶贵人上跳板，颤颤悠悠的，说了几句关照的话，况且庄亲王当时就向贵妃作了解释，人家贵妃恐怕压根没给当回事。最近，他的心慢慢放宽了，渐渐踏实下来。

心宽就有心出来走走，尤其是陪着娘和他的"金屋藏娇"。范湘韵的确需要出门走走，她的身子近来有些特殊情况。

走到永通桥桥头，有卖山楂糕的小贩。红红的山楂糕摊在木板子上，像卖豆腐一样。这东西又酸又甜，看着就馋人。

范湘韵用肩膀碰了碰曹霑，小声说："我想吃山楂糕。"

曹霑夸张地晃了晃口袋里面的铜镚子儿，哗啦哗啦一阵响，高声说："娘子发话了，想吃山楂糕。咱买！要多少？"

范湘韵愣头愣脑地报了俩数："二斤。要不三斤。"

馨玉和曹頫悄悄地对视了一眼，偷偷地笑了。他们得知，范湘韵怀上了，都有点显形了。她的反应很明显，就是想吃酸的。

山楂糕是论斤卖的，曹霑毫不迟疑地切了三斤，木片纸托着颤颤悠悠的一大块，交到了范湘韵手上。

范湘韵依次看着馨玉、曹頫、曹霑问："你们想吃吗？"

曹頫笑眯眯地摇了摇头。

馨玉笑着说："还不够你一个人包圆儿的，就别让了。"

曹霑啪的一拍她的背，"别假眉三道的了。吃吧！"

范湘云说："那我就全干了。"说着就是一大口。

看她吃得那个馋，那个猛，那个吃相，曹霑心里乐滋滋的。那次在西山护军营，叔祖和吉金刚说，范湘韵天生就是下崽的料，他听着不高兴，现在想想，曹家子孙本来就稀，就他这么个独苗，不多生几个怎么行。

转着转着，曹霑迎面碰上一张熟脸，奎成。

顺天府尹没有着官服，而是青衣小帽，带着俩随从，混迹在人群中赏花。

曹霑看看左右，大步上前，作了个"暗揖"，双拳抱在腰间抖了抖，小声说："府尹大人，在下请安了。"

奎成一看，一惊，"曹州同，是你。"

曹霑开玩笑说："府尹大人还真有闲心呐，出来微服私访？"

奎成却没有心思开玩笑，旋即莫名其妙地紧张起来。看看他的身后，问："后面的是你的家里人？"

曹霑说："是啊。"看着奎成紧张的表情，他有些奇怪。

奎成挥了挥手，示意两个随从不要跟着，接着拽拽他的衣襟，小声说："跟我来。"然后转身就走。

他们来到了无人处。曹霑不安地问："府尹大人，这是怎么啦？"

奎成的两条眉毛拧成一个大疙瘩，忧心忡忡地看着他，说："曹霑，咱们可都是在乌里雅苏台大营混过来的，沙场上结下的就不是一般的交情。你要对我说实话，你最近捅什么漏子了？"

曹霑的心跳加快了，"没有哇。府尹大人听到什么啦？"

奎成诚恳地说："当年我是你表哥的参将，如今你表哥把你托付给我了，你要是不对我说实话，我想护都护不住你。"

曹霑问："府尹大人，到底出什么事情了？"

奎成正下脸来："昨天直隶总督署给顺天府署行文，令密切关注通州衙署州同曹天佑的行踪。此人随时要传讯，不得将此人走失。"

曹霑尽管经历过抄家，经历过宗人府空房，但是听到这话，还是觉得天一下子塌了，脑瓜被砸得嗡嗡响。

奎成注视着他，接着说："我派人问过直隶总督署，曹天佑出什么事情了，直隶总督署也没有人知道，他们说是从上面来的，他们只是照抄照转。直隶总督署的'上面'是哪儿？只能是朝廷。"

曹霑愣呵呵地说不出话来。半晌，才呢喃道："我明白了。"

奎成问："你明白什么啦？"

曹霑伸出两个指头，"府尹大人，在下感谢你对我通风透底。有两条敢跟您拍胸脯：头一条，我没做过任何对不起人的事，更没有做过让您为难的事；二条，顺天府署不用派人盯着，我媳妇儿怀下身孕，我猫在家里照顾媳妇儿，哪儿都不会去，更不会走失。上面要传，随传随到。"

奎成抚了抚胸口，"你这么说，我这心里还踏实点儿。"

曹霑说："府尹大人，在下先走了，一家子在那儿等着呐。"

奎成向外挥挥手，"去吧去吧，快点去吧。"

曹霑快走几步，来到家人处，尽量装得没事一样，但是脸上有点兜不住，或许是挂了色，或许哪根棱子肉在跳，让娘看出来了。

馨玉把他拽到一边，小心问："那是谁呀？"

曹霑说："福彭表哥的旧部，现在是顺天府尹，我的顶头上司。"

馨玉说："他对你说什么了，你的脸色可不大对劲。"

曹霑灵机一动，说："娘，范湘韵这些日子总爱吃酸的，民间有俗云：酸儿辣女。我看我的'金屋藏娇'多半生个胖小子。"

馨玉喝道："别打岔！少跟你娘扯什么'酸儿辣女'的，我在说眼前的事情呢。那个顺天府尹对你说什么了？"

曹霑急转身，吆喝上了："湘韵，三斤山楂糕够不够，不够的话咱再来点别的。"他猛回身，压低了声音，对娘狠狠地说："娘，为了您的身子骨，为了她肚子里的孩子，您最好装糊涂，什么都别问。"

九十六、养心殿后殿－崇效寺－旧刑部大街

乾隆八年一个初夏的夜晚，乾隆皇帝在养心殿后殿正间踱步。

雍正皇帝第一个把养心殿后殿作为寝宫，弘历即位后也将寝宫设在那里的东西两梢间。

一个高大的太监扛着一个白布卷进来，恭敬地摆放在西梢间的龙床上，而后打开，里面是一个裸体女人。

太监离开后，弘历进入西梢间，看看那个女人雪白的胴体，却没有激发起立即行事的兴趣，而是在炕床上盘腿坐了下来。

这个女人是黛贵人陈雨林。

她已有一年多没有承幸，此番太监告之皇上翻了她的牌子，她甚至觉得奇怪。她看看裹她的被子，厌烦地拉起来遮住身子。自从在圆明园"天然图"画被裹着扛到碧桐书院，她就对这种方式怀着极大的恐惧和极大的厌恶。

弘历挪动身子凑近些，伸出手卡住她的下巴，扳过来，直视着她的眼睛。她没有勇气反抗，只能闭上眼睛。

弘历是命令的口吻："睁开眼睛，看着朕。"

她奉命睁开眼睛，看看皇上，发现皇上的眼睛里面有一种过去没有的东西，具体是什么说不上来，反正有几分自得，好像是攥住了她的命门，找到了对付她的办法。

跟猜测的差不多，弘历的确与过去不大一样。他跳下床，在不大的西梢间里打了通拳。他的拳脚是少林寺的武僧教授的，简捷而实用，而且他学得挺到家，

一招一式都带着古风。

几个动作下来，他又蹿上炕床，微微喘息着撩开被子，抚摸着她的胴体。

抚摸是有讲究的，要让女人心荡神驰，除了要有耐心，还得掌握动作要领。在这方面，弘历不是生手，在女人身上早就练出一套手法，该轻时轻该重时重，交替变换，不仅轻重缓急把握得准，而且部位把握也准。黛贵人即便对他冷淡，但也常常被他抚摸得兴奋起来。而在这时，他的动作却绝不温柔，相反夹带着几分粗鲁，那种粗鲁传达着一个信息，他要告诉她，他今天要粗鲁地对待她，因为有粗鲁的本钱。

她被弄得很不舒服，说："皇上，要做什么事就做罢。"

弘历笑了，"不着急不着急。既然是黛贵人侍奉朕，朕就不能简单行事了。得出题考考黛贵人了。听清楚了：'江流有声，断岸千尺，山高月小，水落石出。'这四句是谁写的？"

她说："是《后赤壁赋》中的四句，为宋朝人苏轼所写。"

弘历俯下身子，嘴唇在她的脖子上摩挲着，"黛贵人到底是有学问的。《后赤壁赋》为苏轼第二次乘舟游赤壁时所写，时在初冬，那个季节江水下落，所以才会水落石出。黛贵人，是不是这样的呀？"

她简单地回答："一如圣上所说。"

弘历的嘴唇从她的脖子下滑到了乳房，像个小动物一样在那里舒适地游荡着。"黛贵人自从入宫后，终日郁郁寡欢，朕不知其故，现在一如苏夫子见到长江赤壁中的石头，朕对你的疑窦，总算是水落石出了。"

她问："妾不知圣上是何意，什么事情水落石出了。"

弘历说："还要朕挑明了说吗。"

她说："圣上不妨挑明，要不然妾总是揣个闷葫芦。"

弘历坐起来，脸变了色，好像刚才的调情不曾发生，语调冷冰冰的。"那就挑开吧，你认识曹天佑吗？"

她说："曹天佑？不认识。"

弘历说："曹霑总该认识吧。"

她迟疑了一下，"认识。"

弘历说："曹天佑与曹霑是同一个人。你和曹霑是怎么回事？"

她说："妾入宫之前与他交往来着。"

弘历说："就是个交往？是准备嫁给他吧。"

她豁出去了，"不单是准备嫁他。而且轿子已经抬进门了。如果不是户部强令妾参加选秀女，妾早就给他生下孩子了。"

弘历悠着劲，盯了她一会儿，才接着说："知道吗，曹霑早就成亲了，他的妻子也在江宁生活过，是前两江总督范时铎的女儿。"

她回忆着，突然想起来了，"范总督的女儿……我在江宁听说过她，高大漂亮且有一身武功，绰号假小子。"

弘历说："曹霑和她过得不错，近来假小子有身孕了。"

她说："那就好，他只要过得舒心就好。"

弘历说："说的未必是心里话。轿子抬进门了，差一步就入洞房了，结果吹灯拔蜡了。想嫁给他没有嫁成，旧情难以割舍，所以去年秋季在通州码头不期而遇，来了那么一出。"

她知道，在通州码头发生的那一幕，贵妃高佳氏都看在眼里了，也模模糊糊地猜测到，高佳氏肯定会告之皇上，皇上迟早会问她。尽管她有点精神准备，但是仍然没有想到，皇上顺嘴就把底牌带了出来。

她把被单掀起来捂住身子，稳定了一下情绪，侃侃道来："去年秋季，妾回江宁奔丧，沿途惆怅，却连个可以倾诉的人都没有。在通州潞河头上与曹霑不期而遇，一时难以抑制，彼此说了几句话。既然圣上挑破了，妾也不妨说句心窝子话，谁都有自己的过去，有过去难免就有旧情，难以割舍旧情也是罪过不成？"

弘历说："难以割舍旧情是不是罪过，朕眼下无意与你深谈，等等再说。"

他妒火中烧，跳下炕床，快速地脱掉外衣、裤子，卷成一团扔得远远的，赤条条地上了炕床，噗地吹灭了蜡烛。

刹那间，月光代替了烛光。窗外那个月亮就像一盏长明不息的天灯，高高悬挂在缀满星星的夜空，轻纱般的云絮袅袅飘过，仿佛笼起一片轻烟。月光流泻进来，殿里的色调柔和了，染上了朦胧的青色。

他抱住她，嘴唇像只贪婪的小狼崽子般一路搜寻，咄咄逼人地压迫上来。与过去不同，这次他是洞察了她的内心后与之寻欢的，她着实有些心虚，张开双唇予以回应。他大口亲吻她，呼哧带喘的，很少这么冲动过。一股股炽热的气流喷到她的面颊上，连她鬓角上的头发也被吹拂起来。啃了一阵，他把她的双腿粗暴地扳开，不由分说地忙活起来。

她还是仰面躺着，像过去一样逆来顺受，任凭他享用。她感受着他有力的进退，脑海里翻腾着另外一种思绪，并体验到一种未曾经历的感受。

过去，她要是像榆木疙瘩一样毫无反应，令他索然无味，他往往不等完事就会从她身上下来，发一通脾气，再让太监把她卷起来扛走。但是，今天的皇上好像与过去有所不同，不是在一味地享用她，而是掺杂着别的情绪。他的喘息越来越沉重，像是憋着一股子气，他的剧烈抽动不过是在发泄这股气。她听到他的鼻息不大对劲，触摸到他的面颊、眼角，呀！是湿的，那是泪水。她突然明白了，他像个大男孩般怀着莫大委屈，憋屈数年的情绪爆发了。数年来，不管怎么说他是她的夫君，她却一直思念着曹霑，而他就稀里糊涂地承受着，直至最近才发现，她的淡漠是由于心里有人。

她有点可怜他了，还有些羞愧，自责之心一旦涌上来，她便动弹起来，随着他的进退而起伏着。而动作一起来，与生俱来的欲望之火就点燃了。随着他们的每一次起伏，欲火一点点地被煽起来，越来越旺，终于成为冲天大火，燃烧之中原来这么快乐，她撕扯着脖子喊叫起来，自己却完全没有察觉，及至与他双双跃上颠峰。

玉盘般的明月在云中穿行。灰蒙蒙的月光探头探脑地透过窗棂，水银似地流泻在两个平躺着的人身上。渐渐地，他们的呼吸平缓下来。

弘历的双手枕在脑后，惬意地说："黛贵人今日有所长进，还叫床了，是侍奉朕以来的第一次。"

她用胳膊遮挡住眼睛，惺忪微倦地享受着交媾的余波。窗外，传来听房太监的咳嗽。这是示意黛贵人该回去了。她听到了，坐起来。

弘历的臂膀平伸过来，把她拨倒。在这个瞬间，弘历刚才所有的销魂都抛诸脑后，恼怒地说："接着事前的话说。难以割舍旧情也是罪不成？这是你说的。朕可以告诉你了，难以割舍旧情确是罪过。不要说在朕的后宫，即便在民间，你也得嫁鸡随鸡嫁狗随狗，也不允许你身在曹营心在汉。"

她说："圣上说的是人之常情，妾无话可说，随圣上处置。"

弘历说："朕是要处置，不仅处置你，也要处置曹霑。"

她惶恐地问："处置曹霑？"

弘历说："怎么，你还要为旧日情郎鸣不平？"

她裹着被子坐起来，追述起往事："雍正八年，妾十五岁时与曹霑相识，乾隆二年妾二十二岁入宫，中间相隔七年。在此七年间，曹霑随时可以将妾的身体拿走，而他作为世代包衣后人，始终没有破妾的身体。其结果圣上是最清楚的：妾以完整的身子入宫。妾入宫后难以割舍旧情，如果圣上认为这是罪过，要杀要剐随便儿。但是，曹霑没有这些事，在妾入宫之前他就极力克制，妾入宫后，他仅仅与妾在通州码头说过几句话。如果他为这几句话而担罪，圣上未免太不能容人了。

弘历拖长了音调，"错啦。朕非昏君，亦非暴君，不会因旧情而处置谁。你嫁了，他也娶了，事情过去了。朕要怪罪的并不是你们过去的勾扯，而是比这个紧要得多的事情。"

她问："曹霑还有别的事情吗？"

弘历说："自从发现你与曹霑的旧情之后，康亲王就察访摸清了他的底细。他是明军后代，贰臣之后岂能不怀有异志；他的家是被先皇抄没的，对先皇心蓄积怨；他的岳父是被先皇撸到底的，从范时铎那里就对先皇怀恨在心；他与你的养父弘晳过从甚密，而弘晳与先皇有所谓'弑父夺妻'之恨，又被朕投入景山东果园高墙圈禁。你想想，曹霑活在一个什么圈子里，他的相好也就是你，又成为朕的贵人，他点火烧了紫禁城的心都有！"

她怔怔地躺下去。仅过了片刻，又一骨碌挣扎起来，"圣上说的都是曹霑身世如何，曹霑岳父如何，妾的养父如何，这些再令圣上不放心，也不能堆到曹霑头上，他即便有气儿，也不能因气儿获罪啊。"

弘历把她狠狠地推开，说："你身在深宫，根本不知道曹霑在外面都做了些什么，就为之辩解，到底是不忘旧情。曹霑仅仅是有气吗？他上了晏公祠！晏公祠的事情无须对你细说，告你一句就够了，他在那儿干的事够满门抄斩的！由于关乎先皇声威，此事不便轻易抖搂，朕予不追究，就算便宜了他。但朕也不能咽下这口气！"

她拽着弘历的臂膀，焦虑万分，"曹霑是言听计从的奴才，圣上打算拿这样一个忠心不二的奴才怎么办？"

弘历扭脸喊道："送黛贵人回宫！"

南城有个白纸坊，自元明以来附近居住的就是纸户，并在这里设税副使，专门征集纸税。入清，白纸坊仍然是南城最大的坊，纸户居住的范围"北自善果寺，南至万寿宫，西极天宁寺。"

白纸坊有崇效寺，建于唐朝贞观年间，年头够老的。唐朝的痕迹在寺中早就荡然无存，尚存最老建筑是明朝嘉靖年间修建的藏经阁。这里的枣花有名，黄绿色，也有白色的，每年盛开时，吸引不少都人来此赏花。王士桢所作《过崇效寺访雪坞法师看枣花》诗中说："祇园枣花时，招携共游散。仿佛丹檀林，吹香绿满荫。"朱彝尊留下的崇效寺诗中则称："白花秋细细，红枣晓攒攒。更上荒台望，遥山五髻盘。"

乾隆八年夏末秋初，崇效寺的枣花大部分凋谢了，枣树上有的留有残花，有的挂满了小枣，红白绿相间，煞是好看。

这日，曹霑带着范湘韵从枣树下经过，范湘韵的肚子很大了，看样子再有个把月就该生了。如果是瘦女子怀孕八九个月，肚子会凸显一大块，由于她的块头大，不很显形。她走着，不时地抚摸一下肚子。每当她做出这个动作，曹霑就在一旁心满意足地笑。

她一边走路，一边感受着胎儿的躁动不安。准备降临人世的小家伙在动弹，肚子一会儿这儿鼓起一小块，一会儿那儿鼓起一小块，小鼓包在不断地变换位置，她本能地用巴掌护着肚子，惊喜地享受着这一切。

曹霑的情绪也不错。自从奎成打招呼之后，他在州同任上紧绷着弦，随时等着传讯。几个月过去了，没动静，他的心渐渐踏实下来。奎成是桃花盛开时通的气，现在枣花都凋谢了，估计没啥事了。

他们是慕名而来的。这座寺庙中有个老僧，长于给新生儿起名，起的名字不仅好听，而且名字的笔划数都是有讲头的，根据笔划数所起的卦，有避邪之功。南城妇女快要生育时，有不少人来这里，请老僧给孩子起名字，图的就是个吉利。

大枣树下，坐着个慈眉善目的老者，一看就是个高僧，已有两三个孕妇凑在那里。他们也走了过去。

老僧看到范湘韵隆起的肚子，便主动向他们打招呼。"二位善长，也是来给孩子起名字的？"

曹霑忙不迭地指指范湘韵的肚子，"起名字之前先烦劳法师指点。听说咱这儿的法师能断出肚子里的孩子是男是女，请法师先给断断这孩子是男是女。说话就要生了。"

老僧说："老衲于此把握不大，既然你的心很诚，那就试试看吧。"

老僧的笑容收敛了，仔细打量范湘韵的脸盘和身架。

曹霑屏息静气地等着，似乎曹家是否有个传人就在这一下了。

老僧脸上浮现出笑意，捋捋胡须，说："嗯，十有八九是个男孩。"

"哈！"曹霑高兴地跳了起来，围着大枣树疯跑了一圈，回到原处后，凑到范湘韵脸上，啪地亲了一口，又香又脆。

老僧先是目瞪口呆，继而笑了。

范湘韵非但不羞涩，反而那二杆子劲头蹭地蹿了出来，啪地一个丁字步，双手抱拳，高声叫道："借法师吉言！待小女生下这小子，一定备下厚礼前来酬谢法师。"

老僧谦和地说："用不着用不着，老衲别无所求，到时候二位善长给崇效寺捐纳点香火就行了。"

曹霑高兴得满面放光，"除了香火钱，也要另给高僧酬谢，不酬谢怎么行呢。请法师给这孩子起个名字吧。"

老僧说："这么说，你是孩子的父亲。"

曹霑说："正是正是。"

老僧说："老衲得先知道你的姓名。"

曹霑正要回答，一个声音在附近响起："他的姓名是曹霑，又名曹天佑。"

话音刚刚落地，一个人从大枣树后面转了出来。

曹霑一看，是顺天府尹奎成，慌忙问："府尹大人怎么来了？"

奎成多少有些尴尬地说："本官在永通桥对你说的事忘啦？"

曹霑回道："在下没有忘，上面要传，随传随到。"

奎成放高了音量："没有忘记就好，省得本官罗嗦了。本官是奉命来抓你来的。府尹本来是从不参与抓人的，可是不知道你犯下何等大事了，朝廷点着名叫我亲自带人来拿你，还让我给你捎来几句话。"

曹霑看看，几个捕役斜歪掉胯地晃荡过来，在附近站定。

老僧和那两三个孕妇看着事情不对，慌忙溜走了。

范湘韵有些犯晕乎，正要过来，被两个捕役拦住。

当着顺天府尹的面，捕役头要尽力表现出"洒脱"的"风度"，他踮打着脚掌，油腔滑调地说："你就是通州州同曹天佑吧，我们哥儿几个是顺天府署的捕快，你自己知道你犯的是什么事，跟我们走。"

奎成俯在曹霑耳边小声说："跟他们走吧。上头对你的事有交代，我鹦鹉学舌跟你托个底。这就给你押到刑部去，不管刑部定什么，你都认下来，晏公祠掉包的事就不提了。如果你不服，那就把通州码头新帐和晏公祠旧帐一块算，连你妻子范湘韵也是同案。别管她是不是快要生了，说进号子就进号子，要生也是在号子里面生。孰重孰轻，你自己盘算清楚了。"

曹霑尽管有一定精神准备，还是没想到会有这么笔交易。

他俯在奎成耳边说："行，就这样，只要不提晏公祠，只要不把范湘韵卷进去，你们说什么我都认。我跟你们走。"

就在这时，范湘韵忽地挣脱捕役，冲过来，把曹霑拉到自己身后，"什么来由都不说，我男人凭什么跟你们狗衙役走。"

一个捕役流里流气地打量着她，"你还要问来由？你挺个大肚子，备不住快要生了。哥儿几个可怜你，不愿意说抓你男人的缘由，如果你非要刨根问底，也可以告诉你。想听吗？"

范湘云喊道："当然想听，狗嘴里吐不出象牙，再难听的话你们都给吐出来。"

曹霑急忙劝阻说："别理他们，跟这些衙役也说不清楚。我跟他们走就是了，过几天我回来跟你慢慢解释。"

范湘韵的犟脾气上来了，"不行。我得问明白，这些六扇门儿里的獐头鼠目们，个儿顶个儿的都是大清的渣滓，人模狗样的，光天化日之下抓人，连个子丑寅卯都不说，哪有这样的事。"

捕役头把曹霑往范湘韵前面一推，"好，我们这些六扇门儿的大清渣滓，就接着你这个'光天化日'的话茬儿说，我们人模狗样的狗衙役为什么在光天化日之下抓你的男人，你给我听好了，你男人光天化日之下在通州潞河码头调戏宫眷。我们就为这个抓他。"

范湘韵脸色骤然间煞白，愣住了，"在通州潞河码头调戏宫眷？"

捕役们叽叽嘎嘎笑了。捕役头说："怎么，没想到您夫君有这两下吧？"

其他捕役则七嘴八舌地说："您这边挺个大肚子，他那边在玩儿花活，真够对得起您的。""花活玩儿到宫里去了，眼儿还挺高的，专门调戏六宫粉黛，光天化日之下，在大运河码头就敢上。"

范湘韵眼里蹿出了火星子，转向曹霑，像头母狼，喉咙深部发出低沉的呼噜，低声问："他们说的是真的？"

曹霑冰冷地说："不管他们说什么，你听着就是了。"

范湘韵挺着肚子逼过来，"我不听他们的，我要听你的。"

奎成站出来，说："范湘韵，我是顺天府尹，曹霑是我手下的州同，听我一句，不管捕役们说什么，你听着就是了，不要多问。"

范湘韵喊了起来："谁说都没用，他们狗衙役说是他们狗衙役说，你顺天府尹说是你顺天府尹说，我就要听曹霑的，光天化日之下在通州潞河码头调戏宫眷，有没有这么回事？"

曹霑低着头，不说话。

范湘韵像一头暴怒的狮子，冲过来，薅住他的领子叫道："我肚子里怀着你的孩子呢，你他妈倒是说呀，有没有这么回事？"

曹霑痛苦万状地吐出一个字："有。"

范湘云问："通州潞河码头？"

曹霑点了点头。

范湘云问："调戏宫眷？"

曹霑说："对。"

范湘云问："光天化日之下？"

曹霑说："对。"

范湘韵恐惧地松开了手，像躲避瘟疫一样痴呆呆地倒退了几步，突然间捂着肚子，扑通一声坐到了地上。

奎成对她淡淡地说："范湘韵，好自为之吧。"

他随即一甩脖子，喝道："把人犯曹天佑砸上木枷，带走！"

当着范湘韵的面，捕役们麻溜地给曹霑砸上木枷。

曹霑戴着沉重的木枷，临走之前，瞥过去一眼，范湘韵正坐在地上放声哭泣。他对她喊道："保住咱们的儿子！"

范湘云喊道："保你娘个屁！你这个臭不要脸的，我才不保你的儿子呢。"

范湘韵蹬踹着双腿，放声哭嚎起来。

顺天府署的捕役把曹霑移交刑部。当晚，刑部狱卒摘掉他的木枷，扔进大牢。这里与宗人府空房不一样，是真正的牢房，黑暗、肮脏，狱卒的吼叫与犯人的哭喊混成一片。

这一夜，他蹲在号子里，混杂在一群杀人越货之徒当中，甚至还有个把杀人犯。由于他入狱晚，算是"新号"，没有他的铺位，他就蹲在旮旯里打盹。夜深了，号子里不时有囚徒发癔症一般发出尖声怪叫。

有一个是将要押赴菜市口问斩的，在人间的最后一夜，这位江洋大盗不管不顾地唱家乡戏，像是西北一带的腔，高亢之极，如同鬼哭狼嚎一般，谁也不知道这位唱的是什么，狱卒也无心过问，就由着这位唱。

这一夜好长啊。天才蒙蒙亮，牢门咣当一响，刑部的一个书办叫了一个人的名字，当着众人犯的面，那位江洋大盗被验明正身，五花大绑，背后插上生死牌拖走了。其他犯人吓得面如土色。

曹霑惊魂未定，牢门又咣当一响，门外传来一声喊："曹霑！"

他一弯腰钻出号子，来到院子里。他本以为带他过堂，没想到上来几个狱卒，麻溜地给他砸上木枷，扔上一辆马车。

马车里面还有几个犯人，他惊恐地问："咱们这是去哪儿？"

押车的狱卒恶狠狠地扔过来两个字："枷号！"

对曹霑的惩处早就定了：枷号两个月，而后革除官职为民。

在清朝史料中，枷号地点在旧刑部街。刑部在"阙西"，即大清门以西，与大理寺、都察院挨着，共同组成"三司法"架构。天安门广场西侧的人民大会堂建于"三司法"基址上。但是所说的旧刑部街是明朝刑部所在地，在长安街以西。枷号带有羞辱性，为充分发挥杀鸡吓猴之效，围观者越多越好，因此通常选在闹市区，其地点应在长安街以西的西单牌楼一带，即宣武门大街与西长安街的交叉点上，那里既在皇城之外，又属于旧刑部街。西单十字路口现在是北京最热闹的地点之一，乾隆年间那儿的客流量也不小，西单牌楼不冷清。枷号地点大致出不了现在西单文化广场。

枷号地点设施简单，一块空场下几根木桩子。木桩捆着铁链，铁链连着砸脚镣的人，他们的脖子上套着木枷。曹霑是新来的，除了他的脸面还算干净，其余的几位都蓬头垢面的，头发乱糟糟地披散在脸上，胡子好像会到处爬，乱七八糟地糊在脸上，几乎分不出谁是谁。

枷号的目的是示众，诚心要让犯人丢人现眼，要把罪状写出来，外加些污辱性语言，贴在犯人胸前。为了招揽人围观，要配以锣鼓，就像卖艺拉场子的一样。

当当当的敲锣声中，不大会儿就吸引来一大群人围观。

皂隶看看人差不多了，就喊起来。那恶狠狠的调门被称为"皂隶调"。

皂隶挨个儿拨拉着脑袋。"这位，啊，是原九门步军千总麻三，他居然诱奸儿媳妇，玩儿他儿子的老婆，什么出息！枷号两个月，鞭责一百，发往乌喇，充当打牲壮丁。这位也有两下子，他原先是什帮处的拜唐阿，什么叫拜唐阿，就是没有品秩的官员。连个品秩都没有，却借着行围宴之机，调戏蒙古王公婢女，枷号俩月，鞭责一百，发往乌喇，充当打牲状丁。二人俱贪财好色，准之与母狗母驴母牛交媾。"

围观的人起哄驾秧子，嬉笑怒骂，闹腾得很厉害。

皂隶有意把曹霑放在最后，"宣讲"他的作为是压轴戏。

皂隶一把掀起了曹霑的头发，吆喝道："快看快看，诸位看清这张脸。来晚了就看不着了。哎，这位是原通州州同曹天佑，这批枷号之人中属他最横，枷号俩月，期满之后，革职为民。看这大胆狂徒，色胆包天，看这色胆包天的大胆狂徒，敢为天下先，敢做天下人不敢做之事，定针儿定碗儿，普天之下就没有比他更为嚣张的了。"

皂隶之说吊起了围观者的胃口，"嘿！他犯的是什么事儿呀？"

皂隶拍拍曹霑的下身，向四下卖嚷嚷儿，"这小子跟你我一样，卡巴裆长着个滴里嘟噜的蛋包子。可是他又跟你我不一样。他这个滴里嘟噜的蛋包子不老实，总想着干坏事。"

"他都干什么坏事了？"有人急了，"您就别老卖关子了。"

皂隶向后甩着大拇哥，"他呀，他呀，那份儿缺德就甭提了。"

众人嚷嚷起来："您就快点抖搂包袱底儿吧！"

皂隶指着皇城方向，"往那边瞅瞅，隔不多远，那边就是紫禁城。紫禁城里有皇上的后宫，后宫是金粉之地，东西十二宫娇娃，荟萃了普天之下的大美人儿尖子。这位曹天佑干的是什么事呀，说出来别吓着大伙儿，他调戏后宫里头的人。一句话，调戏宫眷！"

一石击水。这小子居然调戏皇宫里的女人。"打丫挺的！"有人喊起来。

刹那间臭鸡蛋、烂柿子飞向曹霑。

曹霑的脸上、身上被砸得乱七八糟的。他闭眼忍受着，咬紧牙关一声不吭。定他"调戏宫眷"枷号俩月，他认了，只要能把晏公祠的事躲过去，把范湘韵和她肚子里的孩子保下来就行。

时值夏末秋初，天气不那么燥热，他横下一条心，打掉了牙往肚子里咽，熬过两个月。革除官职就不要了。当个平头百姓就当吧，天无绝人之路，只要老婆儿子在，一辈子就瞎混了。

他自己也不知道是怎么熬过来的，天色向晚，围观者渐渐散去，有家眷来接人，别的枷号者晚上可以回家，"调戏宫眷"者另当别论，晚上不能回家，得在刑部大牢过夜。从此他过上了一种特殊生活，白天被扔上马车带到枷示地点，示众一个白天，晚上再回到刑部大牢。

他毫无知觉地随着昼夜滚动。白天枷示，有时皂隶骂累了，在他们喝水润嗓子的空当，他微微睁开眼看看围观人群。有人悄悄来看他，除了曹頫、吉金刚和包衣营的弟兄，还有叔祖曹宜以及弘昌、弘晈、弘晓哥儿仨。吉金刚是流着泪走开的，这是他第一次见到吉营总流泪。

枷号地点距离平郡王府很近，老平郡王纳尔素于乾隆六年去世，曹佳氏来看过几次，每次都把皂隶拨拉开，给他递一碗白糖水。平郡王福彭也来过几次。每次都不说话，只是无奈地拍拍他的肩膀，而后掉头就走。庄亲王允禄也来过，躲在人缝里看了几眼，朝他点了点头，又立即离开了。所谓"调戏宫眷"，庄亲王最清楚底里。

有一天上午，他看到了娇妹，她笑嘻嘻地向他身上扔了片烂菜帮子，还把食指打个弯刮刮面颊，意思是他"调戏宫眷"没羞没臊。这个骚货对啥事儿都不在意，什么时候都没个正经。

除了娇妹玩儿似的逗了逗气，所有的人看过他之后，都含着泪默默走开。这对他是个慰籍，看来了解他的人心里都有本帐。但是谁也不敢跟他说话，家里到底怎么样了，范湘韵生了没有？他两眼一抹黑。对此，他火急火燎的，比挨臭鸡蛋、烂柿子还要难受。

他不理解的是，娘和范湘韵从来没来过。难道她们真的信了"调戏宫眷"的诬陷之辞？还是有别的原因。不对不对，掰着指头算算日子，范湘韵该生了，娘肯定是在家照顾范湘韵的月子呢。哎呀呀呀，两个月快点过去吧，到了日子就能回家看到儿子了。

说话到了十月底，他的两个月枷号明日就要期满了。皂隶每天拿他的"调戏宫眷"当压轴戏。他几乎每天都得挨臭鸡蛋和烂柿子，外带些烂菜帮子。这天，皂隶嚷嚷得特别欢，临末了又特意关照了几句话，大意是这位明日就不来了，请大伙儿下把力气为他"饯行"，结果他挨的臭鸡蛋、烂柿子、烂菜帮子比哪天都多。

他早就疲塌了。这时没别的想法，只想着一件事，甭管怎么着，这是最后一天了，总算熬到头了。

就在这时，一个小个子过来，踮着脚尖，拿手巾擦擦他的脸，抹去他脸上的鸡蛋青，还整了整他的头发。

这个人看着脸熟，而且那副撇拉撇拉的罗圈腿好像在那儿见过。正在琢磨是谁呢，那个小个子阴沉沉地说话了："曹天佑呀曹天佑，别看你这会儿狼狈不堪的，我敢说，你从骨子里正偷着乐呢。你和范湘韵小两口在晏公祠掉包，把弘哲串通道士谋害先皇的证据毁了。嘁！这手玩儿得轻巧简捷，甭说把几个道士装进去了，还闹了皇上一大个窝脖儿。更妙的是，皇上还不便深究，仅仅用个'调戏宫眷'的罪名枷号你俩月。你在这儿挨了些臭鸡蛋、烂柿子、烂菜帮子，身心遭了点子罪，但是值！混俩月就算把杀头之祸躲过去了。你是不是觉得你赚了，占了大便宜了？"

此人的这番说法正说到他的心里，显然是深谙案情的圈里人。

他警觉地不予回答，反问："你是谁？"

从他的背后传出一个声音："其实您应当认识他，您在宗人府空房就见过，我不妨给您提个醒儿，他是康亲王巴尔图。"

这个声音他很熟悉，他警觉地回头一看，原来说话的是戴铎。

戴铎绕到他的前面，笑嘻嘻地说："曹霑，我得告诉你，上次在宗人府空房让你躲过去了，这次你可躲不过去了，为啥呢？办你案子的是高手呗。高手高在哪儿呀？不妨告你个小秘密：你去年秋季在通州潞河码头见到陈雨林，到今年这会儿才枷号你，为什么拖了这么久？你恐怕没有想过。办这桩案子的那叫高，人家引而不发，在憋一个日子。憋什么日子？你不是和范湘韵一块到晏公祠掉包吗，人家这边整你，那边捎带上范湘韵，憋的就是范湘韵快要生的日子！就在那个日子下手！"

巴尔图接着说："结果让我们憋着了。范湘韵她那边快要生了，这边瞅这冷子定你个'调戏宫眷'；她那儿临盆了，你这儿枷号了。范湘韵是什么人，出了名的假小子嘛。假小子有假小子的血性，她哪儿受得了这份儿气，得了，活活给气炸了。枷号这俩月，没人向你通气吧，你一定在惦着老婆孩子，急得都快发疯了。不妨给你通个气。你老婆范湘韵上个月生啦，您猜怎么着？不怎么着，崩血，难产，母子俩一个都没活成，一块奔了阎王殿。范湘韵落到这个下场，也是她掉包的报应。所以，说了归齐，你没有占到便宜。两条人命赔进去了，你亏大发了。明儿个回到家，到坟头上看看去。啊？"

戴铎说："明儿个回到家，别忘了给你娘抓药，她连气带病起不来了，都没到这儿看过你。"

巴尔图和戴铎说完，嬉皮笑脸地相互击掌，挤出人群走了。

曹霑眼睛发黑，火星子胡蹦乱跳。一阵撕心裂肺的疼痛袭来，他腿一软，咕咚一声坐了下来，昏昏沉沉地靠在木桩子上。

片刻，他被冷水泼醒。他刚省人事，听见皂隶冲着他的耳朵喊着："你他娘还敢在这儿坐着，起来！你以为你是什么人。"

他抹去满面的水，甩甩满头的水，摇摇晃晃地从地上爬起来，就着皂隶这声嚷嚷，低声问着自己，也在低声回答着自己："我是什么人？是几代江宁织造的后人，是咸安宫的官学生，是乌里雅苏台大营的护卫，是圆明园包衣营的护军校，是通州的州同，是几辈子为清室效命的包衣下人，而所有这些统统引向一个归宿：任人作践的奴才。"

这个意识仿佛一道霹雳自天而降，把曹家几辈子建立的自尊劈得粉碎。他的面庞由于愤怒而扭曲了，眼睛可怕地瞪着，鼻翼急促地耸动，眉毛像苍鹰的双翅般上下掀动着，大声喊道："嘿嘿嘿！列位看官，快来瞧快来看，明儿个我就要回家了，给我媳妇儿上坟，给我儿子烧纸，给我娘抓药。晚了你们就见不着了。嘿嘿嘿！列位看官，趁着这功夫看仔细了，看看我这张脏脸，上面写着俩字儿。列位看官，您要问写的是哪俩字，可以告您，俩字儿：奴才。我是货真价实的王八蛋狗奴才！"

在这一刻，像是有条小虫子在他心里慢慢爬过，泛起一阵奇怪的瘙痒。这番叫唤怎么这么熟悉？想起来了，李煦和曹頫在倒霉时差不多也是这么叫唤的。他头昏脑胀的，想嘶声嚎叫，而眼角、面颊，却是干干的。他没有哭，也哭不出来，燃烧的面庞灼干了泪水。

不知不觉间，周围的嬉笑怒骂退去了，仿佛很静很静。在他最想哭喊的时刻，怪了，通身却泛起一阵前所未有的轻松，好了，都没有了，都利落了，两不相欠了。多少年了，曹家把家族的命运系在王朝的裤腰带上，情里梦里从事着一桩互利的交易，一代一代的曹家人甘为清室的犬马，而换取清室的垂眷。结果呢？大清曾经给予曹家上世的种种恩宠，随着老一辈痛骂自己是王八蛋狗奴才而扯平了。而到他这茬儿，随着老婆、儿子、官职统统消逝，也不欠大清什么了。曹家跟大清的帐算结清了，下面该做些什么，已不是这个王朝所能约束的了。

九十七、乾清宫－广渠门蒜市口小院－西花园

　　乾隆九月正初五举行乾清宫家宴。黛贵人陈氏坐在左边最后的三等桌，同桌的是嘉妃金佳氏。她俩的关系不错，原因是都没有生育，精神上都空空落落的（后来金佳氏生皇八子永璇），而且都出自一般人家，谈得来。但金佳氏的处境比陈氏强一大块，她在盛京有一大家人，父母健在，平时还有个指盼，而陈雨林却什么也没有，父母双亡，京城的养父养母又落得那般下场。在这个场合，吃得差不多了，酒膳上来，一杯温酒下肚，面上发热，精神有些恍惚，她开始掉泪了。

　　想家是人之常情，况且在不得见人的深宫之中。一道宫墙把后妃们与二老隔若天渊，乾清宫家宴成为后妃们集体思念亲人的场合，哭鼻子是常事。皇上再大的谱，也不能禁止妃子们哭，相反，皇上在这种场合往往鼓励后妃们哭鼻子，平日陪着笑脸，好像在深宫里乐陶陶的，这时允许她们发泄发泄，这也是他向妃子们展示胸怀的时候。

　　家宴过程中，弘历一直在注意妃子们的情绪。他吃喝差不多了，用手巾抹抹嘴，而后端坐在宝座上，通过金龙大宴桌，一眼看到三等桌上的黛贵人在低头擦眼泪，于是一招手，承应宴戏即刻停了下来。

　　弘历问："黛贵人，怎么流泪啦？"

　　平时，后宫女人回皇上的话提心吊胆的，唯恐哪句话触犯龙颜，而今天是家宴，气氛较平日宽松，是她们倾诉的场合。

　　陈雨林迅速擦干眼泪，抬起头来，说："打从元旦那天起，京城内外喜庆新年，

歌舞升平，万民欢腾，尤其宫墙之中广被洪慈，更有一番新气象。今天，皇上与妾等家宴，鲜花丛中温情脉脉，钟鼓声中其乐融融。妾不能不想起大内之中，尚有一人孤苦伶仃，被囚禁于景山东果园高墙之间，在这举国同庆之日，听到高墙外的阵阵爆竹声，他会倍感凄清无奈的。"

不悦袭上弘历的面孔。他不满地说："朕就知道，你哭眼抹泪的是在思念你的养父弘晳。怎么，你心疼他啦，认为他不当囚禁于东果园，你是要为他鸣冤叫屈不成？"

还没等陈雨林说话，坐在头等宴桌后的皇后富察氏说话了。"圣上，家宴上不必剑拔弩张的。思念与鸣冤是两码子事。黛贵人思念养父弘晳，系人之常情，不能一提到弘晳就打她个鸣冤叫屈。"

富察氏所说有难以辩驳的分量。

弘历将酒杯忽地推开，讥讽地说："皇后，这位黛贵人比不得别的嫔妃，她喜好纠缠往事，有沉溺往事的瘾。入宫这几年来，她一直对那个护军校怀有难以割舍的旧情，对此朕不过多计较，已是宽大为怀达极致。但是她对被朕圈禁的前理亲王弘晳仍然抱有感念之情，朕就不得不正色了。"

富察氏说："护军校的事就不要再提了，总拿这事儿刺打人没意思。至于弘晳这事我早就想说，只是苦于没有说话的由头，既然话赶话到了这儿，就不妨说说。且不说弘晳犯的是什么罪过，那不是后宫中人当想当问的，说到底他不是外人，而是圣上的堂兄，同为太祖努尔哈赤的血脉，也对黛贵人抚养了一场，何必一提到他就冒火。他平日被囚禁于东果园，也就那样了。新年之际，普天下合家团圆，大内之地只有他一人被圈禁于高墙之间，这是实情。圣上以德以仁治天下，以宽广胸襟令天下服膺，在这大年下的，何不让他享受一点人间温情呢。"

弘历显然动心了，却仍然有些疑惑，于是说："皇后，你对黛贵人倒是分外上心呐，总是为她说话。"

富察氏说："这又有何不可？"

她离开桌子，走到三等宴桌旁，抚摸着陈雨林的头，有些鼻酸，"今天行家宴，后宫中人一个不少的都在这里了。请问，无父无母无兄无弟无姐无妹的能有几人？唯独黛贵人。她不能不令人牵肠挂肚。既然是行家宴，在座的就是一家子的，在这后宫之地，众嫔妃是姊妹，皇后是她们的姐姐，姐姐再不为妹妹说话，又有谁能为她说话？圣上！平时该怎么着就怎么着了，大年下的就别绷着筋绷着脸了。圣上啊！这里是乾清宫，往北走三百丈，穿过几道宫门就是东果园，恳请圣上开恩，准他们父女见上一面。于弘皙，亲受圣上洪慈，催发改过之心；于黛贵人，了却思念之情，对圣上更加尽责。一道高墙，一道宫墙，父女俩望眼欲穿啊，就等圣上的一句话了。"

弘历放眼一扫，众嫔妃都在悄悄垂泪。

再看乐队那边，庄亲王允禄亦黯然。允禄不是来这儿凑热闹的。乾清宫家宴的音乐分量很重，作为乐部的管理大臣，他亲自到场监督，在进茶、进酒、进馔时，调度各个乐队分别演奏。

家宴是释放的场合，也是通过释放而释怀的场合。弘历必须表现出不同于既往的宽阔心胸。

他斜目看看允禄，说："庄亲王。"

允禄来到丹陛前下跪，"臣在。"

弘历思忖着说："就按照皇后说的办吧。这件事你操办一下。不过不必让黛贵人去东果园，高墙之中阴森，女人不便进去。依朕之意，黛贵人与其养父弘皙在西花园见面。见面时间由你安排。"

"臣领旨。"允禄低着头徐徐退下。

不是哪个人，而是整个乾清宫松了一口气。宫内旋即发出一片唏嘘。

陈雨林哭得不成样子，她搂住富察氏，像孩子般把泪水蹭到她的肩膀上，发自肺腑地轻声说："雨林终生不忘皇后恩典。"

元旦这些日子，京城连续数日都是阳光普照，万里无云的大晴天，而广渠门曹家小院里却是愁云惨淡的。

馨玉是康熙三十四年正月生人，本年正月初八是她的五十岁生日。但是，她只能躺在炕上迈进五十岁的门槛。

在曹霑枷号那些日子里，她急火攻心病倒了，一直没能到刑部街看看枷号中的儿子。随即范湘韵临产，她原本企图挣扎起来给儿媳妇伺候月子，没想到范湘韵在临盆时大出血，带着曹家的一根苗走了。她都没有力气料理儿媳妇的后事，是由曹頫一手操办的。出殡那天人手不够，吉金刚带着几个包衣营的弟兄搭了把手。

范湘韵的丧事办完了，曹霑才解除枷号回来。

他回到家才发现家是如此陌生。小院里空落落的，他像头孤狼般团团转。范湘韵如匆匆过客，风风火火的假小子那标准的丁字步，双手抱拳的几声吆喝，憨头巴脑的大喊大叫，风一般在各个房间卷进卷出，给小院里播下那么多欢声笑语，平添了无限生气。她转眼走了，小院较以往更加沉闷。

从那时到现在，娘一直没能从炕上起来。娘、妻、子，三重打击劈头盖脸地砸下来，加上谋生之计尚在虚无缥缈间，他愁得快散了架子。

娘过生日这天的一大早，他连和面带擀皮，卧了两个鸡蛋，做了碗热面条，端到娘的炕头上，亲眼看着娘吃。

娘吃了半碗就吃不动了，两个卧鸡蛋连动都没动，就把碗往炕头一放，眼泪淌了下来，说："如果这碗寿面是湘韵做的，娘没准儿还能吃完它。"说着一歪脖子又昏睡上了。

曹霑是孝子，看到往日精精神神的娘病成了这样，一点劲也使不上，急得直掉泪。他只能干坐在炕头，看着娘。

馨玉微微睁开眼睛，手无力地向外拂了拂，撵他走。"甭在这儿傻坐着，乘着大过年的都在家，出门跑跑门路，尽快找个事儿干干。你要找到事儿干了，我这心里顺一些，没准儿病还能好一些。"

他说："好吧，儿子再出去试试看。"

他站起来，紧紧棉袍出了门。但是来到当院儿，心里又一点底儿都没有了。枷号回来，他就被革职为民了，官府里的事不能想了，所说的找事，实际上是在民间找个饭碗。而在这年头谈何容易。

曹家长期吃官饭，对"民"这块素来不大上心。他们一点也没体察到，清初以来的好日子已然结束了。冰冻三尺非一日之寒。八旗依靠饷银俸米生活，随着人丁繁衍，这个寄生集团日益膨胀，成为清廷沉重的包袱。

雍正朝"裁汰披甲人"，说开了是要减少吃皇粮的人头。弘历即位之初，"八旗生齿日繁"愈发突出。乾隆元年谕八旗："迨承平日久，渐即侈靡，且生齿日繁，不务本计，罔知节俭。"这是弘历第一次明示，八旗人口繁衍已对朝廷形成压力。乾隆三年准旗人家奴脱离旗籍，自立门户。此举与美国总统林肯解放黑奴不可相提并论，清室不想解放谁，只想甩包袱，旗人家奴占着饷银俸米名额，将他们开除奴籍，自谋生路，多少减轻点政府压力。

曹霑是在"八旗生计"问题突出时革职为民的，谋事不易。京城不是找不到事，即便有个"坑"，事主也不愿意让旗人干，更别说内务府上三旗包衣了。旗人在社会上留下了饱食终日、提笼架鸟的恶劣印象，没有哪个有钱的主儿愿意雇佣旗人。这些日子以来，吉金刚等撒开了欢儿到处找亲戚，托朋友，但是人家一听是旗人，都摇摇头不愿意用。

曹霑站在院子里发了会儿愣，知道这时候出去找人也是瞎耽误功夫，不如出去瞎转一圈儿，让娘宽宽心。正要走，有人敲门。

敲门声不轻不重，带着俏皮的"点儿"，他开门一看，脸红了，嘀咕了一声："没想到您会来，老没见了。"

娇妹一侧身子进来，刮了下他的脸，抛来个飞眼，伸出三个指头，说："三件事。头一件给你娘拜寿，五十了嘛，整生日要聚一聚；二一件给你们全家拜年，假小子走了，你们还得活下去，这院儿得添点喜兴；三一件，'调戏宫眷'的傻小子，弄得丢盔卸甲的没活路了，我给你找了件事。"说完摇摇晃晃向正房走。

曹霑追上去问："给我找的什么事？"

她回过头来，两只媚眼弯弯的，"在我的手底下干事。"

乾隆九年正月十五。根据皇上口谕，庄亲王允禄派人将弘晳从景山东果园接出来，到西花园静怡轩，在那里等候黛贵人。

来西花园之前，弘晳特意修饰一番，但遮掩不住老态，他老多了，不仅头发花白，而且皱纹很深，其实他还不到五十岁，但说他六十岁也有人信。

他无意浏览西花园景象，大冬天儿，园子里光秃秃的，也没啥可看的。

在静怡轩坐定，弘晳与允禄脸对脸，不知该说些什么。自从"治庄亲王允禄与弘晳等谋逆案"之后，这是两个人第一次见面，"谋逆"的两个"主犯"都有些尴尬，也都有些不解，而且都在为同一个问题纳闷儿：怎么和他搞到一起去了？不大会儿，他们又相视大笑起来，既是自嘲，也感到这事儿有几分荒唐。而既然荒唐，就有可笑之处。

弘晳先开口说："行啦行啦，咱俩稀里糊涂地成了同案，是你把我拉下水的还是我把你拽上船的，现在说不清了。反正在皇上眼里，先前你是'谋逆'的头子，后来这个'谋逆'的头子成了我。眼下你不过停俸五年，还保留着亲王王爵，而我则一栽到底了，高墙圈禁，老婆、王爵全丢了，在世之日是出不了东果园了。完蛋落魄到如此，十六叔可否帮我办件事？"

允禄说："谁让咱们叔侄俩是同案呢，只要我能够办到的，在所不辞。"

弘晳从棉袍里掏出一大卷纸，郑重地递过去，说："在东果园饱食终日不是个事，每天就想过去那一桩桩的事，我越琢磨着这个'旧日东宫之嫡子'就越他妈窝囊。我的阿玛差点当皇上，这是真的，就着这茬儿往我身上扯，说我也想当皇上，愣是拿个鹅黄肩舆说事，还胡嚼我私设掌仪司，连个影儿都没有，宗人府就敢瞎编乱造。我想不明白气不愤儿，于是学着写了些东西，都在这儿啦，你带出去看看。"

允禄看看那卷纸，问："打算拿它怎么办，你给我一句话。"

弘晳大大咧咧一挥手。"你看着办，愿意怎么着就怎么着。这年头我信不着别人，看人下碟儿，只能信同案了。实话说，你就是拉舌头扯簸箕的，交给皇上我也不怕，死猪不怕开水烫。反正我都成这样了，与死无异，顶多脖子上再挨一刀，那倒痛快了。"

允禄把那卷纸塞到怀里，"我掂量着来吧。"

弘晳看看他，"你要是实在拿它没辙了，就交给曹霑。晏公祠掉包的事让我看出来了，这小子靠得住。"

允禄无奈地晃了晃头，"眼下曹霑的日子不好过，轻易不能给他惹事，还是那句话，先看看写的是什么内容，我掂量着来吧。"

他们说话时，陈雨林正从西六宫那边赶过来。

这是她第一次来西花园，按照老习惯分外留心。她注意到花园里的建筑相对小巧，与紫禁城里其他建筑风格不尽相同。实际上，西花园边缘是在乾西诸所基础上改造的，为了与原有建筑的构成保持一致，附和花园点景建筑风格，都玲珑别致，不似内廷其他建筑那样轩峻壮丽。这样一来，容易造成一个印象，即在乾西诸所基址上翻建的建筑物像从西花园中隔断出来的。

在太监引导下，她进入静怡轩，一眼看见弘晳，抑制不住地一头扑过去，跪在他的脚下，痛哭失声。

弘晳抚摸着她的头说："没什么没什么，我在里头过得去，吃的喝的用的仍按照亲王例供给，不用为我担心。没法子，摊上了。从废太子到我这废物点心，我们爷儿俩跟高墙摽上膀子了。当年废太子囚禁咸安宫，这会儿我圈禁东果园。如果有朝一日见到你养母，告诉她，让她尽快忘掉我。掰着指头算算，你养母还不到四十岁，天姿国色的，这把子岁数了也风韵犹存，找个好人家还来得及，再晚了她的岁数就不赶趟了。"

她说："别这么说，养母还等着您出去团聚呢。"

弘晳说："别拿不着边的话填和我，养父都这把岁数了，知天命啦。"

弘晳感伤了一阵，又爽朗地笑起来，"我情愿终老东果园，在里面傻吃闷睡的，没事儿了写点东西，也算是神仙过的日子。"

允禄见状，说："你们父女叙叙家常吧，我在场恐怕不妥。我先找个地儿呆着，你们谈完了叫我。"

陈雨林拦住，"慢着。庄亲王，我还有事要托付您。"

允禄说："说吧，只要我能够办到的，在所不辞。谁让是我把你从郑家庄接走的，对你的事我也义不容辞。"

陈雨林小心说："上次坐您的船回江宁，您在船上对我说，您在通州码头与曹霑对上号了。这事儿您还记得吗？"

允禄说："当然记得。"

她问："您还能见到曹霑吗？"

允禄说："只要我愿意，随时可以见到。"

陈雨林警觉地四下看看，太监都回避了，于是从棉衣袖子里抽出一卷纸，郑重地递过去，说："我与曹霑相爱一场，最终没能成为夫妻。我入宫的第一天，在圆明园与他不期而遇，曾经对他说过，我要'眼泪还债'。在通州码头，我再次与他不期而遇，又对他说了一遍。至于怎么个'眼泪还债'，我的心都在这些纸上了。如果您能见到他，请您务必交给他。小女拜托了。"

允禄把那卷纸也塞到怀中，"我一定带到，不会留后尾巴。"

他示意他们接着谈，随后走出静怡轩。

来到西花园中，一阵寒风吹来，他浑身打了个冷战。

他大把地揉揉面颊，再低头看看胸口，两卷纸撑得鼓鼓囊囊的，一边一个，棉袍撑出来两个大鼓包，像是女人的两个乳房。

他颇为好笑地摇摇头，在西花园中随意溜达时，他还不知道那两卷纸的份量，更无从知晓，他的棉袍里揣着的是一部旷世巨著的两颗种子。

九十八、正阳门外广和楼－瓮山寺

京城四九城，有座城门楼子非同一般。

它的非同一般之处是，一道城门内外两重天：里面气象森严，外面则是喧沸的闹市。在内城九门中，这是独一份儿的。

正阳门，后世称前门楼子。门外是护城河，壮丽的正阳桥跨过河，宽阔的石道一路向南，通往肃穆之地天坛。南北方向是京城中轴线，东西方向是内城与外城的连接线，组成个"黄金十字"，如果给京城安个笛卡儿坐标，中轴线和连接线汇合处的正阳门，自然是坐标原点。

正阳门大门设而不开，皇上经过才偶尔开，月城东西设二洞子门，为官民出入。门内属内城，百姓可自由行走，但正南是戒备森严的大清门，上三旗护军营官兵警觉地瞪着眼睛，看得紧紧的，行人连大气儿都不敢哈。而一旦走出月城门洞，迎面扑来一股热浪，有点甜，有点酸，有点咸，有点苦，有点辣，甜酸苦辣咸一应俱全，还有股臭烘烘的气味，挺呛鼻子的，那是闹腾的、欢腾的、热气腾腾的买卖天地。

正阳门外的肉市有一家有名的戏楼，为明朝巨室查氏所建，明朝取其姓氏称查楼。乾隆年间重建加了"广和"二字，为广和查楼，也有人称广和茶楼，透着一边品茗一边观戏之意。京城士人有省略语言习惯，甭管查楼还是茶楼，叫顺嘴就省了"查"字或"茶"字，叫广和楼。它是已知的北京城最早的营业性戏楼，也是京城最大的民间剧场。

广和楼茶点的价码不低，来观戏的多是有钱人，普通戏班子不容易在这里演出，至于各妓院的清吟小班则更不可望其项背。正由于此，正经戏班子一旦获准在广和楼演出，就得掏死力气。前人留下一首诗，名为《广和楼观剧》："春明门外市声稠，十丈轻烟扰未休。雅有闲情征鞠部，好偕胜侣上查楼。红群翠袖江南艳，急管哀思塞北愁。消遣韶华如短梦，夕阳帘影任勾留。"可见这是个雅地方，上演剧目丰富，既是消遣娱乐场所，也是陶冶性情之处。

乾隆九年初夏，广和楼上演昆腔《四婵娟》。京城士人的眼光既独又毒，对戏班子分外挑剔。演出《四婵娟》的戏班子为京城士人闻所未闻，叫什么苏州班。观戏者彼此一碰，没错，这是个新拉竿子的。广和楼的首场演出成功与否，对这个新挑的班子至关重要。

正剧上演前照例是"拔旗儿"。台口插四面大旗，开演时锣鼓急响"打三通儿"，迅速拔去大旗。而后是"跳加官儿"，一个女子着宰相官服，戴一个丑形笑容面具，按照锣鼓节拍出场，在台上摇摇摆摆走几遭，并将手中的纸卷亮出，上书"天官赐福"。然后是正剧。

靠近戏台的地方，娇妹和曹霑并肩坐着，既不品茗也不交谈，甚至也不观戏。他们身份特殊，这个班子就是娇妹的，全名苏州春明班，简称苏州班。班主是娇妹，曹霑是她聘来的助手，称"管事儿的"。

娇妹无儿无女无牵挂，精力充沛，闲不住，佐领按月发放的那点饷银俸米，打发不了她。小鼓捣油儿的事不入眼，时不时与达官贵人交往非长久之计。年过四旬，人老珠黄，她想找件大一点的事情做，作为安身立命之计。这时，老相好庄亲王允禄甩给她一个机会。

娇妹一直打算依托庄亲王允禄成就一番自己的事。允禄主管内务府时顾不上她，自从淡出政治舞台、成为乐部管理大臣后，闲暇时间多了，也有心气儿考虑别的了，顺手帮了她一把。真的是搂草打兔子。玉熙宫戏班子式微之际，允禄就琢磨上这帮人的出路了。别看她们都是打江南来的，有意留在京城的大有人在。瞅这个冷子，允禄资助娇妹成立了苏州班，进而利用在内务府的旧有影响，在玉熙宫往外放人时，把几个顶尖女戏子接收下来，外加几个乐手，一个有相当实力的民间戏班子就算立起来了。

娇妹于演戏是外行，但是敢招呼，将曹霑等一干能人聘来，一番拳打脚踢，总算稳定下来，并且很快获准在广和楼等大地方演出。苏州班成立这才几天呀，干到这份儿上真不容易。

玉熙宫那帮人专门上演大家的戏，小打小闹的本子看不上。《四婵娟》为清初剧作家洪升所作，四折分写四个才女，她们分别是晋朝人谢道韫、王羲之的表妹卫茂漪，宋朝的李清照，元朝的管仲姬。四大才女各有各的故事，按说全剧四折互不连贯，戏剧性不强，但剧本作者洪升是《长生殿》作者，观剧者一般都还认同。

由于是在广和楼的第一场演出，娇妹有些紧张，捧着个盖碗，忘了喝茶，紧着观察观戏者的反应。她忙里偷闲，用胳膊肘撞撞曹霑，曹霑的心根本不在这儿，勉强扫了戏台两眼。

这是标准戏台，有上场、下场两个门，都挂有门帘子。当主要演员上场时，"捡场儿的"要依据伴奏的锣鼓点，准确适时地将门帘一掀，这道活儿即是所谓"挑帘儿"。在这个瞬间，主要演员出场、亮相。对扮相特别出彩的，在亮相的瞬间，观剧者齐声喝彩，这叫"碰头儿好"，又被称为"挑帘儿红"。苏州班第一位是扮演晋朝女才子谢道韫的，上来就是个"挑帘儿红"，这下子让后台的心里踏实了。

有极少数老戏迷不是来喝茶的，单门儿就是来听戏的，茶楼挣不着他们的茶钱，为了挣个人气儿，也不撵他们出去，而是把他们安排在后墙。这个位置与上场门、下场门平行，只能看到演员后背和侧后背。这类观戏者被称为"靠大墙的"。"靠大墙的"十有八九是真戏迷，不在乎能否看到演员的正面，对女优的脸蛋也没有兴趣，他们对情节烂熟于心，只为听唱，不必再看，听的是唱工和流派，一个个打着点，摇头晃脑地闭目听。

苏州班是宫廷的底子，各色人等训练有素，在广和楼上演昆腔《四婵娟》的姐妹们，或许进入此地不易，或许日益感受到京腔的威胁，表演分外下力气。但见那戏台上，谢道韫、卫茂漪、李清照、管仲姬四大才女，你方唱罢我登场，扮相一个赛一个的俊俏，唱得也不错，行头都是里外三新的，戏台调度也是娴熟的。

台下看得津津有味，他们总算知道了，苏州班可不是稀松平常的主儿，不时爆出喝彩。娇妹最留意的是"靠大墙的"反应，他们是真正的玩儿家。看到他们也击节叫好，娇妹心里踏实了。

曹霑没精打采的，有一耳朵没一耳朵地听着，想起来了往戏台上扫一眼，想不起来连一眼都懒得看。他尽管自幼生活在江宁，满耳朵灌的就是细腻婉转的昆腔，但是他不爱听，也听不懂，而来到京城后，对扯着脖子嚷嚷的子弟书有所痴迷，昆腔更是抛诸脑后。

曹霑有戏剧家传。他的祖父曹寅称得上清朝剧作家之一，并留下两部剧作，其中《续琵琶》的抄本留存至今,它的首尾俱残，现藏北京图书馆。如果诸事如意,凭着家传和自身的潜质，他或许会对演戏有些兴趣。但这会儿的他无意于此。柳号回来，他到范湘韵的坟上去祭扫了一番,那个土馒头下面安葬的是两条生命。那时，他的心里就涌动着一种情绪，想干点什么，把上世和他的愤懑和忧思一吐为快。至于干点什么，他并不明确，但绝对不是和娇妹搭帮管理苏州班。

他正在发呆时，《四婵娟》已进入最后一折，那个去演管仲姬的扮相特别俊美，唱工也好，特别是她那"卧鱼儿"让台下如醉如痴的。所谓"卧鱼儿"是一种身段功夫，上身缓缓侧转贴地再缓缓而起。

台上怎么唱,台下怎么叫,曹霑无冬历夏的,几乎一无所知。《四婵娟》演完了。由于是茶楼，演出结束后观戏者并不退场，人家在那儿照旧茶话，他在那儿照旧发呆。

娇妹招呼他，"曹管事儿的，抬头。"

他猛抬头，看见娇妹和一位身材袅婷的女子站在他的面前。娇妹十分振奋，而那个女子气质很安静，就像一湾秋水。

由于在广和楼第一次演出就博了个碰头彩，娇妹的情绪特别高，说："曹管事儿的，介绍你认识咱们苏州班的台柱子。这位婵娟小姐叫薛芳卿，是演四才女之一管仲姬的。"

他看看班主所说的台柱子，迎面是温情脉脉的鸽子般的眼睛，忽忽闪闪的，伶俐得像会说话。她刚卸去戏装，脸上留着残妆，描眉打鬓的，双颊润泽而微红，蓬松的头发随便梳理了几下，像天空的乱云一般。

他站起来抱拳作揖，说："在下姓曹名霑，原先是穷当兵的，于演戏一门儿不入门儿，蒙钱班主照顾，聘来当管事儿的。有幸与女公子相识，不胜荣幸。台柱子今后有何指教，尽管吩咐。"

看到他一本正经的样子，娇妹扑哧笑了。"你以为你还是护军校呐。哪儿那么多周吴郑王的。你来的日子不短了，乌头蒙一个，整天糊拉巴涂的，连人头都对不上号。带你认识几个人，以后有事能叫得上名字。"

他心不在焉地说："她叫管仲姬，是吧？"

那女子说："我姓薛名芳卿，管仲姬只是剧中扮的角色姓名。"

薛芳卿口齿清楚，声音圆润，显得落落大方。女优都有几分大度，而在她还不完全是大度。她不是十几岁嫩得出水儿的丫头蛋子，而已是二十岁出头了，尽管仍然是如花似玉的年华，成熟的脸上却挂着些许沧桑。

娇妹拉着她走了。

他坐下来，看着她们离去的背影，依旧整理自己乱纷纷的心绪。

而在这时，薛芳卿回头看了他一眼，那双会说话的眼镜，眼神中带着几分愁绪，几分同情，好像往他冰冷的心田注入了一瓢温水。

有一种女人很是厉害，眼睛会勾走男人的七魂六魄。薛芳卿回眸的这一眼并没有勾走曹霑的魂魄，他当时只是心动了一下。但是，不久之后，他会对她说，他们之间的关系是从这一眼开始的。

正在这时，一个当兵的匆匆走进广和楼，在茶客中找人。

他身着圆明园护军营的号坎，是曹霑的笔帖式哥们儿之一。

曹霑一眼看到他，急忙迎上前去。

那个笔帖式看到他，说："吉营总让我转告你，明日辰时在瓮山寺见面。"

次日一大早，曹霑骑马赶赴瓮山寺。

五月是不冷不热的季节，微风拂面挺舒服的。

他左一下右一下地甩着马鞭，悠哉悠哉的，边走边想，吉营总有什么事儿？即便有事为什么非得去瓮山寺谈？他想不明白，也就不管它了。

西山泉脉随地涌现，出水量最大的一股来自玉泉山。泉水日夜喷涌，流入大泊湖，大泊湖是当地老百姓的叫法，文雅点称为瓮山泊或西湖。

西湖距京城三十里，曹霑没走多久，西湖遥遥在望。这里是大片稻田，远望如江南景致。前人留下一首西湖堤诗："左带平田右带湖，晴虹一路绕菰蒲。波间柳影疏间密，云际山容有忽无。遗臭丰碑旧阉竖，煎茶古寺老浮屠。闲游宛似苏堤畔，欲向桥边问酒炉。"

西湖依傍着一座山。叫瓮山。瓮山把着西湖的北岸，山体不高，山形壮美，山水相依，郁郁葱葱的山守着一湖碧水，就像是大哥哥看着小妹妹。瓮山脚下有一座瓮山寺，即前明圆静寺。

辰时左右，曹霑赶到了瓮山寺。瓮山寺很小，没有荒废也差不多了，平日几乎没有香客来朝香，但是今天山门那里却有几匹马，看样子来了些人。山门那里还有两个人警觉地四下张望着。

他刚下马，一个人过来说："报个姓名。"

他随口答："曹霑。"

那人问："谁叫你来的？"

他说："吉营总。"

那人向里一甩头，"进去吧，吉金刚在里面等你呢。"

瓮山寺很浅，只有两进。进了山门就是早已残破不堪的正殿。

他刚跨过门槛，吓了一跳，十几口子在地上跪着，一下复一下地磕头。正面佛龛位置上没有造像，只有一个木主，上书"悼红"二字。

脚下传来一个声音："曹霑，快点跪下。"

他低头一看，吉金刚在他脚边，正在磕头。

他连忙跪下问："怎么回事？"

吉金刚短促地说："别问那么多，跟着磕头。"

他昏头昏脑地跟着磕了几个头，前方传来一个声音："向大明行礼完毕。"

随着众人停止磕头，"悼红"木主之下的一个人站起，回过身来。

他一看，大吃一惊，原来是张太虚。

张太虚显老了，一绺花白胡须垂在胸前，更显出几分仙风道骨。

他咳嗽了几声，清了清嗓子，说："时下是乾隆甲子年五月。一百年前，大明崇祯十七年三月，李自成攻陷北京，崇祯帝在煤山自缢，其时披发白衣，跣左足，右朱履。明亡。四月，故明宁远总兵吴三桂乞师于多尔衮，合力抵都门，灭流寇于宫廷。多尔衮得书后率师星夜进发，在山海关一片石败李自成。李夺师回京称帝，于四月三十日弃京西走。五月，故明臣迎清军入京。九月，清世祖自盛京迁至北京，清朝从此定鼎中原。从那时至今，大明亡朝整整一百年，我等大明遗民蒙遭剃发左衽惨祸整整一百年啦！"

张太虚说不下去了，布满皱纹的眼角滚出几滴老泪，其余人等黯然。

曹霑头脑活络。何谓"悼红"？冷不丁的乍看到木主尚有些糊涂，而放在这个场合，一琢磨就明白了。明朝的皇帝全都姓朱，明朝即是朱氏天下。朱即是红，"悼红"即是追悼明朝。

曹霑抬头四望，突然间意识到，聚集在瓮山寺的是一个鼓吹反清复明的小圈子。他自幼知道，这种小圈子在江南为数不少，江南士人历来思绪活跃，天高皇帝远，鼓吹反清复明者大有人在，没想到的是，天子脚下居然也有这种小圈子。而且自己过去的上司、包衣营营总居然是其中一员。

"悼红"结束，吉金刚和曹霑走出瓮山寺，俩人都怀着心事，牵着马沿着西湖的堤岸漫步，都不想率先张嘴。

曹霑忍不住了，问："为什么叫我来？"

吉金刚说："该叫你明白点事了。你们曹家几辈子是皇上家奴，在江宁也算旺族，那程子不管清室怎么作践你们，你们还是死心塌地为之效命，就是抄家撵回京城，也不可能跟我们一块'悼红'。到你这茬儿，破落到这个份儿上，两手攥空拳不说，老婆儿子两条命搭进去了，总应该看明白了，你们曹家几辈子辅佐的是一个什么朝廷，接茬儿给清室当犬马值当不值当。"

曹霑说："个中的理儿，不用吉营总说，枷号时我就想明白了。不过今天说的这个'百年'、这个'悼红'，倒是挺耐人琢磨。"

九十九、广渠门蒜市口小院－朝阳门内南小街－曹家祖茔

乾隆九年九月中旬，馨玉的病情骤然加重。

几个月了，她一直卧床不起。这天突然不省人事，昏迷了整整一天，醒来之后，郎中要喂食米水，她紧咬牙关，任是什么也吃不进去。曹頫、曹霑面对这个局面，除了着急上火，一点法子也没有。

广渠门曹家小院的大门擂得山响，曹霑跑去开门，娇妹急匆匆地跑进来，后面跟着的是一溜小跑的薛芳卿。

娇妹带着薛芳卿一头闯入馨玉的房间。昔日那个温柔得体、美丽端庄的馨玉姐姐变得几乎认不出来了。她的两颊整个陷落下去，颧骨高高凸起，双目灰黄，头发披散着，呼吸沉重，额头冒着虚汗。

娇妹拉着馨玉的手哭泣起来，"馨玉姐，你怎么病成这样了？"

馨玉吃力地安慰着娇妹，"不打紧，不打紧。"

通过娇妹不断抽动的肩膀，她在朦胧中看到一个女子站在娇妹的身后，正在低声啜泣。

馨玉是第一次见到这个女子，但在冥冥中觉得似曾相识，这个女子身上有一种她熟悉的东西，是长相，是穿着，是那股劲儿，还是那种温顺的性情，说不上来。反正让她觉得亲切，让她觉得踏实，让她觉得这是家里人，她甚至想拉住她的手。

娇妹看懂了她的表情，停止了哭泣，用手巾揩着眼角，说："她叫薛芳卿，是我们苏州班的。"

馨玉费力地仰了仰下巴，表示听懂了。

娇妹俯下身子，抚摸着馨玉的面颊，继续说："馨玉姐，你听我说，芳卿是南通人，自幼学昆腔，学的是'闺门旦'，后来成为玉熙宫戏班子的台柱子。你娘是学'闺门旦'的，当年演《长生殿》里的杨玉环拿手，芳卿她是玉熙宫的'小杨玉环'。"

馨玉疑惑地看着娇妹，眉毛微微蹙了起来。

娇妹把薛芳卿领来，话里话外把薛芳卿往她家绕。她多少猜出点意思。但这还不是当紧的。当紧的是，娇妹怎么知道她的娘是当年玉熙宫戏班子里的马姑娘？而且唠叨的那些事，好像比她知道的还要多。

娇妹看出她的心思了，笑笑说："出了广渠门曹家小院，满天下只有一个人知道馨玉姐的家世，那就是前理亲王弘晳。连亲王妃吴青卿都不知道。弘晳只告诉过一个人，那就是庄亲王允禄。庄亲王允禄也只告诉过一个人，那就是你的娇妹。放心吧，娇妹不是瞎目糟糠的人，消息传到我这儿，就算到头了。再不会有人知道你馨玉姐的来路了。"

馨玉放心地点了点头，眉毛略微舒展开来。

曹霑端着一小碗热腾腾的药汤，快步进来，"娘，服药。"

他正要往炕头上坐，娇妹却把碗接过来，"粗手笨脚的，别烫着你娘。"说着把碗递给薛芳卿。薛芳卿也不说话，在炕头上坐下来，用小勺子搅拌了几下，接着就给馨玉喂药。

给病人喂药不是一件简单的事情。薛芳卿的动作熟练，一招一式都很得体，馨玉像听话的孩子般让她喂食。

娇妹在一边看着，说："馨玉姐，我琢磨着，你过去的儿媳妇范湘韵没有给你喂过药。您什么时候享过这福，玉熙宫戏班子的台柱子低眉顺眼地伺候您，您就是让她日夜守候也行，发个话她就过来。"

馨玉一边小口抿着药，一边翻翻眼看看薛芳卿。这个女子温柔、随和，仿佛与这个小院子息息相通。她暗暗地拿范湘韵与薛芳卿相比，范湘韵是突如其来闯进来的，凭着一通咋呼，凭着憨厚质朴的二杆子劲头，让小院子里的人真心喜欢上了。而薛芳卿像是在这个小院子里面长大的，打她第一次进来就像是回到家了。

想到这儿，泪水悄悄涌上来，馨玉把碗推开，抚摸着薛芳卿的面颊，吃力地说："芳卿，只要你瞧得上这小破院儿，只要我还能多活些日子，有那么一天，我会把你留在小破院儿里。可是，眼下……湘韵才刚走几个月。"

薛芳卿就像是没有听见，笑了笑，继续用小勺子喂她汤药。

娇妹在一旁笑了，"谁说是现在啦，没有让你家曹霑现在就把芳卿娶进小破院儿里头。芳卿是给曹霑备着的。"

薛芳卿仍然像是没有听见，继续用小勺子喂馨玉汤药，直至小碗里一滴不剩。当她把小碗放下时，馨玉受不了了，张开了双臂，她俯下身子，钻到馨玉的怀中，无声地流下泪来。

在这一刻，她们都感觉到对方是那么熟悉，用不着说话，心灵本来就是沟通的。人生在世，如同一艘小船在风浪中飘荡，谁也无从判定自己的归宿，而当她们这么无声地依偎在一起时，都共同意识到，她们找到了各自的港湾，可以泊锚了。

看着这一幕，曹霑并不觉得突兀。在苏州班相处时，他看出来薛芳卿有意于他，只要他张嘴，她就会委身于他。不仅仅是出于同情，也不仅仅是谁看着谁顺眼，而是一种共命运的感觉。在此之前，他从来没有想到会和一个昆腔女优相伴终生，但是这样一个人不声不响地走进他的心窝，在一个小旮旯里安安静静地呆下来。他和娘一样，觉得薛芳卿的身上有一种熟悉的气息，比之清高傲世的陈雨林，比之横空出世的范湘韵，她更像是老天悄悄给他备份的，是他心仪中苦苦寻觅的那个人，那个可以相依为命的人。

现在她与娘依偎在一起，更证实了他的感觉，她的脚还没有过门呢，心就融进来了，她与他的整个家庭气氛合拍，显得那么和谐。

曹霑推门走了出去，对着九月的天空深深地喘息了几口。

娘说得对，范湘韵刚走，现在不是考虑下一位的时候，但是心里如此凄苦，他又是多么需要一个善解人意的女子撑他一把呀。

都在苏州班，他最近才了解薛芳卿的身世。她乾隆三年进京，在玉熙宫戏班子时，被火器营都统弘升看上，收到府里为侍妾。没过几天，治庄亲王允禄与弘晳等谋逆案，乾隆皇帝依照宗人府议将弘升永远圈禁。除了嫡福晋在圈禁地点伺候他以外，侧福晋、侍妾、家仆与太监各色人等各回原籍。

薛芳卿在王府转了一圈，板凳还没有坐热，就又回到了玉熙宫。在玉熙宫，她由于是"罪人侍妾"而被另眼相待，如果不是因为她是台柱子，演戏离不开，早就呆不住了。她一直想挪个地方，趁着玉熙宫戏班子式微，她跳出来进了苏州班。

这天，娇妹走时给曹霑留下句话：明天上午到她家去，有要事相商。

他听后不以为然，以为娇妹要跟他谈薛芳卿的事。他认为不是时候，他还没有完全从范湘韵撒手的打击中缓过来，这种时候谈续弦，范湘韵如果地下有知也会不安。他想推托，但娇妹的口气不容商量，他就答应下来。

次日上午，曹霑骑马来到朝阳门内南小街。

苏州女仆打开门，他探头探脑地进入那个幽静幽雅的小院儿。

院子里鲜花盛开，还摆了几盆名贵的盆景。看得出来，由于经营苏州班，娇妹手头宽裕了一些，有点布置院落的活钱了。

娇妹从房间里快步迎出来，招呼说："来啦，快点进屋吧。"

他急火火地问："叫我来有什么事？"

娇妹说："不是我要找你，是有个王爷要见你。"

他问："王爷？哪个王爷？"

娇妹往屋子里一指："见面就知道了。进去吧。他在等你呢。"

他进入娇妹的房间一看，庄亲王允禄正端坐在床上。

他即刻就要下跪，"哟，庄亲王。"

允禄摆了摆手，"别别别，在娇妹这儿用不着礼路纲常的。"

他坐定后，微微喘息着问："亲王大人，有事尽管吩咐。"

允禄从怀里掏出一卷纸递过去，说："这是黛贵人让我转交你的。她说曾经对你表示，她与你恩爱一场，要'眼泪还债'。她的心迹全都在这上面了。"

他控制着情绪接过来，大致翻了翻，只见上面用工致的蝇头小楷抄就的一首一首的诗。从头到尾没有别的，全都是诗。

允禄叹息道："我看了。黛贵人在里面心里很苦哇。良辰美景奈何天。她作的诗都很悲切，满腹的春闺幽怨。"

他站起来，"谢谢亲王大人转给我，我拿回家好好看看。"

允禄又掏出一卷纸，"这个你也带回去看看。"

他接过来问："这是什么？是谁写的？"

允禄拍了拍额头，说："一个疯子在东果园的高墙之间写的。这个疯子你认识，前理亲王弘晳。"

他问："弘晳写的是什么？"

允禄说："这家伙疯了，真疯了。东果园把他圈禁成了疯子。满纸满篇，写的全都是疯疯癫癫的东西，把自己写成皇上了。"

他问："舅舅怎么成这样了？"

允禄说："二阿哥当了三十几年皇太子，如果即位，眼下的皇上就是弘晳，而不是弘历。因此，乾隆爷对'昔日东宫嫡子'很是在意，弘晳进献一个鹅黄肩舆也猜疑后头有什么打算，加上巴尔图等一干奸佞诬陷弘晳私设掌仪司，是在做梦当皇上。结果，弘晳本来是前朝的剩馂馂落饼子，却被安上'谋逆'的罪名高墙圈禁。"

曹霑说："我了解我舅舅，他对先皇是憋着一肚子气，但对乾隆爷真的没有气，更没想过取代乾隆爷当皇上，连一点影儿也没有。"

允禄的左拳砸在右巴掌里，"弘晳压根儿没这心思，在高墙之间，他越想越冤，就写了这些东西。乾隆爷不是糟贱他要当皇上吗，他就当给世人看看，他在纸上当皇上，满纸满篇地是描绘他在后宫的种种生活情景。他在一个大花园里面，里面就他一个男人，普天下的美女尖子簇拥着他。文理不通，尽是奇思怪想，歪七扭八写的全是白日梦。"

允禄说的勾起了他的好奇心，他随便翻开一页，读道："《春夜即事》：满床被褥乱铺陈，隔巷蟆更听未真。推出门外老夜叉，搂到胸前小美人。红烛一双为谁泣，金钗十二为我嗔。妻妾走了有丫环，放下帐帘从头亲。"

允禄又好气又好笑地说："你听听，你听听，亏得废太子还给他请过名师，也不知道他当年是怎么学的，写的是些什么乱七八糟的。"

曹霑重新卷起那卷纸，说："就这首诗而言，文理不通罢了，却也看不出他在做当皇帝的白日梦。"

允禄摇了摇头，"弘晳的心计，不琢磨看不出来。就你刚读的《春夜即事》，听着荒谬，但是第二句'隔巷蟆更听未真'，把地点露出来了。历代皇宫设长巷把中宫、西宫、东宫隔开，叫永巷。紫禁城内廷，中宫坤宁宫与西六宫、东六宫用两条永巷隔离开，宫中俗称西长街、东长街。弘晳诗中说，春夜与女人寻欢时隔着巷子听到打更的声音，即是暗指永巷。'隔巷'听到的是什么更声呢？是'蟆更'。史书称，击木柝声如同蛤蟆叫，称为蛤蟆更。宋朝，蟆更为宫禁独有。宫禁用鼓声报五更。五更加一更为宫门开，百官准入，加的这一更不用鼓，用木柝。因此'隔巷'加'蟆更'，等于挑明寻欢之处在后宫。他当皇帝的白日梦就这么藏进去了。"

庄亲王如此一说，曹霑吓了一跳。弘晳的诗看着荒唐，狗屁不通，像是在插科打诨胡嘞嘞，实则城府很深。"

他疑惑地问："您为什么把弘晳的稿子给我呢？"

允禄在屋里沉思地踱了一圈，说："弘晳笔下的东西不可取，但他的想法不是都不可取，用笔端倾泄心中的愤懑，他就剩下这么个发泄孔道了。"

庄亲王如此理解一个圈禁于东果园的人，让曹霑惊讶了。在他看来，庄亲王虽然这几年不大顺，但整个来看，朝廷对他够可以的，有些牢骚难免，还不至于步弘晳的后尘，做些悬得溜的事儿。

允禄沉溺到愤恨情绪中。"雍正朝，先皇弑兄屠弟，我屈从，屡屡对内府有关人等下重手，对我表舅李煦下手也不轻。进入乾隆朝，每每夜不能寐，懊悔不已，因此与雍正朝冤屈旧人有所接触，平日有些胡说乱道，却被定为'谋逆'，停俸削职不说，被贬斥管理乐部不说，要命的是弘普受到株连，我对这个儿子寄予厚望，结果巴尔图这个缩脖坛子挑三窝四地诬告，乾隆爷把他发配到乌鲁木齐军前效力。"

曹霑也激越起来，"亲王大人，您需要我做什么。"

允禄指着那卷纸，"眼下需要你做的是先把它带回去好好看看。以你曹家蒙受的奇耻大辱，愤恨之心当远甚于我。你琢磨琢磨，当可以做什么，想明白了再行计议。"

曹霑吐出俩字儿："明白。"

曹霑带着两卷纸回到广渠门曹家小院，一撂稿子是从弘晳那扭曲的心灵中挤轧出来的，另一撂稿子浸透了陈雨林的泪水。他本来想沉下心看几天，但一时办不到，娘的病愈发沉重，眼瞅着就不行了。

这天傍晚，郎中告诉曹頫和曹霑，馨玉怕是支持不过当夜了。

这是个老郎中，在南城挺有名气，既然他打了招呼，恐怕就是真的了。

曹霑进得正房，坐在炕沿上，坐在娘的身边。他要守候至最后一刻。

昏睡的馨玉微微张开眼睛，一看到曹霑，眼泪就顺着眼角流淌下来。她抚摸着他的头，说："当年你爷爷在真仪走的时候，对你爹说过，千里搭长棚，没有不散的筵席。你爷爷还说，平生憾事就是没能见到孙子，老天爷就让他回去了。哎，孙子……你娘也是这心思。"

他安慰着娘，"娘，别这么说，过个年把我就让您抱上孙子。"

馨玉勉强绽出笑意，目光散淡地望着顶棚，"我也信，如果再能撑个两三年，没准儿能见到孙子，但这辈子是不赶趟了。该给你的东西现在得交给你了。"说着指指枕头旁边。

曹頫在馨玉的枕头旁边拿出一个包袱，郑重地递过去，曹霑泪涟涟地接过，打开布包一看，放着一个砚台、一个卷轴、一块佩玉。砚台的中央有一道若隐若现的缝，显然是摔成两半后粘合起来的。

游丝般的声音飘荡在耳畔，就像是从天国中传来的："这三样东西不是身外之物，它们都连着娘的心，是娘传给你的。这是一方摔破了又补起来的砚台，是你爷爷留下来的；这是一轴江南布政使陈鹏年书写的诗，是你爹留下来的；至于这块佩玉，是我死去的娘留给我的。它们各是怎么回事，以后曹頫会告诉你的。"

次日凌晨，馨玉辞世了。

馨玉的丧事办得还算体面。庄亲王允禄让人送来一口楠木棺材，无亲无故的亲王为什么要送这种达官贵人用的东西，曹頫、曹霑心里有数，不管怎么说，在庄亲王眼里，馨玉是爱新觉罗家族的后人。

至于丧葬的其余费用，由福彭整个包圆儿，拦都拦不住，所做的超出了亲戚范围，福彭内心认为馨玉与他同为爱新觉罗之后。

出殡的日子到了。出丧的抬棺形式，最简单的是两人抬起的"穿心扛"，而福彭则花钱雇了个"八人高抬"，前后各四个人，用肩膀抬起架在杠子上的棺柩。白布作成"幡"形，上面直书馨玉的姓名，悬在一根秫秸杆的顶端，孝子曹霑"打幡儿"前导。

出殡的从广渠门一路向东，像一道白色的寒流穿过绿色的原野，迤逦着进入一片松林，那是曹家的祖茔。这片静谧的松林，面积有两亩多，从高祖曹世选及以下数辈都安葬在这儿，井然有序地排列着十几个坟包，都加有"宝顶"，即是在土堆外周用灰砌成规则的圆筒形。

十月初，深秋的风飒飒卷来，四周是枯索的野草。随着曹家的衰败，曹家的祖茔也在衰枝败草中飘摇。按照馨玉生前的愿望，她被安葬在曹颙的坟茔旁边。边上就是范湘韵的坟头，土还是新的。

曹霑外面罩着一身白色粗布制成的衣服，四周及袖口全都不缝，脊缝毛边朝外，鞋前蒙以白布，头上扎着六尺长的白布巾，以麻绳系，直背后即所谓"直披"。作为独子，他跪在地上，看着几个戴孝帽子的杠夫，用粗麻绳把棺柩降入土坑中，培以土。

纸人纸马纸房子纸轿子纸箱子在一把冲天火焰中很快就烧光了，烧成的灰在秋风中立即散尽。"撒纸钱儿"的来了。跟杠房一样，撒纸钱是个专门的行当，其中的老手得花不少钱才能请到。这一行讲究扔得高，纸钱在最高处散开，完全散开来下落，像像天女散花一样。来的这位老头有些手法，大把大把的纸钱向空中扬去，扔得很高，犹如纷纷扬扬的雪花在气流中一摇一摆地徐徐落下，像精灵一样在空中一扭一扭地飞舞，散得很广。一阵强劲的风吹来，纸钱迅疾地擦着地皮，掠过偃俯的枯草离去了。

人慢慢散去，曹霑没有走，仍然跪在新坟前。

几只寒鸦从松树上飞下来，在坟头上慢条斯里地找虫子。新土中往往有表土中找不到的虫子。他一挥手，寒鸦被惊起，翅膀吃力地扑扇着，嘎嘎的叫声打破了四周的一片静谧，给天空平添了几分寒气。

待周围重新安静下来，他的暗淡的眼睛望着低垂的天空，一朵朵潮湿的、沉重的云在慢慢地移动。他闻到了泥土的腐烂的气息和新土的气息，疲惫地闭上了眼睛。

眼圈红红的曹頫走过来，"该回去了。"

他睁开眼睛，"说说我娘留下来的三样东西。"

曹頫在他身边跪下，"佩玉是废太子给你姥姥的信物，你娘是废太子的女儿，你是废太子的外孙。那块砚台是端砚中的极品，名为'脂砚'，是你祖父进献给废太子的，但让废太子给摔了。据传，这块脂砚有灵性，摔了它的人是要倒霉的，你祖父临终前传给你爹，让它保佑曹家。那个卷轴上是陈鹏年作的一首诗，也是陈鹏年亲书的。陈鹏年因这首诗获罪，你爹就是到京城为陈鹏年说情，而死在京城的。"

他问："陈鹏年写的是什么？"在这沉痛、沉重的时刻，他亢奋起来了。

曹頫长叹一声，"圣祖南巡时两度游苏州虎丘，陈鹏年作为江南地方官作陪。后来陈鹏年遭冤狱，释放后再游虎丘，感慨颇多，因此赋诗。诗中提到圣祖游虎丘之事，其中有两句为'代谢已怜金气尽，再来偏笑石头顽'，结果让两江总督府揪住了，押赴京城。圣祖调阅这首诗之后，也认为这两句恶毒之极。如果不是你爹舍命到京城保陈鹏年，他早就被杀了。"

空气中充满了艾蒿的气息。几只黑褐色的蟋蟀弹簧似地在他的眼前蹦来蹦去。一只大肚子蝈蝈趴在墓碑上，头顶上那两条长长的触须轻飘飘地舞动着，背上褐色的鞍翅震动着，发出阵阵声响。

曹霑想了片刻，"'代谢已怜金气尽，再来偏笑石头顽。'这两句……"

曹頫说："满洲祖先女真曾建立金朝，女真的后代又定鼎中原。女真与满洲前仆后继，一气贯通，进占中原逞不可逆转之势。陈鹏年却说'代谢已怜金气尽'，指从金朝到清朝延绵数百年的气数快到头了。'再来偏笑石头顽'，王朝来复去，顽石却是不动的，亘古耸立于中原故土的石头目睹了大清的崛起，也目睹了大清呈现衰微之相。这两句把话都说到家了，所以两江总督府认为陈鹏年包藏歹毒之心，圣祖要杀陈鹏年，就不足为怪了。"

曹霑不再跪着了，改了个姿势，盘腿坐下，漠然看着野草萋萋中的寂寥的新坟，淡淡地说："您先回去吧，我在这儿坐坐。"

曹頫看出来了，刚才所说的对曹霑有所触动，他在琢磨陈鹏年的那首诗以及那段往事，于是站起来，转过身蹒跚地走了。

天色渐渐地黑下来。苍白的一钩弦月挂在灰蓝的天幕上，星星稀稀疏疏，黯然发着微光。几只萤火虫在飞，发蓝的光寂寂地在墓园中闪动。新坟、老坟、枯草、老树，像笼在雾中，在迷离中浑沌成一片。风停了，似有似无的小夜风，柔柔地拭着面颊。

曹霑突然笑起来，是真切的笑。笑声在秋夜中无羁无绊地漫开，像一道舒缓流淌的河流。他站起来,大笑起来,浑沉苍凉的笑声把一个男人结实的灵魂抛向夜空,它在淡泊的星光中飞旋着,扭曲着,抽打着,空气也随之啮啮作响。当笑声渐渐地减弱时,他把那身白色粗布制成四周及袖口全都不缝脊缝毛边朝外的衣服和鞋前蒙着的白布以及头上扎着的以麻绳系着直垂背后六尺长白布巾,统统地脱下、拽下、摘下,在新坟前拢作一堆,点燃了。

火苗如蛟龙般跳跃着。他眯眼看着火堆,感到的却是熨贴。都死了,都埋了,都烧了,那个在江宁织造府出生的孩子,抄家后返京在咸安宫官学学成的小子,与娘一同安葬了,一道入土了。那个在圆明园护军营包衣营、正白旗满洲都统署、顺天府署通州衙署当差的包衣下人,那个在旧刑部大街西单牌楼枷号的王八蛋狗奴才,也在一把火中烧成了灰烬。

在深邃的暗夜中,他离开祖茔,走向一块冥冥中的石头。他的生命轨迹与石头切切相关。他含着一块佩玉降临到这个世界,那是一块晶莹的石头;他带着一方脂砚穷居一隅,那是一块极其罕见的石头;苍天赋予他的使命,是在石头上留下痕迹。

上古有一个缥缈的传说:炎黄联盟重要首领之一颛顼与炎帝后裔共工争帝。共工怒而撞不周之山,支撑天的柱子被撞断,地的四角裂开。女娲因此炼五彩石补天。曹霑要追寻的那块石头,并不是陈鹏年诗中所指的虎丘"千人石",也不是允祥所说的石头城,而是女娲补天时遗落在人间的,从远古至今,是天上人间风云流变的见证。它不会被烧成灰烬,也不会葬在新坟之中。曹家在宫廷仇杀中的起伏流年,曹家几辈子的踉跄行程,弘皙的白日梦,黛贵人的深宫幽怨,吉金刚他们的"悼红",都在印证着这个王朝的由盛入衰的走向。这一切,他要记录下来,他的血泪将被涂抹在石头上,顺着石头表面的缝隙渗透进深层,他所看到的故事将被镌刻在石头上,顽石将因此而获得生命,成为一个千古流芳的载体。

一零零、庄亲王府－功德寺－广渠门蒜市口小院

每年都有秋天。中国人自古有悲秋情结，每当秋风起，每当菊花黄，看着树叶飘零，对着残阳衰草，心里就有些凄凄惶惶的。

乾隆九年的深秋，是曹霑一生中最痛苦的秋天。

他和曹頫的酒量都不大，对杯中物的兴趣本来也不大。但在馨玉的丧事办完之后，这爷儿俩每天在小院子里对酌，边流泪边干嚎，没有菜没有饭，除了酒就是酒，你一杯我一杯的，直至酩酊大醉，双双回到屋子里，撂倒在炕上拉倒。一觉醒来，酒也醒了，脑瓜子疼得像是要裂开了，但是你看我我看你，还是那句话：喝！喝他个一醉方休！

胡喝海塞了十来天，曹霑的心情稍微平复了一点，马上就去办正经事。给娘办丧事来帮忙的很多，要一一酬谢。他一天跑好几个地方，平郡王福彭府邸、叔祖曹宜家、吉金刚家等等，到哪家给哪家磕一通响头。跑了两天。第三天，他到毛家湾庄亲王府邸。

庄亲王的家人把他领进门，一直进入正殿。迈过门槛，他一眼看到庄亲王站在正殿中央，肃穆地等着他。

他倒下来就磕头，额头在地上撞得咚咚响，每磕一下喊一声："亲王大人送来的那口楠木寿材让我娘好走，孝子曹霑千言万语不知从何张口，千恩万谢亲王大人了！"

他扯着嗓子一连喊了好几遍，直到喉咙沙哑，直到泪流满面。

允禄看看差不多了，把他搀扶起来，说："不必再谢了。你娘是圣祖的亲孙女，

宗人府不知道，即便知道也不会认。我这个当叔叔的既然知道此事，就应当有所表示。"

酬谢既毕，俩人没有什么可寒暄的。允禄一挥手，正殿的值勤太监立即会意出去了，曹霑知道，庄亲王是要提那档子事了。

允禄问："这些日子你忙着给你娘办丧事，弘晳的东西没有顾过来看吧。"

他说："大致看了看。"

允禄问："你有什么想法？"

曹霑低头想了想，抬头说："枷号，革职为民；老婆、老婆怀着的儿子、娘，前后脚走了。曹霑完蛋到头儿了。人惨到这个份儿上，就要干点出大格的事。杀人越货泄愤，我做不来；在四九城骂大街，立马被砍头。只剩下一条道了，洋洋洒洒写些东西，用笔杆子代替刀子，去砍一阵子；用笔杆子代替嗓子，去喊一阵子。众多八旗子弟半生潦倒，一事无成，我是面镜子，足以警策世人。"

允禄说："就这么简单？"

曹霑说："当然不会这么简单。这段日子在娇妹的苏州班管事，闲来无事看些传奇剧本，那些传奇都是前人绞尽脑汁，根据搜集的人间奇事改编的。但细琢磨，其精彩远远不及我的亲历，其醒世之功，远远不及我的耳闻目睹。如果将我的亲历和耳闻目睹如实写来，并且将弘晳自比皇上的嚣张之念、黛贵人诗中带出的宫人之清寂一并加入，将成为自古坊间闻所未闻之作。"

允禄显然对他的想法很上心，"你动笔了吗？"

曹霑痛苦地挠了挠头，"我的耳闻目睹处处事关大内，如实写来有杀身之祸。不如实写，又与坊间刊刻本如出一辙。我想了很久，也不知如何是好。"

允禄看到了什么，走过去，拿起他腰间挂着的佩玉问："这就是废太子当年赠与马姑娘的那块佩玉？"

他的头垂了下来，"我娘临终前传给我了。"

允禄掂了掂玉佩，说："曹家能丢的全都丢了，就剩这个东西了，再丢也没有多少可丢的了。如果你还愿意听我的，我就告诉你，你就如实写，你要是真想出口气，大内的事多多益善，不知道的问我，我主管多年内务府，对宫里面的事知道一些。至于写成之后，不必交给坊间刊刻，作为非传世小说，在宗室小圈子内传看即可。"

他有些惊讶。庄亲王素来胆小谨慎，怎么一下子变得这么狠了？庄亲王即便有些不顺，儿子弘普被发配，也不至于一下子走出这么远，和他这个彻底的破落户搅到一起。

允禄难得地慷慨了一回。"本王也有气，也有无从倾诉之言，也得找个口子撒气，非传世小说是撒气泄愤的唯一渠道。这个地方再不说话，就没有可以说话之处了。南朝范晔有云：'士有忍死之辱，必有就事之计'，确为震聋发聩。窝了犄角而忍辱偷生者，定有大事未成，留得此身，将以有为。懂吗？"

曹霑答："懂！"

在广渠门蒜市口小院，曹霑铺开纸，在脂砚上研墨，开始琢磨他的书。

《石头记》甲戌本正文表明，曹霑是从乾隆九年开始写《石头记》的。可以假定，他是从这年冬季动笔的。不需要假定的是，广渠门蒜市口小院里的某间偏房，曾经被命名为"悼红轩"，如果他没把这仨字儿刻匾挂在屋子里的话，起码他的心中是这么认定的。

往事如烟，往事如絮，往事如片片浮云，往事如过眼轻风，往事如远山的晴岚，摸不到也触不到，但是一桩桩地积攒在心里，有时在心头轻拂几下，有时又在心头踢腾几下。在轻拂和踢腾之间，憋成了一股火，而这股火的喷发，就是创作。

往事一桩桩地积攒在一起，就叫流年。流年像是一条泛着清波的河，清波中倒映着流年的场景。定睛看去，澄碧的长天下流动着萧瑟冷寂的雾，苍翠欲滴的浓碧林间泛起寒气，烈阳下闪动着花影，明月清风下涌动的泪滴。清波起伏着，此波与彼波的联接即是白昼与黑夜的衔接，白昼连着黑夜，黑夜连着白昼，白昼与黑夜连缀成生命的旅程。

《石头记》创作是个艰难的工程。说其艰难，并不是指篇幅之长，也并不是指曹霑初学乍练是否有扎实的写作基础，而是这本书要负载的信息量太大，要通过一个家族兴衰揭示一个王朝的衰亡趋势。这就大得没边了。说其艰难还有个很大的技巧问题，要把辛酸和愤懑写够写透，又不能让人一眼看出来，就要用微词曲笔，但太隐蔽也不行，还要让读者琢磨出来所指，这就是个分寸问题了。把握这个分寸是难中之难。

万事开头难。不难想像，乾隆九年动笔后，在几个月内，曹霑被憋得够呛，成天抓耳挠腮的，不知从何说起，勉强写了点东西，很不满意，又全给撕巴了。这样一晃就进入了乾隆十年。

曹霑在乾隆十年或乾隆十年之后的生活，清人留下了点滴记载，其实都是道听途说。如潘德舆的《金壶浪墨》中称，曹霑"寄食亲友家，每晚挑灯作此书，苦无纸，以日历学纸背写书"。奉宽《兰墅文存与〈石头记〉》注中云："作书时，家徒四壁，一几一杌一秃笔外无它物。"还有些传说，如称曹霑贫后寄住在岳父家，在旧刑部大街一带。或者说寄身于广渠门卧佛寺。或者说寄身于某王府的马厩中。这些说法都无从考证，而且没有证据表明曹家很快被撵出广渠门蒜市口小院。因此小说只能按照原有的线索发展下去。

约莫在乾隆十年初春，曹頫作出决定：出家。

自童年起，小来旺就爱慕馨玉，既不是青梅竹马式的，也不是"少年维特之烦恼"式的。"郎骑竹马来，绕床弄青梅"，两小无猜的童稚爱意，馨玉全都给了连生，小来旺被毫无悬念地甩在一边。小来旺对人类感情的第一次深切体验，就撞上了单相思。但是，单相思对他并不那么可怕，他不具备少年维特对夏绿蒂的烦恼层次，再说馨玉喜欢的又是他哥，他也没有可吃醋的，就是傻呵呵的一根筋地喜欢馨玉。后来馨玉嫁了。后来馨玉守寡了。后来馨玉跟他共同抚养小曹霑。后来曹霑大了。后来馨玉嫁给了他。他一生只爱过这一次，扎实而透彻地爱，爱到骨子里，爱到全身的精髓之中。馨玉甩下他走了，尘世对他再无可留恋之处，他只有出家为僧了。

曹頫是一个安静本分的人，乱乱纷纷的尘嚣，跌跌撞撞的人生，已催发出无尽烦恼，出家是他唯一的退步。他的出家之处是功德寺，位置在西湖西头，靠近金山口之处。

这座庙宇于元朝天历年间修建，初名大承天护圣寺，规制巨丽，有三绝：一是高大古台，是元朝皇帝驻跸的更衣之处；另一个是钓鱼台；再一个是木球，这个最绝。如果不是典籍中郑重其事地记载，谁也不会信。木球像斗那么大，经禅师作法，能自行滚动，遇到人了会蹦几下，就像磕头一样。它的作用就大发了。在禅师操纵下，它时不时地滚动到豪门家里，蹦几下算磕头几下，随同来的禅师就张口化缘。它被称为"木球使者"，据传当初建大承天护圣寺的资金，就是这位"木球使者"到处"磕头"化来的。

康熙进士查慎行在功德寺转悠，写诗描绘了一派破败景象："瓦落空墙土尽崩，杂耕犹剩三两僧。晨参柏子留禅偈，夜看松花照鬼灯。驻跸亭边牛饲草，钓鱼台畔鼠攀藤。木球斗大今安在？自古琳宫有废兴。"清初功德寺的情景一如所说，已然圮废，就剩几个和尚种地，没有香客，他们不自己养活自己也不行。元朝三绝中，两绝已经不像样子，最大的绝活木球没影了。乾隆初年重修功德寺，重修得差不多了，"杂耕犹剩三两僧"的局面不能继续，急需增加僧人，除了有些归队的，还有些新近招募的。

曹頫就是这么去的。有迹象表明，他随庄亲王允禄"谋逆"而倒霉，内务府五品郎中怕是给拿掉了。他作出出家的决断，熟悉他的人都理解，又都劝他想好了再说，但他去意已决，任是别人说什么都没有用了。都说蔫儿人出豹子。其实，蔫儿人还认死理儿，一旦下了决心，九头牛也拉不回转。

乾隆十年的春天。这天中午饭后，曹霑雇马车把曹頫送到功德寺，在离家时，曹霑又劝阻了几句，力图挽留，但是毫无用处。一路上俩人谁都不说话，也不知道该说些什么。

到了功德寺，曹霑把曹頫送进山门，自己也跟着进去。看着他剃度，看着他领了身黄色的袈裟，又看着他走入正殿，在僧人的行列中坐下。他好像很适应出家生活，一下子就融入一片黄色袈裟之中，虔诚地跟着诵经，昔日的尘嚣就在这一刻哗地退去了。

曹霑鼻子一酸，回身走了。在功德寺的山门之外，他彷徨地站住了。

在这一刻，他才蓦然间意识到，他今后的生活有多么孤独。曹家早先的两对仆人早就离开了，他与娘、曹頫相依为命还过得去。在娘离开后，他还可以跟曹頫就个伴，而现在曹頫也走了。从今往后，广渠门蒜市口小院将只有他一个人生活。一个人怎么生活？他没有这个准备。

吉金刚家在青龙桥，离功德寺不远。他想到吉金刚家住几天，过渡一下。转念想想，平日麻烦吉营总的地方太多了，况且"悼红轩"里面还有一堆书稿。抬头看天，已是日暮时分。回去，回"悼红轩"！

从金山口回京城市区，要路过圆明园大宫门。黄昏时分，马车踢踢踏踏地从大宫门前面经过，他撩开车帘侧脸看看，几个兵丁在那里观察着附近，并且一直目送着他的这辆马车。这几个兵丁都是他过去的部下。他轻叹一口气，放下了车帘。

黄昏总是唤起失意者凄凄惶惶的心境，况且又有点小雾。宋代词人秦观那两句是怎么说的？"雾失楼台，月迷津渡"。曹霑素来不喜欢雾霭烟横的昏晨。晓阴翳日的微雨天气，霏雾笼罩下的黄昏，迷离恍惚，加重了人的愁绪。尤其现在！

途经圆明园，唤醒了他熟悉的思绪。过去，只要在大宫门外上马回家，心里就一阵兴奋，娘在广渠门蒜市口小院等着他，回回如此，归心似箭，那里有个家呀！现在回去还有什么，有娘在就是个家，娘不在了。他的心尖痛苦地哆嗦起来，双手搂着双膝，蜷缩在马车角落里。

回到南城时天早就黑透了。他在胡同口下了车，晚饭还没有顾过来吃，饥肠辘辘的。胡同口就有个"大锅烧"，是供应穷苦人的那种最简陋的饭馆。肚子饿，他却什么也不想吃。他的全部身心感到一种恐惧。恐惧一阵阵袭来，令他发怵，吃不下任何东西。

以往那个亲切的胡同口第一次令他寒心。进入胡同不远就是他家的小院子。现在那里已经不是家了，没有了女主人，就没有了火星，灶台是冰冷的；没有了女主人，就没有了慈爱，任何一个犄角旮旯都是冰冷的。今天他将要度过一个凉冰冰的夜晚。

进入胡同，他的腿肚子发软，想到将要面对的一幕就不寒而栗。他将要打开门，娘不在这个门里头；他将要面对着娘住过的房间，娘不在那个房间里头。他将要看到的每一样东西，都会睹物思情，他不知道自己能不能挺住。他揪心扒肺地一步一步地往小院子挪，甚至想到回转身，一路狂奔到祖茔，趴到娘的墓碑上痛哭一场。

月光下，熟悉的小院子门楼的轮廓越来越近，他的心却越来越发紧，呼吸越来越急促。以往，他每次敲门，都能听见里面传出娘的惊喜的声音："是曹霑回来了，快开门。"想到这儿，他走不动了，直愣愣地看着那扇黑洞洞的小门。他不敢敲那个门，娘的声音再也不会有了，除了自己开门，没有人会给他开门。他呆呆地靠着小门楼对面的墙上，一点一点向下出溜，终于蹲在地上，凄凉地、伤心地哭泣起来。

这时，一个温柔的声音在他的耳畔响起："是曹霑吗？"

他猛地抬头，就着月光，就着星光，看清楚了，是她。

除了月光，除了星光，小胡同里头一点亮光也没有。

他慢慢地站起来，看看她，再吃力地转动脖颈，看月亮星星，看月光星光朦胧笼罩下的胡同，听远处的声响，听近处的声响，再看看她。

茫茫的苍穹覆盖着她，小门楼在注视着她，周围的青堂瓦舍在聆听着她，穿过胡同的夜风轻拂着她。她则向后掠掠头发，注视着他。

他费力地说："是你。"

薛芳卿说："我在这儿等你一晚上了。"。

他说："你怎么来了？"

薛芳卿说："进院子再说。"

他打开院门，带着她进去，闩上门就问："你怎么来了？"

薛芳卿说："进屋子再说。"

他打开房门，带着她进去，闩上门就问："你怎么来了？"

薛芳卿说："点着灯再说。"

他捻亮油灯，迫不急待地问："你怎么来了？"

薛芳卿反问了一句，"你不想叫我来吗？"

他局促地坐在炕沿上，"想来着，但是不敢。"

薛芳卿问："为什么不敢？"

他说："湘韵走了还不到一年，我得守节；娘走了没多久，我得守孝。这时候想叫你来，怕你瞧不起我。"

薛芳卿的手捂住了他的嘴，"不说这些，咱们不说这些好吗。平时不来可以，但是今天我得来。"

他问："为什么呢？"

她的目光苍茫，声音有些低沉："湘韵走了还不到一年，你心里凄苦；馨玉姨走了没多久，你的心还浸泡在苦水中。下午娇妹说，曹頫出家了，你今天送他去功德寺，我就想到了，你一个人回到这个没有湘韵妹妹，没有馨玉姨，没有曹頫叔叔的小院子里，受不了。所以我就来了，来陪陪你，陪你说说话，陪你坐坐。你想叫我来吗？"

他用巴掌捂住了眼睛，"想，想，想啊！"

她打开一个厚厚的包袱，"所以我就来了。这不，我还给你带来些饭，捂得挺严实，这会儿还热乎着呐。"

他看了看，是他平素最爱吃的肴肉和芝麻火烧。据称，肴肉原本是浙江萧山的一种特产，原名萧肉，京城的人仿制，称为肴肉。他又打开一个小坛子，里面是热气腾腾的肉丝面，不由咽了口唾液。

他问："你不来点儿？"

她说："我晚饭吃得挺饱。等你吃完我陪你喝点酒。有酒吗？"

他顺手从身后拿过一个小酒壶，"这还有三两黄酒。"

她麻利地拉过炕桌，投了一把抹布，擦了擦桌子，接着把肴肉、火烧摆好，盛出碗肉丝面，倒了两小杯酒。

他呆呆地看着她干活，感到她不是在安排一次小酌，她是在拾掇他的心，是在把一个支离破碎的家努力连补起来。

她把碗递到他的手中，"吃吧，吃得差不多了咱再喝。"

饿了，他一口咬掉小半个芝麻火烧。挟一筷子肴肉，顿时勾起了馋虫。来一口肉丝面，隔锅香，他大吃大嚼上了。

她看着他风卷残云，说："你们胡同口有一家'大烧锅'，我就怕一件事，怕你在那儿吃过了。"

他大口拨拉着肉丝面，有些不解地说："为什么呢？我要在'大烧锅'吃了，你也省得麻烦了。"

她低眉顺眼地说："你要是在'大烧锅'吃过了，我就不能伺候你吃饭了。我想伺候你吃饭，我想……"她说不下去了。

他把最后一口面吃完，碗往炕桌上一顿，"你想什么？说下去。"

她抬起头来，抚摸着他的面颊，慰惜之情如潮水般涌上来，泪水涌了上来，"我想让你知道，你娘不在了，这个家没有散架子，灶台上还有火星儿，小院子里还有热乎气儿，还有人疼你，早早晚晚惦着你的冷暖饱饿。"她吟哦着，合眼之际，晶莹的泪水潸然而下。

他抓住她的手，贴在面颊上。好大一会儿才放下来。

他端起酒杯，有些哽咽地说："咱干了它。"两个人一仰脖子，酒下了肚。

他把她拽到怀里，"你为什么对我这么好？"

她说："不全都是为了你，也是为我自己。"

他问："这话怎么讲？"

她的脸紧紧贴着他的胸膛，听着他的心脏有力的跳动，也听到顺着面颊滚落下来的泪珠扑嗒扑嗒落在他的胸口上。

她说："来京城也有好几年了，嫁过，嫁给弘升，在弘升那里呆过一些日子，我是真心对他好，但是暖不热乎他，不知道什么叫被男人疼爱。从弘升那儿出来，一个人漂泊在京城，孤苦伶仃的。到了这个岁数，就想实心实意地疼一个男人，换取这个男人实心实意地疼我。"

他说："听懂啦。你孤苦伶仃，我也孤苦伶仃。你实心实意疼我，我也就实心实意疼你。"

他把她一把推开，"你刷刷碗，我办点事。"

趁着薛芳卿刷碗的功夫，曹霑从炕柜里抽出一大堆被褥，它们都洗得干干净净的，而后就自顾自地铺上了。自从范湘韵走后，他自己睡了炕的一条，不大会儿就铺出一个双人被褥，连枕头也并排挨着。

而后他到外间生起炉灶，一大桶水倒进锅里，烧热得好长时间。心里急，他不断地添加煤块，拿把破扇子使劲扇火。

大会儿，摸摸水热了，可以洗了，于是倒了一大盆，找到条干净手巾，一指她说："洗洗，然后上炕等着我。"

她的脸红了，"是不是急了点？"

他拍拍她的脸蛋，"你苦我比你更苦，凄苦成这样的两个人，早就该凑在一起相互撑着。"

她低下了头，"理儿是这么个理儿，但是今天恐怕不太方便，我身上带着月事，还没有结束，不干净。"

他怔了怔，脱口而出："那我不管！经血最干净。"说完拉开门准备出去。

她唤住了他，"话都说到这步了，你用不着出去。"

他停住脚步，看着她。

她开始脱衣服，"我的大男孩，别把我当外人，今儿晚我是你的，让你看个够。"

片刻，她身上连个布丝儿都没有了，连垫在下身的棉花和草纸都拿掉了，然后小心翼翼地蹲踞在木盆当中洗濯。

月经没有结束，女人洗得不自如，动作虽然轻，浴汤仍然泼溅满地，水中隐隐约约地泛着浅红的血污。他坐在炕沿上看着她，她一点也不回避他的目光。爹娘给了她一个戳份儿的身体，不是那种妖妖娆娆的小细腰，而是一个"闺门旦"的有着诱人曲线的腰身。台柱子不是白捡的，而是每天练功练出来的，她的身上没有多余的一丝肉，该凸的凸，该凹的凹，乳房并不丰满，但是坚挺地耸立着。

她洗得差不多了，全身像个刚出笼的暄暄腾腾的白馒头。她撩了他一眼，慢慢地把双臂举到头上，弯到后面去，妖冶地伸了个长长的懒腰。

他看懂了这个动作的涵义：她要他把他抱出澡盆。他的丹田以下有一股热气在涌动，大腿根部产生了剧烈冲动。不等她擦拭完，就把她抱上炕，撩开被窝，把她放了进去，又给她盖上被子，掖掖被角。

他看看还有热水，便开始脱衣服，动作粗率而夸张。他脱得一丝不挂，哗哗啦啦地使劲擦了几把。她半启着双唇，充满渴望地看他。

他紧着擦拭了几把，就钻进她的被窝。一个年轻的、赤裸的、温暖的身体刚刚接触，就出出溜溜地缠绕到他的身体上。

热乎乎的被窝是一个动荡而陡峭的世界。他支起上身，注视着她的那两片柔和的嘴唇，猛地俯下去，她的嘴唇居然是滚烫的。他想用一阵急切的吻来唤醒她，结果又打错了算盘，她比他急切得多。一只丰腴的手臂绕过他的脖子，接着两片喘咻咻的嘴唇咬合住他的双唇，他的手伸了下去，触摸到那个最为敏感的小地方，在《金瓶梅》等一干小说中，这个地方被酸溜溜地称为"花心"。他刚揉弄了几下，就感到了经血的粘滑。

她受不了了，尖利的小牙齿叼住他的耳垂，气喘吁吁地轻声说："快点。别管那玩艺儿，快！"他逗她玩儿，"我跑了一天有点累，请'管仲姬'稍安勿躁，我是不是再垫一垫。"她不干了，"不行，回头再洗，我这就要。"

她显然是久旷了。他也一样。他翻身上来，居高临下，无声无息地看着她，如同兀立桥头看着潺潺的流水。像是滂沱的大雨，他的巨大的情欲就像箭镞般的雨滴，疯狂地砸进那片沃土。她在一声欢娱的叫声之后，骤然癫狂地撕扭起来。她太饥渴了。他也一样。他不管身下的大地是否与他一块飞旋，骨子里的疯狂使得他忘乎所以，一次一次的抽动就像是一轮轮的耕种，一轮轮的杀伐。她的头颅向后仰去，弓形的身体充盈着异样的美，发出骇人的嘶叫，终于，他的精液喷射出来，如同美酒一般醉人，火苗一样灼人，深深地流入女人的身体。

完事了，他的烈焰熄灭了，急促地喘息着。浑身燥热，他顺手推开了窗户。屋檐下的麻雀还没有睡下，伸到屋檐下的树叶簌簌作响，一只蝙蝠在附近飞来飞去，沙沙发响的翅膀两次碰到墙上，它便轻声叫唤着飞走了。月光把树叶的圆影投到炕上，投到他们的身上，随着他们的扭动而颤动着，随着他们的起伏而来回滑动着。

她平躺着喘息了一阵，猛地从炕上腾地坐起来，拿过油灯，照了照，褥子上是成片的血污，被刚才疯狂的性事涂抹得汪洋恣肆，而后两人万感交集地抱紧了头。对她的反应，他有些惊诧。她把他使劲拽起来，和他并排坐着，而后一头扎到他的怀里，搂住他，像是怕他跑了。

他这才体会到，这个在戏台上光彩照人的女子内心有多么孤独。他抚摸着她的滑溜溜的、哭得直颤抖的脊背，嘟囔出了几个字："患难之交啊。"

一零一、养心殿－乾清宫－白石桥－通州码头－德州

乾隆十一年四月初一的下午。养心殿院里花团锦簇。

一对燕子在院子里上下翻飞，好像巢就在附近。这是一对夫妻，忙忙碌碌地飞来飞去，穿梭着时来时往，令人眼花缭乱。有哪种鸟能像燕子那样迅速地冲刺或者在高速飞行中随时改变方向呢？明明是小燕子在巢中嗷嗷待哺，它们出来抓各种飞虫，却犹如轻盈的翎毛笔，勾画出无数迷宫似的图案，把任何人都难以摹拟的曲线，在半空中一挥而就。

燕子的繁忙与欢快受到人间的繁忙与欢快的影响，起码当时在养心殿院子里的太监们是这么认定的。

乾隆皇帝一个箭步从养心殿前殿蹿出来，跳到院子当中，一扬手，连声高叫："听着听着听着，拿酒来！拿酒来！拿酒来！"

太监端着托盘匆匆赶来，上面有一个精致的小酒壶。

弘历抄起小酒壶，歪着脖子，咕咚咕咚灌了两口，用袖口擦擦嘴角，接着就打起醉拳来了。只见他步履跟跄，东倒西歪的，而手上的动作却十分到位。打了几通，他收住步子，笑逐颜开地擦拭了一把汗，又折回殿内。

几个太监凑在一起嘀咕道："皇上今儿个怎么啦？这么高兴。""那还用说吗，皇后生啦，带把儿的。"

养心殿后殿皇后宫，里面喜气洋洋的。宫女面露微笑，蹑手蹑脚地进进出出。一个产婆刚忙活完，心满意足地坐着。

产妇富察氏疲惫地躺在炕床上，露出欣慰的笑容，自从端慧太子永琏去世后，

好几年了，她一直在笑，终日展现着笑颜，而据弘历后来说，所有这些都是为了安定人心而强颜欢笑，都是为了安抚皇太后与皇上而故作镇定。这是许久以来，她第一次发自内心的笑。

皇太后钮祜禄氏坐在炕沿，满心喜悦地抱着个刚出世的婴儿，怎么看也看不够。这个像猫一般大的婴儿，脸上皱皱巴巴的，像是个小老头，肚子挺大，肚子底下有个蚕豆般大小的突起，俗谓"小鸡鸡"。

"小鸡鸡"是养心殿皇后宫全部欢乐的源头。

钮祜禄氏说："乾隆朝又有太子啦。瞧着眼睛，这鼻子，这嘴巴，这耳朵，这眉毛，啊，满那儿都好，还没有长开呢，等到满月儿之后，一准是个帅小子。小小子儿，赶明儿大清王朝的江山就是你的啦。"

听了这话，富察氏的心灵承受不住，这年她三十五岁，能在这个年纪上生育已属不易，而且生的是个"带把儿的"。

乐极生悲，她竟然把脸埋在双手之间，嘤嘤哭泣起来。

门忽地大开，弘历大步走进来，由于刚练过拳，脸上红扑扑的。

他接过婴儿，看了看，说："苍天把端慧太子永琏召回去了，又给朕送来一个。苍天在上，这个可千万给朕留着，大清的江山社稷要交给他呢。"

钮祜禄氏喝道："别说不吉利的话。"

弘历说："说点不吉利的话才能避邪呢。"

弘历将婴儿小心翼翼地放到富察氏的枕头旁边，对她说："这孩子的名字，朕想好了，叫永琮。朕曾经对你说过，一旦你再生下男孩，即刻立为太子。朕今天就兑现。"

当天晚上，乾清宫里灯火通明，红烛和大红宫灯相辉相映。令人瞩目的是，一架梯子架在御座的后面，"正大光明"匾额旁边。

张廷玉、鄂尔泰等几十名满汉大臣跪在丹陛下，不时地偷偷抬眼看看那个梯子。他们在等待一个重大时刻的降临。

乾隆皇帝庄重地从屏风后面缓缓走出，怀里抱着一个锦盒子。他登上丹陛，在御座就座，朗朗说："自从端慧太子仙逝之后，朕今日再次立太子，太子的名字由朕亲笔写就，装在这个锦盒当中。锦盒仍然依照先皇定下的规矩，置于'正大光明'匾额之后。待朕万年之后，尔等可将锦盒取下来打开，上面书写的是谁的名字，谁就嗣统。"

其实，这次立太子没有任何悬念可言，在场的都知道，锦盒里面的名字只能是皇后刚刚生下的永琮。

弘历起身，绕过御座，走向梯子。看来他是要亲自攀登梯子，在场的满汉大臣想劝阻，又没有人敢说话，但见他一格一格地攀登上去，将那个锦盒在"正大光明"匾额后放好，又一格一格地下来。

待他回到御座坐定后，殿内发出一片沉闷的欢呼："吾皇万岁，万万岁！吾皇万岁，万万岁！"

京城有一种低等酒店，俗称"大酒缸"，以零售老白干为主，所卖为原封"官酒"，绝不羼入鸽子粪等杂质，但兑水是少不了的。贮酒用缸，有大缸二缸、净底不净底的区别。上盖以红朱缸盖，代替桌子。京城老户认为，在这种地方喝酒，如不据缸而饮，就少了几分兴致。它的号召力，除了那个代替桌子的缸，再就是小碟下酒菜，花样十分全乎，有五香花生仁儿、五香豆腐干、高丽辣白菜、豆豉面筋、拌豆腐丝、拌粉皮儿、拌菠菜、玫瑰枣、冷炒芽豆、拌海蜇头、冰黄瓜、冰苤蓝、香椿豆、鲜藕等，稍微排场点的还有蒸海蟹、蒸河蟹伺候。

西直门外白石桥那儿有一家山西人开的大酒缸。夏季，后院临河高搭苇棚，后墙开扇形、桃形等空洞，嵌以冰震纹窗棂。西山秀色，直入座中，高槐蝉鸣，低柳拂水，三五素心，据缸小饮，一番闲暇境界，足以遣此暑夏。冬季，这里别有另一番韵致，纸窗古朴，红泥火炉，高烧蜡炬，西北风过冰而来，烛影摇曳，独有情趣。

曹霑自从开笔写《石头记》之后，就经常光顾此地。他深感这种小地方随意，来往客人均非衣冠簪锦之人，只是边喝边吃边扯，口无遮拦。这种"穷人乐"之处倒是个耳朵上挂消息的所在。

附带说一说，这类低级酒馆，是混得不济的文人骚客喜欢光顾的地方。在严酷的文字狱与皇权政治的夹缝中，它是中下层社会的一个自由的饱嗝。在西方，档次更高一些的酒馆发展为一种被称为"沙龙"的东西。而在大清王朝治下，大酒缸之属有一点蒙胧的"沙龙"味道，而在整体上却始终没有脱离市井文化的寒白。

乾隆十二年严冬，曹霑又一次来到白石桥大酒缸。一同来的有吉金刚，还有一个难得一见的朋友，他就是云游至京城的张太虚。

他们坐下来，打量一下四周。破桌子加长条板凳，砖地被来往人的脚步磨得凹一块凸一块的。边上一张破桌子旁边，坐着几位老者，边温酒边谈一些前八百年后五百年不着边际的话。

他们之所以挑中这个地方小聚，是由于吉金刚前几天带来一个消息，皇后今日去圆明园，仪仗途经此地。曹霑过去在圆明园经常见到皇帝的卤簿和皇后的仪驾，但是都不大上心，现在写书就含糊不得了，要字字真传帝王家的实情，就要看仔细了。

高梁河从西直门流过来，从它的后院墙下流过。墙下砸冰垂钓，所获在大酒缸的灶台上现炖。这里终日生火，汤滚鱼熟，在冷食小酌之后，忽有热鱼一碟带汤而上，不但暖肠开胃，而且有醒酒的功能。

他们正在小酌，曹霑问："吉营总，我有个事闹不明白，寒冬腊月的，皇后怎么想起来到圆明园啦？那儿除了冰雪没有别的。皇后不爱走动，更别说这天寒地冻的季节了。"

吉金刚欲言又止，犹豫了片刻，烦恼地说："喝酒喝酒喝酒，平头百姓想那么多干什么，等皇后仪驾过，你看清楚规制就行了。"

吉金刚闪闪烁烁的，倒是引起张太虚的警觉。

他放下酒杯，说："金刚，曹霑问得有道理。不管怎么说，我也是在皇宫里面呆过几天的人。这种季节皇后可是从来没有出过门。她这个日子离开紫禁城，是不是紫禁城里有让她添堵的事？"

吉金刚既然回避不开，索性就不再回避了。他一仰脖子下去一杯酒，反问一句："你想想，什么事情能够让皇后添堵呢？"

张太虚的右手微微弯曲着，拇指在几个指关节处来回点着，这个动作即是民间所说的"掐算"。掐算有多种，所用的方法不尽相同，手上的动作都差不多。张太虚采用的是老道士最常用的掐算手法。

张太虚说："乾隆爷即位这么些年来，朝政这块倒是没什么乱子，宽猛得济，拨拉的比较顺。能够让皇后添堵的只有家事。皇上家里出什么事了？"

吉金刚闷闷不乐地说："皇上家里的确是出事了。"

张太虚思忖着，"皇上家里能出什么事？莫非是……太子？"吉金刚的脸色变了，"师傅，你怎么会想到太子身上啦？"

张太虚看着自己的右手，拇指继续在几个指关节处来回点着，"不瞒你说，师傅不是今天才想到太子的。你想啊，乾隆爷是康熙五十年八月生人，那年是辛卯年，属兔的。皇七子永琮是去年四月生人，那年是丙寅年，属虎的。'虎兔相逢'在命相学说中是有讲头的，父子俩的属相相互克着，不是好事。老虎没有不吃兔子的，老虎如果连个兔子都拿不住，自己就玩儿完了。"

吉金刚长叹一声，"'虎兔相逢'，唉！"

曹霑看着吉营总的表情，越看越觉得不对劲。他正要接着问，隔壁那张桌子上的谈话声清晰地传过来。

附近几位老者像是常客，在此地吃喝并无顾忌，如同在家中一般随意，边吃喝边高谈阔论。

旗人好显摆，显摆的首务是家谱，那是显摆上世的业绩，显摆的次位是家里有什么好东西。此风沿袭一百多年，染得京师的汉人也极好表现，没有显赫的上世显摆，没有好东西显摆的，就显摆自己的博闻强记，知道点子事就抖搂出来，显得自己路子野，知道的比别人多。

有一位嗓门尤其洪大，所谈飘入他们的耳朵。

这位老翁说："告你们个茬儿，我亲家在内务府掌仪司中正殿干活儿。中正殿是干嘛的？谅你们不会知道。告儿你们吧，是掌管宫中各佛堂念经造佛的。嚯，我亲家这几天那个忙呀，忙着招呼喇嘛念经。中正殿由太监充任喇嘛，这还不够，还得请黄寺儿的喇嘛、雍和宫的喇嘛到宫里念经。请来这么些喇嘛，你们知道宫里出什么事了吗？谅你们也不知道。"

同桌的那几位被挑逗得够饿，"到底出什么事了？"

老翁看看左右，嗓门却一点不曾减弱。"谅你们不会知道。告儿你们吧，头年四月立的太子永琮，啊，您猜怎么着？头两天走啦！"

众人惊诧，"啊！太子走啦？怎么说走就走啦？"

老翁说："太子得病啦。得的什么病？谅你们也不知道，天花！"

且不说那张桌子上有何等反应，单说这张桌子上，刹那间出现静默。

张太虚直视着吉金刚，问："金刚，是这么回事吗？"

吉金刚沉重地点点头，"师傅不愧是师傅，道行很深，掐算得很准。前两天的事，太子患天花，太医院一点法子也没有，说走就走了。怕汉人幸灾乐祸，暂时不让向外传。"

曹霑感慨地说："前几年，苍天把端慧太子永琏召回去了，现在苍天又把永琮太子召回去了。看来老天爷是不想让乾隆爷传位给嫡子。"

吉金刚苦笑道："乾隆爷自己也是这么说的。昨天他对满汉大臣发布上谕，在上谕中说：'先朝未有以无后正嫡绍承大统者，朕乃欲行先人所未行之事，邀先人所不能获之福。此乃朕过耶！'"

曹霑说："懂啦。皇后受不了了。所以乾隆爷非得让她挪个地儿，不能总是在太子永琮生活过的地方呆着，严冬腊月才往圆明园去。"

吉金刚说："还就是这么回事。"

大酒缸的主食有饺子、馄饨、面条等，一般以饺子居多。所谓"饺子就酒，越喝越有"。这家大酒缸是山西人开的，主食是刀削面。三大碗热腾腾的刀削面刚端上来，外面有了响动。

吉金刚把碗一推，说："来了。"

他站起，凑到窗户跟前，曹霑急忙跟过去。

张太虚倒是坐在原地不动，继续吃面。

白石桥桥面有一条笔直的大路直通海淀。圆明园的大宫门就在海淀的北部边缘。这条大路有四五丈宽，两边都是苍松翠柏。追溯其年头，大概是在金元时期开发西北郊行宫时种植的。

寒风怒号，大土路扬起一阵阵灰尘。贼冷贼冷的天，连行人都很少。

在这片静默中，皇后富察氏的仪驾过来了。

以往，曹霑在圆明园看到的皇后仪驾都有管弦吹吹拉拉的，仪仗没到乐曲先到，而今天不一样，没有乐曲，而且规模要小得多。

从大酒缸的窗子望出去，比之沿街观看，最大的好处是不用跪下磕头，反倒看得更清楚一些。龙旗和凤扇之后，宫女队伍过来了，都是成双成对的，一对一对地捧着金节、尘拂、香炉、香盒、金痰盂、金盥盘、金椅、金方几。等等。皇贵妃以下出行也有这些，都是日常生活用品。

最显眼的还是凤舆。据《清史稿·舆服志》，皇后的凤舆高达七尺，穹盖二重，上面为八角。这种轿子从轿顶到轿厢全都是金黄色的，而且到处雕或绘有金凤。皇贵妃以下用的轿子也不可能是这种规格。

曹霑把吉金刚推开，眼睁睁地看着凤舆过来。皇后的凤舆他在圆明园时就见过，不过这次看得特别仔细。他似乎觉得凤舆中传出皇后哭泣的声音。他边看边琢磨，在书中怎么写皇后凤舆呢？既让人看出是皇后专用的，行文中又不是那么唐突。

皇后仪仗不大会儿就过去了，曹霑回到座位上。

刀削面还有些热乎，他刚拨拉几口，张太虚在一旁丢过来几句："皇后是个好人。可就由于是个好人，这次未必挺得过去了。"

曹霑听罢，心里一阵迷乱。他在圆明园护军营时就屡屡听到太监和宫女赞扬皇后，陈雨林的诗稿中也有几首赞颂皇后的诗。

他把碗往桌子上一顿，"张天师您说什么，皇后也快要不行啦？"

张太虚感伤地说："乾隆三年，苍天把端慧太子永琏召回去了，那会儿的皇后还有个盼头，她才二十七岁，还能生。现在一晃将近十年过去了，苍天又把永琮太子召回去了，皇后已是三十大几岁的人了，怕是很难再生了。人活着就是一口气，要是没有盼头就麻烦了，往下的事情就很难说了。备不住，皇后在最近几个月就要出事。"

曹霑和吉金刚对视了一眼。屋子里挺暖和，他们还是打了个冷战。

乾隆十三年二月。

通州潞河码头附近弥天弥地的全是薄雾。吐纳的空气带有一股说不上是好闻还是不好闻的水汽。雾涂抹着景色，越接近水面越浓重，往上倒是稀薄一些。隐约可见一个船队泊在水中，尽管近在咫尺，却犹如大海中的岛屿。

晨雾略微消散了些，可见潞河码头旌旗招展，岸上排满了内务府上三旗护军，戒备森严。船队中有两艘船最为显眼，一艘是皇后专用的凤舸，个头不算大，精秀而雅致；一艘是皇上的龙船，船体高大，富丽堂皇。至于前呼后拥的船就不消说了。

庄亲王允禄带着几个侍卫在附近来回巡视。像过去一样，宫里要有大举动了，最忙活的就是他。在乐部干了六年，最近他的地位有所回升，皇上又让他管内务府的事情了。别管怎么着，他和弘皙的那桩捕风捉影的"谋逆案"已经过去八年，朝野已大大地淡忘了。

允禄上了跳板，在上面来回走了两趟，看看跳板还算结实，稍微放心。等会儿太后、皇上和皇后将要上跳板，这不是闹着玩儿的。

几个太监陪着弘历过来了。他怅然若失，吸入又湿又重的水汽，步子慢吞吞的。来到龙船跟前，他并不急着上去，而是背着手来回踱步，骤然停顿下来，一阵颓唐如一团白雾般渐渐地漫过心头。

永琮离去对他的打击过大，他像是陷在雾中，难以脱身。

几个宫女前导，皇后富察氏与皇太后钮祜禄氏相互搀扶着过来了。她们并没有从永琮之死的打击中缓过来，而是靠得紧紧的，小声说着安慰对方的话。雾在她们身旁飘荡着，韵味如同月光一样，使得清晰的变为模糊。然而月光是清幽的，而雾汽是沉滞的，带着末世的气息。

乾隆皇帝这次带着皇太后与皇后出行，是临时动议，说是去济南阅兵，实际上是找辙。济南的八旗驻军不多，也没有受阅的必要，弘历不过是看着钮祜禄氏和富察氏娘儿俩过于悲痛，尤其是皇后成天沉浸在泪海中，执意要拽着她们出门走走，冲淡一下。往哪儿走？皇后比较喜欢大运河两岸的风光，那就在大运河行船。

上午，龙船启航。白茫茫的雾吞噬着潞河码头，但见两个黑乎乎的庞然大物冲破雾团，消失在另一个雾团之中。

三月初，弘历幸趵突泉阅兵，随后陪钮祜禄氏去大明湖湖心小岛。

乾隆皇帝在历下亭阅兵。济南没有将军衙门，只有八旗兵数百，绿营兵数营，人数少，装备差，没有骑兵，也不甚威武，没有什么"阅"头，弘历来这么一下，纯粹是让皇太后、皇后婆媳俩高兴一把，如果高兴不起来，起码可以暂时忘掉失去的小永琮。

一边是大明湖，一边是绿营兵，钮祜禄氏在弘历的陪同下，在队列前走了一遭。皇后富察氏没有来，早春的济南较寒冷，她在这里病倒了，说是偶感风寒。起初弘历不大在意，连陪同出行的太医院御医也认为卧床几天就没事了。但据后世史家分析，她的病这时已转为肺炎，日益沉重。

三月八日，弘历一行抵达德州。德州是大运河的一个重要码头，到了这里是准备返程的。富察氏的病情未见好转，从济南到德州的凤舆上昏睡不醒，一直抬到凤舸上安顿下来。弘历心里着急，却不敢启程，怕路上出问题。他没有下龙船，白日里或是陪皇太后拉家常，或是让允禄过来说说话，或是到凤舸中探视皇后。

据《清宫词注》，钮祜禄氏、弘历母子在停泊德州那几天，山东境内出了个案子。当时济宁闹饥荒，灾民要求开仓赈粮，知府颜希深有事外出。颜希深的母亲何氏看到形势紧迫，自作主张，令发仓米。山东巡抚得知后，要严办何氏老太太。钮祜禄氏在龙船上听说了这件事，传令何氏老太太上龙船，备加褒奖，还亲自书写了一块匾额赏予。

由于皇后病情加重，弘历终日闷闷不乐，地方官员提出丝竹女子上船解闷。三月十一日傍晚，德州知府派出几个青楼中的"夜渡娘"上龙船。龙船上红灯高悬，丝竹之声不绝于耳。知道的是龙船，不知道的以为是官船，是哪个酒色官员在旅途中享乐呢。

弘历坐在楼上统舱中，"夜渡娘"颇为卖力气地吹拉弹唱。青楼女子很有职业眼光，她们眼中的男人都一样，不管是当朝天子还是当市泼皮，对待女人差不多是一路货色。她们看到皇上不再板着脸了，胆子愈发大了，有的簇拥到皇上身边，吐出些娇声浪语。

庄亲王允禄跑上来，气喘吁吁地俯在他耳旁说了俩字："皇后……"

他脸色陡变，对那些女子一摆手，喊了声"滚！"即随允禄急匆匆地下楼梯，出舱，从跳板上了紧挨着的凤舸。

富察氏呼吸急促，目光散淡，脸色蜡黄，眼看就要不行了。

钮祜禄氏和几个御医在一边束手无策。

富察氏一看到弘历进来，两行热泪夺眶而出，用尽余力，挣扎着说："皇上，虽然不在京师，也莫忘永巷之规。"

言罢，她阖上眼睛。她听到了龙船上面传来的丝竹之声，还有话要说。她不断地试图积攒起力量，可是每次睁开眼睛，张开嘴准备说，就是吐不出音来，只得再阖上眼睛，重新积攒气力，重新酝酿。弘历一次一次地把耳朵俯在她的嘴边，除了听到越来越急促的喘息声，就是一个音也听不到。

终于，富察氏不再做任何尝试了。她的眼睛不再张开了，一张一闭呼吸的嘴巴突然间张开就再不合拢了。在这一刻，她的呼吸停止了。

一个御医摸了摸她的脉，用巴掌把她张开的嘴巴阖上，接着给弘历使了个眼色。弘历会意地俯在富察氏的遗体上哭泣起来。

钮祜禄氏毕竟是见过大世面的，这时方寸一点不乱，看到弘历哭得差不多了，强忍着悲恸说："皇上，皇后要尽快入殓，耽搁不得，你押着这艘凤舸即刻返京，现在就上路。"

弘历抬头问："母后呢？"

钮祜禄氏说："我乘坐你的龙船，明天早晨启程。"

弘历看看左右，说："庄亲王允禄。"

允禄说："臣在。"

弘历下令说："庄亲王允禄目下先尽快安排有关事宜，当紧的是德州地方立即派出驿马，飞传京师，诸皇子和文武大臣在通州潞河码头祭奠皇后。而后，你陪同皇太后上龙船，明日启程。"

一零二、通州潞河码头－长春宫－广渠门蒜市口小院

在京城，初春的迹象是少而隐的，人们更多的是从乍暖还寒间，感受到大地悄悄然张开了眼睛。

乾隆十三年阳春三月，几乎天天是大晴天。三月中旬的一天，曹霑出了广渠门蒜市口小院，打马向通州潞河码头飞奔。他刚从吉金刚那里得到消息：山东德州驿马飞传，皇后崩于德州舟次，皇上亲自扶梓宫返京，诸皇子与文武百官在通州潞河码头祭奠。

潞河码头说话就到了。内务府造办处的动作够快的，码头那里已经用密密实实的松柏枝扎起一个祭奠用的大彩棚。

内务府上三旗护军营把码头那里把得很严实，闲杂人等一概不得接近。附近的居民并没有得到消息，只是觉得今儿个码头上有点什么事，得出点动静，所以里三层外三层地围着看热闹。

曹霑没有下马，坐在马鞍子上，高出来一块，看得更清楚些。

码头那里停泊着一艘船。跳板以下黑压压地跪倒一片人，有隐隐的哭声传来。轻烟袅袅，显然是在烧纸。旁边有整齐的车驾，当然是内务府銮仪卫准备接皇上回宫。

他看到一个人走向版舆。没错，那个人是皇上。他上版舆就要回宫了。不大会儿，十六人抬的版舆动了，接着车马旗幡的全都动了。根据他的经验，这套车马是骑驾行头。

又过了一会儿，来码头祭奠的也纷纷打道回府，马车和官轿从他的眼前经过。

他感到奇怪,按规矩来通州潞河码头祭酒的应该是护送梓宫一起回去的,但是码头上的人渐渐地稀落了,却没有见到装殓皇后的梓宫,而且那些护军也没影了。

他夹夹马肚子,往码头那里去。到了岸边愣住了,几百号护军中的大部分下了水,在捆扎那艘凤舸。粗大的麻绳把凤舸拦了好几道,而且岸上在垫圆滚木。这是要干什么?

有几个官员在指挥干这事,其中有一个上岁数的指手划脚的,看样子是这项作业的总指挥。他留着花白的短须,曹霑在圆明园见过此人,而且叫得上名字,他是尚书海望。

有人高声叫:"曹霑。"

他扭头一看,原来是弘昌、弘皎、弘晓哥儿仨,骑马准备离去。

怡亲王允祥的仨儿子走到哪儿都不分开,像是三位一体。当年对"谋逆"案的处理中,弘昌被革除贝勒,弘皎被终身住俸,这哥儿俩翻不过身了,倒是最小的弘晓捡了个便宜,得以袭封怡亲王。

曹霑打马凑过去,顾不上寒暄,张嘴就问:"三位王爷,海尚书在干什么呢?怎么把凤舸捆扎起来了?"

弘昌看着凤舸,"海尚书这次摊上件难办的事,皇上让他把凤舸拖到岸上,运回皇城。"

弘皎说:"皇后猝然离去,皇上来不及准备棺材,乘坐凤舸抵达通州潞河码头之后,口谕皇后遗体不离开凤舸,原封不动地运进皇城。"

弘晓补充说:"皇后既然死在凤舸上,那么这艘凤舸就是皇后的临时梓宫了。皇上口谕运回皇城,到了那儿再装殓。"

曹霑说:"原来是这么回事。"

皇后富察氏在旅途猝亡,把弘历的头脑搞乱了。皇帝都任性,在头脑混乱时就更任性,想怎么着就怎么着。弘历为了减轻内心痛苦而出的点子把内务府难住了。通惠河已淤积,不可能直达积水潭,海望组织内务府上三旗护军把凤舸从大运河里拖出来,再用圆滚木一段一段地往城区拖。

曹霑看了两个时辰,看到凤舸上岸。他估计要拖到城里,那段路程得花费两三天功夫,也就不再看了,而是回到广渠门蒜市口小院。回到家里,薛芳卿正在做饭。她唠叨说,本来今儿晚是想熬些大白菜的,但是菜贩子手上的大白菜都被官府买走了。他把所见所闻对薛芳卿说了。

薛芳卿替海尚书发愁。运凤舸，城外怎么都好说，顺着圆滚木一点点挪动就是了，城门楼子怎么过？船体比城门洞子宽，桅杆比城门洞子高，凤舸肯定钻不过城门洞。难道得拆除一段城墙不成？

三天之后，见分晓了。朝阳门南边的一段城墙，两边垫起平缓的土坡，一直铺到城墙跺子上。土坡上面铺满了厚厚的一层大白菜。凤舸是顺着这些大白菜拽上土坡的。大白菜一轧就出水，汁液滑溜，起着润滑作用。凤舸就是这么拽上城墙的，并且顺着城墙那边的土坡一路滑下去的。此举成为海望的一大创举，在清人史料中有所记载。

凤舸翻过内城城墙，事情并没有结束，进入内城之后，还要进入皇城的门，然后才能进入紫禁城的城门。据史籍，皇后富察氏的梓宫是从东安门进入东华门，再入苍震门，在皇后生前居住过的长春宫暂时安厝。历史到了这儿有点含混，因为凤舸无论如何是进不了东安门、东华门与苍震门的，也不可能在紫禁城再翻城墙。估计到了这步采取了措施，即是把皇后富察氏的遗体装殓梓宫，抬进去的。

从东华门到长春宫的一路上，路边一片皆白。

皇后富察氏的丧葬活动，当务之急是封谥号。就这件事而言，弘历有一个现成的腹案。那还是三年多之前，贵妃高佳氏逝，谥号慧贤。当时富察氏在一侧说："如果我到了这天，皇上能不能谥我孝贤？"弘历清楚地记着这件事，随即封富察氏谥号孝贤。

弘历谕令，王公大臣及公主王妃以下，大臣官员命妇内务府佐领、内管领下妇女分班齐集，身穿缟服跪迎孝贤皇后梓宫入宫。并且特擢派履亲王陶抒、和亲王弘昼、户部尚书傅恒、工部尚书哈达哈、户部右侍郎舒赫德、工部右侍郎王和等总理葬仪。

长春宫穿上了素服，白花花的人来人往，哭声传出去很远很远。来吊唁的并不都是奉命哭泣。孝贤皇后生前很得人心，许多人是真心哀悼这位贤良、善良的母后。

夜晚，长春宫灯火通明，高高的蜡烛，烛火在风中扑扑啦啦地跳动着。吊喑活动仍然在继续。弘历坐在梓宫旁，半个身子陷在御座之中，右手抚面，伤心地回忆着富察氏的音容笑貌。

自从雍正五年在乾西五所成婚，富察氏在皇宫中生活了二十年出头，总共生育了两男两女，四个活泼可爱的儿女中，除了一个女儿尚存外，那三个先后离开人世。每走一个都是对她的致命打击。如此沉重的三重打击，她不垮掉谁垮掉。富察氏的可贵之处在于，即便她的儿女屡遭不幸，却对其他嫔妃的儿女关爱有加，尤其是对那些已然离开人世的嫔妃的儿女。

想到这儿，他在指缝间看到了永璜、永璋兄弟。这是永璜、永璋一天之内第三次来吊唁了，可是他们的神情仍然是疲疲沓沓的。

永璜、永璋磕头之后站起来，转身准备退出，弘历重重地一拍御座的把手，忽地站起来，指着他们的背后喊："永璜、永璋，你们先别忙着离开！"

哥儿俩惶惶不安地站住了，转身下跪。永璜是弘历的长子，现年二十一岁；永璋是弘历的第三子，现年十四岁。这哥儿俩中间的就是排行老二、已然逝去的端慧太子永琏。

弘历指着永璜说："永璜，你的生母是朕潜邸时的侧福晋，死于雍正十三年，那年你才八岁。转眼十三年过去了，你已经二十一岁了。这十三年是谁在拉扯你的，你不应该忘记吧。"

永璜惴惴不安地说："是皇后。皇后待儿臣如生母一般。"

弘历高声说："你还总算没有忘记。可是皇后逝去你悲伤吗？皇额娘与皇阿玛一同巡幸山东，而只有皇阿玛一人回来，如此重大变故，你动过真情实感吗？从潞河码头朕就观察你，你在那时的表现就不堪入目，直至现在！"

永璜被骂傻了，瞠目结舌，不知该说什么。

弘历随即转向永璋，"还有你！和永璜一样，也不是好东西！皇后逝去，你和永璜一样礼数不周，毫不悲切，不能尽人之道。说你小，你也十四岁了，如此不识大体，全无知识！"

永璋也被骂傻了，同样地瞠目结舌，不知该说什么。

弘历指着他们的鼻子吼："你们那点小心眼子，别以为皇阿玛看不透。你永璜是皇长子，你永璋是皇三子，夹在你们之间的皇二子永琏立为太子，在你们之后的皇七子永琮也被立为太子。他们都是皇后所出，朕立嫡子为太子，你们不服，因此对皇后逝去毫不悲痛，是不是还幸灾乐祸呀？嗯！"

哥儿俩吓傻了，扑通跪下，连声喊道："皇阿玛，儿臣绝无此意！""天地良心，儿臣绝无此意！"

弘历向外一指，"滚出去，不准你们脏了长春宫！"

小哥儿俩吓得屁滚尿流地出去了。

弘历这次对永璜、永璋大发雷霆，实在没道理，扯到立储上更是莫名其妙。清初皇子们的那股子铁血精神已被消磨许多，康熙年的储位之争已时过境迁，无论雍正的儿子们还是乾隆的儿子们，都没有康熙膝下诸阿哥们那么大的心气儿。尤其是弘历的儿子们，心气儿是平和的，学习练功加吃喝玩乐，没有迹象表明他们也打算争夺储位。

弘历发脾气不过是在撒气，是极度悲恸中的反常之举，逮着谁算谁，谁碰上谁倒霉。永琮和皇后先后离去，他的痛苦和郁闷自不待言，能够挺过来就算不错。他不仅严厉训饬永璜，连永璜的师傅和幕僚也受到处分，和亲王弘昼、大学士来保、侍郎鄂容安各罚俸三年，其余罚俸一年。永璜被吓坏了，不知是由于受到惊吓，还是感到莫大的委曲，从此得病，整整两年后，在乾隆十五年三月十五日便病逝了。

皇后治丧期间，倒霉的不止是皇子及他们的师傅。弘历的悲情和怒气波及京师内外，许多文武大员受到处罚以至处死。例如弘历发现册封孝贤皇后的册文翻译成满文将"皇妣"译为"先太后"，大为光火，不但切责译注的翰林院"大不敬"，而且将管理翰林院的刑部尚书阿克敦交刑部议罪。刑部官员胆战心惊，揣摩皇上的胃口加重议罪，提出将阿克敦拟绞监候。如此重判，弘历尚不满意，斥责刑部故意"宽纵"，"党同寻庇"，将该部官员全部问罪，署理满尚书盛安、汉尚书汪由敦，侍郎勒尔森、钱陈群、兆惠、魏定国，俱革职留任，阿克敦以"大不敬"罪斩监候（后获赦）。

随后，工部在办理皇后册宝时，"制造甚属粗陋"而全部罪之。弘历又指责光禄寺置办皇后祭礼用的馃饽张桌"俱不洁净鲜明"，而将该寺卿增寿保、沈起元，少卿德尔弼、窦启英降级调用。处置了刑部、工部、光禄寺后，弘历又指责礼部"诸凡事务，每办理糊涂"，将尚书海望、王安国降两级，其他官员也分别受到处罚。这个海望，就是指挥将凤舸运过城墙的那个人。

由皇后葬礼引发的贬斥官员之风，不但使京官人人自危，而且也刮到外省。是否到京师参加皇后葬礼？这个问题摆到外任官员面前。外任官员各有职守，不宜轻易离任，况且许多官员路途遥远，去京师要奔波多日，不知要耽误多少事。个别官员为讨好皇上，竟具奏折请求赴京叩谒皇后梓宫。这一请求附和弘历的心意，他在赞赏马屁精的同时，迁怒于忠于职守，没有奏请来京的官员，由此而受到降罚处分的满洲督抚大员达五十三人。其中包括两江总督尹继善、闽浙总督喀尔吉善、湖广总督塞楞额、漕运总督蕴著、浙江巡抚顾棕、江西巡抚开泰、河南巡抚硕色、安徽巡抚纳敏等。

皇后丧葬期间发生的政治风波，固然是弘历在连续丧子丧偶之后极度悲恸，情绪极端恶劣所致，但弘历也是借机发难，借机对官僚的种种陋习所施行的一次手术。他即位后，宽猛得济的执政方略固然有所收效，但曾经大力整治的官场陋习也有所抬头，最明显的一点表现在金川之战上，要说这场战争的作战难度远低于与准噶尔部的战争，却迟迟没有进展。他在这时，索性利用个人情绪的低落，有些借酒撒欢的意思，施以严刑峻法，裁汰旧员，启用新人，对官场积弊多少也有所冲击。

从阳春三月到夏季，孝贤皇后百天丧日之内，苏州班不能演戏，甚至不敢练功。练功就得吊嗓子，吊嗓子就有自娱之嫌。薛芳卿干脆搬到了广渠门蒜市口小院里，和曹霑正经八本地过上了小日子，娇妹也时不时地带着苏州班的其他姐妹来串个门。难得的是，庄亲王允禄也悄悄地来串过门，他是乾隆皇帝这次东巡的见证人，对孝贤皇后的死因最清楚。

庄亲王允禄盘腿坐在炕桌旁，吱儿地喝了一杯酒，说："孝贤皇后，我的这个侄媳妇儿是个不可多得的好人呐，可惜了的，才三十七岁就走了。"

曹霑盘腿坐在他的对面，端着个酒壶，小心翼翼地问："亲王大人，皇后到底是怎么走的？"

允禄问："你都听到什么了？"

曹霑说："皇后才三十七岁就走了，京师的各种猜测多了去啦，说什么的都有。有人说皇后想永琮，实在想不开了，想追随永琏、永琮而去，遂在德州投水自尽了；还有人说皇上在龙船上招妓，皇后不干了，帝后两口子在龙船上吵起来，皇后愤而投水自尽了；还有人说，皇后在病中心情本来就不好，和皇上提起旧事，也就是皇上和傅恒妻子娜木钟的事情，帝后为这事发生争执，皇后越想越窝囊，一个猛子扎到河里了。反正闲言碎语的多了。"

允禄一下复一下地拍打着腿，悲怆地说："别听京城士人乱嚼舌头。这次东巡，本王从头跟到底，什么都看在眼里了，皇后是悲伤死的。皇后这个年纪，搁在别人身上，偶感风寒不难治愈，可是她心里太苦涩了，端慧太子对她的打击还没有完全缓过来，永棕又甩手而去，她实在撑不住了。"

曹霑给允禄斟上酒，什么都不说了。

允禄指点着他的胸口，带着几分醉意说："这事儿你得给写下来。大清故亡的皇后有好几个，就赶上这么一次有模有样的皇后葬仪。既然让咱们见到了，就给他刻在'石头'上。"

一百天过去了，薛芳卿又和苏州班出去演戏。曹霑的心态逐渐平息下来。他带着新鲜印象研墨铺纸，真传他所见到的轰轰烈烈的一幕。

无论是正史还是野史，都认为孝贤皇后的葬仪是清季康雍乾时期最为隆重的一次皇后葬仪。正如《清史稿》中所说，康熙十三年孝诚仁皇后崩，时年二十二岁，玄烨大恸，谕全国举丧，京官及外官俱丧服。康熙十七年孝昭皇后崩，正值"用兵三藩，虑直省举哀制服，易惑观听，免治丧"，仅仅在宫廷范围内搞了一下。雍正年间皇后崩，胤禛刚病愈，甚至没有参加皇后葬仪，而是由皇子代劳了。至乾隆年间皇后崩，适逢国泰民安，清平盛世，而且从康熙十三年至乾隆十三年，长达七十四年没有大操大办皇后葬仪，所以大大操办了一次。

为了实录孝贤皇后的葬仪，曹霑让一个小说人物匆匆死去。这是个娇小的美妇人，是她把贾宝玉引入自己房间，并拿走了贾宝玉的元阳。或多或少，在曹霑的构思中，这个美妇人身上附着娇妹的影子。

"娇妹"服从于写作大局，走了，给她办丧事。曹霑的眼前总是闪着那艘凤舸，那艘从通州拉到京城并翻过城墙的凤舸。为了与孝贤皇后的葬仪比附，在他的笔下，"娇妹"的棺材为"樯木"。樯的本意是船上的桅杆，"樯者，舟具也。"所谓"樯木"棺材即是条船。二百多年后人们不知道"樯木"为何意，而在当时，在朝野对那艘翻城墙的凤舸印象甚深时，这两个字是显笔。

"娇妹"不过是宁国府的一个出身贫寒的孙子辈媳妇，而在她死后的"大族之葬"被写得铺天盖地的。在曹霑的笔下，她的葬仪由钦天监挑的日子。钦天监是掌天文历法的官署，也是为皇室择吉祥福瑞之所，清初隶礼部，以西洋人为监正，乾隆十年增设管理监事大臣，从礼部独立出来，成为与礼部、国子监、乐部、光禄寺等并列的单位，监正仍然是西洋人。

"娇妹"停灵期间，对她的治丧规格就绝对不是凡人所能企及的了。"只见府门洞开，两边灯笼照如白昼，乱哄哄人来人往，里面哭声摇山震岳。""这四十九日，宁国府中的街上白漫漫人来人往，花簇簇官去官来……临街大门洞开，旋在两边起了鼓乐厅，两班青衣按时奏乐，一对对执事摆刀斩斧齐。"至于到了大出殡之日，更是惊天动地的："一应执事陈设皆系现赶着新做出来的，一色光颜夺目，诸王孙公子不可枚数，算来亦有十来顶大轿，三四十小轿，连家下大小轿、车辆不下百余乘，连前面各色执事、陈设、百耍，浩浩荡荡，一带摆三四里远。走不多时，路旁彩棚高搭，设席张筵，和声奏乐，俱是各家路祭……手下各官、两旁拥侍军民人众不得往还。一时只见宁府大殡浩浩荡荡，压地银山一般从北而至。"

明眼人一眼就可看出，这哪是宁国府中的孙媳妇出殡场面，"诸王孙公子不可枚数"，道尽国葬阵容。"两旁拥侍军民人众不得往还"，更有十足谕旨色彩。它是孝贤皇后葬仪实况，为了把场面做大，保持人山人海的阵容，乾隆皇帝下达谕旨，在街道两旁观看大出殡的京城军民一概不得离开现场。有必要提及，后来脂批者怕读者仍然看不清所指，又加了几则重要批注。

小说中的葬仪，是以曹霑亲眼见到的孝贤皇后葬仪为原型的。为此他写了一首七言绝句，作为一个被称为"元妃"者的判词，而富察氏是乾隆皇帝的发妻，官方词汇称为"元妃"。

元妃判词原文："二十年来辨是非，榴花开处照宫闱。三春争及初春好，虎兔相逢大梦归。"这首诗与孝贤皇后丝丝入扣。"二十年来"为何意？从雍正五年到乾隆十三年，富察氏在宫中生活正好二十年。她在两年零七个月内连生三个子女，应石榴多子典故，尽管那时弘历还在潜邸，她的三个子女却都生在宫中，可谓"榴花开处照宫闱"。"三春争及初春好"显然是指后宫中的争宠。点睛之笔是最后一句。弘历是康熙辛卯生人，属兔，永琮是乾隆丙寅生人，属虎，父

957

子俩可谓"虎兔相逢"。巧合的是，属虎的永琮死于乾隆丁卯，正是其父弘历的本命兔年，也是"虎兔相逢"。永琮极其短暂的一生仅经过虎年和兔年，还是"虎兔相逢"。永琮死，富察氏承受不了霹雳般的巨大打击，以至于"大梦归"。"虎兔相逢大梦归"正是富察氏的最终归宿。

行文至此，不妨谈谈清季对富察氏死因的不同看法。富察氏死时才三十七岁，而且死于舟次，京城好事者认为此事有隐情。从那时直到清末，一直有人在猜这个谜。《清鉴辑览》说，弘历在德州龙船上夜宴饮酒，富察氏劝他在旅途中不要忘记永巷之规，弘历喝醉了，大发脾气，富察氏不胜羞愤，恍惚中落水而死。这种说法缺乏根据，如果富察氏不慎落水淹死，官方无须讳避。《满清外史》说弘历途次德州，忽招娼妓数十登舟侍宴，酒酣，备极淫秽，富察氏来到龙船，见状大怒，语涉刺讽，弘历怪其妒，揪住她的头发踹了几脚，她不胜其愤而投水自尽。这种说法显然是有意丑化乾隆皇帝。但是，弘历生性比圣祖和世宗花哨，是不争的事实。据《清宫词注》披露，乾隆十六年南巡，途经德州曾召女孩登舟。小姑娘叫宋素梅，登舟后赋迎銮诗一首，弘历怀疑不是她作的，遂"召入内帐"，面试五言六韵一章，赉赐甚厚。这个丫头年方十二岁，即便弘历有染于她，据此推论弘历把几十个山东土娼召到龙船上胡来，还不至于如此混帐，再"戏说"也到不了这步。

一零三、西山正白旗护军营－大报恩延寿寺

京城的秋风带着来自蒙古戈壁的黄沙，卷起的无非是脆生生的落叶、干枯的菜叶、碎纸片和脏乎乎的尘土，城市垃圾掠着胡同的地面刷刷拉拉走远了，直到在一个莫名的旮旯里疲惫地安歇下来。

同是秋风，在西山脚下却是另一番模样。

明净的天际间，闲云澹澹然然的，带着无法捉摸的潇洒，远离人世，对俗世的悲欢扰攘无动于衷，如此的一尘不染，当得起个"闲"字。这里的秋风不会无病呻吟，不带一点修饰，那么纯净又那么爽利，低吟浅唱地掠过山林，掠过小河，掠过座座庙宇，掠过旗兵的房脊，对萧萧落叶从不眷顾，对漫漫衰草从不垂怜，而后悠悠然直上天际。

代表西山秋日之美的是那漫山红叶。西山红叶之美，不仅在经霜的素红，更在那临风的飒爽。当叶子逐渐萧疏，秋林显出了秀逸。那是一分不需任何点缀的洒脱，也是不在意俗世繁华的孤傲，仿佛天地造化本当如此。

在秋林映着落日时，曹霑经常携薛芳卿手，走出院门，来到小河边。夕阳酡红如醉，衬托着天边加深的暮色。晚风带着清澈的凉意，随着暮色浸染，流露出艳丽的凄楚之美。

大约在乾隆十四年秋，曹霑的生活发生了一次变化，从广渠门蒜市口小院迁到了西山正白旗护军营。那年，他三十五岁。

这次搬迁的原因，无籍可考，只能做些推断。曾经有人著文称，北京南城过于喧嚣，曹霑流落西山是为了找个清静地方写《石头记》。这种说法未免理想

化了。实际上，曹霑从南城迁居西北郊，最大的可能是广渠门蒜市口小院是内务府官房，而非曹家的私产，在曹頫失势或者出家之后，无官无职的曹霑不可能再在这里住下去了，他只有彻底归旗，即以闲散旗人的身份回到所在佐领管片居住。

平郡王家被后世称为"曹家第一得力亲戚"。从纳尔素到福彭，都曾经对曹家有所关照，还是能"罩"住曹家的。曹霑的搬迁恐怕与福彭的去世有直接关系，曹家从此失去了保护伞。

纳尔素共有四个妻子，曹佳氏是嫡福晋，所出除长子福彭外，还有第六子福靖、第七子福端。允禄、弘晳"谋逆案"查办后，福彭调离正黄旗满洲都统，担任议政，明升暗降。清开国之初，努尔哈赤定皇子八人为和硕贝勒，共议国政。皇太极又设大臣八人为副。最初议政王大臣班子还多少有些资产阶级的"上院"样子，后随着皇帝高度集权，八贝勒体制土崩瓦解，议政成为摆设。尽管福彭担任虚衔，大权旁落，但是毕竟当过定边大将军，只要他在，内务府就得给面子，不能拿曹家怎么着。乾隆十三年十一月十三日福彭去世，享年四十一岁。

这么一来，曹家在内务府一点庇护都没有了。内务府要撵曹霑滚蛋，曹霑一点脾气也没有，只有老老实实地卷起铺盖卷滚到本佐领名下。

曹霑于乾隆十四年归旗，到西山正白旗护军营。

据香山一带父老相传，曹霑的住址在卧佛寺东南的正白旗村西，靠近河边的一处旗下老宅中，属于西山护军营正白旗营区。这是一个小院子，一溜三间住房。曹霑挺喜欢这里，而薛芳卿则似乎很适应这个环境，四周高高的槐树，静静地掩住一院幽寂，树后重门深掩，看不尽的寂寥。他们好像已经在这里生活过很长时间，数度品尝过秋日的清寂，这里仿佛封存着他们漫长生活的足迹。

都说江山易改，秉性难移。话得看怎么说。如果遭受撕心裂腹的挫折，不要说秉性，连相貌都会发生变化。自打过了三十岁，特别是落魄之后，曹霑变了。原先的那点学问没有丢，但是斯文扫地，羞涩的个性了无踪迹，他变得特别能侃，口若悬河，海阔天空，没有他不知道的事。而且他的体态也在变，写书天天坐着，不再练功了，加上又喜欢喝酒吃肉，逐渐长成了一个粗粗拉拉的黑胖子。豪爽大气、心直口快，不修边幅，不拘小节，左近的人都喜欢接近他。他口无遮拦，除了不说自己正写的书，无所不谈。转眼入冬了，西山的冬季比城里要冷，冬季不大训练，护军营里没有多少事。一到晚上，老少爷们儿喜欢扎堆儿，凑在一起神侃，打发漫漫长夜。

曹霑是当兵出身的，与当兵的聊得来，家里没有孩子，而薛芳卿在苏州班里多少也有些收入，日子过得不是太紧巴，房子也稍微宽敞一些，因此他的家自然而然地成了扎堆的一个点。

每逢晚饭后，穷当兵的晃晃荡荡推门进来，薛芳卿就出门找随旗的江南老乡聊天去了，他的家从此成为爷们儿的天地，那点银子都用来打酒招呼来扎堆的弟兄了。甭管当兵得日子过的怎么清苦，一到夜晚，他的房子里总是爆发出高声说笑，间杂着几声粗野雄浑的喊叫。

但是，也有愁眉不展的时候。不管认不认这个理儿，八旗护军的辉煌日子过去了，窘迫的"八旗生计"几乎落在每个家庭头上，一说到这儿，大伙儿就犯怵。而每当说到忧愁处，总会有人带头唱起一首歌，这首歌几乎成为西山护军营的"营歌"。

> 今晚月儿怎么那么高，骑白马，挎腰刀。
> 腰刀快，剁白菜。白菜老，剁皮袄。
> 皮袄厚，剁羊肉。羊肉肥，剁毛贼。
> 豆汁饭就萝卜皮，没有稠的就喝稀。
> 没马褂，干着急，当了裤子卖炕席。
> 光着脚丫儿上八旗，看你着急不着急。

屋外寒风怒号。尽管窗户纸糊得很严，仍然有小贼风往里钻。针大的眼儿斗大的风。众位爷们儿却全然不觉，一张张鬓黑的面孔，很有些人是牙口不全，也有个把的长相如歪瓜裂枣，却大都在忧伤地、凝神地唱，或者是歪着脖子，扯着嗓子吼，五音不全的尽量跟。

曹霑混杂在他们之间，盘腿坐在炕桌的首席，一边唱着一边扫视着弟兄们。这首歌与他过去喜欢唱的《老胡工之歌》、《卓克浑之歌》截然不同，没有那种悲壮慷慨之气，没有那种冰河铁马之风，那种铁血中浸泡出来的精气神儿烟消云散，有的只是惶然，只是发自心底的忧愁。

参差不齐的歌声每每在他的心里碰撞，他隐隐约约察觉到，不管朝野如何歌颂五谷丰登、清平盛世、国泰民安，不管乾隆爷怎么美滋滋地打量着社稷，大清也难以逃脱前朝周而复始的命运。大清就像是一匹攀到了山顶的老军马，累得大汗淋漓，它曾经站在最高峰，山风卷起它的鬃毛，它向着山下的四野神气地嘶鸣过一阵子，而这会儿已经从山顶上往下出溜。不管出溜的快慢，反正这个过程是开始了。

卧佛寺东南的正白旗护军营明明是旗兵营房，可是由于曹霑猫在这里写书，他的朋友把这里称为"黄叶村"。

"黄叶村"东边不远是功德寺，从功德寺再往东是瓮山和西湖。

乾隆十六年夏秋之交，曹霑步行到功德寺，刚进入山门，一眼看到，曹頫正拿着把大扫帚在打扫院落。

自出家后，曹頫留起了胡子，昔日光溜溜的下巴飘起了长须，且动不动便自称"老衲"。他住一间小小的僧房，或读书，或与僧人一起诵经，闲下来则对着不远的西山出神。白云在头顶上游走，草虫在身边鸣叫，斋饭描绘着岁月的清寂，每日三餐，面对漆盘里鲜嫩的青菜，粗瓷大碗中圆润的米粒，感受着雨露和土地培育的精华。

曹霑乐呵呵地招呼说："别来无恙乎？来约您到瓮山看看，听说乾隆爷的那座大报恩延寿寺建成了。"

曹頫淡淡地说："老衲成天在寺庙里，每天面对的就是寺庙。瓮山那里建了一座寺庙，估计是差不多的东西，有什么可看的。"

曹霑指指自己的心口，说："写书的时候，对乾隆爷眼下的做法有些想法，看看大报恩延寿寺，我再对你谈谈。"

曹頫放下了大扫帚，"既然有想法，那就是另一回事了。"

出家之后，曹頫并没有成为野鹤闲云。他本来想在暮鼓晨钟之间调整心态，慢慢地安静下来，却是难以办到。从纷纷扰扰的尘世挣脱出来，他长长地透了一口气，并不是要就此遁世，而是让内心获得喘息和再生的机会，在沉默中重新积攒能量和勇气。作为出世之人，他仍然关念着尘世中发生的事情，尤其是对曹霑正在写的书十分关切。

曹頫和曹霑们结伴出山门，不大会儿就来到西湖畔。

半年没来，这里居然发生了大变化，湖面比原来开阔了，堆出个湖心岛。瓮山山形也变了，过去东西两头不对称，西边舒缓而下，东边陡立，现在两边的山坡都显得平缓，显然是浚疏湖面时把土培到了东麓，改造了山形。

西湖也被称为瓮山泊或大泊湖，是风光琦旖旎的所在，左右种植水稻，有些江南风味。明朝人留下了一首西湖诗："玉泉东汇浸平沙，八月芙蓉尚有花。曲岛下通蛟女室，晴波深映梵王家。常时凫雁闻清呗，旧日鱼龙识翠华。堤下连云伉稻熟，江南风物未宜夸。"这会儿，昔日的景色变化很大，却缘于皇太后钮祜禄氏。

弘历对生母十分孝敬。平日问安侍膳，凡江南巡游、热河避暑，应时游乐，如元宵焰火、端午竞渡、冬日冰嬉等等，无不侍奉生母享乐。遇到皇太后寿辰悉心庆贺，"以愉慈怀"。

夏末秋初的小风吹拂着，他们在昆明湖的湖畔慢慢地溜达着，细细回忆着皇太后五旬寿辰庆典活动。那是十年前的事了。乾隆爷仿照康熙老主子，优赏六十岁以上的在京八旗官员、老民、老妇、老太监，皇太后自畅春园还宫路上准许这些老人瞻仰跪迎。

忙完皇太后五旬寿辰，近年，内务府开始忙活皇太后的六旬寿辰，并决定修一座祝寿庙宇。弘历相中了瓮山寺，遂谕令治理西湖。

治水是真，瓮山泊是调整京城西北郊水系的一个不可多得的水库，利用乾隆十四年冬闲，征集上万民工浚疏，湖面几乎扩大一倍，并且改名为昆明湖，瓮山改名为万寿山，在古老的瓮山寺的基础上翻建大报恩延寿寺，弘历还因此赋诗一首："山名扬万寿，峰势压千岚，载庚天保什，长愿祝如南。"弘历喜欢作诗，天分却远远不够，这首给老太太祝寿的诗也写得极其一般。

曹頫与曹霑来到大报恩延寿寺跟前，由于祝寿活动临近，山门处设有"拨堆"，护军在山门前来回转悠，不是什么人都可以进去的。他们无意进去，只是在跟前看看就够了。这座寺庙很有气势，顺着万寿山南麓一层层地向上排，直至半山腰，南麓的半座山都是金碧辉煌的。

看着大报恩延寿寺，曹霑围着曹頫踱了半圈，说："有个事儿挺让我纳闷儿的。

今天不妨向您请教请教。"

曹頫笑笑说："咱俩谁跟谁呀，谈不上请教，有什么想不明白的就问吧。"

曹霑挥指着南边说："建造园林，最当紧的就是真山真水。赶巧遇到一处山水相依，那是最棒的。宋朝帝王喜欢园林，但是建都于一马平川的中原。宋徽宗在汴梁挖湖堆山修建了艮岳，如果河南开封那里有类似瓮山西湖的地方，这位风流天子肯定会作足文章。"

曹頫说："不错不错，接着说。"

曹霑说："真的，想起来是挺怪的。瓮山与西湖明摆着，不用怎么花费力气就可以建成最有气势的苑囿，可是历经金朝、元朝、明朝，却没有动这片真山真水，为什么呢？里面的'扣儿'何在？"

曹頫接过话来，"老衲替你说几句。金朝建西苑，图的是那片海子和万岁山，修玉泉山图的是那座山和那眼玉泉，都不理会瓮山和西湖。明朝人一样不理会瓮山和西湖。到了本朝更绝，畅春园、静宜园、静明园、圆明园，围着瓮山和西湖绕了一圈苑囿，哪个苑囿的地势都不如瓮山和西湖，可是历朝就是不搭理这片，确实有些怪。"

曹霑问："那您说是怎么回事？"

曹頫老气横秋地捋着胡须，"过去老衲也不明白，到功德寺出家后，才听那儿的老僧道出谜底。古时有位老者在这里掘出一个石瓮，上面是没人看得懂的字。老者将石瓮置于山的西边，留下一道谶语：'石瓮徙，贫帝里'。意思是石瓮一旦没了，所在朝代也就完了。瓮山因此得名。金朝和元朝帝王信这道谶语，没敢动瓮山土木。明朝皇帝也信，可是弘治间皇上的乳母助圣夫人罗氏不知好歹，在瓮山南麓建了座圆通寺，即瓮山寺前身。结果怎样？弘治之后的正德年间，正德帝就极不成器。明朝嘉靖年间，石瓮不知所向，明朝没过几年果真完了。"

清人也笃信石瓮的传说。康熙宠臣朱彝尊留下一首诗："石瓮久已徙，青山仍旧名。去都无一舍，已觉旅尘清。"康熙进士、黄宗羲弟子查嗣溧也留下一首杂咏诗："少卨仙家久结邻，帝城佳气有金银。谁移宝瓮他山去，从遣三街九市贫。"两位都是满腹经纶的大家，前者赐居皇城，后者是查嗣庭的弟弟，查嗣庭因从隆科多而获罪，在狱中病死后仍被戮尸。他们并没有拿石瓮作笑谈，而是表现出真心的忧虑。把那道谶语当回事，担心遭到报应，这恐怕是康熙皇帝、雍正皇帝不动瓮山土木的内在原因。

曹霑发出一声冷笑，"可是咱们的乾隆爷不信这份邪，偏要在瓮山大动土木，而且把瓮山名字改了。所谓水满则溢，乾隆爷这会儿的日子好过，恐怕经过此番盛世，大清就要走下坡路了。"

曹頫好奇地问："你打算在书里写这段？"

曹霑浏览着昆明湖说："当年宋徽宗劳民伤财，在汴梁挖湖堆山修建艮岳。艮岳建成之日，适逢金朝军队打进汴梁，二宗被掳，艮岳换来的是靖康之耻。《大金国志》载，金朝皇帝说过：'宣和帝运东南花石筑艮岳，至亡其国。'金朝帝王尽管明白，却将艮岳山石搬到北京修建西苑。结果怎么着？西苑刚建成，金朝就被蒙古军队灭了。明朝宣宗曾经登临西苑的万岁山顶，指着艮岳山石，历数金元明三朝的教训，表示要以艮岳为殷鉴，侈则亡国。咱们大清王朝，头几茬皇上还有这份警觉，到了乾隆爷这茬儿，苑囿亡国的教训抛诸脑后。不仅如此，他还敢在金元明三朝皇上加上本朝圣祖和世宗都不敢动唤的瓮山大动土木，乾隆爷即便能混过去，大清也要盛极而衰了。"

曹頫问："你的书里也打算写个苑囿？"

曹霑向四周一划拉，"附近这么多苑囿，都守着家门口，圆明园我呆过好些年，对里面门儿清，这清漪园刚刚上马，咱就见过了。何止是写一个苑囿，我要把皇上家里的苑囿都写进去。"

曹頫笑了，"曹霑，这个纸上苑囿叫个什么名呀？"

曹霑挠挠后脑勺，"名字还没有想好。"

曹頫看了看他，"不妨给你提个醒。听内务府的人说，乾隆爷令宫里的西洋画匠画了张《圆明园全图》，乾隆爷在图上御笔提了俩字。"

曹霑问："哪两个字？"

曹頫说："大观。"

天光渐渐暗淡下来。暮色总是有点说不清的诗意，或者说带着些忧郁的诗意。湖畔的树上淡淡地涂上了一层金黄色，几株枯草在残阳中轻轻地抖动着。曹霑背着手，欣赏着快要到来的迷茫晚景，被暮风吹皱的湖水在他的脚下吧嗒吧嗒地响着，像是和风中的悄声密语。

曹霑思索了片刻，喃喃自语："大观园。"

尾　声

京城各关厢和郊区重要地点多有"驴口儿"，出门雇驴得跟驴脚夫现谈盘缠，稍远些须讲明是来回脚，否则驴户不干。

乾隆十七年春季的一天，曹霑左肩右斜地背着个大包袱，一大早就离开正白旗护军营，在卧佛寺那儿雇了个脚驴，进城去。

他进了城还得回来，当然是雇来回脚，它又叫对槽驴。

在这个孟春的早晨，飘洒着牛毛细雨。驴脚夫在前面牵着驴，曹霑坐在驴背上，不时亲切地拍拍驴脖子。驴蹄子发出的咔嗒咔嗒的声音，幽凉的雨丝洒到脸上，好一阵润泽。与霏霏细雨相伴的是轻轻的小风，掀动长袍的大襟，如同拂来一个老熟人亲切的鼻息。

平日里，他不喜欢凋零的雨，而今天不一样。烟雨蒙蒙，轻纱似地笼住一切，举目前望，对面的田园淡极欲无，前路行走着一队骆驼，驼铃舒缓纡徐，如同载着慵倦凄迷的长叹。春雨微冷，仰脸看看阴郁的天空，转动脖子看看阴郁的四周，他的心情不错，背后的大包袱里面是《石头记》一百零八回的初稿，是他头两天夜里刚誊写完毕的。

从卧佛寺到西城的毛家湾有四十多里地，紧赶慢赶，到了庄亲王府已是中午，他让驴脚夫赶紧找个地方吃饭去，自己跟着门房进去了。门房把他领到偏殿，允禄正在那儿等着他。

允禄这年五十八岁，到了这把岁数了，总算出了一点无欲则刚的味道，显得平和安详。他鹤发童颜，坐在那张姜黄色核桃木的太师椅上，见到曹霑进来，露出笑容，两只手拱在一起摇了摇，算是打了招呼。

曹霑把身上包袱拿下来，递上去，允禄打开一看，是装订整齐的书稿，甚为满意。然后留下他吃午饭。

饭桌上，允禄谈了两点打算：一个打算是请宗室中的几个人看稿子，边看边批注；另一个打算是，这几个人搭的小班子要起个名。他有几个腹案，比较来比较去，由于《石头记》是用那块上世传下来的脂砚研墨写就的，因此就叫个"脂砚斋"吧。

曹霑憨乎乎地笑了笑，大口扒拉着饭，嘴上不说什么，心里觉得"脂砚斋"这个名字不错，吃了饭就告辞回去了。

归途中，牛毛雨还没有停。离家越来越近，在驴背上可以看见逶迤的西山了。春雨濡湿了一切，蒙蒙地遮迷了远山，悄悄地油绿了山上的草，却濡湿不了那屋顶上升腾起来的炊烟。正是西山护军营家家户户做晚饭的时候，一个个屋顶上飘荡着一条条若隐若现的白龙，悠悠地在屋顶上浮游。它们又像是一行行的秋雁，渐远渐稀，及至不见。

到家了，他下了驴背，跟驴脚夫草率地道别，忽地推门进到自家的小院子里。薛芳卿正在升火做饭，他抱着她狠狠地亲了几口，把她亲得直犯迷糊。当天晚饭他吃得很香甜，夜里睡得也很香甜。这些对他都是久违了。他觉得了了一桩心头大事。

但是，即便完成初稿，后面的路依旧很长，书稿还要反复研磨，他今后的生活将和这部名为《石头记》的小说捆在一起，要与之厮磨余生。之所以会如此，是由于《石头记》是非传世小说。什么叫非传世小说？说白了就是不交坊间刊刻行世的手抄本。既然不考虑在世面上流行，仅在选定的小圈子里传阅、把玩，就不大可能传入后世。显然，这种作品是没有稿酬的，而且除了一个极小的圈子，也没有人知道作者是谁。

在市场经济环境中，人们很难理解非传世小说，既没名又没利的，为什么还要费尽精神写呢？简略地说，非传世小说是文字狱下的一个蛋。在清季严酷的文字狱环境下，舆论高压封堵，人们郁积的愤懑、忧伤没有发泄通道，只好借助手抄本排遣。就作者而言，创作本身是抒发和宣泄，欢乐与痛苦熔铸其中；就批注者而言，通过批注倾泄满腔愁绪。作者和批注者都知足，都过了把瘾，从而实现了非传世小说的创作初衷。之所以要反复研磨，就是要反复抒发，反复宣泄，反复过瘾。

创作非传世小说还有消遣功能。它里面大有微词曲笔，一吐胸中块垒，外人却无从发现。设计这种文字游戏是作者的大乐趣，破译这种文字游戏，通过批注掀开大幕一角，点拨其他读者，则是批者的大乐趣。这种苦涩的方式，决定了作者和批注者无须考虑小说带来的名利，与当局藏猫猫的过程，宣泄和消遣比名利重要得多，也好玩儿得多。

《石头记》初评约莫在乾隆十七年完成，初评本没有流传下来，参加初评的脂砚斋小班子是哪些人，后世至今不清楚。估计牵头的是庄亲王允禄。从脂批看，脂砚斋中的一位批者是个和尚。确切地说，有些批注暗示批者是一位僧人，从语气反推，不是僧人也不会那么批。而且这位批者原先是个官员，是后来出家为僧的。他应该是曹頫。

两年过去了，时值乾隆十九年春。

在京城，最早报告春讯的是桃树。严格说来，是那种开花很早，只结又小又涩的果实的观赏桃树。京城不少人家的院里可以看到它们。当杨树、柳树、榆树、槐树还在料峭春风中瑟抖时，桃树却蔫儿不几地吐出一点新芽，一个个新芽像米粒那么大，走近了都不易发觉，但是退后几步看，却能看到整个树冠朦朦胧胧地罩着一层葱绿。

这天，弘昌、弘晈、弘晓哥儿仨结伴去白家疃，沿途尽是一片片树冠笼着嫩绿的桃树。春意盎然，他们的心头却沉甸甸的。

近年各地怡贤亲王祠越来越不被当回事，有的干脆改为关帝庙。建怡贤亲王祠是先皇定的，乾隆爷怎么也得给先皇面子吧。故宫博物院保存的档案却表明，对于怡贤亲王祠挪作他用，弘历不但不管，反而暗中鼓励。两江总督府将此事密奏，弘历答复："此亦无关政要，不必张扬，所行无事可耳。"弘历甚至谕军机大臣："各省怡贤亲王祠，设立已久，后浙江等省有改为关帝庙者，所办甚是，各省俱宜照此而行。"显然，弘历之所以鼓励将怡贤亲王祠挪为他用，并不是冲着故去二十几年的怡亲王允祥去的，而是在向允祥的后人撒气儿。

朝野俱知，雍正皇帝曾经明确表态，怡亲王王爵由允祥后人世袭罔替。由于皇考有话垫在前头，当年办"谋逆"案时，废弘昌贝勒，对弘晈却得保留王号。甭管弘历怎么厌恶允祥的儿子，怡亲王王爵还是得由允祥遗腹子弘晓承袭。对允祥的后人，弘历抡起棒子砸不下去，在这种难堪的处境中，能撒气儿的只有各省的怡贤亲王祠了。

外省的怡贤亲王祠越来越不像样子，消息传到京师，允祥的后人认为白家疃的怡贤亲王祠还没有被打劫，算侥幸。这次，哥儿仨走到跟前一看，登时傻眼了。门前的树被砍了，屋顶上全是去年的枯草和今年的新草。他们拉开门进去，却拱出来一只挂满泥垢的老母猪，下垂的奶袋子几乎拖着地面，哼儿哼儿地打着响鼻，走过他们身边。

他们捂着鼻子进得正堂。这里已有很长时间没有打扫过，脏得不像样子，猪粪臭气熏天的。配庑里到处堆的是农具，当院是一堆肥料，几只鸡在上面昂首阔步地找虫子。如此微衰破败，他们的心立即凉了。

当年先皇提出"岁时致祭"允祥。按照弘昌、弘晈、弘晓哥儿仨的打算，祭田不入官，以后家败了，就搬到这儿来住。那些耕种祭田的村民除了留够吃的喝的穿的，其余银子都得拿出来，哥儿几个拉家带口的跟这儿过，吃呀喝呀穿呀，全指着从祭祀剩余的银子里面出，下半辈子就扔到这儿了。而且在这儿办个家塾，儿孙学习骑射以及读书写字，大大小小的费用也都从祭祀阿玛的银子里出。

好像不是那么回事了。他们在村里转了转，白家疃官庄的官员连面都不露。哥儿仨中有一个是亲王，一个是郡王，白家疃官庄的人怎么也得给个面子，可是人家连个招呼都不打。显然，没有上面的授意，管理白家疃祭田的小尾拉子官员没有这狗胆儿。

他们穿越枳篱绿径、村舍茅肆，出了村，踏上田埂。放眼望去，仍然是昨日景象，片片田园间，处处芳草，翠绿匝地，其间巨树蓊郁，浓荫翳日，一湾清溪，蜿蜒迂徐，汇成幽潭一泓，林木倒映其中，随风荡漾。他们却凉心彻骨地体会到，这些跟他们很快就没有关系了。

从白家疃回来没几天，弘昌哥儿仨接到庄亲王允禄捎的话，到功德寺小住。他们不知道有什么事，就去了。

僧人曹𫖳裹着棉袈裟接待了他们。"谋逆"案已过了十多年，当年涉案的人，弘皙圈禁在景山东果园，弘升圈禁在家，弘普在乌鲁木齐大营不能回来，其他能来的全都来了。这是案发后诸涉案者第一次聚会，而且怕朝廷细作打听去，以至猫到了功德寺。

脂砚斋的主要班底就在这些人里。年初，曹霑根据乾隆十七年的脂砚斋初评本，拿出修改稿，送到庄亲王府邸。初春时节，允禄把有关人等集中在功德寺，包了几间禅房，跟着僧人吃斋，连住带聊天儿，而主要的事情是再评《石头记》。

深夜，天幕成了碧海，白苍苍的一丸月，如同凄冷的冰轮。僧人全都入睡了，四野静悄悄的，只有几间禅房还有烛光。

一间禅房的窗台上面放了盆"梅花妆"。京城富人家里，土植盆景一般用来点缀枯寂的冬季，多数是佛手、天竺、香橼等，玩儿得起腊梅的实在是不多。"梅花妆"与盆栽的"曲枝梅花"不同，是精选的粗而矮的梅花老本，长出一两枝疏疏松松的梅花来。在"梅花妆"跟前，允禄研墨既毕，案上摆放着毛笔，仔细读《石头记》书稿。

凭着直觉，允禄认为曹霑会把陈雨林放在一个相当重的位置上。果真。

《石头记》开头是个神话：灵河岸上"三生石"畔，有一株绛珠草，赤霞宫神瑛侍者日以甘露灌溉。这绛珠草既受天地精华，复得雨露滋养，遂脱却草胎木质，修成个女体。待神瑛侍者下凡，绛珠仙子表示："他是甘露之惠，我并无此水可还。他既下世为人，我也去下世为人，但把我一生所有的眼泪还他，也偿还得过他了。"

阅读到此，允禄的鼻尖无由地酸楚起来，不由批注道："知'眼泪还债'者，大都作者一人耳。余亦知此意，但不能说得出。"

绛珠仙子下凡后即是林黛玉。允禄看着稿笺上哽咽的呓语，唯恐读者把林黛玉仅仅作为小说人物，因此在写到她的容颜时，批道："黛玉丰姿可知，宜作史笔看。"当写到薛宝钗与林黛玉的对比时，又批道："且得二人真体实传。"无论是"史笔"还是"真体实传"，都传达着同一个信息：林黛玉实有其人。

《石头记》中有重大指向，允禄唯恐读者看不出来，因此在批注中概括了"秘法"："事则实事，然则叙得有间架，有曲折，有顺逆，有映带，有隐有见，有正有润，以至草舌灰线，空谷传声，一击两鸣。明修栈道，暗度陈仓，龙云雾雨，两山对峙，烘云托月，背面传粉，千皴万染。诸奇书中之秘法亦不复少。"当然，他的概括仍然语焉不详。

另一间禅房里，弘昌哥儿仁被《石头记》中的一段话吸引住，那是秦可卿弥留之际托梦说的："趁今日富贵，将祖茔附近多置田庄、房舍、地亩以备。祭祀供给之费皆出此处，将家塾亦设于此，合同族中长幼大家定了则例，日后按房拿，管这一年的地亩钱粮。祭祀供给之事如此周流，又无争竞，亦不有典卖诸弊，便是有了罪，凡物可入官，这祭祀产业连官也不入的。便败落下来，子孙回家读书务农也有个退步，祭祀又可永继。若目今以为荣华不绝，不思日后，终非长策……三春去后诸芳尽，各自须寻各自门。"

读到这儿，哥儿仁动情了。怡亲王后人的家事入书了，"祭祀供给之费皆出此处，将家塾亦设于此"，"祭祀产业连官也不入的。便败落下来，子孙回家读书务农也有个退步"。曹霑借秦可卿的嘴所说的，分明就是白家疃的那个官庄和那块祭田。怡亲王允祥从先皇那儿为后世子孙挣下来个永世基业。此一时彼一时，阿玛带来的荣华已是过眼烟云，事至如今，用来留后路的祭田怕是要打水漂了。

弘昌提笔在这段话上面批道："语语见道，字字伤心。读此一段几不知此身为何物矣。"他随即加了个落款：松斋。

弘皎则在"三春"那两句话上面批道："不必看完此二句，便欲坠泪。"他也随即加了个落款：梅溪。

这个本子部分流传下来，后世只发现十六回，民国年间落到了大学问家胡适先生手上。乾隆十九年为甲戌年，它被后世称为甲戌本。甲戌本上的脂批落款者只有三人，署名"脂砚"或"脂砚斋"的显然是公用笔名，署名"松斋"者仅一条，署名"梅溪"者也仅一条。

乾隆甲戌年之后，脂砚斋于乾隆二十一年又聚在一起评《石头记》。

算起来这次是"三评"了。这个本子没有流传下来。

这年，曹霑四十二岁。关于他年过四旬后的生活，他的生前好友有些诗歌，有几首被后世从故纸堆里搜拣出来，从中可以看到他活得挺狼狈。敦敏的《赠芹圃》诗云："碧水青山曲径遐，薜萝门巷足烟霞。"张宜泉的《赠芹溪居士》诗亦云："庐结西郊别样幽。"其实，在幽雅环境后面的是日益困顿的生活。敦诚诗中的"满径蓬蒿老不华，举家食粥酒常赊"，以及"劝君莫叩富儿门，残杯冷炙有德色"，"君又无乃将军后，于今环堵蓬蒿屯"等等，才是他的真实生活写照。

不论冬夏的，他总穿一身加补丁的灰马褂，蹬着破旧的双梁鞋，不修边幅，更显落魄，成天晃晃荡荡的，而内里则豪爽磊落，孤标傲世。敦敏、敦诚哥儿俩赠他的诗中，不约而同地提到他愤世嫉俗的一面，而且都捕捉住了他的一种姿势，或者说是外观特征，这就是翻着白眼斜视俗人。敦诚诗中说："司业青钱留客醉，步兵白眼向人斜。"三国名士阮籍曾经担任步兵校尉，常以纵酒佯狂避祸，"在上而不凌乎下，处卑而不犯乎贵。"敦敏诗中也说他喝得酩酊大醉时，就"白眼斜"。

正白旗村父老相传，正白旗护军营东边有个小酒馆，是营区自办的，他有事没事就到里面喝两盅，喝高了或纵酒赋诗，或是跟周围的人一通神侃。他囊中羞涩，喝酒一般赊帐。赊帐得有个限度，欠得实在太多了，实在抹不开面子了，就当场挥毫作画，用画来顶酒帐。他没有太深的画工底子，画人物、动物、花鸟、鱼虫、山水都不大在行，界画更是不摸门儿，所擅长的是岁寒三友什么的。松、竹、梅，再就是兰花和嶙峋的怪石头，着墨不多，趁着酒劲一挥而就。凡是大写意的一般都拿得起来，要老老实实地玩儿点工笔画，他玩儿不转。

还是正白旗村父老相传，曹霑并不总是猫在家里写书，有时也出去走走，找宫里出来的人打听宫里的事，什么太监呀，侍卫呀，宫女呀，逮着谁问谁。只要天气暖和，他就夹着个旧案板，背着个破包袱上山了。找块大石头一靠，把案板铺在地上，铺纸研墨写将起来。由于他的举止怪异，间或显得疯疯癫癫的，旗营里有人称之为疯子。

世俗对高人的理解历来存在天大的偏差。曹霑并不希图人们对他的认可，暮鼓晨钟中的旗营实在是沉思之处。护军的清规戒律并不是禁锢思绪的栅栏，相反在空灵之境抛弃了世俗累赘，前尘往事在打更的梆子声中化为虚无，身心轻捷地进入了另一个境界，思绪得以自由展开，像是山野里的风，随意来去。

白日，曹霑常常望着院中的老槐树，在风中晃动的叶子如同洁净的鸟群在空中翱翔。夜间他心安神静地躺在被窝里，聆听飘摇的风铃，专心感受寰宇时急时疏的节奏。每逢雨夜，他离开床榻走向窗口，注视着那幽暗中发光的雨线，与绵密的雨声进行着对话，世俗的恩恩怨怨、是是非非、真真假假越来越远，他觉得自己的参悟逐渐接近了本体。

约莫在乾隆二十三年或二十四年夏季或春季，曹霑约上了一帮朋友，到尚未最后完工的清漪园转了转。

清漪园工程很大，是逐步进行的。最早建成的是大报恩延寿寺，是为了庆贺皇太后钮祜禄氏六旬寿辰赶建的，庆典过去后，其它工程就慢慢来了。例如，石舫、万寿山后山的喇嘛庙建筑群等，都是在乾隆二十年后陆续上马的，万寿山前山，原来仿照杭州六和塔建九层延寿宝塔，建了八层突然奉旨停工，已建成的全部拆除，打算在原址建一座八方阁。

苑囿的零碎很多，需要较长时期才能逐渐完善。清漪园竣工前，警卫由圆明园护军营代管，曹霑与包衣营的哥们儿略加疏通，就带人进去了。他们从北门入园，围着万寿山兜了一圈，看到的是苑囿的特殊时期：部分建筑物已交付使用，一部分尚未完工；已竣工的建筑物没有命名，匾额与联楹等没有装上；湖面上使用的船只，室内的帐幔、竹帘以及陈设等尚未采购。这群人都读过些书，喜欢拿皇室事显露自家才学，于是插科打诨，一边转一边对各个景点加以评论，对那些还没有来得及命名的建筑物，嘻嘻哈哈地提出命名建议。

这次游览后，曹霑综合出一篇游记，他唯恐让人看出是在写清漪园，特意加入圆明园部分景点。在他的笔下，和他一同游览的朋友统称为"众清客"。"众清客"对景点命名所提的各种建议，几乎一字不改地记录下来，从而成为全书介绍大观园全貌的主要章节。这部分书稿写得太晚，内容过于拥挤，中间一直没有断开。由于脂砚斋索要书稿很急，他就这样把《石头记》书稿交给了庄亲王允禄。

乾隆二十四年是己卯年。脂砚斋在秋季对《石头记》进行第四次评注。庄亲王允禄初翻书稿，就觉得全面介绍大观园这一回的内容过于庞杂拥挤，因此上来就批注道："此回亦分二回方妥。"

脂砚斋四评《石头记》之后，全书要誊抄一遍。誊抄这步工作，是由怡亲王府完成的。这时的怡亲王是允祥的遗腹子弘晓。

弘晓当年三十岁，比弘晈小十七岁，比弘昌当然小更多，"谋逆"案发生时，他才十岁，没有沾包，得以袭封怡亲王。他的块头没有两个哥哥粗壮，学问却比两个哥哥强得多，是乾隆朝诸王爷中颇有名气的藏书家。很难说他是脂砚斋中人，但是脂砚斋既然能够调动怡亲王组织誊写非传世小说，反倒印证了脂砚斋的头头非得是老亲王级的人物。在清史人物中拨拉来拨拉去，此人非庄亲王允禄莫属。

如果是为了阅读或收藏，像弘晓这样的藏书家，应该把书抄得很精道。但是他采用了特殊的抄书办法，急着向前赶，七八个人同时上阵，把已经装订的本子拆开，不是每人分抄一回，而是每人分抄衔接的一页。这种抄法，书当然不会好看。但弘晓宁可抄得差些，也要抄得快些。他为什么要抢进度呢？脂砚斋那边急着要。

弘晓组织抄录的这个本子在乾隆二十四年冬季完成，为"己卯冬月定本"，后世称为己卯本。转过年去就是乾隆二十五年庚辰。根据己卯本过录的本子在"庚辰秋月"完成，被称为庚辰本。但在庚辰本上有二十四条批注注明是"己卯冬夜"的，可见在"己卯冬月定本"刚刚完成，脂砚斋连口气都没有喘，就开始批注了。

北京当前与《红楼梦》有关的清代建筑，香山卧佛寺的正白旗村曹雪芹故居，是根据当地口碑和后来发现的题壁诗文推定的，尚不能砸死；曹雪芹的确在广渠门蒜市口的十七间半房四合院里生活过，但是那一带的哪个四合院，也不能砸死。与《红楼梦》有关的清代建筑，能砸死的唯有朝阳门大街上的孚王府。己卯本是允祥遗腹子弘晓率领家人在这里抄录整理的。根据己卯本过录的庚辰本，是曹雪芹在世时最后的《石头记》抄本，也是目前流传的《红楼梦》前八十回的底本。

允祥是清季第一代怡亲王，弘晓是第二代。怡亲王爵总共承袭了五代，延绵一百多年。最后一茬即是上个世纪下半叶在影视作品中一再出现的载垣。咸丰皇帝病故后，载垣受命辅政，居八位辅政大臣之首。当年的允祥老实听喝，身为允祥血脉，载垣的个性却极张扬，他和郑亲王端华、大学士肃顺带头反对慈禧太后听政。慈禧发动"北京政变"，赐载垣、端华自尽，肃顺处斩，其余五位辅政大臣被夺职。载垣在刑部牢房里服毒自尽了，怡亲王的香火随之中断。同治年间，清宣宗第九子居于此地，他排行老九，民间俗称九爷府。他的王爵为孚郡王，因此称为孚王府。至今北京旅游书籍也如是称。

孚王府布局严谨规整，在府邸中轴线上的主要建筑有大门三间、二门五间，正殿银安殿面阔七间、中殿后殿各五间，各殿两旁均有配庑配楼，最后是罩楼两层七间。在衰微破败的晚清，朝廷没有财力收拾老王府，孚王府也好，九爷府也罢，当家的只是尽可能保持怡亲王府的原样。因此，今天所见到的怡亲王府故址，框架是允祥那时确定的，建筑细节不说原样保留的话，也差不太多。

近年来，朝阳门大街加宽加阔，沿街高楼林立，连古老的隆福寺基址上也盖了一座现代化高楼。而在街道中段路北，老外交部东边百十来米，有一个三间的王府门脸，柱子上挂着一大堆木牌，表明里面有不少单位，大多与图书事业有关。进门后，隔着一个衰败的花坛，几步之遥有一对石头狮子把守着一座五间大门。走入这座大门，就仿佛进入了另一个世界。它是大清王朝固执地残留在二十一世纪的一笔。面阔七间的银安殿已衰老得不成样子，黑咕隆咚的，可叹的是居然很完整，连露台也没有怎么残破。它如同老怪物般阴森森地趴着，野气暗伏，像是得了一场哀愁的大病，呈现出一种粗砺的、狰狞的美。一片残砖，一片碎瓦，王府院落的记忆中发酵着在时空中消逝的人和物。读者不妨到里面走走，浏览其间，估计觉察不到太多晚清王爷留下的痕迹，允祥及其儿孙的音容笑貌，仿佛依旧遗落在这个王府院落的每条褶皱里，而耸耸鼻翼，能够嗅到的，仍然是允祥及其儿孙们遗留的气息。

大约在脂砚斋四评《石头记》时，曹雪芹添了个儿子。薛芳卿在三十六七岁时还能生育，在正白旗护军营里面也是个稀罕事。曹霑的高兴劲儿就甭提了。他是怎么养儿子的，后人无从得知，即便得知也心酸得无从下笔复述。乾隆二十八年，这孩子四岁时，京城痘疹酿为巨灾，城厢幼儿殇者万计。当时的剧作家蒋士铨有《痘殇叹》："三四月交十月间，九门出儿万七千；郊关痘殇莫计数，十家褓褓一二全！"曹霑的朋友敦敏、敦诚、张宜泉家里都有儿女痘殇，他的儿子也在十月间夭折。

正白旗护军营北面有个地藏沟旗兵义地。曹霑的儿子葬于此地。下葬那天，薛芳卿哭断了肠子。曹霑坐在她的身边，紧盯着那个土馒头，怎么也无法移开视线。他的胸部均匀地呼吸着，脑袋里仿佛是空的，既不自怜，也无恐惧，只感到自己是一茎草，在醉人的秋天的气息中，该走到生命的终点了。

儿子走了，曹雪芹随即病倒了。几十天功夫，他急剧消瘦下来，脸色蜡黄，肉皮儿松松地打了蔫，额头上有力地横着一道深深的皱纹，好像是用鞭子给抽出来的，或者用刀子给割出来的。银丝爬上双鬓，眼神吓人地憔悴，如同枯木死灰一般。

即便这时，他也还在修改《石头记》。他确实老了，没日没夜地咳嗽，带着令人心悸的血丝，持笔的手不停地抖动，笔锋在宣纸上缓慢蜗行，哀婉曲折地倾诉着无限心曲。如果上苍多给些时间，他会把遗留问题逐一改过，但脂批告诉后人，他在修改到二十二回时，不行了。

除夕那天，他觉察到了上苍在冥冥中的召唤。白日里他平躺在炕上，要求薛芳卿打开窗户，要看看蓝天和白云，就像在雨中固执地等待彩虹。妻子温顺地打开窗户，凛冽的寒风吹进来，他浑然不觉，挣扎起身子，透过窗户看到了蔚蓝色的长空，看到了飘游的云朵。云有多好，遇到清风，便哭泣着向大地扑去，实则又回到家里了。云的一辈子就是与大地母亲的分别与重逢。人呢？来之于土归之于土。当泪泉已经干涸的时候，他的唇边绽出了那种无可无不可的微笑，那是骇人的微笑。

大凡品尝过生活的人都是庄周，化蝶本无须哲学的依托。历史上真正的好东西往往是寂寞的，出自荒山野老孤寂青灯的潜心研磨。《石头记》是一棵孤独的大树，荒原的风吹来复吹去，从这部几经研磨的书稿上飘散着纷纭怪诞的梦境，升腾起温暖的雾气，使得人们难窥全貌。对此，脂砚斋不甚了了，曹霑的写作部分地违背了脂砚斋的意图，他笔下的事物包括那些痴狂的嘻笑怒骂，往往令批注者哭不得笑不得叹不得。

结庐在人境必有人世的烦恼与忧伤。月明星稀之夜，魏武有无枝可依的喟叹；看庭中积水空明、树影婆娑，东坡无端兴起时不再来的寂寥。日落黄昏，雨打梨花，都会被风流倜傥的才子看出血泪来。曹霑与古往今来的才子们不同，仰望星空，俯视内心，俯仰之间，他从大簇的团花似锦中感受到沁人的凉意，从清平盛世中看到了翻卷不已的波澜。他不仅要写尽大家，而且要写入皇家。左右开弓，一喉两鸣，家族与宫廷如经纬来去，相互交织在他的笔下，每一个字每一滴血都是可接触可把持的真实事物，连那共同酸甜的笑纹都要有力地横过历史。

曹霑于除夕之夜辞世。旗营里没有地方停灵。两天后的清晨，东方出现一抹青晕，不大会儿铁灰色的天幕渐渐隐去，淡青色的天空仅镶嵌着几颗稀落的残星，月亮苍白地挂在灰蒙蒙的晨空。这时，一个小小的送殡队伍把灵柩送入地藏沟，安葬在他儿子旁边。

关于曹雪芹的享年，敦诚在悼亡诗中称他"四十年华付杳冥"。敦敏在悼亡诗中称他"四十萧然太瘦生"。敦氏兄弟比他小一二十岁，小兄弟对老大哥的真实年龄往往说不准。倒是曹雪芹生前的另一个老朋友、乡间老塾师张宜泉更熟悉情况，称他"年未五旬而卒"。曹雪芹生于康熙五十四年五月或者六月，实际活了四十九岁。

曹雪芹去世的第二年，宁郡王弘皎去世，享年五十二岁。弘昌不久后也走了。脂砚斋班子逐渐衰老，允禄企图独撑大局，实际上他也快要不行了。署名"畸笏"者出现的适逢其时，笏字的本意是大臣上朝拿着的手板，推敲字义，畸笏当有个官员出身，一生过得奇形怪状的。他不是中年人，有的批署名"畸笏老人"或"畸笏叟"。

畸笏当是曹頫。曹頫的年龄和允禄差不多，他并不是最后卷进脂砚斋的，而是脂砚斋老人，如果不是始作俑者的话。只是他过去不显山露水，到允禄行将倒下时，他与允禄换了肩。脂批中第一次出现"畸笏"落款为乾隆二十七年，乾隆三十年后大概就是他一肩挑了。

允禄于乾隆三十二年去世，享年七十三岁。自此曹頫成为脂砚斋班子仅存之人。他是一茎白发的芦苇，犹自劲立在夜风中守望。天辽野阔，没有鸿雁飞过，翻翻书笺，却是满纸满页的苍凉。他老实了一辈子，在风烛残年之际迸发出了勇气。乾隆三十四年，傅恒死于军中，谥号文忠。这时露出点底里，已伤不着活人了，于是他积攒起有生之年的全部余勇，在批注中出现了"文忠公"字样。清朝谥"文忠"者仅傅恒一人，是批表明小说中有已故皇后富察氏及其弟弟傅恒的家事。

《石头记》书稿原是脂砚斋关着门把玩儿的，而在曹頫手上，它的前八十回抄本开始在宗室小圈子内传阅。宗室的信用大都靠不住，小圈子远不密封，一旦撒出去，在罗天儿大地里传阅，被争相传抄，小圈子扩展成较大的圈子，较大的圈子扩张成大圈子，再往后大圈子扩为更大的圈子。再再往后，圈子被绷破了，就没有圈子了。但是，曹頫牢牢固守着一条底线，《石头记》的后二十八回没有拿出来，估计里面有些显笔，大概是他与庄亲王允禄、湖海散人曹霑的最后约定。脂砚斋批注的最后年份是乾隆三十九年，即红学中那条著名的"泪笔"，曹頫乞愿苍天再降生"一芹一脂"。这时的他已年过八旬。他隐藏了《石头记》最重要的秘密，并一直将它带到阴曹地府。

《石头记》是中国文学史上最重要的谴责小说。非传世与传世，是它与《三国演义》、《西游记》、《水浒传》的根本区别。后面三种是要交坊间刊刻行世的，历史却开了个辛酸的玩笑。乾隆晚年，高鹗续书，一百二十回《红楼梦》刊刻行世。它如惊鸿一瞥，一个从富贵一栽到底的旗人在苦难深重的历史中形销骨立，踽踽独行，在茫茫山水间仰望无边无际的苍穹，倾诉生命的全部诉求。它如同一股甘心像草一样偃俯致意的风，卷地而来，于是在中国四大古典名著中，非传世小说反倒得到最大范围的传播。

这样一个结局，是曹雪芹和脂砚斋都不可能预计到的。他们同样没有预计到的是，在他们的身后，石头上镌刻的文字开始应验，开始凸现，大清王朝从清平盛世进入中衰，并无可避免地走向末世。

大清织造

上

冯精志 著

21 二十一世纪出版社
21st Century Publishing House
全国百佳出版社

图书在版编目（CIP）数据

　　大清织造/冯精志著.－南昌：二十一世纪出版社，
2010.7

　　ISBN 978-7-5391-5696-5

　　Ⅰ.①大... Ⅱ.①冯... Ⅲ.①历史小说－中国－当代
Ⅳ.①I247.5

　　中国版本图书馆CIP数据核字（2010）第072832号

大清织造　　冯精志　著

策　　划	张　明	
责任编辑	文　欢	
出版发行	二十一世纪出版社	
	（江西省南昌市子安路75号　330009）	
	www.21cccc.com　cc21@163.net	
出 版 人	张秋林	
经　　销	新华书店	
印　　刷	天津兴湘印务有限公司	
版　　次	2019年4月第1版第2次印刷	
开　　本	720mm×1000mm　1/16	
印　　张	62	
字　　数	730千	
书　　号	ISBN 978-7-5391-5696-5	
定　　价	90.00元（全两册）	

如发现印装质量问题，请寄本社图书发行公司调换0791-6524997

目　录

引　子……………………………………………………………………… 1

第一部

一、苏州—干将坊艺妓馆—苏州织造府……………………………… 12

二、燕子矶渔码头—江宁驿站—方山脚下…………………………… 27

三、史可法衣冠冢—江南织造府—明孝陵…………………………… 36

四、江宁灵谷寺—江宁将军衙门……………………………………… 46

五、南巡途中—苏州虎丘—剑池……………………………………… 55

六、江宁织造府—江宁织造府内跨院………………………………… 63

七、江宁织造府—江宁刑场…………………………………………… 70

八、扬州瘦西湖—天宁寺书局—畅春园……………………………… 81

九、江宁某客栈—江宁织局—雨花岗………………………………… 87

十、秦淮河畔—陈鹏年府—养心殿…………………………………… 97

十一、江宁织造府—布尔哈苏—乾清宫……………………………… 106

十二、崇福寺—养心殿………………………………………………… 116

十三、畅春园—上驷院………………………………………………… 126

十四、江宁织造府—南书房…………………………………………… 138

十五、贡院街—逍遥津—畅春园……………………………………… 148

十六、镇淮楼—真州史院—御花园—江宁织造府…………………… 161

十七、曹家祖茔—西苑—地安门……………………………………… 171

十八、步军统领署—刑部—太子府—堂子…………………………… 180

十九、江宁织造府—江宁织造府内曹宅……………………………… 188

二十、咸安宫正殿—咸安宫偏殿……………………………………… 194

二十一、虎丘—江宁织造府—苏州大运河码头·················· 202

二十二、江宁织造府—乾清宫—平郡王府······················ 210

二十三、平郡王府—乾清宫—刑部牢房—江宁织造府·········· 219

第二部

二十四、南苑—乾清门·· 228

二十五、咸安宫—养心殿—江宁织造府························ 235

二十六、玉熙宫—雍亲王府—圆明园—大觉寺·················· 245

二十七、西山正白旗护军营—正白旗义地······················ 253

二十八、江宁织造府西园—江宁织造府························ 262

二十九、雍亲王府厨房—雍亲王府饭厅························ 272

三　十、紫禁城午门外—圆明园—畅春园······················ 280

三十一、秦淮河畔—咸安宫—八贝勒府—神武门·················· 290

三十二、大运河—八贝勒府—西山正白旗护军营·················· 299

三十三、西宁大营—乾清宫—朝阳门外—乾清宫露台·············· 306

三十四、江宁织造府大门—江宁织造府内······················ 315

第三部

三十五、乾清宫—景山寿皇殿—养心殿························ 324

三十六、玄武湖—苏州织造府································ 335

三十七、郑家庄—天然图画···································· 344

三十八、永寿宫—平郡王府—庄亲王府—双关帝庙·············· 352

三十九、郑家庄—卧房—书房·································· 361

四　十、德胜门外—朝阳门外·································· 371

四十一、懋勤殿—两江总督府—储秀宫—郑家庄················ 379

四十二、养心殿前殿—崇文门外—双关帝庙—养心殿前殿········ 387

四十三、江宁织造府—石头城·································· 396

四十四、御花园—玛哈噶喇庙—廉亲王府······················ 403

四十五、江宁织造府—大运河·································· 412

四十六、正阳门外—廉亲王府—紫禁城西长街·················· 420

四十七、菜市口刑场—永和宫—养心殿—廉亲王府·············· 426

四十八、西直门—宗人府高墙—苏州织造府—平郡王府·········· 436

四十九、宗人府高墙—正阳门外四合院·········· 444

五　十、正阳门外四合院—内务府慎刑司·········· 453

五十一、江宁织造府—泰安驿站·········· 461

五十二、内务府衙署—江宁鸡鸣寺—江宁织造府·········· 469

五十三、江宁织造府—驿道—平郡王府—旧刑部街·········· 478

五十四、京城南城—广渠门蒜市口小院·········· 488

第四部

五十五、怡亲王府—西北郊—白家疃·········· 498

五十六、咸安宫—白云观—马车上·········· 508

五十七、积水潭—傅恒府·········· 519

五十八、长春仙馆—养心殿—长春仙馆·········· 530

五十九、钓鱼台—郑家庄—摩诃庵—慈寿寺·········· 538

六　十、咸安宫—宏善寺—郑家庄·········· 549

六十一、高粱河畔—郑家庄—广渠门蒜市口小院·········· 558

六十二、郑家庄—理亲王府大门·········· 568

六十三、西郊—广渠门蒜市口小院—石大人胡同·········· 576

六十四、郑家庄—安定门—神武门—延晖阁·········· 586

六十五、河边—隆福寺—东四十条—广渠门蒜市口小院·········· 595

六十六、郑家庄—入宫路上—慈宁宫·········· 605

六十七、旅途—乌里雅苏台大营—军机处—旅途·········· 612

六十八、天然图画—晏公祠·········· 620

六十九、圆明园护军营—万方安和—镂月云开·········· 625

七　十、南薰殿—青龙桥·········· 636

七十一、晏公祠—廓然大公·········· 642

七十二、广渠门蒜市口小院—郑家庄·········· 650

七十三、二河闸关帝庙—廓然大公·········· 660

七十四、正大光明殿—广渠门蒜市口小院—万方安和·········· 669

七十五、郑家庄—广渠门蒜市口小院—天然图画—碧桐书院······· 679

第五部

七十六、碧桐书院—管辖番役署—路上—郑家庄⋯⋯⋯⋯⋯ 690

七十七、太和殿—苏州胡同郡王府⋯⋯⋯⋯⋯⋯⋯⋯⋯⋯ 702

七十八、广渠门蒜市口小院—晏公祠—西峰秀色⋯⋯⋯⋯ 711

七十九、西峰秀色—紫禁城长春宫⋯⋯⋯⋯⋯⋯⋯⋯⋯⋯ 721

八　十、慈宁宫花园—高梁河—郑家庄⋯⋯⋯⋯⋯⋯⋯⋯ 729

八十一、广渠门蒜市口小院—东岳庙—朝阳门内南小街⋯ 739

八十二、海淀—白家疃怡贤亲王祠堂⋯⋯⋯⋯⋯⋯⋯⋯⋯ 750

八十三、泰陵—直隶省涞水县—九州清晏⋯⋯⋯⋯⋯⋯⋯ 758

八十四、海淀澄怀园—养心殿—西山正白旗护军营⋯⋯⋯ 768

八十五、太和殿—西山山路—晏公祠⋯⋯⋯⋯⋯⋯⋯⋯⋯ 776

八十六、碧云寺—樱桃沟—晏公祠⋯⋯⋯⋯⋯⋯⋯⋯⋯⋯ 781

八十七、宗人府空房—高梁河⋯⋯⋯⋯⋯⋯⋯⋯⋯⋯⋯⋯ 793

八十八、庄亲王府—宗人府空房⋯⋯⋯⋯⋯⋯⋯⋯⋯⋯⋯ 805

八十九、海淀澄怀园—乾清宫—储秀宫—宗人府空房⋯⋯ 815

九　十、广渠门蒜市口小院—三希堂—甘家口⋯⋯⋯⋯⋯ 826

九十一、郑家庄—正白旗满洲都统署—宗人府空房⋯⋯⋯ 836

九十二、养心殿—庄亲王府等—蟠桃宫—宗人府空房⋯⋯ 847

九十三、裰裰儿居—顺天府署—广渠门蒜市口小院⋯⋯⋯ 860

九十四、朝阳门内南小街—翊坤宫—通州潞河码头⋯⋯⋯ 870

九十五、阜成门大街—御花园—永通桥⋯⋯⋯⋯⋯⋯⋯⋯ 880

九十六、养心殿后殿—崇效寺—旧刑部大街⋯⋯⋯⋯⋯⋯ 889

九十七、乾清宫—广渠门蒜市口小院—西花园⋯⋯⋯⋯⋯ 904

九十八、正阳门外广和楼—瓮山寺⋯⋯⋯⋯⋯⋯⋯⋯⋯⋯ 912

九十九、广渠门蒜市口小院—朝阳门内南小街—曹家祖莹⋯ 919

一零零、庄亲王府—功德寺—广渠门蒜市口小院⋯⋯⋯⋯ 929

一零一、养心殿—乾清宫—白石桥—通州码头—德州⋯⋯ 940

一零二、通州潞河码头—长春宫—广渠门蒜市口小院⋯⋯ 950

一零三、西山正白旗护军营—大报恩延寿寺⋯⋯⋯⋯⋯⋯ 959

尾　声⋯⋯⋯⋯⋯⋯⋯⋯⋯⋯⋯⋯⋯⋯⋯⋯⋯⋯⋯⋯⋯ 966

引　子

　　早在黄帝时代，长江流域已有文化较高、族类相近的众多部落蕃息，先秦典籍称之为百越。土著百越没有国家观念，各部落鸡犬相闻，老死不相往来。夏商之际，大禹五世孙、夏后帝少康之庶子封于会稽，中原氏族开始迁居江南，并在江南建立了最早的国家，称为越国。会稽山至今尚存的禹陵、禹庙，多少可以管窥到一点上古殖民活动的影子。稍后建立的吴国，王族也来自中原，相传始祖太伯、仲雍为周太王之子。

　　吴越族源与土著百越族源不同，保持着亢奋的移民心态，不断扩展疆域。春秋晚期，诸侯国逐鹿中原，越国与吴国也开始交战，争夺的当然不是中原霸权，而是东南区域性霸权，并留下越王勾践卧薪尝胆以及西施姑娘浣纱的哀戚故事。越王勾践灭吴王夫差，北依聚宝山，南凭秦淮河，扼秦淮河入江通道，建立了一座城市，名为越城。这座越城恐怕只有一疙瘩大，却是一座江南名城的滥觞。

　　历史像大河一样流淌，在这片城址方圆内，后来又发生了那么多那么多的故事。

　　吴越争霸那一页翻了过去，楚威王夺取该地，在石头山建金陵邑城。三国孙权在金陵邑城原址建石头城，为都城，名建业。它北依覆舟山及玄武湖，南临秦淮河，东凭钟山西麓，西隔冶城山与石头城相望。西晋时，建业改名建康。东晋南迁，都城设于建康。经宋、齐、梁、陈诸朝，建康一直是南朝都城，全盛时期人口超百万，城区北至钟山，南至雨花台，西至石头城，东至倪塘，城墙周围二十里，有九座城门。

　　地老天荒，这个城市有股子韧性，即便它毁于兵火，也会死而复生。隋文帝灭陈朝，将建康夷为平地，于石头城新建蒋州城，以统治这一地。隋朝末年，建康城被荡平，成为广袤的农田，但在唐代，遗址上建了一座新城，它不显山不露水地混过了五代，至南唐再度成为国都。这时，它的基址极度膨胀，将石头城及秦淮河均包入城内。南唐亡，北宋在金陵设江宁府治，南宋时改称建康，作为行都。元朝时称集庆路。十四世纪中叶，朱元璋进占集庆路，改为应天府，统一全国后即定都于此。

应天府经两次大规模改建，城周达六十六里，有十三座城门，包括外城、应天府城、皇城三重。紫禁城称宫城，套在皇城内。皇城及宫城继承历代都城的规划而加以发展。紫禁城南正门为午门，左有太庙，右有社稷坛。宫城两侧为东安门及西安门，皇城两侧有东华门及西华门。午门以北是端门、承天门，外为前朝部分。明成祖迁都后，这种格局照搬到北京，甚至连每块的名称都没怎么改。

人生在世，无非吃穿用度。绫罗绸缎产自江南，明朝皇室在应天府时，穿着用料在家门口生产，就地取材，不用另设派出机构。明成祖迁都北上，南京除保留六部，另设染织局。明朝官廷最大的陋习之一是太监当道，景泰初年形成制度，定期派太监到江宁，这些人被称为"织衣中使"，职掌是锦缎生产，供应"上用"和"官用"衣料。"织衣中使"动辄以"钦差"自居，内外连接，钩党构衅，穷极纤巧，竭民脂膏，东南民力甚至有"杼轴其空"之叹。

入清，应天府在顺治初年改称江宁，为江南封建统治中心，代表朝廷行使职权的是两江总督府衙，辖江南和江西两省。另一个派出机构是江宁将军衙门，管理除绿营之外的八旗驻军。除此，还有行使"织衣中使"职权的部门。清廷接受明太监乱政的教训，督办锦缎事改由户部差员办理，但是传统习惯是如此地顽固，顺治十三年又改由太监十三衙门经办，人头一年一换，后来改为三年一换，没个固定人头。康熙二年始定专任，太监被彻底摒弃于局外，由皇室家奴办理常驻江宁督办锦缎事。

江宁织造专任第一人姓曹名玺。这样一来，就引出了这部小说中的主要家族，即是祖籍关东辽阳的曹家。

辽阳事牵扯到曹家祖籍，得多说几句。早在汉朝就置辽东郡，治所在今辽宁省辽阳市梁水、浑河交会之处，称襄平，亦称辽东城。晋朝废除，辽复置，称辽阳府，为辽朝东京。但是，汉晋辽以降，襄平为荒远之地，所辖界线不很清楚，至宋元依然如兹。明朝置辽东都指挥使司，辖界南至现鞍山，北至现铁岭，西至锦西，东至凤凰城。这片区域不算小，其实是个"大辽阳"，与今日的辽阳全然不同。至于曹家祖籍在"大辽阳"的哪一块，当前已无从考察了。

关于曹家的发迹，得从明清边境战争说起。明朝天启元年三月，清太祖努尔哈赤发动辽沈战役，水陆俱进，进攻沈阳。明军总兵贺世贤身中十四矢战死，总兵尤世功亦战死。数日后，努尔哈赤挥师辽阳。辽阳临难之前，明朝辽东经略袁应泰焚楼自尽，有十余将士随其殉节。时在辽阳的明朝巡按御史张诠说了铿锵有力的八个字："应泰不才，泰死不朽！"张诠称自己要为大明江山收拾余烬，不能自尽。努尔哈赤率得胜之师进入辽阳都司衙门，袁应泰被称为"袁军门"，清太祖坐在袁军门的座位上规劝张诠降清，并以高爵相许。而张诠的回答则是自缢。

深沉的、委婉的、悠久的儒家传统培育了那么多的忠臣义士。在明军与清军旷日持久的边境拉锯战中，一大批以江山社稷为重的明军将士战死的战死，自尽的自尽，有一对曹姓父子却活了下来。

曹锡远及子曹振彦均为镇守辽东的明军军官，具体军职不详。爷儿俩最迟在辽阳城破之后被俘，随后降清。这时，满洲还没有设立汉军旗，曹振彦被编入汉兵，在佟养性的红夷大炮部队任中层军官。后金天聪八年即明朝崇祯七年之前，转到努尔哈赤第十四子和硕睿忠亲王多尔衮麾下。多尔衮是满洲八旗正白旗旗主，曹振彦自此入正白旗。由于他是被俘的，不是正身旗人，只能入包衣籍。包衣是满语，奴仆或家奴之意。天聪八年，曹振彦晋升为牛录章京，这个职务后来被称为佐领。

顺治元年，多尔衮趁着明朝灭亡打入山海关，定鼎中原，大军中的人都捞了个光宗耀祖的名号：从龙入关。曹振彦当属第一批从龙入关者。顺治五年，山陕明朝遗臣宿将起兵反清，原明大同总兵姜瓌本已降清，又在大同起兵响应。曹振彦随多尔衮"征山右有功"，以军功点燃了家族兴旺之火。姜瓌被杀之后，清军入大同屠城，又因大同曾经久攻不下，屠城之余平城墙五尺以泄愤。曹振彦不久在同一个大同任知府，从此成为清史中所说的"贰臣"，曹家的发达之路亦从此蹚开了。

曹振彦仅仅开了一个头，曹家的鼎盛是由他的儿子曹玺开创的。据说曹玺原名曹尔玉，字完璧，由于谕旨中将尔玉俩字误写为玺字，也就将错就错了。

他曾以多尔衮侍卫的身份从征大同，后来之所以能够与皇室拉挂上，实在出于一个偶然机会。

多尔衮在全盛时期，以同胞兄弟多铎、阿济格为左膀右臂，哥儿仨权势遮天，甚至逼死顺治皇帝福临的大哥豪格。由于荒于酒色，没过多久，多铎死了，年仅三十六岁。顺治七年多尔衮也死了，年仅三十九岁。哥儿俩先后故亡，福临将仅存的阿济格治罪，三兄弟势力全部倾覆，他们原先拥有的两白旗从此归帝室掌握，其中正白旗落到顺治太后手上。

顺治太后姓博尔济吉特氏，是蒙古科尔沁贝勒寨桑的女儿，天命十年嫁皇太极，封庄妃，是福临生母。顺治十一年三月十八日，福临第三子玄烨出生。根据满洲传统习惯，宫妃不哺乳子女，顺治太后得为玄烨挑选乳母，从哪儿挑选？自然是她掌管的正白旗。玄烨生母佟佳氏，祖辈即佟养正、佟养性等，原先是掌管红夷大炮部队的。曹振彦降清之初被编入红夷大炮部队，可能在那时就与佟家结下旧谊。凭着祖上的老交情，顺治太后、佟佳氏婆媳专门在佟氏旧部眷属为玄烨挑选乳母，就这么着挑上了曹振彦的儿媳、曹玺的发妻孙氏。那年，孙氏二十三岁。

顺治十三年，曹振彦从大同知府晋升为两浙都转运盐使司盐法道。当时浙江分浙东、浙西，两浙就是浙江。知府为正四品，转运盐使为正三品，因此称晋升。食盐与人民生活息息相关，食盐生产与铜、铁冶炼是国家最重要的经济部门，由国家垄断，管理这些部门的官职当然都是肥缺。

转运盐使和盐法道是两个不同的职务，职掌也不同。全国共设转运盐使司六人，盐法道十三人，曹振彦被任命为"两浙都转运盐使司盐法道"，即是把这两个职务兼起来。顺治十五年，曹振彦离开山西大同，赴任浙江。曹玺的发妻为孙氏，还有个侧室顾氏，江南昆山人氏。在他赴浙江任职时，顾氏一路上挺着个大肚子，快要分娩了。同年九月七日，顾氏生了个小子，名曹寅。据考，顾氏兄长即是顾景星，字赤方，号黄公，为明末贡生，才气横肆不羁，诗文雄瞻称霸，并有文集留世。浙江是产盐大省，曹玺赴任之后，在两浙都转运盐使司盐法道一职上的作为于史无载，估计政绩平平。几年时光一晃过去，康熙二年，曹玺以内务府三品郎中简派为江宁织造，赴任时带着正妻孙氏、侧室顾氏及两个儿子。那时，长子曹寅六岁，次子曹宣四岁。曹家自是始居江南，家就安在江宁织造府内。

江宁织造府左近有织造局。织造局位于西华门大街的汉府内，所谓汉府是指明朝汉王朱高煦旧第，入清后改为锦缎生产工场。江宁织造府位于利济巷大街，内有花园，也是据前明豪宅的基址上翻建的。

除江宁织造府外，江南还设有苏州织造府和杭州织造府，并称江南三织造府，隶属于内务府广储司。江宁、苏州、杭州各设织造一名，由内务府司员内简派充任。各随司库一人，笔帖式二人，库使二人。掌织造上用、官用绸缎布匹，每年解京一次。

曹玺在江宁织造任上极勤勉，清除积弊，"官自和买，事无追胥"。为保证锦缎质量，须有一批技艺娴熟的匠人，由此"创立储养幼匠法，训练程法，遇缺即遴以补。"他还很会做人，赶上灾荒，"捐俸以赈，倡导协济，全活无算，郡人立生祠碑颂焉。"

江南三织造府在锦缎生产上有所分工，也有共同职能，即搜集情报，掌握各方面动态。织造有密奏之权，随时可以向皇帝本人打小报告。密奏折子无须经过两江总督府衙中转，可以直接送达皇上手中。从这个角度看，织造有时比两江总督更贴心。

与贴心有直接关系，曹玺长子曹寅年幼北上入宫，陪玄烨读书，也就是伴读。有的事不妨揣测一下。康熙初年，鳌拜专权，这老家伙是个蛮横的大块头，军功卓著，一天到晚呲鼻子瞪眼的，朝廷里尽是他的人，十几岁的玄烨简直拿他没办法。但也不是一点法子没有，玄烨找了群小哥们儿，成天在宫里角抵，满语称"布库戏"。康熙八年某日，玄烨独召鳌拜入，设伏的小哥们儿突起扑之，遂成擒。那年曹寅十二岁，既然是玄烨的伴读，而且自幼习武，估计也是名震遐迩的"布库少年"中的一员。

康熙十二年，曹寅十六岁，为成丁之年，通经史，工诗文，但没有参加科举考试，没有出身。所谓"出身"，大致相当于后世所说的文凭。玄烨倒是不大看重出身，曹寅大约在这时成为侍卫。清朝皇帝的侍卫有数种，有宿值侍卫，类似贴身保镖；也有专门跟随出行的，着装威武，隶属銮仪卫；还有上朝时值勤的，身佩佩刀站在御座后面，俗称"豹尾班"。曹寅干的是銮仪卫，后迁擢为"銮仪卫治仪正"。

曹寅任侍卫时结识了俩铁哥们儿。这俩铁哥们儿值得细说，一个是宋荦，与曹寅后来共同在江南谋事，另一个是著名词人纳兰性德，曹寅之所以后来在诗词上有两把刷子，与纳兰的指点分不开。

宋荦也是"贰臣"后人。祖宋伯敬为明嘉靖进士，官至吏部尚书。父宋权为明天启进士，崇祯末年担任顺天府巡抚。在京城这片，除了皇宫，其余地方都归顺天府管辖。无疑，闯王李自成破城时，这位顺天府巡抚正处于关键地点的关键位置上。当时宋权与山海关总兵吴三桂一样看走了眼，率领所部降清，企图借清军灭李自成，恢复大明国号。清军在山海关一片石击溃李自成义军，但压根就不想恢复大明国号，而是从此定鼎中原，这下令宋巡抚噎了瘪子。宋权于清初拜翰林国史院大学士，居相位六年归政。宋荦字牧仲，对外自称喜好把原籍商丘挂在前面，后官至吏部尚书。在与曹寅结识时，他年方十四岁，仪冠俊伟，蟒衣佩刀，康熙皇帝非常喜欢他，某种程度上把他作为侍卫中的花瓶。

纳兰本名成德，字容若，小字成哥。鉴于当时的皇太子允礽乳名小成，成哥这俩字与东宫的乳名局部撞车，纳兰为了避讳而改为性德。纳兰性德为满洲正黄旗人，生于顺治十一年，比曹寅年长四岁。兵部尚书明珠之子，十岁能诗，十七岁补诸生，十八岁参加顺天乡试，因病途中失去廷试机会，后苦读经史，受父亲明珠嘱托，朝夕往来于自家及尚书徐乾学之宅，其间与徐乾学集宋元以来诸儒说经之书，合编《通志堂经解》一千八百余卷，此书堪称清季家刻书的范本。康熙十五年，纳兰二十二岁参加殿试，为二甲第七名，赐进士出身，授乾清门侍卫，先为三等侍卫，寻晋一等侍卫。精于鉴藏，爱才好客，善书能诗，工于词作，尤长倚声，所著《饮水侧帽词》，风格清新流畅，近南唐后主。

康熙十七年正月，诏开博学鸿词科，诏略云："自古一代之兴，必有博学鸿儒，振起文运，阐发经史，润色词章，以备顾问著作之宣。"令在京三品以上及科道官员及在外总督、巡抚、布政使、巡按使各举所知，将亲试录用。搞不清楚康熙皇帝这一举动的主要目的是招贤还是安抚，可能二者并重。一时间，明遗士陆续至京师。

曹寅以博学多才艺，与明遗士广泛交往，显露出做统一战线工作的才华。从时人与曹寅唱和诗来看，他结识的"鸿博"或未中的"鸿博"，有籍可考者有：施闰章字尚白，号愚山，安徽宣城人，曾授刑部主事，以裁缺归，诏试鸿博，授侍讲，纂修明史，进侍读；蒋景祈字京少，江苏宜兴人，举鸿博未遇；黄庭字葭山或次山，康熙举人；徐林鸿，浙江海宁人，诸生，试"鸿博"不遇，诗文负盛名，与毛奇龄等同客大学士冯溥所；毛奇龄为浙江萧山人，字大可，明亡后在山林中建土屋度日，诏试鸿博，授检讨，纂修明史，后以病乞归，著书甚丰，尤好说经，以辩图书，攻击异学，喜好辩驳以求胜，睥睨一世。

　　还有江苏宜兴的陈氏哥儿仨。陈维崧号迦陵，少以诸生负盛名，清瘦多须，时称"陈髯"，才力富健，擅长骈体文，词尤凌厉光怪，变化多端。中举鸿博，授检讨。陈维岳字纬云，以文名世，为徐乾学、朱彝尊推重。陈维嵋字半雪，好饮酒赋诗，名士多与之游。这哥儿仨的祖父与父亲也值得说一说。祖陈于廷为明朝万历进士，官吏部左侍郎，因得罪魏忠贤被斥为民，崇祯初年复起为南京右都御史，又因上疏措辞不当而削籍归卒。父陈贞慧为明朝万历间廪生，倾家产而交天下士，与冒襄、侯方域、方以智并称"四公子"。明亡后隐居不出。

　　侍卫这个行当就像运动员一样，是吃青春饭的，年岁稍大就得挪地方。康熙二十一年，曹寅二十五岁，任正白旗包衣第五参领所属第三旗鼓佐领。该佐领系清初成立，曹玺的弟弟曹尔正曾经担任第二任佐领，曹寅是第五任。

　　康熙二十三年六月，曹玺卒于任所。据说是为筹备圣上南巡而累死的。同年九月，康熙皇帝首次南巡，到江宁驻跸将军衙门，亲自到曹家抚慰眷属，并以御书赐之。康熙近臣熊赐履用几句话概括了曹玺在江宁的作为："金陵本佳丽之地，易作奇巧以滋荡靡，而异时奸弊之丛倚者且猾相籍也。公至则殚力爬梳，一洗从前之陋，又时时问民所疾苦，不惮池清更张，以舒重困。如是者二十余年。"这个评价不能算低。

　　作为康熙皇帝侍卫，纳兰性德得以与皇上、熊赐履等一同入江宁织造府。大词人就是大词人，观察事物有独到眼光。当皇上抚慰曹玺遗属，随同南巡的大臣物伤其类，发出种种感慨时，纳兰却注意到院子当中的一棵树。这是一棵楝树。

　　此树是曹玺初到江宁时种植的，就栽在书房外头，这时树龄不过二十来年，只是由于楝树生长快，已长成一棵参天大树，年轻的大树就像憨厚的傻大个儿，张开巨大的双臂企图怀抱人世。

　　树下有一个曹玺在世时构筑的草亭。草亭不大，长宽各丈余，高度也不过丈余，上面苫着陈年的稻草，稻草已数年未换，颜色发黑，散发着一股子霉味。早年间，曹玺将它命名为楝亭，作为退居时游息之地。曹寅把它视为先人遗泽，曹家的兴旺实在有赖于它的庇护,并因此取号"楝亭",可见这一树一亭直入生命。

曹寅已是条浓眉大眼、方脸络腮胡的汉子,端坐亭中,怅惘地看着楝树,在与它娓娓交谈。树木是圣物,像是一位道法高深的遁世隐士,除了在风中发出沙沙的响声,从来也不宣讲学说,但是谁能同它交谈,悉心倾听它的语言,谁就能获得巨大的感悟,这种感悟并不是细节末梢方面的,而是关系到生命延续以至于物种延续的原始法则。

据纳兰性德记述,"当初春葩未扬,秋实不落,冠剑延立,俨如式凭。"此情此景激发了纳兰性德的诗情,为此赋《满江红》一首:

> 藉甚平阳,美奕叶,流传芳誉。君不见,山龙补衮,昔时兰署。
> 饮罢石头城下水,移来燕子矶边树,倩一茎,黄楝作三槐,趋庭处。
>
> 延夕月,承晨露。看手泽,深余慕。更凤毛才思,登高能赋。入梦凭将图绘写,留题合遣沙笼护。正绿荫,青子盼清衣,来非暮。

这首《满江红》词写得大气,它不是纳兰性德平生所作的最后一首词,但也属最后词作之一。十一月底,纳兰随康熙皇帝从南方回到京师,作《江南好》九首。作为词人,他对这九首词还算满意,但正在酝酿写些其他诗词时,皇上便派他去黑龙江执行军务。

黑龙江为流放犯人地,驻军不多,俄军不断入境骚扰劫掠,及至强占雅克萨。有的俄国远东土匪军人奸杀妇女,烹而食之,边民称之"食人生番"并不为过。清廷对边境形势不明朗,派满洲正红旗副都统彭春以及郎坦前往侦察,纳兰身为玄烨侍卫也随同前往。彭春曾经派纳兰到俄军盘踞的梭龙侦察,此举称为"觇梭龙"。根据彭春奏报,玄烨部署力量,擢升宁古塔副都统萨布素为黑龙江将军,与彭春在松花江畔造船备炮,整饬边防,准备反击,从此留下"船厂"这一地名。

康熙二十四年春,纳兰返回京师,因寒疾病倒,五月间卒于什刹海畔的明珠府,年龄仅三十一岁。

据考,纳兰初纳颜氏为妾,生福格,继纳两广总督卢兴祖之女卢氏为正室,生福尔敦。卢氏卒,续官氏,又纳沈婉为妾。此外,另有一子。说些后来的话,纳兰留下的四个女儿,长女适高其倬,次女适年羹尧,三女适马喀纳,四女适何人不详。

据史载，纳兰病逝的同月，彭春、萨布素率八旗与汉人组成的藤牌军围俄军盘踞的雅克萨，毁城而返，入侵俄军被迫撤退至尼布楚。这是清军与俄军交战中取得的少数胜绩之一。听到这个消息，玄烨追忆起纳兰"觇梭龙"的壮举，特意派遣官员到纳兰灵前祭奠。

在同一个五月，曹寅回到京师，他在江宁办丧事将近一年，回到家板凳还没捂热，便前往什刹海畔的明珠府吊唁纳兰。这时，距纳兰到江宁曹家吊唁曹玺不过数月，转眼间物是人非，他的悲怆无须赘言。

曹寅回京后职务变更，任内务府慎刑司郎中，这是皇室包衣能谋求到的最好出路。那年他二十八岁。后从慎刑司调到广储司，仍任郎中。康熙二十九年，曹寅离开京师，出任苏州织造，到职后请人画《楝亭图》，每日再三致意。对一树一亭如此敬重，表现出来的绝非仅仅是孝心，而是饱含着悠绵的思绪。由于名词人纳兰性德开了一个头，"海内贤大夫士名公卿至传为盛事，咸作诗歌以称颂之"，并且成就了《楝亭图》诗，其中多有名人诗作。

公卿士大夫赋楝亭诗者很多，其中有王士禛的一首："孤亭思旧德，岁岁楝花风。浇用千牛乳，来从五柞官。甘棠终忆召，大树尚留冯。手泽劳封殖，无望赋角弓。"王士禛比曹寅年长十几岁，号渔洋山人，山东新城人，顺治进士，康熙时以荐台对，赋诗称旨，改翰林院侍进，迁侍读，旋入值南书房，累官至刑部尚书。他以诗受知遇，玄烨曾经征其诗，录三百篇，题曰《御览集》。

《楝亭图》中有尤侗的一首律诗。尤侗是长洲人，字同人，号悔庵，少年时曾经为游戏文，传入禁中，顺治皇帝召见，叹为真才子。其诗词古文每多新义，每篇既出，就会立刻流传开来。康熙年间诏试鸿博，授检讨，历官侍讲直至入翰林，康熙皇帝称之为老名士。据他自己说，他在京城一个祭酒官员家中结识了曹寅，曹寅回江宁奔丧之后，寄给他一幅图，图中是一棵楝树，并注明为曹玺手植，为"先人手泽所存"，曹寅在树下"朝斯夕斯，盘桓不去"。尤侗因此题律诗一首：

> 衮衣久补内司空，手殖金铃傍故宫，
> 魂魄已归云蓊郁，画图犹睹玉青葱。
> 应攀惨柏哀王子，为拜甘棠忆召公。
> 二十四番花信晚，年年鹃泪泣东风。

围绕《楝亭图》作诗赋词的不仅是大夫公卿，还有不少以明遗民自居者。那些对清廷耿耿于怀者，对曹寅却表现出独特的敬意，苏州织造府有着特殊的凝聚力，吸引着他们，楝亭图就像粘合剂，他们纷纷为此作诗赋词。例如吴振中曾题写楝亭诗一首。吴氏乃清初影响极大的诗坛理论家，系浙江石门人，不仅与吕留良是老乡，且与吕留良合编《宋诗钞》。而吕留良晚年时是江南鼓吹反清复明者的精神领袖。

与吴振中差不多，姜宸英曾经为《楝亭图》作《楝亭记》。他把曹玺筑楝亭，曹寅借楝亭追怀，视为节俭精神的传递。明朝的那些"锦衣中使"恣意妄为，"今天子亲御浣濯，后宫皆衣弋绨，为天下节俭先；两省织造，俱用亲近大臣廉静知大体者，而曹氏父子先后继美"。

康熙三十一年，曹寅以苏州织造兼任江宁织造。头几个月，他仍滞留苏州，十一月奉诏移驻江宁，为专职江宁织造。很巧，同年他在侍卫时的铁哥儿们宋荦也来到江宁，担任江苏巡抚。数月后，施世纶到江宁任知府。其父施琅原为南明大臣郑芝龙的部将，郑芝龙降清被诱杀，施琅在康熙初擢升水师提督，统兵平台湾，以功封靖海侯。施世纶知府江宁是个过渡，后来累擢至户部侍郎、总督漕运，以治河劳瘁卒于官。这三个人都是"贰臣"的后人，皆以清白自守著称。

说到这儿，背景情况说的差不离儿了。

却说曹寅离开苏州后，内兄李煦接他的班，担任苏州织造。李煦年长曹寅数岁，也是"贰臣"后人，原籍山东昌都。父本姓姜名士桢，明末清初被入寇的清军掳走，过继给正白旗佐领李西泉，改从李姓。李士桢从龙入关后，以正白旗满洲包衣籍为官，累官福建布政使、浙江布政使、河南按察使、江西巡抚、广东巡抚等，任期内创办广州贡院。经营南北凡四十余年，宦迹遍于九州，唯期上报君父，下谢苍生，六十九岁退休于京师东边的通州。生有六子一女，李煦是长子。生于顺治十二年正月二十九日，累官宁波知府、畅春园总管，以内务府广储司三品郎中衔，调任苏州，担任织造。李煦的生母也曾经哺乳玄烨，有一番与曹寅差不多的经历。曹寅的续弦李氏为李煦的妹妹。

这部小说的正文，就从李煦赴任之后开始。

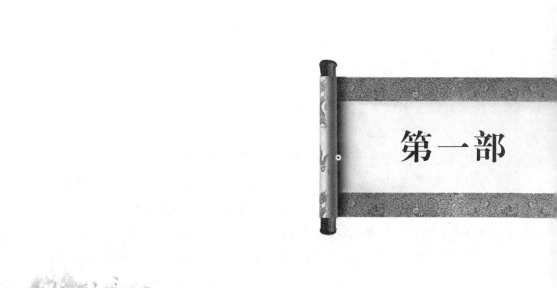

第一部

一、苏州－干将坊艺妓馆－苏州织造府

苏州位于长江下游，太湖三角洲的中心，气候温和，雨量充沛，春秋时成为吴国都城，相传城池为吴王阖闾时的伍子胥所筑，它一直是东南地区的大城市，但这段历程宛若女孩子的青春发育期，只是俊眉俊眼的，有个大致轮廓，往后到底会变成什么样，一时半会儿还看不出来。隋朝大业年间开通京口到余杭的大运河，苏州成为航运枢纽，吸引了八方客商。经过盛唐和晚唐的积蓄，丫头蛋子开始勃发，在宋朝出落成俊俏的大姑娘。有道是女大十八变。伴随着商业和手工业的繁茂，腰里裹着银子的客商日渐增多，他们为打发寂寞长夜，自然要找点消遣，久而久之促进了一门特殊行业的勃兴，这就是娼业。

进入元朝，北方时局总是透着杀机，而南方相对平稳，苏州妓院于是成为北方富绅躲避战乱的安乐窝。元朝末年昆腔初创，初止行于吴中，为唱家推崇。由昆腔的清丽柔婉的曲调能够调动女人的潜质，唱昆腔的女人总是显得情意绵绵的，进入明朝之后，苏州产生了唱昆腔接客的艺妓，俊雅悠扬的"水磨调"夜夜回荡于城内大大小小的河汊畔，让八方嫖客心荡神迷，乐而忘返。以昆腔见长的苏州艺妓，招摇着一块撩人的牌子，嗲声嗲气地晃过整个明朝，及至进入清朝。

由于明山秀水的滋润，江南女子的长相比较清秀；由于东南文化的熏染，长相清秀的妓女中有些除了会唱昆腔，还略通诗礼。经过文人墨客几百年间酸溜溜的渲染鼓噪以至于炒作，至清代，这些长相清秀会唱昆腔且略通诗礼的女子名震遐迩。她们不仅吸引着南方的小相公乃及大商贾，也撩得北方的糙老爷们儿心里也发痒。

但在清初，大清王朝的屁股还没有坐牢，刚刚定鼎中原的满洲军汉不大敢乱来，对苏州艺妓只是称羡而已。入了康熙年间，大局甫定，膻腥未脱的达官贵人享乐之心萌生，消闲下来总企盼顺着大运河南下苏州，在抱着琵琶哼哼唧唧的美人窝里泡一泡。至于美人们灵巧的手指在弦子上滚动时，哼唧的是个啥昆啥腔、啥诗啥礼，管他娘个述，但求酒局过后，醉意阑姗之际，压着吴越小女子一阵癫狂，渐入佳境时，听听枕边那个小东西弱不胜娇的吴侬软语。

康熙三十三年。初春时节，乍暖还寒。

天上飘着牛毛细雨，两乘双人抬小轿从干将坊那儿往桃花坞去，细细的石板路上几乎没有行人，只有两乘小轿孤单单地行走着。

前面的那乘小轿，一只白晰的手撩开轿帘，露出一张年轻后生的面庞，在黑色轿里子的陪衬下显得白煞煞的。他细眯着眼睛，注视着雨丝，雨丝在微风中抖动着摇摆身子，拂过来荡过去，拂荡过轿帘，在他的脸上戏虐地轻撩了两把。他用巴掌抚抚面，嘀咕："像个准备钻被窝的浪娘们儿，在镜子前面摇来晃去的。"说完放下轿帘，靠在椅背上悠悠荡荡地想开去。

轿子中的这位穿着极普通，深蓝色的棉长衫，外面罩着马褂。马褂是罩在长衫外的对襟短衣，与马甲不同的是带有袖子，只不过这种袖子将及上臂，比长衫的袖子短一大块。

通身醒目的，只有暗色的马褂上吊着的一块晶莹的佩玉。

他一个马弁不带，一个仆从不随，只是后面一乘小轿坐着个管家。此人乃是康熙皇帝的嫡长子、当今皇太子允礽。

康熙皇帝名玄烨，是一位颇有作为的英君。康熙十一年二月，康熙皇帝的第一个儿子允禔出生，其母纳喇氏是一个连封号都没有的低级妾侍，且外家地位卑微，官仅为郎中。玄烨对这位皇长子怎么也疼不起来，八成的原因是，在封建社会的语汇中，这个儿子系庶出。拿老百姓的话来说，这个儿子不是正房大老婆所出，而是姨太太养的。

康熙十三年五月，次子允礽出生，为孝圣仁皇后赫舍里氏所出。在出生当天，母亲死于难产。皇后突然撒手奔了西天正路，玄烨好不伤悲，命辍朝五日，亲送大行皇后梓宫于北沙河巩华城殡宫。此后一年多，每当他思念赫舍里氏时，便在青灯下，把允礽置于膝上，察看他的眉眼，遥忆赫舍里氏的音容笑貌，直至孩子在他宽阔的怀里安然入梦。

玄烨就这样送走一个个清冷的漫漫长夜。太监们把皇上的悲情透露到宫外，朝臣们揣摩出了圣上的心思，适时地提出，为"懋隆国本，以绵宗社之祥，慰臣民之望"，该立皇储了。

此时清王朝还没有既定的建储制度，但玄烨自幼接受儒学传统教育，自然接受汉民族立嫡长子为太子的传统。允礽虽然是次子，却是嫡长子，康熙十四年十二月以太皇太后皇太后之名初立皇储。那年，允礽刚两岁。允礽初谙人事就接受严格的宫廷教育，朝中大儒如李光地、熊赐履，朝中宿望张英都曾经担任他的师傅，另有武状元教习骑射。有鉴于他博览经史诸书，娴于弓马，朝野都认定，日后的江山就是允礽的了。

允礽也认为自家即位是板上定钉。本来嘛，嫡长子是无可替代的，加之把众弟兄拨拉过来再拨拉过去，无一人可及他，他放心当他的皇太子，静等着老爷子一命归西后承袭大统。

心里这根弦一松，允礽开始恣意享乐起来。男人最大的享乐工具是什么？女人呗。他这时还没有成婚，老头子指配的嫡福晋石氏尚未迎娶，正是在女人堆里瞎折腾的时候。他有染于几个中规中矩的满洲八旗官员女儿，她们一门心思怀下个龙孙，每逢同房，竭力配合，但求当今太子愉悦，除此而外并无其他想头。转眼他就腻味了，日子越久越乏味，不知从什么时候起，心里泛起一股骚动，想玩儿玩儿汉家女子。

从古到今，皇子想女人了，当然不敢沾老头子的嫔妃，但后宫中成百上千的宫女们却是随手拈来。打明成祖起，这座紫禁城里住了十几代皇帝，明朝皇帝对皇子的要求不严，一般说来，不准他们到外头打野食。为了给他们一个排泄孔，使他们的野性不致溢出紫禁城外，对宫里这块相对松动，也就是说皇子玩儿宫女没人管，从皇上到后妃都睁只眼闭只眼，倘若搞大了肚子，宫女还有可能被指配为侍妾一类。一年多前，他头一次"幸"了一个宫女，也就在这次，他认识了宫女是什么料。

那次，他在储秀宫配殿中偶然间见到一位正在擦拭花瓶的俏丽宫女，立马不挪窝了，继而欲火中烧，难以自持。那位宫女看到他目不转睛地盯着自己，很快琢磨出他想干什么，随即微微一笑，放下手中的活儿，在暖阁中利利索索地收拾出一块地方，而后宽带解衣，默默地仰面躺在炕上。他二话不说，解开腰间的板带，半褪下裤子，浪荡着卡巴裆的东西就扑了上去。进行当中，那位宫女只是舒服地哼哼了几声，完事之后，人家一声不响地穿戴整齐，垂着头缓缓退出门。

就这么完了？他呆呆地坐在炕沿上，越想越不是个味儿，这么循规蹈矩的，没劲。

待出得殿门，看到敬事房的太监在一笔一划地记录着什么，他明白了，这不是一次偷情，一切都在严密监视之下。

敢情是皇阿玛怕他憋不住了，出宫干什么傻事，对后宫早有交代，而那位俏丽宫娃对他也全无爱慕可言，任他糟贱一把，所期盼的不过是个"可怜光彩照门户"。

他在后宫采花逐蜜，晃荡了一圈，觉得不过瘾，有心采点野花，而京城不是个采野花的好地方。京师五方荟萃，不是没有漂亮妞，但皇上对太子要求极严格，唯恐落下坏名声，毁了多年的苦心栽培。试想，太子钻到暗门子里，事情一旦传出去，非得让汉人鄙夷之极。因此他走到哪儿都有人跟着，抬手举足都不自由，更别说到坊间寻花问柳了。

就这么着，他三摇两晃，把目光掉向了京师之外，并且一眼就瞄上了苏州。他的弟弟们都还小，谁也没有去过苏州，只有大阿哥允禔随着皇阿玛南巡时去过苏州，但随着老头子出巡，一招一式都板板正正的，哪有胆儿到艺妓馆尝鲜儿。

宗室中有几位说三不着两的花棍倒是去过苏州，回来之后对他一通瞎吹乱哨："啧啧啧，咱们满洲的娘们儿，尽是些肉夯夯的肉轴子肉滚儿，粗胳膊圆腿大屁股大胸脯大脚丫儿，上床后当个肉垫子满合适，要说玩儿花活，啊，比那些江南小妖精差远了。瞧瞧人家，啊，那个纤巧的小腰身，啊，那个甜甜的'侬'啥的，啊，那个一摇三晃的鬼机灵劲儿，啊，那个会说话的滴滴溜溜转的眼睛，啊，玩儿到兴头上那几声叫床……啊，啊啊啊啊啊，您就瞧好吧您哪。"

宗室花棍们的一通神聊乱侃，把允礽听得脑门子直冒汗，浑身瘙痒，急得干抓挠儿，似乎不到苏州放炮，就枉来人世走了一遭。

康熙三十三年初春，允礽跟皇阿玛编了一堆体察民情、暗访舆情的瞎话，带着管家灵普和四五个心腹侍卫，顺着大运河南下苏州。走时天还挺冷的，大运河的岸边残留着冰碴子，他迎风立在船头，心情好不舒畅。

这是他第一次下江南，也是第一次"微服私访"，不在皇阿玛眼皮底下，没有敬事房和其他什么狗屁房的太监跟着，四周更没有朝臣的一双双眼睛，可以到罗儿大天里撒欢儿玩儿了。

掐指算来，允礽当皇太子的年头不算短了，至此有小二十年了。他的长相越来越像母亲，赫舍里氏的大大的眼睛，端正的鼻梁都遗传给了他。但他的眉宇间却没有母亲的那种慈爱，那种平和，而是透着几分骄横，几分张狂。京师称这种面相为"驴脸刮搭"的。

初来乍到，他挺失望的。苏州城内有几条河，布局呈"三横四直"，河上建有许多联系道路的桥梁，艺妓馆大多建造在河边。在北人看来，这些人工河充其量就是河沟，那些被京师学子吹上天的临水而建的艺妓馆，原来所临的是一条条黑乎乎的脏水沟。

但是，既然来了就不能白跑。灵普在苏州城中心的干将坊找到一家最大的艺妓馆，允礽懵懵懂懂地一头扎了进去。

艺妓艺妓，官面上的话是卖艺不卖身的，但仅仅是官面上的话，客人若是舍得掏银子，人家也什么都卖，只是陪夜费用极高。只缘她们是妓女堆中的尖子，而且吹拉弹唱样样精通，琴棋书画多少拿得起来，因此算是物有所值。允礽是普天下头一号公子哥儿，没有算帐的观念，只知道在艺妓馆中折腾个昏天黑地。

泡了些日子，他感到这些红遍江南的艺妓就是那么回事。她们的身段的确比满洲八旗家的小姐来得窈窕些，还会咿咿呀呀的唱两嗓子昆腔，但也仅此而已，窈窕这东西看着舒坦，动真格的时候并不舒坦，硌硌棱棱的，还不如京师那些肉垫子销魂呢。

这样，尝过鲜儿了，再过了几个当红艺妓，滋味尝得差不多了，允礽还真有点怀念京城那些"肉夯夯的肉轴子"，甭管怎么说，那些女人来得实在，没那么多假眉三道的。得了，该结帐打道回府了。

艺妓馆的老板拿出帐单，他一看傻眼了，敢情他和他的一干人在这儿住了十几天，花费了两千多两银子，而他们随身却没有带这么多。

按说，这点钱对皇太子来说算不了啥，到苏州巡抚府或两江总督府去拿就行了。但是，既然是"微服私访"，就不能到衙门里露面。再说，衙门里拿来的钱总得说个去处，一旦让地方官吏了解到几千两银子进了艺妓馆，得嘞，太子的名声就臭街了。

怎么办？允礽当下搔了头，问灵普应当怎么办。

灵普是一个壮实的中年人，阔鼻大眼，脸上的肉一棱一棱的，腮帮子上的咬肌总在颤悠，透着股子蛮相。他原本是虎枪营的千总，虎枪营是专门陪皇帝打猎的，有一次在塞外猎虎时，他一火枪打中一只斑斓猛虎的额头，在皇上面前露了一手，得到玄烨赏识。灵普的妻子很壮实，前面一对大奶子挺得高高的，后面两瓣大屁股蛋儿蹶得高高的，是个当奶妈的好材料。允礽出生后，这个女人成为他的乳母，满洲称为"嬷嬷阿妈里"。灵普摇身一变，随着妻子显贵起来，成为当今圣上嫡长子的乳公，从此卸掉军职，专事服侍。

灵普粗中有细，脑瓜子转得比较快。他明白的心思是找个人出几千两银子，把干将坊艺妓馆的帐面抹平，同时这个人又得对太子的所作所为守口如瓶。可是，这种宝贝到哪儿找呢？当地的知府衙门显然靠不住，那里是个大漏斗，什么事都兜不住；大盐商有钱，可又没有太熟的大盐商；不通过衙门而私下里找个官员？这么大的数目又不是一个官员一时半会儿能够凑齐的。

允礽看到灵普抓耳挠腮的，当真被难住了，允礽不由抓起吊在身上的佩玉，啪地一拍胯骨，高声说："实在没辙了，我就当了它，好歹也值个千把两银子，过些日子再赎回来。"

灵普企图制止他，"可别，它是您的护身符，不该当。"

允礽充斥着豪情，"护身符不在这时候护身，更待何时。"

灵普苦笑着说："太子，让您别当就别当。您想当多少银子，千把两银子？连门儿也没有。您不摸当铺的行情，古玉值钱，现世玉件再好也值不了百八十两银子，能当到一百两银子就顶到天儿了。"

允礽拿起佩玉叫道："看清楚了，这是贡玉。"

灵普嘿嘿一笑，"贡玉怎么啦？不就是底下孝敬宫里的吗。当铺可不认玉是哪儿来的，人家只认玉是哪朝的。"

允礽一听泄气了，沮丧地说："那你说怎么办？当今皇太子泡艺妓馆，付不起钱，愣让艺妓馆给扣下了。事儿要是传出去，大清王朝丢人现眼算到家了。

你想想，有什么人没有，既拿得出钱又守得住口的。"

灵普说："这种人在京城不难找，可出了京城就太难找了。"

允礽急得直拍桌子，"离山吊远的，尽是废话！好找我还问你干什么。再想想，苏州有什么刚外放的京官？"

捋着这个线头，灵普看着，猛地想起一个人。"挂在嘴边上的人怎么忘了呢？"他一拍脑门叫唤出来："李煦！"

李煦头年刚调任苏州织造，眼下正在苏州。灵普能够想起此人绝非偶然，李煦的娘曾是玄烨的"嬷嬷阿妈里"之一，而灵普的妻子是玄烨儿子的"嬷嬷阿妈里"。一个乳养天子，一个乳养太子，说到底，他们都是凭借"嬷嬷阿妈里"起家的，彼此认识。

允礽深以为然地点点头。他知道李煦是皇阿玛的奶兄弟，还知道皇阿玛把李煦派到苏州干什么来了。苏州织造一职是内务府外派到苏州给皇上督造衣服的，这是表面的，内里是皇阿玛派到苏州的大坐探，专门打听舆情，当地官员做了什么，当地士人说了些什么，要立即密奏到宫里。

允礽自语："苏州织造府拿得出这笔钱。落地砸坑，就是他了。"

灵普捋着允礽的思路说："织造府嘛，内务府的人都知道是皇上的小银库，不好下帐的开销在江南织造府都能抹平。"

允礽从鼻腔深部喷出一腔长气。他知道，以李煦的身份，内务府上三旗包衣，皇室的世袭家奴，皇阿玛正经八本的奶兄弟加上是皇阿玛派出的大坐探，京师的话说是"圈儿套环儿"。这种人如同皇上家里人一样，不愿意把皇上家的丑事张扬出去。自己在干将坊艺妓馆的所为，李煦即便知道，也会捂得严严实实。

于是，允礽把那几个护卫留在干将坊艺妓馆作抵押，自己和灵普出了艺妓馆，点了两乘小轿。听轿夫说，织造府在苏州城西北的桃花坞，他就直接奔桃花坞而去。

在淅淅沥沥的春雨中，小轿在光光溜溜的青石板路上前行，绕了几个弯，停在一个漆得通红的大门前。这里就是苏州织造府。

允礽跳下小轿，几步窜上台阶，只听得院子里竹笙箫管齐鸣，还有女孩子轻吟浅唱。听那声音，织造府像是养了个戏班子。

允礽咕噜了一声，"院里还挺热闹。"

他接着把两扇门擂得山响。

大门吱呀一声开了道缝，一个后生探出头来，说："吃错药啦！苏州织造衙门的大门是你们能砸的吗？"

这种干杂事的年轻人，京城称为"小力笨儿"，官面的话是"小伙"。

允礽嘿嘿一笑，"砸还算是客气，老子还要踹呢。"

说完，他哐哧一脚把大门踹开，昂着头跨过门槛，横着膀子就朝里走。

小伙被门扇撞得乌眼青，情急之下，抄起根棍子上前就打，允礽都没正眼瞧他，身子一偏让过，抓住棍子就势一拉，小伙摔了个马趴。

大门一闹腾，里面听到了响动，一个四十来岁的瘦棱棱的男人急匆匆跑过来，操着沙哑的嗓子，问："这位客官，你找谁？"

允礽一时间没有吭气，而是扭着脖子，久久地盯着这张脸。

高额头、小眼睛、尖鼻子、翘下巴，下嘴唇压着上嘴唇，五官凑得很近，拿京师的话说，这叫瘪咕脸儿。是啦是啦，就是他啦，这张脸不仅熟悉，还挺难忘，在皇阿玛那儿见过这个人。

允礽伸出指头，点点对方的鼻头，高声说："找的就是你这老油勺儿，苏州织造李煦。"

在允礽辨认开门者的同时，李煦也在吃力地辨认着来人。这个年轻相公怎么瞧着那么面熟？李煦去年才到苏州赴任，离开京师前到紫禁城养心殿谒见老主子时还见过允礽一面。来的这位长相忒像，莫非是太子本人？不会呀，要来苏州，老主子怎么也得关照一声。

李煦迟疑的当口，灵普凑上前来，笑呵呵地抱起双拳打拱："李织造，认不出他是谁，总能够认出我是谁吧。"

李煦一眼认出来，这是太子乳公灵普。他急扭脸，脸色陡变，愣呵呵地看着那个年轻后生，那么，这位只能是太子本人了！

李煦顿觉五雷轰顶，扑通一声跪在地上的水汪子里，慌乱地连声说："奴才该死，奴才该死，实是不知太子驾到，实是不知太子驾到。"

允礽并不看他，从这一刻起，他知道欠艺妓馆的钱有了着落，用不着操心了，于是顺嘴说："我要你办的事情嘛，回头让灵普跟你慢慢叙叨去。只是我刚才在门外听见里面有丝竹之声，还有女子的唱声，唱得好像是昆腔，带我瞧瞧她们去。"

李煦慌忙起身带路，大门内就是织造府的议事厅，里面有十几个女孩子在乐师伴奏下，正在演唱昆腔。

昆腔发源于江苏昆山，元朝末年昆山人顾坚所创，故名。明朝嘉靖年间魏良辅吸收当时已盛行的海盐、弋阳两腔的音乐，增加弦索和管色伴奏，革新昆腔故调，形成新昆腔，使得新昆腔风行全国，成为流行全国的四大声腔之一，以至有人称之为"官腔"。

入清之后，顺治皇帝对昆腔兴趣不太大，而康熙皇帝则是个昆腔迷，在李煦赴任苏州织造之前，特意关照他在苏州成立一个昆腔戏班子，送到京师来，充为宫廷戏班子。李煦上任后，立即操办这件事。

李煦于康熙三十二年十二月写的奏折至今保存在故宫博物院，中云："念臣叨蒙眷养，并无报效出力之处。今寻得几个女孩子，要教一戏班送进，以博皇上一笑。想昆腔颇多，正要寻个弋腔好教习，学成送去。无奈遍处求访，总再没有好的。今蒙皇恩特命叶国桢前来教导，此等事都是力量作不来的。"

密奏中所说的叶国桢是江苏昆山人，出自昆腔世家，早先是出名的小生，扮相极俊，唱得也蛮好，后来唱倒了仓，嗓子沙哑，只好改行当昆腔教习。康熙皇帝第一次南巡时听说此人，带回京师。叶国桢在京师招了群女弟子，教授不能说不得法，但这些女孩子都是内务府上三旗家的女儿，京腔难以拧过来，所唱的昆腔总是带着浓重的京味，不地道，不正宗。昆腔讲究转喉押调、字正腔圆，但那腔是吴中腔，玄烨苦于京师唱昆腔的不是原滋原味，于是打发他到苏州辅导李煦组织的昆腔戏班子，限一年之内练出来，火速赶赴京师。

就在苏州织造府昆腔戏班子加紧练习时，李煦领着闯了进来。

由于常有人来观看，教习叶国桢看见李煦带个人进门并不在意。

李煦却不能让她们接着唱，他涨红了脸，大喝一声："跪下！"

正唱在兴头上的女孩子们突然噤声。她们惊恐地相互看了看，一个个身不由己地扑扑通通跪下来。

惊慌失措的女孩儿最好看。她们的惶惑都写在脸上，表现在形体上，那么真诚，那么惹人怜爱。

允礽双臂抱在胸前，微笑着，居高临下地看着她们，随后，侧着脖子对李煦说："我来苏州不想声张，甭跟她们说我是谁。"

就在这时，他看到一双眼睛，一双乌黑闪亮的眼睛慢慢地抬了起来。

这个女孩子显然听到他对李煦说的话了，疑惑地抬头看了一眼来人，接着又惶惶然然伏下头去。

在这个瞬间，允礽看清了她的脸，一张让人心里发颤的脸，一张让人感念造物主神工鬼斧的脸。

此地居然有这等绝色。他暗自惊叹。

那双会说话的眼睛像猫爪子一样在他心里挠了一道。他的第一个念头是：艺妓馆的女人都会唱昆腔，可那些会唱昆腔的娘们儿都没有这张脸。跟她相比，在艺妓馆花的两千两银子都他妈打水漂了。

允礽想到这儿，急扭脸看了一眼李煦，问："她是谁？"

"江宁织造府一个马姓画师的女儿。"李煦不大情愿地回答。

允礽并没有指出所问是谁，而李煦能够准确地回答出所问，显然是把刚才短暂的一幕看在眼里了。

允礽说："我今晚在这儿住。"说完，他看了一眼李煦，这一眼带有恶狠狠的强制。他不用说为什么要在这儿住，好奴才应该能够猜到。这就像好狗耸耸鼻子，就能够嗅出主子的意图。

李煦本来就是能够准确领悟主子意图的好奴才，他显然听说过太子的花花草草的事。由于知根知底，他当然明白太子强制性的目光意味着什么。他迎着的目光，瘪咕脸儿痛苦地缩紧了，在紧张地思索了片刻之后，艰难地吞咽了一口唾液，无奈地点了点头。

当晚，允礽留宿在苏州织造府内，李煦夫妇亲自动手，给他收拾出一间干净体面的屋子。上灯之后，他在一个大木盆里哗哗啦啦地洗了一通澡。他不要李煦派来的仆人帮忙，自己擦拭，洗得挺彻底，仿佛是要洗尽艺妓馆带来的污浊，与那段昏天黑地的日子交割清楚。

天黑透了，他坐在床上等着，也在发动着自己。心里说，老东西要是装糊涂，不把小东西召来，那就瞧好吧！

门无声地打开，又无声地合上。白天见过的那个马姑娘裹着一身宽大的棉袍，无声地出现在他的面前。

她温顺地脱掉棉袍，里面是一袭白丝的长裙。这种裙子的款式是模糊的，可以穿到外头，但说是内衣也未尝不可。

允礽不言声，只是看着她。

自从和那个储秀宫宫女行事之后，他逐渐练出了一样本事，这就是不上床也能看出哪个姑娘是原封的，哪个是开过苞的。看哪儿？看眼神儿。在这种场合，被开过苞的女子甭管怎么掩饰，眼神里也有一种含糊的成分，用后世语言来说，那是性的理解和性的同情。而大姑娘不一样，她们的眼神是清澈的，透亮的，清澈得不通人意，透亮得不近人情。

眼前的姑娘，两种成分兼而有之：一袭白裙，烛光下楚楚动人的倩影，似乎表明她深谙床上之事，但投过来的一瞥，又表明她还未通人事。那是什么样的眼神儿呀，专注且带有些探询，好像不知道自己干啥来了。

允礽的习惯动作是坐在床上，拿足皇太子的架势，向女人挥一下手，拖腔拖调地说一声："过来。"

现在他又这么做了。

姑娘驯顺地走过来，怯生生地坐在床边。

按照往日的习惯，吹灭蜡烛就要干事了。但当他刚往蜡烛那里挪动身子时，姑娘发话了。

她轻声问："你是谁？"

在允礽此前的性经历中，还从来没有人这么问过他，宫里的人都知道他是谁，用不着问，而艺妓馆的人只认银钱，一般不问嫖客是什么来路。他想了想，不自在地说："猜猜看。"

姑娘柔声细语地说："猜过了。"

允礽的好奇心被激发起来。"怎么猜的？"

姑娘说："我们李织造是内务府三品郎中，出入过皇宫，见过大世面，连江苏巡抚来看奴才们排演，见到他都规规矩矩的，紧着陪笑脸。但是刚才，为了叫奴才来陪你，李织造两口子差点儿给奴才跪下。"

允礽抬起她的下巴，"那么，你猜我是个什么人？"

她轻巧地扭开脸，嗫嚅道："如果你是一般京城里的小衙内，不会把李织造唬成那个样子。"

允礽乐了，"行，你猜着了，我不是京城里的小衙内，是京城里的大衙内。

这总行了吧？"

允礽说完，探过身子，又要吹蜡烛。

姑娘叫出声来："慢！"

允礽佯作不解："慢个什么劲儿？床上行好事，就别磨蹭了。"

姑娘说："再磨蹭一下无妨。京城里的大衙内多了，能不能说敞亮点。"

允礽的手臂放肆地搭到姑娘的肩膀上，"你总问这个干什么？"

姑娘好看地扭了扭身子，让他的手臂滑脱。"奴才就是想知道嘛。"

允礽在逗她玩儿，手臂又搭上她的肩膀上，"为什么想知道呢？"。

姑娘不再扭身子了，抬手握住搭在她肩头的手，"我们这拨人练出来之后，是要到京师，进宫里给皇上唱的，由于是这种名头，别说在江南地面上，就是京师里大衙内小衙内的，借他仨胆儿也不敢碰我们的身子。可是你，倒是满不在乎的。奴才想知道，你到底是谁？"

唱戏的女子，尽管是南人，也练出一口纯正的北腔。

允礽轻薄地捏捏她的肩膀，"我是谁有那么当紧吗？"

姑娘呆着不动，轻轻摩挲着他的手，泪水一点一点地包上了眼珠。

她缓缓说："你是打北边京师下来的，是有权有势的主儿，一定要拿走奴才的身子，一个穷画师的丫头、一个下贱女戏子能有啥法子，只能从命。像奴才这样的，只是你匆匆来去的很多女人中的一个，到现在你也没有问过奴才的姓氏，奴才的姓氏也不值得你记住。但奴才千真万确是第一回，当问问清楚，是什么人拿走了奴才的贞操。"

还从来没有人对允礽说过这样的话。

他愣了愣。姑娘所说是人之常情，而且那种无助的怯弱让他发不出火来。他挠着腮帮子，不知该说什么。

姑娘出神地盯住空中的一个点，像是在自言自语："奴才读过书，也演过昆腔折子，书里和戏文里都不乏刚烈女子。奴才要保住身家性命，不想当那种刚烈女子，而是只能从命，把整个身子交给你，任你怎么着都行，任你可着劲造。但是，一旦种下种子，奴儿得知道这孩子的父亲是谁，得知道这孩子是谁的骨血。"

很难说允礽是被感动了，他只是体验到一种奇特的感觉。

他猛地把她搂过来，狠狠地亲了一口。

　　而就在这时，他闻到了一股久违的气味，一种淡淡的带着奶味的肤香，这是洁净的处女所特有的气味，任何脂粉气息也无法与之相比。

　　当他俯下身子再去亲吻她时，姑娘的双唇开启了，接着细细的手臂勾住了他的脖子。

　　一个久久的吻结束后，允礽面颊上蹭的是泪水，耳畔传来姑娘疲惫的声音："得了，你不愿意说就算了，把奴才拿走吧。"

　　允礽说："拿走之前，得告诉你点什么，免得你冤得慌。"

　　或许是姑娘骤然而来的悲戚激起了怜香惜玉之心，他心里不由一阵热乎拉的，摩挲着她乌黑细密的头发，凑近她的耳畔轻声说："别吓着，稳住神儿，听我说：我是皇太子。"

　　姑娘微微怔住，两眼发直，张开的嘴唇久久没有合拢。

　　允礽喜欢看到这种反应，这是太子的神威所致。他就势把愣怔着的姑娘按倒在床上，边拉下她的贴身小衣边问："聪明的傻丫头，你不是猜过我是谁吗。我是皇太子，事先你猜到了吗？"

　　她木木然然地摇了摇头，"一点也没有猜到。我琢磨着，凭着你的谱，非得是打宫里出来的，兴许是个皇子什么的，没想到，居然是当今皇太子。"

　　允礽说："皇子？皇子一大堆，皇太子可就一个。"

　　她问："皇太子？赶明儿……"

　　允礽说："赶明儿就是皇上。"

　　她仿佛身上发冷，不知所措地蜷起了双腿。

　　允礽狞笑起来，露出一口结实的白牙，"没想到吧？咱们也来一出昆腔折子，这出折子戏就叫'太子战戏子'。"

　　说完，他卟地吹灭了蜡烛。

　　黑暗中，允礽抚摸着少女微微隆起的乳房，他的耳畔传来姑娘凄楚的声音："戏子怎么知道玩儿她的就是太子？"

　　允礽的手离开了姑娘的身体，在黑暗中忙忙活活地摸索了一阵，在枕头边上摸到一个冰冷的硬物，这才说："完事之后，本太子给你一个信物，是本太子的护身符。听清楚没有？"

　　"听清楚了，你给我一个信物，是你的护身符。"

"这下你放心了？"

"我可什么都不会，你悠着点。"

她当真什么都不会，没有一丁点儿默契，只像是一团棉花般任他摆布。允礽并不在意，对他来说，造爱犹如把酒临风，完完全全是自家享受，而无须顾及杯盏、酒与风的感受如何。

他的手指老练地抚摸着她，她一声不吭，呼吸却越来越深，越来越急，底下很快就湿漉漉的了。他知道，她被发动起来了。他还知道，大姑娘容易挑逗，一旦被充分挑逗起来，有的比男人还要急切。

姑娘哼唧起来。他像坏小子般发出一声坏笑，"这就给你！"

他喜欢细细品尝开苞的快感。通常的新婚之夜，那些老实巴交的新郎官，初次交媾都是迷迷瞪瞪的，自家还不知道是怎么回事呢，当然更无从体会初夜销魂的快意。而作为老油条，允礽却真切感觉到在里面碰到一个柔韧的小坎，然后一耸身子，像条贪婪的蛇一样，翻过了那个既软又滑的小坎。俗谓的"开苞"，就是指的这一下子。

在这个瞬间，他闭着眼睛哑巴着天大的快意，以至猛地直起了上身，屏住了气。而与此同时，姑娘发出一声轻叫，然后是悠悠不绝的痛楚的轻哼。这种声音在允礽听来，犹如明朝人徐渭在《南词叙录》中对昆腔的描述："流丽悠远，出乎三腔之上，听之最足荡人。"

后半夜，允礽睡得很死，睁眼时天已大亮。

他平躺着，看着陌生的顶棚，一时忘了自己在哪儿。直到右肩微微发麻，他才注意到，一个女子的头依偎在他的肩上，柔嫩的腹部依傍着他的胯骨，屈曲的右腿压在他的小腹上。他嗅到酣睡中的姑娘的温香，感受到她柔和的呼吸，隆起的乳房抵着他的胸膛轻柔地起伏。

敢情这里不是艺妓馆，而是苏州织造府，这位是马姑娘。

宫中不准睡懒觉，他已经养成习惯，他不愿意惊醒她，小心翼翼地扶着她的头，把肩膀轻轻地退出，而后坐起来。

正要悄悄下床，传来马姑娘半睡半醒的呢喃："信物，你的护身符。"

允礽眨巴眨巴眼睛，猛地想起行事之前的承诺。

他回身看了看，不大情愿地从枕边拿起那块不离身的佩玉。

允礽拿在手里把玩着，真舍不得送出去。

正在他犹豫的当口，一只清清亮亮的小手伸到他眼前。

姑娘不知是睡还是醒，眼睛是闭着的，嫩嫩的小手却规范地摆出托莲花的姿势。

他攥着那块佩玉，连着咽了几口唾沫，抓挠了几把头发。

他再看看那只摆出托莲花的姿势的清亮的小手，心里迟疑着。

就在这时，姑娘的眼睛微微张开一条缝，像是两弯好看的月牙儿。

他熟悉这种惺忪的睡眼，倦怡的、慵懒的、惬意的，还略微带有几分自得。拿宗室子弟平日的糙话说，这小娘们儿被干舒坦了。

月牙儿在审视着他，在长长的睫毛遮掩间，闪现着嘲讽的火花。

两弯月牙儿就像是两把小铲子儿，挖掘着他所剩无多的信义和良知。他一咬牙，把佩玉啪地拍在她的手心上。

它是上好的白色和田玉雕成的，与姑娘的巴掌差不多大小，玉质灿若明霞，莹润如酥，雕工精细，是西域的贡品。

它的正面镌刻着两个草字：通灵；反面镌刻着八个篆字：莫失莫忘，仙寿恒昌。

二、燕子矶渔码头－江宁驿站－方山脚下

江宁北郊观音门外，有岩山向东北延伸的一支，山石直立江上，三面临空，形似燕子展翅欲飞，因称燕子矶。江宁的文人喜欢夜晚登临，但见水月皓白，澄江如练。

曹寅也有这种雅兴，但是时下顾不得晚上玩儿燕子矶，不是时候，他白天来燕子矶，直奔附近的一个渔码头。

康熙三十四年四月的一天下午，天气骤然晴朗起来，这在梅雨季节挺难得。两个皂隶铛铛铛铛地敲着锣，一路往渔码头来，后面跟着一乘四人抬的轿子，轿子后面是两个骑马带刀护卫。一行人一直来到江边，几乎顶到渔船的跟前才停下。

曹寅为人随和，出行本来不大摆谱，但今日事非同一般，不得不闹出些响动。他一头钻出轿子，脚刚刚沾到湿漉漉的地面，就高声发问："谁在这儿管事儿？听清楚了，有上好的货色没有？"

一个三十多岁的男子匆匆跑来，撩起官服前襟，在一汪水泡子里扑通跪下来，整个膝盖浸在水中，朗朗答道："曹织造大人，笔帖式萧麻一直在这儿盯着呐，几天了，每天都回来不少渔船，每条渔船只要靠岸，小的都上去悉心查验，可惜了的，一直没有憋上太好的货色，只挑出来几条凑凑合合的，都在那边木盆里养着呢。"

曹寅的右手向前一抬，"前面领路，带我看看去。"

笔帖式萧麻麻利地站起来，转身就走，将曹寅领到附近的一个大木盆处，

木盆上面有遮太阳的棚子，一看就是现搭的，旁边有两个旗兵把守，那架势比看守个人还郑重。

曹寅蹲在大木盆前，认认真真地看了看，几条扁而长的鱼在木盆里怡然游动着，哪条也得有个两三斤重，看样子还算肥硕。他一撑膝盖站起来，略微有些失望地对周围的人说："倘若较真儿起来，这些货色也就是凑凑合合。列位，进贡的日子快要到了，今后数天一旦捕捞到上好的货色，马上就把它们换下来，实在没有也只得是它们了。注意看守，任何人不得接近。"

笔帖式萧麻说："得令！"

曹寅的大手在萧麻的肩膀上使劲一拍，"事关重大呀，这些鲥鱼是要进老主子和后宫佳丽肚肠的，论身价比你这个笔帖式金贵，如若有个三长两短的，本官拿你是问。"说完就转身走了。

按说江宁织造是管"上用"和"官用"绸缎织造的，管不着捕渔捉蟹这类事，但也不能一概而论，得看时候。每年的春末夏初时节，江宁织造曹寅就得过问捕渔捉蟹的事体，说得具体些，就是要过问捕捞鲥鱼的事。为什么呢？因为这种鱼的上好者是要上贡的。

宋朝政治家兼大诗人王安石在《临川集》中留下这样两句诗："鲥鱼出网蔽江渚，荻笋肥甘胜牛乳"。可见宋人就将鲥鱼视为佳肴。鲥鱼体形扁而长，腹部为银白色，为名贵食用鱼，在宋朝、元朝、明朝就用作贡品。这种鱼生活在海中，那么怎么会"出网蔽江渚"呢？原来它们每年四五月间入淡水产卵时，会从东海游入长江，溯流而上，在长江下游产卵之后，再顺流而下，游回东海。由于进出有时，故名。

也是由于进出有时，江宁地方到鲥鱼产卵的季节就得挑出最好的鲥鱼进贡。这段时限很紧，所以当地也抓得很紧。通常的做法是，江宁织造府派员在渔码头盯着，但凡渔船捕捞到大个儿的、肥硕的鲥鱼，渔民就交到官员处，官员象征性地给点钱。由于捕捞鲥鱼的船只很多，挑选这道活很费事，但它们是要送到宫里，谁也含糊不得。

从江南到京师，每个重要地点都有驿站。江宁自然不例外。江宁驿站位于覆舟山下。覆舟山又名小九华山，在太平门西侧，高不过三十丈，北临玄武湖，东接富贵山，与钟山形断而脉连。春秋战国之际，以山形似覆舟而得名。自古，这里既是军事要地，又是风景名胜所在。驿站不过是几间供来往人住宿打尖的青砖汇瓦房舍，外加马厩，养着几十匹供更换的马匹。十几个旗兵长年住在这里，由千总带着，负责往来事项和一干杂务。能在驿站食宿的非一般子民，而是途经的朝廷命官及眷属、八旗及绿营中人，还有执行官差和公务在身者。

几天后，曹寅一大早来到驿站，安排进贡鲥鱼事。他对鲥鱼是熟悉的，《楝亭诗钞》有一首《鲥鱼》诗："手揽千丝一笑空，夜潮曾识上鱼风。涔涔江雨熟梅子，黯黯春山啼郭公。三月茭盐无次第，五湖虾菜例雷同。寻常家食随时节，多半含桃注颊红。"注曰："鲥初至者名头膘，次名樱桃红。予向充贡使，今停罢十年矣。"注释中提到"停罢"，鲥鱼哪年停止上贡不可考，但在康熙三十年左右，肯定是要上贡的。

曹寅的文人气息重，从来不是事务主义者。他在织造府不大管事，只抓大头，挤出时间写写画画什么的。但是，凡事关康熙老主子，他必然事无巨细一把抓，每个细节都要安排妥贴才放心。进贡鲥鱼是给老主子解馋的，他更是方方面面都考虑周全。

进贡鲥鱼是件很麻烦、很罗嗦、很辛苦的事情，闹得不好要搭进几条人命。过日子的人都知道，鱼虾是放不住的，出水后时间稍长就会变味，一变味就吃不得了。对于下面经办进贡事宜的人来说，甭说给皇上进贡臭鱼烂虾，就是进贡些不大鲜活的食品，也是在噈死呢。因此，他们要想尽一切办法，把鱼虾用最快的速度送到京城，送进紫禁城。但是，江南到京城数千里，再快的马也要跑三四天，有这三四天，再鲜活的鱼虾也得臭了，真是急死底下的人了。因此，上贡的鲥鱼差不多得是腌制的，但是即便腌制，也得火速送京，称为送鲜。

《清诗铎》卷四中有一首沈名荪的《进鲜行》，不仅生动地勾勒出进贡鲥鱼的旅途之苦，而且将送鲜者的"待遇"列举一二。全诗为：

> 江南四月桃花水，鲥鱼腥风满江起。
> 朱书檄下如火催，郡县纷纷捉渔子。
> 大网小网载满船，官吏未饱民受鞭。
> 百十中选能几尾，每尾匣装银色铅。

> 浓油泼冰养贮好，臣某恭封驰上道。
>
> 钲声远来尘飞扬，行人惊避下道旁。
>
> 县官骑马鞠躬立，打叠蛋酒供水汤。
>
> 三千里路不三日，知毙几人马几匹。
>
> 马伤人死何足论，只求好鱼呈至尊。

诗中个别地方叙述的不大清楚，进贡的鲥鱼到底是活着上路还是死的上路？如果是活鱼上路，怎么能"浓油泼冰"以及"恭封"？如果是死鱼上路，"养贮"又从何说起？但是，这首《进鲜行》对一路艰辛的叙述并不过分。送鲜，简直就是在和老天爷规定的鱼虾腐败时间竞赛，为节省时间，进鲥鱼者路上不能停顿下来吃饭，只能在马背上以和酒的生鸡蛋充饥。路上不能拉屎撒尿，为此以冰浸酸梅汤解渴，那架势就像马拉松运动员比赛途中喝水一样，边跑边抓起路边的矿泉水灌一口，随后就把瓶子扔了。披星戴月赶路，条件又如此苛刻，时有送鲜者死在进贡鲥鱼途中。历年来，江宁织造府累计有一名笔帖式和三个旗兵因此死亡。这恐怕是后来"停罢"鲥鱼的主要原因之一。

曹寅深知进贡鲥鱼是苦差使，紧皱眉头打量着几个准备上路的旗兵，他们每人骑一匹马牵一匹马，牵着的马马背上架着驮子，驮子两侧各有一罗银色的匣子，匣子里面是准备放鱼的，每匣一尾。

不大会儿，笔帖式萧麻带人押着马车来了，马车上面是养着鲥鱼的大木盆，还有几桶冰和油，下面的工序是把鲥鱼装入匣子，放上油和冰块，加上盐，立即铅封，而后旗兵上马就疾驰而去。

曹寅正看着萧麻他们在装匣，突然马蹄急响，他抬头一看，两骑人马像阵风般赶到，旋即滚下马鞍，向他匆匆走来。走到跟前一看，一个居然是李煦，而另一个是他所不认识的中年男子。

李煦行色匆忙，来不及与曹寅打招呼，看看正在装匣的旗兵，松了口气，揩着汗说："还好，送鲜的还没有上路。"

曹寅连忙问他："你来干什么？"

李煦把随他来的那个中年人往前一推，说："既然进贡鲥鱼，江南三织造府都该出把力，苏州织造府不在长江边上，未能捕捞鲥鱼，总得派个人一块往京城送一趟。这是我派的人。"

曹寅认真打量了那人几眼。那人四十岁出头，身体单薄，面目清癯，看来日子过得很不顺心，两鬓过早地斑白，满脸苦相，显得可怜巴巴的。

曹寅问："送鲜一路很苦，你是做什么的？"。

那个人说话前先拉拉衣襟，理理头发，整饰了几下，方柔声细语地说："在下姓马名孝天，是江宁人氏，祖籍就在方山脚下，现在苏州织造衙门画画，官职不高，李织造称呼在下为'候补库使'。"

曹寅思忖着他能不能承受旅途之苦，"画画儿的……瞧那瘦了巴儿的样儿，够呛。"嗨，李织造怎么搞了这么个人来，而且找了个苏州织造府也要为送鲜凑分子的托词。他百思不得其解。

马孝天却以为对方不明白自己的身份，又补充道："大人，您或许不明白织造府里为什么养些画画儿的。是这样的，刺绣女工在刺绣之前，在下要在丝绸上起画稿，然后她们在那画稿上一针一针地绣花。在下长于画花鸟鱼虫，什么牡丹呀，什么月季呀，什么玫瑰呀，还有好些好些花儿，在下都可一一画来，旁边再配一两只花蝴蝶，飞呀飞呀，煞是好看。但是，有些东西在下不能应对，比如那高山流水就画不来了，至于山高月小，明月清风等出意境的画稿，真是愁煞在下了。"

几个装匣的旗兵在一旁偷偷乐，有人嘀咕出来声。"哪儿冒出来这么个男娘们儿。""就他那四两骨头还想送鲜。"

马孝天出门心切，听到这些议论，顿时斯文扫地，转身和他们争执道："别看我的身体单薄一些，还是蛮有把子劲的，有时织造府搬绸料，我的肩膀上还是能够扛个一两捆的。"

一个旗兵粗鲁地说："去你娘的吧。那种绸料老子一次能扛二十捆！就老子这身板出门送鲜，还不知道能不能活着到京城，就你这样鸡骨头猫肉的，出不了苏北就得趴下。"

马孝天一下子跳了起来，涨红脸喊道："你敢不让我去？我这次就要去京城，就要去！谁也拦不住我！谁也不要想拦我！"

看着马孝天与旗兵们争吵，曹寅悄悄问李煦："你从哪儿搞来这么个小女子？他的身体是吃不消的，别死在送鲜的半道上。"

李煦似有隐衷，闪烁其辞地说："让他去吧，死在半道上他也心甘情愿。你不让他去，他就得死在苏州织造府里头。"

曹寅大为惊讶，急忙把李煦拉到一边问："到底出什么事啦？马孝天这趟不能去京城就要死要活的？"

李煦苦笑着把巴掌的边缘往脖子上砍了砍，"曹老弟，我对你无话不谈，没有瞒你的事。但这回事关脑袋搬家，老哥我只好对你隐瞒实情了。"

曹寅说："不错，你我结识以来，你还从来没有这么说过话，既然你把话都说到这步了，我成全你，让他上路吧。"

李煦正要说点表示感谢的话，萧麻等人已将鲥鱼入匣，凑过来对曹寅说："大人，鲥鱼已铅封完，事不宜迟，是否立即上路？"

曹寅想了片刻，喊道："上马！"

这次送鲜由萧麻带队，他率先上马，旗兵们随之纷纷上马，马孝天迟疑了一下，也笨手笨脚地上了一匹马。

曹寅高喊："走！"

话音刚落地，送鲜的马队开始躁动起来，马蹄子振奋地跺着地，泛起一片尘土，接着像阵风一样冲出了驿站。

曹寅和李煦目送着他们离去。

一片黄尘中，马孝天的马明显地落在最后，他笨拙地挥动着马鞭，在拼命地追。

曹寅感慨地说："马孝天一路上怕是凶多吉少呀。"

李煦则说："就这也比让他窝在苏州强。"

曹寅看看李煦，问："这到底是怎么回事？"看着对方为难的表情，他连忙改口说："哎，既然事关脑袋搬家，不问了，不问了。"

半个多月后，送鲜者回到江宁。由于前因，曹寅尤为关注马孝天的情况。据笔帖式萧麻秉报，一路上马孝天极其狼狈，几度困乏得从马背上掉下来，好歹挣扎到京城。鲥鱼送入紫禁城，送鲜者在内务府厂桥客栈休整。休整那几天，马孝天每天对着景山发愣，有时不打招呼就离开，不知去向。离京时不愿意走，愣是给拽上船的。

曹寅听说马孝天还活着，并且顺大运河回到江南，总算对李煦有个交代了，心里遂踏实了。他的正经事和杂巴事太多，劈头盖脸地拥来，无暇再想及念及马孝天如何如何，渐渐地他把此人此事淡忘了，只剩下一张苦涩的面庞间或在记忆中闪现一下。

当年夏末，李煦突然从苏州赶来。江南三织造在江南地面上大小是人物，如果愿意的话，不管走到哪儿，都是鸣锣开道，前后护卫的，威风并不比两江总督差多少，但是李煦这次造访，不仅没有穿官服，而且来得鬼鬼祟祟的，一个随从也没有带。

这是一个傍晚，李煦进入江宁织造府之后，躲进屋子不出来，更不见人，甚至于连曹寅的眷属都不见。来的路上他无暇吃饭，这会儿饿得够呛，却不让织造府的丫环招呼，只是让曹寅到厨房拿俩剩馒头来，就着咸菜和茶吞咽下去拉倒。

吃饱了，李煦打了几个饱嗝，精神头刹那间又回来了。他不由分说，拉着发傻的曹寅，吐出一个字："走！"

"到哪儿去？"曹寅有点蒙了。

"方山。"

"说话就黑透了，黑灯瞎火的到哪儿干什么去？"

"接个孩子。"

"孩子？"

"女孩子。"

"谁的女孩子？接她干什么？凭什么我们去接？"曹寅发出一连串问题，"这些事情你都给我说清楚，你都把我搞糊涂了。"

"糊涂就糊涂吧，这孩子的事情我不能对你说清楚，你稀里糊涂跟我走就是了。"李煦一拽曹寅的衣襟，"走！"

"还有这样的事。"曹寅不情愿地站起来，嘟囔着，"你我大小也是朝廷命官，夜晚动作不便，我叫上俩人。"

"不行。"李煦完全是命令口吻，"我就是一个人从苏州赶来的,你也不准带人。这件事情知道的人越少越好。"

33

"你这哑谜也打得太大了。"曹寅无可奈何地摇着头，准备出门。

李煦疾出手，把曹寅的帽子一把撸下来，"还有，你这身官皮给我扒掉，跟我一样，穿粗布聊衣，越不显眼越好。"

曹寅说："李老头今儿个真是够邪性的，一招一式都戗辙，反正李老头怎么说我就怎么做，照你的话办就是了。"

淡淡的月光下，两位正当年的朝廷命官一色穿着旧袍子，光着头，在马厩里解了两匹马，不声不响地溜出了江宁织造府。

方山在江宁县境内，本来没有任何名气，但在南宋年间，钟山定林寺废，在方山重建，称为上定林寺，方山因此远近皆知。出了江宁城，俩人顺着土路打马疾驰，不大会儿就看见夜空下有座黑乎乎的小山包，山上有一座塔影，它就是八面七层的上定林寺砖塔。

他们要去的地方不是南宋以来著名的上定林寺，而是去方山脚下的一个村落，这是一个百八十户人家的小村，在柔柔的月光下好像是睡着了，但是睡得不大踏实，在辗转反侧中发出阵阵呻吟。

到了村口，他俩下了马，牵着马往里走。李煦看样子来过这里，熟门熟路地摸进一条小巷，吱呀推开一扇门，门里是一进浅浅的院落，正房窗户闪着微弱的烛光。李煦示意曹寅拴好马，而后推开屋门，走进去。

曹寅随着李煦进去，闻到股呛鼻子的嗖味，那不是剩饭菜发出的气味，而是病入膏肓的人身散发出的那种酸臭。就着微弱的烛光，他看见床上躺着一个人，不是躺着，而是蜷缩在一个烂棉花套子中，从肺的深部发出沉重的呻吟。

那个人听见有人进来了，吃力地翻过身来，呆呆地看着来人。

这个人似曾相识，曹寅上前辨认了好大一会儿，方想起来了，是江宁驿站见过一面的马孝天。但是，此一马孝天绝非彼一马孝天。昨日的他虽然瘦弱，但是脸上还有光泽，而这会儿就是个等死的人了。

李煦和曹寅一言不发地站在床前。李煦显然不知该对这位画画儿的旧部怎么张口，曹寅则不知该说些什么。

马孝天却尽力挣起身子，沉重地开了腔："女儿可怜见儿的，自幼没娘，我们父女相依为命。自从她随昆腔戏班子入宫，在下每日食寝不安。谢谢二位织造大人让在下随送鲜的去了趟京城。她那个戏班子住在景山脚下，送鲜入紫禁城，总算到了景山跟前。然后住在内务府厂桥客栈，离景山也不过二三里地，虽没能见到她，但也在离她较近的地方站了站。拿你们京师的话来说，够本啦，够本啦。"

曹寅听着是一盆浆糊，浆糊一盆。但是意识到，这里有重大隐衷。

李煦张口，开门见山："老马，我们头些日子就说好了，你女儿生的那个女儿，也就是你的外孙女，你现在这种状况是无力赡养了。我和曹织造摸着黑来，就是为了不惊动四邻，把她抱走。"

马孝天从胸腔深处发出一声长啸，万念俱灰地向外挥了挥手，"金枝玉叶放在这孔寒窑里本来就委屈到家了。在下对李织造大人的人品放心。我活不了几天了，二位织造大人既然来了，就抱走吧。日后，我女儿如若回到江南，把她送还给她就行了。"

这天夜里，李煦离开方山脚下的小村落时，怀里抱着一个女婴。看那样子，她降临人世还不足一年，也就是半年多点。

月亮升到半空中，清爽地打量着广袤的旷野。万籁俱寂，但听两匹马八只蹄发出咯哒咯哒的声音。李煦的身体随着马匹的行走而微微摇摆着，他的并不宽阔的怀抱就像是一个温暖的摇篮，女婴在那里睡得很甜。

这个长着瘪咕脸儿的内务府郎中兼苏州织造，绝少生活情趣，本来也是不会吟唱任何曲牌的。而在这时，他却感伤地哼起了一支曲子。没有人知道他哼的是个啥腔啥调，恐怕连他自己也不知道，但在他的潜意识里，这是一首摇篮曲，一首催眠曲，一首让宝宝安睡的小调调。

土路狭窄，曹寅只能骑着马在后面跟随。微风把李煦那沙哑的公鸭嗓哼出的小调调吹入他的耳畔。曹寅从中听出的是忧伤与怅惘。

这次夜行，这次造访，表明这个女婴有着非凡的身世，至于非凡到何种程度，他并不想过多揣测。尽管如此，马孝天还是有所流露，曹寅牢牢地记住了四个字，那就是，这孩子是"金枝玉叶"。

三、史可法衣冠冢－江南织造府－明孝陵

《尚书》有云："淮海唯扬州"。可见这个地名之古老。扬州系上古九州之一，东汉时为广陵郡治所，历代屡有变更，元明以来是大运河从北方南下的枢纽，当然也是大运河从江南北上的枢纽。

扬州市东北十来里有个茱萸湾，是大运河由北向南进入扬州的第一个码头。康熙三十四年初秋，江南三织造府主官集中到茱萸湾，是为了给皇上亲征准备马匹，江南许多官员都放下手里的事，将马匹装船北运，码头上熙熙攘攘的，人马川流不息。

噶尔丹部复侵蒙古喀尔喀部，康熙皇帝准备亲征。他特别重视出征马匹，谕令称验行李斤两，不许过重，疲惫马力。定制前锋每人马四匹，四人一伍，每人厮役一名，每伍器物共重九百七十五斤，马八匹乘坐，八匹驮物，每驮百二十斤。另给骡子一匹，驮百零七斤。

忙活了数日，大宗马匹总算装船北运了，江南三织造府的主官得以消停几天，放松放松。江宁织造曹寅约上苏州织造李煦出去走走。至于去哪里，他们不约而同地想到了明末抗清名将史可法的墓地。

史可法字宪之，开封人，崇祯进士，累官员外郎、郎中、巡抚、两淮总督漕运，南京兵部尚书。清初，清军占据北方，明遗臣在南京建立弘光政权，拥立明神宗孙子、福王朱常洵儿子朱由崧为南明皇帝。史可法督师淮扬，竭力协调江北诸镇将防御清军。顺治二年，豫亲王多铎统兵围困扬州，史可法拒降固守，战败被俘，英勇就义，年仅四十五岁。史可法养子史德威参加了扬州保卫战，扬

州沦陷后，史德威没有找到史可法的遗体，便将其父穿戴过的衣冠葬于广储门外梅花岭右。

史可法衣冠冢在一片庄稼地里，坐北朝南，东首是墓门，上有"史公墓"匾额，入内为飨堂，堂后是墓，墓前有砖牌坊，墓碑上刻"明督师兵部尚书兼东阁大学士史可法之墓"。墓外院墙北侧，左右各辟一门，门上嵌"梅花岭"石额。附近为梅花岭大土阜。

曹寅与李煦都是"贰臣"后人，凭吊史可法墓地自然怀着复杂思绪。

在这里，他俩仿佛听到了当年那些抗清将士缓慢而深沉的心跳。正在怅惘间，见到一个披头散发的老者踉踉跄跄地闯入墓园，对着衣冠冢磕了几个响头，而后毫不掩饰地号啕大哭起来。

这个人约莫六十岁出头，神情严峻，如果不是脸上太脏的话，本来是眉清目秀的。他的上唇没有胡子，下巴上稀稀拉拉的有一绺花白胡子，穿着十分破旧，趿拉着一双草鞋，露出黑黢黢的脚趾头。亏得眉宇间有种非凡气质，否则与老叫化子没什么两样。

老者哭毕，慢慢吞吞地站起来，斜眼看看身边的曹寅与李煦，而后旁若无人地迎风高叫道："夷狄者，歼之不为不仁，夺之不为不义，诱之不为不信，非我族类，不入我伦。"

曹寅与李煦不敢抬头，额上渗出层细汗。他们听出来了，这是清初王船山所说的几句话，是反清复明的典型言论，所谓"夷狄"即是指满洲。老者显然把史可法墓地前的人视为同道，所以满不在乎地说出来。

当年清军击溃史可法军，直入扬州，随即开始屠城，兵民莫辨，杀死八十多万人，投井或自缢者大有人在。随后清军南下，势如破竹，南都灭亡，杭州降附，南明小朝廷土崩瓦解。扬州屠城致使长江流域上民与清廷结仇，清廷还以颜色，惩治手段较其他地方凶狠。顺治十八年顺治帝崩，哀诏抵达江南，苏州贡生金圣叹聚集数千人到文庙，借哀悼圣上驾崩而哭地方官吏滥用非刑、贪贿浮征，江苏巡抚朱治国称金圣叹聚哭震动先帝之灵，不分首从，一律押解到江宁，凌迟处斩。哭庙案杀金圣叹等十八人，而奏销案的受害者达上万人。江南是全国首富之地，受盘剥为甚，苛捐杂税较其他地方重数倍乃至十数倍。由于拖欠钱粮者众多，江苏巡抚分别造册，苏州、松江、常州、镇江四府一万三千五百多名乡绅、二百四十多名低级官员在册，被打为拖欠钱粮，其中三千多人械送刑部受审，都是各乡有头有脸的缙绅，却统统砸上镣拷，徒步前往京师。这个案子牵扯面太广，刑部无法受理，至康熙元年五月，始奉特旨释放还乡，但是江南乡绅已大大伤了元气。

因此，毫不足奇，在扬州，尤其在史可法墓地上，发泄孤愤者大有人在，哀悼亡国之痛者大有人在。那位老者只是其中之一，不过是把心尖上流出的鲜血，涂抹在江南抗清统帅的墓碑上。

对弥漫于江南的悼明情绪，清朝统治者的对应手段是高明的。清初戎马仓皇，根基未定，军国大政以笼络人心为重，对抱故国之思者基本不闻不问，顺治年间没有一起文字狱。顺治皇帝尝说："明朝大臣而不怀念明朝者，必非忠臣。"也就是说，只要不提反清，怀念故明是被允许的；不仅如此，清廷还鼓励、赞赏这种忠君气节，盖以大义相激励，无形之中，明遗民的孤愤有所寄托，以渐消于不自知。这种手段被后世称为"放任政策"或"感化政策"。康熙皇帝即位后，不仅将顺治帝这套继承下来，而且进了一步，有意罗致明遗民，于康熙十二年诏举山林隐逸，康熙十七年诏举博学鸿儒，次年复开明史馆，以明史号召，以故国事安抚孤臣孽子之心，节义之士亦所乐从。后世史家称之为"怀柔政策"或"恩礼政策"。

从"放任政策"到"恩礼政策"，曹寅与李煦作为清廷安插在江南的大坐探，深谙个中三味。他们颇为友善地看看那位老者，老者慢慢吞吞地转过身去，一步一步地走出墓园，攀上附近的梅花岭大土阜。他们也随之攀上去，相传老梅花岭是史可法抗清泣血誓师处。凭吊史可法墓地，必来大土阜凭吊一番。

曹寅与李煦默默无语，从近处看到远处，一群一群的麻雀在刚收割过的土地上起起落落。田野上的事情，总是能够让阴郁的心情平缓起来。

这老哥儿俩消闲下来都喜欢到田野里转转，像是勤勉的农夫，春天看田野上的麦子，夏天看田野上的棉花，秋天去看那收割后的荒凉，以及北风从空旷的田野上刮过的苍茫。

大土阜上有几条牛，漫不经心地吃着草，尾巴悠闲地甩过来甩过去，赶着牛虻，和善的大眼睛毫无芥蒂地打量着来人。

老者走上前，盘腿在牛跟前坐下，一扫桀骜不驯的神态，认真观察着牛，那眼神像是个画师。不大会儿，他取下身后背着的包袱，里面居然是全套画具。他在青石板上铺开纸，四角用石头镇住，从酒壶中倒出水来，在一个砚台上研墨，看样子是要临摹牛。

那几条牛似乎通人性，一条也不曾走开，该干什么还干什么。

老者拿起笔，蘸足了墨汁，闭目养神片刻，运足了气。曹寅与李煦以为他即将下笔，而他突然咳嗽了一声，左手并起剑指，指着牛说："祸自中原召，功为外寇成，久之天意厌，蹶蹶圣人生，瓦剌三犁后，王藩改帝京。这首诗为何意，尔等可知否？"

牛们哪里知道他在说什么，甩甩尾巴，算是回答。

曹寅与李煦再度互相看看。老者所说的依旧是扬州街巷中传播的反清言论，他居然说给牛听，可见已在心中凝成老大一团了。

老者长叹一声，说："唉，对牛弹琴！竖子不可教也。"言毕俯下身去，行笔如飞，柔软的羊毫如同花间的蝴蝶恣意飞舞。一边画，他一边忙里偷闲地打量几眼牛，过了一阵子，他直起腰坐定，眯缝着眼睛看看牛，再看看所画，心满意足地"嗯"了一声。

曹寅和李煦不由自主地上前观画，俩人几乎同时发出惊叹。

只见画纸上有一头牛，悠闲地低头咀嚼着嫩草，善良的大眼睛懒懒散散地向侧面斜视着，透着些许茫然的神态。整头牛着墨不多，却下笔有神，栩栩如生，呼之欲出。画风简洁洗练，一看就是大家的手笔。但是画的上方留下了很大的空白，看来是供文人题跋的。

李煦注意到题图和落款。右上角题为《对牛弹琴图》，再看看左下角的落款，他读出了声音："大涤子。"

曹寅听罢一惊，定睛一看，果不其然，落款处有三个行草小字：大涤子。

他急忙捧起双拳，对老者作揖，说："哎呀呀，难得相会，难得相会。在下有眼不识泰山，您就是石涛先生。"

石涛边收拾包袱，边懒洋洋地瞥过来一眼，"哪里敢当什么先生，不过是不堪雕琢的老朽一枚。你们是何方神圣？"

曹寅与李煦连忙回答了自己的官职。

"原来是两位织造，朝廷的命官。"石涛眼睛中流露出不屑，他背起包袱，卷起画纸，准备抬脚就走。

曹寅呼道："请先生慢走"。

石涛停住步子，回首递过讥讽的笑眼，问："有何事？"

曹寅尴尬地搓了搓手，说："其实也没什么事，晚生不过是想与石涛先生谈谈画，讨教讨教。"

石涛忽地沉下脸来，冷冷地说："湖海散人与朝廷命官没的谈，老夫与你谈是对牛弹琴，你与老夫谈也是对牛弹琴。"

几句话很不客气，曹寅是出入过场面的人，不恼火。他知道"对牛弹琴"之类，是明遗民中的文人、画家以至文人画家经常下笔之处。他们的愤懑、失望以至亡国之忧愤没有排泄孔，即便说出来写出来也无力撼动满洲八旗的坚甲铁骑，清廷只要挑动一下眉毛，就能把他们的全部希望碾碎，于是他们觉得说什么写什么都是对牛弹琴。

曹寅豁然大度地说："既然石涛先生如此直爽，本织造也不妨直爽一回。本织造看您的《对牛弹琴图》上方留下了很大的空白，想必是让人题跋的，如蒙不弃，晚生杜撰了一首歪诗，可否题写？"

石涛重新看了看曹寅。他想了片刻，忽地将画纸展开铺到青石板上，用石子压住四角，一甩巴掌，低声吼道："请！"

曹寅再不推辞，盘腿坐下，边研墨边思索。墨研毕，诗也构思的差不多了，于是俯下身子，挥毫写来：

> 柳风寥寥白石爽，道济先生聘玄赏。
>
> 何人致此觳觫群，三尺龙唇困鞅掌。
>
> 麻姑海上栽黄竹，成连改制无声曲。
>
> 仙宫岑寂愁再弹，乌籽白牯俱不俗。
>
> 莹角翘翘态益工，寝为曷词函真宫。
>
> 朱弦弛恒大雅绝，筝琴世反称丝桐。
>
> 桐君漆友应难解，玉轸金徽究安在。
>
> 老颠宁为梁父吟，老革讵作雍门慨。
>
> 此调不传听亦靡，刻画人牛聊复尔。

一笑云山杜德机，闭门自觅钟子期。

石涛左手抱在胸前，右手抚弄着下巴，玩赏了一阵子，方点点头说："这首诗嘛，写的生涩了一些，遣词尚有些做作，远远没有达到走火入魔的意境。但是，尚能贴切老夫的画意。"

石涛评价诗时，曹寅却在打量刚才所用的砚台。在他的心目中，大画家用的都是上好的砚台，这一块却显得极其普通，而且个头偏小。

石涛斜视了一眼，微微一笑，用酒壶往砚台里面一浇，墨汁被冲刷掉，露出砚底，说："这回能够看清全貌了。瞧仔细了。"

李煦探过脑袋一看，不由惊讶地"啊"了一声。

曹寅俯下身来看了看，叫起来："是块绝品！"

"不是绝品苦瓜也不会使用。"石涛自负地说。

这位老者虽然邋里邋遢的，却在江南名震遐迩。他本名道济，石涛是字，名号很多，传世的落款有清湘老人、大涤子、苦瓜和尚、瞎尊者、济有发有冠之人、莫书和尚等。他是明朝宗室之后，精于隶书，善画山水兰竹及家畜等，笔意纵恣，自成一家，在清初江南画家中当推第一。与八大山人同时，曾经乞书画于八大山人，明亡后隐居扬州，作画处称为"大涤子草堂"，著有《苦瓜和尚画语录》等。

曹寅与李煦作为康熙皇帝派驻江南的大坐探，早就知道石涛。此人口无遮拦，成天疯疯癫癫的，对大清王朝骂骂叽叽，但由于是明朝宗室之后，在江南有一定影响，不仅扬州知府拿他没办法，就是两江总督府也奈何不得他。对他的总体政策与八大山人差不多，只要不出大格，就由他去了，但要调皮得过分了，胡说八道过火了，就绝不轻饶。

曹寅与李煦都有做统一战线工作的经验。他们知道，如果能够安抚住石涛这样的人，将能安抚一片，进而号召一片。这天，他们留住了石涛，在梅花岭大土阜上坐下，拿出随身携带的酒肉，海阔天空地聊了起来。从史可法抗清到鲁王监国，从多尔衮到他们的身世。聊着聊着，他们也流露出些许悲哀，吃织造这碗饭，身家性命都在当朝手里攥着，有的事情不得不虚以委蛇。他俩说的是心里话。

黄昏到了。吃草的牛蹒跚地下山，牛蹄子发出一阵阵叽呱叽呱的响。

晚霞在天边渐渐消散，田野上也越来越清静，大田里的树开始模糊，远远地看过去，就像是一个个站立的人影。

他们也结伴走下大土阜。临分手前，石涛把那幅《对牛弹琴图》赠与曹寅，算是初次相会的礼品。

康熙三十八年四月的一天。江宁旱西门码头。

春光万里，气候宜人，江风徐来。在几艘水师船的护卫下，一艘高大的龙舟靠上码头。几名船工匆忙搭上跳板，不大会儿，一个四十大几岁的人出现在跳板旁，细眯着眼睛，默默地打量着跪伏在码头上的黑压压的人群。码头上顿时响起一片震耳欲聋的喊声："吾皇万岁，吾皇万岁，吾皇万万岁！"

这个人即大清王朝皇帝玄烨。

侍卫准备上前搀扶，玄烨的右掌随意地左右一挥，推开他们，如闲庭信步一般，倒背着双手，缓缓走下跳板。这年他四十六岁，正年富力强。

玄烨是顺治皇帝第三子，庶出，生母佟氏是佟图赖的女儿，据《爱新觉罗家族全书》称，佟氏临盆前，挺着肚子到婆婆庄孝文太后宫请安，庄孝文看到她的衣裙灿灿发光，似金龙缠绕，为生真龙天子之兆。玄烨于顺治十一年三月十八日出生在紫禁城景仁宫，髫龄患天花，顺治皇帝以为这孩子活不成了，令送出宫，安置在北长街路东的福佑寺。他却鬼使神差地活下来。因祸得福，顺治皇帝考虑立储时，"玛法"汤若望建议，选一位出过天花的皇子为皇太子，福临因此立玄烨为储君。顺治驾崩，玄烨即位，佟氏卒于玄烨即位的次年，年仅二十四岁。卒后改名为佟佳氏，旗籍从汉军旗转入满洲旗。此举为有清一代抬旗之始。

关于玄烨的相貌，一则记载见于俄罗斯国使臣义兹柏阿朗特义迭思的《聘盟日记》。康熙二十五年，玄烨赐宴招待外国使节，席间曾询问义兹柏阿朗特义迭思几个问题，包括南京的纬度，以及中国到意大利、波兰、荷兰、法兰西诸国的距离。他离玄烨不过六尺，就近观察，在日记中记录了玄烨相貌："黑睛奕奕有光，隆准，头微向上，须黑而短，颊下颇疏，面多细麻，身适中"。幼年那次天花在玄烨脸上留下几粒麻子，至于神韵，《聘盟日记》中有个客观评价："瞻仰御容，非必秀出人寰，然视之令人忠爱之心油然而生。"这就是帝王气度。

根据承传至今的康熙皇帝画像，玄烨系中等身材，形体硕壮，宽肩膀，与尖削的面庞不大协调。眼睛不大，细细的，但很有神，眼袋很重，眉毛中已然呲出几根花白的寿眉。当然，"面多细麻"不会反映出来。

倒也不完全是玩儿心大，反正康熙皇帝特别喜欢出京巡视。据统计，玄烨在位期间，通过征战、狩猎、谒陵、礼佛等机会，在各地视察达一百五十次以上，其中又以南巡江浙、北巡塞外影响最大。他曾经六次南巡，每次都是通过大运河南下。

大运河北起北京，南至杭州，经河北、山东、江苏、浙江四省，沟通海河、黄河、淮河、长江、钱塘江五大水系。元朝曾大规模疏浚、扩展，到清中期还是很畅通的。乘舟通过大运河南下，须通过数段，即北京到通县的通惠河；通县至天津的北运河；天津至临清的南运河；临清至台儿庄的鲁运河；台儿庄至清江的中运河；清江至扬州的里运河，这段古称"邗沟"；最后一段是镇江至杭州的江南运河。

康熙皇帝南下，江宁为必经之地。康熙二十三年首次南巡，驻跸江宁将军衙门。二十八年第二次南巡，至上元驻跸于吉祥街织造署。这是他的第三次南巡。码头上，早有两江总督陶岱、江苏巡抚宋荦、江宁织造曹寅等率领江南官员在码头跪迎。

曹寅官职并不高，是给皇上督造衣服的。玄烨头两次南巡都与他无缘，他在江宁就职的第七年，赶上第三次南巡，玄烨以江宁织造府为行宫。其实就是住在曹寅家。

曹家在江宁织造府跨院，纵然在江南，仍是京师那种大四合院格局，一趟四五层院落，正房、厢房整齐有序。人间难得四月天。满院时令花开，姹紫嫣红。在曹寅导引下，玄烨进得院落，心情舒畅。丫环们簇拥着一个慈眉善目的老女人迎上前来。他定睛一看，是乳母孙氏。

孙氏这时六十八岁了，由于乳养过玄烨，无须下跪。史载玄烨见到孙氏之后，第一句话就是："这不是我家老人嘛。"这句亲切而亲近的家常话，撩得孙氏、曹寅母子心里热乎拉的。

玄烨得赏赐乳母，以志纪念。臣属对金银财宝不大在意，最稀罕的是老主子的御笔。对此玄烨心知肚明。见到院子当中长着萱草，遂御书"萱瑞堂"三字，赐予孙氏。御用文人对此事大书特书："尝观史册，大臣母高年召见者，第给福称老福而已，亲赐宸翰，无有也。今世使臣，例得养亲观所，既异于古者怀归来谂之情，而今上以孝治天下，合万国之欢心，以事圣慈，太和之气，翔洽宇宙。"

江南这片土地上阴燃着仇视清廷的暗火，遗民诸老罔不以光复故国为职志，"扫除胡种落，光复汉威仪"之说深入人心。宋荦与曹寅过去都是侍卫，将驻跸后的警戒深悬于心，唯恐有人行刺。宋荦作为江苏巡抚，令绿营兵把个江南织造府围得铁桶一般，曹寅则无须说了，皇上住到他家里，更得悉心警戒。

几天后，玄烨赴明孝陵。明孝陵是明太祖朱元璋的陵寝，位于江宁东郊钟山南麓独龙阜玩珠峰下，因为先葬入朱元璋的元配马皇后，马皇后谥孝慈，故名孝陵。它包括将近两里地的神道石刻、正门、碑亭、享殿、大石桥、方城、宝城等。宝城的直径将近一里地，周围筑有高墙。

清朝是灭了明朝才得以定鼎中原的，因此清朝皇帝祭奠明朝开国皇帝的陵寝，是一个举国关注的大举动，特别是这处陵寝在江南的核心地带，对安抚明遗民有特殊意义。

玄烨下轿子，直接上神道，遢遢达达来到宝城跟前。宝城又称"宝顶"，是个圆形大土丘，下为朱元璋和马皇后的墓穴。玄烨停下，垂下头默默地哀悼了一番。

祭奠之后，玄烨看看四周，墙垣多有倾圮，命宋荦与曹寅会同修复。随后御书"治隆唐宋"四个大字，交与曹寅制匾，制成后悬于享殿。这四个字的意思很清楚，既有褒奖明太祖的涵义，同时又把大清王朝视为大唐、大宋、大明江山的当然继承者。

康熙皇帝祭奠明孝陵时，发生了一件不大不小的事，一匹从京城带来驾辕的枣红马不见了。当时侍卫们不大在意，只是觉得不大对头，后来才知道，盗马人叫窦尔敦，原名窦开山，乳名二东，河北献县人，原先会些花拳绣腿，以义胆侠肠著称乡里，后来从石渝习武。石渝别号昆仑叟，是史可法部将，史可法就义后，回乡从事反清运动。窦尔敦受到石渝反清复明思想影响，康熙皇帝南巡，从北方追踪而至，本想行刺，到了明孝陵，见到玄烨周围侍卫众多，无从下手，只好盗走一匹御马。后人就此附会出戏剧《连环套》，又名《盗御马》，称窦尔敦为连环寨寨主，系"黑花面"之盗魁，善使双钩，盗御马之后，随黄天霸投案自首。这是瞎说了。真实情况是，窦尔敦盗御马后隐藏起来，不知所终。

康熙皇帝南巡，在江宁未尝久留，离开时两江总督府和江南三织造府各呈礼品。作为前伴读、前侍卫，曹寅送给玄烨的是一幅画，这就是石涛的《对牛弹琴图》，今收藏于故宫博物院。

四、江宁灵谷寺–江宁将军衙门

江宁灵谷寺规模很大，从山门至大殿长达数里地，内有无梁殿、梅花坞、宝公塔、八功德水诸景。八功德水原先在别处，寺僧用竹管引水入寺，称竹逆泉，此水相传有八种好处，即：一清，二冷，三香，四柔，五甘，六净，七不噎，八蠲疴。寺建于明朝洪武年间，松木参天，为钟山风景最胜处，称"灵谷深松"。灵谷寺不仅为江南文人喜游，也是南下的达官贵人必来之地。久而久之，坊间和版本商人盯上了这方宝地，拿来善本书，向来此游览的文人和官员出售，有些官员破败后，家眷也将其藏书拿到这里出售。有眼力的文人有事没事来此间转转，没准儿就会"淘"到好书。

康熙四十年初夏，曹寅到灵谷寺"淘"书。他购书目的性强，凑唐诗精品。唐诗是中国古代诗歌的高峰，宋元明清数朝，代有心存高远者企图集唐诗，但这项浩瀚工程不是某个人所能完成的，有人忙一辈子也仅凑几家作品。但是，这位攒几家，那位攒几家，把诸位所集凑在一起，就有可能集全唐诗。当然，得下大功夫才行。康熙二十年，曹玺在灵谷寺偶然购得毛子晋所集《五唐人诗》，这大约是曹家集唐诗的开始，此后越集越多，但都是零敲碎打的，还从来没有一口吃个大块的。

这天，曹寅在几个书摊转了转，尽是些明版旧面孔。他本来对"淘"到好书就不抱太大希望，一路行来，信步遛达到无梁殿前。

该殿用砖券代替木梁，故称。正面五开间，每间一券，中间一间券洞最大，横跨三丈多。顶是重檐九脊琉璃瓦，大屋脊上竖有三个琉璃制喇嘛塔。殿前是宽阔的平台，殿后有平坦的甬道。

穿出无梁殿，见到甬道旁有零星书摊，一个老妇人坐在书摊中间的一个缝隙里，身旁有几箱子书，显然是在卖家中的旧藏，身旁却站立着一个穿戴齐整的丫环，显得很不协调。

曹寅只随意撩了眼，待走过去，步子却不由一顿。咦，老妇人像是在哪里见过。他回身仔细辨认了一阵，哟，她居然是徐乾学的老妻。

曹寅看着她，心里怪不是滋味的。她显然是出门卖徐乾学藏书的。

当年炙手可热的徐乾学，身后的遗属竟然落得这般惨境。

说到徐乾学，不得不提及康熙中叶党争。其时内外诸臣及皇子各树朋党，互相攻讦，著名者有明珠朋党、徐乾学朋党、索额图朋党、噶礼朋党等。明珠曾力主撤藩，受到玄烨赏识。平定三藩这一大举动，是从其主张开的头。后任英武殿大学士，《明史》《平定三逆方略》监修总裁，是满大臣头面人物。晚节不保，手下一批死党招权纳贿，凡阁中票拟，俱轻重任意；都抚藩臬缺出，必辗转贩卖，即便学道任期满应升任者，亦议价。因卖官鬻爵为御史弹劾，丢官卸职，狼狈不堪。后复授内大臣，从征噶尔丹叛乱。非满大臣有朋党，汉大臣亦有之，党魁即徐乾学。乾学字原一，号健庵，江南昆山人，顾炎武外甥。康熙进士。曾主持监修《明史》《大清会典》《一统志》。累官礼部侍郎、左都御史、刑部尚书等。他与高士奇、王鸿绪、陈元龙、王项龄等结党，自负雅博，自命清流，互相标榜，猎取声誉，在官场上彼此声援。明珠、李光地、靳辅等重臣先后被他们参奏，朝廷中讦奏之风大炽。朋党讦奏的结果是两败俱伤，康熙二十八年，徐乾学被奏劾不顾品行，律身不严，大干物议，违禁取利，纳贿置产等九大款。徐乾学乞归，玄烨顺水推舟，准其带书局归里，并且御书《光焰万丈》额以宠其行。

徐乾学党人高士奇、王鸿绪等俱休致归籍，都与曹寅有过从，并有楝亭诗传世。乾学带着尚书衔归里，与曹寅交往情况不详，但是双方显然知根知底。康熙三十二年七月初十日，徐乾学赠曹寅一首诗："涉秋已弥旬，热热甚中夏：清风渺南御，赫曦如渥赭。岩栖非不深，编摩无休假；目披银海枯，腕脱白雨泻。涓埃岂云报？感恩泪盈把！愿言思所钦，豪荡俗情寡；萧闲少公事，万卷拥广厦；斋阁比蓬壶，高吟复潇洒。何日探林屋，披襟一闲写。"看来徐乾学了解曹寅的坐探身份，诗中所说的感激涕零之情，实在是借径曹寅而向皇上表白心迹。但是上苍没有给他更多的时间，同年徐乾学去世。

徐乾学以文负重名，轻财好客，士类归向，喜藏书，留意经学，著有《传世楼书目》《读礼通考》等。尽管他与明珠相互攻讦，明珠却资助他三十万两银子刻《通志堂经解》。自从老先生辞世，一晃七八年过去了，曹寅万万没有想到，徐乾学的老妻居然在灵谷寺出售藏书。既然是江南大家的藏书，应有干货，他不由凑了过去。

徐乾学的妻子是大家闺秀，当年也是风姿可人的，现在则老得不像样子了，而且像许多不谙世事的高官夫人一样，衣冠不整，显得精神恍惚，好像不管什么人都能蒙她一把。她的身边放着几个一样大小的书箱，虽然很陈旧了，却看得出做工考究，髹浅褐色的大漆，发着温润的暗光，边边角角已磨得露出底色，一看就是有年头的东西。

曹寅径直走到书箱前蹲下。他不知道里面是什么，但心潮翻滚，仿佛里面那一个个的方块字从历史的深部向他招手。他深深地喘息了一口气，打开书箱，掏出一本看了看，凭他的眼光，是宋朝大中祥符年间的大字官版书，印刷精美，而且干净整洁无虫蛀。再看内容，是宋人所集的王绩诗。王绩号东皋子，是唐初诗人，诗作多以嗜酒为题材。再看一本，居然是唐初僧人王梵志的诗，其诗多入佛语，五代及宋朝极为流行，由于没有诗集传世，明清时已难得一见。再拿一本，为唐朝诗人上官仪的集子，其诗绮丽婉媚，时人多效仿，称上官体，又归纳六朝以来诗歌中的对仗方法，对律诗的形成颇有影响。

老妇人沉静地发话说："不用多看了，本本都是这样。这几箱子都是宋人集的唐人诗作，有好几十位的呢。"

踏破铁鞋无觅处，得来全不费功夫。这正是曹寅耐心寻访多年的书。

他掸掸手站起来，平息了一阵喘息，方挥指着说："如果这几箱唐人集我全都要，你打算卖多少银子？"

老妇人沉吟了片刻，向后一招手，丫环把她搀扶起来。丫环弯下腰，给她轻轻地捶背，她微眯着眼享用着这阵快意，缓缓地说："卖多少银子就难说了。逝者生前留下话来，碰到懂板眼的了，这套宋版唐诗全部赠送，一个子儿不要；碰上那不懂板眼的，给多少银子也不卖。老妇不知道你是何方人氏，更不知道你的学问如何。"

曹寅笑了笑，说："刚才我就认出您了，您是徐尚书的遗孀。我的挚友纳兰性德是健庵老先生的入室弟子，我虽然未曾就学于健庵老先生，但看过老先生不少书，且算半个弟子吧。"

老妇人问："你是什么人呀？"。

曹寅说："在下是江宁织造曹寅。"

老妇人的头向后微微一仰，"我说怎么看着面熟呢。亡夫在世时，我们曾经到府上拜访过，乾学还作过楝亭诗呢。"

"记得记得，'涓埃岂云报？感恩泪盈把！'健庵先生的楝亭诗句至今在耳畔回荡。"曹寅伤感地说。

老妇人顿时黯然。"好一个'涓埃岂云报？感恩泪盈把！'乾学对皇上一片赤心，却被满大臣中的朋党奏劾得一败涂地。"

曹寅无力地安慰着她："皇上知道健庵先生的拳拳赤心。"

这句应景的话却发挥了奇效。

老妇人用掌边揩揩流出的老泪，爽快地说："这样吧，既然你是曹玺老织造的后人，还是当今织造，以集楝亭诗而名重一时，乾学留下的这些宋版唐诗，你就全都拿去。乾学在天之灵如若有知，也会认为我送对了人。"

曹寅急忙推辞："岂敢岂敢"。

老妇人正下脸来，嗓门随之亮堂起来，"话还没说完，你不要推三推四的。这些宋版唐诗可不是白送的。乾学生前有集唐诗之愿，可惜未能如愿。你如果拿了这些宋版唐诗，当实现他的遗愿才是。"

曹寅涨红了脸，木讷地说："实不相瞒，晚生也暗自有此愿，企图凑出全唐诗。遍访唐诗，正是在做准备。"

一丝笑意爬上了老妇人的面庞，"这么说我是找对人了。"

她回头对丫环说："走，咱们回家。"

曹寅愣了一会儿，追上去说："徐夫人，一两天内我让人把银子送到府上。只是这批宋版唐诗为无价之宝，不知道当送多少两银子。"

老妇人步子没有停，边走边唠叨着："你是聋了还是瞎了，我早就说过，我是代乾学找人呢，遇上懂板眼的，一个子儿不要。"

曹寅一个劲地嘟囔："那怎么行呢，那怎么行呢。"

老妇人收住步子，转过身来，眼中闪出笑意，并起两个指头，封住了他的嘴，朗朗说道："别嘟嘟囔囔的。你的银子先收起来，让我告诉你用到哪儿。如果你真要集全唐诗，这几箱子唐人诗远远不够，还要接着购书。不要像没头苍蝇一样在坊间瞎碰，不妨到浙江海盐胡震亨的遗属那里碰碰运气。那里才是你大把扔银子的地方。"

曹寅眨了眨眼，"浙江海盐……胡震亨。"

顺治初年八旗兵留驻京师，二年派八旗兵驻扎外地，为驻防旗兵之始。后陆续在各要地增派驻防，各设将军、都统、副都统、城守卫、防守卫等官，统帅所属旗兵，分别防守各地方。康熙间全国共设十三个将军衙门，治所分别是盛京、吉林、黑龙江、绥远城、江宁、福州、杭州、荆州、西安、宁夏、伊犁、成都、广州。将军为旗兵最高长官，从一品，实权不如总督，地位高于总督，与加尚书衔的总督同称封疆大吏。

江宁将军衙门兼辖京口驻军，共有满洲官兵六千三百多人，人数尽管不多，但比汉人组成的绿营兵压秤得多。它位于江宁西门堂子街，是森严壁垒之地，十八般兵器在大堂中一字摆开，进进出出的人长相和神情都差不多，与脑瓜一样粗的脖子、阔肩膀、粗胳膊，多少都有些罗圈腿，显然是长期骑马所至，无论走到哪儿都是爷，表情一般都是横眉立目的，说话大嗓门，像是吃了枪药似的。

东南文化是纤巧的、细腻的，而且有些儿女情长。正由于此，江宁将军衙门是整个江南最没有女儿腔、最混最鲁的地方。但在康熙四十三年春的一天，这里的整个气氛变了，不仅张灯结彩，团花似锦，喜气洋洋的，而且平添了些许温馨气氛。

原来是大戏剧家洪升先生来到江宁。江宁织造曹寅听说后，立即拜访了这位大师级人物。不仅如此，曹寅还提议，乘着洪升在江宁，组织演出洪升名剧《长生殿》全本。至于在哪里演出，江宁将军衙门是在明朝王府的基础上改建的，拥有整个江宁最好的戏台，曹寅亲自出面与江宁将军联系，并获准在将军衙门大戏台演出。

当天下午，那些舞枪弄棍的官兵都躲开了，腾出一块干净地方给文人雅聚。

洪升在曹寅、宋荦的陪同下来到将军衙门。

洪升穿着一般，中等个头，长相儒雅，淡淡的眉毛，鼻梁笔直，不大不小的眼睛散发着温和的光泽，整个表情不仅没有一点狂放，反而藏着说不清道不明的愧疚，仿佛对整个人世抱有某种歉意。

他生于顺治二年，这时整六十岁。浙江钱塘人，少时家道中衰，后为国子监生，一干就是二十年，曾经师从名士毛先抒等，并且向施闰章、王士禛学习诗文。他的戏剧代表作是《长生殿》，与戏剧《桃花扇》的作者孔尚任有"南洪北孔"之称。

长生殿是唐朝的一座宫殿名称。唐明皇李隆基与杨贵妃（名太真）在里面演了段好事。白居易《长恨歌》中吟道："七月七日长生殿，夜半无人私语时"，使得长生殿名声大噪。老槐树的叶子绿了又黄了，飘落下去又生长出来，上千年时光流淌过去，入清，长安城那座砖目结构的殿宇早就没有踪迹了，国子监生员洪升却有感于这段掌故，以《沉香亭》传奇，后更名《舞霓裳》，再更名为《长生殿》。《密誓》是《长生殿》中的一折，集中写杨贵妃的顾虑，眼下虽然蒙陛下宠眷，"只怕日久恩疏"，"恩移爱更"，"魂消泪零，断肠妄弃红颜命"。一句话，她怕李隆基玩儿腻味后抛弃她。李隆基为打消她的疑虑，信誓旦旦地表示："在天愿作比翼鸟，在地愿为连理枝"，"有渝此盟，双星鉴之"。尽管有一番海誓山盟，事情的发展却不尽如人意。安禄山以"清君侧"诛杨贵妃的哥哥杨国忠为名目，发动叛乱，唐明皇携杨贵妃离开长安，西逃入川。走到马嵬坡，禁军哗变，杀杨国忠。这还不算完，禁军将领请求杀杨贵妃以谢天下。这是全剧的高潮。唐明皇经过反复权衡，只得抛弃杨贵妃，令其在马嵬驿佛堂自尽。

《长生殿》中有情，有荷尔蒙，还有血光，具备了戏剧要素，但充其量是一声长长的叹嗟，是《长恨歌》的一个并不意味深长的注脚。这出戏曾经深得玄烨喜爱。洪升本来可以吃一辈子，却有些不识抬举。

康熙二十八年七月，皇后佟佳氏崩，谥孝懿。十月孝懿皇后葬于遵化东陵。这一百天之内禁止军民举行喜庆活动，但在解禁前一日，洪升麻痹了或者干脆算错了日子，稀里糊涂地在家里组织演出《长生殿》。

不少官员听说后，兴致勃勃地带着酒肉前往观看。这种举动被人参了一本，由于触犯禁忌，洪升本人被除学籍，戏班子以及在场观剧的朋友都遭到轻重不同的惩处，有的翰林被辞退。时人有诗曰："可怜一曲《长生殿》，断送功名到白头"，就是说的这件事。

曹寅是如何与洪升结识的，已难以确考。他们结识的途径很多。比如洪升曾经是王士禛的学生，而曹寅也与王士禛有忘年之交。当然，更大的可能是，曹寅本人也是一位戏剧家，加上都在江南，二人之间很可能是通过同道而成为挚友的。

《楝亭集》中有一首曹寅赠与洪升的诗："惆怅江关白发生，断云零雁各凄情。称心岁月荒唐过，垂老文章恐惧成。礼法谁尝轻阮籍，穷愁天亦厚虞卿。纵横捭阖人间世，只此能消万古情。"从语气来看，像是洪升落魄之后，曹寅安慰他的。

自从赴任江宁，曹寅除了继续与姜宸英、尤侗等唱和，又迷上了戏剧。也许他对戏剧迷恋既久，但动手写剧本却出于一个偶然机缘。据宋荦记载：李自成在陕西米脂起兵，县令边长白的幕府掘李自成祖坟。边长白作《虎口余生》叙其事。曹寅填词五十余出，从李自成在陕西起兵至明末北京之变，极其详备。笔下的李自成农民起义军充斥着粗俗而强劲的欢乐和喧闹，把这次农民大起义诬蔑为残酷的壮举。曹寅身为"贰臣"之后、清廷鹰犬，对他不能提出过高要求，他的层面不可能突破钦定的底线。他写的另一出戏是《后琵琶》，写曹操起兵讨伐董卓，至铜雀台大开盛宴。用蔡文姬故事为曹操翻案。曹操是安徽亳县人，亳县古称谯国。楝亭诗中屡屡提到谯国，如"谯国一家光黼黻"，"只为曾沾谯国泪"等等。可见曹寅时时流露自己是曹操后代。当然，辽阳曹氏绝非承自安徽亳县曹氏，曹寅这种情绪来自于对"贰臣"身世的反感，表明曹家是中原的久远氏族，从而对曹家的满洲旗籍有意淡化。

曹寅的戏剧创作水平如何得单说。但他的笔下有股子霸气，行文纵横捭阖，左右开弓，刀起刀落，毫不容情。他对戏剧行当的这两次客串，却也使得他步入了江南戏剧家的行列。

这是江宁的一次难得的聚会，江苏巡抚宋荦与江宁织造曹寅都是当地闻名的文人官员，会见的是江南的头号戏剧家。尽管当时洪升的名气像越撕越薄的皇历般贬值，但在江南文人中也不能不说是盛事、幸事。

一顿丰盛的晚宴之后，在江宁将军衙门中的大戏台上，大戏开场了。

《长生殿》是传奇。所谓传奇并非今日所说的传奇故事，而是明清以唱南曲为主的一种戏曲形式，是宋元南戏的发展。戏班子是曹寅临时凑起来的，他不惜高价，从江宁戏班子借用了几十位唱工不错的女优，让她们抓紧准备，仓促排练了几天就上阵了。

巡抚宋荦离开之后，据记载，这场大戏真正的观众只有两个人，即是洪升与曹寅。他们并排坐在大戏台的面前，每人面前一张桌子，桌子上面放着摊开的《长生殿》脚本，边看戏边翻阅脚本。其余观众则是将军衙门的官兵，他们整齐地坐在桌子两旁，而且一律携带兵器。

全本《长生殿》要演三天，一口气看下来，在精神上、体力上都是一场考验。而他们两人却看得津津有味，每折之后稍停一会儿，对照脚本讨论几句，所谓"两公并极其兴赏之豪华，以互相引重"。

所谓"凡三昼夜始阕"。十几位女优尽管轮班倒，三天唱下来，也早已是精疲力尽。而曹寅与洪升三昼夜看下来，精神上、体力上都早已严重透支。当最后一支唱腔结束，最后一阵丝竹锣鼓完毕，曹寅拼着余力，上台依次给女优和乐班子颁发赏银，洪升却在台下哭了。

《长生殿》既是洪升十多年的心血结晶，也是他的一场噩梦。自从他在孝懿皇后丧葬期间演这出戏而被除学籍，十多年来，他几乎不敢想这出戏，就更别说看了，而这次曹寅却让他一次看了个够，重新大大地过了一遍戏瘾，他在恍惚间非常知足了。

当年是洪升的六十寿辰。他暗自猜测，曹寅是用这种方式为他祝寿。尽管曹寅不愿意说出来，但就是这么回事。想到这儿，他感激得惶惶然，待得曹寅下台回到桌子旁，他从怀中掏出一个小布包。

小布包在桌子上面展开，里面是一方不大的砚台。

曹寅惊讶地看了看，这方砚台似曾相识，好像在哪里见过。

他拍拍脑门，猛地想了起来，几年前在扬州史可法墓地旁边的梅花岭大土阜上，见过石涛使用的正是这方砚台。哎？它怎么落到洪升手里了？洪升把它放到桌子上为何意？

洪升不大的眼睛中闪烁着诡秘的笑意，把砚台向曹寅推过去，说："这是石涛不久前赠送给我的。是一方难得一见的好砚台。现在且算我借花献佛，将它赠送于我的曹老弟。"

曹寅连忙推让："这么大的礼品我可不敢收。"

洪升的语气十分坚决："曹老弟是不收也得收。"

曹寅再度推让："这么大的礼品我本来就不能收。再说这是大涤子先生赠送给你的，小弟我更不能收"。

洪升的口气转而哀惋起来，"大涤子将它送给我时，曾经提到曹老弟在梅花岭见过它，并且十分喜爱。这方砚台的确是个好东西，但是于我已然没有用了，只得转赠一个有用之人。"

曹寅听着话音不大对劲，而那种凄惶的语气则令人不安，连忙问："先生来日方长，这么好的东西怎么于先生无用了呢？"

洪升愈发凄惋起来。"连续三昼夜，重温全本《长生殿》，最后的愿望足矣。满人间都没有什么可恋眷的了，又何在乎一方砚台？"

言毕，他双手抱拳，深弯腰作了个长揖，而后像阵风一样飘然而去。

几天之后传来消息，洪升在江苏吴兴乌镇投水身亡。

听到消息，曹寅捧着那方砚台，心中的痛楚自不消说。唯一令他稍感慰藉的是，他毕竟抢在洪升弃世之前办了一件事。洪升在江南士人中的威信很高，因在孝懿皇后丧葬期间演《长生殿》而被整了个稀里哗啦，令江南士人不服，不少江南才子为他鸣冤叫屈。曹寅破费大宗银子，拿出大块时间，借用江宁将军衙门大戏台，陪着洪升看完全本《长生殿》，实在是安抚之举。而此举的确起到了安抚作用，不少人为此舒了一口长气。而这点，是钻在书斋中的洪升至死也不可能明白的。

五、南巡途中－苏州虎丘－剑池

康熙四十四年初春，康熙皇帝第五次南巡。

史载，二月初九，康熙皇帝在太子等扈从下离开京城，第二天在张家湾登舟南行，路上有所滞留，十七日方到天津，二十二日进入山东境内，未到济南、泰山，而是乘船直接抵达黄河与大运河交口的清河县，视察河工。然后到扬州，三月抵达江宁，以江宁织造府为行宫。三月十四日，曹寅陪玄烨游瓜洲金山寺，进献古董。玄烨兴致高，亲自书写了一副对子送他。三月十八日，玄烨巡幸苏州城郊的虎丘山。

路面有一层新垫的黄土，从苏州通往虎丘的道路仍然不大平整，坑坑洼洼的。几匹马跑过去，马蹄把新垫的黄土掀起，露出原有的路面。

接着是一个整齐的大马队跑过，杂乱的马蹄声中，仿佛地在震颤。数不清的疾驰的马蹄把潮湿的黄土成片地掀起，扬起一片土雨。马队的后面，高大的车轮驰过路面，在密密匝匝的蹄痕上压过清晰的车辙。连续过去几辆马车后，又是马队，疾驰的马蹄再度扬起一片片土雨。

虎丘在阊门外山塘街，距苏州城七八里地，原名海涌山，它高不过十余丈，方圆不过二百余亩。春秋末年，吴王夫差葬其父阖闾于此。相传葬后三日"有白虎踞其上，故名虎丘"。历经后世整治，虎丘在唐宋时进入全盛时期，唐朝大诗人白居易在担任苏州刺史时几乎每月必游虎丘，所谓"一年十二度，非少也非多"。南宋年间，虎丘寺院规模宏伟，琳宫宝塔，重楼飞阁。但在历史上虎丘数度被毁，毁了又建，建了又毁。

至入清，大名堂已所存无多，尽是些小玩闹，如憨憨泉、真娘墓、白莲池、孙武子亭、二仙亭、冷香阁、致爽斋、小吴轩、拥翠山庄等等。大名堂只有剑池和剑池旁的生公石。剑池不大，它的底下却埋藏着一段有滋有味的历史。

南巡途中，规矩没有京师中那么大。康熙皇帝，这时年龄五十开外，一顶华盖下，身披黑色大氅走来，余人在后跟随。

中国历朝帝王的人品，一般说来，从开朝到亡朝呈下滑曲线。大凡开国皇帝，多是覆灭前朝的战争中杀出来的枭雄，大智大勇，喜怒无常，霸气十足，胸襟广阔，敢想敢为，绝少风花雪夜的成色，即便荒淫，也是汪洋恣肆，倒海翻江，绝少卿卿我我、缠缠绵绵，或许压根不懂这套。这种性情直接影响到下一两茬皇帝。但在大政甫定后，往后的皇帝们精神松弛下来，追求享乐，英雄气短，儿女情长，整个人品也越来越柔腻以致孱弱。帝王人格的下滑，直接影响到军心民气。明朝，这种趋势特别明显。

清初也呈现出这种趋势。清朝定鼎中原，第一代实际掌权的是摄政王多尔衮。这个军阵中杀出来的英雄十分了得。玄烨是定鼎后的第二代皇帝，虽然注重学问，认真学习代数、平面几何，还对戏曲有研究，但骨子里是个射虎杀熊、呼啸四野的猎手，平定三藩后更是透着一股子威镇三军的肃杀之气。清初，八旗刚从白山黑水间打入关内，热血征战之气未脱，茹毛饮血之习未改，冰河铁马每每入梦。这种境界使得八旗军汉天然喜好大模大样、浑然天成的事物，喜作大江东去之状，固然喜欢昆腔，却对吴越之地娘娘腔的小玩艺儿瞧不上眼。玄烨此番游虎丘，对那些小亭小阁小泉小轩全然没有兴趣，是直奔着剑池去的。

玄烨步入云岩寺二山门，这座山门的大梁不是一根整木，而是在中柱的两侧各安二根月梁，又称"双梁殿"。允礽与弘晳紧随其后。

允礽的个头比其父略高些，身架也略微魁梧些，长相略微得体些；而他的儿子弘晳，这时还只是个小不点儿。

近年来，玄烨无论是南巡还是北狩，几乎每次都带着允礽，让他见识各地风情，也让各地官员见识一下他。允礽明白皇阿玛的用心，总带着弘晳出行。弘晳是他的次子，却是嫡福晋石氏第一胎，即他的嫡长子，特别得到关爱。这孩子才及十岁，长得白白嫩嫩，粉得噜儿的，一看就是家里的宝贝疙瘩。允礽有想头，一旦承袭大统便立弘晳为太子。

祖孙三代都披着个黑色大氅，足蹬马靴，长相也大有相似之处，像是一个模子里扣出来的，只不过一个比一个小一号。

三顶华盖，三件黑色大氅在微风细雨中飘然行走，跟随在后面的是两部分人，一部分是穿官服的当地官员，另一部分是穿"八团褂子"的官员家的女眷。"八团褂子"是那时的礼服，肥袖对襟，半长过膝，褂子前后有八个彩线绣成的圆形花纹。

玄烨抬头远眺，云岩寺塔在江南三月的朦朦烟雨中若隐若现，清冷孤寂。云岩寺塔俗称虎丘塔，落成于北宋年间，八角形七层，自南宋后屡遭火灾，顶部和各层檐均毁坏，塔顶铁刹不存，仅存砖砌部分。玄烨撩了几眼塔影，继续前行，来到剑池前站住了。

阖闾陵墓在池下。为修建这座陵墓，征调十万民工，使大象运土石，穿土凿石，积壤为丘，历时三年方成。墓葬"铜椁三重，倾水银为池，黄金珍玉为凫雁"。后世见不到陵墓，只能见到长方形剑池，清泉一泓，深达数丈，两崖划开，峭壁如削，藤蔓披拂，一桥飞架，景色幽森。

允礽与弘皙随后也来到剑池前。祖孙三代在这处牵动着历史的古迹前，带着不同的心思观赏着。这一幕是可遇而不可求的。如果历史按照眼下这个样子平滑地发展，此刻站在剑池前的就是时下与将来的三代帝王，中国今后几十年以至上百年的大事情将由这仨人说了算。

簇拥在他们身后的官员们意识到了这点，不由窃窃私语起来。一个花白胡子、七十开外的老者伸出鸡爪子般的指头指点道："圣上，太子、太孙同在剑池畔，此乃剑池两千多年来未遇之景象。实为剑池之万幸，虎丘之万幸，苏州之万幸。"

他把音调掌握在一个不高不低的分寸上，既像是在同僚间私语，又恰好能够被皇上听见。他身旁的同仁莫不点头称是。

花白胡子是熊赐履，字敬修。湖北孝感人，顺治进士。康熙初上疏指斥鳌拜专权，得到玄烨赏识。鳌拜败，充经筵讲官，授英武殿大学士，兼刑部尚书。他以治程朱理学为朝中大儒，建议"非《六经》《语》《孟》之书不读，非濂洛关闽之学不讲。"曾担任玄烨师傅，后来又任允礽师傅，并和允礽为忘年之交。头些年因年事已高，离京退职，没有回孝感老家，而在江宁终老。此次玄烨南巡，特意命他赶到苏州作陪。

玄烨听到后，回转身来招呼道："敬修，又在转什么文呢？过来，给朕讲讲剑池的掌故，捎带着让这两个东西也听一听。"

熊赐履紧捣几步赶过来，微喘着就要下跪。

玄烨南巡并不松心，他得到密奏，江南部分官员趋附太子。太子即位之前就拉帮结派，无疑是对皇权的威胁。一件轶事是，玄烨在江宁特意和太子过去的师傅熊赐履谈了次话。谈话中，他问李光地学问如何？李光地曾协助收复台湾，任直隶巡抚颇有政绩，校理编辑的理学著作有《周易折中》《御纂朱子大全》等。熊赐履回答说，李光地不懂星相。玄烨一听就火了，当即令熊赐履随他上观星台。山路难走，玄烨气喘吁吁地攀到山顶，通身流汗，面色赤红，掉转身，怒气冲冲地问熊赐履："你懂星相吗？"熊夫子没想到皇上在这里等他，顿时傻了。玄烨怒气未消，传跟随南巡的钦天监上山。这位钦天监在织造府里喝了些酒，醉醺醺的，急匆匆驰马上山，晕晕乎乎到了山上，一头掉下马来，竟然摔死了。玄烨以为只是摔昏了，吼道："用烧酒灌！"还是侍卫凑到他耳边说："钦天监已经死了。"事情这才算完。

玄烨见熊赐履欲跪便挥了挥手，"免了免了。朕能够认识几个臭字，太子肚子里盛了点墨汁，还不是你手把手教习出来的。当是太子行师生之礼才是。"

允礽即刻行了个"半截子揖"，即双手抱拳，腰却不向前哈，仅是点到为止。"学生向先生请安。"

即使这样，老夫子也已高兴得绽出笑容。

碧绿的剑池倒映着玄烨祖孙三代的身影，随着水波微微晃荡着。

熊赐履咳嗽两声，清了清喉咙，说："这是春秋末吴国君阖闾墓葬所在。阖闾名姬光，派专诸刺杀吴王姬僚，而留下鱼腹藏剑之典。阖闾取代姬僚后，任用伍子胥和孙武，即写下兵法十三篇的孙子，与谋国事，大举伐楚，破楚国都城郢。如果不是秦国发兵救楚，偌大的楚国怕是已成为阖闾的囊中之物了。后来阖闾在浙江嘉兴西南被越王勾践打败，受重伤而死，葬在了这里。"

老夫子一口气说完，累得直喘。

玄烨直视着他说："既然阖闾安葬在这里，朕怎么看不见陵墓，陵墓在哪儿呢？"

熊赐履指着剑池说："据史籍载，就在这底下。"

玄烨不以为然地摇摇头："陵墓在池塘之下？恐怕后人是牵强附会，说说而已。"

允礽上前一步插话说："皇阿玛，的确如此。明代正德六年，剑池干涸了，在池底下见到了吴王阖闾陵墓的墓门。苏州的风流才子唐伯虎对此事曾有记载。"

玄烨看看，"你知道的事情还不少嘛。"

允礽听不出话中的讥讽，反倒来了情绪，"还有，剑池的前身是冶炼宝剑的淬火之处。吴国以冶炼宝剑著称于世，而又在吴王阖闾时最盛。干将与莫邪是一对夫妻，工于铸剑，曾经为阖闾炼就雌雄二剑。由于阖闾生前爱剑，下葬时将专诸、鱼肠等三千把名剑随葬。"

熊赐履高兴得满面放光，"大阿哥到底唧登嘎登，满腹经史，说得好！皇上圣明，太子英明，真真我大清王朝之幸事。"

玄烨重复着这句话，"皇上圣明，太子英明……嗯？"

他脸上现出愠色，"朕的'圣明'和太子的'英明'倒是一脉相承嘛。"

熊赐履没有听出皇上的不满，反倒随声附和："正是，正是。"

玄烨拉下脸来，"朕问你，是谁把阖闾葬在这里的？"

熊赐履不安地揣摩着皇上的神色，回答说："他的儿子姬夫差。"

玄烨背着手踱开去。"吴王夫差是什么东西？他即位后，教人耳提面命，誓报父仇，一时打败越王勾践。但越王勾践从浣纱村找了个西施姑娘献给夫差。夫差被这个祸种小妖精哄得忘乎所以，好端端的吴国被越国所灭，夫差在姑苏自刎而死。熊夫子，是不是这么回事？"

熊赐履赶忙回道："圣上所说丝毫不差。"

玄烨猛回身，"史迹在眼前摆着，这剑池是阖闾安葬之地，那边苏州是夫差自尽之地。阖闾是一代枭雄，他的儿子夫差是个混吃等死、误国亡国的混帐！吴国这茬君主倒是'圣明'，他的儿子'英明'吗？"

熊赐履被臊了个大红脸，搓着手说："阖闾与夫差是两千多年前的人，微臣所说圣上与太子乃今人，二者不可同日而语，更不可比附。"

玄烨的嗓门突然放高了："你们这些夫子，天天说要以史为鉴，吹气冒烟儿，一套一套的。可到了当真要从史迹中引发警策时，又说史迹中的事情不可为当今借鉴。怎么不能比附？在场的谁敢说，有朝一日朕巴达仓了，本朝不会出夫差那样的人！"

在场的人都听得出来，这话是冲着谁去的。

熊赐履急忙劝慰道："圣上远虑啦，太子被册立已经三十年了，这三十年来，太子深孚众望，是有目共睹的。"

玄烨没好气地看了一眼，"骨血儿关着，谁家儿子谁自己清楚，朕比你清楚他的成色。"

熊赐履一时不知该说什么好了，嘴唇直哆嗦，就是说不出话来。

对于皇阿玛如此不留情面，允礽倒挺大度。他对玄烨说："儿臣明白皇阿玛一番苦意，是怕江山毁在混帐小子手上。京师有句老话说，'茶吃后来酽'。简短些说，皇阿玛往后就瞧好吧。"

这话听着还舒心，玄烨从鼻腔里长长地吁出一股气。

康熙皇帝对大清王朝江山怀着深远的忧虑，担忧努尔哈赤的后世子孙保不住始于白山黑水间的伟大基业。他执政时没有外患，平定三藩，四海升平，外邦只在东南沿海贸易，远远构不成威胁。而他却宣谕群臣，大清今后的威胁主要来自"西洋诸国"。后世整理史籍时，往往惊讶于他的敏锐直觉。这个判断如鬼使神差般准确。这是对外。对内，他的主要顾虑是，满洲之所以能定鼎中原，实在是仰赖于精气神儿，而在没有战争时，八旗昔日笑傲江湖的锐气很容易被磨秃，宗室和八旗子弟一代不如一代，士气越来越消沉，与"宵小匪类"混淆在一起，混迹于声色犬马，以致江山一点一点地从手指头缝间流逝。

既然有这方面的担忧，他对太子的人品就分外上心。这些年来越来越让人不放心，那些善于阿谀的官员围着太子形成了圈子，其势汹汹。他对太子结党保持着极大的警惕，看出这小子的人品不怎么样，勒索钱财和奸淫民间良家女子之类事，时有耳闻。长此以往不得了，把江山交给这个混球，非得毁了大清基业。玄烨不是没有废除太子之心，但太子立了三十年了，不是能够随便拨拉下去的，再说废了后立谁，也吃不准，眼下只好将就着，看这小子能不能幡然改悔。此次游虎丘，本意就是拿春秋末年的吴越的掌故点拨允礽，刚才表示"茶吃后来酽"，也算是听出了点意思。

剑池旁有一块硕大无比的巨石，玄烨背着手慢慢地踱上去，看着脚下的巨石，沉思间唤了声："李煦。"

李煦匆匆过来，"奴才在。"十多年过去，他的瘰咕脸儿更瘦了。

玄烨见到李煦后，脸上绽出笑纹，随和地说："你是苏州织造，当知道苏州地面儿上的事情。这块石头有什么讲头吗？"

李煦谦恭地答："这块石头叫生公石。由于它太大，号称上面能站立近千人，因此当地又叫它千人石。"

玄烨咀嚼着石头的名称，冒了一句："朕有话要说。"

陪同的官员和眷属赶忙忽啦啦地跪下，登时跪倒一大片。

玄烨抬抬手，"平身。山野之地就别来那些纲常礼路了。"

他再看生公石，"自打盘古开天辟地，就有了这块石头，代代王朝兴衰，包括阖闾与夫差那些事，它全看在眼里，记在心里了。朕以为，虎丘山石是王朝兴废的见证，也是警策江山易手的信物。众爱卿们以为如何？"

官员们面面相觑，有人从背后拽拽熊赐履，意思是这里就他学问大，让他回答。

熊赐履推让不过，只得惶然地说："微臣不解，生公石和这些石头都没有灵性，它们怎么能见证王朝兴衰呢？"

玄烨目光冷峻，"谁说石头没有灵性？虎丘山的石头是有灵性的。谁能说出来，虎丘山的石头为什么是有灵性的？"

官员们再度推搡熊夫子。

老头推让不过，摇摇头说："不知道。"

玄烨催问："谁能说上来，虎丘山的石头为什么是有灵性的？"

静默的人群中爆出一个声音："微臣略知一二。"

应声的是个四十多岁的官员，大长脸像驴脸，身材瘦高细挑，像大麻杆儿。

他走出人群说："晋代《莲社高贤传》中有云：道生法师入虎丘山，把山石收为徒弟，向它们讲述《涅槃经》。由于道理讲得透彻，山石皆点头。由此引出顽石点头之典。虎丘山石既然能听懂佛经，当有灵性；虎丘顽石既然有灵性，自然可为王朝兴衰见证。"

玄烨点了点头，"正合朕意。你是什么人？"

没待那个官员回话，一个二十来岁的年轻人赶上几步，俯在玄烨耳边说："他叫陈鹏年，是江宁知府。疏浚漕运河道系此人所为。"

　　年轻人是皇十三子允祥。他生于康熙二十五年二月，现年刚满二十岁。母亲为妃子章佳氏。他的长相与允礽差不多，没有允礽英俊，轮廓更粗一些，显得少年老成。在诸皇子中，他并不被玄烨看好，玄烨也很少带他出门。这次南巡再不带他有点说不过去了，才勉强带上他。

　　玄烨看看陈鹏年，向允礽喝道："听到没有？等朕蹬腿儿之后，你要是干得不怎么样，把祖宗的基业给毁了，虎丘顽石一笔一笔地都给你记着账呢。回銮！"

六、江宁织造府－江宁织造府内跨院

　　玄烨在苏州滞留了四天，于三月二十二日回銮至江宁。两江总督府组织数万军民在沿途欢迎车驾，直至把皇上迎进江宁织造府。当日，曹寅忙于筹备进宴、进戏、到织造机房参观匠人机织事宜，太子却兀自派人把他叫走了，要拿他问罪。

　　江宁织造府的一个跨院，静悄悄的，只闻几只燕子的呢喃。它们在正房的屋檐上下翻飞，显然那里有个燕子窝。正房内异乎寻常的安静，酝酿着不安的空气。

　　允礽紧绷着脸，脖子一拧，乌油油的大辫子甩到胸前，怒气冲冲地向下看着。

　　地上一溜跪着三个官员。居中的是两江总督阿山，他一脸横肉，很是肥壮；阿山的右边是苏州织造李煦，左边是江宁织造曹寅。

　　允礽背着手来到一张大理石面的书案前，上面堆满了大大小小的锦盒。他扭脸道："江宁织造曹寅——"

　　曹寅赶忙答："奴才在。"

　　允礽问："这些是准备用来干什么的？"

　　曹寅直起身子，像背课文般答："是江宁织造署为老主子准备的礼品，计有仇英山水一轴、朱锐《关山车马图》一轴、董其昌字一轴、赵伯驹《仙山逸趣图》一卷、李公麟《周游图》一卷、沈周山水一卷，还有宋代钧瓷瓶一个、定窑水注一个、窑变水注一个、汉代笔架一座、汉代玉镇纸一方、太极图端砚一方、程君房墨二匣、桑林里墨二匣、吴去尘墨二匣。"

　　允礽问："就这些？"

曹寅答："还有几杆竹子，是老主子吩咐给昆曲戏班子制箫用的。"

允礽的眼中含着讥讽的笑意，"就没有孝敬我的？听说不久前写戏的洪升赠与你一方端砚，能不能赏识一下呀？"

曹寅从多宝格上小心翼翼地拿下个锦盒子，打开后双手捧着递上去，"都知道太子有学问，写得一笔好字。太子如果看得上就拿去用吧，祈愿它助太子的笔力更加长劲。"

这方端砚不大，色青紫，纹理细腻，样子普通。拿过来，随意在掌中把玩着，嘟囔着："是老坑的还是新坑的呀？"听口气他挺在行。

曹寅答："洪升赠与时未曾明说，据臣判断当出自宋徽宗年间的下岩老坑，石质为鱼脑冻。由于这方端砚如油脂般润泽，又称脂砚。"

清代的行家最讲究出自旧坑之物，对新坑所出则另眼相看。但旧坑中的石料也有区别，其精者称为"子石"，即一块石料中的精华部分。子石中的上品有青花、鱼脑冻、蕉叶白、马尾纹等。

允礽以行家的眼光翻来覆去地看了看，说："果真是鱼脑冻。"

曹寅提示说："请太子留意上头的'眼'。"

允礽不耐烦地说："看见啦，倒是有几个眼。但有眼也不见得是好砚。京师琉璃厂古董铺的行家说，眼有活眼、泪眼、死眼之别。圆晕相重，黄黑相间，谓之活眼；四旁浸渍，不甚鲜明，谓之泪眼；内外皆白，殊无光彩，谓之死眼。这上的眼嘛，倒算得上是活眼。"

端砚以眼为贵，其上的眼仿称为"八哥眼""雀眼""鸡眼""猫眼"等。什么样的眼为好，古人的说法并不一致。是宫里抡打出来的玩儿家，有自己的一套看法，一般东西糊弄不住他。

阿山阿谀地补充说："您瞧瞧，宋徽宗时的东西，鱼脑冻的材质，上面又尽是活眼，不能不说是端砚的上品了。"

李煦不满地说："岂止是上品。在洪升先生之前，这件东西是大涤子的，大涤子转赠洪升，洪升临死前转赠曹织造。由于是这么个来历，这方砚台在江宁颇有名气，当地官员想看一眼都难。"

允礽对它重视起来，随意问："又是大涤子又是洪升的，是那个画《对牛弹琴图》的苦瓜和尚吗？"

李煦说："就是那个苦瓜和尚。眼贵有睛，端砚讲究眼越大越好，越圆越好，越多越好。曹织造献给大阿哥的这方脂砚，几样都够格。而最讲究的是眼的排列，如果赶巧排列出叫得上名的形状了，则是极品。请大阿哥留意墨池中七个活眼的排列。"

允礽仔细看看墨池，只见七个活眼排列成一个长把勺形。

曹寅提醒道："它们的排列近似天上的北斗七星。自唐朝开采斧柯山以来，这种材质的端砚不会超过三五方，的确是端砚中的极品。"

允礽猛然间绷起脸来，"说起端砚来，一个个说得还挺有兴致。说够了吗？找你们来，是谈这个狗屁脂砚的吗？"

三个人登时惶然起来，不约而同地把头伏下去。

允礽说："苦瓜和尚大涤子，人所俱知，老家伙对大清恨之入骨，至于写《长生殿》的那个老家伙居然投水自尽，亦是在发泄对大清的怨愤。什么上品，什么极品，什么脂砚，本太子都没有兴趣。它不是七个活眼吗，咱让它变成八瓣儿怎么样。"

说到这儿，允礽脸色刹那间阴沉下来，接着腕子轻巧地一抖，脂砚打着旋飞了出去。啪哒一声，脂砚在地上结结实实地摔成两半。

三个人身子不敢动，却无以抑制地哆嗦起来。

允礽发威地立起双目，剑眉直竖，吼道："下贱奴才，苍不郎子，在这儿糊弄谁呢，本太子是你们糊得了的吗！"

三个人边磕头边连声说："太子息怒，太子息怒。"

允礽身子一蹴，轻巧地坐到桌面上，并起剑指喊道："老主子南巡多驻跸江宁织造府。这算个什么地儿，不就是大裁缝铺吗，是皇上住的地儿吗？我头年给你们打过招呼，不能总是胡对付，让你们在江宁修建行宫。老主子来了，行宫在哪儿呢？影儿也没有。老主子走了一路，杭州、扬州、苏州都建有行宫，唯独江宁拿朝廷成命不当回事。我让你们办的事，你们顶着不办，不把本太子夹在眼里，又拿个狗屁脂砚糊弄我。金钩虾米钓鲤鱼，哪儿有这么便宜的事儿。这次断不轻完！"

三个人磕头告饶，"奴才该死，太子息怒。奴才该死，太子息怒。"

允礽跳下桌子说："你们这些下贱奴才的确该死，不给你们点厉害的，你们还不知道马王爷三只眼。本太子这回不论秧子，就抗命不建行宫这件事，要砍个把脑袋才算完。"

君要臣亡臣不得不亡。清朝的官员深知这个理儿。三个人身子一抖，不约而同地直起身来，亮着脖子，一副听天由命的样子。

允礽从他们身前依次走过，戏虐地、甜腻腻地说："仨脑袋，扛在仨肩膀上。你们自己说说，让我砍哪个好。"

三个人谁也不说话。

允礽唤道："那我就点名啦。苏州织造李煦。"

李煦应道："奴才在。"

允礽说："你是在苏州混事由的，江宁地面没你什么事。滚！"

允礽踹过去一脚，李煦被踹了个狗啃泥，连滚带爬地出了门。

允礽喜欢打人是出名的，不少王公大臣挨过他的打。见到大活人的脸蛋，他总是手痒难禁，想抽嘴巴子，而且往往不劳下人动手，喜欢亲自抽。历史不曾记载他是否打过亲王级的人物，反正郡王级的人物有不少被他打得乌眼青，至于朝臣挨他的打更是常有的事。

允礽喝道："江宁织造曹寅。"

曹寅答："奴才在。"

允礽说："你嘛，是内务府派出给宫廷督造衣服的。修建行宫与否与你无关。滚你娘的吧！"给予曹寅同样待遇，允礽也踹过去一脚。曹寅被踹了个趔趄，临出门前看了一眼仅剩的阿山。

屋里就剩阿山了。他挺了挺胸脯，一副豁出去的样子。

允礽笑着拍拍他的头，说："两江总督，算得上封疆大吏，乃江南和江西的父母官，这里面就数你的脑袋金贵，也就你是满大臣。可也就是你难逃干系。拿你可咋办呢？这样吧，给本太子找个不杀你的辙，要不给自己找个垫背的。有合适的吗？"

阿山眨了眨眼，叫道："现成。"

允礽问："怎么讲？"

阿山俯首道："江宁没有修建行宫，实在不是微臣不尽心尽力。自从太子下令建行宫后，微臣不拾闲儿地把这件事记挂在心上，可下面有人不合窑性，愣是顶着不办。微臣几番催促，这个东西插圈儿弄套儿的，诚心磨蹭，以至于一直拖延到如今。"

允礽登时火了。"这个不拉人屎的东西是谁？"

阿山说："江宁知府陈鹏年。"

允礽说："他在哪儿？马上把他抓来。"

阿山脸上现出坏笑。"微臣已经把他押来了，在外头候着呢。"

允礽吼了一嗓子，"带进来！"

话音还没落地，一个人被从身后搡了一把，跟跟跄跄地进门，就势与阿山肩并肩地跪在地上。

允礽摆出威势，不吱声，背着手围着他踱着。

陈鹏年却仿佛不知道害怕，两手撑地，偏着头，有滋有味地欣赏眼前摔成两半的脂砚。

允礽一看他这个样子，气不打一处来，照着他的腔上狠踹一脚，吼道："陈鹏年。"

陈鹏年被结结实实地踹了个狗啃泥，这才醒过闷儿来。"臣在。"

允礽问："你是江宁知府，对吧？"

陈鹏年答："是江宁知府。"

允礽说："既然是江宁知府，江宁地面上的事情都归你管，是不是？"

陈鹏年答："差不多是吧。"

允礽问："'差不多'怎么讲？"

陈鹏年答："江宁地面上的大事还得听总督阿山的。"

允礽问："在江宁修建行宫算大事还是小事？"

陈鹏年答："当然算是大事。"

允礽说："大事听总督阿山的，你这当知府的就可以撒手了？"

陈鹏年答："本官当然不能撒手，也要管。"

允礽说："怎么个管法？你坐镇，总督阿山给你选址、打样、跑腿儿？"

陈鹏年答："不能这么说。选址打样跑腿儿都是江宁知府的事情。"

允礽说："要不，阿山总督给你当和泥小工？"

陈鹏年答："不能这么说。当然是总督阿山坐镇，江宁知府办具体事。"

允礽说："你明白就好。总督阿山是不是令你建行宫了？"

陈鹏年犹豫了一下，答："总督是下令了。"

允礽问："江宁行宫在哪儿呢？"

陈鹏年无言以对。

允礽问："江宁行宫修建了没有？"

陈鹏年急欲声辩，"江宁行宫不曾修建，但那是有缘由的。"

允礽冷冷地说："甭跟本太子扯什么缘由，只回答是或者不是。你是江宁知府，主抓江宁行宫修建，而你没有建。再问你，两江总督阿山是不是你的上司？"

陈鹏年答："是。"

允礽问："他催办的事情你是不是得办？"

陈鹏年答："是。"

允礽问："江宁行宫一事他催办了没有？"

陈鹏年答："催办了。"

允礽问："不止一次？"

陈鹏年答："不止一次。"

允礽问："而你办了没有？"

陈鹏年说："没有办。请太子听微臣辩明缘由。"

允礽依旧平心静气地说："还有什么可听的。两江总督交待下来的事情，江宁知府顶着不办，不管有什么缘由也说不通。"

陈鹏年高声说："事情的原委不是这样的！"

允礽抡起胳膊，狠狠扇过去一巴掌，"我不管事情的原委是什么！本太子只认准一条，由于你，老主子巡幸江宁时没有行宫住，只得驻跸于大裁缝铺。凭着这一条，就能砍你的脑袋。"

陈鹏年搓揉着脸说："您不能不听本官辩明缘由。"

允礽的火气终于蹿了上来，"没有任何缘由比老主子的身子骨重要。事情到了这份儿上了，你一个小不拉子知府还不回脖儿，还在拉硬屎。明着告你，如果因此惹下龙体不舒坦了，你一个脑袋还不行，得满门抄斩！来人，把陈鹏年押下大牢！"

看到两个衙役进门，阿山示意地撞了陈鹏年一膀子。

陈鹏年颓然站起，又恋恋不舍地看看地上摔成两半的脂砚。

允礽注视着他，讥讽地说："脑袋要搬家了，你还挺有雅兴。"

陈鹏年颇为无奈地摇了摇头，"这就是大涤子旧藏后来辗转到曹寅手上的那块脂砚吧？舞文弄墨算得上是本官的一好。近年来，本官对这块脂砚就有所风闻，总想瞧它一眼，可就是一直没有机会，今儿算见识到了，唉，它却摔成了这个样。"

允礽顺着唇边吹出一股气，好笑地说："心疼一下自家脑袋吧，到这份儿上了，就别来那么多雅兴了。"

陈鹏年长了副驴脸，也有老倔驴的秉性，豁出去了，临出门前说："太子，听说您有笔好字，但缺的就是本官这份儿雅兴。本官冒昧地猜一下，这是您摔的吧？"

允礽歪着脖子答了一句："是本太子摔的"。

陈鹏年再次无奈地摇了摇头说："您可真会糟蹋好东西。但好石头是有灵性的，摔了它是会遭报应的。"

允礽愕然，"你敢咒我？"

陈鹏年的长脸上挂着讥讽，"这事儿用不着咒。记得皇上在虎丘山是怎么说的吗？好石头是有灵性的，它什么都记得。"

陈鹏年说完就走了。对于他的话，允礽不得不想想。"好石头是有灵性的。"这句话令他不寒而栗。

喧闹了一阵的房间，到夜晚静了下来。暗夜中，一个人打着灯笼悄悄进来。他蹲下，把摔成两半的脂砚拼在一起。他是曹寅。微风中，灯笼中的火苗跳动着，映照着他的脸。他把脂砚收起时，苦涩地自语道："唉，好石头是有灵性的，摔了它的人是会遭到报应的。"

曹寅不曾注意到，黑暗中有一个人注意到了这一幕。他是允祥。允祥正在院子里散步，听到曹寅这声自语，露出一口白牙笑了。

七、江宁织造府－江宁刑场

次日清晨。江宁织造署的大门口。阿山心神不安地张望等。

不远处，一顶四人抬轿子过来。轿子前十几丈远，两个前导的太监嘴里发出"哧——哧——"的声音走来。

按照宫廷的说法，这叫"打哧"，是皇上出行时才有的特殊规矩。宫廷里甭管什么人，听到这种声音远远的就得回避，回避不开的得面对墙站着，即便是房间里的人听到这种声音，也不能张口说话。允礽这几年来，内心感觉自己跟皇上差不多，在京师他还不敢过分张扬，一旦出了京师，他的胆儿大了，便让随行的太监也在轿子前一路"打哧"。

允礽撩开轿帘出来。阿山忙不迭地迎上去，手上作着切西瓜的动作，说："干嘛非要过老头子，只要太子您发话，奴才这儿咯嚓一下就结了。"

允礽恼怒地斜了他一眼，"你懂个屁！杀一个知府不是闹着玩儿的，必须跟老头子打声招呼。"说完迈进门。

阿山挺着大肚子，颠儿颠儿地跟在后面问："要是老头子不让杀呢？"

允礽步子不停，"那得看话怎么说，只要摸着老头子的脉，一准行。"

江宁织造署的花园在衙署的西部，称为"西园"，里面很是有些景致。江南园林最讲究的是"水局"，主要景点环绕池塘布置。西园的池塘称"西池"，西池边上设有"听瀑""镜中""塔影""钓鱼"等景点，还有座小桥，称"彩虹桥"。

西池畔的主要景点建筑是一个敞厅，称为"西堂"。

曹寅在京师内务府担任郎中时，家中有一处名为"西堂"的建筑，江宁织造署内西园中的西堂是把京师的西堂名称照搬过来的。他喜欢这个地方，闲暇时常在里面休息。出于对京师的怀念，甚至自称"西堂扫花行者"。

江南园林中少不了东南花石堆砌的假山，通常两三丈高，间或堆砌一个山洞，里面是层层石阶，从山脚通到山巅。西池畔就有这样一座假山。山头上有老槐树，是前明种下的，边上有一个小亭子。大清早的，太阳明晃晃的，老槐树洒下一汪浓荫，呵护着身边的孤零零的小亭子。

一阵孩子的叫声、笑声传来。四个孩子正在假山上追逐打闹，玩儿得正开心。主角是两个十来岁的男孩，他们的个头差不多。其中一个是当今太孙弘晳，另一个是曹寅的独子连生。他俩就像猴儿精一样，在假山的石洞里追逐，蹿上蹿下。

两个七八岁的孩子也跟着疯跑。其中一个是曹寅的侄子来旺。他是曹寅的弟弟曹宣的儿子，自幼过继给曹寅，与连生处得比亲哥俩还亲。另一个是俊俏女孩子，叫馨玉，是李煦的养女。关于她的来路，李煦只含糊地说是养生堂抱来的。至于更深的来路，李煦讳莫如深，别人也就不便问。

这次李煦陪皇帝从苏州到江宁，把馨玉也带来了，放在曹家。他的小九九是让馨玉与连生结识，套上个娃娃亲。

曹寅右手食指放在唇边，一路小跑过来，"嘘——"

他逐个点着名："弘晳、连生、来旺、馨玉，康熙爷爷还没有起床呢，你们声小点儿。"

正说着，他眼瞥到，康熙皇帝伸着懒腰进了西园。

看来昨天夜里睡得不踏实，玄烨现出疲态，还有点眍瞜眼儿。他拖着步子进入西堂，在一张太师椅上坐下。

即刻，曹寅带着三个孩子前来请安。按照清制，他和三个孩子一并跪下，说："江宁织造曹寅率子连生、侄来旺、李煦养女馨玉给老佛爷请安。"

玄烨摆了下手，"伊力。"这是满语中"退下"的意思。

曹寅带着三个孩子刚刚退下，恰好与匆匆赶来的允礽、阿山打了个照面。

他躲闪不及，还被允礽撞了一肩膀头。

允礽三步并两步，跃入西堂，单膝点地，"给皇阿玛请安啦。"

玄烨慵倦地回道，"伊力。"

允礽没有退下去，观察着老头子说："皇阿玛昨晚儿没睡好？"

玄烨随口说："出门在外，当然没在宫里睡得踏实。"

允礽显得忿忿不平，"皇阿玛屡次到江宁，回回驻跸于织造署，连个行宫都没有。苏州、扬州、杭州都建有行宫，就江宁这疙瘩操蛋。"

玄烨乐了，指指阿山说："要说江宁操蛋，板子就只能打在两江总督的屁股上了。他不给建行宫，朕就只好在织造署将就了。"

阿山嗫嚅道："奴才唯恐照顾不周，哪敢不孝敬圣上。"

允礽凑近点说："头年儿臣就让江宁修建行宫，工部行文后，阿山赶罗得燕儿不下蛋儿，一再催促下属着手办，底下的人杠口儿甜，可就是格格棱棱的不办事，以至耽误到今天，行宫连块砖都没码上。"

玄烨脸上挂了色，"阿山，是这样吗？"

阿山横眉立目地说："皇太子所说一字不差，鸡狗六条腿，那些南方老糟糟都是属泥鳅的，蔫儿滑蔫儿滑的，难摆弄着呐。"

允礽会拱火，"不管那些南方老糟糟是不是属泥鳅，只是清初血屠扬州那些事，他们总挂在嘴头上，江南闹腾着反清复明的大有人在。江宁知府陈鹏年在修建行宫上蔫儿扛着，备不住就是给朝廷搓火呢。"

玄烨从太师椅上一撑站起来，"朕住不住行宫是小事，我朝政令出无行是大事。居然敢抗命？你们不是查出主谋了吗，尽快处置，必要时不惜来点硬的。"

允礽扛了阿山一肩膀，俩人火急火燎地走了。

玄烨刚落座，侍卫来报："熊赐履、张英求见圣上。"他登时喜上眉梢，"快，快，叫朕的两位师傅进来，陪着朕用早膳。"

玄烨接待两位师傅时，阿山赶到了江宁大狱提陈鹏年。

他心中窃喜，允礽真是个鬼机灵，把老头子的火拱到最大时，冷不丁地带出陈鹏年的名字，气头上的皇上名字都没来得及听清，就发了话。以后就是追问下来，也不能说杀一个知府的事没跟皇上打招呼，要杀的人姓啥名甚，太子当时说得清清楚楚，皇上气糊涂了，自己没有听清，怨不了别人。

江宁大牢在东华门大街最东头。天底下的大牢差不多一个样。黑湫湫的号子、蓬头垢面的犯人。陈鹏年是昨天才进来的，还不太狼狈。他出了号子，来到当院，被明晃晃的太阳耀得睁不开眼。

囚车推到跟前。狱卒客气地说："陈知府，请您上车。"

陈鹏年看看囚车，再看看车前穿红衣服的刽子手，不解地搔了搔头。"诸位是不是搞错了？本官大大小小的案子办得多了，来龙去脉怎么也得问问清楚才行，没有昨天才问罪今天就问斩的。"

阿山笑不嘻儿地双手抱拳过来，"恭喜恭喜啦，大清律对您网开一面。如果仅仅是皇太子和本官要杀您，您没准儿还有个缓儿。但这回是皇上让杀您，这下您砢碜了不是？您没救了，上路吧，本官送您进阎王殿。"

陈鹏年冷笑道："本官敢断定你欺瞒了皇上。我为什么会误了修建行宫，个中缘由你知我知，可皇上让你蒙在鼓里了。连太子都让你蒙骗了。"

阿山向左右喝道："把他扔上囚车，押赴法场！"

在江宁织造署内，玄烨和熊赐履、张英正沿着西池散步。两位师傅都比玄烨年长十几岁，由于有一层君臣关系，谦恭间又显得与玄烨是平辈，说笑间像三个闲来无事遛弯儿的老头。

张英比熊赐履小两岁，俩人的功名差不多，但路数不大一样。

他是安徽桐城人，康熙进士，设南书房首中入选，一时制诰多出其手。后擢工部尚书兼翰林学士，充《国史》《一统志》《渊鉴类涵》《政治典训》《平定朔漠方略》总裁官。三十八年迁文华殿大学士兼礼部尚书。他在这个位置上没干几年就退了下来，在江宁终老。圣上南巡到江宁，他与熊赐履相约来拜访皇上，君臣在一起叙叙旧。

一个是当年的朝中大儒，一个是当年的朝中宿望，他们曾经与皇上朝夕相处，无话不谈，现在江宁重逢，都有不少话说。玄烨最重视民风舆情，对这两个经验老道的老人，是不会放过的。特别是一大早听说江宁的官员对朝廷交办的事情拖宕，甚至抗命不办，他更要问问江南官员士人的情绪。

他发了话："敬修、敦复，你们退老江宁也有数年了，民风舆情也当听到些。这儿的人认为朕立的太子，也就是允礽这小子怎么样？"

熊赐履笑了笑："太子嘛，老夫还是那四个字：唧登嘎登。"

玄烨转向张英："敬修在捧太子的臭脚，不掏心里话，你说说。"

张英也不自在起来。"敦复退老江宁，无官无职，江宁的官员有什么话也不会对我说，恕微臣无以回复皇上的话。"

玄烨不满地摇着头，"你俩在官场上都磨成大滑蛋了。允礽与阿山打得火热，朕看允礽是在江南培植他的太子帮。而历朝都是这样，太子一旦结帮，即位后必然任人唯亲，而不会任人唯贤。江宁有什么好官吗？"

俩人对视一眼，熊赐履说："我与敦复老弟都是退下来的湖海散人，在家颐养天年，玩儿玩儿孙子，不曾考察江宁的官员。"

玄烨气咻咻地点点他的鼻子，"滑头滑头。"

他左顾右盼间突然唤住一个孩子："哎，朕问你，江宁有什么好官吗？"

这孩子是连生。他与弘晳玩儿得正欢势，满头大汗。

他脆生生地蹦出一个字，"有。"接着又追逐起了弘晳。

玄烨高声问："好官是谁？"

连生在追逐间高声答："好官是陈鹏年。"

玄烨把耳朵凑过去，问两边："他说是谁？"

两个老人同样耳背，他们茫然摇了摇头。

这时身边传来一个怯生生的声音："我哥说，好官是陈鹏年。"

玄烨低头一看，旁边有个小不点。这个小不点是来旺。

玄烨说："你哥说，好官是陈鹏年。这下朕听清楚了。"

他拍拍脑门，"陈鹏年？这个名字好像是在那儿听说过。哪儿？"

熊赐履提示道："虎丘山，陈鹏年说出了顽石点头的掌故。"

玄烨说："是了是了，朕想起来了。陈鹏年是个什么官儿？"

一个小姑娘在边上奶声奶气地提示道："江宁知府。我在苏州就知道。"

玄烨笑着摸摸她的头："这孩子什么都知道。"

在这个瞬间，笑容在脸上凝固了。

他眉头紧锁，自语着："陈鹏年是江宁知府，江宁知府管江宁地面上的事情……修建江宁行宫也归江宁知府管……"

他猛地爆出一嗓子："来人！传二阿哥！"

阳春三月，大田里一派春播景象。

与万物复苏生命的季节不相般配的是开往法场的行列。杀一个官员不会有人劫法场，所以行列中没有多少护军，只有几个保镖在头前散走着。

一乘轿子吱扭吱扭地过来，阿山悠哉悠哉地随着轿子颤动着。

轿子后面是穿红马褂的刽子手，鬼头刀上套着红布套。

刽子手后面是马拉的囚车。陈鹏年双手被铐，整个人在木笼中。

他贪婪地向四下看着，像是要把人间的最后一幕的记忆带入阴曹地府。

江宁织造署内的正堂是曹寅平日处理公务的地方。现在，那张卷书案的后面坐的是满面肃杀的康熙皇帝。这里毕竟不比金銮殿，皇上的仪仗没有威风可言，甚至有点滑稽。玄烨的左边坐着俩老头，熊赐履与张英，他们怪不自在的。玄烨的右边坐着仨孩子，连生、来旺与馨玉。他们怪害怕的。

允礽矫健地步入正堂，单膝点地，问："皇阿玛召儿臣何事？"

玄烨绷着脸问："那个陈鹏年怎么样了？"

允礽留心着皇阿玛的脸色，"两江总督府衙已经把他押往法场。怎么？莫非皇阿玛又听到些什么？"

玄烨说："朕听说他是个好官。"

允礽不解地说："抗命的官员怎么成为好官了？如果召儿臣来就是问这事，恕冒昧问一句，什么人说陈鹏年是个好官？"

玄烨有点尴尬地向右边仰了仰下巴。

三个孩子吓得坐不住了，直往椅子背上靠。

允礽看着他们，差点笑出声来，"原来是仨磕泥饽饽儿。"

玄烨又向左边仰了仰下巴，"三个孩子的话可信可不信，可是你的两个师傅也听说陈鹏年为官清廉，疏通漕运河道有功。"

允礽说："原来是这样。"他偏脸想了想，朗朗说，"即便陈鹏年是个深得人望的好官，时下也是非杀不可了。"

玄烨的身子向前一探："怎么讲？"

允礽目光炯炯，立起右手食指，高举过头，"其一，那些江南老糟糟说陈鹏年为官清廉，疏通漕运河道有功，这些就算是真的。但他在修建江宁行宫一事上抗命也是真的。本朝不能以其功而掩其过，倘若如此，日后凡是没搂过银子，且干过些人事的官员，即便是犯下大过失也动不得了。"

熊赐履与张英对视一眼，有暗暗称道之意。

允礽再立右手中指，"其二，为什么要杀陈鹏年？不仅是他延误行宫修建，主要是要表现出本朝政出有行，令行禁止的威仪。现在可好，杀他的事已吵吵的满江宁城都知道了，这时再收回成命，显出的正是本朝政出无行。"

玄烨不由自主地点了点头。

允礽观察着效果，树起右手拇指，口气变得凄婉了，"其三，皇阿玛既然立了太子，就当给儿臣扶威。江宁都知道是儿臣力主杀陈鹏年的，如若皇阿玛把他从法场捞出来，灭的只是儿臣的人望。日后儿臣在江南难以行事了。"

最后这点真正打动了玄烨。他不禁倒抽了一口凉气，旋即闭眼想了想，说："这么说来，只有先杀，事后再抚慰家眷了。"

允礽提高了音调："恐怕只能如此了。《盐铁论》中有云：刑一而正百，杀一而慎万。为警策各地方官员不得违抗朝廷成命，只有杀！"

玄烨心烦意乱地一拂手，站起来就要走，"就按你说的办吧。"

这时，从堂前传来凄惨的喊声："奴才以为陈鹏年不可杀！"

喊声中，两个官员越过石阶，跑入正堂，把官帽往地上一扔，再次喊道："奴才以为陈鹏年不可杀！"他俩再不言声，只是一下复一下地磕头。

这两个官员的磕头动作很急促，不大容易看清脸。玄烨定睛看去，却是曹寅与李煦，于是不满地说："这是朕与太子定下的事情，两个织造就不要搅和啦。朕不怪罪你们，退下去。"

曹寅与李煦却像是没有听见，仍然一下复一下地磕头。

允礽火冒三丈。"下贱奴才、苍不郎子，回去管你们那些二两醋三两盐的事去，在这儿瞎掺和什么。圣上的话没有听见吗，还不快点滚下去！"

两个织造充耳不闻，继续一下复一下地磕头。

玄烨重新坐下，烦躁地说："好，好，也罢，朕缠不过你们，就听你们说说，为什么不能杀陈鹏年？"

看到皇上重新坐下，李煦不磕头了，抬起脸来想说点什么。可他身边的曹寅仍然在咚咚有声地磕头。他不由拽拽曹寅的衣襟，向上努努嘴。曹寅突然冒火了，侧过脸朝他喊道："你倒是对老佛爷说嘛，拽我干什么？！"

李煦眼睛发直。他清晰地看到，曹寅的额头上全是血。额头被血，此乃忠心不二的老奴所为。他鼻子一酸，也不说话了，只是跟着曹寅使劲磕头。

满堂只听咚咚的磕头声，随着曹寅一下复一下地磕头，地上的血迹越来越大。这声音，这血迹，搅得满堂的人心发紧发怵发傻。

玄烨似乎动了恻隐之心，紧绷的脸松弛下来。他看看孩子，仨孩子的眼泪在眼眶里滚，可是紧咬着嘴唇不敢哭出来。不曾流出的泪水骤然把老主子的铁石心肠泡软了。

他俯过身去，对他们说："既然你们的阿玛不说，你们就说说吧。你们不是说陈鹏年是好官吗，他好在哪里？说给朕听听。"

仨孩子的头像三个拨浪鼓般使劲摇。

熊赐履劝他们，"别害怕。皇上问你们话呢，说吧。"

这里就连生大，馨玉和来旺瞅着他，他却依旧摇头。

张英劝他："这是人命关天的事，知道多少就说多少。"

连生终于忍不住了，小声哭出来："我不知道。"

允礽当下就急眼了。"这孩子，张嘴闭嘴陈鹏年是好官。可问他好官好在哪儿，他又什么都不知道。这不是糊弄人玩儿吗？！"

连生委屈地抽耸着肩膀，说："我没见过他，说不上来。"

"没见过？"不仅是玄烨，连熊赐履与张英也一并敏锐地捕捉到这个信号。童言无忌，三人心照不宣地相互瞅瞅。

张英正下脸问："你的阿玛没有带你们去过陈鹏年家？"

连生抽抽搭搭地喘不上气来，"没有。"

张英问："陈鹏年也没有到你家来过？"

连生说："没有。"

张英说："皇上，曹寅、李煦与陈鹏年没有私交。"

玄烨说："不用你说，朕听出来了。"

连生看着仍然磕头的父亲，号啕大哭起来，带着两个孩子也大声哭出来。

直到皇上一挥手，喝道："别哭！"他们被吓得突然噤声。

玄烨掏出一条手巾扔过去，喝道："江宁织造曹寅。"

曹寅动作猛顿，缓缓地抬起头来。耳畔传来皇上的声音："擦擦额头的血。"

他拾起眼前的手巾，点了点额头。

玄烨缓慢地问："你与陈鹏年有何过从？"

曹寅缓慢地回道："奴才与陈鹏年没有过从，只是在官场上见过几面。"

玄烨加快字节问："你额头被血就是为了保一个没有过从的人？"

曹寅加快字节回道："如果仅仅为了陈鹏年，奴才不会额头被血。"

"这话怎么讲？"

"奴才是在保圣上的一世英名呢。"

"朕干得如何天下自有公论，何须你一个奴才秧子来保。"

"奴才秧子是不忍看到圣上因为杀陈鹏年而在江南落下骂名。"

"江南士人会骂朕什么？"

"骂圣上误杀了一个好官。"

"你与陈鹏年没有过从，怎么知道他是好官？"

"整个江南都知道他是好官，奴才怎么会不知道？"

这几句针尖对麦芒的对话，使得正堂里空气紧张地凝固了。玄烨欲发作，又抑制住了。他一时没了主意，看看熊赐履与张英。

二老同时打拱道："万请圣上三思曹织造所说。"

玄烨从鼻腔里喷出一股长气，"但二阿哥所说也有打动朕的地方。"

一片静默中，允祥从屏风后走了出来，俯在玄烨耳畔说："皇阿玛，儿臣已经听了很久。窃以为，两江总督阿山只是说陈鹏年耽误了修建行宫，而直到这会儿也没说出个中缘由。不妨到法场问问陈鹏年，如果他对耽误修建行宫没有说得出口的缘由的话，再杀也不迟。"

玄烨指着允祥，"你，马上到法场去，问个明白，据实奏闻。"

法场上人头攒动。当地百姓听说要砍一个知府的脑袋，四乡八村的都赶来瞧热闹。

杀知府与杀一般重刑犯人不同的是，刽子手的刀要磨得锋利些，让知府大人少遭点罪。这会儿，围观的百姓都盯着场子中央，那儿正在磨刀。

磨鬼头刀有专用的条石。一桶水泼上去，鬼头刀在条石上刷啦刷啦地磨着。磨刀的叫狗二。他意识到自己成了众人瞩目的焦点，磨得分外起劲。

陈鹏年没有被捆绑，而是坐在旁边的一把椅子上。他安然地闭着眼，嘟囔着："狗二，本官过去监斩过不少犯人，如果刀口不锋利，如果一刀砍不下头来，那可就有好戏瞧了。本官可不想遭这份罪。"

狗二瞟过去一眼，说："陈知府，您放心。保证错不了。"说完长长地吹了声唿哨，就像一匹发情的公马在嘶鸣。随后，狗二一脚端在陈鹏年的腿后弯上，陈鹏年扑通一声跪倒。

一把明晃晃的大刀，被狗二高举过头，悬在半空。

一个洪亮的声音在从远处传来："刀下暂且留人！"

在场的人都好奇地望着声音传来的方向。不远处，允祥骑着快马，向刑场飞驰而来。路旁的百姓，纷纷向后闪避，以免被奔马所伤。

监斩台上的阿山，忍不住站了起来，定睛望去，神色为之一变。

允祥飞马直奔到监斩台前，故意露了一手。一勒缰绳，奔马几乎直立而起。允祥也飞身下马，动作漂亮利落，引起一阵喝彩。

阿山说："原来是十三阿哥。"

允祥说："皇上有口谕，陈鹏年暂时不能杀。"

阿山说："刀下留人，留到什么时候？"

允祥说："留到我把事情弄清楚，启奏皇上之后再说。"

阿山无奈地一屁股坐下，看着场中将要发生什么事。

跪倒的陈鹏年已是万念俱灰，正在等着脖子后面的一下子，眼前却出现了一双宫制的靴子，紧接着响起一个声音：

"我是十三阿哥允祥。我可不是到法场捞你来了。皇上金口玉言，给你最后一线生机，说说你延误修建行宫的缘由是什么？"

陈鹏年尽管昏昏沉沉的，但还是听明白了。

他俯地磕头道："皇恩浩荡，皇恩浩荡！终于让人开口了。"

允祥喊道："笔帖式，笔墨伺候！"

跟着他的笔帖式就地摊开笔纸砚台。

陈鹏年额头上淌下汗珠来，不由闭着眼，费力地稳定着情绪。

允祥把刽子手拉过来，对着陈鹏年耳边说："陈鹏年，你给我听着，所说如果有一字不实，马上砍了你的脑袋！"

陈鹏年的眼睛缓缓地睁开，说："下官所言，字字是实。去年夏天，工部秉承太子之意，令江宁火速赶建行宫，供皇上第五次南巡驻跸之用。总督阿山领命之后，欲借此中饱私囊，密令下官，以修建行宫之名增加百姓税赋，每亩地加收三斗稻谷。下官以为，江南是富庶之地，凑集一座行宫的资费本不难，为建行宫而加收田赋，绝非圣上本意，建议修建行宫资费从盐赋中支出。阿山为报复我，一文银子也不曾拨出，以致行宫未动一土一木。阿山反诬是下官延误、下官抗命。"

允祥脸色为之一变，"都是实话？"

陈鹏年："一字不实，现在就引颈就戮。"

笔帖式飞速地记完，把纸递给允祥。

允祥草草地看了一遍，走向监斩台，右手指着阿山，"阿山，你若不服，跟我回去面圣。"

当天晚上，江宁织造署正堂只有一处亮光。油灯的火苗在微风中跳跃着，玄烨戴着老花镜，俯在卷书案上，吃力地看着允祥从法场带回的陈鹏年的供述。他摘掉老花镜，满面怒容抬起头来："阿山，你还有什么好说的？"

俯在案前的阿山吓得直哆嗦，战战兢兢地说："陈鹏年他……"

玄烨猛拍书案。"陈鹏年他怎么样？他把你抖搂了个干净！十三阿哥刚才已经查了，你那道每亩地加收三斗稻谷的密令在陈鹏年老婆手里攥着。且不说你要借着修建行宫中饱私囊，就凭你诬陷一个好官就能治你的罪。"

允礽垂首在一旁站着，白天那种嚣张一扫而空。

玄烨没好气地瞪着他。"还有你！为了给你的太子帮扫除异己，你编了一堆四鬓刀裁的理由，长嚎儿短溜儿地说给朕听。你不是引《盐铁论》中所说吗，朕也给你引一句《盐铁论》中的话：'不患无法而患行无行之法。'无法无天还不是最糟的，最糟的是用法来为自己行方便！"

看着允礽与阿山成了蔫茄子，玄烨对左右说："传旨，释放陈鹏年，官复原职。另外，赏陈鹏年家眷纹银三百两压惊。"

正堂前的石阶下，连生、来旺、馨玉三人猫在黑暗中。他们振奋地相互看看，都抿着嘴乐了。

八、扬州瘦西湖－天宁寺书局－畅春园

康熙四十四年四月，康熙皇帝南巡回銮途中来到扬州，驻跸于五里庵。玄烨对五里庵行宫满意，而这处行宫是曹寅与李煦收拾出来的。据内务府奏报，为了这次南巡，曹寅与李煦各自捐银两万两，玄烨论功行赏，给予曹寅通政使司通政使衔，李煦大理寺卿衔。通政使衔与大理寺卿衔都是奖励性虚衔，算得上是买来的。历代都有"九卿"，清朝以都察院、大理寺、太常寺、光禄寺、鸿胪寺、太仆寺、通政司、宗人府、銮仪卫为九卿，曹寅与李煦从此得以位列九卿。在俸禄上，老哥儿俩该是多少还是多少，只是这个名头是一道耀眼的光环。

玄烨来到扬州，负责接待的是当地盐商，没有曹寅和李煦的事，至此他们接待皇上南巡之事已完成，皇上也颁赏了，可以打道回府了。李煦随即回苏州，但是曹寅还有话要说，没有离开。

次日，玄烨游览瘦西湖，曹寅也跟着去。这天，陪同的地方官员自知上不了档次，盐商们则知道自家拿不到台面上，只能远远地跟着，玄烨、曹寅君臣二人十分轻松，边走边聊边四下看看。

扬州西郊原有纵横交错的河道，历次经营沟通，因地制宜建筑景点，从南门古渡桥起，绕小金山至平山堂蜀岗下为止，犹如一幅山水画卷。它被称为瘦西湖，像是个纤弱秀丽的病美人。

好一个春季，湖面水鸟翔集，像是在举行一次年会。它们绕着湖泊与山林飞翔，远远望去仿佛有一张缀有万千黑点的大网撒开在空中。不大会儿，大网慢慢降下，湖面上布满黑点。随后，大网再次撒向空中。这一回，画出的圆弧更大，同时伴以不绝于耳的鸟鸣。它们一会儿徐徐栖落水面，一会儿急急腾空而去。周而复始。

据史载，玄烨这次南巡抵达江宁时，于三月十九日颁旨刊刻《全唐诗》。玄烨这一决定与曹寅的提议有关。玄烨一向钟情于诗词歌赋，自己也出手不凡，况办事素来大气，自然愿意将中国古代诗歌鼎盛时期的作品荟萃一炉。君臣之间一拍即合。皇上下达谕旨容易，不就是写几个字嘛，而臣属操作起来则有难处，尤其是刊刻《全唐诗》这种大工程，困难大得让人难以想象。

数年间，曹寅头脑中始终转着徐乾学遗孀留下的话：浙江海盐的胡震亨集辑了较全的唐诗。这个念头挥之不去，但一直没有动手寻觅，原因是没有银子购买这个大部头。现在既然皇上决意要刻《全唐诗》，他也可以借坡下驴，向皇上提条件了。

小金山在瘦西湖湖心，四面环水，以红桥与岸相接。玄烨这天的情绪特别高，顺着红桥来到小金山，站在土山顶上，临风眺望。曹寅跟在他的身后，看着火候差不多了，"老主子。"曹寅直不愣腾地叫道。

"什么事？有话直说。"玄烨兴致很高，扭动脖子向四下张望着。

曹寅说道："微臣受命刊刻《全唐诗》，实在是诚惶诚恐。唐诗浩如烟海，远远不是短期内所能够凑集全的，好在古人集纂了不少唐诗，留有善本，宋元明都有儒生干这个活儿，微臣这些年来收集了不少他们凑的唐诗集子。我朝的大儒更是精于治学，有的无偿提供给朝廷，特别是徐乾学的遗孀无偿提供的大部头，省却微臣不少力气。"

"这是好事嘛，朝廷应该顾恤徐乾学的遗属。"玄烨多少显得心不在焉，"你吞吞吐吐要说的就是这件事？"

"不是不是，"曹寅连忙摆手，"微臣要说的是，事情并不这么简单，像徐乾学遗孀这么大方出手的毕竟凤毛麟角，而在别人，如果家中有旧藏，要让他拿出来是不大容易的。"

玄烨沉吟片刻，问道："你打听唐诗旧藏的年头不短了。据你所知，谁的家中有收集得比较齐全的唐诗？"

"徐乾学遗孀曾经亲口对我说过，浙江海盐的胡震亨致力于收集唐诗多年，他家中的东西，数量不会在徐乾学以下，"曹寅小心翼翼地看了看皇上的脸色，"恐怕就是不大容易出手。"

玄烨听罢，想了想，说道："是向朕要银子，是吧？"

曹寅赔着小心说："微臣就是这个心思。没有一定数量的银子，怕是胡震亨的遗属不会撒手。这东西毕竟是胡先生多半辈子的心血。"

"你说的这个胡震亨是哪里人氏？浙江海盐的？"玄烨问道。

曹寅答道："当年徐乾学遗孀是这么说的。"

"这好办。"玄烨看看四周，"陈元龙也是浙江海盐的，想必与胡震亨遗属认识，让他帮助压压价。实在压不动，有价就要。朕准你从内务府拨出专款买这部书。"

曹寅舒心地说："微臣等的就是这句话。"

浙江海盐属于嘉定府，康熙年间出了不少官员，为官最高的是文渊阁大学士陈元龙。陈元龙字广陵，号乾斋。康熙进士，授编修，徐乾学朋党中的重要骨干，遭劾与高士奇、王鸿绪等一道罢归。后来复任，康熙三十五年随皇上亲征噶尔丹，地位得以渐渐回升。恰好，陈元龙这次跟随皇上南巡，玄烨当即把他叫来，一问，他果真与胡震亨的遗属认识，并且自告奋勇回海盐购书。

陈元龙是个很能折腾的人。他的祖宅在海盐盐官镇偃瓦坎，建于明朝，名为"隅园"，他在罢归那几年没有闲着，下劲改建祖宅，改建后易名"遂初园"。该园占地达六十余亩，在江南园林中属于超大型的，而且园内林木多为南宋遗植，时称浙西园林之冠。有稗史称，雍正皇帝潜邸时与陈元龙相善，其侧福晋钮祜禄氏所生与陈元龙妻子所生互易，弘历实际上是陈元龙的儿子。弘历即位后为乾隆皇帝，他下江南四度驻跸陈家，并且赐园名为"安澜"。这些史籍加重了人们对弘历身世的猜测。这些胡说就不必管它了。

陈元龙上世曾经与胡震亨交好。胡震亨字孝辕，明朝万历举人，官至兵部员外郎，但年龄不大乞归，称家境富裕，上世收藏了不少书，要回乡接着搜集图书。回乡后自称遁叟。年复一年在民间收集善本书，以丰富藏书。著有《赤城山人稿》、《海盐图经》、《读书杂志》等。最珍贵的书当属亲自集辑的《唐音统鉴》，凡千余卷，卷帙浩瀚。由于卷数太多，没有能力版行。徐乾学遗孀所指的就是这套书。陈元龙出动后，没费多大劲，也没有花太多银子，就从胡家买来了《唐音统鉴》。

当年五月，刊刻《全唐诗》的名师集中起来，曹寅奉谕旨将书局设在扬州城北的天宁寺。天宁寺是江南名刹之一，原本是晋太傅谢安的别墅，后舍建谢司空寺。东晋年间尼泊尔名僧佛驮跋陀在此翻译《华严经》。唐朝建证圣寺，北宋年间改名为天宁寺，后被毁。明朝洪武年间重建。

刊刻《全唐诗》的主力阵容大都是从京城派出的。有庶吉士俞梅，侍讲彭定求，编修沈三曾、杨中讷、潘从律、汪士宏、徐树本、车鼎晋、汪铎、查嗣栗等。又有张云章等。

《全唐诗》系采用雕版，全部是梨木，刊刻工作的进度很快。仅仅几个月工夫，当年十月，有几家的样书已经可以进呈了。曹寅于当年十月二十二日奏疏："校刊《全唐诗》，现今镂刻已成者，臣先将唐太宗及高、岑、王、孟肆家印刷装潢一样二部进呈。其纸张之薄厚，本头之高下，伏候钦定，俾臣知所遵行。尚有现在装潢数十家，容臣赴京恭谢天恩，赍捧进呈御览。"

曹寅在这道奏折里面提到他要进京进呈样书。唐太宗及高、岑、王、孟肆家的样书是委派专人进呈的。当年十一月，曹寅返京进呈。

曹寅返京的第三天，接到内务府通知。这天早晨，他从城里的家赶赴畅春园。大自然是公平的，对宫室和民间的陋屋给一样的脸子。在深秋时节，即便是畅春园，也一样萧瑟。

曹寅被传进嘉荫堂进呈。在他进去时，已有一个老年官员在那里，此人约莫有七八十岁了，个头偏小，稀疏的白发顺顺溜溜地盘在脑后，一绺白胡子飘在胸前，面貌和善，气度高雅，有长者之风。

此人比曹寅年长，别看长相不起眼，却是诗词大家朱彝尊，浙江秀水人，字锡鬯，号竹坨，青年时以诗词散文名闻江南。康熙十八年，朱彝尊五十一岁那年应博学鸿儒科试，任翰林院检讨，日讲起居注，入直南书房，预修《明史》，备受宠遇。博学有才，尤工于词，纂辑《词综》。另有《经义考》、《曝书亭集》。

曹寅与朱彝尊私交由来日久。后人仅知曹寅的《楝亭诗钞》由朱彝尊作序，而朱彝尊的《曝书亭集》又是曹寅资助刊刻的。

由于自幼当过玄烨的伴读，曹寅和皇上之间的规矩不是那么大，但是也不能在皇上面前与朱彝尊述旧。他顾不上理睬朱彝尊，行了君臣之礼，而后将随身带来的样书呈上。玄烨盘腿坐在炕上，拿过样书，只是随意翻了翻，就放下了，没有说行也没有说不行，只是随意地"嗯"了一声，算是知道有这么回事了。

曹寅对皇上太熟悉了。他觉得皇上今天的心思根本不在《全唐诗》上头。

看到皇上不耐烦地向外一挥手，太监倒退出去，他进一步判明，皇上有别的话要说。殿宇里面静悄悄的。君臣之间沉默了片刻，玄烨突然发问："你这次返京，就是来送书给朕的？"

曹寅被问得有些发蒙，想说话舌头有些发硬，想了好一阵子，才吃力地说："启禀圣上，微臣就是来送书的。"

"就没有别的吗？那个小罐子里面是什么？"

曹寅被提了个醒，一拍脑门儿，"你瞧我这记性。"说完就将随身带来的一个暗红色的小罐子高举过头。

却是朱彝尊接了过来。他撕去封口，递到玄烨跟前，玄烨也不多说什么，而是掏出一块饼咀嚼起来，随后也对朱彝尊拱了拱下巴，意思是让他尝尝。朱彝尊遵命掏出一块，上去就是一口，咬掉小半个，接着香喷喷地嚼起来。

这是扬州一带的特产，当地称为雪花饼。曹寅这次返京之前，皇上特意叮嘱他带一些雪花饼。没想到，东西带来了，进门后他倒差点忘了。

吃得差不多了，玄烨掸了掸手，说道："竹坨，这雪花饼是曹寅给朕带来的，你也跟着'蹭'了两个。你是本朝的大诗家，吃了朕的雪花饼，得赋一首雪花饼诗才对。"说罢大笑起来。

"老主子的东西是不能白吃的，我怎么就忘了这个茬儿呢。"朱彝尊抚髯笑道。皇上出的题目有点偏，他沉吟了一会儿，占得一首："旧谷芽揉末，重罗面屑尘。粉量云母细，掺和雪糕匀。一笑开盘隔，何愁冰齿龈。转思方法秘，夜冷说吴均。"

曹寅赞叹道："好好好，不愧是大家，把制作的秘法说出来了。"

当天，玄烨赐晚宴，算是对曹寅刊刻《全唐诗》的初步慰劳，朱彝尊也为此出了力，得以在席次作陪。嘉荫堂灯火通明，君臣三人难得在烛光下把酒相对，平心静气地聊聊，从朝政大事到宫廷琐事，无所不触及。由于没有外人，皇上放得开，酒喝多了一些，话有些收不住，扯到了对太子允礽的担心，轻易不对外说的话多有流露。

这天夜里，曹寅直到将近子时才离开。玄烨要让侍卫送一程，他婉拒了。出了畅春园，曹寅骑上马，想了想，离城里太远了，不如就到附近的一处住宅中安歇，于是打马向西北方向走去。

当夜的月亮大而圆。在深秋的月光下，烟尘般飘散着大自然的低吟。马在土路上慢吞吞地走着，他一只耳朵听着马蹄声，另一只耳朵听着旦夕将亡的秋虫的最后的哀鸣。岑寂的月夜中，诗句一段一段地浮现在脑海中，由此产生了《畅春苑张灯赐宴归舍》：

> 月路烟霄彻地澄，上林春灿九华灯。
> 暖随榆柳初传火，象衍鱼龙渐泮冰。
> 阁外苍山排玉笋，盘中珍果荐巢绫，
> 兰台异数曾沾渥，赋拟枚皋拙未能。

这首诗收在《栋亭集》中，它表明曹寅的家离畅春园不算远，否则不大可能一个人在月光下从那里溜达回家。《再游功德寺》中说，他的家"比邻"功德寺，即离功德寺很近。功德寺遗址至今犹存，在西山与畅春园遗址之间，曹寅在畅春园赐宴之后"归舍"，回到功德寺以西的家中，这个距离是可以接受的。功德寺在西山余脉金山脚下，地理上的准确说法是金山入口处。与此相佐的是，《江阁晓起对金山》的头两句是"淮海维扬衽席间，卧游终日似家山"，这首诗流露出的是思乡情绪，镇江金山与京城西北郊的金山名称相同，因此对着镇江金山，他想起了"家山"，也就是畅春园和功德寺附近的那座金山。还有些诗句不必一一引述，它们都指示着一个方位，即曹寅在功德寺以西有一处住宅，那是一处村居，有老井等等。熟悉北京西北郊的读者可以判断出，那一带即四王府到卧佛寺左近。

但是，还是根据《栋亭集》，曹寅的家在西苑，与紫禁城一街之隔。作为侍卫出身的他，玄烨在西苑中赏处住房，是情理中事。总之，曹寅在京城的家有两个。在西苑的家是分配给他的官宅，而"比邻"功德寺的家是佐领所在地。佐领这个概念在后文中还要述及，这里就不啰嗦了。曹寅本人兼任正白旗包衣佐领，管着一批佐领下人。《村居二首》表明，他的家在村子里，其中有一句为"寓目皆吾属"，这不能不说是典型的佐领语言。他和他的部属驻扎在一起。

这部小说在曹寅家方位上多说了几句，并非可有可无。曹寅诗中屡见"西山"，可见西山是曹家在京城生活的重要背景。而曹寅的后人后来就流落到西山地区的卧佛寺到四王府一带。这里且算铺垫一笔。

九、江宁某客栈－江宁织局－雨花岗

"凌普，老小子给我滚过来。"允礽四仰八叉地躺在一张简陋的木床上，盯着跳动着的油灯芯，慢慢悠悠地喊了一声。

"主子，凌普这厢候着呢！"凌普像个饭馆跑堂的伙计一般，把一块长条白布巾往肩头一甩，倒腾着小碎步，一溜烟儿地赶过来，油腔滑调地说："主子有何事，尽管吩咐。"

"你给我算笔账。"允礽望着黑黢黢的顶棚说。

凌普似乎早有准备，从后腰那里刷地抻出一把算盘，右脚往板凳上一蹬，算盘往右膝盖上啪地一拍，粗黑的大手按着算盘，挺直腰板和粗粗的脖子，竖起耳朵听主子发话，随时准备着拨拉算盘珠子。这位昔日虎枪营的千总，怎么看怎么不像个账房师爷。

"听着，"允礽将双手枕在脑后，一丝得意的笑容阴沉沉地爬上面庞，"是这么笔账：我在江南花五十两银子买了样东西，回到京城又以一百五十两银子卖了。你算算看，能赚多少两银子？"

凌普没必要拨拉算盘珠子，随口答道："能赚一百两银子。"

"算得不对。"允礽百无聊赖地挥了挥手，"我买的那样东西已经使唤够了，花的那五十两银子早就捞够本儿了。"

"那您等于一个子儿没花，干赚一百五十两银子。"

"再算一笔账，"允礽几乎要笑出声来，"那样东西我使唤够了，回到京城又没有卖，而是赏给了一位王八蛋大员，让这狗东西死心塌地地为本太子卖命，你说我赚了多少？"

"那就赚大发了。"

"如果这种买卖干十次呢？"

"那就赚大大发了。"

"干二十次呢？"

凌普终于忍不住了，凑上前哈着腰问道："主子说的是什么东西？这等好事能不能让凌普也试一把，咱也发它一笔。"

允礽笑了，"这东西不难找，你也可以找到，并且买到家去，但是你买了没用，更不能用这东西发财，这种事只有本太子可以操练。"

"主子到底说的是什么东西？"凌普的胃口被吊得高高的。

"人。"

"人？"

"女人。"允礽的眼中含着笑意，"不是一般女人，而是黄花姑娘，再说细点，是江南的长相不错的没开苞的姑娘。"

凌普把算盘放在桌子上，抚摸着下巴琢磨上了。

这是在江宁糯米街的一家小客栈里，客栈脏乎乎的，顶棚上爬着不少苍蝇，满哪儿都油腻腻的，显然只是他俩的临时落脚点。

允礽不是没有来过江宁，但都是老头子南巡时，跟着一道来的。老头子本来就不苟言笑，加之江宁是江南最重要的城市，两江总督府所在地，老头子在这里更加言行谨慎，一举一动都是正经八百的。父皇如此，允礽也自然不敢过于放肆。

康熙四十五年初春，他已经三十三岁了，才第一次自己来江宁。这次单独来江宁，不完全是来泡漂亮女子的，而是想谋划一番既食色又挣钱还有利于笼络党人的大事业，根据他几次下江南的观察，该干什么早就成竹在胸，于是瞄上了那些家境穷苦的黄花姑娘。

允礽在康熙三十三年玩弄了准备入宫的吴门女优马氏，且不说马姑娘的姿色，就她那种在床上又喜又怕，那种半推半就的情状，就令他乐不可支。也正是通过这次猎色，在诸阿哥中，他第一个知道父皇在苏州练昆腔戏班子，也由此第一个多了份贼心。他最初的想法比较简单，既然父皇把一群江南女优搞到京师，他也可以效仿玩儿一把。

康熙四十二年第四次南巡时，两江总督府组织了不少江南秀美女子接驾，允礽在花丛行走时憋出一个坏主意，即挑选昆腔家伶。不少王爷家里都养戏班子，太子府养个戏班子，谁也说不出话来。其实，他连半句昆腔也听不懂，这只不过是让江南心腹买俊秀女子的名目。

但在那次，由于跟随父皇行动，他和他的江南心腹如阿山之流都没敢动弹。回到京城后，阿山自己掏腰包，买了俩常熟女子，每个作价六十两银子，悄悄让人带到京城，送入太子府中。这两个常熟女子不算出色，允礽玩儿个把月就腻味了，让凌普找个买主，以每个一百两银子转卖。即便是允礽这样在银子上不大走脑子的，也算得过账来，一个俊秀江南女子几十两银子，玩儿够了再卖，色与财哪样都不耽误。顺着这个路子再想想，买两个常熟女子的下家是珠市口的一位珠宝商，买到家当丫环使唤，如果是某官员买了呢，还不牢牢把某官员攥在手心里。

这次来江宁，表面上仍是"微服私访"，没有惊动两江总督府。按照允礽的打算，安顿下来后，就去江宁织造府。与马姑娘打交道的经验证实，织造府的确是皇室的小钱库，从父皇到阿哥们，银子一旦不凑手了，就到江南三织造府提取。

大致算算账，这次买江南俊秀女子，所需银子不在少数。在府上搭个戏班子，怎么也得有十来个家伶。既然是家伶，就得有些姿色，并且学过些昆腔戏文，这种小妞比破产农夫插着草标当街叫卖的女儿贵一大块，每个往少里说也得百八十两银子，十个也就是千八百两银子，这不是小钱儿。当然，抛出这笔钱，回到京师后，过个年能打俩滚儿，甚至打三滚儿，但是就像做买卖一样，这笔钱必须先垫出去。这是本儿。

这次下江南的一路上，允礽就琢磨，从哪里凑这个本钱？自己不可能掏本儿，而又不认识什么大盐商，只得找个衙门出。掰着指头算算，如若不是织造府那种大衙门，从一般官衙中勒索不出这么多的银子。江宁织造府，他瞥准了这条路。

拍拍脑门儿想一想，这茬儿江宁织造是曹寅，姓曹的是什么来路？想起来了，原先是父皇的伴读，后来当侍卫，那次额头被血保陈鹏年的就是此人，老曹的倔脾气上来后，也不大好惹。一把钥匙开一把锁，对付这样的，就得捏住他的短。

江南三织造府无一例外地有把柄在太子手里，把柄是什么？是亏空。

次日清晨，允礽带着凌普前往江宁织造府。他俩不久前在那儿呆过，尽管这次去是一身短打扮，穿戴衣着与街头相公差不多，但是太子的那张脸给织造府的人印象太深了，他一出现，织造府里刹那间乱了营，招待的招待，张罗的张罗，几乎所有人都在为他的突然造访忙活。

曹织造在扬州天宁寺书局忙着组织刊刻《全唐诗》，不在府里，无奈之下，由家里的老人孙氏出面维持局面，孙氏随即点起一个笔帖式，火速赶往扬州，告知曹织造，马上放下手上的活计，赶回江宁。

曹寅一时半会儿回不来，孙氏也不知道怎么安排太子和太子的那位大管家，只得叫家人带着他俩参观机房，看机户织锦，是织造府最拿得出手的节目，连老佛爷来了，都看得津津有味。

当日中午，织造府竭尽所能，伺候太子一行用餐，饭后由家人黑子领着太子一行前往汉府织局，看织锦表演。

江宁织造府的署衙在利吉巷大街，机户干活在另一个地方，为江宁城西华门大街的汉府，这里在明朝时是汉王朱高煦的旧第，故称汉府。《上江两县志》称："西华门汉府地方者纱、绸、缎、装、蟒等机五百五十张，有坊曰'尚衣华衮'。""尚衣"与"华衮"都可以作为御服的别称，汉府当是织局所在地，也是对外织锦表演的主要舞台。

织局是个大院子，一层一层的院子里，正房和东西厢房全都是织房以及库房，最后是员外郎、笔帖式、库使的办公用房。

黑子领着允礽一行来参观，本来员外郎、笔帖式、库使等是应该倾巢出动，陪同观看的，但是允礽来前一再强调自己这次是"微服私访"，不便声张。黑子按照这个口径跟织局打了招呼，人家除了暗中加强警戒外，其他事假装不知道。

黑子这个名像个小伙的小名，其实是个四十多岁的爷们儿。此人后来在康熙朝史籍中留名，他也是包衣出身，上世曾服侍曹玺，他亦出生在曹家，打小就长得黑，曹家人说他掉进煤堆里就找不着了，因此叫黑子，本来是小名叫着玩儿，叫顺嘴了就成大名了。他自幼泡在曹寅身边，长大后连媳妇儿都是曹寅挑的，到这把岁数了，实际上成为曹家的管家，凡是账房师父不管的，他全管。

黑子带着允礽和凌普进入二层院子，直接进入正房，里面有几张纱机，几个织纱女工正在埋头操作。由于时有人来观看，她们已经习以为常了，该干什么还干什么，甚至连头都没有抬。

织机很高大，几乎顶到房梁，操机的女工愈显娇小。由于织局是织造府的门面，上至皇室中人下至普通官员及眷属，时有来观看的，所以几张主要织机的操作者都是挑选心灵手巧，面容姣好的。

允礽对漂亮女子有天然的兴趣，走过一张织机，随便看看操作，就打量起操作的女子，间或两眼发直，看得人家浑身刺痒。

黑子对太子的风流有所耳闻，只是没想到太子如此赤裸裸，如此不遮掩。他心里说，这哪里是在看织机呀，整个是在看织女。

有必要提及，织造局只是织造府对外展示的窗口，而织造府督造的上用及官用绸缎并不都是在织造局生产的，而主要是由江宁附近的专业机工织造的。在整个织造业中，机工是最底层的苦力，这些能工巧匠构成了这一行业庞大的底座。机工的收入按件计算，例如一块袍料至少也要三个整工才能完成。机工的伙食由织造府聘任的"领机"供给，他们每天天不亮就得进入织房，天黑了才歇工。关于机工的生活，当时有一首歌谣："三更起来摇纬，五更爬进机坑；寒冬不能烘火，炎夏不能乘凉。整天弯腰驼背，连夜抛梭过管。织的花素锦缎，穿的破衣烂衫。"所谓"寒冬不能烘火"，是指机工的原料都是易燃的丝，作业现场不能出现任何火星子。这首歌谣说的是通常的机工，实际上织造府雇用的机工，处境也好不到哪里去。

允礽心情不错，背着手在织机间穿梭着，高声说："你们这些秀美女子，一个二个的，个个都是嫘祖的传人哪。"

"嫘祖？"黑子听不明白，小声嘀咕着，"嫘祖是谁？"

允礽讥讽地看看他，仰仰下巴，"她们知道嫘祖是谁。"

在传说中，黄帝轩辕氏的妃子嫘祖是华夏的第一个缫丝专家。此说可信可不信，但在商朝甲骨文即已有蚕、桑、丝、帛等字，那时就有回纹图案的提花织物。进入周朝，蚕桑之事屡见之于《诗经》，当时用复色纹样机织的织锦已有一定水平。汉朝已能生产"薄如蝉翼"的素纱，纺织工艺的空前发展是在宋元时期，宋朝出现了平罗和稀经密纬、飘明飘逸的亮地提花纱。苏州的宋锦以用色典雅沉重见长，江宁云锦以重纬为主，浓艳厚重。元朝金锦以金银线作花纬或地纬，富丽辉煌；行丝以缎纹为地，平滑光泽立体感强。至此，织造三原组织：平纹、斜纹、缎文，均已具备，进入明清就是锦上添花了。

允礽看看黑子，突然指着织机问道："这些都是'改机'吧？"

"改机？"黑子没想到太子提出个专业问题，被问"二乎"了。

允礽看他答不上来，指着那些操作的织女："你们，啊，一个两个的小玩艺儿，停下手里的活儿，说，这些是不是'改机'？"

织女们傻傻地停下活计，参差不齐地回答说："是'改机'。"

这回轮到黑子发傻了。"什么叫'改机'？"他问。

"听我对你说说吧。"允礽双眼含笑，拍拍黑子的肩膀，转身走开，"明朝以前，织锦用的是五层织机，这东西挺好使，但是织出来的锦缎是单面花纹。明朝弘治年间，福建漳州人林洪把五层织机作了改动，改制为四层经线与两层纬线的织机，可以双层织花，织出来的成品质地柔软，色彩和谐，两面花纹相同，成为一个新品种，名为'改机缎'。打那以后，这种家伙一直使用到现在。诸位织女，我说的对吗？"

织女们参差不齐地回答说："对。"

黑子惊愕地说："没想到，您不但懂得治国方略，而且对这些下三烂行业也懂得，肚子里还装了这么多典故。"

允礽猛地把黑子拉到一旁，压低了声音说："你以为本太子干吗来了，就是来看这些江宁织女的？你是不是这么想的？"

黑子被戳了肺叶子，闹了个大红脸，说不出话来。

允礽递了个眼色，凌普上前，一把拽住黑子向外走，刚出机房的门，就凶狠地说："太子是什么成色你也看到了，他甭管哪行哪业都门儿清，不说是里面的'虫儿'也差不离儿，所以你也甭拿破织局打发我们。太子这次下江南就直奔织造府，可不是来看织锦的。明白吗？"

黑子被吓得够呛，哆哆嗦嗦地说："太子有何指教，请明示。"

凌普看看允礽，得到了首肯后一甩脸，面庞几乎挨着黑子的鼻子，脆生生地吐出两个字："银子。"

"银子？"黑子愣了愣，小心翼翼地问，"要多少？"

"你他妈的敢说'要'，"凌普发火了，"织造府是皇上的裁缝铺，里面的每一钱银子都是皇上家里的，太子是来'拿'！懂不懂？"

"懂了懂了，"黑子频频点头，"太子来拿多少银子？"

凌普看看允礽，允礽走上来伸出两个指头，在黑子眼前晃了晃。

黑子真的不明白，"奴才冒问这是多少，二百？不不，两千？"

凌普的眼睛迅速地眨了眨，无名火噌地蹿起，一巴掌抽过去，低声吼道："甭跟本太子这儿揣着明白装糊涂，两万！"

黑子被抽得昏天黑地，迷瞪了一阵子，才捂着脸说："织造府的银子都是皇上家里的，但是这么大的数不知一时半会儿能不能凑齐。"

凌普喊道："堂堂江宁织造府拿不出两万两银子，你骗鬼去呀！"

黑子委屈地说："曹织造不在家，我一个下贱奴才做不了主。"

允礽这时出头了。此人无含蓄可言，他重重地一搡黑子，接着向外疾走，边走边说："那就叫曹织造马上赶回来。"

几天后，江宁雨花岗。

蒙蒙细雨中，雨花岗下聚集了近百衣着不甚齐整的男人，跪在一张桌子前，雨丝打在脸上、身上也浑然不觉。桌子上供着香炉，为了防止香火被雨水浇灭，有人在香炉上方撑着油布雨伞。

细雨中，谁也不曾察觉，几乘小轿子在附近悄悄停下，下来几个人，每人都打着雨伞，不显眼地向这边靠拢过来。打头的是凌普与黑子，后面跟着的是允礽与曹寅。他们清一色着民服。

允礽到江宁织造府的第三天，曹寅从扬州匆匆赶回来。允礽随即不客气地对他提出索要两万两银子。以往，曹寅对要银子的皇子的对策很简单，先哭穷，实在顶不住了就尽量满足。但是，这次允礽要的数额太大了，很难满足，只好拖着。恰好听说江南织户要在雨花岗举行集会，于是带着允礽前往，算是现身说法。附带说一句，江南织户的雨花岗集会是历史上的真实事件，此事见之于《江宁府志》卷十五。

允礽猜不透曹寅葫芦里卖的什么药，稀里糊涂地跟着来了。他和曹寅不远不近地站着，看着往下将会发生什么事。

一个长者站立在桌子跟前，高声说道："我等江南织户为了感念皇上免除机税，感念曹织造公为我等生计在朝廷奔走，得旨永免机税，而在此聚会，请汝等跟随我磕头。"

众织户就像旗兵一样，一齐挺直腰杆，准备磕头。

雨滴顺着油布伞的边缘滴答着，肃穆的雨花岗静悄悄的。

长者骤然间动了感情，放开喉咙喊道："江南织户永世感谢皇上下旨免除机税，江南织户只要一息尚存，就永远报效皇恩。三叩首！"

在场的织户齐刷刷地磕头三次。尽管雨水把泥土泡软了，仍然可以听到沉闷的"咚咚咚"的声音。

长者接着说道："这次皇上下旨免除机税，实在仰仗于曹织造公在朝廷奔走。江南织户永世感谢曹织造公深恤民隐。三叩首！"

在场的织户再次齐刷刷地磕头三次。

允礽正在纳罕是怎么回事，曹寅小心翼翼地拽拽他，小声说："太子请回吧。"他身不由己地随着曹寅往轿子那儿走，好奇地问道："曹织造，你把我叫来，就是为了让我看看织户怎么对你磕头？"

曹寅不便解释，只得敦厚地说："不是这个意思，不过是要让太子看看织造府的难处，体察织造府吐出银子确实不易。"

允礽嘲讽地笑了，"乖乖拢地咚，本太子怎么就看不出来织造府有何难处。本太子时下看到的是，你在老主子那里求情，宽免了织户的机税，朝廷本来应得的银子哗哗啦啦地流失了，你在这些狗屁织户面前倒是买了个好，让他们对你磕头谢恩。"

允礽的话不能说毫无道理，曹寅难以解释，苦笑着摇了摇头。

看到曹织造被困得不知该怎么说了，黑子开口了："太子，您误会曹织造了。是这么回事，江南想吃织锦这碗饭的人很多，为了让更多人端上这个饭碗，从老织造曹玺那儿就有规定，每个织户拥有的织机不得超过百张，每张织机要照章纳税，织造府才予以注册，颁发织机文凭。许多织户交纳税款，得以开业，而从官府到民间，能够受用得起丝绸锦缎的实在不多，有的织户辛苦织出的丝绸锦缎卖不出去，砸在手上，本来就赔得一塌糊涂，来年又要为织机照章纳税，实在是没法子干了，有的干脆就关张了。曹织造担心，这么一来，朝廷和官府要用的丝绸锦缎织不出来，织造府难以承命。只得启奏老主子，请求宽免机税。老主子体恤下情，准宽免机税，所以织户们在这儿集会谢恩。"

织造府的职掌除了督造上用及官用绸缎，也代行一点类似工商局的职责，即为当地织户办理"经营执照"，也就是官家允许织户开业的必要手续。所说的织户，从阶级成分划分，相当于小业主，是个体工商业者。他们通常雇用着人数不等的机工，也就是实际操作织机的工匠。

听到这里，凌普听出些道道来，但是嘴头子仍然不软。他扬头竖脑地说："说了半天，都是你们织造府和织户之间的事情，太子没心思听，你们也别跟太子扯这些鸡巴卵蛋。太子出于朝廷政务之需，需要从织造府提银子，只说这件事，别的老子都不听。"

黑子有些着急，"凌普大管家，您还听不出来吗，织造府本来就银子紧，这下连机税都收不上来了，哪里还有多少闲钱。"

凌普把雨伞忽地扔开，"噢，把我们拽到雨花岗来看织户集会，就是为了告诉我们织造府拿不出银子来。"他一把抹去脸上的雨水，放高了喉咙，"我凌普是个下人，可以陪着你们玩儿一趟，太子可不能风里雨里的这么玩儿。一句话，掏不掏银子？给个敞亮话！"

黑子一哆嗦，吓得紧着看曹织造，而曹寅也说不出话来。

几句对话，是凌普与黑子即双方的管家之间进行的，两边的主子一直没有吭气。看看时机差不多了，允礽发话了：

"看看，看看，把曹织造难住了。依本太子看，江南三织造府银子紧，朝廷上下皆知，其实岂只是银子紧，哪个织造府账面上都有大窟窿，亏空一个赛一个的大。如此亏空，本来是应当治罪的，但是老主子顾恤几位老织造，放了一马，尤其曹织造自幼给老主子当伴读，老主子更是下不去手。依本太子之见，这样吧，这次免除织户机税，是实情，本太子到了雨花岗都看见了，事已至此，就不在这里提银子的事情了。我们算白跑一趟，陪着曹织造观看雨花岗的集会盛景。只是……"说到这儿，他的头迅疾地一甩，瞪了凌普一眼。

凌普会意，迅速接过话来，说道："只是咱们这位曹织造不要忘记，风水轮流转，赶明儿个太子也有当老主子的时候，到了那个日子口，新的老主子可不会顾恤谁，拉下脸来就事论事，既然是亏空，就治亏空的罪，况且新的老主子从来没有一位姓曹的伴读！"

允礽听到这里，一甩脖子，扭身就走，凌普紧紧跟上。

曹寅吓得扑通一声跪在泥泞之中，黑子也随之扑通跪下。这对主仆呆呆地跪在雨中，任凭风吹雨打，脸都吓绿了。听话听音，他们都听出太子的话里露出的杀机：如果不给银子，太子一旦即位后，将以亏空治曹寅的罪。对曹家斩尽杀绝也是备不住的。

雨水很快就把全身浇透了，水顺着额头流下来，经过面庞直入口腔，曹寅吧嗒吧嗒嘴，品尝到的雨水是苦涩的。既然被人家捏住了亏空这个短，他不得不软。他怆然问道："黑子，库里挤得出两万两银子吗？"

黑子想了想，颓唐地说："要说使劲挤也挤得出来，只是开销那么大，到处是用银子的地方，甩出去两万，来年就没法子周转了。"

曹寅一撑膝盖，吃力地站起来，看看越走越远的太子一行，颓然跺脚，"咳！身家性命，身家性命攥在人家手心里，能有啥法子。不想那么长远了，打酱油的钱先用来打醋吧。"

"来年呢？来年的日子怎么过？"黑子不大甘心。

"天无绝人之路，来年再想来年的法子。"曹寅无奈地摇了摇头。

十、秦淮河畔－陈鹏年府－养心殿

　　江宁商业区集中于秦淮河两岸。三山门、聚宝门外，东江门内，各种手工业及商号号称一百零三行。早在明太祖朱元璋时，因商旅繁盛，在秦淮河两岸广建榻房，供商旅居住并作货栈。由于外地商人很多，有钱，买卖之余需消遣娱乐，便由官府出面，在秦淮河两岸修建了十六处娱乐场所。当地人称为"十六楼"。官人能有什么正经娱乐，十六楼无非是茶楼和妓院。与秦淮河两岸其它民间茶楼、妓院不同的是，它们是官办的，经营所得挣到官府帐面上，接待的也大多是官商。入清，十六楼入官，产权归两江总督府衙，由江宁府衙具体管理。

　　清朝的江宁仍是江南最大城市和政治、经济中心，但繁华程度远不如明朝，秦淮河两岸的商号没有明朝多，来往客商也不如明朝多，十六楼经营日渐冷清。有鉴于此，十六楼部分建筑改为其它用途，其中十四楼改为官塾，延聘教书先生，在里面读书的是两江总督府衙、江宁将军衙门、江宁府、江苏巡抚府和江宁织造府官员的子弟。

　　连生和来旺每天到十四楼读书，它比私塾来得阔绰、齐整，学生在二楼上课。学堂中摆两排矮几，十几个学生南北对座，先生坐在东头的椅子上，摇头晃脑地带着学生背四书五经。繁华地段对读书未必是好事。

　　楼下是闹市，川流不息的小商小贩过于嘈杂，而且一边是妓院，一边是酒楼，酒楼里的划拳行令、妓院里的丝竹之声、小商小贩的叫卖声，和楼上官塾学生整齐的背书声混杂在一起。

　　江宁一年中最冷的日子是每年年初，直至初春也缓不过来。康熙四十五年初春，十四楼的学生照旧上学堂。学堂中摆着一盆炭火，火挺旺，但不大管用，十几个学生冻得够呛，一个个鼻涕哈拉地缩成一团。

老先生依然精神抖擞，大幅度地摇晃着头，抑扬顿挫地说："背，孔夫子《论语》中的'为政'。子曰：……"

连生、来旺以及同窗们一起大幅度地摇晃着头，抑扬顿挫地齐声背道："子曰：吾十有五而志于学，三十而立，四十而不惑，五十而知天命，六十而耳顺，七十而从心所欲，不逾矩。"

楼下传来嘈杂声，响动很大。连生忍不住了，带头跑到窗前，其他人随之拥到窗前。只见几个民夫把一方石碑挑到楼下，一乘轿子随后到达，一溜兵丁摆开，像是要举行什么仪式。

连生带头跑出学堂，其他人跟着蜂拥而出。他们跑下楼一看，十四楼前将举行立碑仪式。人群围得密密匝匝的。

一个长脸官员下了轿子，向四方作揖道："圣上去岁第五次南巡，巡幸江宁石头城时留下圣训。本官特命勒石，立于十四楼前。这十四楼乃官塾所在，是读书之处。企望这些正在读书的孩子自幼耳濡目染，牢记圣训。现在跟随本官陈鹏年山呼万岁。"

众人一起跪下，对着石碑山呼，每磕头起身，喊一声"万岁"。

连生与来旺虽然跪倒了，却不曾磕头，而是像两条小狗般，双手撑地，仰头呆呆地看着陈鹏年，原来他们称之为"好官"的就是这个大驴脸，他长得真不怎么样，可人看着还算忠厚老成。

一晃一年多过去了，十四楼前的石碑经受了一年多的风雨，显得很脏，官塾的学生每天上学路过时都读一遍，早已烂熟于心了。

这天清晨，连生携来旺上学，路过石碑，又默默地背诵一遍。不管懂与不懂，反正他们的样子很虔诚。

这段圣训是："朕向闻江南财赋之地，今观市镇通衢，似觉充盈，其乡村之饶，人情之朴，不及北方，皆因粉饰奢华所致。尔等大小有司，当洁己爱民，奉公守法，激浊扬清，体恤民隐，以副朕老安少怀之至意。"

小哥俩刚要离开，隔壁十四楼妓院的门吱呀一声打开。

妓院那个干巴瘦的老板领着一个硕壮的大块头鬼头鬼脑地钻出来。这个人衣着没有特殊之处，穿着民间常见的蓝马褂，但看着面熟。

还是来旺脑瓜好使，先认了出来，"这不是阿山总督吗？"连生也想了起来。不说在江宁织造府，就是头年春节，两江总督府衙与江宁织造署相互团拜，在那个场合，他与来旺见过阿山。

他们随即疑惑起来，总督大人、江南江西的天王老子，怎么跑到这种肮脏地方来了？而且衣冠不整，像是刚过了一夜。想到这儿，小哥俩吓了一跳。阿山走近时，他们连忙背过脸去，但有几句对话顺风飘到了耳朵里。

妓院老板说："总督大人以后想玩儿了，奴才把您看着入眼的小妹妹送家里去，直接捅到您的被窝里，何须您微服私访呢。"

阿山伸出小扇子一般肥大的手一挡，"甭！跟我甭来这个。要真那样的话，我家的母夜叉能把小妹妹们炖着吃了。嗯，这是个什么东西，什么时候立了这么块碑？"

他两在康熙圣训的勒石前面站住了。

妓院老板回道："这是陈鹏年知府去年立的一块碑，上面镌刻的是圣上南巡石头城留下来的圣训。陈知府的本意是要让正在读书的学生牢记圣训，可我的妓院紧邻着十四楼，这块碑就像老主子本人在这儿戳着，骂江南的'粉饰奢华'，唬得您的那些属下也不敢到我这儿泡了。"

阿山一旦跟妓院拉开一断距离，胆子就大了，谁也不怵了，横肉又重新回到脸上。"陈鹏年立的。"他念叨着，若有所思地环顾着四周，冷不丁地问："这一带的房子都是明代留下的？"

妓院老板笑不嘻儿地说："没错儿。听老辈子说，前明那会儿，秦淮河两岸嘛，烟花柳巷之地，干净地方不多。"

"那这座十四楼呢？"

"也是干小妹妹的地方。"

"当真？"

妓院老板擦了一把顺嘴角流出的口水，"十四楼那程子是出名的官办妓院，在里面接客的都是官妓，也就是吃官俸的妓女，进进出出的尽是些达官贵人。据说吴三桂宠的那个陈圆圆也在十四楼接过客。乖乖拢地咚，陈圆圆！"

阿山的表情是在遐思，不知想到哪儿了，吼了一声："娘的！"

妓院老板很是因回答了总督大人两个问题而沾沾自喜。为了把自家的脸面作足，他狗颠屁股三儿，站在当街，向后挑着大拇哥，吆喝上了："两江总督阿山大人微服私访来了，体恤下情来了，倾听民意来了，嘘寒问暖来了。"她回首一看，阿山早就没影了。

连生与来旺只觉得这家伙演了出闹剧，在边上直偷偷乐。

两个月后，八月的江宁酷暑难当。这天午后，陈鹏年在自家小院纳凉。离开京师这么些年了，他没有丢掉京师的老习惯，凉棚金鱼胖丫头，京师官员和有钱人熬过炎夏的三大件，他一样不少地搬到了江宁。

凉棚从正房屋檐下伸出去两丈远。凉棚底下有口金鱼缸。几尾金鱼在悠哉悠哉地游动着。金鱼缸边上是一张藤编的躺椅。陈鹏年躺在上面，不紧不慢地摇着蒲扇，昏昏欲睡。一个胖丫头跑来慌慌张张地说："阿山总督来了，还带着几个衙役。"

陈鹏年的眉头警觉地皱了起来，随即站起，趿拉着鞋子迎上去。

阿山一身官服，带着几个衙役，风风火火地闯进来。陈鹏年向他作揖，他并不理会，而是一直来到凉棚底下，打量着环境，看了会儿金鱼，高声说："都说江宁是个大火炉，你这地方还挺凉快的嘛。陈知府，想不想找个更凉快的地方呆着？本总督成全你。"

陈鹏年淡淡地说："别拌蒜了，更凉快的地方是指的哪儿呀？"

阿山露出坏小子那种笑。"大牢。里面阴凉阴凉的。"

陈鹏年慵倦地躺下来，继续摇着蒲扇，"阿山呀阿山，本官真替你发愁。你终日插圈弄套儿，做梦都想杀了我，可就是下不去刀子。你现在又想把本官扔进大牢，你有口实吗？"

阿山就手捞出一尾金鱼，举到陈鹏年眼前，一发力，捏死了，接着在缸里涮了涮手，说："口实倒是现成的。前不久，本总督偶然途经十六楼，看见你在十四楼前立了一块石碑，上面镌刻着老主子南巡时的圣训。十四楼过去是个什么地方？在明朝时是妓院。你让圣训处于如此污秽不洁之地，你安的什么心？再说啦，十四楼，前明名妓陈圆圆接客的地方。陈圆圆是吴三桂的宠物，吴三桂是谁呀？正是此人打开山海关迎进多尔衮致使清朝定鼎中原。你是一个汉人，在前明故地、陈圆圆与吴三桂鬼混之地，立下警策王朝衰亡的圣训，不是替前明叫屈又是什么？"

陈鹏年一拍椅子把站起来，指着他的鼻子说："阿山，你鬼魔子魔道的，要想捏造口实，就编点说得出口的。你这是……"

阿山笑咪咪地截住他的话，"我这是欲加之罪，何患无辞。"

陈鹏年怔住了。

阿山说："自从那次你侥幸保住脑袋以来，我就一直想揪住你的小辫子。这回总算揪住了。明着告你，不是我非要置你于死地。俩月前，我就摸清这事了，秉报太子，是太子下令抓你的。这回我倒要看看，再有那个傻小子说你是'好官'，有那个扁毛畜生额头被血的保你。"

阿山向左右一甩脖子，喝道："把他带走！"

陈鹏年二度被抓的事已经传遍江宁。江宁织造府内笼罩着不安的气氛。曹寅倒不是完全是在惋惜陈鹏年，在更大程度上，他是为太子再次卷入江宁事务不安。为此，他把李煦从苏州叫来了。

在曹寅的书房中，老哥儿俩背着手，烦燥地踱过来踱过去。

李煦劝慰他。"别着急，别着急。杀一个知府，照例要皇上钦批。皇上对陈鹏年有记忆，上次那么大的事都秉公论断了，这次肯定还有个缓。再说阿山要杀陈鹏年的借口纯属扯闲篇儿，明眼人一看就知道是有意罗织罪名，皇上不会让他轻易糊弄住。"

连声和来旺进来了，看样子刚刚下学归来。

曹寅不曾注意到他们，蹙着眉头接着说："中间夹着太子呢。阿山告陈鹏年把圣训立于十四楼前，十四楼在明朝时是妓院，属不洁之地。这种事可大可小：往大里说是大不敬；往小里说是办事一时马虎。就看话怎么说。架不住太子对陈鹏年耿耿于怀，上次没杀成栽了面子，这次他捅咕皇上几句，备不住就会要陈知府的命。"

连声和来旺在一边全都听到了。

连声疑惑地说："我们上学的十四楼怎么成'不洁之地'了？"

曹寅这才注意到他们，"噢，俩小不点儿回来了。"

连生问："我们在十四楼读书，那儿怎么成'不洁之地'了？阿山总督又要杀陈鹏年？这回他编的什么理由？"

曹寅把他俩往外轰，"小孩子，没你们的事，大人说话你们别瞎插嘴。洗洗手，吃饭去。"

连声边向外走边嘟囔着："阿山总督说十四楼是'不洁之地'，他自己还跑到十四楼旁边的妓院过夜呢。"

曹寅呵斥道："小孩子别瞎说！"

来旺插话说："我们才不会瞎说呢，我和连生哥都看见了。"

曹寅和李煦急速地对视了一眼，不约而同地说："先别走，回来回来，是怎么回事，进屋慢慢说。"

紫禁城神武门。大门紧闭。大门旁边各是一溜长椅，各坐着一排人。

这是神武门的特殊规矩，由于进去就是内廷，守门的不持刀枪，也不站立，而是坐着。非皇帝本人，就是亲王出入，他们也不用站起来。

一匹驿马急奔过来，在门前站住。一个兵丁跳下马，与那两排守门人连声招呼都不打，就擂高大的门扇。门开了一条缝。来人把一个密封的锦盒递进去，里面的人收了，大门随即重新关严。

养心殿内，康熙皇帝精神恍惚地歪倒在炕上。

一个内监走入，将拆开的锦盒奉上。

玄烨从锦盒中拿出一封信，迅速看完，吩咐道："把允礽叫来，就说朕有话要问他。"

不大会儿，允礽来了。

允礽匆忙问："皇阿玛召儿臣何事？"

玄烨满脸不高兴，"朕狩猎回来才几天，你转来的阿山告陈鹏年大不敬的折子，还没顾过来看。陈鹏年的大不敬是怎么回事？"

允礽说："两江总督阿山已将江宁知府陈鹏年的大不敬罪启奏皇上，皇上日理万机，恐怕一时顾不过来，请我在皇上面前念个秧儿。陈鹏年将圣上上次南巡的一段宣谕勒石，立于十四楼前。阿山称，前明时十四楼是个妓院，而且是前明名妓陈圆圆接客的地方。将圣训供于不洁之地为大不敬，所以当杀陈鹏年。"

玄烨挥了挥手，"别说了。现在十四楼用来做什么？"

允礽说："儿臣让人查了，现在是所官塾。"

玄烨气恼地说："尽是些搅磨子帐儿。将朕的话勒石于官塾之前，有何不可？你管这所官塾原来是干什么的。"

允礽还要狡辩："那陈鹏年把圣训立于陈圆圆接客之处……"

玄烨喝住他："少在朕面前猫盖屎！朕刚接到江宁密奏，十四楼在秦淮河畔，明朝时确是妓院所在地。但江宁地方已查清，明朝名妓陈圆圆从来没有去过江宁，更不可能在那里接客，这些话，都是十四楼旁边的妓院老板为了招揽生意而胡编乱造的。"

允礽有些紧张，"那么是阿山搞错了？"

玄烨满面怒容，"阿山是搞错了。但是，阿山为什么会搞错？一个妓院老板的胡言乱语怎么会传到阿山耳朵里的？"

允礽据实说："儿臣不知道，也没有想过。"

玄烨将手中的折子扔到地上，"自己看看吧，你身为太子，是在为何等混帐张目。据江宁密奏，事关陈圆圆在十四楼接客的昏话，都是阿山逛妓院时听来的。即便阿山逛妓院之事不予计较，这家伙也过于胆大妄为了。逛窑子时听到的胡言乱语，他居然用来诬陷一个朝廷三品命官，居然将妓院龟头的话启奏到朕处。这叫什么？这才叫大不敬！"

允礽斜眼看看扔在地上的折子，额头上渗出汗珠，"儿臣这就让人把那个妓院老板砍了，将阿山也……"

玄烨喝道："住嘴！你算个老几，你纵然是个太子，又有几斤几两重！两江总督、封疆大吏，是你能动的吗？"

允礽说："儿臣不能动他，那皇阿玛打算如何处置他？"

玄烨有些犯愁，眉毛挤成一团，"两江总督一职非同小可，朕的手边一时没有合适的人。朕念阿山平定三藩有功，暂且留用。"

"儿臣明白了，下不为过。"允礽起身打算走。

玄烨站起来，"朕还没有让你走呢。朕如果没有记错的话，这是你第二次和阿山串通一气，欲杀陈鹏年了。"

允礽的额头开始冒汗了，点了点头。"其实，儿臣与陈鹏年无怨无仇的，只是两度误听了阿山的一面之词，两度发昏章第十一。"

玄烨深深地叹了口气，"阿山隔三差五地找陈鹏年的麻烦。看来陈鹏年在江宁是没法干了。传旨，陈鹏年来京城，在修书处效力。"

陈鹏年接到罢免江宁知府的谕旨时，已是深秋时节。

他在江宁效力十余年，人望很高，离开江宁时，不少百姓携儿带女送行，他家的小院门前挤得满满登登的。

陈鹏年带着妻子出得院门，和乡亲们作揖，准备上马车。马车上只有几件简单的行李，这是他的全部家当。俗谓：一年清知府，十万雪花银。这话安不到他的身上，来时两袖清风，走时依旧。

陈鹏年的妻子上马车，看看乡亲们，感慨地说："送你的都是百姓，一个穿官服的都没有，你毕竟在两江总督府衙干了十来年了。"

陈鹏年放眼看看人群，感慨地说："都知道阿山恨我，谁也不愿吃瓜络，不愿得罪阿山，不送就不送吧。可我临行前真想去拜访一下曹织造。当年他和他的儿子有恩于我，不打声招呼就走，心里怪不是味儿的。"

陈氏笑道："别去了，别惹上人家一身骚。"

陈鹏年摇头苦笑一下，在乡亲们的簇拥下上了马车。往车上一坐，位置高了，他看见在送行的人群外，曹寅拉着两个孩子正往他这里看着。

陈鹏年心头一热，跳下马车，分开人群，跑向曹寅，扑通一声跪倒，重重地磕了几个头。

曹寅万分窘迫，直拉他，"陈知府，你这是干什么。别，别。"

陈鹏年依旧双膝着地，直起上身，仰望着曹寅，动情地说："本官与曹织造素昧平生，当年曹织造额头被血救我，本当早就上门叩谢，但有碍于阿山，未能如愿。今天要走了，万请受我一拜。"说着又磕头。

陈鹏年磕头即毕，双膝仍不离地，转向连生和来旺，平视着他们说："孩子，为叔的知道，当年是你们小哥儿俩所说的'好官'，才使皇上重提我的事，请受老叔一拜。"他再度磕头。

俩孩子窘迫得恨不能找个地缝钻进去，使劲拉陈鹏年起来。

陈鹏年磕头既毕，双手搂着俩孩子的肩膀，鼻子突然间发酸。他左一眼右一眼地使劲看着这俩在傻呵呵间救下他的孩子，泪水一个劲儿地在眼眶里滚动。

俩孩子看着一个驴头驴脑的大麻杆儿官儿要哭，惊得直发呆。陈鹏年重重地抽了抽鼻子，又用手背横着擦了把眼睛，这个孩子气的动作又让俩孩子乐了。

孩子的灿烂的、纯真的笑，逗得陈鹏年也乐了。

"小恩人呐。"他叨咕着又擦了一把眼，眨巴着眼，盯着孩子看个没够。

十一、江宁织造府－布尔哈苏－乾清宫

康熙四十七年八月。酷热的七月刚过去，江宁稍微凉快一点了。

一辆马车急奔过来，在江宁织造府前站住。一个兵丁跳下马车，敲敲门，门开了一条缝。来人把一个密封的锦盒递进去，里面的人收了，大门随即关严。那个兵丁重新敲门，大门开一条缝。兵丁向后示意，马车上下来一个年轻相公，用扇子遮挡着脸，快走几步进了大门。

织造府里面并不知道大门外发生的这一幕。

曹寅在书房中正在与李煦说话，家人进来，把密封的锦盒放在桌子上，小声说："驿马飞传，刚送到的。"

锦盒由一张纸封着，纸上印有"养心殿"三个大字，四角烫着火漆。曹寅用裁纸刀剔掉火漆，把封纸剥开，打开锦盒，里面放着一张对折的纸。他面北，向着京城的方向深深地作了个长揖，才打开纸折，迅速地看了一遍，拍了拍额头，探询地对李煦说："老主子朱谕，嘱我等密切注意熊赐履家的动静，稍有异常就马上密奏。同时让我转告你，在苏州留心亲太子的几个人，稍有异常也得马上密奏。你估摸着这是什么意思？"

李煦思忖着说："熊赐履是太子的师傅，忘年之交。让你注意他的动静，莫非是老主子要对太子怎么样啦？"

曹寅脸色骤然变色，"不大会吧？太子已经立了三十多年，再说又是已故皇后亲生，老主子不会轻易废太子的。"

李煦说："宫中的事难说，不是你我所能料定的。"

这时，曹寅才注意到，那个家人并没有出去，而是一直站在一边听着。他不满地说："我和李织造有要事相商，你不要在这儿听。"

家人说："京城来人了。"

曹寅急忙问："什么人？"

"不知道。问了，他不说。"

"他是怎么来的？"

"和驿马车一道来的。"

"怎么没带到这儿来？"

"他直接进了帐房。"

曹寅站起来，拽了一把李煦，俩人一同出了屋子。

江宁织造府的帐房就在议事厅的后面，一溜儿三大间。由于天热，窗户和门都敞着。帐房师爷有的是从内务府派来的，说话还是京腔京调的。曹寅和李煦接近帐房时，听到几句地道京腔从里面传出来：

"我们也不知道您有多大来头，既然您是跟驿马一道来的，怎么也得是朝廷派来的，我们就跟您说实话。甭看我们江宁织造府外表挺堂皇的，是江宁的银子大户，其实内里是空大老泡。我们曹织造抠门儿着呢，对用钱的事情管得很严，一点银子都抠抠缩缩的。但这么俭省管蛋用，架不住机户和织户拖欠，加上皇上家里人动不动就从这儿支取，一动就是千儿八百的，甚至上万。这些年，江宁织造府背债背得够戗。拿咱京城的话说，是窟窿大，大窟窿。"

一个声音："江宁织造府背债，皇上和内务府都知道是怎么回事，没有人会怪罪你们。你们这些管帐的师爷，自己得把持着自己，别'抠澄沙'。"

"抠澄沙"是京城俗语，指经手钱财的人不正当地从中取利。能够说出这么地道京侃者，必然是京城生京城长者。

江宁织造府的几位主要帐房师爷都是打京城来的，自幼在京城的胡同里长大，多咱也改不掉京腔京韵。他们和京城来的人聊天，来来回回的话都透着京味，分外好听。曹寅与李煦这会儿顾不上欣赏这些，他俩无奈地对视了一眼，帐房师爷说到他俩心里去了。

外间以为，江南三织造府是给皇上出差督造衣服的，肯定富得流油。其实不是那么回事，说它们穷得丁当响，并不算太过分。

织造府的职掌，是在当地监督织造御用和官用绸缎。下辖的织造局有一百多台织机，操纵织机的是机户。织造局生产批量很小，带有示范性质，绸缎主要是从织户手里收购的。织造府有固定的织户，即纺织绸缎的专业户，御用和官用绸缎主要由这支专业户队伍生产。每年，织造府给织户适当补贴，以保证他们购买织锦缎的蚕茧，织户用上缴的绸缎折抵。麻烦就在这种体制上。织户一旦破产，别说交纳御用绸缎，往往连补贴都还不上，从而在织造府帐面上形成坏帐，即是亏空。实际情况是，织造府每年把银子散出去，往往收不回来，恶性循环，帐面上的亏空越来越大，仅此一事就搞得曹寅焦头烂额。苏州织造府与杭州织造府也差不多。另外，江南三织造府实际上是皇室的一个小金库，皇室今天挪点，明天用点，窟窿总也补不上。

康熙皇帝了解内情，不但不抱怨曹寅，而且想方设法照顾他，给他些肥差使干，让他在这些肥差上把亏空找补回来。

什么算得上肥差呢？无非是贩盐和漕运。从皇上到子民都离不开食盐，国家把贩盐这块统起来，不准民间贩私盐，明摆着这份钱只准国家挣。国家并不从事卖盐的具体操作，具体操作是盐商。盐商们挣银子挣得盆满钵满，拿出一大块来上缴国家。都说是大河满了小河淌，而在盐业这一块，是小河满了大河淌。漕运也差不多。江南谷物北运，最便当的就是通过大运河运输。河道被国家统管起来，从来来往往的漕运船提成，不用贴本钱，自然只有往里进的，不用担心往外赔。而国家所要做的，是要不断疏浚大运河，保证漕运的畅通。

但这些肥差无济于事，曹寅与李煦既管过盐务，也管过漕运，甚至长期管理铜斤，也就是铜的采买。通过肥差挣到些银子，也补不上织造任上的窟窿。故宫博物院留存的曹家史料档案表明，康熙皇帝多次给二位织造悄悄打招呼，让他们尽快补上亏空。老主子把话都说到家了，说自己在世可以不予追究，自己一旦有个三长两短，新君可不会念及旧情，那时候二位织造可就得吃不了兜着走了。所以，他俩活得很不踏实，总觉得有一把刀在头顶上悬着，随时会落下来，闹个身首异处。

不能总是偷听，俩人一块进了门。账房先生们一看曹织造来了，慌忙站起来，垂手肃立。那个京城来的年轻相公却纹丝不动，依旧含笑坐着。

曹寅和李煦几乎同时叫道："哟，是八贝勒。"随即同时下跪。

帐房师爷们不明内里，仍然傻呵呵地站着。曹寅急忙招呼他们说："还傻站着干什么，这是八阿哥，还不快点下跪。"

帐房师爷们劈里啪啦跪倒一片。

皇八子允禩生于康熙二十年二月，现年二十八岁，正是好时候。玄烨的后代多是尖脸细眼，就是这位长相有点特别，方额方脸，眉毛飞挑，眼睛炯炯有神，身子骨笔管条直。而且个头偏高。他在皇子中行八，受封贝勒，因此在王公贵戚和内务府圈子里，一般称之为"八贝勒"。

曹寅和李煦在京城就知道八贝勒的份量。在诸皇子中，皇八子允禩的人望最高，在朝臣和皇室贵戚中，有不少人议论说，八阿哥的学问比二阿哥强一些，而人品则强出一大块。有的甚至私下议论说，与其二阿哥当太子，不如八阿哥当太子。当然，议论归议论，谁都知道，二阿哥是已故皇后舍赫里氏所出，是嫡长子；相比之下，八阿哥的生母卫氏地位很低。而在老主子眼里，评价一个皇子如何，往往把生母的地位看得很重。但不管怎么说，在京城朝野看来，一旦二阿哥不行了，能够顶替太子封号的，非八阿哥莫属。

允禩是个痛快人，招呼道："起来起来，都给我坐下。"

曹寅和李煦以及诸位帐房师爷纷纷起身，坐下。

允禩看了一圈，说："好！两位织造恰恰都在，江宁织造府的帐房师爷们也都在，不用另外费唇舌了，都在这里摊开说吧。我刚从京城来，为什么直接进帐房了？我这次来就是来问几笔帐的。"

曹寅和李煦看看账房先生们，账房先生们知趣地起身离去。

曹寅和李煦一齐动手，把门窗关上，而后落座。

曹寅有些紧张，问："八阿哥来查什么帐？"

允禩看透了曹寅的心思，"别害怕，别一听到查帐心就提到了嗓子眼儿。我可不是来查江宁织造府帐面上的亏空的。"

曹寅不由自主松了口气，用手抚了抚胸口。

允禩说："但也别松气，别一听不查帐，心就落回了肚子里。我这次来查的是太子从江宁织造府支取了多少银子。"

曹寅再度紧张起来，李煦也随即紧张起来。

允裪笑了，"李煦，你也跑不了。在江宁织造府查完后，我还要到苏州织造府去，查太子从苏州织造府支取了多少银子。"

曹寅和李煦像是各挨了一记闷棍，不安地对视着。

允裪尽力冲淡这件事，说："刚才我听帐房师爷说了，皇上家里人动不动就从这儿支取，一动就是千儿八百的，甚至上万。所说的'皇上家里人'，想必是指二阿哥。这二年来，皇上接到不少告二阿哥的折子。当太子三十多年，到处勒索钱财，过去是怎么勒索的查不过来，我到江南所要查的，是他近二年勒索的银子数目。二位听懂没有？"

曹寅和李煦诚惶诚恐地点了点头。

允裪好眼力，把这两个织造内心的恐惧看得明明白白的。"我既然找你们查太子的帐，咱们就拴到一块儿了，成了一条线上的蚂蚱，要说得罪太子，谁也跑不了。你们还有什么要说的？"

曹寅胆怯地说："太子是从奴才这儿支取过银子，数量还满大。但他是太子，贸然抖搂出来，您和太子是亲兄弟，都好说，大不了是窝里斗，而我们不一样，是皇上家奴、包衣下人，着实有些不敢。"

允裪转向李煦，"李织造，你也是这么想的？"

李煦紧张地想了想，说："恕奴才直言，除曹织造所说的之外，奴才还多想了一层。即便不说太子不太子的，您是八阿哥，他是二阿哥，就这么着，一个阿哥查另一个阿哥的帐，是否合适？如果一定要查，不难，帐目都是现成的，是不是要老主子先给我们打个招呼。"

这是明着向八阿哥索要查帐的证明文件，没有老主子的朱谕，怎么也得有个宗人府这类大衙门的行文。没有这些，一个阿哥不可能离开京城到外地查另一个阿哥的帐目。

允裪没有恼怒，反倒大笑起来，"谢谢你们说实话。能够说实话就好。二位的顾虑都属正常。怎么说呢？这么说吧，你们不是刚收到老主子的密旨吗，让你们密切注意熊赐履的动静，稍有异常马上密奏。"

曹寅和李煦急忙点头："正是正是。"

允裪的笑容倏地消失了，"熊赐履是太子师傅，让你俩注意熊赐履，可否表明老主子对太子不大放心呀？再说啦，老主子的这份密旨是我带来的。凭着这一点，我的来头你们是应该清楚了，这可不是一个阿哥背地里给另一个阿哥搞鬼，查二阿哥的帐本来就是老主子定的，恐怕用不着老主子再给你们打招呼了。"

允禩的推论是无可挑剔的，曹寅和李煦深以为然地点了点头。

允禩加重了语气："目下老主子并不在京城，六月份就出塞外北巡去了，至今仍然在塞外狩猎。二阿哥和我们几个阿哥，本来是陪同北巡的。途中，皇阿玛突然在帐篷中召见我，让我马上赶到江南了解二阿哥的劣迹，而搜刮地方钱财的事情，是重中之重。我就是这么来的。"

曹寅诺诺："八贝勒，奴才明白了。"

允禩不屑地挥了下手，"我看你们并不明白。还得点你们几句。至今二阿哥立储已三十多年了，京城各旮旯里都有他的势力，如果在京城对太子动手，可能有人会跳出来闹腾。再说一遍，老主子现在不在京城，太子也不在京城，而我又是北巡途中出来的，到江南匆匆查帐。往下我就没法明说了，意思你们应该能够琢磨出来。"

曹寅问："莫非是……"

曹寅吓得不敢说下去了。

李煦问："听八贝勒这意思，莫非老主子北巡途中就要废储？"

允禩冷冷地说："说话要留点神，别胡嘞八扯的，废储可不是我八贝勒的意思。如果老主子有这个意思，北巡途中，孤身一人，与他的犬牙隔离开来，倒是废除他太子封号的好时机。"

康熙四十七年九月的一个早晨，一个苍老的声音回荡在空旷的草原上："允礽是已故皇后舍赫里氏亲生，朕立他为皇太子已三十三年。"

玄烨说到这儿，胸脯剧烈地起伏，说不下去了。

允礽跪伏在他的脚边，昔日的威风扫荡一空。他浑身战栗，大气不敢出，没戴帽子光着头，像一只斗败的公鸡，垂头丧气地耷拉着鸡冠子。

玄烨的对面是皇子与群臣，全都垂手肃立，惶恐不安的，拿京城的话说是"噤噤得慌"。太子跪在他们面前，是三十三年来的头一次。在场的人都模模糊糊地意识到，一场重大的变故将要发生。

天空是灰暗的，呈现着极淡极淡的花青色，太阳躲在薄云后面，苍穹中有一个大大的日晕。空气中浮悬着被风刮起来的尘土，四周是莽莽无际的大草原，在初秋的幽静中飘散着大自然的低吟。

本年六月，玄烨北巡塞外，皇太子、皇长子允褆、皇四子胤禛、皇八子允禩、皇十三子允祥、皇十四子允禵、皇十五子允禑、皇十六子允禄、皇十七子允礼及王公大臣随行。中途，除了皇八子允禩突然消失外，其余皇子都在。玄烨自塞北回銮，九月中旬行至布尔哈苏地方，作出一项重大决策，遂迎来了清史中这个重要的早晨。

汉字中的"愁"是由"秋"字与"心"字组成的，可见中国人自古就有一种悲秋情结。秋风秋意把玄烨的悲秋情绪煽动得旺旺的，他召集随行的诸皇子及王公大臣到行帐前，命允礽跪在身边，宣布他考虑既久的一项重大决定。

玄烨在说不下去了之际改换了一个话题，呼道："平郡王纳尔素，过来。"

平郡王纳尔素是一个孔武有力的壮小伙子，面色阴沉，大眼睛下面的酒糟鼻子分外醒目，单薄的猎装下鼓鼓囊囊的，凸现着身上一疙瘩一疙瘩的肉。他走向皇上，由于长期骑马，长了一副罗圈腿，走路上身摇晃，下身一撇一撇的，像个摔跤手。

纳尔素出生于康熙二十九年，现年才十九岁。他是清太祖努尔哈赤的直系后代。努尔哈赤的第二个儿子代善是大贝勒礼烈亲王，也是早先的"八王"之一。代善的儿子岳托袭多罗克勤亲王。岳托之孙罗克铎第二次袭封多罗衍禧介亲王。在康熙八年初，罗克铎改封号曰"平"，此为平郡王之始。他是纳尔素的祖父。按照以次递降的规矩，到了纳尔素这茬儿，亲王是当不成了，以次递降袭封平郡王。

玄烨说："撩起你的褂子。"纳尔素没有听清，把耳朵凑过去，玄烨重复了一遍："撩起你的褂子。"

这次纳尔素听清了，莫名其妙地脱去上衣，愣呵呵地站在众人面前。众人清楚地看到，平郡王强壮的身体上露出一道道鞭痕。

玄烨用行家的眼光看了看鞭痕，说："这是用蘸了水的鞭子抽的，都是老疤了。一般鞭子抽的，个把月疤痕就消退了，只有用蘸了水的鞭子往死里抽，才能落下这么重的鞭痕。是不是这么回事？"

纳尔素点了点头，但是一丝惊恐从眼中掠过。

玄烨问："这是谁打的？"

纳尔素不敢吱声，低下头，抚摸着自己的身体。

玄烨满脸怒气，喊道："平郡王纳尔素，你不说朕也知道是谁打的。这是太子打的！今年初，朕指配曹寅之女曹佳氏嫁于你为妻，新婚筵席上你喝多了酒，管不住舌头，给允礽扒了豁子，说了些允礽奸淫民女之事。允礽得知后，把你绑到他的府上，他亲自动手，狠狠地鞭笞了你一顿。是不是这么回事？"

纳尔素仍不敢吱声，只是抚摸着鞭痕，像是老虎在舔身上的伤口。

玄烨猛地转向允礽，问："有没有这事？"

允礽小声回答："有。"

玄烨动情了。"平郡王纳尔素读书不多，却绝非等闲之辈，是从军阵中砍杀出来的，是我朝有功之人。去年直隶、河南地方闹白莲教，人多势众，当地官府弹压不力。纳尔素从京城赶去，单枪匹马在白莲教徒中反复冲荡，几进几出，以王朝天威震慑了企图起事者。刀剑弓弩都不曾伤着他，他却被你这么一个没有出入过沙场、安享太平的人打成这样。立下赫赫功绩的郡王你都敢打，还有谁你不敢打？"

允礽小声说："儿臣再不敢打人了。"

玄烨暴怒之下，揪起允礽的头发，"往这边看看，这是你的弟弟们，往那边看看，是诸王公大臣，你数一数，有几个人没有挨过你的打！"

在场的人忽地跪倒，齐声呼道："圣上息怒，圣上息怒！"

玄烨松开他的头发，点了点头，准备向在场的人开腔，而刚刚张嘴，两行老泪便夺眶而出："诸位阿哥、众爱卿，你们恐怕有所不知。朕立太子三十余年，而忍气吞声已达二十余年。朕巡幸各地不敢有一事扰民，而允礽秉性荒淫奢侈，走到哪里勒索到哪里，勒索钱财不说，还每每奸淫良家女子，其淫乱难于出口。朕从善入流，而允礽结党营私，豢养宵小匪类，恣行乖戾，无所不为，无恶不作，其腌拉巴脏的恶行虐行，令朕羞于启齿。允礽已三十多岁，即位之心甚切，巴不得朕早日升天，他好早日登极，在京师还不明显，这次巡幸塞外，拔了蒿子显出狼，他数次在朕睡下后窥视行帐，六七天以来，朕没睡过一个安稳觉。朕至今还没有被他下毒毒死，尚能面对诸皇子和群臣，已是万幸。"

诸皇子和王公大臣将头紧紧伏地，一个个都在颤抖。

玄烨高声叫道："允禔！"

大阿哥允禔一下子跳起来，"儿臣在！"。

玄烨说："带上朕的侍卫，将允礽押解回京。不得走漏风声。"

允禔问："何时出发？"

玄烨说："即刻出发！"

允禔转向允礽，"请二阿哥上马。"

允礽狼狈地起身，无奈地看看皇阿玛，摇了摇头，一蹿身子跳上马。

允禔和一干侍卫押解着允礽走了。

看着一支马队渐渐消失在大草原中，玄烨口中一个字一个字地往外蹦："传旨，废除二阿哥太子封号。待朕回到京城后即刻宣布。"

在场的人都惊呆了。他们本以为皇上是恨允礽不争气，狠狠地教训他一通就算过去了，没想到皇上一步会跨出这么远。

这是玄烨平生最痛苦的决定。他痛哭倒地，双手抓住大草原的青草哀嚎起来。"皇后在天之灵，朕没有管教好允礽，有愧于你啊！赫舍里氏，朕不能将天下交给这样的人，你要体谅朕啊！"

没人敢于劝阻，诸皇子和王公大臣莫不呜咽。

芳草凄凄，宁静的大草原被哭声笼罩着。

大片的草在阵阵秋风中折弯了腰。

乾清宫内，玄烨精神恍惚地歪倒在炕上，等待着太监的回复。

炕前，一个十二三岁的孩子与太监并肩跪着，咬着嘴唇不敢哭。

这孩子即是允礽的嫡长子弘晳。他已明白事理，平心而论，他的阿玛被废除太子封号对他的打击固然很大，但被羁押在宫里更让他受不了。他是来求爷爷开恩的，让爷爷恩准把阿玛圈禁在家。

玄烨发话："说，允礽怎么样了？说了些什么？"

太监启奏："废太子每天不思茶饭，只是哭闹，说他打骂王公大臣是真，淫乱良家妇女也是真的，但绝无谋父之事。还说他自出生就没有见过皇额娘，既视皇阿玛为亲爹，又视为亲娘，北巡塞外时，夜间窥视行帐只是唯恐皇阿玛打猎过累，夜里睡不踏实，绝无其他念头。"

"他的生母舍赫里氏，走了三十多年了。"玄烨被触动了心事，长叹数声，每叹一声就拍打一下炕。他一骨碌坐起来，把弘晳一把揽在怀中，盯着他久久地看着，企图从他的眉眼中搜寻赫舍里氏的踪影。

在爷爷宽阔的怀抱中，弘晳在感受到温存的当口，抽泣起来。

玄烨禁不住眼睛发潮，紧紧搂着弘晳，说："你的阿玛不当太子了，可他仍然是朕的儿子，你仍然是朕的孙子。"

弘晳哭着问："不当太子就不当吧，为什么把他关押起来？"

玄烨想了想，抄起手边的一个折子递过去，说："弘晳，你问的事情太大了，不是三言五语能说得清楚的，爷爷没有那么多功夫，就不回答你了。这是你八叔他们写的一个折子，里面可没有假话。你自己看看，读个开头，兴许就会明白，为什么把你的阿玛关起来了。"

弘晳拿过折子读出来："据讯问曹寅之家人黑子，回称由我主人曹寅那里取银二万两，后来又取银二万两，皆交给灵普了。"

玄烨打断了他，"灵普你总该认识吧？"

弘晳小声说："灵普是我们家的管家，阿玛走到哪儿都带着他。"

玄烨悲伤地抚摸着他的头，"曹寅爷爷你也应该认识。那次爷爷南巡带着你，你还在他家住过。想想看，一个兵丁一年才十几两饷银，一个官员一年的官饷也不过是一百多两银子。而你阿玛的管家灵普，在短短两年间，分两次从曹寅那里共拿了四万两银子。顶着太子的封号，到处勒索钱财，拿民脂民膏这么胡造，这么干该不该关押呀？"

这份奏折至今仍然存放在故宫博物院，被称为"八贝勒等奏查报讯问曹寅李煦家人等取付款项情况折"，它反映出两年间曹寅、李煦两处总共给了允礽银子八万五千七百六十两，其中零头五千七百六十两付与"戏子工匠"，其余八万两的下落不是很清楚，大部分让允礽挥霍了。

弘晳胆怯地问："那阿玛就不能回家了？"

玄烨拍拍他的脸蛋说："一时半会儿的是回不去了。"看到孙子抽抽答答的，他补充了几个字："也就是几个月吧。"

十二、崇福寺－养心殿

京城南城有个烂面胡同，胡同名字怪难听的，但它的西面有座寺院，倒是挺吸引人，是都人排遣种种抑郁的去处。

悯忠寺始建于唐朝贞观十九年，为唐太宗敕建，悼念东征之役中阵亡的将士。这项工程拖拖拉拉的，直到武则天万岁通天元年才建成。寺院的具体承建者，是两个著名的反叛将领，即安禄山和史思明。安史之乱后，寺院改名为顺天寺。其东西各有一座塔，还有座阁楼。那时还没有北京城，后来北京城这个位置被称为幽州，地理方位大致在后来北京城广安门外的一小疙瘩地方。幽州有这么座寺院，是件不得了的事。幽州人没见过太高的建筑，在他们看来，悯忠寺院里的阁楼快要顶到天了，以至于流传下来一句话：悯忠高阁，去天一握。

这座寺院历史的彼端联接着悲壮的唐太宗东征之役。而在后来，它依旧与民族痛史相依相随。北宋末年，宋钦宗被金朝军队俘获，曾经羁押在寺内；金大定十三年，曾作女真进士的考场；元朝至元二十六年，宋朝遗臣谢枋得被拘在此，绝食而死。由于它有太沉重的历史负载，元明之际，京城士人经常到此寄托哀思，而且凭吊范围逐渐扩大，各式各样的伤怀都拿到这儿发泄，有的与绵长的历史有关，大部分则无关宏旨，甚至科举不中、怀才不遇、官场败落、情场失意，以至两口子打架、婆媳不和，也到此对着寺僧和供像诉说一番，或者不诉说什么，就在寺院里面站一站，这座古老的寺院就足以沉淀些积郁，释放些积郁。

明朝正统年间，寺僧修葺，改名崇福寺。入清之后，在雍正年间改名为法源寺，雍正皇帝御书联额，又有御制法源寺碑。那都是后话，在康熙年间，这里还是叫做崇福寺。

由于崇福寺荟萃着种种失意、种种惆怅，以及种种不宁的心境，由此一门特殊的行业在这里挺兴盛，这就是算命。谁也安慰不了谁，唯有算命先生才能为失意者和惆怅者指明出路。

算命先生能力有高下之分，掐算事情的应验程度是个筛子，那些没功底而一味拿宽心话填和人的，干不了多久就混不下去了，只有掐算后有所应验的才能站稳脚跟。康熙年间，有一个能掐会算的高人，叫张明德。在各路算命先生逐一败下阵后，他在寺院中巍然不倒。

算命先生没有面面俱到的，而是各有所长，擅长掐算不同侧面，由此形成约定俗成的分工。来这儿算命的多数是女人，而据寺僧说，给妇道人家算命，张明德不大灵，他拿手的掐算为中年男子的前程，尤其擅长掐算官运和财运。他算了要破产的主儿，肯定赔得底儿掉；他算了要发财的，银子一旦来了，挡都挡不住。比之算财运，他算官运更灵，他说某位在三五年内上不去了，那就是上不去了，再托门子也白搭。说某位某年某月要升擢，到了日子口，那位的官职肯定会蹿一蹿。

河出图洛出书。伊洛流域是河图、洛书的故乡，《易经》六十四卦的故土。洛阳不仅数朝为都，而且自古出算命的高人。北宋年间的邵雍，祖籍辉县，后居洛阳，与二程兄弟过从甚密，著有《皇极经世》等，谥康节，学说经后人发展为算命学，其中以便捷犀利的"梅花易数"最著。邵康节被吃算命这碗饭的奉为鼻祖。张明德祖籍伊川，自称曾经得到康节弟子的弟子的弟子的真传，虽然隔着几十辈子远，但学问一点也没有走样，一招一式都是康节先生的真东西。

康熙四十七年十月间，也就是被废除皇太子封号的次月，一辆敞篷大马车往崇福寺来，除了赶车的老实坐着，其他人都侧身坐在车帮上，腿耷拉在车外。京城管这种坐法叫"跨车辕儿"。

马车来到崇福寺山门前，"跨车辕儿"的纷纷从车上跳下来，有六七个，都在三十岁左右，长相有那么点相似，像是一家子的兄弟。

这一干人进入山门，哪儿也不去，直奔张明德卦摊。

老头儿挺会挑地方，卦摊设在悯忠台旁边。几株数百年的松柏，洒下一汪浓荫，他的桌子支在浓荫之中。如同其他算命先生一样，前面有一块白布遮挡，上面有一个大大的"卦"字，再无其他。

张明德七十大几岁了，但面色红润，声如洪钟，如果不是一绺雪白的胡子垂在胸前，看上去也就是六十多岁的人。他招揽顾客的方式与其他算命先生不同。一般算命先生不说话，只是坐在桌子后面，摆出深沉之状，显得胸有城府，等待求卦的找上来。

匆匆走过来的这几位，看到的是另一番景象。

只见一个白胡子老头在拖腔拖调地吟颂着一首诗：

> 琳宫深邃柏苍苍，忏佛台因古国殇。
>
> 妙法有源逢盛世，孤忠堪悯惜唐皇。
>
> 老僧戒约温而厉，游客诗情慨以慷。
>
> 莫向残碑说安史，景山鼙鼓更凄凉。

这首诗流露出一些哀悼明朝的情绪，是说明末甲申年崇祯皇帝在景山自缢，那场大变故对汉家江山的破坏，远甚于唐朝的安史之乱。清朝趁明朝内乱之际取而代之，在康熙年间是敏感话题，耳朵尖的人听着不会太舒服。但那几个人却不大在乎，径直来到卦摊前。

一个年岁稍长的把一锭银子放在桌面上，大大咧咧地说："想必您就是张明德老先生了。久闻大名，久仰大名，久慕大名。今儿个哥儿几个结伴前来，专程拜访，是想让您掐算一件事。"

张明德没看来人，连眼皮都没有抬，而是把玩着那锭银子，低声问："通常来向我求卦的，给几十个铜镚子儿就够了，说的不对，可以一个子儿不给。今天不大对劲呀，我还没说话呢，你们上来就给这么多，要求问的事情到底有多大呀？"

那个三十多岁的说："当然不是件小事。我家老头子是开古董铺的，家业很大。但是他说了，家产在他死后也不分家，只传给我们众兄弟中的一位。几位兄弟都来了，求您给看看，他会传给哪一位。"

张明德伸出手来，将那锭银子推出去，"把银子拿回去。你们的银子我不能要，你们要问的事我也不能算。"

那个三十多岁的说："嘿，真有稀罕的，还有给银子不要的。"

张明德说："指着算卦混口饭吃，怎么能不喜欢银子呢，喜欢得很呐。"

那个三十多岁的问："那你为什么不算呀？"

张明德依次点点那几位的胸口，"但你们不说实话，你家老头子压根不是开古董铺的。你们不说实话，这个卦没法算，这份银子当然也不能要。"

那几位相互看看，交换了一下看法。"老先生果真是神算。""老家伙名不虚传，一下就算出咱家不是买卖人了。"

张明德苦涩地笑了笑，"实话说，对你们的来路，老汉还真没有掐算，也用不着掐算。眉毛底下长着眼睛，打你们从那边走过来，穿的戴的，言行举止和你们这份嚣张，就不像从商人家里出来的。"

那个三十多岁的说："闹了半天，您还会相面。"

张明德不屑地摆了摆手，"相面可谈不上，那是另一门学问。老汉我今年都七十多岁了，凭着在江湖上混了这么多年，凭着与来往众生打交道，看个人总还是八九不离十的，不会太走眼。"

年岁稍长的那位顺手把银子推回去，"您说我们不是古董铺里出来的，那您就相相我们家是干什么的。"

张明德看了看他们，"就说你们家的老头是干什么的吧，像是个当大官的，要不就比大官还要横，是个皇亲国戚一类的角儿。要是比皇亲国戚还横，那就顶到天儿了。别看你们穿戴褴不褴褛不褛的，而且跟老汉我说话挺讲个礼路儿，但那都是装出来的，是在糊弄局儿呢。大千世界纵然可以演戏，但也就能够改换个表面，内里的玩意儿是演戏遮盖不住的。瞧你们一个个儿那眼神儿，老汉我都看见了，那么轻薄，那么张狂，那么跋扈，那股子发自丹田的傲气，都透过俩黑眼球散发出来了。一句话，你们来头不小。"

听了这话，这哥儿几个也不装蒜了，七嘴八舌地说："张先生，话都说到这步了，我们也没什么可瞒您的了。实话说，我家老头子是位王爷。""老王爷岁数不小了，他一蹬腿儿，按照咱大清以次递降的规矩，王爵得给我们哥儿几个中的一个，您看看会给我们中的哪一位。"

张明德沉默了好大一阵子，直至额头渗出虚汗。"这种事情嘛，是相面人最忌讳的，本来是不能相的，相好相坏，相面人都没好下场。但你们哥儿几个结伴来，用心很是急切，那我就说说吧。"

那几位站直了，挺胸收腹，让他"相"。

张明德扫视了一圈，指着其中一位身材最挺拔、长相最大气的，说："我知道，你们说的那个王爵，就像前头说古董铺的家业一样，依旧是个托儿，内里的东西比王爷的王爵还横。这么说吧，你们说的那样东西，估计是一方印。这方印嘛，十有八九会传给这位公子。"

几位脸上顿时绽出笑容，暗中挑大拇哥。

被相中要承袭王爵的那位紧着问："为什么会给我？"

张明德说："用相面的老话来说，无非是丰神清逸，仁义敦厚，福寿绵长，诚贵相也。行了，就说这么多吧，你们走吧。"

被相中要承袭王爵的那位又掏出一锭银子，往桌面上一拍，"出头之日再重金谢你。"

他向其他人招呼道："这趟算没白来，咱们回去！"

张明德喊道："慢走！头前给我的这锭银子，刚才给我的这锭银子，两锭银子我都不要，你们拿回去。"

哥儿几个大惑不解，"您说的都对，跟我们所念想的一样，又不是在糊弄人玩儿，为什么不收银子？"

张明德朗朗笑道："银子是给活人用的，于我是没用啦。就这么说吧，我所说的这位公子，只是众望所归，能否接过那方印，还不敢肯定，前面还有两道劫。但有的话能肯定。能肯定什么？自打给你们相面，我的这个卦摊是守不住了，血光之灾会很快找到我的头上。"

哥儿几个一阵七嘴八舌："您这话怎么说的，干嘛说的血糊拉的。""我们出头了，您的好日子就来了，您别咒您自己个儿呀。"

张明德笑了笑，袖子一拂，两个银锭滚落到地上。"不是我咒自己，既然你们找到我头上了，血光之灾就带给我了。请诸位记住，这是我张明德平生最后一次掐算，而且很快就见分晓。"说完，他转身就走。

哥儿几个还在发傻时，张明德回过身来，对他们说："等到见了分晓，我张明德人头落地后，只请诸位记住：悯忠寺曾经有过一个料事如神的卦摊，算卦的是康节先生'梅花易数'的传人。"

到景福寺找张明德相面的是几位皇子。

被废除皇太子封号，遑论对朝野惊动之大，真正受刺激的是几位阿哥。皇长子允禔、皇三子允祉、皇四子胤禛和皇八子允禩，几位都认为自己可以继允礽之后搏一把皇太子。

那位年岁稍长的是皇长子允禔。他生于康熙十一年二月，现年三十七岁，比允礽大两岁。他是庶出，生母惠氏是个低级妾侍。身为长子，只是兄弟间的大排行，而清室取汉家王朝制度，并不传位于皇长子，而是传位于嫡长子。就这一条，就把他的肚子气得鼓鼓胀胀的。况且二阿哥允礽不会做人，更不会做太子，过于嚣张，总是对允禔大放厥词。在允礽眼里，庶出的兄长实打实的是"丫头养的"，而且不止在一个场合说过大阿哥的来路：是皇阿玛哪天兴头大发，在哪个犄角旮旯里，按住一个纳喇氏家的宫女给干出来的。

要论长相，在玄烨的几十个儿子中，允禔长的最像皇阿玛，他的个子不高，已开始发福。这么多年来，他一直看着允礽犯混，越混他越高兴。为什么？很简单，越混，离完蛋的日子越近。允禔最大的错觉是把皇长子看得太重，总是觉得自己还有戏，只要允礽被褫夺太子封号，下一个当太子的就该是他了。由于总想取允礽而代之，他网罗党羽比允礽还要过分，上至皇家贵戚，下至边塞小吏，到处有他的心腹。关于他的结党营私，康熙皇帝曾经发布过这样一道上谕："大阿哥党羽甚多，闻各处俱有大阿哥的人。"

允礽终于被废除了太子封号，而允禔却不能如愿，因为有一位皇子的声望远远在他之上，这就是皇八子允禩，也就是算命人张明德一眼认准当承袭王爵的那位。

对于允禩，允禔算得上心悦诚服，俩人有些特殊关系。允禔的生母惠氏与允禩的生母卫氏都是低级嫔妃，惺惺相惜，允禩出生后，曾经由惠氏抚养过一段，允禩的童年时期是在惠氏膝下度过的，也是在大哥允禔的关爱下成长的。身为大哥，允禔再不明白事理，也懂得两害相权取其轻。他从骨子里恨允礽，只要允礽不被复立，即便推允禩当太子，他也认头。

一块到崇福寺，还有皇三子允祉、皇五子允祺、皇七子允祐、皇九子允禟、皇十四子允禵。允禟和允禵这时还上不了台面，是跟着看热闹的，即便允祉和允祺，也压制着欲望，在口头上拥戴允禩。

到崇福寺相面本来是悄悄的，拿不到桌面上来，可是半个月后，这事被捅到了养心殿。

事情起之于允禔，他听到太监议论，皇上对二阿哥允礽处境不安，有要复立的意思，于是坐不住了，想见见皇阿玛。过去，他很少提出要见皇阿玛，这次提出后，玄烨马上就把他召到养心殿。

养心殿位于内廷西南的月华门外，平面呈工字形，一条穿堂连接前后两部分殿宇。康熙皇帝平素住在乾清宫，与臣工对策也在乾清宫，在养心殿只是处理内部事务。他几乎不大去后殿，前殿间或是他召见大臣的处所，御座下面有一个金漆木雕的台座，称为丹陛。

允禔不仅自己来了，还带来两个小皇子，一个是皇九子允禟，年方二十六岁；另一个是皇十四子允禵，年方二十岁。

康熙年间，养心殿是皇上家庭的延伸部分，里面气氛比较轻松。哥儿仨磕头之后，玄烨坐在御座上，叫他们坐在丹陛上，随便扯了起来。

玄烨像拉家常般问："允禔，你找我有什么事？"。

允禔吭哧了一会儿，才说："儿臣就明说吧。听到有些太监议论说，皇阿玛废除太子封号后，有些后悔。不知是不是真的？"

玄烨顿时满脸不高兴。"允禔，你轻易不求见，求见一次要说的就是这事。太子的立与废，关乎社稷，关乎大清国运，是朕的事情，你们的皇阿玛还不是不明事理的老屑头，用不着你瞎操心。你是什么，是皇长子，不是个唠叨妈儿，对立储这事既不要干预，也不要打听，把自己的事情管好，带着弟弟们读书习武就行了。"

允禔有些慌乱，急忙说："太子立废当然是国之大事，儿臣哪里敢打听，更不敢干预。儿臣只是担忧，皇阿玛废除二阿哥的太子封号后，又复立他为太子，让天下人笑话，说老主子出尔反尔。"

玄烨冷笑道："既然你把话都说到这步了，朕就不妨告诉你，如果其他皇子没有让朕称心的——起码你这个皇长子就不让朕称心——朕备不住真的要出尔反尔，复立二阿哥。"

允禔有些着急，"皇阿玛英明一世，何必让天下人说三说四呢。"

玄烨火了，"你一口一个'天下人'，'天下人'说什么了，朕没有听到，朕现在听到的是你在说三说四！允禔，你是奔着四十岁的人了，什么时候也学会拉舌头扯簸箕了。你这么害怕复立允礽，是不是觉得你是皇长子，也想过一把太子瘾呀？"

允禔急忙辩解："天地良心，儿臣知道自己是块什么料，绝无此意。非但如此，而且儿臣身为老大，多年来在考察诸位弟弟，觉得允禩是诸位弟弟中最好的一个，起码比二阿哥要强得多，请皇阿玛考虑封皇八子允禩为太子。儿臣特意带两个弟弟来，这也是他们的念想。"

玄烨好笑地说："你身为皇长子，读书本事不大，干这事本事不小嘛，居然挺会量肠子，把俩糠饽饽也发动起来，一块来拱皇阿玛。"

允禔控制不住话头，越扯越远了。"皇阿玛，这可不是几个糠饽饽的看法，满朝文武也都拥戴皇八子。而且，头些日子我们几个到崇福寺找到康节先生的传人、算命人张明德先生，他给皇八子相面后，也说皇八子必大贵。立允禩为太子一事，请皇阿玛三思。"

玄烨几乎不敢相信自己的耳朵，"你说什么？再说一遍。你们到一座寺院请人给允禩相面去了？是不是？嗯？"

允禔傻呵呵地点了点头。

玄烨问："什么时候的事情？"

允禔说："十多天之前。"

玄烨说："你认帐倒是痛快。你是皇长子，是你带着去的吧？"

允禔说："是啊。"

玄烨火冒三丈，"凭着这条朕就得重重地处罚你。"

允禔一下子傻在那儿了。

玄烨喊道："传旨！"

两个太监慌忙拿着笔墨纸砚跑了进来。

玄烨说："就趴在丹陛上写。"

玄烨一指，而后怒视着允禔，边想着边说："大阿哥允禔素行不端，气质暴戾，朕尝对其屡加切责，他的生母惠氏亦奏称其不孝，请置之于法。他是朕的长子，朕固不忍杀之。但这个混球……不写混球，写此人。此人断不肯安静自守，必有报复之事。著革去王爵……再加一句，幽禁于其府内。"

允禔没有想到皇阿玛会有这种剧烈反应，吓得慌了神。

玄烨逼近一步，问："那个相面的是哪儿的，叫什么名？"

允禔六神无主地答："他在崇福寺摆卦摊，叫张明德。"

玄烨喊道："传旨，立即派人到崇福寺捉拿相面人张明德。给朕明明白白地写上，捉拿归案后即刻凌迟处死！"

允禔扑通跪下，"张明德没有说出格的话，就是说皇八子'丰神清逸，仁义敦厚，福寿绵长，诚贵相也'，都是算命的老套子。"

玄烨的嗓门更大了："让允禩的'贵相'见鬼去！传旨，诸皇子谁要是钻营皇太子，谁就是国贼。写！皇八子允禩这小兔崽子柔奸成性，妄蓄大志，妄博虚名。把小兔崽子几个字拿掉。革除贝勒爵位，降为闲散宗室。还有，锁拿付审！"

允禟与允禵没有想到，事情会闹到这种地步。

他们忽地扑上来，一人抱住皇阿玛的一条腿，连声哀求："皇阿玛息怒，皇阿玛万万息怒！八阿哥绝无异志，我们和八阿哥一块去崇福寺相面，本来只是找个乐子，谁也不曾认真。"

玄烨烦躁地甩动双腿，把他们踢开，怒斥道："还有你们两个，也不是好东西。站起来，回答朕之所问：你们两个忙着给允禩拉场子，指望允禩当太子，是不是盼着他日后登极封你们当亲王呀？说！"

允禟站起来回答说："皇阿玛，儿臣的确无此心。"

据《清实录》，玄烨当时左右开弓，狠狠地抽了允禟两个嘴巴子。

在允禟捂着脸的当口，玄烨又转过脸，问："允禵，说！你为什么指望允禩当太子？他登极对你有什么好？"

十四阿哥允禵向来不是个松包软蛋，而是有股子倔脾气。倔脾气一上来，是不管不顾，天不怕地不怕的。就在他的眼前，转眼间老大允禔被革除王爵圈禁，老九允禟挨了嘴巴子，把他激怒了。当皇阿玛又冲着他来时，他豁出去了，遂把养心殿的这场父子纷争推向了高潮。

他喊道："回皇阿玛，儿臣为什么指望允禩当皇太子，明摆着。打小磕头碰脑的，谁不知道谁。论学问，论人望，论本事，八阿哥都比二阿哥强！大清需要能干有作为的君主。二阿哥不是这块料，八阿哥是这块料。八阿哥对我有什么好？二阿哥拿我当孙子，八阿哥拿我当弟弟。再说，我也是个能干的主儿，如若八阿哥日后登极，如若封十四弟当亲王，我当仁不让，受之无愧！"

据《清实录》，往下的一幕更加激越，差点见血。气昏了头的玄烨一时没有说话，只是在殿里团团转。他在找一样东西。什么东西？刀。

他终于在宝座后面找到了，他曾经带着这把刀亲征西北，平定三藩。现在，他刷地从镶满宝石的刀鞘中抽出刀，闪着寒光的刀锋直逼允禵。

太监们刹那间急眼了，一拥而上，搂腰抱腿，苦苦劝阻。

住在后宫的诸皇子闻讯赶来，一帮子小不点儿跪倒在地，鼻涕一把泪一把，齐声苦劝，养心殿里嚎成一片。

从始至终，允禵也不躲闪，而是扬头竖脑地迎着刀锋站立着。

父子间隔着一片跪倒的皇子与太监，玄烨的后腰与双腿被太监紧紧搂着。他怒视着允禵，慢慢地把刀收回鞘中。

玄烨怒气冲冲地喊了一声："打允禵二十大板，赶出宫门！"

他转身进入养心殿穿堂，往后殿走去。

允禵是条汉子，看着皇阿玛走进穿堂的门，把袍子后襟撩起来，往丹陛上一趴，喊道："打吧。二十大板，大伙儿给我数着。"

众目睽睽之下，太监犹犹豫豫地举起了板子。

允禵侧过脸喊道："打呀！"

太监一咬牙，一板子抡下去。允禵惨烈地大叫了一声。

养心殿里爆出齐声呐喊："一！"

十三、畅春园－上驷院

康熙四十七年十一月的一天。

京城西北郊出现了罕见的一景：上百乘轿子赶往畅春园，轿子有二人抬的，有四人抬的，还有少数八人抬的，穿插在轿子队中的是马车。轿子中的和马车中的，都是文武要员，都有随员或侍卫骑马相随。这么一来就热闹了。土路上车水马龙，轿子、马车和骑马的挤成一大片，人喊马嘶，暴土扬尘的。

这是被废除太子封号两个月后，也是诸皇子大闹养心殿一个月后，康熙皇帝在畅春园召集群臣商议一件大事。满朝文武颇费猜测，皇上与群臣商议事情并不多见，召集到苑囿商议更是罕见。

大宫门外轿子、车马挤了一大片。大宫门里，满朝文武把个九经三事殿挤得满满登登的。这个宫殿尽管是整个园子最大的建筑物，但比起紫禁城的泰和殿还是小得多了。连御座都没有太宽敞的地方。

群臣刚刚聚齐，康熙皇帝就从嘉荫堂那边过来，从后门进入九经三事殿，由于不在紫禁城内，常朝中的那些礼节没有施行。

玄烨刚坐定，殿内人高喊："吾皇万岁、万岁，万万岁！"

玄烨面露疲态，眼白处血丝密布，好像是数日没有休息好了,尽力高声说："平身平身，朕有话要说。"

群臣纷纷起身，相互看看，没人知道皇上为什么匆匆召他们来，更不知道来这儿要研究什么事，只是私下里猜测，大概是立储的事。

玄烨慵懒地陷在御座里，沙哑地开了腔："朕召你们干什么来？简而言之，商议立储的事。你们成天喊老主子万寿无疆，喊归喊，咱老祖宗是炎黄二帝，上上古的这老哥儿俩即便活到现在，也不过几千年，离'万岁'还远着呢。因此不管你们怎么喊，朕也有蹬腿儿之日。在那个日子到来前，要把储君定下来。这个话，是佟国维舅舅最近提醒。佟国维说，建废储君乃国本大事，皇太子是谁人关系甚大。所以满汉文武大臣都要来,在这九经三事殿内会同详议。众爱卿,听明白了吗？"

"臣等明白。"殿内泛起一阵巨大的嗡声。

皇上两次提到的佟国维，是个如雷贯耳的人物。他是清初名臣佟图赖的次子，顺治皇帝的孝章皇后的幼弟，既是康熙皇帝的亲舅父，又因康熙后宫佳丽中，两位出于佟府，一为皇后，一为贵妃，而成为康熙皇帝的岳父。这种集国舅与国丈于一身者，实为罕见。

佟国丈的主张，皇上实施，群臣不明白也得说明白。

"微臣不明白。"嗡声中响起一个不和谐的声音。

玄烨从御座上直起身，定睛看去，原来是礼部侍郎揆叙。

他一拂手，"揆叙，你有什么不明白的，说吧。"

揆叙眉清目秀的。他是满洲正黄旗人，康初大臣明珠的儿子，也是康熙年间著名的词人纳兰性德的弟弟。

在玄烨的印象中，揆叙不是能张罗大事的，但其父明珠、其兄纳兰性德则非同小可。明珠累官兵部尚书、英武殿大学士，《明史》、《平定三逆方略》监修总裁。因卖官鬻爵而丢官卸职。后复授内大臣，从征噶尔丹叛乱。几个月前明珠故去，玄烨对这位名臣怀有复杂的思绪，总觉得当年把明珠一拶到底，下手重了。至于明珠长子纳兰性德，大才子，工于词作，风格近于南唐后主，可惜了的，三十多岁就奔了西天正路。揆叙没有其父的才干，也没有其兄的才华，但由于有名声遐迩的阿玛和兄长，在朝廷中也有一定影响。

揆叙说："佟国丈说了,建废储君乃国本大事,太子人选关系甚大。既然如此,这等天大的事，当完全由圣上作主，一言敲定。微臣以为，自秦汉以降，没有一个皇上是和群臣商议着立太子的。正由于此，微臣不明白，这么大的事，君臣之间如何详议？"

揆叙这番话引起一定共鸣，殿内泛起一阵议论。

玄烨从御座上站起来，说："既然有人不明白君臣间如何详议立储之事，那么朕就告诉你们。你们平时对诸位阿哥的人品常有议论，说东说西说南说北的，既然如此，今天就把你们的议论的东西南北统统拿到殿堂上来。当局者迷，旁观者清。哪个阿哥好哪个阿哥赖，朕身在其中，难免犯糊涂，只好请众爱卿奏举一位阿哥当太子。大阿哥允禔虐戾不堪，不予考虑。除了这个混帐，在诸皇子中，你们认为谁可以当太子，立即奏举一人。记住朕的话：众意谁属，朕即从之！"

封建帝王没有民主思想，更不知"民意测验"为何物。可是玄烨在万般无奈之下，却打算由群臣推举皇太子。这是大清王朝第一次也是唯一的一次"民主选举"皇太子。在中国历史上也是绝无仅有的。

满朝文武哪有精神准备。在皇上提出来后，他们陷入了长时间的沉默。对这种闻所未闻的事情，不少人抓耳挠腮的。

玄烨问："有人认为朕这种做法不妥吗？"

长久的静默后，响起一个声音："微臣以为不妥。"

从玄烨到群臣，齐刷刷向说话的人看去。

说这话的长相清爽，五官轮廓分明，是领侍卫内大臣阿灵阿。他的阿玛遏必隆是康初的辅政大臣之一，在鳌拜专权时，以势弱附鳌拜自保，鳌拜败，遏必隆亦被逮论罪，后得释。或许是由于阿玛都曾经倒霉，阿灵阿与揆叙走得特别近，每逢议政，这两个人都相互呼应。

玄烨一招手，"阿灵阿，你说说吧，为何认为不妥。"

阿灵阿说："微臣前不久去沧州，听说有个财主把二垧地加骡马大车留给闺女而没有给儿子，引起当地议论。但这是他家里的事，别人插不上手，只能奇怪而已。情同此理，立储固然关乎江山社稷，但江山社稷是天赋于圣上的。皇上传位于皇子，说到底是皇上的家事。三十多年前封二阿哥为太子，两个月前废除二阿哥太子封号，都是皇上一言敲定。现在，皇上以为哪位阿哥合适，就封哪位阿哥为太子。群臣只有鼎力相辅佐，而不会有异议。"

殿内又泛起一阵议论。几位老臣暗暗称道。

玄烨抬高了嗓门说："阿灵阿所说固然有理，立储可算是朕的家事，但朕以为，众爱卿之所以推托，骨子里是怕亮脖梗子，自己奏举的阿哥没有成为太子，而他人奏举的成了太子，遭到报复。怎么办？朕给你们吃个宽心丸，每人发张纸，写上你们各自中意的阿哥的姓名，怕事的就不用落款，然后交到朕手上。朕能够看出来，哪个阿哥深孚人望。"

话音刚落，一排太监走出来，把准备好的笔、纸、墨发到在场的人手中。大臣们对这个法子既感到新鲜，又诚惶诚恐。

看到群臣交头接耳，玄烨提醒道："龙多四靠，办不成事。官职到了这步，你们哪个都不傻，脑袋都够用的。都是有功名的，都会写字。自己认为哪个阿哥好，就写哪个阿哥姓名。不准交头接耳，不准营私舞弊，不准将自己看上的阿哥强加于人，也不准自己没主意听别人的。"

玄烨说完站起来，绕过屏风，从后门出去了。

皇上暂时离开，给群臣让出一个自主思考、自由发挥的空间。

留下来的群臣仍然忍不住互相观望，交头接耳，拿着笔就是下不去。

这时响起两个人对话的声音：

"老弟，这有什么可为难的，用这种法子推举太子，是皇上看得起咱们。我不管你写谁的名字，反正我写的是八阿哥允禩。"

"不瞒你说，我对八阿哥允禩也颇有好感。但不知仁兄注意到没有，刚才皇上说，除了大阿哥允禔，别的阿哥都可以考虑当太子，那么二阿哥也在其中……得了，我也是八阿哥了。"

前面一个声音是大学士马齐的，后面一个声音是兵部尚书张玉书的。

马齐出身名门，论年纪比皇上还长两岁，是朝中宿望，以清正廉洁著称。他和于成龙办过一个贪污搜刮的大案子，扳倒了一大批高官，其中就包括明珠。值得一提的是，他参与签订了中国历史上第一个边界条约，即中俄《尼布楚条约》。至于张玉书，曾经作为马齐的副手，共同参与治理黄河，并且从此对马齐言听计从。

很难说马齐与张玉书这一来一去的对话是事前有预谋的，但很像是故意高声说出来的。可以肯定的是，在那个节骨眼上，这番鼓动性的对话产生了相当大的影响，左右了不少人的意志。畅春园会议上，力推允禩的除马齐、张玉书之外，尚有阿灵阿、揆叙、散秩大臣鄂伦岱和尚书王鸿绪。用后世的议会语言来说，他们仅仅占了六票。但是，有些事情是很奇怪的。按常理说，经过诸皇子大闹养心殿，允禩已然被皇阿玛整了个稀里哗啦，应该是没有人敢接近他了。

但事实恰恰相反，他仍然深孚众望。

大臣写个名字是很快的，不大会儿，太监梁九功就把诸人手中的纸搜集上来，送到后面去了。片刻，玄烨绷着脸走出来，手里攥着一叠纸，气哼哼地坐在御座上。

群臣意识到皇上要发火了，伏在地上不敢动。

玄烨的确憋着火。依照他的本意，在畅春园召集满汉大臣商议立储，主意是佟国维出的。佟国维没有其它打算，只是觉得储位不能悬虚。而玄烨却打算借着群臣商议复立允礽。

复立允礽这层话，玄烨不便说，要用满汉大臣的口说出来。为此在会前专门给李光地打招呼，口实是病了，求问治病的方子。李光地称自己不懂医术。玄烨便说，这病是废除允礽太子封号所至，要治好这个病，只有恢复太子封号。李光地是文渊阁大学士，此时正协助皇上校理编辑《御纂朱子大全》，听懂了，却胆小怕事，没有在下面吹风，以至于与会的满汉大臣都不知道皇上的意图，而是按照正常思维行事：覆水难收，废除了就不可能再复立，只有考虑其他阿哥。操作上出现的这个大纰漏，致使"选举"结果与玄烨的本意恰恰相反。

玄烨扬了扬手里那叠纸，喊道："众爱卿，你们是在与朕摽活跤呀。除了大学士李光地的那张纸上写着'二阿哥允礽'，其余每张纸上都写着'八阿哥允禩'。这个允禩还是很有面子的嘛。"

"摽活跤"是京城俗语，类同于"活局子"，是说像演戏一样，表面上分为对立的两派，实际上是设局同谋骗人。

见群臣不说话，玄烨点名了："阿灵阿、揆叙，刚才就你们两个话多，现在朕算琢磨出来了。你俩一唱一和的，口口声声说立储由圣上作主，立储是圣上的家事，背后则留着一手。朕一旦让你们举奏太子，你们马上把朕的想念抛诸脑后，举奏起了朕所厌恶之人。"

阿灵阿显得茫然，"难道举奏允禩不行吗？微臣以为，八阿哥允禩也是皇子，品行、学识都在二阿哥之上。"

玄烨勃然大怒，厉声说："话怎么听着耳熟呀，就像允禔在养心殿中说的。""允禩也是皇子，说的顺溜。不用你说，朕也知道允禩是朕的儿子。但是，允禩觊觎太子封号，找相面人张明德相面，刚被治罪，事情才过去几天呀，就忘啦？再说，允禩母家微贱，大宝怎么能交到微贱之家的手中！到了临时根节儿，你们总是与朕两股劲儿。"

揆叙小声嘀咕道："圣上刚才说了八个字：'众意谁属'……"

"'朕即从之'。"玄烨阴沉地续完后面的四个字。

"微臣冒死问一句，这八个字还作数吗？"

玄烨愣怔了一下，想发火也发不起来，这话的确是他刚才说过的。

玄烨右手托着额头，微微拂拂左手，沮丧地说："诸位爱卿回去吧。你们的推举，容朕再想一想。"

群臣缓缓地后退着出门，阿灵阿与揆叙相视间，无奈地眨眨眼。他们和群臣一样明白，皇上已经把"众意谁属，朕即从之"的允诺抛诸脑后，大清王朝唯一的一次"民主选举"皇太子，算他妈泡汤了。

废除允礽太子封号后，康熙皇帝对怎样关押他动了番脑筋。他说，把允礽幽禁在家里显然不合适，他当了三十多年太子，建立了广泛影响，幽禁在家会有人劫持；羁押在刑部牢房中更不合适，他混蛋归混蛋，却没有大罪过；那就只有关押在紫禁城里。紫禁城内没有太合适的地儿，于是下令在上驷院官署旁边临时搭建了一座毡帏，把允礽羁押在里面。

这座毡帏并不是满洲在关外游牧时所用的那种，而是蒙古科尔沁王公使用的圆形蒙古包，里面既暖和又宽敞。不难想像，在金碧辉煌的紫禁城里架一座毡帏，是何等的别扭，是何等的不协调，但文武大臣却从中猜测出了皇上的本意：紫禁城里面空闲的殿宇多得是，随便找个殿宇就能关押废太子。皇上偏偏说紫禁城里没有地方而要关押在毡帏中，可谓用心良苦。毡帏是临时的，用它关押人也是临时的。换而言之，被废除太子封号是临时举措，还存在复立的可能。

允礽毕竟是嫡长子，玄烨只是怒其不争，打心眼儿里还是疼他。怕他闷得慌，特意令一个皇子陪着他，既是解闷，也是看管。

这是一个壮实的皇子，一天到晚抿着嘴角，脸上辣丝丝的，眼睛不大，但挺威严，用京师的话来说，一天到晚"斜楞"着眼。诸皇子和紫禁城里的人都有点惧他，说他鬼点子多，城府深，不好惹。

此人是皇四子胤禛，生于康熙十七年十月，母亲为德妃吴雅氏，与皇十四子允禵是一个娘。他仅比允礽小四岁，今年也三十岁出头了。

畅春园立储会议后，胤禛立即把打听来的消息告诉了允礽，并且着重强调，皇阿玛否决群臣的举奏，没有说得出口的理由，颠过来倒过去，就是八阿哥允禩的生母出身微贱。

听话听音。允礽生性聪颖，而且对皇阿玛有深切的了解。他当然明白四阿哥跟他说这些是什么意思——他的生母是最高贵的。别看现在关押在毡帏之中，但那不过是龙游浅水虎落平阳，他还是有望出头。

事实也是如此。在史籍中，玄烨几次对允禩发难，都提到允禩的母亲出身微贱。允禩的生母卫氏，出身包衣世家，阿玛阿布鼐，官职不过是个内管领。玄烨不可能把皇位传给一个包衣的儿子，和历史上的大多数帝王一样，力求立正嫡为太子。皇后赫舍里氏所出就这么一个宝贝，玄烨再怒其不争，在骨子里也愿意立之为太子。畅春园举诸会议的结果，促使玄烨重新考虑允礽的出路，但不能操之过急。

过去，允礽防着胤禛，对他不冷不热的，来往不多。但是，自从胤禛将畅春园会议和盘托出后，俩人之间的关系一下子拉近了。

几天之后，胤禛带来一个漆盒，里面是吃的，说是嫡福晋乌拉那拉氏亲手做的和菜。这是一种以薄饼卷食的菜，用粉丝、菠菜、猪肉丝以及金针菜等混合烹炒而成。

和菜挺对允礽的胃口，他吃得正香，胤禛又顺口扯出刚揭发出来的一件事：允禔在养心殿倒霉之后，众阿哥纷纷与这位兄长掰了，三阿哥允祉向皇阿玛抖搂出，允禔曾经请喇嘛巴格汉隆用魇胜术咒允礽，企图置之于死地。

毡帏之中暖暖和和的，胤禛靠着厚厚的毡壁，拿着酒壶，边酌边说及此事，而允礽听着，忽地把和菜撇在了一边。他的脸色煞白，食欲全无。他压根没想到，老大居然会出此阴招。

实际上，当哥儿俩聊这事时，一伙护军已经冲进位于北新桥的允禔府邸，由头是搜查镇魇之物，共搜得镇魇物十余处；另一伙护军则包围了位于安定门外的西黄寺。这座庙宇始建于顺治九年，为西藏达赖和班禅来京驻锡之所，平时供养喇嘛。允禔不知通过什么途径，结识了其中怀有异志的蒙古喇嘛巴格汉隆，让其为之施法。哪知巴格汉隆早就逃之夭夭，护军没有抓住。

消息传来，紫禁城内刹时紧张起来。允礽每天放风一个时辰，得以在护军看管下，在文华殿左近走走，晒晒太阳。这几天，他在文华殿与上驷院附近散步时，觉得不大对劲，护军好像较往日多了，而且神情肃穆，不像过去那样随意遛达，而是紧绷着，像是在防范着什么。

一个逃跑的喇嘛能让大内这么紧张？允礽想不通，等到胤禛再次来，带来更惊人的消息：皇阿玛下令，严防张明德手下的"飞贼"，这些人身怀绝技，飞檐走壁，如履平地，为给师傅报仇，准备潜入紫禁城行刺。

胤禛所说，倒不是吓唬，而是有史料为证。康熙皇帝给侍卫大臣这样一道上谕："张明德于皇太子未废之前，谋欲行刺，势将渐及朕躬。据彼言有飞贼十六人，已招致两人在此。"今天的人已经不可能详考这道上谕的内幕，但是，它给人的总体感觉是，张明德被拿住后，没有可要挟朝廷的东西，于是破罐子破摔，胡诌出一个飞贼故事。没承想，还真的把禁卫紫禁城的包衣护军营吓着了。

上驷院左近的戒备未曾松懈，胤禛再来，又带来一个消息：皇阿玛对马齐大为震怒，认为马齐、张玉书在畅春园九经三事殿那番对话，是与大阿哥允禔为党，是在"簸弄"群臣，"倡言欲立允禩为皇太子，殊属可恶"，马齐因此被逮，交允禩严行拘禁。同案的人互相看管，是清朝的习惯做法。马齐的弟弟马武被罢官。族中职官及在部院人员俱革退，世职皆革去，不准承袭。另外，阿灵阿、揆叙、鄂伦岱和王鸿绪由于拥戴允禩，也受到训斥。

康熙皇帝斥责马齐的原话是："马齐原系蓝旗贝勒德格类属下之人，陷害本旗贝勒，投入上三旗。"如此说，有些吹毛求疵闹意气，不大尊重历史。其实，马齐出自富察氏家族，是老户部尚书米思翰的二儿子。从米思翰到马齐都是好样的。玄烨还翻了笔旧帐，说马齐在陪着南巡时，由于接驾官员张鹏翮没有塞银子，曾经当众辱骂他是"挨刀的货"。其实，马齐参与签订中俄《尼布楚条约》时，举荐张鹏翮为随员，负责记录谈判过程。张鹏翮等还据此写了《奉使俄罗斯行程记》等书。马齐骂他，当属老上级熊老部下，好像与银子没有关系。

允礽对马齐这老家伙不大上心，关心的是皇阿玛说允禩什么了。玄烨在大怒之下，确实提到允禩了。且不说胤禛是怎样向允礽复述的，史籍上留下的原话是："皇八子博名买好，是又出了一个皇太子矣！如有一个人再说他好，朕即斩之。此权岂肯假诸人乎。"

允礽听到这个消息，大喜过望。他比其他皇子都更了解皇阿玛，尤其了解皇阿玛用以行事的方法。他隐隐约约觉察到，皇阿玛拿允禩生母的包衣世家说事，拿逃跑的喇嘛说事，拿马齐、张玉书说事，都是在直接或间接打击允禩的势力，同时也是在为他的复出搬石头。

随后就入冬了，外面天寒地冻的，允礽与胤禛俩人不挪窝，成天在毡帏中混吃闷睡，谈天说地，东扯葫芦西扯瓢。胤禛好像能钻到人的心里，说的那些话都是允礽听着入耳的，俩人渐渐无话不谈，对着掏心窝子，胤禛也成了允礽在诸皇子中的唯一知己。

整整一个冬天，允礽和胤禛就是在上驷院旁边的毡帏中熬过来的。他们在毡帏中一同进入康熙四十八年的初春。

二月的一个早晨，胤禛笑咪咪地低头钻进毡帏，对允礽说："二哥，今儿个四弟给你带来一个人。此人你见过。"

允礽问："谁呀？"

胤禛说："太医院的供奉贺孟辅。"话音刚落，低头进来一个中年人。

允礽的确见过此人，他是太医院的御医，经常在皇子家行走。

允礽吃惊地说："哟嗬，这不是贺御医吗，我人是倒霉了，但身子骨还没事，没灾没病的，你怎么来了？"

贺孟辅老气横秋地说："二阿哥，您没病我不会来，您有病啊！"

允礽更为不解，"瞧你说的，身子是我自己的，我有没有病，我自己还不知道。我这儿好好的，哪有病？"

贺孟辅捋着胡子，笑着说："身子当然是您自己的，但您说了不算数。皇上说您有病，您就有病。"

允礽愈发不解，问："皇阿玛说我有病？说我有什么病？"

贺孟辅没有回答，而是坐下来，拉过允礽的手腕，号起了脉。好大一会儿，他张了嘴："二阿哥，您这个病呀……"

允礽粗暴地拦住他，"少跟我这儿废话，我不听你个老东西的！快点说，皇阿玛说我是什么病。"

贺孟辅从容地笑笑说："连太医院御医的话都听不进去，这就是病。这个病叫做'狂易之疾'，抽不冷子就像吃了横人肉似的。"

允礽愣怔了一下，重复道："狂易之疾？"

"你不是问皇上说你是什么病吗？狂易之疾，这不是我诊断的，而是皇上说的。"贺孟辅扳着允礽的下巴，"张开嘴，让我看看舌苔。老主子的医道很深呀，他不但指出了你的病症是什么，而且指出你的病是打哪儿来的。嗯，你的舌苔还马马虎虎说得过去。"

允礽急不可待地问："皇阿玛说我的狂易之疾打哪儿来的？"

贺孟辅脸上的笑纹消失了，字斟句酌地说："郎中就是郎中，本来跟立储之事不沾边儿，但下面的话是老主子让转告的，我也就学着说来：据查实，大阿哥允褆为了扳倒您，自己当太子，曾经请喇嘛巴格汉隆用魇胜术咒您，企图置您于死地。据老奴所见，最常见的魇胜术，是用纸张剪出个人形，写上某人的姓名，放在某人的住房一角，当然能够放在某人的枕头底下最好，然后念咒语，企图把某人给'妨'死。"

允礽不屑地撇撇嘴，"这件事我最近听说了。大阿哥允褆自恃皇长子，每天作梦都是皇阿玛传位于皇长子。我挡了他的道，他就用魇胜术咒我。这他娘的纯属瞎耽误功夫。"

贺孟辅紧绷着脸，"老主子可不认为允褆是瞎耽误功夫。"

允礽问："皇阿玛是怎么说的？"

贺孟辅面露难色，"老主子的话是怎么说来着，我们这些当郎中的学不上来。四阿哥，请您给二阿哥学学。"

胤禛在允礽身边坐下来，语重心长地说："皇阿玛最近说了这么段话：从前在书上看到过魇胜术，认为这种把戏根本不可信，现在才知道，魇胜术是可以转移人的心志的。二阿哥之所以患狂易之疾，就是喇嘛巴格汉隆对其施以魇胜术所至。"

允礽发了好大一阵子愣，才喃喃自语道："居然这么看？原来皇阿玛认为，我的狂易之疾是魇胜术所至。"

贺孟辅适当地补充说："所以派我来给您治病。"

胤禛把巴掌重重按在允礽肩膀上，说："贺御医是高手，能把你的病治好。货高价出头，咱们真的不用着急。四弟只给你一句话：皇阿玛有深谋远虑，一点也不糊涂。"说完立即起身，一低头钻出毡帏。

"皇阿玛一点也不糊涂。"这句话让允礽琢磨了整整一个白天。

他总觉得，皇阿玛把他的埋汰事一古脑推到魇胜术头上，有点犯糊涂。他多少通点医道，到了夜晚，他早早钻进被窝，就着油灯，拿着贺孟辅开的药方子看了又看，心里一下豁亮了。

这个药方子太简单了，而且没有明确对症，就是个滋阴补气，有病没病的人都能用，有病的人用了没有明显好处，没病的人用了没有坏处，很难相信这是出自御医之手。贺孟辅开这么个药方子，只表明一点，允礽没有病，更没有什么狂易之疾。既然没有什么狂易之疾，那么为什么又要说有狂易之疾？的确，贺孟辅为允礽治病，是康熙皇帝做的一个局。

对于这一点，后世史家看得比较清楚。在畅春园会议之前，康熙皇帝就动了复立的念头。畅春园会议未能如愿，此后他就大造舆论，拿喇嘛巴格汉隆的魇胜术说事，把允礽的种种不轨行为归咎于魇胜术所至，或者说，由于患了"狂易之疾"，才会有种种不轨。这种说法是一把双刃剑，既维护了皇上的权威，又为允礽开脱。而且还藏着一步，这就是，一旦康熙皇帝认为允礽的"狂易之疾"被"治愈"了，马上就可以宣布复立。

事实也是如此。贺孟辅进入毡帏为允礽"治病"，时在二月。仅仅过了一个多月，康熙皇帝宣称，经过太医院精心"调治"，"狂易之疾"已经被治愈了，随即宣布复立为皇储。

阳春三月，养心殿的太监钻进上驷院旁边的毡帏里，不大会儿，允礽挂着笑容，一头钻出了毡帏。

在明晃晃的阳光下，好一片灿烂的黄马褂在等着他。除了大阿哥允禔、三阿哥允祉、四阿哥胤禛带着所有皇子前来祝贺，八阿哥允禩也在其中，磊磊落落地向他作揖，好像他们之间什么也不曾发生。

皇子们正在毡帏旁欢声笑语，养心殿太监高喊了一声："宣旨！"

皇子们纷纷跪倒。

太监尖细的嗓音回荡在一片黄马褂上："册封皇三子允祉为和硕诚亲王，皇四子胤禛为和硕雍亲王，皇五子允祺为和硕恒亲王，皇七子允祐为多罗淳郡王，皇十子允䄉为多罗敦郡王，皇九子允禟、皇十二子允祹、皇十四子允禵为固山贝子。"

太监的声音停止了，皇子们互相看看，该落好的都落到了好处，连皇九子、皇十四子也不例外。看来皇阿玛在复立允礽的同时，怕引发皇子们新一轮争斗，于是每个人给了个香饽饽，塞住了口。

允䄉不解地抬起了头，问那个太监："你读完了吗？诸阿哥都落了好，那八阿哥呢？八阿哥怎么没份儿？"

太监笑笑说："奴才还没有读完呢，还差着一句话。"

他随即绷起了脸，高声读到："皇八子允禩，"

他停顿了一会儿，卖足了关子，才小声地续下去："恢复贝勒爵位。"

允禩额头触地，点了一下，待他再抬头，恰恰与允礽投过来的目光相遇。他看见，允礽自负地笑了笑。这次短兵相接，无疑是允礽胜出。

十四、江宁织造府－南书房

康熙四十八年初春。春天来了，人们都喜欢出门走动，感受大自然的复苏，感受生命浪潮蓬勃的拍打。这天，江宁没有下雨，是个难得的晴天。连生、来旺哥儿俩出得十四楼，一路走来。其地正是江宁繁华地段，红男绿女分外多，这样小哥儿俩在人堆中格外扎眼。

在江宁地面上，连生和来旺是名闻遐迩的一对小相公。尽管曹织造忠厚老成，从不显摆，对后代要求严格，认为曹家系诗礼之家，不能干出格的事情，否则有辱门风。但在外人眼中，难以从这个大宅门里看到"诗礼"的踪影，只认为曹家是个有钱有势的大家族，那俩小子是一对公子哥儿，被列入提笼架鸟的小衙内流。

尤其是连生，高高挑挑的身量，高鼻梁细眼，面如满月，身着紫红的箭袖褂，脚上是一双时兴的"蝴蝶落花鞋"。这种鞋是戏台上为《庄子盆鼓成大道》的戏文设计的，由于戏名为"蝴蝶梦"，所以民间仿制后便称这种鞋为"蝴蝶梦"。其实鞋上原本没有蝴蝶图案，仅仅是薄粉底、蓝或黑云头衬花的双梁鞋，后来有好事者干脆因鞋名而在鞋头装上能够颤动的绒剪蝴蝶作为饰物。连生就赶了这么一趟时髦。风流倜傥的身架，加上这种"蝴蝶梦"鞋，走起道来，正如子弟书《风流公子》中所唱的，"销魂的步儿一挪，那蝴蝶一哆嗦"。

哆嗦的蝴蝶把哥儿俩引回江宁织造署内。进得家门，连生迎面看见阿玛。阿玛没好气地看看他，一眼看见那双"蝴蝶梦"，气不打一处来，叫道："这是什么鞋子，还不快点给我脱了。"

咦？阿玛今儿个是怎么啦？怎么这么大的脾气？连生边脱鞋边想。

哪知"蝴蝶梦"刚脱下，曹寅一把抢过来，隔着墙扔出去，叫道："老大不小的了，还穿这种公子哥儿鞋，今后别让我看见它！"

连生光着脚站着发呆，来旺则吓傻了

看着哥儿俩这个样子，曹寅对自己的粗暴有点后悔，口气略微缓和了一些，"连生，你已经长大啦，到当差的时候啦。"

连生低头看看自己的身架，摸了摸头，哟，可不是吗。

早在顺治年间，就定下一条规矩，内务府未成年子弟须到紫禁城里当差。内务府的官员都是上三旗包衣籍，是世袭的皇帝家奴。所以内务府未成年子弟到紫禁城当差，不过是履行家奴职责。当差，其实是内务府的考察过程，干一段之后，如果干得不好就回去，干得差不离儿，就在内务府各个部门正式录用了。

关于连生进京当差，以及当差之后的去向，在故宫博物院现存的江宁织造曹寅档案史料中，有这样两条线索：

一条是曹寅于康熙四十八年二月八日给康熙皇帝的奏折，提到他的二女儿要嫁到京城，女婿是皇上的侍卫，好像还是贴身侍卫，因为常常要值班扈从皇上，所以住家离紫禁城越近越好。"朝夕出入，恐其稍远，拟于东华门外，置房移居臣婿"。曹寅的这位二女婿打算住在东华门外，位置大约在今天的"东华门小吃一条街"。同一奏折中还提到，"臣有一子，今年即上京当差，送女同往，则臣男女之事毕矣。"也就是说连生将要到京城当差，顺便把姐姐送到夫婿家。

另一条是"内务府总管赫奕等奏带领桑额连生等引见折"，时间是康熙五十年四月十日，那时连生在京城已经当差两年多了。从这道奏折来看，这批共有二十九个人，都是从各个旗挑选上来的，有笔帖式、候缺的吏员、监生以及官学生等，要放到内务府各部门使用，有的放到了鹰犬处，有的放到了上茶房。至于"郎中曹寅之子连生"分配到哪儿了，没有提及，只是说内务府总管赫奕带领连生和连生的叔伯表哥桑额引见。结果桑额补缺到宁寿宫茶房，而连生没有下文。

为什么会没有下文？只能有一个解释，就是连生在引见后，当差地点没有变动，仍然在他当差两年多的老地方。那么，老地方是哪儿呢？有迹象表明，连生这两三年一直在康熙皇帝身边。

连生死后，康熙皇帝对他评价的原话是："曹颙系朕眼看自幼成长，此子甚可惜。朕所使用的包衣子嗣中尚无一人如他者。看起来生长的也很魁梧，拿起笔来也能写作，是个文武全才之人。"连生既然在皇上眼皮底下，皇上眼看着他的成长，当然是在侍奉皇上，属于皇上使用的包衣子嗣之一。

连生当差的地点就在南书房。凡是到南书房值班的词臣，进出都要专人接送，从午门或者东华门、西华门接进来，进入乾清门，送的时候走相反的路线。连生就是干这事的，接来之后则在南书房门口站着。

明代皇帝定期听朝臣讲课，称为讲筵。康熙皇帝觉得讲筵不过瘾，想让肚子里有干货的朝臣朝夕侍奉左右，经史方面有疑难随时解决，从而设南书房。在南书房值勤是局外人最羡慕的差事，又是圈里人最苦的差事。为什么这么说？《清稗类钞》有个解答："京朝各官以暴值内廷为荣，然实不胜其苦。咫尺天颜，垂手侍立，久之则气血下注，十指欲肿。若派写进呈书籍，则终日伏案而坐，两脚不得屈伸。康熙朝王宫詹图炳直南书房有年，尝奉命书《华严经》全部。出语人曰：伺候时立得手痛，抄录时写得脚痛。此苦岂外廷所知。"写字脚疼，站立手疼，这位大学问家幽了一大默，真是够损的。

南书房斜对着乾清宫，一举一动都在皇上眼皮底下，入值的官员只能终日站着，等待皇上咨询。连入值的朝臣都得站着，连生这样的当差的，当然也得站着。他隔一天入值一次，每次入值半日，晚上回到东华门外的二姐家住宿，所有余暇时间都用来读书。南书房给他的最大好处是，他得以认识了一些词臣，他们给了他不少指点。

皇帝也是一种职务，属于"特行"。紫禁城中，除太和殿常朝，康熙皇帝大部分时间都在乾清宫。临轩听政、批阅奏章、召对臣工的间隙，经常到乾清宫的露台下面转转，活动活动身子，没几步就是南书房。

玄烨在露台上散步时，眼睛往西边一瞥，会看到一个清秀小子在南书房门口垂手肃立；玄烨到南书房问事，进门出门都从这个清秀的小子身边过。一来二去，玄烨注意到他了，一问，是曹寅的儿子，就打心眼儿里喜欢上了。闲暇下来，还跟他说两句话。

有一次，皇上问他想不想家，他据实回答：想家，想得有时在被窝里哭。还有一次，问他平郡王纳尔素最近怎么样了，他说不知道，几个月没到姐夫家了。

再一次，问他记不记得南巡的事情，他说记不大清，就记得皇上住在他家里，有一天夜里被臭虫咬了个包，把阿玛愁的两天没吃下饭。再一次问他，记不记得他小的时候对皇上喊过陈鹏年是个"好官"，他眼泪汪汪地回答：恍如昨日，永志难忘。

后人提起这段往事，总有一点搞不明白，连生明明是在江宁长大的，小时候只见过皇上一次，康熙皇帝为什么会说"朕眼看（连生）自幼成长"呢？差不多的解释只有一个，在京城当差这段日子，正是连生疯长身子的时候，站在南书房的门口，终日面对乾清宫高大的露台，康熙皇帝每逢走出乾清宫，来到露台向下第一眼就会看到他。在老皇帝慈祥的目光中，他的身材不再像豆芽菜了，而是一天天地粗了高了；他的脸盘不再像细白面发糕了，而是一天天地见棱见角了。

在康熙五十年夏天，连生已长成精精神神的棒小伙子。这天，在南书房入值的照例是四人，其中一个是尚书耿额。这个人给连生印象较深，不是别的，而是长相粗俗，酒糟鼻子金鱼眼，脑瓜像个鸭梨，一张嘴就露出满口黄黄的大板牙，身体壮实的像一匹五岁口的公马，而那口牙则比老马的牙都黄。

连生真有点替他发愁。过去入值的多是翰林，进士出身，甭管长得什么样，言谈举止总有点儒雅之风。而这位耿尚书，看模样就是个大草包，皇上要到南书房来问个啥，如果点到他头上，看他如何作答。

南书房里有四张桌子、四把椅子，入值官员如果没有抄缮本书的职责，不得坐，只能在桌椅旁站立。这是规矩，没有一个入值官员敢于破例。

耿额好像吃了熊心豹子胆，站立一阵子，热得冒汗，到门口张望了一下，对站在门口的连生说："小兔崽子，留点儿神，皇上要是来了，提前打个招呼，你耿大爷累了，想坐一会儿。你把风要把得好，回头耿大爷给你俩糖豆吃。"

他没等连生回答，就回到屋里坐下来，片刻功夫竟鼾声大作。

其他三位仍然站着，看着他睡着了，不知如何是好。

这两年多来，除了皇上，连生经常见到的是太子。太子从来不曾注意他，可以说对谁也懒得瞄上一眼，总是风风火火的一阵风来，一阵风走。太子上乾清宫的露台从来是三蹿两跳的，身手很是敏捷。从乾清宫出来，下露台台阶时，步子捣得那个快呀，连小阿哥也没那么利落。

连生站在南书房门口，看见皇上和太子出现在乾清宫露台上，站在西边的宝鼎旁边说了阵子话，接着太子飞快地捣着步子下了露台，往南书房这边来了。他不由向屋里说："耿大爷，您该醒醒啦，太子来啦。快醒醒吧，太子说话就到了。"

耿额迷迷糊糊地揩了一把口水，呼呼噜噜地说："耿大爷怕皇上不怕太子。耿大爷敢在南书房里头睡觉，别人不知道是怎么回事，太子知道。就是太子给闹的。"话音刚刚落，鼾声即起。

就在这时，允礽进来了。那三个都是老实做学问的官员，以为太子肯定要大发雷霆，脸都吓绿了。

允礽四下看了看，却没有发火，而是轻慢地说："嚯，老耿居然敢在咫尺天颜之处睡觉，这胆儿也忒大了。"

有那么一种壮汉子，可以一边打鼾一边说话，耿额就有这本事。"太子，您就甭说了，咫尺天颜之处怎么啦？就是你给闹的。"他仰着脸，大张着口，在鼾声的间隙蹦出几句话，"你给的那个南边小妞儿，那么好玩儿，那么会玩儿，那股子秦淮河的浪骚味儿，把老耿唬得灵魂出窍，您猜怎么着？折腾了好几过儿，一宿不曾合眼。今儿晚还要接茬儿干呢，现在不迷瞪会儿，今儿晚就挺不过去了。"

"这个老骚猫。"允礽笑着，转身就走，却与皇上对上了脸。

玄烨阴沉着脸走了进来，这时允礽的脸吓绿了。

耿额到底是行伍出身，就像宿营时遇上了夜袭，他猛睁眼，一家伙从椅子上蹦起来，蹭地蹿了出去，比那三个书生官员的动作还快。按照南书房的规矩，皇上来了，入值官员得立即出门肃立。皇上问哪个人事情，哪个人准入，其余人一概得在门外待命。

允礽想溜，被皇上喝住："往哪儿跑？"他只得站住。

玄烨说："允礽，据朕所知，你是从来不进南书房的。朕远远看见你进了南书房，就知道今天入值的不是耿额就是齐世武，人前马后跑不了就是那几个党人。果不其然，是耿额这老兔崽子。"

允礽嗫嚅道："儿臣没有党人，耿额更不是我的党人。"

玄烨说："不是党人你给他个'秦淮河'！"

允礽顿时噤声了。

玄烨一扭脖子，唤道："连生！"

连生进门，单膝下跪，"奴才在。"

玄烨说："传耿额进来。"

连生出门，看见耿额满脸汗珠，身子好像是收不住了，仍然在哆嗦。

连生说："耿尚书，老主子叫你进去。"

耿额哆哆嗦嗦地进了门，扑通跪下，左一下右一下地抽开了自己的嘴巴子。边抽边喊："我让你在南书房睡觉，我让你在南书房睡觉。"

玄烨却渐渐地平息下来，和颜悦色地说："允礽，你坐下。耿额也别为刚才打盹儿自责了，也坐下。朕给你们说说南书房的一段掌故。"

允礽和耿额互相看看，惴惴不安地坐下来。

玄烨抬头看看屋顶，扭脸看看四周，十分眷恋。"这南书房是朕起家之地。四十多年前，朕十多岁，朝廷鳌拜专权，他居功自傲，专横跋扈，网罗党羽，排斥异己。朕没法子，只得找了帮般大般小，每天练习摔跤。八年五月，朕召鳌拜到南书房。就这间屋，他刚进门就被个半大小子摆了个马趴。允礽，他就摔在你坐的那儿了。接着一伙半大小子拥上去，制服了他。打那之后朕才真正亲政。这个最先下手的是谁？你俩都很熟，是朕的一等侍卫索额图。"

允礽知道皇阿玛接着要说什么，坐不住了。

玄烨指着说："索额图是顾命大臣索尼之子，索尼全力辅佐朕，而索额图则在这里第一个对鳌拜下手。这对父子的殊勋，朕念念不忘。但时间长了，索额图被宠糊涂了，加上他的妹妹入宫，他成为你的舅舅。四十一年，你病在山东德州，朕派索额图舅舅照看你，你和舅舅在德州关系甚好，他遂上疏，要求把你使用的物品置为黄色。所说的黄色，与朕用的明黄色一样。允礽，记不记得朕当时是怎么说的？"

允礽垂头丧气地说："皇阿玛说'索额图诚本朝第一罪人也'。还说，皇上要是不先发难，索额图必定先发难。皇阿玛随后下令逮捕索额图，囚禁在宗人府。皇阿玛舍得对索额图下重手，着实把儿臣吓坏了。"

玄烨抬高了嗓门，"你曾经与索额图结党，那次是被朕刹住了。朕本来以为你会洗面革心。殊不知，你到现在还没接受与索额图结党的教训，老毛病一点没改，复立后愈发猖獗，还在结党营私！"

允礽离开椅子跪下来，说："皇阿玛冤枉儿臣了。"

　　玄烨一指耿额，"朕没有冤枉你，太子党的人证就摆在这儿。朕所说的人证，就是这个下三烂耿大爷。他原本是索额图的下等家奴，靠谄媚索额图起家。康熙四十一年索额图案发，他是涉案人，本来当斩，朕饶了他，他却忘恩负义，继索额图之后极力巴结你。以朕所见，索额图没有成就太子党，他作为索额图的奴才，要把主子没有干成的事接着干成，干出个太子党来！"

　　耿额吓糊涂了，跪在地上一个劲地颤抖。

　　玄烨盯着他，"耿额，朕问你：什么人能够入值南书房？"

　　耿额迷茫地左右张望了一阵，入值南书房的是翰林出身的词臣。"

　　玄烨笑了，"你今天既然入值南书房，那身份也就是词臣了。词臣可不是混日子的，朕于经史上有不明白之处，词臣是要答疑的。"

　　耿额求助地四下看着，张皇地说："老主子、太子，奴才是粗人，看到其他大臣以入值南书房为幸事，也想沾沾光，荣耀一回，好回去跟家人、同僚显摆显摆，说自己曾经入值南书房，为吹牛赚点本钱。奴才一肚子盛的全是屎巴巴，实在没有干货给老主子答疑。"

　　玄烨不管不顾地说："最近，朕读万斯同的《明史》，有个事情不明白，正要到南书房问问。永乐年间，有个叫谢缙的，没有过失却冤屈死了。这是怎么回事？耿额，你既然入值南书房，回答朕之所问。"

　　耿额指天指地的，"奴才连眼前儿的事情都弄不明白，对前朝更是一盆浆糊。老主子问前朝的事，是在要奴才的命呢。"

　　"你的狗命不值三个大子儿，朕无意取你的狗命。"玄烨斩钉截铁地说，"回答朕之所问，谢缙到底是怎么死的？"

　　耿额全然乱套了，大滴汗珠冒出额头，扳着指头胡对付，"咱不是大清吗，大清前面那个朝代就叫明朝。老主子说那位是什么名？谢什么来着？名字听着耳生。老谢是哪个旗的？谁的佐领之下？"

　　允礽忍不住提醒他，"明代没有旗分，满洲八旗是我朝才有的，"

　　"闹了半天，明代没有满洲八旗，旗分是我朝的。"耿额想了想，像是恍然大悟，"奴才明白了，皇上说的那个谢什么，就说叫老谢吧，老谢既然不是满洲八旗的，就是汉军旗的啦。"

　　连生和那三个词臣在外面听得清清楚楚，都在极力忍着笑。

连生终于忍不住了，扑哧笑出来。

玄烨偏过脸问："是谁在那儿笑哇？连生，是你在笑吗？"

连生红着脸走进来，"回老主子，是奴才在笑。"

玄烨转过身，说："连生，这个耿大爷是脱不掉套裤了。既然你笑出声了，大概知道朕问的是什么。你说说吧，谢缙是怎么回事。"

连生知道，肚子里有水儿的是外面那三个词臣。他看看门外，"奴才这两年跟入值南书房的词臣们长了点见识，前不久凑巧看过《明史》。明朝永乐年间有两个谢缙，不知道老主子问的是哪个？"

玄烨一挥手，"诸词臣，你们都进来，听连生答疑。"

三个词臣鱼贯而入。

玄烨鼓励地说："连生，你知道哪个谢缙，就说哪个谢缙。"

连生低声说："奴才只好班门弄斧了。有个谢缙是吴县人，工于山水，曾经自戏为谢叠山。由于画得好，被召到京师画院，在金陵住了二十多年，后来眼睛坏了，就回乡了。他卒于永乐年间。"

玄烨摇了摇头，"朕不是问这个画画的，问的是被杀的那个谢缙。"

连生朗朗答："明代永乐年间，明成祖立长子朱高炽为太子，次子朱高煦不服。谢缙是翰林、右春坊大学士，因遭朱高煦诬陷，放逐到广西任参议。永乐九年，谢缙回京奏事，恰好明成祖率军北征，不在京师，他不得已晋谒太子，而后就回去了。朱高煦的本意是要诬陷太子朱高炽，趁机向明成祖进谗言，称谢缙趁皇帝不在，私觐太子，无人臣之礼。明成祖大怒，将谢缙投入诏狱。他遭到严刑拷问，惨死狱中。"

玄烨满意地点了点头，说："荀子有云：不问而告谓之傲，问一告二谓之赞。你回答得恰如分寸。诸位词臣都听到了吧？这个连生既不是词臣，也没有功名，不过是个包衣子嗣，在京城当差，放到南书房当个站门的候补侍卫，而居然就能给朕解疑。"

连生闹了个大红脸，低下头来。在紫禁城里两年多了，他知道，皇上对明史的研究是相当透彻的，不过是在考考他。

清季于康熙四年开始篡修明史，当时规定，无论官家还是民家，凡记载明朝史实的书籍，一概送入皇宫，即便有忌讳之语，也不治罪。康熙三十一年谕大学士张玉书等，明朝实录和记载明朝事迹的诸书都要保存好，等到官修的明史出来后，让天下人对照着看，相信自有公论。康熙四十五年谕大学士马齐："作史之事，殊为重大，一字不可以轻易增减。所以朕于《明史》不敢自任（总裁）者，亦此故也。"

玄烨站起来，"这些日子，朕总是想，明朝除了开国的太祖和成祖，后面的一大串皇上都挺窝囊的，可人家好好赖赖也传了十几代。明朝的皇位为什么能不断线地传下来？是皇上在传位上面有道。看看成祖是怎么约束太子和臣属的，就一条，臣属不能背着皇上与太子接触！谢缙不过是无职无权的右参议，但他没打招呼就晋谒太子，成祖一样不放过他。本朝犯不着为前朝的谢缙喊冤，但本朝也不认为成祖这么做过火。不管是明朝还是本朝，对太子管得越严，对私自接近太子者下手越重，对太子的今后就越有好处。"

允礽频频点头。他也通于经史，不由暗暗吃惊。明朝，明太祖是第一代皇帝，不算那个建文帝，明成祖是实际上的第二代皇帝。清朝，顺治皇帝是定鼎之后的第一代，皇阿玛是第二代。所以皇阿玛处处以明成祖自比，总是不知不觉地拿明成祖立下的章程与本朝相对照。

玄烨环顾着四壁，说："耿额，你在当尚书之前管过一段宫廷的土木活儿。但是，脚下的宫廷是怎么回事？朕断定你一无所知。"

耿额说："奴才确实是一无所知，但听老主子点拨。"

玄烨脸色铁青，"这座紫禁城是明成祖建的。包括南书房和那边的乾清宫，都建于永乐间。谢缙晋谒的是太子，而不是皇上，因此晋谒地点不会在乾清宫，而在乾清宫附近。明朝太子和皇子在乾清门左近读书，朱高炽接见谢缙的地点，大概就在这几间房子中的一间。"

耿额赶忙说："老主子说哪间屋子就是哪间屋子。"

玄烨指着脚下，"谢缙由于在这里晋谒太子，而被明成祖杀了。比起明成祖，朕差得远啦，太放纵你们了！耿额，你的事可不是私自晋谒太子了，你的所作所为要重得多。身为尚书，你根本不知尚书为何物，而是终日谄媚太子，像蚕吐丝一样，一点一点地把太子裹在里面。太子也不争气，居然吃你这套，甚至将秦淮河畔的名妓赏给你玩儿。你们的过从很深呐。太子朕暂且不论，但断不能轻饶你。来人！"

太监梁九宫跑进来，伏案铺开纸笔。

玄烨指着吓呆了的耿额，厉声说："朕要是像明成祖处置谢缙那样处置你，能给你满门抄斩。但谢缙是大学士，跟有脑子的人，明成祖不得不认真。而你是个什么东西？不过是个菜瓜草包！朕怎么能跟没脑子的认真。你是占了菜瓜草包的便宜。传旨，尚书耿额出自本朝第一罪人索额图门下，背义负恩，谄媚太子，处以革职监禁。"

玄烨说毕，便拂袖而去。

十五、贡院街－逍遥津－畅春园

江宁秦淮河北岸有一条贡院街。贡院街上有一座夫子庙。它始建于北宋景佑元年，最初叫文宣王庙。南宋初毁于兵火，绍兴年间重建，为建康府学。元代为集庆路学。明代初期是国子监，后改为应天府学。它所附设的贡院，是明清两代试举的场所。

康熙五十年秋，夫子庙里空无一人，寂寞如雏鸟飞尽的空巢。邻家的炊烟袅袅地拂过，花期刚过，美人蕉的残瓣铺了一地绚烂落霞。可是在一墙之隔的贡院，则乱套了，秀才们造反了。

秀才们轻易不会造反，但兔子逼急了也会咬人，读书人忍无可忍时也会造反。事情的起因是，本届江南乡试出现大面积舞弊行为，副考官赵普收受纹银，出卖举人功名。阅卷王曰俞、方明通伙作弊，正考官左必藩知情不举，有违国法。考官们沆瀣一气，以至于考中的"举人"多有狗屁不通者。有的背不出《三字经》的头几句，有的默写《百家姓》的头一句"赵钱孙李"，结果四个字写错了仨。

抖搂出这件事的不是别人，而是被康熙皇帝誉为"操守天下第一"的江苏巡抚张伯行。此人祖籍河南，康熙进士，在东南为官多年，一身正气。江南科场考试在他的管辖范围内，他也不护短，一经察觉科场有舞弊者，立即组织调查，随后向皇上奏报了此事。

康熙皇帝闻讯后大怒，马上令户部尚书、武英殿大学士张鹏翮和漕运总督赫寿为钦差大臣，火速赶赴江南，务将科场舞弊案彻底查清，两江总督噶礼和江苏巡抚张伯行则奉旨陪审。为了避免江宁有关人员的纠缠，也为了不受江宁各衙门的干扰，会审地点不在江宁，而是挪到扬州的钦差行辕进行。

江南三织造府的织造，本来就是皇上安插在江南的大坐探。在江南科场舞弊大案会审过程中，江宁织造曹寅和苏州织造李煦把手中的织造职掌放下，全力投入调查。玄烨赋予他们双重使命，一来是监督扬州的会审官员，随时奏报他们之间的勾心斗角；二来是摸清舆情，听听秀才们和百姓们是怎么想的，怎么说的。可以说，曹寅、李煦两织造组成了玄烨秘密监督这次会审的"第二条战线"。

张伯行奏报和皇上派出钦差大臣的消息传出，江南学子大哗，请求从速查清弊端，严办贿官。读书人成群结伙冲到贡院街。秀才闹事，能闹出些风流文彩。贡院考场匾额上有"贡院"二字，两个字各被涂改，"贡"字上面加笔画，成为"卖"字，"院"字被涂去左耳朵偏旁，成为"完"字。远远看是两个大黑字："卖完"。

贡院大门的两侧贴着一幅对子，上联为"左丘明双目无珠"，下联为"赵子龙一身是胆"。明眼人一看便知，上联是讽喻正考官左必藩对舞弊行为视而不见，下联是讽喻副考官赵普胆大妄为，贪赃枉法。

更热闹的是，读书人把财神庙里的财神塑像抬出来，说是要供到夫子庙里。进入夫子庙之前，要在贡院街左近周游一番。此乃亘古所无之事。消息传出，江宁城里万人空巷，贡院街人山人海的，老百姓都拉家携口出来看热闹。由于两江总督府正在审理科场舞弊案，对学子们的举动不予干预，只出动些兵丁维持秩序。

李煦也混迹于百姓之中，抻着脖子看，支楞起耳朵听，听听子民们说些什么。听了一阵，无非是些嘻笑怒骂。读书人抬着财神塑像大游行，用不了多长时间，不大会儿就过去了，人开始散去。

李煦正要转身回去，被一堵肉墙挡住了，抬头一看，是个老熟人。

此人姓王名鸿绪，祖籍江南娄县，康熙进士，生得高大肥胖。他年轻时干得很顺，三十多岁擢内阁学士、户部侍郎、左都御使等。有那么种钻营之人，聪明过头，缺德也缺在明面上。他就属于此类，每每在品行方面出事。最初因揽权纳贿被参，与明珠争权被劾，罢官回籍。复起《明史》总裁，将万斯同所定《明史》稿本加以删改，充为己作，闹得臭不可闻。三十三年应召入京，授工部尚书，随即卷入皇子嗣位之争。

他既抱过允礽的粗腿，臭街之后又倒向允禩。畅春园会议后，受到皇上斥责，再度罢官，但没有回原籍，而是放在江宁居住。

李煦曾经收到密旨，令注意王鸿绪在江宁的动静，稍有异常马上密奏。据故宫博物院档案史料，李煦四十八年十二月初二有折报云："臣闻原任户部尚书王鸿绪，今岁解职回家之后，每月必差家人进京，至伊兄都察院王九龄处探听宫禁之事，无中作有，摇惑人心。"两个月后，李煦又参了一本，称"王鸿绪惑乱人心折"，奏报了王鸿绪近来挂在嘴边上的话："东宫目下虽然复位，圣心犹在未定。"是说允礽尽管复立，却仍然有复废的可能性。王鸿绪毕竟是老于世故，摸到了玄烨的脉，话点得很透彻。李煦密奏这番话也是提心吊胆的，所以在密奏最后可怜巴巴地加了几句话："伏乞万岁将臣此折与前次臣煦亲手所书折子，同毁不存，以免祸患，则身家保全，皆出我万岁之恩赐也。"

这时的王鸿绪已六十大几岁了，但精力旺盛，仍然不甘寂寞。看了读书人抬着财神爷的大游行，他兴奋得满脸放光。

李煦挤出个笑脸，"王尚书，你也来凑热闹？"

王鸿绪乐呵呵地说："闹得好，闹得好！我是进士出身，深知读书人科举中第之难。天下最缺德的就是科场舞弊，糟贱的是读书人的十年寒窗。那些拿了银子的考官，一经查实，全该杀！"

李煦的年纪比王鸿绪小一块，为了套点话出来，他拉着王鸿绪的袖子，"走，这儿人多说话不方便，老弟请你喝两盅去。"

"老哥承你的美意，那边有个地方不错，闹中取静。"王鸿绪拉着他紧走几步，在街边的一个小酒馆落座。

李煦刚坐下就站起来，"小地方脏兮兮的，咱换个地儿。"

王鸿绪笑道："你以为老哥真是来看秀才造反的，学子上街，可看可不看。我另有重任，只能在这一带转悠，不能走远。"

"王尚书都告老还乡了，还有重任在身？"李煦真的有些惊讶。

王鸿绪厚厚的巴掌重重地拍在李煦肩膀上，"李老弟，咱老哥儿俩明说吧，就许皇上私下里托你办事，皇上就不会托我打听点啥？"

李煦愣了一下，连忙掩饰说："织造府是给皇室督造衣服的，本官不过是个大裁缝铺的头儿，能为皇上办什么私事？"

王鸿绪拉下脸来，"你是非逼着我点破呀。我在朝廷干了这么些年，从左都御使到尚书都干过，什么不知道。老主子经常对你和曹寅下达密旨，让你们打听个这打听个那的。我敢说，你到贡院街来，不是看热闹的，而是搜集舆情准备密奏的。你敢说不是？"

李煦有些尴尬，"是这么回事。哎，皇上最近托你办什么事？"

王鸿绪是个兜不住事好显摆的人。他扭了扭圆滚滚的腰身，"老哥近来也接到了密旨，让我盯一个人。这人你我都认识。"

"能告诉我是谁吗？"

王鸿绪往对过一座两层的酒楼上一指，"就是那位。"

李煦顺着他所指望去，不由倒抽了一口气。

对过那座两层的酒楼，名为"逍遥津"，是秦淮河畔最富贵的去处，通常只有富贾和高官带着秦淮河畔的名妓光顾，一般人不敢问津。在二层的窗户处，允礽和一个男子正津津有味地向下看着。那个男子四十多岁，瘦瘦巴巴，长相獐头鼠目的，实在不雅观。

"太子到江宁来了。"李煦出了阵子神。

"太子来了都四五天了。"

李煦大惑不解地问："老主子让你关注太子在江宁的行踪，这么机要的事，你怎么会透露给我呢？"

王鸿绪笑了，"你以为，你是在贡院街上遇到我了，是吧？"

李煦想了片刻，反应过来了。"不用说了，明白了明白了。其实，咱俩不是偶然相遇，是你在贡院街上找到我了。"

"我找你都两天了，你天天在街上转，还真不大好找。"

"找我干什么？"

王鸿绪紧锁双眉，"老主子在密旨里面提到你了。江南正在闹科场舞弊案，太子单挑这时候来江宁，老主子不放心，所以让你我注意太子的行踪，看他是不是在联络江南要员，结江南太子党。"

"有这个苗头吗？"

王鸿绪玩弄着筷子，"我和家人盯他四五天了。他成天在江宁转悠，却与当地官员没有联系，只是在秦淮河畔的妓院出入。"

"这不奇怪，太子早就有玩弄江南女子的癖好。"

王鸿绪微微摇了摇头，"可是，太子这次下江南，不全是寻花问柳的。他走到哪儿都带着那个男子，似乎是在谈什么买卖。"

李煦盯着对面楼上，说："那个男子我认识，叫范溥，是个大盐商，整个江宁地面上，恐怕这个范溥是首富。"

范溥是徽州府人，此地出了许多盐商和铜币商，其中最富的是范家和程家。这两家的代表人物是范溥与程兆麟。范溥当过知府，程兆麟的官职略高一些，在陕西当过道台。这两个官职都是买的，或者用朝廷急需的物资比如军马等换来的，叫"捐官"。他俩在朝廷中和地方上都有影响，内务府广善库与他们签订有食盐专卖契约，或者特许他们作为政府的代理人采办铜币，他们利用垄断特权而确保岁入，作为回报，则是每年向政府大笔纳捐，以谢皇恩。当时的官方文件称他们为"内务府商贾"。那时不忌讳官商这个词，范家与程家实打实的就是官商。

据故宫博物院保存的内务府档案，李煦于四十八年年底曾经密奏过范溥的情况。这道密奏较含糊，没有切中要害："又有苏人范溥，系山东东平州知府，丁忧归里，自称熟于京师要路，亦有招摇不根之语。"

其实，范溥自称有"京师要路"并非吹牛，他最横的路子就是灵普。这时的灵普已不仅是太子管家了，而是擢升为内务府总管，兼理广善库。

大盐商与广善库之间的食盐垄断专卖契约，就是灵普与范溥两人具签的。换而言之，灵普是范溥的靠山，范溥是灵普的银山。

王鸿绪把筷子往桌子上一拍，"想想看，太子下江南，不与江南官员来往，与大盐商范溥形影不离，终日泡在妓院里，一个个江南女子从他那儿进进出出，这几件事串起来想一想，你会想到什么？"

李煦淡淡一笑，"这还不好说，很明白，范溥出钱，他有的是银子，供太子成批买江南女子。"

王鸿绪沉吟了一会儿，"我也是这么想的。可有件事琢磨不过来，江南小妞有俩玩儿玩儿就行了，太子买这么多干什么？"

"这还不好说，太子有太子的打算，回京城后转卖，送人，他怎么都合适。"

"好！那我就顺着这个线头摸下去。"王鸿绪瞪圆了眼睛，又搬出了他近来总挂在嘴头的话："二阿哥虽然复立为皇太子了，但这不是皇上最后的决断，以后还不知道会怎么着呢。"

李煦看着他摩拳擦掌的，默默地想着，老主子的密旨，一般只给心腹坐探，这次令已罢官回籍的王鸿绪暗中调查允礽在江南的行踪，算是找对了人。这个胖子早年青云直上，中年起起落落，想在晚年彻底翻身。康熙皇帝号准了他的脉，揣摩出他的劲憋在哪里。

在畅春园会议上，王鸿绪与鄂伦岱、阿灵阿、揆叙等裹在一起，力推八阿哥，力斥二阿哥。那几个都是满洲人，唯独王鸿绪是汉人，在其他汉大臣看来，皇室是满洲的，在立储这件事上，汉大臣别往里瞎掺乎。而王鸿绪却一根筋地扎进去了，即便允礽复立后，仍然初衷不改，期盼着再度被废。用这样的人调查是最合适不过的，他会下死力气。

入夜，喧闹了一天的贡院街安静下来。

财神塑像进了夫子庙，端坐在大成殿里。

孔夫子的塑像仍然在原位，不能动，又挤进来的这位被摆放在孔夫子塑像之前，台案的下面，好像是孔夫子前面的一道岗哨。

事情并没有完。夫子庙里的聚星亭、思乐亭、棂星门、大成门、大成殿、明德堂、尊经阁、崇圣祠、奎星阁诸处，到处是人。受尽了委屈、揣着一肚子酸水的穷秀才们打地铺睡觉，打算第二天接茬儿喊冤。

贡院街的"逍遥津"，仍然有亮光。

在二层的一间密室里，红烛的烛光摇曳，蜡泪一串串滴落下来。

允礽正在逍遥的当口。多年过去了，他仍然是老套子。他敞胸露怀坐在床上，一边等待一边胡思乱想发动着身体。白衣白裙的江南小女子飘飘荡荡地进来。他没话找话，东拉西扯地说上几句，让小女子松弛下来，而后吹灭红烛，把小女子往床上一按，就进入程序了。

今天的这位女子来自南通，其父也是个多年没有中第的老秀才，穷途末路之际，卖女儿博一把功名。白天秀才们在贡院街的一番闹腾，对这位小女子触动很深，与她没话找话时，她以为这位客官也是在为秀才们打抱不平，于是多说了几句。没承想允礽不是个东西，在听她真切地叙述家事时，动了恻隐之心，其结果是更疯狂地蹂躏她，直让她痛楚的喊叫回荡在空无一人的贡院街上。

夜深了，南通小女子睡熟了，允礽睡不着。白天所见挺刺激他，穷读书的居然也会发脾气，而且发脾气是这么个发法，跟孔夫子叫板，把财神爷请到夫子庙里，这是他过去所没有想到的。但是当官儿的为了俩糟钱儿铤而走险，在他看来却纯属正常。

他的手下意识地抚摸着南通小女子的乳房，悠悠地想着，除了张伯行那样的傻蛋，臭当官儿的好摆弄，给点儿银子就能卖了名节，给个妞儿就能卖了老婆，要是妞儿漂亮点，连祖宗都能卖。他一搐床板坐起来，这几年没有白忙活，事到如今已经摸出了一条买卖俊秀江南女子的路子，这也是笼络馋嘴京官的路子。时下，这条路子理得挺顺。

自从知道皇阿玛在苏州练昆腔女优之后，允礽就多了份贼心，既然皇阿玛把昆腔女优搞到京师，他也可以效仿玩儿一把。康熙四十二年第四次南巡时，他便打算以挑选昆腔家伶为名，让江苏心腹买俊秀女子。此后，凡是要买江南俊秀女子了，就编个瞎话，到江南三织造府提银子。即便是这样在银子上不大走脑子的，也算得过帐来，一个女子百八十两银子，十个也就是千八百两银子，小钱儿！玩儿够之后，送人或转卖，怎么都合适。一个俊秀女子在江南买也就是百八十两银子，在京城能翻三四个跟头。不卖也行，一个小女子换一个朝廷大员的效忠，更合算。

允礽被废除太子封号，这个合算买卖没法干了。但也就中断了半年。康熙四十八年三月，诏谕天下，复立太子。康熙皇帝的这个决定把许多人吓了一跳。皇上可以任性，而天下人还是按照正常逻辑思维的：废除太子封号的决心很难下，复立太子的决心更难下，而一旦复立了，就再也不会变了。由此，太子门前趋之若鹜。这一轮，阿谀太子的，不仅有朝廷命官，而且有富商。他们都认准了，巴结这位风流太子，就是巴结明日的圣上。

徽州籍大盐商范溥与允礽早就认识，从前不是很熟，允礽用范溥的钱不大放得开手脚。复立后则不一样了，买江南女子用不着到江南三织造府去胡蒙乱骗了，不管花多少银子，都从范溥那里划拨。作为精明的生意人，范溥算得过帐来，几千两银子笼络住一个明天的皇上，普天之下没有比这更划算的买卖了。允礽和范溥都觉合算，用后世语言来说，就叫"双赢"。

过去，允礽通过江苏心腹或者江南三织造府买江南女子，那么干没有组织，属胡撞。无非是江南某个破产农民或商人要卖女儿,碰巧给允礽办事的人知道了,看看相貌,只要说的过去就买了。复立后,路数有所变通,有时直接到妓院去买。

有的破产者为了生计,把女儿卖到妓院,妓女是凭色相吃饭的,妓院收的是容貌姣好的,是个大筛子,差的筛出去了,剩下的都是不错的,尤其秦淮河畔的妓院,是最精细的筛子,留下来的都是"精品",由之用不着满世界下网,把网直接下到秦淮河畔的妓院捞去,捞那些还没有开苞的雏儿。当然,这么干等于是给雏儿赎身,妓院老板要赚一道,但是即便让他们翻一倍,也就是几百两。反正后面有范溥这座银山。

没有不透风的墙。康熙皇帝在江南安插的官员不少是坐探,对允礽买卖江南女子的事情,多有密奏,玄烨不是不知道。何况张伯行在担任江苏按察使时也有奏报。但是,不知道为什么,玄烨一直没有表态,好像是听之任之。包括李煦在内,对此都挺纳闷。

"秋风响,蟹脚痒"。深秋是江南捕蟹的季节,这时候捕的螃蟹最肥,母蟹的黄最大。大运河两岸,五颜六色的野菊花竞吐芳菲,三三两两的人挎着蟹篓,下河寻觅螃蟹。

李煦则带着俩笔帖式,在大运河江宁码头等人。

康熙皇帝急召李煦进京述职。之所以急,是由于江南科场舞弊案的扬州会审搞不下去。大学士张鹏翮和漕运总督赫寿身为钦差大臣,只考虑应付交差了事,两江总督噶礼和江苏巡抚张伯行则相互攻讦。四个人四个说法,都有很强的个人意志掺杂其中,要听到实情,只有听曹寅和李煦这样的心腹大坐探当面汇报。

在故宫博物院的江宁织造曹寅档案史料中,关于这次会审的奏折共有六份,曹寅既奏报了会审进度,也对会审官员的立场有所评价。了解清史的读者知道,这个案子并不比晚清的杨乃武与小白菜案逊色,也是精采纷呈,尤其是会审中,两江总督噶礼与江苏巡抚张伯行间爆发大战,张伯行认定噶礼卷入科场舞弊,收受了黄金。曹寅的奏折字斟句酌,但措辞中对噶礼似乎有所偏袒,对张伯行有所偏颇。康熙皇帝有自己的看法,认为噶礼捕盗抓贼是把快刀,而操守不敢保;张伯行为官清廉,抓盗贼这块能力弱一些。玄烨还认为,江宁地方形成噶礼、张伯行、陈鹏年的三足鼎立,"陈鹏年居官虽善,乃一胆大强悍之人。噶礼、张伯行互不相睦者,皆陈鹏年怂恿所至。"在皇上口中,陈鹏年反倒成了挑拨离间者了。当然，这是余话，与本小说的脉络无关，不多说了。

李煦上船之前，在等王鸿绪送密奏。王鸿绪托人捎话，他的密奏已几易其稿，还要最后润色一遍，说话就送来。

不大会儿，一乘小轿子来了，王鸿绪从里面吃力地钻出来，左右看看，把一个大信囊交到李煦手中，两个肥厚的大巴掌紧紧捂住李煦瘦巴巴的手，沉重地吐出俩字："拜托！"而后转身，费劲地钻回轿子。

李煦上船后才发现，那个大信囊是敞着口的，意思是鼓励他看，帮着挑挑毛病。他抽出密奏仔细读，嚯，王胖子真是下功夫了，调查得分外仔细，尽管没有发现结太子党的迹象，却把允礽以"逍遥津"为据点，买江南女子的事情摸了个门儿清。

据密奏称，给太子"采购"女子的人成了系统，特色是官吏和商人联手。那些蝇营狗苟的地方官吏和盐商、铜商，唯恐抱不上太子的臭脚，专门在民间渔色，一旦发现美色，官吏利用职权强买强卖，商人出银子，从而结成了网。他们行动隐秘，来往书信使用暗号，将被买女子以"玉蛹"称之。密奏中不仅开具了"玉蛹"的详情，而且出现了另一个字眼儿，叫做"小手"。这是男妓的暗号。

密奏直接把范溥点了出来："惟范溥指名要紧人员，并挟持地方官牌票，初强买赵朗玉家小童，后闻其母到虎丘叩阍，知府要朴误认为告地方官之事，着衙役押去圈住，不得具状。又强买卖香油柳姓之女，又强买一妓女，又买十三四岁者八名，不知送于何处。"

王鸿绪写这份密奏时很害怕，范溥的亲戚查升在南书房任职，怕查升看到后挟私报复。"范溥在山东包揽捐纳，又系查升第二子之亲家，平日引其结交侍卫及王府以下杂色人等，如有人送信与之，以范溥之神通广大，加以查升之好言多事，臣将来必受其中伤。"

李煦到达京城后，不敢耽搁，安顿下来就去了畅春园，在嘉荫堂叩见皇上，把所知道的扬州会审全部告之，并且特别提醒皇上，江宁街道上已经出现歌颂张伯行德政的歌谣，江南学子又有聚众闹事的苗头。但是，张伯行举发噶礼受贿的主要证人突然死在狱中，死无招对，而且钦差大臣张鹏翮与噶礼是儿女亲家，张鹏翮对噶礼有包庇之嫌。

说完这些，李煦拿出了王鸿绪的密奏，呈递给了皇上。他注视着皇上翻阅时的表情，刚开始看得很仔细，越往后看得越快，而后心烦意乱地扔在一边，站立起来。

"走，陪着朕到后面转转。"玄烨说。

李煦早就摸透了皇上的脾气，皇上在殿堂上从来是板着面孔的，而只要离开殿堂，到外面转悠着说话，就是要掏心里话。

对于畅春园，李煦可能比皇上还要熟悉。他是畅春园的第一任主管，这里的亭台楼榭、花草树木、河池山丘，他都曾经倾注过心血。

畅春园分为三路，君臣二人由于有话要说，没有心思去东路和西路，而是直出中路。中路的主要景观是两道堤，各长数百步，东堤名为"丁香"，西堤名为"兰芝"，西堤之外别筑一堤，名为"桃花"。东西两堤之外，大小河数道，环流苑内。

深秋时的畅春园别有一番意境。秋风落叶，水波不扬。王鸿绪曾经写过一首《赐游畅春园恭记》。这首诗的上半阕概括了畅春园的水系："西岭千重水，流成裂帛湖。分支归御苑，随景结蓬壶。玉冻凌波迥，瑶台入汉孤。上林曾有赋，于此见真图。"

玄烨在行走间，像是想起了王鸿绪的诗，说："群臣之中，赐游畅春园的人不少，写畅春园应制诗的人也不少，朕都一一看过，看来看去，就是王胖子那首还有点味道。"

李煦适时地提醒说："那么，圣上看了王鸿绪的密奏……"

玄烨沉吟着，说："王胖子密奏中所说，朕相信都是实情，朕过去也接到过这类密奏，对'玉蛹'、'小手'早有风闻。允礽这小子，买卖江南女子不是头一回了，只不过这回干得大发了，十个八个地买。"

李煦犹犹豫豫地说："太子好女色，自古屡见不鲜，倒也没啥，不过现在不是时候。江南科场舞弊案，把江南读书人的火煽了起来，贡院街蓄势待发，一点就着。可太子偏偏这时候在贡院街'逍遥津'昏天黑地，一旦传出去不得了。圣上是不是发个话，别让他这么干。"

玄烨停了下来，"让朕怎么说，不让允礽往京城带江南女子？"

李煦紧着点头，"是啊，圣上点一点就管用。"

157

玄烨长叹一声，"李煦呀李煦，你怎么就不知道，这话难出自朕之口，是朕的软肋所在。"

李煦惑然不解。"圣上，这是怎么说的，不让往京城带江南女子，圣上怎么就说不出口？这话怎么成为圣上的软肋了？"

玄烨没有回答，而是向远处指了指，"看看那边，看见什么了？"

李煦放眼望去，这才注意到，名为"丁香"的东堤和名为"兰芝"的西堤上，各有几个身材细细溜溜的女子在散步。她们有说有笑的，随着秋风隐隐约约送来软分分的吴语。

"知道她们是什么人吗？"玄烨问。

李煦想了想，"好像不是后宫嫔妃……不知是些什么人。"

玄烨看着她们，"是玉熙宫戏班子的。昨天晚上，她们在嘉荫堂清唱《长生殿传奇》中的几段，今天晚上还要唱。"

李煦干笑了一下，"老主子真是个昆腔迷。"

"说到底，还是你这个老油勺成全了朕的喜好。"玄烨注视着他，"她们的底子，就是你早年进献的那个戏班子，女戏嘛，干不了多久，人老珠黄就完蛋，一茬接一茬的换，她们都是两三茬之后的人了。"

"噢，是这么回事。"李煦多少有些装糊涂。

玄烨看着她们，"想想看，是谁头一个往京城送江南女子的，是你。你给朕送来了一个昆腔戏班子。是谁头一个在京城安排江南女子的，是朕。朕把几十个俊秀江南女子放在皇城里，低头不见抬头见。宫里有人议论说，她们是朕的枕边之物。朕想辩驳都难以启齿。"

李煦突然间开窍了，多年未解的一个扣解开了。皇上敢情如此严于自责。皇上认为，供养江南女子的头是从自己那里开的，而且自己终日在昆腔女戏子花团锦簇之中，因此屡屡接到揭发这方面事情的密奏，都下不去手，甚至不知该说些什么。

那些女子三五成群地走过来，其中不乏俏丽者。她们显然和皇上很熟，见到皇上也不下跪，只是眉眼含笑地道个万福，就说说笑笑地走过去了。有那么几位连万福都不道，轻声哼着昆腔唱段走过去。

李煦久居江南，熟悉昆腔。他看着她们的背影，轻声哼唱昆腔逐渐远去，他越来越理解皇上的难言之隐了。

康熙皇帝迷恋昆腔。秀美的女戏隔三岔五到宫里唱戏,皇上常留她们吃宵夜。除了正本大戏,有的旦角也到宫里给皇上单独唱。有时皇上读昆腔台本,看不明白,传她们去养心殿侍读。读到兴浓处,皇上也跟着她们哼两嗓子,间或还比划比划腰身。清人写的稗史表明,玄烨在很大程度上是把昆曲女戏子当后世的"戏匣子"使用的,在更多的时候,不是面对面的听她们唱戏,而是让她们在帐幔中清唱,见不着面,就是听那个腔。

无论正史还是稗史,都没有透露康熙皇帝与这些昆腔女优间发生过什么事。但是,皇上大多是风流种,而昆腔女优久居深宫,都无聊得很,一日复一日地打发寂寞长夜,对壮丽的宫阙也有正常的向往,在这种情况下,什么事情都可能发生,发生什么事情都不奇怪。

守着一个戏迷皇上,嫔妃的处境很窘迫。嫁鸡随鸡嫁狗随狗,就别说嫁皇上了。她们不管喜欢不喜欢,也得随皇上喜好,跟着听昆腔。而每次看戏都是一场折磨。折子里尽是些情哥哥蜜姐姐的,唱着就撩人情意,女优摇过来晃过去,含情脉脉地唱给皇上听,皇上打着拍子,晃着身子,悠悠然沉浸其中。嫔妃们坐在一边,眼睁睁地看着皇上与她们在戏剧意境中的交流,憋着一肚子火,还不敢发作,一个个假装笑盈盈地一出出地听下来,回过身来就不是它了,回到后宫就摔盆砸碗。东西十二宫无一例外,把这些江南来的小妖精恨死了。

对这些,康熙皇帝都知道,而且知道有的阿哥效仿,也从江南买进女子,充为昆腔家伶。自己开了这么一个头,处置别人就气短,人家阿哥即便玩儿家伶,也不过仨俩的,比起老主子还差一截呢。

"其实,朕只要撕破脸面,不让胡来,也多少管点用。但是,令朕难以出口阻止的,大头并不是朕率先养昆腔女戏子,而是梗在一个人身上。"

"圣上能否告诉奴才,这个人是谁。"

"还不是那个大盐商范溥。"

李煦越发不解,"奴才认识范溥,他怎么啦?"

玄烨唇边泛出苦笑,"王胖子在密奏里说得轻巧,说范溥出钱让太子玩弄、买卖江南女子,当严惩范溥。站着说话不腰疼,不当家不知柴米贵。他不知道,范溥是惹不起的,其人堪称朝廷的大银库,以他为首的大盐商除正常赋税外,每年还向朝廷捐纳几百万两白银。"

"这个，奴才在江南略知一二。"

玄烨加重了语气："范溥不是今天才与允礽认识的，那年允礽微服出访，在扬州花天酒地，欠一屁股债，被扣在妓院，是范溥给赎出来的。曹寅当时正好在扬州，听说这事就有密奏。皇太子被扣在妓院，盐商搭救，奇耻大辱！朕火不火？火透了。但朝廷正要对噶尔丹用兵，急需大宗银两，得向范溥索要，朕把这件事情硬给压了下来。其后果可想而知，从那之后，朕在这种事情上，对范溥只能退让三舍了。"

李煦几乎要哭，"圣上不要说了，奴才明白了。"

玄烨掉头往回走，"这种苦衷，朕没地方说去，把你召来，私下和奶兄弟诉一番苦。打今儿个往后，在二阿哥买卖江南女子这件事上，你应该对朕的难处清楚了，也不要逼迫朕下手啦。"

李煦跟在皇上身后，一遍遍地说："奴才清楚了，奴才清楚了。"

十六、镇淮楼－真州史院－御花园－江宁织造府

江南淮安县中心有一座当地有名的楼宇，名为镇淮楼。

康熙五十一年六月初，淮安知府林傻子在镇淮楼设宴，请江宁织造曹寅小酌。曹寅身为内务府郎中，在京城不大起眼，而到了淮安这种小地方，自是被奉为中央大员，得受到高规格款待。

淮安知府傻子在清朝史料中留名。他原先也是京官，在内务府担任奏事治仪正，由于是包衣身世，主子起名随便，估计是叫他傻子，叫惯了也就成名字了。其实他人一点也不傻。

淮安厨子会烧菜，宴席上菜肴丰盛，傻子和三两个土妓殷情伺候，但是曹寅打不起精神，蔫头巴脑的。倒也不是那三两个土妓令他难堪，而是他实在太累了，或者说几乎为补亏空压垮了。

曹寅之所以来淮安，是办理铜斤事宜，也就是铜的采买。这种事情本来不在织造的职掌范围内，但是翻翻故宫博物院档案部编的《关于江宁织造曹家档案资料》，曹寅揽过这项活儿还颇费周折。

中国冶铜由来已久，并以商周青铜器照亮了世界古代文明史。明清时期，冶铜主要是为了铸钱，货币流通是通过冶铜实现的，由于意义重大，铜业由国家垄断，干这活的称为铜斤。康熙年间，全国共设十四个铜业办事机构，当时称为"铜关"，它们分别设置在湖口、扬州、凤阳仓、崇文门、天津、太平桥、芜湖、浒墅、北新、龙江、淮安、临清、赣关、南新，全国总产量不足四百万斤，约合两千吨。京师的宝泉、宝源两个铸钱局，完全依靠这十四个铜关支撑。

铜斤是很肥的差事，想涉足的官员很多。康熙四十年，清廷决定预支十万两银子，交与得力干员承办铜斤事宜。内务府员外郎张鼎臣为首的哥儿仨启奏，要求将十四铜关分别交与张氏哥儿仨、曹寅和王纲明，分三处承办。曹寅办事历来谦让，这次却一反常态，启奏抛开张氏哥儿仨和王纲明，自己独自承办十四铜关。后来经康熙皇帝与内务府反复权衡，认为十四铜关事关京师两局铸钱，非同小可，交与曹寅个人不放心，最后决定张氏哥儿仨、王纲明为首的几个商人、曹寅瓜分十四铜关，预支的十万两银子分为三份，每家三万三千三百三十三两三钱，而且一包就是八年。八年过去了，三家的竞赛难分伯仲，他们不仅偿还了朝廷预支的银子，而且都给朝廷上缴了大量采办铜斤节省的银两。因此，内务府奏报，龙江、淮安、临清、赣关、南新五个铜关的采购铜斤事宜，再交与曹寅承办八年。康熙皇帝对这道奏折的朱谕耐人寻味："曹寅并未贻误，八年完了；今若再交其接办八年，伊能办乎？"玄烨如此批，看来是意识到这匹老马的体力和精力都难以支撑了。

康熙四十八年之后，曹寅依旧承办龙江、淮安、临清、赣关、南新五个铜关的采购铜斤事宜。他为什么如此玩儿命？实在是要补亏空。从故宫博物院现存档案来看，此后玄烨对曹寅的亏空问题分外上心，对曹寅的朱谕没有别的，反复让他尽快补足亏空。如："两淮情弊多端，亏空甚多，必要设法补完，任内无事方好，不可疏忽。千万小心，小心，小心，小心！"又如："两淮亏空近日可曾补完否？"再如："亏空太多，甚有关系，十分留心，还为止后来如何，不要看轻了。"

这就是曹寅不断往淮安等地跑的原因。事至如今，他采办铜斤在十年以上了，办理盐务和漕运也好几年了，各方面的进项不算少，但是远远填不满织造府的窟窿，织造府的亏空非但没有减少，反而在增加。有鉴于此，镇淮楼的宴席再丰盛，他也没有胃口。

林傻子在担任奏事治仪正时，几度转曹寅的奏折，也几度见到老主子给曹寅的朱谕，对曹寅的苦衷深为理解，但是帮不上忙，只有不断劝酒。毕竟，借酒浇愁是最没有办法时的办法。

按说，曹寅的酒量是不错的，年轻时曾经一次干过一斤老白干，进入中年后，一次喝半斤八两的也不在话下。但是近年来，他的体力和精力都大不如前了，如果不是死撑个面子，他连二两的量都没有。

林傻子再度让土妓斟满酒，站起来绕到桌子那边，双手捧杯，诚恳地说："淮安是个小地方，难得有曹织造这种高人造访，既然来了，咱就再来一杯，最后一杯，完了咱就散伙。"

曹寅已有几分醉意，推托说："不行了，不行了，已经喝高了。"

林傻子说："李白斗酒诗百篇，唐朝诗人哪个不贪杯中物。曹织造是刊刻《全唐诗》的总理，怎么这么点酒就推三推四的。"

曹寅不由念叨起来："《全唐诗》、《全唐诗》……"

林傻子提起的这根弦，令曹寅心中熨贴，回首平生，在无尽的犬马生涯中，只有刊刻《全唐诗》遂自己的心愿。想到这儿，他心中泛起一阵快意，拿起酒杯，说："谢谢天下人还记得《全唐诗》是我曹寅总理刊刻的。就凭这一条，我喝！"言毕一仰脖子，一杯酒全倒进嘴里去了。

林傻子和土妓们齐声喝彩，但是片刻他们的脸就变了。

但见曹寅"咕咚"坐下，脸色惨白，嘴角泛白沫，身子晃了晃，差点倒下。林傻子赶忙上来扶，曹寅平息了好大一阵，才指着心口，喘息着说："林知府，你要是够意思，不忘咱们在京城的交情，就马上派马车送我回真州，那里有一大摊事等着我去安排呢。"

次日清晨，曹寅像是缓过来了，即刻乘坐淮安府的马车赶赴真州。

连生的二姐夫岳宽是御前三等侍卫，家不算宽敞，小两口和另一个侍卫合住一个小四合院，连生住在西厢房，在南书房当值之后，回来就读书习字，很少到其他地方走动，不怎么和内务府子弟来往。

他看得出来，皇上和在南书房行走的官员都喜欢他，如果不出意外，当差期满，可能就留在皇上身边当侍卫了。乾清宫侍卫是侍卫中的尖子，升迁快，在上三旗包衣子嗣中，这是所能谋到的最好差使。

京城的位置虽然偏北，盛夏时节仍然很热。所谓盛夏即是七月，郊区还稍微好一些，城里闷热得不行。

康熙五十一年七月中旬的一天，连生从南书房当值回来，身体疲乏，冲了个凉水澡，钻进蚊帐就睡了。

天快要亮时，有人把他摇晃醒了，他一看是二姐夫举着油灯，身边是一个他认识的太监，是太监把蚊帐撩起来的。在这个点儿上，乾清宫的太监摸到家里不是闹着玩儿的，肯定有急茬儿。

连生从床上坐起来，睡眼惺忪地说："什么事？今天不是我当值。"

太监说："皇上让你马上赶到乾清宫。"

他一看，二姐正在旁边哭哭啼啼，心里顿时掠过一片乌云，二话不说，跳起来，用冷水浇浇头，穿上衣服随着太监就走。

东华门与西华门一样，五更开门，宫廷语言称之为"开钥"。

这时刚开钥不久，太监领着连生匆匆进去，直奔内廷。

进入乾清门，他几步蹿上汉白玉台阶，上到乾清宫的露台，一眼看到，皇上背着手站在玑衡旁边，像是在等着他。

皇上神色忧郁，一动不动，在灰蒙蒙的天幕下，像一尊塑像。

觐谒皇上，照例要磕头。但是，还没有等到连生下跪，玄烨就转过身来，急匆匆地先说话了："什么都不用说，马上出发，带着朕准备的药，去真州。"

连生干张着嘴，茫然不知所云。

玄烨看看他想起了什么，烦躁地拍拍额头，"是这么回事。曹寅在真州病倒了。苏州织造李煦代他求药。朕给他准备了些金鸡纳霜，等等就令驿马快递到真州。你也随着去，这是救命的药，路上要保管妥贴。其他的话以后慢慢说，准备准备就上路吧。"

连生觉得脑袋一下子大了，只发蒙，强忍着泪水，在露台上磕了个响头，叫道："奴才代全家谢老主子大恩！"

在两江总督府衙管辖范围内，有个叫仪征的县城。它在唐代名扬子县，五代名迎銮镇，宋代祥符年间以铸真宗像成，更名为真州。明代洪武年间废。清代称仪征。但也有人沿袭老名，仍然称之为真州。

曹寅的职务是江宁织造，但织造不是职官名称，而是出皇差的名目，在清代职官表中甚至没有提及。一段时间以来，曹寅的主要工作地点并不在江宁，而是在真州。这是怎么回事？为了补亏空。

清朝最肥的差使是管理盐商，干这事的官员名为巡盐御史，职掌是从盐商手上收银子。康熙皇帝为了帮助曹寅补亏空，将江苏北部巡盐御史这个肥差赏给他，他大部分时间在仪征巡盐御史院里。这个院子也被称为真州史院。不说采办铜斤那些事，曹寅在真州身兼数职，计有江宁织造、巡盐御史、巡漕御史、通政使司通政使等。同时还兼有文化工作的一大头衔，担任天宁寺书局总校理。刊刻《全唐诗》竣工后，《佩文韵府》等书的刊刻工作随后开始了。《佩文韵府》是分韵编排的辞书，主要是供科举制度下作诗文词赋时修饰词藻、采择典故之用。分韵隶事的书，始于唐朝颜真卿的《韵海镜源》，元明之际又有《阴幼遇》、《韵府群玉》、《五车瑞韵》等，清廷也打算给参加科考的生员准备一部权威性的参考书，于是组织张玉书等有学问的官员编纂《佩文韵府》，"佩文"即是康熙皇帝的书斋名称，可见玄烨亲自过问这件事，是清朝治学、版本中的一件大事。这部大部头编了三十多年，到康熙五十年才定稿，《正集》及《拾遗》共二百十二卷，共收一万零二百五十七字，分为一百零六韵，注明音训，词语按照最下一字分韵排列，注明出处，不作解释。

《佩文韵府》刊刻开始后,忙里偷闲,曹寅在康熙五十一年年初自编其诗为《楝亭诗钞》八卷，旋即付刻。他曾经资助顾景星刻印《白茅堂集》，为施润章刊刻《学余全集》，捐资朱彝尊刻印《曝书亭集》，引得翰林宿学、淮南名士、诗人墨客不断前来造访。曹寅既要挣钱补亏空，又要和文化人打交道。当然，他与文人唱和，表面是寄情于诗文，内里是给当朝礼恩江南士人。诸位江南大家投桃报李，为《楝亭诗钞》八卷作序，顾景星称曹寅的诗"清深老成，锋颖芒角，篇必有法，语必有源。"朱彝尊在序中对曹寅诗作评价颇高，称："楝亭先生吟藁，无一字无熔铸，无一语不矜奇。盖欲抉破藩篱，直窥古人窍奥。当其称意，不顾时人之大怪也。先生于学博综，练习掌故，胸中具有武库，浏览全唐诗派，多诗以为诗，宜其日进不已。"在落款处，朱大家居然自称为"弟"。无独有偶，另一大家姜宸英在序中也自称为"弟"，他说曹寅的诗"天分过人，气格高妙，亦不能驱策古人为我之用也。"

曹寅忙坏了，根本没有时间回江宁，也没有时间休息，结果是劳累病倒。据史料，他于康熙五十一年六月十六日到扬州书局料理刻工，半个月后偶感风寒，卧床数日后转为虐疾。服药调理，仍日渐虚弱。

七月十五日，李煦赶到扬州探视，曹寅对他说："我这病恐怕是快不行了，只有老主子的圣药才能救我。连生还太小，办不成什么事，求你替我启奏。如果能够得到老主子颁赐的圣药，没准还能起死回生。"

李煦当即密奏求药。玄烨关爱自家老奴，赐金鸡纳霜，驿马星夜赶赴真州。玄烨朱谕留存至今。金鸡纳霜是进口药，玄烨亲自注明服用方法，说它"专治虐疾，用二钱末，酒调服。若轻了些再吃一服，必要住的。往后或一钱或八分，连吃二服，可以出根。"玄烨的朱批中甚至还提醒说："虐疾若未转泄痢，还无妨；若转了病，此药用不得。"

连生随着驿马披星戴月跑了两天，把赐药送到真州巡盐御史院，刚到院门，来旺也从江宁赶来了。哥儿俩顾不上寒暄，一起跑进院子。他们不是第一次来这里，以前也来过数次。史院临江的高楼，阿玛与四方文人登楼唱和的场景，都使他们心驰神往，难以忘怀。而这一次，史院被悲哀笼罩着，熟悉的院落和房屋显得如此陌生。

进得偏房，他们吓了一跳，老父变得几乎认不得了。蜡黄的脸，胡子拉碴的，两颊整个陷落下去，颧骨高高凸起。而在他的身边，几个女眷和一个郎中惶惶不安，谁都没有主心骨。

连生和来旺忍住泪水，扑到床前，叫道："阿玛，阿玛，我们来了。连生和来旺都来了。您这是怎么了？"

昏睡的曹寅张开眼睛，一看到小哥儿俩，眼泪就顺着眼角流淌下来。

他依次抚摸着他们的头，说："来啦，来了就好。我还怕见不着呢，总算见了最后一面。千里搭长棚，没有不散的筵席。父子一场，总有分手的时候。只不过老天爷撤这桌筵席稍微早了点，还没等我见到孙子，就让我回去了。"

连生安慰说："阿玛，别这么说，您没事。我是随着驿马来的。驿马带来皇上给您的药。您服了药就没事了。"

曹寅勉强绽出笑意："有事没事，阿玛心里最清楚。皇上实心救我，让驿马星夜送来天下最好的圣药，我服了见效就好，老天保佑吧。如果服了仍然不见效，往下就没其他法子了。"

连生叫道："阿玛，您别着急，您的日子还长着呐。"

曹寅挣扎着要坐起来，"不管长短，到交待后事的时候了。"

郎中和女眷连忙往他身后塞了个枕头，他抬高了上身，指了指地面。

连生和来旺懂得他的意思，慌忙跪下。

曹寅目光散淡地望着顶棚，像是在对苍天诉说。"曹寅平生无甚憾事，此一去，只有一事心中不安，这就是在江宁织造任上拉的亏空，累年下来足有几十万两银子。我在，老主子了解内情，不会追究；我这一走，事情就难说了。"说着，他从枕头底下费劲地拽出一个布包。

连生泪涟涟地接过，打开布包一看，中间放着一个砚台。砚台的中央有一道若隐若现的缝，显然是摔成两半后黏合起来的。

曹寅游丝般的声音飘荡在连生的耳畔，就像是从天国中传来的一般："病在自己身上，什么时候走自己最清楚。老主子的赐药能不能救命，只有天知道。所谓树倒猢狲散。我这一走，无力保护你们了，这方脂砚系明遗民转赠，权当是我在人间的一个影子吧，让它保佑你们的今后。好石头是有灵性的。允礽摔了它，没过几年就被废除太子封号。你们要精心爱护它，保存它，让它保佑曹家不致风云流散。"

御花园在紫禁城中轴线上，位于坤宁宫北，正中有坤宁门，东南有琼苑东门，西南有琼苑西门，通东西六宫。园内有几十座大小建筑，间有山石树木、花石盆景和五色石子甬道。

数日后，康熙皇帝闷闷不乐地在御花园散步。一个官员陪着他，边走边小心翼翼地看着老主子的脸色。

这个官员长相算得上得体，年纪在四十岁出头。他是张英次子，名廷玉，号研斋，康熙三十九年进士，寻授检讨，入值南书房，迁至刑部右侍郎，以名相子回翔卿贰，文学经济，已巍然负台辅望矣。

御花园在后宫深部，为后妃游息之地，一般说来朝臣不得进入。今天情况特殊，玄烨刚接到李煦奏折，告之曹寅于七月二十三日病逝，急召张廷玉，商量曹寅身后事。

玄烨心情郁闷，背着手缓缓走在甬道上，有一搭没一搭地看着四周，感慨良多，挥指道："曹寅幼时进宫，陪朕读书。俩屁孩子能玩儿到一块，成天疯跑疯闹，下雨后一块在这里抓过'黑老婆儿'。知道什么叫'黑老婆儿'吗？跟蜻蜓差不离，比蜻蜓小而黑。都长大成人，曹寅当朕的侍卫。那边的殿宇叫绛雪轩。

曹寅成婚时，朕曾经赐他们两口子在绛雪轩饮宴，那回他喝多了，是侍卫架回去的。几十年弹指一挥间，这些事恍如昨日。御花园依旧，绛雪轩依旧，'黑老婆儿'还在飞，酒香还在飘，而曹织造却已作古。真是人生若梦哇。"

张廷玉微微弯着腰，"曹织造为人宽厚，在江宁地面上的人缘极好。微臣听两江总督噶礼说，江宁织造署有些机户和织户聚集在两江总督衙门前，要求曹寅之子连生继任江宁织造一职。"

玄烨捋着胡须想了想，"李煦也密奏了这件事，朕知道了。曹寅人缘好，他儿子连生也是个老实疙瘩，在南书房当差时敬业勤奋。那些机户与织户闹，说明曹家在当地得人心。朝廷就应该委任得人心的命官。再说啦，俗谓父债子还。曹寅生前拉的钱粮亏空不算少，如若连生顶上他的江宁织造缺，代为偿还钱粮亏空，朕看未尝不可。"

张廷玉忧虑地说："听说连生还刚满二十岁，这个岁数当织造，管着好几百号人，外加一个大摊子，是不是嫩了点？"

玄烨斜过去一眼，"朕八岁即位，十四岁亲政，嫩吗？"

张廷玉说："圣上天慧聪颖，岂是凡人可以比的。"

玄烨烦躁地挥了挥手，"爱卿这么说中听，如果倒退几十年，朕听得进去，到了这把岁数不爱听喽。真龙天子和草芥蚁民，都是一副肩膀扛个脑袋，谁能比谁聪颖多少。连生在南书房当差，进进出出都在朕眼皮底下，他跟词臣学了不少东西，朕看着他一天比一天长出息，南书房的人都喜欢他。如果不是江宁织造府上下请他回去，继任织造，朕就把他放在身边当侍卫了。曹寅就是走侍卫这条路子起来的。"

张廷玉说："那么，连生的事情就这么定了，担任江宁织造。"

玄烨环顾左右，"定了。总得有个人去江宁说一声，宣布谕旨。最近有人去江宁吗？如果有顺脚的，就不另外委派钦差了。"

张廷玉答："有一个现成的人。近年来，漕运河道淤塞，漕粮运输不畅，工部请修书处的陈鹏年去治理。此人在江宁知府任上就是治河好手。圣上日理万机，有的事恐怕淡漠了，您刚同意陈鹏年调离修书处，擢升通政史衔。他定于近期去江宁赴任。"

玄烨被提起一根筋，捻动胡须，点了点头，"是有这事，朕想起来了。过去陈鹏年在江宁干不下去,是阿山总是和他过不去。现在阿山卸任了,陈鹏年可以去江宁了。"

张廷玉问:"圣上莫非认识陈鹏年?"

玄烨说:"岂止是认识。你退下吧。"

张廷玉走了。

玄烨背着手兀自走了。行走间,他仰面看看湛蓝的天空,向着苍穹自语着:"陈鹏年向连生传旨……'好官'向小恩人传旨,此乃天意,此乃天意也!"

"传旨——"喊声震得江宁织造府的议事厅嗡嗡响。

议事厅被布置成灵堂,卷书案上供着曹寅的牌位。堂里跪着十几名曹寅的眷属。他们清一色地穿着孝服。天大的灾祸降临后,这个家族被悲痛压垮了,直到现在也没有恢复过来。

陈鹏年从来没有穿戴得这么整齐过,官服、官帽、官靴、腰带一应俱全。这是他平生头一次当钦差,为了把角色演得像那么回事,他直着身板,展开圣旨,板着大驴脸,卯足了劲读道:

"曹寅在织造任上多出善政,多行善事,该地之人都赞赏他,朕深知他的名声好,名节高。他病逝后,按照常例应举家迁回京师。但自督抚以至机户、织户,都奏请以其子补缺。朕思,自曹玺起,曹家就落户江宁,至今在江宁居住几十年,已在彼地购置房产,且购置了地产。如让他们举家迁回京师,又得变卖房产、地产,实属不易。为此,曹寅身后所遗江宁织造之缺,补放于曹颙。钦此——"

陈鹏年读毕,咽了几口吐沫,看看下面。

对浩荡皇恩,跪伏的人不仅没有太大的反应,而且窃窃私语,好像有的事情弄不清楚。

他咕咚咕咚喝了几口水,擦着嘴角问:"还有什么不明白吗?"

跪伏的人沉静良久,连生抬起头来问:"陈钦差,那个补放江宁织造的曹颙是谁呀?我们这里没有这个人。"

陈鹏年拍打拍打脑门,说:"瞧本官这记性,瞧本官这不顶用的记性,最重要的事情居然忘了说了。曹颙不是别人,就是你。"

连生愣住了。"我?"

　　陈鹏年高声说："曹寅在世时，期盼着子孙兴旺，生下你这个儿子后叫连生，盼望连着生几个儿子。皇上说了，既然你当织造郎中了，总叫小名连生不妥，因此赐你一个名，单字：颙。"

　　跪伏的人这才恍然大悟，随之骚动起来。

　　连生惶然了一阵，不知该怎么办了。老娘从身后揪了他一把，他才匆匆磕头谢恩道："上个月父病临危时，圣主恩怜先臣，特赐圣药。天恩未报，圣主又赐江宁织造。奴才年当弱冠，正是犬马效力之秋。寸功未建已是惶恐不安，包衣下贱却蒙圣主亘古未有之格外洪慈，唯有率领全家长幼尽蝼蚁感激之恩，肝脑涂地还尽先父所亏欠之钱粮，仰报圣主于万一。"

　　这番话实发自内心。说完后，他忍不住掉泪了。

　　他这一哭，馨玉也哭出声，带起全家哭成一片。

　　陈鹏年身为钦差，被视为皇帝的喉舌，皇上的万丈光芒通过他照耀到这里，万里长江般的洪慈广恩通过他辐射到曹家。几位过于悲痛的女眷爬过来，抱着他的靴子，扯着他的官服下摆，呜呜嗬嗬地哭。

　　陈鹏年被拉扯得很不自在，满脸冒汗。

　　他在难堪间搔着后脑勺说："好啦，好啦，本官的钦差职责到此算办完了，该办点自己的事了。"

　　他在众人的注目下，来到曹寅的牌位前，恭恭敬敬地摘下官帽，放置在地上，嚎了一声"曹织造啊——"，接着咚咚地磕起了头。

十七、曹家祖茔－西苑－地安门

满洲八旗入关之前实行火葬，一般没有祖茔。入关后，有的达官贵人比照汉人，在京城郊区买块坟地，实行土葬。这样一来，几十年后逐渐有了家族的老坟，在京城以外当大官儿的，死后归葬祖茔。

曹家是内务府正白旗包衣，隶满洲旗籍。顺治年间，在京城东边靠近通州之处有一块祖茔。这是一片静谧的松林，面积有两亩多，井然有序地排列着十几个坟包。曹頫的高祖曹锡选、曾祖曹振彦、祖父曹玺、伯祖父曹尔正，以及他们的妻子，都安葬在这片老坟地里。最近立的一个坟头是曹宣的，他是曹寅的二弟，曾任内务府司库，卒于康熙四十四年，至今已故去七八年。

康熙五十一年八月，曹頫将阿玛的灵柩沿大运河运至京城东边的通州，在祖茔下葬。那天，内务府派官员主持，曹家在京城的亲眷都来了，共有四家，他们是：曹寅的长女曹佳氏、长女婿郡王纳尔素一家；曹寅的次女曹茹氏、次女婿岳宽一家；曹寅的二弟媳妇邓氏一家；曹寅的三弟曹宜、弟媳妇韩氏一家。

曹寅的二弟曹宣，是来旺的生父，曹頫称之为二叔，二叔的遗孀自然称为二婶。二婶邓氏带来的子女中，有连生的叔伯表哥桑额。他身材挺拔，仪表堂堂，是来旺的亲哥哥。但来旺自幼过继到江宁，打记事后就没有见过桑额，反倒与桑额不熟。桑额与连生很熟，同一批在紫禁城当差。桑额引见后，分到宁寿宫茶房，为茶上人。

曹寅的三弟曹宜，曹頫称之为三叔。在曹頫眼中，很难把三叔与阿玛、二叔联系起来。他们不仅性格相去甚远，连相貌都相去甚远。曹家哥儿仨都在内务府任职，老大曹寅、老二曹宣在世时都是文人圈儿里的，能写诗作画，平日里也是文绉绉的，老大的诗作，老二的山水画，在内务府官员中都是数得着的。而老三却不染文事，是一介纠纠武夫。

曹宣大手大脚大脸盘，大眼大嘴大鼻子，大高个儿，像座铁塔。哪儿都大，嗓门也大，在坟头前就他哭嚎得响；哪儿都大，脾气也大。在兄长的坟头前，他不知道该冲谁发火，狠狠地拍了拍自己的胸口，仰面大声喊叫了一阵，惊起了松林中的几只鸟。随后，他站起来，拍打拍打身子，挺直了胸膛，又像没事的人一样了。

曹宣比两个哥哥晚生将近二十年，现年三十多岁。他自幼从军，此时在内务府正白旗护军营担任护军参领兼佐领。参领与佐领是两个不同的职位，前者是军职即护军中的小头目，管着上千号兵丁；后者是社会职务，管理旗下基层组织佐领中的几百口子，包括吃饷银的旗兵及其家眷，以及少数因种种情况而随旗的人。乍一听两个职务差别很大，但由于满洲八旗系兵民合一，管兵的同时也就是管民，所以可以兼职。

丧事既毕，几家人分别准备回去。随同来的内务府官员赶到曹頫的轿子旁边，提醒说："曹织造，按照内务府的规矩，江南三织造府的新任织造，离京前当入宫向皇上谢恩。"

曹頫不知动了哪根筋，看看左右，说："三叔、二姐夫，你们在皇上面前也不是生人，皇上对曹家的事这么上心，咱仨一块去谢恩吧。"

那俩还能说什么，事情就这么定了。

次日曹頫被告知，在西苑太液池晋谒。

西苑可供垂钓地点很多，张英诗中提到的"钓鱼矶"，是康熙皇帝喜欢的垂钓地点。从玄烨诗作看，他对钓鱼在行，什么鱼在什么季节喜欢吃什么饵，门儿清。但宫里人都知道，老主子钓鱼不在乎钓上多少，而是以钓鱼修心养性，把鱼杆和鱼线称为"无忧杆线"。他的一大癖好是在钓鱼时召对臣工，号召大臣在他钓鱼时奏事，一边垂钓一边与大臣交谈。康熙间，不少大事是玄烨在垂钓时决策的。

玄烨有个习惯，事情不干则已，要干就认真干。既然钓鱼就有垂钓的样子。柳荫下微风习习，他戴着斗笠，披着蓑衣，一身渔翁打扮，坐在个小马扎上，全神贯注地盯着平静的水面。

太监领着曹颙、曹宜和岳宽，蹑手蹑脚地过来。他们看皇上在钓鱼，谁也不敢吱声，悄悄地跪在旁边，像是怕吓跑了鱼。

玄烨一拽杆，一条小鱼甩上岸，两寸来长，是条鲫鱼，京城垂钓者称之为"鲫瓜子"。他把它摘下钩，随手扔回水中。这时曹颙才注意到，皇上身边连个鱼篓都没有。

玄烨转过身来，看看这三个人，说："赐坐。"

太监马上拿来几个小马扎，他们规规矩矩地并拢双腿坐下。

曹颙说："奴才送阿玛归葬，事情刚料理完毕，回去即刻赴江宁织造一职，临行前不揣冒昧，来叩谢皇恩。"说完伏身磕头。

曹宜和岳宽也从小马扎起身，跟着磕头。

曹颙说："这位是曹宜，曹寅的三弟、奴才的三叔；岳宽是老主子的宿值侍卫，他是奴才的二姐夫。"

"嗯，你们三个原来是一家子的。"玄烨心不在焉地看看渔漂，想着心事，"曹颙，你过去在南书房当差，是朕的身边之人；岳宽就不用说了，是朕的侍卫；这位，曹寅在世时经常提到的弟弟，在哪儿见过来着？想起来了，西山，你是看守西山行宫的，是护军参领。"

曹颙说："曹家世世代代、里里外外都是鞍前马后服侍老主子的。"

"噢。"玄烨依旧看着渔漂，随口应道。

曹颙问："老主子有什么要交代的吗？"

玄烨眯着眼睛盯着湖面："要紧的是勤奋，拿出十分精神，补足曹寅的钱粮亏空。那么大的窟窿，几十万两银子，朕知道你们的苦衷和难处，朕早就对曹寅说过，朕只要在世，知道江南三织造府的亏空是怎么回事，不会追究；朕要是咽气儿了，别人就不是那么好说话了。"

曹颙说："奴才明白。"

"还有，"玄烨一甩杆，看没有鱼上钩，又把鱼线甩回去，"曹寅可怜，到咽气了也没抱上孙子。你回到江宁之后，用不着服孝年把的，尽快娶个媳妇儿生个儿，告慰你阿玛在天之灵。听李煦说，他有个女儿，跟你是青梅竹马，不要挑三挑四了，就是她吧。"

老主子日理万机，居然关心到一个奴才的终身大事了，曹颙感动得惶惶然的。他说："老主子如此关爱，奴才回去后就尽快成亲。"

"就这些吧。"玄烨边说边收鱼杆。

曹宜轻轻捅了捅曹颙，曹颙会意，说："老主子，如果没有其它事，奴才不敢过多打扰老主子，这就回去了。"看到老主子挥了一下手，他们仨相互看看，站起来就要走。

玄烨站起来，说："等等。"

曹颙等重新跪下。

玄烨思索着吸溜了口气，"朕再想想，不是没有事，而是有事要叫你们办。"

本来是一次通常的谢恩，看来玄烨当初也是这么对待的。但看到一块来的三个是可以视为心腹之人，仿佛想起了什么，拽出了别的事由。

玄烨皱着眉头，说："朕正要打听件事，正考虑派什么人去呢。派一个人去不够，人多了又怕走漏消息。恰恰你们来了。关键大事必用心腹之人，曹家人都是朕的心腹，而且又是一家子三个人。正好。"

曹宜、曹颙、岳宽异口同声地说："奴才但听老主子吩咐！"

玄烨想了想，"连生，朕在南书房考过你一个明朝永乐年间的掌故：明成祖将谢缙投入诏狱之事。这事儿还记得吗？"

曹颙回答："记得。记得清清楚楚。"

玄烨的身子缓缓地转向湖面，"谢缙是什么东西，不过是无职无权的参议，手底下连个兵都没有。但就这样一个人私自晋谒太子，成祖一样不放过。推而言之，如果私自晋谒太子的是个有职有权的官，并且握有兵权，那成祖会怎么想，当不当有更大警觉？再推而言之，如果是太子私自约见统领大军的将军，成祖会不会认为是太子要谋反？"

曹宜、曹颙、岳宽，三张脸都挂了色。

玄烨转过身来，"朕不是在吓唬你们。本朝眼下确有这样的事。朕刚接到兵部密奏，太子今晚在聚仙堂请客。据朕所知，去的不都是文员，也有个把武将。你们去看看，都是什么人去，听听他们说些什么。注意，万万不得让太子察觉。"

"遵命。"曹宜、曹颙、岳宽一同叩首。

玄烨指着曹颙，"你在南书房当差时间不短了，满朝文武在乾清宫进进出出的，都从你眼皮底下过，谁是什么官职，都对得上号吧？"

曹颙歪头想了想，"八九不离十吧，凡是熟脸都能叫上名。"

玄烨问："知道聚仙堂在哪儿吗？"

曹宜、曹颙、岳宽互相看看，不约而同地摇摇头。

玄烨说："聚仙堂是江宁盐商范溥在京城开的，说是酒楼，其实是个埋汰地方，与妓院无异。他挺会挑地方，把聚仙堂馆开到了皇城的北门之外，离步军统领衙门不过几步之遥。"

曹宜高声说："奴才明白啦。"

每逢大事，玄烨的考虑都是非常细致的，每个环节都要安排妥贴。玄烨说："你们打听之后怎么告诉朕？曹宜是护军佐领，没有绿头牌，进宫不方便，曹颙已经在江宁就职，这时候进宫太显眼。这样吧，不管打听到什么了，你俩不要露面，岳宽明晨进宫告诉朕。"

三个人一起叩头，"奴才明白。"

等他们抬头时，玄烨已经拿着渔杆走了。

地安门是皇城北门，在皇城中轴线上，南面正对着景山，北面正对着鼓楼。地安门往北叫做鼓楼大街，是个闹市区。

当天黄昏，曹宜、曹颙、岳宽来到地安门，跟路人一打听，原来聚仙堂很有名气，刚开张就震动一方，生意很红火。他们在鼓楼大街路东很快就找到了。到了跟前一看，与老主子说的差不离儿，哪是什么酒楼，大门处红灯高悬，几个花枝招展的女子在那儿往里招人，里面传出阵阵丝弦之声，活脱脱是个接待达官贵人的妓院。

曹颙是打江宁来的，虽然洁身自好，不染乱七八糟的事情，但毕竟在十四楼读书多年，耳濡目染不少事。他一眼就看出，这是秦淮河畔妓院的路数，听那几个女子的口音，也是打秦淮河畔来的。

那些花枝招展的女子殷勤得很，只要穿戴稍微得体的男人走近一点，她们就会拥上去，叽叽喳喳倒着甜言蜜语，往里生拉活拽。

他们三人哪见过这种阵仗，不由怵而却步。

曹宜问曹颙、岳宽："怎么办？"

曹颙说："现在还不到饭点，咱们在门口等着，看看什么人来。"

他们随后就猫在黑影里，留神着来人。

一乘官轿来了，一个官员下轿。女人们拥上来，刚开始叽叽喳喳，那个官员就厌烦地把她们拨拉开，昂首挺胸地往里走。

曹宜说："够横的，这是谁？"

曹颙说："这是刑部尚书齐世武。他经常到南书房入值，我认识他，学问上不错，听说当过几天太子的师傅。"

又一乘官轿来了，随后跟着几乘马，像是扈从。一个官员轻快地钻出轿子，对随行的人说："在这里等我，不得进去。"说完和那些女子逗了一句，就熟门熟路地进去了。

岳宽说："这是镶白旗汉军都统鄂缮，每次木兰秋狝他都去。"

几乘人马赶到，一个官员下马就对手下人嚷嚷着："你们找个地方吃饭去，一个时辰后在这儿等我。"随即对众女子眉开眼笑，那张脸乐得像个烂西瓜，拽过来一个女人，搂着她的肩膀就进去了。

曹颙对岳宽说："这是镶白旗蒙古副都统悟礼。"

又一乘官轿来了，没有随从，静悄悄地停下。

一个人从轿子中钻出来，跟谁也不打招呼，低着头匆匆往里走。

曹宜说："这是谁呀？鬼鬼祟祟的。你们看清了吗？"

曹颙和岳宽不约而同地说："没有看清。"

那些迎候的女人却爆出了喧哗："哟，这不是于老二吗？怎么也不说一声就往里闯。""于老二呀于老二，好不容易把您给盼来了，您来了却不理会我们，是不是嫌弃我们啦？"

曹寅问："于老二是谁？"

曹颙回忆着说："于老二是太子的化名。齐世武有一次在南书房入值，就是这么称呼太子的。恐怕太子圈里的人都这么叫。我估摸着，'于'是'御'的谐音，皇上是老大，他是老二。"

远远地，三个黑影贴着墙根过来了。到了聚仙堂门口，两个没有进去，分开两边站立，一个一闪身子进去了。

曹宜匆匆问："看清楚是谁了吗？"

岳宽冷笑了一下，"这个最横。是步军统领托和齐。"

曹宜又问："他怎么没有乘马坐轿？"

岳宽说："这么近的路用不着乘马坐轿。忘啦？老主子专门提醒咱们，范溥把他的饭馆开到了皇城的北门之外，离步军统领衙门不过几步之遥。托和齐两步路就遛达过来了。"

等了一阵子，进去的尽是些闲杂人等，没有官员了。

曹颙说："估计人到的差不多了。咱们进去听听他们说些什么。我和岳宽在皇上身边行走，怕太子他们认出来，三叔您走在头里。"

他们三个走出黑影，直不愣登地就往里走。

那些花枝招展们笑盈盈地迎上来，一个女人尽力操着京城口音说："诸位先生来啦，多齐整的三位相公。咱这聚仙堂里有吃的有玩儿的，你们是吃呀还是玩儿呀，是连吃带玩儿呀，还是连玩儿带吃呀？"

曹宜的大巴掌把她搪开，"去你娘的！老子是来填肚子的。"

那个女人却不急不躁，"哎哟，这尊活铁塔，说话就虎虎生威，您要动点真格的，甩出个老玉米棒子来，还不得把里面的苏州小妹妹给乐死。来，姐姐带你们找个好地方，见见最水灵的妞。"

曹颙上前，用江宁口音说："你就不用麻烦了，我是来京城做生意的，在江宁时是秦淮河的常客，知道你们这种地方是怎么回事。"

那个女人喜盈盈的，"哎呀呀，他乡遇故知。行啦，遇到秦淮河的常客了，用不着姐姐费心了，你们自己挑地方吧。"

他们三个进去后，只听到悠扬的南词阵阵传来。

这种曲调是曹颙所熟悉的，而曹宜、岳宽听着直肉麻。

和秦淮河畔差不多，这种地方多为两层楼，楼下是吃饭的，有妓女陪酒，客人看上哪位了就一块上楼，一般不留宿，留宿得花大钱。楼下有几个南词先生在客人中周旋，她们是妓女中的尖子，读过书，有一定诗词功底，擅长自弹自唱，有的曲目就是自己写的。南词先生通常只唱南词及劝酒，对外宣称"卖艺不卖身"。有的也确实如此。

南词的老根儿在北方。南宋时，北方人避难吴中，将流行于开封的"词文"等说唱带到江浙一带。开封说唱的主角是"说铁骑儿"、"说公案"，说的唱的云里雾里尽是些金戈铁马和对簿公堂、发迹变泰之类。这种铿锵调子在江浙的明山秀水间变味了，被甜丝丝的江浙小调改造了，柔化了，形成江浙民间称为"淘真"的说唱。弹词是在"淘真"的基础上产生的，也称南词，形成年代大约在明朝中期。

他们在里面转了转，但见太子等人在一个雅间里，拿眼睛一扫，倒也没有胡来，只有一个南词先生抱着琵琶坐在雅间里轻吟浅唱。

旁边的雅间是正好空着的，他们三个进去，点了几个酒菜，边吃边留意隔壁的动静。

所谓雅间，只是用屏风隔断的，听得到隔壁的说话声。只是在南词声中听不大清楚。不大会儿，隔壁饭罢酒阑，有人喝得醉醺醺的，说话的嗓门也高了。这时，几句对话清晰地传过来。

"初立皇储是什么年头？是康熙十四年。现在是什么年头？是康熙五十一年。前后隔了多少年？三十七年，奔四十年去了。古往今来，哪有当了四十年太子的。就是本朝新鲜，立个太子就让他熬着。"

曹頫听出来了，这是齐世武的声音。齐世武是汉大臣，颇有些才学，恃才自傲，压根不把满大臣放在眼里，在南书房入值时就嚣张得很。但皇上问他个掌故，他从来是对答如流的。

"齐尚书，可别这么说。皇上还不足六十岁，身体硬朗，当家这么多年来，把咱大清王朝哄得国泰民安、四海升平，着实费了番心血。我要接了玉玺，坐上御座，恐怕还干不到这个份上。"

这是太子的声音，也是太子的口气。

随后又是齐世武的声音："太子过于自谦了，以太子之才学，以太子三十七年之显露，治理大清应当无虞。"

接着的是一个粗嘎的声音："本官是粗人，就说点粗看法：皇上八岁即位，到现在五十年出头了。当皇上也得有够儿。要真从大清的国运着眼，就应该早点传位。趁太子年富力强，把四方江山哄得更安稳。要是把太子熬成个老头，精气神儿都快要不行了，再传位就晚啦。这个老头儿传给那个老头儿，对咱大清好吗？依我说呀，这么干不好。"

这是谁在说话？曹頫等听不出来，但那位随后自报山门了。

"我托和齐是给皇上把守大门儿的，成天把守着四城九门，对天下是否太平，比在座诸位都看得真楚。归里包堆，大清难享真正太平，在中原满洲是少数，处于多数汉人之中，汉人算老实，儒教弄得个个都没脾气，西北的蛮子闹起事来就难对付了。皇上年轻时曾经亲征，以现在的年纪，哪儿要出了事，身子骨怕是不行了。大清需要好身子的君主坐镇。依我只见，在座的诸位不妨联名保奏，请皇上尽早传位。"

随即传来太子呵斥的声音："托和齐，你是不要命了。保奏是头等大事。这么大的事情，怎么能在这种嘈杂之地说。"

曹颙看了看曹宜、岳宽，掏出一锭银子放在桌子上，一甩头，那两位会意，三个人起身迅速离去。

来到街上，小风一吹，曹颙眨了眨眼。直到这会儿，他才明白皇上为什么总是把谢缙挂在嘴头。人无远虑必有近忧。谢缙无职无权的，即便私下晋谒太子也闹不出个花样来，而有职有权的则大不相同了，太子如果和权势者相勾结，则会直接威胁到朝廷。其中最需要防范的就是卫戍京城的步军统领。不用说，太子如果和步军统领联手，杀进紫禁城夺取皇位，不是办不到的。想到这儿，他惊出了一身汗。

十八、步军统领署－刑部－太子府－堂子

京城分四城：核心是紫禁城；紫禁城外围是皇城，天安门、地安门、西安门、东安门是皇城的四个门，各个大门处多有附属于内务府的衙门；皇城之外是内城，为八旗人丁和各部院衙门驻地；与内城南端相连接的是外城，又称为南城，为商业区和汉人居住区。打个比方说，清廷核心机构像穿着两件棉袄的老头儿。紫禁城是件贴身的小夹袄，皇城是套在小夹袄外面的一件厚厚实实的大棉袄。

京城防卫分工是：紫禁城和皇城由内务府上三旗亲军禁卫，这支亲军分为护军营和骁骑营，前者负责内勤，后者负责外勤。内城和外城由步军禁卫，这支步军分为两大块：两万一千名八旗步兵和五千名巡捕三营绿营兵，共同负责内外城的卫戍治安和司法民政。

托和齐是步军统领。这个官职的全称是"提督九门步军巡捕三营统领"。他的衙门官方名称为步军统领署，民间称"提督衙门"。据《宸垣识略》，提督衙门的位置在地安门北面，鼓楼附近。其地和聚仙堂之间仅仅隔着一个显佑宫。

官府在京城抓人，向来是刑部出票，步军出动，内务府上三旗亲军从来不管治安方面的事情。但在康熙五十一年九月下旬的一天，内务府上三旗亲军出动，没有经过刑部，直接到提督衙门抓人，而且不是抓别人，抓的就是九门步军提督托和齐本人。

托和齐是条莽汉，络腮胡子爬满脸，两只牛眼瞪得圆圆的，被五花大绑从提督堂里拽出来。擒他的这位比他的块头更大，像尊铁塔。他就是曹宜，是昨个儿皇上点名从西山正白旗护军营调来的。

满院子的步军头目，参将、游击、都司、守备的一大堆，官职最小的也是个千总，都是托和齐麾下，哪个都有好身手，但是看着提督大人被那尊铁塔扔上马车，就是没人敢动。原因很简单，抓人的不仅是内务府上三旗亲军，而且有乾清宫太监带着。瞧这架势，来头之大就不消说了。显然，不是皇上下令，没人敢动九门提督一指头。

托和齐气得朝他们大喊："你们是他妈干什么吃的？就眼睁睁地看着老子被不明不白地带走！"

依旧没有人动弹。只有一个守备客客气气地问了一句："亲军到步军府衙抓人，亘古未闻。请问，为什么抓提督大人，他犯什么事了？"

曹宜瞪过去一眼，"他拿了不该他拿的银子！"

那些参将、游击、都司、守备的再不说话了，但都心存疑惑，皇上亲自发话，亲军闹出这么大的动静，就是由于提督搂了点儿银子？未必是真的，恐怕里面还有些别的事儿。

托和齐不知道抓他的这位是谁，也不大清楚为什么抓他，只是模模糊糊意识到恐怕与太子有关。他被稀里糊涂地带到了刑部，进入大堂一看，审讯他的居然是刑部尚书齐世武。

齐世武也有些发怵。他刚收到谕旨，皇上令他即刻重新审理沈天生案，着重查清沈天生将受贿银子分给谁了。他没有想到，当他在翻阅案卷时，上三旗包衣亲军已把疑犯抓来了。

前不久，刑部办理了一个案子，案子并不大：户部一个叫沈天生的书办，负责湖广的一处河滩工程，发包时向承包人索贿数千两银子。承包人举报后，刑部初审，沈天生就全都招供了，按照他的说法，这数千两银子自己只落了一半，另外一半给了京城九门提督托和齐，有两千多两。根据以往的办案经验，有的当事人为了减轻罪责，往往拉些高官垫背，刑部如果对高官下不去手，当事人有可能跟着滑脱。刑部尚书齐世武认为沈天生在找垫背的，耍的是老把戏，于是在上奏时提及，沈天生为减轻己罪，诬陷托和齐大人，当罪加一等。

由于这件事牵扯到皇上的小舅子，况且又是九门提督，齐世武令刑部的人点水不得外露，更不能让托和齐知晓。上奏数月没有下文。齐世武以为皇上把这件事压下来了。昨日皇上突然间发旨，令查清托和齐吃沈天生贿赂一事。不得耽搁，数日内必须具结。

齐世武过去与托和齐没有过从，仅仅是最近与太子来往时相识，但也没有交情。他既可以包庇他，也可以秉公办事不包庇他，包庇或不包庇的分野，就在于摸透皇上的内心打算。

托和齐是皇上的小舅子，不是闹着玩儿的。他被带来了，是皇上下令抓的，而且那个乾清宫太监、正白旗包衣佐领把人带来后没有要走的意思，干脆坐在大堂里听候审讯。看来，皇上是不打算饶了他。

齐世武是官场老油条，久经阵仗。他托着腮帮子，看着被按在地上的托和齐，再看看那几位皇上派来的人，很快就琢磨出来了：不管托和齐是否收贿，事情并不出在这数千两银子上面，皇上不过是拿银子说事，银子是个突破口，后面还有更大的东西。既然琢磨明白了，那就只有对不起托和齐老弟了，必须动真的了。

他一拍惊堂木，喊道："带发包受贿罪人。"

片刻，带着木枷的沈天生被带到大堂上，按在地上跪下。他是安徽巢湖人，进士出身，年龄尚不足三十岁，当京官也就是三五年。

齐世武说："认识你身边这个人吗？"

沈天生扭脸看看托和齐，指着他说："罪人认识他，他就是收受银两的九门提督托和齐大人。"

没等托和齐发脾气，齐世武就拍惊堂木喊道："你与托和齐有何关系？把你过去说过的再说一遍。"

沈天生过堂多次，像背书一样干巴巴地说："我有个内兄，叫刘留六，在托提督麾下左绿营效力，担任从六品千总。今年初，刘留六对我说，想提升为正六品守备，让我活动活动托提督的门路。当时，我在河滩发包时收受贿赂四千八百两银子，决定拿出一半进献给托提督。今年三月二十七日，我将两千四百两银子送到蒋宅口托提督府上。"

齐世武转向托和齐："有这事吗？"

托和齐说："这家伙胡说，我没见过他，更没有收过他的两千四百两银子。巡捕三营左绿营倒是有个叫刘留六的从六品千总，从六品提为正六品在提督来说是小事一桩，我如果收了两千多两银子，顺手就办了。而刘留六现在依旧是千总，并没有提升为正六品守备。"

沈天生说："我不是胡说。两千四百两银子折合一百五十斤，沉甸甸的两大箱子，我雇车拉到蒋宅口，卸车之后，这么多银子顶一个提督好几年的官饷，托提督不敢让仆役看到，让他的第三房太太出来拿。这位三姨太是个瘦弱女子，拿不动这么沉的银子，又把她的男人托提督叫出来，托提督也提不动。结果是我和他们两口子一起搬进去，塞到托提督三姨太睡觉那间屋子床底下了。"

齐世武厉声："过程倒是说得很清楚。托和齐不会给你打收条吧。你用什么来证明他就是收了银子？何以为证？"

沈天生振振有词地说："当时我留了个心眼，对托府路径和他的三姨太卧房摆设记得一清二楚，床是什么刻花，书案子是什么样的，哪里摆放着什么花瓶。本人立即可以复述一遍，请刑部查对。如果不是托提督准许，我怎么能进他的三姨太的香巢？"

齐世武盯着托和齐，说："罪人说的有道理。本官也见过你的三姨太，的确很是瘦弱，但本官也不知道她的香巢里什么样。不独是本官，恐怕满朝文武中见过她的都说不出来。托提督，怎么样？是不是让他把三姨太的香巢陈设说一遍，如果他说的对，你就认帐，不就是两千多两银子吗，也判不了死罪。再说你妹妹是皇上的定嫔，还生育有皇子，定嫔出面说说情，可能判得还会轻一些。"

托和齐青筋暴露，露出凶相，喊道："这个姓沈的恶棍是在诬陷！一个骰子六个点，他都编排出七了！"

"慢着慢着，"齐世武捋着胡须，微微摇着头，笑了，"'姓沈的恶棍'，这可是你说的。你说对了，他的名字是沈天生，的确姓沈。但在前面的问话中，一来二去的，本官一直在有意回避罪人的姓氏，从来没有提及他姓沈。那么，你怎么知道他姓沈？"

托和齐自觉失言，顿时张嘴结舌。

齐世武惋惜地摇摇头，"很简单，是沈天生给你送银子的时候，你得知他姓沈的。你却在大堂上矢口抵赖。一个骰子六个点，是你编排出七了。托提督，你真是个稀松的粗人，拾不起个儿来，抵赖都不知道怎么抵怎么赖，在这么个小地方露出马脚，本官只有替你可惜了。"

沈天生怜悯地看看他，"托大人，晚生只好得罪您了。老实说，如果我的内兄刘留六提为守备了，这件事肉烂在锅里，我至死也不会说出去。大人您拿了银子又不办事，我又何必给您兜着。"

齐世武转向托和齐："你还有什么说的？"

托和齐拧着脖子不说话。

曹宜看火候差不多了，说："刑部审案子，没有我们的事，但托和齐是皇上下令抓的，得把皇上的话告诉你们，你们都听着！"

乾清宫太监说："皇上有口谕：托和齐出身卑微，原是安亲王家仆，以后三拐两绕成为内务府包衣，其妹万琉哈氏选入宫，封定嫔，生皇十二子，朕爱皇十二子，托和齐为皇十二子亲舅舅，对其信任有加。但其升迁广善司司库后，巴结太子管家灵普，随之亦步亦趋。四十七年废除太子封号，有人告其欺罔不清，贪恶殃民，朕未加惩处。其不仅不收敛，反而利用九门提督之权大肆收贿，愈发嚣张，甚至敢在前主子安亲王服丧期间饮宴。最近又与太子党人结党会饮，图谋不轨。"

"听清楚没有？"

托和齐使劲眨眼，"前面说的，罪臣都听清楚了，巴结灵普，在前主子安亲王服丧期间饮宴，罪臣都认帐。最后一句话没有听清，什么与太子党人'结党会饮，图谋不轨'。罪臣不知何意？"

"不知何意是吧？"曹宜冷笑了一下，转向齐世武，"齐尚书，托和齐假装不明白，你应该明白，你给他解释解释'结党会饮'吧。"

齐世武心里发虚，张惶失措，"这位护军大头目，说句老实话，我也不大明白'结党会饮，图谋不轨'是指的什么？"

曹宜一指沈天生，"以后会告诉你的，这个吃里扒外的家伙招得已经很透了，眼下先把这个案子尽快结了。"

齐世武不安地问："然后呢？然后你们打算怎么着？"

曹宜说："然后刑部和都察院再一起办你的案子。'结党会饮'不仅包括他托大人，也包括你齐大人。"

齐世武和托和齐面面相觑。他们明白，在聚仙堂与太子聚会一事走漏消息了。他们还明白，在皇上那里，这件事被定性为"结党会饮"。

同一天，御前宿值三等侍卫岳宽率领亲军包围了太子的府邸。

府邸位于台基厂，旧址是明朝王府。岳宽带着亲军赶去时，门口停着几十匹马，一问，一伙是镶白旗汉军都统鄂缮的随从，另一伙是镶白旗蒙古副都统悟礼的随从。

岳宽亮出拿太子归案的谕旨，这两伙人看看几百号亲军刷刷地开过来，不大会儿就把太子院围得铁桶一般，就再没有废话，翻身上马，全都走了，连点动静都没有闹出来。

府邸里全然不知。在正殿中，允礽正在和鄂缮、悟礼说话。前不久，他让人做了把大椅子，各方面都像是御座，只不过小一号。而且，这个御座的代用品下面，居然也有个木制平台。鄂缮和悟礼像大臣晋谒皇上一样，跪在木台下面，直起身，仰面与允礽说话。

允礽挺兴奋。几天前在聚仙堂，他朝思暮念的一件事终于在饭桌上提了出来，这就是让几个心腹联名保奏，请皇上尽快传位。这么干固然有风险，最大的风险就是激怒皇阿玛，但是皇阿玛发怒又能怎么样？

允礽复立将近四年了，他最大的错觉是，皇阿玛既然复立太子，就不可能再复废太子。他认定了，皇阿玛爱面子，立储不会像烙饼一样，来来回回翻个儿。因此，依照他的计算，几个大臣保奏之后，皇阿玛要是不干，顶多是发发脾气，杀人是不大可能，一堆人保奏，而且尽是名臣，法不治众，不能下令杀一堆大臣。皇阿玛要是同意大臣的联名保奏呢，他就一步登极了。

他都想好了，一旦登极，立即宣布皇阿玛为太上皇，然后当老主子般供奉着。皇阿玛不是喜欢畅春园吗，再给他建俩苑囿；不是喜欢听昆腔吗，再从江南拉几个昆腔戏班子，立即送到皇阿玛跟前，隔三岔五换新剧目，让皇阿玛好好过过瘾。

在太子党中，鄂缮和悟礼是小角色，大角色是托和齐与齐世武。但小角色有小角色的作用，叫他们来，为的是商量一下保奏这道奏折怎么写。鄂缮虽然是个都统，却是弃文从武的，过去在兵部当侍郎时，是个大笔杆子，兵部的许多重要奏折出自他的手。

允礽斜靠在大椅子里，说话拖腔拖调的，"你们打算怎么保奏我呀？"

鄂缮和悟礼相互看看。鄂缮为难地说："太子，联名保奏太子即位，是普天之下最难写的奏折，要皇上在世时就传位太子，话都要说到，说得要很圆乎，不能惹怒皇上。容卑臣好好想一想。"

允礽说："要是想累了，我赏给你们解闷儿的玩艺儿。"

鄂缮和悟礼又相互看看，不知太子要赏的"玩艺儿"是个什么。

允礽拍拍手，说："拿出来吧。"

"玩艺儿"不是"拿"得出来的。两个太监各领着一个女子走出来。两个女子不是很出色，但都很年轻，也就是十四五岁。

允礽一挥手，"鄂缮和悟礼，这俩女子，一个叫桂花，一个叫翠花，一个是在句容买的，一个是在高邮买的，至于哪个是桂花，哪个是翠花，我也分不清楚。反正她俩是你俩的了，谁要桂花，谁要翠花，你俩商量着来。要不，你要桂花，他要翠花；要不，你要翠花，他要桂花。妈个巴子！桂花、翠花，真够绕嘴的，都给我绕糊涂了。"

殿门口传出一个声音："太子，桂花和翠花，我听都听累了。"岳宽说着跨过门槛走进来。

允礽一下坐直了，"岳宽，你怎么来了？"

岳宽笑笑，"太子，皇上听说您想提前即位，让我请您去商量商量。还有你们俩，鄂缮和悟礼，既然要保奏，一块去商量商量保奏的折子怎么写。至于这俩'玩艺儿'，桂花和翠花也要带走。"

允礽猛拍椅子把，喊道："岳宽，别看你是御前宿值三等侍卫，别忘了，这里是太子府，不是你能撒野的！"

岳宽双手抱拳，"太子，岳宽平素尊重您，今儿个对不住了，皇上令我撒野一把。来人，把他们统统带走。"

几十号亲军兵丁忽地冲进来，把允礽等人团团围住。允礽大怒，分开众人向外走，刚跨过门槛，他愣住了。院子里有好几百号亲军兵丁。

第二天。在史籍中，这一天是康熙五十一年九月三十日。

康熙皇帝在这一天宣布复废太子。他是向诸皇子宣布这一决定的，地点在"堂子"。

早在努尔哈赤建国之初，即有谒拜堂子之礼。满洲历史中，最重要的一次堂子祭是努尔哈赤实施的，他在谒堂子之后，宣布对明朝的"七大恨"，从此开始对明朝的战争。

溯本求源，祭堂子是萨满教的致祭礼仪，入关前后，内容和方式都有所变化。最初官员庶民都可以设堂子祭祀，康熙十二年规定，只许皇家祭堂子，其余官员庶民致祭堂子"永远停止"。同年规定，皇家祭堂子，汉大臣一律不得参加。

玄烨这次堂子祭祀，是祈愿诸神灵理解他的重大决策，保佑他的重大决策得以顺利实施。谒堂子礼成，诸皇子密密匝匝跪在神杆之前。

玄烨步履沉重，走到他们面前嘎哑着嗓子宣布："二阿哥狂易之疾并未根除，自复立以来，乖戾之心即行显露，秉性难移，是非莫辨，援结朋党的恶习无可更改，说他人心丧尽也并不为过。朕已决意，祖宗的宏业断不可托付此人。四十八年三月释放他时，已有言在先：'善则为太子，否则复行禁锢'，这条可不是你们的皇阿玛的马后炮，已详载档册。现在看来，的确是扶不起的阿斗，不得不复行废黜。朕办事向来干巴利落脆，不是来回拉抽屉的人，唯独在立储一事来回反复，立了，废了，复立，复立之后再废，都弄成"木个张"了。朝野会说你们的皇阿玛出尔反尔，你们的皇阿玛就不管朝野说什么，已奏闻皇太后，将重新拘押看守。"

诸皇子发出一片惊叹，看来他们谁也没有想到复废允礽。

而在这时，允礽已被关押在紫禁城西边的一个地点，它叫咸安宫。

十九、江宁织造府－江宁织造府内曹宅

明月当空。江宁织造署当院设立香案。案上放着香炉和一方江宁织造的官印，几缕轻烟柔柔弱弱地向上飞升，行不多远便飘散一空。

曹頫光着头，手持三柱香，面对北方，顶礼膜拜。这一天他正式接印，这意味着他于本日走马上任。月光给他披上一层烟雾似的长袍，他跪在案前，闭着双眼，口中念念有词："从奴才的高祖起算，世受国恩。奴才包衣下贱，年幼无知，荷蒙万岁旷典殊恩，特命继承父职管理江宁织造；又蒙天恩，加授主事职衔；复下旨赐予曹頫学名。隆恩异数，叠加无已，亘古未有。奴才于今日莅任，特设香案望阙叩头谢恩。"

清代职官制度中没有织造官衔，织造只表明内务府包衣下人督造龙衣时的身份。为此，江南三织造都另有官衔，一般是内务府郎中或主事。曹寅以内务府广储司郎中衔担任江宁织造，曹頫虽然顶缺补放江宁织造，但年纪太轻，没有出身，资历更谈不上，不能顶郎中衔，为此内务府建议授予他主事官衔，主事比郎中低一等。康熙皇帝马上就批准了。

次日，曹頫鸟枪换炮。内务府托陈鹏年从京师给他带来一套崭新的官服。他穿戴起来，在众人眼里，如同换了个人，他也别是一番滋味在心头。而没有变的是他那张似乎总也长不大的娃娃脸。

江宁织造府分为三块：一块是织造府衙，包括办事机构、帐房、库房等；一块是织造局，即有织机的工场；一块是曹织造的家，与织造署一墙之隔。这天，曹頫收班，刚进家门就窘迫地站住了。

李煦正和娘在当院坐着喝茶。李煦常来常往，不会让曹頫窘迫，让他止步的是那个沏茶的姑娘。她在沏茶的当口，默默含羞地抬起眼皮，看了他一眼，算是打个招呼。

她是馨玉，是刚长成大姑娘的馨玉。馨玉长年在苏州，已有几年没有来江宁，这次来，那种少女的靓丽显得楚楚动人。

连生与馨玉是青梅竹马，小时候常来往，曹家与李家早就内定他们是日后的两口子。连生那时傻啦巴唧的，馨玉也傻得够可以，俩人都觉得没什么，该怎么着就怎么着，混玩儿混闹，不知什么叫害臊，甚至还在西花园里亲过几次嘴儿，是货真价实的两小无猜。但这会儿不一样了，毕竟是长大了。

连生与李煦搭讪，不时偷偷摸摸瞄一眼馨玉。古诗中有云："记得绿罗裙，处处怜芳草。"自古女裙喜用绿色。馨玉穿着一条葱绿色的裙子，一句话不说，只是端茶倒水。葱绿色的裙子飘过来荡过去,像猫爪子般在他心里挠过来挠过去，挠得他神驰天外，浮想联翩。

一个盘托的盖碗无声地端到连生眼前，连生接过盖碗时，大胆地抬头看了看馨玉，馨玉并不躲闪，也温存地对他笑了笑。正当四目流盼时，茶杯哐啷响动了一下，接着是李煦示意性的咳嗽声。

这边俩年轻人假装不动声色，那边李煦早就把一切看在眼里。他神采奕奕地捋了捋胡须，一拍茶儿，蹦出三个字："这就办！"

茶杯哐啷一下跳起来，茶水溅出来一些。

李煦接着说："曹织造走的时候，最不甘心的是五十多岁了还没抱上孙子。我也急着抱个外孙。咱们两家人用不着那些礼法，馨玉我都给带来了，就没有打算让她回去。筹备十天半个月就办。"

曹寅遗孀、曹頫的娘却另有顾虑："这就办？曹织造刚走了几个月，按照老礼儿得服孝一年，不得婚嫁。咱们不按照老礼儿，怎么也得半年吧。连生和馨玉这事儿先给定下来，明年再办。行不？"

"这老礼儿……"李煦挠挠后脑勺，不知该说什么了。

曹頫在南书房当过差，见过大世面。紫禁城生涯把他练得特别大气。他上前一步，双手抱拳，高声说："二老，你们说了半天的'办'，是不是办我和馨玉的婚事？如果是这事儿，到底是我娶媳妇儿，不是别人娶媳妇儿，那就听我说一句。反正馨玉也在这儿。"

"说，快点说。"娘显得迫不急待。

曹颙直不愣登地朝着馨玉走过去，一把拉住馨玉的手，喊道："二老，我就一句话，明儿我就和馨玉进洞房！"

馨玉"哎呀"一声，捂着脸转身就跑了。

"哥！你真棒！"来旺欢呼着从树丛里钻出来。

"孩子，是不是急了点儿？"娘不安地问。

连生在娘面前单膝跪下，拉住娘的手，深情地说："额娘，不是急了点儿，而是太晚了点儿。儿子在京城当差三年，耽误了婚事，以至阿玛没见到孙子而抱恨终天。在我和馨玉的婚事上，二老能不能把老礼儿甩一边去，多想想阿玛的在天之灵愿意看到什么，他不愿意看到儿子守孝而把终身大事一拖再拖，愿意看到儿子尽早成婚，愿意看到孙子早日出世，这么想错不了。儿子到皇宫谢恩时，老主子特意交代，用不着服孝年把的，尽快娶个媳妇儿，生个儿子，告慰曹寅在天之灵。"

李煦问："老主子真的这么说啦？"

曹颙说："当时三叔在场，而且点着名让我娶您的女儿。"

娘抽泣起来，频频点头，"行，行，就按皇上的旨意办，就这么着了。明儿个急了点，后个儿也急了点，这几天就办了吧。"

几天后，江宁织造署内锣鼓喧天，锁呐吹得吱哩哇啦，平添了几分喜庆的气氛。这是自打江宁织造署成立以来，举办的第一桩婚礼。

中国的婚礼，自古就不简单。据《礼记》："昏（婚）礼者，将合二姓之好，上以事宗庙，而下以继后世也，故君子重之。"传宗接代的事，所以要隆重。"是以昏礼纳采，问名，纳吉，纳征，请期，皆主人筵席于庙，而拜迎于门外。入，揖让而升，听命于庙，所以敬慎重正昏礼也。"随后就是新郎亲迎，女家"筵几于庙"，婿揖让升堂，再拜奠雁。最后是迎妇以归，"共牢而食，合卺而醇"，大事告成。自春秋以来，这一大套仪式当然有一定修改，但基本精神大致未变，仍然是以父母为主体，以当事人为主要工具。男娶妇曰授室，女嫁夫曰于归。

至于连生与馨玉就简单多了。曹家与李家本来就有通家之谊，而曹家和李家又都算开明，因此宗旨明确，亲上加亲，一边急着抱孙子，一边急着抱外孙。

服从于这一目的，纳采，问名，纳吉，纳征，请期之类全免。加之馨玉已从苏州到江宁，无所谓花轿迎娶。两家请些亲朋好友，凑在一块热闹一下就完了。

闹到后半夜，江宁织造府总算安静了下来。按照江南习俗，新婚之夜不能打扫婚庆遗留下来的东西，所以人去堂空，正堂里的一溜桌子上仍然杯盘狼藉，只有几只红烛没有熄灭，发出微暗的光。

剩下的就是小夫妻的事情了，有劳二位背负着两家老人的殷殷希望，在洞房里痛痛快快地播撒下一代的种子。

中国古代一概没有婚前性教育，连生与馨玉只是模模糊糊地从书上了解成亲大概是怎么回事，"云雨"一番自然是必不可少的。但怎么进入"云雨"阶段，怎么个"云雨"，是一笔糊涂帐。

此前曹颙甚至没有正经亲过馨玉，突然间就要动真的了，他那个尴尬劲儿就甭提了。倒是馨玉来得顺溜，她叫曹颙背过脸去，而后风快地脱去衣服。待到曹颙被允许转过身时，新娘已经钻到被窝里。她的新被面有讲头，上面是苏绣"百子图"图案。苏绣被面一直拉到她的下巴上，全身捂得严严实实的。她满含希冀地看着连生，看了一阵，然后羞涩地把脸扭向一边，红烛发出的光在她的脸上跳跃着。

曹颙正在犹豫间，看到了新娘鼓励的神情，一阵子热血冲顶，飞快地脱去衣服。当他脱去短裤时，馨玉扭过脸来，他一点也不回避馨玉充满好奇的注视，哧溜一下就钻进了被窝。两个光溜溜的身体蓦然间接触了几下，充满渴望的年轻肌体如此禁不住诱惑，在肌肤与肌肤的似躲非躲间，两团欲望的火被腾地点燃了。

正如新生儿不用学习吮奶一样，年轻人的造爱也用不着学习，甚至造爱前的挑逗也是老天爷赋予人类天生的本领。曹颙面色潮红，呼吸急促，粗粗拉拉地抚摸着新娘的全身，而摩挲到馨玉的微微隆起的乳房时，动作本能地轻柔起来。似乎男人头一次干那事都是昏头昏脑的，曹颙也没有什么想头，手向下猛地一伸，粗暴地摩挲起了新娘的大腿根处，馨玉羞臊之极，抓住他的手腕子使劲往外推，推了几下，全身最敏感的部位被触摸到了，她一下子瘫软了。

他可着心抚摸过了把瘾，接着就翻到馨玉身子上。他偷偷看过唐代白行简的《天地阴阳交欢大乐赋》。白行简是诗人白居易的弟弟，尽管没有哥哥有才华，写到新婚之夜也颇具煽动性："于是青春之夜，红纬之下"，"乃出朱雀，抬素足，抚玉臂。女握男茎，而女心忒忒；男含女舌，而男意昏昏，方以津液涂抹，上下揩擦。含情仰受，缝微绽而不知。用力前冲，茎突入而如割。"初学乍练，他谈不上倒海翻江，顶多是大喘气，笨头笨脑地瞎忙活，那个家伙左冲右突却摸不到门儿。

初夜没有快感可言，馨玉还没学会享受性的愉悦，全部想头只是让新郎快乐。她像看个陌生人般看着他。这家伙表现出来的虎狼精神令她振奋，也令她心悸。她远没有《天地阴阳交欢大乐赋》中所说的新娘子那么老道，居然懂得"女握男茎"，除了被动的承受，甚至不知道该做些什么。突然间，她实实在在地感到下身被一个硬梆梆的硬物顶入。破红发出一阵阵痛楚，她的眉头微微颤动着，疼得直吸溜儿气。

曹颙和馨玉成婚的日子是十月。这个时节，在北方的园林中，树叶子已经开始秃噜了，而在江宁织造府的西花园里，依旧姹紫嫣红。

几天后，来旺在假山上的小亭子读书。这些日子他惘然若失。哥哥和馨玉成亲，他打心眼里高兴，事后又空落落的。他神不守舍地翻着书，一抬眼，曹颙与馨玉正沿着西池散步。他心说小两口够狂的，床上千恩万爱就得了，怎么到了外头也仍然是柔情蜜意的。

他在小亭子里喊道："嫂子，怀上没有？"

话问得太直露，馨玉羞了个大红脸，不说话，只是本能地往曹颙的怀里躲。曹颙冲来旺做了个鬼脸，回道："你个小鬼头懂个什么，我成婚这才几天呀，你急个什么劲。"

来旺笑了，"你是不着急，可娘着急抱孙子，我着急见大侄子。"

曹颙也笑了，"小孩子不懂事，这种事是着急办得了的吗。"

来旺喊起来："加把劲就全有了！"

正当他们嬉闹时，李煦气喘吁吁地走过来，不知怎么啦，大喜的日子，他显得十分焦急。三个年轻人登时变了脸。

李煦向这边招手，"连生，过来一下，我问你个事。"

曹颙抛开馨玉和来旺，走过去问："岳丈，什么事？"

李煦把他扳过来，背对着馨玉和来旺，小声说："刚才两江总督府的人告诉我，废太子的事情审理了这么久，最近结案了。刑部草拟的判决，老主子最终拍板了，惩处得够重的：齐世武、耿额、鄂缮、悟礼和托和齐的儿子、户部主事舒起，被判绞监候秋后处决。"

在《清史稿》中，对这伙人的处置并没有与宫廷政治挂钩，压根就没提到太子党的事。名义上，齐世武和耿额都是因为接受沈天生的贿赂而被处死的。对耿额这么说多少有些冤枉，他与沈天生毫无过从，更没有拿过沈天生的银子。对齐世武就太冤枉了，因为沈天生的案子就是他经办的，而且齐世武也没有从沈天生那里拿过一文钱。可见当时处理之急迫，顾不过来考虑那么多，安上个罪名就杀掉。当提及的是，对齐世武的处置说法不一。据《永宪录》载，趋附的尚书齐世武结局很惨，被"以铁钉钉其五体于壁而死"。

曹颙问："那么托和齐呢？他是太子党的头儿，而且是九门提督，掌握步军和三个巡捕绿营。老主子最恨的就是他。"

李煦摇摇头，"托和齐更惨，刑部拟绞监候秋后处决，老主子却给他改判凌迟处死。头几天，托和齐死在大牢里了，总算躲过了凌迟。老主子还是不放过他，令剉尸扬灰，不准收葬。"

曹颙问："废太子怎么样了？"

李煦显得愁肠满腹的，"关在咸安宫，出来是没指望了。老主子最近发话了，不管是谁，只要敢于请求释放的，立即砍头。谁要是说废太子的'狂易之疾'治好了，也立即砍头。"

曹颙不解地看着李煦，说："允礽一案，我在京城也参与了。他想当皇上想疯了，落到这般田地是活该。他自己弄出一件虱子袄儿，他自己披，您犯不上为他刺痒得慌。岳丈，您好像挺替他着急。"

李煦看看远处的馨玉，显出几分怜爱。

他掩饰地说："我倒不是替允礽着急。有的事，以后再慢慢告诉你。"

二十、咸安宫正殿－咸安宫偏殿

咸安宫在武英殿西侧，大门三楹，正殿五楹，左右殿各三楹，是个不算小的宫殿群。它不是明朝旧殿，而是康熙二十一年建成的。

清人比较繁琐，初建这座宫殿时目的不很明确，在很大程度上是为了紫禁城整体布局的完整，建成后一度作为尚衣监，是给皇帝缝制衣服的地方，但皇上和后妃的大部分衣服由江南三织造府缝制，所以咸安宫里的活儿不多。后来专门建了尚衣监，咸安宫就全然没用了。

历代紫禁城中都有冷宫，是羁押犯事的皇族成员或妃子的。康熙四十七年废太子封号，没有合适关押地点，在上驷院旁临时搭毡帏。康熙五十一年，再度被废太子封号。满洲毕竟已脱离游牧生活，红墙绿瓦，废太子住毡帏不合适，于是康熙皇帝下令，将允礽幽禁于咸安宫。这是有清一代咸安宫作为冷宫的滥觞。

康熙五十二年五月二十七日是允礽的四十岁寿辰。内务府提前通知，太监们一大早就洒扫庭院，摆放鲜花，素来安静的咸安宫里有了点响动，清冷的院子里顿时有了些生气。

允礽住在咸安宫正殿暖阁中，像往日一样，日上三竿才懒洋洋起身。

半年多来，他在这里胡吃闷睡，想女人了，经太监层层秉报，得以把嫡福晋石氏召来过一夜，但是很难，玄烨怕他的女人来回传递消息，轻易不让女人入宫。连嫡福晋都难以近身，允礽更不敢想宫女了。

他起身后，趿拉着鞋子，到镜子面前照了照。镜子里的模样实在让他扫兴，当年那个风流英俊的皇太子早就没影儿了，镜子里出现的只是一个两鬓花白的早衰的中年人。

花架上有一个明朝成化年间烧制的花瓶，算不上古董，也是不易得的好东西。好一个允礽，抄起花瓶朝镜子砸去，哐当一声，一边是玻璃，一边是瓷，两样东西全都碎了。

恭立在旁边的几个太监不敢吭气，只是浑身哆嗦。御医早就给他们打过招呼，允礽的"狂易之疾"复发了，就像过去一样，抽不冷子就像吃了横人肉似的。御医吩咐，尽管吹气冒烟儿，爱怎么着就怎么着，千万别招他烦，他不管做出什么事情，都忍着就是了。

允礽嘀咕："单脖子细颈，这么不禁摔。"

允礽胡乱穿上衣服，依旧趿拉着鞋子，一脚踢开地上的碎片，出门到了当院。

他看着满院的鲜花有些发傻，问："嗯？这是怎么回事？"

当院里恭立的太监齐刷刷地单膝跪地，齐整地说："今儿个是您的整生日，奴才们恭贺二阿哥四十岁大寿。"

允礽被提了个醒，"顶针儿续麻儿，我都四十了？"

他茫然若失地站在院里，越想越不是个味儿，四十岁的大活人被囚在冷宫里，跟收监入狱没什么两样，而且整天和骗人相处。他想打人，可人家来祝寿，打也没有茬口；他想骂人，对骗人又骂不出新花样。

那就接茬儿摔东西。刚才摔了个成化花瓶，他好像没有摔过瘾，顺手解下腰上的佩玉，抛接了一下，接着狠狠地砸到地上。这块佩玉也是晶莹的乳白色的，在甬道上登时碎成几块。

他意犹未尽，指着碎块骂道："灯草胳膊蚂蚁腿儿，打把你佩在身上，你就没有给我带来过好运。"

他认为，一切麻烦都是那个老宝贝儿送出去后开始的。

在苏州织造府的那个早晨，他把"通灵"佩玉送给了马姑娘。护身符轻易离身了，从那之后，麻烦就接踵而来。

在苏州织造府与马姑娘有染后，还没回京城，京城就闹出了动静，起因是件嘎嘣豆大的事。奉先殿祭祖时，皇帝拜毯放在门槛里，其余人的拜毯放在门槛以外。礼部尚书沙穆哈提出，太子拜毯应放在门槛里，在皇上拜毯侧后。玄烨一看这道折子就火了，称沙穆哈讨好，居心叵测，另有图谋，立即革职。刚回京城，沙穆哈的老婆找他哭诉，乞求他在皇上前面求个情。他一听，头一个反应是，"通灵"离身不过几天，祸事就惹上身了。皇阿玛在火头上，他哪敢出面撞枪口，只得把沙穆哈家人怒斥一通，打发走了。在他看来，不就是向祖宗磕头嘛，拜毯搁哪儿不一样，值得发这么大的火吗？皇阿玛未免小题大作了。咳！说了归齐，全都是"通灵"老宝贝儿离身闹出来的。

他让造办处用上好的和阗玉雕琢出一块佩玉，玉质与雕工与送出去的那块一样，正面与反面的图式力求一模一样，正面为篆书的"通灵"，反面是草书的"仙寿恒昌，莫失莫忘"。这块玉他天天佩带，但灾祸并没有祛除，大麻烦还在后头。

康熙四十一年，他的恩公加舅舅索额图被整趴下，着实把他吓出一身汗。康熙四十七年九月塞外行围时废储。或许故皇后赫舍里氏在天之灵的护庇，于半年后复立。按常理，他从此应改邪归正，好自为之了，但是，且不说秉性难移，单说有的官员看到他经受如此劫难仍不倒，遂更加曲意奉迎。康熙皇帝一怒之下，于康熙五十一年九月宣布，允礽已是人心丧尽，援结朋党的恶习无可更改，不得不复行废黜，将他幽禁于咸安宫。这一次，玄烨动了真章儿。

在咸安宫被关押了半年多，没有离开过半步，玄烨好像是把嫡长子扔到脑勺后面，忘了。为此，在四十岁生日这天，他一怒之下摔了仿制的佩玉。仿制的就是仿制的，没法儿跟真东西比。

仿制的"通灵"一摔，居然摔出了灵感，一个火花从脑海中飞快地掠过，他的左拳猛击右掌掌心，"把那块老宝贝儿找回来！"

"找回来！找回来！"他被这个念头刺激得浑身发热，背着手，低着头，在甬道上急匆匆地来回踱着，直令旁边的太监们五眉三道，不知废太子又要发什么癔症了。

咸安宫门处响起　一片喧闹声，他收住脚步，抬头一看，一大片黄灿灿的马褂向他涌来。定睛一瞅，原来是兄长允禔带着一帮弟弟来了。

允禔的魇胜术被揭发出来后，整了个臭死，剥夺王爵，幽禁在家，上三旗旗分以及包衣佐领都被分与其他皇子。最近允禔才恢复自由身。

允禔双手抱拳打拱道："恭贺二阿哥四十岁寿辰！"

这一声带起一片恭贺声，诸皇子起哄驾秧子，一起抱拳打拱给他祝寿，笑声欢语，咸安宫院里响成一片。

允礽勉强绽出笑意，作了个京师所说的"罗圈儿揖"，即抱拳打拱后不落下，只是将身子转向扫众人一圈儿，省去一一行礼的麻烦。说："不敢当，不敢当，实实在在不敢当。废太子是带罪之身，那敢烦劳诸位兄弟给一个罪人祝寿。"

允禔笑呵呵地说："别提带不带罪的，京城内外的平头百姓不明白怎么回事，你我骨肉兄弟还不明白内里，不就是玩儿了几个娘们儿，外加弄了几个钱儿嘛，废除你的太子封号，不过是说给天下人听的，拿你当个箭靶子用它一回，为的是让大清多得点人望，给大清壮壮门面，也让宗室子弟少犯点子混，搂钱的耙子别伸得那么长，更别甩着个蛋包子到处干人家民间女子。话放出去了，关起门来，咱们该怎么着还怎么着，谁能拿咱们怎么样。"

这话也不知道是骂他还是安慰他，允礽听着直蹿火，白过去一眼，心里骂道：丫头养的，甭跟这儿装蒜，谁不知道你是个什么鸟。让他恼火的是，"丫头养的"居然也想当皇太子。他过去对允禔的野心一无所知，也不知道魇胜术，后来才知道允禔到崇福寺找张明德算命，还听说到养心殿阻止皇阿玛复立之事他。废除太子封号幽禁在咸安宫后，他的消息闭塞，但是凭直觉判断，这会儿的允禔，肯定幸灾乐祸呢。

一个洪亮的声音在耳畔响起。"将来谁当皇帝，还不是咱们兄弟间的事。二阿哥，您今后紧上加紧，接长补短儿地给皇阿玛认个错，皇阿玛对你没准儿还有个缓呢。二阿哥，你说呢？"

这是允礽最爱听的话，这是哪个八哥，嘴生得这么巧？扭脸看去，说这话的不是八哥，而是八阿哥。

皇八子允禩的长相就像其声音那么亮堂。

允礽警觉地看了一眼这个张明德相中的承袭者，尽力努出一个笑脸，淡撇撇地说："八阿哥，承你的一番美意，给哥哥打气，当哥哥的心领了。但哥哥心知肚明，我这辈子算是栽到家了，筋头马脑的，不招人待贱，在皇阿玛跟前是没缓儿了。日后当皇上的事是你们哥儿几个的事，你们打去争去闹去，没我什么事儿了，我终日在咸安宫里，揪心扒肝地等你们中的一个登极，到日子了，一准脚打地去朝贺。"

一个年轻皇子昂头昂脑地说："二阿哥说岔了，扯远了。皇阿玛到现在也在思念着孝诚仁皇后赫舍里氏。而皇后所出就您一个。依我看，凭着这条，皇阿玛哪天心里清静了，也会放哥哥您一马。"

提到生母，允礽不由轻叹一声，他摸摸这个弟弟的头，一时不知该说什么，想了想，才说："十四弟，谢谢你还想得起已故皇后。你呀你，隔山买老牛，还不知道里面是怎么回事呢。"

允礽的这位弟弟，就是大闹养心殿的皇十四子允禵，生于康熙二十七年，现年二十四五岁。允礽隐约知道，这个嘎嘣豆子仗着少年气盛，也有心为皇位搏一把。表面上他鞍前马后地跟着允禩跑，撺掇着允禩上，但是指不定什么时候，他瞅准了空子会越俎代庖。

允礽搭眼一扫，给他宽心的这几位都不是善茬儿，一位兄长和两位弟弟，他心说，你们给我宽心全是假招子，谁不知道你们仨各有异志，各有各的想法，各有各的路数。想到这儿，他展开双手招呼道："别院里呆着啦，殿里坐坐去。至于本废太子嘛，也用不着诸位兄弟操心。一句话，我是'叫了王承恩'了。走！进殿。"

王承恩是明朝最后一位皇帝朱由检的贴身太监，明末李自成起义军打进北京，朱由检跑上煤山自缢，其时只有王承恩一人侍从左右。王承恩伺候着崇祯皇帝上吊后，也在对面的一棵树上上吊。清人创造了"叫了王承恩"的俗语，比喻人已到了绝境，没活路了。

众兄弟听允礽这么一说，都认为他是在说绝话打哈哈，发出一阵哄笑，三三两两地随着进殿。

允礽正在跨过门槛时，一只手搭到了他的肩膀上，他回头一看，绷着的脸刹那间柔和了。此人是皇四子胤禛。

胤禛和善地说："二阿哥，今天是你的整生日，用不着跟他们拉扯天大地大的事，为弟的就跟你商量一件事：大生日里想吃点什么？"

允礽热热乎乎地拍拍胤禛的肩膀，感慨地说："知我者还是我的四弟。大生日嘛，真想吃点平日宫廷里见不着的东西。"

胤禛很认真，"想吃什么？只要你叫得上名，我就能给你搞来。"

允礽说："这个东西叫得上名也不难搞，而且你我都吃过。猜猜看，我想吃的是什么，这里就你能猜着。"

胤禛仰脖看看上面，平整脸庞说："我猜着了。"

允礽看看四下，"说吧，是什么？"

众目睽睽之下，胤禛运运气，大叫出来："浇氽儿！"

允礽响屋震瓦地大笑起来，"哈哈哈！真真如此，知本废太子者乃四弟也。咱今儿就干它。浇氽儿！"

浇氽儿？没有听说过这种吃的。其他皇子都莫名其妙。

胤禛向诸位皇子解释道："浇氽儿不是山珍海味，不过是京师百姓最常吃的。二阿哥落难毡帐那会儿，我陪着他，俩人经常在毡帐中吃这种东西。是什么，一端上来你们就知道了。"

午饭时分，诸皇子就在咸安宫正殿里席地而坐，喝酒就烧羊肉，殿里殿外一片狼藉，待吃得八成饱，浇氽儿上来了。敢情真是京师民间面食一道，就是打卤面。各位皇子每人面前放一大海碗，里面是多半碗煮熟的擀面，一个中海碗的卤汁，京俗谓之"氽儿"，它是用猪肉、黄花、木耳、蘑菇、虾米、酱油等调制的浓汤。"氽儿"浇到面里一拌，诸皇子吃得倍儿香倍儿饱。

允礽吃高兴了，站起来，囫撸囫撸滚圆的肚子，说："自打入了咸安宫，这儿多咱也是冷冷清清的，终日里是本废太子和这些骗人大眼瞪小眼，这么热闹可是头一回。今儿个酒足饭饱，就差一样东西。差个啥呢？娘们儿。要是有几个小女子来唱一唱，就凑了个全乎。"

诸皇子齐声响应。

席地而坐的胤禛回了一嗓子，"备下了。"

他呼噜呼噜拨拉尽剩下的浇氽儿，用袖口抹抹嘴，说："十三阿哥，你给二阿哥说说。"

皇十三子允祥像从前一样，总是躲在人后，不声不响地干事。

他站起来，腼腆地说："哥儿几个来咸安宫之前，四阿哥和我一块到皇阿玛那儿去了，四阿哥央求皇阿玛，说二阿哥关的日子不短了，今儿个是他的生日，能不能让他乐呵一下，把玉熙宫班子拉到咸安宫唱一唱。"

一直聚精会神听着的允礽高声发问："皇阿玛怎么说的？"

胤禛本来是盘腿而坐，一悠身子站起来，拍打拍打身子，才慢慢悠悠地说："皇阿玛嘛，你们猜怎么着？答应啦！"

允礽涨红了脖子，上前搂住胤禛，拍拍他的背说："好你个四阿哥，坑儿坎儿嘛杂儿，你全替我想周全了。"

当晚，咸安宫正殿里张灯结彩，飘荡着玉熙宫戏班子悠扬婉转的唱声。诸皇子有站有坐，有愿意听的也有凑热闹的。

允礽坐在正座上，两旁是他的嫡福晋和侧福晋们。有日子了，他没有这么风光过。堂会戏受场地条件限制，演员与听众距离很近。这次来唱堂会的玉熙宫戏班子，班底是李煦当年从苏州招的，只不过多年过去，换了几茬戏子。这个戏班子唱的还是昆腔。身着戏装的江南小妞，在人面前扭来晃去，咿咿呀呀地唱着，挺卖力气。

要说欣赏习惯，皇子们都差不多，喜欢邀集一帮宗室子弟吼些雄浑的调调，而从根子上排斥昆腔，原因很简单，他们听不懂吴语，也不打算听懂。尽管昆腔在京师也有流行，一来他们不进茶楼听戏，二来皇阿玛听戏也很少请他们去。这会儿他们满耳朵灌的只是咿咿呀呀，至于咿咿的是什么内容，呀呀的是什么意思，一概不知。

甭管喜欢不喜欢，江南小妞嗓子里倒出来的曲牌是允礽多少熟悉的，咿咿呀呀把他带回到上一次听昆腔的时光。他展开巴掌掰开了手指头，屈指算来，二十年了，那时在苏州干将坊艺妓馆听过艺妓唱昆腔，调门和眼前的差不多，只不过艺妓馆不是戏班子，人家只是清唱，不化妆，锣鼓家伙也没有这么齐整，通常伴奏的只是一个琴师，顶多俩。

人在落魄的时候容易回忆当年的风光。允礽随着稍微熟悉的曲牌逐渐沉浸到记忆中，干将坊艺妓们唱的"水磨调"……往事如脱缰的烈马奔驰而来，一幕一幕地竟然如此清晰。

那次，在干将坊艺妓馆欠了一屁股债，找谁还来着？想起来了，带着灵普那老小子，点了两乘小轿奔了苏州织造府，在那儿找到了李煦。李煦除了代他还债之外，好像还效忠了点别的。是什么来着？对对对，他领来了一个姑娘。嗯？那个姑娘姓什么来着？好像是姓马。对，是个画师的女儿。

允裸坐在允礽身边，看到他神思恍惚，凑近他耳边轻声说："别走神儿呀，女戏子唱的咱虽然听不懂，但看看清清爽爽的小脸蛋儿、圆圆滚滚的小屁股蛋儿，也过一把干瘾不是。"

允礽自语："女戏子？"

这仨字提醒了他，对，那个姑娘是女戏子，姓马，那天夜里他对马姑娘说来一出"太子战戏子"。结果，太子战罢戏子，第二天早上，那个"通灵"老宝贝儿就赠与了马姑娘。

允礽紧张间，他咬起来自己的大拇指。这么说，找到李煦就可以打听马姑娘的下落，而找到马姑娘就能找回老宝贝儿！

一阵过门锣鼓把允礽的记忆又别开了一条缝，甭那么罗嗦，都用不着找到李煦，李煦说过，他的那个昆腔戏班子是要送到京师的，它八成就是眼前的这个戏班子。因为从来没有听说皇阿玛再从江南搞来第二个昆腔戏班子。

允礽在恍惚中大喝一声："停！"

唱的立即停唱，奏的立即止住家伙事儿，刹时静悄悄的。

整个戏班子都大惑不解地瞅着他。

诸皇子也都怔怔地看着他。

后面的太监们议论上了，废太子多半是发癔症了，是不是请太医去？

一片静默中，允礽哆哆嗦嗦地站起来，走过去，颤颤悠悠地指着唱戏的人问："你们是打苏州来的？"

一个旦角回答说："回二阿哥，奴才们是打苏州来的。"。

允礽说："这就对上茬了。马姑娘在哪儿？"

玉熙宫戏班子的人相互看看，班头从侧面匆匆跑出来，壮着胆答："回二阿哥，我们这儿没有您要找的马姑娘。"

允礽自言自语："怎么会没有马姑娘呢？"

班头说："回二阿哥，的确没有这个人。"

他正察看戏班子的人时，后面响起一个声音："二阿哥，您多半是想起什么旧事了吧？"他回头看看，说话的是胤禛。

胤禛站起来附加一句："你所说的马姑娘是哪个年头的人？"

他被唤醒了，眨巴眨巴眼，又回到了眼前。他拍拍脑门，咳，二十年前的事情了，李煦进贡的昆腔戏班子到现在不知换了几茬人了。马姑娘如若在世，这会儿也是奔四十的人了，早就唱不动了。

他慢吞吞地回到座位上，挥挥手，"接着唱。"

丝竹之声中，清丽婉转的唱声骤起，他却什么也听不进去了，只是反复念叨着三个字："找回来，找回来，找回来……"

二十一、虎丘－江宁织造府－苏州大运河码头

转眼一年多过去，时在康熙五十三年秋。

一辆马车行进在明山秀水间。背景是黛青的山色和釉绿的农田。曹颙、馨玉、来旺坐在车上，路面崎岖不平，他们微微摇晃着身子。

从江宁到苏州的沿途，是江南景致最足的地区。自古诗歌里反复提到的小桥流水、村妇濯衣什么的，大都指的是这一带的景色，这里也是大清王朝最为富庶的地区。

秋天的鸟大都胖乎乎的，丰腴而不臃肿。虎丘塔左近，千千万万首乐曲在雀鸟清润的喉间流淌，燕子在空中啼唪，黄莺在树间绕舌，麻雀们在争吵起哄，千回百转的鸟鸣仿佛织成一匹锦缎。

间或有鸟从车的上空飞过，有的是成双成对的，边欢快地叫着边飞过去，倏地就没影了。路旁的树上传来一片鸟唪，不是叽叽喳喳的麻雀，不是呱呱噪啼的乌鸦，而是嘹亮的、带着音阶的啼鸣。

馨玉抬头看去，只见不知名的小鸟在枝头跳跃，有的翘着尖尖的长喙，有的胸前带着照眼的色斑，有的只是飞翔起来的瞬间才闪露出斑斓的羽毛。而唱歌的那只高踞枝头，临风顾盼。好像是意识到有人在看着它。它的歌声骤停，倏地振翅飞去，一下就消失了。

好锐利的喜悦直刺心头，馨玉忍不住要和亲人分享。她把曹颙的头扳过来，俯在他的耳畔小声说了一句话。这句话就三个字，加之说得又急，声音又低，曹颙全然没有听清。

他把耳朵凑过去，"你说什么？再说一遍。"

馨玉脸红了，把身子掉过去，"没听清就算了。不说了。"

曹颙央求她，"再说一遍。"

"说不说就是不说了。"

"我求你了。行不行？"

馨玉垂着头低声说："我有了。"

曹颙不解地重复了一遍，"有了？你有什么了？"

来旺在一边听得真真楚楚，喊道："真是个傻瓜，嫂子有身孕啦！"

曹颙高兴地从马车上跳了下来，跟着马车疯跑了一程子，再跳上马车，抱着娇妻狠狠地嘬了两口。

在江宁织造任上，曹颙摸到些门道，亏空补上一些，好赖没有辜负圣上的殷殷苦心。由于任职上还算舒心，抽得开身子，馨玉就便提出要回苏州娘家看看，而且要求他与来旺一块去。曹颙没考虑就答应了。

小两口和来旺刚来到苏州织造府，还没有和李煦说够话，陈鹏年就闻讯来看望。陈鹏年改不了积习，对连生、来旺兄弟，一口一个"小恩人"。他郑重其事地约"小恩人"到虎丘山游玩，

哥儿俩痛快地答应了。

第二天上午，几乘轿子来到虎丘山前，李煦和陈鹏年下轿，他们粗布衣彩，穿戴和百姓无异。秋季的江南仍然是红的红绿的绿。但到底上了点岁数，刚出得轿门，他们情不自禁地打了几个冷战。

曹颙就不一样了。人逢喜事精神爽。就数他精神头好，他身着六品文官的补服，几乎是跳下轿子的。他一招手，提起补服的下摆，带头进入云岩寺二山门。一行人沿着小径走来，来到剑池前。剑池依旧。

曹颙与来旺哥儿俩不知道其间的掌故，在池边说自己的事情，说说笑笑，打打闹闹，全然不知人间有愁事。李煦与陈鹏年则大不相同。他们紧蹙眉头，不约而同地想到了近十年前康熙皇帝那次巡幸剑池的情景。

李煦打破了沉默，"还记得吗？上次圣上南巡来到此地。"

"恍如昨日。"陈鹏年的目光不由自主地转向生公石。

李煦感慨道："一晃将近十年了。"

陈鹏年挥指着，"十年前对圣上的忧虑不大明白，也不大清楚他为什么对顽石点头的掌故那么上心；十年间坎坎坷坷，屡经变故，倒是参透了些许。自古以来，多数帝王怕后代不争气，糊糊涂涂丢了先帝开创的江山。越是英明的君主顾虑就越大，咱们的老主子顾虑更深一层。"

李煦问："为什么咱们老主子顾虑更深一层呢？"

陈鹏年眯缝着眼睛。"早在女真人那会儿，就企图入主中原，但是没成事，金朝灭了南宋，却败于成吉思汗。历经元明，女真后代满洲入主中原，实在是撞上明朝内乱的大运。圣上对这点是太清楚不过，满洲这么点人，在汉人中是少数，又没有文化根基，坐稳汉家天下不易。圣上担忧的是，王朝完蛋在异族手上的不多，更多的是完蛋在不争气的子孙手上。子孙稍一懈怠，江山又会回到汉家天子手上。圣上当年用虎丘山石警策诸人的，正是这点。"

李煦不安地看看曹颙兄弟，小声说："陈老弟说话留心点。"

陈鹏年冷冷一笑。"你怕我可不怕。两次差点被砍头，老弟我什么都不在乎了。我不但要说出来，还敢写出来呢。"

李煦赶忙捂住他的嘴，对着曹家兄弟的方向，"使不得，万万使不得。这俩傻孩子不谙世事，别让他们看了去。"

陈鹏年却背着手踱开，走上生公石，嘴唇嚅动着，双掌不时地打着节拍，似乎在酝酿一首诗。他的这种情绪保持到中午，带到小吴轩中。

小吴轩是虎丘的一个酒家。一行人在这里吃午饭。几碟子几碗端上来，勾起曹家兄弟的食虫。他们狼吞虎咽时，陈鹏年的嘴唇仍然在念念有辞地动着。

风卷残云，很快桌子上杯盘狼藉，李煦和曹家兄弟吃消停了，各自用手巾揩着嘴，陈鹏年却在一杯一杯地灌着黄汤。

李煦从他手中夺下杯子，劝阻说："打住打住，陈老弟。喝得差不多了，行啦，别灌啦。"

陈鹏年微显醉意，摇摇晃晃地夺回杯子。"你不知道，老弟自幼学长葛钟繇的草书。我的字在八分醉时写得最有神，最像钟元常。"

李煦再度夺过杯子，"老哥怎么会不知道你的字，在江宁地面上想求你一副字还不大容易呢。"

陈鹏年猛地推开盘子碗，放纵地捋起袖口，爆喝一声："那我就献丑啦。店小二！笔墨伺候！"

常有文人墨客游虎丘后在此吟诗作画，释放一下余骚。小吴轩酒家形成了笔墨服务的传统。陈鹏年的声音刚落地，便响起诸多饭馆中常常听到的店小二的拖着长音的尖细的嗓门："来啦——"接着跑堂的便托着一个放着笔墨的托盘，紧捣腾着小碎步，风一般卷来。

桌子很快收拾出来，墨研毕纸铺就。陈鹏年持笔，醒了醒神，对傻乎乎愣在桌子边的曹家兄弟说："老叔刚才占得一首律诗，名为《重游虎丘》。所谓诗言志，诗系有感而发。如不蒙嫌弃，老叔抄录给你们。"

曹家哥儿俩直拍巴掌。

陈鹏年一展身子，往桌子上一伏，走笔龙蛇地挥毫起来。

谁都不曾注意到，那个店小二留意看着陈鹏年的字，在琢磨着什么。

江南是反清复明思潮奔涌之地，文人墨客到名胜之处往往借吟诗作画抒发胸臆，两江总督府的重要职掌是弹压于大清不利的舆情，在名胜之地安插有坐探。该店小二就是这么个角色。他即便不是专业吃坐探这碗饭的，也是业余受聘的。真要抓住线索了，官府有赏钱。

陈鹏年亲自写就的《重游虎丘》被裱糊成一幅中堂，天头地角留得整整齐齐，有模有样地挂在曹颙书房的正中。

初冬的一天，曹颙正在以这幅中堂为临本，对着它练字。馨玉在旁边看着，抚摸着肚子。她的肚子显形了。

曹颙一边写一边自言自语："钟繇与王羲之齐名，我看钟繇的字比王羲之的字耐琢磨。陈鹏年的字的确得钟繇真意，而我的字也快要赶上他了。"他摇头晃脑地学着戏文："娘子，你说呢。"

馨玉笑了。"真是天下文章数三江，三江文章数我乡。"

曹颙笑着扔下笔，"我乡文章数舍弟，舍弟向我学文章。"

他将馨玉拥过来，轻轻拍拍她的肚子说："小宝贝，这是对你胎教呢。"

正说着，一个丫环进门说："前任两江总督阿山来了。"

曹颙愣了愣。他从来没有听说过阿山与曹家有过从，在他的记忆中，阿山也从来没有登门造访过曹家。

他慌忙整了整衣冠，正要迎上去，阿山已熟门熟路的进来了。曹頫慌慌乱乱地招呼："难得总督大人到寒舍，难得总督大人到寒舍，有失远迎，有失远迎。"

阿山笑呵呵地说："你个小不拉子，胡客套个什么嘛。哪儿来的总督大人，我早就告老退下来了。江宁这地方还不错，我也不打算回京师了，把家安在这儿，就在这儿等死了。"

曹頫尽管在京师见过大场面，但是对来人又有几分畏惧，只是前言不搭后语地忙着招呼："总督大人坐，坐，来寒舍有何事尽管吩咐。这是贱内——馨玉，你怎么搞的？别站着不动弹。上茶，上茶。哎，你挺个大肚子不方便，最好还是退下去。大人有何事？尽管指教。"

阿山一指挂着的陈鹏年的字，说："你们小两口正热乎，我老头子也不多打扰。长话短说。我今儿个就是冲着它来的。"

曹頫如坠五里雾中，"您来看陈鹏年的字？"

阿山爽朗地解释说："从两江总督的位子上退下来了，跟江南老泥鳅也没有交道可打，居家中无事，五痨子六兽的，也想练练字了。听人说写字练帖是修身养性，咱也休养一把，图的是多活个几年嘛。陈鹏年的字在江宁是有名的，得钟繇草书的真意。听说他给你写了一幅，我特意上门来借，回家当帖子，照着练一练，过几天就原物奉还。"

曹頫似有不解，"您要练陈知府的字？您和他不是……"

阿山显得豁然大度，"我与陈知府共事多年，少不了磕头碰脸的。我是行伍出身，粗人一个，从沙场上下来，没卸掉杀人的狗脾气。都知道我两次要杀陈知府，但都是过去的事了。现在老啦，也感到当年那么做有些过火，都是圣上的奴才，彼此间何必较真呢。咱们都是北人，久居江宁，爷们儿礼道的，上门求求陈鹏年的字，且算是拐着弯对陈知府表示点歉意吧。"

曹頫被感动得满脸放光，"真是大人有大量。"

他马上摘下那幅字，卷好，恭恭敬敬地递过去。

几天后，苏州的大运河码头。细雨如同散乱的游丝在风中扭曲着身体，飘过来荡过去，地上积着一团一团的水洼。

仆从打着伞，陈鹏年提着衣襟在码头左近的河堤上巡视着。虽然是凄风苦雨，但看来他的心绪不错。

回到江南担任布政使司将近两年了,这个官职又称"方伯",以其表率于各府州县。他的精力主要放在疏浚漕运河道上,政绩斐然,总算没有辜负圣上嘱托,也算对得起一方百姓。他总念叨着,再干两年就不干了,回到京师颐养天年。

远处响起锣声,"总督噶礼到——"的喊声继之响起。

陈鹏年扭头看去,只见几乘轿子沿着小径过来。

噶礼是继阿山之后的两江总督,陈鹏年连忙迎上前,在路边等候着。

行文至此,不妨插一笔总督与布政使司的关系。

清康雍时,全国共有直隶、两江、闽浙、两湖、陕甘、四川、两广、云贵等八个总督衙门。康熙年间两江总督管辖范围为江南、江西(雍正年间划入安徽)。总督为正二品,加尚书衔者为从一品,统辖该地文武、军民,总理戎政,保卫边疆。文职道府以下,武职副将以下由总督奏请升调免黜。但不管驻军,驻军另有将军衙门和绿营衙门管理。

清政府职官编制不大,但条条块块却分割很细,各省没有统一领导,类似省政府的职权被各省总督衙门、巡抚衙门、布政使司衙门、按察使司衙门、道员衙门分割,巡布按道衙门各有中央对口,与总督衙门没有垂直领导与被领导关系。布政使司的职掌是行政、司全省财赋之出纳,将国家政令发布于各个府州县,再就是大量统计工作,包括户籍、税役、民数、田数,对口中央机关是户部。康熙年间,全国共设布政使司二十人,十八个省每省一人,唯独江南省(江苏)二人。

尽管布政使司并非总督下级,出于官场礼节,陈鹏年对两江总督还是尊重的。在各省,总督品级最高,布政使司与巡抚是从二品,比总督低半品,按察史为正三品,道员一律定为正四品。各省可以称为"封疆大吏"的只有总督和将军衙门的将军。

一乘四人抬轿子停在陈鹏年跟前,轿帘掀开,一个瘦棱棱的官员灵便地钻出来,对正在作揖的陈鹏年随随便便地说:"听说你在码头,我就赶来了。皇上召我去京城,你随我一道去。"

陈鹏年茫然说:"噶礼总督,让我到京城干什么去?怎么提前不打个招呼?本官有一大堆河务在身呢。"

后面一乘轿子传出声音："捉拿写反诗的人归案，还用得着提前打招呼吗？"轿帘掀开，阿山摇摇晃晃地走出来。

阿山扬扬手中的一个卷轴，说："恭喜恭喜，今儿个你喝了蜜，你给曹颙抄录的反诗现在我的手上。你还甩愣怔眼儿，这回你是去京城也得去，不去也得去。来人，枷上他。"

轿子后面的几个衙役早有准备，听到阿山发话，便如狼似虎地扑上来。

尽管陈鹏年曾经屡次被枷，但对这次飞来横祸仍然是毫无精神准备。他甚至顾不过来反抗，也不知道该申辩什么，只是木木然然地站着，眼瞅着衙役三下五除二就给他带上枷锁。

看着陈鹏年发木的样子，阿山拍拍他的肩膀，扬扬手中的卷轴，说："江宁地面都知道，我两次杀你没杀成，这回你甩想颠儿鸭子，凭着这东西，你脑袋两次落地都有富裕。走吧，我也陪你回京城转转，到对你开刀问斩的时辰，老夫会到菜市口给你送行。"

衙役推推陈鹏年，他没有动，站在原地吃力地回忆着。

阿山手里的卷轴是什么内容？什么事把曹颙也给牵扯进去了？自己多咱写过什么反诗？这个是怎么落到阿山手里的？如丝的雨拂在面颊上，几样不着边的事情在脑海里大折个儿，怎么也连不到一起。

阿山阴兮兮地笑着，俯在他的耳畔轻声说："想不明白，是吧？帮你点拨点拨。想想看，几个月前，在虎丘山，你喝得醉醺醺的，借着酒力给曹颙抄录了一幅你写的《重游虎丘》。里面尽是些戗辙儿的话，把当朝骂了个不吐核儿，真是酒后吐真言呐。想起来了吧？"

陈鹏年阖上眼想着，待眼睛猛地张开时，想起来了。那次出游，虎丘山的小吴轩酒家，那回酣畅淋漓的挥毫，此刻竟恍如昨日。

陈鹏年不解地问："我是有一首《重游虎丘》，它怎么会在你手上？"

阿山得意地笑了，"正等你问这句话呢。明着告你，头几天曹颙把它亲自交到了我手上。买金的碰上卖金的，事情赶得就是这么寸！"

陈鹏年不敢相信地看着阿山。曹颙那张纯正清秀的面孔浮现在眼前。他感到有一把利刃猛地戳到了心口，不由痛苦地呻吟了一声。

阿山一直观察着陈鹏年，揣摩透了他的心境，"十年前，这孩子对老主子说了一声你是'好官'救了你一命；十年后，同一个人又出卖了你，毁了你。认命吧，这就是报应！"

听到这话，陈鹏年扑通一声跪倒在泥地里，他的精神似乎被击垮了。

云层压得很低，有气无力的天空灰蒙蒙、怯生生地悬在大运河的上方。码头上停泊着一艘大船，桅杆、布帆、岸边的树木都泛着铅色的光，又湿又凉的风把扯起的帆刮的啪嗒啪嗒响。雨不知什么时候下大了。两乘轿子间，陈鹏年满身泥水，踉踉跄跄地向大船走去。

二十二、江宁织造府－乾清宫－平郡王府

　　曹家在江宁织造署的一个院落。夜晚。一个房间发出微弱的烛光，里面传出青年男女压抑的调笑声。

　　房间内，曹颙和馨玉正在床上戏弄。烛光映照在曹颙脸上，他面色发潮，手在被窝里抠抠摸摸的。馨玉春心荡漾，却半推半就。"老实点行不行，再过仨俩月就生了，这会儿不能干那事儿。"曹颙涎着脸说："我的动静轻一点，不会亏着咱的孩子。"馨玉心软了，撒娇地打了男的一下，算是默许了。

　　曹颙面露喜色，性情大发，飞速脱掉贴身小褂，正要解馨玉的小衣，传来急促的敲门声。曹颙八百个不乐意问了一句："谁呀？"

　　外面传来来旺的喊声："别闹猫了，你的老丈人从苏州赶来了。"接着是李煦苍老的、颤抖的声音："连生，是我。"

　　曹颙一听，跳下床，披了件棉袄，趿拉着鞋跑去开门。

　　门开后，李煦提着灯笼进来，顾不上回避躺在床上的女儿，也顾不上说话，而是直接进了隔壁的书房。他举着灯笼照了照原先挂着陈鹏年亲迹卷轴的位置，那里是一片空白，不由一跺脚，颓然坐了下来。

　　曹颙如丈二和尚摸不着头脑，"爹，您这是怎么啦？"

　　李煦心灰意懒地指着墙壁："它是怎么落到阿山手里的？"

　　"您问的是什么？"

　　"陈鹏年抄录的那首《重游虎丘》。"

　　曹颙茫然看了看墙壁，心里一块石头落了地。"本以为您深夜赶来有什么大

210

不了的事呢，敢情就要问这个呀。头些日子阿山亲自上门来借走的，说是要拿陈知府的字迹当帖子，照着练练字，过些日子就奉还。"

李煦不善言辞。他无奈地看着他，不解地问："你不知道陈知府与阿山是死对头？不知道陈知府是阿山的眼中钉？"

曹頫撇撇嘴："陈年老辈子的事了。阿山早就下台了，他还能拿陈知府怎么样？他来借陈知府的字时还说他与陈知府爷们儿礼道的。"

向来好脾气的李煦发作了。"别糊涂啦！阿山拿着陈鹏年的诗撺掇噶礼，噶礼以写反诗为名目，下令抓捕了陈鹏年。头些天解往京城去了。圣上保一保二不能保三，脾气一上来没准就要了他的脑袋！"

曹頫吓呆了，两眼发蒙，咕咚一声坐到了地上。

李煦就像没有看见一样，背着手，围着他急步踱着。"江南治河离不开此人。当年你称他为'好官'，加上你父亲额头被血地保他，从圣上那里为他讨回一条命。现在你父亲不在了，只有我泼下老脸，到京城向圣上保他。"

曹頫仍然坐在地上，浑身颤栗。他双目像死鱼眼一样，微张着嘴唇，却呢喃有声，原来他重复着三个字："我也去，我也去……"

在黄昏的薄霭间，大运河畔的几棵树木伸展着赤裸的枝条，向冥森的远方呼号着。河中，一篷官家帆船孤独地行驶着。

曹頫木然坐在船头。初冬的风拂过河面，拂过他的面庞，冷飕飕的，他似乎浑然不觉，只有眉宇在微微颤动，流露出些许成熟的悲哀。从李煦告诉他消息以来，不过四五天，他好像是在这四五天内长大的。

李煦走到船头，把一袭袍子披在他的身上。他依旧目视前方，拍拍岳父干枯的手，说："陈知府的《重游虎丘》我读过上百遍，已然烂熟在心。我反复琢磨，没有哪句能打成反诗。"

李煦木木呐呐地说："不能这么说，是不是反诗，就看由谁来断读了。这首诗我也读过几遍，有两句诗的确是够戗。舌头底下压死人，圣上如果不饶陈鹏年这两句诗的话，事情就难办了。"

李煦叹了一口气，迟缓地掉转身，慢慢吞吞回到船舱。

乾清宫在紫禁城内廷的最前面，建于明朝永乐十八年。清朝定鼎之后，顺治皇帝在这里居住和处理政务，康熙皇帝也是如此。

噶礼与阿山跪在地上。阿山展开卷轴，说："这是陈鹏年的诗，陈鹏年的字，诗名为《重游虎丘》，他亲自写的，在虎丘的一个饭馆中抄就。当时在场的有苏州织造李煦和江宁织造曹颙。"

玄烨坐在宝座上，鄙夷地盯着下方，"陈鹏年的诗，陈鹏年的字，怎么落到你的手里啦？据朕所知，他跟你可没什么交情。"

阿山尴尬地说："卑臣用了点手段搞来的"。

"手段？那就是骗啦。"

"咱不是办案子吗，说'骗'字不好听。反正拿到证据就行。"

玄烨吐出一个字："读。"

噶礼从阿山手里接过卷轴，铺在地上，有板有眼地读道：

> 云艇松龛阅岁时，廿年踪迹鸟鱼知。
>
> 春风再扫生公石，落照仍衔短簿祠。
>
> 雨后万松全还亚，云中双塔半迷离。
>
> 夕佳亭上凭栏处，红叶空山绕梦思。

阿山补充道："这是诗的上半阙。"

玄烨不动声色地说："不用你说，朕也听出来了，上半阙全是写景的。虎丘山的生公石，短簿祠、双塔、夕佳亭，这些朕在南巡到苏州时全都游历过。朕记得很清楚，虎丘剑池旁的生公石很大，号称可坐千人，又称'千人石'。读下半阙。"

噶礼挺了挺腰杆，接着读道：

> 尘鞅供余半晌闲，青鞋布袜也看山。
>
> 离宫露出云霄上，法驾春留紫翠间。
>
> 代谢已怜金气尽，再来偏笑石头顽。
>
> 楝花风后游人歇，一任鸥盟数往还。

阿山补充道:"圣上,诗的下半阙读完了。"

烨锁紧眉头,若有所思地说:"嗯?陈鹏年为官是得人心的,他的诗,朕怎么听着这么不舒服。朕三十八年和四十四年两度游虎丘,陈鹏年作为江宁知府曾经作陪,所以在诗中提到了离宫和法驾。头一个对仗的意思是,他重游虎丘,看见朕南巡时的离宫仍在,朕的仪仗的喧闹仿佛仍然响在青山翠竹间。是不是这么个意思?"

噶礼和阿山不断地磕头,"正是正是。"

玄烨想了想,自言自语地说:"这也没什么。"

皇帝出行的车驾仪仗被称为"卤簿",卤簿又按照祭祀、朝会、出巡等不同的用途,分为大驾、法驾、銮驾、骑驾四种。

阿山抬起头来提示道:"要命的是诗的第二个对仗,圣上听听他胡嚼了些什么,'代谢已怜金气尽,再来偏笑石头顽'。微臣万请圣上启动圣心琢磨一下,恶毒之极呀。"说完又将头伏地。

玄烨想了片刻,点头说:"是不大对劲儿。"

噶礼提示道:"启奏万岁,把两个对仗联系起来看,是说圣上的离宫仍在,法驾的声音犹存,而我大清王朝的气数却差不多了。中原故土自古有之的石头在嘲笑我朝没能摆脱前朝亡朝的命运。"

玄烨深以为然地点了点头,"这么说倒磨砖对缝。"

噶礼直起腰,说:"据查,陈鹏年的旗籍是镶黄旗汉军,祖籍湘潭,没跑儿是汉人。由此,他这首诗包藏歹毒之心就不奇怪了。满洲的祖先是女真,女真人在中原建立金朝,立都之地就是现在脚下的京城。没承想,成吉思汗灭了金朝,女真被撵出中原。而在几百年后,历经元明两代,女真人的后代满洲八旗又在中原建立了大清王朝,可谓'金气'不可逆转,一气贯通。陈鹏年诗中的'代谢已怜金气尽',所谓'代谢',指金朝与清朝的新陈代谢;所谓'金气尽',说了归齐,是指从金朝到清朝延绵数百年的气数显出了衰相,快要到头了。这是汉臣反对满洲朝廷的最恶毒的话。"

玄烨皱着眉头站起来。"别说啦,小心闪了舌头。这样吧,把陈鹏年的诗留在这里,你们退下去。"说完绕过御座走向后面的穿堂。

阿山带着哭腔，对着玄烨的背影喊道："启奏万岁！微臣早就看出陈鹏年不是个好鸟，两度要杀他都因圣上洪慈放生。他越发觉得朝廷拿他没办法，远在江南他什么都敢招呼。这回罪恶昭彰，万请圣上可着汤儿下面，万万不可对他再发洪慈了。"

阿山系前任两江总督，噶礼系现任两江总督，两任总督联手到京城参奏布政使司，于清史中绝无仅有。他们紧绷着脸，由太监送出养心殿，从东华门走出。一出紫禁城，他们刹那间松弛下来，相视大笑。

东华门外停着两乘轿子，他们说说笑笑地向各自的轿子走去，不曾注意到，轿子旁有两个官员和几位捕役，像是在等什么人。

阿山意满志得地说。"陈鹏年这下子算烟了。满嘴胡呲，胡骂溜丢，任是什么人替他求情也没用了。这得感谢噶礼老弟，为我吐出多年恶气。请受我一拜。"说完双手抱拳弯下腰来。

噶礼谦让道："阿山老哥过奖了。陈鹏年成了烟家雀儿，是他自作自受。他的罪过到了那地步了，他不完蛋谁完蛋。"

噶礼说完，准备钻入轿子，却有人拍拍他的肩膀。他一回头，看到一个官员。官员问："你是前任两江总督噶礼吗？"

噶礼指着阿山，说："你搞错啦。这位阿山兄是前任两江总督，我是现任两江总督。"

那个官员说："我说你是前任两江总督你就是前任两江总督！"那个官员一甩头，向左右喝道："把前任两江总督噶礼带走！"几个捕役忽地扑上来，扭着噶礼，用绳子几把捆定，扔上一辆马车。

事情发生得如此之快，阿山还没有反应过来，马车已疾驰而去。

他吓得扑通坐在地上，自语道："乖乖隆地咚！紫禁城东华门处抓朝廷命官、封疆大吏，可是闻所未闻之事。噶礼犯什么事啦？"

那个官员走过来，好笑地说："知道我是哪儿的吗？是刑部的。前任两江总督阿山，你问噶礼犯什么事，用你们的话说，他这下子算烟了。成了烟家雀儿，他自作自受，任是什么人替他求情也没用了。"

阿山傻了，坐在地上挣扎了几下，差点站不起来。

刑部那个官员上马后，对他说："据刑部所知，你阿山也不是什么好东西。你比噶礼强点，你还没打算杀你的亲娘。"

阿山傻呆呆地看着那个官员骑马离开，自语："杀亲娘？"

官船泊在在北大运河的终点通州码头。李煦拖着疲惫的步子被人搀扶下船。他的身后是一个软轿，上面躺着病倒的曹颙。一路上行船多天，由于天气寒冷，曹颙偶感风寒，竟然病倒了。年轻人身子骨结实，本来有点小病小灾治治就好了，但他心情郁闷，不思茶饮，居然病越来越重，到通州后，出现了昏迷症状。

李煦把曹颙安顿在一辆马车上，在马车上陪伴着女婿。入冬后，整个京郊仿佛都在凄厉的北国寒风中战栗，在漫无涯际的旷野平畴间，一辆孤独的马车向皇城缓缓地走着，铃铛单调地响着，马车道旁边的老树伸展着狰狞的枝干，像墨泼染的一样，仿佛预示着不祥。

从通州到皇城不过三十几里地。曹颙捂着厚厚的棉被躺在车上，朦胧阖着眼皮，头随着车的颠簸无力地晃荡着。他的嘴唇干裂，额头上却渗出汗珠，湿津津的。

李煦被车子颠的老眼昏花，想不出什么话慰藉女婿，只能一遍又一遍地重复着一路上说了又说的话："到了皇城后，咱们不住两江总督衙门的会馆，住在你姐姐家。"

曹颙唇边勉强绽出点笑意，暗哑地说："我在南书房当过差，皇上认识我。见到姐姐后，马上让姐夫启奏圣上，就说江宁织造和苏州织造一同来保陈鹏年，请放他回江南治水。"

马车到了西城的石驸马大街平郡王府门前。

一个披着黑色大氅的少妇哭喊着冲出来，跑向马车。她刚得到李煦的通报，知道弟弟来了，弟弟病了。她是曹寅的大女儿曹佳氏，指配于平郡王纳尔素，身后跟着的孔武男人，即是纳尔素。

软轿被抬出马车，曹颙挣扎着抬起身来，叫道："姐姐！"曹佳氏一头扑到软轿跟前，抱着弟弟哭起来。

她身后的平郡王纳尔素劝慰："好啦好啦，要哭进屋哭去，院里猴冷的，小心冻着。"曹佳氏被提醒了，连忙把披在身上的黑色大氅脱下，压在软轿上，护着软轿进了屋。

屋里炉火熊熊，很暖和。曹頫躺在一条宽大的炕上，身上压着那件黑色大氅。这种大氅是用东北引进的俄罗斯黑色羊的毛皮缝制的，毛皮卷曲黑亮，十分名贵。俄罗斯的原种羊被清人称为"俄罗斯紫羔"，清人引进后的品种称为"骨种羊"或者"骨冬羊"。满洲称胎羔羊的皮毛为"珍珠毛"。此种羊之胎羔皮，黑灰色卷曲如珍珠毛，但上有白尖，更为名贵。

曹頫躺着，左右看看，全是亲人，岳父、姐姐、姐夫，还有一个小不点儿，正眨动着黑亮亮的眼睛盯着他,想必他就是家里常常提起的福彭了。福彭是姐姐、姐夫的长子，是曹頫的亲外甥。

他心里感到熨贴，感到温暖，伸出手摸摸福彭滑溜溜、胖乎乎的小脸蛋，而一行泪水却顺着眼角流淌下来。

他吃力地伸手点点自己胸口，指着李煦说："姐姐，江宁织造曹頫、苏州织造李煦要进宫面圣。"

李煦向纳尔素递了个眼色，纳尔素转身出了门。

上午时分的乾清宫，殿里面很亮堂。

张廷玉双膝跪在毡毯上，直着上身说："受圣上嘱托，微臣命吏部属员在江南暗中察访，恰如圣上明断，噶礼与阿山在江南民愤极大，所在官司索取财贿，所用宵小匪类，尤恣意诛求，肆行攘夺。另，据刑部察访，噶礼与其妻、子、弟企图毒杀其母，证据确凿，听候圣裁。"

噶礼与阿山是康熙朝有名的贪官。据李光地《榕村语录续集》卷十八所载，噶礼任山西巡抚时，适逢康熙皇帝巡幸。他下令轿子主要饰件要真金打造，并在迎驾人群中掺入大量妓女，圣驾的每一站都修建行宫，并向康熙皇帝敬献了四名山西美女。康熙皇帝当时就恼了，"跟朕用上美人计了，你把朕看成什么人了。"而据事后调查，跟随康熙皇帝出行的侍卫等，有不少人与噶礼的美人睡了觉。

恶有恶报。噶礼的下场特别糟，是被亲娘告倒的。噶礼的家庭关系乱七八糟，他甚至让厨子往他娘饭里下毒。事情败露，老太太一怒之下把儿子告到了刑部，刑部认为噶礼不忠不孝已到极点，提出凌迟处死，卷入此事的人该绞的绞该杀的杀。朝廷就是为这事把噶礼召到京师的。噶礼这次来京师前不知道召他干什么，反倒听信阿山挑唆，顺手把陈鹏年绑到京师，本是想抓一个反臣，给皇上表功的。他来京后，在老主子跟前告了陈鹏年，陈鹏年前脚下了大狱，他后脚被扔进大牢。

这时张廷玉启奏圣上，就是对噶礼最后定夺。

噶礼到底是两江总督，属封疆大吏，康熙皇帝不可能按照刑部的建议把事做绝。况且噶礼举报陈鹏年一事不属诬告，也算是对大清尽了最后一点心。但弑母是重罪，不杀不行。玄烨思索着说："将两江的封疆大吏凌迟处死，江南、江西的士人会看朝廷的笑话。朕看就算了吧。赐噶礼自尽，其妻从死，其他人斩监候。"

张廷玉领旨后准备退下。玄烨唤道："慢走，朕还有件事要说。"张廷玉抖抖双袖，重新跪下。

玄烨从身边拿出一个卷轴递过去，"噶礼固然是个混帐东西，但这个混帐这次来京举发陈鹏年，倒也不是诬告。"

"陈鹏年又犯什么事啦？"张廷玉与陈鹏年过从甚深，他心里边嘀咕着，边不安地打开卷轴专心看着，没等看完，额头便渗出了冷汗。

他用袖口悄悄点点额头，不敢抬头，正琢磨着话该怎么说，耳畔传来康熙皇帝的问话："看出什么来了？"

他浑身打战，"微臣跟陈鹏年练过字，认识陈鹏年的字，这个字错不了，是他的字。冒问一句，诗也是他写的吗？"

玄烨捋着胡须，说："不用多问了，这首诗是陈鹏年的诗，这幅字也是陈鹏年的字。朕再问一遍，你看出什么来了？"

他哆哆嗦嗦地指着卷轴上的两行，说："微臣素来以为，陈鹏年是个不可多得的直臣，是江南治河的好手。但是他的诗中，这两句，'代谢已怜金气尽，再来偏笑石头顽'，似有不妥贴之处。"

玄烨冷笑："'似有不妥贴之处'，说得太轻巧啦。朕知道你与陈鹏年私交不错，想帮他打打圆场，但这次你帮不上忙。这两句是说大清快不行了，而自古雄据中原的石头，也就是顽石是大清行将完蛋的见证。朕这么理解，不算冤枉他陈鹏年吧？"

张廷玉欲言又止，嘴张了又合，合了又张，就是吐不出声。

在同僚中，陈鹏年与张廷玉私交甚厚。无论在学问上还是在书法上，陈鹏年都是张廷玉的师长。他极力想为陈鹏年开脱,可那两句诗的隐喻在那里明摆着,任是说什么也难以蒙混过去。

玄烨缓了缓,说:"诗人讽咏,各有寄托,朕本来不愿意有意罗织,以之入罪。但这个陈鹏年也真的太出格了,居然诅咒起大清的气数了。陈鹏年现在羁押在刑部大牢,去,让刑部拿个如何处置的折子来。"

张廷玉抱着一丝希望问:"微臣冒死一问,圣上以为当如何处置?"

玄烨慢慢坐下,柔声细语地说:"你如果一定要问,朕可以告诉你。陈鹏年是个好官,朕救过他两次,但这次,大清跟他没茬儿没掌儿,他却把大清骂了个底儿掉。他纵然有三个脑袋也扛不住了。"

张廷玉立即变得灰头土脸的。

就在这时,一个太监匆匆跑进来,跪在他身边说:"启奏老主子,平郡王纳尔素从神武门打进一张条子来。"

玄烨问:"什么事?"

太监说:"求老主子的圣药,给江宁织造曹颙治病。曹颙在他家发了急病。"

玄烨没好气地问:"江宁织造不在江宁呆着,到京城干什么来了?"

太监看看张廷玉,犹豫当不当说。耳畔响起一声炸雷:"说!"太监赶忙说:"江宁织造与苏州织造一同来京,求老主子饶了陈鹏年。"

玄烨站起来,"朕就知道,跑不了是这事。告诉太医院,派个人到平郡王家给曹颙治病。病治好后马上回江南,陈鹏年的事不用他们管,朕已有安排,他们别惹上一身骚就算不错。"

二十三、平郡王府－乾清宫－刑部牢房－江宁织造府

一抹夕阳挂在天边。京城的人们看到远处弥漫着白茫茫的烟，树梢上淡淡地涂上一层金黄色，一群群暮鸦驮着日色飞回来，便仿佛有什么东西轻轻地压在心头。他们知道，这是黄昏，是明亮的澄空与薄冥的夜色的一个短暂的过渡，随后寂寞的长夜就要来了。

才几天功夫，曹颙变得让人认不出来了。

在这个黄昏，他如同槁木死灰般躺在炕上，眼睛和耳朵却敏感地捕捉着来自人间的所有景象与声音。那是人间世界传递给他的最后的信息。

窗外，灰色的天空像一张薄幕，树木、房屋、云缕就像一张张剪影，静静地贴在这幕上；屋里，四壁的白墙渐渐暗淡下来，布上一层淡淡的黑影；炉子里的火焰白天看不出颜色，这会儿渐渐发红；在阳光下，白色的窗户纸上到处是污斑，这会儿青一色是灰秃秃的。

还有声音。他支棱着耳朵听着四周。一阵悠扬的笛声，伴着鼓瑟之声飘来，那是隔壁一家酒楼里传出来的；一阵嗡嗡的鸽哨声，伴随着鸽群飞翔的呼呼的声音，那是鸽群归巢之前的最后一次操练；一阵压抑着的哭声从隔壁房间传来，他的心忽忽悠悠地坠向深渊。

在隔壁房间，一双双眼睛盯着一个方向。曹佳氏哭肿的眼，纳尔素不动声色的眼睛，李煦灰不拉几浑浊的眼睛，还有小福彭惊愕的眼睛。

所有眼睛都巴巴地瞅着一位老者。他端坐在太师椅上，面色红润，白须过颈，身着六品官服，是太医院奉圣上之命派出的太医。他在沉思中微微摇了摇头。

所有眼睛里的希望的火焰都刹那间熄灭了。

纳尔素搀扶着曹佳氏进入隔壁房间，所有女眷也都跟了进去。

李煦却没有动弹，仍然留在原地坐着。他瘪塌的嘴唇嚅动着，念念有词。他看着自己的干枯的手指动作，先弹出食指，表示"一"，再直楞楞地伸出中指，表示"二"，最后伸出大姆指，表明"三"。他一遍又一遍地重复这个动作，嘴里的嘟囔声越来越大。

入夜，漫天是纷纷扬扬的雪花，雪花飘向黑咕隆咚的平郡王府。万籁俱寂，只有寒风走过屋顶，屋瓦散发出轻微的咯咯啦啦的响声。突然，一幢房子中传出凄厉的哀嚎声，继而带起一片抽泣声，其间是李煦的颇为不协调的嘟囔声。他嘟囔的是什么，谁也听不清，而这声音却越来越响，越来越愤怒，直至压倒哭声。

漫天是纷纷扬扬的雪花,雪花一个个就像铜钱那么大。雪花无声地自天而降，而天际间却回荡着来自人间的嘟囔声。

伴随着嘟囔声，一双干枯的手拼命地拍打高大的宫门。这是黎明时分，是紫禁城的后门——神武门。

拍打神武门的是李煦。这个好脾气的老头此刻青筋爆起，眉毛和胡碴子上结满了雪花，边拍打门边疯疯癫癫地嘟囔着。

神武门不是满洲八旗护军看守的，属内务府上三旗护军看守。进了这道门就是紫禁城内廷，这儿的护军不带兵器，而且不是站着，是坐在一溜长凳上。根据清制，除了皇帝本人进出他们得站迎，连亲王经过也不用起身。

他们冷眼看着一个老头拍打门，终于看不下去了，劝解道："老爷子，要搁别人在这儿撒癔症，早就千刀万剐啦。我们看你是内务府老人,放你一马，快走吧。走迟了，回头当头的来了，断不轻完。"

李煦对他们嚷嚷起来："本官岂止是内务府老人，本官是内务府郎中、苏州织造李煦，有密奏之权，甭管什么时候，本官一个折子捅到神武门门缝里，太监得立马给老主子送去。不给逼到一定份儿上，谁也不敢到这儿撒癔症。麻烦诸位行行好，往里面捎个话，就说老主子的奶兄弟来了，要不就说老主子孩儿他舅来了，但请叩见老主子。"

看样子，外面的动静惊动里面了。大门开了一条缝，一个太监从门缝里闪出来，问："怎么回事？是谁在这儿胡闹呢？"

把门的护军与太监小声合计了几句，太监听明白了。

太监走过来，对李煦说："老头子，我见过你，亏得是张半熟脸儿，知道你是内务府老人，就不跟你计较了。要搁别人，敢在神武门这么连砸门带胡嚷嚷的，早就给'办'了。您先回去，大冬天儿的，外加大雪天儿的，老主子还没起来呢。"

李煦叉着腰，扯着脖子对他喊道："甭跟我说这个，我比你清楚里面是怎么回事。甭管是不是大冬天儿，甭管是不是大雪天儿，这个时辰，老主子正在御花园绛云轩前头练五禽戏呢，你敢说不是？"

太监终于掂量出了此人的来头，二话不说，进了门缝。

玄烨拍打着身上的雪花，用毛巾擦着汗，大步走进乾清宫，笑道："来啦，朕的奶兄弟，朕的孩儿他舅。"

李煦跪伏在地，浑身战栗。看来，他对刚才大闹神武门后怕了。

玄烨盘腿坐在炕上，挺直胸膛，恢复了威仪，说："好你个老奴才，可真有本事，仗着那点密奏之权，朕的后宫门差点让你砸破了。抬起头来，让朕看看朕的奶兄弟，朕的孩儿他舅。"

李煦缓缓地抬起头来，鼻涕眼泪把满是皱纹的老脸涂得乱七八糟。他用掌边揩揩眼泪，吸溜着鼻涕说："奴才千真万确是老主子的奶兄弟。奴才是喝娘的奶长大的，老主子也喝过我娘的奶。奴才与圣上喝一个娘的奶，不是奶兄弟是什么？所不同的是，老主子叫她乳母，奴才叫她亲娘。"

玄烨顿时神情黯然，半响才说："朕忘不了老人家。"

李煦磕头道："我的娘将近八十岁了，她每天教导奴才的，就是如何对圣上竭忠尽智。"

这话唤起了玄烨的思绪，他叹了口气，"朕知道，就不要提了。"

李煦狠狠揩了揩鼻涕，倔头倔脑地来了一句："怕是不得不提。"

玄烨一愣，老东西这么硬棒？他冷冷地问："这话怎么讲？"

李煦说："无非是告诉老主子，普天下最关爱老主子江山的是我们这些老奴才，是我们这些三五辈子对皇上效忠的世代包衣。"

"话到是礼，朕心领了。"

"怕是说说而已。"

对李煦的第二次顶撞，玄烨火了。"这话怎么讲?!"

李煦的额头频频点地。"奴才与曹寅自幼为老主子的犬马。盐咋那么咸，醋咋那么酸，没有比我们这些下贱奴才更透亮的了。最近，有坏嘎嘎小人向圣上进谗言，递谎信儿，浑饯饯要杀陈鹏年，奴才千真万确从老主子的江山永固着眼，冒死认为陈鹏年不当杀。"

玄烨站了起来。"朕就知道，你三弯两拐要绕到陈鹏年身上来。朕宣谕你，朕从来不听噶礼与阿山的胡言乱语，不仅如此，还把噶礼打下死牢，赐他自尽。朕之所以要杀陈鹏年，是因为朕也长了个脑袋瓜子，看了他的《重游虎丘》。而且，这首反诗是当着你的面抄录的，朕没有株连到你，已是你的万幸，你居然还敢来给他叫屈。"

李煦豁出去了，挺起上身，直着脖子说："屈! 陈鹏年就是冤屈!"

玄烨冲着他的耳畔喊了起来："怎么讲?!"

李煦的手指头又忙着动起来。他僵硬地、忙忙叨叨地演练着指头。

玄烨盯着他的手，"总动你的手指头干什么? 回答朕之所问。"

李煦扭着脖子，追随着皇上的眼睛，突然间流露出一种亲近的、怀旧的神情，声音也有了点梦幻色彩。"十年前，老主子南巡驻跸在江宁织造署内，那时的皇太子曾经要杀陈鹏年，并且在江宁织造署大堂内，向老主子面陈杀陈鹏年的三条理由。不知老主子当记否?"

玄烨眯缝着眼想了想，"记得。"

李煦骤然高扬起头，嗓门也抬高了，"那老奴才今儿个就反其道而行之，给老主子搬一搬陈鹏年不当杀的三条理由。"

玄烨来了情绪，"难得你还能说出个一二三来。说吧。朕看你那老胳膊老腿的，跪着说话太累，朕赐你站着说。"

李煦吃力地站起来，活动着筋骨，手指头还忙里偷闲地做了做准备动作。他浑浊的眼睛突然一亮，伸出右手食指，嗓门儿随之亮堂起来。

"其一，老奴妄自猜测，老主子最恼的是诗中有关'金气尽'的两句。其实，这两句与老主子当年在虎丘的疑虑同出一源，都是感慨王朝兴衰，认为只有天地孕育造化的石头是王朝兴衰的见证。因此，陈鹏年特意在老主子游过的虎丘生公石作诗，与老主子的感叹同出一辙。"

玄烨歪头想了想。"且算一说吧。"

李煦右手中指弹起。"其二，观其言不如察其行。陈鹏年数十年为大清王朝殚心竭智，清廉自律，在江南治水有功，江南黎民百姓拥戴此人。为圣上治理、安定一方江山的官员，怎么会认为大清江山快要混不下去了呢？圣上万万不可因为他发了一两句牢骚而要他的命。"

"这是官面上的话，说说你的第三条。"

"其三，"李煦右手的大拇指弹起，却说不下去了。

玄烨不耐烦地催促："说。"

李煦举着三个指头，语调突然呜咽起来。"陈鹏年确是忠心不二的奴才，冒死来保他的，也确是忠心不二的奴才。这般奴才，天下并不多，死一个就少一个。这样的奴才刚死一个，不能再杀一个了！"

玄烨低声重复了一遍："这样的奴才刚死一个……李煦，你说这话是什么意思，说清楚了，谁刚死？"

李煦泣不成声，扑通跪下，伏地磕头道："江宁织造曹颙来京保陈鹏年，路途染病，前几天，老主子派出御医到平郡王府救治，但医治无效，死于今晨丑时。"

玄烨倒抽一口气。"曹颙，曹寅的独子？死啦？南书房当差的那个板板正正的小家伙，死啦？"

"正是。他的名字还是老祖宗亲赐的。"

玄烨久久地不吭气。

李煦追随着皇上的眼睛，"十年前，曹颙对圣上说了一声，陈鹏年是个'好官'，结果救下了陈鹏年；十年后，他又为营救陈鹏年搭上了命。铁杆儿奴才撇家舍业保的人，老主子还信不着吗？"

玄烨心烦意乱地挥了挥手。"曹寅呀曹寅，好不容易生了个儿子，起名叫连生，连生连生，没有连着生，仅此一个又去了，曹寅怕是要断根了……连生有儿子吗？"

李煦说："其妻名馨玉，是奴才的养女，怀孕已七个月，倘若生下的是男孩，曹家还有可承业者，不致断根。"

玄烨心烦意乱地拍打着膝盖，"倘若生下的是女孩，曹寅还是无后……曹家还有什么人？"

"曹寅还有个侄儿，叫来旺，比连生小一两岁。"

玄烨搜寻着记忆，"来旺？"

"圣上在南巡时见过。"

"朕见没见过都无关紧要了。可怜曹寅，给后代起的乳名，又是连生，又是来旺的，子孙却如此之稀。"玄烨说完，拿起卷轴递过去，"奶兄弟，滚起来。你那个其一、其二，都是放屁的话，而那个其三，让朕服气。铁杆儿奴才撇家舍业保的官员，朕没有理由信不着。这本来是陈鹏年的罪证，现在成为曹颙的遗物了。朕把它退还给曹家，让他们掂量着办吧。"

刑部大牢里响起叮叮当当的声音。

在阴暗的单号里，陈鹏年心灰意冷地靠墙坐着，听凭狱卒砸开他的脚镣。

脚镣砸开，陈鹏年搓揉着脚踝，问："今天是我的时辰？"。

两个狱卒对视一眼，不说话。

陈鹏年站起来，扶着墙，一瘸一拐地向外走。边走边说："本官已经两次被押到法场了，两次都躲过去了，事不过三。今儿是躲不过去了。"

自古监牢里有一条不成文的规矩，即是狱卒要让犯人总是紧绷着，不到最后时刻不向犯人透底。而这次，两个狱卒却有点兜不住劲。

一个狱卒说："事情可真逗儿。是两江总督噶礼把你抓进来的，听说你的事还不小。可你猜怎么着？你前脚进来，噶礼后脚也进来了。头些日子，圣上赐噶礼自尽，给他下的药，他没胆量喝，我们哥儿几个给他灌了，不消一个时辰，玩儿完了。抓你的人完个屁了，而被抓的人却，"狱卒狠狠地一推他，"却站着出去了。"

陈鹏年被猛地推出门外，来到当院，被雪后的阳光刺得不开眼。

等他眼睛适应了，才看清楚有几个人向他走来，其中有两个是他的老相识，一个是李煦，另一个是张廷玉。

他向左右看看，没有刽子手一类人，没有穿红衣服的，几乎不敢相信地问："这是怎么回事？莫非是圣上又赦我一命？"

李煦慌慌张张地说："等会儿再给你压惊。"说完向后努努嘴。

陈鹏年正惊愕间，一个太监从李煦身后走上前来，从怀中掏出一轴黄绫，尖声尖气地喊道："陈鹏年接旨——"

他扑通一声跪在雪地上。

在黄昏的薄霭间，大运河畔的几棵树木伸展着赤裸的枝条，向冥淼的远方呼号着，一篷官家的帆船孤独地行驶着。

陈鹏年木然坐在船舱里。严冬的风拂过河面，透过舱帘吹进来，冷飕飕的，他似乎浑然不觉，只有眉宇在微微颤动，流露着悲哀。从李煦告诉他事情经过以来，他们在京城又呆了一个来月，处理完曹颙的后事，才共同回去。

李煦把一袭袍子披在他的身上。他依旧无神地盯住一个点，拍拍李煦干枯的手，说："为了我这个麻烦缠身的老东西，搭上了一个那么棒的年轻后生。要早知道是这样，倒不如让噶礼、阿山在江宁就砍了我。"

李煦深深地叹了一口气。"别自责了，这就是命。"

陈鹏年哆嗦起来，"命？命怎么会选中了我？本官无颜面见曹家人，可圣上偏偏让本官向曹家宣读圣旨。"

江宁织造署正堂再一次成为灵堂。卷书案的正中供着曹颙的牌位。

"传旨！"拖得很长的声音响彻在江宁织造署正堂内，地上跪伏着一片曹颙的眷属，他们仍然孝服在身。馨玉挺着肚子，不能跪伏，只是站着哭泣。

陈鹏年身着朝服，拉着长脸宣读圣旨，声音响屋震瓦："曹颙自幼朕眼看其成长，此子甚可惜！朕在内务府包衣之子内，无一人及得他，查其可以办事，亦能执笔编撰，是有文武才的人，在织造上极细心谨慎。朕甚期望。其祖其父，亦曾诚勤。今曹颙病故，念其孀母无依，家口繁重，特命以曹荃之子、曹寅之侄曹𫖯承袭江宁织造职，补官内务府主事，以养赡孤寡，保全身家。钦此——"

跪伏在地上的人群沉默着。半晌，来旺才抬起头来，惶惶然地问："这里只有我是曹荃之子、曹寅之侄，圣旨里面说的曹𫖯是不是指的我？让我担任江宁织造？"

陈鹏年放下钦差的架子，怜惜地抚摸着他的头说："皇上格外洪慈，特谕内务府察访，询问了苏州织造李煦、你哥哥曹颙的左右，以及曹家的奴仆，都推举你任织造郎中。从今之后,不能总叫小名来旺了,皇上赐给你一个名字。单字:頫。"

曹頫伏首呜咽道:"曹家蒙承天恩浩荡,亘古所无,普天之下,莫不闻风感泣,仰颂天恩。曹頫虽粉身碎骨,难报万一,唯有勉力自慎,以仰体圣主安怀之心,仰副万岁佛天垂悯之至意。"

听得此言,满屋的女眷感动得呜呜嗬嗬地哭将起来。

馨玉更是哭得死去活来。万分悲恸间,她突然捂住肚子,疼得额上冒出汗珠,接着便惨叫起来。

众女眷叫道:"要生啦!"七手八脚把她架进了屋里。

近晓的天色几微,一抹鱼肚白惨惨地挂在天边。

一派沉寂间,江宁织造署内突然爆出响亮的新生儿的哭声。

门帘忽地一声掀开,一个年老的女人向外惊喜地叫道:"带把儿的,带把儿的。馨玉生了个带把儿的!馨玉为曹家生了个带把儿的!"

不安地守候在外屋的曹頫冲进了院子,面向北方跪下磕头。他嘟囔着:"天佑、天佑,天佑。"他继而仰天大叫道:"天佑啊!天佑啊!曹家蒙承天恩浩荡,我嫂子生了个男孩,曹家有后啦!"

屋里,馨玉侧身躺着,眼睛一眨不眨地盯着身边的孩子,盯着自己身上掉下来的肉,盯着亡夫曹颙的骨血,没有喜也没有忧,甚至没有丝毫表情。

孩子安然阖着双眼,只有小嘴不时地吧嗒几下。

第二部

二十四、南苑－乾清门

康熙五十四年秋。京城的天气开始凉起来。

秋高气爽，子民开始置备衣被，贮藏越冬粮菜。

而在王公贵戚，这是狩猎的季节。清室对于狩猎非常认真，视为人生之必须，尤其是康熙皇帝，自己就是个好猎手，也要求儿孙按照季节外出行猎。

京城没有大野兽，那就放鹰猎兔子。京城那些懂板眼的称野兔为野猫，放鹰猎兔称之为"荡猫"，以示自己是这方面的行家。

这天，允禩等几个阿哥带着侍卫到京郊"荡猫"。

皇子骑着马，侍卫也骑着马。行猎不必摆谱，他们一色穿着罕达罕的坎肩，挎佩刀，这是行猎的标准行头。

一行人中，年岁大都在允禩之上，有大阿哥允禔、三阿哥允祉、四阿哥胤禛、五阿哥允祺、七阿哥允佑等，而走在最前头的却是八阿哥允禩。

允禩挺胸抬头，摇晃着身子，左一下右一下地甩着马鞭，悠然自得，一副当之无愧的样子，一点也不因为走在哥哥们的前头而有什么不安。

允禩的长相比其他阿哥们周正，身上的皇子气味却不足。他不霸道，礼贤下士，挺会做人，挺会来事，和宫廷权贵及诸皇子的关系都不错。从史籍来看，朝野之所以猜测八阿哥有望即位，很重要的一条是，他喜欢看书。他做的一件漂亮事是，托付江宁织造府和苏州织造府在江南搜集善本书，不惜重金购买，此举给朝野留下好学的印象。

畅春园会议上，绝大多数廷臣力推允禩为太子，是他第一次展现实力。畅春园会议的结果，促使玄烨于次年三月复立允礽。允禩遭受此番打击，并没有灰头土脸，而是静待时机。允禩算准了，是兔子尾巴长不了，果不其然，五十一年九月复废。允禩的黄金时机来了。大势比较清楚，在朝野心目中，八阿哥允禩是皇太子最佳人选。像三阿哥允祉、四阿哥胤禛和十四阿哥允禵，不管背地里怎么想，都向他靠拢。他仍然只是名贝勒，这次到南苑行猎，诸皇子让他走在前头，是拥戴他的一次表示。

队伍最后跟着个小老头，是李煦。

看样子他是跟着皇子屁股后面瞎混的，其实这次出行却与他有直接关系。

自从八阿哥允禩到江南查帐后，李煦与允禩算是认识了，允禩需要江南什么东西了，让人捎个信儿，他立马就给办。一年多前，允禩听说雁荡山产一种体型不大的猎鹰，猎兔子特别棒，让他搞。他让人到雁荡山收购来一对上好的猎鹰，请行家训练出来，借着这次往京城送"上用"锦缎，捎到允禩府上。允禩重文事，本来对"荡猫"一类事兴趣不大，得到这对雁荡山猎鹰也来了情绪，提出要到南苑猎兔子。几个阿哥听说后自然愿意去，他们临行前又拽上了李煦。

皇子们有的是闲情逸致。一行人出了永定门，兴致勃勃，缓辔逍遥于乡间小径，或柳枝拂面，或在河边稍停，看两三渔父垂钓，或仰面看卷去的凉云，或垂首看菜蔬凝着残滴。因在京师多日，出得京城，嗅嗅那一股清鲜的泥土气息，直沁人心脾。

与这悠闲的情趣不大相称的是，有几个侍卫的膀子上架着猎鹰。这些鹰个头不大，都是一尺多高，四五斤重，厉吻钩爪，十分了得。而跟随允禩的侍卫，膀子上架着猎鹰个头不大，好像高还不足一尺，样子也不甚威武，但是耸动身子时，暗暗地现着杀机。

前人有云"举翅云天近，回眸燕雀稀"，说的是鹰在天上飞翔的震慑力。而在此刻，架在侍卫膀子上的鹰还没有飞翔，只是眉头高挑，一耸一耸地威严地远眺，一切行云流水便显得肃杀起来。

清人重猎事。南海子更名南苑，加以整治，四座门加为九座门，北大红门内有官署房，设总尉一人，正四品，防御八人，正五品，管辖着千余海户。经重新丈量，它并不像元人所说的那么大，《宸垣识略》称"周垣百二十里"。元明称南海子共有三个，清人发现不是三个，而是五个，其中两个在枯水期无水。

内务府保留海户，育养鹿獐。除了人工养育的之外，野生的雉、兔很快繁育起来。

康熙皇帝主要在围场行猎，在那儿呼啸山林，猎取猛兽。相比之下，南苑简直是个小玩闹，只有勋旧与皇子们间或来放鹰猎兔，谁也不缺那几只兔子吃，这是玩儿，是一件极其开心的事情。

行猎的皇子从北大红门进入南苑。经过元明朝两代的经营，里面榛莽沮洳，老树像撑天的巨伞，重重叠叠的枝叉，漏下斑斑点点细碎的日影。骑马穿行林中，只听见马蹄踩在厚厚的落叶上的噗噗的声音。

允裪在一个土堆前勒住马，左右眺望了一阵，用马鞭挥指道："想必这里就是前朝晾鹰台了。"那口气，那作派，像是昔日帝王一般。

晾鹰台的前身是元朝鹰坊，饲养苍鹰的地方，元人好转文，称之为虞仁院，明人称之为晾鹰台。前朝的建筑已不存在，仅留下一座高数丈的土台，放鹰要求有空旷的地场，土台附近是野地，没有种庄稼。

允裪下马，缓缓蹬上土台，远眺空旷的四野，想起康熙皇帝曾经在这片空地阅兵，并且留下一首《晾鹰台》绝句："清晨漫上晾鹰台，八骏骑乘万马催。遥望九重云雾里，群臣就景献诗来。"他追忆着皇阿玛在此阅兵的情景，仿佛自家正在接受军阵欢呼和群臣献诗，一时间挺直了腰板，板起了面孔，还向着想像中的八旗军列点点头。

诸皇子没有下马，而是勒马在土台下，看着陶陶然的八阿哥，不难揣测出八阿哥正在琢磨什么事。允禵小声对李煦说："八阿哥在那儿过皇上的干瘾呢。"这话让诸皇子听去了，刹时爆出一阵哄笑。

笑声惊醒了允裪，他眨巴眨巴眼，眼前哪有什么八旗军阵，只有一大片坑坑洼洼的野地和在风中抖动的秋草。他感到不过瘾，像是威风没有地方抖去，挥臂向前一砍，喝道："放鹰！"

一旁静候的侍卫顿时来了精神，摘去鹰的爪套及爪链，鹰们跃跃欲试，却依旧蹲着，引而不发。几十名侍卫手持枣木棍，分散成扇面，每人相距十几丈，在没膝的草丛中搜索，他们一边吆喝，一边用枣木棍刷刷啦啦地扫着草。兔子胆儿小，哪经得住这种阵仗，眼瞅着人走近了，吓得就跑。一跑就坏事了，那些蹲在皇子膀子上的驯鹰早就喷目而视，但听草丛一响一动，猛地腾空而起，恰似一道闪电凌空而过，及至俯冲下来，尖利的双爪准确地一抓，可怜那野兔顿时鲜血迸溅，气绝身亡。恰如唐人诗云"穿云自怪身如电，杀兔谁知吻胜刀"。

允禩的那对猎鹰是最后放出去的，它们一个名为"黑红"，一个名为"红黑"。李煦紧张地看着"红黑"与"黑红"如利箭般射出去，片刻就各叼着只兔子飞回。驯鹰好就好在并不吃食捕获物，而是叼回扔在主人的脚边。它俩扔下兔子，又迅速飞走，一个又一个来回，回回是双进双出，那整齐划一的飞行，让诸皇子都看傻了。

看到诸皇子为这对猎鹰高声喝彩，李煦的心算踏实了。

及至中午，"荡猫"大有斩获，猎得野兔几十只。

午后饥肠辘辘，侍卫们把野兔架在火上烤熟，蘸着作料撕扯着吃，皇子们玩儿舒服了也吃舒服了，好不快意。吃饱了，身子倦怠，躺在草地上，有的睡着了，有的看着蓝天，那里有几只猎鹰在飞，翅膀一动不动，平滑地滑翔着。

允禩双手枕在脑后，带着遐想的意味说："'万里寒空只一日，金眸玉爪不凡材'，这是谁的诗句？"

四阿哥胤禛躺在他的旁边，无甚把握地回道："是杜甫的吧？"

允禩沿着自己的思路，指指天空，接着说："皇阿玛也喜欢放鹰猎兔，我这儿有两只不赖的猎鹰，过两天进献给皇阿玛。就是那两只，李煦送的，打雁荡山来的，一个名'黑红'，一个名'红黑'。"

胤禛说："给皇阿玛进献鹰，你是什么意思？是为了让皇阿玛认识你这个'金眸玉爪不凡材'？"

允禩一骨碌坐起来，"且算是表表孝心吧。"

胤禛随之坐起来，指着一个侍卫说："如果这样的话，在进献给皇阿玛之前，你得让他伺候好了，送到皇阿玛手上的猎鹰得是精精神神的。"

允禩说："那是当然！"

深秋的清晨，凉飕飕的。康熙皇帝照例御门听政。

清代与明代不同，明代皇帝在太和殿常朝与群臣商议大事，而清代皇帝的太和殿常朝只是礼仪性的，大事一般是在乾清宫与重臣召对时商议，再就是御门听政时议定的。御门听政起之于何时，连清人都说不清楚，一般认为是康熙六年七月玄烨亲政时开始实行。另一说称，顺治年间已有御门日，康熙年间不过是加以完备。

史载，康熙皇帝非常勤勉，几乎每日都得御门听政，曾有大学士奏请皇上每隔三四日御门一次即可，不必天天如此。玄烨的回答是："朕听政已成常规，不日日御门即觉不安。"

十一月猴冷猴冷的。这天的御门听政，群臣伫立之后就感到不大对劲：一排皇子规规矩矩地伫立在乾清门旁边，一扫平日嚣张，显得分外老实，像是预感到即将发生什么不寻常的事情。皇子们从来不参与御门听政，他们的突然出现，引起群臣不安，不知何意。

玄烨破例来得晚了。他铁着脸走上御座坐下，一挥手，太监把一个白布包毕恭毕敬地放到黄案上。他斜眼瞧着这个白布包，不耐烦地挥挥手，今日的御门听政算是开始了。

群臣不知道白布包里是什么，看来里面是活物，还一动一动的。但是谁也不敢问，只是心里揣着个闷葫芦，该奏什么事还奏什么事。

今天议的是《律历渊源》成书一事，捎带议一议四川洮岷外边民十九族打算投附事宜。天气太冷，不宜拖得太久，到巳时初刻左右，玄烨该听的已经听得差不多了，该说的话都说到了，于是挥挥手，表示打住，随后站立起来，看来是要谈些其他事情。

群臣大气不敢哈，一个个瞅着黄案上的白布包；站成一溜的皇子们也好奇地盯着它。它依旧一动一动的，里面的活物在挣扎。在场的人都意识到，今天的重头戏是这里面的东西，老主子往下就该解开谜了。

玄烨离开御座，背着手，缓缓绕到黄案前面，拖长声音说："这东西摆了这么久了，诸位爱卿和诸位阿哥肯定想知道里面是何等宝物，那么，朕就让你们开开眼。打开。"

一个太监上前，小心翼翼地打开白布包。满朝文武瞪大眼睛一齐看去。扎眼一看，是一堆黑褐色的羽毛，看不大清楚是什么。定睛看，原来是两只猎鹰。乾清门前发出一片惊讶之声。

"红黑"与"黑红"全然没有往日傲视蓝天的神采，非但如此，连站起来都很困难。它们尖利的钩爪在黄案案面上抓挠着，就是无力支撑起身体，紧着抓挠了几把，仍然站不住，颓然趴到了案面上。

正在群臣大惑不解时，玄烨走到皇子跟前，依次盯着皇子一张张惶惑的脸，最后停在允裸面前，问："允裸，这是你进献的吧？"

允裸认出来了，这是李煦从雁荡山搞来的，经雁荡山的猎户苦心训练出来的"红黑"与"黑红"。前两天他让太监送到宫里进献给皇阿玛的。进献前夕他还放飞来着，它们那时飞得多欢势呀，他对着蓝天还吟颂了王摩诘《观猎》中的名句"草枯鹰眼疾，雪尽马蹄轻"。两天没见，精心饲养的两只猎鹰怎么成这样了？

允裸刹那间呼吸加重了，嘴张了张，说不出话来。

玄烨直视着他，说："它们活不了几天了，说话就得完蛋。进献给老爷子这么一对猎鹰，是不是盼着老爷子跟它们一样呀？"

允裸的眼睛发木发黑，全然傻了，哪里说得出话来。

玄烨说："满脸跑眉毛，流里流气的，朕早就看出你不是好东西。"玄烨抬高了嗓门："回答朕之所问，你个混蛋小子送来一对半死不活的鹰，是不是盼着朕早点咽气，你好早点登极当皇帝呀！"

允裸紧着摇头，心里快要憋炸了，扑通一下跪倒，哭喊道："皇阿玛，冤枉啊！儿子把它们送进宫时，它们是好好的，是头等的猎鹰！"

玄烨蔑视地说："纯属扯闲篇儿！头等的猎鹰会是这样？"允裸喊起来："儿臣送来时，它们是好好的！"

玄烨冷笑了一声，"说这话是什么意思？是不是要栽赃鹰坊的太监给它们下毒了，要不就是栽赃朕蓄意给鹰残害了，再加罪于你。明着告你，谁你也咬不上，没人会跟着你吃瓜络儿。"

玄烨快步走回御座前，重新坐下，扫视着群臣，迎着冷飕飕的小风，轻咳了两声，"众爱卿，朕得旧话重提了。"

诸皇子与群臣慌忙扫扫袖口，扑扑通通地跪倒在地。

玄烨慢搭拉音儿地说："那年在畅春园，朕让你们推举一人为皇太子，你们推举的就是这个瞒心昧已的小畜生。他有多大脓水儿，朕比你们清楚。不说别的，就凭他是贱妇所生，就不能让他承袭江山大统，就凭他找人相面，就不配承袭江山大统，所以否决了诸位的推举。现在怎么样？他等着当皇上等不急了，送两只半死的猎鹰咒朕。朕该怎么办？只有依旧行使老主意。辛者库贱妇所出的允禩，听着！"

允禩的身子一抖，头重重地伏到地上。

玄烨朝着他喊道："你死了当太子的心吧！"

跪倒在地的允禩悄悄抬起头来，看着皇阿玛气冲冲地起身。玄烨转身进了乾清门。刚才发蒙的允禩，这会儿已经理出点头绪了。

他明白了，有人在进献猎鹰一事上做了手脚，坑了他一把，他当太子是没戏了。做手脚的家伙会是谁呢？只能是打算谋求储位的皇子。是哪个皇子呢？那次在南苑，他打算进献猎鹰一事只对一个人说过，那人是四阿哥胤禛。不会是他呀，四阿哥不能说是老实巴交的人，但在平日里看不出有当太子之心，他不会是没缝儿下蛆乱栽赃吧。

他慢慢回过头，看看胤禛。胤禛不回避允禩投过来的疑惑的目光，反而"斜楞"着眼，迎着他的目光，示威性地点点头，随后嘴角一咧，挑衅地笑了笑。笑得可真够阴的。

允禩明白这眼神儿的意思，更明白凝固着的阴阴的笑纹表达着什么。他差点没背过气去。四阿哥认帐了！刚才皇阿玛说的话提醒了他，"鹰坊的太监下毒了"，皇阿玛是在说气话，可是四阿哥想玩儿猫腻一点也不难，只要买通鹰坊的太监，在给那对猎鹰喂食时，下点药就行了。

敢情！螳螂捕蝉，黄雀在后。允禩直感到脊背发冷发麻。好一个胤禛，不吭不哈的，却也在为谋取皇位使暗劲儿呢，而且一招一式都是后发制人。这家伙才是"金眸玉爪不凡材"。

二十五、咸安宫－养心殿－江宁织造府

入夜。咸安宫静悄悄的，突然从暖阁中传出吱吱嘎嘎的声音。

这是一种古怪的声音，保持着一定节奏，传出去很远，不像是野猫的叫声。如果让少不更事的孩子听到，兴许会害怕。而凡是过来的男女，听到这种熟悉的声音后，都会现出诡秘的笑容。这种有节奏的吱吱嘎嘎，是床板发出来的声音，确切地说，是爷们儿在床板上压着娘们儿抽动时发出的响动。

清冷的月光下，两个看守咸安宫的太监在院子里面巡逻。嘎吱嘎吱的声音清晰可闻，空寂的殿宇也被染上醉人的春意。他们尽管不是过来人，也知道床板为什么会发出这种响声，只不过听着不感兴趣，该么麻木还怎么麻木，但是步子却不由自主地合上了它的节拍。

咸安宫以前是用作缝制龙衣的，暖阁里没有设炕。允礽被监禁在这里，临时放了张床，不是新床，而是张旧床，接口的榫子都松动了。允礽平时睡觉翻个身，它都嘎吱嘎吱地叫唤，更别说在上面干那事了。

允礽在与他的女人交媾。她是嫡福晋石氏，即弘皙的生母。

吱吱嘎嘎的节奏骤然加快了，木床大声叫唤起来，女人也大声叫唤起来，搀杂其间的是沉重的呼吸声。吱吱嘎嘎的响动越来越大，那张木床好像都快折腾散架子了。终于，他全身抖动了几下，接着片刻不动，随即从女人身上滚落下来，歪倒在一边急促地喘息。

多年来，允礽在外面花天酒地，很少着家，回家也是进侧福晋房间，嫡福晋是正妻，皇阿玛指配，不管美丑都得受纳，迎娶侧福晋就随意一些了。他有好几个侧福晋，一个比一个年轻，年轻就嫩，嫩就好玩儿，好玩儿就舒坦，舒坦就过瘾。这次过瘾之后就想着下次过瘾，允礽几乎把发妻石氏给忘了，近十年没碰过她的身子。

允礽被囚禁于咸安宫。奉旨，嫡福晋石氏定期入咸安宫过夜。就允礽而言，没有年轻的了，好好赖赖就是石氏了。久旱逢雨，别看老不茬茬的，也舒坦，也过瘾。石氏也是，也舒坦，也过瘾。

说起来，石氏还不到四十岁，身体健康，有着盛年女人的正常欲望，想与夫君亲近，想让夫君压着她癫狂。说出来怪丢人的，当太子时，她没有跟着沾光，只是名义上的发妻；允礽被废黜太子封号，她跟着倒霉，却成为实打实的床上老婆。有时候想想，也怪心酸的，如果按照她的真实愿望，允礽还是倒霉好，千万别再出头。

允礽大汗淋漓，热得掀开了被子，露出赤裸的身体。

喘气稍微平定，他侧过身子，亲亲身边的女人，拍拍她的脸蛋，"你浪起来够可以的，威风不减当年。废太子谢谢啦。"

允礽满意，石氏也满意。满意归满意，憋了十几年的气还是不顺。

她平躺着说："你还能想起当年，谢谢了。囚在冷宫里，玩儿不成宫女了；关着出不了门，玩儿不成民女了；无权无势，当不成人贩子，也没有江南小妞供你糟蹋了。到末了，供你享乐的，只有糟糠之妻；陪着你受罪的，也只有糟糠之妻。"

话是够刻薄的，但允礽没有发火。

他双手垫在脑后，望着顶棚说："沦落到这步才知道糟糠之妻金贵。"他说的是心里话。

石氏叹了口气。"不说沦落到哪步，你的确是栽到底了。"

他说："我认头，我活该。"

石氏说："但也别那么垂头丧气的，你好像还有点戏。"

他说："打入冷宫之人还能有什么戏。"

这回是石氏拍了拍他的脸，"说你有戏就是有戏。行了，你也享乐过了，给你说点外面的事情吧。"

允礽用胳膊肘支起了身子，催促道："快点说。"

石氏伸出两个指头，"说两件事。头一件事跟你没关联，噶尔丹有个儿子还是侄子来着，叫策旺阿拉布坦，混小子最近发兵进犯青海，听都统普奇说，叛军随时可能入藏，皇阿玛大概要发兵征讨；二件事好像跟你有点关联，八阿哥最近犯糊涂，给皇阿玛送了一对半死不活的猎鹰，昨天早上，皇阿玛在御门听政时给他骂了个臭死。"

允礽听罢，足足想了一阵才说："策旺阿拉布坦那个混球成不了事，王师一到就得玩儿完，不说顷刻烟消云散也差不离儿。允禩这事倒是挺耐人琢磨的。允禩再糊涂，也犯不上给皇阿玛送一对垂死的猎鹰，我敢肯定，是哪个阿哥勾结太监，给猎鹰做了手脚。"

石氏笑了，"阿哥之间谁坑谁，咱就管不着了。反正大势摆在这儿：你被废了，允禩觉得轮到他当太子了。可是，这下他也没指望了。"

允礽浑身顿时燥热起来。他忽地平躺下去，咬着大拇哥思索起来。

想了一阵，他嘀咕出声："我病了，得把御医叫来给我治病。"

石氏迷惑不解，"你怎么病了？你没病。"

允礽蛮横起来，"说病了就是病了，没病也得说有病。明天让太监传话，把御医贺孟辅叫来治病。"

允礽没有想到，暖阁的窗户下，有太监在听房。

太监平时不听，凡石氏来都是废太子与外界沟通的机会，就要听房。

次日下午，一个老御医背着药箱从咸安宫匆匆出来，他就是贺孟辅。

有人从背后叫了一声："贺御医，请慢走。"

贺孟辅刚停住脚步，只见几个太监过来，不由分说，夺过他的药箱，说："贺御医，您是不是给废太子往外捎信了？"

贺孟辅并不着慌，"那你们查查好了。"

药箱被放在地上，太监打开，表面上放着一个信封。太监从信封里抽出一张纸，一看上面没有任何字迹，是一张白纸。

贺孟辅松了一口气，说："我是不是可以走了？"

"贺御医，您还不能走。"那个太监从药箱中搜出一样东西，举到贺孟辅眼皮底下，"您别想糊弄局儿，我们懂，这个叫做明矾，是一味药材。废太子这封信，是用明矾泡出的水写的。"

贺孟辅当时脸就吓白了。

这张白纸随后被送进养心殿，在火盆上一烤，显出了字迹。

火盆在养心殿的炕前，康熙皇帝斜靠着炕桌，在炕的对面，一个敦实的官员跪着，他是镶红旗满洲都统普奇。

太监把这张纸呈递到玄烨手中。他戴上花镜仔细看了一遍，往地上一扔，说："普奇，看看吧。这是在咸安宫用明矾水写的信，是写给你的，但被咸安宫太监截获了。"

普奇拿着信，浑身颤抖起来，"微臣发誓，自从废太子被监禁咸安宫后，微臣从来没有见过他，更没有一字一句来往。"

玄烨好笑地说："废太子在信中说，噶尔丹的后人策旺阿拉布坦进犯青海，随时可能入藏，他自称自幼熟读兵书，请普奇公保举他为大将军，统军出征策旺阿拉布坦。抚远大将军是那么好当的？混帐，会点纸上谈兵，一天兵也没有带过，就敢吆喝这么大的事。朕就不信这小子是真的为大清国运着想的，不过是赶档子，想借这个机会翻身就是了。"

普奇急忙说："是废太子给微臣写这封信的，微臣事前的确不知情。"

玄烨站起来："废太子总是自作聪明。八阿哥允禩送病猎鹰，受到斥责。允礽在咸安宫听说了，认为允禩倒霉了，他东山再起的时机到了，要开了小聪明。普奇，你说你事前不知情，但也要查清再说。传旨，囚禁镶红旗满洲都统普奇，御医贺孟辅处以斩监候。"

康熙五十五年五月。江宁利济巷大街残留着端午节的痕迹，几盏残破的花灯在微风中摇摆，不少人家大门两旁高悬着蒲艾，门楣上方贴着黄纸印就的红色钟馗像，这些都是避邪的。街上的行人还蛮多，有的妇女头上戴着鲜红耀眼的石榴花，增添了街道上的喜庆气氛。

一个军士骑着一匹快马顺着利济巷大街疾驰，卷起阵小旋风，在行人中，军士不但没有勒住缰绳，而且照着马腚抽了一鞭子，马跑得更快了，大街上的行人纷纷避让。

在江宁织造署大门前，军士勒住马，跳下马背，把马拴在拴马桩上，便去擂织造署的大门。这是一匹老马，浑身尽是疤瘢，眼窝很深，门牙又长又黄又大，肋骨一条一条的，跑长途跑累了，停下来就呼哧大喘，汗顺着斑驳的毛流淌。大门打开，军士从背囊中取出一个火漆封着的锦盒递进去，与门房说了几句，而后解开马缰，牵着马向回遛。

织造署议事厅内热闹非凡，仿佛端午节还没有过去。不仅如此，张灯结彩的，大红灯笼加彩绸，装点得比除夕还要华丽。其实，今儿不是大日子，只不过是曹颙的遗腹子周岁生日。江宁织造曹頫为了让嫂子馨玉高兴，诚心大操大办。

江南三织造府都有人来，厅堂里熙熙攘攘的。来宾中有两位特别显眼，一位是陈鹏年，在阿山、噶礼之辈完蛋后，他与新任两江总督张伯行配合默契；另一位是杭州织造孙文成。孙文成胖乎乎的，显得敦厚老成，是曹玺发妻孙氏家里人，他与陈鹏年是来宾中学问最大的，俩人商量妥了，今天要给曹颙的遗腹子定下名字和字号。

馨玉一身素服，抱着儿子走了出来，众人顿时安静下来。她依旧亭亭玉立，但脸上已然失去光彩。一年多了，那场劈天盖地的打击并没有过去，所有的痕迹都刻在眼睛里、额头上和嘴唇边。她强打着笑脸，看到那么多人来给她和她的亡夫的儿子祝贺周岁，直想哭。

男宾和女眷一齐迎上前去，作揖的作揖，道万福的道万福。在一片祝贺声中，馨玉弯下腰，把小宝贝儿放到了地上。莫非这孩子学会走路了？所有人都往后退，闪出了一块空地。

粉溜溜的胖脸蛋，毛茸茸的大眼睛，笑嘻嘻的小嘴巴。在人们惊喜的注视下，这孩子歪歪身子迈出第一步，再歪歪身子迈出第二步，身子打着晃迈出了第三步，一个趔趄站稳后又迈出第四步。第五步、第六步比较稳当，第七步张开双臂，咯咯笑着，扑到一个弯下腰的老人怀中。

老人是特意从苏州赶来的李煦。他抱起孩子，在粉嫩的小脸蛋儿上狠狠地亲了两口，用掌边揩揩眼角，动情地说："好孩子，会走路了。"

众人为之欢呼，馨玉脸上头一次现出真心的笑。

"江米小枣，好大的粽子咧。"议事厅外响起一声喊。喊声还没落地，一溜丫环端着热气腾腾的粽子进来，摆在各张桌子上，并且将一个个杯子中斟满雄黄酒。这些都是端午节的节目。

男宾与女眷纷纷就座，吃喝起来。粽子有南方粽子、北方粽子、广东粽子之别，但都是竹叶裹米，外表上看不出区别，只有打开竹叶吃时才能区分出是哪种粽子。曹家是北方人，久居南方，所以制作了各种粽子供客人品尝。南方粽子咸的居多，有火腿馅的、咸肉馅的，此外还有莲子、枣泥、豆沙等甜馅粽子。北方粽子只有红枣、豆沙和净米三种。广东粽子花样就多了，有莲蓉、椰子、鸡蛋黄、鸭蛋黄诸馅。客人们逮着哪个算哪个，就着雄黄酒，倒也是非常热闹。

馨玉抱着孩子坐在主座上。她给孩子准备了一小碟特殊的粽子，即是将北味的净糯米粽子剥到盘里，放些白糖和玫瑰花汁，蘸上点桂花汁，用小勺一点一点地送入孩子的小口。孩子吧嗒吧嗒嘴，看来是适口，张开嘴又要，馨玉给得慢了，他探过脖子急切切地往勺子那儿凑，还动胳膊动腿地表示抗议。这个动作把周围的大人都逗乐了。

端午节用的雄黄酒，都是家里用药铺里买来的雄黄泡的，据称可以解毒。孩子不能喝酒，李煦按照京师的习俗，蘸上一点雄黄酒，涂在孩子的眉心和脑门上。孩子感到脑门上发凉，一个劲儿地用小手囫撸。

曹頫没有成婚，将这个孩子视为己出。他正津津有味地看着这一幕时，一个笔帖式匆匆进来，递给他一个锦盒，并伏在他的耳边低语了几声。他二话不说，拿着锦盒出了议事厅。

在书房中，曹頫正襟危坐，心里直打鼓，惶惑不安地用小刀刮去锦盒上的火漆，取出黄绢的轴卷，急忙扫了一遍皇上的密信，原来是有关关照熊赐履后人的事情。老夫子熊赐履作了一辈子学问，两袖清风，前几年辞世后，没有留下家产，后人的日子非常清贫。玄烨曾经专门让李煦和曹頫了解熊赐履的家产，他们把情况奏报之后，玄烨却一直没有回音，直到这时才嘱托曹頫给熊赐履的儿子送些钱财。

看到事情不大，曹頫轻松地舒出一口长气，下面的事情是准备二百两银子给熊赐履的后人送去，但这事也并不省心。打曹寅那时候起，织造署就年年亏空，到现在也没有翻过身来，账面上总是紧巴巴的。

曹頫让笔帖式抱来帐簿，翻开看了看，拨拉拨拉算盘，看来还能挤出一点银子。合上帐本，他眯着眼，想开了大事。

驿马快递的只能是要件，一般交代的是急茬儿。可是这回要办的绝非急茬儿，实在用不着驿马快递。熊赐履是允礽的师傅，与允礽有忘年之交，由于老夫子离开京师之后退老于江宁，所以江宁士人暗地里把皇上对熊赐履的态度，作为掂量皇太子命运起伏的一把尺子。头些年，在全盛时期，皇上每次南巡都要见见熊赐履，而在被废除太子封号后，皇上对熊赐履也不冷不热的。而在这时，皇上火急火燎地给熊赐履的后人送钱财意味着什么呢，莫非对允礽又要松动了？

他背着手，低着头，来回踱步，细细地品味个中缘由。门吱呀一响，李煦熟门熟路地进来。他就手把朱谕递过去。李煦看完，也背着手，在书房里踱开来。

皇上日渐衰老，太子即位也就是今后几年的事，而太子究竟是谁？没有最后定夺。许多朝臣这会儿都要政治押宝。如果提前下手，抱住某位阿哥的粗腿，日后这位若当了皇上，那就跟着吃香喝辣的。因为成功者最赏识的是"未知者"，也就是在没有即位时就死心塌地追随的人。

内务府官员的处境比朝臣复杂，因为他们是直接为皇室服务的，既为这位阿哥办事，也为那位阿哥办事，如果对某阿哥照顾不周，而偏巧这位阿哥继位，那就等着报应吧。一般说来，内务府官员的对应策略是对所有阿哥都甘效犬马，一视同仁。即便这样也不行，因为阿哥是分着伙的，甭看他们是骨肉兄弟，这一伙与那一伙也跟对着掐架的小公鸡似的，势不两立。内务府的人如果对某位阿哥过于殷勤，而这位阿哥偏巧是日后即位的那位阿哥的对头，那就只好跟着触霉头。

李煦和曹頫身为内务府官员，不得不费心思，把紫禁城里的政治行情摸透。他们远离京师，要让他摸出什么道道，如同盲人摸象，只能凭借京师传来的消息和老主子给他们的朱谕揣摩一二。

但京师传来的消息总是满拧的。头二年，京师传出消息，八阿哥允禩有望当太子，江宁的官员和士人挺高兴，大伙儿对允禩印象不错。但随后又传来允禩送病猎鹰的事，而且这对猎鹰是李煦从雁荡山搞来的，看样子以前所传的靠不住，储位之争中，允禩没戏了，江南三织造府担心的是李煦会不会受到株连。看来李煦没有跟着吃瓜络，织造府的人又在琢磨，允禩之后会是谁？拨拉来拨拉去，二阿哥仍有复立太子的可能。老主子毕竟复立过。但随后又传来废太子用明矾水向外写信，御医贺孟辅因捎信而斩监候的消息。

老主子让照顾熊赐履后人，也许是人之常情，也许与允礽有关。废太子复立好像还是有点戏，也就是一点点。李煦踱着踱着，突然烦躁地一挥手，"拿废太子怎么办，那是老主子的事，当奴才的只盼着允礽从咸安宫释放回家。他也别做太子梦了，安安心心过日子就行。"

曹頫不解地看了李煦一眼。这种情绪与江宁地面上的情绪不大合拍。允礽在江南没有少干坏事，江宁士人对他都没有好气，对他被关押在咸安宫都有些幸灾乐祸，可是李煦却盼着他有个好报应。

李煦接着说："允礽稳住后，咱家里也能安生些。"

这回曹頫真的听糊涂了，"废太子与咱家有什么关系？"

"一言难尽，一言难尽。"李煦自觉失言，摆着手退出了书房。

午饭之后，给孩子过周岁的人纷纷散去，陈鹏年与孙文成进入曹頫的书房，商量给孩子取名定号之大事。

李煦与曹頫掀开门帘，却没有进屋，而是一人靠在一边门框上，听着两个有学问的人给孩子取名。

陈鹏年早就有腹案，落座不久，就重重地吐出一个字："霑。"

孙文成首肯道："曹霑。沾字作滋润解。《文赋》中有云：配霑润于云雨。这孩子蒙承皇恩滋润而生。"

陈鹏年补充道："霑字作润泽解。《诗经》中有云：既霑既足，生我百谷。这孩子日后当作些润泽江山的事情。"

曹頫插了一句："这孩子是遗腹子，馨玉嫂子怀着他时，他的父亲死于北国的严冬，将来读书，不妨按着情景取字。"

情景？李煦回忆着曹颙去世的情景，被拽回那个痛苦的严冬。他看着窗外，那里仿佛依旧飘洒着京师纷纷扬扬的雪花。

他轻叹一声，揣摩间说："不知是什么兆头，曹颙辞世时，京师下了一场大雪。早不下晚不下，偏偏是灵魂上天之际开始下的。依我看，这孩子将来读书取字，就字'雪芹'吧。"

陈鹏年思索片刻，附和道："曹雪芹。好，不错。"

曹頫不解地问："'雪'字有了出处，这'芹'字是怎么来的？"

李煦指指陈鹏年说："年兄满腹经沦，让他说给你听。"

陈鹏年拈须，"满腹经纶远远谈不上，且算破破谜吧。《诗经》有云：'思乐泮水，薄采其芹'，'思乐泮水，薄采其藻'。从此，后世将'芹藻'比喻有才学之士。李织造取'芹'字，是希望这孩子将来有真才实学。不知我这个解释是否合意？"

孙文成缓缓摇了摇头，"合意，但不完全。容老弟再补充一句。'芹藻'是一种水草的称谓，有时这种水草也用作祭奠，典出于《宋史·乐志大观·释奠》，其中说：'我洁尊罍，陈兹芹藻'。这孩子既然是遗腹子，取字当用'芹'字，作为对亡父每时每刻的祭奠。"

曹頫一拍巴掌，叫道："齐活！孩子一周岁了，咱们是不是把前人传给他的东西交给他。"

这个建议得到一致首肯，他们随即一同离开书房。

在馨玉的房间里，孩子被大人逗了一个上午，这会儿安安稳稳地睡着了。馨玉深情地注视着他。

那个脂砚放到了他的身边。李煦直起身来，说："小曹霑，这是你爷爷曹寅给你留下的。"

接着，那个写着陈鹏年的"反诗"的卷轴放到了他的身边。曹頫直起身来，庄重地说："雪芹，这是你父亲给你留下的。"

孩子甜甜地睡着，襁褓边是脂砚和写有"反诗"的卷轴。

来人出去了，屋子里仅剩下馨玉母子二人。馨玉盯了阵孩子，探起身来，警觉地四下里看了看，听了听，四周确实没有人。她小心地把手伸入枕头下面，掏出一样东西，放在儿子的脸边。

这是一块乳白色的晶莹的佩玉，是当年允礽赠于马姑娘的。

馨玉俯在小曹霑的耳畔柔声说："孩子，这是你外公的护身符，它现在还不是你的，总有一天它是你的。"

小曹霑仍然在酣睡，酣睡中吧嗒了几下小嘴儿。他一点也不知道，他的头边放着一块乳白色的晶莹的佩玉。

几年之后，他的母亲馨玉会告诉他，他是衔着这块玉出生的。

再过几年，他会噙着指头，好奇地看着佩玉正面与反面的曲里拐弯的道道，大人会告诉他，这些道道组成的东西叫做"文字"。

再以后，他会似懂非懂地读出这些字。

然后，他才能弄懂，镌刻在佩玉正面的是草书，反面镌刻的是篆文。而且草书和篆文都是很有讲儿的。

最终，他会明白，新生命从娘肚子里出世时，嘴里不可能衔着一块玉，但同时，他会固执地认为，他的确是衔着这块玉出生的。

二十六、玉熙宫－雍亲王府－圆明园－大觉寺

对女人，玄烨满脑子装的是贵贱观念，即便与出身卑微者交媾，也出于繁衍后代的考虑，只要那位生了他的骨血，他就再不把那位当回事了。对那些家中无权无势的嫔妃，即便她们生下皇子或公主，玄烨也屡屡在公众场合指责她们是"贱妇"。同样是女人，玄烨与玉熙宫戏班子中的女优，关系有些微妙。对于"苏州梨园供奉"，他喜欢听昆腔，与她们常有来往。唱昆腔的女子多数出身穷苦人家，如果不是全部的话。玄烨是不是从骨子里觉得她们个顶个的全是"贱妇"，不好说；是不是把她们中的某位领上了床，也不大好说。玄烨固然不会与她们繁衍后代，但他喜欢她们的行当，喜欢与她们厮守。这么一来，他与她们关系的整个轮廓，就不是那么明朗了，而是有些晦涩。

不管玄烨是否与她们有染，他有一条固守的底线：严禁皇子与"苏州梨园供奉"接近，更不准皇子们与她们闹出风流韵事。

景山西门里住的尽是好看的江南女孩儿，尽管官方称之为"苏州梨园供奉"，而说到底就是女优。玄烨明令：不准皇子们到玉熙宫及景山一带转悠。成年皇子个顶个的全是馋猫，在这件事上却听皇阿玛的招呼，一般不到这一带来。不是他们有多么老实，而是成年皇子们算得过这个帐，犯不上为玩儿个女戏子惹恼皇阿玛。

驻在景山的太监一般不敢惹皇子，但是倘若皇子们表现出对景山苏州巷探头探脑的，他们会立即制止。也有例外的时候，如果皇子是到苏州巷办事，太监则不会干涉。

康熙五十六年二月下旬的一个傍晚，一个皇子进入景山西门，进入苏州巷。他只呆了一个时辰，找玉熙宫戏班子的班主聊了聊，天刚黑透就走了。禁中禁止骑马，非特许不准乘轿。这个皇子步行进入，同样步行离开，一直出了地安门，才上轿奔了北京城东北角的王府。

这是一乘四人抬轿子，里面坐的是皇四子胤禛，时为雍亲王。

当晚月光挺好，他身上搭着毯子，边随着轿子一颠一颠的，边捻着上唇的胡须，想着那个老实疙瘩班主所谈。今晚不虚此行，他从玉熙宫中掏出了东西，这就是马姑娘实有其人。

三年多前，诸皇子在咸安宫给二阿哥祝贺四十岁寿辰，允礽这傻东西在堂会上犯了回傻，公然在玉熙宫戏班子中找马姑娘。胤禛当时就意识到，这件事牵扯到先前的一桩风流勾当。允礽的风流勾当多了去了，数都数不过来，但这桩不一样，马姑娘不是通常的民女或者宫女，而是玉熙宫戏班子的人，这块是皇阿玛的专宠，玩弄这里面的女优，简直是在作死呢！不管什么时候，只要在皇阿玛面前抖搂出来，允礽也得吃不了兜着走。线索摆在这儿，胤禛却不忙着在皇阿玛前面上眼药。原因很简单，他认为允礽没救了，扎针不扎针都关系不大。

前一阵，胤禛不把允礽当回事，而把允禩作为主要对头，一直在打允禩的鹰儿主意。听说允禩要给皇阿玛献猎鹰，便暗地托人给宫里的太监张疙瘩、张六和送去二百两银子，二张都是河间县人，叔伯兄弟。张六和拿到银子后，在喂鹰的生肉里掺了药，一夜下来，那对"红黑"和"黑红"猎鹰被折腾了个半死不活，就这样送到了老主子跟前。

为这事，皇阿玛在御门听政时把允禩骂了个臭死，话都挑明了，让允禩彻底死了当太子的心。听了这话，胤禛着实高兴。但没多久风头变了。

胤禛万万想不到，允禩被整趴下后，朝野又在议论允礽有可能复立。事情转了一个圈，居然又转回来了。

胤禛在轿子里狠狠捶了捶自己的头。他实在为事情的反反复复着急。

储位悬虚总不是个事，皇阿玛曾复立过允礽，谁知道这次会不会复立允礽。到这根节儿上，必须把马姑娘抛出来了。

月光下，轿子到了雍亲王府前，向东拐，入大门，进仪门，在正殿永佑殿前停下。

胤禛匆匆下轿子，边走向正殿边喊：“看看戴铎那老小子睡下没有，睡下了就揪起来，马上来见我。”

“奴才在这儿候着呢。”

一个瘦小的汉子边应着声，边从犄角的黑影里像个幽灵般闪出来。

胤禛斜了他一眼，喝道：“随我进来，其他人回避。”

永佑殿内只点着一支蜡烛，胤禛盘腿坐在炕上，戴铎按照惯例跪在炕前。胤禛招呼他：“起来起来，今儿晚是策划于密室，共商大事，恩准你坐到本王爷身边。”

戴铎不客气，呲出板牙笑了，一耸身子站起来，像只猴子般灵巧地蹿上来，鬼头鬼脑地坐下。

戴铎是福建人，长得尖头猴脑的，那张脸上简直找不到腮帮子在哪儿，堪称丑八怪。烛光在这张脸上一跳一跳的，眼窝的阴影显得深深的，像是俩窟窿，更是三分像人七分像鬼。胤禛时不时地扫过去两眼，心里直犯膈应。他厌恶此人，却又离不开此人。

说起来，戴铎是正途进士出身，并以这个出身在内务府混事。他在正经学问上出息不大，只是极嗜道家，成天修道家功，幻想着羽化登仙。

他与胤禛是在白云观结识的，胤禛也迷恋道家，但戴铎掂量出他的功夫远不到家，与他没有多少可谈的。康熙四十七年允礽被废除皇太子封号，诸皇子卷入储位之争，内务府不少官员寻找靠山，各抱各的粗腿，有跟三阿哥的，有跟八阿哥的，有跟十四阿哥的，还有死心塌地跟定二阿哥的，戴铎却一眼盯上并不被人看好的四阿哥，认定日后天下非此人莫属，因此给胤禛写了封折子。

戴铎这份折子于史有征，其中说胤禛的主要长处即是在“皇上前毫无所疵”，在“诸王阿哥之中，俱当以大度包容，使有才者不为忌，无才者以为靠”。同时要耐住性子，“一言之誉，未必得福之速，一言之赞即可伏祸之根。主子敬老尊贤，声名实所久著，更求刻刻留心，逢人加意”，“贤声日久日盛，日盛日彰，臣民之公论，谁得而逾之？”当然，图谋大事就得在生活上约束自己，信中说：“古人云，不贪子女玉帛，天下可反掌而定。况主子以四海为家，岂在些许之利乎。”

自古当幕僚的都有臭毛病，凡是自己难以做到的事，要求主子去做。戴铎是贪财好色之徒，倒恳请胤禛“不贪子女玉帛”。胤禛对他的折子很重视，认为所说系"金石之言"，关乎生死荣辱。胤禛清楚，他没有哪条拿得住其他阿哥，唯一说的出口的仅是在"皇上前毫无所疵"。这条的重要性在于，皇阿玛对允礽的品行伤透了脑筋，有可能立一个在品行方面没有大毛病的皇子为太子。

不久前，胤禛把戴铎打发回老家福建，到武夷山求道占卜问卦。老道为胤禛占得一个字，他将写有该字的纸放在青田石匣子夹层中，送到雍亲王府，胤禛打开匣子一看，是个"万"字，正中他想当"万岁爷"的心思，不由大喜，愈发将戴铎视为心腹之人。

对心腹就得说对外人不能说的话。在这个夜晚，胤禛将玉熙宫中打听出来的事情向戴铎合盘托出。"本王爷刚才去了趟玉熙宫，据玉熙宫戏班子班主说，说的那个马姑娘确有其人。苏州人氏，三十四年秋或三十五年春到京，是戏班子中的头号旦角，后与教习叶国桢结为夫妻，头些年唱不动了，两口子经皇上恩准，入了正白旗。至于在谁的佐领下，搞不清楚，只记得佐领大约姓曹，住址大致在西北郊一带。"

戴铎讨好地说："王爷真有本事，打听得够仔细的。"

"你去，给我查一查，摸清叶马氏现在住在哪儿。"

戴铎反问："到哪儿查？户部？那儿的户籍最全乎。"

胤禛的眉毛挑了起来，"不行，不能经过衙门。不能让衙门知道四阿哥在找一个从前玉熙宫戏班子里的人。"

戴铎笑嘻嘻地说："明白了。主子是让奴才明查暗访。"

"你打算怎么查访？"

戴铎掰着指头数叨："却也不难。苏州人氏、入的正白旗、在西北郊、佐领姓曹，头些年老主子恩准随旗的，早先是玉熙宫戏班子里的名角，男人叫叶国桢。有这几条就够全乎了。您在家等着消息就是了。"

胤禛知道，戴铎不是在吹牛。京城西北郊固然很大，但根据玉熙宫班主提供的线索，找到马叶氏并不难。之所以这么说，就在于满洲八旗有严密的组织，连居住也是按照旗分划片的。

满洲八旗进入北京后，初时是汉满杂居，顺治五年诏令内城居住的汉人迁出，内城由满洲八旗分片居住：镶黄旗居住在安定门，正黄旗居住在德胜门，正白旗居住在东直门，镶白旗居住在朝阳门，正红旗居住在西直门，镶红旗居住在阜成门，正蓝旗居住在崇文门，镶蓝旗居住在宣武门。除了内外城区，满洲旗人在郊区也以旗划分居住。

明朝对西北方的瓦剌有天然的戒惧，注重西山几条通道的防御，满洲入关后承袭了这一传统，在西山驻扎护军营。另外，西山一带明山秀水，皇帝常到西山游玩，八旗护军营兼有保护皇帝出行西山的警戒任务。根据这些需要，兵部下令部分佐领将本佐领下的军民一体迁居西北郊。从这个沿革来看，只要在西北郊的八旗护军营找一找，就可以找到叶马氏。这就是戴铎声称有把握找到马叶氏的依据。

胤禛身子动了动，用指头点点戴铎的鼻子，"其实，寻找马姑娘的圈子还可以进一步缩小。不用满世界找正白旗护军。马氏与叶国桢夫妇是皇阿玛恩准随旗的，那就只能入内务府包衣籍。找到西北郊的正白旗包衣护军，在这个圈儿里找到姓曹的佐领，一问就出来了。"

满洲在入关前俘获了大批俘虏，充为奴仆，满语称包衣。包衣中有一部分被编入上三旗，直接为最高统治者服务。所谓"上三旗"指正黄旗、镶黄旗和正白旗，两黄旗的旗主最早是努尔哈赤，后来传给皇太极、顺治皇帝福临，而正白旗的旗主是清初的摄政王多尔衮，多尔衮死后归顺治太后。由于这三个旗直属皇室，所以旗内的包衣直接归内务府管辖。简单地说，内务府上三旗包衣即是皇帝家奴，皇帝家奴组成的护军营即是内务府上三旗包衣护军营。这种护军营既警戒紫禁城，也担任畅春园等皇家苑囿的警戒任务。

戴铎偏头想了想，一拍大腿，"包衣？王爷的判断实在是高明。玉熙宫戏班子的人得到老主子特殊垂顾。他们唱不动了，一般回南方另谋生计，但有的人除了唱戏身无长项，不愿意回江南，要求随旗。碰到这样的，内务府掌仪司奏请皇上，如蒙皇上恩准，他们就算随旗了。既然是皇上批的，当然是被编入内务府上三旗，充为包衣。"

胤禛耸了耸肩膀，甩掉大氅。到下炕时，他的身子一趔趄，才发现半边腿已经压麻了。他边搓揉着腿，边说："有的事你必须知道，据玉熙宫班主说，此前不久有人来过玉熙宫打听叶马氏的下落。"

戴铎嬉皮笑脸地说："那多半是二阿哥派来的人。二阿哥在咸安宫里憋囚得慌，想找老相好叙叙旧情。"

胤禛搓揉着腿,"没这么简单。允礽早就不是太子了,对当年与马姑娘那一腿躲之犹恐不及,哪有胆量找她。况且叶马氏这把岁数了,允礽那个老花棍不会惦念她。那个班主说了,来打听叶马氏的是个年轻后生,看穿戴谈吐是出自大户的。你捎带摸摸这个人。"

这天夜里,戴铎走后,胤禛并没有离开永佑殿。蜡烛熄灭了,他兀自坐在炕上。殿里半明半暗的,月亮披着一袭烟雾似的长袍,像一个缟素的女人,透过窗户,窥视着沉思中的四阿哥。

窗户纸糊的不太严实,贼风不知通过哪个缝隙直往里钻,大殿里有点飕飕的风声,他却浑然不觉,披着一件大氅,盘腿坐着,身体前倾,右胳膊肘架在膝盖上,右掌托腮,一动不动,像一尊黑糊糊的雕像。

头几年,康熙皇帝赐给胤禛一处明朝故园,位于畅春园附近的华家屯。胤禛接手这处园子时,只有两亩地大小,里面有半亩方塘。由于长期没人管理,池塘里芦苇丛生,两幢临水的敞轩衰微破败,轩里轩外到处是杂草,周围的百姓不多。胤禛让人简单地收拾出个模样。

胤禛是挺能折腾的,这二年将园子向北扩建,起了座两层的殿宇,并在北端移栽了片竹林。一次他登楼远眺,见到附近的村野景象与自家的园子融为一体,相得益彰,仿佛那片竹林,那片池塘,以及那座小丘都是自然天成,宛若画意,遂将这里命名为"天然图画"。又觉得池塘那里临水赏月不错,便定名为"镂月开云"。

三月初,胤禛带侧福晋钮古禄氏到赐园居住。一同去的还有钮古禄氏所出的儿子弘历。这日,两口子一人拉着弘历一只手,在赐园里转悠着。他们从一丛竹林中钻出来,四下看着,一切都像刚睡醒的样子,欣欣然张开了眼,远山朗润起来,近水流淌起来。

钮祜禄氏是四品典仪官凌柱的女儿,生于康熙三十一年,十三岁入胤禛贝勒府,号格格。康熙五十年八月生弘历,是为胤禛的第五个儿子。但因齐妃李氏所生第二子弘盼早殇,未列叙齿,弘历得以排行第四。这时还不满六岁,胤禛走到那儿都愿意带着。

这孩子长得眉清目秀,鼻梁笔直,三岁开始背诗,五岁开始学字,仗着天生聪慧及极好的记性，这时已经能够背诵上百首古诗，认识上百个字。背诗词是他的拿手好戏。不管有没有人撺掇，他也有极强的表现欲，愿意在大人面前露一小手。

阿玛与额娘都没有发话，他就歪头看看娘，挺起小胸脯，亮开小嗓门："春已归来，看美人头上，袅袅春幡。无端风雨，未肯收尽余寒。年时燕子，料今宵梦到西园。浑未办黄柑荐酒，更传青韭堆盘。"他仰着红扑扑的小脸，等着大人夸他。

胤禛大声赞许："读得好。"

弘历问阿玛："你知道这是谁写的吗？"

胤禛说："是辛弃疾的《汉宫春》。"

钮古禄氏笑着接下去："却笑春风从此，便熏梅染柳，更没些闲。闲时又来镜里，转变朱颜。清愁不断，问何人会解连环。生怕见花开花落，朝来塞燕先还。"

看着这母子俩，浏览这片赐园，胤禛没有理由不满足。

次天清晨，胤禛带着这母子俩和家人从赐园出发，到大觉寺去看杏花。

这个季节，正是观赏杏花的季节。京师的杏花以西北郊最盛。他骑着马，家人乘着小轿，先向西到青龙桥，而后向北到红山口、黑龙潭、白家疃、温泉、周家巷、北安河村，一路均属于西北郊，而且是有旗兵驻扎的地方。胤禛一路上有一搭没一搭地向沿途迎候的官员打听正白旗营地。白家疃那儿倒是有正白旗营地，但不是内务府上三旗中的包衣正白旗，他也就再不打听了。

说话间接近大觉寺，寺在山凹中，本为金章宗之清水院。寺的周围山峦起伏，远近四方山村，漫山遍野种的全是杏树，方圆数里是花光一片，绚染燕山。沿途花树连绵，老杏树高大花繁，有的杏树长在悬崖上，需仰头观看。胤禛下得轿子，右手牵着爱妻钮古禄氏，左手拉着小弘历的手，边走边看，不由想起前人咏大觉寺看杏花诗云："青山似识看花人，为障风沙勒好春，一色锦屏三十里，先生未信是长贫。"

想到这儿，他不由吟诵出声："好一个'为障风沙勒好春'！"由于西北高山屏障，来自蒙古大草原来的大黄风被挡住了，所以在背风的大觉寺左近，花事才能如此之繁。

胤禛身旁传来小孩子稚嫩的吟诵："沾衣欲湿杏花雨，吹面不寒杨柳风。"

原来是小弘历听见父亲吟诵诗句，不由也顺嘴带出几天前师傅教的一句古诗。他当然不懂是什么意思，只是鹦鹉学舌照着来。

"好，好，好！"钮古禄氏连声称赞宝贝儿子。

胤禛心里高兴，却弯下腰叮嘱说："会背几句古诗，自己知道就行了，以后千万不要在人面前显摆。"他那口气就像与成人交代事情一样。

他猛地直起腰，放眼看满山杏花。古人赞杏花为"红衣尚书"，实际上在花朵含蕾时是粉红色，盛开时是极淡极淡的颜色，近乎白色，更无"红衣"可言。他欣赏着杏花，想着古往今来的花事，心绪平静了许多，在花光中几乎将纷纷扰扰的争储位事抛诸脑后。

"亲王大人！"一声叫喊把他惊醒。他抬头一看，一个人正挥动马鞭，飞马赶来，在花阵中卷起一股黄烟。

戴铎从马上跳下来，气喘吁吁间还不忘露出献媚的笑，凑近胤禛耳畔轻声说："打听到了。那个佐领姓曹名宜，是正白旗包衣护军参领兼第二旗鼓佐领。他所辖人丁都是亲王您的邻居，在'天然图画'西北的正白旗包衣护军营。叶马氏十有八九也在那儿居住。"

二十七、西山正白旗护军营－正白旗义地

卧佛寺在香炉峰东边寿安山南麓，始建于唐朝贞观年间，初名兜率寺，元朝扩建称昭孝寺、洪庆寺，明朝宣德至正统年间重休，改称寿安禅林，并颁大藏经置诸佛殿，崇祯年间改名为永安寺。卧佛寺之所以出名，是由于正殿中有一尊元朝至正年间铸造的卧佛，它的长度将近两丈，右手支颐，左臂直伸，后面环立十二尊泥塑佛像，表现释迦牟尼于婆罗树下向弟子交代后事的情景。一般香客俗称卧佛寺。

这一带本来没有八旗驻军。康熙四十年，康熙皇帝游西山时数次在卧佛寺留宿，内务府为此在卧佛寺右路修建行宫。同时，为了保证皇上驻跸安全，在寿安山山脚下设立上三旗包衣护军营。

按照清制，京郊行宫由内务府上三旗包衣护军营护卫。曹寅及其兄弟均隶内务府正白旗包衣籍，据《楝亭诗钞》，曹寅家在西苑，同时还有一处在畅春园附近的村野。由于康熙时西北郊只有保卫卧佛寺行宫的包衣护军营，曹家户籍很可能落在这里。

李煦与曹家的关系之深，怎么估计也不过分。他将曹寅视为亲兄弟，也以同样的感情对待曹寅的老弟弟。他回京师的机会很多，或是回京述职，或者押运龙袍到京。在曹寅故去后，他每次回到京师，总是先到宫里坐坐，晋谒老主子，而后抽个空看望曹宜。

康熙五十六年春，李煦来到卧佛寺脚下的曹宜家中。曹宜驻扎在风景如画的寿安山脚下，属拱卫西山离宫的内务府上三旗护军营营房。李煦陪老主子数

次到卧佛寺朝香，挺喜欢这地儿，这次来，他是从苏州回京师述职的，办完事情就摸来了。

小炕桌上支着一盏昏暗的油灯。曹宜和李煦盘腿坐在炕上，在小炕桌两侧脸对脸。小炕桌上摆着些酒菜，他们慢悠悠地对酌。

曹宜夹了一筷子菜扔进嘴里，"叶马氏随旗这么多年了，一直在我这儿猫着，没人问过她。嘿，最近，一前一后有俩人来找我，日子也就差着几天，都是来打听叶马氏的。"

李煦的手剧烈地一抖，酒从杯子里洒出来。

曹宜大口咀嚼着，"四五天之前来的是个年轻相公，也就是二十啷当岁。前两天来的那个是个瘦猴，丑陋不堪，到底多大岁数不好说。人要是长得丑哇，连岁数都不容易看出来。"

"你对他们说什么了？"

曹宜笑了，"你曾经对我关照，对外不得谈叶马氏的事情。所以我对他俩说的是同一个字：滚！"

"除了'滚'就没说别的了？"

曹宜猛灌一杯酒，揩着嘴角说："还说：要是再不滚，老子就动拳头了！对这俩都是这么说的。"

"他们走了吗？"

"俩家伙一样，都他娘的抱头鼠窜。"

李煦一杯酒下肚，狠狠地一揩嘴唇："老哥这就放心啦"。

曹宜又仰脖灌下去一杯酒，而后问："李织造，我就纳了闷儿了，这叶马氏是何许人？你让我把她捂得这么严。"

李煦警觉起来。"你问这个干什么？"

曹宜说："李织造要是不想说就算了。只是这个事儿我都憋几年了，一直不敢问，今天是趁着酒兴问一问。你要是不说，我这酒劲儿一下去，又不敢张嘴了。"

李煦叹了口气，"你过去要是问我，我是不会说的。现在既然有人在打听她，得，捂了二十几年的包袱说话就要被抖搂开了，你不问我都得告诉你，今后真要出事了，咱好事先有个准备。"

按李煦原先的打算，本来是到曹宜这儿小住一番。没想到，曹宜在唠闲嗑时顺嘴带出一件事：头些日子有个年轻相公打听马叶氏，头两天又有个瘦猴子来打听马叶氏。李煦一听，脑袋就大了，无奈之下，将叶马氏的事情对曹宜全盘托出。事情说完，他已是八分醉意。与过去一样，每当他反省此事时，总是后怕，总是抱怨自己没出息。他晕晕乎乎地歪倒在炕桌边上说："老夫平生最后悔的事情，是那个夜晚没有劝阻，让他轻易得到了马姑娘，而马姑娘是要送到宫里演戏的，在皇上不知情时先让太子玩儿了一把，说起来也算得上是欺君之罪啦。"

曹宜安慰着他："允礽当时是太子，你也是迫不得已"。

李煦沮丧地说："说到底，我干的是那个拉皮条的角儿。李家的老脸面都让我丢完了。"

曹宜紧着说："别想那段了，睡觉睡觉。"

西山泉水汇成一条丈把宽的小河，弯弯曲曲流经寿安山脚下，向东注入瓮山西湖。上三旗白旗包衣护军营分成三个营区，布防在河边，以卧佛寺下的大道为中轴线，正黄旗、镶黄旗在西，正白旗在东。这条小河成为上三旗包衣护军营营区与外界的界河。按照内务府的规定，外人未经允许过河进入营区，营区内的大人与孩子，均可不问缘由，用弓弩将擅自闯入者射杀。

春季，干涸了一个冬天的小河重新注满了水，河边柳树泛上一层嫩嫩的绿色。清人认为柳絮会传染天花，禁止在皇室成员出入之地种植柳树。但在护军营驻地，出于点景的需要，种植了一排柳树，为的是皇上从卧佛寺远眺时，不致灰秃秃的。

河南岸悄无一人，河北岸的营区内则一片欢势，常山架子鼓震耳欲聋。

常山架子鼓出自河北正定，其地自古属常山郡，是三国名将赵云的老家，传说汉献帝六年，赵子龙以数百名军士破司马懿十万大军，即是以常山架子鼓助阵，其鼓声激昂铿锵，很有破阵的气势。

旗兵喜好三国故事，常将三国传说中的战鼓用之于练兵。在常山架子鼓的隆隆鼓声中，旗兵在练习掼跤。古代称掼跤为"角牴"，是在对抗的两人中间放一根木棍，两人席地而坐，双手握棍，两腿蹬直，各用力向后拉，谁的屁股先离开地面谁就算输。宋代以后为"跤争"，抱着摔，元明一路沿袭下来，入清按照满语称"布库"，汉人叫白了为"扑虎"。扑虎是旗兵必修课，但见一对对掼跤者你来我往，斗成一气，直闹得场子里一团团暴土狼烟。

场边上，曹宜叉着腰，虎视眈眈地注视着掼跤，不时喊几声，为对练的人助威。李煦在曹宜身边，素来和善的老头儿这会儿心事重重，场子里摔得劈里啪啦，煞是好看。他却全然看不下去，熟视无睹。

找马姑娘寻欢作乐那一夜，李煦心存侥幸，允礽是太子，这事就是泄露出去，也没人敢追究太子的一夜风流。没想到，马姑娘在那夜怀上了允礽的孩子。李煦知道时，她的肚子已显形，他只好跟画师马孝天交底了。马家在江宁方山脚下，李煦与马孝天一道把她送到那儿生孩子，孩子生下后，戏班子准备启程，马姑娘随着进京，临行前将孩子起名为馨玉。李煦不知道这孩子为什么名字带个"玉"字，不便多问。马孝天想女儿想疯了，借送鲜跑了趟京城，没能见到女儿，回来就病倒了，临终前托李煦将馨玉接到苏州织造府抚养，对外说是从养生堂抱的。不管怎么说，她也是龙种，正经八本是老主子的亲孙女。

关于馨玉的来路，李煦难以对人启齿。他的安排是，赶明儿允礽当了皇上再相机行事，告诉也好，不告诉也好，都不会出大纰漏。但是，万万没想到允礽被废除太子封号，囚禁于咸安宫。皇室险恶，在储位争夺日趋剧烈时，谁知道私藏废太子的野种会惹出什么乱子。如果真有麻烦，当初拉皮条的人和"皮条"都没有好果子吃。马叶氏在京师完婚后，他不敢让她回苏州与馨玉团聚，而是晓以利害，留她在京师随旗，以期暂时避开废太子女儿一事。

得知李煦的苦衷，曹宜却像没事一样，把他拉到场子边看操练。场子里摔得暴起尘土，曹宜看到兴头上，大喊了几嗓子助威，全部身心都在场子里，一点也没有把李煦的焦虑放在心上。不仅如此，他还搡了李煦一把，叫道："您瞅，这个德和乐玩儿得多棒。"

"德和乐"是掼跤中"别子"的一种套路，而忧心忡忡的李煦哪有心思看什么"别子"。他的左拳无奈地捶了捶右掌，叹道："我的小祖宗哎，老哥到了这份儿上，哪有看掼跤的瘾头。"

曹宜看了看他，乐了。"到什么份儿上了？不就是有两个鸟人来打听叶马氏嘛，有啥大不了的，有啥可急的。"

李煦白过去一眼，"说得轻巧，吃根灯草。这事怎么能不着急。皇上对二阿哥一肚子气，城门失火，殃及池鱼，凡是曾经给二阿哥鞍前马后效劳的，哪个有好果子吃？灵普、普齐等等一大串人不都倒血霉了吗。他们还不曾有大举动，而我这里倒好，把玉熙宫昆腔戏班子的名角给允礽当了见面礼，让她生了个孩儿，这事一旦抖搂出来，本织造纵然长着仨脑袋也扛不到肩膀上。"

曹宜双臂抱在胸前，边看着场子边慢悠悠地说："远虑啦，远虑啦。本参领保你没事。"

"身家性命，身家性命。你不是当事人，不知个中厉害。"李煦的左拳一下接一下地狠狠地砸着右掌。

曹宜沉下脸来，"事情过了这么些年，你的那点事早就是栝水窦章，淡得品不出味了。本佐领说你没事就是没事。我能说出这话，就有说这话的谱。"说完转过身子，又看上了摔跤。

春风徐来，李煦的一绺华发在风中抖动着。他看了一眼曹宜，曹宜没事一般，依旧叉着腰，向着场子里吆三喝四。他拽了拽曹宜的后衣襟，轻声问："曹老弟怎么有这么大的把握？"

曹宜转过身来，淡然一笑，凑近他的耳畔轻声说："既然你一定要问，那我就告诉你：叶马氏头些日子死了。"

李煦一惊，"当真？"

"错不了，上个月的事情。"

"别是为了稳住老哥而编的瞎话吧？"

"老叶从我这支的丧葬费，那还假得了。连埋在哪儿我都知道。"

李煦松心地用袖口擦了擦脑门上的汗，嘀咕："这么说，想要查访马叶氏的人已不可能找到活口了。"

曹宜露出一口白牙笑了，"死无对证，放心了吧。要不我怎么敢说没事呢。二阿哥的一段风流勾当，加上你老哥攀附皇太子的一段皮条勾当，都他娘埋在叶马氏的棺材里了。"

李煦低头想了想，掰着指头算了算，抬头问："叶马氏也就是四十来岁，怎么会这么早就死了呢？"

曹宜说："忧伤呗。在本佐领下的人丁中，叶马氏打归旗就没一天不泡在眼泪缸里，成天就知道哭，哭得整个旗营都出名了。我过去不知道她为什么总是哭，以为她是南人过不惯北人的生活，思乡所至。昨晚听你一说我才明白，敢情她在苏州生下一个女儿，为避废太子嫌，有家不能回，愣是在京师随旗。你想想，一个飘泊在外的女人，一个当娘的长期见不着亲生骨肉，忧虑过度，她不早卒谁早卒。"

李煦摇头太息，"说得也是。"

曹宜提醒道："说起来，她和你走得很近。她是从你那个苏州织造府戏班子出来的，而她的女儿又是你的养女……"

"是啊是啊，我是要到她的坟上看看去。"

当天下午，曹宜带着李煦去给叶马氏上坟。

从正白旗旗营向北有条山沟，当地称为"地藏沟"。顺地藏沟进去，走不了多远就是内务府上三旗包衣义地，其中正黄旗、镶黄旗、正白旗各占一小块地。义地是划出来了，由于包衣护军营迁到西山不久，里面没有几个坟头。

山坡上有几株老树，散布在一个个坟包间，扭扭曲曲地伸展着七丫八杈，像是一个个老巫。快到清明了，已经有人前来扫墓，纸钱烧成的灰，像是精灵一样在风中一扭一荡地飞舞。野鸡在荒草间时不时地鸣叫两声，荒野更添几分荒寂。

曹宜指点着不远处，"那个就是叶马氏的坟头。"

李煦随着曹宜的指点看去，叶马氏的坟包处在正白旗义地的一个旮旯里，很小，很不惹人注意，就像她生前那么清寂。一面竖起的招魂幡在风中索索地响，一个人贴着墓碑歪歪斜斜地坐着。

曹宜再次指点说："那人就是叶国桢。"

李煦趋步上前。叶国桢曾经在苏州织造府呆了一年多，训练戏班子，那段时间与李煦处得很熟。而李煦走到跟前一看，大吃一惊。当年那个风流倜傥的昆腔俊杰，那个让多少苏州小女子暗暗称羡的昆腔小生，已然踪迹全无，只见一个脏兮兮的大胖子四仰八叉地歪在墓碑上。

叶国桢全变了，只有眉眼透露出些许当年的痕迹。一条花白辫子乱糟糟地盘在头上，胡碴子七短八长，裹着一身破棉袄，左手端着把酒壶，右手在棉袄里抓挠着虱子。见有人来了，眼皮懒洋洋地抬了一下，算是打招呼，接着端起酒壶，仰起脖子，张开嘴，困难地找了找壶嘴，又嘬了一口酒。

李煦弯下腰，随和地说："叶教习，还认识老夫吗？"

下午的阳光照在叶国桢的脸上，他眯着眼享受了片刻阳光，吧嗒吧嗒嘴，才倦怠地说："怎么能不认识，你离这儿八丈远，阴风就把你的臭味吹过来了。你是内务府三品郎中、苏州织造李煦。"

李煦由衷赞叹："好记性，好记性。二十多年了，要不是曹佐领指认，我几乎认不出你了，而你居然还记得我。"

叶国桢不耐烦地挥了下手，像在赶苍蝇，然后指着自己脑门说："这跟记性挨不上。正白旗旗营就一疙瘩地方，有点响动立马传遍全营。听说你是昨天来正白旗旗营的，我就料定你要来内人坟上看看，老叶在这儿候着您呐。"

李煦真的惊异了，指着曹宜说："不是曹佐领告之，老夫还未曾听说叶马氏身亡之事，叶教习怎么能料定我要到她的坟上呢？"

叶国桢的嘴角讥讽地咧了咧。"心里要寻个踏实呗。"

李煦的额头又开始发虚汗了。"这话怎么讲？"

叶国桢猛仰脖，灌了一大口酒，而后把酒壶往地上重重一顿，擦着嘴角说："我与坟里的这位是结发夫妻，她生前把所有的事都告诉我了。"他顿了一下，斜过去一眼，接着说："当然，也包括李织造您搭桥，那时的太子允礽糟蹋她那事。"

李煦心里猛地一沉，曹宜从后头拽拽他的衣襟。他回头一看，从曹宜的眼睛里看到一个信号：那件事并没有完，更没有跟着叶马氏烂到棺材里，只要叶国桢还挺着，事情随时可能抖搂出来。

咚、咚、咚，叶国桢的头一下接一下地撞着墓碑，口水顺着口角流出来，叶国桢也顾不上擦，只是对着墓中人哭哭咧咧地说："那一夜，你怀上了允礽的孩子，怎么打胎也打不掉，只好生了下来。从此就像当了贼一样，不敢对孩子的事露出半个字，允礽被废，你更是终日担惊受怕。你要保护的人太多，保这孩子，保这孩子的亲爹允礽，保李织造，保自己，还要保我，怕我跟着你吃瓜络。所有的人你都圈了下来，而你却承受不起，被压垮了，早早地就奔了西天正路。"

李煦心中黯然，一滴老泪顺着眼角流淌下来。

叶国桢从墓碑上猛然抬起头来，迷迷瞪瞪地看了阵李煦，一发力，忽地站起来，叉着腰对他喊道："哎哟嗬，你个老小子还掉泪了。"

李煦颤巍巍地说："叶马氏可怜呐"。

叶国桢吼了起来："别他妈黄鼠狼哭鸡了！"

李煦吓了一跳。

叶国桢指着坟头叫道："当我不知道你是什么玩艺儿，腌拉巴臜，你脏到家了！当年你为了溜太子屁眼沟子，把她拽到被窝里，供糟蹋；她生下孩子后，你不让她把孩子带到京师，由你养着，准备在登极后作见面礼；允礽被废除太子封号，你怕沾惹上是非，愣是不让我们两口子回苏州，在京师随了旗。里外里都是你合适，你还有脸到这儿哭！"

李煦痛苦地一下接一下地捶着头，说不出话来。

曹宜看不过去了，紧着劝解道："叶教习，叶教习，不是这么回事，李织造有他的难处，不像你说的那么损。"

叶国桢并起剑指点着李煦的鼻子，"损不损你自己心里清楚。我媳妇儿生下馨玉过完月子就来到京师，打那之后再没见过馨玉。当娘的想亲骨肉，可是连打听的份儿都没有，知道不知道，她的眼泪一缸一缸地流。姓李的，我问你，这些年来，馨玉怎么样了，你往这边递过一个字吗？她的处境你过过脑子吗？她是怎么死的？想女儿想死的！"

曹宜插进来，"容本佐领说一句，就一句。叶教习，李织造是在内廷行走的人，大内险恶，个中缘由不是你我之辈所能体察的。您先消消气儿，就担待一下李织造。行不？"

叶国桢扬臂喊起来："大内怎么险恶，也不能不让亲娘会会亲闺女。担待一下李织造，这是你曹佐领发的话，这么些年来，有谁担待过我们？现在人都死了，我叶某人谁都不担待，全他妈抖搂出来！"

李煦心里猛地一紧，浑身哆嗦。这时，他的身后响起一个声音："叶教习，那就抖搂出来给我们听听吧。"

李煦吓了一跳，急转身，看到一个瘦棱棱的人带着几个旗兵站在他的身后。看他们的装束是步军兵丁，而不是包衣旗兵。

那瘦子长得三分像人七分像鬼，他向叶国桢走去，阴阴地一笑说："想必你是叶马氏的男人叶国桢教习了，跟我们走一趟。"

叶国桢吓得酒醒了一半，慌慌张张地往曹宜身后躲。

曹宜一挺胸脯，出来拦住，"慢着，看明白了，我曹宜是这儿的佐领，叶国桢是本佐领下人。你们要带走他，得先经过我，看我容许不容许你们带走。你是谁？是干什么的？"

那个瘦子从容应对道："我姓戴名铎，曾经在内务府行走，目下无官无职，不过是四阿哥手底下的一个幕僚。"

听到"四阿哥"这个字眼儿，曹宜肝儿颤了，嘟囔了一句："原来是雍亲王府的人，你倒是早点儿说呀。"

戴铎歪着脖子看着曹宜说："现在再说也不迟。本人带走叶国桢教习，恐怕不用经过您曹佐领的'恩准'。我们不是来抓他的，不过是雍亲王想请他到府上聊聊。试想，一位亲王大人想请一位昆腔教习到府上聊聊，还得问一个佐领容许不容许吗？"

看到曹宜无所适从的样子，戴铎一梗脖子，喝了一声："走！"

晚霞烧红了西山，薄暮中，叶国桢跟跟跄跄地跟着戴铎走了。

看着他远去的背影，无可奈何的曹宜反过来安慰李煦："唱戏的本来就没有什么正形，从来不知轻重好歹，由着性子办事，落魄后更是歪七扭八，斜歪掉胯，满嘴冒泡的。他吼你两嗓子，你别往心里去。"

李煦向后摆了摆手，只是朝着叶国桢离去的方向呆呆地出神，脑子乱哄哄的。曹宜在安慰他，他心里想的并不是叶国桢吼的两嗓子。有个事情他闹不明白：雍亲王找叶国桢干什么？如果是为了打听当年叶马氏和允礽那一腿儿，对雍亲王又有什么好处？

二十八、江宁织造府西园－江宁织造府

康熙五十七年初秋的一日，一个年轻相公兀自来到江宁织造府西园。

他穿着件京师男子喜穿的囤子，无领无袖，整大襟、一侧系带。按京师俚语，这身穿戴属于在大街上一撮一簸箕的。穿戴尽管普通，但腰间却系着条黄腰带，京师俗称"黄带子"，它不是什么人都能系的，只有王公后裔可以系之。

织造府大门不容易进，西园属于私宅部分，更不是随便什么人都能进来的，可是他居然跟门房不打招呼，居高临下地朝门房点点头，就堂而皇之地溜进来。通常说来，只有京师那些把衙门规矩摸透了的人，才能小小不言地干出这种事。

这是西园一年中最好看的时候，似乎花们知道秋天临近了，好日子无多了，于是各种花卉竞相怒放，假山上下、小径两侧、西池畔，被装点得姹紫嫣红。这个年轻相公走在花丛中，摇头晃脑却视而不见，那种怡然自得，比在自家还要随便。

一个少妇牵着个小男孩，穿过月亮门走进西园。这是一对母子，楚楚动人的少妇是馨玉，男孩是刚刚三岁的小曹霑。为娘的拉着孩子的小手，行走在花径间，从表面看怡然自得，而在眉眼间仍然笼罩着拂不去的忧郁，那次打击留下的阴影，此生此世再也不会离开她了。

这孩子一看就是个精心呵护中成长起来的娇宝贝儿，细皮嫩肉，胖乎乎的，头顶上是个"蜡扦儿"，即把头发都束于顶，结成直竖的短辫。其形颇类插蜡烛的蜡扦，故称。

孩子正处在对一切都充满好奇的年龄上，对周围看个不够，花在风中微微摇摆，蝴蝶在花丛中追逐，还有花们的各种颜色，都让他惊异地睁大了眼睛。一只蜈蚣匆忙爬过花间的甬路，他有些惧怕地抱住了娘的腿，而眼睛却被这个有数不清腿的小虫子吸引着。

蜈蚣爬过处出现了一双黑色的男人的云头鞋，小曹霑歪着脖子看着这双鞋，既而顺着脚踝一路看上去，看到一双好看的男人的眼睛正注视着他，他再度有些惧怕地向后缩，一把抱住了娘的腿，仰起脖子向上一看，娘正在与那个男人对视着。

什么话都没有说，馨玉与那个年轻相公互相看着，都在对方脸上寻找着似曾相识的东西。

那个年轻相公的胸脯剧烈地起伏了一下，叫出了声。"哈！我认出你是谁了，你是馨玉。"

馨玉在对方的脸上搜寻着模模糊糊的记忆，"你是……"

他的脸蛋儿白静静的，中等个儿，体态匀称，眉眼间却流露着纨绔子弟的那种轻狂。他看着周围的假山、池塘，提示道："当年咱们在这儿玩儿过，连生、来旺、你、我，忘啦？"

听见对方提起连生，馨玉心里丝丝拉拉地抽动了一下，右掌不由自主捂住脸，紧着抖了抖头。

年轻相公提示道："康熙老爷子南巡，带着我的阿玛，我也跟着来的，和你、连生、来旺一块在这儿玩儿，想起来没有？"

馨玉想起来了，那次康熙南巡给她的印象并不太深，可是太子和他的儿子给她留下了印象。认出对方后，她几乎是呻吟出声的："你是老主子的孙子、太子的儿子……弘晳。"

弘晳苦笑着一挥手，"时下不过是废太子的儿子弘晳。"

馨玉从根子上不涉宫廷事务，特别是长辈挂在嘴上的皇储之争，她听着就厌烦。她不悦地在眼前摆了摆手，像是要拂去不愉快的往事，随即便扭脸望去。她面带惆怅，不断地转动脖颈，伤感地寻觅着，像是在寻找一段失落的岁月，那座假山、那片池塘、那尊幽雅的小亭子，都埋藏着她与连生的一段段恋情。

弘晳蹲下来，摸摸小曹霑胖乎乎的脸蛋，边端详着他边说："这些年来，虽然没有再下江南，但连生和你成亲的事情，连生不幸亡故的事情，我都听说了。

这是你们的儿子？"

馨玉咬着嘴唇点了点头。

"小少爷羔子，眉眼多像连生。"

馨玉不愿意让亡夫的话题总咬着心头，不由岔开话题。她柔声问："这次来江宁，可有什么事情要办？"

弘晳是大族之后，这种人家的后代一般不会说假话，也不通人情世故，应对能力极差。他停顿了一下，涨红了脸说："给阿玛跑腿儿呗。废太子从咸安宫递出话来，让我到苏州找个小娘们儿，顺便跟这小娘们儿讨回一样东西。更多的话我就不便说了。"

馨玉仍然柔声细语的，"那就别说了。你到江宁有其他事吗？"

弘晳又开始大倒气了，"还有事，就一件事。"

"需要我帮忙吗？"

弘晳龇出牙笑了，"这你哪帮得上忙呀。这件事就是来看看你。"

馨玉脸红了，"看我？"

弘晳忽地站了起来，"我在京城，你在江宁，隔得大老远，这么些年来，一个俊俏的苏州小姑娘的影子总在我心里晃，自打听说连生的那件事情后，我就想来江宁看你，对你说点什么。"

馨玉垂下头，"什么也别说。"她拉着小曹霑就要走。

弘晳放也不是拦也不是，正无所措手足时，见到一个官员提着袍子的下摆，沿着甬道匆匆走来。

那个官员来到弘晳面前，直不愣登地说："家人秉报，一个陌生相公正纠缠我嫂子说话，请问你是什么人？"

"馨玉是你嫂子，想必你是来旺了。"

曹頫惊讶地说："居然知道我的小名，你是谁？"

馨玉插了一句话："他是二阿哥的儿子弘晳。"

曹頫大惊，在来人脸上注视一番，果不其然。他急忙说："弘晳？自从太子被废黜封号后，我们在江宁一直担心你受连累呢。"

弘晳展开双臂，"连累不能说没有，但我不是还好好的吗。"

曹頫左右看看，"这里不是说话的地儿，走，屋里说去。"

当天中午，曹頫在家里为弘晳接风洗尘。他还没有成亲，没有自己的小家，日常生活不过是伺奉曹寅的老妻和自己的嫂子。所以，为弘晳接风这顿饭就安排在江宁织造署的议事厅里。

来不及准备，这顿小宴算不上丰富，但清一色南味。隔锅香，弘晳吃过南味，一动筷子就觉得正宗，地道。他毕竟是大族之后，见惯了大场面，小地方的家宴不在话下，在席间很放松，加上吃得适口，没多久，胡嚼海塞的吃相就暴露无遗，袍子脱掉，捋胳膊挽袖口，两只手也上了阵，撕巴着肉吃，大吃大嚼加开怀畅饮，初来时的一身斯文扫地，把作陪的曹頫和馨玉看得直发傻。

吃得差不多了，弘晳也醉得差不多了。他身子发沉，直想往桌子底下呲溜儿，却硬是用胳膊肘撑着桌面。撑着撑着，就像许多酩酊大醉的男人一样，他开始胡说八道了。

弘晳指着自己心口，含混不清地说："说句……心里话吧……我这次来江宁，是老头子……叫我找一样玩艺儿，什么玩艺儿？你们当然想知道，可是老头子不让我跟外人说。所以……不能告儿你们。"说着打出一串酒嗝，身子要往桌子底下沉。

曹頫好笑地劝解道："行了行了行了。您甭告诉我们，我们也不想知道，进屋歇着去吧，醒醒酒。"说完他搀起弘晳离桌。

弘晳往门口刚走出两步，又猛地挣开搀扶，跟跟跄跄地回到桌前，双手扶住桌沿，身子打着晃，直眉瞪眼地说："还是告诉你们得了。老头子不让我跟外人说，可你们不算……外、外人。我家老头早年花出了名……哪年来着，在苏州干了个女戏子,临了给那个女戏子一块什么来着？对对对……'通灵宝玉'……这玩艺儿是他的护身符。护身符不在了……打那之后，他就、就、就他妈时运不济了。"

曹頫深知大内险恶，怕接下去又要扯出宫廷里的事，上去就要制止，而馨玉却拽了拽他的衣襟。

馨玉皱着眉头说："听他说完。"

弘晳说："嘿嘿,这就对了。老头子觉得时运不济都是'通灵宝玉'离身闹的，因此……叫我到苏州找到那个女戏子的后人，把'通灵宝玉'……赎回来。他也不是胡琢磨什么呢，以为老宝贝儿一回来，老主子又可以……让他当他妈太子，门儿也没有呀。"说完身子一软，当真呲溜儿到桌子下面，着着实实地打起了小呼噜。

弘皙这觉一直睡到天黑，醒来后吐了个一塌糊涂，曹家的家人给他洗洗刷刷，换了身干净衣服，他再度睡下，一觉睡到次日清晨。

他起床后，头脑发沉发胀，但毕竟是睡足了，出屋用凉水撩撩脸，便清清爽爽地醒了过来。待他收拾停当，背着手踱出屋来，已恢复成昨日那个干净利落、风流倜傥的年轻相公。

这次下江南之前，他受阿玛之托，在玉熙宫戏班子明查暗访当年的马姑娘。通过班主，他不大费力就摸清了马姑娘的下落，再通过帮宗室子弟，很快摸到了卧佛寺附近的正白旗包衣护军营。在曹宜那里他碰了个硬钉子，由于事关重大，他又绕过了曹宜，通过酒肉朋友直接找到刚成为鳏夫的叶国桢。他的路数与戴铎的一样，只不过步步比戴铎快半拍。见到叶国桢后，他自报山门，说自己是废太子的儿子，说出当年与马姑娘之事，并且开门见山说是来寻找那块"通灵宝玉"的，打算重金赎回。

叶国桢对这个眉清目秀的小相公本来就不防范，加之对方知根知底，半斤酒一斤肉下肚，说亡妻没有留下什么"通灵宝玉"，如果有这东西，也作为信物留给苏州的那个女儿了。而要找到那个女儿，不妨问问苏州织造府的李织造。马姑娘进京后的事情，都是李织造一手安排的。

弘皙就是这样来到江宁的，打算小住几天就去苏州找李煦。但在江宁织造署，他首先见到的是馨玉。这些年来，馨玉总像把小掸子似的，在他的心田间时不时地轻拂几下。昨日见到她，犹如惊鸿一瞥，好家伙，没想到当年的小姑娘会出落成这样，越来越有味道了，而那种幽怨与忧郁相缠相绕的风韵，使得她愈发楚楚动人。

早饭后，他不由自主又来到西园，内心涌动着憧憬，盼着在那里再次见到馨玉。果不其然，馨玉正在假山上的小亭子里给小曹霑读宋词。

小不点儿哪里听得懂宋词，而为娘的并不在乎他懂不懂，只是要给儿子创造一种诗词氛围，让他自幼就似懂非懂地浸泡在里面。

弘皙信步踱上假山，倚在小亭的柱子上，看着母子间的这一幕，而后全神贯注地看馨玉，一个年轻的寡妇。他来自京城，出入过场合，女人见得多了，可是她们缺乏一种韵味。而这位粉面玉颈，低眉含眼，微风吹过蓬松的头发，仿佛是蓝天中的乱云。而那身白衣素服，那种隐忍之态，又似乎是满人间凝结的一斑泪痕。

馨玉被看得不好意思，合上书，垂首问："你可有事？"

弘皙直勾勾地盯着她说："是有事。"

馨玉不安地把脸掉向亭子外，"什么事？"

弘皙挠了挠后脑勺，想找个说话的由头。他突然想起一个话辙，问："我昨天中午喝高了，醉醺醺的时候胡说八道没有？"

"倒是没有胡说。"

弘皙抚了抚胸口，"这我就放心了。"

"但是该说的全说了。"

弘皙有点发傻，"我说什么啦？"

馨玉苦笑道："你醉得不成样时，胡说八道也许更好，倒霉的是你在那时说的全是实话，据实说出这次下江南是要找一块'通灵宝玉'。"

弘皙慌乱地捂住了口，"连这都说了？"

馨玉点了点头。

弘皙双手抱拳作揖，"千万别说出去，千万千万。"

馨玉淡淡地说。"大可不必担心，我们对你们家的事本来就毫无兴趣，过后也就忘了，你放心吧，也可以走了。"

"我还有点话要说。"

"什么话？"

弘皙擦擦额头上冒出的冷汗，坐下来，双肘撑在膝盖上，低着头说："我昨天对你说了，这么些年来，一个俊俏江南小姑娘总在我心里晃。"

一丝冷峻的笑纹爬到馨玉唇边，"那个俊俏的江南小姑娘可是我？"

弘皙深深地点了点头。

馨玉冷冷地说："谢谢你心里还记得我。"

"这回重新见到你，吓了我一跳。"

馨玉的眉毛惊讶地一扬，"我能吓着你？"。

弘晳说："老实说，你的姿色比我在京师所想象的还要迷人。"

馨玉有些恼怒，"别说姿色不姿色的废话。自从连生走了，这些都与我无关了，我也再不会想那些事了。"

弘晳带着遐想的意味说："馨玉，别这么说，你还年轻，好日子还在后头。不瞒你说，京城五方荟萃，漂亮妞儿多得是，我本来是可以成婚的，但皇室怕后代串秧儿，宗室子弟婚姻得皇上指配。废太子倒霉成那样了，哪能给我这号的指配，老大不小的了，至今仍是光棍一条。

"你对我说这些干什么？"

"别看你的年纪比我大一岁，但是这么些年了，我的心里装着的就是你。听说连生亡故后，我就想到江宁见你。这次到江宁，昨天一见到你，我就认准了，你就是我这些年来，这么些年来，这么些年来……"

他在陶陶然间感到周围不大对劲，扭头一看，身边无人，站起身来，只见馨玉抱着小曹霑正向山下走去。

整整一个白天，江宁织造署内的曹家，被一种古怪气氛笼罩着。

馨玉闭门不出，弘晳像头饿狼，在素净的小跨院里烦躁地转来转去。家人得知这位是老主子的亲孙子，哪个敢上去问一声。

曹頫是在衙门有公干的人，对此并不知情。他中午回到家中，忙活着吃饭。他和嫂子从来是一张桌子吃饭的，可是今天午饭时嫂子没有出来，派人去叫了几回，总是推说身体不适，不想吃。弘晳也没胃口，同样是南味，拨拉几口就撂下筷子扬长而去。

曹頫揣了个闷葫芦，不便多问，吃完饭就走了。忙了一下午，到晚饭时依旧如此，馨玉不出门，而弘晳吃饭胡乱对付了几口，就要离席。

曹頫兜不住劲了，问："你这是怎么啦？能说给我听听吗？"

走到门口的弘晳顿住脚，想了会儿，而后急转身，扑到桌前，双手按住桌面，一阵呼哧大喘，喉结跳动了几下，却说不出话来。

曹頫劝他，"说吧，说出来好受些。"

弘晳像一条落网的鱼，大口喘息着，"说出来怕你们不好受。"

曹頫乐了，"曹家是见过世面的，没有压得垮的事。"

弘晳小声叨咕了一句。

曹頫没有听清，把耳朵凑过去，"你说什么？"

弘晳大声喊出来："我说——我，要娶馨玉为妻！"

曹頫的脸色顿时煞白，"你？你要娶馨玉？"

弘晳一屁股坐下，喘着粗气说："打小我就看上她了。我家老头子如果没有走背字儿，撺掇撺掇老主子，八成会把李煦之女馨玉指配给我，作为嫡福晋。事情既然走到这步了，她守寡，我至今未娶……"

曹頫突然插断，一反常态，变得粗暴起来，双手抓住弘晳的双肩，朝他喊道："你至今未娶，我也至今未娶！"

这回是弘晳惊讶了，"你？"

曹頫发狠地说："我怎么啦？如果不是她还苦苦思念连生哥，我早把她娶过门儿了，还轮得着你！"

"馨玉是你的嫂子呀。"

"嫂子怎么啦？江南就兴娶寡嫂！"

门口传来一个声音："都给我住嘴！"随着喝声落地，馨玉飘然走进来。

曹頫惊愕地看着馨玉，"你都听见了？"他颓然坐下来，一下接一下地擂着额头，接着扑簌簌地掉泪了。

馨玉抚摸着他的头，"我不埋怨你。"馨玉接着转向弘晳，正色道："不要说我还思念连生，就是没有连生这回事，我也不可能嫁给你。"

弘晳怀着一丝希望，"能说说缘由吗。是看不上我，嫌我是废太子的儿子，是不愿意远嫁京师，还是什么别的。"

"都不是。"

"那是什么缘由？"

"这不是你能猜到的。"

弘晳倔强地说："我怎么猜不到，还不是嫌我家落难了。但是，别忘了，瘦死的骆驼比马大。废太子即便背运了，也是个'废'太子，到底当过几十年太子，自己搂点儿加上人家送点儿，家底比一般阿哥的家底殷实，而且哪天老主子高抬贵手，他还可能有出头之日。"

馨玉厌烦地摇摇头，"哪儿是哪儿啊。"

弘晳刹不住话了。"尽管废太子曾是出名的花棍，而我却算得上规矩人，京师的宗室子弟都知道我不花哨，我的人品你可以放心。"

"你的人品好坏跟我没关系，我根本不能考虑你。"

"到底是因为什么？"

"是因为这块'通灵宝玉'。"

她说着从怀中掏出一块乳白色的晶莹的佩玉，咣当一声扔在饭桌上。

弘晳扑过去，拿起来一看，读出上面的字："正面是'通灵'，反面是'莫失莫忘，仙寿恒昌'。"弘晳不由失色，说："老头子让我找的佩玉，上面写的就是这些字。"

"所以你用不着到苏州找了，它在我这里。"

弘晳惊讶地问："它怎么……会、会在你这里？"

馨玉歪着头，透出迷人的笑。"想知道吗？"

"想！想！太想了！"

"是我娘留给我的。"

"你娘是……"

馨玉正下脸来，把佩玉从弘晳手中收回，一字一板地说："你的生母石氏还没有过门呢，你的亲爹就跟我娘睡过一夜。我娘就是当年让太子糟蹋的那个昆腔女戏子马姑娘。"

不仅弘晳，连曹頫也惊愕地大张着嘴。这在他也是闻所未闻的。

馨玉收起了佩玉，冷冰冰地说："说起来够寒碜的，我是你的同父异母的亲姐姐，怎么能嫁给你。这块'通灵宝玉'是我娘留给我的唯一信物，怎么能让你赎回。今天是你给我逼到这份儿上了，让你看一眼，见识一下我是谁，明天你就是搬来一座金山，也休想碰它一指头！"

弘晳依旧像条网里的鱼一般，大张着嘴喘息。"不对不对不对。"他的胸脯大起大伏，不停地念叨着，看到馨玉转身要走，他一个箭步拦过去，"不对，你明明是苏州织造府李织造的女儿。"

馨玉闭上眼，深叹了一声。"我是他的养女。"

连曹頫也大惑不解。"养女？"

馨玉转向曹頫，轻柔地说："我母亲与废太子只有一夜，偏偏在那一夜暗结珠胎，怀下了我。十月怀胎，一朝分娩，生下我后，她就随戏班子进京，把我留给姥爷带，姥爷马孝天是一个破落潦倒的画师，临终前把我留给李织造夫妇照管。多年来，我一直视李织造夫妇为亲生父母，到我出嫁时，他们才把这段实情告诉我，并给了我这块'通灵宝玉'。闹了半天，我是老主子的亲孙女，也是废太子背阴旮旯里的野种！"

说到这儿，她已是泣不成声，旋即捂着脸跑出屋去。

二十九、雍亲王府厨房－雍亲王府饭厅

一大早，戴铎笑嘻嘻地抱着一只鳖，走入雍亲王府的厨房，学着店小二的调门儿，喊道："瞧好吧您呐，来啦——"

他紧捣腾着小碎步，并在跨过门槛时丢过去一个眼风，发出一声坏笑，说："有道是'千年王八万年龟'。往少里说，这只老鳖也得有几十岁了。我估摸着，它的年龄恐怕与您差不离儿。"

叶国桢穿戴得十分整齐，正襟危坐，惴惴不安地看着戴铎和他抱着的那只鳖，不知这老小儿要耍什么花样。

算起来，叶国桢被接到雍亲王府也有十来天了，在此期间，雍亲王胤禛数度接见他。他原本以为人家接他到府上来，就是要掏出废太子允礽与马姑娘当年的事情，可是人家雍亲王大人闭口不提那档子事，上来就扯琴棋书画、花鸟鱼虫，好肉好酒地招待他，还给他置办了几身新衣服。他不傻，人家越这么着，他心里越发毛；心里越发毛，越掂量出允礽与马姑娘当年的事情非同小可；越感到事情非同小可，口风把得越牢。

本来嘛，这事如果闹大了，谁倒霉暂且不论，只是亡妻留下的那个女儿肯定没有好果子吃。由于心里绷着一根弦，到胤禛真的往当年的事情上绕时，他倒大谈开琴棋书画、花鸟鱼虫了。戏子嘛，聊军国大事没话可说，而聊到玩儿的事，却有说不完的话。

他知道，这么混下去，日子长了，人家肯定受不了，肯定要来点硬的，肯定给他点颜色瞧瞧，现在他倒是要看看他们的火气怎么个发作法，硬的是什么样的，颜色是什么色的。他心里没有底，一个劲儿地扑腾。

戴铎把拇指和中指捏紧后猛然一撮，打了个响亮的榧子，"雍亲王大人传下话，让厨子炖了给您吃，这玩艺儿大补。"接着再次强调刚进门时说的话，"这只老王八的年纪恐怕与叶戏子您差不离儿。"

叶国桢听着话音儿不对，脸色发白，淡撇撇地说："那就谢亲王大人了。"说到这儿，他瞥了一眼戴铎。京师将犯混的人称为"半标子"，他知道，别看戴铎憋出个笑脸，那股半标子劲儿很快就会蹿上来。

那只鳖被扔在地上，爬动了几步，被戴铎一脚踩住。戴铎从背后嗖地抽出一把菜刀，恶狠狠地指着这个生灵说："老王八，别瞧你几十岁了，再不老实听话，老子一刀把你的脑袋剁下来。"说完把脚挪开。

叶国桢下意识地摸摸自己的后脖子，紧张地看着那只鳖。

鳖就是鳖，哪里听得懂人语，立即凑着亮往殿门爬去。戴铎赶过去，复一脚踩住，指着它骂道："老王八，亲王府邸你还不老实呆着，吃了喝了就想开溜，那就休怪老子对你不客气了。"

叶国桢眼睁睁地看着戴铎弯下腰，只见一道疾光闪过，手起刀落间，那只鳖已是身首分家，而它的四条腿还一动一动地。

叶国桢再不明白事理儿，也清楚地听出了戴老小子的弦外之音。唱戏的见不得血，地上一摊血水，他吓得浑身抖起来。

"叶戏子，您就等着大补吧。"戴铎不阴不阳地递过去一个笑脸，把刀哐当一声扔在地上，指着死鳖说："这东西在雍亲王府养了十多天了，养你个老王八是要吃你的，知道不？"

死鳖当然不会应声，叶国桢心里却暗答了一句："知道。"

皇上从来不和后妃在一张桌子上吃饭，有的亲王学宫里规矩，也不和王妃一张桌子吃饭；皇上在万机暇余间或请臣僚一起吃饭，相当于后世西方上层社会的工作午餐，有的亲王也间或请亲近的幕僚一起吃饭，席间谈些要事。

胤禛把这两条都学得挺到家，这天中午，他特意在家里的青一阁请叶国桢吃炖鳖，席间有个叶国桢没见过的人坐陪。

此人目光炯炯，剑眉高挑，髯口修得十分齐整，气质是个读书人，形体却是武夫，往那儿一坐，很是压得住台面。

先上的是几碟小菜，叶国桢勉强吃了几口，边吃边用余光扫扫身边的那位。这人好像发散着一团压倒一切的威武之气，唬得他直肝儿颤。

胤禛安慰他说，"别怕，这位是十三阿哥允祥，到我这儿来串门，顺便吃顿饭。"

允祥已不是当年随皇阿玛南巡时的样子了，十几年过去了，他不再那么温文尔雅，也不再那么体察人微，皇储之争，他认准了四阿哥，在为胤禛鞍前马后奔走中，一股干巴利落脆的狠劲在身上固定下来。

胤禛不大讲究吃，但讲究补，吃的香不香其次，重要的是食补。因此，雍亲王府里的大厨，不是个什么名厨，只是很会拾掇鱼呀虾呀鳖呀，间或里面加些中药材。那只鳖炖了整整一锅，热气腾腾地端上来，虽然大卸八块了，但在锅里还保持着完整的形体。

胤禛夹了一筷子鳖裙，把一长条黄澄澄的东西放在叶国桢的盘子中，让道："来来来，鳖的通身，最好吃的就是裙边儿。"

经过早晨戴铎一番闹腾，叶国桢哪里还有心思吃饭。看着这只炖烂了的老王八，他总算明白了，在雍亲王府邸里，人家要杀要剐一个烂戏子只是一句话。而且没有人会给他喊冤，即便曹佐领也得认头。

看着盘子里的鳖裙，他一点胃口也没有，勉勉强强地用筷子夹起来，但送到嘴边停住了，直想吐，还只想掉泪。

坐在他身边的允祥开口了。"这是亲王大人亲自夹的菜，怎么，叶教习还不领情吗？"其声如洪钟，屋里震得嗡嗡响。

叶国桢乱套了，一个劲儿地叩咕："领情、领情、领情、领情。"

允祥拍案而起，"领情就给我吃下去！"

叶国桢吓得一哆嗦，慌乱间把鳖裙丢进口里，未经咀嚼，一梗脖子就顺了下去，硬是一点味道也没有尝着。

允祥拖长声音问："味道怎么样呀？"

慌乱中，叶国桢忙说："吞了。"

允祥拖长声音继续问："味道怎么样呀？"

叶国桢的一点初级世故也被扫荡光了，据实回答说："真的是吞了，还没来得及品味就掉进嗓子眼儿了，不知道是什么味道。"

屋里出现了难堪局面，除了叶国桢自己，连胤禛在内，所有的人都憋着不让自己笑出来。终于，站在屋角的丫环忍俊不禁，扑哧一声笑了，胤禛紧绷着脸，扫过去一眼，一仰下巴，那个丫环捂着嘴跑出去。

允祥面无表情，重复了一遍所问："味道怎么样呀？"

叶国桢艰难地吧嗒吧嗒嘴，茫然摇了摇头，老老实实地回答说："的确是一口吞了，没尝出来。"

允祥仿佛没有听见，依旧问："味道怎么样呀？"

叶国桢眨了眨眼，眼前一亮，终于闹明白了，人家问的不是鳖裙的味道，而是这顿饭吃出点味没有，于是忙着点头说："味道奴才品尝出来了，知道是怎么回事了。"

胤禛又夹起一条鳖裙，放到他的盘子中，面无表情地说："究竟是什么味道，再品尝一下，然后从实奏来。"

叶国桢的额头开始冒汗了，把鳖裙放入口中，装模作样地咀嚼一番，而后在胤禛和允祥的注视下，一梗脖子，吞咽下去。

允祥懒懒散散地说："那就说说吧。"

汗珠从他的额头上一粒粒地冒出来，他用袖口点点额头，再点点嘴角说："奴才的内人、也就是前不久亡故的佐领下人前玉熙宫戏班子花旦叶马氏，早年没有进京师时，曾经与废太子有过一夜之欢。"

允祥把筷子往桌子上面一拍，"用不着扯这些浮皮蹭痒的，我们都知道。我问你，废太子何时与马姑娘那一夜发生在哪年？"。

"康熙三十三年。对了，允礽那时还是皇太子。"

允祥的脾气上来了，再拍筷子，"允礽是不是太子还用你说。问你什么你就说什么，别往别的话上绕。什么地点？"

"苏州织造府内。"

允祥绷着脸："允礽是怎么把她弄上床的？"。

"苏州织造李煦牵的线。"

允祥俯在胤禛耳边说："这就对上了。据戴铎秉报，那天他带人到正白旗义地找叶教习时，李煦正在叶马氏坟前扫墓。"

胤禛深以为然地点了点头，"这条老狗。"

"这事儿怎么让你知道啦？"

叶国桢蔫儿蔫儿地答："她后来嫁给奴才了，婚后告我的。我知道后挺窝火，但允礽那时是太子，高不轴的二，昆腔女戏子能有啥法子，不得不从。""高不轴的二"，在京城俗语中指地位最高的。

允祥就势站起来，并起剑指，点着叶国桢的脑门说："二阿哥和你媳妇儿当年的事情，不是男贪女爱的小事，个中利害得告诉你。三十三年，叶马氏已不是一般民女，而是已准备送入皇宫的昆腔戏班子中人，玩弄这样的女子是要杀头的。这件事虽然已经过去二十余年，但也就是搁着这个茬儿，不管什么时候提溜出来，一样是欺君罔上，拉皮条的苏州织造李煦一样得重重处置。知道吗？"

"现在知道了。"他点点额头上冒出的冷汗。

允祥加重了语气。"本阿哥与李煦并无过节，当年在江宁，在陈鹏年一事上，我还帮助李煦与曹寅说话，致使陈鹏年躲过了那一劫。但是，李煦要是犯了事，朝廷一样饶不了他。还有你，别以为你能置身事外，你当时是老主子派驻苏州织造府的教习，马姑娘正跟着你学戏，如果知情不举，你也跑不了，也得放血，也得粉粉碎儿。"

叶国桢的神经终于崩溃了，扑通一声跪下，哭诉道："叶某人虽然是老主子点名派往苏州的教习，但事前的确不知情。"

允祥一拍桌子，吼道："废话！叶国桢！你要是事前知情，早就剁了你了，还用等到现在。雍亲王正因为你事前不知情，才把你叫来，好生招待，为的是问清缘由。而你个不知好歹的东西，好心当了驴肝肺，连个好赖话都听不出来，好天好道儿的你不奔，居然支支吾吾地十几天不吐实情，到这会儿才说出几句实话。"

叶国桢猛抬头，看看雍亲王不动声色的面庞，再伸直脖子看看满桌子菜肴，倒对自己这些日子的软磨硬泡生出几分愧意。

胤禛淡淡地说："就他这几句所谓实话，也是'柏水窦章'，淡而无味了；他说与不说，本王早就洞悉。叶教习，这样吧，你如果想从这儿像模像样地走出去，回到正白旗的家，就再对本王说点什么。"

"柏、水、窦、章"原本是《百家姓》中的一句，指四个姓氏。北京人用"柏水"二字谐音白水，形容茶已经续过几次开水，不像原来那么浓酽了。叶国桢在京城生活多年，懂得雍亲王话里话外说他提供的情况已经没有味道了，不值钱了。"不知王爷想知道点什么。"他惶恐地说。

胤禛挺直腰板，正色道："你媳妇儿当年与允礽那一腿，是苏州织造李煦牵的线。李煦久居江南，守着江南美人窝，诸阿哥中想通过他玩弄江南小女子的为数不少。他既然早在二十多年前就给二阿哥穿针引线，那么这么些年来，还为其他阿哥做过些什么勾当。凡你知道的，不得遮掩，一一说来。如有隐瞒，后果你就自己瞧着办吧。"

叶国桢的眉头拧成一个大疙瘩，看那神情，如果能够保住自身无虞，凡他知道的很想来个连锅端。但在紧张地思索了一阵后，他突然沮丧起来，仿佛刚刚明白自己其实一无所知，不由叩首道：

"奴才对李煦这条老狗着实恨之入骨。但奴才居京师已经二十余年，途中不曾回过江南，对江南那边的事情所知甚少，加之与李煦实在没有过从，很难说出王爷想要了解的那些事情。"

不难判断出，叶戏子所说俱是实情，一丝不悦袭上胤禛的脸庞。

允祥不大甘心，探过身来，进一步提示："诸阿哥都是雍亲王的骨肉兄弟，般大般小，玩弄大江南北的小女子，在皇亲贵戚中算不了什么事，本是王爷与诸阿哥间的聊资谈助而已，亲王大人无意抓亲骨肉这方面的把柄，你也没必要害怕，更不必为他们兜着。问你这些事，还不是想抖搂李煦和那些江南狗官的短处。"

王爷与允祥不提亡妻留下的女儿一事，可见他们不知道这段。要害躲闪过去了，叶国桢的心里踏实了一些，既而对李煦的怨愤涌上心头。

"李煦……"

他念叨着这个名字，索肚搜肠地想了一阵，终于榨出点油水来。"李煦好像在苏州给八阿哥买过几个女子。"

叶国桢不曾注意到，胤禛的身子微微一抖，脸上的肌肉跳了跳。

允祥尽量平静地说："八阿哥？你是指的允禩。"

"八阿哥的名字如果是允禩，那就是他。"

允祥问："你不是久居京师吗，不是与李煦没有过从吗，那你怎么会知道李煦给允禩买过苏州女子？"

从对方的反应看，自己提供的线索得到了重视，叶国桢放松了，戏子那种半半流流的气质重新回到身上。他多少有些扬头竖脑地说："这种事儿在苏州未必能够打听到，在京师却未必打听不到。"

胤禛问："你是从哪儿知道的？准你站起来说。"

叶国桢站起来，像在戏台上那样，掸了掸袍子，"当真说起来，您也许不信，本教习是从正白旗包衣护军营了解到的。"

胤禛走上前，拨拉开允祥，"听着，这段给我说仔细了。"

叶国桢再次从容掸了掸袍子，说："可以。我久居永安寺脚下的正白旗包衣护军营中，前两年，有个俏丽女子迁入，操的是一口地道吴语。由于营中俱是北人，南人难得一见，她与内人叶马氏一见如故。两人处熟了，无话不谈，据她说，她是淞江人，十五岁那年被李织造暗访到，用七十两银子买来，送到京师八阿哥府邸，充为家伶。家伶是养在家里唱戏的，其实，该女子半句昆腔也唱不来，就是个炕头上的小妾。但是，八阿哥的嫡福晋、侧福晋都是属艮萝卜辣葱的，时间长了，哪能容这江南小娘们儿，她们打翻了醋坛子，闹得不可开交，打得昏天黑地，八阿哥无奈之下，把她随便许与一个正白旗包衣护军参领，随了旗。"

胤禛问："这个女子还在吗？"

"仍然在正白旗包衣护军营，活得好好的。"

胤禛上前亲昵地拍拍他的肩，"还有什么？本王赐你坐着想想。说得本王满意了，不仅马上送你回家，而且还有重赏。"

叶国桢一屁股坐下来，脑筋飞快地转着，拼命往外挤东西。想了一阵子，突然又冒出一句："我依稀记得，她说过，李煦为八阿哥买的江南女子不止一个，而是有五六个，花了好几百两银子。"

允祥问："到底是五个还是六个？"

叶国桢苦涩地咧开了嘴，"实在说不清了。"

允祥还想往细里抠一抠，胤禛制止了他。"这个傻棒槌说得不算少了，够了，至于五个还是六个都无所谓了。"

叶国桢轻松地吁出口长气，陪着笑脸说："本教习在雍亲王府住的日子不短了，亲王大人既然认为我说得够了，是不是这就送我回那口寒窑去？离开正白旗时候长了，还怪想那儿的。至于亲王大人刚才说的赏钱，就不必了。"

胤禛阴阴地笑了笑，忽地拉下脸来。"既然你说到这儿了，本王赏你两句话：第一句，赏钱没有；第二句，你也别想回家。"

叶国桢的脸上顿时迸瓷儿了，"亲王大人刚说的话，怎么转眼又变了？"

胤禛斜睨着眼丢过去一句："就是由于你说得太多了。"

叶国桢喊起来："是您叫我说的呀！"

胤禛往嘴里丢了一口菜，咀嚼着，"我是叫你说了。但我也知道，昆腔戏子搁不住隔夜的屁，你能在这儿说，就能在别的地儿说。"

"王爷，您得说话算话呀！"

允祥喝道："还敢跟王爷较劲儿？来人！"

戴铎带着几个府兵闯入，不由分说，撑着叶国桢的胳膊，把他架了出去。

叶国桢的叫声渐远，屋里渐渐平息下来。

胤禛背着手缓缓地踱着步，边说边好笑地摇摇头，"搂草打兔子。半傻不蔫的货，本来是想从他的嘴里掏出点允礽的事，没想到他白饶出一档子八阿哥允禩的事。"说到这儿，他兴奋地一跺脚。

允祥的眼睛追随着胤禛的面孔，像是品出点味来。"四哥的意思是，胤禛的事情比允礽的事情还要给劲？"

胤禛说："两件事，各是各的账，到老头子那儿各参一本，只要火候掌握得好，够两个家伙喝一壶的！"胤禛说得振奋起来，一眼看见仍然冒着热乎气的炖鳖，挽了挽袖口，搓着巴掌说："好在那个烂戏子没怎么碰它，这回咱俩包葫芦头，干了它，真该大补的是俺的十三弟。"

允祥回到桌前复坐下，夹起一筷子鳖裙递过去。"我先敬哥哥。"

鳖裙入口，胤禛有滋有味地咀嚼着说："一个烂戏子说的还砸不死，看来你和戴铎得下点功夫，把李煦和其他江南官员买女子诌媚诸皇子的事情摸摸清楚，到时候给他们来个一锅烩。"

戴铎探进来个脑袋，说："容易。线儿都是现成的，先到正白旗护军营找到那个女子，抻出线头，顺着往外拽就是了。"

胤禛沉吟地用筷子敲打着碗边，想了一会儿，说："行，就这么干。还是老规矩，不得与外人道，一点口风都不能撒出去。"

三十、紫禁城午门外－圆明园－畅春园

　　康熙五十七年十一月，午门与端门之间的空场上，举行盛大典礼，送皇十四子允禵出征，讨伐策妄阿拉布坦和策零敦多卜。

　　深秋时节，长空如洗，空场旗幡如林。硬硬的秋风吹来，数百个旗幡在风中猎猎作响。文武大臣和皇子们都来了。远远看，深蓝色的官常服一大片，各式各样的缨子一大片。谁都不说话，安静地等着。

　　站在这一大堆人中间的是皇十四子允禵。他被任命为抚远大将军，总领西北各路大军。他没有着大将军常服，而是一身短打扮，蹬一双旧皮靴，看着就像个骁旗营中的参将。

　　从天安门那边，太监前导，康熙皇帝骑着马过来了。皇上亲诣堂子行礼，而后到午门前送抚远大将军出征，允禵上前跪受敕印并谢恩。

　　玄烨下马，眼睛朝边上一斜，打旗举幡的旗兵立即将旗幡收拢，响声消失了，午门前顿时寂静下来，只有呼呼的秋风声。

　　玄烨咳嗽了一声，亮开了喉咙："十四阿哥允禵，是历来抚远大将军之中年纪最轻的，也是爵位最低的，仅为贝子。朕依旧特命他用正黄旗纛，赋以代天子出征之意。"

　　正黄旗纛是皇上专用的。黄色的底子上面绣着一条黑色的龙。从午门门洞中，一名亲军兵丁举着它走出来，除了玄烨，所有人等一体下跪。

　　胤禛也在场，混诸皇子中毫不显形。允禵与他是同母兄弟，他却馋得牙根子发痒。稍抬头，正黄旗纛从他的眼前飘过，在风中飒飒作响，这是天子的象征，他心里不由一阵发酸。他也曾被赋于代天子行礼之责，但那次与这次无法相提并论，只不过是在孝惠皇太后的葬仪上宣读祭文。

授旗之后，玄烨提高嗓门说："二十二年前，朕第三次亲征噶尔丹。那年五月，朕的爱将费扬古率军与噶尔丹在昭莫多会战，昭莫多会战打得昏天黑地，噶尔丹大败，仅以数骑逃遁。那次凯旋之后，在归化城献俘，一个被俘获的老胡工给朕唱了一首他现编的歌，朕至今还记得。抚远大将军，朕教过你，你还记得吗？"

允禵说："儿臣还记得。"

玄烨提议："朕给抚远大将军唱一回。如何？"

允禵向四方打拱，"儿臣洗耳恭听。起乐！"

清季也有应承内廷各项演奏的教坊司，不过取消明朝教坊司中的女乐，改由太监应承。教坊司钟磬齐鸣，玄烨亮开苍老的嗓子，拖着垂老的身子，边唱边舞起来：

> 雪花如血扑战袍，夺取黄河为马槽。
>
> 灭我名王兮虏我使歌，我欲走兮无骆驼。
>
> 呜呼，黄河以北奈若何！
>
> 呜呼，北斗以南奈若何！

这首曲子虽然出自敌方老胡工之手，但苍凉悲壮，真切地道出了噶尔丹的部属在昭莫多会战后的凄凉与无奈。歌者与听者无不动容。

玄烨对允禵挥挥手，"上路吧。打出一个你的昭莫多会战来，彪炳史册；打得你的敌人也心悦诚服，唱出那样的歌来。"

允禵行礼即毕，随敕印出午门，乘骑出天安门，经德胜门，由诸王并二品以上大臣，送至列兵处。允禵望阙叩首行礼，肃队而行。

允禵统帅大军出征了，而在京城，允禵将承袭大统的传言却流布开来。事情有些凑巧。允禵出征前后，京城朝野间正在猜大谜。不久前，康熙皇帝发布长篇上谕，回顾一生之后，谈及立储时打了个哑谜，称究竟谁承袭大统，将在遗诏中宣布，这就是说他生前不会立储了，只是考察诸皇子，并把最后结果写入遗诏之中。这么一来，满朝文武没有明确的粗腿可以搂抱了，只有从皇上对人员的调遣中猜度、窥测谁是皇上的意中人，而诸皇子则偷偷摸摸到皇阿玛那儿打小报告，相互攻讦，以期影响皇阿玛的最后决断。

皇上不打算让满天下猜谜，他的倾向越来越明显。前不久，翰林院检讨朱天保请复立为太子，被诛，其父及都统常赉等人被枷监禁。而与此同时，却恢复了八阿哥允禩的贝勒爵位和薪俸。在朝野眼中，允礽彻底没戏了。正在人们猜测允禩将成为内定的皇储时，朝野间仿佛突然间看到了皇上的底牌。论年龄，允禵才三十一岁，皇上万年之后，正好处在即位的最佳年龄段。在子民眼中，允禵怎么看怎么像即位的胚子。重要的是，在中国的历史传统中，皇上应该是能征善战的。而在诸皇子中，只有允禵符合这个基本条件。

允禵将成为太子的消息流布于京师内外。皇上不但不出面澄清，反而用行动证实着这种传言。康熙五十八年初春，皇上对青海蒙古各部盟长降旨："现大将军王带领大兵驻守西宁，由此降旨相隔甚远。大将军王是我皇子，确系良将，带领大军，朕深知其有带兵才能，故令掌生杀重任。尔等或军务，或巨细事务，均应谨遵大将军王指示。如能诚意奋勉，即与我当面训示无异。"

文武大臣越研究这段上谕，越感到有名堂。那些老臣都还记得，皇上赋于允禵生杀大权，并指示各部面对大将军如同面对皇上，如此位尊权重，平定三藩和平定噶尔丹的大将军都未曾有过，为大清立国以来的头一回。皇上传位于允禵，看来是板上定钉了。消息也传入北新桥雍亲王府。胤禛冒了一头冷汗。

数年来，他一直将二阿哥和八阿哥视为他的主要障碍，没想到冷不丁冒出个小不点十四阿哥。这几天，他每天夜里睡下，允禵当了皇上的景象就在黑暗中浮现出来：允禵接遗诏，允禵登极大典，允禵接见群臣，允禵发号施令，甚至梦见允禵携一群宫中娇娃在御花园中说笑。从睡梦中惊醒，已是破晓。他气得拍了拍炕，允禵即便是他的同胞弟弟，他也不能让梦境成为真的。怎么办？他决定去圆明园，在那里相机行事。

圆明园天然图画景区已收拾出来了，最扎眼的建筑是那座两层的小楼。胤禛不愿意在楼上就寝，而是在楼下的一间偏房中。他特意支起窗户，让春天复苏的气息溢满全屋。

胤禛坐在炕沿，边脱靴子边这么说："你家老头子荡平了噶尔丹，王爷我却要荡平你。"靴子挺费劲地脱了下来，他把靴子扔开，身子一旋，盘腿坐到炕上，仔细打量已钻进被窝的女人。

被窝里的女人不服软，发出粗哑的声音："还指不定谁荡平谁呢。"说到兴起，她索性伸出一条光溜溜的粗胳膊，挥着厚墩墩的手，招呼道："来，来，来，试吧试吧，看娘娘我不把你折腾散了架子。"

她是胤禛的嫡福晋，结发妻子乌拉那刺氏。她不算年轻了，三十大几岁。由于身体健壮，有着通常盛年妇女当有的强烈欲望，此刻，她不时咧一下的嘴巴，撒在枕头上的浓密黑发，露出被窝的结实的、黑红的肩膀头，还有浓密的眉毛，以及在油灯下闪闪发亮的眼睛，都表明她卯足了劲，如久旱之望云霓，急切需要她的男人干她一把。

春天是四季的良辰。胤禛三五下脱光衣服，一撩被子，赤条条钻进了被窝，还没等他怎么着，就被女人热乎乎地粘上了。她急眼了，急不可待，忽地翻到他的身上，像个大肉砣子般压着他，呼哧呼哧地像风箱一样大喘气，边啃他，边抓着他的手往自己下体乱摸。他迅速发动起来，一扭腰翻身，把她压在身下，上面刚刚在她的肉脸蛋上啃了几口，下面就狠狠地顶入。

"哦—"她快乐地大叫出声。他俯在她的耳边欢快地重复道："别看你阿玛横扫噶尔丹，瞧本王怎么横扫你！"

这是两个青壮年间的造爱，两个壮壮实实的人啰在一起，在炕上铺着的狗皮褥子上疯狂地扭动，像一座蠕动着的肉山。这一战为时不短，凭胤禛的身体条件，造爱一般不会冒汗，可是这次完事后，他的额头直滴汗珠子，累得呼哧大喘。乌拉那拉氏旺盛的性欲暂时得到满足，不大会儿就偎在他的怀里睡着了。他把胳膊轻轻抽出来，两手枕在脑后，望着黑乎乎的顶棚，呆呆地想着心事。侧脸看看她，看不清，他不由支起上身，就着油灯的微光端详着她。

她仰面躺着，咧着嘴，打着满足的小呼噜，红扑扑的圆脸蛋，颧骨那儿两疙瘩红得发紫，高高隆起的胸脯把被窝顶起两个明显的鼓包。她是他的一张牌，原因是她有个极显赫的姓氏——栋鄂氏。

栋鄂氏天生是甘冒锋矢、冲锋陷阵的种。自从第一代栋鄂氏归顺太祖努尔哈赤，父兄数人均任武职，前仆后继，驰骋疆场，打出了威风。天聪年间，栋鄂氏第二代鄂硕先后随皇太极、豫亲王多铎、武英郡王阿济格、睿亲王多尔衮、郑亲王济尔哈朗征战。鄂硕几乎每战都统领前锋，先后败于他之手的有吴三桂、李自成、鲁王朱以海等。他的最后一仗是剿灭明桂王朱由榔的永历政权。从关外到关内，从塞北到江南，鄂硕跃马横刀，扫遍了大半个中国，为大清王朝定鼎中原立下了汗马功劳。但这还不是栋鄂氏事业的高潮，高潮是由鄂硕的一儿一女演出的。

鄂硕有个美若天仙的女儿，被顺治皇帝立为贤妃，此即整个清代都名声大噪的董鄂氏。顺治皇帝爱董鄂氏爱得要死要活，以至她死后，民间风传顺治皇帝到五台山出家了。

鄂硕的女儿了得，独子费扬古则更加了得。他早年参与削平吴三桂叛乱，以战功擢领侍卫内大臣，二十九年征讨噶尔丹并大败叛军，三十四年以抚远大将军驻守归化，三十五年在昭莫多击溃噶尔丹叛军，世职由三等伯晋至一等公。四十年去世，玄烨赐祭葬如典礼。

栋鄂氏为大清王朝的贡献，是满洲八旗永志难忘的。顺治年间，对清廷最大的威胁是永历政权，它平于鄂硕之手；康熙年间，对清廷最大的威胁是噶尔丹叛乱，它灭于费扬古之手。漠北的昭莫多会战，在玄烨眼中，等同于拯救大清的最重要战事。人非草木，天子也不例外。康熙皇帝对鄂硕、费扬古父子的感激之情，已是无须赘言。

乌拉那拉氏的来头极大，她是鄂硕的孙女、董鄂氏的侄女、费扬古的女儿。康熙皇帝指配她嫁与皇四子胤禛，成为四阿哥的嫡福晋，实在是出于对栋鄂氏的感激之情，当然也出于政治联姻的需要。

诸皇子与皇阿玛相聚时，不止一次听皇阿玛说到当年的昭莫多会战，说到动情处，皇阿玛甚至老泪纵横。流传至今的一段玄烨原话是："朕欲亲征噶尔丹，大臣都不同意，只有费扬古与朕意相合。朕与他密抒谋略，决意西路官兵全部由他统领。道路辽远，兼乏水草，他全无顾虑，奋扬军威，相机调遣，缓急合宜，直抵昭莫多，大败奸狡积寇。"

费扬古辞世十多年了，皇阿玛却每每念及他，前不久忆及费扬古，不能自制，遂将乌拉那拉氏召入养心殿，抚着她的头说："朕当朝以来所见领兵诸将，没有一个能够超过你的阿玛。"胤禛当时不在场，乌拉那拉氏回来将皇阿玛的话向他学了一遍，他心里的一根弦被"铮"地拨响了，私下里认为，作为费扬古唯一的女婿，他在争储上好像比其他皇子占着点先机。他暗自埋怨自己，怎么过去没有想到这点。

打那之后，胤禛再也不拿董鄂氏之长比乌拉那拉氏之短了。不管她长得什么样，不管举止如何像母大虫，不管如何不"海里奔"，现在她就是他的董鄂氏。春季里，他从城里的雍亲王府搬到圆明园小住，钮祜禄氏和年氏都没有带，只带她一个，接着的就是一场炕头鏖战。

胤禛依旧一动不动地躺着，被子拉到胸脯以下，一任吹进窗户的春风抚摸着他。"吹面不寒杨柳风"，是谁写的来着？怪准的。风里带来些新翻泥土的气息，混着青草味儿，微微湿润的夜气像是在酝酿着什么。

他的下体被触动了一下。一侧眼，女人醒了，本能地把手伸向那里。"我还要。"女人哼唧着，扭动着水桶般粗的腰，钻到了他的怀里。他明知故问："还要什么？"女人撒娇地扭动着，"要你万箭齐发，荡平噶尔丹，横扫噶尔丹。"

刻板的胤禛难得地幽了一默，"本王爷得令！"而后，他抱起女人的头，在额头上使足劲亲了一口，叫道："大军疾发，直捅中军军帐！"

折腾了多半夜，第二天一大早，胤禛照例从炕上坐起来。

乌拉那拉氏睡得正香，睡梦中似乎余兴未尽，吧嗒吧嗒嘴，还想和男人磨唧磨唧，粘乎粘乎，拽了男人几把，没拽住，翻身又睡着了。

他拍拍她的胖脸，边蹬靴子边向外面嚷嚷："老主子今儿动身吗？"

戴铎隔着窗户答："回王爷，老主子今天不来畅春园。"

他沮丧地甩开靴子，仰面躺到了炕上。

他此次来到圆明园居住，原因是多方面的：一来是他不喜欢在城里居住，而喜欢园居，二来是要哄一哄乌拉那拉氏，三来是要等到皇阿玛到畅春园驻跸时，顺理成章地晋谒皇阿玛。这第三条最为重要。

康熙皇帝每年来畅春园是有固定日子的，大约在惊蛰前后。诸皇子争储，谁与皇阿玛见面了，谁与皇阿玛说了些什么，哥儿几个都互相盯着、防着，惟恐别人在皇阿玛面前扎针儿。

圆明园在畅春园以北，不足两里地。如果皇阿玛来了，胤禛从圆明园出发，就近去看看皇阿玛，请个安什么的，其他皇子谁也说不出个什么来。而在那时，他就可以把近来了解到的二阿哥玩儿弄玉熙宫昆腔女戏子，八阿哥、十四阿哥让江南织造府进献女子等抖搂个干净。

园居生活没什么事可干，胤禛闷闷不乐地混了一个白天。这天夜晚，乌拉那拉氏早早就卸妆，胡乱洗了几把，就光溜溜地钻到被窝里，喜笑颜开地招呼他快点躺下。

他知道她想干那事，但是由于心里烦闷，仍然没有好气地问："非要让我早点睡下，你想干什么？"

她伸出肥厚的舌头一旋，将厚厚的大嘴唇舔了一圈，乐滋滋地说："噶尔丹又进犯了，王爷您快点发兵，荡平噶尔丹，直捅中军军帐。"

他坐在炕上脱靴子，"傻瓜，噶尔丹早就死了，用不着荡平了。"说完这话，他觉得有根尖刺在心头扎了一下，不由一阵心跳。

女人从被窝里伸出手揪他，他烦躁地甩开她的手，一屁股坐在炕沿上发愣，只觉得历史在与自己开玩笑。

过去的抚远大将军费扬古曾经平灭噶尔丹，而时下的抚远大将军允禵正在与噶尔丹的侄子作战。他身为昔日抚远大将军费扬古的女婿，现如今的影响力究竟有多大？他甚至不知道自己的本钱在哪里，拼掉如日中天的抚远大将军允禵，恐怕没有指望。

按照往年的习惯，康熙皇帝在惊蛰后的第五天驻跸畅春园。在畅春园这边，銮驾刚刚进园；在圆明园那边，胤禛就得到信儿了。

第二天一早，雍亲王胤禛携嫡福晋乌拉那拉氏从圆明园启程，到畅春园，一个冠冕堂皇的理由是给皇阿玛请安。

由于是大清王朝定鼎中原后修建的第一座皇家园林，畅春园规模不大，园内建筑相对简朴。行走在园中甬道上，胤禛对允禵的忌恨之意被多少压抑了一点。前几年，风传皇阿玛钟爱三阿哥，但诚亲王胤祉的园子被赐予西直门外。毕竟，诸皇子的赐园中，只有圆明园与畅春园近在咫尺。这或许表明皇阿玛有意把他留在身边，显然有意于他，不能不说是个好兆头。想到这儿，他的心情逐渐疏朗起来。

满洲家庭中，长辈接受晚辈请安，通常是在早饭之后。也许是与畅春园分别既久，康熙皇帝初来乍到，情绪不错，早饭后，信步踱到嘉荫堂，太监奏报四阿哥前来请安。他就势在堂中木炕上坐下来。

请安的规矩挺大，在皇宫和王公府第及宗室家庭中，一般请安不行，得跪安。胤禛携嫡福晋被太监引进后，先肃立说："儿臣恭请皇阿玛圣安。"

"皇阿玛"是满语，在汉语中没有合适的对应词，由于满语将皇帝称为可汗，可直译为"皇帝爸爸"。说完后行跪安礼：男的出左腿，右膝着地，在左膝也着地的同时，右腿立即站起，带着左腿也站起，恢复肃立；女的不跪，只是挺胸抬头，两肩平稳，慢慢地一直下蹲到底，再慢慢起来，恢复肃立。

如果是臣僚，跪安后就开始奏对了。胤禛夫妇也照这个规矩来，前走几步，在一个厚毡垫直身跪下，听候皇阿玛有什么要说的。

玄烨对胤禛没有什么要交代的，只是乌拉那拉氏的到来，又勾起了他的冥想。他从木炕前走过来，亲切地对她说："朕能够在这里安享太平，实实仰仗于你的阿玛与那些在天英灵的浴血苦战。"

别看乌拉那拉氏在炕头上粗粗拉拉的，但在场合上，从来拿得住大家闺秀的派，给外界留下一个恭敬柔顺的印象。她叩首道："皇阿玛万机暇余尚能念及小女的阿玛，小女代全家在这里谢恩了。"

玄烨坠入了往事，"昭莫多会战打得苦啊，血流成河，横尸遍野！两军对阵，为了阻止骑兵冲击，阵前置拒马木。在昭莫多，费扬古打红眼了，下令弩铳在前，藤牌继之，拒马木反倒置于身后。他断了自己的退路，也是告诉噶尔丹，俺就没打算退！就在双方僵持不下时，好一个费扬古，出一路奇兵，直取老噶子的辎重粮草。老噶子一下慌了神儿，往下的仗，哈哈，他就没法儿打了，连他的老婆阿奴都战死了。"玄烨说累了，一摆手，"你们退下去吧。"

胤禛却没有退下去，而是叩首道："皇阿玛，儿臣有份折子。"说着从怀里掏出一条尺把长的奏折。

"你真是一刻也不让朕闲着。"玄烨接过来，转身回到木炕前，戴上老花镜。他读得很认真，看到后面还不时地翻翻前面。

胤禛紧张地看着皇阿玛的表情。这道奏折是他和允祥、戴铎经过缜密调查而潜心写就的，不仅无一字是虚，而且脉络清楚，勾勒出江南三织造府以及江南盐商为诸皇子买女子的轮廓。

事情起之于二阿哥，经由苏州织造李煦拉皮条，他在三十三年玩弄准备赴皇宫唱昆腔的江南女戏子马氏，从此一发不可收拾。四十二年私自托江南官员买了两个常熟女子，每个作价六十两银子，带到京师玩了两年，以每个一百两银子转卖。有的阿哥听说暗自称羡，此途既可食色又可生财，便委托江南官员和盐商代为购买女子。近年来江南三织造府以及江南盐商共送到阿哥府上二十三个女子，年纪均在十五六岁，仅苏州织造李煦就为八阿哥买了五个，为三阿哥买了两个，为十四阿哥买了一个。这些女子命运悲惨，有的被玩弄够后转卖，有的出王府即沦为娼妓，有的进了京师民间戏班子，有的嫁与旗兵随旗，另有数个成为王府丫环，实际上是小妾。据查，十四阿哥蓄有两个江南小妾，其中的一个是八阿哥送的。奏折分析说，前几年，八阿哥揣测皇上有意传位于三阿哥，便将这条食色生财之道告之于他，令李煦为三阿哥挑选女子；近年来，八阿哥又暗自揣测皇上有意传位于十四阿哥，便将李煦买的女子送入十四阿哥贝子府，曲意奉迎。

好大一会儿，康熙皇帝摘下老花镜，把折子一合，仰脸想着什么。

胤禛鼻子发酸，嘎哑地说："儿臣是怕太祖的血脉、皇阿玛的子孙不争气，误了大清的基业，才摸清这些葫芦倒茄子的事，其中无一字是虚，无一词是糊弄局儿，皇阿玛如若不信的话……"

玄烨看着他，说："朕没有不信，朕信。"

他冷淡地重复了一遍："朕信。不用你再说了，朕明白，这份折子看来是下了功夫写的，不是胡诌白咧，上面的事情假不了，也用不着再查了。"

胤禛壮着胆子问："皇阿玛打算如何处置？"

玄烨背过身去，顺手把奏折扔到炕上，说："你可是够上罡风的，你不妨帮助皇阿玛出个主意，看皇阿玛还能如何处置。折子里告的这几个阿哥，二阿哥已拘押在咸安宫，人还活着，与死无异；三阿哥比你年长一岁，谨小慎微，并无过失，而每次受封你都在他之上；至于八阿哥，前一阵子御门听政时，朕在他进献猎鹰一事对他发了脾气，他元气大伤；十四阿哥身为抚远大将军，现在西宁驻守，军国大事仰仗于他。你说，朕能怎么样他们？"

胤禛吃惊地问："那就没事儿啦？"依照他的经验，皇阿玛对阿哥们玩弄江南女戏子这类事是最憎恶的，万万想不到，真凭实据摆在眼前了，诸多阿哥们一块犯事，皇阿玛居然会无动于衷。

玄烨将折子交回他的手中，"朕还可以告诉你，青海地方苦寒，大将军如果整天受煎熬、没有一点乐呵，便无心统兵御将。因此，朕同意十四阿哥带一侍妾出征。她不是别人，而是你这道折子里提到的、八阿哥送他的江南女子，也是李煦为八阿哥买的江南女子中的一个。"

胤禛惶惑了一阵，不甘心地追问："不动诸位阿哥就是了，那苏州织造李煦呢？他成天为诸阿哥拉皮条，也不动？"

玄烨眼中浮出亲切的笑意，"李煦，这个老油条，眼下这座畅春园，第一任总管就是他，他给朕收拾得满利落的。"

"儿臣是问，拿这种皮条贩子怎么办？"

玄烨嘴角挂着苦苦的笑纹，"李煦是不得已。一个包衣老奴，哪个阿哥他也不敢得罪，哪个阿哥张了嘴他也得照办。"

胤禛叩首道："明白了。皇阿玛如果没事了，儿臣就退下了。"

玄烨转回身。"且慢退下。朕还有事。"

"儿臣听着。"他再度叩首。

"你曾否让江南官员买过女子？"

乌拉那拉氏插话："没有。我家没有这等烂脏之事。"

玄烨转向乌拉那拉氏，"那就好。你是忠良善战的栋鄂氏之后，你得管着胤禛。你的阿玛费扬古当年荡平噶尔丹，胤禛要不老实，学其他阿哥的样子，玩弄江南女子，你就荡平他。"

听到皇阿玛无意中说出了他们两口子炕头上的话，乌拉那拉氏使劲咬着嘴唇才没有傻笑出来。

玄烨疲惫地坐下来，指着胤禛的胸口，尽力高声说："胤禛，你听着，你的皇阿玛老啦，操不起那么多的心啦，别的阿哥怎么花花搭搭的，是他们的事情，朕操不起那份闲心，也管不过来，但得管着你，你不准花里胡哨的，不准出事，否则没地儿后找补去。懂吗？"

胤禛说："儿臣懂了。"他似懂非懂，但是心却提到了嗓子眼儿。

玄烨朝外挥了挥手，"伊力。"

按照规矩，胤禛和乌拉那拉氏面对皇阿玛朝，后退几步，而后转身离去。从出了嘉荫堂到此后很长时间，他都觉得皇阿玛最后的几句话是在暗示什么，好像是在托底。

三十一、秦淮河畔－咸安宫－八贝勒府－神武门

康熙五十八年春，八阿哥和九阿哥各自带着嫡福晋，结伴到江南游玩，李煦和王鸿绪奉旨陪同。他们一路上转了苏州、京口，江宁是最后一站，准备在这里再耽搁几天，休整一下就回去了。

这天下午，嫡福晋们累了，在两江总督府休息，二位阿哥得以单独外出。他们的小九九是到秦淮河畔转悠。到这种灯红酒绿之地，不仅不便与外人道，更不能让福晋们知道。

王鸿绪与李煦怕阿哥在是非之地惹出麻烦，更怕他们禁不住诱惑钻进去，拖着老胳膊老腿跟了出来。几乘小轿子把他们抬到贡院街。一如所料，二位阿哥登时被远处的一个大妓院吸引住了。

秦淮河畔的"逍遥津"是贡院街的大妓院。这里的买卖虽然不如过去，依旧红灯笼高悬，几个女人依旧往里招呼客官，这类女人一般是妓女的假母、老鸨，也就是北方称之为"养妈儿"的，一个个的打扮，满哪儿都透着艳俗。里面传出阵阵丝弦，那些曲子在北人听来，都是下流淫秽的"窑调儿"。

二阿哥复废后，新任两江总督张伯行称，废太子在贡院街买妓女赠与京城心腹，此乃江宁之耻，遂下令查封"逍遥津"。查封令刚下，江宁将军衙门下属的步军营派出兵丁冲进来，不由分说把嫖客一通饱打，有的嫖客光着腚就被扔到街上，妓女吓得鸡飞狗跳，有的借机改投别的娼馆。那些日子，这里的"逍遥"被扫荡一空。后来老板范溥进京，使了暗劲，据说走了上层门路，得以重新开张。张伯行随即下令，凡两江官员到贡院街嫖妓，一经发现严惩不贷。江南官员知

道张总督说话算数，连噶礼受贿都不曾放过，在扬州会审中尽数抖了出来，就更别说惩治其他官员了。一时间官员纷纷自律，在贡院街暂时绝迹。

人流中，二位阿哥闪出来，各自拿着把扇子，在胸前装模作样地扇着，摇摇晃晃地走近"逍遥津"。眼下挺凉快的，用不着扇子，他俩不过是模仿江南相公的派。但是又打心眼里鄙夷江南名士，这种仿效不过是图个乐儿。后面跟随的是李煦和王鸿绪，俩老头儿气喘吁吁地紧赶慢赶，就怕被两个假名士给甩了。

允禩指指写有"逍遥津"字样的红灯笼，回头说："'逍遥津'在京城传得沸沸扬扬的，原来就是这里。这就是当年太子的窝儿？"

王鸿绪答："正是此地。二阿哥在这里住了几个月，他花天酒地不说，还用范溥的银子买妓女，送到京城，笼络太子党人。"

"逍遥津"门口的女人习惯性地拥了上来。她们不理会李煦和王鸿绪，那是俩糟老头儿，而是直奔着允禩和允禵来了。

"哟，二位相公多体面呀，一看就是打北边来的。"

"北边的汉子泡南边的妹子，天作之合呀。"

这些女人的嘴上都像涂了蜜。不仅如此，她们长期与南来北往的人打交道，眼力很贼，一搭眼就能看出客官的大体来路。

允禵挺感兴趣，凑上前，"嘿嘿，这些小娘们儿真有两下子。我们还没张嘴说话呢，你们怎么知道我们是打北边来的？"

一个女人挑逗地瞟过来一眼，"您张嘴了不是，一张嘴听出您是打京师来的。奴家没有说错吧？您看奴家这两下子怎么样。"

允禵心旌摇曳，"你那两下子怎么样，在大街上可看不出来。"

那个女人脉脉含情地贴过来，"那在哪儿能看出来呀？"

允禵脸上挂着淫邪的笑意，"只有背人的地方才能看出来呢。"

"那，奴家就带你到背人的地方去吧。"

允禵不能自已了，拽着允禩，"走，到里面玩儿玩儿去。"

王鸿绪和李煦不约而同地上前，把这对阿哥使劲拽开。

来到无人之处，李煦劝阻道："使不得，使不得，二阿哥就是给玩儿进去了。二位阿哥前程无量，可千万别步废太子的后尘。"

王鸿绪接着说："允礽出事之后，'逍遥津'成了两江总督府的眼中钉，江南官员躲之犹恐不及，咱别惹这份麻烦。"

允禩有些不甘心，"我们玩儿一次，还有人会告到京城？"

王鸿绪正色道："现如今的两江总督不是阿山、噶礼之流，而是铁面无私、操守天下第一的张伯行。江南官员私下里都互相打招呼，说张总督在秦淮河畔的几个点都布有暗哨。"

李煦唯唯诺诺地干笑着，"奴才受二位阿哥之托，给二位阿哥都买过江南女子，前几年给八阿哥一次买过五个。二位阿哥要享乐，回京师府上可着劲儿撒欢儿，何必在这秦淮河畔招惹是非呢。"

王鸿绪接着说："二位阿哥这次下江南，皇上是知道的。八阿哥正如日中天，有望成为太子，何必在这种事情上授人以权柄呢。"

允禩的脸顿时耷拉下来，"我有望成为太子？还别提这事儿，提起它我就气不打一处来。我给皇玛送猎鹰让人做了手脚，皇阿玛在御门听政时发了大脾气，当着诸阿哥和群臣的面，皇阿玛言之凿凿，让我死了当太子的心。打那之后，我就从太子梦中醒啦！"

李煦规劝道："八阿哥，可别这么想，老主子的火暴脾气你是知道的，气头上他什么话都说，气一过去，又没事了。"

王鸿绪附和："也是。诸位阿哥总得有一个成为太子。拨拉指头算算，哪个比得上八阿哥，八阿哥是最有望的。"

允禩微笑说："拨拉指头算算，真正有望的是十四阿哥允禵。抚远大将军时下才是如日中天。我从心底盼着允禵当太子，别的阿哥要是上，我兴许还要搏一把，允禵要是上，我求之不得。"

关于诸皇子之间的关系，康熙皇帝说过一句屡屡被后来史家引用的话："十四阿哥向来与八阿哥相好。"实际上也是这么回事。允禵自幼与同胞哥哥胤禛不亲，而把允禩视为亲兄长，二人十分投契。在允礽太子封号反复立废时，允禵力推允禩；在病猎鹰一事上，诸皇子中真正为允禩打抱不平的，只有允禵。当然，允禟也为允禩喊冤叫屈，但他不像允禵跳得那么高，更多的是在人前叨咕，说允禩的好话。

李煦与王鸿绪规劝允禩时，允禟一直往"逍遥津"那边张望，心猿意马的。允禩刚刚说完，他立即附和说："阿哥间是分着伙的，宫里宫外都知道，八阿哥、九阿哥和十四阿哥，我们仨是一伙的，谁当太子都一样。这会儿十四阿哥当太子没跑儿了，皇位没出我们仨的圈儿，就行了。八阿哥，没有太子这个紧箍咒勒着脑门儿，咱也用不着怕外人说长道短了，张伯行即便布有暗哨，管的也是江南官员，管不着咱北边来的。"

允禩迟疑着。

允禟撺掇他，"刚才那俩娘们儿说咱是'北边的汉子'，八阿哥，'北边的汉子'既然都到了'逍遥津'跟前了，'南边的妹子'正冲着咱招手呢。事情都到了这步，您说咱该咋办呢？"

允禩拍拍他的肩，"那还不好说，你就进去'天作之合'一回呗。"

允禟摇着扇子，晃晃悠悠地往"逍遥津"走，"你呢？来呀。"

允禩说："我呀，不惹那麻烦了。"

李煦说："八阿哥，这就对喽。"

不知道王鸿绪是怎么想的，反正李煦和王胖子的心态不一样。王胖子捧八阿哥的臭脚不丢人，朝廷里这种人很多。他则为八阿哥一次买过五个江南女子，这在朝廷里是独一份的。一旦八阿哥倒霉了，这事儿要是捅出来，他丢人可就丢到家了。

咸安宫里通常是静悄悄的。间或有犯事太监被押解到配殿审讯，有的处以刑罚。所谓刑罚就是打板子，根据情节的轻重，打多或打少。每到这时候，东配殿里就传出凄厉的叫声。

冷宫生活过于无聊、单调，能给允礽解闷的是看审讯太监，最大的乐子是看太监挨打。每当板子呼地抡起来，啪地拍下去，挨打的一声惨叫，他就热血冲顶，恨不得亲自上手。

在允礽的潜意识中，对犯事的太监光打还不行，不过瘾，审讯的官员统统是废物，吼两嗓子就上板子，太简单，太笨。他认为，如果让他操办，会用些阴法逼迫犯事太监更快招供。他过去就有打人的瘾，事到如今，看见太监挨打，他总在一边摩拳擦掌的干着急。

审讯太监的一般是敬事房官员。这天，允礽出得正殿，听见东门就进去，谁也管不着他，也不敢管他，他想看就看两眼，不想看抬腿就走。

这回，允礽又是这样。但是刚进门就愣了一下。坐在案子后面的人不是敬事房的官员，而是十六阿哥允禄。

允禄生于康熙三十四年六月，现年才二十四五岁。玄烨长得不算精神，小眯缝眼、窄下巴、尖鼻子。他的儿子们都像他，长得好不到那儿去。允禄在诸阿哥中，长相中不溜，更显平庸。他的脸型狭长，下部稍宽，京城里称为"坠子脸"，平日里总像没睡醒，颜面浮肿，肿眼儿囊泡的。

后人很难想像，允禄的特长居然是数学，年纪轻轻地就充算法馆总裁，并在康熙皇帝的亲自指授之下，参与修《数理精韵》，算得上是一位数学家。但是，他并不打算一辈子和数字打交道，也想有些大作为，封王当大官。

允禄对允礽保持着有分寸的客气，"二阿哥，您来啦？坐。"。

允礽当仁不让地一屁股坐下，说："居于冷宫，都快闲出毛病来了。我原本以为是敬事房审案子呢，来凑凑热闹。没想到十六阿哥出动，想必办的不是小案子，更得看看是怎么回事了。"

允禄说："既然来了就别走了，早就知道二阿哥审案子有两把刷子。当太子那会儿办过不少大案。有您在这儿坐镇，弟弟心里踏实多了。"

允礽扫兴地摆摆手，"好汉不提当年勇。二哥现在也是被看押的人，朝廷要犯一个。今天要审的是什么人？"

提起这茬儿，允禄就一脑门子气，"两个坏种，坏到家了。一个坏种叫张疙子，是永寿宫太监，另一个坏种叫张六和，是鹰坊太监，都是河间人，叔伯兄弟。他们串通一气，偷东西偷疯了。永寿宫里有顺治皇帝恪妃留下的玛瑙如意、玉痰盂、翡翠笔筒，全让他们盗出宫卖了。都是咱们祖母辈传下的珍物，让他们这么糟贱，把皇阿玛给气坏了，光敬事房审讯还不够，让我审审他们还干了些什么。"

允礽来了精神，"张疙子和张六和？巧了，他俩是从太子府出去的。"

他顿时耳热心跳，被激起打人的豪情。他边挽着袖口边说："当年这对叔伯兄弟在太子府邸时，就小摸小拿的，没想到臭毛病至今没改，还越偷越大发了，居然大摸大拿起来了。把他俩带上来，瞧哥哥怎么拾掇他们。不是哥哥吹牛，撒泡尿的功夫，我就能给他们榨出油来。"

"二哥真有这本事？"

"收拾别人兴许没办法，收拾这俩我一套一套的。"

允禄喊道："带张疙子、张六和！"

两个犯事的太监被带了上来，都是三十大几岁，长脸盘，黑瘦黑瘦的，满不在乎的神情中透着股子干练。他俩斜睨着允禄，像是看一张发面饼，上去咬两口的心都有。但是，他俩转眼看到允礽踱过来，立即大惊失色，接着浑身打战，而且身体越抖越厉害。

允礽向后甩着大拇哥对允禄说："瞅见没有？这俩跟我，蒸笼里探出个脑袋，熟人儿。这对叔伯兄弟在我的府邸当差时，我在他俩身上没少下功夫。在别的王府，太监犯事一次就开了，我不，舍不得开，犯事一次打一次，打得他俩坐下病根了，见了我就发病哆嗦。哥哥劝你一句，对这俩老油子不用审，你抓住的掌儿，他们早就编了套瞎话等着你，且不认帐呢。你没抓住的，他们更不会吐一个字，审来审去都是瞎扯淡。对这样的，上来就得打，打老实了，他们连下水都能吐出来。"

张疙子和张六和眼睛中闪出了发自心底的恐惧。

允礽随即东张西望，走来走去，像是在找行刑用的东西，嘴里还唠叨着："不行不行不行，像过去那么打没劲，今天咱得换个花样，拾掇出点花活。从前没有用过的手段，今天都得拿出来试试。"

张疙子和张六和扑通趴下，齐声喊："太子饶命！太子饶命！"

允礽继续来回转着，寻找着合适的家伙，左右手来回按着，指关节咔啪咔啪响，嘴里还不停地唠叨着："什么棍子呀，板子呀，都没劲，屁股打烂了，大腿打烂了，小腿肚子打烂了，也打不出个花儿来。今儿个呀，咱们得找点老娘们儿用的东西。"

张疙子、张六和牢牢地盯着他，恐惧的目光追随着他来回游移。废太子迈出的每一步，说出的每个字，都让他们战栗。

允礽笑咪咪地对他们说："老娘们儿的东西挺好使唤的。什么衲鞋底子的锥子呀，穿米袋的细麻绳呀，烫衣服的火烙铁呀，裁布用的小剪子儿呀，用这些对付张疙子和张六和就满富裕的。小锥子扎，细麻绳勒，火烙铁烫，小剪子儿干嘛呢？绞肉呗。我住在咸安宫里面，反正也闲着没事干，倒是愿意和二位有滋有味儿地玩儿上一把。"

"哎哟，我的娘哟！"张疙子、张六和一个样，鼻涕眼泪的糊了一脸，浑身筛糠，吓得快要昏过去了。

允礽趁热打铁，一虎脸，冲着他俩的脸喊道："说！除了偷永寿宫，你们还干过什么缺德事？你们要是倒干净了，我听着满意了，锥子麻绳火烙铁小剪子儿，全免！要不然，一样不少的，全上！"

张疙子脱口而出："我们还给别人办过事，收了二百两银子。"

允禄一拍桌子，"把这事说清楚！"

张疙子一指，"这得问他，他是鹰坊的。"

允礽的鼻子几乎贴到张六和的鼻子，"你就挑一样吧。小锥子、小麻绳、小烙铁、小剪子儿，让我用哪样伺候你？嗯？！"

张六和吓得晕晕乎乎的，"我是在鹰坊喂鹰的，皇上围猎用的猎鹰都是我们哥儿几个喂养。有一次，八贝勒府送来一对猎鹰……"

允禄一惊，插断他的话："再说一遍，谁送来一对猎鹰？"

张六和完全不能自控了，"是八贝勒府送来的，听说是南方雁荡山的种，调养过的，一只叫'黑红'，另一只叫'红黑'。那对猎鹰刚送到，就有人托张疙子给我二百两银子和一包药，让我在喂鹰的生肉里掺药。答应事成之后再给五百两银子。奴才贪财，鬼昧心肠，就照着做了。一夜下来，那对猎鹰被折腾了个半死不活。"

允禄惊惶地看了看允礽，"二阿哥，你听到没有？"

允礽说："听到啦。听得很清楚。小锥子小麻绳小烙铁小剪子儿，小小不言的还真管大用，居然把这么大的事诈出来了！"允礽仰面长啸，"八贝勒呀八贝勒，闹了半天，你是这么被人给涮了一把。"

允禄口气缓和了："张疙子、张六和，送银子和药的是谁？"

张疙子说："姓孟，自称孟老九，不知真名实姓，住在虎坊桥。老孟答应事成后再给五百两银子。事后我们去找他时，已是人去屋空了。"

允礽接着说："随后你们就找房东打听。据房东说，那个孟老九只是临时租用房子几天，家眷一概不住在那里，连屋子里的陈设都是原来的。他人一走，连个影儿都摸不着了。"

张疙子说："太子您是怎么知道的？真的就是这么回事。"。

允禄没主意了，求助地看看允礽。

允礽说:"用不着看我。我早就觉得八阿哥送病猎鹰那事不对劲,有人给他下了套。可惜呀,这事的线头断了,查不出幕后指使了。"

允禄说:"现在该怎么办?二哥给拿个主意。"

允礽说:"这还有什么可商量的。宫里宫外都知道,我当太子那会儿挡了八阿哥的道儿,他跟我一直不对付。事到如今,顾不过来计较这些了,你尽快把这件事奏报皇上,让皇上给八阿哥解套就行了。"

三天之后,允禄到允禩府拜访。他此行带着皇阿玛亲笔写的一份东西,这份东西很难算得上谕旨,也不完全是私人信件,就是一行字。允禄此行的身份既不是宣读圣旨的钦差,也不是送信人,仅仅是这个阿哥给那个阿哥捎去老头子的一个心意。

允禩病了。不是什么大病,估计是在江南玩儿累了,会京后身体不适,有些头疼脑热的,需要静养几天。他正搭着毯子坐着,见到允禄进来,不说话,只是一指左侧的椅子。

允禄会意坐下,太监照例送上一碗沏有红枣桂圆肉之白糖水。直到他抱着碗咕嘟咕嘟喝水时,才注意到八阿哥在盯着他。

朝野俱知,诸皇子争储,主要是年纪稍长的几位阿哥在争,够争储资格的几位大致在大阿哥到八阿哥之间,就像马拉松长跑一样,冠军只能在"第一集团"中产生。年纪小的阿哥中,除了十四阿哥允禵,其他阿哥都不够争储的资格,得靠边站。但是,他们也不全都在那儿观望,而是各有依附,不是依附这位阿哥,就是依附那位阿哥。从年纪来看,十阿哥允䄉、十三阿哥允祥、十六阿哥允禄自然属于"第二集团"的。至于允禄这个年龄层次再往后的,都属于"第三集团"了,就像马拉松赛跑中,被甩得没影儿的、离离拉拉的那一大帮选手。

允禄自小是八阿哥的跟屁虫,拖着鼻涕时就跟着允禩屁股后头转,允禩说东他不敢往西,由于年龄差着十三四岁,允禩都不稀罕搭理他,但是他痴心不改,一直忠心耿耿的。时过境迁,这会儿的允禄不是拖着鼻涕的傻孩子了,他到底倒向谁?允禩吃不准。而且他这次来串门实在有些突然,不知道他干什么来了。

允禄放下茶杯,说:"十六弟这次来,是通报一件事:三天之前,我奉命在咸安宫里面审讯了两个因盗窃入罪的太监,二阿哥被关押在咸安宫里,闲着没事干，帮着我审讯来着。还是二阿哥有办法，连蒙带唬的，一通穷追猛打，那两个太监供认了一件事。"

允禩兴趣不大，"他们供认了什么事情？"

允禄沉吟了片刻，"跟您有直接关系，有人用银子买通了他们，对你送给皇阿玛的猎鹰用了药，致使那对猎鹰成了那样。"

允禩的身子向后一仰，愣了好大一会儿，才长长吐出口气，"沉冤总算能够洗清了。你奏报皇阿玛了吗？"

允禄站起来，走到允禩跟前，手掌有力地按在他的肩膀上。他斜眼看按在肩头的手，知道这时什么也不能问，只管听着就是了。

"弟弟是否奏报了皇阿玛，不言自明。八阿哥，十六弟这次来，给你捎来几个字。皇阿玛听说你病了，给你写了几个字，让我捎来。"允禄说完，把随身携带的锦盒打开，从中拿出一张纸递过去。

允禩慌忙跪下，接过这张纸，激动得手直抖，匆匆读了一遍，泪水刹那间涌了上来，嘴唇剧烈地抖动起来，接着伏地痛哭。

据史籍，这道上谕只有几句话，原文是："朕处无物不有，但不知于尔相宜否，故不敢送去。"

这几句话当然是有来由的。康熙皇帝读了内务府关于审讯犯事太监的奏折，知道在猎鹰一事上错怪了允禩，有些不落忍。但是皇上不可能向皇子赔礼，正巧有消息说，允禩生病了，于是向受了委屈的儿子做了个动作，让允禄把一道上谕送到允禩府上。允禩病了，皇阿玛想送些吃的用的，但不知该送些什么。但是，其中使用了"不敢"二字，允禩哪里承受得起。

且不说允禩府邸中随后发生了什么事情。第二天早晨发生的一幕是：允禩一大早就跑到神武门前，长跪不起。太监怎么劝也没用，他颠过来倒过去就是一句话："儿臣恳求皇阿玛免用'不敢'二字。"

太监没有法子，只好把允禩的话带了进去。接近中午，太监出来了，俯在允禩耳边说："你总这么跪着，老主子心中不悦，让奴才捎话，说您太多疑了。老主子的原话是，'八阿哥心思每每用在没用的地方，在没事的地方发出事端'。您要是听懂了，就回去吧。"

允禩点点头站起来，高举起双臂，冲着天大叫一声，疾转身走了。

三十二、大运河－八贝勒府－西山正白旗护军营

康熙五十八年初夏的一日。

混沌初开的破晓时分，大运河的河面上飘着灰蒙蒙的晓雾，像烟笼般遮蔽了桅杆。一条壮观的龙船从德州码头缓缓启航，一缕缕的雾飘来浮去，像是一绺绺灰白的头发，晃晃悠悠地贴着船身飘忽而过。

这是运送御服的龙船。皇上和后妃穿的丝绸衣服，不仅料子由江南三织造府督造，而且一部分龙衣由江南三织造府裁剪缝制，每年三织造府将督造的衣料和龙衣集中起来，定期运送到紫禁城，交付内务府内库保管。负责押运龙衣的官员由江宁织造府、杭州织造府、苏州织造府轮流派员。今年轮到江宁织造署，织造曹頫亲自押送。

大运河途经数省，龙船每到一地，当地的巡抚等主官得在岸边跪迎，并派出兵丁沿岸警戒。几天后的一个早晨，龙衣船从德州码头启航，由于雾太大，运河的两岸，几个皂隶打着锣为之开道。皂隶们敲得格外起劲。响亮的锣声中，不仅两岸的人纷纷规避，而且运河中的船也纷纷靠岸停驶，让龙衣船先行通过。

曹頫身着官服，站立船头，雾气如浓烟般在四周弥漫。他睡眼惺忪，脸色发青，看着灰蒙蒙的河面和灰蒙蒙的天际连成一体，龙衣船仿佛是在茫茫大千世界中移动着的幽灵，像是已经移动到天地的尽头。

这是他上任以后第一次押运龙衣。他企盼这个日子已经很久，为的是到京师看看。为此，他还带上了哥哥的遗孤小曹霑，让小家伙到京师开开眼。临出发前，李煦塞给他一个女子，请他捎到京师，交到八阿哥府邸。这么一来，他

的心绪被搅乱了，被搅得乱七八糟。

这会儿，那个女子在后舱睡着。女子自打上船后，不言不语，不吃不喝，终日里不是哭泣就是恹恹地躺着。

曹頫扶着船棚柱，低声骂道："这个女人真是个祸害。"

他生性平和，不轻易出口伤人，既然能够骂出声来，就一定有原因。

据他了解，苏州织造府为阿哥买江南女子有年头了，陆陆续续以家伶的名义送去不少。所谓家伶，即是家养戏班子中人，但这些女子没有一个学过戏，送到阿哥那里，还不是送到床上。对这一点，织造府的人心知肚明，只是不把窗户纸捅破罢了。皇子嘛，想尝个鲜儿，底下的人还不得紧着张罗。但是，自从允礽复废，对于阿哥要女子，织造府不能全然言听计从了，尤其是对八阿哥，他的起落总让人捉摸不定。

前几年，允禩给皇阿玛献上一对半死不活的猎鹰，在御门听政时被骂了个臭死，消息传出，朝廷内外俱知允禩当太子无望，巴结他有害无益。近来宫中传出，两个太监因为偷盗玉件受审，招出当年接受钱财而给猎鹰下毒。审讯细节没透露，俩太监已问斩，看来没有深追，肉烂在锅里，就这样了。一种说法随即从京师传到江南：老主子知道在猎鹰一事上冤枉了允禩，允禩有望东山再起。

最近，八贝勒给苏州织造李煦写了封信，让他不惜银子，一定要买到最漂亮的女子送京，不得拿不大漂亮的凑数。

李煦是官场上的老油条，办事不会一根筋。他将女子送上船时，对曹頫留下活话：女子不送不行，否则日后一旦允禩当朝，怪罪下来，李家就完了，曹家也得受牵连。但送也得两说着。诸皇子争储险恶，八阿哥刚缓过一点来，底子还很不牢靠，不愿意惹事，更不愿意有把柄交到其他阿哥手上，所以这个女子有可能不敢收留。要是这样的话，就把这个女子带回来，送回她的父母身边。

说得轻巧，吃根灯草。曹頫直犯嘀咕，不管允禩收与不收，这个女子是他从江南带出来送上允禩门的。人家收了，如此阿谀一个阿哥，曹家的脸面都丢光了，还谈什么"诗礼之家"；人家不收，辛辛苦苦带了一路，想拍马屁拍到了马掌上，曹家更没面子。

他唠叨着，"祸害，祸害，真真是个祸害。"放眼看去，晦暗冥蒙的雾更浓了，在高处同苍茫的天空融合在一起，在低处则在船的四周踯躅，而雾障的后面就是杀机四伏的魑魅世界。

身后传来一个柔柔的声音："曹织造，奴才请安了。"

曹頫回转身，只见轻烟一般的迷雾中晃动着一个轻盈的身影，就像个神秘的鬼魅般向着他缓缓走来。走近一看，是那个江南女子，雾气使她的面孔显得苍白而柔弱，整个人形影影绰绰的，衣袂微扬，裙幅轻舞，仿佛带有几分仙气，随时会融化在遮天盖地的大雾中。

曹頫没好气地说："躺够啦？哭够啦？"

"不如说是躺累了哭累了。"

"你总算知道起来了。"

那个女子依旧柔柔地回答："不如说是认命了"。

自打上船后，曹頫就烦她，从来没正眼瞧过她。听到这个回答，他不由细细打量起来她。看样子，这个女子刚梳洗打扮了一番，整饰后的她，使得他不由倒吸了一口气，好一阵子直看得发呆。

他端详着她，心里一遍一遍地喊着："好一个羞花闭月之貌！李织造，李织造，你给八阿哥备下了一个何等的尤物。"

那个女子像是被男人这样看惯了，微露羞涩，低声说："主子如果没有其他事，奴才就退下了。"

他随意一挥手，那个女子转身离去，弯腰进入船舱，不知是怎么了，他感到那个船舱如同一个黑洞吞噬了那个女子，不由一阵心疼。

大运河的航道过去曾经直通元大都三海子的积水潭。它在元代大规模疏浚过一次，历经整个明代，再没有认真疏浚，到了清初，由于河道淤塞，漕运船队不能直抵京师三海子，只能停泊在京师正东的通惠河河口，而后卸船，通过陆路将漕粮运输到京师。运送龙衣的船也是如此。

曹頫在通州上岸，押运龙衣抵达皇城，紧着到内务府上缴龙衣。交接龙衣只办了半天就完事了，当晚，他就把那女子和曹霑送到永安寺正白旗护军营曹宜家里。这两件事办妥贴，他在内务府的东官房客栈下榻，次日一早动身去东直门外的八阿哥府邸。

允禩允禩没有亲王、郡王的王爵，仅仅是贝勒，府邸大门并不壮观，普通三间，屋顶铺着青瓦。他下得轿子，送上名帖。

门房进去通报，等了好大一会儿，准入。他由太监领着，进入两层门，一直来到贝勒府的正殿。

跨过门槛，曹頫就感到气氛不对。允禩来过江宁，与他见过，按说不是生人。但这会儿，允禩却像不认识他，拿着李煦的亲笔信呆呆地看着，瞧那神情，心思显然不在信上，而是看着信想着其他事。

当他们对视时，允禩已有腹案，把信往茶几上一拍，说："噢，李煦又买了个江南妹子，让你给送来了，你们是不是以为是我要哇？"

曹頫据实回答："李织造是给您买的。"

允禩重重地咳嗽了一声，慢条斯里地撕了手中的信，"李织造闹两岔了。这个女子是给二阿哥的儿子弘晳备下的。十六阿哥说了，那两个犯事的太监本来是不会露出猎鹰下药之事的，是二阿哥连蒙带唬诈出来的。二阿哥身陷咸安宫，还能想到关照我，令我感激不已。要谢他一把，拿什么谢，弘晳到这会儿还没娶媳妇儿，那就拿个媳妇儿酬谢吧。"说到这儿，他仰面大笑起来。

曹頫说："敢情是这么回事。"

允禩把撕扯碎的信纸一抛，看着纸屑徐徐落下，说："阿哥的儿子们是世子，世子讨嫡福晋得由皇上指配。二阿哥落难了，世子弘晳不大可能被指配嫡福晋了，年纪不老小了，还是光棍一条。我替这位大侄子着急，于是让苏州织造李煦在江南给他挑个小美人儿。过得去针还得过得去线，光自己称心不行。李煦怕弘晳瞧不上她，便给我写了这封信，信里让我先过过目，我相中了，再强按牛头，弘晳瞧得上瞧不上，都关了钉了，得娶她过门儿，归里包堆，搂在被窝里的就是她了！"

曹頫说："您是不是过目一下？"

允禩爽快地说："我想，本贝勒就没必要为弘晳定夺了。弘晳老大不小的了，你尽快把小妞给他送去，让他自己拿主意吧。"

出了允禩府邸，曹頫说不上是烦燥还是惋惜，只是浑身涌动着一股古怪的感觉。他随着轿子的起伏慵懒地、舒适地晃动着，有点犯困，而只要一合眼，八阿哥送他出门时喊的那两嗓子就在耳边响起："如果弘晳瞧不上她，就送回江南去。"

东直门外到永安寺有三十多里地，落日时分，轿子行走在西郊荒漠的原野上。到天擦黑时，他来到西山脚下的正白旗包衣护军营。

正白旗护军营与所有郊区的旗兵营地差不多，由横平竖直的街巷组成，每幢房屋都是制式的，两间、三间或者四间围成一个小院子。由于兵民合一，旗兵都带家眷，最底层的旗兵和作为旗兵小头目的前锋住房两间，把总和千总住房三间，而佐领则住房四间，并且自带一个小院。这片营区中唯一的一个四间小院就是佐领曹宜的家。

下得轿子，曹頫推门进入曹宜的家。跑了一天，肚子有点饿，正要推门进入正房，听见里面传出温馨的对话。

他停住脚，挪到窗户那里看着里面。原来是小曹霑正趴在炕桌上吃饭，而那个女子正在给他讲着什么，吴侬软语怪好听的。连他都对这种北方大土炕和配套的小炕桌感到陌生，而现在，一个来自江南水乡的女子，那么快就适应了北方的大土炕和小炕桌。她歪着身子在大土炕上，胳膊肘撑在小炕桌上，好看地托着腮，边温温存存讲着热热闹闹的小故事，边往孩子的碗里夹菜，还时不时地收拾孩子嘴里漏出来的米粒子。

曹頫出生在京师，四五岁时才到江宁，在呀呀学语时学得是北语，此后尽管久居江南，但都是在衙门里出入，与江南老泥鳅们没有接触，所以至今听不大懂吴语。而小曹霑不一样，出生在江宁，自小被当地的仆役带大，学得一口吴语，能与当地人交谈。那个女子讲的事，他听得津津有味，以至饭也吃得倍儿香。

曹宜家的屋檐下有一个燕子窝。黄昏时，归巢的燕子围着巢上下翻飞，巢里的小燕子发出呢喃之声。小曹霑在问："青卿姐姐，小燕子在说什么呢？"那个女子柔柔地回答说："小燕子在说：不借你家盐，不借你家醋，只借你家房子住、住、住。"小曹霑放下了木勺子，"它们不是这么说的。"那个女子拿起勺子喂他一口饭，"不是这么说的？你听，小燕子叫的，不是'住'、'住'、'住'吗？"

屋里的小曹霑在听，屋外的曹頫也不由支起耳朵听。果真，燕子的叫声是"住、住、住"的。曹頫站在窗外看着，突然心里热乎拉的，感到旗兵的制式小院骤然平添了些许温馨。

他爱他的侄子，爱这没有见过爹的宝贝疙瘩，凡是能够给这孩子带来欢乐的人，就能博得他的敬意。那个女子又说了些什么，孩子被逗乐了，在咯儿咯儿的笑声中，他推开门走进来。孩子的笑声止住了，那个女子不安地从炕上下来。

他第一次正式端详她。即便在昏暗的油灯下，她也显得如此罕见。明亮的双瞳，粲然如玉的牙齿，唇角边两颗轻圆的酒窝，好一个吴越娇娃。要命的是她的神态，她一点也不觉得自己有多么美，美的可以让男人跪倒一大片，而是在隐忍中静静地等待着男人随意发落。

曹頫问：“你叫什么？”

“吴青卿。”

“多大啦？”

“十七岁。”

“倒正是嫁人的年纪。”

她惶恐地问：“明天就把我送到八贝勒府？”

“你家是江南哪个县的？”

“太仓。是不是明天就把我送到八贝勒府？”

“家里是干什么的？”

“开米行的。曹织造，倒是告诉我，是不是……”

“你的父母亲为什么卖你？”

“米行欠债了，还不上。”

“卖了多少两银子？”

“一百九十两。”

“你还挺值钱的嘛，一般七八十两银子就能买一个。”

“兴许是奴才长相得体一点。是不是明天就……”

“明天不会送你到八贝勒府。”

吴青卿点点脑门上的汗，疲倦地坐到炕沿上，把小曹霑搂过来，紧紧地抱在怀中，低沉地说：“那就是后天把我送到八贝勒府？”

“后天也不去八贝勒府。”

“那就是大后天？”

曹頫坐下来，“哪天也不送你进八贝勒府。换了个地方，过两天，你跟我到另一个小王爷家里去。”

吴青卿显得那么的世故，“奴才不用去八贝勒府了。那就是八贝勒把奴才赏给别人了。是不是？"

"差不多吧，是让给别人了。"

"我又不会唱戏，怎么给人家当家伶？"

"谁说你要当家伶了？"

"买我的时候就是这么说的。"

"这回不是当玩物了，是去当老婆。"

吴青卿不安地问："当老婆？是不是明媒正娶的老婆？"

"是不是明媒正娶不好说。起码那个人还没有老婆，你是头一个。"

"奴才能问问吗，那个人是谁？"

他低头思索了一下遣词，抬起头来，直视着她，"吴青卿，早晚你也得知道，晚说不如早说。他是废太子的儿子，叫弘皙。"

"废太子"这种称谓显然超出吴青卿的认知范围了。她说："太子就是太子，不是太子就不是太子，什么叫'废太子'？"

"跟你三言两语说不清楚。"

"废太子的儿子？是不是他的爹爹倒霉了？"

"就是这么回事。"

吴青卿轻松地吁出一口长气，边收拾着碗筷，边侧过脸说："那倒好。我倒愿意嫁到这种人家。"

女子的反应令曹𫖳吃惊。"你愿意嫁给犯事的破落户？"

吴青卿看看他，像是在看个傻孩子，眼中闪出与年纪不相称的火花，里面搀混着无尽的关爱。她的嗓子有点哑，"怎么不愿意？门槛高的我还不敢去呢。别忘了，我家也是破落户。如果不是破落到一贫如洗的境地，也不会卖我。他家再破落，也还没到卖儿卖女的地步吧。"

曹𫖳显得略微轻松些了。"那就直说吧，你将要嫁的这家人，老头子也就是那位废太子，还关在冷宫里。"

吴青卿甚至有点高兴，"那有什么？我虽然不知道冷宫是个什么地方，但总觉得，关在冷宫的人才知道人间冷暖呢。将心比心，这种人家倒霉了，子孙知道轻重，知道爱别人，也更需要别人疼爱。"

这回，是曹𫖳吁出一口长气。

三十三、西宁大营－乾清宫－朝阳门外－乾清宫露台

青海的春天总是姗姗来迟。内地已是冰雪消溶，而西宁依然是严冬景象，荒凉的山峦经受着狂风的鞭挞和冰雪的窒息。

康熙五十九年初春。寒风怒号，旌旗猎猎。抚远大将军幕帐前的黄龙纛特别醒目。黄龙纛之下，允禵迎风站立，在他的后面站立着西征的实际统帅岳钟祺，前面则匍匐着数不清的僧俗。

这是抚远大将军允禵西征途中的一幕。

西征的目的是讨灭准噶尔叛乱，振兴黄教。允禵到达西宁后，通过小呼弼勒罕笼络西北诸部落，稳定人心，不致作乱，同时做六世达赖喇嘛的细致工作，说明朝廷此次用兵的重大意义。通过六世达赖喇嘛号召藏民，臣服朝廷，欢迎清军进驻。

兵贵神速。允禵治军是把快刀，刚驻防西宁就惩处了两个不得力的官员，吏部侍郎色尔图督饷失职，都统胡锡图因索诈骚扰地方被治罪。在整顿内部的同时，派兵抵达河西走廊，把对西藏用兵作为重点。自康熙五十九年年初，康熙皇帝下令分三路进军西藏。第一路由平逆大将军、西宁军属都统延信率领出青海入藏；第二路由定西将军、川军属护军统领噶尔弼率领从康定出发，出打箭炉，二路入藏；第三路由振武将军傅尔丹率领，自蒙古西行出镇西。同时令查布驻防西宁，平郡王纳尔素驻防古木，稳定后方。四川总督年羹尧坐镇四川，未可轻动。

抚远大将军允禵则奉旨由西宁移驻鲁斯苏乌河口，居中坐镇，以兼顾北、中、

南三路军务，并管制进藏的粮秣供应。好似当年康熙皇帝亲征，运筹帷幄，兵略指挥，皆非大将军总其成不可。

这个大动作为举国关注，万众瞩目。京城密切注视着西北。随着西北战事逐次展开，在京城，不仅在朝廷里，就是街巷、酒肆中，朝野最热衷的话题就是抚远大将军打到哪儿了。

康熙六十年阳春三月，玄烨御极六十年，创造了中国皇帝执政年头的最高纪录，加之抚远大将军收复西藏，紫禁城内外洋溢着喜庆气氛。

在玄烨六十八岁诞辰即将到来时，这天早晨，玄烨特意修了鬐口，穿戴一新，正准备出去活动活动筋骨，太监却送来一份大臣的奏折。以下是这份奏折的原文片段："臣愚以为皇上于启后之计，尚不能不顾烦睿虑也。方今储位尚虚，海内喁喁相望，已非一岁"，"今当宝历六十年周而复始之景运，真数千年未见之昌期，倘蒙断自宸衷，焕发德音，布告中外，择吉建元"，"圣寿无疆，方亿万斯年，青高孝养，亦亿万斯年矣。"

既然上疏，事情当说得越通俗越好，越是有经验的大臣，奏章的文字上越朴实无华。而这份上疏，不管在现在还是当时看，在遣词上都有些卖弄，却没卖弄到点上，反而挠到了玄烨的痒筋。中心意思是，皇上在位六十年了，该建储了。甚至拐个弯提出，趁着皇上执政六十年重新建元。中国历史上，有的皇上在位期间多次建元，例如宋徽宗就建元多次，专门挑祥瑞、好听的字眼作为年号。如果重新建元，顺水推舟换太子执政也未尝不可。这份奏折实际上把这层意思藏在里面了。在康熙皇帝固执地拒绝立储时，提出这个问题的确有风险。

这份上疏出自八十岁的内阁大学士王掞之手。此人为康熙进士，翰林出身，写过些奏章，出过本诗集，言谈有点儒雅之风。而他最得意的是，他有个祖上是明朝万历年间的大学士。在偌大个中国，明清两代都出大学士的家族如凤毛麟角。他自以为家族以儒学立世，有大学士的家传，平时既傲慢又迂腐，迂腐到了不谙人世的地步。

玄烨马上召王掞进乾清宫。直到他跪在毡毯上时，还以为皇上是赏识他的上疏，才召他进宫，颇有些自得地等待皇上夸他两句。

玄烨却冷冷地说："今年是朕登极六十年。你的上疏拐弯抹角说了一圈，是请求朕在今年立储。是不是？"

王剡回答："微臣正是此意。"

玄烨拖着腔调说："朕知道，你有个祖上叫王锡爵，是万历间大学士，官至首辅，内阁的老大，算个半拉子宰相嘛。是不是呀？"

"正是正是，祖上官儿当到这个份儿上，后世也有点光彩。"王剡的口气尽管谦卑，话里话外还是美滋滋的。

玄烨好笑地说："朕倒是觉得你这个祖上是个草包糊涂虫，你们这些后世没有光彩可言。相反，应该引以为耻才对。"

王剡说："微臣不知圣上何意？"

玄烨慢慢地踱着步，"为什么说王锡爵是个糊涂虫？他在明神宗朱翊钧朝上干事。朱翊钧年号万历，是明皇中在位时间最长的，四十八年，比朕眼下的康熙年号少十二年。朱翊钧在位期间，被立储一事闹得焦头烂额，迟迟不立储，这点倒是与朕眼下处境一样。你的祖上王首辅锡爵遂发起'争国本'，上疏怂恿立皇长子朱常洛为太子。朱常洛是宫女王氏所出，自小就是个病病歪歪的病篓子，朱翊钧对他不甚满意，给他俩字：'清弱'。而王锡爵发动廷臣，用大个馒头堵嘴，说得大模似样的，朱翊钧没辙，只得立了个'清弱'太子。不是这么回事呀？"

王剡回答："明史中是这样的，微臣的家谱中略有出入。"

玄烨把王剡的奏折掼到地上，"京城有俗：大萝卜不用屎浇（施教），你祖上的事，按说你比朕明白，但他怂恿立朱常洛这件事的后果，朕还是要说给你听。神宗朱翊钧病重时，宫廷里魏忠贤和'菜户'客氏专权，关外满洲太祖努尔哈赤称后金可汗，大明已内外交困，现衰微之像。如果当初王锡爵给朱翊钧挑个好太子，大明兴许还能多蹦几年，不至于那么快破大家儿。神宗朱翊钧驾崩，皇长子朱常洛面南称帝，仅仅当了三十八天皇上，御座还没捂热乎呢就驾崩了。他甚至没来得及建元！明朝局面自此一发不可收拾，苟延残喘了二十几年就大仰颏了。脆快地说，你的祖上王锡爵错翻了眼皮儿，给明神宗举荐了个亡朝太子，你王剡是不是要步祖上后尘呀？"

皇上好一通奚落，王剡无言以对，跟跟跄跄地退出乾清宫。

但是，儒教传统总是在焕发着读书人的忧国之念，而通过科举制度选拔出的官员中，从来不乏认死理儿者。在隋唐之后的中国历朝，舍得一身剐被视为名节的典范，时有提溜着头颅的上疏者。赶在玄烨御极六十周年这个日子上，抱着王剡这种念头的官员居然为数不少。

几年前，朱天保请复立二阿哥，结果被杀，十二言官接受教训，只提早日建储，没有提二阿哥一个字眼儿。而宫里传出的消息是，皇上训斥他们："朕身体衰迈，却还不糊涂，你们是想让朕放出二阿哥，以后二阿哥即位当皇上了，你们好到他前面邀功请赏呀？"玄烨还认为，王剡和陶彝等十二人都是汉人，他们要求建储是要看清王朝的笑话。关于这点，史籍中保留的玄烨原话是："万一有事，其视清朝之安危休戚，必且谓与我汉人何涉？"

康熙皇帝训斥如此严厉，处置得也不轻，将王剡、陶彝等发配西北效力。王剡年逾八十，次去数千里，只要上路就肯定没命了，其子王奕清请求代父流徙西北。当年杀朱天保时，朱天保的老父请求代儿赴刑场，不准。这次满朝文武都盯着，看皇上怎么办，皇上居然准了。

王剡加上十二个监察御史，史称"十三言官"。七月间，"十三言官"中的十二位加上个王奕清，被押出阜成门。这是北方最热的日子，白天像是烧着明晃晃的大火，土地是灼热的，树木也是灼热的。草都干枯了，踩上去欷欷作响。他们就这样走上了前往大西北的道路。

其实，"十三言官"在奏请立储时，两个上疏里都没有提到二阿哥一个字眼儿。但在康熙皇帝那里，凡是提立储之事，包藏的话就是再次复立允礽。

他们凄凄惶惶地上了路，也给了朝野一个信号：在老主子那里，二阿哥真的是完了。与之相应的是，十四阿哥允禵成为太子，只是时间问题了。

"十三言官"流徙三个月后，京城迎来一个喜庆日子。当年十月，抚远大将军允禵奉召回京述职，十一月抵京。那天，皇上令诚亲王胤祉、雍亲王胤禛率领亲贵大臣，自贝子以下，齐集朝阳门外迎接。这么一来就耐人捉摸，抚远大将军是从西北回来的，走西边的阜成门、西直门都行，可是愣要兜个圈子，从东边的朝阳门进城。这个圈子是奉旨兜的，迎接的王公国戚和官员们议论纷纷，认为是皇上诚心要给十四阿哥面子，让他更显金贵。

朝阳门外宏庙一带冠盖云集，就像过节一样，许多百姓也赶来看热闹，京城俗话称之为"站脚儿助威"。连走会的也来凑热闹，来了伙子表演"五虎棍"的，由五个人化装表演，一人饰演宋太祖赵匡胤，红脸长须。另外四个人饰演武士，勾抹花脸，手中持棍，边走边舞。

忽然有人叫喊："来了来了。"远处一片烟尘，几十匹马奔驰过来。

百姓都想看看抚远大将军的模样，都往前拥，兵丁拦都拦不住。谁也没有见过抚远大将军，只见马队簇拥着一个十六人抬大轿子。轿帘遮着看不见人。有不少人喊起来："抚远大将军，百姓们想见见你呀！"

轿帘忽地掀开，允禵高喊一声："停！"轿子刚刚停住，他就下了轿子，向两边招着手，大步向前走。围观百姓大为惊讶，抚远大将军没有穿大将军服饰，穿着竟是如此素净。

允禵的脸庞本来就大气，又被大西北的风尘染得黑红黑红的，透着股子威武之态，特别是"小辫儿打紧的"，透着武人的利落劲儿。清季男人蓄发梳辫有两种样式，一种称为"大松辫"，多为一般人或文人所喜；一种就是"小辫儿打紧"，辫根紧扎，接近脑后，辫花紧编，显得利落，多为武人所喜。当然，有的匪里匪气的小年轻也喜欢。

细心的观者注意到，抚远大将军上身套着件罕打罕，上有一排"凿铜钮子"，这是一种小球状黄铜纽扣，上面有凸凹的条纹，腰上挎的腰刀，是普通兵丁所用，粗糙的皮刀鞘，一点都不威武。看看他的鞋，脚上蹬的居然是一双矮帮圆短口的"皂鞋"，与平常百姓没啥两样。

允禵走到朝廷的迎接队伍中，诚亲王胤祉、雍亲王胤禛以及他们率领的亲贵大臣迎上前来，一一行礼，但都是官面儿上的文章，即便对同胞哥哥胤禛也是不冷不热的，只是简单的问了问娘的身体。

而允禵见到八阿哥允禩，久别重逢，俩人搂抱在一起，相互拍打着脊背，那个热乎劲儿就甭提了。见到九阿哥允禟，俩人又是一阵搂抱。

这些都被诸阿哥和亲贵大臣一一看在眼里，朝野所传的八阿哥、九阿哥、十四阿哥是一伙的，一点错也没有。

随后，允禵扬起头来，在人群中搜寻着。

允禩问："你要找谁？"

允禵说："平郡王纳尔素家的人来了吗？"

雍亲王胤禛凑上前说："平郡王的孩子都还小，没有来。哥哥替你想到了，把平郡王的嫡福晋曹佳氏请来了。"

允禵四下张望着,"她在哪儿呢?"

"在这儿呢。"人群后面响起曹佳氏的声音。

诸阿哥默默地闪出一条道,曹佳氏走了过来。对允禵行了个"双腿儿安",即双腿并拢,屈膝下蹲,又称为"蹲儿安"。

允禵双手抱拳,大步迎上前,"弟妹,论官职,平郡王在本将军节制之下,论辈份、年龄,我长平郡王两岁,得叫你弟妹。"

曹佳氏激动得眼泪汪汪的,"抚远大将军,纳尔素随着西征大军走了整整两年了,他连个信都没让人捎回来,他现在身体怎么样呀?"

允禵说:"他身体挺好,真的挺好。你就放宽心吧。"

曹佳氏问:"没有累着?"

允禵说:"西宁大营是个中枢,前面在打仗,后面催粮秣,千头万绪加在平郡王身上,怎么能不累呢,但也没累出毛病来。"

曹佳氏关切地说:"老纳子好喝酒,脾气躁,喝醉了就骂人,是个狗脾气。他没有误了抚远大将军的事儿吧?"

允禵爽快地说:"我和老纳子是一对狗脾气。说糙点,平郡王是西宁大营的大管家,不仅掌大将军印信,而且朝廷拨来的银子都由他掌管,这是个细致活儿,也是累人的活儿,老纳子大马金刀的,收拾的大行大市,特别利落。他虽然不像延信他们那样统兵御将,但也是功劳卓著。我这次回京面圣,他不能走,整个西宁大营交给他了。"

曹佳氏问:"他多咱能回来呀?"

允禵的脸绷紧了,"不好说。眼下西藏收复了,没多少战事了。但准噶尔汗还没有除灭,指不定什么时候卷土重来,所以西征大军短时期还回不来。只要西宁大营不撤,我和老纳子就不会班师。"

曹佳氏又泪汪汪的了,"那什么时候是个头哇?"

允禵说:"你实在想平郡王了,就去西宁大营嘛。"

允禵高声说:"弟妹,只要你不怕路远,经得住颠簸,我派人来接你,让你们两口子在西宁大营团聚。"

曹佳氏破涕为笑了。

深秋的太阳不是那么亮堂，尤其西斜时，看上去又红又大，可以用眼睛直视，甚至可以用眼睛凝视。

玄烨一动也不动地站立乾清宫的露台上，等着抚远大将军。在深秋的风中，他站立有些困难，几个太监搀扶着。他的脖子细，头颅小，辫子几乎全白了，单薄的上衣里面，支突着瘦削的肩胛骨。浑浊的眼睛中闪烁着老年人独有的那种期盼。皇上真的是老了。

允禵进入紫禁城，径直前往乾清宫。诸阿哥、亲贵大臣簇拥着抚远大将军进入乾清门，他们越走越快，最后几乎是在跑。

允禵甩开其他人，大步跨上高高的石阶，到了最后几级石阶，抬头一看，心里一阵酸楚，大叫了一声："皇阿玛!"身子向前一扑，跪着爬了过去，搂着皇阿玛的腿哭了起来。

玄烨不动，只是摩挲着他的头，让他痛痛快快地哭。

皇宫里长大的十四阿哥撒出去了。其实，真正统领西征大军的是年羹尧、岳钟祺，排兵布阵主要是他们的事情，允禵的作用主要是代表皇帝节制这两位实际统帅。他虽然有延信、纳尔素为左膀右臂，虽然有一大堆副将、参将辅佐内外，但朝廷的担子主要压在一个人身上。连续两年的征战，跋涉万里征程，戈壁、雪山，行军打仗，道不尽的艰辛要一个个解决；焦虑、不安，胜仗和败仗交织在一起，数不尽的烦恼劈头而来。营盘中的筹谋决定全军生死，抚远大将军在帷帐中没有人能够倾诉，胜算固然可喜可贺，但哪有那么多胜算，在逆境中也得强作镇定。现在要让他好好地哭喊一鼻子，把两年的欢乐与委屈一股脑倾泄出来。

终于，允禵的哭喊停顿了。

玄烨拍拍他的脸，"抚远大将军，哭够啦?"

允禵用袖口横着揩揩脸，站立起来，"哭够啦!"

玄烨笑了，说："既然咱们的抚远大将军哭够了，皇阿玛就可以赐宴了。由诸阿哥作陪，一块给抚远大将军洗尘。"

乾清宫有家宴和赐宴。家宴的讲究很大，皇帝升座、降座奏中和韶乐，后妃行礼奏丹陛大乐，进馔、进果、进酒分别奏丹陛清乐、中和清乐，并有承应宴戏。而且，后妃的桌子上都得摆放鲜花，几十道冷菜和热馔上的分外罗嗦。这些规矩是从明朝皇宫中沿袭下来的，基本上属于汉文化范畴。与家宴相比，乾清宫赐宴没有一定之规，完全看就宴者是谁而定，有时要简单得多，粗犷得多，草率得多。

在外面打仗的皇子回来，皇阿玛带着其他皇子接风，图的就是个酣畅淋漓，没有鲜花，没有韶乐，只有奶茶和酒肉。天色暗淡下来，乾清宫的露台上支起了篝火，火光雄雄，玄烨升御座，诸皇子席地而坐，侍卫给每位献上奶茶，一饮而尽，抹抹嘴唇；侍卫再给每位斟上酒，玄烨发一声喊，所有人再一饮而尽，再抹抹嘴唇。随后就是上肉了。

肉都是半生不熟的，用随身的佩刀割肉吃。所说的佩刀又名为"解手刀"，通常为镶银包头、银饰件的绿鲨鱼皮鞘子。鞘子分两格，一格中插一双象牙筷子，一格中间插一把柄饰很考究的刀，宽不及一寸，长度为六七寸，十分锋利。满洲八旗的男人常常随身携带，用来进餐时割肉吃。这显然是关外遗制，只不过在关外时，解手刀没有这么讲究。

玄烨的饭量不小，上了岁数后依旧能吃。这天，他吃得兴致很高，尤其是边吃边从御座上看着诸皇子狼吞虎咽，就像先人在白山黑水间那个吃法，心里高兴。

细细揣摩这种吃法，或许会品出些不易察觉的东西。"关外遗制"固然是为了保持满洲的铁血传统，但也参杂了些别的成份，用刀子割肉吃，席间对酒当歌，大呼小叫，无论是生理上还是心理上，都更贴切荷尔蒙过剩的男人犯混的天性，那是一种酣畅的宣泄，或者说是原始保留，是抒发心臆的上古遗风，因此它不是满洲所独有的。

侍卫把一盘烧鹿尾摆在玄烨的面前。他酒后微醺，抄起盘子站起来，身体有些晃荡，在诸皇子的惊讶注视下，来到允禵面前，说："抚远大将军，赏你一盘烧鹿尾，你给皇阿玛吃下去。"

康熙大帝当众赏烧鹿尾，而且亲自端到跟前，闻所未闻。允禵被感动得惶惶然。他已然吃得九成饱了，但要给足皇阿玛面子，对着这盘肉磕了个响头，坐下后，遂用佩刀割下一大块扔进嘴里，大口咀嚼起来。

月光下，火光下，玄烨慈祥地看着他，没有回到御座，而是踱里踱踱的在诸皇子中穿行着，开了腔："抚远大将军在西宁大营恐怕有所不知。半年多前，大学士王剡上疏，要求尽快立储；随后一帮监察御史上疏，翻蹄亮掌儿的，也是请求尽快立储。这一前一后的地里排子，放倒了核桃车的话，皇阿玛都听不进去。储位归属谁人，皇阿玛心里早就有数。"

乾清宫宽阔的露台上，刹那间静悄悄的，所有的佩刀都不动了，所有咀嚼都停止了，只有木材燃烧时所发出的哔哔剥剥的响声。包括允禵在内，所有皇子都意识到，在乾清宫这个地点，在为抚远大将军洗尘的赐宴上，皇阿玛在赏了允禵烧鹿尾，并且亲自端到允禵跟前，之后又说了这么番话，指向已经十分明确：储位非允禵莫属了。

需要提及的是，允禵面君述职并面受"来年进军"大计后，于次年四月复返任所。抚远大将军离京返任时，仍然如同当初迎接那样，朝阳门外冠盖云集，恭送如仪。如此高规格的一接一送，京师内外的议论自不消说，朝廷内外都认为，圣衷默定，神器已有攸归了。

三十四、江宁织造府大门－江宁织造府内

康熙六十一年深秋的一天。

一只脏兮兮的手使劲地拍打着油漆大门。看得出来，这只手曾经是光洁的、圆润的，现在也不大走形，但是指甲盖留得老长，而且每个指甲缝里都饱满地积蓄着黑黑的泥垢。

大门打开，门房是个二十多岁的小火。他上上下下打量了一番来人捂住鼻子，高声说："一身恶臭散出八丈远，能把人熏一跟头。臭要饭的，到这儿砸什么门？你想干什么？"

来人年纪在五十岁以上，辫子花白，乱糟糟地盘在头上，胡碴子爬得满脸都是，脸上黑一块紫一块的，穿着一身又脏又破既叫不上名也叫不上色的衣服，趿拉着一双破鞋，露出黑黢黢的脚指头。他呲出一口黄牙，边抓挠着胳肢窝的虱子，边用纯正的京腔说："你不就是个看大门的小力笨儿嘛，怎么敢对老爷子这么说话？老爷子为什么砸门？为的是进去讨口饭吃。"

门房恶声恶气地说："老傻瓜，你找错门了。看清楚了，这里是江宁织造衙门，不是私宅。别地儿要饭去吧。"说话就要合上大门。

"嘿嘿，私宅我还不去呢，找的就是江宁织造衙门。"来人用肩膀扛住门板，身子一蹭，进了门，随即在门洞里盘腿坐下，像个大爷般招呼说："好好听着，用不着给我上大菜，咱简单点儿，有盘红烧肉，外加一只清炖老母鸡就行，别忘了，老母鸡得给我炖烂点儿。"

门房恐怕从来没有见过这等事体，毛了一阵子，突然冒火了。"好你个老叫

315

化子老混混儿，跑到这儿撒疯来了，瞧我不揍扁了你。"

来人满不在乎地翻了他一眼，"小力笨儿，除了刚才说那两样，本教习忘了交代一件事：劳驾你再打半斤绍兴黄酒，要陈年的。"

门房抄起一根棍子，"你真是找揍哇！"。

来人像没听见，摇头晃脑地说："还有，外带半斤牛肉干。"

"红烧肉、清炖老母鸡、绍兴黄酒、牛肉干，好你个老叫化子，想得还挺全乎。我给你吃个棍子！"门房嗖地举起棍子，说着就要往下劈。

来人转过脸，迎着棍子说："且慢，如果是你家奶奶馨玉听说叶国桢教习来了，她断断不会叫你个小杂碎给我吃棍子。"

门房手中的棍子在空中凝固住了。

叶国桢像是在发令，"告诉她，就说叶教习国桢先生侥幸逃出雍亲王府，从京师一路讨饭，路上走了半年多，到江宁会她来了。"

一座幽静的跨院，一间幽暗的房间。叶国桢破衣烂衫地端坐在太师椅上，惴惴不安地等待着馨玉。别看他口气大，其实心中揣着一串闷葫芦：李煦是不是给馨玉托底了，馨玉知不知道她的亲娘是怎么回事，知不知道她娘后来嫁给了他，如果知道的话，愿意不愿意认一个逃离京师的老叫化子。等等。都是悬而未决的事。

窗外传出一阵急促的脚步声，他木呆呆地站起来。

门外传出一声："叶教习！"屋门嘭地一声撞开，馨玉哭叫着跑了进来，不由分说，一头撞到他的怀里，呜呜嗬嗬地放声哭起来。

一声"叶教习"把他的心喊回到肚子里，看来李煦把一切都告诉她了，而她是个有情有意的孩子。叶国桢淌着泪，泪水顺着面颊往下流，把满面的风尘冲开一道道弯弯曲曲的小沟。他不知所措地嘟囔着："我身上有味儿，把门的小力笨儿说了，八丈远就能闻到恶臭，你干干净净的，别脏着你。孩子，让我看看你是啥模样。"

馨玉像小孩子一样，在他的怀里蹭了蹭眼泪，抬头凝视着他，不自信地问："我长得像她吗？"

凝神对视片刻，叶国桢失声叫出来，"天呐，怎么跟你妈长得那么像。"

"苦命的娘呀！"馨玉再度扑到他的怀里，放声痛哭起来。

门槛处，曹頫拉着小曹霑呆呆地站着。小曹霑经常见到娘背着人小声哭泣，却从来没有见过娘哭成这样，叫道："娘，你这是怎么啦？"

馨玉慢慢离开他的身体，招呼道："曹霑，过来，见见这位爷爷。"

叶国桢扭脸一看，小家伙八九岁了，个头不算小，小身板儿挺得直溜溜的，打心眼儿里疼爱，不由蹲下，展开双臂，说："过来，你姥姥想死你了，可是临咽气儿也没见着，我替你姥姥亲亲你。"

小曹霑的小脸蛋儿胖乎乎的，眉眼越长越像妈妈，鼻子嘴巴越长越像爸爸。他每天白天到十四楼读书，晚上回到家就背唐诗宋词，成本大套地背诵，一个字不带错的，煞是惹大人喜欢。但是，就像许多富家子一样，他见到生人却特别地认生，更别说一个又脏又穷的老叫化子了。

见到他磨磨唧唧地不挪窝，直往后躲，往大人怀里藏，叶国桢突然明白了什么，低头看看自己的装束，俩黑脚指头在破鞋外动了动，自嘲道："呔！我这人不人鬼不鬼的一身，生生把小外孙吓着了。"

还是曹頫脑子快，招呼道："嫂子，以前的事慢慢叙叨，眼下先让叶教习收拾一番，咱们再给他接风洗尘。"

馨玉这才留意看看他，轻声说："您先洗刷一下吧。"

叶国桢吞了口唾液，"且慢洗刷，先垫垫肚子再说。走了一路，我总想四样东西，它们是：红烧肉、清炖老母鸡、绍兴黄酒、牛肉干。"

几天后，李煦闻讯从苏州赶来。

叶国祯洗刷干净后，精气神儿又回来了些，加上每天鸡呀鱼呀肉的，外带二两老黄酒，小日子过得挺滋润，他不仅缓过来了，而且整个人像是气儿吹的一样，"胖"起来了。

李煦见到他，来不及寒暄，就把他叫到屋里，细细盘问他在雍亲王府里说了些什么。他倒也不隐瞒，把"王八宴"的过程说得详尽之极。

谈得差不多了，叶国桢抱愧地说："说来惭愧，我一点也没有为您披藏，凡是知道的那点事，归里包堆，全告诉雍亲王了，包括您为八阿哥买江南女子的事。其实也没什么，正好永安寺护军营里有一位江南女人是我的邻居，是您买的送给八阿哥的,他玩儿腻了就手让她随旗了。连这档子事我也说出来了,惭愧惭愧。"

李煦淡淡地摆了摆手,"没什么好惭愧的,要保命嘛,你也是迫不得已。"

他低头想了想,猛地抬头问:"你是怎么逃出来的?"

戏子有戏子的秉性,李煦一问到这儿,正戳在叶国桢的麻筋上,他立即振奋起来,双眼放光,打开了话匣子:"关了我一年多,愣是没杀我。先前还锁在屋里,后来,嘿!您猜怎么着?那门也不上锁了,夜里我还时不时地到王府花园遛个弯儿。那程子要跑,翻过墙头就跑了。但本教习哪儿能翻墙头哇,咱是从大门走进来的,也得从大门堂堂正正出去。去年初秋,给雍亲王做饭的那个赵厨子说,过些日子得给我'办'了,也就是砍头。我着实有点怕,咱还没活够呢不是。嘿!您猜怎么着?赵厨子这傻爷们儿,第二天带我上街买菜。本教习还能等你丫挺的'办'了,他在那儿三根萝卜五根葱地买菜呢,我这边儿机灵劲儿上来了,抽个冷子撒丫子就跑。这一跑,我也不敢回永安寺护军营了,只好一路讨饭流浪,来找叶马氏的亲闺女。路上走了半年多,哎!那颠沛流离之苦就甭提了。"

叶国桢绘声绘色地地谈着,李煦不吭气地听着,渐渐琢磨出道了。从所说过程来看,他自认为是逃跑,其实雍亲王府是有意放他跑的。

戴铎是在正白旗义地,当着曹佐领面领走的叶国桢。正由于此,雍亲王处置他有难处:杀了灭口,正白旗护军营来要人时没法交代;放回去,怕他在旗营里胡说八道;在王府里养着,是个累赘。怎么办?生出个阴法:故意不锁他,让他夜里跑掉。他傻里巴唧的没跑,雍亲王府接着用"办"来吓唬他,带他上街,让他跑掉了算。由于他糊里糊涂地认为自己是逃犯,吓得不敢回正白旗护军营,怕人家追到那儿去,所以他即便胡说八道也没有地场了。放他逃跑这一手够巧的,既让正白旗护军营的人说不出什么来,又让他流落街头,放个屁也没人知道。

看着他沉醉在自家的大智大勇中,说得高兴,吐沫星子乱飞,李煦不忍败了他的情绪,不便点破,于是问:"你想过没有,打'王八宴'之后,你知道的事就被榨干了,全倒出来了,他们为什么又关你这么久呢?"

"他们要让我过堂呀。"

"在哪儿过堂?"

他响亮地说:"宗人府。打'王八宴'之后,我再也没有见到雍亲王,但雍亲王托十三阿哥允祥向我捎过话。"

"捎过什么话？"

他一拍胸脯，"叫我'好汉做事好汉当'，当面对雍亲王说的那些话，到了宗人府的大堂上也得敢说出来。"

李煦深以为然地点了点头。宗人府是办理皇族事务的，皇族最要面子，皇子与宗室子弟犯了事，不便拿到刑部审理，要那样就向朝廷公开了，传到民间不好看，于是由宗人府内部审理处置。

李煦捋着胡须想了想，问："老叶，你想过没有，他们口口声声要叫你在宗人府过堂，为什么你最终也没有上宗人府的大堂呢？"

叶国桢摸了摸头，"是啊，我怎么没有到宗人府过堂呀？他们是忘啦？不像。李织造，你说是怎么回事？"

李煦一边沏茶一边想着，四阿哥搜集其他阿哥的脏事，本来是要捅到宗人府闹一场的，这么一闹很容易把沾上江南女子的阿哥们搞臭。可是，他明明抓住了把柄，怎么没有到宗人府闹腾呢？只有一个答案，这就是他把事情捅到皇上那儿之后，让皇上给生生压下来了。这么一来，雍亲王看叶国桢没油水了，才甩掉他。

李煦把茶杯往桌子上一顿，茶水泼了出来。"对，就是这么回事！"

那么，皇上为什么对江南官员买女子谄媚阿哥们一事不做处置呢？

李煦拈须想着，一丝诡秘的微笑爬上了满是皱纹的脸。他一扶桌沿站起来，念叨着："雍亲王整天耷拉着脸，含而不露，以诡诈立世，但毕竟是嫩了点，始终没有摸到皇阿玛的一根筋。"

早在康熙三十二年，皇上就嘱托李煦拉昆腔戏班子，她们练成后送京师，入宫演唱，宫里猜测皇上与女优有染。对这些揣测，玄烨怕越描越黑，从不解释。允礽色胆包天，对传闻宁可信其有而不愿信其无。既然皇阿玛玩儿，他也效仿，以挑家伶为名，让心腹买俊秀女子送京，玩够了就卖，食色又来钱。玄烨接到不少密奏，但心中有愧，己不正无以正人，压下不管。往后，其他阿哥对允礽的做法眼热，也开这条财路。玄烨放过允礽，对后续者更张不开嘴。这种沮丧又无奈的心思没地方说，那次李煦回京述职，召到畅春园，私下和奶兄弟诉了番苦，由之李煦对皇上的苦衷门儿清。朝廷内外，只有李煦心知肚明，对于阿哥买卖江南女子，皇上的基本对策是装糊涂，不会认真处理。

四阿哥不明内里，煞费苦心地攥住了八阿哥与十四阿哥玩弄江南女子的把柄，想借着这个茬儿在皇阿玛那儿把他俩搞臭。李煦心里却明白，四阿哥即便写成折子奏报，皇阿玛也不会理会。

叶国桢憨大郎的劲头上来后，刹不住话。"人家馨玉又不是我的亲闺女，住些日子，我还得回昆山老家去。"

李煦却什么也听不进去了。以他几十年的官场经历判断，他真切地感到，四阿哥的这个浪头没有掀起来，没事了。想到这儿，他长长地舒了口气，心情舒朗起来。

与叶国桢谈完之后，李煦感到从未有过的轻松。他遛进西园，在繁花丛中遛达着，还随口哼着听熟了的昆腔。他五音不全，哼得直走调。

馨玉迎面走来，"爹，您什么时候回苏州去？"

他不回答，摇头晃脑地哼着昆腔，依旧哼得直走调。

馨玉撒娇地摇晃着他的胳膊，"碰上什么高兴事了，您的兴致这么高？您倒是说嘛，您什么时候回苏州？我想带上曹霑一起去看看。"

李煦的眼中透着慈爱的笑意，"想知道爹的兴致为什么这么高吗？告诉你吧，爹一时半会儿用不着回苏州了。想知道为啥吗？"

"想，快点告诉我。"

李煦欢畅地说："皇上恩准了，爹的苏州织造一职给抹了！"

馨玉高兴地把双手合在胸前，"真的呀？"

她听爹平日唠叨过，知道退职是爹求之不得的事情。一来，七十岁的人了，早就干不动了，到退职归里的时候；二来，干得太累，那些织户的历年亏欠不说，江南三织造府是皇室的小金库，皇家人挪用太多，以至全都年年亏空，而苏州织造府尤其是亏空大户，皇上赏给几个肥差干，仍然补不上窟窿。因此，爹早就不想干了。

李煦眯起眼睛遥想着什么，自言自语："这些年来，一直请求皇上允许退职，换个人来干干。这次来江宁之前，刚刚得到信儿，皇上恩准了，新织造很快就来。往后这些日子，和女儿、外孙住在一起，享享清福、颐养天年。"

馨玉听罢，笑了，难得地笑了。

女儿笑了？女儿笑了！李煦直眉瞪眼地看着她，心里隐隐地发酸发涩。由于她是那么个来路，这些年来，就怕诸阿哥在争储中，有人摸清她的底细，把她当成捅向允礽的一根大扎枪。哎，把她掖着藏着，这么些年了，花了多少心思呀。现在好了，看来险头是过去了。李煦这么想自然有这么想的理由。看来，二阿哥承袭大统完全没戏；胤祉有点戏，曾随皇阿玛亲征噶尔丹，近年率庶吉士纂修天文、律吕及算法诸书，备受褒扬；八阿哥威望回升，他从来就是诸阿哥中威望最高的，也是满朝文武最赏识的；当然，承袭大统最有望的还是抚远大将军、十四阿哥允禵，也只能是他。

对这个大势，李煦看得明白，这哥儿几个甭管是谁当皇上，都不会拿江南三织造府怎么样，他们都派家人到江南三织造府索要过银子和女子，知道织造府亏空是怎么造成的，不会怪罪，对忠心不二的包衣老奴略知一二。就此，他们也无心追索当年谁曾经玩弄南府昆腔女戏子一类事，馨玉和她的孩子平安了，自己的晚年也就可以安享太平了。

"姥爷！"一声清朗的叫声在他身边响起。

他扭脸一看，原来是小曹霑下学回家了。他的眼睛为之一亮，亲切地拍拍小家伙的头，弯下腰说："小家伙长高了。姥爷抱不动你了，亲亲姥爷。"

小曹霑顺从地抱着姥爷的脖子，呱儿啪带响地亲着姥爷的面颊。

越过孩子的小肩膀，他看到天边是一轮鸭蛋黄般的落日。落日使人安静，西边的天空残留着蔷薇色的微光，在黄红相间的云层中微微闪烁。他突然间觉得，西边那片神秘的天空下面有他所渴望的事物，恨不得立刻融化到其间。

烧红的晚霞，落日余辉辉映的西园一派灿烂。身边洋溢着孩子芬芳的气息，而孩子的身边是微笑的母亲。他的鼻子突然发酸。这孩子不是自己的亲骨肉，他却觉得比亲骨肉还要亲，奔波一生，晚年将要和这对母子厮守，那是何等情肠，何等惬意。为了这对母子，他还有好多事要办，要为母亲再张罗一个好男人，为孩子的成长操劳，看着他一天一天长大，甚至可能看到他娶妻生子。余下的岁月，安享晚年的岁月，但愿就这样热热乎乎地度过。

一阵阴冷的、不祥的风蓦然排闼直入西园，片刻间，把灿烂与芬芳全部吹去。树叶子发出一阵哗哗的抖动，花丛茎摧梗折，带起一片败叶枯枝在地上翻滚。不是由于风冷，李煦却身不由己地打了个冷战。

与此同时，街上突然传来紧急的锣声，伴随着摧心裂肺的呼喊。

敲锣人的喊声由远及近。一阵突发的惊恐蓦然袭上心头，李煦支楞起耳朵听了一阵，一把抓住馨玉的手，惊慌地问："街上喊什么呢？街上喊什么呢？我听不清，你告诉我，快点告诉我。"

馨玉吃力地听着，发出呢喃："喊的是什么……皇上宾天了。"

"皇上宾天啦？！"李煦眼睛一翻，随即扑通一声跪倒。

小曹霑吓坏了，抱着娘的腰，问："什么叫宾天？"

娘不回答他的问题，只是颤抖地推开他，把眼睛慢慢地投向天空。

阴郁的、灰蒙蒙的天空就像一张巨大的殓布，徐徐向城市飘落下来，无边的恐惧像一股风迅速吹散开来，惊惶的、不安的空气弥漫着，整座城市开始颤抖。从西园听出去，街上发生了骚动，不知有多少人嘶声喊叫，不知有多少人在徘徊疾走。小曹霑吓得一下扑到了娘的怀里，一个劲地哆嗦。

曹頫衣冠不整，边冲进西园边喊："驿马飞传，康熙皇帝于十一月十三日戌时在京西畅春园宾天。享年六十九岁。"

仿佛三魂六魄已然脱离躯壳，李煦像断了线的木偶一样，一动不动，甚至眼珠子都一动不动，木然听着。

曹頫扑通一声跪倒在李煦之前，继续说："老主子临终前，在遗诏中指定皇四子胤禛承袭大统，即皇帝位。"

李煦喃喃自语："四阿哥即位？"

李煦的头一抖，便软绵绵地耷拉下来。

馨玉与曹頫哭喊着，搀扶他起来："您这是怎么啦？怎么啦？"

李煦被搀扶起来，身体软遢遢的，两行老泪流下苍老的面颊，一直流进口角。他吧嗒着咸丝丝的眼泪，直起身，左手拉住曹頫，右手拉住馨玉，喉结滚动了好一阵，才努着力气说："曹家与李家，咱们两家的气数尽了。"

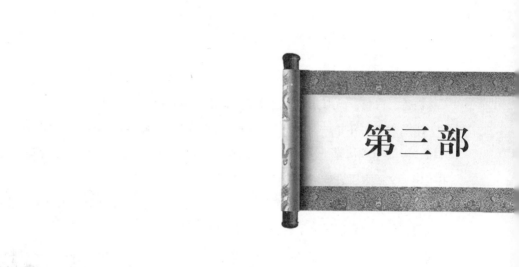

第三部

三十五、乾清宫－景山寿皇殿－养心殿

白色、白色，满那儿都是白绫子，乾清宫宛若穿上了孝服。

康熙六十一年十一月十三日戌时，玄烨在畅春园辞世，黄舆于当夜运回紫禁城，停放于乾清宫。次日举行大殓礼，胤禛为表示孝忠，特命诸王贝勒、公主王妃、文武大臣进乾清宫瞻仰先皇遗容。

太后太妃们进来了，在黄舆前恸哭一阵；阿哥们进来了，在黄舆前恸哭一阵；嫡福晋们与侧福晋们进来了，在黄舆前恸哭一阵。

胤禛不思饮食，不思休寝，每次来到黄舆前，麻木地跪下，耳边阵阵号啕，此起彼伏，他也捶胸顿足，哀伤呼号。恸哭归恸哭，但他的脑子并没有被别人的哀嚎和自己的哀嚎搅乱，始终用虚光留意着异常反应。他的背后没有长眼睛，可像长起一片片的芒刺，刺得他一阵阵瘙痒。他知道，不知有多少双眼睛，在退出灵堂前，会对着他的背后看两眼，他们在问：先皇怎么会选中了他？

几天过去了，胤禛这天依旧来到乾清宫，麻木地跪在大行皇帝的梓宫前，什么也不说，甚至也哭不出来。恸哭了几天，嗓子哑了，喉咙肿了，泛着血丝，嘴里除了血腥味，没有其它味道。

最初的铺天盖地的哀恸过去了，不用终日对着大行皇帝的梓宫哀嚎了，得以转动脖子，四下看看。常来这里，这里的一切他是熟悉的，可是在白绫子的覆盖下，此刻竟如此陌生。渐渐地，他的目光被那个雕龙髹金漆的御座吸引住了。

明殿的主要设施是九龙宝座，宝座是金漆木雕的台座，正面与东西两面都有木台阶，满语称"塔垛"，汉语称"陛"。台座上设金漆五屏风，屏风前设雕龙髯金漆的大龙椅，这就是御座。御座很宽敞，足够仨两人坐的，上有紫檀木嵌玉如意一柄、红漆痰盒一件、玻璃容镜一面、痒挠一把。座下左右设铜掐丝珐琅仙鹤一对、铜掐丝珐琅垂恩香筒一对、铜掐丝珐琅圆火盆一对，铜掐丝珐琅宝像一对。它们是用来熏香的。皇帝升座后，各种器物里焚起檀香，香烟缭绕，烘托出肃穆气氛。

回想起来，令人感伤。这么些年争储，争得死去活来，原来要争的就是这把硕大的椅子，即位要"即"的就是这个"位"。

诸皇子争储多少年，朝野就对储位谁属猜测了多少年。流传在朝野口头上的人选有二阿哥、三阿哥、八阿哥、十四阿哥，甚至有人猜测是五阿哥、九阿哥，其中以八阿哥、十四阿哥的呼声为最高。很少有人会想到储位最后落到四阿哥手中。

就胤禛本人而言，和朝野的判断差不多，心里对储位谁属也始终没底。传位是康熙皇帝晚年的头等大事。玄烨性格爽快，很难想像他确定某位阿哥后能点水不漏。以他的性格，不能不有所流露，不能不对意中人有所暗示。后世史家力求找出蛛丝马迹，证明玄烨早就相中了胤禛，但找到的相关证据只一件，而且不硬梆。说的是康熙六十一年四月，玄烨临幸圆明园，胤禛率钮祜禄氏和弘历恭迎。那天玄烨对弘历赞不绝口，谕令放在宫里养育，临走前对钮祜禄氏说："你是有福之人呐。"有史家称，玄烨这句话大有深意，称钮祜禄氏"有福"，即是在暗示她的男人将要承袭大统。其实，这种说法大有事后诸葛亮的意味。

康熙皇帝当了一辈子猎人，至老仍手痒难禁。同年十月二十一日到南苑行围，金秋季节，跃马扬鞭，好不欢畅。十一月七日回到畅春园就发虚汗，随即停止处理一切奏章。十一月十日，是皇帝例行的祭天之日，要到南郊的天坛祷告数天，祈告来年五谷丰登。这不是件小事，皇上病倒了，得有人代皇上祭天。事情有些微妙，皇上眼看快不行了，指定谁代为祭天，谁就有可能是他欲传位之人。

当然，有个在西宁大营的抚远大将军、十四阿哥允禵。这种时候不可能叫允禵回来代为祭天。玄烨一生不知做出过多少决断，而在行将走到生命的终点时，决定由四阿哥胤禛代为祭天。

胤禛二话不说，点起轿子直奔南郊的天坛。而在轿子中，他却有点慌神儿，代皇阿玛祭天固然是即位征兆，但皇阿玛一旦这几天驾崩，自己不在他的身边，就什么事情都可能发生。这时，十三阿哥允祥飞马赶到，凑在轿窗旁给他递了一句话："命隆科多进畅春园守护。"仅仅这句话，就令他拂去一脸虚汗，心里踏实了一些。

至今想到这一段，胤禛浑身还直起鸡皮疙瘩。灵堂里有点骚动，扭脸一看，说曹操曹操到，一个高高大大的大胡子威风凛凛地携妻儿前来祭奠。他就是理藩院尚书兼步军九门都统隆科多，由于一天来乾清宫数次，他的哀恸一次比一次少，这会儿已经显不出有多哀恸了，倒是往日的那种霸气重新显现出来。

揭到根上，隆科多先祖是世居辽东的汉人。第一代归顺的佟养性是炮手，操红夷大炮对明军作战。红夷大炮为西班牙、葡萄牙兵船或海盗船使用，满洲游牧骑兵哪能有这等重火器？炮手佟养性归顺，等于带过来一个新兵种，类似于在第一次世界大战中带过来一支坦克部队。努尔哈赤以爱新觉罗宗室女许之，佟养性从此发迹。佟养性有个侄子佟图赖，在攻打辽西各城的战役中威名远扬，入关后授予"定南将军"，因征湖广而成为开国勋戚。但是，佟氏大红大紫并不是军功推演的，与红夷大炮也没有太大关系，而是由佟图赖的一女二子带来的。顺治八年，佟图赖的女儿嫁顺治皇帝为妃，不久生下一子，即是玄烨。

玄烨生母有两个弟弟，佟国纲、佟国维。哥儿俩在军国大事上都无愧于皇上栽培：前者代表清廷与沙俄签订尼布楚条约，在平定噶尔丹叛乱中战死疆场；后者参加平定三藩之乱并擒拿下吴三桂儿子吴应熊。满洲婚姻关系中，亲上套亲很普遍。佟国维本来是玄烨的亲舅舅，可是他的两个女儿先后嫁与玄烨为妃，一个成为皇后，一个成为皇贵妃。佟国维从此获得一个极罕见的身份，既是国舅又是双重国丈。

隆科多是佟国维的儿子，也是玄烨的双重小舅子。像多数皇亲国戚一样，他从侍卫起步，干到处理蒙疆事务的理藩院尚书，兼任九门步军统领。朝廷中比他大的角儿多的是，康熙皇帝临终时之所以将他召到御榻前，不仅他是小舅子，而是由于他掌管京城近卫官兵，他总是把一句话挂在嘴上，"一呼可聚两万兵"。玄烨充分考虑到了，在驾崩后，皇子们若是骨肉相残，京城若有骚乱，唯独隆科多可以弹压。

玄烨弥留之际，赶到畅春园的计有：三阿哥允祉、七阿哥允佑、八阿哥允禩允禩、九阿哥允禟、十阿哥允䄉、十二阿哥允祹、十三阿哥允祥。丑时四阿哥胤禛从天坛匆匆赶回。历史走到这一步时，往下的一章很含混，后人或许永远不知道真相，甚至连胤禛本人也解释不清。

雍正七年，雍正皇帝颁发《大义觉迷录》阐明他即位的合法性，但正是这份文件，对于玄烨弥留之际发生的事情有两种说法。第一种说法是诸皇子一起在御榻前领受传位遗诏，"传位于朕之遗诏，乃诸兄弟面承御榻之前者，是以诸兄弟皆俯首臣伏于朕前，而不敢有异议。"第二种说法是进至御榻前承接遗诏的的只有隆科多，皇子们都在殿外等候消息，"其夜戌时，龙驭上宾，朕哀恸呼号，实不欲生。隆科多乃述皇考遗诏，朕闻之，惊痛昏仆于地。"

或记忆发生混乱，或有难言之隐，两种说法都出自胤禛之口，这就把水搅浑了。由于当时在畅春园的皇子没有一个站出来承认是"诸兄弟面承御榻之前者"，只好取第二种说法，即诸皇子都在外面等着，唯独隆科多一人在殿内御榻前承领遗诏。换而言之，隆科多从殿内出来后说什么就是什么了。

戌时，天已黑透了，隆科多红着眼圈出门宣布："皇上驾崩了。"皇子们纷纷恸哭，有的则倒地大哭。

隆科多掏出一轴黄绢，说："皇子们暂且节哀，听读遗诏。"阿哥们即刻跪下，双手前引，额头触地。隆科多边抽泣边读："皇四子人品贵重，深肖朕躬，必能克承大统，著继朕登基，即皇帝位。"

随后是一片静默，整个园子像是死了，但听风在呼呼地吟唱，枯叶从一个个皇子身旁滚过去，擦着地面发出沙沙的声音。

在那个时刻，胤禛一动不动，他的思绪转瞬间跨越了两个截然不同的阶段：先是难以克制的狂喜，一阵冲动，恨不得站起来冲进殿门，扑到先皇遗体上哭嚎谢恩；随即，撑地的手不明不白地抖动起来，从手指尖一路上去，带动胳膊抖个不停，旋即带动整个身体颤抖起来。他初时不明白为什么会颤抖，但很快明白了，抖动来自于恐惧。他的全部身心感受到来自周围的仇恨，这是兄弟所独有的仇恨，一旦发作起来，就像骨肉亲情一般猛烈。他甚至感受到这种仇恨喷发的火焰。他微微抬身向四下嗅了嗅，似乎嗅到了肉体在烈焰中燃烧发出的恶臭。

当时，他小心翼翼地抬头看了隆科多一眼，隆科多淡漠地回敬一眼。现在，在乾清宫中，他又一次看了隆科多一眼，对方照旧淡漠地回敬他一眼，而后携带家眷大步跨过乾清宫高高的门槛。

在畅春园时，隆科多也是宣读遗诏后立即走人，约莫是怕皇子们愤怒的火焰会灼伤他。留下的胤禛起身，入殿，亲自为先皇更衣。更衣之后，他遂以新皇帝的身份下令：七阿哥允祐负责畅春园警戒；十二阿哥允祹先行回紫禁城陈设灵堂；十六阿哥允禄负责紫禁城警戒；十三阿哥允祥负责从畅春园至紫禁城沿途的警戒。他本人随盛放先皇遗体的黄舆回宫，以至到如今。

胤禛正回忆这段，一个太监附在他的耳畔悄悄说："世子弘晳来了，想求皇上恩准二阿哥前来祭奠。"他抬头一看，弘晳进殿，边对着黄舆磕头，边向他这里看着。

弘晳来祭奠亲祖父，也是情理之中。但是，是否恩准其父废太子前来祭奠，则另当别论。胤禛想了想，对太监说："二阿哥系带罪之身，不准前往乾清宫祭奠。但朕准他在咸安宫设灵堂拜告先皇请罪。另外，告诉世子弘晳，先皇在临终时提及二阿哥的八个字：'丰其衣食，以终天年。'他这一家子该知足了，以后就好吃好喝度日吧。"

太监起身，匆匆离去。胤禛抬头，抻长脖子看着太监附在弘晳的耳畔说着什么。弘晳看来是听懂了，边听边频频点头。

不大会儿，弘晳起身准备离去，随着他起身的是一个楚楚动人的女子，在白色的世界里，仿佛突兀生出一朵靓丽的小花。

她是谁？胤禛一阵惊讶。从来没有见过，甚至没有听说弘晳家里有这个宝贝。她既然能和弘晳一道来乾清宫，只能是弘晳不久前迎娶的妻子。也许实在与爱新觉罗这个姓氏无关，也许过门时间太短，她显得并不悲伤，而一身孝服，更不知给她平添了多少素雅。

后宫的妃子们，阿哥的福晋们，都是挑了又挑的，天下的美人不知见了多少，可是跟这位比……现在正是大葬仪，不是想这些的时候！胤禛突然闭上眼，紧着摇摇头，像是要把所有不当想的东西统统抖搂出去。可是，他还是忍不住，看着弘晳和那个白衣女子款款离去。

皇帝不仅是一种尊贵的身份，而且是一种职务。不是什么人都能把这一职务干好的。胤禛即位的头十几天颇为不顺，在两件事上与群臣发生了冲突。

头一件事是穿孝服的时限。清廷早就有规定，皇上驾崩，即位者服孝二十七天。胤禛为了示孝，发布上谕称，他要打破服孝二十七天的旧制，服孝一百天。王大臣马上复奏，服孝二十七天必须释服，因为此后要举行各种祀典大礼，都不是戴孝帽子穿孝服所能参加的。王大臣言之有据，新君只好收回服孝一百天的成命。

第二件事是定谥号。历朝历代，只有开国皇帝驾崩后，可以以"祖"谥之。如汉高祖、唐高祖、宋太祖、元太祖、明太祖，整齐有序，后来的皇帝谥"宗"。至于朱棣是经"靖难"之役称帝的，与建立新朝差不多，所以谥成祖。胤禛称，康熙皇帝尽管是努尔哈赤以来的第四代，但勋业是开创的，当以"祖"谥之。王大臣私下摇头，努尔哈赤谥太祖，顺治皇帝谥世祖，康熙皇帝再谥"祖"，有清一代就仨"祖"了。但是，胤禛对这一条寸步不让，非要如此，王大臣只得将玄烨谥号定为圣祖。

胤禛不傻不蔫，知道头两脚踢得不漂亮，很快就抓住一个再次尽孝道的机会，同时也是一个向群臣解释的机会。

大行皇帝的梓宫在乾清宫停灵二十天，而后移至景山寿皇殿。十二月初三日举行隆重的奉移礼，烧纸锭、纸钱、五色纸锭，以及烧整桌酒饭和整羊。王公大臣按照等级分别聚候在梓宫经过的沿途各路口。梓宫出景运门后，安置在八十个杠夫抬举的大升辇上，由胤禛亲送至寿皇殿。

据史载，这一天突降大雪。鹅毛雪片纷扬不息，一阵紧似一阵。雪的可爱之处是广被大地，覆盖一切，白茫茫一片银世界中没有差别。路旁，不管是迎候梓宫的王公大臣还是驻足观望的人都披上了银妆，从子民的屋顶到紫禁城的琉璃瓦殿顶都披罩着层层的白雪。大大小小的树木，竹枝松叶顶着一堆一堆的白雪，权芽老树也都镶上了银边。朱门与蓬户，雕栏玉砌与瓮牖桑瓯，同样蒙受它的沾被。连大行皇帝的梓宫也罩在天公抛下的一件鹤氅之下。

梓宫进入寿皇殿，安放之后，胤禛表示：此后一个月，每天三次到此祭奠上食。而后，他大步走出殿门，站在飘飞的雪花中，对等候在那里的诸阿哥与王大臣说："朕之所以要求服孝一百天，之所以定圣祖谥号，之所以每日三次到此祭奠上食，并不是你们所想的，朕要博一个尽孝道的虚名。你们看，天降缟雪，林木皆白，连老天爷都为皇考服孝，朕能不尽孝道乎？"

胤禛即位时已四十多岁，在漫长的潜邸时期曾经广泛考察民间生活，自认为极世故，精通人间种种猫腻。实际上，翻翻史籍所载言论，不难发现他喜欢自做聪明，说一些越解释越解释不清的话，令人难免为他遗憾，其实有的话他不说为好，很多事都是让他越抹越黑的。一部《大义觉迷录》中就尽是这样的废话。这是余话。

面对群臣，他有一肚子话要说，正在这时，十三阿哥允祥急急走来，俯在他的耳边说了几句话。在场的人都看到了，胤禛的脸色陡变。他随后说的几句话被群臣听见了，并被好事者记入稗史。他的话是："反正早晚得见面，越早越好。让他到养心殿见我。起驾，回养心殿。"

胤禛说完就往轿子那儿疾走，允祥紧随其后。

十六阿哥允禄拉住允祥问："出什么事了？"

允祥犹豫了片刻，才说："抚远大将军回来了。"

治丧期间，别的阿哥们说什么干什么，胤禛都不大往心里去，只记个帐就是了。那些阿哥手头没有一兵一卒，顶多背后骂骂街，出出气，想折腾都折腾不起来。但抚远大将军允禵不一样。这几年，十四阿哥战功卓著，时下统帅十万精兵驻扎西宁，朝廷内外又有人缘，他要是闹个事，甚至举兵"靖难"，不是京营八旗所能抵挡的。只要他愿意，用大兵掀翻四阿哥，自己回来当皇上，也不是完全办不到。所以，胤禛刚即位就急召十四阿哥允禵回京奔丧，大军由平郡王纳尔素代领。只要把抚远大将军允禵和西宁大营分开，剩下的事情都好办。

允禵并无造反之意。他远在西宁大营，得到皇阿玛驾崩的消息就很迟，披一身冰雪，染一路风尘，披星戴月赶回来，就是为了再看一眼遗容。他抵京后，连家都没有回，直扑紫禁城，但是皇阿玛梓宫刚移至寿皇殿，他差一步没赶上乾清宫瞻仰遗容，憋了一肚子火。得知今儿个行奉移礼，他的第一个念头是到寿皇殿祭奠上食，却得旨赴养心殿叩见新君。处处跟他不对付，他的火气更大了。

他现年三十五岁，生得孔武有力，是诸阿哥中最魁伟的一个。这几年统兵御将，发脾气发惯了，走进养心殿宫门，脚蹬一双刀螂肚靴子，扎着膀子打着晃儿，脚下的雪咯吱咯吱叫唤，瞪着一对牛眼，攥着一双大拳头，太监见到他，吓得肝儿颤，犹恐避之不及。

康熙皇帝驾崩后，胤禛表示，乾清宫是皇考六十余年所御宫殿，朕不忍居其中，每每睹物思情，黯然神伤。他决定居住在养心殿后殿。养心殿前殿是召见大臣处所，也有个金漆木雕的台座，正面与东西两面都有上下木台阶，台座上设御座，后面是屏风，左右是焚香炉，形制与乾清宫一样，只不过各种设施都小了一号。

允禵进门时，见到胤禛端坐在御座上，勉强咧出个笑脸看着他。他们是同父同母的亲哥儿俩，为德妃乌雅氏一胞所出，但亲情很淡。他平时不服膺这位亲哥哥，当看到亲哥哥坐在御座上时，心里要多别扭有多别扭。牛脾气上来，也不下跪，只是"打千儿"。这是满洲男子的常礼，左腿膝盖勉强打个弯，右腿向前迈半步，身子向前哈一下，右手臂伸向前方，俗称为"单腿儿安"。

甭管多大的官儿，到紫禁城晋谒皇上都得穿朝靴。允禵却穿着刀螂肚儿靴子，这种靴子是下级军校所穿，摔跤的、练把式的、善扑营旗兵也爱穿，就是拿不到场面上来。它的靴面用线密纳出方格话纹，前脸儿中缝有皮滚条，靴筒后面稍宽，像螳螂肚子，故称。

养心殿金砖墁地，纤尘无染，他跨过门槛，刀螂肚儿靴子就踩上几个泥雪脚印，"打千儿"后地上更是一片污渍。

胤禛盯着地面。允禵穿这么双靴子，带进两脚泥，还来个"单腿儿安"，他的脸上挂色儿了。但转念想想，刚当皇上没两天就亲骨肉失和，传出去让汉臣和心怀叵测的阿哥们看笑话，况且又是国葬期间，于是一撑御座扶手，站起来，顺着木台阶下来，说："亲骨肉不分大小儿，你不向朕行君臣之礼，也就算了，朕不计较。倒是抚远大将军返京师，朕没有在城门外远迎，有些惭愧。"

胤禛这时算得上大度，那几句话也说得得体，但允禵不买帐。胤禛话里话外的那个"朕"字刺伤了他。在他看来，自己才应该是货真价实的那个"朕"。多年来，满京师盛传皇位该是他的，结果出生入死在外打仗，立下赫赫军功，而皇阿玛驾崩时没能守候在御榻前，让这个成天迷恋道家养生那套的主儿，让这个对军国大事狗屁不通的四阿哥捡了个现成便宜。

看到允禵撑着个架子，毫无反应，一个侍卫看不下去了，走过来拽了拽他，小声说："抚远大将军，皇上走下御座，下了丹陛就合您，您是不是也行个礼，给皇上个面子。"

该侍卫是个蒙古人，叫拉锡，本是个无足轻重的三等侍卫。由于他在最微妙的时刻出现在最关键的地点，而且说了以上那几句话，命里该着被史家留心，得以在稗史中落了一笔。

允禵低下头，呆呆地看着拉锡拽着自己衣襟的手，看了一阵，忽然抡臂，啪地一掌打掉，指着他的鼻子，嚷嚷起来："你眼里还有皇上？还有抚远大将军？在堂堂养心殿里，在御座之前，一个苍不郎子侍卫敢当着皇上的面对抚远大将军动手动脚，拉拉扯扯，成何体统！"

拉锡吓得赶忙松手，退到一旁。

允禵却不依不饶，对着胤禛喊道："这就是你的侍卫？要是在西宁大营里，早就拉出去砍了！"

拉锡想必知道十四阿哥的脾气，脸当时就吓白了。看到拉锡侍卫吓得浑身哆嗦，胤禛只得出面打个圆场，说："十四阿哥，你的话说得太重啦。侍卫拉锡跟先皇多年，知情知义的，还不是看你我兄弟闹得挺僵，给个台阶下嘛。"

拉锡命里该着当了回皇兄皇弟干架的出气筒。允禵高声叫喊起来："本抚远大将军用不着一个下贱侍卫给的鸡巴台阶。"他斜视着胤禛，再次指着拉锡的鼻子，放开喉咙喊道："四阿哥，你把他给我砍了，以正国法，以正军法。只要这狗东西的狗脑袋落地，抚远大将军马上给你行君臣大礼。"

拉锡吓得扑通一声跪倒，叫道："老佛爷，饶命！饶命！"

胤禛看看他，劝解地对允禵说："不值当，不值当，拉锡又没有犯下什么罪过，拽拽你的衣襟，就够上杀头之罪啦？"

允禵的自我感觉仍然是在他的大营里，吼道："砍了！"

胤禛回到御座上，极力忍着气说："无缘无故地杀个老侍卫，满朝文武都是不会答应的。这样吧，依朕所见，你的气并不在谁拽你的衣襟上。你的这口气到底憋在哪儿了？痛痛快快说与朕听听。朕如果听出你的气有道理，朕成全你。"

又是"朕"，又是"朕"，一连串那么多"朕"！

允禵压着火说："明人不说暗话。我的火憋在哪儿了，可以告诉你。就一件事：诸阿哥中，三阿哥有文采，八阿哥有威望，我十四阿哥为朝廷死打硬拼，有目共睹。你四阿哥有什么？有个栋鄂氏家的胖福晋和一帮道士朋友。万万没有想到，最后当皇上的居然会是你！"

此时的胤禛还非彼时的胤禛。他使出全部涵养功夫，耐着性子说："你认为我不该当皇上，那么你说谁该当皇上？"

此时的允禵也非彼时的允禵，还不知道该怎么跟当了皇上的亲哥哥说话。他愈发激越，"问问自己吧，我怎么知道？反正我独身一人回来了，下了马才知道，事情已是残灯末庙板上定钉了。哼！拉官盐贩私骆驼。反正皇阿玛已经宾天了，死无对证，没地儿打听遗诏真相了。"

胤禛的涵养是有限的，忍耐也是有限度的。允禵分明是在说他矫诏，他气得手直抖，直想把这位亲骨肉剁了。

胤禛说："好，好，好，说得好！闹了半天，四阿哥是凭着矫诏当上的皇帝。现在正办着皇考葬仪，朕无心处置你，以后再说。你先走。在你走之前，朕劝你想一件事，好好地想一想：皇考要是真的打算传位给你，会把你放到数千里之外不让你回来吗？"

允禵喊起来："四阿哥，你怎么知道皇考不打算传位给我？我抚远大将军给大清把守着大西门呢，不是随便就能动的。况且，正由于我被放到数千里之外，才给宵小腾出空搞鬼！"

胤禛气得脸色发紫，一拍扶手，高喊道："侍卫拉锡，拽着他的衣襟，把他给朕撵出去！"

允禵伸出粗大的指头，一点拉锡的脑门，吓得他不敢动弹，随即冷笑一声，转身就走，走时依旧扎着膀子晃着肩。

胤禛正下脸，追着他的背后说："走之前，朕得宣谕你几句话：你别以为在苦寒之地打了几年仗，朝廷就欠你什么了，更别妄想皇考会拿皇位酬劳你。据朕所知，你在苦寒之地并不寂寞，不是有侍妾吗？听说还是江南美人。西宁大营要是缺江南美女，朕再让苏州织造府的李煦接茬儿给你买！"

就着这个话头，他突然想起了什么。

眼瞅着允禵晃着肩膀迈过门槛，扬长而去，过了好大一会儿，他的气还没有消，坐在御座上喘粗气。

戴铎像个鬼影般溜进来，蹿上台座，俯在胤禛耳畔，笑不嘻儿地小声说："奴才全摸清楚了。"

胤禛一挥手，侍卫和太监们悉数退下。看到殿内没有外人了，他这才阴沉地吐出一个字："说。"

戴铎依旧笑不嘻儿地小声说："秉报圣上，弘皙的那个女人叫吴青卿，是李煦从江苏太仓买的，花了将近二百两银子，让江宁织造曹頫借着押运龙衣捎到八阿哥府上。八阿哥并不是自己要这个女子，由于废太子在病猎鹰一事上帮助他澄清了原委，他要拿这个女子酬谢咸安宫中的允礽。曹頫把人送来之后，八阿哥没有收留，就手塞给弘皙了。弘皙当时还没有娶媳妇儿，见到这般美人儿哪能不要，立马就收下了。"

胤禛冷冷地问："她叫吴青卿，也是李煦买的？"

"没错。"

胤禛捻着下巴说："又是李煦。这条老狗！"

三十六、玄武湖－苏州织造府

胤禛即位，年号雍正。最初俩月继续使用康熙年号。

六十一年腊月三十过去，转年即是雍正元年。大清王朝的子民叫了六十余年康熙年号，乍一改口叫得还不大顺溜，得过些日子才能渐渐习惯新年号。

子民适应新君年号的过程，也是先皇大葬典仪逐步实施过程。从官府到民间，从北方到南方，一百天不准举行任何娱乐活动。一时间戏园子、妓院纷纷上门板歇业，白天黑夜一概鸦雀无声。在各家各户，男人不准剃头，女人不准穿红着绿涂胭脂，更不准头上戴花，即便两口子夜里在床上干那云雨之事，也不敢过于使劲，怕床板咯吱咯吱乱响，让隔邻隔壁听了去，捅到官府，落下个"不哀"的罪名。

在苏州织造府，日常事务一点也没有耽搁，先皇治丧归治丧，那是皇宫里面的事，这儿的人该干什么还得干什么。

雍正元年年初，一个中年官员来到苏州织造府。他年龄约莫五十来岁，个子不算高，长得见棱见角，留着齐整的八字胡，鹰钩鼻，即便双眼不动也像是在东张西望，显得精明干练的。织造府的人很难想象，这就是继张伯行之后担任两江总督的查弼纳。

查弼纳字石侯，满洲镶蓝旗人，进士出身，长期供职于翰林院，没有一寸军功，外放到直隶当过几天巡抚，经隆科多推荐，皇上将他一举擢升为两江总督。他不是单独来的，而是领来了一个四十多岁的官员，与前任苏州织造李煦见面。新任两江总督只简单地交代了几句话，说这是雍正皇帝新任命的苏州织造胡凤辇，而后就匆匆忙忙走了。

新任苏州织造胡凤辇的长相普通之极，无须费笔墨。他是镶白旗汉军旗人，祖上没有大来头，乍看是老实巴交的读书人。随着他一同来苏州的妻子却非等闲之辈。若论长相，其妻薄有姿色，仅此而已，她的不一般之处是，她的妹妹嫁给了年羹尧。用江南话来说，胡凤辇与如日中天的年羹尧是"挑担儿"，胡凤辇仰仗着老婆攀上了高枝儿。

由此提起年羹尧。年羹尧是汉军镶黄旗人，康熙进士，妹妹年氏早年嫁与四阿哥，是胤禛宠爱的侧福晋。由于攀龙附凤，年羹尧曾出任四川总督、川陕总督，挟重兵拥戴妹夫胤禛。胤禛即位后投桃报李，任命年羹尧为抚远大将军，这一任命既酬谢了年羹尧，又夺了十四阿哥允禵的兵权。所以，京师传出话来，别看新君不谙武事，但在即位之初就把两支最重要的旗兵牢牢抓到了掌心里：隆科多与年羹尧是胤禛的两大台柱，前者兼任九门步军统领，掌管京城近卫官兵，谁也别想在天子脚下闹事；后者主西北军务，掌握王朝最庞大的军队，退一万步说，一旦京师出了乱子，他马上能够"靖难"。

凭着年羹尧这个有权有势的姻亲，胡凤辇自然与新君搭挂上了。李煦早就听说了，他来接苏州织造是带着旨意的。雍正皇帝对他交代了什么，外人无从知晓，反正他接任后成天就和几个帐房师爷翻帐本。

都知道，江南三织造府各有一堆烂帐，亏空一个赛一个大。亏空与织造的经营手段基本无关，大部分是织户和机户的历年积欠。拿现代语言来说，是体制造成的政策性亏损。另外，江南三织造府无一例外是皇室的小金库，皇室今儿挪点儿，明儿支点儿，尤其康熙皇帝数度南巡，内务府没有拿多少银子，费用主要由织造府垫支，银子如河水般哗哗地淌，造成大窟窿。康熙皇帝就江南三织造府亏空事，召集群臣议论过数次，都拿不出办法。有一次君臣对策时，玄烨甚至追问南巡时给拉纤的纤夫付了多少银子，可见议论之细。当然，不从大的方面着眼，仨核桃俩枣地抠没用，江南三织造府的亏空还是补不上。

胡凤辇刚赴任就摆出查帐的架势，李煦倒也不怵。他暗想胡凤辇糊涂，居然查江南三织造府的帐，愿意查就查好了，反正苏州织造衙署诸位是清白的，谁也没有搂银子。羊毛出在羊身上，查来查去，等于抖搂先皇巡幸江南的老底子。

李煦过于自信了，居官多年居然不懂官场的道道，上面只要是诚心整下面，是可以不问来龙去脉的。据留存至今的档案，胡凤翚赴任不久就参了李煦一本，里面说了些什么无从知晓，可以肯定的是，给了胤禛下手的口实。

胤禛为此传谕内务府，将李煦等人在京房屋的平面图送至养心殿。雍正元年三月十二日宣谕："李煦亏空官帑，著将其家物估价抵偿欠银，并将其房屋赏给年羹尧。"所说的赏给年羹尧的房屋，是李煦在京师的房屋。由此可知，那时就准备对李煦下手了，而且是从京城和苏州同时下手。对此，李煦全然不知。

胡凤翚忙着查帐，李煦早就卸任，在苏州织造府呆着没有事，就到江宁看女儿和外孙去了。其时适逢雍正元年的春天。江南又是一片春草绿。但江南的气候就是那么别扭，气候最宜人的春天，同时又是梅雨期，绿油油的春草总是沁润在霏霏淫雨中。

难得天放晴了，瓦蓝瓦蓝的天空中，阳光明晃晃的，江宁城里家家忙着晾晒潮乎乎的被子，有的人家算计着出门走动，江宁织造署中也不例外。连年亏空，到处是烂账，曹頫成天忙着堵窟窿，哪有心思玩儿。但在这个明亮的大晴天，李煦把他往外撵，几乎是在下令：推掉今日署里一切公干，带着馨玉和曹霑到外头散散心，否则以后难得凑在一起了。最后这句话说得凄凄惶惶的，好像他有什么预感。

玩儿就玩儿！曹頫也憋闷得够戗，点了几乘小轿子奔了玄武湖。

玄武湖在江宁城东北玄武门外，水面有几千亩，古名桑泊湖，湖水来自钟山北麓。从三国孙权引水入湖起，直至南朝刘宋，先后叫后湖、练湖、蒋陵湖、北湖。宋文帝时因湖中出现黑龙，改名为玄武湖。明朝初年，曾经在玄武湖中洲建黄册库，储藏全国户籍赋税档案。

接近玄武湖时，李煦一行人下了轿子，向湖边走去。他完全是赋闲在家的老人装束，足蹬一双京师所说的"大掰巴靸鞋"，前头深后跟宽，有三尖形皮脸，鞋帮用线密纳。趿拉着鞋，拉着小曹霑，一老一小，有意还是无意，走得很慢，渐渐地被曹頫和馨玉甩开了。

曹頫足蹬最时兴的精制黄地青绒大云鞋，这种鞋的鞋帮用"挖垫"的方法镶嵌云朵花样。不知为什么，他加快了步子，馨玉不声不响地走在他的身边，看得出来，出来走走，她的心情不错。

春天是苏醒的季节，潮湿的泥土播撒着生命的气息，钻出一片小树林，拨拉开一片叶障，一个绿得发翠的大湖罩着一层如烟的薄雾，蓦然出现在眼前，湖面上光影浮动，犹如一阕颤抖的古筝乐曲。

馨玉被这种景象迷住了，在屏息远眺间信步向前走着，轻声吟出两句唐诗："草不谢荣于春风，木不怨落于秋天。"

曹頫的学问再不深，也能听出来，这是李白《日出入行》中的名句。他品味着，并且渐渐咀嚼出了馨玉那种无处不在的凄苦。春天草木繁盛，是春风的恩赐；秋季里草木凋零，也并非秋风作怪。在花开花落间，有一个更大的"道"在策驱四运，人得认命啊。

他扭脸四望，李煦和曹霑不知躲到哪儿去了，空旷的湖边只有他和她。如梦如茵的湖唤醒了他的憧憬。他站在温顺柔情的女人的侧后，离得很近很近，嗅到了她的身体散发的馨香，看到了她的柔弱的肩膀和脖颈，甚至清晰地看到有几根头发从发髻中散落出来，随着微风轻轻抖动。

童年时，他与她一起玩儿时，也离得这么近过。但她更多的是与连生哥哥玩儿，他见过她与连生哥哥偷偷亲嘴儿，从那时起，他就觉得这个好看的苏州小女孩长大后肯定是连生哥哥的老婆。但是，成了半大小子后，他的心境发生了微妙的变化，每次她从苏州来，他都高兴得不得了，不知不觉的，他喜欢上她了。长大了，她嫁给了连生哥哥，他打心眼儿里高兴。但在她与连生哥哥的那个洞房花烛之夜，他一夜没有睡着觉，心里多少有点酸溜溜的。事实上，哥哥成亲后，下一个轮到弟弟娶媳妇儿了，但他想都不想，觉得如果不是她，娶媳妇儿还有什么劲。后来连生哥哥不在了，他倒是不敢对她存非分之想，他感到她的心仍然整个被亡故的连生哥哥占据着。他愿意等，等到多咱不好说，只是愿意等，不管怎么说，等待也是一种厮守。

他与她离得那么近，梦境中的事情骤然被拽得那么近。他突然间感到自己傻，那么长时间了，他与她一口锅里搅稀稠，跟两口子过日子差不多，何必再苦苦等待。过来人都知道，这是爱情生活中最值得回味的一段时光。曹頫不是过来人，他只知道爱一个人就像喝老黄酒，初尝前忐忑不安，酒入口时顿觉甘爽，杯酒落肚后有细微的灼热。老黄酒这玩艺儿上头，半个时辰后就晕乎了。

这会儿，他有些晕乎，晕晕乎乎间意识到，李煦把他与她拽到玄武湖畔，又兀自躲开，就是要给他俩制造一个说悄悄话的场合。想到这儿，他心里发烫，卯足了胆子伸出手，搭到了她的肩上。他感觉到，她剧烈地抖动了一下，而后身子一直在微微颤抖。不管怎么说，她没有把他的手拂开，他一股热血冲顶，再次壮足了胆子说："馨玉，连生哥走了这么些年了，咱俩，咱俩，咱俩成亲吧。"

玄武湖畔静悄悄的，馨玉不言不语，纹丝不动。

最难启齿的话说出来了，馨玉起码没有立即拒绝，他轻松地出了口长气，往下的话就好说了。"馨玉，嫁给我。我的话你听见了吗？"

馨玉说："听见了。"她转过身，直视着他，吐出两个字："不行。"

她这么痛快的拒绝，他一时不知所措。

她的巴掌覆着额头，慢慢地踱开去，"我想过，想了很久很久。连生还在我心里，我不可能把心全部交给你。"

他追着她，凑近她的耳边喊："我是他的弟弟呀！"

馨玉说："你是他的弟弟，满天下只有你能真心实意抚养曹家的遗孤，这是不假。但我是谁你想过吗？我是废太子的野种。康熙皇帝在世，我能糊里糊涂地混日子，康熙皇帝宾天啦，我的命运就难说了。我要是嫁给你，我要是不行了，你也崴进去了，连个照顾曹霑的人都没有了。你要是跟我没有关系，我要是不行了，你还可以接着照顾曹霑。"

曹頫不解，"事情有那么悬乎吗？"

馨玉说："女人的直觉有时非常准。"馨玉说到这儿，周身打了个冷战。

不独馨玉不安，李煦也有隐隐的不安。

游玄武湖次日，李煦怎么也不愿意在江宁滞留了，执意要回苏州看看。七十岁的人了，怎么能让他一个人上路，于是馨玉陪他上路。姥爷和娘上路，曹霑也要跟着去，于是三个人一齐上路。一个老人、一个女人带个孩子上路，曹頫不放心，也一块上路。他交代了有关事宜，四口人一齐前往苏州。

按照清朝惯例，织造卸任后要举家迁回京师。李煦早就想回京城，但在查帐期间不得离开，家一时没有搬出苏州织造府，他仍然住在他的老屋里。回到苏州当夜，他在大藤床上翻来覆去睡不着。

李煦平躺着，觉得自己像是一只在黑暗的小屋里嗡嗡乱飞的蚊子，眼看着一张一张的蜘蛛网在墙角的各个旮旯结成，网越织越多，越来越密，越来越收拢，他知道自己跑不掉了，迟早会粘到网上。

这个夜晚邪乎。他每次刚阖眼，雍正皇帝的影子就阴兮兮地浮现出来。他见过四阿哥胤禛，作为内务府包衣官员，不仅在宫廷行走时见过，而且在雍亲王府见过。细细回想，四阿哥胤禛长得既不英俊也不丑陋，个头既不高也不矮，不大爱说话，偶尔说点什么也没大份量，而且与曹家、李家也没有什么过节。总之，没有太深印象。

奇怪，四阿哥在他的记忆中是模糊的，而浮现出的身影却是清晰的，而且不断发生变化，有时绷着脸，眉毛挑得高高的，有时吊着嘴角发出一阵阵冷笑，有时则扬起脖子，发出响屋震瓦的大笑。惊得老头子每次睁开眼睛，通身都发虚汗。

按说，胤禛与李煦没有过从。这里有一比，包括二阿哥在内的几位皇子，每次下江南时，都到江宁曹家和苏州李家敲过竹杠，回回都搞走白花花的若干银两，而四阿哥下江南，却没有这等敲竹杠之事。不仅如此，苏州织造衙署给包括八阿哥在内的几位皇子买过江南女子，四阿哥却从来没有沾过江南女子的腥味儿。

李煦的担忧恰恰在这里：胤禛即位前，江宁曹家与苏州李家没有给过他实惠，相反倒是给过与胤禛争夺储位的几位阿哥钱财与女人，而且还送给八阿哥允禩一对猎鹰。事到如今，四阿哥贵为天子，曾经争夺储位的几位阿哥自然没有好果子吃，但人家是骨肉兄弟，向自家兄弟寻衅报复，多少得考虑朝野动静，下手得掂量掂量。对下人则无须客气，对苍不郎子奴才包衣用不着考虑后果，尽可以拿这帮下人撒气儿。

想到这儿，李煦抚抚胸口，憋在那儿的愁闷不去，但也必须睡觉了。刚阖眼，外面响起了急促的锣声，锣声几乎把他吓慬了。

锣声刚停止，窗外传来尖利的高声叫喊："圣旨到——苏州织造衙署接旨！"

听到叫喊，他匆匆起身，赶紧把个小褂穿上，就跑出门。

赶到织造衙署当院一看，火把雄雄，院里照得通亮。宣谕一份圣旨怎么来这么些人？他忐忑不安地想着。走近后定睛一看，举火把的那些人不是江宁知府的衙役，而是江宁将军衙门的挎着刀的旗兵。看这些旗兵的装束，这么大的阵势，吓得他浑身颤抖。

火把丛中炸响一个声音："前任苏州织造李煦接旨！"。

听声音耳熟，却想不起是谁。李煦老眼昏花，扑通跪下，定睛一看，却是新任两江总督查弼纳。此人到任后时间不长，还专程从江宁到苏州视察，在织造府与李煦聊过天。而时下他却不是来聊天的。

查弼纳偏过脸，对身旁的一个官员说："向李煦宣旨。"

胡凤翚展开一轴黄缎子，就着火把跳跃的火光，晃着脑袋，抑扬顿挫地读道："督臣查弼纳、新任苏州织造胡凤翚查得，原任苏州织造李煦任内共亏空银三十八万两。查过其家产，估银十万九千二百两余，京城家产估银一万九千二百两余，以之抵补外，尚亏空二十五万一千五百两余。"

读到这里，圣旨并没有读完，胡凤翚仍然展开着那轴黄缎子，却有意停顿下来，观察着李煦的反应。

李煦像只啄食的公鸡，头不停地磕打地面，似乎麻木了，心里却是明白的。胡凤翚一番查帐没有白忙活，谕旨中说亏空银三十八万两，与他卸任前合帐的数字相当，任期内差不多就是亏了这么多银子。没有想到的是，查弼纳、胡凤翚还明查暗访了他的家产，京城加上苏州，他的家产差不多就是这么大，值个十二三万两银子。怪了，他自己对家产的详细数字都稀里马虎的，他们是从哪儿了解得这么清楚的？

谕旨中说"以之抵补"，什么意思？即是说全部家产充公，用以顶亏空……像是有根筋狠狠一抽，心一下揪紧了，他痛苦地咧开了嘴。李煦仍然跪着，身子却一下直了起来，对着满天星斗，两行老泪不知不觉地滚了下来。这么说，苏州李家从此就是一文不名的穷光蛋了。

但事情并没有完，即使用全部家产顶亏空，他还欠着朝廷二十多万两银子，砸锅卖铁也还不清。皇上打算怎么办？大不了扫地出门，回京城吃佐领下人的饷银俸米。

他横下一条心，努努嘴："胡织造，接着读，微末之臣听着呢。"

胡凤翚像是个私塾先生，没张嘴之前头先摇晃起来，下面的文字他读得很有滋味，朗朗上口："据京城查过折称，李煦家属十五名口，查此等子女均系在苏州，当传之总督查弼纳逮捕，解送交部。此当由和硕庄亲王、内务府大臣来保等面奏。"

啊？变卖家眷顶亏空！先将家眷十五人押解到京师刑部。这是最毒的一招。李煦把朝廷整治他的方法想绝了，也想不到这上来。没等听毕最后几个字，他就口中流涎，眼一翻，晕了过去。

不知从什么时候起，李煦的家眷悄悄起来了，赶来了，猫在院落的黑影里偷偷地听。在李煦晕过去的同时，院子里顿时响起一片哭嚎。

在一片哭嚎声中，胡凤翚摇头晃脑地拉长声音，读完圣旨的最后俩字，"钦此——"而后利落地收起那轴黄缎子。

郎中忙了小一个时辰，到天微明时，李煦才醒过来。

他睁开眼，一圈家眷围在床边哭泣，"救醒我干什么，还不如让我见阎王去，倒也干净。"他惨然说完，又阖上了眼。

一个前锋校之类的旗兵拨拉开众人，上前说："我说老爷子，您别阖眼呀。""您这儿睡得舒坦，我们的活儿怎么办呀？"

曹頫把那个旗兵一掌搡开，厉声说："别在这儿瞎搅和。人都成这样了，你们还想干什么？"

旗兵颐指气使地说："想干什么？嘿嘿。您没听圣旨上说的吗，我们哥儿几个是来逮人的。"

曹頫才想起这茬儿，"逮人？"

胡凤翚走上前说："曹织造，您也是识文断字的人，圣旨上的白纸黑字，想必您认识吧，起码是听明白了吧。前任织造李煦拉了那么大亏空，家产顶了些，也就是三分之一，剩下的那么些咋办，圣旨上说啦，李煦家属十五名口，'当传之总督查弼纳逮捕，解送交部'。您说这是什么意思？就是要逮人呐。家属一勺烩，解到京城刑部。至于人家京师刑部怎么处置，那就是另一档子事了。"

看到曹頫呆住了，查弼纳把他拨拉开，俯到床头对李煦说："老爷子，别着急。您是内务府老人，京城里有的是门子，您慢慢活动去，这事没准还有个缓。圣旨上说了，这事由庄亲王允禄全权处理，听说您和庄亲王沾着点亲，您找他去活动活动，和圣上美言几句，圣上没准会发慈悲，放您一马。这会儿，本官是奉旨行事，圣上交代的不得不办，只有先委屈您了。"

李煦仍然紧阖双眼，如槁木死灰，一言不发。查弼纳随即直起腰，大吼一声：

"拿人!"

旗兵立即散开抓人,苏州织造府里面顿时乱了营。

李煦有个大家庭,连住在一起的亲戚和奴仆一并算上,共有二百多口子。圣旨中命令两江总督府捉拿的是其中的十五人,这就是胡凤翚摸底的结果。"查此等子女均系在苏州"这句话表明,抓的是李煦在苏州生活的子女。李煦有几个儿女,这时的年龄都在三四十岁以上,他们也有子女。由于捉拿这十五人是用来变卖顶亏空的,当以女性为主,并且年龄不会太大,否则卖不出去。

苏州不大,抓人简单。上午,李煦的十五名家眷都捉拿了,大多数是年轻女性。她们呼天号地,却是叫天天不应,叫地地不灵。末了,她们一个个提着个小包袱,排成一溜,哭哭啼啼地离开,被押往大运河码头。那儿早就候有一艘船,把她们解往京师。

该抓走的全抓走了,李煦家大小奴仆及家人还有二百多口子,圣旨中没有提到如何处置他们,但也不能马马虎虎遣散。查弼纳临时决断,一个不放,统统集中到院子里,看管起来;圣旨中也没有提到如何处置李煦,查弼纳决定送交刑部,看皇上下一步如何打算。

鉴于圣旨要求捉拿遣送京师的是李煦在苏州的家属。由此,嫁到江宁的馨玉被排除在外。空荡荡的苏州织造衙署里,只剩下从江宁赶来的曹頫、馨玉和小曹霑。这里不是久留之地,他们也将离开。

风不叫,花不摇,树不响,鱼不跃,从稀疏的枝叶间遥望蓝天,云朵也失去了往日的变化,在长空中安静而无力地躺着。

离开前,曹頫和馨玉一人挽着小曹霑的一只手,最后一次转转苏州织造衙署的花园。小径、流水、浮萍、木桥,都是熟悉的,静谧中,那里仿佛浮荡着窃窃的密语。这一走就不会再回来了。

直到这时,曹頫和馨玉才明白,在康熙皇帝宾天的消息传来时,李煦为什么会说曹家和李家的气数尽了。老头子的预感惊人地准。在一派静默中,他们对视了一眼,并且都从眼神中读懂了对方的意志:他们并不是两口子,而是分别代表着曹家与李家,共同呵护着曹家与李家的独苗。从这时起,甭管再有什么劈头盖脸的打击,他们都不会是单打独斗,而是两个人共同面对。

三十七、郑家庄－天然图画

出西直门，一路奔西，约莫七八里地的样子，有一条小河蜿蜒流过，小河不宽，也就是一两丈，河水清澈见底。河边有个村落，叫做郑家庄。

郑家庄一带没有旗人，农民以种菜谋生。京城里一年四季断不了菜蔬，这儿出产的东西不愁卖，在年节往往能卖出好价钱来。比别地儿的种地的，他们的日子过得稍微宽裕些。

康熙皇帝晚年时，命工部在郑家庄盖了片房子。工部也不知得了什么话，房子刻意建在小河边，样子与左近农家院落不大一样，它不是黄土坯墙、黑不溜秋的瓦，而是粉墙青瓦，齐齐整整的一大片，而且宅门前是座小桥。月白风清之时，但见院墙里摇曳的竹枝；白日里，但见小河上的石拱桥，桥下捣衣声声；斜风细雨间，但见杏花湿了还开。来往的文人不免从中品出一点江南景致。说了归齐，也就是那么一点儿。

房子建成一二年了，没有人居住，只有几个旗兵看守。左近的人都不知道建这片房子是干什么用的，私下问问看房子的，连工部的人也不知道。他们放出话来，老主子对这片房子的用途讳莫如深，他肯定有打算，只是不说，工部官员也不便猜度。

京城的文人自认为有两下子，能够窥探到皇家的小把戏，因而普遍喜好瞎猜，逞逞能。瞎猜就是瞎糊糊地猜。他们通常猜测是，老主子过够宫禁生活了，打算到郑家庄体味一下田园风光，于是在这儿备下一套房子，指不定什么日子就来住几天。老主子数度南巡，挺喜欢江南景致，于是把这儿搞出些江南的味道。

其实，康熙皇帝到驾崩之日，也没有到郑家庄来过一次。这种猜度不攻自破。

即位的雍正皇帝也猜了一把。一句话：郑家庄的房子是准备用来安置废太子的。比之那些自以为是的傻棒槌，他猜得八九不离十。允礽被废除太子封号后，成为玄烨挥之不去的心病。毕竟是赫舍里氏皇后留下的独苗，玄烨再窝火，也记挂着亡妻的在天之灵，不能亏待了允礽。允礽在咸安宫一住就是多年，一个皇子不能总住在冷宫。那让他住在哪儿呢？显然不宜安置在京城中，他在城里党羽太多，因此在京郊给他准备了一处素雅的所在。玄烨走得有些突然，直到临终也没顾过来再提允礽的事情，自然也没有放他出咸安宫。

皇阿玛说走就走了，拿允礽怎么办？这道难题甩给了即位的胤禛。胤禛对此事处理得不紧不慢，有急有缓。在大盘子没有定夺前，他对废太子的后人有所垂怜，即位之初就给了弘晳个大实惠。

雍正元年二月，胤禛封弘晳为郡王。宗人府宣读圣旨后，弘晳半天没直腰，跪在那儿直发傻。在清朝封爵排序中，郡王仅次于亲王。他心说，乖乖，倒霉了这么些年，这下撞上什么狗屎运了？废太子还在咸安宫关着，他的儿子就被封为郡王了。天下居然有这等好事。

三个月后，胤禛宣谕宗人府，将弘晳移住郑家庄。其言略云："郑家庄修盖房屋，驻扎兵丁，想皇考圣意或欲令二阿哥前往居住，但未明降谕旨，朕未敢揣度举行。今弘晳已封王，令伊率领子弟于彼居住，甚为妥协。"这份上谕较长，后面的就不引录了。需提及的是，胤禛对弘晳的这次搬家分外上心，对何时搬家，怎样安置，兵丁如何当差，佐领下人如何赡养，都有所交代。尽管没有提到废太子是不是迁居郑家庄，但二阿哥不过是只死老虎，新君对他和他的一家子，显然是松动了。

宗人府到弘晳府邸宣旨后，弘晳起初不大相信，待明白过来后，他一个劲地大倒气，实在是有些受宠若惊。四叔发慈悲了？弘晳不信。早就听人说过，四阿哥要是给，就必然有所取。

不久，弘晳带着吴青卿到郑家庄看房子。远远地，搭眼一望那片粉墙青瓦，还没等他发表观感，女人就双手抱在胸前，轻轻地"呀"了一声。走到近处，屋里屋外瞧了瞧，女人说，这地方有点像江南太仓的老家。她打心眼儿里喜欢上了。

几天后，弘晳带着家人、兵丁和佐领下人迁居郑家庄。从个性来说，他不喜欢清幽，倒喜欢喧嚣，不喜欢读书，喜欢在宗室子弟堆里混。十三阿哥允祥的儿子等人是他的铁杆儿。没事儿了，哥儿几个一总伴着喧天的锣鼓，扯足了嗓门唱子弟书。从热闹的京城搬到郑家庄，尽管地方满宽敞，但远离喧嚣的尘世，他不大习惯。

相反，从城里来到郑家庄，吴青卿倒像是鱼儿回到了水里，刹那间换了一个人，江南女子那种水灵劲重新溢满了全身。

过了几天，弘晳一大早见到女人，感到不大对劲，好像是哪儿变了。仔细一看，敢情她不梳二把头了，重新梳起了辫子。

吴青卿嫁给弘晳后，入乡随俗，留起了满洲妇女的二把头。二把头是把头发梳在头顶，分成两绺，在头顶上梳成一个横长式的发髻，再将后面的余发绾成一个燕尾式的扁髻，压在后脖领儿上。发髻无形中限制了脖颈的转动，使人显得庄重。但是，好看的女子一点也不稀罕庄重，相反喜欢俏丽，也就是不庄重。在吴青卿看来，这种发式不仅梳起来麻烦，而且不好看，像俩鹿犄角。

无论北地或江南，青年女子喜留辫子，并且喜欢在刘海和辫梢上搞点小名堂。刘海留得长或短，有点小讲头，短了有一番天然韵致，长了几及眉毛，可能显得俏丽些，京师的孩子俗称"屁帘儿"。辫梢留得长或短，以及辫梢上扎点什么，则透出些小心计。

吴青卿那天早起，在辫梢处随意地扎块大手帕。辫子或拖脑后或挂胸前，而最美的是跳荡，不经意地向后一甩，大辫子像鞭子一样高高抛起，待它落下来，落到背后，变成夜色一般的温柔。那一天，吴青卿的大辫子甩甩落落，大手帕在后腰那儿摇来晃去，弘晳怎么看怎么像只花蝴蝶，一整天，他追随着花蝴蝶，心也搅得忽忽悠悠的。

天色向晚，吴青卿穿着普通的家织布衣服，拖着一条长辫子，走出宅门，斜倚在宅门口，看菜农踏着田垄回家，稍带着看野景。看痴了，家人喊她吃晚饭，她听不见。直站到天黑，黑透了，她对着满天星斗念叨着："一颗星，格伦登，两颗星，嫁油瓶。"接着念叨着："山里山，湾里湾，萝卜菜子结牡丹。"

弘晳知道，他的媳妇儿在思乡，思乡之余，家乡的情致和举止都带出来了，因此也不大管她。就这么着，吴青卿每天闲暇下来就到宅门口站站。在郑家庄，倚着宅门的秀美女子成了一景。

几天后，秀美女子在宅门口迎来了一乘小轿。

那乘小轿普通之极，蓝色的，八成新。俩轿夫，轿前轿后有仨俩随从，每人腰间挎着刀。那派势，像是个富乡绅出行。

随从一掀轿帘，一个中年人弯腰出来。他四十多岁，长相一般，穿一身蓝布褂子，出轿后着意看了看立在门口的女人。

这是弘晳搬到郑家庄后来的第一拨客人。像在城里一样，家里来了客人，不是他的酒肉朋友，就是宗室子弟，没她什么事，她也懒得接待。这次依旧。再说她压根不善应酬，只是觉得这人面熟，像是在哪儿见过。她不知道该说些什么，呆呆地看着那人从自己身边经过，呆呆地觉察到那人的肩膀头子有意无意地蹭了她一下，一推门进了院子。

她没有跟进门，依旧手搭凉棚，依旧远眺野景。没过多大会儿，她听到院子里骤然炸窝了。一个婆子冲出门，拉起她的手，对她说："王爷叫您快回去待客。"

她匆匆忙忙回到屋里，补了补妆，就进了正屋。在正屋里，那人坐在正座，弘晳在一侧正襟危坐，好像挺紧张，脑门直冒汗珠子。

她在弘晳身边悄悄坐下来，辫子移到胸前来，在胸脯上摆了个好看的角度，用手压着辫梢，娴静地一言不发。

那人气宇轩昂，大叉着腿坐着，半晌不说话。末了来了一句："这事儿，到'天然图画'定夺。"说毕瞟过来一眼。

她听不懂这话是什么意思，但熟悉那人递过来的眼神。自打出落成人，就常有男人看她。迎受男人的目光多了，她练出来了，熟悉投递过来的目光中所隐藏的种种企图。那人瞟过来的一眼，似乎是随意的、轻慢的，弘晳那个傻瓜绝对品不出味来，以为他就是看了自己女人一眼。

但吴青卿心里敞亮，觉察到那人瞳仁后面压制着一股子欲望。企图占有她的男人很多，但谁也够不着，也就是咽口唾液拉倒。而这位却不一样，他的瞳仁里带着压倒一切的意志，非拿下她不可。

那人放胆看着她，依旧是不经意的目光，却带着某种威慑力，在她的身上一点点地爬行，从她的眼睛到脸蛋，从辫子到辫梢，最后停留在她压辫梢的手上。他的目光爬到哪儿，哪儿刺痒。不大会儿，她感到浑身刺痒，不由打了个冷战。

她的身子只是轻轻地一抖，但让那人看去了。那人站起身，说了一声"不准送"，随即大步流星向外走。

弘晳拉着吴青卿的手扑通一声跪倒，过了好大一会儿才起身。

"他是谁？"女人急切切地问。

弘晳吐出口长气，喃喃吐出俩字："皇上。"

她惊呆了，"皇上？皇上来干什么？"

笑意慢慢地爬到弘晳脸上，他坐下来，拿过女人辫梢上的手帕，点点额头，悠然说："皇上来告我一件事：想放阿玛出咸安宫，到郑家庄住。"

她满腹狐疑地问："这事儿还用皇上亲自告诉你？随便找个太监来宣旨就行了，用不着皇上亲自跑一趟。"

弘晳笑了，"你没听皇上说吗，过两天我带你去圆明园'天然图画'，也就是皇上的行宫，在那儿定夺。"

她惴惴不安地问："皇上放阿玛出咸安宫，在哪儿说不一样，为什么非得放到行宫说呢？"

弘晳笑得呲出一口白牙，"傻了不是？阿玛倒霉归倒霉，毕竟当了三十几年太子，京城里有一干老人，势力还不小。瘦死的骆驼比马大。皇上想坐稳了江山，也得跟他套套近乎。接咱俩去行宫，不光是乐呵乐呵，也是跟二阿哥的家人套套近乎嘛。"

她问："是这样吗？"声音像蚊子哼哼。

弘晳高喉咙大嗓，"四叔是头什么蒜，我也不是不知道。甭看他当了皇上，他那点小肠子，本郡王还能摸不透？历朝历代，当君主的都想笼络人心。不过，为了让他放出阿玛，咱乐得让他笼络。"

这天夜里，弘晳高兴，折腾开了女人。以往，他尽管年轻，但火力不算足，他的秀美女人总是意犹未尽。而这回不大一样，阿玛要回家了，他心里一乐，卯足了劲大干。看到夫君大发龙虎精神，她高兴，尽力配合。到下半夜，弘晳呼呼大睡，她固然倦怠了，却睡不着。夫君所说好像挺有道理，京城里的水有多深，皇上怎么用心计，她一个小地方米铺老板的女儿无从知晓。但从皇上的眼神里，她还是固执地认为，皇上这次微服私访郑家庄，像是奔着她来的。

半个月后，内务府传旨，郡王弘晳携妻前往圆明园。

他们是下午抵达的，皇上午睡刚起床。他就寝地点是"天然图画"五福楼。五福楼始建于康熙年间，是整个圆明园最老的一座建筑物。从前康熙皇帝来圆明园，也是在五福楼休息。

正是初夏时节，蝉在松树间已经唱起来。在"天然图画"的院子里，有一片青翠茂密的竹林，在风中摇曳的竹叶，发出金石一般的声音。

行过君臣之礼，胤禛特意邀请他们到竹林旁，坐在一圈石凳上。

弘晳本来诚惶诚恐，而这种家居气氛倒使他放松下来。本来就是叔侄关系，当着群臣的面得三呼万岁，来到家里还不就是那么回事。

胤禛怕热，不在紫禁城里，穿着就特别随意。他穿着一件"白汗褡青夹夹"，即白短褂外套一个黑坎肩，是征战西北的旗兵带回来的一种回回服饰，下身是不及膝的大裤衩。

相比之下，由于是面圣，弘晳夫妇倒是穿得十分周正。吴青卿临出门前特意散了辫子，重新梳理个二把头，穿上了高底鞋。

皇上和她的夫君拉家常，没她什么事。她有一耳朵没一耳朵地听着，不时地东张西望。好一片竹林，穿过竹林的风凉飕飕的，挺惬意。

皇上和颜悦色地问："喜欢这片竹林吗？"。

她吓了一跳，"是在问我吗？"赶忙回答："喜欢，喜欢。"

这是胤禛第一次听吴青卿说话。虽然就几个字，却是娇美女子吐出的吴侬软语，怯怯生生的，柔柔弱弱的。他像吸了一大口清新空气，微阖着眼，微微向后仰去。待这个劲儿过去后，他瞟过去一眼。

这是她熟悉的目光。从皇上的眼神中，她又一次觉察到皇上的心思。可她的傻夫君却什么也不知晓，仍然陪着笑脸与皇上拉家常，在那儿等着皇上开金口，放他的阿玛回家呢。

东拉西扯了一阵，胤禛终于拐到了正题上。他沉吟片刻，说："弘晳，朕知道，你们盼着阿玛早日回家。漫说你们，朕也一样。二阿哥是朕的骨肉，朕也不愿意把兄长总关在冷宫里。"

弘晳陪着笑脸，"圣上所说极是，圣上所说极是。"

胤禛显得挺为难的，"但这么放了他，闹得不好会喝瘪子。一来是先皇没留下话，不知放二阿哥是否有违先皇之意；二来，二阿哥这些年伤了不少人，积怨甚多，贸然放了他，恐怕群臣不会答应。"

弘晳急眼了，不由自主放出了粗话："群臣算什么卵东西，谁尿他们那一壶！放与不放，还不就是圣上一句话。"

胤禛捻动着下巴，"你明白这点就好。"

弘晳看着火候到了，拽了一把女人，俩人跪下。弘晳带着哭腔连声说："圣上发了话，群臣谁还敢髭毛儿，万请圣上开恩！"

胤禛摇着蒲扇，向下注视着他们。"这样吧，放不放你的阿玛，容朕想几天。就是放，也得子午卯酉说出点道道来。弘晳，你先回去。"他随即向左右吩咐道："送郡王弘晳回郑家庄。"

弘晳拉着女人又磕了几个头，连声说："万请圣上开恩，别管群臣作精捣怪的，万请圣上开恩！"这才拉着女人站起来，准备走。

一个太监提示他："万岁是说'送郡王弘晳'。"

他愣呵呵地说："我这不正要走吗？"。

太监进一步提示："万岁金口玉言，没说送别人也走，只是说送您走。是郡王您一个人离开，别人暂时不离开。"

他迷瞪了一会儿，突然懂了，"你是说我一个人走，我的女人留下来？"

果真与猜测的一样。吴青卿心里格登一声，张惶地看看男人。

弘晳转向胤禛问："她留下来干什么？"

胤禛慢悠悠地说："朕说过了，你先回去，容朕想几天。朕这几天要是想好了呢，就放你阿玛回家。但是，朕能不能想好，得看你了。"

弘晳愣怔了一阵，再一看，皇上已经站起来走了。

胤禛走出几步，回首喝道："送郡王弘晳回郑家庄。"

这天，吴青卿留在"天然图画"后院。那儿有一溜房子，每个房间都不大，但玲珑剔透的。白天，她在那个院子里面转过，但见一泓溪水从院子里盘旋而出，穿过竹林，一直流入前院。

傍晚，有太监传话：卸掉二把头，依旧留辫子。太监留下一盆刨花水就走了。刨花水是用榆木刨花泡成粘液，用以刷头发，使之舒贴，与头油的作用差不多。

她照办了。

夜晚，又有个太监传话：坐在床边，辫子移到胸前来，用手压着辫梢。她也照办了。随后一言不发地等待着。

窗外的竹林刷刷拉拉地响，有几竿竹子离窗户很近，风吹过，竹枝刺刺啦啦地蹭着窗棂。烛光只照亮床边上的一小片，其它地方都黑咕隆咚的。烛芯卟卟啦啦响，一跳一跳的。她心里怪害怕的。

这时，一阵男人的脚步声由远及近过来。脚步声在门口停住了，一阵颂读声透过门板传进来："一颗星，格伦登，两颗星，嫁油瓶。"

这是皇上的声音，这是她的歌谣。她心里一惊，原来早就有人监视她，皇上连她哼的歌谣都知道。

门吱呀一声开了，胤禛走进来。他比白天的穿着更随意，下身是不及膝的大裤衩，上身则光着，袒露着结结实实的胸脯和臂膀。

他笑着看着她，看她的脸蛋，继而看辫子压住的胸脯，看她压在辫梢上的小手。她被看毛了，心里发烫，不由向后缩去，及至蜷曲到床上。

他站在门口不动，展示着赤膊。渐渐地，她被那副壮实的身板所吸引，烛光下，一疙瘩一疙瘩的肉见棱见角的，分外鲜明。不管怎么说，那副黑红黑红的身板，比弘晳白不拉茬的瘦弱身子强多了。看着看着，对天子的恐惧丝丝拉拉地消失了，她好像不把他当皇上了。瞧他那俩贼眼，那端着架子的德行样，就是个要发泄的壮老爷们儿，大馋猫一个！

胤禛阖上门，回转身，笑咪咪地说："还有。大辫子，你听着：山里山，湾里湾，萝卜菜子结牡丹。"

三十八、永寿宫－平郡王府－庄亲王府－双关帝庙

雍正元年，京城盛传先皇遗诏是"传位十四子"，也就是十四阿哥允禵即位。领遗诏的隆科多见墨迹未干，伸出舌头往"十"字的头脚各舔一下，结果上面多了一横，下面多了一钩，成"传位于四子"。这则传言中大有民间戏言成分，估计是靠不住的，然而是胤禛最怕触动的命门。他对有关传言异常敏感，稍稍触及就会蹿火。

京城遍布坐探，流布的传言很快到了雍正皇帝的耳朵里，新仇旧恨一股脑涌上来，他对允禵窝的火憋得都快炸，从圆明园赶回永寿宫，匆匆给母后请安后，立即切入正题：

"去年皇阿玛驾崩，儿子正在办理皇考丧事，允禵从西宁赶回来奔丧，没入灵堂就闯入养心殿，无根无据说儿子'矫诏'当的皇上。这件事没跟他计较，允禩、允禟、允禵一伙又在京师散布谣言，胡说皇考的遗诏是'传位十四子'，让隆科多改为'传位于四子'。他们欺人太甚，儿子再不拿出点颜色来，他们就要骑到儿子头上拉屎撒尿了。"

乌雅氏不动声色，"你打算怎么办？"

胤禛喊了起来："允禵即便是我同胞弟弟也要拘禁。他是这则谣言的当事人，查清楚谣言是怎么回事。"

乌雅氏从炕边站起来，走到永寿宫的一根立柱旁，说："我就俩儿子，茹苦含辛把你们养大。你要是敢动你弟弟一指头，为娘的立马一头撞在柱子上，死给你看！"

这话有点悲壮，还有点凄凉。皇上的亲娘准备撞柱身亡，用头颅阻挡了砍向皇弟的刀锋，拿老命给老儿子换来一个王位。

这是乌雅氏平生最后一次发脾气。雍正元年五月二十三日，仁寿皇太后崩。几天后，胤禛不仅没拿允禵怎么着，而且封他为郡王，同时发布谕旨，斥责允禵"无知狂悖，气傲心高"，"望其改悔"。

皇阿玛刚走，皇额娘又走了，胤禛在半年内连续失去父母。为了向天下表明孝心，他搬出养心殿，在梓宫附近的顺贞门"倚庐以居，每日亲奠献焉"。住在帐篷里，他并不消停，一直留心宫外的动向。

那段日子，西宁大营的将领陆续返京，戴铎跟他们喝酒时偶然听说，允禵在西宁大营中有酒后虐待将士之事。胤禛得到信儿，立即下令审讯允禵的仆从和护卫，明着就是要揪小辫子。由此，几位入不了史家视线的仆从和护卫，得以在史籍的夹缝中中留下了姓名。他们是：家人雅图、护卫孙泰、苏伯、常明。宗人府经过几轮审讯，这几位俱是允禵的铁杆儿，死保主子，死不张嘴。皇上大怒之下，令将他们永远枷示。余怒未消，又令将他们十六岁以上子孙枷示。

枷示，就是罪人带着枷锁在繁华大街上示众。由于枷示带有很大羞辱成份，因此有的枷示者并不羁押，一早一晚在家，早饭后到枷示地点去，晚上回家。至于所说的"永远枷示"，顾名思义是枷示一辈子。当然执行起来要灵活得多，在大街上站些日子就会改判别的惩治方法。

枷示地点在旧刑部大街，夏日炎炎，十来口子放在太阳底下烤，浑身冒油，唇干舌燥，个个像晒干了的茄子。京人听说枷示的是前抚远大将军的仆从和护卫，一时观者如云，并惹出番街谈巷议。连着枷示数日，他们有的快扛不住了。观者中有人看不下去了，甭管怎么说，他们是远征西北的，跟着抚远大将军在刀林箭丛中出入过几个来回，听说他们又没犯过事，不就是死保主子，没抖搂主子的混帐事吗。

京城士人中侃爷居多，喜欢胡说八道放大炮，喜欢用嘴头子打抱不平，喜欢骂骂咧咧跟当朝斗气儿。拜了多年武圣关公，京师的人尊崇讲义气的。在他们眼里，枷示的这几位真是够仗义的，硬给主子扛着，三国时关云长对刘玄德也莫过于此了。

一辆马车从观者中穿过，马车上一个年轻官员搂着个男孩子惊愕地看着枷示者。这是曹頫和他的侄子曹霑。曹頫借着押运绸缎到京城来，是要托门子给皇上说情，放李煦一马。小曹霑并不知道叔叔此行要干什么，只是想到京城玩儿，闹着要一块儿来，曹頫就把他带来了。绸缎交到内务府，入了内库。曹頫前往姐夫家，途经旧刑部大街，见到人群乌压压的。他正纳闷儿是怎么回事，车夫张嘴了。京师的马车夫见多识广，大都有张特别能侃的嘴。这一位也是。一路上他的嘴就没停过。此情此景更是煽得他聊性大发，干脆把来龙去脉说了一遍。"这是皇上找茬儿整人呢，当年跟他不对付的，这程子一个也跑不了。"车夫用一句提纲挈领的话结束了自己的议论："一时半会儿整不到皇子头上，就拿下人撒气儿呗。"

"唉！"曹頫听罢长叹一声，一把搂过来曹霑。

说了归齐，李煦也是这个命。他尽管是以亏空被治罪的，但内里的东西谁都明白，不过是抱粗腿抱错了，抱了与胤禛不对付的皇子的粗腿。现在不到动皇子的时候，拿下人撒气儿，结果李煦撞到了风口上。

曹家最得力的亲戚住在附近的石驸马大街。在曹家人眼中，京师的多罗平郡王纳尔素家是门阀亲戚，属皇亲国戚，跟皇上说得上话。所以曹頫来到京城，办完公干，第一个要见的就是纳尔素。

车夫对京城的大宅门门儿清。刚过枷示地点不远，便"吁——"了一声，勒住马，在一个大红门前停下。这里就是平郡王府。

进了平郡王府，曹佳氏见到他们立即垂泪，尤其是小不点儿曹霑惹人怜爱，少不了搂着孩子痛哭一番。他们正在垂泪间，门口传来咚咚的脚步声，纳尔素一掌推开门，像只狗熊般沉重地走了进来。

"姐夫。"曹頫忙上前作揖，却发现平郡王眼圈红红的，眼角挂着泪花。"您这是怎么啦？"他不解地问。

还没等纳尔素回答，曹佳氏说话了："甭问了，甭问了。你们是打旧刑部大街那边过来的吧，都瞧见什么啦？"

"那儿枷示了一些十四阿哥的部下。"

往下要说的话事关重大，纳尔素连忙把儿子福彭叫来，让他陪着小曹霑玩儿。福彭这年刚满十五岁，长得牛高马大，跟大小伙子似的。福彭生性乖巧，听大人的话，拉着小曹霑的手就出了门。

看着孩子们出了门，曹佳氏叹道："那几个爷们儿都是你姐夫的部属，都是好样的，在沙场上死打硬拼出来的，却落了这么个下场。你姐夫每天都差家人给他们送碗水喝，自己也悄悄溜去，猫在人缝里远远地瞧一眼，在那儿不敢言声，回到家里就要哭一鼻子。"

纳尔素瓮声瓮气地说："就是这么回事。"

对姐夫的事，曹頫多少知道些。早先，在西宁大营中，纳尔素是允禵的副手，掌大将军印信。康熙皇帝驾崩，允禵回京奔丧，大营由纳尔素代管。允禵大闹养心殿后，雍正皇帝对西宁大营戒心忒大，让小舅子年羹尧接过抚远大将军。年大将军带来自己的一干亲信，不用允禵的旧人，纳尔素得以返京，奉旨办理上驷院事务，管理宫中用马及皇室牧场马群，前西宁大营的副手，时下的官职跟孙悟空的那个弼马温差不多。

纳尔素一拍椅子把手，站起来，说："京中盛传'传位十四子'，本来是心疼十四阿哥的，是帮着十四阿哥打抱不平的，但这么一说，皇上还不得恨透了十四阿哥，今后哪还有十四阿哥的好日子。我作为当年十四阿哥的左膀右臂，也得跟着吃瓜络。"

曹佳氏劝慰地说："您犯不上吃瓜络，也没地儿吃去。西宁大营早有传言，说十四阿哥与平郡王纳尔素不和。这就对了，您凑巧懵对了行市。皇上恨十四阿哥，您是十四阿哥的的老冤家，您和皇上坐到了一条板凳上，皇上还能拿您怎么着，疼还疼不过来呢。"

"老娘们儿懂个屁！"纳尔素扑通一声坐下来，"我与十四阿哥究竟怎么不和，我最清楚，不过是俩狗脾气碰到一块了。别看俺俩当着外人的面磕磕碰碰的，经常吹胡子瞪眼，有一次甚至拍案子拔刀，但私下里都挺服对方。物伤其类。滚刀肉怵过谁？只服敢顶雷的滚刀肉。在西宁大营，他主外，临阵决断；我主内，算得上勤勉。在背旮儿里，俩狗脾气提到对方，都他娘的竖大拇哥！"

曹頫听懂了，"姐夫现在是两头为难。"

纳尔素耷拉着硕大的脑袋，蔫不溜秋地说："你算说到点上了，姐夫现在是麻杆儿打狼两头怕。皇上要知道我是十四阿哥的铁杆儿，断然不会放过我；皇上要是听了我与十四阿哥不和的传言，断然得钩着我说出允禵在西北大营干的那些事。说实话，允禵在西北大营中犯起狗脾气时砍杀过个把参将，是我亲眼见到的；至于允禵喝醉了酒犯混的事，没人比我更清楚。这些日子，我成天胆战心惊，就怕宗人府找我问话，如果问起来，形同架到火盆上烤。你想啊，承认下来那些事，等于给了他们'办'十四阿哥的口实；而要替十四阿哥瞒下来，下一个在刑部大街枷示的不是别人，而是我。"

家家有本难念的经。江宁曹家哪知道京城平郡王家的苦衷。纳尔素合盘托出，曹頫明细了，甭管姐夫算不算皇亲国戚，这会儿躲皇上犹恐不及，哪敢送上门去给苏州的李煦说情。

曹佳氏揣摩出了他的心思，说："李煦我们也认识，不是你姐夫不愿意帮忙，现在实在不是时候。再说啦，当年给十四阿哥掌大将军印信的主儿，要是帮李煦说情，怕是只能帮倒忙。"

曹頫急得直挠头，"姐姐别说了，弟弟全明白。"

曹佳氏说："不妨找庄亲王允禄试试看。听说他和李织造沾着亲，只是不知道亲到什么份儿上。"

曹頫说："这趟来京城，下一个要找的就是他。"。

纳尔素轻蔑地撇撇嘴，"哼！找庄亲王有个蛋用。那小子呀，现在整个是皇上的一杆大扎枪，见谁杵谁。"

尽管曹佳氏有言在先，第二天一大早，曹頫还是直奔庄亲王府。

甭管庄亲王这会儿是个什么东西，他也得去撞一把，撞到南墙再说。

往毛家湾的路上，曹頫只是尽力琢磨一件事：允禄与李煦算什么关系？亲戚套亲戚是怎么回事？曹寅与李煦好得不得了，就像一个人。李家的陈芝麻烂谷子，曹寅都知道，而曹頫是过继给曹寅的，对李煦的家事若明若暗。

自幼年起，曹頫的耳朵上就挂着一件事：李煦的父亲李士桢，元配王氏。王氏有个哥哥是直隶人，叫王国桢，是个知县，妻子黄氏。也就是说，王国桢和黄氏是李煦的舅舅、舅母。他俩所生的女儿自是王氏的亲外甥女，与李煦是表兄妹关系。李煦的这位表妹参加选秀女，选中之后嫁到了宫里，成为康熙皇帝的嫔，称王嫔。李煦是王嫔的表哥，康熙皇帝是王嫔的男人，按照传统的亲戚里道儿，也得随着王嫔称呼李煦为表哥。由此，玄烨与王嫔的后代得管李煦叫表舅。

这一大套曲里拐弯的亲戚关系，把曹頫给绕糊涂了，他从来没有梳理清楚过。北俗有云"八竿子够不着的亲戚"。借着王嫔的光，李煦与玄烨在八竿子梢上沾着点亲。那年，王嫔的母亲黄氏因为闹痢疾医治无效去世，由李煦奏报到康熙皇帝处，随着奏折附有一封信。对此，玄烨批道："知道了，家书留下了，随便再叫十六阿哥知道罢。"玄烨漫不经心写的几个字，令李煦乐得忘乎所以，铭记在心：老主子既然把他的信称为"家书"，还是把他视为家里人的。

王嫔后来被封为密妃。她为玄烨生了仨儿子，哥儿仨都得叫李煦表舅。在玄烨的三十五个儿子大排行中，李煦的这三个表外甥，一个排为第十五子，一个排为第十六子，一个排为第十八子。第十五子曾随玄烨巡视塞外，没有作为，也没有野心，没有卷入皇储之争，也没有得罪不好惹的老四，第十八子早殇，有出息的是第十六子允禄。

允禄与曹頫年纪相当，曾经随八阿哥游江南，在江宁织造署住过几天。曹頫在江宁见过允禄，但是没有留下太深印象，正如内务府同人所说，那时的允禄裹在阿哥堆里瞎混，整个儿是八阿哥的跟屁虫。作为诸阿哥中的小字辈，绝没有当太子的非分之想。康熙末年，他并没有站在胤禛一边，相反与允禩打得火热。胤禛即位，八阿哥、九阿哥、十阿哥、十四阿哥抱成一团，不大买雍正皇帝的帐。在允禄观风向时，胤禛对他搞了点笼络人心的手段。

几个月前，老庄亲王博果铎死了。博果铎没有儿子，空出的爵位赏给谁，为朝野瞩目。文武群臣万万想不到，胤禛指定允禄承袭封和硕庄亲王，其时年仅二十七岁。而且老庄亲王原有属下佐领人等悉数给予。朝廷中对此事有所议论，胤禛特意下诏说："外间妄议朕爱十六阿哥，令其承袭庄亲王爵。朕封诸弟为亲王，何所不可，而必籍承袭庄亲王爵，加厚于十六阿哥乎？"

小轿子颤颤悠悠的，曹頫的身子随着轿子颤悠着，琢磨着这份诏书。

"朕爱十六阿哥"，这叫什么话？尽管自家只是内务府小官，也觉得谕旨中的措辞怪肉麻的，皇帝能说出这样的话挺不容易。

转念想想，本事不大的允禄看到这话该怎么想？还不得哭出肠子来，从此抱定新君的大粗腿。姐夫纳尔素称允禄是新君的"大扎枪"，说允禄按照新君的旨意"见谁杵谁"，并非胡说，而是多少有些根据的。

毛家湾到了，庄亲王府门口蹲着俩大石狮子，大门五间，果然气派。

他递上名帖，惴惴不安地在门外等着。

亲王是王爵，不是职务。允禄的具体职务是内务府总管大臣，是曹頫的顶头上司。府邸里很快传出话来：准入。他怀里揣着个小兔子，跟着家人入了大门、仪门，抬头是轩昂的正殿。但他们没有进入正殿，而是入了偏殿。允禄正在那儿等着。

曹頫赶忙作揖，"奴才曹頫给庄亲王请安了。"

天上掉下个馅饼。允禄已不是游江南时的那个阿哥了，人家是鸟枪换炮了。和老亲王不一样，新一茬庄亲王春风得意，精神头忒大，但要端出亲王深沉的派头，不吭气，只耷拉着眼皮白了他一眼。

曹頫随即把一个小藤条箱奉上，打开，笑道："奴才晋谒庄亲王，带来些小玩艺儿，都是江宁特产，万请庄亲王笑纳。"

允禄浮皮潦草地看了看摊开的江宁特产，内有匾对单条字绫、湖笔、锦扇等，而后用手背轻轻地拨开，懒洋洋地，像是用鼻腔说话："江宁织造曹頫，你来京师干什么？"

"押运一批上用绸缎到京。"

"上用绸缎入了内库，怎么还不回江宁，在京师瞎转悠什么？"

"捎带着会会亲友。"

"本王又不是你的亲友，你到这儿干什么？"

"奴才的先人曹寅与李煦是世交，听说您与李煦……"

"知道你要提到李煦。你是来给他求情的，本王没说错吧？"

没想到庄亲王开门见山，他一时涨红了脸，无言以对。

允禄起身向外走，"别跟我这儿转影壁，直直溜溜地说出来不就结了。走。跟我去趟双关帝庙。"

曹頫不知何意，只得懵懵懂懂地跟着出了门。

双关帝庙距庄亲王府不远，在宣武大街以西，是个老庙，里面合祀两尊关公塑像，因此得名。至于它老到什么程度，建于何时，连编《宸垣识略》的吴长元都不知道，只知道在元朝泰定年间重修了一次。

庙门破破烂烂的，曹頫昏头昏脑地跟着庄亲王进门。跨过烂糟糟的门槛，一看庙不大，有兵丁看守，里面传出一片女人的啼哭声。

允禄转身问："知道这儿关着什么人吗？"

曹頫用袖口点点额头，据实答："不知道。"

允禄左右挥指着："全都是李煦的家眷。老娘们儿加小娘们儿，十几口子，刑部大牢里放不下，而她们又没有犯下什么罪过，只得暂时羁押在这里。东偏殿、西偏殿，每屋放几个。"

曹頫扑到偏殿窗前，往里一瞅，可不，里面关着的全是熟脸。不过昔日的花枝招展者如今已是蓬头垢面。让人好不心酸。

允禄背起手，在当院踱起方步。"按亲戚里道论起来，本王还得管李煦叫声'表舅'。由此说开去，这里关着的李煦家眷，从八竿子梢儿上再伸出去，也勉强算得上本王的远房亲戚。"

曹頫壮着胆说："奴才听过那道谕旨，上面说了，李煦亏空案由庄亲王您全权办理。既然都是远房亲戚，您不妨在圣上面前求求情。"

允禄冷笑一声，"好主意，好主意，这主意不错。圣上让我卖了她们折抵亏空，江宁曹织造让我对圣上求求情，放了她们。中着不着的，本王是该听圣上的还是该听曹织造的呀？"

汗珠从额头上流淌下来，曹頫吓得不敢说话了。

允禄把他撇在一边，扯着脖子对左右呼道："她们成天哭什么？"

一个兵丁上前说："亲王大人，这些娘们儿想家了。而且，她们都是南人，吃不惯北人的面条和馒头，想吃大米。"

"行，给她们的膳食改个花样。"允禄叉着腰，对着窗户喊起来："你们听着，给你们的膳食改个花样。此后十天，每天三顿饭，顿顿棒子面窝头。"

东西偏殿里，顿时哭声更响了。

允禄跳着脚喊："看你们一个个儿的，这个是位小姐，那个是位奶奶，成日价装丑作俊，中看不中吃的，没一个能当仆役使唤。知道不知道，你们是要当丫环、当老妈子卖的！可是谁愿意把个小祖宗、老祖宗买回家。这么些天了，京师里的人都不敢买，本王还得接荏儿供你们吃喝。面条和馒头吃不惯，让棒子面窝头给你们饿成丫环坯子，饿成老妈子瓢子，到那时候就全卖出去了。"

曹頫见过的皇子很多。正像内务府老人说的，这些在深宫里成长的阿哥任

359

性惯了，霸道惯了，即便出了紫禁城，也是口无遮拦，抓土扬烟儿的，一个个都像总也长不大的孩子。

在他眼里，庄亲王也是这德行。但是他把允禄看扁了。

看到兵丁叽叽嘎嘎地笑，允禄拽了曹頫一把，"跟我进正殿。有话里面说。"说完就走，曹頫赶忙跟上。

双关帝庙的正殿都快要塌了，房顶一个大洞，露出一片蓝天。一缕阳光照射在俩关公塑像上。他们的脸上颜色脱落的东一块西一块的，麻麻癞癞，让人怪不落忍的。

允禄左右看看，对曹頫急匆匆地说："这儿没人，咱就说点实在的。我跟着先皇南巡过，知道李煦和苏州织造府的亏空是怎么回事。甭说你，就是我娘也让我跟皇上说说好话，放了她们。但这事很难办。如果李煦仅是帐面上拉了亏空，没准儿还有个缓。但他的事不止一档。"

曹頫急忙问："他还有什么事？"

"还问，你还不知道吗？这事你也过过手，别在这儿装傻充愣。李煦给诸阿哥买江南女子的事，是皇上最窝火的。"

曹頫的脸登时吓白了，"那李织造就这么完了？"

允禄为难地摇摇头，"瞅冷子再想辙吧。如果皇上不提李煦买江南女子献媚诸阿哥的事，没准儿李煦还能与家人团聚。"

曹頫忙作大揖，"官儿不官儿的，家产不家产的，李织造都没心想了，只求一家子能团聚，别变卖的四面八方。但求庄亲王能在这上头帮他一把。奴才求您了！江南三织造府上千口子一块求您了！"

允禄紧张地左右看看，"不是正在想辙嘛。刚才一口一个卖不出去，话里话外是在留后手。到时候我跟皇上说，李煦是旗人，京师没人敢买旗人显贵的家眷，皇上没准儿会让我另想办法。"

曹頫看到了一丝希望，"那时你再让李煦把她们接走。"允禄点了点头。"也只有这么一个茬口了。"

三十九、郑家庄－卧房－书房

京师的夏日被称为"枣核天"，早晚凉，中午极热。这天大正午的，赤日炎炎，平展展的庄稼地里有一条小土路，南来北往的人本来就把路上的土踩得够碎了，加之太阳暴晒，都干成末了。

马蹄在土道上咯嗒咯嗒地小跑，轿夫的脚在土道上疾走。脚丫子和马蹄子撩得暴土狼烟的，轿子里传出一阵阵女人的咳嗽声。

土道一直向郑家庄延伸，终点是那片粉墙青瓦的房子。骑马的那位一扬鞭子，马奋起四蹄，甩下轿子，跑过小石桥，在弘晳的宅门口熟练地滚下马，也不通报，就一掌推开门，兀自进去。

当院有个凉棚，凉棚下支了把破竹椅，弘晳在上面躺着，有一搭没一搭地摇晃着一把破蒲扇。京城人士用"髭毛儿栗子"比喻男子头发长而乱的样子。此时的弘晳就这副德行，头发支支棱棱的。

骑马的那位进了二层院子，后面跟着几个家人吵七八火地阻拦。他不管不顾，径直来到凉棚下，单膝点地道："王爷，御前二等侍卫拉锡叩见。"

来人自报家门，敢情是御前侍卫，家人不敢拦了。

弘晳没正眼瞧他，依旧摇晃着破蒲扇，"有何公干？"

"奴才把她送回来了。"

弘晳身子一动，脸上的肌肉抽搐起来。他打算起身，随后又慵懒地躺下，懒洋洋地抬了抬眼皮，问："人呢？"

"随后就到。"

弘晳忍不住直起身子，直勾勾地看着两层院之间的过门。

吴青卿梳着一条大辫子，羞眉臊眼地低着头，款款走进来。

弘晳紧抿着双唇，一言不发，直眉瞪眼地看着她，鼻孔吁出长长的两管气。看了一阵，他沮丧地把破蒲扇一甩。破蒲扇打着旋飞出去，他则气哼哼地重新躺下来，对着顶棚喘粗气。

吴青卿在他面前跪下来，不敢言声，瑟抖起来。

粗气喘得差不多了，他斜着眼看了她一眼，突然暴怒地坐起来。但还没等他发作，拉锡凑近他的耳畔小声说："有旨，不准打。"

弘晳站起来，拍拍拉锡的肩膀，"看清楚喽，她是谁的老婆，不是你的，是我的。"说罢一把搡开，"打不打，是我家里的事！"

吴青卿可怜巴巴地抬头看了他一眼，慌忙俯下头。

拉锡固执地重复道："有旨，不准打。"

弘晳甩出了巴掌，"一口一个'有旨'，我就不信皇上有不准本王爷打老婆的谕旨，有旨就拿出来。"

拉锡据实说："是口谕，奴才拿不出来。"

京师的人根据"理儿"与"李二"的谐音，将辩论中抓住道理俏皮地称为"抓住李二的胡子"。

弘晳真是抓住了李二的胡子，跳着脚喊："本王爷吃葱吃蒜不吃姜。《大清律例律》里面有不准打老婆这条吗？你拿得出不准打老婆的圣旨吗？拿不出来，就休怪老子打了。"

拉锡把女人拽起来，用身体护住，喊道："有旨，不准打！"

弘晳推开他，拳头抢向女人，"口说无凭。拿不出圣旨来，老子就要打！"

正在拳头向下砸时，近处传来清晰的一声喊："圣旨到！"

弘晳猛回头，一干太监不知什么时候进来了，站在当院。

一个老太监从容地展开了一轴黄缎子，喊道："郡王弘晳接旨——"

弘晳犹豫了片刻，跪了下来。他的膝盖刚着地，就听到一个尖利的声音在头上响起："送二阿哥到郑家庄居住，费用于内务府取给，照亲王之例办理。丰其衣食，以终余年。钦此——"

弘晳俯在地上不敢动，只听到一阵扑扑嗒嗒的脚步声，宣读圣旨的人走了。

又听到一阵扑扑嗒嗒的脚步声向他逼近。他抬头一看，怔住了。

是他的阿玛。允礽好像没有睡醒，眼眶里尽是呲沫糊，大热天的却在淌清水鼻涕，鼻涕流到了嘴唇，也想不起来擦一把，整个人显得傻乎乎的。当年那个风流倜傥的太子早就了无踪迹。

允礽这时满打满算还不到五十岁，却已是两鬓斑白，满面的皱纹，显出了老态。也许是稍微上了点岁数，也许是咸安宫凄清冷落的磨难，也许是从诸多不顺中咀嚼过人生，他的二傻子般的面庞，倒是透出了几分慈祥。

弘晳带着哭腔喊道，"阿玛！"他向父亲跪走过去，抱住他的腿痛哭起来。这么热的天，允礽脚上居然穿着羊毛毡制的"毡趿拉"，可见他在咸安宫里过的是不分寒暑的懵懂日子。

允礽抚摸着他的头，迷迷瞪瞪地看着苍天。待他再低下头，惊讶地看到，弘晳的身边跪倒了一个女子。

允礽问："在咸安宫里听说你娶亲了。这就是你的媳妇？"

弘晳像是没听见，仍然抱着他的腿恸哭。

允礽说："抬头，让我看看。"

吴青卿顺从地抬起头来，泪痕环绕粉腮，愈发楚楚动人。

允礽盯着她看了一阵，嘀咕了一句："小样儿，瘦净搭拉儿的，咋就这么俊俏？"继而警觉地四下看看，像猎狗般怂怂鼻子。他抚摸着儿子乱蓬蓬的头发，不安地说："好小子，你可真会挑媳妇儿，知道吗，你把个麻烦篓子娶到家了。"

弘晳急剧地摇了摇头，抱着阿玛的腿越发恸哭。

允礽的大手抬起吴青卿的下巴，打量了一番，捏了把脸蛋，用拇指蹭去她的泪痕，满腹狐疑地看看儿子，愈发不安。"绝色，好他娘个绝色。满世界张三木头六的，你个小兔崽子看得住吗？"

这话问到了弘晳心坎里。他没法张嘴回答，头一下复一下地撞击着阿玛的身体。

拉锡弯下腰，对着他的耳根小声说："回头你娘石氏也搬过来住。你们一家子能团聚，别忘了她的恩典。说开了，是她用身子换来的。明白啦？女人可怜呐。再说一遍，有旨，不准打。"

入夜，郑家庄安歇下来。粉墙青瓦全都变得黑乎乎的。在黑暗的苍穹下，这片房舍像是驮着一个沉重的石碑。

弘晳住在正院正房西暖阁。郑家庄全都睡了，只有这里还有微光。

烛光下，吴青卿一丝不挂地躺着，目光胆怯地追随着她的男人。弘晳正就着微弱的烛光仔细搜检她全裸的身体。

弘晳举着烛台，边看边问："他糟贱你了？"

泪水涌出来，在眼眶里打转。女人张了张嘴，说不出话来。

"问你呢，别蝎蝎蛰蛰的。他糟贱你了？"

"……"

弘晳脸一绷，"嗯？！"

女人阖上了眼睛，顺顺溜溜地"嗯"了一声。

弘晳说："承认不就结了。几次？"

泪水从女人的眼眶流出来，噗噗地滴到枕头上。"没算过。反正只要他在圆明园，都是二更来，五更走；掐着点来，掐着点走。"

"别胡扯那些，问你呢，几次？"

"没算过。"

"给你提个醒儿，你在'天然图画'住了俩月。"

女人睁开眼，胆怯地想了想，一挺身子，好像是要豁出去了。"他经常回皇宫，只要是到圆明园来，就，就……"

弘晳说："就夜夜不耽误。是吧？"

女人默认了。

弘晳举着蜡烛凑近了她的身体，一点点地搜索着。"我倒是要看看，他在你身上留下了什么。"

"不用看，留下不少青瘀。他回回都是又掐又咬的。"

弘晳把烛台往床边一顿，一屁股坐在床边，"又掐又咬？怎么干那事还要掐咬？我对你都没有倚疯儿撒邪。"

"人跟人不一样。"

弘晳突然间畏缩了，"他比我强？"

"……不知道。"

弘晳的脸变甜了，"经过的事哪能不知道呢。没事儿。"

吴青卿人咬了咬嘴唇，""他……他比你有劲。"

弘晳眉眼带笑，戏谑地问："是干你的时候有劲，是吧？"

他猛地一虎脸，狠狠抽过去一耳光，"你他妈还有脸认帐！"

女人忽地坐起来，喊道："打吧！打吧！想听吗？告诉你，他干的时候比你疯，比你横，比你野，比你会玩儿！是高手！"

他真的发狠了，抡圆了臂膀左右开弓，连续抽女人耳光。边打边喊着："有旨，不准打。老子偏打！有旨，不准打。打死你个贱货！"

女人的头被抽得像拨郎鼓一样，却叫喊着："打吧！打吧！打吧！打死算了！你算什么，不过是兔崽子，不过是羊羔子，不过是马驹子，大不了是牛犊子。他是什么，是豹子，是狮子，撑天拄地的，是皇上！"

弘晳像是被这话击一猛掌，动作骤然停顿，喃喃自语道："他是皇上……撑天拄地的。"接着他一屁股坐到床边，捂着脸痛哭起来。

女人披上衣服坐起来，搂住男人的肩膀，把他扳倒，男人就势倒在她的怀里。他抹抹眼泪，问："因为他是皇上，你就心甘情愿？"

女人把男人的脸按到自己乳峰上，姿势像是在喂奶，微摇着头说："谈不上心甘情愿，不过是小米换大米。"

男人脱离了她的怀抱，迷惘地问："是什么？"

吴青卿出神地盯着烛光，说："我家是江南太仓开米铺的。常有北人用小米来换大米，行情不一样，有时候一斤对一斤，有时候十五两换一斤，有时候十四两换一斤。时下，皇上干你的女人，换回皇上放你的阿玛回家，跟小米换大米差不多是一回事。你说呢？"

他狠狠揪了把头发，"这理儿我知道。但这口气难以下咽呐！"

女人真切地哭了，"既然知道，就别再问这问那的折磨我了。"

弘晳站起来，说："我得折磨你。这会儿，我就想对你又掐又咬,倚疯儿撒邪！"说完，他忽地扑到女人身上，发狂地又啃又咬。

女人把脸别开，把他推开，翻身向里，说："先别。我让他玩儿过了，这两天你会膈应我的身子，怎么折腾也不会舒心。过完这两天，你的心气好些了，奴家整个儿还是你的，你怎么撒欢儿都行。"

允礽回家的第二天，弘晳就向他哭诉吴青卿被召到"天然图画"之事。他听后长叹几声罢了，对老四胤禛的荒淫，连个屁都没放。

刚到郑家庄，允礽最上心的事情是叫木匠打张书桌，并亲自规定式样，比如两旁边的抽屉要多高，两旁里侧的距离有多大。不然写字时，膝盖总碰着两边的板，就感觉局促，不舒服。

过了些日子，书桌做好了，搬来了。栗壳色，油油的，发着亮光。他让木匠把书桌安放在窗下。木匠搬时没留心，跟门框撞了一下，他心疼地"哎呀"了一声，忙上前看看磕掉漆皮没有，又用袖口擦擦磕碰处。直到书桌安放停当，他才松爽地透透气，站远一点，悠然地看着新桌子。

窗外是棵大槐树，阳光把树冠摇曳婆娑的影子投放到桌面上。看着桌面上晃动着阳光的斑点，他黄浊的眼睛放出了光，左手摸着下巴上的短胡碴，活动着右手五指，叫道："笔帖式，铺纸研磨，拿笔来。"

老爷子从来没有对家具这么上心过，更何况，这会儿的家里哪有老爷子所说的"笔帖式"。弘晳和吴青卿相互看看，惑然不解。

没有也罢，老爷子也就是喊两声过过瘾。自打新书桌进家，他就回到了青年时代，天天挥毫，今儿写的是诸葛亮的《出师表》，明儿写的是岳飞的《满江红》，越写越有情绪。

允礽自幼师从朝中大儒熊赐履，十三经烂熟于心，且练得一笔好字。在诸阿哥中，他的字是最好的。不仅如此，朝臣中也很少有人写字比他好。荒唐了那么些年，被因了这么多年，即位一类的事全然与他无关了，他也不议论朝廷中的事，转眼间恢复成当年那个勤奋书生。

而且，他也没有花花肠子了。过去，他总挂在嘴头的满洲肉轴、江南美妞、京师小骚货之类的，再没有听他提起过。也许是对过去的忏悔，回到郑家庄的他，与福晋们好得不行，尤其是对嫡福晋即弘晳的生母石氏，两口子恩恩爱爱的，大有白头偕老之意。

允礽有几个子女。女儿情况不详，史载一个女儿由胤禛收养，后来被封为和硕公主。在儿子排行中，弘晳不是老大，只是嫡长子，他还有个庶出的哥哥，早就搬出去住了。在郑家庄与允礽共同生活的，只有弘晳夫妇。允礽对共同生活的唯一儿媳妇吴青卿，保持一定距离，平日里不大搭理，能回避尽量回避，非得说话时也就是三五句话，说完就走人。

京师的人将张狂之人称为"张刀神儿"，允礽原先就是属这一路的。但是，打从咸安宫回家后，弘晳的家人都看得出来，老爷子整个人变了。他们私下议论，老爷子在咸安宫里关了几年，被关老实了。

这话大面上对，也不全对。允礽的心里话只是偶尔跟弘晳露一点。他觉得郑家庄有胤禛的耳目，说话不能太随便。备不住，那个吴青卿也是胤禛的耳目，谁知道她在"天然图画"那些日子，胤禛跟她交代了什么。女人嘛，十有八九是势利眼，更何况在京师没有根的江南女子。皇上和郡王，她听谁的？当然是听皇上的。破落户和当朝天子，她买谁的帐？当然是当朝天子。

对阿玛的这些说辞，弘晳哑然失笑。这个老爷子，真是给关出神经来了，整日价疑心生暗鬼的。郑家庄的大宅门里都是自家人，没有什么狗屁耳目，更别说他的娇妻青卿了。

一天夜里，他与吴青卿一番销魂云雨之后，在被窝里，乘着柔情蜜意，把老爷子的疑虑倒了出来。他是当笑话说的，没想到女人也有同感，她告诉他，皇上能背出她在家里唱的歌谣，可见家里确有皇上的耳目。他惊出一身汗，转念想想，老爷子口紧点也好，天天练他的字去，少在家里骂娘，让皇上找不着茬儿。赶明儿，让吴青卿怀上一个，十月怀胎，生出个带把儿的，老爷子玩儿玩儿孙子，颐养天年得了。

如果没有什么事，日子也就这么平平稳稳的过下去了。但无论是允礽还是弘晳，都没有想到，皇上从来忘不掉不当忘的事。

刚入秋，庄亲王允禄到郑家庄来了。允礽和弘晳陪着他，坐在院子里的一棵大槐树下。这棵大槐树有几百年了，入秋时节，树叶子正密，撒下一汪浓荫。允礽很喜欢这棵树，没事了就到树下坐坐。

允禄名义上是来拜访二哥的，而扯了一阵闲话，提出一档子事。

他轻咳了几声，有些尴尬地说："皇上秋天出宫，去'天然图画'居住，这两天就动身，请吴青卿到那儿陪皇上几天。"

陪坐的弘晳当时就变脸了，刚要发作，阿玛朝他一摆手，就噤声了。

允礽的胸脯大起大落，显然是憋着话要说。他低眉顺眼地老实了几个月，这时脸拉了下来，老气横秋地对允禄说："告诉圣上，也就是我四弟、你四哥，咱大清的雍正皇帝，他放废太子出咸安宫，废太子一辈子记他的恩。但该谢的，废太子已经拿儿媳妇的身子谢了，不能一而再，再而三。谢过的事，就不再谢了。"

这是明着驳允禄的面子，不软不硬地回绝了圣上。允禄却不慌不忙，翘起的二郎腿一摇一晃的，笑道："你说已经拿儿媳妇的身子谢过皇上了。这么说，你认为吴青卿是你的儿媳妇？"

允礽一拍大腿。"她当然是我的儿媳妇！"

允禄转向了弘晳，"你呢？你也认为她是你的福晋？"

弘晳喊了起来："她当然是我老婆！你别忘了，她也是你和我四叔的侄媳妇，当叔叔的，总不能拿自己的侄媳妇太随便儿吧。"

允禄微微摇着头，说："媳妇，儿媳妇，侄媳妇，都是你们说的。如果真的是这样，那敢情好，圣上不会把自己的侄媳妇召到行宫。可惜呀，你们加给她的那些眷属名目，都不贴谱。她什么都不是。"

跟吴青卿过了这么久的日子，她居然什么都不是？允礽与弘晳愣住了。他们与其说打算发火，不如说是好奇地等待下文。

允禄乐了，"你们父子俩呀，俩不明事理的大傻蛋。你们俩，一个享受亲王之例，一个是郡王，都是太祖努尔哈赤的血脉，正根儿正苗儿的宗室子弟。请问二位，宗室子弟怎么娶妻呀？是自己瞎抓挠一个抬上轿子就能过门的吗？为了防止汉人串秧儿，大清早就有定律，宗室子弟的嫡福晋得由圣上指配。请问二位，吴青卿是圣上指配的吗？"

允礽与弘晳父子顿时哑口无言。

允禄得意地晃着头，"退一步说，圣上不曾指配，太后指配的也作数。请问二位，吴青卿是太后指配的吗？"

允礽与弘晳在对视中意识到了问题的严重性。

允禄的"坠子脸"绷得挺长，并起二指点着他们的脑门，"圣上不曾指配，太后也不曾指配。那程子，二哥落难，被废黜太子封号，弘晳成为罪人子弟，因此先皇不曾指配福晋，太后就更谈不上了。"

允礽叹了一口气，"是我耽误了弘晳，坑了儿子。"

允禄说："那就别接茬儿坑孙子了。头二年，弘晳岁数不小了，前任苏州织造李煦送过来一个汉人女子，弘晳看着她人漂亮，不走脑子，搂上炕头就是她了。这么干是违律，但宗人府知道弘晳的处境，也就没计较。过去的事就算了。到这会儿了，二哥享受亲王之例，弘晳侄子封郡王，你们还想拿吴青卿凑数吗？按理说，打弘晳侄子封郡王那天起，嫡福晋就得由圣上指配，过去的事就统统不能作数了。什么郡王的福晋，二哥的儿媳妇，圣上的侄媳妇，统统拉倒吧，玩儿去！眼下的吴青卿就是民女一个！"

弘晳无言以对，看看他的阿玛，允礽同样无言以对，直喘粗气。

允禄像是在拱火。"二哥，您是不是想抱个嫡长孙呐？有的话弟弟得说在前头，吴青卿还别下崽儿，但凡下了串秧儿的崽儿，弘晳侄子尽管当儿子养着，但要说这是您的嫡长孙，宗人府可不会认帐。您要敢说这个崽儿是先皇康熙大帝的重孙子，嘿嘿，您就瞧好吧。"

允礽站起来，看看窗户里面，书桌上铺着刚刚写的条幅，嘀咕了一句："想沉下心来过太平日子都办不到。"

允禄依旧脸上带笑。"我可是一手托两家，你要想过太平日子，还得听我多说两句，你听着或许会消停点。吴青卿如果是普通民女也就算了。但她不是，而是苏州织造李煦买来献媚八阿哥的。这点经内务府查实，是硬砍实凿的。再说重点，江宁织造曹頫到八阿哥府上说这事时，我正好在场。对她的来路，想必，弘晳侄子不会不知道吧？"

弘晳垂下头。"知道，是李煦托江宁织造曹頫送来的。"

允禄脸上的笑容消失了。"李煦已被查办，但查办的只是他一屁股两肋的亏空。如果往深里追，追到买江南民女献媚阿哥这上来，顺着线头一捯，你的女人，甭我说，后面的麻烦可就大了。"

弘晳吓坏了，"那咋办？"

允禄叹了一口气，眉头紧锁。"那得看你了。你要当真喜欢她，当真想把她保下来，就得实实在在地接茬儿当大王八，再说，给皇上当大王八不丢人。这么着吧，听你十六叔一句，再让她到'天然图画'陪皇上住几天，皇上要是喜欢上她了，看谁还敢动她一指头。"

允礽和弘晳，俩脖子同时梗了一阵，俩脑袋又同时耷拉下来。

当天，允禄用一乘小轿把吴青卿接走了。

　　吴青卿前脚走，允礽后脚就发癔症了。他冲进屋里，抡起臂膀猛扫，书桌上的笔墨纸砚统统被横扫到地上，墨汁泼了，砚台摔了，他朝着湖笔猛踩两脚，湖笔被踩扁了。末了，他把书桌给砸了。

四十、德胜门外－朝阳门外

雍正初年，京城大茶馆林立，一般都开设在闹市，出了九门就不那么多了。德胜门外有一家挺大的茶馆，名为"北远"。

这个名字透着几分凄凉，凡是往西面发配的罪人，家眷都送到德胜门外，临分手之前，就在"北远"来一顿，算是饯行，然后就是往北走，越走越远，直至把尸骨扔在遥远的大西北。当然，主要茶客还不是为罪人饯行的家眷，而是德胜门内外的各位"爷"，这一片是正黄旗的地盘。

雍正二年四月的一天，一群捕役前呼后拥，押着一个病病歪歪的老者来到"北远"茶馆门口。这位老者很老了，拿京城的话是"白头儿跌歇、瘪皮落馅"的。捕役人数之多，气氛之紧张，就可以料定这位罪人不是一般鸡鸣狗盗、杀人越货之徒，而必定是钦犯。

这位老者的长相属于那样一种人，年轻时比较凶悍，上了岁数后平添了几分慈眉善目。他即是苏努，在清史中是有一号的。

苏努是努尔哈赤长子褚英的曾孙，顺治十四年封镇国公，康熙年间随康熙皇帝亲征有功，署理奉天将军，胤禛即位后，将其爵位由贝子晋封贝勒，任修纂玉牒的总裁。但苏努并不感恩，反倒跟定了八阿哥。雍正皇帝恨透了他，倾陷称："苏努为将军八年，唯利是图，盛京军民风尚，由是大坏。"胤禛将他定"党援允禩"罪，革职削爵，罢黜宗室，发往山西右玉县服苦役，其时称为右卫。

苏努已八十六岁了。考虑到他年事已高，胤禛恩准他带个人一同前往右卫，在生活上照顾他。他的最小的女婿愿意陪伴。这个女婿三十多岁，长相清秀，官职为佐领，名为那清阿。苏努获准不带枷。捕役押着他进至"北远"大茶馆，那些喧闹的哥们儿刹那间安静下来。

这群大爷二爷的都有个好眼力，知道来的这位不是一般人，能溜的立马就开溜了，茶馆里立刻空荡荡的。

墙角那里却有一位迎上前来。他就是廉亲王允祺，时下他是总理事务王大臣，在四位王大臣中居于首位。与年轻时相比，他的变化不大，双眼炯炯有神，髯口修得齐齐整整，嘴唇边挂着自负的微笑，走路的样子俊洒飘逸。只是随着时光的流逝，他的棱角被修秃了一些，表情不像从前那样咄咄逼人了，而是略显随和。

苏努是如何"党援"允祺的，今人已经不可能搞清了。但是不难想象，一个八十大几岁的人由于"党援允祺"而落到这般地步，允祺心里是非常难受的，甚至于无颜面对老人。

他郑重地捧双拳作揖："苏将军，为了我受这么大的连累，弟弟无以报答，亦无地自容，只得在这大茶馆送你一程。"

苏努大度地说："哪里哪里，这是说到哪儿去了。脑袋都扛在自己肩膀上，怎么想怎么做都是自己的事情，自己犯下的事情自己担，与廉亲王无关。老夫落到这般田地，谁也不抱怨，皇上既然发配老夫到右卫，老夫倒是愿意到塞外颐养天年。"

那清阿呵斥那些跟随的捕役，"往后哨。苏将军与廉亲王话别，你们滚到外头等着。"那些捕役识相地退了出去。

允祺又转向那清阿，郑重地捧双拳作揖："那佐领，麻烦你一路照顾好苏将军，别让老人家受委屈了。"

那清阿大声说："廉亲王放心吧。"

京城的人喝茶谈不上"品"，更多是润喉咙、提神儿什么的。一杯茶下肚，允祺拿起一片炸排叉扔到嘴里，咯喳咯喳嚼着，说："皇上明里整的是你，实则一刀一枪都是冲着我来的。"

苏努老气横秋地说："此话不假，明眼人都看得出来。"

允祺满上一杯茶，一饮而尽，用手背揩着嘴角，说："皇上是一个一个地来，今天拆我一条胳膊，明天卸我一条腿，发配苏将军您是在折我一条膀子，直到最后置我于死地。"

苏努仍然是那句话:"此话不假,明眼人都看得出来。"

打从"病猎鹰"那事起,允禩就对胤禛怀有戒心。按说胤禛即位后对允禩说得过去,上来就封他为廉亲王,位列总理王大臣之首。但新君疑心太大,总断不了挑"掌儿",怀疑允禩觊觎皇位,允禩与其他阿哥及臣僚的往来,一再被斥为"朋党"、"犯上作乱"。允禩的戒心一点也没少,反而越来越甚。

雍正初年,八阿哥、九阿哥、十阿哥允䄉,都在四十岁左右,正当年,加上个前抚远大将军、时下穷横的十四阿哥允禵,结成了帮,成为胤禛的眼中钉、肉中刺。但胤禛也绝非等闲之辈,他的对策就是每次处置一个,直到把允禩的左膀右臂全部干掉。

最先倒霉的是九阿哥允禟。雍正初年,抚远大将军允禵因奔丧返京,随即被雍正皇帝免职,而新任抚远大将军年羹尧远在四川,要务缠身,短期内不能到达西宁大营赴任,抚远大将军帅印一时悬虚。在这个空档,雍正皇帝称:大将军往复尚在未定,具体任命谁,还要和青海活佛商量,但"西宁不可无人驻扎,令九贝子前往。""九贝子"即是九阿哥允禟,他的爵位是贝子。

胤禛用一个冠冕堂皇的理由,打发九贝子去西宁。允禟傻啦吧唧的,离京时还以为自己有望成为新任抚远大将军,其实,从胤禛的谕旨推敲,允禟产生这个错觉也合乎情理。结果,他到西宁大营不久,新任抚远大将军年羹尧来了。兵权在人家手中,哪还有允禟的好果子吃,他等于被发配到西宁,并且软禁在那儿了。

下一个倒霉的是十阿哥允䄉。玄烨驾崩后,蒙古喇嘛教首领泽卜尊丹巴胡土克图来京拜谒灵堂,病死在京。胤禛令允䄉送泽卜尊丹巴胡土克图灵龛回喀尔喀,允䄉唯恐离京后发生不测,到了张家口之后不肯再走,住了下来。允䄉没有将灵龛送到目的地,胤禛令允禩议处,允禩促令允䄉继续走,抵达喀尔喀。胤禛认为允禩包庇允䄉,下令将允䄉押回京师,革去王爵,交宗人府监禁,还查抄家产金银六十多万两。

监禁了九阿哥允禟、十阿哥允䄉,雍正皇帝把主要矛头指向八阿哥允禩,发布上谕训斥允禩:"廉亲王存心狡诈,结党营私。自朕继位以来,凡遇政事,百般阻挠。""大小臣工因廉亲王贻累者甚多,乃甘受罪戾,毫无悔心,而廉亲王亦恬然自安，竟不知愧，并不念及国法，稍加警惧。由此观之，党援终不能散也。党援必由众人附和而成，若廉亲王一人，何所恃而如此行为乎？""朕用是谆谆诚谕，倘诸臣洗心涤虑，尽改前非，则廉亲王党散势孤，朕得以不伤骨肉手足之情。"

允禩被训斥为"党援"之首，只能打掉了牙往肚子里咽。他心里明镜似的，那俩被斥为"犯上作乱"的弟弟有啥呀，不就会关着门骂大街吗，骂破大天也折腾不出花来。而胤禛之所以能下重手，是由于有两大台柱撑着，年羹尧统领大军坐镇西陲，隆科多统领京师和近畿步军。刀把子握在皇上手里，他还不是想收拾谁就收拾谁。

由于控制了年羹尧、隆科多，雍正皇帝气很粗。不久前，他说了句过头话，他说皇考十五岁制服鳌拜，"往事可鉴"。这是将允禩比喻为康熙初年专权的鳌拜了，气得允禩几天吃不下饭。

这是不久前的事情，现在又是苏努被发配。苏努虽然不是皇子，但是与胤禛、允禩同为宗室兄弟，与允䄉、允禵一样，是拥戴允禩的一个重要骨干，发配苏努使得允禩愈发感到势单力薄了。

对这种大势，允禩看得很清楚，但又无可奈何。在"北远"茶馆，他简直找不到合适的话安慰即将前往右卫充军的苏努。只是左一遍右一遍地关照那清阿要把老爷子照顾好。

"苏将军！老哥哥！"茶馆门口传来一声喊。

允禩抬头一看，来的人居然是隆科多。

苏努吃力地撑起来，颤颤巍巍地迎上前去，说："老弟老弟，你怎么也来送行，老哥哥实在不敢当。"

隆科多与苏努用不着相互作揖，二人平日里称兄道弟，这会儿相互搂抱起来，热热乎乎地彼此拍打着后背。

隆科多与苏努的关系有些别扭。论年龄，苏努比隆科多年长一大块，处处以老哥哥自居，但又自称是隆科多的"门人"。

隆科多与苏努热乎完了，一眼看到允禩，双手抱拳叫道："廉亲王，我的八外甥，你也来了，请受舅舅一拜。"

允禩甚至没有起身，只是淡然冲他笑了笑。

朝野间称，允禩与隆科多是朝廷中势不两立的对头。朝廷中两大势力，一股以隆科多、年羹尧为首，拥戴新君；一伙八阿哥允禩为首，反感新君。皇上对两伙都封王晋爵，坐壁上观，让他们之间掐，掐来掐去，今儿个用这伙收拾那伙，明儿个用那伙整治这伙，两伙人都得依托皇上作靠山，从而皇上就江山无虞了。这是历朝历代屡见不鲜的帝王权谋。文人早就给这手总结出一个词，叫做"分而治之"。

圈外人不了解内情，看问题捕风捉影，容易犯简单化的毛病。其实，尽管隆科多是辅佐胤禛即位的主要功臣，而且在胤禛整治允禩一伙时也帮腔，但是说到底是允禩、允禟、允䄉、允禵的舅舅，而且圈子里的人多有皇亲国戚、前朝勋旧，与允禩及"朋党"有着千丝万缕的联系，你中有我，我中有你，根本掰扯不开。比如苏努就是如此，苏努以"党援允禩"获罪，却是隆科多的"门人"。

茶话既毕，允禩与隆科多一道送苏努、那清阿走出茶馆。

那伙捕役正坐在地上就着冷水啃火烧，见到苏努出来了，站起来拍打拍打身子，就准备上路了。

允禩高声问："这里谁是头哇？"

一个捕役站出来，诺诺说："在下是这里的头。"

允禩指着他的鼻子说："苏将军已高龄八十六岁了，不能跟你们走路，你们得找个东西，把苏将军抬到右卫。"

那个捕役头为难地说："我们又没有轿子，怎么抬呀？"

那清阿斩钉截铁地说："那就雇一顶轿子。官府不出这份儿银子，这个银子我掏了。"

捕役头说："历朝历代的流徙者，也没有用轿子抬到流徙之处的。到右卫足有七八百里地，雇轿子花多少钱倒是小事，如果朝廷里头知道苏将军是用轿子抬到流徙之地的，我们哥儿几个就完了。"

捕役头说得有道理，允禩和那清阿不知道该说什么了。

隆科多插了进来，"那还不好办，你们背！"

捕役头有些吃惊："七八百里地，把苏将军背到右卫？"

隆科多瞪起了牛眼，"背！七八百里地怎么啦，你们一大帮人呢，轮流背。一路上除了拉屎撒尿、打尖住宿，苏将军脚不能沾地。"

两位总理王大臣发了话，捕役们哪能扛住，只得背起苏努上路了。

捕役背着苏努越走越远。允祹和隆科多并肩站着，目送着他们。

四野笼罩着一层薄烟，弯下腰平视过去，但见地表闪闪烁烁的，在北方农村，习惯称之为"地气"。京城的春天或多或少显得模糊，要仔细探询，才依稀可见，这就是所谓"寻春"。春天是要悉心感受的，远远看去，原野显得朗润了，生命在微微湿润的空气中酝酿，风带着新翻泥土的气息，混着种籽膨胀的气味。

终于，苏努一行看不见了。允祹和隆科多准备打道回府。将分手时，他们都有一种奇怪的感觉。尤其是允祹，想了想，甚至微微摇头笑了笑。在朝野的传说中，他与隆科多势如水火，可是在德胜门外的"北远"茶馆门口，他突然间感到，他与隆科多之间并没有什么鸿沟，在有的事情上是可以捏弄到一起的。

三个月后，这一幕几乎又重演了一遍，只不过从德胜门外挪到了朝阳门外，从"北远"茶馆挪到了东大桥茶馆。

雍正二年七月，大热天。允祹等人在东大桥茶馆送允禵上路。

前抚远大将军允禵没有被充军发配，而是奉命到遵化县马兰峪看守景陵。景陵即玄烨陵寝，雍正皇帝说："皇考陵寝，关系重大。若照定例只派总管等守护，朕衷实切不安。朕意于朕兄弟内，酌令一人，封以王爵，子侄内二人，封以公爵，用代朕躬居守山陵……随酌令郡王允禵代朕前往居住。"

这番漂亮话一举两得，既表明他对皇考的忠孝之心，又堂而皇之地把允禵打发出了京城。

允禵不是自己去马兰峪，而是把家眷也带去，跟搬家差不多，等于到了那儿就不回来了。允禵上路那天，送行的很多。由于是往东去，所以送到朝阳门外。

朝阳门外的东大桥茶馆是个红炉馆，生意特别红火，来吃饽饽的人很多。地方宽敞亮堂，八旗那些提笼架鸟的大侃爷一壶茶外加几个饽饽，就在那儿混一天。这里面有一种"杠面饽饽"，用硬面做成长圆形，分甜咸两种，很受欢迎，往往供不应求。

这天，平郡王纳尔素带着儿子福彭打前站。进到东大桥茶馆，纳尔素就搓火。茶客们吃着喝着聊着，每张桌子上都有几个鸟笼子，人声加鸟鸣，乱成一锅粥。当年抚远大将军允禵从西宁大营回京述职，就从这里路过，伞盖如云，万民夹道欢迎，争睹大将军丰采。此事没过去几年，如今却凄惨的在京城呆不住了。

纳尔素对儿子发话："哄走他们。"

福彭这年十五岁，块头足，已是个大小伙子。有平郡王府护卫壮胆，这小子二话不说，踩着板凳上桌子，一脚踢飞一个鸟笼，正在玩儿鸟的主儿吓了一跳，刚要跟他犯急，他又飞起一脚，一个鸟笼又飞出去。茶客们看来者不善，回头看看，几个护卫虎视眈眈的，情知不对，是哪个大户要占地盘，便不再罗嗦，提着自家东西就开溜了。

"清场"完毕，纳尔素把允禵一家子请进来。

纳尔素和延信曾经是抚远大将军允禵的左膀右臂，这次送允禵去景陵，他少不了张罗一番。

不大会儿，一桌子茶宴摆出来了。好茶和码得整整齐齐的杠面饽饽，外加京城特产的几种咸菜。红炉馆使出最大的能耐，也就是这样了。

允禵一家子刚就座，廉亲王来了。

允禵急忙迎上去，允禩拍他的脊背，凑在他的耳畔说："十四弟，到了景陵好好保重。看看咱们哥儿几个，九阿哥被软禁在西宁大营，十阿哥被囚禁在护国寺，苏努被发配到右卫，你这又要去景陵，到了那儿也是软禁。满京城里，我连个能说话的人都没有了。'朋党'的头子成光杆了。"

允禵凑在允禩的耳畔说："光杆也好，就别说话了。少说话少惹事。我估摸着，你要是再胡说乱道的，下一个监禁的就是你了。"

允禩苦涩地咧嘴笑了。"不说话管什么，我就是个哑巴也跑不了。不信咱就走着瞧，下一个监禁的就是我。"

纳尔素凑过来，对他们悄悄说："隆科多来了。"

他们转脸一看，可不，隆科多腆着肚子摇摇晃晃地进来了。

允禵先迎上去，"隆科多舅舅来啦。"

隆科多说："来送送我的十四外甥。"

允禵没好气地看着他，"隆科多舅舅大人。您的十四外甥是八阿哥的朋党嘛，当今皇上的眼中钉、肉中刺，您是不是要把十四外甥送到阎王殿里去呀。"

允禵的话够重的，隆科多却没有恼火，反而说："隆科多舅舅是看着你们一起长大成人，诸位阿哥都是先皇的儿子，平时热乎一些，怎么就成了朋党了。我不以为你们一伙是朋党。"

允禵拿起个杠面馎馎啃了一口，"舅舅总算说了句公道话。亲兄弟在一块怎么就成了朋党，真他娘的笑话。走！上路。"

允禩、隆科多和纳尔素等一起把允禵一家子送出茶馆。来送行的大多数是抚远大将军允禵的旧部。看到隆科多也和这伙人掺和在一起，允禩觉得有点意思，却没有往深里想。

四十一、懋勤殿－两江总督府－储秀宫－郑家庄

胤禛的勤勉是出名的，所谓"自朝至夕，凝作殿室，批览各处奏章，目不停视，手不停批，日不下千百言"。他自认为比圣祖还要勤勉，宣称："自古帝王，未有如我皇考还勤政者。即皇考之勤，亦无自朝至暮办理之理。"这样的自我评价并不过分。他喜欢在懋勤殿批阅奏章。他作风精严，手定大政，考虑到本章转奏或有泄漏迟滞之弊，乃改机密用折奏，皆可直达御前。雍正初年，各地的奏章有时堆的像座小山，这个以勤奋著称于史的帝王经常在懋勤殿秉烛批阅至午夜，所批动辄万言，劳怨不辞。胤禛在位十三年，批发过两万多件奏折、近二十万件的部本、通本就是证明。坊间所刻《朱批谕旨》三百六十卷，《啸亭杂录》称此不过十之三四，其未刊行者，收藏保和殿东西庑中，若山积焉。

雍正二年八月中旬的一天，虽然是初秋时节，懋勤殿里仍然酷热难当。胤禛被一份上疏难住了。他穿件小汗衫，敞着怀，不停地摇着蒲扇，越看心里越憋气。

奏折是两江总督查弼纳亲笔写的。据查弼纳启奏：江南有些大盐商称，他们过去与李煦打交道时玩儿了些猫腻，上缴银两时缺斤短两，多年累计下来，少缴了三十七万八千多两银子，现在愿意补交。

李煦是去年查抄的，时隔一年多，胤禛对有关数字记得比较清楚。看完奏折，他算了算大帐，当年查实李煦亏空三十八万六千多两银子，现在盐商们愿意追赔的是三十七万八千多两银子，二者仅差八千两。查弼纳奏折中说："李煦亏空银内减去商人少缴秤银三十七万八千八百四十两。此项银应由商人头目追赔。"

也就是说，盐商基本上把李煦的亏空全部补齐了。

胤禛阖上奏折，着实有些冒火。玩儿谁呢？居然戏耍到皇上头上来了。

江南盐商的溜奸贼滑出了名，想方设法多搂银子，朝廷想从他们手头多刮些银子太难了。因此，连傻子也听得出来，什么盐商过去与李煦来往时少缴了银两现在愿意补交之类，统统是假话。恐怕李煦平日里与盐商们处得不错，看到他倒霉了，盐商们有点不落忍。于是，有人动员他们出钱抹平，把李煦赎出来。仅此而已。

那么，查弼纳为什么愿意为盐商抻这个头呢？胤禛用牙齿咬住笔端，想着，几十万两银子不是小数目，盐商再富也绝非心甘情愿，掏出这么大的数，搁谁谁也心疼。而能够活动大盐商出血的，只能是封疆大吏，只有这样的人在当地说了算。查弼纳是两江总督，只有他才能调动江南盐商，拨拉盐商出血。一句话，这是查弼纳做的一个局。

这个局做的并不隐蔽。李煦亏空三十八万六千多两银子，盐商们愿意追赔的是三十七万八千多两银子，尽管二者不完全相抵，但明眼人一看就知道，这个数字是走了脑子的，目的就是要"捞"李煦。换句话来说，江南盐商们只要追赔了，李煦的亏空就补足了。既然李煦是以亏空的名义抓的，补足亏空就得释放。不仅如此，由于盐商"补交"的银两与李煦亏空的数额基本上相同，李煦的家产也不用入官，他的那些原本用以补亏空的家眷也得释放。

不容他细想，突然间一阵燥热，回头一看，扇宫扇的宫女累得东倒西歪，快要睡着了，动作停了。他怒气冲冲地"哼"了一声，那个宫女一下子醒过来，慌了神儿，使劲扇动宫扇，查弼纳的奏折被风忽地刮下御案。

宫女吓得扑通一声跪倒，连连喊道："皇上饶命！皇上饶命！"

他蹦下御座，把宫女一脚蹬开，大步走出殿门，边走边念叨："李煦李煦李煦，你这条专门奉谀八阿哥的老狗，居然还有人愿意讨银子赎你，这事儿还挺难缠的，挺棘手的。嗯？"

他觉得周围不大对劲，看看天边，东方出现了鱼肚白，天快要亮了。清晨的空气真好，他深呼吸了几口，狠狠地伸了伸懒腰。

左思右念，查弼纳与李煦并不沾亲带故，更没有交情，这位两江总督出面"捞"李煦的确令人奇怪。也许是静谧的清晨容易使人宽容。这时，对查弼纳的这个折子，胤禛并没有多想，总觉得查弼纳与李煦都在江南做官，惺惺互惜，查弼纳想在当地博个捞人的好名声。仅此而已。

流言中所说的事情总是比实情快一大截。胤禛并不知道，当他为查弼纳的奏折发愁时，江宁城已经骚动起来，江宁织造府更是首当其冲。

曹頫高喊着冲进屋："皇上要放李织造了！"。

馨玉不大敢相信地放下了手中的针线活儿，"真的呀？"。

曹頫兴高采烈的，"错不了。"。

"你听谁说的？"

曹頫的底气没有原来足了，说："盐商。"

"盐商？"

"江宁有名的大盐商陈哲功。我就是听他说的。"

馨玉大失所望，又拾起了针线活儿，"陈哲功是有钱，他再有钱也是个贩盐的，他说的管什么用。"

曹頫争辩说："怎么不管用？陈哲功说了，江宁、海宁、苏州、高邮的大盐商联手，要用银子赎出李织造。这可是真的。"

馨玉满腹疑虑地说："盐商联手那又能管多大用？皇上的金銮宝殿岂是盐商能拨拉动的。"

曹頫有些着急，"别小瞧了贩盐的，康熙朝打了那么多回仗，几十万大军今天往西，明天往南的，朝廷哪儿来的钱？缺的那块还不是从盐商手里要的。有一程子，先皇恨不得把盐商顶在脑门上。"

曹霑跑进来，高兴地说："娘！今天上学，我们先生说，我姥爷要放回来啦。刚才下学回来，听大街上的人也是这么说的。"

馨玉问："又是盐商用银子赎出来的？"

曹霑想了想，说："不是。先生说是两江总督奏请皇上放了他。"

馨玉思索着，"这么说还贴点谱。"

曹家的这番议论只是江南地面上的一个小漩涡。

依照胤禛的本意，是把查弼纳的奏折压下去，查查背后的名堂再说。

麻烦的是，没有不透风的墙。京城这边，皇上想将此事压着不办，而在江南那边，此事已经嚷嚷得满城风雨了。

盐商富甲一方，多招致乡邻抱怨，因此把名节看得很重，动不动就要表现一把。这回，他们为了表现仗义，让江南认识他们的古道侠肠，迫不急待地要传播消息：他们要出血赎李煦。消息一传十十传百，势必走样，经过几张嘴，李煦将出狱的消息已是沸沸扬扬。

第二天一大早，曹頫便带着馨玉前往两江总督府拜会查弼纳。当然，拜会只是个托词，打听消息是真的。

两江总督府的院落很深，曹頫、馨玉被引进一层层院落，来到花园的大石舫上，查弼纳就在这里迎候他们。

已是秋季，江宁依旧很热，大石舫贴近水面，微风习习，略显凉爽。寒暄既毕，曹頫张了张嘴，话到嘴边就是吐不出来。

查弼纳主动揽过话头，"你们要问李煦的事，对吧？"

曹頫陪着小心，"正是。街上传得沸沸扬扬的，什么江南大盐商联手要赎出李煦啦，什么两江总督府奏请皇上释放李煦啦，说什么的都有，还有的说李煦已经放出来了，整天在宫里陪太妃聊天呢。"

查弼纳转向馨玉："曹织造说了这么多，你听到什么啦？"

馨玉也陪着小心，"查总督，我一个妇道人家，深居简出，能听到什么。只是，李煦是我的养父，我们深为惦念就是了。"

查弼纳大叉着双腿，双手撑在双膝上，高声说："这么说吧，除了李煦还没有放出来，本总督可以告诉你们，大街上那些流言都是真的。"

曹頫抚了抚胸口，"谢天谢地，太好了。"

查弼纳站起来，遥望着平静的水面，"天地是要谢的，但是当谢的恐怕还是李煦平日的为人。李煦人缘不错，心眼儿好，当地士人称之为'李佛'。'李佛'被查抄震动不小，江南盐纲陈哲功出面，联络盐界同仁，凑了三十七万多两银子，准备用来堵李煦亏空的窟窿。既然李煦这么得人望，有人愿意赎他，本总督要在江南地面上接着苤儿往下混，就不能驳了众人的面子，乐得送个顺水人情，就这么着，代他们向皇上奏了一本。就是这么回事。"

曹頫急忙问："那皇上会不会放李煦呢？"

查弼纳回答得很爽快，"事情明摆着，从情理来说，查办李煦是由于亏空，亏空补足了，查办的理由不存在了，就该放人了。不仅要放李煦，而且那些准备用来补亏空的家眷也得释放。"

馨玉和曹頫对视一眼，都吐出口长气。

查弼纳双手抱拳，摆出个送客的架势，"好啦，本总督知道的全都告诉你们了。还有公务在身，恕不久陪了。"

曹頫与馨玉千恩万谢离开了查弼纳。

雍正皇帝的后妃很少，拢共只有七八个人，钮祜禄氏的所处的地位在当间儿。在她之上是皇后乌喇那拉氏，胤禛潜邸时的嫡福晋，论身世论地位，处处压她一头；在她之下的是年妃，是年羹尧的亲妹妹，论地位只是个普通妃子，架不住长得妩媚动人，一度为胤禛专宠。

夹在当间儿的钮祜禄氏好像是不大得宠，但她有个好儿子弘历。宫里有传言，弘历被内定为皇储。皇上每每听到这些传言，却也未加可否。对这点，她比较知足，对一些飞短流长的事情就不大在意了。

就拿"幸"这件事来说，她才三十多岁，正当年，是每天夜里离不开爷们儿的年纪，但皇上很久没召她了，她不是太在意，万岁爷喜欢年轻的，年过三十的就容貌大衰了。刚才皇后乌喇那拉氏到她这儿来串门，据圆明园太监密告，皇上在"天然图画"泡上个江南小妖精，好像是哪个王爷的媳妇儿。皇后气得七窍生烟，恨不得点起轿子杀过去，她倒不大在乎。男人嘛，哪有几个好东西，更别说皇上了，还不是想怎么着就怎么着。

有人一掀门帘进来了。是谁不打声招呼就敢进储秀宫？

她回头刚要训斥几句，话到嘴边冻住了。哟？是皇上。

有日子没有见到皇上了，她习惯地下跪，胤禛绕到身后，一把托住她的腰，俯在她的耳边轻声说："十几年的夫妻了，免跪。"

热乎乎的气流拂过面颊，她的耳根子发烫，心中泛起一阵喜悦。

胤禛也就温存了一下，就面露疲态，说着坐到了宝座上，心神不安地四处看看，接着伸出双臂，长长地打了个哈欠。

她了解皇上。每当皇上这副哈欠连天的样子，没跑，肯定是在外面打野食了。皇上有时候也挺顾家的，心里一旦有愧，就要回到宫里找后妃乐呵乐呵，算是给家里人一点补偿。

果然，皇上在宝座上屁股还没坐热，就站起来，走下丹陛，握住她的手说："进屋，进屋。"说着把她拽进去。

西暖阁的西梢间是寝室。北面有床，床前安设硬木雕"子孙万代"葫芦床罩，床框张挂缎面绸里五彩苏绣帐子，床上放置绣有龙凤图案的绸缎被褥。这张床也是给皇上备下的。

床，仿佛勾起了胤禛的欲望。他一伸腿，钮祜禄氏连忙上去给他脱靴子。靴子脱掉了，胤禛又匆忙脱衣服，不大会儿就脱利落了，光着身子钻进被窝，靠着枕头上看着她。

她不大着急，慢慢解开二把头。这种头梳起来费事，解起来也不大容易。她从镜子里偷偷看看皇上，皇上目光散漫，有一搭没一搭地东张西望，那神情并不显得着急，像是来应付她的。

皇上有日子没来过了，算算上次太监把她背到养心殿，是半年多以前的事情了。她和皇后不一样，皇后不干那事就躁得慌，甚至上火烂嘴角，她则比较坦然，没有就没有。当然，能够被"幸"就更好，不说舒坦什么的，闹好了还能再怀上一个龙种。

该脱的都脱了，她上了床，刚钻进被窝，就被一把搂住，胤禛的手在她身上乱摸。她羞涩地嘀咕了一句："大白天儿的……"

胤禛说："大白天怎么啦，照旧不误。"

胤禛说着翻身上来，像是有股子龙虎精神，但她只舒心了片刻，还没怎么着呢，男人就软不塌塌的了。

胤禛从她身上下来，有点窘迫，紧着给自己找辙，"你刚才说什么来着？大白天儿的。就是，大白天的提不起精神。"

钮祜禄氏钻到他的怀中，安慰着他："挺好，熹贵妃很知足。"

他依旧在找辙："恐怕是在南苑放鹰'荡猫'累着了。"

钮祜禄氏笑了，"恐怕是在天然图画'荡猫'累着了。"

胤禛有点冒火，"别听那些阉人胡说！"

钮祜禄氏抚摸着他的身子，"熹贵妃不怨你，皇上嘛，随便儿。"

胤禛指指心口，"朕这儿有事，发烦，没心思于女人。"

她知道,胤禛的本意还是在遮掩"天然图画"的通宵大战,别让他那么难堪了,顺着他说就得了。"什么事让万岁心里那么犯堵?"

胤禛好像是随便扯出个话题。"你知道不知道苏州织造李煦? 当初查抄他,要变卖家眷顶亏空,在江南轰动一时,京城也有所议论。头些日子,江南盐商联手用银子赎他,两江总督查弼纳也给盐商帮腔。事已至此,放不放他? 江南士人都瞪大眼睛盯着。依朕的本意,不能饶了这个为允禩一伙效力的老混帐。但硬顶着不放,人家的亏空补足了,又没有不放的道理。这事着实把朕逼到了墙角上,好不为难呐。"

钮祜禄氏抚着他的胸口,"这有什么难办的,把这种难缠的事交给隆科多舅舅办,你不想当坏蛋,让他当,他随便找俩朝臣议议,拿出个不放人的议决启奏,人没放,皇上还把自己摘干净了。"

胤禛惊异地看着她,"好个熹贵妃钮祜禄氏,还真有你的。"

钮祜禄氏抿着嘴乐了,"天天泡在紫禁城里,耳朵眼里天天灌的都是乱七八糟的,小手腕还是学了点儿。在这种地方,好人也得学坏。"

胤禛抱着她亲了一口,"就听你的,让隆科多舅舅办这事。"

雍正二年十一月,允礽病了。

他的症状并不怪,太医院派出的太医诊断得十分清楚,对症施治。但是服了赐药,他的病越发沉重,没多久就奔了西方正路。

算起来,允礽到郑家庄过太平日子还不到一年半。与当初放不放废太子出咸安宫一样,如何给废太子治丧,也为朝野瞩目。废太子的一屁股屎没有擦干净,先皇自从复废他之后,什么话也没有留下来,怎么给他办后事,办到什么份上,都得琢磨琢磨。尽管朝野瞪大了眼睛盯着,但在治丧期间,雍正皇帝连下两道谕旨,它们留存至今。

头一道说:"二阿哥之子孙,交于总管太监,多派人照看";第二道追封允礽为理密亲王,封弘晳生母石氏为理密亲王侧妃,负责照顾二阿哥侍妾及子女。雍正皇帝颁发这两道圣旨挺不容易,应该说,对废太子的后人网开一面,能照顾的都照顾了。

更让朝野吃惊的是皇上亲奠废太子。不像上次微服私访,这次胤禛全套仪仗开到郑家庄，上三旗包衣护军把郑家庄围成个铁桶。

皇上缓缓下轿，缓缓进门，缓缓进至灵堂，对着废太子的遗像三叩九拜，而后哭了，甚至哭诉他们在上驷院毡帏中度过的那段岁月。

后世无法揣测雍正皇帝是真悲痛还是假掉泪，反正走出灵堂后，他在当院说了番表白的话。据史籍，这番话的大意是，满朝的文武大臣都不同意他亲奠二阿哥。尽管如此，他还是要来，"朕今往奠，乃兄弟之情，不能自已，并非邀誉也"。

亲奠之后，弘晳带着吴青卿及全体家人跪倒在地，送皇上离开。胤禛的靴子从他们的头边经过，停下。

胤禛高扬着头，目光却向下斜视着。该封的封了，该给的给了，不仅如此，还亲自祭奠了，这一家子泡在如海的恩泽里，总该感激了吧？

吴青卿抬眼看看那双靴子，身子无以抑制地瑟抖起来。弘晳微微抬起头，盯着那双靴子的，是一双愤怒燃烧的眼睛。

四十二、养心殿前殿－崇文门外－双关帝庙－养心殿前殿

从郑家庄祭奠废太子刚刚回来，胤禛就传旨，在养心前殿西暖阁召见隆科多。与先皇一样，他与臣工奏对一般在乾清宫，只有三两心腹才得以来这里。这里设有坐榻，坐榻两侧有书几，书几上置笔墨纸砚，胤禛有时在这里批阅奏章，翻阅大臣们的名单简历。

隆科多挺着腰板走进来，仍然是气宇轩昂的，两撇浓重的胡子黑得发亮，即便进门后立即跪在拜毡上，也显得他是主子，而坐榻的皇上是奴才。

胤禛拍拍坐榻，"平身。坐到朕对过儿来。"

隆科多二话不说上了坐榻，盘腿坐在皇上对面。

胤禛不满地把一张纸甩过去，"对朕说说，这是怎么回事？"

这是一份请旨题本，已在他手上压了几个月。胤禛听了钮祜禄氏的主意，耍了个滑头，把查弼纳的原奏折交给隆科多，让舅舅看着办。隆科多是总理王大臣兼吏部尚书，还管着九门步军，负责京城防务。他的名头挺多，却从来不管财务方面的事，更无涉对内务府包衣官员的处置，处理这种事是生手。接到查弼纳奏折后，隆科多立即召集兵部尚书卢询，内务府大臣常明、来保、李延禧等臣僚研究，两天后就将请旨题本交到了胤禛手上。

胤禛万万没有想到，隆科多居然比查弼纳走得更远，所议生生将了他一军。依照雍正皇帝的本意，李煦不能轻易饶恕。而在隆科多的请旨题本中却有下面一段话："议得查弼纳查出李煦亏空银内减去商人少缴秤银三十七万八千八百四十两，又查弼纳复查明盐纲陈哲功等情愿承担赔偿等语。查此项银两均系由两淮

盐纲等向盐商凑取，交给李煦时，即少缴秤银，以至李煦亏空，理宜向盐商等追赔，偿还李煦所欠。"

胤禛最窝火的就是"理宜"二字。事情明摆着，李煦的亏空与盐商毫无关系，什么盐商"少缴秤银以至李煦亏空"，纯属对上糊弄！李煦是在织造任上造成的亏空，说破大天也轮不到向盐商"追赔"。查弼纳搞鬼，动员盐商从诏狱中捞李煦，心里发虚，在奏折中闪烁其辞。但在隆科多那里，却把整个事情颠倒过来说，按照他的说法，李煦在织造任上没有任何过失，亏空是由盐商玩儿猫腻所造成的，"理宜"由盐商追赔。再往后推一步，盐商"追赔"之后，李煦就"理宜"出狱了。

隆科多看了看这份请旨题本，不解地说："这是微臣几个月前奏报的，圣上以为有何不妥之处？"

胤禛说："原以为舅舅深知朕心，会将查弼纳的奏折驳回，没有想到，舅舅居然与查弼纳穿一条裤子，也在逼迫朕放了李煦。"

隆科多愣了一会儿，"'逼迫'二字从何说起，微臣敢'逼迫'皇上？"隆科多随即端着长辈的架势，呵呵笑了，"自古以来就是借债还钱。李煦欠着朝廷的银子，就抓他；盐商代李煦还上欠朝廷的债，就放他。本来就这么简单明了。再说啦，朝廷平时向盐商要银子都难，这回是盐商喊着叫着要出血，朝廷应求之不得。那边盐商的三十七万多两银子入库，这边放了李煦，两头干净，不就齐了。'逼迫'又从何说起？"

胤禛探过身子去，"舅舅怎么揣摩不出外甥的苦心呢。你以为朕下令查抄李煦，就是因为他拉亏空？李煦和八阿哥、十四阿哥勾结的事情多了，给他们银子，给他们送江南女子，给他们家人种种好处。抄李煦的家，亏空只是个口实，内里是给他算阿谀八阿哥的帐！"

隆科多瞪起了牛眼，"皇上，这可是两码事，别往一块掺和。休怪舅舅说话不客气了。李煦亏空就办他亏空，他献媚阿谀八阿哥就办他献媚阿谀八阿哥。八阿哥是圣上封的总理王大臣，治李煦阿谀八阿哥张不开嘴，就拿亏空说事，银子和朝政掺和到一起，可就乱了朝纲了。"

胤禛有些着急，"封允禩为总理王大臣不过是权宜之计。朕是断断不能饶了他的，也是断断不能饶了附和他的人的。朕要惩治李煦由来已久，既然薅住了就不能轻易释放。现在查弼纳串通盐商，力图通过追赔迫使朕释放李煦，这件事的确难办。"

隆科多慷慨起来，"这事有啥难办？只要圣上咽下这口气，就不是个事。舅舅本来对纺纱织布一窍不通，近来也摸了摸亏空缘由。织造府每年上缴的绸缎系织户承包。织户备料银两从织造府预支，用绸缎偿还。如果织户支不抵债，还不上织造衙门垫支的银子，就造成窟窿。这种亏空不是织造官员失误所至。再说啦，先皇数度南巡，李煦数度接驾，银子花的像水一样流，没地方找后补去。这种亏空也不是李煦失误所至。羊毛出在羊身上，李煦没搂银子，拿亏空治他本来就不让朝野服膺，里面又裹着层阿谀八阿哥，朝野就更难服气了。"

胤禛干咽了几口唾液，"这么说吧，两江总督府是根据朕的谕旨查抄的李煦，家眷和奴仆二百多口子都押到京城了，从大江南北到京城内外，动静很大。要在这时候放了他，天下会怎么看朕？"

隆科多想了想，"天下不会因一时一事定评君王。圣上所为不过是惩治欠债官员，充盈国库，天下人能够说出什么来？再说，欠债的还了债就解脱，更显得圣上襟怀坦荡，虚怀若谷。"

胤禛摆摆手，"不行不行。你们去编个什么东西出来，驳回查弼纳的奏折，不同意释放李煦，编得像样些，要让人心服口服。"

隆科多从坐榻上下来，"明白啦。圣上是要舅舅拿出个不放他的议决，替圣上背这口黑锅。是不是这个意思？"

"正是朕意。"

隆科多老气横秋地说："圣上，那么舅舅就对不住了。舅舅老啦，老胳膊老腿的，怕是背不动这口黑锅啦。"

胤禛终于压不住火了，向外一指，"滚！你给朕滚出去！"

隆科多冷冷一笑，"皇上，微臣这就滚。"他昂着头走了出去。

清代刑部在长安街之西，是明代锦衣卫故址。刑部署正堂有胤禛御笔匾额，曰"明刑弼教"。正堂之后，西南、西北二隅各置狱所，称为南所与北所。北所院子里有棵大榆树，相传为明代杨继盛亲手种植的。

李煦被押解京师，关押在刑部北所。他已年过七旬，单独放到一个号子里。号子里到处是耗子，他昏天黑地地与耗子为伍，既不知道时光是怎么流逝的，也不知道时光流逝了多久。现如今是什么日子，掰着指头估摸算算，约莫是雍正二年初冬时节。

这天一大早，一个狱卒打开了木栅，什么也不说，只是把他搀扶出门，就回去了。随后。一个衙役带着他来到当院，他目光迟滞地走出刑部大牢，那里停着一辆马车。

衙役把他搀扶上马车。马夫一甩鞭子，马车上了街道。街上是川流不息的人群，喧沸的人声告诉他，他又回到了人间。他不顾风寒，撩开车帘子贪婪地向外看着，人气儿这东西，对他是久违了。

京城本来是亢干、沙尘飞扬的。但看来昨晚儿下了场雨加雪，地面上挺潮湿，马车急驰，倒也没有暴土扬尘的。没走多远，李煦就被那个衙役带下车，抬头一看，好高的一座城门楼子。

这是崇文门，京城老户喜称哈德门，在正阳门东边，相隔不到二里，凡是货物从外埠进京，就要在这儿纳税。京城衙门很多，除了户部在这儿征税，其余衙门也打着各种名目敲诈勒索，商人饱受其害，恨透了它。时人留下一首诗："九门征课一门专，马迹车尘互接连。内使自收花担税，朝朝插鬓双掠钱。"可见这地方够黑的。

征税是跟钱打交道的，有的与银子有关的事也放到崇文门关办。比如查办官员的家眷或奴仆变价出卖，就在左近。出崇文门，几步远有个火神庙，建于明朝隆庆年间。不知从何时起，每月逢四日火神庙开市卖花，久而久之，京师士人将这一带称为"花市儿"。"花市儿"只是每月逢四开张，平常日子间或卖人，"花市儿"摇身一变成为"人市儿"。"人市儿"上卖的，多有获罪官员的妻女以及奴仆。

直到这会儿，没人跟李煦说过一句话。他既不知道自己为什么会被带出牢房，也不知道为什么带他到崇文门。他也不问，只是迷迷糊糊地跟着衙役走，出了崇文门，直奔火神庙。

不到日子，火神庙前"花市儿"没有开市，却人头攒动，乌压压的，看样子是"人市儿"开市。衙役拽住他的衣襟，加快了步子。

他早就如槁木死灰，在大牢里任嘛不想，出了大牢的一路上仍任嘛不想，到这时却不能不想事了。嗯？前面不是火神庙吗？他在内务府时就知道火神庙前是贩卖人口的。看到前面围了那么些人，叽叽喳喳的议论声阵阵扑来，他的心头突然像是被刀搅动了一下，想起了圣旨上所说的，他的家眷和奴仆是要押解到刑部，由刑部变价出卖的。今天带他来这个地方，莫不是正在卖他的家人？

拨拉开围观的人群一看，兵丁看守着百十口子人，他们个个身上插着草标，破衣烂衫，身上脸上脏兮兮的，几乎分不出男女老幼。他们恐怕八辈子没有洗澡了，一阵臭烘烘的气息直扑鼻子。

李煦定睛一看，果不其然，绝大多数是他的奴仆，有几个是他的家眷，百十口子人一副听天由命的样子，他们饿得皮包骨头，面颊凹陷，拿京师的话来讲，一个个都成"大眼儿灯"了。

李煦心疼得直打滴溜儿，嘎哑地喊了一声："孩儿们！"

当家的突然出现，立即激起轩然大波。家眷们忽地向他拥来，抱着搂着，哭成一片。奴仆们骚动起来，有的高喊："主子啊，可把您盼来了。"有的则喊道："老主子，带我们回苏州吧！"

李煦却不知道朝廷打算拿他怎么办。此时，他的去向要由一个衙役说出来。他可怜兮兮地看着衙役，衙役顺着唇边吹出一口气，说："李煦，你还真有个面子，江南几个大盐商一块吐血，将你的亏空补足，朝廷因此下令释放你，将家眷妇孺十口交还。自打把你带出刑部大牢那一刻起你就被释放了。放是放了，但不能离开京城半步。"

李煦呆头呆脑地点点头。

衙役强调："不能回苏州！在京城老实呆着。"

他仍然呆头呆脑的，指指那些插着草标的，木然问："他们都是在苏州就跟着我的，放了我，他们怎么办？我是不是一块带走。"

那个衙役狞笑着："别作梦啦。你的家眷和家奴共二百二十七人押解到京，路上死了十个，剩下的二百一十七人，部分赏给年羹尧，其他交崇文门关变卖。这皇上的意思。皇上的原话是：'大将军年羹尧人少，将送来人著年羹尧拣取，并令年羹尧拣取人数奏闻。余者交崇文门监督。'年府的人来过了，挑走仆役一百二十六人，除刨净剩，这里还有九十一人，包括你的家眷十人。这十人由你领走，其余八十一人在此地变价。听懂没有？"

两行老泪流下，李煦深深点点头，家眷刹那间围着他恸哭起来。他给这个摘掉草标，给那个摘掉草标，给这个抹泪，摸摸那个的头，迷茫间像是想起了什么，吃力地努努嘴巴，问："冒问一句，那头一次，也就是雍正元年押解到刑部的十五名家眷呢？他们怎么办？这都一两年了。"

衙役向后挑挑大拇指，"跟我到双关帝庙去。"

李煦没有听清。

"你那家眷十五人暂时羁押在双关帝庙，离这里约莫七八里地。"

"你是说，到了双关帝庙，他们也由我领走？"

"二不愣登，是这意思。"

李煦阖上双眼，默默祈祷着："苍天在上。原以为谁也见不着谁了，没想到，一家子居然可以在京师团聚了。"

然而，他的亏空是不争的事实。拉着大亏空，为什么会突然释放？而且连同家眷。他不明白"扣儿"在哪里。是皇上动了恻隐之心？拿京师士人的话，皇上是"恶左子"，指望他发慈悲不大可能。那么，只能是有人暗中使劲了。会是谁呢？谁能为一个老朽的前苏州织造使那么大的劲呢？谁能搬动皇上的意志呢？

入夜，破旧的双关帝庙里分外忙活。当院临时码了个灶台，上面支着口大铁锅，灶里火苗雄雄，锅里咕嘟咕嘟地烧着水。一个妇人边扇着蒸气，边吃力地用水瓢舀出一大瓢水，倒进桶里。这边一大桶开水刚提走，那边一大盆冷水又哗地倒进锅里。

偏厦里传出一片欢声笑语。不是在家里，而是在破庙里，顾不上讲究。两个大木盆，盛满热气腾腾的水，女眷们或蹲踞其中，或围着大木盆擦拭身子，洗刷内外衣物，浴汤泼溅满地。这么些天，都脏成泥猴了，经热水浸润，把身体洗得溜光贼滑，一个个舒眉展眼的。澡雪垢滓乃人生一乐，况且是富贵人家的女眷。水气蒙蒙间，洗得高兴了，就要逗逗乐。怎么逗？胳肢脖子怕痒，两肋尤其怕痒，相互胳肢几下，引出一阵阵咯咯大笑。说的笑的，凑成女人们洗澡时那种独有的喧嚣。

正殿里点着一盏油灯，关公塑像被跳跃的灯火晃着，关公的面庞依旧是麻麻癞癞的，灯火跳跃，鼻子、嘴巴像是在动弹。它旁边的关平、周仓塑像躲在长长的阴影里，只能看见黑乎乎的轮廓。

关公塑像下安放了一把椅子，李煦安坐着闭目养神，并不时地抚摸抚摸胡须。他盥洗既毕，穿着有个样子了，气色也缓过来一些。天挺冷，他不知从哪儿找了个冬帽扣在头上。

那边，女人们洗洗刷刷的欢声笑语阵阵传来；这边，儿孙环绕膝下。他似乎挺知足，眼下需要考虑的只是家眷在京师的生活了。尽管家是完全破败了，也就是京城所说的"四合儿空"。但京城有云，"瘦死羊肝肉儿"，一点也不假。更何况只要回到京城，就总有办法，起码饿不死。

残缺不全的庙门咯吱一声打开，一个红灯笼进来，又一个红灯笼进来。家丁先导，站立在庙门两侧，一个人物进来了。

那个人物进门就说："是亲三分向。听说你出狱了，来看看。"

李煦睡窸寐迷了，猛然惊醒，惶惑不安地迎上前，老眼昏花地瞅了一阵，慌忙摘掉"四块瓦"，俯下身，不停地作揖道："老奴实是不知庄亲王驾到，未曾远迎，有罪有罪，该死该死。"

允禄礼让道："使不得，使不得。什么'老奴'、'老奴'的，当真论起来，本王还得管你叫'表舅'呢。"

李煦难堪地四下看看，"表舅家败了，少屁股没毛的，实在没脸认亲王您这么个显贵的表外甥。"

允禄随之四下看看，摇摇头说："处境是惨了点，先委屈一阵吧。我娘在宫里出来不大容易，参不见辰的。她特意嘱托我，将你们安置好了。你家在京城的房子都入官了，但内务府在正阳门外有处官房，赶明儿搬过去住。这趟来，就是告诉你们这件事的。"

还没等李煦磕头谢恩，堵在门口的女眷发出一片雀跃。

在同一夜，养心殿前殿的丹陛被烛火照得通亮。胤禛坐在御座上，右手托着额头，目光呆滞地开了口："朕着实纳闷了，据查实，隆科多、查弼纳二人与李煦非亲非故，平素没有往来。既然如此，隆科多、查弼纳为什么那么使劲地捞李煦？两个人一唱一和的。嗯，你们说，这是怎么回事？"

平台右侧响起一个尖利的嗓音："隆科多、查弼纳是在挟私报复。"是戴铎跪在那里。他说话吊着嗓门的习惯是改不了了。

胤禛不解。"朕待这两个人不薄，他们有什么可挟私报复的？朕对隆科多舅舅怎样就不用说了。至于查弼纳，无一寸军功，朕将他一举擢升为两江总督，封疆大吏，他还有什么不知足的？"

平台左侧响起一个平稳的嗓音："查弼纳确有私愤，臣不妨提供点滴供圣上参照。"是张廷玉跪在那里。他在雍正年间更为走红。雍正初年政事殷繁，谕旨每日达数十道，廷玉承命应奉，精敏详瞻，擢尚书。

胤禛说："说与朕听听。"

张廷玉平整面庞："据查，查弼纳有个儿子叫那清阿，官职为佐领。前年由圣上指配，那清阿与苏努最小的女儿成婚，成为苏努的女婿。不久前，苏努发配山右充军，那清阿获准一同前往。"

胤禛眉心一动。"朕想起来了，苏努的女儿确实是朕指配于查弼纳的儿子的。噢，这么说查弼纳与苏努是亲家。"

这个案子刚办不久，胤禛记忆犹新。"没想到，朕发配苏努，就是在发配查弼纳的亲家，而且查弼纳的儿子那清阿与苏努一同遭罪。"想到这儿，他重重一拍宝座的扶手，感到一条线渐渐地清晰了。

张廷玉清了清嗓子，"苏努与查弼纳为隆科多的两大亲信，并自认为是其得意门生。查弼纳每次来京，必然与苏努一道拜会隆科多。苏努、那清阿发配山右，隆科多与查弼纳大为不满，曾经在酒后公然谩骂，其语调之激越，言语之恶毒，微臣不忍脏了圣上耳朵，不便一一道来。据查，正是这次谩骂后，查弼纳回到江宁就串联盐商赎李煦。"

胤禛深深点了点头，"他们既然怨恨朕，那么为什么要捞李煦呢？这么干对他们有什么好处呢？"

戴铎吊着嗓子嚷起来："他们是想玩儿大的呗。当初李煦一案惊天动地，朝野都知道是钦定的。这个案子一旦翻咻过来，头一个臭街的就是皇上。不仅如此，办李煦案同时查处了一大批亏空案，那些案主也按照这条路子翻咻，雍正初年钦定的事全他妈玩儿完。一句话，李煦的案子要是翻了，牵一发而动全身。"

张廷玉紧接上："廉亲王觊觎大统一刻也不曾消停，如果李煦案连带其他亏空案翻了，就把短交到了允禵手中，他们势必闹得朝纲乱套。而只要朝纲乱套，允禵一伙势必会重提'矫诏'旧话，在'矫诏'之说的背后，他们想干什么，就无须微臣多说了。"

初冬的风挺硬的，透过窗户纸吹进来，冷飕飕的。

胤禛往手心里哈了哈气，双掌狠狠地搓了搓。他突然间感到一股子寒意透心的凉。八阿哥允禩由于怀疑隆科多"矫诏"，本来与隆科多是势不两立的，而按照眼下的架势，他们却越走越近了。是不是这么回事？他还有些吃不准。

这时，一个念头滑溜溜地进入他的脑子：将查弼纳押解到京师审讯。

四十三、江宁织造府－石头城

雍正三年正月，春节刚过，江宁街上还残留着一点喜庆，不时有个"炮打襄阳"窜上天，一声沉闷的响声后，从空中落下数盏小灯。在渐渐暗下来的灰色天幕下，这些小灯反倒显得凄清冷落。

腊月到正月是江南最冷的日子，这个时节用火的地方多。江宁旧俗，每日擦黑时分，家家都在吃晚饭，各个店铺正在关门上板。街道上的更夫"砰砰砰砰"地敲着竹筒，高声叫着："腊月正月，火烛小心。柴间灰堆，灶前灶后。前门闩闩，后门关关。"声音一遍一遍地传到江宁织造府的议事厅里，那儿有几个陌生人正在烤火。他们都捂得挺厚实，那身装束像是从北方来的。

江南不是四季如春的地方，严冬时节猴冷猴冷的，比之北方一点不差。北方有煤火，外头再冷屋里总还过得去。而江南做饭烧柴禾，取暖烧木炭，屋里总也捂不热，好像比外头还冷。议事厅里摆着一个大火盆。木炭烧得通红，坐在大火盆边上的人仍然冷得打哆嗦。显然，他们刚下车马，这时还没有暖和过来。

坐在当间儿的是十三阿哥、怡亲王允祥。和年轻时差不多，他赤红脸儿，脸上仍然有一种捉摸不透的表情，细细的眼睛透着几分文静，眼角拉着几根若隐若现的鱼尾纹，似乎总在猜度什么事情。

允祥生于康熙二十五年，尚不满四十岁。以武功见长，精于骑射，每发必中，随圣祖在围场狩猎，一只斑斓猛虎扑出，他面不改色心不跳，用佩刀将猛虎杀死，在场者无不称"神勇"，且诗词翰墨工敏清新，可惜遗存甚少。

史家搞不明白，康熙皇帝为什么那么不待见允祥。

按说老皇帝对爵位不大吝惜，年长些的阿哥有的受封亲王，有的受封郡王，有的受封贝勒，最不济的也是个贝子。而允祥直至三十大几岁，连个贝子都不是，默默无闻地混迹于那些小不点儿阿哥中。

据《清实录》，胤禛声称自己从不结党营私。"兄弟之内亦并无私相往来之处"，这是他自我标榜的名言，或许是真的。他为人促狭，难与人相处，更难有知心朋友。很难说允祥与潜邸中的胤禛有多热乎，但在皇考驾崩次日，胤禛颁布上谕，组成一个总理事务王大臣班底，四位总理事务王大臣是八阿哥允禩、十三阿哥允祥、马齐、隆科多。京师士人喜好议论政事，俗称"杵大蟒"，而且往往"杵"得独具眼光。他们很快掂量出了四位总理事务王大臣的各自份量。允禩是诸阿哥的精神领袖，启用他是为了稳住诸阿哥；隆科多是九门步兵都统，掌禁中兵权，启用他是为了防不测；马齐是老臣，启用他是用老辣的经验。这三位早就闻名遐迩，允祥却一直默默无闻。京师士人对允祥的崛起大惑不解，他们猜测，除了那仨，胤禛的心腹之人只有允祥。允祥被破格封怡亲王。亲王是爵位非职位，如果不在内阁兼职，只是府邸轩昂，行头风光，走到哪儿可以吆五喝六。仅此而已，却没有实权。怡亲王不是虚的，先总理户部三库，接着总理户部，掌握大清财政大权。康熙皇帝晚年事省政宽，国库掏了大窟窿。允祥的首务是抓钱。不鸣则已，一鸣惊人。允祥沉默数十年，一旦当家，就以"国家休养生息，民康物阜"为务，针对前朝财政积弊清理天下赋税，稽核出纳，量入为出，致府库充盈，国用日裕。他很快就成为胤禛最倚重的人物。如果说雍正初年有一位在一人之下、万人之上的话，那就非他莫属了。

江南含江苏之苏、松，浙江之嘉、湖，江西之南昌，为王朝首富之地，但浮粮害民甚剧，允祥竭力剔除，断不了往江南跑。与前不同的是，他这次事情比较急，除了浮粮事宜，还要把一个封疆大吏带回京师。

他特意带着俩儿子，正月初七即从京师启程，路上走了几天，这会儿刚到江宁织造府，连气儿还没喘匀。他身边坐着个十八九岁的壮小伙子，虎背熊腰、浓眉大眼，脸庞紫糖色儿。他叫弘昌，是允祥长子，雍正元年封贝子。京师将这种身体极棒的人称为"吃石头，化碌碡"的主儿。弘昌边上坐着个小家伙，名弘晈，是允祥四子。弘昌生年没有明确记载，弘晈生于康熙五十二年，现年十三岁，还没有封爵。哥儿俩虽然差几岁，但长得相像，一看就是亲兄弟。他俩尽管年轻，火气壮，但好像还不如他们的阿玛抗冻，冻得牙齿直打战。

按说亲王南下，得通知两江总督府，地方上好提前做接待准备。但这次怡亲王南下，连声招呼都不打，风一般刮来，而且没有在两江总督府下榻，直接到江宁织造府。仅此，就颇令曹𬤝费解。

曹𬤝眉头拧成一个大疙瘩，像阵风似地在议事厅进进出出，忙忙活活地招呼家里人上茶、造饭。怡亲王冷不丁来了，他顾不上问也没有胆儿问人家干什么来了，先妥贴安置下来再说。

馨玉悄悄来了，凑近门缝往里瞧。大火盆边上的仨人一个姿势，腰向前哈着，伸出双手靠近炭火暖手。炭火的红光映照在他们脸上。他们紧绷着脸，注视着炭火一言不发，像是三个石头碾子，阴沉沉的。

曹𬤝风风火火地出来，让馨玉一把拽住。她小声问："大冬天儿的，江宁不好玩儿，怡亲王干嘛来了？"

他没好气地说："我哪儿知道，女人别过问这些事。"

"怡亲王怎么还带着俩儿子？"

"不知道！我得去看看饭做得了没有，饿着亲王大人担待不起。"

说完，他烦躁地甩开她的手，急匆匆走了。

多年来，曹𬤝从来没有对嫂子馨玉摔摔打打过，这是头一次。却也不奇怪，朝廷把他逼到这份儿上了。

江南三织造府是一条线上的蚂蚱，"一荣俱荣，一损俱损"。现在这话应验了。头年，李煦因亏空被抄家，把曹𬤝吓坏了，杭州织造孙文成也吓得半死不活。江宁织造府、杭州织造府与苏州织造府差不多，帐面上也有几十万两银子的大窟窿。指不定什么日子也得被抄家。情急之下，曹𬤝启奏圣上，要求放宽期限，三年内补足亏空。据故宫博物院所存曹家档案史料，胤禛批准了这一要求，曹𬤝"感激顶戴之至"，在奏折中恳切表示："家口妻孥虽至饥寒迫切，奴才一切置之度外，在所不顾。凡有可以省得一分，即补一分亏欠，务期于三年之内，清补全完，以无负万岁开恩矜全之至意。"胤禛在这份奏折上的朱批是："只要心口相应，若果能如此，大造化人了。"

后人很难想象，作为江南望族的曹家，到了雍正初年时已经沦落到"饥寒迫切"的地步。雍正二年初，曹𬤝稍稍松了一口气，以为争取出来三年缓冲时间，实则不然。往后的几个月大小麻烦接踵而至。闰四月，内务府参江南三织造府一本，起因是内务府曾经把一批人参交与江南三织造府出售，有一部分没卖出去。不仅如此，卖出去的人参售价比京师低。

胤禛为此事追问，人参在京师容易卖，江南物价比京师高，怎么人参卖的价钱反倒低了？他的结论是"显有隐瞒情形"。这句话表明，皇上怀疑江南三织造府卖人参做了手脚。曹𫖯、孙文成吓得够呛不说，就是年羹尧的"挑担儿"胡凤翚也吓出一身汗。

五月，曹𫖯按老规矩奏报江南灾情和麦收。在这份奏折后面，胤禛批道："蝗蝻闻得还有，地方官为什么不下力扑救？二麦虽收，秋禾更要紧。据实奏。凡事有一点欺瞒作用，是你自己寻罪，不与朕相干。"太监传旨后，曹𫖯怎么也想不明白，奏报灾情和麦收怎么会引出皇上这么大火气？居然斥责他"欺瞒"、"自己寻罪"，明明白白是在借题发挥，听那口气，皇上对曹家厌烦到家了。

没出几天，五月十三日太监传旨：朝廷每年花费几万两银子织的纱变色，"变色之纱若系三五年之内者，著参奏。"这道圣旨虽然没有直截了当骂到曹𫖯头上，但他显然难逃干系。

入秋后，从京师传来李煦被释放的消息。曹𫖯乍听乐坏了。但听说李煦一家子寄顿在双关帝庙里，馨玉又哭了一鼻子。后来李煦家在正阳门外安顿下来，曹家才稍感宽慰。

此后俩月，曹𫖯尽力催债。转眼入冬了，补足亏欠三年期的第一年过去。曹𫖯没补回来多少银子，剑还在头顶悬着。而刚刚转过年，怡亲王带着俩虎狼儿子来了。

还好，晚饭说得过去。也许是隔锅香，也许是南味吃着新鲜，也许是真饿了，尽管这顿饭是临时对付出来的，怡亲王和他的俩虎狼儿子甩开腮帮子一通猛吃，不大会儿，一大桌子菜被风卷残云般干掉了。

茫茫太空，默默无语地注视着下界。月亮不那么亮，露出了灰白色的面庞，一片青灰色的光在天际荡漾，像撒开一幅轻柔的纱幕，笼罩住整个古城。寒意更浓，刺骨的寒风在街巷间往来奔突。

江宁织造府议事厅内又加了几个火盆。饭罢酒阑，怡亲王允祥、弘昌、弘皎父子仨身上暖和了，气色缓了过来。他们没有离开饭桌，看来愿意当晚就把来意说清楚。

允祥一只手护嘴，另一只手拿牙签剔着牙，不动声色地看看曹頫。

曹頫挺紧张，站立起来。允祥向他招招手，示意他坐下来，他站也不是，坐也不是，两只手更不知道往那儿放，尴尬极了。

允祥丢了牙签，扳起面孔说："江宁织造曹頫。"

曹頫扑通跪下，"奴才在。"

允祥站起来，背着手踱开去，"你头年借押运绸缎去了趟京师吧？"

曹頫的额头直冒汗，"不错，奴才去京师了。"

允祥发出一声冷笑，"你的门路不少嘛，在京师挺能跑的，一根脖领骨要搭救李煦，平郡王那儿你去了，庄亲王那儿你也去了；听说你还打算到廉亲王允禩那儿碰碰运气。俩月前李煦放出来了，这里恐怕有你托门子的功劳吧。一个小嘎嘣豆子官儿，你的能耐还不小嘛。"

曹頫惊异地直眨巴眼。别看江宁织造在江宁是个人物，在京师充其量是个悄无声息的小嘎嘣豆子官儿，压根引不起旁人注意，怎么怡亲王对自己的行踪了解得这么清楚，莫非有人盯梢？

允祥盯着他，继续说："你不久前给圣上写了个请安折，是不是？"

曹頫说："有这回事。"他清楚地记得不久前写的请安折，全文就两句话："江宁织造奴才曹頫跪奏：恭请万岁圣安。"

允祥说："圣上在你的请安折上留下了话，我这次来江宁，一件事是将朱批宣谕于你，听听圣上对你是怎么说的。"允祥边说边从怀中掏出一轴黄缎子，徐徐展开。

打从李煦被查抄后，曹頫落下病了，只要一见到成轴的黄缎子浑身就打战，心里就哆嗦。特别是这些日子，凡是来了圣旨，八成对曹家没好事。由便吧，他的头紧紧地俯在地上，像是在听候宣判。要杀要剐就这一下子，就听圣上说什么了。

看到曹頫浑身上下抖得那么厉害，允祥的俩儿子直发乐。弘昌对他喊道："真是个怵窝子。你怕个什么劲儿嘛。"他弟弟弘晈附和："我家老爷子又不会吃了你。"哥儿俩一乐，曹頫心里踏实了一点。既然能笑出来，看样子没嘛大事。

允祥面色铁青地读："朕安。你是奉旨交与怡亲王传奏你的事的，诸事听王子教导而行。你若自己不为非，诸事王子照看得你来；你若作不法，凭谁不能于你作福。不要乱跑门路，瞎费心思力量买祸受。除怡亲王之外，竟可不用再求一人托累自己。为什么不拣省事有益的事做，做费事有害的事？因你们向来混帐风俗贯了，恐人指称朕意撞你，若不懂不解，故特谕你。若有人恐吓诈你，不妨你就求问怡亲王，况王子甚怜疼你，所以朕将你交与王子。主意要拿定，少乱一点，坏朕名声，朕就要重重处分，王子也救你不下了。特谕。"

直到怡亲王收起那轴黄缎子，曹頫的突突心跳才平息一些。他万万想不到，给圣上写的几个字的请安折，会惹出圣上的这么一大堆话。皇上的话虽然很重，但眼下还不至于抄家，他吐出一口长气。

允祥喝道："江宁织造曹頫，你有什么说的？"

他足足想了一阵方说："圣上明查秋毫。奴才去京师曾经跑门路为李煦说情，确为实情。圣上大发慈悲，留下奴才一条狗命，奴才和妻孥感激垂涕，来世当牛作马也不足回报圣恩。"

允祥不满地拂袖站起来，"就听出来这些？"

曹頫伸出右手，食指哆哆嗦嗦地点点弘昌、弘皎，"还有，奴才还听出来了，打今儿个往后，奴才有事谁也不找了，只求怡亲王您和弘昌、弘皎哥儿俩，也就是圣上所说的'王子'。"

允祥的脸色渐渐缓和下来，"听明白了就好。平身。圣上把你们一家子交给我和我的俩儿子，是让你们撞上了，十三阿哥一家子不像有的王爷那么混，撞到我们手心里，比撞到别人手心里强。"

他高声说："谢王爷恩典！谢王爷恩典！"

允祥站起来，"我后天去苏州，弘昌、弘皎哥儿俩留在这里，你们有什么苦衷对他俩说。别看这哥儿俩愣头巴脑的，但还明事理。"

曹頫急忙说："王爷大造化人了！"

允祥沉吟了片刻，突然冒出句话："走之前，我想看看石头城。"

大冷天儿，怡亲王允祥哪儿都不去，非要在百忙中抽空看看石头城，两江总督府得知消息，总督查弼纳陪着出游。这个季节来石头城，令陪同的江宁地方官员大为不解。石头城遗址冷冷清清的，只有几个寂寥的行人慢吞吞地经过。

一行人沿着石头城遗迹慢慢地走着，在那几块赭红色的"鬼脸"前站住了。

江边的风很大很冲，夹着细碎的冰粒子，冷飕飕、硬梆梆地砸到脸上。允祥却浑然不觉，就在"鬼脸"前面溜达着。陪同他的有两江总督查弼纳和江宁织造曹頫等江南地方官员，谁都不敢说话，就是傻呆着。

曹露也来了，特意陪着弘晈。他和弘晈年纪差不多，瞎糊糊地混迹在这群人之中。江风顺着围脖直往脖子以下灌，一直冷到后脊梁。甭看他少不更事，也知道捧着弘晈的手哈几口热乎气。

顶着寒风，允祥突然间板起脸来，厉声说："这石头城，这些冰冷的石头不是活物，既不会说话也没有记性，从春秋战国至今它目睹了多少王朝的兴衰呀。在场的都是江南有头有脸的官员，江南首富之地，也是麻烦结成疙瘩之地。有的满洲官员一代代在此生息繁衍，守着这方宝地与江南老泥鳅沆瀣一气，糜费成风，正如皇上所说，混帐风俗习惯了，关外遗制丢得无影无踪，自己都不知道已沦落到何等地步。皇上处置了其中几个，给江南地方当头棒喝，而江南地方非但不醒悟，反而串通盐商搭救钦犯。在这座石头城遗迹前面，你们都好好想想，要照你们这么下去，大清王朝难逃前朝衰亡的命运！"

凛冽的江风中，那些官员知道怡亲王有所指，不由瑟抖起来。

允祥点名了。"查弼纳！"

查弼纳吓得一哆嗦。"臣在。"允祥一指他，说："这几天哪儿都不准去，在两江总督府待命。本王返京时，随本王一道去京城面圣。听明白没有？"

查弼纳答："臣明白了。"

四十四、御花园－玛哈噶喇庙－廉亲王府

雍正三年二月，廉亲王过四十六岁生日。由于不是整生日，只是大中午的设了桌家宴，随意吃了两碗长寿面。他和他的家人没有想到，在他和嫡福晋、侧福晋热热乎乎吃饭时，来了个太监，捎来皇上的一份礼，是个玉如意，外带皇上的一句话：请廉亲王到御花园里坐坐。允禩还有什么可说的，立马跟着太监走了。

在神武门前，允禩下了轿子，随着太监进入长长的门洞，向御花园走去。御花园在紫禁城北部，离东西六宫很近，属于内廷范围，通常是皇上和后妃们游乐的场所，就连王公贵戚也不是轻易能够进去的。允禩还是当皇子时，由皇阿玛领着，陪着母亲卫氏，在御花园里转悠过，打成年之后，还从来没有进去过。一晃，这是二十多年前的事了。

太监导引，允禩顺着石子铺成的甬路，向园子的中部走。放眼望去，二月的御花园光秃秃的，只有明永乐年间栽下的松柏还挂着点苍绿，其余的花木都用稻草捆扎着。

钦安殿在御花园正中间，把花园分为东西两部分。围绕着它，在大致对称的位置上建有近二十座亭台楼榭。这些风格不同的建筑虽然拱卫着钦安殿，但在钦安殿却不能一览无余，从而整个园子显得古雅幽深。

钦安殿有宽大的石台基，围以雕龙刻凤的汉白玉栏杆。它们都出自明代工匠之手。允禩上了台基，胤禛正站在望柱旁，在等他。

有的事明摆着，朝野传说这哥儿俩是冤家对头，八阿哥人品、能耐、气度

都在四阿哥之上，承袭大统为众望所归，只是由于生母卫氏出身卑贱，让先皇看不上眼。这些流言既流入胤禛的耳朵眼儿，也流入允禩的耳朵眼儿。胤禛即位后，虽然封允禩为总理王大臣之首，但下手从不手软，从九阿哥、十阿哥、十四阿哥到苏努，轮流干掉。在他们相见的第一个瞬间，双方内心泛起的波澜，自不待言。

允禩赶忙下跪，正要磕头，胤禛出手搀扶起来。"八弟免了免了，免啦！朝臣行君臣大礼，咱哥儿俩用不着。"他说完，回头往殿里走。走了两步停下来，向回走，一把拉着允禩的手，哥儿俩一起跨过门槛。

这里供奉道教的水神玄天大帝，每年立春、立秋、立冬等节令，皇帝到此拈香行礼，祈祷水神保佑紫禁城免遭水灾。殿里有玄天大帝塑像，有拈香的长案和香炉，自然没有御座，只是在门旁放着俩小板凳。

皇上没有松手，拉着允禩一同坐到板凳上，俩人斜对着，膝盖几乎碰上，但在这种亲昵的举动下，神情都不自在。

几天前，胤禛召集群臣，第一次将允禩、胤禟、允䄉、允禵及其党羽种种犯上作乱的罪行逐条公之于众。其实很有些条是拿不到场合上的，属于没事找事，胤禛却说允禩等人的罪行，"一经讯诘，则国法难容"。末了，他饶了一句，称自己"居心宽大"，"欲保全骨肉，不事深求"。托着"骨肉"的洪福，允禩才没有倒血霉。

这份上谕刚发布几天，就叫上"八弟"了，允禩当然不买帐。在他看来，胤禛拉手也好，并排坐小板凳也好，都是装样子的，而越这么做越加剧他的戒备。他料定，四阿哥肯定碰到难题了，有事相求。

胤禛一挥手，太监们纷纷退下，幽静的大殿里只有哥儿俩。板凳低，他们都双肘撑着膝盖坐着，不时地对视一眼，揣度着对方的心事。

倒是允禩先张口："皇上，您有什么事就吩咐吧。"

胤禛笑了。"你倒痛快。你怎么知道叫你来就一定是有事？"

允禩也笑了，"自小一块长大，谁不知道谁是怎么回事。"

"叫你来，就不兴拉拉家常啦。"

也许是胤禛今天特别随和，允禩多少有些放肆起来，把手搭在胤禛的肩膀上，说："四哥多咱跟八弟拉过家常？事到如今，您更不会把八弟叫到御花园钦安殿拉家常。有事就吩咐吧。"

胤禛把他的手轻轻从肩膀上拿开，想了想，一偏头说："看来我是不得不说了。你是总理王大臣，朕让你审一个人。"

"谁？"

"不是个剩饽饽落饼子。他的官儿不小，是个封疆大吏。"

"谁呀？"

"别人审他拾不起个儿来，还非得劳总理王大臣出马。"

"就说是谁吧。"

"两江总督查弼纳。"

允禩挪动屁股，来了情绪。"查弼纳犯事啦？犯的什么事？"

胤禛沉吟了好大一会儿才说："朕以为他与隆科多有勾结。"

允禩如坠入五里雾中，"隆科多？咱们舅舅？"

在他的心目中，皇上与隆科多舅舅须臾不可分开，怎么对隆科多用上"勾结"这种字眼了，莫不是俩人有隙，要掰？

胤禛厌烦地向后摆摆手，"舅舅不舅舅的事儿就甭提了，要叫你审的，就是隆科多与查弼纳间的勾勾扯扯。"

"就这个？"

胤禛眉头拧成个大疙瘩，叹了口气，"还有，索性说开吧，查弼纳与年羹尧也有勾扯，捎带套出些年羹尧的事来。"

允禩情不自禁地嘀咕出声，"隆科多？年羹尧？两个老混帐。我真是被装进闷葫芦了。朝野俱知，年隆是皇上的两大支柱，皇上怎么会给自己拆台呢？莫非皇上和他俩也窝里斗了？"

胤禛苦笑着，"八弟，你没有想到四哥会向这两个人下手吧。没错，审查弼纳，就是要揪年羹尧、隆科多，这件事就交给你了。"

允禩旋即一拍大腿。"瞧我的，非审它个底儿掉。"

"好！但愿如此。"

"查弼纳人呢？"

"已经秘密押解来了，关在玛哈噶喇庙。不得与外人道。"

允禩一撑膝盖，站立起来。

胤祯一把拽住他，"先别急着走。既然交底就交透吧。这事不那么容易，朕曾把查弼纳召到养心殿里询问过八次。八次啊！这个东西耍飘儿，矢口否认与隆科多有勾扯，点水不漏。"

允裸振奋地搓了搓手心，"瞧我怎么收拾他，查弼纳他就是块石头，八弟也能给他挤出屎来。"

在清代，京城南池子一带属于皇城南城范围，人烟绝少，内务府的锻疋库就在其中。几天后的一个夜晚，一乘轿子乘着月色，路过蒲菖牛郎桥，行走在高高的朱墙一侧，悄无声息地来到一座建筑物前。

轿夫掀开轿帘，廉亲王允裸一哈腰钻出轿子。柔和的月光下，他的脸色煞白。他警觉地左右看看，扭身便进了大门。

进得两道门，来到一个宽敞大院，夜幕下有一座高大的石台基，台基上的有个大殿，从轮廓看面阔足有九间。这是正殿。

院里黑灯瞎火的，连个提灯笼的都没有，允裸高一脚低一脚的，在一个挎刀兵丁的引导下，进入正殿西面的配殿。配殿被称为黑护法佛殿，内藏铠甲弓矢，皆为睿亲王多尔衮旧物。黑护法佛殿里面阴森森的，仿佛多尔衮的亡灵仍着铠甲，手持弓矢，游荡其间。从窗缝吹进来的小风阴冷阴冷的。一条大案，案子的左右角上各点着一盏蜡烛，前面坐着几个穿黑衣的兵丁，再无其他。

允裸绕到案子后，坐在太师椅上，一言不发，只是挽挽袖口，咬咬牙关，又用虎口把着下巴扳动几下，随后拿起惊堂木端详起来。那个兴奋劲儿，就像跤手刚上场、马驹子刚出圈儿一样。

允裸为什么对审讯查弼纳那么上杆子，自然有缘由。皇上要通过审讯查弼纳揪隆科多、年羹尧的小辫子，正中他下怀。他私下判断，年隆居功自傲，炙手可热，位高权重，势力膨胀，让皇上不放心了。好嘛，皇上要翦除自己的左膀右臂，洒家就给他帮这个忙，等到皇上真成了孤家寡人，洒家再提溜他"矫诏"那档子事。

允裸没见过查弼纳，只听说此人略有文采，在两江总督任上挺敢招呼大事。皇上跟他面谈八次，他不松口，瞧洒家怎么给他搜老营儿！

他啪地一拍惊堂木，喝道："把逆臣查弼纳带上来！"

咦？好大一会儿没有动静。人怎么还不带来？他正要发问，但听到铁链子哗哗响，声音由远及近，到了门口。他抻长了脖子瞧，只见七八个兵丁吃力地抬着一块大床板进了门，床板上是个黑乎乎的东西，烛光下看着像是个人影。这家伙挺重，兵丁抬着每走一步，铁链子就哗哗啦啦一阵响。待兵丁走到案子前，把床板放下，累得喘不过气来。他站起来，哈过腰去，定睛一看，不由吃了一惊，原来床板上的这个人浑身裹满了铁链子，根本无法行走，只得用人抬。

敢情，这就是"九链"之刑，允裸过去听说过，这是第一次见识到。

清代刑律中有"圈禁"。圈禁分数种。最低一等为"地圈"，把犯人置一地，四周圈以高墙；次一等为"屋圈"，把犯人置于室内，与坐牢不同的是在室内或绑或枷，不能动；较残酷的称"坐圈"，是把犯人捆成一团，下巴与膝盖相触，就那么呆着；残酷程度差不多的是"立圈"，即把犯人放进仅及一人长宽的木笼中，前后左右不能动弹，一立就是多少天，没几个犯人能支持下来的。最残酷的称为"九链"，即在犯人的脖子、肩膀、腰及四肢等九个关节处，缚以九条铁链。这样的重罪犯就是扔到街道上，不用看管都动不了。

铁链子堆中露出一个人头，这个人头在痛苦之极地动弹着。这个蓬头垢面、秃眉烂眼的主儿，不是别人，只能是查弼纳了。甭管他过去多风光，这会儿是整个垮了，鼻涕眼泪糊了满脸。看他那极痛苦的乞望表情，只要这边惊堂木一拍，他那边就什么都会倒出来。

允裸拿着惊堂木把玩了几下，没心思拍下去。看犯人那怂德行样儿，他多少感到懊恼，小马驹子在山野撒欢儿的感觉一点也没有了。

他觉得上了四阿哥的当。查弼纳到现在也没有撤职，仍然是两江总督，只有皇上才敢把封疆大吏"九链"，查弼纳被处这个刑律，肯定是皇上拍板的。他有点纳闷儿，"九链"的这位正急着要吐露实情呢，审不审都会倒个干净，为什么非得叫他来审？

他直呼其名，"查弼纳。"嗓门不算小，但心气小多了。

查弼纳从铁链子堆中吃力地梗起脖子。"罪臣在。"

"说说你的事吧。"他把惊堂木随手扔到案子上。

在这个夜晚，查弼纳哇呀嚎天地说，笔帖式忙忙活活地记，允裸在一旁打盹儿，从太师椅上不时传出一阵小呼噜。天快亮时，查弼纳知道的全说了，也昏死过去。允禩觉也醒了，不用问就知道，这位的油全榨干了，再问也问不出名堂来，遂让人抬下去。笔帖式是把老手，人走了，供词也整理清楚了，蝇头小楷，工工整整的交到允禩手上。

跟允禩的直觉差不多。当夜查弼纳不堪忍受"九链"之苦，把所知道的倒了个干净。史籍中将查弼纳这夜的供称概括为两段话："苏努、七十、阿灵阿、揆叙、鄂伦岱、阿尔阿松，结为朋党"。"隆科多专擅威权，又结交揆叙、阿灵阿，各处邀买人心，为彼羽翼"。

一般认为，在雍正朝宫廷斗争中，隆科多与允禩各是两股势力的头，两伙人是针尖对麦芒的。而查弼纳的供词却令人震惊地把这两伙人打成了一个捆。对不对呢？翻开历史的故纸堆不难看出，实际上就是这么回事。所谓雍正初年形成的两股势力，本来就是你中有我我中有你的。

雍正初年，隆科多是胤禛的铁杆儿，胤禛是根据隆科多在畅春园宣布的先皇遗诏即位的。但是，不是所有人都知道，隆科多与八阿哥允禩的关系更深。为此，不妨费些笔墨追溯那次畅春园会议。

康熙四十七年佟国维已卸任，为迟迟不立储焦急，遂上疏要求尽快立储。畅春园会议是根据佟国维的上疏召开的。会上马齐、张玉书、阿灵阿、揆叙、鄂伦岱力荐允禩，违背了玄烨初衷。玄烨认为这次会议是佟国维设的套，逼迫立允禩为储君。为此当众诘问佟国维，他的原话大意是："你都是退休在家的人了，立不立皇太子与你有什么关系，你启奏开这个会是什么意思？"这下闹得佟国维说不清了，干脆奏请杀了他示众。玄烨没杀他，但与这位国舅兼国丈彻底掰了，直至十年后佟国维一命归天，玄烨才稍微给予优恩，传旨按惯例赐予祭葬。

隆科多是佟国维的儿子。看看他与胤禛、允禩间的关系，会发现一个难堪的事实：胤禛口口声声称"隆科多舅舅"，但隆科多并不是胤禛生母的兄弟，由于隆科多的姊妹佟佳氏与乌雅氏同为康熙妃，才成为胤禛的外姓舅舅。而允禩生母也是康熙妃，隆科多也是允禩的舅舅。在舅舅问题上，胤禛与允禩处于同一条起跑线上。而如果从父辈的政治倾向着眼，作为佟国维之子，隆科应该倒向允禩。至于隆科多帮助胤禛当皇上，是一时情势所需，而从历史的大线索来看，在胤禛与允禩之间，隆科多应该距离允禩更近些。

不仅隆科多与允禩有千丝万缕的关系，就是趋附隆科多的亲贵大臣也与允禩一伙密不可分。拿查弼纳本人来说，他是隆科多门生，又与苏努是亲家，而苏努是因"党援允禩"而发配右卫的。苏努的俩儿子勒什亨与乌尔陈是允禩的铁哥们儿，正由于此被革去领侍卫内大臣，发遣西宁军前效力。正红旗固山额真七十是隆科多死党，又是允禩岳父。揆叙、阿灵阿、鄂伦岱在畅春园力荐允禩，同时都是隆科多诤友。阿尔阿松是阿灵阿之子，被视为隆科多铁杆儿，也是允禩的铁杆儿。由此看来，隆科多与允禩的对立，多系朝野揣测，即便曾经对立，由于盘根错节的关系，也在逐渐靠拢。这种靠拢的后果十分可怕。隆科多或允禩如果单练，都不足以对胤禛构成多大威胁，而如果两股势力在靠拢中并到一起，则有可能生成一条直接威胁皇权的大龙。

胤禛的聪明过人之处，在于他从查弼纳供词中敏感地嗅出这种气味，并预见到一种可怕的趋势正在生成过程中。这点非常重要。如果忽视这点，就无法解释为什么他后来将隆科多和允禩一锅端。当他向隆科多下手时，朝野都认为（后世史家也一样）是由于隆科多权势过重，功高镇主。其实不是这么回事，隆科多权势再重，胤禛要抑制他，拿掉几个职务就解决了。功高镇主更不着边，年羹尧倒是有军功，隆科多没有说得出口的功绩，更谈不上"镇主"。应该说，胤禛真正顾虑的是隆科多与允禩源远流长的关系以及他们一旦合流所造成的后果。

在玛哈噶喇庙的那个夜晚，允禩想不了那么多，或者说他没长那根筋，意识不到查弼纳的供词是送给皇上的一包火药。

离开玛哈噶喇庙，他连早饭也没顾上吃，就直奔紫禁城。在神武门，他按照老规矩，将供词从门缝塞入。他估计，一时片刻皇上就见到了。

廉亲王府在阜成门内锦石坊街，属于正红旗的地盘，边上就是正红旗满洲都统署，附近有正红旗蒙古都统署、正红旗官学等衙门。

从玛哈噶喇庙回来后，允禩终日坐卧不宁，就是泡蒙古进贡的茶砖，他也喝得没味道。他在等待下文，看皇上对年、隆会不会动真格的。

半个月过去了，紫禁城里没动静。他正暗自着急呢，这天一大早来了个太监，他忙拉着问这问那。太监也不回避，说皇上看了查弼纳供词，挺满意，称查弼纳"尚有良心"，决定将其罪"悉行宽免"，还说"尔果痛改前愆，朕尚有用尔之处"。昨日皇上已经下旨，将查弼纳启用为内务府包衣昂邦、镶红旗固山额真，管辖内务府包衣。"那好，那好。"

允䄍抿着茶，端着盖碗，随口应付着，内心却是美滋滋的。查弼纳所供的是隆科多结交党羽之事，皇上既然对查弼纳的供词满意，并且重新启用查弼纳，就有可能对隆科多、年羹尧动真章儿。狗咬狗，一嘴毛，皇上跟这俩咬去吧！

太监揣摩透了八阿哥的心思，凑近些，笑笑说："廉亲王，近日出了档子事，您恐怕还不知道。头些日子，天象出现'日月合璧，五星连珠'的祥瑞之兆，各地纷纷上疏祝贺。年羹尧在给皇上的贺表中将'朝乾夕惕'书为'夕惕朝乾'。皇上以为不是误书所至，而是'自恃己功，显露不敬之意'。"

对年羹尧下手啦！一阵惊喜像一道滚雷般滚过允䄍的心头。

他想多套出点话，假意辩解说："年羹尧只是不慎写颠倒俩字，皇上就给扣那么大的帽子，值当吗？再说啦，年将军不会亲自写贺表一类，还不是底下人代写的。就是打板子，也打不到年将军屁股上。"

太监露出冷笑，"皇上可不这么看的。皇上说了，陈奏本章可以由别人代笔，但既然是给皇上看的，别人写了后，您得检查一下。出现这处误书表明，您的师爷写完后，您压根儿没有过目，就送到宫里了，这能说是对皇上敬重吗，能有您的好果子吃吗？"

听太监口气，他暗自判断，用不了年把时间，年羹尧就得玩儿完。

太监陪着笑脸说："奴才该说点这次来的正事了。奴才这次来，带来的是皇上对您的宣谕。"

允䄍打心眼儿里乐，显得特别痛快，"皇上宣谕什么啦？说吧，本王爷这儿洗耳恭听呐。"

太监小心扫过去一眼，"是这么回事。据内务府奏报，康熙年间各王爷家里用的披甲人，每年拢共三十万两银子就够使的了，而今年增加到了七十万两银子。花这么多的银子，内务府有些吃不消。圣上厉行节俭，要求亲王家每个佐领留披甲人五十名，其余裁汰，自谋出路。圣上说，廉亲王在王爷里面最拔份儿，所以……"

允䄍打断了他的话，"懂了懂了，不用再说了。圣上想让我带头裁汰披甲人，是不是这意思？"

太监说："正是正是。"

允禩摸着下巴想了想，爽快地说："赶上本王爷今儿高兴，隆科多、年羹尧那俩老王八犊子快玩儿完了。皇上要是能够掀翻这两个汉臣，让廉亲王干什么都行。就这么着吧。禀告圣上，廉亲王听招呼，过两天就办，每个佐领下只留披甲人五十名，其余叫他们滚蛋。"

四十五、江宁织造府－大运河

雍正三年的阳春三月。江宁织造署内西花园内。

东南花石垒造的假山上，弘昌、弘皎在逗曹霑玩儿，姹紫嫣红间传出欢声笑语。馨玉坐在边上，悄不言声地看着。她不是看儿子疯淘，而是看着怡亲王的俩儿子纳闷儿，这俩怎么住下就不走了呢？

自打来到江宁，弘昌就喜欢上这地儿了，喜欢南味饭菜，喜欢大冷天里满那儿都是绿油油的，还喜欢这儿的小姑娘，好像比京城的小姑娘长得水灵那么一丁点儿。既然喜欢这喜欢那，就多住些日子呗，哥儿俩一住就住上瘾了，直到天转暖了，大朵大朵的花儿开了，争颜斗艳，小姑娘们也卸去厚厚的冬装，穿得单薄些了，脸蛋一个个白净净的，身条细溜溜的，惹得他们老拿眼瞄人家，这就更不想走了。

这几个月，哥儿俩和馨玉、曹霑也处得不错，整天一起背诗呀，练字呀，再不就到江宁城里转转。处熟了也就般大般小了。

看到曹霑和那哥儿俩疯淘得差不多了，馨玉脸上漾起了笑容，用指尖缠绕着头发，偏着头说："二位王子，逗孩子逗得时候不少了，咱就说点正经的吧。你们是打京城来的，比我们小地方的人见多识广，这两天我就憋着一件事，想问问王子。"

弘昌、弘皎兄弟几乎异口同声："问吧。"

馨玉沉吟有顷，方说："头两天，我听说年羹尧被解除抚远大将军，补调杭州将军，还听说隆科多被解除职权。这是真的吗？"

弘昌说："那还假的了，当然是真的。"

馨玉不解地摇了摇头，说："两个朝中的大块头怎么说完就完了？我就是闹不明白，这是怎么回事。二位王子能说说吗？"

弘晈看了一眼弘昌，"这可是个大事，不是三言两语说得清的，等会儿咱慢慢说着。不过说之前你得答应我们一件事。"

馨玉柔声细语地问："什么事？"

弘昌挠了挠后脑勺，说："打今儿个往后，再别管我们哥儿俩叫'王子'了。别人这么叫可以，你也这么叫，我们不爱听。"

馨玉略有不解，"怡亲王的儿子当然是王子，不叫王子叫什么？"

哥儿俩对视了一眼，估计是看火候到了，弟弟用胳膊肘捅了哥哥腰一下，示意他张嘴，哥哥起初还有点磨叽，末了才从假山石上跳下来。

弘昌脸红了，"馨玉，不知道怎么回事，我怎么觉得你像是我们爱新觉罗家里的人，不管是不是，我就是觉得长得像。"

他从假山石上跳下来，脸蛋红扑扑的，直挺挺地站在她面前，说："馨玉，我们家都是秃小子，我早就想认个姐姐。我憋了好些日子了，一直想叫你声姐姐。现在，你听清楚了，我叫啦：姐——"

她不好意思地托住了额头，"姐姐听见了，弟弟。"

哥儿俩的四只眼发出振奋的光，他们伸出右掌，啪地相互击掌。

弘昌把曹霑搂过来，喷儿地亲了一下小脸蛋，对小家伙说："听明白啦？你妈是我们姐姐，你是我们的外甥。"

馨玉的身子一震。她仰首望望如洗的碧空，又低下头捻着衣角，挂着苦笑自语道："哪儿是哪儿啊，不过是个野种。"

弘昌哥儿俩没有听到，曹霑说话了。"娘，什么叫'野种'？"

馨玉臊了个大红脸，"去去去，这不是你该问的。"

孩子的拗脾气上来了，边扭腰边重复："我就要问，就要问，就要问。什么叫'野种'，什么叫'野种'，什么叫'野种'。"

这时，如果没有个外人来掺和一下，分散一下孩子的注意力，是很难收场的。恰恰就有人快步过来了。他是曹頫。

曹頫气喘吁吁地说："二位王子，今儿出门吗？"

弘昌说:"不出门。"

曹頫点点额头上的汗珠,"那就好。刚才两江总督府晓谕四方,年羹尧途经江宁去杭州赴任,今天他的官船在大运河江宁码头停靠一天。谁也不准去江宁码头,免得他以为还有一方百姓迎送他。"

弘昌不屑地说"年羹尧作梦去吧,谁会迎送一条死狗。"

曹頫试探地说:"二位王子,你们是打京城来的,又是亲王府里的,比我们小地方的人见多识广,说说这是怎么回事。年隆二人昨儿还炙手可热,如日中天,今儿就一个被解除抚远大将军,一个被解除职权。世道变化这么快,他们犯什么事啦?"

弘昌笑道:"刚才姐姐也在问这事,连问的话都跟你的一样。实话说,离开京城这么些日子了,跟京城那些手眼通天的也没有联系,俩耳朵眼什么也没装。不过头两天听你们帐房的师爷在叨咕这事儿,别看是小地方拨拉算盘珠的,人家还真有眼力架。他们说,年隆是玩儿大发了,功高震主,皇上只能卸磨杀驴了。我看八成就是这么回事。就说卸磨杀驴,四叔您也玩儿点新鲜的,别动不动就釜底抽薪。"

曹頫听不懂,忙问:"话是怎么说的?"

弘昌伸出指头,指向北方,"当初十四叔担任抚远大将军,朝野风传他将承袭大统,四叔假借奔丧之名,把他调离西宁大营,而后褫夺兵权。诸皇子中最有能耐的一位,就这么完戏了。年羹尧接任抚远大将军,经营有年,形成犄角之势。卧榻之侧岂容他人酣睡。四叔当然要灭他,但怕他谋反,还是耍昔日手段,来个釜底抽薪,先补调杭州将军,把他和大军分开,孤身一人到杭州,还折腾个屁。四叔哇四叔,您要玩儿阴的,也玩儿点新招数给天下人看看,别总是旧调重弹嘛。"

曹頫和馨玉情不自禁地对视了一眼,都有些茫然。在他们看来,皇上最厚待、最亲近的就是怡亲王允祥,按说满天下对皇上最感恩的,应当是允祥的家人。万万没想到,允祥的儿子对皇上居然是如此不敬。

转眼入夏了,江宁的天气热起来。

弘昌、弘皎兄弟在江宁有些呆不住了,打算回京城。看他们快走了,馨玉特意到街上转转，买些土特产，托哥儿俩回京捎给养父李煦。

她买完东西，回转江宁织造府，邻近大门，听见有女人在吵七八火，不由掀开轿帘，看见十多个女人在拍门。她赶忙叫轿夫停下。

门刚开了条缝，门房一看来人破衣烂衫，还发散着呛鼻子的馊味，砰的又把门关上，任她们怎么敲也紧锁不开。

馨玉撩着轿帘，悄悄看了一阵，越看越觉得面熟。哟？这不是原先苏州织造府的婆子吗。她匆忙下轿，快步走过去，一下扎到这堆人中。

一看到馨玉小姐，那些女人就哭了，她们大都上岁数了，有的与馨玉有一段血肉之情，她是她们奶大的，喂大的，一把屎一把尿看护大的。

她连忙把她们请到府里，甚至不问她们为什么来江宁，就这边吩咐厨子造饭，那边安排她们大洗大刷。

盥洗既毕，除却一路风尘，曹頫、馨玉留下她们吃饭。匆忙间也拿不出大盆大碗的菜，都是临时对付出来的。她们好像有日子没沾过肉腥了，甩开腮帮子，吃得那个香呐，比老爷们儿吃得都多。

吃饱了，杯盘狼藉，馨玉吩咐先别忙着收拾。诸婆子也先别离桌，趁着她们还在打饱嗝，她就一五一十地问上了。

那年，押解到京城的苏州织造府奴仆共二百多名，皇上赏给年羹尧一百多人，其余在崇文门变价。她们是被年府挑上的，随了年府，但在年府，板凳还没坐热呢，年羹尧就补调杭州将军了。她们经历过苏州之变，如惊弓之鸟，知道事情不对了。这不，年将军刚去杭州赴任，在京城的府邸就被查抄了。内务府下令，年府的数百奴仆统统遣散。年轻力壮的可以在京城找事做，她们这些上了点岁数的没人要，只得回江南老家。临行前，结伙到老主子那儿道别，李煦千挪万凑，给了她们一点盘缠，这点盘缠哪够花的，走到半道就花得差不多了。实在没法子了，只好到江宁织造府找馨玉，看看馨玉能不能给点。

馨玉知道织造府是什么局面，曹頫正在补亏空，手头银子很紧，自然掏不出什么来。好在她攒了些私房钱，只得动它了。

女人们拿到了银子，不多，但都知道馨玉姑娘的腰包有多大，已是千恩万谢。谢完了，馨玉却不离桌，仍然坐着接着聊。曹頫感到怪，馨玉对朝廷中的事从不上心，甚至不知道年羹尧的名字是哪仨字。可现在，她从年府遣散的奴仆口中，一个劲儿地打听。

身为奴仆，那些女人们在年府只是耳朵上挂点，本来知道的就不多，看馨玉姑娘问得迫切，东凑西凑，居然也拼出一些事情来。

据她们说，年羹尧到杭州赴任后，给皇上写了个谢恩折。皇上在这份谢恩折上批的话可够损的。皇上说，京城现在有谣传云，"帝出三江口，嘉湖作战场"。你现在到了浙省，位处三江口，是不是想称帝呀？如果打算在那里称帝，朕成全你，但朕料定，你没这胆量。

她们还说，年、隆失势后，各地上的奏折很多，是说年羹尧和隆科多是如何贪赃枉法、背义负恩的。皇上顾不过来看，让人把这些奏折转交给年、隆，要他们自己解释清楚是怎么回事。但是，这种折子送进宫里的越来越多，不能总让年、隆解释，皇上当年既然重用这俩人，那皇上自己得有个说法，向天下人有个交代。皇上没法子了，写了个骂自己的东西。

听到这儿，馨玉想起来了，皇上写的那个骂自己的东西，曹頫前些日子从两江总督府抄来了。她匆匆离开桌子，跑回屋里翻出张纸，坐在床边，小拳头顶着下巴看起来。这份上谕中有段话是这样写的：

"朕御极之初，将隆科多、年羹尧寄以心膂，毫无猜防，所以作其公忠，期其报效，孰知朕视为一德，伊等竟怀二心，朕予以宠荣，伊等乃幸为邀结，招权纳贿，擅作威福，敢于欺罔，忍于背负，几致朕陷于不明，朕深恨辨之不早，宠之过大，愧悔交集，竟无辞以谢天下，唯有自咎而已。"

皇上的自咎居然挺诚心，字里行间果真是"愧悔交集"的，看样子年、隆是翻不过身了。放下这张纸，她呆呆地想了起来。

过去她对朝中事从不上心，那是男人的事，掐来掐去的，还不就为了点银子，为了点官儿，为了府邸门槛高点，甚至是为女人，真恶心。所以年、隆和八阿哥斗法，有人津津乐道，她听到从来躲得远远的。但身为废太子野种，她又不得不想朝中掐来掐去那些事。否则，不定什么时候皇上要揪废太子小辫子，顺藤摸瓜，她和孩子没准也会"崴"进去。

废太子故去，没人提这茬儿了，她心里踏实点了，但养父李煦的事还像秤砣般压在心头。她总以为，李煦之所以落那么个下场，是沾了诸阿哥的包，尤其是八阿哥和十四阿哥。皇上之所以敢向诸阿哥下手，是有年、隆撑着。这会儿，年隆完了，是否皇上转身念及骨肉亲情了？如果是这样，诸阿哥日子好过了，李煦就也能解脱了。

这天夜晚，曹頫后半夜醒了，下床撒尿，回来后发现，馨玉的屋里还亮着油灯，他敲了敲门。

暗夜中，女人的脸上闪着泪光，她还在睁着眼想心事。

曹頫在门外惑然，说："睡吧。在想什么呢？"

馨玉说："我在想……我想带曹霑去趟京城。"

曹頫一惊，进了门，问："去京城？"

馨玉翻身向里，哭出了声，"今天来的婆子们说在京城见到爹了，说爹的日子过得苦，还说爹的身子骨比前些年差远了。不知怎么搞的，我就想到京城看他一眼。再不去怕是见不着了。"

曹頫赶忙扳扳她的肩，"京城险恶，你也不是不知道。头些年他们还在到处找你呢，躲之犹恐不及，你还送上门去。"

馨玉侧过脖子大声说："那不是头些年吗。头些年他们怕废太子东山再起，为了抓他的掌儿才到处找我娘。现在废太子不在了，找不找我没用了。我还躲什么，还有什么可怕的？"

曹頫想了想，"也是。不过现在京城正在抓年、隆余党呢，乱哄哄的。不是去的时候。咱躲得远一点。"

馨玉坐了起来，"咱们跟年、隆余党也不沾边儿。再说啦，朝廷里分着两伙，皇上总得靠一头吧，不靠年、隆，就得靠八阿哥他们。过去皇上背靠年、隆整八阿哥他们，这会儿抓年、隆余党，只能对八阿哥他们合适。"

曹頫一时没词儿了，"我再想想。"

柔弱的馨玉从来没有这么坚定过，"你想不想我都得去。"

曹頫说："你再想想。考虑好了再说话。"

馨玉说："我早就想好了。过两天，弘昌、弘晈哥儿俩回京城，两江总督府得派船送。我带着曹霑搭他们的船一块走。"

朦胧的烟蔼中，一艘官船扯满了帆行来。

由于年头太长，大运河早就失去了处子那种清澈的意境。宽阔的河面漾着柔波，水是碧阴阴的，闪烁着暗淡的水光。船橹有节律地拨开水面，逗起缕缕的明漪，间歇的摇橹声咯吱、咯吱地响着，与船舱中传出的丝竹之声形成和谐的混响。

弘昌、弘皎二位王子返京，地方上得伺候周到。怡亲王不是闹着玩儿的，一人之下万人之上，随便跺一脚，江南都得颤悠颤悠。为了送怡亲王的两位王子返京，两江总督府派出一艘上好的官船。它是最大个头的画舫，船身高大，装扮得有些花稍，船舱头里吊着两盏彩灯，舱里陈设着红木桌椅，桌椅的面上一律镶嵌着大理石。再就是在旅途上，有来自江宁秦淮河畔的歌伎相伴始终。

两位王子端着盖碗，品着茶，没精打采地靠着桌边，有一耳朵没一耳朵地听着。在他们面前，三两个歌伎咿咿呀呀地哼唱着江南小酸曲儿。弘昌不是那种寻花问柳的小浪荡子儿，他喜欢清纯的江南小妞，对卖艺为生的女人没有一点兴趣，尽管她们唱着唱着不时递过来一个飞眼，他全然不搭理，心不在焉，不时东张西望，想找点别的事干干。但在相对局促的空间里，又找不到其他事情消遣，不看三两歌伎扭来晃去，不听咿咿呀呀，不知道该干些啥。

曹霑则不然。小家伙像是对咿咿呀呀有天然的兴致，趴在桌面上，托着小腮帮子听得入神。其实，人家歌伎哼的啥唱的啥，他一点也听不懂，但在河风吹拂下听丝竹之声，挺好玩儿的。

馨玉见不得歌伎，见不得歌伎面前的男人，尤其听不得那种骚兮兮、嗲兮兮的调门。她抛开他们，兀自钻出船舱，信步来到船头。

河风迎面吹来，视野豁然开阔，好大一个天地。两岸的村落密密实实地排列着人家，村落与村落间是块块的田、疏疏的林。岸上的树木和水稻浓绿翻滚，郁郁葱葱。本来是稠密的人间，但在浩大的、蔚蓝色的苍穹下，却又显得寥落，有些荒村野渡景象。

这不是她第一次出门，也不是第一次搭乘大运河的航船，但是第一次离开江南，第一次过江北上，第一次赴京城。京城……她不大敢想却魂牵梦绕的地方。过去，从京城回来的人，有声有色地描述那里的见闻时，她听着兴趣不是太大。但不知怎么着，生在苏州，长在苏州的她，总觉得在冥冥中，京城在对她发出一阵阵亲切的呼唤，有一种神秘的力量把她往那里拽，她甚至觉得自己本应属于那座城市。

为什么会这样？她想过，有时夜深人静，静下心来想想，好像知道答案所在。她的生父、那个废太子是京城人氏，她的生母、那个昆腔女戏子把大半个生涯抛掷在京城。在京城的郊野，她所不知道的地方，有两座坟茔，分别安葬着她的生命的源头。而她一生的期待，一生的企盼也安葬在京城的郊野中，连生死在京城，归葬曹家在京城东郊的老茔中。

她哭了，无力地在船头坐下来。呼呼的河风撩起头发，却吹不干泪痕。船舱中的丝竹之声阵阵飘来，不绝于缕。久居江南，这种曲调是她熟悉的，而在这时，她在恍惚间觉得这种调子距离她那么遥远，那么陌生。渐渐地，曲调隐去了，她的耳边是无边的寂静，内心隐隐渴望的东西被一点点地翻搅出来，却是无尽的愁绪。这是怎么啦？这趟出门北上，本来是去看看养父李煦，而在这一刻，好像又不完全是这么回事。她从来没有这么清晰地意识到，她的归宿应该在雄浑的、辽阔的北方，在那座古老的都城。呀，她的双手抚在胸前，此行是在回家！

大运河贯通南北，间歇的摇橹声咯吱、咯吱地响着，推着官船往京城去，向北方去。她坐在船头，无力地撑着甲板，脖子却立了起来。面朝北方，她轻轻地呼唤着："爹、妈，女儿回来了。"

四十六、正阳门外－廉亲王府－紫禁城西长街

在京城里，内务府盖了些官房，用以出租或临时安排内务府有关人等居住。这些官房大体围着皇城，以皇城北门地安门外和皇城南门正阳门外为多。至今北京地安门大街还有个公共汽车站，名为"东官房"。

经过庄亲王允禄安排，李煦一家二三十口临时在正阳门外的一处官房居住，拢共十几间房子，不算宽敞，挤挤巴巴的勉强度日，或者说是在混日子。李煦的家虽然败了，家产入官，但他是内务府三旗包衣，属于皇家奴仆，在上世余荫的庇护下，总还有个内务府上三旗包衣佐领管着，有地方支饷银俸米，饿不死。就像一棵枯树，只有黑乎乎的树干，只有光秃秃的树枝，连片树叶都没有，但树是活的。

李煦一家在江南毕竟过惯了好日子，落到这般田地，有的家眷不大甘于穷对付，还想走动走动，而李煦自知在世之日无多，能凑合就行。

在灰蒙蒙的日子中，养女馨玉来了，还带来了外孙曹霑！李煦就像是晒蔫了的草被浇足了水，一下子活转过来了。

雍正三年九月，酷暑过去了，天气凉快了。初秋的小风吹进小小的四合院，挺惬意。李煦带着馨玉出门到附近转转。出了小四合院，爷儿俩遛遛达达的，没两步就遛到一处南城名胜。

万柳堂在广渠门内东南角，最初是康熙间大学士冯溥的别业，冯溥兴建万柳堂时资金不够，遂采取了特殊方式，凡是在园内种植柳树的，树归种植者，此事轰动一时，从者众多。李笠翁为此作诗云："只恨堤宽柳尚稀，募人植此婆

黄鹤。但种一株培寸土，便称业主管芳菲。此令一下植者众，芳塍渐觉青无缝。十万纤腰细有情，三千粉黛浑无用。"

万柳堂后来归了侍郎石文柱。石文柱官不大，但管理京城几个仓库的，有钱，于四十一年改为庙宇，称拈花禅寺。建大悲阁大殿、弥勒殿等，康熙皇帝御书匾额"拈花禅寺"，悬于大悲阁大殿门阁。

馨玉搀扶着李煦进入弥勒殿。胖胖的弥勒佛塑像挺着个大肚子，笑咪咪地面对人间。前来拈香礼佛的人很多，比肩接踵的。香烟燎绕中，他们随着人群游来荡去。很久没有挽着养父的胳膊转悠了，馨玉搀扶着李煦瘦弱的胳膊，缓缓漫步在万柳堂中，心里暖烘烘的。

这是她第一次来京城，第一次游京城胜景，更是第一次来到万柳堂。但是，东瞅瞅西望望，她觉得自己对这儿似曾相识，好像来过。可不是，在江宁时，她就知道京师有个万柳堂，康熙年间开博学鸿词科，待诏者曾雅集于此，大学士冯溥和朱彝尊曾在这儿唱和。京城这地方真好，那么多地方有来头，有讲头，随便提溜出来一段都是掌故。

秋高气爽。太阳当空照着，秋风夹着凉意飒飒而来，空气中带着醉人的秋意。馨玉搀扶着垂老的养父慢慢来到莲花池边。

由于朱彝尊与曹寅的关系，曹家人都爱看朱彝尊的诗词。馨玉在江宁时读过朱彝尊在万柳堂留下的诗，甚至背过。在莲花池边，她对照着诗句看着四周景色，情不自禁吟诵出声："不到闲园已隔年，绿墙高映女墙边。无妨并马横桥渡，更许深杯曲水传。径仄易侵苹叶小，日晴况有杏花妍。舞雩幸忝从头列，澹泡春光过禁烟。"

她是念给自己听的，声音并不大，但还是让边上的人听去了。

坐在水池边上的一个中年男子一边说着，一边站立起来。"这是谁呀？小腔小调的吴侬软语，这么好听。"

李煦一看，连忙要下跪，"哟？是王爷您。"

那人伸手制止他，看看左右，说："别。形胜之中无大小，你也不看看这是什么场合。"

李煦赶忙小声对馨玉说："快点给廉亲王请安。"

廉亲王？原来他就是八阿哥。馨玉道了个万福。

允禩毫不遮掩地盯着她，"听口音，你是江南来的。"

李煦听着就害怕，急着要转移话题，扯些别的，于是问："廉亲王怎么想起到万柳堂来了？"

允禩说："明白说吧，我是专程会你来的。刚才差人到你那个小四合院去，想把你约出来。家眷说你到万柳堂来了，就坐在这儿等，果真等到了。"

李煦真真糊涂了，"王爷专程来会奴才？"

允禩说："但对外人得说，咱们是赶巧在万柳堂碰上的。"

李煦说："奴才懂。找奴才可有事？"

允禩回对着满池的荷花，说："你是怎么出狱的？是查弼纳活动盐商赎出来的。可见你和查弼纳很熟。前一阵子，皇上让我夜审查弼纳。这事儿办完了，我总觉得不大对头，想从你嘴里再掏点查弼纳的事。"

李煦皱着眉头说"都在江南为皇上效力，对查弼纳其人，奴才倒是略知一二。既然是这么简单的事，王爷把奴才传到府上问问就行了，怎么还大老远跑到万柳堂来问？"

这回是允禩皱起了眉头，"我那个府上呆不住了。半个京城都知道，廉亲王府被裁汰的披甲人围住了，本王爷只好出来会你。"

李煦好一阵惊愕，"廉亲王府怎么啦？"

自打入秋以来，廉亲王府被裁汰的披甲人围住了。足足有好几百口子，每天堵着廉亲王府，闹腾着要见亲王大人。

廉亲王府的大门紧锁不开，俩大石狮子呲牙咧嘴的，家人提着棍棒一字摆开。距他们丈把远的地方，站着一大片被裁汰的披甲人，有的还带着老婆孩子。双方对峙着，中间有几个内务府的官员来回斡旋。

皇室的包衣与亲王府的包衣都由内务府管理，廉亲王府被裁汰的披甲人自然都是受内务府管辖的。他们闹事，内务府官员自然得到现场。他们一遍一遍地喊着："回去，快点回去！"

一个壮年披甲人转向众人，说："回去？回哪儿去？你们说，咱回哪儿去？被佐领除了名，我们没有地方可去了。"

这个被裁汰披甲人所说，是实打实的。从清初直至晚清，旗兵一旦被佐领除名，等于被砸了饭碗，甭说老婆孩子了，连自己也没有着落。

挑头的被裁汰披甲人说完后，其余被裁汰的披甲人一起喊了起来："我们要见廉亲王！请亲王大人出来见我们。"

一个官员急忙摆手，"廉亲王身体欠安，不能出来见你们。你们别着急，先回去，亲王大人慢慢给你们想法子。"

有人喊起来："您别站着说话不腰疼。丢了'铁杆儿老米树'，一家老小喝西北风，搁谁谁也得急。"

有个上了岁数的把总哭泣起来。"打多少辈子前，我家的老老太爷就为大清效命，死人堆里爬进爬出了多少个来回，混了个'从龙入关'。打那往后，一茬儿接一茬儿给大清效命，平定三藩，平定青海，平定噶尔丹，平定雅克萨，为咱大清死的人还少吗。现在可倒好，多少辈子该流的血都流了，天下太平了，廉亲王却一脚把我们踹了。"

把总的话引起共鸣。他呜呜淘淘地哭，一时间大伙都不吭气了，一个个爷们儿眼圈红红的，有人在悄悄地抹眼泪。

有人激愤地喊道："廉亲王不要我们啦！饷银俸米全断啦！一家老少断顿儿啦！这是逼着人跳西湖哇！"

这时，大门咯吱一响，开了一条缝，廉亲王绷着脸走了出来。

人群一下子安静下来，静得像一汪清波。

允䄉显然已经在门里听了很久，"谁说是廉亲王不要你们的？嗯？！"

人群静默了一段时间，有人壮着胆喊道："佐领说了，是奉王爷您的命才给我们除名的。没有王爷您的话，佐领不会裁汰我们。"

允䄉说："不错，裁汰你们的事情，本王爷是向各位佐领发话了，本王爷走到那儿都不赖帐，都认帐。"他沉静了一会儿，突然提高嗓门，"你们也不想想，你们的饷银俸米是本王发的吗？亲王府不是造银子的，还不是各佐领从内务府支的。大清入关后，人丁不断繁衍，内务府养活不了那么些人，发不出那么多银子来，才规定亲王名下的各佐领只能留五十名披甲人。你们不幸成为五十名之外的。各佐领不是不心疼你们，但内务府只给他们五十人的钱饷，他们也没辙。至于你们祖上多少辈子为大清卖命，本王爷都记在心里，但廉亲王府一年也就几千两银子，养活不起你们几百口子。一句话，你们说该怎么着吧，非要我跟你们一块喝西北风，只要你们提出来，本王爷领着老婆孩子跟你们一块喝！"

他的话音刚刚落地，忽然间感到不对劲，左右看看，数百步军将胡同两头堵住了。步军从东西对进，一步一步地逼过来。被裁汰的披甲人无路可逃了。

一乘小轿在紫禁城后宫西长街行走。胤禛闭着眼，歪在轿子里，问："廉亲王就说了这么多？"

张廷玉气喘吁吁地跟着轿子边走边说："就这么多。"

胤禛睁开眼，斜着身子，盯着张廷玉说："每佐领只留五十名披甲人，是内务府奏报，朕定下来的。他没有把朕推出来当挡箭牌？"

张廷玉说："廉亲王只推托到内务府，说裁汰披甲人是内务府定的，始终没敢露'皇上有谕'之类的字眼儿。"

轿子停下来，胤禛边下轿边说："这个八阿哥还算聪明。"

乾清门前跪倒了一片朝臣。胤禛走过去时说："平身。"

朝臣们呼啦一下站起来，围着皇上七嘴八舌，纷纷说：被裁汰的披甲人在亲王府门前闹事，是大清立国以来从来没有过的事情。它是廉亲王主使，闹给皇上看的，臭的是皇上，给自家收买人心。

胤禛问张廷玉："研斋，你也这么看吗？"

张廷玉苦笑了一下，"微臣实在是说不明白。不过宗人府一口认定披甲人造反是受廉亲王的唆使。他们说八阿哥'市恩惑众'，'奸恶已极'，奏请皇上将他革去王爵，撤属下佐领。"

胤禛说："怎么惩治廉亲王，容朕再想想。"

张廷玉问："抓起来的那些闹事披甲人呢？"

胤禛捻捻胡须，虎起了脸，"那些带头闹事的披甲人得即刻严惩，全砍了。"

张廷玉弯下腰来，"全砍了？万请圣上三思，抓了六七十人呢，全都是'从龙入关'者的后裔。"

胤禛发怒了，喊道："'从龙入关'的是他们的祖上，不是他们！流血流汗把大清的窝儿从关外挪到关里的，是他们的祖上，不是他们！后裔就是后裔，要干的事是守住摊儿，别让祖宗的基业黄了。后裔要都那么胡闹，大清的窝儿还得被撺到关外。"

张廷玉仍不甘心，问："是不是少杀几个？"

胤禛毫不犹豫地说："拿闹事相要挟，他们想吓唬谁？去查查，先皇曾三次亲征噶尔丹，那些曾经追随过先皇亲征的留一条命，有军功的留在京城自谋生路，没有军功的发配西北效力。其余的那些，对大清寸功未建，连闹事的本钱都没有就敢闹事。这样的一个不留，全砍！"

四十七、菜市口刑场－永和宫－养心殿－廉亲王府

菜市口在广渠门与广宁门当间儿，是外城最热闹的所在。

自从顺治帝福临从盛京迁居北京起，清廷法场就设在菜市口。谁也说不清楚，法场为什么要放在闹市。从那时起，菜市口法场不知有多少人头落地。清朝重犯一般放在秋后处决，处决人数不一，有时砍一个脑袋，有时砍仨俩脑袋，有时一次砍十几个脑袋瓜。据老人回忆，康熙年间某日，菜市口一次杀了二三十口子，都是京畿左近的白莲教徒，血流的那个多呀，冲洗了多少天法场还在泛血腥味。这就算顶天儿了。

雍正三年初冬，从宣武门到菜市口，沿街贴满了大告示：处决在廉亲王府闹事的披甲人。哪天哪个时辰哪一刻开刀问斩，告示上面写得清清楚楚。杀几个？好家伙，一次砍四十六个脑袋。

一次四五十人头落地的事情，算让天子脚下的子民赶上了。京城人爱凑热闹，那些想开开眼的，到日子全来了，菜市口左近的街道上人挤人，人挨人，有犯人的亲属和好友码好桌子，上面摆着供品，当街祭奠。

杀人的日子，天气也肃杀。冷风吹过，天空飘下一点雨雪，如同散乱的游丝。这阵雨雪突兀其来，好像来得没有理由。

阴沉沉的锣声由远及近。敲锣的过去后，一排穿红马夹的刽子手走过来，每人右手执把鬼头刀，刀上套着红布套，刀尖向上，刀锋贴着右臂。他们走路的姿势有点像唱戏的，迈着八字步，上身略微有些摇摆。

刽子手之后，是将要挨刀的犯人。由于犯人太多，没有那么多的囚车，他

426

们被带出刑部大牢后，在绿营兵的押送下，列队走向法场的。刑部甚至没有那么多副枷锁，他们只是被下了脚镣。四十六副脚镣拖过地面，发出哐哐啷啷的巨大混响，令围观者的心尖发出一阵阵颤动。

沿街的人叽叽喳喳议论着。这些人既不是以"反清复明"为口号聚众的白莲教徒，也不是文字狱的株连者，更不是杀人越货的盗匪或作奸犯科的盲流，而是正经八本的前锋校，还有少数把总。他们犯啥事啦？不就是被裁汰了不干，到廉亲王府门前吵吵了几天吗。

令人心悸的是，将要受刑的人居然也有风采。和斜歪掉胯的衙役不一样，训练有素的披甲人多咱也不给八旗掉份儿。他们年纪轻，没有赶上先皇亲征的年头，没有和噶尔丹叛军面对面殊死较量，但个儿顶个儿都是骑马弯弓的好手，披甲人经年累月的操练积淀在骨子里，即便到今天，即便惨到了如今这份儿上，也仍然绷着劲。此刻，他们端着身架，表情肃穆，横的是行，纵的是列，行是行，列是列，整齐划一，不像走向法场，而像走向校场，去接受天子大阅，连脚下哐哐啷啷的镣子响，也透着军阵的节奏。

京城的子民从不冷漠，有人开始掉泪了，一碗一碗的酒泼向他们脚下，街道变得湿漉漉的；一碗一碗的酒递过去，送到唇边，却没有人接。

全世界当兵的都一样，最讲究听喝，最忌讳乱营。由于长年养成的习惯，只要有三几个旗兵在一起，便会自然产生头领。队列中不乏上岁数者，岁数最大的把总为众望所归。一碗一碗的酒递过来，这支将要挨刀的队列应该有所表示了，但在把总发话前，队列依然缄默，没有人接碗，甚至碗递到嘴边也无人理会，而是哐哐啷啷地一直进入法场。

法场的南头搭了个凉棚，凉棚下坐着一溜官员，醒目的倒不是监斩的刑部官员，而是左顾右盼，如坐针毡的庄亲王。由于今天受刑的都是内务府披甲人，算是他的部属，他必须到场。

他垂头丧气的，突然间一惊，像是看到了什么，不由站立起来。

法场最北头有张大桌子，上面摆满了酒坛子。这是谁家的？

人群像海水一般分开，廉亲王端着肩膀，扎着架子走了出来。引人注目的是，他的额头上系着一条白巾，两条白带飘飘荡荡地在肩膀两侧飞舞。他一直走到队列中，环顾左右，朗朗说：

"你们要走啦，送你们上路前，本王爷还得骂你们。当然，你们说话就要入阴曹地府了，有毛病也改不了了。你们只是箭靶子，骂你们是骂给活人听的。你们闹事的缘由是，你们的祖上'从龙入关'，打那往后一茬儿茬儿给大清效命。以为朝廷这就该着养着你们了。错啦！大清定鼎中原到现在八十多年了，老皇历了，别动不动就提'从龙入关'那段光彩了。祖上创下的基业总有耗尽的时候，当年那点老本钱要吃到什么日子才是个头儿？活着的旗人都是后裔，后裔有本事就自己挣去，也创点基业拿出来看看，不能总拿着祖宗的光彩跟朝廷五马换六羊，一茬儿接一茬儿的，吃个没完没了。"

那个把总风趣地说："活人听见了我们也听见了。亲王大人所说的，我们到了阴曹地府再慢慢反省吧。到了那个地方有的是空闲。"

允禩高高地举起一海碗酒，喊道："跟着本王爷辛苦一场，这就要分手啦。临行前，本王爷没什么送你们上路的，只是不知道黄泉路上有没有杏花村？本王爷估摸着，黄泉路上没有杏花村，即便是有，也没有廉亲王府里酿的酒香。那咱就来碗送行的酒吧！"言毕一饮而尽。

那个把总含泪道："王爷，我们在您的府前闹腾了几天，已经连累您了，您又到法场上敬酒，怕是会罪加一等了。"

允禩没有理他，绕到桌后，扬手喝了一声："上酒！"

廉亲王属下的众佐领歪倒酒坛子，酒咕咚咕咚地流出来，斟满一个个大海碗。众佐领平举着大海碗走上前，端到一个个披甲人的唇边。他们都不动弹，斜眼看看把总，等着他发话。

那位把总俏皮地吐出舌头，舔了舔酒，吧嗒了一阵，眯着眼享用了一番，悠悠地转动着头颅，说："嗯……味儿还不错。"他这才向四方抱拳作揖，高喊一声："领啦！"

他接过碗，一仰脖子，汩汩地一饮而尽，而后抡圆了胳膊向下一砸，碗在地上砰地摔碎，碎块飞出去老远。

"领啦！"好一片齐整的山响。四五十人同时向四方抱拳作揖。他们接过递过来的酒，都是一饮而尽，接着一个个海碗在地上摔碎。

烈酒上头很快，不大会儿，他们就有点晕晕乎乎的了，一个个边吧嗒着酒香，边用衣袖抹着嘴唇，踉踉跄跄地走到法场中央，跪来，垂下头。

和刽子手有那么点类似，披甲人也是玩儿刀的，知道刀锋是否锋利意味着什么。平日里家里做饭剁排骨，还往往一刀下去砍不断，筋筋拉拉的。这回，人家的刀要砍的是自家的头，万一一刀砍不下来，脑袋和脖子也筋筋拉拉的连挂着，那可就惨喽。为了少遭点罪，四十六个脖子使劲向前伸，一个儿个儿的，伸得老长老长。

这段日子，雍正皇帝对廉亲王说些什么做些什么，分外上心。

戴铎手底下的探子日夜盯梢，把允禩的行踪摸得一清二楚，动不动就向神武门里塞条子，通常是一日一报，有时一日数报。

出入紫禁城，公以上发红头牌，公以下发绿头牌。门禁对红头牌的控制松一些，对绿头牌的查验紧一些。戴铎不过是个内务府郎中，却有一个红头牌，出入紫禁城如履平地，但到了内廷一样进不去。

八阿哥在菜市口为披甲人送行，博得围观者一片喝彩；披甲人人头落地，京师为之黯然。这一切都逃不过戴铎的耳目。为了邀功，他急不可待地要进宫禀报皇上。但连续几天，他被告知，皇上窝在后宫不出来。

他进不了后宫，干着急，托太监给皇上捎个话，一位素来关系不错的太监却推托说，皇上这几天心里憋闷，没心思听你唠叨菜市口的事。

这是怎么回事？直觉告诉戴铎，后宫出事了。出什么事啦？看着太监一脸苦相，他判断，八成是前朝哪位太妃或本朝某位后妃崩了。他有的是耳目，东打听西打听，果真如此。而且，敢情是这位崩了，让他一阵窃喜。在他看来，这位在最该崩的时候崩了，正是时候。

历史发展的顺序是，雍正三年十一月发生了两件大事：头一件是菜市口砍闹事披甲人的头，第二件是胤禛侧妃年氏病亡。头一件事之所以引人注目是杀的人太多，而且杀的是前锋校。旗兵如此砍杀旗兵，清初以来未尝见。第二件事之所以引人注目，由于年氏是年羹尧的妹妹，挺得宠。自从查办年羹尧，朝野揣测只要年氏活着，皇上就不能拿大舅子怎么着。可是她突然病笃，晋封皇贵妃旋病逝。两件事前后脚，具体时间难确考。大概是闹事披甲人前脚走，年氏后脚撵上来，他们与她不搭嘎，却结伴儿奔了黄泉路。

皇贵妃年氏亡故，太监传谕：辍朝五日。随后，胤禛回到养心殿。太监禀报，戴铎已求见多日。他懒懒散散地仰了仰下巴。

太监传旨，戴铎获准进入养心殿东暖阁。他颠儿颠儿地进门，扑通跪在毡垫上，半晌，却听不到皇上招呼他起身。

他小心地抬头看看，皇上气色不错，正在俯案写着什么，写的看来不是太当紧的东西，嘴里还含混不清地哼着京师的鼓曲。他着实有点纳闷。这是怎么啦？皇贵妃年氏刚离去，皇上就哼上了。毕竟是官场上的油条，他转念一想，就什么都明白了。

其实，甭戴铎，凡明白事理的人都能猜到，年氏崩，胤禛不能说不难过，但也搬掉了心中一块大石头，骤然轻松了许多。为什么这么说？皇上早就想与年羹尧最后了断，但年氏哭啊闹啊的下不去手。年氏走得正是时候，她这一走，把皇上惩治她亲哥哥的大门打开了。

胤禛俯案疾书，既不停笔也不抬头，嘴巴一动："说吧。"

戴铎赶忙把菜市口发生的事说了一遍，尤其是廉亲王以酒壮行后，士人说了些啥，他吐沫星子横飞，连说带比划，学得绘声绘色的。

戴铎总结说："一句话，士人都冲允禩竖大拇哥，说他够样儿。"

胤禛头也不抬，边写边说："那，就是冲朕挑小拇指，说朕不够样儿。宗府说八阿哥'市恩惑众'，果不其然。那些参与闹事的裁汰披甲人，是朕让杀的，朕成了千夫所指，八阿哥成了豪迈之士。平心而论，八阿哥在笼络人心上是有办法，有学问，朕不能与之相比。"

戴铎愤愤不平地说："廉亲王是在邀买人心呢，也是往皇上眼里插棒槌呢。万岁，这回他闹出了花儿啦，不能这么便宜了他。"

胤禛放下笔，直起腰，说："究竟怎么处置廉亲王，你一个狗奴才不要多嘴多舌的。朕已写了一纸，等等就让传下去。"

戴铎歪着脖子，把耳朵凑过去，"能让奴才先知道吗？"

胤禛干巴巴地说："让你先知道一下也好。举凡到廉亲王府闹事的都是内务府的佐领下人，既然如此，朕不得不拿内务府首领是问。内务府总管大臣、庄亲王允禄管教无方，罚俸三年。内务府总管常明、来保制止不力，形同怂恿，两人俱革职。"

戴铎忍不住插话道："那八阿哥呢？"

胤禛轻轻地吐出俩字："宽免。"

戴铎真的不明白了，"就这么饶了他了？庄亲王家三年没有粮饷，俩总管被革职，怂恿披甲人闹事的反倒被'宽免'，没事了。"

"你下去吧。"胤禛说罢，拂袖而去。

这道谕旨传下去后，引起诸大宅门里一片响动。有人想到廉亲王府上拜访，但辍朝五日，没有人敢走动，直至皇贵妃丧事办完。

深冬，赶上廉亲王生母卫氏七十大寿。在那个日子，廉亲王府门前车水马龙的，有不少人前来拜寿。说是给老太太拜寿，其实那多少是个托儿，很多人是专程来给廉亲王压惊的。允禩在菜市口法场闹的那一出，不知让多少人提心吊胆。

廉亲王府的正殿名贤勤，匾额为康熙皇帝御笔。殿里张灯结彩，高朋满座，好不热闹。其中不乏郡王、贝勒、贝子，还有若干朝臣。廉亲王夫妇笑容满面地把一拨一拨的人领到老太太跟前。

祝寿就是说几句吉祥话。对老太妃说完了，一拨一拨的人凑到允禩跟前，都想再对他说点恭贺的话。

有个人高声嚷嚷着跨过门槛，径直向里走，大声说："哎呀呀！打披甲人在你府上闹事，弟弟就替你捏着把汗。"

这高喉咙大嗓的是允䄉，他特意从马兰峪皇陵赶来，向允禩作揖后，接着话茬说："其实，弟弟替你捏把汗，倒不是忤那些披甲人，我带过兵，知道当兵的脾气。当兵的最讲义气，你裁汰了他，他一家老小揭不开锅了，不闹怎么办？所以披甲人闹事闹得有道理。有道理的事情就不用怕。弟弟怕的是什么？怕的是四哥，四哥可是个小心眼子，他要是打你个主使，愣说你主使披甲人闹事对抗裁汰，你是一点脾气也没有。"

一个人接过话茬，"圣上宽宏，亏得圣上宽宏！披甲人闹事京城轰动，四哥还没拿八哥怎么着呢，八哥倒好，又到法场来了一出。我听说后惊出一身汗，心说这下八哥完了。为啥呢？裁汰披甲人是钦定的，八哥给闹事披甲人敬酒，生将了四哥一军。为弟的正不忍看到八哥倒霉呢，可好，四哥给你俩字：'宽免'。嘿！齐活！八哥呀八哥，赶上圣上洪慈，你方能逢凶化吉呀！"

　　说这话的是十七阿哥允礼。这人老实忠厚，雍正初年封为果郡王。

　　他的这番话道出了许多人的感受，大伙一起朝着紫禁城的方向拜道："圣上洪慈似海！圣上洪慈似海！圣上洪慈似海！"

　　言毕，大伙不约而同地轻松地吐出一口气，旋即爆出一阵响屋震瓦的笑声。前二年，年羹尧、隆科多甚嚣尘上，诸阿哥感受到汉臣的威胁，不大开心。隆科多的上世是佟姓汉人，凡追随隆科多的朝臣被称为"佟选"，相对而言，凡追随年羹尧的朝臣被称为"年选"。自从年羹尧、隆科多先后被解职，"佟选"与"年选"全都蔫儿个了，诸阿哥中弥漫着一种轻松气氛，起码说起朝政事不那么犯堵了。

　　允禩大笑时，一眼从人缝里瞥到弘晳，忙迎过去，叫道："理郡王来了，大侄子怎么也不打声招呼，就猫到人堆里了。"

　　弘晳抑郁地说："咱是个晚辈，不敢惊动八叔。"

　　允禩说："这是说到哪儿去了。听说你讨了个绝色媳妇，至今八叔也没有见过她怎么个绝色。给你下帖子，就是让你带着她来的，带来没有？"

　　弘晳不大情愿地向身后示意，"那不是。"

　　允禩顺着弘晳所示的方向看去，看到那些贝勒、贝子们的嫡福晋在围着太妃卫氏说话，嘻嘻哈哈的，说得挺热闹的。有个俏丽佳人分外醒目。看来她也想跟老太太说点什么喜兴的话，但是融不进那个圈子去，只得站在边缘，多少有些尴尬。

　　允禩微笑着摇摇头，说："跟我家的那个小侍妾一个样，江南女子来京之后，怎么也进不了京城女人的圈子，福晋们聊得山南海北的，江南来的连话都插不上，晒在一边没话说。叫她过来。"

　　弘晳像是训狗一样，回转身瞪了一眼，向这边狠狠地甩了下头。

　　吴青卿不知所措地走过来，道了个万福，然后像个展示的花瓶般站着。这几年来，她就是弘晳那帮狐朋狗友跟前的花瓶，惯了。

　　允禩看看这对小夫妻，由衷地赞许道："大侄子艳福不浅嘛，你这媳妇儿长相不错，长相不错。嗯，说绝色也不算过份。"

　　弘晳的口气突然发狠了，"她叫吴青卿，绝色不绝色的另说，长相是他妈不错。叔叔你看着不错，侄儿我看着也不错。就跟我阿玛生前所说的一样的，满世界张三木头六的，别人看着她也不错。"

或许是这些话听得太多了，吴青卿面无表情地承受下来。

兴头上的允禩哪里听得出弦外之音。他对吴青卿说："侄媳妇，知道为什么要叫你来吗？八叔有个侍妾，也是个江南女子，在京城闷得慌，跟京城老娘们儿说不到一起，想找几个江南老乡作伴儿，唠唠嗑。"

吴青卿胆怯地看了看男人，方说："奴家在京城也没个伴儿，也闷得慌，八叔要是不嫌弃的话，就让我们认识一下吧。"

允禩向后偏了下头。"娇妹，出来吧。"

像变戏法一样，他的身后忽地闪出一个小女子，俩眼珠子滴滴溜溜地转，模样看得过去，倚在男人怀里一摇三晃的，一看就是个小妖精。

允禩指了指吴青卿，"这不，给你找了个老乡。认识一下吧。"

娇妹边赞叹着边走上前，"哟！这么漂亮。"她拉住了吴青卿的手。北俗云：老乡见老乡，两眼泪汪汪。两个孤寂的江南女子在京城相遇，用不着外人牵线，就会很快亲昵起来。她们马上对上家乡话了。

允禩说："还有一个呐。是前不久刚从苏州来的，我今天特意把她也请来了，给你们江南女子几个结个伙。"允禩兴奋地左顾右盼，总算看见了，向远处招招手，喊道："过来，过来。"

馨玉搀扶着李煦，慢吞吞地从阴影中走过来。

李煦不无埋怨地说："廉亲王，老奴得说一句你不爱听的话了。放眼瞅瞅，到这儿来给老太妃祝寿的都是些贝勒贝子、达官贵人，而老奴是落败之人，亲王大人何必叫我们父女来瞎搅和。"

允禩乐呵呵地说："光你个老帮子，本王爷不会搭理你。今儿个请的是你的养女。把馨玉请来，是要让她认识俩妹妹，给她撮堆儿的，老乡之间一块乐呵乐呵。"他回过头叫道："嗨！你俩，过来一下。"

吴青卿和娇妹唧唧呱呱聊得正欢，听到叫她们，马上过来了。

允禩不由分说，把不知所措的馨玉推到她们跟前，"给你们介绍一位姐姐，她也是你们的老乡，叫馨玉，从苏州来的。"

"呀！"那俩兴奋地惊呼一声，立刻拉住了馨玉的手，唧唧呱呱地说上了家乡话。看着这两不谙人世的小傻瓜，馨玉刚开始有些发蒙，等到明白过来后，不好驳廉亲王的面子，也跟着唧呱上了。

允裸双手抱在胸前，有滋有味地看着这仨人，面上放光。他在菜市口法场上闹腾的那一下子，出尽了风头，四哥却没敢拿他怎么着。这是他今天之所以兴奋的底座。没有这个底座，什么也谈不上。

到了这步，他又给娇妹找了俩伴儿，算是锦上添花。娇妹当他的侍妾好些年了，他不但没有玩儿腻，反而被她迷住了。娘的，吃饭有个南味，女人也有个"南味"。这个小骚娘们儿在床上打滚撒娇那两下子，回回让他又惊又喜，而且她不断有新鲜花样，让他惊个没完，喜个没够。不大尽如人意的是，她只是个侍妾，在府里没身份，没地位，总受嫡福晋和侧福晋的欺负，连个说话的人都没有。这下好了，这个小浪蹄子有伴儿了，有地方倒倒苦水了，往后心情兴许会好一些。

廉亲王看够了，转身扎到男人堆里海聊去了。不定又扯到什么高兴事了，他在贝勒堆里开怀大笑。看他那样子，他真的认为浪头躲过去了，年氏病亡，皇上向年羹尧、隆科多开刀没有羁绊了，他可以猫在一边看热闹了。热闹到一定时候，他不会让四阿哥那么滋润。

李煦却越想越犯堵。头两天，廉亲王府下了份帖子，让他带着馨玉到府上坐坐。他不知道是怎么回事，到这儿才知道是允裸生母卫氏七十寿辰。作为康熙朝的老奴才，给康熙太妃祝寿也是应该。没想到，廉亲王事后还安排了这么一出。

那边，三个女人凑在一起，热热乎乎地唧呱家乡话，并且毫无来由地发出咯咯笑声。

馨玉甜甜地看着俩妹子。吴青卿很放松，看来是在郑家庄憋屈得太久了。而娇妹边高声说笑，边下意识地微微扭动身子，还不时地拔下簪子，抿抿鬓角又给插回去。

看到此情此景，李煦心里暗暗叫苦。别人不知道，只有他心里明镜儿似的，这仨能来京城，一个抱的俩买的，根子都在他那儿。甭看她们在那儿说说笑笑，闹得不好，个个都没有好结局。

馨玉是他的养女，她那段身世就甭说了，一辈子得掖掖藏藏地活着；这个被称为娇妹的，他是头一次见，但可以料定，是他花八百两银子买的五个江南女子中的一个，五个都是给八阿哥买的，那四个看来玩儿腻味了，甩掉了，剩下的这个是硕果仅存；也是受八阿哥之托，吴青卿是从太仓买的，托曹頫送到京城，结果阴差阳错捅到了弘晳被窝里。

皇上是没有提溜这些事，但皇上也没有忘记这些事，一旦较真儿起来，她们仨的事儿，哪个都够喝一壶的。而那个兴头上的廉亲王，却不知好歹地把她们仨打了一个捆！

四十八、西直门−宗人府高墙−苏州织造府−平郡王府

雍正三年腊月二十九日，京城里家家户户都在筹备过年三十儿。

西直门城门大开，来来往往的有马车、骡车、骆驼队，最多的还是是进城出城走亲戚的人，是进城出城办年货的人。人流中有一个赶骡子的中年人，皮肤很黑，满脸褶子，一看就是长年奔波在外的。

京城九门，赶骡子的川流不息，而这位刚走出城门洞，几个人从背后扑过来，还没等他反应过来，就被牢牢按在地上。那几位一看就是专吃抓人这碗饭的，搜身动作很麻溜，三下五去二搜遍他的上身，又扒下他的鞋袜。被逮的这位不是个人物，史籍中甚至连他的名字都没有提到，只知道他是个赶骡子的，九门捕役从他的袜子里搜出一封信，正是这封信，掀开了有清一代宫廷斗争史中最血腥的一幕。

雍正初年，胤禛用冠冕堂皇的理由打发九贝子去西宁。新任抚远大将军年羹尧赴任之后，他等于被发配并且软禁在那儿了。雍正三年春，年羹尧补调杭州将军，对允禩的监视有所松动，他开始往京城的家里偷偷写信，家里也偷偷给他写信，信件由往来于京城和西宁大营的骡夫夹带。

在成千上万骡夫中，九门捕役既然能抓住夹带允禩家眷信件的骡夫，并从骡夫的衣袜内搜出信来，表明事前经过缜密侦察。信搜出来，是允禩儿子弘旸写的，于是马上提审弘旸。这封信被称为用"密码"书写的。而据弘旸供称，哪有"密码"，不过是阿玛寄来"格子一张，学习照样缮写书信寄去"。这跟孩子练字时填写九宫格或描红差不多。

密码书信一事很可能是栽赃。按康雍时的交通条件，西宁与京城隔若天渊，允禵与弘炀数月才有一次书信沟通。允禵离京去西宁大营时，是傻乎乎地准备接抚远大将军印信的，以那种心境，临行前绝对不会给儿子留下"密码本儿"，在这种情况下，无论是古代还是现代，没有事先的约定，双方不可能通过书信编制出只有对方能看懂的密码。

宫廷斗争有时不需要明确理由，没有明确的理由，完全可以制造出来。胤禛是这么放风的，只有在对敌国作战时，为了防止奸细，才使用密码，允禵居然也用这种手段，可见是要顽抗到底了。

雍正四年二月，大幕揭开了。在这个月，胤禛向活跃在朝廷的两大势力同时下手，年羹尧也好允禵也罢，来了个一锅烩。

二月，年羹尧被押送京城，他在狱中上疏："臣今日知道自己的罪了，若是主子天恩怜臣悔罪，求主子饶了臣。臣年纪不老，留下这个犬马慢慢地给主子效力。除了返命竭诚，恳求主子，臣再无一线之生路。伏地哀鸣，望主子施恩。臣实不胜呜咽，谨见死奏闻。"胤禛接到上疏时，议政大臣已罗织大罪九十二款，请将年羹尧正法，诛其父兄子孙。胤禛稍作更动："朕念年羹尧青海之功，不忍加以极刑，著交步军统领阿其图，令其自裁。"赦免其父年遐龄及其兄年希尧的死刑。年羹尧后代中，只有子年富处死，其余发往云贵边疆充军。

同一个二月。这天夜里，允禵正在被窝里与娇妹尽欢。

允禵正干的欢势呢，一帮捕役闯入，把他赤条条地从被窝里拽出来，任他嚎叫怒骂，给他套上个棉袍，像捆猪一样捆得结结实实。他被抬到当院，扔上马车。马车在静夜中的京城街道上疾驰。到他被松绑时，已身在一间黑屋里。没有人告他为什么抓他，只有狱卒朝他嚷嚷了几声，他听懂了，原来是皇上有谕，将他交宗人府，监禁于高墙之内。

几天后，他平静一点了，听见有人在隔壁号子哭泣。隔着墙喊，原来他儿子弘旺也被抓来了。又过了几天，狱卒告知，皇上赐给他和他的儿子各一个新名字，他叫"阿其那"，意思是狗；他儿子的新名字没这么损，叫了个"菩萨保"，来由是弘旺在高墙内整天祈祷菩萨保佑。

"阿其那"、"菩萨保"。他通过这俩新名字琢磨出了胤禛的情绪。老四这口气看来憋了数年了，高墙圈禁还不够，还要糟蹋名字出气。他的名字，他儿子的名字都是先皇起的，不是想改就能改的。既然连名字都改了，那么老四这次是放不过他了。

过了些日子，允禵的猜测被证实了。那天，他听到院子里有人高声叫骂。他踮起脚尖，扒着囚窗向外看，原来是允禟来了。是从西宁大营押解回京论罪的。狱卒冲着允禟喊："听着，你的名字改了，皇上赐给你一个新名字，叫'塞思黑'。懂是什么意思吗？"

允禵悄声代允禟应着，"懂，塞思黑就是猪。"他慢慢地离开囚窗，坐到地上，失神地望着屋顶。

阿其那，塞思黑。胤禛给政敌起了这么俩名，既把政敌往烂泥里踩，也是往自己脸上糊泥巴，市井无赖之间吵架斗殴，无非是这么谩骂。胤禛把皇权之争降格到这样一个水准，可见他对允禩、允禟怀有多大的仇恨了。

允禵终于懂了，老四这次不是拿谁撒气儿，而是要将与之不对付的阿哥们一锅端，是要将他们置于死地。

这年，从春到夏，京城中风声一直很紧。过去没有抓的现在抓，过去抓了的现在杀。不仅整治活人，还整治死人。

鄂伦岱与阿尔阿松本来已发配充军。但在三月间，京城旗兵赶到山东左卫，将他俩诛于戍所，而后焚尸扬灰。

苏努死于发配地。胤禛意犹未尽，下令将他们的的子孙分散数省监禁，并穷追苏努余党。这么一来，牵扯的人可就多了去了。

明珠家老茔在京城东郊，被一伙旗兵砸了。明珠之子揆叙的墓碑改为"不忠不孝阴险柔佞揆叙之墓"。与此同时遏比隆家的老茔也被砸了。遏比隆的儿子阿灵阿墓碑改为"不臣不弟暴悍贪庸阿灵阿之墓"。

允禩继续被押在宗人府高墙中，允禟押送到保定监禁，允䄉被从马兰口皇陵押解回京，与子白起一道关押在景山寿皇殿。允禩、允禟、允䄉哥儿仨分别圈禁于三处高墙。诸王大臣趁热打铁，奏议阿其那罪状四十款，塞思黑罪状二十八款，允䄉罪状十四款，并"请正典刑"。至此惩治这哥儿仨的手续走完了，要杀要剐还是要怎么着，就等皇上一句话了。

江南的早春一般不下大雨，可今儿真邪性。

曹頫骑着马出门，没走多远，一场暴雨劈头盖脑地落了下来。

大暴雨呼啸而至，就像千军万马在空中，每个兵卒举着一挂几十丈长的炮仗，每匹马的尾巴上也拴着几十丈长的炮仗，所有的炮仗都被雷公点燃了，人疯了，马惊了，天空噼啪响，乱套了。

路边有人家，有小店，不是没地方避雨，而是没时间避雨，两江总督府让曹頫马上赶赴苏州织造署。滂沱大雨中，他骑马在雨幕中疾驰。江南的土地承受这么大量雨水的时候不太多，雨水在田野上、土路上东奔西窜，找不到充分容身的地方，不大会儿低洼地里就积满了水，马跑过几乎淹着肚子。

雨滴像箭簇似地，砸在脸上生疼，他顾不过来想。占据满脑子的是，两江总督府火急火燎让他赶赴苏州织造府干什么？

他担任江宁织造后还没碰到过这种事。一大早刚爬起来，正在床上伸懒腰，两江总督府官员快马赶到，催他赶赴苏州，一刻不得耽搁。问是什么事，捂得严严的，滴水不漏，只说到那儿就知道了。而且不得乘轿乘船，赶时间，乘快马。带着人去太累赘，自己去。

这段日子，皇上一只手收拾年隆余党，一只手收拾允禩朋党，按说腾不出空来，可忙里偷闲给了江宁织造府一下。近来庄亲王允禄参了一本，称御用绸缎轻薄，曹頫因此被罚俸一年。在他使劲补亏空时，罚俸无异于雪上加霜。但是，就这样还算便宜他。依照清律，御用绸缎轻薄应抽五十鞭子。现在突然叫他赶往苏州织造府，是不是绸缎的事？不像。如果是绸缎轻薄的话，不至于这么急。

暴雨下不久，出江宁时雨停了。曹頫在常州驿站换马，过镇江驿站换马，到苏州时天已是下午。接近苏州织造府，他感到不对头，怎么啦？大门处围了这么多人，个个面露诡秘之色，却是谁也不吭声。

他滚下马鞍，三步并两步跃上石阶，刚要拍门，里面像有所备，大门忽地开了，一支手把他拽进去，大门随即关严。

昔日繁忙的苏州织造府院子像是死了。帐房师爷和织工挤了一院子，但都是呆头呆脑的，有的站，有的坐，没人说话。

他的气儿还没喘匀，就征询环顾四周，这时终于有人开腔了。一个库使模样的人拽拽他的衣袖，"曹织造，请您跟我来一下。"

几个人头前走，他在后头跟着，穿过一层院子，进入跨院。他知道，原先李煦的家就在这里，这个院子他不知来过多少次。胡凤翚接任苏州织造后，也把家安在这里。

这是个京城格局的四合院，他打小就和连生一块来过，和馨玉在一块淘，一块闹，一块疯，那时候院里院外漂浮着融融的暖意。而现在怎么啦？院子里阴森森的，空气中飘散着不祥的气息，显得那么污浊。

北面是宽阔的正房。几个师爷推开门进去。他到这时才觉得不对头。江宁织造到苏州织造府，苏州织造胡凤翚怎么不露面呀？

一个兵丁探出头说："曹织造，您进来看看吧。"

曹頫跨过门槛，眼一扫，身体不由打了个晃，被身后的人一把托住。

地上躺着四具尸体，一男三女，全都穿得齐齐整整的。

他掏出手巾捂住嘴，不让自己呕吐出来。弯腰看看，第一眼就认出那个男的是胡凤翚；他也见过那个年长一些的女人，她是胡凤翚的正妻；那两个年轻女人他没有见过，但显然是妾。

库使爷示意地向房梁指指，他顺着所指方向看去，房梁上吊着四根打环的绳子。他点点头，表示懂了。

库使哭了，抓起衣襟边擤鼻涕边说："胡织造头些日子被两江总督府传去问话，还打了他。从江宁回来后，整天唉声叹气，说朝廷饶不了他，怎么收拾年羹尧就会怎么收拾他。我们说不至于，年羹尧贪赃枉法，罪有应得，您也没做对不起朝廷的事。他什么也听不进去。昨天上午，胡织造还到织房转了转。中午，他和夫人、俩少奶奶吃了顿好的，饭后就一块自尽了。"

曹頫叹了口气，走出正房，在院子中间傻傻地站着，颇有些沧桑之慨。那次查处李煦，就是胡凤翚宣旨，那时他背靠年羹尧，那份神气活现。可是转眼间……这件事很清楚，胡凤翚正妻的妹妹嫁给年羹尧，胡凤翚和年羹尧是江南所说的"挑担儿"，年羹尧一家处死的处死充军的充军。两江总督府为了向皇上邀功，把这位"挑担儿"也审了一通，连问带打，把他吓着了。回来后想不开，就带着全家走了绝路。

宣武门内石驸马大街平郡王府一如旧貌。

就像京城里星罗棋布的王爷府一样，是一场大风暴中的一个小风暴眼。来自京城内外的各种消息传到这里。它貌似平静，其实里面紧绷着弦。

到了这步，平郡王纳尔素坐不住了。阿其那、塞思黑要杀要剐，跟他无关，而对前抚远大将军允禵的处置则与他息息相关。他作为允禵的副手，吃瓜络是早晚的事。他曾经想过活动门路，但是转念想想，祸要是真来了，躲也躲不过去。他索性在家等着。

八月下旬，天气稍稍凉快一点了，曹佳氏想侄儿了，让人给李煦捎个信儿，请馨玉带着孩子到家里坐坐。想起来怪难为情的，总听人说起馨玉，可馨玉来京城这么久了，居然还没有见过面呢。

馨玉得到信儿就动身。她手头钱紧，搂着曹霑乘一顶小轿从广渠门里来到宣武门内石驸马大街平郡王府。

娘俩刚下轿子，福彭就冲出大门，搂着曹霑就要往上抛。可是一掂份量，他放了下来。久日不见，小家伙怎么一下长大了？可不，曹霑十二岁了。这个年纪是个坎儿，到了这个年纪，不再是小孩子了，那算是个啥呢？算是个大孩子呗。

曹佳氏可不管是大孩子还是小孩子，在她眼里，曹霑只是苦命孩子。她见到曹霑就想起弟弟连生，搂着曹霑就哭。哭够了，她拉着馨玉的手，看个没够，三十来岁的人了，还那么俊俏。她想跟弟媳妇拉拉家常，可是让突如其来的一声喊给搅了。

几个太监边说着边跨过门槛，嚷嚷着："平郡王纳尔素听旨——"

纳尔素早有准备，见状倒也不忧，一边跪下，一边对那几个来宣旨的太监说："我估摸着这几天就得找我，等你们有日子了。读吧。"

太监展开一轴黄缎子，张嘴就要读。纳尔素站起来说："慢着。处置本郡王的谕旨，备不住是些血乎啦的字眼儿，别把我家的女人和小侄子吓着。他们出去后你们再读。"

太监遂客气地对曹佳氏说："女人和孩子先找个地儿避一避。"

曹佳氏二话不说，一手拉着馨玉，一手拉着曹霑，出了门。屋里只留下纳尔素和福彭父子。

他们出门，来到下一层院子，进入曹佳氏就寝之处。没人吭气，就在那儿坐着干等。半个时辰后，纳尔素和福彭父子回来了。

曹佳氏腾地站起来。"怎么说的？"

父子二人脸上挂着古怪的微笑，表情都是怪怪的，好像是虚惊一场但又不知道该从哪儿说起。

曹佳氏急了，"你们倒是说嘛，都让人急出尿来了。"

纳尔素虎着脸说："也不知是宗人府哪个猴儿子参了一本，说我在西宁大营'贪婪受贿'，奏请皇上对我永远停止俸禄。"

曹佳氏大为火光，"永远停止俸禄，那家里还过不过日子啦？这是在放屁呢！皇上听宗人府的啦？"

纳尔素说："皇上比宗人府说得还邪乎。那几个文绉绉的词儿是怎么说的？我说不来，你给你额娘学学。"

福彭坐下，捏捏眉心。"皇上说阿玛'行之卑污'、'贪劣素著'，意思是贪财都出名了。还说阿玛掌抚远大将军印信时，'更肆婪赃，索诈地方官银两'。又说阿玛回到京城后不思追悔，'仍犯法妄行，情属可恶'，如果仍然让他当王爷的话，那就把王爷的名号玷污了。"

曹佳氏说："皇上把你说成个大混球了，就没有说怎么治你？"纳尔素心有余悸地挠挠后脑勺，"总算没把我扔到高墙里圈禁起来。革退多罗郡王王爵，在家圈禁。今后我是出不了家门啦。"

曹佳氏抓住什么就抢打什么，好一阵摔摔打打的，摔打了东西撒了气，说："不让当王爷咱就不当，要圈禁咱就圈禁。福彭也大了，成婚了，咱不当王爷，圈禁在家抱孙子玩儿。"

纳尔素向儿子眨了眨眼。"皇上还有话呐。"

曹佳氏又急了，"皇上还说啥啦？快说！别卖关子了。"

纳尔素慢悠悠地说："皇上看样子是听信西宁大营的流言了，说我与十四阿哥允禵素来不和。皇上跟十四阿哥不和，我也跟十四阿哥不和，碰巧和皇上坐到一条板凳上啦。"

曹佳氏刚提起的情绪又低落下去，"那管个屁用！你与十四阿哥和不和，都是老皇历了，提它干嘛，既不当吃也不当穿。"

"是不当吃也不当穿，但皇上因此放了我一马。"

曹佳氏鄙夷地说："王爵都革退了，圈禁在家，还放了你一马。"

纳尔素慢悠悠地说："但多罗平郡王王爵没出咱家。"

"咋回事？"

"我的王爵被革退，由儿子福彭承袭多罗平郡王。"

曹佳氏喊了起来："糟老头子，你咋不早说呢。"

纳尔素呲牙一乐。"现在说也不迟呀。"

曹佳氏顾不上老头子了，转向福彭，像看陌生人般看着他，深情地摸摸他的脸，半响才说："从这会儿起，你就是咱家的王爷啦！"

福彭怪不好意思低下头，冲着曹霑偷偷笑了笑。

一直留神听、留神看的曹霑小声冒了一句："福彭哥哥成王爷了。"

福彭急于摆脱这个尴尬场面，拉住曹霑的手，"什么王爷不王爷的。咱俩走，表哥带你玩儿去。"

曹霑没有挪窝，而是慢慢地抽出了手，托起腮帮子，歪着脑袋，久久地盯着表哥。表哥比他大八岁，刚满二十岁。多逗哇，刚才还一块闲聊呢，转眼就成多罗平郡王了。真逗。

四十九、宗人府高墙－正阳门外四合院

短短的几个月，高墙圈禁把八阿哥允禩给折腾苦了。雍正四年的酷暑刚熬过去，九月初他在高墙间病了，病得不轻。根据顺承郡王王锡保的奏报，史籍中留下这样几个字："染患呕症"，"不思饮食"。

他躺在号子一角，几乎变得认不出来了。双颊塌陷，胡子拉碴，头发乱七八糟披散着，因发烧而面色潮红，呼吸沉重，额头冒着虚汗，大滴大滴的汗珠滚到身下的稻草上。稻草都捂得发霉了，里面尽是耗子，在他的脸边、身边、手边窜来窜去。

他没病倒时，也常见到耗子，可它们那会儿没有这么猖獗，见人还知道躲躲。现在倒好，连耗子也知道他快不行了，如出入无人之境。唉！常听人说大牢里的耗子闹成精了，现在算是见识到了。

他在昏迷中听见"吱儿"的一声尖叫。扭脸一看，一只耗子被一只靴子踩住了。靴子使劲一捻，那只耗子当时就没命了。顺着靴子往上看，一个官员挂着冷笑，正居高临下地看着他。这是一张他忘不掉的脸，只是发烧发得迷迷糊糊的，一时想不起来是谁，在哪儿见过。想起来了，玛哈噶喇庙！是查弼纳这老小子。这张曾经从"九链"的链子堆里探出来的脸，深深地烙在他的脑子中。

查弼纳干什么来了？一个念头惊恐地掠过。

查弼纳像是洞穿了他的所思所念，半蹲下，右肘撑着右膝，说："你想问我干什么来了，是吧？不要以为本官是听说你病了，来看看。不是这么回事。不是！你的确病得不轻，但你不管病成什么样，就是快要蹬腿了，也不值当本官前来探视。老实说，你不配。"

他用尽余力，挣扎起来。"那就滚出去。"

查弼纳站起来，"皇上有谕，在阿其那蹬腿儿之前，有的话得告诉他，要交底。知道吧，阿其那就是你。看来你是快不行了，到对你交底的时候了，让你蹬腿儿也蹬得明明白白。我，就是干这个来的。"

他阖上眼，把脸扭向了一边。

查弼纳又半蹲下来，右肘撑着右膝，慢条斯理地说："不想听，是吧？不想听也得说给你听。话得从玛哈噶喇庙说起。那次你夜审我，我熬不住'九链'，把所知道的隆科多党徒搂了个干净。都是谁呀？掰着手指头算算，有揆叙、阿灵阿、七十、鄂伦岱、阿尔阿松，还有我的亲家苏努。好嘛，皇上像是拿着我的供词惩治朋党逆臣的，我那天夜里所供的几位，近几个月全都被整趴下了，连死人也没放过。而这份供词，嘿嘿，是你从我嘴里抠出来的。"

允禩微微睁开眼，咧开嘴笑了，"查弼纳，你是癞蛤蟆跳到秤盘上了，还不知道自己几斤几两重呢。像你这样的松包软蛋，用不着本王爷费力气'抠'。审你那一夜，本王爷都睡着了，你整个儿是被'九链'吓出了屎，所供认的那些话，都是自己从屁眼里拉出来的。"

对这话，查弼纳不但不恼，反而歹毒地笑了笑，说："不错，是这么回事。但在玛哈噶喇庙审我的是你。这就够了！"

允禩有些茫然，"你说这话是什么意思？"

查弼纳歪歪脖子，"想过吗，为什么皇上让你来审我？而且审的是隆科多勾结党羽的事情。"允禩说："既然是皇上交办的事，想那么多干什么。"

查弼纳正脸站起来，"所以四阿哥能当成皇上，而你八阿哥就当不成皇上。到现在还稀里糊涂的。明着告诉你，皇上让你审我，名堂可大发去了，一句话，是要把你和隆科多撬开。"

允禩讥讽地撇了撇嘴。"糊涂庙里供着一尊糊涂神。这叫什么话？我和隆科多本来就没有搞到一起过，用不着四阿哥来撬。"

查弼纳似乎当真惋惜。"错了不是。你的人与隆科多的人本来就是串着的，都是宗室或重臣之后，有千丝万缕的勾扯。我供出来的那几个人，不仅与隆科多结党，而且也都与你相善。想想揆叙和阿灵阿，那年在畅春园，正是他俩在先皇面前极力保举你当太子。如果他俩的算盘得逞了，恐怕现在躺在稻草上喘气儿的，就是四阿哥而不是你了。"

允禩有所悟，鼻孔里长长地喷出两管气。

查弼纳说："隆科多党人过去能帮你，后来就不会帮你啦。"

允禩烦躁地挥了挥手，"别胡扯海吹了。你把我成当憨大郎了。康熙六十一年十一月，是隆科多在畅春园宣布的先皇遗言，四阿哥因此即位。隆科多与四阿哥好得穿连裆裤，四阿哥对我恨之入骨，隆科多会助我？"

查弼纳显得挺诚恳，"这可是真的。有奶就是娘。隆科多也是个见风使舵的主儿。他是皇上的舅舅，也是你的舅舅。隆科多帮过皇上，宣布圣祖遗言是他给皇上帮的最大的忙。后来，他则与皇上搞不到一起，离心离德，一点一点地在倒向你。皇上近来回顾那段时是这么说的，隆科多一伙'协力欲将阿其那致之大位'。话是什么意思？听清楚了，阿其那是指你，隆科多一伙是准备帮你，要把你推上皇位的。"

允禩沉思了片刻，突然伸出手拧住查弼纳的一只耳朵，并用小指紧触他的腮颊，这种戏谑动作，俗称"猴儿剔牙"。他厉声说："皇上会有这话？你要是扯谎，就是到了哈什罕儿，我也饶不了你。"

哈什罕儿是元朝对新疆喀什地区的音译，清朝用这个词代表天边的遥远之地。

查弼纳疼得龇牙咧嘴的，"我今天来就是托底来的。八阿哥您怎么横针不知竖线的，连个好赖话都听不出来？"

允禩松开了手，"照你这么说，皇上让我审你是以毒攻毒。"

查弼纳一拍大腿，"八阿哥到底聪明，总算琢磨出点意思了。审我查弼纳，审的是党附隆科多的党徒，在揪隆科多这条老狗的尾巴，这种事本来只能悄悄干，却很快传开了。朝臣中多有隆科多党徒，人家本来有点向你靠的意思，听说这事后，还敢跟你搭茬儿吗？不敢了，都像防贼一样防你。是谁把这件事透出来的？明着说，既是皇上让你审我，又是皇上把你审我的风放出去的。皇上略微抖抖手腕，隆科多党人便对你避而远之，本来可以搭帮的两伙，就这么被轻巧地拆开了。"

允禩不由自主地拍了拍脑门。

跟查弼纳说的一样。他夜审查弼纳没几天，各王爷府就叽叽喳喳地议论这件事。当时他就纳闷儿，审两江总督是大事，只有皇上和他知道，是谁这么快透出去的？还有，不少素日与他不错的朝臣开始躲着他，有的贝勒贝子见了他犹恐避之不及。他又纳闷儿上了，这些人是怎么啦？现在他明白了。在玛哈噶喇庙夜审查弼纳，是皇上做的一个局。他一旦上了套，隆科多党人马上对他警觉了，随即与他拉开了距离。

好一个阴毒的老四！到他大彻大悟时，心口不由一阵剧烈的绞痛。

查弼纳说："底交得差不多了，本官该走了。"

查弼纳站起来扭头就走。

允禩捂着胸口，吃力地撑着坐起来，说："等等。"

查弼纳回转身，"你还有事要问？"

允禩只是心里翻搅得厉害，而想了想，又没有什么具体的事要问，于是又重重地躺了下去，双目呆滞，对着屋顶喘粗气。

查弼纳走近他，"你没什么要说的，我可还有事要告诉你。"

允禩已是万念俱灰，"说吧。"

查弼纳说："十天前，九阿哥胤禟在保定监所死了。"

甚至这个消息都引不起他的震动。他直愣愣地盯着屋顶，嘴唇轻轻动了动："怎么死的？"声音小得几乎听不到。

查弼纳说："监所里面太热，中暑晕死过去，就再没醒过来。"

允禩的唇角挂着苦笑，"九阿哥太胖了，胖人本来就怕热，又把他捂到不透风的号子里，活活闷死的。"

"大概就是这么回事。"查弼纳边说边向后退着。

允禩的嘴唇微微动着，"代我转告老四，甭为我操那么大心。让你来托底，不就是要告我，他耍了我一场，气气我，盼着我早点见阎王吗。行啊，老八遂他心愿，这几天就追随老九去了。"

查弼纳到宗人府高墙的时间为九月初四。他走后六天，也就是九月初十，顺承郡王王锡保奏报，允禩死了。

京城的四合院都是瓦房，屋顶覆瓦，前后坡都按纵列覆盖，中间留有仰瓦做沟，使雨水流下，叫瓦垄。风把沙土扬到瓦垄里，风把草籽儿也卷扬到瓦垄里，于是瓦垄里面有土有籽儿，野草就长起来了。

李煦住的那个四合院，屋顶上面就尽是野草。野草的生命力本来就特强，经过一春一夏的雨水滋润，长得十分茂盛，特别是初秋时节，它们都长疯了，长成一蓬一蓬。入冬之后，野草枯了，但跟地上的枯草不一样，地上的枯草被人脚畜蹄踩秃了，渐渐没了。而房顶的枯草没有人畜踩，即便是枯黄枯黄的，也依旧是一蓬一蓬的，在风中抖动，给整幢院落造成凄凉景象。

一蓬蓬枯草下面，院子里呜呜淘淘地泛着哭声。哭声是从西耳房里传出来的，那是馨玉的住房。但不是馨玉在哭，哭的是娇妹。

娇妹憋着一肚子委屈。廉亲王在宗人府高墙间升天了，亲属们领回遗体，草草入殓，找块野坟埋了。办丧事时，允禩的那些嫡福晋与侧福晋怕别人家看笑话，没拿娇妹怎么样。人一旦入土了，娇妹可就遭老罪了，不仅昔日的嫡福晋与侧福晋欺负她，连家人也对她推推搡搡，谁都敢欺负她，谁让她是从江南买来的、无依无靠呢。

她呆不住了就往李煦的四合院跑，找馨玉诉苦。每次诉苦都大哭一场。这一次，她哭的时间特别长。她哭着，馨玉抚着她的肩，看她的头发乱得不像话了，还帮她拢拢头发。

西耳房外面，李煦一动也不动地坐在院子里，脸上的皱纹显得更多更密了，湿润的眼睛黯然无光，双手放在膝盖上，这是一双褐色的、干枯的手，手背上的皱纹多得惊人。娇妹的哭声阵阵传来，他仿佛没听见。

他自语着："唉，八阿哥走了，九阿哥走了，该走的全走啦，下面轮到我们这些老奴才了。"他吃力地站起来，推开门，进入正房。

在正房里，曹霑正在摇头晃脑地背诵什么。他的爷爷曹寅曾经主持刊刻《全唐诗》，他喜欢这个，没事就背诵几首，但从不读出声。

"背唐诗呐？"李煦仿佛是随意问的。

曹霑眼睛盯着诗集，心不在焉地"嗯"了一声。

李煦看看孩子，冷不丁冒了一句话："姥爷也给你背一首。"

曹霑几乎不敢相信，"您要给我背诗？"

李煦的眼睛里闪着慈祥的光泽，"但不是唐诗。你听吗？"

曹霑急忙放下诗集，托起了腮帮子，等着。

李煦坐下，眯着眼，认真地回忆着诗句。

曹霑忍俊不禁，扑哧笑出了声，"还从来没听过姥爷背诗呢。"

李煦说："别笑，别笑，一笑姥爷就忘了诗句了……想起来了。姥爷只给你背上半阕，下半阕就不背了。"他轻咳几声，清清嗓子，踱到窗前，看着窗外，吟诵起来："静锁深宫十七年，谁将故国问青天？闲看殿宇封乔木，泣望君王化杜鹃。海国波涛斜夕照，汉家箫鼓静烽烟。"

曹霑等了一会儿，问："完啦？"

李煦慈爱地摸摸曹霑的头，"上半阕完了。下半阕是说写诗的这位如何怀念诗里所说的'故国'和'君王'，但没辙，只得终日诵读经文，乞求苍天保佑等等，其中有这样四句：红颜力弱难为厉，惠质心悲只问禅。日诵菩提千百句，闲采贝叶三两篇。就这。好吗？"

曹霑的眼睛忽闪了几下，"听不出写得有多好。这是谁写的？"

"这首诗哇，是林四娘写的。"李煦说着抄起手边的一本书。看样子，这是一本已被翻阅很长时间的书，书边都卷毛了。

"林四娘是谁？"

"是个鬼。"

小家伙完全糊涂了，"林四娘是个鬼？鬼还会写诗？"。

李煦缓缓说："听姥爷慢慢说给你听。清初，有个蒙古商人流落到了山东淄川。他有个儿子，叫蒲松龄。蒲松龄自小热衷功名，但屡试不第，遂广泛涉猎诗文词赋，并自号聊斋先生。康熙年间，聊斋先生写的《铸雪斋抄本聊斋志异》刊刻行世。老爷手里拿的这本就是几年前在街上买的，里面都是些鬼怪短篇，尽是捉神弄鬼的事，挺好看的。"

曹霑来了兴趣，"那林四娘是怎么回事？"李煦把指尖放到唇边蘸蘸，翻开书，边看着边说："《聊斋》中有《林四娘》一文。文中说：有个叫陈宝钥的福建人，有一天在青州夜遇林四娘。据林四娘自述，她原本是'衡府宫人也，遇难而死十七年矣'。她都死十几年了，当然是鬼啦。但这个鬼有一肚子话要说，所以才写了这么首诗。"

"林四娘写这首诗想说些什么呢？"

"当然是怀念过去的事啦。她每天所念想的,就是诗里所说的'故国'和'君王'。诗里曲里拐弯儿地说,林四娘所在的国家被异族灭了,君王也在亡国之时死了,这位君王大概是战死的,所以林四娘才盼望他'化杜鹃'。"说到这儿,他的眼里闪现出了泪光。

曹霑有点慌神,"姥爷,您这是怎么啦?"

李煦用巴掌边蹭蹭眼角,"没啥,没啥。"

曹霑偏头想了想,"不对。您肯定有点什么事儿。今天是我第一次见到姥爷背诗,那么些好的唐诗您不背,却单挑这首'鬼'写的诗,而且说着说着还掉泪儿了。您是不是认识林四娘?"

李煦努出个笑脸,极力掩饰着。"哪儿是哪儿啊,林四娘跟姥爷差着朝代呢,再说她是个鬼,姥爷到哪儿认识她去呀。"

曹霑拉着姥爷的胳膊,不依不饶地说:"不对,不对。这首诗让您扯心扯肺的,一定有事。您得告我,您得告我,您得告我。"

李煦被纠缠不过,无奈地说:"好吧。姥爷告你。"

曹霑立马安静下来,右手支起腮帮子,歪着头等着。

李煦的双目慢慢闭拢,像是回忆辽远的往事,声音有些喑哑。"小子,听好了。聊斋中的故事大多是编的,而《林四娘》所说却是真事。那个福建人在青州遇到林四娘,实有其地,即是山东青州;林四娘原本'衡府宫人',这就更真了。明朝,宪宗之子朱佑辉封衡王,成化年间就藩山东青州。青州一带是衡王封地,朱佑辉的子孙后代世袭衡王,直到明亡。林四娘是'衡府宫人',就是衡王妃。是哪茬儿衡王的妃子呢?听清楚喽,这个'鬼'在怀念'故国',那就只能是最后一代衡王的妃子,她是眼睁睁地看着明朝灭亡的。在她死后十七年,昔日的衡王宫殿已是遍地衰草,'闲看殿宇封乔木',亡朝后的衡王府就是这个样子。所以说,全诗都是真儿真儿的。懂吗?"

曹霑似懂非懂,他听着直犯困,仍然忍不住想,即便都是真事儿,姥爷也犯不上为了这么首诗掉泪儿呀。

李煦自顾自地说:"姥爷知道你的小脑瓜琢磨什么呢。你在想,这首诗跟姥爷有什么勾扯,是不是?明末崇祯十五年,清军入关,直取山东,克三府十八州六十余县,都是衡王地盘,衡王率部和内犯清军打了一仗,结果败下阵来,仅衡王府就有数千人被杀。捣到根儿，林四娘那首诗说的就是这段事。'海国波涛斜夕照，汉家箫鼓静烽烟'，'海国'是谁呀？唐朝时东北有渤海国，满洲自称渤海后裔。'汉家'是谁呀？大明嘛。大明被打败了，歇菜了。小子，听懂了吗？"

曹霑的俩眼皮直打架，含混不清地吐出仨字："不大懂。"

李煦庄重地说："听不懂就硬记住。在大清，满洲定鼎中原，天经地义。谁也不敢提明末抗清之事，怀念故明，闹不好要杀头。但蒲松龄是蒙古人，满汉之争，满洲八旗灭汉家王师，没人家蒙古什么事。他住在山东淄川，距青州不远，那儿流播的衡王、林四娘传闻，他听到不少。此人既不当官也不在旗，没顾忌，搜集来的事，编巴编巴就搁到书里了。好在他对这个'鬼'写得挺隐晦，刊刻成书后，愣是没让官府发现。"

"那怎么就让您发现了呢？"

李煦苦笑了一下，"赶巧了。"

"您给我说说，是怎么赶巧的。"

李煦把书阖上，重重地一拍，"问到这儿，就问到姥爷的家世上来了。姥爷的上世世居山东昌邑，距青州不远。我爹叫姜士桢，乃是衡王手底下的一个兵。崇祯十五年十二月，他才二十岁出头，内犯的清军一路攻城拔寨，打到了青州，他追随衡王与清军打了一仗。"

"你爹叫姜士桢，那你怎么姓李呀？"

"倒是听姥爷慢慢说呀。"

他沉痛地俯下头来，一下复一下地拍着膝盖。"那一仗，尸横遍野，衡王被打败了。姜士桢被清军正白旗的一个佐领掳去，他叫李西泉，姜士桢被他收作义子，改作李姓，成为李士桢。第二年，李西泉就带着李士桢'从龙入关'了。李西泉是皇室包衣，李士桢随他，也成了皇上家的包衣。姥爷的正白旗包衣籍就是这么来的。小子，听懂了吗？"

曹霑没有回答。打记事起，姥爷从来没有这么郑重其事地跟他说过话，这是第一次。而且一口一个"小子"的叫他，之所以拔辈份，是要表明今日所谈不是随便的。但说了些啥呢，说来说去，是一个蒙古老书生写的东西，八竿子打不着的林四娘、衡王，又从这儿说到山东那儿的青州，说到姜士桢。说了一大串，他的小脑袋都被绕糊涂了。

曹霑的双手托住两边的腮帮子，眼睛忽闪了几下，问："姥爷，问您个事儿，您怎么想起跟我说这些了？"

"哎？是啊，姥爷怎么想起跟你说起这些了？"他像孩子般挠挠头皮儿，思索了一阵子，一抬头，"好你个小嘀咕神儿呀，你可把姥爷给问着了，姥爷还得好好想想。"

曹霑刚要笑，姥爷喝住了他："别笑！说这些事儿可不能笑。"曹霑被姥爷的神态吓着了，六神无主地点了点头。

李煦绷紧了脸，伸出指头点点他的小脑门，加重了语气，"为什么对你说这些，廉亲王死了，姥爷也差不离儿了。弄得不好，这些日子就得随廉亲王而去。老天爷给姥爷留的时候不多了，再不说这些就没时候了。好不容易，今儿逮个空儿告诉你。"

曹霑害怕地问："廉亲王不在了，他走他的，您怎么也得跟着？"

李煦一把将他搂过来，搂得很紧，他几乎喘不上气来。他抬头看看，姥爷已是老泪纵横。

几句沉重的话飘荡在曹霑的耳畔："因为姥爷是个奴才，是皇上家的家奴，皇上家里打架的时候，当奴才被夹在当间儿，不跟着这拨完蛋，就跟着那拨完戏。姥爷时候不多了，兴许没几天了。今天这些话不是随便说的，一时半会儿听不懂，不当紧，你得给我记住！过个十年八年，过个二三十年，你兴许会明白姥爷今天说这些是什么意思。记住了吗？"

曹霑紧抿着嘴唇，使劲点了点头。

李煦说："过些日子，你大了，想不起姥爷是什么模样了。你要是想姥爷了，你就记住，姥爷是个狗奴才，是个王八蛋奴才！奴才是个什么臭德行样，都在我这张丑八怪瘪咕脸上写着呐。记住了吗？"

曹霑在使劲点头的同时，两股热泪流了出来。

五十、正阳门外四合院－内务府慎刑司

李煦对曹霑说那番话的日子，是雍正四年腊月。过了几天，就进入雍正五年正月。李煦料定，这几天祸就会找上门。

新年那几天，他等得都有些着急了。抓了那个抓这个，连已经流徙的，已经死去的都不放过，他直纳闷儿，怎么还不来抓他呢？

那天是雍正五年正月十五，京城里，家家都在过元宵节。傍晚时分，到处是炮仗响。正阳门外一带住的穷人多，但穷人也要过新年，也要放炮仗，李煦住的小四合院左近，也是噼里啪啦的。

穷人多的地方八角鼓就多。八角鼓兴自满洲，它的一面蒙着蟒蛇皮，鼓身扁平，八面，各面有空隙，空隙中嵌两个小铜片，如镲形。唱者自持，随唱随以指弹奏，兼有鼓声和小铜片摇动而发出的"哗啷哗啷"声。年节里，多有穷人到富人家门口拨弄八角鼓，想图个赏儿。

李煦住的小四合院门前，有几拨玩儿八角鼓的，哗哗啷啷的响个没完。不知道的以为这家挺有钱。李煦没让人出去打发八角鼓，出不起那份银子。全家聚在一起吃晚饭，一种不祥的气氛笼罩着饭桌，桌上八碟八碗，全是菜，有荤有素，却没人怎么动筷子。

京城子民都知道，雍正皇帝治下，喜欢年节里抓人，图的是让一家子在大喜的日子里大悲一场。谁知道今儿会怎么着？

炮仗的噼里啪啦和八角鼓的哗哗啷啷，遮盖了其他声音，以至于他们听不到开门声，听不到靴子的走动声。

待到抬头时，见到几个挎着腰刀的捕役，扎着膀子晃晃荡荡地进来了。

一个衙役边叫着边向着饭桌抱拳打拱，说："唉哟嗬！吃着呐。大节下的，哥儿几个搅了你们一家子的元宵节，诸位就担待点吧。"

另一个衙役流里流气瞟着女眷，"唉哟嗬！热热乎乎的团圆饭！哥儿几个一来，你们怕是团圆不成喽。"

他们以为这家人没见过世面，见到他们会哆嗦成一团，会给他们上菜上酒，殊不知，这家人曾经在江南风光多年，是接驾人家，又经历过苏州查抄，经历过押送京城，经历过崇文门变价。正如京俗所云：拔了眉毛当哨吹。人家什么阵仗没见过，哪在乎几个獐头鼠目的衙役。

一家子照旧低头吃饭，没理会进来的人。

一个衙役一眼瞄上了饭桌上的一盘点心。"唉哟嗬！爱窝窝。唉哟嗬！萨其玛。"爱窝窝是用糯米制作的风味小吃，包上各种糖馅，圆形，雪白。

他们以为来了一通"唉哟嗬"，就算是打了招呼，伸手就要拿。女人们不客气地把几盘点心挪开，放在他们够不着的地方。

衙役们讨了个没趣。打头的拖腔拖调地说："哪位叫李煦呀？"

李煦撩起眼皮，看看来人，不紧不慢地拿起酒壶，仰起脖子一送，"吱儿"地嘬了一口，满意地吧嗒吧嗒嘴唇。

衙役头提高了嗓门："哪位叫李煦呀？"

李煦接着"吱儿"地嘬了一口，说："老夫即是李煦。"

衙役头喝道："跟我们走。"

李煦放下酒壶站起来，从身边拎起个小包袱，朝衙役亮了亮，"瞧见没有？随身家伙备下好几天了，一直等着你们来呢。"说完就朝外走。

李煦离开小四合院后，被带上马车向西走。

外面尽管天黑了，但他对京城熟悉，尤其是皇城一带，路上默默地看着把他往哪里带。清制就这样，往哪里带可能决定着判什么刑。

马车向西到菜市口后向北拐，直至进宣武门。从宣武门再向北，就是刑部大街。李煦兀自判断，这是又要把他押到刑部的号子里。但是怪了，途经刑部的牢房，马车并没有停下来，而是向东拐，到六部口后折向北，进入了北长街。

李煦抱着小包袱，暗暗地想着："这是要羁押到慎刑司了。"

皇城的西门称为西华门。西华门之外的大街称为北长街。北长街的两侧均为内务府的机构。

小说写到这儿，必须适当展开说说内务府了。

内务府是负责皇室事务的衙门。清代之前的的封建王朝，皇室事务由太监衙门包办。明末，多尔衮打进北京，接收明宫太监，当时就定下原班人马照常任用。顺治皇帝到京后，皇室事务仍明朝之旧，由十三太监衙门管理。明朝太监制度根基深厚，内官有整套约束皇上的办法，福临亲政后，太监势力有所复萌。福临临终前悔之莫及，在遗诏中将使用太监作为自负罪责之一。他刚驾崩，朝廷便宣布裁十三太监衙门。康熙初年，辅政大臣把"关外遗制"拾起来，即由内务府包办皇室事务。满洲是带着浓重的奴隶制痕迹入关的，从皇上到贝勒贝子以至达官贵人都有世袭家奴，他们一代一代地伺奉主子。清朝内务府与明朝太监衙门的最大区别在于，它由皇室的世袭奴仆管理各个部门，而不是太监。太监的活动仅限于内廷中长卵子的男人不便抵达之处。

内务府的主要机构是：广储司掌财务出纳和库藏；掌仪司掌内廷礼乐及宫中佛堂念经造佛；都虞司掌渔猎采捕诸事以及上三旗劲旅武职官员考核；慎刑司掌管处理内务府官员、匠役、庄园户、太监、宫女触犯刑律的各种案件；营造司掌宫廷修缮工程；江南三织造局负责督造"上用"、"官用"绸缎布疋；造办处为宫廷制作家具、服饰及金银珠玉、玉器珐琅等陈设；庆丰司和上驷院管理牛羊马群；奉宸苑管理皇家园囿行宫；武英殿修书处、御书处掌宫中文化教育；掌管帝后饮食起居及宫廷杂务的机构主要是御茶膳房、掌关防处、敬事房、药房等。内务府掌握的上三旗包衣官兵，是紫禁城最重要的禁卫力量，有骁骑营和护军营之别。前者负责紫禁城的宿卫，并掌管查核上三旗人口及俸饷等。后者负责紫禁城的门禁，在皇帝出巡时扈从保卫。

这会儿，大堂里火把雄雄，照得通亮。李煦跪倒在砖地上，心里略感轻松。慎刑司的职权有限，一般只能判处降级调用、罚俸、杖、笞等案，判处流徒以上的案件，就要移交刑部。

一个官员提着袍子匆匆从堂后出来，低头坐到案子后面看案卷，好大一会儿不说话。接着，他啪地一拍惊堂木，猛地抬起了头。

李煦老眼昏花，定睛看了看，心里一惊，审讯的居然是查弼纳。

对查弼纳，李煦怀有复杂的思绪，也不知是该谢他还是该恨他。雍正元年，带人查抄苏州织造府的是他；次年，活动江南盐纲出三十七万多两银子赎李煦的，也是他；这回，又撞到他手里了。

一出算一出。老查这回会怎么着？李煦着实吃不准。

由于有前缘，李煦这段日子比较注意查弼纳的起伏。据来串门的内务府老人说，由于供出隆科多党徒，他被皇上重新启用，近来越发了得，一身担任仨职务，写出来是罗罗嗦嗦的一大串，即"吏部尚书兼协理兵部尚书事务内务府大臣查弼纳"，职权超过从前担任的两江总督。

查弼纳这几年的际遇，可以概括八个字：绝地逢生，大落大起。作为隆科多党徒中的反水之人，为感激皇上重新任用，以及与隆科多一伙的彻底决裂，对处置隆科多余党异常狂热，跳得比谁都高。

最近，查弼纳和三两朝臣奏请，将隆科多重要党羽苏努的子孙全部正法。他与苏努是亲家，之所以这么做，本来揣摩着皇上的心思拍马屁，用"大义灭亲"趋迎皇上。但胤禛不是能被小人轻易哄住的，对宵小的阴暗心理摸得相当透彻，对这种作法很反感，为此将查弼纳挖苦一通，原话是，别人"欲将苏努子孙尽行正法似出实心"，而查弼纳"所怀者私心也。盖查弼纳与苏努既固结于先，唯恐连累于彼，不若将伊子孙尽行翦灭，永除将来己身之祸，此情事之必然者。即此可见结党之人，事败之后，其同党即自相攻击，小人情状，古今一辙也。"

李煦离任多年，不知道皇上在任用查弼纳时，也对这个反水之人怀有深深的厌恶。他隐约感到，他这次落难根子不在内务府，而是皇上直接交办的。查弼纳为了迎合皇上的意志，极可能把他往死里整。

查弼纳边低头看着案卷，边吧嗒嘴。这回，他的脸并没有绷着，而是吊着嘴角，颇有点看破红尘的意味。他看了一阵，开腔了："李煦，咱俩不是头一回打交道了，谁都知道谁是头什么蒜。办别人的案子，本官得多罗嗦几句，跟你用不着。你和我，俩官场上的老油条，俩吃里扒外的老王八蛋，犯不上说太多。大年下的，谁愿意泡在公堂里，咱俩今儿都利索点，摊开了谈，三五句话结案，行不行？"

李煦简单答："行啊，老奴通力配合。"

"那就这么着了。明着告你，隔壁就是刑具，哪样也够你一戗。七老八十的人了，只要你有啥说啥，本官不会给你用刑。"

"老奴千恩万谢了。"

查弼纳猛地虎下脸，一拍惊堂木。"知道为什么抓你来吗？"

"不知道。老奴那次落狱，是由于亏空，亏得查大人动员江南盐纲用银子赎出。这次被抓，老奴实在是不知缘由。"

查弼纳一拍惊堂木，喊道："你一口一个'老奴'的，实实在在是老滑头一个！你个老东西装得还怪像，半傻不蔫的，居然谎称不知道为什么抓你。是真不知道还是假不知道？"

"真的不知道。"

查弼纳狠歹歹地说："瞧着你哼儿哈的，内里则横儿甄儿的是个横巴狼子。本官提示你，康熙五十二年，你为阿其那办了些什么？"

"康熙五十二年？都过去十几年了，老奴得好好想想。"

查弼纳颇为好笑地说："都这把子岁数了，就别装蒜啦。你不说可以，但当年在苏州具体经办这件事的人都还活着，你不吐口，人家会吐口，你不认头，人家会认头。是你说还是人家说呀？"

康熙五十二年，李煦给允禩买过江南女子。从此这事成了他的软肋，最怕被人碰。查弼纳上来就敲这个年头，而且听口气，内务府早就派人到苏州摸过，已掌握全部情况，就等着他再供认一遍了。他的心一下凉到底了，刚才那点侥幸心理飞得无影无踪。

查弼纳站起来，绕过案子走过来，慢悠悠地说："十几年过去了，有些事你可以忘，但本官断定，这件事你不会忘。"

李煦心说，这件事本来就兜不住，就别他妈披藏了。他索性说："奴才想起来了，那年，一个姓阎的太监来苏州，说八阿哥命我买苏州女子。我扛不住，就花了八百两银子买了五个苏州女子送到了京城。"

查弼纳挂着讥讽的微笑。"包括娇妹在内？"

李煦愣了一下。"查大人连她都知道？"

查弼纳回到案子后面，"而且知道你去年在阿其那府见到了娇妹。"

李煦苦笑着摇了摇头，"好手段，你们什么都知道。"

查弼纳颐指气使地说："那天到阿其那府的，和娇妹在一块的，还有两个江南女子，一个叫吴青卿的，也是你从江南买来的，经过阿其那之手送给了废太子的儿子弘晢。还有一个叫馨玉的，她倒不是你买的。"

查弼纳嘴里吐出"馨玉"二字，李煦的心尖骤然间缩紧了，心房几乎停止了跳动。他不能让查弼纳看到他的恐慌，极力忍着，极力不动声色。他的脸整个灰白了，好在火光下看不清面色。

查弼纳得意洋洋地问："是不是这么回事呀？"

李煦豁出去了，说："呔！死猪不怕开水烫。查大人，您老是不是想知道吴青卿的事儿呀？老奴一整个儿都端给你，听不听呀？"

李煦并不是当真豁出去，而只是想搞清查弼纳对情况掌握到什么程度，底线定在哪里，打算走出多远，会不会一直追到馨玉那儿去。

查弼纳伸出手一挡，摇头晃脑地说："免啦免啦。吴青卿虽然是你为阿其那买的，但最终没有落到阿其那手上，送到废太子儿子弘晢那儿去了，本官就不予追究了。至于馨玉，本官知道，是你从苏州育婴堂抱养的，是你的养女，与本案无关，也就用不着说了。"

查弼纳再精也上钩了。他本来可以引而不发，给对方揣个闷葫芦，但作为反水之人，有强烈的表现欲。这种心理作祟，他无意间交了底。

李煦悄悄松了口气。他看了一眼正在记录的笔帖式，没招呼就过去，拿起毛笔，边签字画押边说："得，你们什么都知道，老奴什么也包不住，只有供认不讳！再说一遍，康熙五十二年，苏州织造李煦用八百两银子买了五个苏州女子送到了京城，阿谀八阿哥允禩。你不就是要问这事吗，我认头。查大人，今儿是元宵节，咱俩齐活了，您消消停停地回家过节去。"

查弼纳第一次露出笑意，站起来喊道。"押下去！"

一个多月后，即是雍正五年二月二十三日。内务府的请旨题本送到了雍正皇帝手上。其中说：经查实，康熙五十二年，阿其那奸党李煦用八百两银子买五个苏州女子，送到京城，交与阿其那。拟斩监候，秋后斩决。

这份请旨题本留存至今。它表明，雍正皇帝为查处李煦而调动了很强的力量，牵头的是总管内务府事务的庄亲王允禄，承办者除查弼纳之外，还有李延禧、尚志舜、常明、永福等四位内务府大臣。判决也是他们和议的。

即便是清代司法制度，对李煦判斩监候也过重了。后世研究清史的人说，清朝的斩监候相当于现代刑罚中的死缓。其实两者的区别还是较大的。当前大多数判处死缓的犯人，过个一两年就会改判无期徒刑，而清代判处斩监候的，多数在秋后斩决。

胤禛拿到这份请旨题本之后，一点都没有耽搁，当天就批了。

其原文是："李煦著宽免处斩，流往打牲乌拉。钦此。"胤禛将斩监候改为流放黑龙江，很难说是饶了李煦一命，只能算送个顺水人情。他算得过帐来，李煦都七十三岁了，秋后斩决还得等多半年，能不能活到那时候都难说，不如流放算了，多半儿会死在路上。

阳春三月，李煦被带出慎刑司的号子，上路前往打牲乌拉。此行一去数千里，没人会劫持一个老朽，他上不带枷，下不砸镣，只有俩猴头猴脑的衙役跟着屁股后面押送。

凡流放打牲乌拉的，家属不敢在京城送行，一般聚集在朝阳门外等候。朝阳门在元朝时称齐化门。康雍时的人叫顺了嘴，仍然这么称呼。

上午时分，俩衙役押着李煦出了齐化门的城门洞，等候的人一块拥了上来。来的人很多，除了他的家里人，还有几个内务府老人。谁都知道，这一走就再也见不着了，这是生离死别。送行的人都在哭，女人哭出声，男人不出声光抹泪。

李煦却安慰众人："行啦，甭哭啦。皇上赏了条命，老夫知足啦。"说着说着，他的嘴停了。他看见人群后面站着一个人，便跪了下来。

允禄分开众人走上前，把他搀扶起来。"最后叫一次吧，表舅。"

李煦赶忙说："使不得，使不得，万万使不得。老奴带罪之身，龌龊到家了，实实不敢当亲王大人的表舅。"

允禄有些动情，说："表舅，再不叫，怕是往后叫不着了。"

李煦叹了口气，"叫什么倒在其次。有的话，我憋了好久，没地方说去。临行前，亲王大人来了，奴才非得当面告诉亲王大人：给八阿哥买五个江南丫头确有其事，但当奴才的寄人篱下，那是不得已呀！"

允禄搀扶着他，"咱俩想到一块去了。外甥到齐化门送行，也是有句话非得告你，这次内务府判你斩监候，是我最后拍板的，但也是情势所迫，一上一下都被挟着，不得已而为之。"

李煦略感欣慰地说:"这个老奴懂得。谁也没胆儿在皇上面前捞我。亲王大人要是不嫌烦,有空儿说给内务府的同仁听听,老奴的确不是阿谀奉迎的小人,让老奴也留点名节,就可以安心上路了。"

他走了,裹着一身棉布青袍,有几处绽露着棉花,走得凄凄惶惶。却赶上个好天气,在早晨的阳光下,披撒着一路春光。

馨玉紧紧拽着曹霑的手,一路跟着走,跟出去好远好远。他们望着那逐渐远去的佝偻的背影,久久地没有说话。曹霑侧过身,偷偷向上看看娘,娘的眼睛眯缝着,深情地看着远方,却没有眼泪。他感到奇怪,娘是最容易哭眼抹泪的,这回是流干了还是怎么着?

他对自己也有不明白之处,从此是见不着姥爷了,但摸摸面颊,干干的,没有眼泪,这是咋回事?一缕缕春风拂面,他仰起脸蛋,望望无边无垠的苍穹,云彩被天风撕扯得一绺一绺的;他再平正面庞远远望着姥爷的背影,越远越显得渺小,越远越显得与天地融为一体。

在这一刻,一个念想滑溜溜儿地潜入脑瓜,他突然明白自己为什么没有眼泪了。他低头看看身形,再看看手和脚,似乎比原先长了、粗了。他打心眼儿里觉得,在这段牵肠挂肚的日子里,自己好像是长大了。

五十一、江宁织造府－泰安驿站

雍正五年深秋的一天。东边天际出现鱼肚白，江宁织造府仍然在酣睡之中。院内一派沉寂，院落和房舍在微光下朦朦胧胧地显示出轮廓。

东跨院正房传出一声惊叫，"哎呀！"接着的是大声的梦呓："万岁开恩，万岁饶命！万岁开恩，万岁饶命！"

曹頫惊叫着从睡梦中醒来。他使劲眨眨眼，醒醒神儿，再四下看看，屋子里黑咚咚的；摸摸额头，汗津津的；掐掐胳膊，还知道疼。"是梦，是梦。不是真的，不是真的。"他一遍遍地提示着自己。

自从李煦被流往打牲乌拉的消息传来后，他夜里就经常做噩梦。每次梦到的情景都差不多：一个没有面孔的人拿着宝剑对他狞笑道："李煦之后，该轮到你了。"他吓得掉头就跑，两条腿却像是被线拴住了，怎么跑也动弹不了。而那个没有面孔的人仍在他身后狞笑着，重复着那句话："李煦之后，该轮到你了。李煦之后，该轮到你了。"

他每次都是在这个时候醒来，每次醒来心都在狂跳。而在心狂跳的当口，他都明白那个没有面孔的人是谁，是皇上。他对皇上怀有深深的恐惧，却又没有见过皇上，于是梦境中的皇上是没有面孔的。

他平时睡眠不错，之所以近来频频噩梦，与时局切切相关。

八阿哥死了，九阿哥死了，那么些人死了，事情还是没完，风声反倒越来越紧了。十月，隆科多被定下五条大不敬罪、四条欺罔罪、三条紊乱朝政罪、六条奸党罪、七条不法罪、十六条贪婪罪，拟斩首。但皇上免隆科多一死，令

461

在畅春园附近盖三间房，将隆科多永远禁锢。

江南人士都看出来了，皇上所以不杀隆科多，主要是出于政治考虑。胤禛甚至直率地把这层意思说了出来：凭隆科多四十一条罪状，足以砍头，但圣祖升天之前，在御榻前面领受遗诏的"惟隆科多一人"。这么说等于是不打自招。换句话说，由于在康熙皇帝御榻前领受遗诏的"惟隆科多一人"，而社会上又有胤禛与隆科多合谋"矫诏"的传言，因此杀隆科多有灭口之嫌，于是干脆不杀。

隆科多早就被整臭了，遭禁锢没有引起震动。紧接着查办了军功卓著的延信将军，则引起朝野不安，许多王爷家闻讯，立即炸窝了。

延信是皇太极长子豪格的孙子。允禵任抚远大将军率兵西征策妄阿拉布坦，延信为平逆大将军，前出青海，击败叛军，结束西藏战乱，迎六世达赖喇嘛抵达西藏登坐。由于有西征老本，延信在雍正年安享余年，没想头。但允禵高墙圈禁后，从前拥戴十四阿哥那批人，又把延信奉为精神支柱。胤禛注意到这种情绪，下令搜延信府邸。据说搜出几疋"黄妆缎"，这事可大可小，往小里说狗屁事没有，往大里说这种缎料可以裁剪出龙袍。延信最终倒霉在老婆身上。嫡福晋王氏对皇上屠兄弑弟不满，嘴无遮拦，其中有句话让揪住了辫子：延信根基深，如果"取了天下就保住国家太平了"。王氏被处斩，家属为奴，延信与隆科多被禁锢在同一所房子里。不久，两人均毙于禁所。

大局如此，曹頫尽管只是个萝卜头，也诸事不顺。送到京城的绸缎一再被挑出"粗糙轻薄"。皇上甚至下旨点名："著将曹頫所交绸缎内轻薄者，完全加细挑出，交伊织赔。"正在小心织赔，麻烦又来了。皇上发话："朕穿的石青褂落色，此缎系何处织造？"内务府赶紧查，查实石青褂所用缎疋是江宁织造府送到京城的。曹頫因此被罚俸一年。曹家几代织造从没碰到过这种事。康熙皇帝一心抓平定四海的大事，一辈子没挑剔过自己的衣服如何。而这位雍正皇帝过于小家子气了，也管得太细了，连绸缎都要过问，而且在用纱和用色上横加挑剔。

早先李煦被查处时，曹頫一度觉得，亏空嘛，没得说。到李煦被流放打牲乌拉，他才觉得不是在就事论事，而是在剪除允禩的同时，把给允禩干过事的人连锅端，李家是被皇上盯上了，曹家也给诸阿哥干过事。曹頫越来越强烈地认定，李煦完了下一个该轮到他了。至于绸缎"粗糙轻薄"和"石青褂落色"，都是前兆。

自从李煦流放打牲乌拉后，馨玉带着曹霑回到江宁。娘俩睡在暖阁里面，曹頫每天夜里就睡在暖阁外面。

馨玉素来睡不沉，听见隔壁惊叫，立刻从床上起来，点亮油灯，端着走进来，问："又作噩梦啦？"

曹頫魂不守舍地坐在床边，沉重地喘息着，接着冲着外头喊了一嗓子："拿个香炉来，焚香！"

曹頫洗漱即毕，房间里香烟缭绕。他关上门，独自面朝东坐着，微闭着双眼，屏息静气地坐了好大一阵，把两手中摇晃着的东西扔到桌子上，而后俯到桌面上看看。桌面上是三枚铜钱。他是在做"金钱课"。

曹頫摇金钱课，是跟帐房师爷何明龄现学的，现炒现卖。摇卦不难学，谁都会把仨小铜蹦儿摇一摇扔出去，难学的是占卦，即六爻卦出来后怎么解释。这里面的学问可就大发了，没几十年功夫，说的肯定没戏。

这个清晨，他摇出的六爻卦为离上震下，查《易经》，为噬嗑卦，卦词就简单的六个字："噬嗑，亨。利用狱。"他看不懂，一个"狱"字令他胆战心惊，似有牢狱之灾，于是即刻把何明龄叫来。

何明龄肩头搭着条擦拭用的白巾，匆匆赶来。他三十岁出头，圆脸小眼睛，两撇小胡子，长得有点油滑，实则读书读得有些迂腐。

何明龄问明缘由，原来是噬嗑卦，不大在意地说："噬嗑卦嘛，是亨通的意思，只是亨通不容易，有作梗的。'噬'是咬，'嗑'指上颚与下颚合拢，合在一起说，是将吃的东西咬碎。但您看这卦像，要咬碎绝非易事，因为中间横着根阳爻。它就是个大坎儿。是什么意思呢？好比现在正在吃鱼，碰到鱼骨头了，您的上下牙要是能够咬碎它，就一通百通了，要是不咬碎它，囫囵往下咽，鱼骨头就卡在嗓子眼儿里了。还'亨通'个鬼呀。"

曹頫要占的是时运，说白了，就是这两年亏空没有补上，而且一再受到皇上处罚，会不会落到被抄家的下场。听师爷何明龄这么一说，他面前有一个大坎儿，不禁有点慌神儿。

他小心翼翼地问："老何，你说在我嗓子眼儿里的这'鱼骨头'是个什么呢？是人还是事？是天灾还是人祸？"

何明龄想了想，肯定地说："是个人。此人横在你面前，就是个大坎儿，你能对付了他，就会'亨通'；对付不了，你就玩儿完。"

他匆忙问："是个什么人呢？"

"这就不好说了，起码从你占的噬嗑卦里看不出来。"何明龄仰头想了想，"你再测个字吧，看看阻碍你'亨通'的是个什么人。"

"测字？行。让我想个字。"曹頫东张西望一阵，看到何明龄肩头搭着的白巾，说："有了。"

"什么字？"

曹頫伸出手指点着，"你肩头搭着条白巾，白字加巾字，组成个帛字。我就测这个字：帛。"

何明龄想了一阵子，倒吸一口凉气，"这可难办了。"

"怎么回事？"

"帛字可就麻烦大了。它的上面是'皇'字的上半拉，下面是'帝'字的下半拉，是'皇头帝脚'。你前面的大坎儿正是皇上本人呐！"

"哟？"这下，曹頫真的慌神儿了。

测字数天之后，十一月中旬，曹頫带队离开江宁，北上京城。

队伍中有二三十头骡子，拉了几十丈长。骡子背上都搭着货架，货物上面严严实实地包着防雨的膝布。

天色蒙暗，没有太阳，就像宣纸上涂了一层极淡极淡的花青。空气中悬浮着被刮起来的尘土，向四周望去，是黄褐色的一圈，收了庄稼的土地就像拔了毛的鸡，平淡无味之极。

曹頫骑马走在最前头。这倒不是押运行列的本来秩序，他只是为了躲开那些骡子，骡铃叮叮当当地响着，他听着都快要睡着了。

这是一条人畜踩出来的路，路边是一堆堆枯黄的乱草。曹頫扭头看看后面的骡子，骡夫没精打采地跟着骡子走，慢慢吞吞的。他有些懊丧，觉得这种运输方式不行，还不如水路呢。

江宁织造府、苏州织造府、杭州织造府统称江南三织造府。每年三织造府督造的绸缎都要运送到京城。一般情况下，没有必要组织三个班子分别运送。由于江宁距京城最近，苏州织造府与杭州织造府将产品运送到江宁织造府，集中之后由一个班子统一启运。这个班子由三织造府分别派人组成，每年由一个织造府的织造带队，三年一转。

雍正五年，轮到江宁织造押送上用绸缎。十一月中旬，曹頫押运着绸缎离开江宁。往年运送上用绸缎走大运河水路，产品在江宁上船，顺大运河到京城东边的通州潞河码头，在那里上岸，几十里地就进了皇城，直接入内库。走水路尽管便捷快当，但行船容易把绸缎打湿，而上用绸缎是沾不得水的。因此今年决定试试旱路。

旱路出江宁，过苏北，入山东，通过津门到京城。一路几乎与大运河平行，只是与行船相比，骡子走得慢，走不了多远就得在沿途驿站落脚休息。这么算下来，租几十头骡子的费用加上驿站收取的费用，各种盘缠加到一起，比走水路要贵。

骡子有股干巴劲，负重比马多，但性情比不得马。马经过人类数千年的训练，已被彻底奴化，一出生就丧失自由，又在束缚中走完艰巨的一生。骡子则保留着强烈的个性，因此被称为"倔骡子"。一头倔骡子还好整，几十头一块犯倔麻烦可就大了。运送上用绸缎的骡子队，偏偏遇到这种麻烦。骡子们不在乎它们驮着的东西有多么金贵，一旦犯起脾气来，任是骡夫怎么哄也不听，骡夫要是给它打急了，说尥蹶子就尥蹶子，一家伙把驮着的上用绸缎掀到沟里去。

头一遭走旱路，很多事情考虑不周。越往北走越冷，这么简单的事，事前就没有想到。骡夫是从江南雇的，穿得单薄就上路，入山东境内已近十一月底，天寒地冻，猴冷猴冷的，骡夫们初次来北方，一个个冷得不行，每人不置一身冬衣，怕是顶不到直隶了。

前面山东泰安，是一个大驿站。曹頫和何明龄商量，决定在泰安驿站休整两天，该添置的都添置齐了，再从容不迫进京。

骡队进入泰安县境，遇到迎候人群。泰安知县王一夔，字虞音，大兴人。学问不大，出身贡生，即不是举人、进士什么的，连个秀才都不是，但在国子监肄业。据《泰安县志》记载，王一夔有一定领导手段，在职期间"风裁峻整，吏民肃然，豪猾不敢犯"。这恐怕是后来练出来了，而在曹頫押运龙衣经过时，他刚上任不久，还是个二百五。

迎送钦差这种事不是常有的。王知县更是头一遭遇到。他兴奋异常，带领着县衙的官员和诸多百姓在路口跪迎。还有一队吹琉璃喇叭的，这种细长管状的喇叭只能吹出简单的"哩哩啦"的音调。

曹頫令骡队停步，他下马，抱拳作揖走上前去。

王一夔个儿不高，胖墩墩的，摇着滚圆的腰身，张开双臂，几步小跑迎上前来，口中叫道："喜迎钦差大人光临！龙衣骡队途经敝小县，敝小县蒙慈航普照，不胜荣幸乎，不胜欣喜乎！不胜高兴之至！"

别看是国子监肄业的，这位知县大人肚子里没盛多少墨汁，想转转文也转了个乱七八糟。在与曹頫简单寒暄几句后，他便率领县里的官员走到骡队跟前，神情肃穆地撩起袍子前襟，向骡子们下跪，并率领随行官员及众百姓共同磕了几个响头。

骡夫们莫名其妙地看着，有人忍不住要笑。何明龄小声提示："别笑。他们不是给骡子磕头，是给龙衣磕头呢。"

王一夔跪下去和站起来都有些吃力。他起身后，关爱地依次拍拍骡子们汗津津的脖子，口中念念有词："诸位骡子弟兄，须知，尔等驮运的绝非它物，乃是尊贵的龙衣，这等荣耀，我等无名鼠辈无缘享受。但愿来世能托生为骡子，与尔等一同驮运龙衣。"

古今中外，王知县这类官员为数众多。他们本事不大，野心却不小，手底下的事情办得窝窝囊囊，却一脑门子想向上爬。业绩糟糕者怎样才能受到上峰赏识呢？只有在表面文章上下功夫，搞些花架子，而尤其紧要的是把上面来的人伺侯满意了。王一夔精于此道。路口跪迎之后，他又亲自在前面导引，把骡队引入泰安驿站。

曹頫一行押运的是制作龙衣的锻料，实在是与皇上沾边的，半半拉拉的算得上"钦差"。在苏北和鲁南，沿途驿站对这些半拉子"钦差"有所招待，无非是多备几样酒菜，有些地方官还上席陪一陪。而在泰安驿站，他们遇到了一路上最高规格的接待。

到达泰安驿站后，曹頫和众骡夫已是疲惫透顶，安顿好骡子，洗漱即毕，他们被请入驿站饭厅，有好几桌盛宴在等着他们。

为了让钦差高兴，王一夔甩出了杀手锏，雇来些当地土妓中的顶尖人物。顶尖的土妓们陪伴左右，用当地土话娇声浪语地劝酒，弄得曹頫浑身不自在。但是，由于有事相求，他不便离席，只得在王知县劝导下，以及土妓们的左右夹击之下，小酌了几口。

酒酣耳热之际，曹頫和何明龄相互递了个眼色，觉得可以说了。

曹頫清了清喉咙，唤道："王知县。"

王一夔像是被马蜂蛰了，迅速扭过头来。"曹钦差有什么吩咐？"

曹頫赶忙说："我不过是个押运龙衣的头儿，哪敢当'钦差'。"他客气了几句，准备提正事了，却脸红了，张不开嘴。

王一夔鼓着鱼泡子眼，咧着大嘴，显得挺诚恳。""钦差大人，有啥说啥。请嘱托，请吩咐，请下令，这厢洗耳恭听。"

曹頫干咽了几口唾液，方说："是这样的……我有一事相求。"

"嘛事儿？请嘱托，请吩咐，请下令。这厢洗耳恭听。"

曹頫挠了一阵腮帮子，迟迟张不开口。

王一夔急得直拍土妓的大腿，"哎呀！钦差大老爷，有事您就说嘛！上天摘月亮办不到，只要敝小县办得到的，您就尽管下令。"

他运了运气，准备说出来，可话到了嘴边，又给咽回去了，憋了个大红脸，就是说不出来。

王知县那神色比他还要急，"钦差大人真是要把人急死。"

何明龄只好出来解围了，"曹织造说不出口的我代他说吧。王知县，是这么回事。过去押运龙衣走水路，走旱路，用骡子把龙衣运送到京城，是头一遭。没想到倔骡子不大好摆弄，走得很慢，比走水路慢了一半还多。一路走走停停，尽管各驿站都备下仪程，我们带的盘缠还是花得差不多了。往下还得走六七天，越往北走越冷，我们连给骡夫置冬衣的银子都凑不出来。"

王一夔拦住了话，不屑地说："别说了别说了。嗨！磨磨叽叽半天张不开嘴，不就是要银子嘛。别说啦，中！"

曹頫急忙纠正道："不是要钱，是借钱。回到江宁马上偿还。"

王一夔一脸佯怒，"别在我面前说借字。我说钦差大老爷，我们是个小县，但不是鸡毛小店，更不是糠饽饽辣饼子，漫说几百两银子，就是几千两银子拿得出来。你们说个数，要多少，我这就让人取去。"

曹頫与何明龄咬了咬耳朵，说："王大人，有二三百两就够了。"

王一夔把耳朵凑过去，"多少？二三百两？"

何明龄首肯：“就是二三百两。”

曹頫小心问：“嫌我们借得多啦？”

王一夔厚厚的肉巴掌拍到桌上，“少啦！二三百两？你看看这些姑娘，她们可不是人人都能坐的烂板凳，随便拿出一个来，包一个月就得这么个数。押运龙衣的骡队浩浩荡荡从敝小县过，我们也挤出这么个数？嘁！这不是找骂吗。钦差大老爷也太小瞧我们啦。”

曹頫笑了笑，“谢王大人的美意。不过二三百两我们就够花了。”

王一夔正色道：“本知县不管你们够不够。我们山东巡抚塞楞额早有交代，押运龙衣的钦差过山东境，沿途衙门倾其所有，好生款待。如果塞大人知道我用仨核桃俩枣就打发了你们，非打我个紫烂毫青，那我这知县就算是干到头了。不行！翻个跟头，六百两！”

最终，曹頫从泰安驿站支取了三百两银子，并留下了字据。

休整了两天，骡队就上路了。往后的几天比较顺，十二月初五傍晚，他们抵达通州。次日，将上用绸缎运入皇城，直至经太监查验后运进锻疋库。

完事之后，曹頫匆匆向西华门走去，内务府署在那里。他打算将这次旱路事宜呈报后，立即去看看李煦的家眷。

他刚走到西华门，听见身后有人叫他的名字。他扭过脸，只见两个人影扑上来，其中一位扳住他的右胳膊向上一别，一阵钻心的疼，他痛苦地大叫了一声，还没等叫声落地，就被那两个人掀翻在地。

五十二、内务府衙署－江宁鸡鸣寺－江宁织造府

　　紫禁城西面有一座明仁智殿。明朝时，这个殿的具体用途没有公开，恐怕里面发生过不能外传的事情，加之宫殿的外形不大成比例，像是个蹲着的大蟾蜍，怪吓人的，宫里的人称之为"白虎殿"，也有人称之为"办机密之所"。后面这个别号倒有点二十世纪的语言风格。

　　康熙时，"白虎殿"兼"办机密之所"有了明确用途，成为内务府官署所在地，掌内务府三院七司的首脑机关。因年久失修，明仁智殿已不存，故宫博物院的那个位置是一片空地。所幸的是《宸垣识略》标明了它所在的具体位置："西华门内循墙第四门，东向"。同书记载，它的正堂有一块御笔匾额，曰"职司综理"，为雍正御书。

　　那天，曹頫就被扭送着从这块匾额下经过，到了内务府官署的正堂里。那两个人把他往砖地上一按，而后叉着腰，站在他的身后。他们是慎刑司的捕役。

　　曹頫跪着，一动也不敢动，脑瓜子乱哄哄的，左思右想，怎么也弄不明白为什么抓他。我犯什么事啦？没有招惹谁呀。是这次运来的绸缎粗糙轻薄？太监验看时没说啥呀；三年没有补足亏空？皇上不是宽限了吗。

　　过了一阵，听见脚步声，有人进来了。脚步声越来越近，曹頫抬头一看，是庄亲王允禄。庄亲王今天是怎么啦？满面怒容，脸色铁青。庄亲王少年得志，有时候好端个架子摆个谱，却从来没有见过如此急赤白脸的。

　　允禄没有坐下来，背着手，围着他一圈一圈地踱着，像是用踱步来压制一肚子火。允禄转了几圈，怒气冲冲地开腔了："记吃不记打的东西。内务府就在

紫禁城里，在皇上眼皮底下，稍有不慎，皇上就能看见。本王爷是总管内务府的，你自己说说，这二年你给我捅了多少乱子，上用绸缎粗糙轻薄，石青褂色脱色，皇上罚的是你，但笔笔都记在本王爷帐上，本王爷也跟着受罚。"

曹頫一个劲地磕头，说："奴才该死，奴才该死。"

允禄坐下来，"说说吧，这回是怎么回事？"

曹頫小声重复了一遍："……这回是怎么回事？"他忽地抬起头来，"奴才还想问呢，这是怎么回事？怎么不说个缘由就把奴才抓来了？"

允禄一拍椅子把，忽地站起来，喊道："浑么刁枪的东西，你还敢问！本王爷看你是想回姥姥家了。赏嘴巴子！俩！"

还没等曹頫反应过来，他的领子被捕役一把薅住。那个捕役左右开弓狠狠地抽了他两个耳光。

允禄重新坐下，说："说说吧，这回是怎么回事？"

曹頫的脸当时就变样了，两侧红红的，肿得老高。他边活动着牙床，边嗫嚅道："奴才实在是不知为什么将奴才抓来。"

允禄腾地站起来，"看清楚这是什么地方，这是内务府官署大堂！到这份儿上了，你还敢假眉三道地在这儿装傻充愣。好你个曹頫，借着押运龙衣的名义，沿途勒索银两。你是狗胆包天，嚣张之极了！"

曹頫茫然了，"勒索银两？"

"你还在路上时，告你的状子就飞马送到了京城。明着告你，本王爷在这个地方等你两天了，等你押运的龙衣入库之后，就立即拿下你。"

曹頫整个懵了，"奴才招谁惹谁啦？什么人告我？"

允禄语气稍显平和。"你在山东境内要没要过银子？"

"没有要过，除了各驿站送的仪程，只借过一次银子。"

"在哪儿？"

"泰安。"

"别找不自在。不老实还得赏嘴巴子！说说是怎么回事。"

"盘缠用完了，跟当地筹借。就这么回事。"

允禄一拍椅子把，喊道："还敢油嘴滑舌！嘴巴子伺候！俩！"

捕役挽挽袖口，刚要动手，曹頫豁出去了，把捕役一把推开。他跪爬到庄亲王脚下，仰面喊道："奴才所说句句是实言呐！运送龙衣，走水路只需数日，且吃住都在船上，耗费不大。广储司为节省开支，命我尝试旱路，骡队走了十几天，几十口人加几十头骡子每天都要住店打尖，耗费很大，虽然每个州县驿站都加送几十两仪程，走到泰安还是没有盘缠了，只得通过当地县衙疏通，向泰安驿站求借了三百两银子。"

允禄一直听得很仔细，"多少？三百两。是借还是要？"

曹頫说："借据都在泰安驿站手上，怎么会是要。"

允禄想了想，把一张纸扔到地上，喝道："读！"

曹頫跪在地上，拿起那张纸迅速地读了一遍："山东巡抚塞楞额疏称：驿递之设原以供应过往差使而应付车马，俱以勘合为凭。有额外多索以及违例者，均于严例。臣近日公出，今晨路过泰安驿站，就近查看夫马，得知该驿站刚刚累赔。臣询问累赔缘由，盖缘江宁织造曹頫押运龙衣途经，于勘合之外，多用马匹，多用轿夫、杠夫，更有程仪、骡价银两以及前站、厨子、管马各人役银两，公馆中伙饭食、草料等费。泰安地方官员以为御用缎匹，唯恐延误，勉照旧例应付，莫敢理论。在管运各官，则相沿已久，罔念地方苦累，不仅仍照例受收，视为固然，而且勒索数额达三百两。臣窃以为，此事恐不仅发生在泰安一地，沿途州县驿递亦有历年相沿，彼此因循明知违例而究竟可如何者，不得不为我皇陈之。"

"看明白没有，到底是怎么回事？"

曹頫喃喃自语："这是怎么说的？这是怎么说的？山东巡抚塞楞额告我沿途勒索银两，不对呀，压根就不是这么回事。"

允禄语气平和了一些，"实话说，本王爷也觉得不对劲。我还不知道你，你是窝囊惯了的，树叶掉下来怕砸破脑袋。让你去勒索，恐怕你还没那个胆儿。但是，你撞到塞楞额手心里了，就只有自认倒霉了。"

"塞楞额？"他拍拍脑门想了想，突然想起来什么，摇着头苦笑了一下，一拧脖子，就再不辩解了。

这个塞楞额在清史中是有一号的。他所以能在史籍中挂上号，是由于卷入了一桩著名的投书案，成为该案的当事人。

雍正四年春，雍正皇帝拿着"密码书信"说事，革去允禩"民王"王爵，更名阿其那。中国历史上有下层为上层打抱不平的传统。在八阿哥倒霉之际，一个叫郭允进的人只身从天津到京城，将一封信投入一个京官的轿子。信中说，自胤禛即位以来，天下即"遭旱涝饥荒之灾"，并预计"十月作乱，八佛被囚，军民怨新主"。郭允进是个不折不扣的小人物，无非是希望该官员拯救"八佛"即八阿哥。但是，不大凑巧，这位官员是削尖脑袋钻营的塞楞额。塞楞额拿到这封信，立即作为邀赏的筹码奏报上去，结果撞上了大运。

当时，胤禛认为"密码书信"份量不够，正在寻找新口实，向允禩朋党进一步发难。想睡觉碰到个枕头。两条莽撞的汉子分别投书，天津人郭允进是一个，另一个投书者将在稍后提及。胤禛认为，有人投书造反，是社会上呼应允禩朋党的开始，如不迅速采取措施，事态有可能失控。他抓住投书案大作文章，发布上谕，称有一批"行恶作乱之书办、皂隶、旗棍等"，"造此等悖乱之语，以动摇人心，扰乱国家"。胤禛下令将允䄉高墙圈禁，将已充军的鄂伦岱、阿尔松阿就地正法，将已死的苏努、七十焚尸扬灰，他们的子孙五十四人大部分正法，余者流放。等等。一系列血腥杀戮，实际上都是针对投书案采取的措施。

至于塞楞额，本意是表忠，目的不仅达到了，而且超额了。那么多宗室子孙的鲜血染红了他的顶子，雍正皇帝将他外放山东担任巡抚，弹压一方。他从此成为皇上的大红人，时下正红得发紫。

既然撞到这个官场恶棍手上，有啥法子，只有打掉了牙往肚子里咽。

不用多说，曹頫也能想像出事情的脉络：他们押运龙衣刚离开，山东巡抚塞楞额巡视州县途经泰安，那个肠肥脑满的王知县为表功，大肆渲染接待龙衣骡队过程，其中也提到借三百两银子的事情。而塞楞额是揣摩着皇上意志办事的。他揣摩出皇上厌恶江南三织造府，琢磨着有文章可作，是邀功的机会，立即参了一本，飞马奏报京城。

看到曹頫在那儿思索，允禄一指，"起来，坐那儿。"

曹頫顺顺溜溜地起身，刚坐下，又向前挪挪身子，整个人灰头土脸的，只有半个屁股小心翼翼地搁在椅子上。

允禄看看他，无可奈何地摇摇头，"运送龙衣走旱路，无非是要省些银两。这事儿经过我，也是我同意试试看的。至于该花多少运费，谁都没数，所以才要试。可能你说的对，走半道没有盘缠了，临时跟驿站借点。这解释得通。但事至如今，说什么也没用了。"

曹頫一听,几乎从椅子上掉下来。

允禄苦笑道:"皇上已准了塞楞额的奏折,训斥了你等。皇上是这么说的:'朕屡屡谕旨,不许钦差官员人役骚扰驿递,今三处织造差人进京,俱于勘合之外,多加夫马,苛索繁费,苦累驿站,甚属可恶!'"

曹頫惊愕地瞪大了眼睛,"还没审过,就定下奴才'骚扰驿递'?塞楞额是在告刁状,皇上问也不问就听信一面之辞。"

允禄不耐烦地摆摆手。"吃错药啦?连这么点事都想不过来,现在要的就是一面之辞!这是银子的事吗?为了这点银子,塞楞额犯得上跟内务府过不去吗?他是从李煦的案子看出路子了,你们江南三织造府的人过去没有少为诸阿哥效力,特别是曹家,久居江宁,康熙朝数度接驾,与诸阿哥勾勾扯扯的,招致皇上讨厌,他是挕着皇上惩办允禩党羽的那根筋告你们的,诚心要给你们放血。"

曹頫还想争辩。"不管他塞楞额挕皇上的哪根筋,他别忘了,那三百两银子是我借的,借据还在泰安驿站压着呢。"

允禄好笑地撇撇嘴,"玩儿的是穷治朋党,没人会代你查帐,说你'苛索'就是'苛索'。你说你是借银子,借据在人家手里,人家诚心要治你,那张借据管个卵用!人家会说,借据不过是官样文章,用来装样子的,借给钦差的银子向来是肉包子打狗,人家从来没打算你能够还。你能有什么脾气。"

曹頫一时没主意了,大声恳求:"那、那、那……那只有亲王大人代奴才向皇上解释明白了。"

允禄冷淡地说:"皇上的金口玉言吐出来了,你能让皇上咽回去的吗?本王爷如果在皇上面前为你开脱,等于说塞楞额欺君!明着告你,训斥你的同一谕旨里对塞楞额大加称赞,说'塞楞额毫不瞻徇,据实参奏,深知朕心,实为可嘉'。还说,如果大臣都能像塞楞额那样,就没有人敢背公营私了。听见没有?这一把又让塞楞额捞着了。"

曹頫张惶失措地四下看看,"那奴才就没救啦?"

"起码现在谁也救不了你。"

"那咋办?"

"江宁现在你是回不去了,先在慎刑司号子里委屈一段日子。等这阵风过去后,本王爷再相机行事。只有如此了。"

江宁城北有一座鸡鸣山。鸡鸣山东麓有一座鸡鸣寺。

鸡鸣寺东对紫金山，北临玄武湖，水光潋滟，山色空蒙。这是个很有讲头的老地方。它最初是三国时的吴后苑，晋为廷尉署，六朝时毁于兵火，明洪武年间在旧址建该寺。

馨玉自从嫁到江宁后，凡心里烦闷了，就愿意到这一带走走。现在，她又来了。不仅是烦闷，而且有隐隐的不安，觉得家里要出大事。

她遛到了胭脂井。据传，胭脂井是陈后主携妃子避隋兵之处。妃子们在这儿居住时，每日以帛擦拭白石雕琢的井栏。后世老书生俯首看看贵妃擦拭过的井栏，说石脉里有胭脂痕。故称。

馨玉没心思看莫须有的胭脂痕，相反，在胭脂井旁边踱步，她心里越来越乱。自从多年前京城传回连生的噩耗后，她就落下了毛病，心总也落不回肚子里，家里不管出了什么事，一点屁大的事都能让她提心吊胆的，想出去好远。她似乎觉得自己是在等待下一个噩耗。

好些天了，她神思恍惚，吃饭不香，睡觉不甜，缘由是曹頫还没有着家。不仅如此，他带上路那几个人也没有回来。

掰着指头算算，曹頫是十一月中旬押运龙衣走的，而这会儿已进入十二月下旬，拢共一个多月了，怎么还不回来？他过去往京城运送龙衣，半个月就回来了，而这次是怎么啦，就说改走旱路费时辰，这也该回来了。即便是有事羁留在京城，也得捎个信儿回来呀。而现在连个信儿也没有。过去可从来没有出过这种事。

一匹快马赶到，一个人从马鞍上滚落下来，是帐房师爷何明龄。一个多月不见，他瘦了一大圈儿，小圆脸都变尖了。

馨玉忙迎上去，"你回来啦？"

何明龄气喘吁吁地说："除了曹织造，我们都回来啦，刚到。听说夫人游鸡鸣寺，怕您惦念，特意赶到这儿通报一下。"

她匆匆问："曹頫怎么啦？他怎么没有跟你们一块回来？"

何明龄伸出双手紧着摆，"夫人放心，曹织造没灾没病，只是山东泰安有老帽诬告，有点烂事缠身，一旦查清楚了，马上就会放回来。"

馨玉特别敏感，"'放'？这么说曹𫖯被关起来啦？"

何明龄马上解释说："夫人放心，头一阵我们和曹织造一齐关在慎刑司，曹织造是五品员外郎，在里面吃小灶，我和几个笔帖式啃窝头。放了我们哥儿几个，再问曹织造点事，就差不多该放了。"

"他们还要问什么事？"

何明龄满不在乎，"嗨，绕来绕去就是那三百两银子。头些日子我给曹织造测字，说他前面有个大坎儿，绕不过去。我说那个坎儿是皇上本人，唬得他够戗。现在看来测得不准，皇上能跟他计较三百两银子的事吗？不会。那个坎儿是泰安的胖知县，他抬腿就迈过去了。"

馨玉一字一顿地说："你给他测字，测得他前面有个大坎儿，是皇上。我怎么觉得你测得挺准。"

一个念头像是一条凶猛的龙，在心际间盘旋着升起，而后猛地闪过脑际：皇上这回要算总帐了，曹家说话间就要玩儿完！这个念头像是把刀，一家伙戳向心口，发出一阵丝丝拉拉的疼痛。

馨玉喊道："回家！"她转身就向回走。

馨玉接近江宁织造府时，江宁将军衙门的步军已经把大院围了起来。

旗兵们默默地闪出一条路，让她的轿子通过。大门敞开，一个将军模样的人在门洞里悠闲地踱步，看到轿子过来，示意轿子停下。他亲自掀起轿帘，看着馨玉款款下轿。

他说："敝人乃新任两江总督江南总督范时铎，奉旨查抄原江宁织造曹𫖯宅第。您可是前任织造曹颙的夫人馨玉？"

说："是。"她说完后，不由打量了范时铎一眼。

馨玉并不认识范时铎，但不由不看看他。近来此人名声很大，如雷贯耳。她尽管不大出门，但来来往往的人总是提到他。他之所以引人注目，不仅是刚刚就任两江总督，而且由于他是另一起投书案的当事人。

范时铎祖籍沈阳，原为汉人，上世于太祖天命年间归旗。他有个显赫的祖上范文程，为清朝定鼎立下汗马功劳。天聪年间，范文程参与帷幄，官至秘书院大学士，每议大政，多资筹划。解大安之围，克遵化，招降大凌河，援明朝将领孔有德来归，几件军国大事，皇太极皆用其谋。至顺治年间，开国规制，范文程手制者为多，累加太傅。

时光跨越了六十余年，至雍正年间，作为范文程的孙子，范时铎原本只是个中层武职，但赶上天赐良机，得以在一起投书案上大捞了一把，一下红了起来。前面提到，天津人郭允进投书为八阿哥允禩张目。其实，此前还发生了一起蔡怀玺投书案，是为十四阿哥允禵张目的。

允禵任抚远大将军时，认定天下当属"十四爷"者很多，正黄旗大粮庄头子弟蔡怀玺即是其中之一。胤禛即位，允禵被褫夺兵权，软禁在遵化县汤泉。雍正四年三月，蔡怀玺只身来到遵化汤泉，将一个帖子扔到允禵的院子里，上面写着"二七变为主，贵人守宗山。"二七一十四，即指十四阿哥允禵，甭看十四爷现在看守皇陵，早晚要当皇上。蔡怀玺投书，是给十四爷打气，但允禵驻地被严密警戒，帖子被院里的旗兵发现，层层转交到马兰口总兵范时铎手上。范时铎一边将帖子转进紫禁城，一边缜密侦察，一举将蔡怀玺拿获。胤禛对范时铎大加赞赏，考虑到他有个显赫的祖上范文程，将他由总兵一举擢升为两江总督。应当说，范时铎捞的油水比塞楞额还要大。

据故宫博物院现存史料，胤禛关于查抄曹頫宅第的谕旨，就是直接交给范时铎执行的："江宁织造曹頫，行为不端，织造款项，亏空甚多。朕屡次施恩宽限，令其赔补。伊倘感激朕成全之恩，理应尽心效力，然伊不但不感恩图报，反而将家中财物暗移他处，企图隐蔽，有违朕恩，甚属可恶！著行文江南总督范时铎，并将重要家人，立即严拿；家人之财产，亦著固封看守，到新任织造绥赫德到彼之后办理。"

说起来，曹頫挺"走运"的。清史中的两大投书案，受主分别是塞楞额和范时铎。鬼使神差，这两个人居然一前一后夹住了曹頫，前者把他告到大牢里，后者则奉命抄他的家。这可不完全是巧合。

史籍留下一个小小的谜团。胤禛那道训斥曹頫"骚扰驿递"的谕旨，落款日期是十二月初四，而胤禛的这道谕旨的落款日期是十二月二十四日，前后隔着整整二十天。这二十天在史料中是一个空白，后世不知道这段日子发生了什么事，使得胤禛把对曹頫的处罚大大加重，由训斥他"骚扰驿递"一跃升格为抄家。

一个现成的解释是，曹頫三年补完亏空的期限到日子了。如果从雍正二年初起算，雍正四年底为曹頫补完亏空的最后期限。胤禛称曾"屡次施恩宽限"，这倒不是瞎掰，范时铎奉谕旨查抄曹家时是雍正五年底，三年补完亏空的期限已被延长了整整一年。曹頫应该清楚，再也混不过去了，可能在大限到来之前搞了些小动作。所以，从谕旨字面推敲，最令胤禛发火的是，曹頫"将家中财物暗移他处，企图隐蔽"。但曹頫这时被困在京城，不在江宁，不知有什么手段可以遥控江宁转移财产。

曹頫即便因亏空被查抄，也是康雍年间皇权之争的牺牲品。查抄曹家时，在穷治朋党的旗号下大兴的"阿、塞、年、隆"四大狱案已进入尾声，这场从康熙四十七年开始的争夺皇权的残酷斗争，大幕正在徐徐落下，扫荡一下残渣余孽，就算彻底终结。作为一介小人物，曹頫没有在穷治朋党的高潮上玩儿完，而是不幸赶上了末班车。或者说，他本来就是末班车的乘客，即便不因亏空被查抄，也会因为别的事倒霉。因此，最后结束他这一下，由塞楞额发起，由范时铎收场。

从这天起，江宁织造府外有旗兵把门，内有旗兵巡行。这是在具体贯彻谕旨中所说的"将曹頫家中财物固封看守"。好在范时铎办事挺有分寸，对属下有交代，旗兵总算安于职责，没有闹得鸡飞狗跳。

适逢腊月的尾巴，江宁百姓都在忙着办年货，准备过春节。街上提着灯笼急急忙忙四出讨帐的，络绎不绝。当地有俗，讨帐如果没有灯笼相随，欠债的可以抽讨帐的耳光子，原因是"冲犯"了人家的家境。

江宁曹家摊上的是朝廷讨帐。朝廷的人用不着提灯笼，何明龄等几个帐房师爷和笔帖式等被关在议事厅里，天天合帐，稍一马虎，有一笔说的不对，旗兵不由分说，立马赏耳光子。

馨玉拉着曹頫常在院子里走走，大年初一，他们特意来到西堂。

一场雨加雪飘落下来，经历了一春一夏一秋的花草，仍然保持着旺盛时的身影，但在雨雪中身子逐渐耷拉下来，向大自然认输了。他们走出西堂，站在当院，不约而同地张开双手，承接着米粒大的小雪片。它们从空中落下来，动作那么轻盈，姿态那么婀娜，不撞击任何人，不与任何人发生冲突，落到温润的手掌上，立即消失了。

鸟儿停止鸣啭，天空阒然无声。她悲沧地想到，在新春到来的前夕，在这个院子里延绵了六十多年的家族正在走向最后的终结。

五十三、江宁织造府－驿道－平郡王府－旧刑部街

江宁织造府里，谁也没有过新年。议事厅里，从雍正六年的第一天，一直忙到二月初一，整整一个月，历年的帐是合完了。

二月初二，何明龄等帐房师爷一大早就来了，打算再检查一遍帐目。他们前脚进得议事厅，后脚跟进来一个小老头。

小老头满脸褶子，面相显老，约莫六十几岁。有那么种人，即便穿着再齐整，通身也显得脏乎乎的。小老头就属于此类。他长得小鼻子小眼，留着稀疏而色黄的短胡子，俗称"狗蝇胡子"，走路颠打颠打的，还不停地贼溜溜地东张西望，一张一望间，鼻子嘴总是咕咕喟喟的，透出一股子轻快，也透出一股子猥琐。

账房师爷人困马乏，不知道此人的来路，懒得搭理。何明龄正要问一句，来人却扭脸向外面喊道："我看这地儿还行，满宽敞，说得过去，你们也进来瞅瞅。"

他的话音刚落地，风一般卷进来几个穿红着绿的女眷。

她们的衣服襟袖上都镶着锯齿状的花边，俗称"狗牙儿"。一个个身上不知涂抹了些什么廉价香脂，俗了巴儿的香味溢满一屋子，呛得人直想捂鼻子。论起这几个女人的长相，这么说吧，没一个提得起来，个个都是歪瓜裂枣，论起身材，没一个说得过去，瘦的像麻杆儿，肥的像菜墩儿，而自我感觉却像是从天上俯瞰人间的仙女。她们东张张，西望望，片刻就炸了锅，厅里掀起了一阵子"京片子"。

"间量儿够过儿，比咱京城的家宽敞多了！"

"宽敞管屁用，南方烧炭火过冬，这屋里多冷呀。"

"行了行了，您够念儿吧您。这地儿玩儿'梭子胡'满富裕的。"

"您瞧这房梁，黑漆麻乌的，房子够老的嘿。"

"我看呀，就那么回事，勉勉强强够嚼裹儿的。"

"老爷子，我挨家那间屋狗蘸汤似的，这回得给我换间大点的。"

"瞧这一屋子江南老泥鳅，这叫什么地方来着？议事厅儿。"

"议事厅儿又不是咱家，咱家挨哪儿？到咱家瞅瞅去。"

"这些江南老糟糟是干什么的？算帐的？"

"让臭丫挺的们滚出去，等我们瞅完了再回来。"

那个小老头扬着双手把她们向外哄，"得得得，瞧够了吧？咱家在跨院里，两层院儿！让傻当兵的带你们看去，我刚才瞧了，还行。"

女眷嘻嘻哈哈，说着笑着往外走。小老头跟过去，嚷嚷了几句："再让傻当兵的带你们瞧瞧花园。那花园，嗬！比京城王府里的花园都大，假山、池塘、亭台楼榭，瞧好吧您呐！以后你们姐儿几个擎在里面撒欢儿了！"

送走了女眷，小老头心满意足地搓着手回来，依旧东张西望，还不时地翻翻帐本，好像这里除了他就没别人。

何明龄忍不住了，问："请问，您是……"

小老头就像没听见，双手往身后一背，挺直了胸脯，说："你们这些'巫来由'，给我好好查帐，干得好的话，本官兴许还留用个把人。"

何明龄听着就搓火。他去过京城，知道京城俗语中"巫来由"是什么意思，是"无赖尤"的谐音，指身无正业的二流子。

他追问："请问您是哪路神仙？"

小老头停顿了片刻，小眼睛贼溜溜地闪了闪亮，卖足了关子才昂首答："本官乃是新任江宁织造绥赫德。"

议事厅里刹那间悄无声息。雍正皇帝的谕旨里说得明明白白，曹家财产"固封看守，到新任织造绥赫德到彼之后办理"。

何明龄等面面相觑，新主子来了，就这副德行！

江宁织造府的帐房师爷们见过大世面，立即掂出了新主子的份量。此人在京城时，八成是个提不起来的老窝囊废，是衙门里最不招人待见的老帮菜，家里过得穷巴巴的，大小四房媳妇儿既没有见过场面，也没有见过太多银子。鬼使神差，不知撞上了什么狗屎运，捞上了江南肥差。他的女眷打一进门就流露出心思：张着大口准备吃。

想到这儿，何明龄猛地想起了馨玉和曹霑。不行，那些红的绿的青的粉的"狗牙儿"们，捋胳膊挽袖口的冲那娘俩去了，在曹家的院子里不一定会闹出什么花活。那娘俩弱不禁风的，可承受不起。

他匆匆忙忙收拾了帐簿，出了议事厅，赶往后面曹织造家所在院落，隔着八丈远，就听见里面鸭吵鹅斗的，伴随着一曲清脆悦耳的西洋乐曲。他加快了步子，一溜小跑进入院落。推开曹织造家正房的门，他愣住了，扶着门框不知该不该进去。

一架八音盒放在地上，正在奏乐。这可是个好东西，是从西洋传进来的，借助发条的力量旋转轴筒，轴筒上面有小突起，触动钢片上的琴键，自动奏出乐曲，只有宫廷中有玩儿的，民间基本上见不着。

屋里成了个货场，衣服、鞋子、玉件、文房四宝、女人首饰、自鸣钟散落在椅子上、桌子上，甚至于铺到地上。

馨玉搂着一个包袱，坐在屋子的角落里，曹霑站在她的身后。娘俩一动不动，紧锁着眉头，默默地看着。

一个胖女眷正拿着一件衣服，欢天喜地地往身上比划着，另一个瘦一些的拿着簪子往头上插，一个年轻的和一个不那么年轻的在争一个自鸣钟，一个说该放到东厢房里，一个说该放到西厢房里。

片刻，顺序倒过来了。年轻的兴高采烈地试一件软夹袄，不那么年轻的喜上眉梢往头上插簪子，胖女眷和瘦一些的在争八音盒，一个说该放到西暖阁，一个说该放到东暖阁，俩人说着说着还戗戗了起来。

何明龄知道，曹頫家的八音盒和那个自鸣钟，都有些来头。馨玉的养父李煦曾经当过宁波府知府，管过浙海关，这些都是那时从西洋商人手上买的，馨玉嫁到曹家后，作为陪嫁带过来的。

看看馨玉，人家在抢她的好东西，她像没事儿似的，安之若素。但她的双手紧紧地把一个包搂在胸前，像是怕被人抢走。

何明龄扫了一眼那个包袱，说："诸位奶奶，这是怎么回事？你们争来抢去的物品，都是曹织造和前任织造的夫人的。"

女眷们愣了愣，有人忍不住扑哧笑出了声。她们彼此间小声嘀咕着。"唉哟嘀，还他妈真有稀罕的，这小子说这些东西是他们家织造和前任织造的夫人的。""你管他呢，整个儿放屁崩坑的主，还不够人笑掉牙的呢。""甭搭理他丫挺的，咱分咱的。"

胖女眷把何明龄往外搡，"去去去，去去去，出去出去。你他妈给我出去。好不好的，哪儿蹦出来你这么个江南老泥鳅，整个儿二傻子似的，啥都不知道就敢在这儿多嘴多舌的。"

何明龄的倔脾气一下子蹿上来了，指着她们说："我是啥都不知道，可知道个人之常情。曹织造不在这儿，前任织造夫人又是老实巴交的。你们这么分他的物品，总得说出个缘由吧。"

胖女眷对着镜子试着衣服，一摇一晃地扭着硕大的屁股，"缘由嘛，用不着我说，你得空了问问你们家奶奶，啊，就是你说的老实巴交的前任织造夫人，她说得比我清楚。"

馨玉发话了："何师爷，别管她们，让她们分去。她们说了，曹家的东西，皇上都赏给新任织造绥赫德了。"

绥赫德跨过门槛，"这可是真真儿的，我的女人可没有撒谎撂屁。"他扬了扬手里的一轴黄锻子，"这就是圣旨，见过吗？"

何明龄吓得面色蜡黄，"没见过没见过。"

绥赫德逼上前一步，"你个巫来由是不是想验明圣旨呀？"

范时铎跨过门槛，"行啦，绥织造，你也不必总拿着个谕旨唬人了。"

绥赫德立马不吭气了。

范时铎冲着馨玉补充道："绥赫德这家伙在京城就喜欢胡说八道，可这次不是在胡诌八扯。你们曹家三代人，在江宁经营了六十五年，这回是一锅端，剩不下什么了。包括京城房产在内，曹家的将近二十顷地、几百间房子，皇上统统赏给这位绥赫德了。但就是这样，你们曹家也得感谢皇上的恩典，早先查抄李煦，是变卖家眷顶亏空，曹頫亏空的数额不算小，相比之下，对曹家的惩罚轻得多了。"

"对圣上的洪慈，曹家人心领了。房产、地产让绥织造拿去好了。"

馨玉环顾左右，"那么，这些浮财呢？"

范时铎轻蔑地瞥瞥绥赫德和他的女眷，对馨玉说："至于这些浮财嘛，皇上倒没说也一块赏给绥赫德。但是，依本都督之见，所有这些衣服首饰、桌椅板凳，甚至于八音盒自鸣钟，绥赫德和他的娘们儿硬要拿的话，你也睁只眼闭只眼算了。"

馨玉勉强笑了笑，"身外之物，倒没有什么舍不得的。"

当着众人的面，范时铎指着绥赫德，对馨玉说："本总督之所以这么劝你，是由于新任织造绥赫德在跟前戳着。你们对他得留点神，本总督打听过，他在京城的时候就是个小肚鸡肠，你们要是跟他较真儿，他立马会上眼药，参一本，让你们吃不了兜着走。"

绥赫德连忙辩解："哎，范总督，我可不是那等小人。"

范时铎满面怒容甩给他一句："本总督知道你是头什么鸟。"随即，他转向馨玉，"曹夫人，你看如何？"

馨玉把搂在胸前的包放在桌子上，小心地展开来，眼泪无声地流下来。"范总督，就依你说的，浮财让她们看着办。但有三样东西不是身外之物，它们都连着我的心，是我打算传给孩子的。这是一方摔破了又补起来的砚台，是孩子祖父留下的；这是一轴江南布政使陈鹏年书写的诗，是孩子的亲爹留下来的；至于这个，是一块佩玉，是我死去的娘留给我的。除了这三样，还有我和孩子的几件随身衣服，其余的，绥织造的家人由便儿吧。"

范时铎说："行，就这么着吧。"

他指着那些女人说，"刚才曹夫人说的那三样不能动，曹夫人和曹霑正在穿用的不能动，前任织造曹頫的随身物品不能动。其他的，你们看着办。不过，本都督劝你们悠着点儿。"

胖女眷却没有听见，她的整个情绪仍然停留在这次难得一遇的打劫之中。她直眉瞪眼地指着馨玉的小包袱，笑不嘻儿地跟其他女眷说："听见没有？玉。玉。那块破砚台咱不稀罕，那轴什么人写的什么破诗，白给咱都不带要的，她刚才说了，她手上还有块佩玉，咱姐儿几个谁要？"

几个女眷争着抢着说："我要。""我要。""我要。"

范时铎炸雷般怒喝一声："我看你们谁敢要！"。

那几个吓得一激灵，谁也不敢吭气了。

"来人！"范时铎向后一抬手，几个兵丁跑进来。

绥赫德壮着胆问了一句："范总督，您叫傻当兵的来干什么？"。

范时铎怒气冲冲地对她们喊："人家孤儿寡母的，你们想干什么？想吃了人家不成！穷疯啦？没见过东西？瞧你们一个个儿的穷德行样子，本来就是京城里的贱骨头贱种，在京城里过的就是僵皮裹肉的穷日子，到了江南，端着个架子，硬充出个富贵相，稍稍见到点值钱的，上手就抢就搂就拿，根子上的穷酸相一下子全露完了。隋赫德，你们不是问吗，傻当兵的来干什么？告诉你们，本总督就在这儿看着，我看你们这些叫么喳子谁再敢伸手伸脚的，傻当兵的马上给你们绑起来！"

那几个吓得搂在一起，直筛糠。

范时铎余怒未消，指着绥赫德的鼻子，说："亏得你们还是打京城来的，想不到这么不开眼。绥赫德！跟你的几个丑婆娘说说，多少也得给人家留点。本来就是母狗，再闹得乌眼儿青，就像饿狼一样了。"

绥赫德尴尬地挠挠腮帮子，说："正是正是。范总督说得在理。本织造刚刚走马上任，你们就这么争啊抢的，恨不得扒了人家身上的衣服，弄得我这儿怪没面子的。"

本来绥赫德查完帐，接收了曹家的四百多间房舍、一百多名奴仆和十九顷零六十亩地之后，曹家就可以离开江宁了。可是临行前又出事了。绥赫德离京时，对他是有交代的，让他查明允禩、允禟、允䄉、允禵在江宁的"藏贮遗迹"，看看反叛的阿哥在江宁有什么小辫子可抓。绥赫德干得分外带劲，在江宁织造府旁的万寿庵里查出一对镀金狮子。它们的个头不小，连座共有一人来高。据查，这对镀金狮子是康熙年间九阿哥允禟派一个护卫来江宁铸造的，后来没拿走，交与曹頫保管。这么大的家伙别的地方放不下，就寄存在万寿庵中了。绥赫德发现这个线索后，立即上奏，通知馨玉不得离开江宁，听到皇上的话再说。

馨玉足足担惊受怕了两个月，京城里一直没有传出动静，看样子皇上对镀金狮子之事不大在意了。本来嘛，允禟死了快一年了，朋党都整垮了，他早年铸造的一对镀金狮子算个啥。绥赫德直闷了俩月，才彻底放心，准馨玉母子带着曹寅的老妻离开江宁北上。

沿着大运河有一条古道，即曹頫押运龙衣所走的那条路。

雍正六年九月，曹家人离开江宁北上，也是走的这条路。

绿树遮掩的古道上，传来疲惫的马铃声。四周很安静，连马蹄着地咔嗒咔嗒的声音，也听得一清二楚。马尾巴有规律地来回摇摆，驱赶着初秋分外猖獗的苍蝇。看着马尾巴，乘车人也昏昏欲睡。

就两辆马车，前头一辆坐着的是馨玉和曹霑，带着少许东西，后面一辆坐着曹寅的遗孀，即曹霑的奶奶。老人家难得出门远行，她穿得厚厚实实的，系着一条深紫色的腰带，戴着一顶绛紫色的风帽，暖暖和和地睡着了。跟着老人家的，只有一对贴身奴仆。

敝车羸马，颠顿于古道西风中，会带给人一种寂寞惆怅之感。

就馨玉而言，这次北上和上次乘官船北上的心情大不相同。上次她觉得是回家，回到娘和连生的亡灵身边。但在京城，她体验到了那儿的气氛，亲眼见到养父李煦从家中被带走，又把李煦送上发配充军的道路。

总觉得京城那儿有什么东西在"克"着她，同样也"克"着曹霑。她真的不想离开江宁，真的再不想去京城。但说来好笑，能够离开江宁她感到万幸，能够前往京城，又是她求之不得的最后的立足点。

十月初，两辆马车抵达京城。赶车的是内务府的人，把归旗人员曹頫家人的名册咨送内务府正白旗统领行署，一档子公事算是处理完了。

由于曹頫仍然羁押在慎刑司的号子里，如何处理尚不明了，曹家在京的房子尚没有收拾出来，曹寅的遗孀与馨玉母子暂时住在纳尔素家。

亲娘来了，弟媳妇来了，弟弟的遗孤一下子全来了，曹佳氏怎么哭怎么乐就不用说了。这时候，曹佳氏一家人满门心思就是搭救曹頫。曹頫是曹佳氏的表弟，是福彭的表舅，赡养着曹寅的遗孀和弟弟的遗孤。

纳尔素已被褫夺平郡王王爵，由儿子福彭袭任。这么一来，到宫里打探消息的任务，落到了福彭身上。

这天，曹佳氏正和母亲、馨玉在屋里唠嗑，福彭风风火火地闯进来，大声说："费了半天劲，总算是打听到曹頫舅舅的下落了。"

曹佳氏蹿起来老高，"怎么说的？"

福彭咕咚咕咚灌了一茶缸水，抹着嘴角说："嗨！也够难为曹頫舅舅的，旱路太难伺候了。他领着几个笔帖式和一群倔骡子，走到那儿都得要草料钱，骡夫钱，轿夫钱，马夫钱，到处是用银子的地方，到处敛钱用作盘缠。庄亲王给了我一份《三路送锻人员马匹银钱数目单》，上面列举了最后查实结果，一路上，我表舅收过银子三百六十七两二钱，他还是收得最少的。苏州织造府派出的库使麻色收过银子五百零四两二钱，杭州织造府的笔帖式德文收过的最多，为五百一十八两三钱。"

曹佳氏慌了神儿，"哟，你表舅果真揣了银子啦？"

纳尔素从里间踱了出来，"不能这么说。'收过'，这叫什么话？我在西宁大营是管银子的，几十万两、几百万两银子哗哗地从手边过，要说都是我'收过'的。但是，'收过'跟揣自家腰包是两码事。我'收过'这么多银子，都用在十万兵员身上了，这就是功劳。曹頫他们一样，'收过'那么多银子，都用在路途了，人员、马匹、骡子全给耗了，那就一点事也没有。"

曹佳氏赶忙问："曹頫他们是不是收了多少花了多少？"

纳尔素来劲了，"那还用说。就像我当年在西宁大营，朝廷拨来多少银子，我支出去多少银子，谁也揪不住小辫。宗人府告我'贪婪受贿'，最后查实一钱银子没有？狗屁！"

曹佳氏说："怎么张嘴闭嘴就是你那点事，我要听的是曹頫。"

纳尔素巴掌一挥，"接茬要说的就是他。押运龙衣，走到哪儿人家都送点银子，叫仪程，是明着的，走了那么多州县驿站，人家都不告，为啥？仪程是该给的，用来贴补盘缠。山东那个塞楞额告，纯属胡搅蛮缠告刁状。我问你，内务府最后给你表舅定什么罪了？"

福彭说："骚扰驿站。"

纳尔素喊道："齐了！这不，内务府敢说曹頫把'收过'的银子揣了吗？不敢说。揣了哪怕一个镉子儿，就得以贪渎论罪，不定贪渎，就表明一点没搂。既然没搂银子，曹頫他们就一点事也没有。"

一直听着的馨玉冷不丁问："既然查清楚了，为什么不放人呢？"

纳尔素沉吟了半响，方说："钦定啊，难办呐。"

馨玉问："没搂银子就放人嘛，有啥难办的呢？"

福彭苦笑道："庄亲王说这事是钦定的，凡钦定的事情就不能瞎了，总不能说皇上搞错了吧。要给皇上台阶下，那就得有人担待着。"

纳尔素无奈地摇摇头，"这事儿之所以麻烦，就在于塞楞额的诬告把皇上绕进去了。皇上发话内务府抓人收监的，吵吵得满城风雨。查出什么来了？屁事儿没有。傻了不是，生把皇上晾那儿了。既然抓了人，总得有说辞呀，说啥呢？憋出个臭屁来：'骚扰'。俩字儿就是这么来的。'骚扰'算哪门子罪过？我操你塞楞额个祖姥姥！从你塞楞额地面儿上过，'骚'你哪儿了？是'骚'你媳妇儿还是'骚'你娘了？嘛事儿没有，不过借了俩钱儿当盘缠！狗日的为了献媚，讨皇上一句赏，就来这么一下，坑了多少人，害得多少个家庭担惊受怕。"

一个家人悄悄进来，附在福彭耳畔说了些什么，猫着不吭气的曹霑也把耳朵凑了过去。

福彭听着听着脸变了，而曹霑则一下子冲出了门。

曹霑跑在深秋的风中，任家人在身后呼喊，步子就是不停，越跑越快。刚才大人们说的话他听懂了，曹頫是干净的；刚才家人对福彭表哥说的话，他听见了，曹頫被"枷号"了。他不知道什么叫"枷号"，看福彭表哥那表情，他猜到了，肯定是受罪的事。

"枷号"地点在旧刑部大街，距离平郡王府很近。他要去看，谁也拦不住。他跑着，远远看见有一大群人围着，里面有当当的锣声，还有喊声，喊的是啥听不清，但听那恶狠狠的调门，就是"皂隶调"。

曹霑跑过去，仗着身子小，从人丛中钻过去，一凑到跟前，他傻了。

六根木桩子上伸出六条铁链，六条铁链连着六个砸了脚镣的人，六个砸了脚镣的人，脖子上都套着木枷，都蓬头垢面，头发乱糟糟地披散在脸上，胡子好像会到处爬，乱七八糟地糊在脸上，几乎分不出谁是谁。

"枷号"是要示众的。既然诚心要让犯人丢人现眼，就要把罪状写出来，外加些污辱性语言，贴在犯人胸前。

皂隶大声读着："原苏州织造府库使麻色，枷号俩月，鞭责一百，发往乌喇，充当打牲壮丁。原杭州织造府笔帖式德文枷号俩月，鞭责一百，发往乌喇，充当打牲状丁。二人俱贪财好色，准之与母牛交媾。哎，这位官儿大，诸位看清这张内务府五品官员的脸，原江宁织造曹頫，革职，枷号俩月，期满之后，准之于妓院当老鸨，以后凡是他养的姑娘都可以白玩儿白干呐！"

皂隶一把掀起了曹頫的头发，在这个瞬间，曹霑的心揪紧了，急速钻到一个人身后，露出半边身子。

曹霑在愕然间看到了一张由于愤怒而扭曲的面庞。

曹頫狠狠甩了下头，把搭在额头上的头发甩开。素来脾气那么好的他，此刻却显出无以复加的愤怒。他的眼睛可怕地瞪着，鼻翼急促地耸动，眉毛像苍鹰的双翅般上下掀动着。他张开嘴，大声喊道：

"列位看官，瞧吧！瞧吧！瞧瞧我这张脏脸，您可要瞧仔细喽，这张脏脸上写着俩字儿呐。列位看官，您要是问写的是那俩字，我可以告您，俩字儿：奴才。我是货真价实的王八蛋狗奴才！"

围观的人起哄驾秧子，嬉笑怒骂，闹腾得很厉害。而在这一刻，像是有条小虫子在曹霑的心里爬过，泛起一阵奇奇怪怪的瘙痒。曹頫骂自己的话怎么这么熟悉？想起来了，姥爷最倒霉时也说过差不多的话。

"我是货真价实的王八蛋狗奴才！"这个声音一遍复一遍地灌入曹霑的耳朵，他悄不言声，却是头昏脑胀，想嘶声嚎叫，而眼角、面颊，却是干干的。他没有哭，也哭不出来，燃烧的面庞灼干了他的泪水。

不知不觉间，周围的嬉笑怒骂退去，仿佛很静很静。在他最想哭喊的时刻，怪了，通身却泛起一阵前所未有的轻松。从姥爷家被查抄那一刻起，紧张的、恐惧的情绪就溢满全身，这几年，他的身心像一张拉满的弓般紧绷着，无时不刻地等待着更沉重的打击。好了，家被查抄了，举家返京了，这又被枷号了，不就是俩月吗，厄运从此算到头了，那张弓的弦子也该松开了。

五十四、京城南城－广渠门蒜市口小院

雍正七年十一月初八，雍正皇帝发布宽释功臣子孙犯法问罪及亏空拖欠者之上谕，内务府拿出五十多万两银子、五百两黄金，代开国功臣的直系后裔补亏空，"所拟充发监候及妻子家属入辛者库等罪行概行宽免。"通俗地说，因亏空获罪的，凡是有显赫上世的，可不予追究了。

曹頫有一串说得过去的上世，高祖曹锡远晋赠光禄大夫，曾祖曹振彦历官知州、知府、盐法道等，授光禄大夫、资政大夫等，祖父曹玺为江宁织造三品郎中加四级，赠工部尚书衔。他的这些上世，在有生之年官儿都不是太大，只能算是中层，而在去世后都追赠了高官，而且都是在入关前就随旗的，均沾得上开国功臣的边，子孙在宽免范围之内。

根据这道谕旨，庄亲王援引功臣子孙之例，立即宽释了曹頫。十一月初九，也就是皇上颁布谕旨的次日，他获准离开慎刑司，其实他没有占到太大便宜，当真算起来，距他被枷号期满仅差了几天。

曹頫走出监所时，对去向一片茫然。他早就被告知，曹家在京的房产都被皇上赏给绥赫德了，好在内务府早有安排，一辆马车把他送到外城的一座小院。他的家人也被接到了这里。这里就是他们的新家了。

京城有内外城之别。外城并非包裹内城城廓，而是在内城以南。内城是一个方方正正的正方形，外城则是长方形，有时称南城。但是，很少有人相对把内城称为"北城"。这表明内外城不在一个层面上，外城只是从南面护卫内城的一个缓冲地带。

内城南边，从西向东，依次是西便门、宣武门、正阳门、崇文门、东便门五座城门一线摆开，成为内城与外城的分界线，北边是内城，南边外城。外城拢共有五座城门，朝东的一座为广渠门，朝南的有三座，分别为左安门、永定门、右安门，朝西的也是一座，为广宁门。

曹家的这处住房位于崇文门外磁器口东北角，靠近蒜市口，是座小四合院，南北进深十八丈，东西宽不足八丈，有十七间房。这处院落被北京市崇文区有关专家认为留存至今。如果真是这样，有一点是需要搞明白的，即这处房产原先是谁家的？

据故宫博物院保存的绥赫德雍正六年奏折："曹頫家属，蒙恩谕少留房屋，以资养赡，今其家属不久回京，奴才应将在京房屋人口，酌量拨给。"

从这段话来看，是绥赫德把自己的一处房子让给了曹家。其实不是这么回事，绥赫德是往自己脸上贴金呢。此前，雍正皇帝已将曹家在江宁和京城的房产赏给绥赫德，绥赫德所说的"在京房屋人口"中包括接收的曹家房产和奴仆。据雍正七年五月初七内务府咨文："曹頫之京城家产人口及江省家产人口，俱奉旨赏给绥赫德。后因绥赫德见曹寅之妻孀妇无力不能度日，将赏伊之家产人口内于京城崇文门外蒜市口地方十七间半房、家仆三对，给与曹寅之妻孀妇度日。"说的很白了，所谓"蒜市口十七间半房"，原先就是曹家的，"家仆三对"原先也是曹家的，绥赫德甚至没有过手，就让内务府压着吐了出来。

曹頫被宽释时已是初冬，紧接着就是京城的严冬了。这是曹頫一家子第一次在京城过冬。比之江南，冷得那个难熬劲儿，就甭提了。

曹頫被革职，没有官饷，全家只得按月到佐领处支饷银俸米。所谓饷银俸米也就是每个月一两半银子，一担多老陈米，全家饿不死而已。但在冬天，除了饿不死之外，还得冻不死。江南过冬烧炭，京城过冬烧煤。佐领处可以领到些煤，但有限，也就是分例中的那些。家里有老人，时时离不开煤火。而要保障煤火，就得有银子买煤，但银子往往不凑手。

曹家在京城就那么几门亲戚。二姐夫岳宽不久前调动，到乌鲁木齐大营当参将。明面上是从侍卫处提升后外放，而圈子里的人都看得出来，雍正皇帝讨厌圣祖时的旧人，统统从身边调开，大小给个官就给"发"出去了。曹家从江宁举家迁回京城后，二姐夫家刚离开，估计这辈子是难以再见面了。

二姐夫一家搬走，京城吃劲的亲戚还有平郡王家、曹宜家等。几个亲戚家有时支援一点，但家家有本难念的经，不能总靠亲戚接济。平郡王家以后再送东西来，曹頫除了留下老母那份儿，其余退回。对这种日子，曹頫不安，感到对不住老母、馨玉和曹霑。而馨玉说话了，大多数旗人就是这么过日子的，人家能过，咱也能过，比如住在一个院的那三对家仆，每月到佐领处支的饷银俸米也不多，但人家就过得挺滋润。

曹家的四合院靠近广渠门。广渠门俗称"沙锅门"，城门又低矮又破旧，是京城九门中最寒碜的一座，沙锅门里面则是不像样的南城里最不像样的地方。沙锅门外面的东南郊是京城四郊最冷僻荒凉的，尽是沙窝子，因此有人说沙锅门是"沙窝门"之讹。

外城与内城不同，所居多为平民，而且以外地迁京的平民居多。为什么这么说呢？明朝，北京是科举制度的会试中心，参加科举会试的读书人绝大多数是从南方来的，就近落脚处就是南城，也就是外城。科考是一件很磨人的事情，许多读书人在南城安家读书，到日子时再赴考场。这些南方人多是临时搭个棚居住，棚子多了就形成了街道，所以外城的街道不像内城那么横平竖直，有不少街道就是斜着的。

在南城读书的大多数是穷苦人，有的是撇家舍业来搏一把的，打算靠中进士一举出人头地。他们一般依靠买旧货度日，所以围绕他们形成了买卖旧货的小市，像东小市、西小市等，都是卖估衣、旧桌椅板凳的，磁器口也以官窑磁器为辅，以卖民窑粗瓷大碗、水缸等等为主。

顺天府会试不是年年有，当年考不上还得等下次。有的读书人耐不住长夜寂寞，胡乱凑合个京师风尘女子搭伴儿，有些还生儿育女，一两轮考不上，或两三轮没戏，经济上维持不下去了，撂下临时的老婆孩子，抬腿就回家了。那些风尘女子哪有能力自己带孩子，一般偷偷撂在背旮旯儿里，等着别人拾走。因此南城不乏缺爹没娘的孩子。为了养活这类婴儿，南城设有育婴堂。由于穷苦人太多，赈济穷人的粥棚也设在南城。

历经元明两代，清代的京城流传着"南贫北贱"之说。意思是南城多穷人，北郊一带多贱民。穷人与贱民的区别是，前者纵然穷，但还有个自由身，而后者多为北省的流亡家奴或"伴当"一类，连个自由身都没有。南城成了下层社会的大杂烩，商贩农夫、游民乞丐、市井豪侠乃至僧尼道人川流不息，凑成一幅熙熙攘攘的穷人社会图景。

曹霑在江宁时，除了读书出门外，基本足不出户，即便走动也是到官宦人家转转，加之由女性家奴带大，算得上是在温柔乡里成长的。此前他来过京城，但都是来走亲戚的，是来玩儿的，是江宁那种日子的延续。而直到这时，在崇文门到广渠门的地段上，他才接触到一个真实的京城，仿佛一猛子扎到一口硕大的破水缸里，全部身心浸泡在一种喧嚣的、粗砺的、皮实的生活中。为此，他有一种莫名其妙的亢奋。

官儿不官儿的，跟曹家人没有关系了，曹頫和馨玉这时最上心的是曹霑的学业。这小子天资聪颖，过目成诵，脑瓜儿纵然好使，但总有些心猿意马，坐不住。别的这么大的人，早就准备考秀才了，而他好像没长这根筋，诸子百家不看，成天就好读唐诗宋词元曲什么的。

间或，曹霑放下书本，躲过娘，溜出十七间半房的四合院，在广渠门到广宁门之间的骡马市大街上走上一趟。而每当走到这条街上，他的耳朵和眼睛就不够使唤的。京城的人好侃，嬉笑怒骂都是地道京味儿；京城的人穿戴不讲究，到处是单调的色彩。骡车、马车、驴车、赶脚的、挑担的以及各色不等的轿子川流不息，更有来自塞外的骆驼，一队一队的行走其间，那叮叮当当的驼铃声混杂在喧沸的叫卖声中，总是让他陶然其中，乐而忘返。

曹家的厄运到头了，曹家人等待厄运的那段惴惴不安的日子结束了。就像本书一样，翻过去的就翻过去了，从此时起，他将作为京城的人过京城的日子。新翻开的一页会写上什么？他无从知晓，但满心的喜欢。

雍正八年五月下旬的一天，天气清清爽爽的，两乘四人抬官轿停在蒜市口四合院门前，几个精干的护卫立即下马，在院门口警戒。

这一带是穷地方，老百姓很难见到达官贵人，一看这谱，就知道来的不是一般人，立马聚了一圈，老爷们儿和老娘们儿站在远处，指手划脚地议论起来。京城百姓见多识广，一般不大怵当官儿的，相反，倒是愿意在官的面前表现自己的混不吝，回头好跟哥儿几个显摆显摆。

一条汉子高声喝彩道："嚯！够样儿！"他接着向身边的几条汉子竖起大拇

哥："瞧见没有，这位，书上的话是怎么说的？宛若天人呐！"

是吴青卿从轿子上下来。她的面容、身条本来就没挑儿，时值二十大几岁，江南小姐那种稚嫩已荡然无存，成为一个瓜熟蒂落的少妇。加上来京城多年，学得仪态万方，抬手举足都仿佛带有亮相意味。

她走到哪儿都让人眼一亮，对京城老爷们儿的喝彩习以为常。人家没有歹意，不过是吆喝两声，在他那伙人中间拔拔份儿。

她上得台阶，轻轻地扣动门环。

开门的是馨玉，看看来人，有点生疏，有点无所措手足。

"想起我是谁了吗？"吴青卿双眼含笑，脆生生地叫道："姐姐。"

馨玉拍拍脑门，"哎呀，想起来了想起来了。这么个美人胎子，多咱也忘不了，廉亲王府里见过，江南老乡！"她微笑着垂下眼皮，抱歉地摇了摇头，"妹妹快进来，妹妹快进来。"

一个更脆的声音在吴青卿的身后响起："姐姐！"

馨玉一看，"弘晳？是你？"

弘晳一侧身子挤进了门，说："内人叫你姐姐，不过是在廉亲王府认的干姐姐，我叫你姐姐，当之无愧。我是你同父异母的亲弟弟。"

馨玉随手把院门关上，绕到弘晳跟前，久久地看着他。

论年纪，弘晳时下不过三十五六岁，但和他的阿玛一样，两鬓过早现出华发，看那神情，日子过得并不舒心。一晃这些年了，而那段江宁织造府花园的时光，还恍如昨日。

弘晳感慨地说："曹家的事我有所闻，这么些年你过得不大容易。"

馨玉垂下了头，"阿玛的事我都听说了，只是我算个啥，名不正言不顺的，活着时就没有见过，所以也一直没有到坟头烧个香去。"

弘晳搂住她的双肩，"说话就到清明了，我带你上坟去。好姐姐。"

她点了点头。

弘晳说："还有，到那天，咱俩再一块到内务府正白旗义地给你娘上坟去。不管怎么说，她和阿玛有过一段露水姻缘。"

她点了点头，"想起她，真想找个背人的地儿大哭一场。"

曹頫双手抱拳，大步流星从屋里出来，"哎哟，理郡王大驾光临！"

弘晳回礼道："曹织造，久违了，久违了。"

曹頫笑道："还'曹织造'呢，被革职啦，狗屁不是，赋闲在家混日子，理郡王以后还是叫我小名吧。还记得我的小名吗？"

"至死也忘不了，你哥叫连生，你叫来旺。"

"理郡王好记性！"

弘晳四处张望着，"曹霑呢？"

馨玉问："你找他？"

弘晳笑了，"我们今儿个就是冲他来的。"

馨玉略感惊讶，"冲这毛孩子来的？"

"还一口一个毛孩子呢，不小啦，今天是他十六岁生日。"

馨玉更为惊讶，"你知道他的生日？"

"当然当然，不但知道，而且记得很牢。"

吴青卿补充道："我们来就是给他过生日的。"

馨玉眨巴眨巴眼，"我都有点听糊涂了。想一想，这么些年来，你们也没有见过他，甚至没有问起过他，却记得这孩子的生日，还要来给这孩子过生日。这是怎么回事？"

弘晳的表情肃穆起来，"缘由听我细说。那年，阿玛要杀陈鹏年，让连生、来旺和你几句话救下来了，那时我也在场，从此对陈鹏年的事情特别上心。那年，连生为搭救陈鹏年，死在京城，那时你怀胎七个月。先皇因此动恻隐之心，宽恕了陈鹏年。这件事在京城小有震动，大凡过来人都记得，我就更别说了，特别留心连生哥的遗孤。"

馨玉掩泣："弟弟，谢谢你们挂念着这孩子。"

弘晳说："那次我到江宁找那块佩玉，才知道，你是我阿玛的亲女儿，曹霑是先皇的亲外孙，我的亲外甥，宗人府里虽然没有给他挂一号，但家里人应当记得他的生日。"

馨玉悄声说："今天真的是他的十六岁生日。"

弘晳笑道："他的头十五个生日，想给他过生日也办不到，我们在京城，你们在江宁，谁也够不着谁。今年不一样，是他在京城过的第一个生日，我必须来看看。至于我的内人吴青卿嘛，见他比见我还早，他们是一条船来京城的，也早就想来看看。逢他生日这个日子口，就一块来了。"

曹頫庄重地拜谢："谢谢理郡王夫妇了。"

弘晳说："这可不是一般的生日，过了今儿个曹霑就十六岁了，这是个什么日子？曹霑成丁啦！可以补养育兵了。"

弘晳意犹未尽，仰面朝天喊道："哟嚯嚯！废太子家又一条汉子戳起来啦！"

曹頫感触万千地说："十六岁，成丁了。"

按照清制，男子十六岁为成丁之年。如果佐领下有多余名额，从此可以补养育兵，领份饷银俸米。养育兵再进一步，可以补前锋校，成为正式旗兵。当然，自康末雍正初年起，随着生齿日繁，粥少僧多的矛盾开始暴露，满洲八旗各旗营人满为患，朝廷开始考虑裁汰披甲人，减轻负担。在这种情势下，递补养育兵十分困难，养育兵补前锋校就更难了。

弘晳四下张望着，问："咱的小养育兵呢？"

曹頫笑道："他刚来京城，瞧着啥都新鲜，这又出门疯淘去了。"

曹霑一推门进来了，"娘，我回来了。"他穿得勒里勒特，还有点喘，额头上满是汗珠子，显然是在外头跑野了。

馨玉松了一口气，"正说你呢，你就回来了。"

曹霑不安地指指门外，"娘，外头怎么有护军呀？"

曹頫说："这孩子被抄家弄怕了，见到当兵的进家就肝儿颤。"

馨玉忙说："孩子别怕，这些是你舅舅的护卫。"

曹霑茫然看看弘晳，"舅舅？您就是我娘常常提起的理郡王？"

弘晳双目含笑地走过来，伸出手比划着，"没错。在江宁时我就见过你。你那时候才这么高。还记得吗？"

曹霑眯着眼想了想，摇摇头说："忘了。"

吴青卿过来说："那你总还记得我吧？我是你的舅母。"

曹霑偏头看了看，"长得这么俊俏的人，我怎么能忘呢。"

弘晳笑了，"哈！谁长得好看他记得谁。"

馨玉也笑了，"打小就是个风流种。"

曹霑脸红了，急急火火地辩解说："不是这么回事，还是我用船把舅母送到京城的，舅母在正白旗旗营还给我讲过故事呢，所以忘不了。"

弘晳逗他玩儿，"我怎么不记得是你用船把舅母送到京城的。八成是你把舅母送到舅舅手上的吧？你小子本事真大。"

吴青卿满心喜悦地看着他，"对对对，舅母是你给送到京城的，也是你给交到你舅舅手上的。"说完依旧上下左右地打量着他。

曹霑让看得不好意思了，低下了头，用脚不停地拨拉土。

弘晳捅捅他的女人，悄悄问："你看怎么样？"

吴青卿由衷赞叹道："方面大耳，周周正正，挺棒的小伙子。"

馨玉问："你俩叨咕什么呢？"

弘晳挂着神秘的笑容，说："我与内人叨咕的，是你这个当娘的早就该叨咕的事情。曹霑十六岁了，按照咱大清王朝的规矩，这个岁数既成丁了。除此，这个岁数也迈进了讨媳妇的门槛，他可以娶亲啦。"

曹霑臊了个大红脸，"怎么一下扯到这儿了。"

弘晳继续逗他，"舅舅不该说吗？你是到岁数了嘛。"

曹頫凑过来，"瞧二位这意思，你们是给他相中谁了。"

弘晳拍拍曹頫的肩膀，"不瞒你说，今天来，有点儿这意思。"

吴青卿凑近馨玉耳边说，"那小姑娘可好啦。"

馨玉示意："走，屋里说去。"

大人们说说笑笑进了屋，留下曹霑一个人站在当院。

他的脸蛋红扑扑的，心一个劲儿地跳。他猜到了，理郡王两口子来，说是给他过生日，也是来相他的。理郡王夫妇和爹娘一块进屋，当然是说他的事啦。听舅母那意思，他们已经为他相中一位了。这位是什么样的？他有些不安和慌张，好像被拖到了一种不知旦夕祸福的境地。

今天是他的十六岁生日，刚才他还和娘说呢，十六岁就可以补养育兵了，他还和娘说，托托有权势的亲戚，像平郡王福彭什么的，走点内务府的门子，补个养育兵，每月也关点饷，领点俸米补贴一下家里。但十六岁就可以娶媳妇这事……也不完全是没想过，在大街上走走，看到好看的女子就有点眼馋，想多瞅人家两眼，见到特别好看的，就有点挪不动步子，绕过来绕过去地瞄人家，有时见到拥有好看女子的男人，心里着实有点艳羡。但要说自己把哪一位娶进家门，真的从来没有想过。

他没有目的地仰目四望，看到当院与早些日子不大一样。树枝间新透出的叶芽，稀疏琐碎地点缀着树冠，成为一片蓊然的新绿；新婚紫燕双双拜访屋檐的椽子，软语呢喃，不久后它们就会衔泥运草开始筑巢了。到处迷荡着醉人的暖意，他的身心里也像在积蓄着什么。

他徐徐伸了伸懒腰，似乎春眠未足，还带着惺忪的睡态，但一种勃勃的生力却流转于血脉，充盈于四肢，特别是双股间有一种悸动。这种不舍昼夜逐渐积蓄的东西，就是元气，或者说是元阳。元阳沉睡了那么久，在这个五月的上午，有那么点苏醒的意思了。

他走出大门。拴马拴边栓着几匹高头大马，护卫们站了一排，不曾懈怠，手按刀柄，四下张望；轿夫们也规规矩矩地看着轿子。

他扫了他们一眼，懒洋洋地坐在门口石阶上，双手捧着腮，悠悠地想着，理郡王不是一般人，出门跟着一大串保镖。王爷给备下的人是什么样的？总不会看不过去吧。舅母对娘说了，"那小姑娘可好啦"。舅母，俊俏的难找第二个，连她都极力赞叹的，八成也是个小美人儿。